商周國學叢刊

# 詩經

【宋】朱熹　集註
【民國】洪子良　註釋、章旨
陳名珉　語譯、箋註整理

【導讀】

# 《詩經》——一部和中國人息息相關的經典

呂珍玉

相信很多人都有整理祖先長輩遺物的經驗，面對自己的先人走了，他所留下來的東西，哪些該留？哪些不該留？確實很掙扎。若是幾件髒破衣褲，大概會不假思索隨手丟棄；也有一些用品，一時無法決定去留，收藏起來一段時間，最後還是因為各種不同的原因，不知不覺就消失不見了。而能夠被後代子孫珍藏千年，而且隨時拿出來觀看、把玩的，一定是意義重大，具有相當價值的東西。《詩經》就是三千年前周代祖先留給我們最有價值的文化遺產。經過漢、唐、宋、明、清以來，歷代先人不斷的詮釋註解，在它上面又賦予各種不同的面貌，積累起厚重的《詩經》解釋學，使得今天我們要瞭解《詩經》變得有些沉重。

不過那是專家的事，一般人也可以放下那些厚重的知識，脫下層層的禮服，穿著輕便優游其中，純從文字上玩味詩意，揣摩先人寶典中的密碼。

《詩經》位居五經的第一部，除了時代最早之外，應是它的內容博大精深，普遍影響中國人的思維方式、語言表達、文學表現、生命形態，是一部和中國人關係最為密切的經典。早在孔子時代，他就經常勉勵弟子要多讀《詩》，因為讀《詩》可以使人應對進退得宜，性情溫柔敦厚，增長對大自然萬物的認識。他的話至今仍然有效，因為《詩經》是一部永遠不會過時的經典，歷久彌新，每次讀它都會有不同感受，而且不論任何人都可以從中擷取有用的東西，沉浸在它無窮的魅力中而受到感動。

《詩經》分為風、雅、頌，共三〇五篇。產生時代自紀元前一一〇〇年至六〇〇年，前後約五百年之久。其跨越地理位置包括山東、山西、河北、河南、陝西、安徽、湖北北部等廣大的黃河流域。作者有平民有貴族，最後經由太師搜集整理，加以配樂編訂而成。其內容相當豐富，全面反映周族歷史政治、宗廟祭祀、農業生產、征戍行役、愛情婚姻、生離死別、憂患不安等生活現實。詩人以賦、比、興及多樣的修辭技巧寫作，開啟我國文學比興抒情傳統，後代文學多從中汲取語言和情感抒發方式。就像是基因一樣，慢慢積澱在所有中國人的血液中，經過幾千年不斷踵事增華，提供文學寫作豐厚養分。

今日生活步調快速，各種新知識、新訊息每天蜂湧而來，人們消耗許多精力，疲於應付這些大量又瞬息萬變的資訊，心靈浮躁不安，找不到可以依託的普世價值標準。此時不妨放慢腳步，品味思考經典的現代意義。譬如說你一直追求理想，但總是遙不可及，〈秦風・蒹葭〉的詩人彷彿知道你的心事，早就為你寫下：

> 蒹葭蒼蒼，白露為霜。所謂伊人，在水一方。
> 遡洄從之，道阻且長；遡游從之，宛在水中央。

這伊人誰都想追求，先是逆著水流，受盡艱辛去找，沒找著；然後又順著水流去找，很幸運的看見了她，可是仍隔著一道河水，無法接近。這就是人生追求各種理想的寫照。上窮碧落下黃泉，雖九死其猶未悔，只有尋覓、追求才能更接近它，詩人或許在〈蒹葭〉中暗喻普世存在的意義。

又譬如你被生活壓得喘不過氣來，此時不妨讀一下〈小雅・無將大車〉：

> 無將大車，祇自塵兮。無思百憂，祇自疧兮。
> 無將大車，維塵冥冥。無思百憂，不出于熲。
> 無將大車，維塵雝兮。無思百憂，祇自重兮。

力量不夠的人，不要推動大車，推動大車只會揚起灰塵，搞得自己灰頭土臉；遇到事情，也千萬不要憂慮，過於憂慮只會使人病倒。看，這詩寫得多實在，不正是聖嚴法師說的「面對它、接受他、處理它、放下它」嗎？中國人精神上偏於憂患深思，詩人在這裡也不忘提醒豁達放下的必要。

還有，你應該有和人相約的經驗吧？如果等了又等仍不見人影，你會怎麼做？〈陳風・東門之楊〉就是寫這種情景：

東門之楊，其葉牂牂，昏以為期，明星煌煌。
東門之楊，其葉肺肺，昏以為期，明星晢晢。

說好傍晚在東門外那棵大楊樹下見面的，但是到了星星出來還不見人影，他到底是怎麼樣了？我要不要再等下去？萬籟俱寂的夜晚，望著滿天星斗，涼風徐徐吹來，樹葉在月色中舞動。詩人沒有多作任何細節書寫，也沒有交代最後結局，留下很多情感空間讓讀者去填補。或許候人不至的焦躁，在轉換心情後，會展現各種不同的結局。

還有你是否不喜歡政客的虛假嘴臉，期望有一位反躬自省的領導人？〈周頌・敬之〉詩人為我們塑造一位典範國君：

敬之敬之，天維顯思，命不易哉！無曰高高在上，陟降厥士，日監在茲。
維予小子，不聰敬止。日就月將，學有緝熙于光明。佛時仔肩，示我顯德行。

貴為周天子尚且謙虛自己不聰明、能力不夠，希望透過不斷學習來彌補不足，尊敬天命，行事順天應人，這樣敬謹謙懷的態度，是今日政治家在權力迷惑下，最為缺乏的內省。

上述這些還不是《詩經》最了不起的貢獻，值得一提的是，《詩經》在寫作上開創興法。「興」簡單來說就是物感，將大自然萬物視為與人同體，於是在書寫人的感情時，藝術外化為大自然萬物，婉轉的透過對物的感覺，來曲折傳達自己的情感。於是悲落葉於勁秋，喜柔條於芳春，外在景物的興衰和人的悲喜合一。由物及人，景情交融。試看〈周南・桃夭〉：

> 桃之夭夭，灼灼其華，之子于歸，宜其室家。
> 桃之夭夭，有蕡其實，之子于歸，宜其家室。
> 桃之夭夭，其葉蓁蓁，之子于歸，宜其家人。

這姑娘未必是春天出嫁，但詩人也可以拿春天桃樹茂盛繁花燦爛，來比喻她正值花樣年華，用結實纍纍來祝福她未來多子多孫，以開枝散葉來祝福她能興旺夫家。詩中不直接寫出嫁女子，而是拿桃樹開花、結果、長葉的生命歷程來取譬她，人的生命歷程和樹木同體而觀。

這樣的思維形式根深蒂固影響著我們，感覺萬物和人一樣有情有德。中國人出生年都有所屬生肖動物，人們通常不自覺取那動物優長為自己的性格特點，這種認知方式，也是由《詩經》開啟的。

以上只是隨手拈來的例子，可見《詩經》和我們的思維、情感密不可分。如果你讀過它，詩中印象會使你感到無比親切，累積內化為你為人處世的風格、性情展現的狀態。日常生活中，我們經常脫口而出一些成語，像是「鳩佔鵲巢」、「瓜瓞綿綿」、「兄弟鬩牆」、「愛莫助之」、「不忮不求」等等，這些蘊意豐富的成語全都出自《詩經》。又不論你的職業是什麼？在《詩經》中，幾乎都有相關的敘寫，像〈甘棠〉寫政治人物；〈皇皇者華〉寫使臣；〈東山〉、〈采薇〉寫軍人；〈斯干〉寫建築；〈大田〉、〈無羊〉寫農牧；〈叔于田〉、〈大叔于田〉寫田獵；〈君子偕老〉寫服飾；〈簡兮〉寫舞人；〈伐檀〉、

〈碩鼠〉寫稅收……其涉及層面廣闊，可說當時百姓的生活實錄，很容易引發讀者的閱讀興趣。

然而今日的讀者，首先就被詩中艱澀的語言打敗，認為它是一本看不懂的「有字天書」。其實面對古典文獻語言，可以藉助註解、翻譯去理解。商周出版這本《詩經》中有白話語譯、疑難字詞註釋和歷代註家學者的評析、眉批，包羅內容豐富，已替不同需求的讀者搭好便橋，引領大家進入《詩經》的璀燦園地，任憑個人喜好採摘花果。經典原本就是鼓勵開放思考的，每個人都可以依自己喜歡的方式閱讀。

（本文作者為東海大學中國文學系教授）

# 編輯說明

◎本書係以清末民初學者洪子良所撰之《新註詩經白話解》一書為底本而成。原書於一九二六年上海中原書局出版，因時、地變化距今久遠，書中所標註的音切或與今日發音有所不同。此外洪氏解《詩》觀點雖沿襲南宋大儒朱熹，亦有個人創新的見解在其中，其註釋、章旨等內容自有特色，本書編纂時除針對錯別字或常用字進行修正之外，其餘照錄原書內容，俾令讀者瞭解洪氏觀點。

◎為使讀者更能夠理解詩文讀音，便於誦讀，本書參考滕志賢所撰《詩經》與裴普賢所撰《詩經評註讀本》，編寫國語注音。

◎《詩經》之美在於詩文中蘊藏著的意義與情感，而各家詮釋觀點不一。因此本書在白話譯文編寫上，不完全依隨洪氏所述，而是多方參考各家解釋與說法而成，期望能夠透過淺白生動的譯文，令讀者理解、體味詩文中各種美好憂傷的情感。

◎《詩經》為五經之首，歷朝歷代諸多學者對此進行各方面的探討、評析。無論讀者們是深入研究或是單純感受，這些珍貴的看法與見解都有助於更理解《詩經》的內涵。本書以瞭解詩義為出發點，從古今歷代學者研究中，整理出精彩、值得一讀的眉批、評論、賞析，期望能讓讀者們在閱讀詩文的同時，也能透過各家的評註文字，瞭解詩文精彩與有趣之處，感受《詩經》的博大精深與文字未盡之意。

◎本書之成，實有賴於古今諸位學者奉獻心力的研究。深切希望能藉由本書，令讀者們感受《詩經》之美。

編者陳名珉與商周出版編輯部

# 詩經傳序

或有問於予曰：「詩何爲而作也？」

予應之曰：「人生而靜，天之性也；感於物而動，性之欲也。夫既有欲矣，則不能無思；既有思矣，則不能無言；既有言矣，則言之所不能盡，而發於咨嗟詠歎之餘者，必有自然之音響節族（音奏）而不能已焉。此詩之所以作也。」

曰：「然則其所以教者何也？」

曰：「詩者，人心之感物，而形於言之餘也。心之所感有邪正，故言之所形有是非。惟聖人在上，則其所感者無不正，而其言皆足以為教。其或感之之雜，而所發不能無可擇者，則上之人必思所以自反，而因有以勸懲之。是亦所以為教也。昔周盛時，上自郊廟朝廷，而下達於鄉黨閭巷，其言粹然無不出於正者。聖人固已協之聲律，而用之鄉人，用之邦國，以化天下。至於列國之詩，則天子巡守，亦必陳而觀之，以行黜陟之典降。自昭穆而後，寖以陵夷，至於東遷，而遂廢不講矣。孔子生於其時，既不得位，無以行勸懲黜陟之政。於是特舉其籍而討論之，去其重複、正其紛亂，而其善之不足以為法，惡之不足以為戒者，則亦刊而去之，以從簡約，示久遠。使夫學者，既是而有以考其得失，善者師之而惡者改焉。是以其政雖不足以行於一時，而其教實被於萬世。是則詩之所以為教者然也。」

曰：「然則國風、雅、頌之體，其不同若是何也？」

曰：「吾聞之，凡詩之所謂風者，多出於里巷歌謠之作。所謂男女相與詠歌，各言其情者也。惟〈周南〉、〈召南〉，親被文王之化以成德，而人皆有以得其性情之正。故其發於言者，樂而不過於淫，哀而不及於傷。是以二篇獨爲風詩之正經。自邶而下，則其國之治亂不同，人之賢否亦異，其所感而發者，有邪正是非之不齊。而所謂先王之風者，於此焉變矣。若夫雅頌之篇，則皆成周之世，朝廷、郊廟、樂歌之辭。其語和而莊，其義寬而密。其作者往往聖人之徒。固所以為萬世法程，而不可易者也。至於雅之變者，亦皆一時賢人君子，閔時病俗之所為，而聖人取之。其忠厚惻怛之心，陳善閉邪之意，尤非後世能言之士所能及之。此詩之爲經，所以人事浹於下，天道備於上，而無一理之不具也。」

曰：「然則其學之也，當奈何？」

曰：「本之二南，以求其端；參之列國，以盡其變；正之於雅，以大其規；和之於頌，以要其止。此學詩之大旨也。於是乎，章句以綱之，訓詁以紀之，諷詠以昌之，涵濡以體之；察之情性隱微之閒，審之言行樞機之始。則修身及家，平均天下之道，其亦不待他求，而得之於此矣。」

問者唯唯而退，余時方輯詩傳。因悉次是語，以冠其篇云。

淳熙四年丁酉冬十月戊子

新安朱熹書

〈目錄〉



# 國風

## 邶 107

# 小雅

## 白華之什 573



## 彤弓之什 591



## 祈父之什 631

# 大雅

## 生民之什 929



## 蕩之什 987

# 周頌

# 魯頌



# 商頌

# 國風

詩經的詩體有三種，是風、雅、頌。

風的意義當作「諷」字解，好像春風風人的一般；雅的意義當作「大」字解，好像夏天的氣候發揚和那秋天的時令廣大；頌的意義就是隆冬的時候，萬物盡藏，一年的長養都已告成了。

《集傳》說，風是民俗歌謠的詩，因為人民被了感化，自然而然的流露出來，所它流露出來的，又可以感動別人，就像物質被了風的激動，常常發出聲音；它的聲音，又可以感動別的物質，所以凡是歌謠的一類，都是叫做「風」。

國風的愛義，就是採取各國的風俗，所以稱為「國風」。

# 周南

周，國名。后稷十三代的孫，名為古公亶父的，起初所居的地方，在禹貢雍州岐山的南面。後來武王得了天下，把這個地方分給他的兄弟周公旦做了采邑。但此時的周，卻是周初的地名，與旦毫不相干的。在這時候所採的歌謠，是從周地得來的，統稱為「周」。

但是十五國的歌謠。都叫做「風」，何以獨稱周為南呢？古序說：「化由北而南。」章自潢又以為是樂的名字。他所採的證據，有以雅以南的詩，和舜帝的《薰風歌》，又說八力以南為正，八風以南為和，所以詩的正風，就是稱為南。又有的說，周南就是周國以南的地方。大略所採的詩篇，總是周南的居多，故此稱為周南。

# 關雎

關關[1]雎鳩[2]，在河之洲[3]。
窈窕[4]淑女[5]，君子[6]好逑[7]。

發出「關關」聲啼鳴應和的水鳥，停在水中央的小洲上。
幽靜而美麗的女子，是青年男子追求的對象。

**【註釋】**興也。雎，音疽，《國語》、《史記》均音「雖」。窈，音「杳」。窕，徒了反。1關關，是雌雄之鳥相和的鳴聲。2雎鳩是水鳥，同「鳧鷖」一樣的。3河洲，是水邊的淺地。4窈窕是幽閒的樣子。5淑女，是未嫁的好女子。6君子，是指求配偶的人。7逑，是配偶。

**【章旨】**這章詩，是詩人先說別種的物事，引起詠託的詞意。說是鳴聲相和的水鳥，同在河洲上面，那幽閒的好女子，該是君子所求的佳偶了。

**【集傳】**興也。關關，雌雄相應之和聲也。雎鳩，水鳥，一名王雎。狀類鳧鷖。今江淮間有之。生有定偶，而不相亂偶，常並遊，而不相狎。故《毛傳》以為，摯而有別。《列女傳》以為，人未嘗見其乘居而匹處者，蓋其性然也。河，北方流水之通名；洲，水中可居之地也。窈窕，幽閒之意。淑，善也。女者，未嫁之稱，蓋指文王之妃大姒為處子時而言也。君子，則指文王也。好，亦善也。逑，匹也。《毛傳》之「摯」字與「至」通，言其情意深至也。○興者，先言他物，以引起所詠之詞也。周之文王生有聖德，又得聖女姒氏，以為之配，宮中之人，於其始至，見其有幽閒貞靜之德，故作是詩，言彼關關然之雎鳩，則相與和鳴於河洲之上矣。此窈窕之淑女，則豈非君子之善匹乎？言其相與和樂而恭敬，亦若雎鳩之情摯而有別也。後凡言興者，其文意皆放此云。漢匡衡曰：「窈窕淑女，君子好逑，言能致其貞淑，不貳其操。情欲之感，無介乎容儀。宴私之意，不形乎動靜。夫然後可以配至尊，而為宗廟主。」此綱紀之首，王化之端也，可謂善說詩矣。

**【箋註】** 牛震玉曰：先聲後地有情，若作「河洲雎鳩，其鳴關關」，意味便短。窈窕二字形容淑女，說盡矣卻又不盡妙。只「窈窕淑女」二語已足。「窈窕淑女，君子好逑」，不平對，錯綜得妙。若作「淑女窈窕，君子好逑」便直致無味。

方玉潤曰：此詩佳處，全在首四句，多少和平中正之音，細味自見。取冠三百，真絕唱也。

程俊英曰：按「鳩」在國風中見過四次，都是比喻女性的，相傳這種鳥雌雄情意專一，和常鳥不同。

**參差[1]荇[2]菜，左右流之[3]。**
**窈窕淑女，寤寐[4]求之。**
**求之不得，寤寐思服[5]。**
**悠哉悠哉[6]，輾轉[7]反側[8]。**

水裡生長著的或長或短的荇菜，或左或右的順水流動著。
幽靜而美麗的女子，無論醒睡都想追求她。
想追求她但追不上，無論醒睡都在思念著她。
想念她啊想念她，翻來覆去，難以入眠。

**【註釋】** 興也。參，初金反。差，初宜反。荇，音「杏」。輾，音「展」。1參差，長短不齊的樣子。2荇是水草，根生水底，它的莖和釵股差不多，上青下白，葉子是紫赤的顏色，有一寸多寬的直徑，浮在水面。3左右流之，是或左或右的流動，不易得著的意思。4寤是醒了，寐是睡著了。5服是中懷想著。6悠哉悠哉，是長久在繫念著。7輾是轉了一半；轉，是全都轉了。8反是覆過去，側是斜過半邊。

**【章旨】** 這章詩是說長短不齊的水草，在那裡左右的流動，不易得著的樣子。那幽閒的好女子，我在睡著了或未睡著的時候，纔想去求她的。若是求她不得，未免令我常常的繫念，翻來覆去，長久的懷想。

**【集傳】**興也。參差，長短不齊之貌。荇，接余也，根生水底，莖如釵股，上青下白，葉紫赤，圓莖寸餘，浮在水面。或左或右，言無方也。流，順水之流而取之也。或寤或寐，言無時也。服，猶懷也。悠，長也。輾者，轉之半；轉者，輾之周。反者，輾之過；側者，轉之留，皆臥不安席之意。○此章本其未得而言。彼參差之荇菜，則當左右無方以流之矣，此窈窕之淑女，則當寤寐不忘以求之矣。蓋此人此德，世不常有，求之不得，則無以配君子，而成其內治之美。故其憂思之深，不能自已至於如此也。

**【箋註】**竹添光鴻曰：無「求之不得」四句，則全詩平疊直敘，無復曲折，忽於「窈窕淑女」前後四疊之間，插此四句，遂覺滿篇悠衍生動矣。

方玉潤曰：跟上求字，忽生出不得一層，文心乃曲。忽轉繁絃促音，通篇精神扼要在此，不然前後皆平沓矣。

**參差荇菜，左右采[1]之。**
**窈窕淑女，琴瑟[2]友[3]之。**
**參差荇菜，左右芼[4]之。**
**窈窕淑女。鐘鼓[5]樂之。**

水裡生長著的或長或短的荇菜，順著水流左採右採。
求得幽靜而美麗的女子，以琴瑟調和之音親近她。
水裡生長著的或長或短的荇菜，順著水流左摘右摘。
求得幽靜而美麗的女子，以鐘鼓之音令她感覺歡喜。

**【註釋】**興也。采，此禮反，讀「再」。友，羽已反，讀「已」。芼，音「帽」。1 采是採取的意思。2

琴有五弦的，有七弦的；瑟有二十五弦的，亦有五十弦，皆是絲類。3友是友愛。4芼，是拿來煮熟了，做享荐的物品。5鐘鼓是樂器的名字，鐘是金類，鼓是革類，是樂器大的一類。

【章旨】這章詩是比較上章更進一層說。上章是說水草左右的流動，尚未得著，所以那幽閒的好女，雖是寤寐中去求她，總未得著，因有輾轉的反側和長久的思念。這章是說水草若已經得著了，淑女已經求得了，好像琴瑟一般的調和。這水草應該煮熟了，做享薦的物品；要那幽閒的好女，享受琴瑟的友愛和鐘鼓的樂趣了。

【集傳】興也。采，取而擇之也。芼，熟而薦之也。琴，五弦或七弦；瑟，二十五弦。皆絲屬，樂之小者也。友者，親愛之意也。鐘，金屬；鼓，革屬，樂之大者也。樂，則和平之極也。○此章據今始得而言。彼參差之荇菜既得之，則當采擇而烹芼之矣。此窈窕之淑女，既得之，則當親愛而娛樂之矣。蓋此人此德，世不常有，幸而得之，則有以配君子而成內治，故其喜樂尊奉之意，不能自已，又如此云。

【箋註】孔穎達曰：以琴瑟相和，似人情志，故以友言之；鐘鼓鏗宏，非情志可比，故以樂言之。方玉潤曰：友字樂字，一層深一層，快足滿意而又不涉於侈靡，所謂樂而不淫也。

## 關雎三章，一章四句，二章章八句。

【集傳】孔子曰：「關雎樂而不淫，哀而不傷。」愚謂：「此言為此詩者，得其性情之正，聲氣之和也。蓋德如雎鳩，摯而有別，則后妃性情之正，固可以見其一端矣。至於寤寐反側、琴瑟鐘鼓，極其哀樂，而皆不過其則焉。則詩人性情之正，又可以見其全體也。獨其聲氣之和有不可得而聞者，雖若可恨，然學者姑即其詞而玩其理以養心焉，則亦可以得學季之本矣。」匡衡曰：「妃匹之際生民之始，萬福之原，婚姻之禮正，然後品物遂而天命全。」孔子論詩以關雎為始，言君上者民之父母，后夫人之行，不侔乎天地，則無以奉神靈之統，而理萬物之宜。自上世以來，三代興廢，未有不理此者也。

【箋註】牛運震曰：孔子曰：「〈關雎〉樂而不淫，哀而不傷。」二語已盡此詩之妙。不傷者，舒而不迫；不淫者，淡而不濃。細讀之，別有優柔平中之旨，潔淨希夷之神。寫哀，極綿曲之態；寫樂，用平直之調。輾轉反側、琴瑟鐘鼓，都是空中設想虛處結情，解詩者以為事實，失之矣。

聞一多曰：〈關雎〉，女子採荇於河濱，君子見而悅之。

屈萬里曰：此祝賀新婚之詩。

高亨曰：這首詩歌唱一個貴族愛上一個美麗的姑娘，最後和她結了婚。

程俊英曰：這是一個青年熱戀採集荇菜女子的詩。全詩集中描寫他「求之不得」的痛苦，只能在想像中和她親近、結婚。

馬持盈曰：這首詩，完全是愛情結合的詩。由追求、而戀愛而結合，感情的發展過程很明顯。這首詩明明是男子追求女子，求之不得，所以翻來覆去的睡不著，漢儒偏要把它牽扯到后妃之德上，怪不得七拉八扯，總是合不攏呢。

## 葛覃

葛[1]之覃[2]兮，施[3]于中谷[4]，
維葉萋萋[5]。
黃鳥[6]于飛，集于灌木[7]，

葛藤生長得那麼長，蔓延到山谷的中央，
葉子長得如此茂盛。
黃鸝飛舞，在矮樹叢上群集，
嘰嘰喳喳的鳴叫著。

其鳴喈喈8。

【註釋】賦也。施，音「異」。喈，之奚反。1葛是蔓生的草，可以織布的。2覃是蔓延的意思。3施，就是移。4中谷，是山谷之中。5萋萋是茂盛的樣子。6黃鳥，是黃鸝。7灌木是叢木。8喈喈，是和聲從遠處聽來的。

【章旨】這章詩是賦體。直說葛的蔓延，移滿了山谷之中，它的葉子茂盛極了；還有黃鳥飛集在灌木的上面，鳴聲從遠處聽來，很是和悅的。

【集傳】賦也。葛，草名，蔓生可為絺綌者。覃，延。施，移也。中谷，谷中也。萋萋，盛貌。黃鳥，鸝也。灌木，叢木也。喈喈，和聲之遠聞也。○賦者，敷陳其事，而直言之者也。蓋后妃既成絺綌而賦其事，追敘初夏之時，葛葉方盛，而有黃鳥鳴於其上也。後凡言賦者，放此。

【箋註】蘇轍曰：葛者，婦人之所有事也。詠歌其所有事，而又及其所聞見也。

牛運震曰：首三句寫葛幽蔚在目，後三句娟媚充悅。飛、集、鳴三項，略一點逗，物色節候宛然如畫。葛鳥平分對雙葉別調，妙在與葛事全不相干，閒情活趣。

方玉潤曰：追敘葛之初生，二句為一截，唐人多有此體。

馬瑞辰曰：詩以葛之生此而延彼，興女之自母家而適夫家。

---

葛之覃兮，施于中谷，

維葉莫莫1。

是刈是濩2，為絺為綌3，

葛藤生長得那麼長，蔓延到山谷的中央，
葉子長得如此茂盛。
將它割下，蒸煮它，分別織成粗葛布與細葛布，
穿在身上不覺得厭惡。

## 服之無斁4。

【註釋】賦也。濩，音「鑊」。絺，音「癡」。綌，音「隙」。斁，音「亦」。1莫莫，是茂盛的樣子。2刈是斬割；濩就是煮。3葛布可以做夏天的衣服，精的名「絺」，粗的名「綌」。4斁，是厭惡的意思。服之無斁，是穿了總不厭惡。

【章旨】這章詩是說到了葛已長成的時候，就把它割了來、煮好了，織成粗細的葛布做成衣服，著在身上。雖是經久垢弊，終沒有絲毫的厭棄心。

【集傳】賦也。莫莫，茂密貌。刈，斬；濩，煮也。精曰絺；粗曰綌。斁，厭也。○此言盛夏之時，葛既成矣。於是治以為布，而服之無厭。蓋親執其勞，而知其成之不易。所以心誠愛之，雖極垢弊，而不忍厭棄也。

【箋註】陳鵬飛曰：以為衣服，而服之無厭斁之心，女功之勤者，身親嘗之，所以能儉。

朱善曰：刈而後濩，濩而後績，績而後成布，成布而後為衣。其為之也有序，其服之也不厭，此所以為勤且儉也。

牛運震曰：正寫治葛，只「是刈」二句。末句樸厚恬雅，一語中多少意思。

方玉潤曰：治葛既成以至服之無斁，起下汙澣。

## 言1告2師氏3，言告言歸。
## 薄4汙5我私6，薄澣7我衣8。
## 害9澣害否，歸寧10父母。

告訴我的保母，我要返回娘家。
清洗我的褻衣，清洗我的禮服。
看哪一件要洗哪一件不洗，我將返回娘家探望爹娘。

【註釋】賦也。澣，音「緩」。害，音「曷」。否，如字。1言是言詞。2告是稟告。3師氏是女師。4薄是少的意思。5汙是衣上的汙穢。6私是小衣。7澣就是洗濯。8衣是禮服。9害當「何」字解。10寧是安寧，就是問安的意思。

【章旨】上章是說把葛織成了粗、細的衣服。這章是說要稟告女師，使她告訴君子，將要歸寧的意思。並且把褻衣和禮衣，稍加洗滌。那一件要洗、那一件不用洗，我將穿了回家，問父母的安寧。

【集傳】賦也。言，詞也。師，女師也。薄，猶少也。汙，煩撋之，以去其汙，猶治亂而曰亂也。澣，則濯之而已。私，燕服也。衣，禮服也。害，何也。寧，安也，謂問安也。○上章既成絺綌之服矣，此章遂告其師氏，使告於君子，以將歸寧之意。且曰：「盍治其私服之汙，而澣其禮服之衣乎。何者當澣？而何者可以未澣乎？我將服之以歸寧於父母矣。」

【箋註】輔廣曰：薄汙薄澣者，不為甚飾之詞。害澣害否者，又見其不苟之意。

姚際恆曰：此言「汙」、「澣」與上絺綌之服又不必相涉，然而映帶生情，在有意無意間。此風人之妙致也。此詩不重末章，而餘波若聯若斷，一篇精神生動處則在末章也。

牛運震曰：「汙」字字法，「薄汙」、「薄澣」瑣屑，分明入妙。「父母」字倒點作煞，正是極鄭重高興處。借澣衣歸寧作結，正為治葛點染生色，餘波迴照，有不即不離之妙。歸寧大禮，寫來極風韻，極興頭。津津娓娓，活是嬌女戀母情致。

方玉潤曰：三章歸寧正面。三言字，兩薄字，兩害字，說得何等從容不迫，的是大家閨範賢媛口吻。

## 葛覃三章，章六句。

【集傳】此詩后妃所自作，故無贊美之詞，然於此可以見其已貴而能勤，已富而能儉，已長而敬不弛於師傳，已嫁而孝不衰於父母，是皆德之厚而人所難也。小序以為后妃之本，庶幾近之。

【箋註】輔廣曰：勤儉孝敬，固婦人之懿德，又能不以勢之貴富，時之久遠，而有所變遷焉，則尤見其德厚有常，而人所難及也。

牛運震曰：一篇老嫗少女情思，卻居然中宮國母氣象。黃鳥鳴木，不必目睹其景，正好借作治葛以前襯托。澣衣歸寧，不必實有其事，恰好借作治葛以後烘染。即此可悟古人作詩參活不呆板處。

崔述曰：詩之體，多重末章，而前特為原起。此篇本為歸寧而作，然不遽言歸寧，先言葛葉之生，時鳥之變，感物思親，此其時矣。而仍不遽歸也，乃藉師氏以請於夫，而云害澣害否，猶為不敢必之辭焉。其敬事而不敢顧其私，尊夫而不敢擅自主，為何如哉？歸寧父母，孝也，人子之至情也，猶不敢專如此，況其他乎？

程俊英曰：這是一首描寫女子準備回家探望爹娘的詩。

屈萬里曰：此婦人自詠歸寧之詩。由「言告師氏」之語證之，此婦似非平民。

高亨曰：這首詩反應了貴族家中的女奴們給貴族割葛、煮葛、織布及告假洗衣回家等一段生活情況。

馬持盈曰：這是女子婚後回家省親之詩。

# 卷耳

采采[1]卷耳[2]，不盈頃筐[3]。
嗟[4]我懷人[5]，寘[6]彼周行[7]。

將卷耳採了又採，卻裝不滿淺淺的竹筐。唉，想起我所思念的那個人，不由得把竹筐放在大路旁。

【註釋】賦也。卷，上聲。頃，音「傾」。行，戶郎反。1采采，是一再採取的意思。2卷耳，是耳、葉，青白色，白花細莖，可以煮熟了吃的，俗名耳璫，像婦人耳中的璫子差不多。3不盈頃筐，是不滿一筐的意思。4嗟，是感歎詞。5懷人，說是所想的人，就是指著君子的意義。6寘，當作放下解。7周行，是大路。

【章旨】這章詩是說婦人為她的君子不在家裡，思慕得很，託言方採卷耳，尚未滿一筐，就想起她的所懷的君子，便把卷耳放在大路的旁邊。

【集傳】賦也。采采，非一采也。卷耳，枲耳，葉如鼠耳，叢生如盤。頃，欹也。筐，竹器。懷，思也。人，蓋謂文王也。寘，舍也。周行，大道也。○后妃以君子不在，而思念之，故賦此詩託言。方采卷耳，未滿頃筐，而心適念其君子，故不能復采，而寘之大道之旁也。

【箋註】朱善曰：卷耳易采也，頃筐易盈也，然采之又采而不盈頃筐何也？蓋託言其心在乎君子，而不在乎物也，於是舍之而寘彼大路之旁焉。其心之專一而不暇乎它，可知也。

牛運震曰：「我懷人」，隱約其詞，不能質言，妙。閨思妙旨，唐人詩：「提籠忘采桑，昨夜夢漁陽。」一似從此化出。

方玉潤曰：因采卷耳而動懷人念，故未盈筐而寘彼周行，已有一往情深之概。

**陟1彼崔嵬2，我馬虺隤3。**
**我姑酌彼金罍4，**
**維以不永懷5。**

我想爬上那座土山遙望在路上的丈夫，然而馬太疲倦了上不了山。
我以青銅酒器盛酒飲酌，
藉著吃醉，不去思念牽掛他。

【註釋】賦也。崔，音「摧」。嵬，音「巍」。虺，音「灰」。隤，音「頹」。1陟是升高。2崔嵬是土山。3虺隤，是馬疲倦態。4罍是酒杯。金罍，是刻了雲雷的花紋，用金子飾的。5永，是永遠。惟以不永懷，是不要常常懷想，卻是沒有時候能夠不要懷想。

【章旨】詩是託言到那土山上面，望她的所懷的君子，但是馬疲倦了，不能上山去，姑且酌一杯酒，不要常常的思念著，這就是借酒消愁的意思。

【集傳】賦也。陟，升也。崔嵬，土山之戴石者。虺隤，馬罷不能升高之病。姑，且也。罍，酒器，刻為雲雷之象，以黃金飾之。永，長也。○此又託言，欲登此崔嵬之山，以望所懷之人，而往從之，則馬罷病而不能進。於是且酌金罍之酒，而欲其不至於長以為念也。

【箋註】牛運震曰：妙在數虛字，寫得愁苦岑寂，情緒顛倒，真得白描之神。
方玉潤曰：下三章皆從對面著筆，思想其勞苦之狀。

**陟彼高岡1，我馬玄黃2。**
**我姑酌彼兕3觥4，**
**維以不永傷5。**

我想騎馬登上那高高的山頂，遙望遠方的丈夫，但馬兒疲病，實在無法行走。
我以牛角杯器盛酒飲酌，
藉著吃醉，避免因爲想到他而感傷。

【註釋】賦也。兕，音「似」。觥，音「肱」，古黃反，讀若「晃」。1岡是山脊。2我馬玄黃，是馬的顏色黑中轉黃，病極變了色。3兕是野牛，一角青色，有千斤多重。4觥是酒杯。5傷是感傷。

【章旨】這章詩是說要到山岡上望望，但是她的馬，已經病得由黑而轉黃，更不能走了。還是酌一杯酒，免得常常的感傷。

【集傳】賦也。山脊曰「岡」。玄黃，玄馬而黃，病極而變色也。兕，野牛，一角青色，重千斤。觥，爵也，以兕角為爵也。

【箋註】牛運震曰：懷傷不辭，但求不永，可謂微婉之極。意興玲瓏，詠歎盡致。

---

我想騎馬登上那座石頭山眺望遠行的丈夫，但我的馬兒病了，我的僕人也病得不能走了，無可奈何，只能嘆息。

---

**陟彼砠[1]矣，我馬瘏[2]矣，我僕痡[3]矣，云何[4]吁[5]矣。**

【註釋】賦也。砠，音「疽」。瘏，音「塗」。痡，音「敷」。1 砠是有土的山石。2 瘏，是馬病不能走。3 痡是僕病不能走。4 云何，就是無可如何的意思。5 吁是歎息。

【章旨】這章是更進一層說法，她說不但馬病得不能前進，連僕人也病得不能走了，無可如何，只有長吁歎息。

【集傳】賦也。石山戴土曰「砠」。瘏，馬病不能進也。痡，人病不能行也。吁，憂歎也，《爾雅》注引此作盱，張目遠望也，詳見〈何人斯〉篇。

【箋註】輔廣曰：馬病不能進，猶可資於人也。僕病不能行，則斷不能往矣。此亦甚之之詞。

牛運震曰：添出僕痡是加一倍寫法。「云何吁矣」，作兩句讀，頓挫嗚咽，所謂短歌微吟不能長。四矣字急調促節。

方玉潤曰：末乃極意摹寫，有急管繁絃之意，後世杜甫「今夜鄜州月」一首脫胎於此。

**卷耳四章，章四句。**

【集傳】此亦后妃所自作，可以見其貞靜專一之至矣。豈當文王朝會征伐之時，羑里拘幽之日而作歟，然不可考矣。

【箋註】姚際恆曰：二章言山高，馬難行；三章言山脊，馬益難行；四章言石山，馬更難行。二、三章言馬病，四章言僕病，皆詩例之次序。

崔述曰：愛之至，故欲其自寬。無錦衾角枕之思，而但有夙夜風霜之慮，是其情發乎正而不流於昵，可以為訓於後世矣。是故二南之首以〈關雎〉者，男先乎女之義也。次以〈葛覃〉，婦敬夫也。又次以〈卷耳〉，婦愛夫也。愛易而敬難，故先敬而後愛，能如是之敬愛其夫，夫之所以寤寐求而琴瑟友也。《易傳》所謂夫夫婦婦而家道正，正家而天下定者，此也。

陳子展：〈卷耳〉，當是岐周大夫于役中原，其妻思念而作。

高亨曰：這首詩的主題不易理解，作者似乎是個在外服役的小官吏，敘寫他坐著車子，走著艱阻的山路，懷念著家中的妻子。

俞平伯曰：當攜筐采綠者徘徊巷陌，迴腸盪氣之時，正征人策馬盤旋，度越關山之頃，兩兩相映，境殊而情卻同，事異而怨則一。所謂「向天涯一樣纏綿，各自飄零」者，或有當詩人之恉乎！

程俊英曰：這是一位婦女想念她遠行的丈夫的詩。她想像他登山喝酒，馬疲僕病，思家憂傷的情景。

屈萬里曰：此當是行役者思家之詩。首章述家人思己之苦；二、三、四章，則行役者自述思家之情也。觀其有僕有馬，似亦非平民或兵卒。

馬持盈曰：這是在外服役者思家之詩。本章之詩是征人假想其妻室對於他如此懷念的心情。

# 樛木

南[1]有樛木[2]，葛藟[3]纍[4]之。
樂只[5]君子[6]，福履綏之[7]！

南山有棵枝條彎曲的樹，蔓生的草藤纏繞著它。
祝福君子，聚集福祿得享平安！

【註釋】興也。樛，音「鳩」。藟，音「雷」。只，音「紙」。1南是南山。2樛木。是彎曲的樹。3葛藟是蔓生草。4纍是纏累著。5只是語助詞。6君子，〈小序〉是指后妃。7綏是安康的意思。福履綏之，是祝君子的福祿。履當作祿字解。

【章旨】這章詩是說南山上有彎曲的樹木，那蔓生的葛藟，綿綿的纏著他。可喜的君子，祝你的福祿康寧。大概詩人看見樛木和葛藟起興的。

【集傳】興也。南，南山也。木下曲曰樛。藟，葛類。纍，猶繫也。只，助語詞。君子，自眾妾而指后妃。猶言小君內子也。履，祿。綏，安也。○后妃能逮下，而無嫉妒之心。故眾妾樂其德，而稱願之曰：南有樛木，則葛藟纍之也，樂只君子，則福履綏之矣。

【箋註】牛運震曰：「樂」字渾妙，「福履」字新。

南有樛木，葛藟荒[1]之。
樂只君子，福履將[2]之！

南山有棵枝條彎曲的樹，蔓生的草藤遮蓋住它。
祝福君子，保佑他福祿平安！

【註釋】興也。1荒是包荒。2將是扶助的意思。

【章旨】這章詩和前章一樣解法，不過祝那君子常受福祿的意思。

【集傳】興也。荒，奄也。將，猶扶助也。

## 南有樛木，葛藟縈1之。樂只君子，福履成2之！

南山有棵枝條彎曲的樹，蔓生的草藤盤繞著它。祝福君子，得以受享福祿平安！

【註釋】興也。縈烏營反。1縈，是纏繞著。2成，是成就。

【章旨】這章詩，是說祝君子的福祿成就了的意思。

【集傳】興也。縈，旋。成，就也。

【箋註】鄒泉曰：旋繞之周為縈。成者，言諸福之物可致之祥，莫不畢至，有純全悠久之意。

顧起元曰：成言自始至終，自大至小，其福無不成就。

## 樛木三章，章四句。

【箋註】顧夢麟曰：三章大旨，以稱顯不已為義。黃才伯謂稱者，稱其所已然德也；顧者，願其所未然福也。

牛運震曰：換字不換調，一節深一節，風體往往有此。

方玉潤曰：三章只易六字，而往復疊陳，殷懃之意自見。

高亨曰：作者攀附一個貴族，得到好處，因作這首詩為貴族祝福。

程俊英：這是一首祝賀新郎的詩。詩中以葛藟附樛木，比喻女子嫁給「君子」。

屈萬里曰：此祝福之詩。所祝之君子，蓋亦有官爵者。

## 螽斯

螽斯[1]羽，詵詵[2]兮。
宜爾子孫，振振[3]兮。

螽斯振翅，發出「詵詵」的聲音，
祝福你的子孫，衆多昌盛。

**【註釋】** 比也。螽，音「終」。詵，音「深」。振，音「真」。1螽斯，就是蝗蟲，身長色青，長角長股，一次的產生，便有九十九子。2詵詵，是聚集的形狀。3振振，是繁盛的意思。

**【章旨】** 這章詩是詩人借物作比的，他把螽斯的多子來比文王。他說螽斯能夠群處和集，所以牠的子孫繁盛，文王亦是這樣的。

**【集傳】** 比也。螽斯，蝗屬，長而青，長角長股，能以股，相切作聲。一生九十九子。詵詵，和集貌。爾，指螽斯也。振振，盛貌。○比者，以彼者比此物也。后妃不妒忌，而子孫眾多。故眾妾以螽斯之群處和集，而子孫眾多，比之。言其有是德，而宜有是福也。後凡言比者放此。

**【箋註】** 牛運震曰：子孫說螽斯，奇。螽斯比后妃，古人作詩，無嫌忌如此。

**螽斯羽，薨薨[1]兮。宜爾子孫，繩繩[2]兮。**

螽斯振翅，發出「薨薨」的聲音，祝福你的子孫，後代綿延不斷。

【註釋】比也。1薨薨，是群飛的聲音。2繩繩，是綿延不絕的意思。

【章旨】這章詩和上章一樣的解法。

【集傳】比也。薨薨，群飛聲。繩繩，不絕貌。

**螽斯羽，揖揖[1]兮。宜爾子孫，蟄蟄[2]兮。**

螽斯振翅，發出「揖揖」的聲音，祝福你的子孫，繁盛且衆多。

【註釋】比也。揖，音「緝」。1揖揖，是聚會在一處。2蟄蟄，是多的意思。

【章旨】這章詩的解法，亦和上章一樣。

【集傳】比也。揖揖，會聚也。蟄蟄，亦多意。

【箋註】鍾惺曰：「詵詵」、「薨薨」、「揖揖」，非和也。能為「詵詵」、「薨薨」、「揖揖」，即和矣。蓋指和之象以示人也。要知「詵詵」、「薨薨」、「揖揖」，皆是「群」字義，非「和」字，正解也。物群則爭，群而和乃真和也，和者生理亦生氣，子孫眾多，自是感應必然之妙。

方玉潤曰：詩只平說，難六字煉得甚新。

馬持盈曰：歐陽脩《詩本義》謂「振振」、「繩繩」、「蟄蟄」，皆謂子孫之多。而毛詩訓為「仁厚」、「戒慎」、「和集」，皆非詩本義，批評甚當。

螽斯三章，章四句。

【箋註】吳闓生曰：此但祝禱之詞。以多男為祝，人之恆情，無與后妃，亦無不妒忌之意。

高亨曰：這是勞動人民諷刺剝削者的短歌。詩以蝗蟲紛紛飛翔，吃盡莊稼比喻剝削者子孫眾多，奪盡勞動人民的穀糧，反映了階級社會的階級實質，表達了勞動人民的仇恨。

徐俊英曰：這是一首祝人多子多孫的詩。詩人用蝗蟲多子，比人的多子，表示對多子者的祝賀。

屈萬里曰：此祝子孫盛多之詩。

## 桃夭

桃1之夭夭2，灼灼3其華4。
之子5于歸6，宜其室家7。

桃樹生長得如此枝繁葉茂，花朵盛開鮮豔燦爛。
就像這位女子出嫁到婆家，一定會令家庭和順美滿。

【註釋】興也。夭，音「腰」。華，音「花」。1桃是木名，花紅色。結實可食。2夭夭是少好的樣子。3灼灼是花開的茂盛。4華就是花。5之子，是出嫁的女子。6于歸，是女子出嫁的名稱，就是來歸夫家的意思。7室，是夫婦所住的；家，是一門之內。

【章旨】這章詩是詩人借桃夭起興的。說少好的桃，開了極茂盛的花，那女子于歸，到她的夫家，能盡婦道，可是宜室宜家了。

【集傳】興也。桃，木名，華紅實可食。夭夭，少好之貌。灼灼，華之盛也。木少則華盛。之子，是子也。此指嫁者而言也。婦人謂嫁曰歸。《周禮》仲春令會男女。然則桃之有華，正婚姻之時也。宜者，和順之意。室，謂夫婦所居。家，謂一門之內。〇文王之化，自家而國，男女以正，婚姻以時。故詩人因所見，以起興而歎其女子之賢。知其必有以宜其室家也。

【箋註】牛運震曰：只「夭夭」二字，寫桃花便如少女。韓詩「蘭之猗猗，揚揚其香」似此。「宜」字穩妙。

方玉潤曰：豔絕，開千古辭賦香奩之祖。

**桃之夭夭，有蕡1其實。**
**之子于歸，宜其家室2。**

桃樹生長得如此枝繁葉茂，花朵豐碩的結出果實，就像這位姑娘出嫁到婆家，一定能令家庭和順美滿。

【註釋】興也。蕡，音「墳」。1蕡是結實繁盛的意思。2家室，和「家室」一樣說法。

【章旨】這章詩是說少好的桃，已經結實很盛了，好像于歸的女子，已經生子似的。

【集傳】興也。蕡，實之盛也。家室，猶室家也。

**桃之夭夭1，其葉蓁蓁。**
**之子于歸，宜其家人2。**

桃樹生長得如此枝繁葉茂，樹葉濃密而繁盛，就像這位女子出嫁到婆家，一定會與家人們相處愉快。

【註釋】興也。蓁，音「臻」。1夭夭，是葉盛的形狀。2家人，是一家人。

【章旨】這章是說少好的桃，自從開花結實，又生出許多的茂盛葉子，好像女子于歸以後，生殖繁盛的樣子。

【集傳】興也。蓁蓁，葉之盛也。家人，一家之人也。

【箋註】牛運震曰：華、實、葉三層，句法三變。

方玉潤曰：意盡首章，葉、實則于歸後事，如綠葉成陰子滿枝，亦以見婦人貴有子也。

## 桃夭三章，章四句。

【箋註】《詩序》：〈桃夭〉，后妃之所致也。不妬忌，則男女以正，婚姻以時，國無鰥民也。

朱善曰：淑以其德之蘊於中者言，宜以其效之著於外者言。惟其有是德，故可必其有是效也。

姚際恆曰：桃花色最豔，故以取喻女子，開千古辭賦味美人之祖。

崔述曰：此篇語意平平無奇，然細思之，殊覺古初風俗之美，何者？婚娶之事，流俗之所豔稱，為婿黨者，多以婦之族姓顏色為貴，而誇示之，〈碩人〉之詩是也。為婦黨者，多以婿之富盛安樂為美，而矜言之，韓奕之詩是也。俗情類然，蓋雖賢者有不免焉。今此詩都無所道，只欲其宜家宜室宜家人，其意以為婦能順於夫，孝於舅姑，和於妯娌，即為至貴至美，此外都可不論，是以無一言及於紛華靡麗者，非風俗之美，安能如是？

牛運震曰：美之子也，淺淡寫便自嫵媚。

方玉潤言：〈關雎〉從男求女一面說，此從女歸男一面說，互相掩映，同為美俗。以如花勝玉之子而宜室宜家，可謂德色雙美，豔稱一時。

高亨曰：這是女子出嫁時所唱的歌。

陳子展曰：〈桃夭〉，美民間嫁娶及時之詩。

屈萬里曰：此賀嫁女之詩。

# 兔罝

肅肅1兔罝2，椓3之丁丁4。
赳赳5武夫6，公侯7干8城9。

將密密結成的捕獸網，以木樁敲打設置在地上，
就像是雄赳赳的武士，是公侯們捍衛城池的防禦屏障。

**【註釋】**興也。罝，音「嗟」，又子余反。丁，音「爭」。1肅肅，是整飭的樣子。2罝就是網。3椓，當作擊字解。許氏恆謂「擊橛」。4丁丁，是椓杙聲音。5赳赳，是勇武。6武夫，是捉兔的人。7公侯，是爵位。8干，是盾，護身的兵器。9干城，是說能保護城池的人才。

**【章旨】**這章詩是讚美獵士的，說他整飭了兔網，把橛子敲的丁丁然作響。雖是個勇武之夫，卻有那公侯干城的材具呢。

**【集傳】**興也。肅肅，整飭貌。罝，罟也。丁丁，椓杙聲也。赳赳，武貌。干，盾也。干城，皆所以扞外而衛內者。○化行俗美賢才眾多。雖罝兔之野人，而其才之可用猶如此。故詩人因其所事，以起興而美之。而文王德化之盛，因可見矣。

**【箋註】**鄭玄曰：干也城也，皆以難也。此罝兔之人賢者也。有武力可任為將帥之德，諸侯可任以國守，扞城其民，折衝禦難於未然。

牛運震曰：一兔罝耳，卻用「肅肅」字摹神，真有部伍森嚴氣象。「干城」字借用，奇。

方玉潤曰：「肅肅」二字寫出軍容嚴肅之貌。

**肅肅兔罝，施1于中逵2。**
**赳赳武夫，公侯好仇3。**

將密密結成的捕獸網，設置在大路上，
就彷彿是雄赳赳的武士，是公侯們的好幫手。

【註釋】興也。1施是分布的意思。2逵，是四通八達的大路。3仇，當作「匹」字解，好仇就是「善匹」。

【集傳】興也。逵，九達之道。仇，與逑同。匡衡引〈關雎〉，亦作仇字。公侯善匹，猶曰聖人之偶，則非特干城而已，歎美之無已矣。下章放此。

【箋註】牛運震曰：「好仇」說君臣，較魚水之喻更深。方玉潤曰：此層深。

**肅肅兔罝，施于中林1。**
**赳赳武夫，公侯腹心2。**

將密密結成的捕獸網，設置在樹林間，
就好像是那雄赳赳的武士，是公侯們的心腹手下。

【註釋】興也。1中林是樹林的當中。2腹心是同心同德的大臣。

【章旨】這兩章詩的意思，和上章是一樣的解法。

【集傳】興也。中林，林中。腹心，同心同德之謂，則非特好仇而已也。

【箋註】范處義曰：腹心，言公侯之謀臣，所謂作朕心膂是也。詩人偶見施兔罝者於中林幽深之處，而肅肅然嚴整，不以人所不聞不見而少懈，由是知其赳赳然勇而不欺，移此心以為公侯之腹心，有何不可？

徐與喬曰：「中逵」之德顯，「中林」之德晦。徐幹曰：「幽微者，顯之原也；孤獨者，見之端也。」君子敬孤獨而慎幽微，《詩》云：「肅肅兔罝，施于中林」，處獨之謂也。「武夫」為周之「干城」、「好仇」、「腹心」，固是周之多才，亦是古人看人才特達精細處。具此心眼，有才何患不知，知之何患不用，用之何患不盡。

牛運震曰：「腹心」二字想見盛世君臣忠信一體，令人忼慨激昂。

方玉潤曰：此層更深。

## 兔罝三章，章四句。

【箋註】歐陽脩曰：捕兔之人，布其網罟於道路林林之下，肅肅然嚴整，使兔不能越逸，以興周南之君，列其武夫為國守禦，赳赳然勇力，使奸民不得竊發。而此武夫者，外可以扞城其民，內可以為公侯好匹，其忠信又可倚以為腹心。以見周南之君，好德樂善。得賢眾多，所任守禦之夫猶如此也。

蘇轍曰：丁丁，人所聞也；中逵，人所見也；中林，聞見所不及也，而猶肅肅焉，則敬其事也至矣。

呂祖謙曰：曰「干城」，曰「好仇」，曰「腹心」，其辭浸重，亦歎美無已之意也。

徐奮鵬曰：首章美其才堪禦侮，二章見其才不凡，末章見其才不淺，此野人之賢，皆文王作人之化也。

戴君恩曰：只誇武夫而人才之多自見，然作詩者亦白具眼。詩故雄偉稱題。

凌濛初曰：品具以漸而細，詩人便是盛世銓衡手。

牛運震：美舉賢於〈兔罝〉也，讀之有深穆雄武之氣。此賦體也。若以其上下相應，遂以為興，卻自減味。

方玉潤曰：「干城」、「好仇」、「腹心」，即從上肅肅字看出。落落數語可賅〈上林〉、〈羽獵〉、〈長楊〉諸賦。竊意此必羽林衛士扈蹕游獵，英姿偉抱，奇傑魁梧，遙而望之，無非公侯妙選。詩人詠之，亦以為正氣鐘靈特盛乎此耳。

高亨曰：這首詩詠唱國君的武士在野外打獵。

程俊英曰：這是讚美獵人的詩。詩人在路上看見英姿威武的獵人，正在打樁張網捕兔，聯想這些獵人的才力，是可以選拔為保衛國家的武士的。

屈萬里曰：這是讚美武夫，足以為國家干城也。

# 芣苢

采采芣苢[1]，薄言采[2]之。

采采芣苢，薄言有[3]之。

採啊採，採那些車前子，快快的採取它們。

採啊採，採那些車前子，快快的採取它們。

**【註釋】**賦也。芣，音「浮」。苢，音「以」。采，此禮反。有，羽已反。1芣苢是車前草，大葉長穗，好生路旁。2采是起首採取。3有，是已經採得了。

**【章旨】**這章詩是賦當時的化行俗美，家室又極相安，婦女們在家無事，都出去採那芣苢，尋她們的快樂。

**【集傳】**賦也。芣苢，車前也。大葉長穗，好生道旁。采，始求之也。有，既得之也。○化行俗美，家室和平，婦人無事，相與采此芣苢，而賦其事以相樂也。采之未詳何用，或曰：「其子治產難。」

【箋註】黃佐曰：首章方去采時事也。蓋以門庭之內，幸無係累；而機杼之外，尚有餘閒，乃相與采此芣苢。始焉眩於求也，薄言采之；既而真於遇也，薄言有之。

**采采芣苢，薄言掇1之。**
**采采芣苢，薄言捋2之。**

採啊採，採那些車前子，快快的撿取它們。
採啊採，採那些車前子，快快的將車前草的果實摘下。

【註釋】賦也。掇，都奪反。捋，力活反。1掇是拾起來。2捋，是取其子。

【集傳】賦也。掇，拾也。捋，取其子也。

【箋註】黃佐曰：此章正是采芣苢時事也。既求而得之矣，於是穗可拾也，薄言拾其穗。於是子可取也，薄言取其子。掇之捋之，兼收竝蓄，始取諸物而有餘矣。

**采采芣苢，薄言袺1之。**
**采采芣苢，薄言襭2之。**

採啊採，採那些車前子，快快用衣襟將它們兜起。
採啊採，採那些車前子，快快用將它們裝滿衣襟。

【註釋】賦也。袺，音「結」。襭，音「絜」。1袺是貯在衣袋裡。2襭是繫在衣衽的帶子旁邊。

【章旨】這三章詩的意思差不多。第一章是說採得了芣苢，第二章是說把採的芣苢拾起來，又取出它的子，第三章是說把所採的芣苢，用衣包起來繫在衣帶旁邊。

【集傳】賦也。袺，以衣貯之，而執其衽也。襭，以衣貯之，而扱其衽於帶間也。

【箋註】黃佐曰：此章既采而攜以歸時事也。采之既多，非掬之所能容，以衣貯之而執其衽於手中；非手之所能執，以衣貯之而扱其衽於帶間。袺之襭之，可謂不厭矣。

## 芣苢三章，章四句。

【箋註】黃佐曰：芣苢，微物也，而相與采之。采物細事也，而相與賦之。家室和平之樂，固溢於采物之餘；而廣大自得之風，自暢於行歌之外。成周太和氣象，不亦可想見哉！

陸深曰：案此詩凡三章，章四句，四言，總之為四十八字。內用「采采」字凡十三，「芣苢」字，「薄言」字凡十二，除為語助者，才餘五字耳。而敘情委曲，從事始終。與夫經行道途，招邀儔侶，以相容與之意，藹然可掬。天下之至文也，即此亦可以見和平矣。

牛運震曰：采采薄言，疊說連下，輕倩流逸，寫出少婦遊春、嬉笑成隊光景。淺淺寫卻自一團興致。

方玉潤曰：此詩自鳴天籟，一片好音，讀者試平心靜氣，涵泳此詩。恍聽田家婦女，三三五五，於平原繡野，風和日麗中，群歌互答，餘音裊裊，若遠若近，忽斷忽續，不知其情之何以移，而神之何以曠。今世南方婦女登山採茶，結伴謳歌，猶有此遺風焉。

高亨曰：這是勞動婦女在採車輪菜的勞動中唱出的短歌。

程俊英曰：這是一群婦女採集車前子時隨口唱的短歌。

屈萬里曰：這是婦人採芣苢之歌。

余冠英曰：這篇似是婦女采芣苡子時所唱的歌。開始是泛言往取，最後是滿載而歸，歡樂之情可以從這歷程見出來。

# 漢廣

南有喬木1，不可休息。
漢2有游女3，不可求思4。
漢之廣矣，不可泳5思。
江之永6矣，不可方7思。

南方高大而枝葉稀疏的喬木，因樹蔭稀少無法讓人乘涼休息，
就像是漢水邊上出遊的女子，因爲江水橫隔，不能接近追求。
漢水是如此的寬廣，不可游泳橫渡，
江水綿長，即使駕著小筏也難以渡水到彼岸。

**【註釋】**興而比也。泳，予誑反。方，甫妄反。1喬木，是高大的木材，上面的枝葉是很少的。2漢，漢水出興元，至漢陽大別山入江。3游女是出遊的女子。4思是語助詞。5泳就是泅泳。6永是長寬的說法。7方是舟船。

**【章旨】**這章詩是借喬木起興，把江漢作比的。說南方有喬木，無奈上面枝葉很稀，不能在下面休息。江漢雖有游女，不可求得，如同漢水的寬廣，不可泅泳、江水的長寬，不能乘桴是一樣的。

**【集傳】**興而比也。上竦無枝曰喬。思，語詞也。篇內同。漢水出興元府嶓冢山，至漢陽軍大別山入江。江漢之俗，其女好游。漢魏以後猶然。如大堤之曲可見也。泳，潛行也。江水出永康軍岷山，東流與漢水合。東北入海。永，長也。方，桴也。○文王之化，自近而遠。先及於江漢之閒，而有以變其淫亂之俗。故其出游之女，人望見之而知其端莊靜一。非復前日之可求矣。因以喬木起興，江漢為比，而反復詠歎之也。

**【箋註】**牛運震曰：喬木託興，極為游女佔品格。後四句只將不可求意思繚繞往復，神味深長。漢廣不可

泳，江水不可方，言游女有江漢之隔，婷婷獨立，可望而不可即也。正與古詩「盈盈一水間，脈脈不得語」相似。

方玉潤曰：中間插入游女，末忽揚開，極離合縹緲之致。

翹翹[1]錯薪[2]，言刈其楚[3]。
之子[3]于歸，言秣[4]其馬。
漢之廣矣，不可泳思。
江之永矣，不可方思。

在雜亂的樹叢中，要割取其中的嫩荊木，
如果那個美麗的女子願意嫁給我，我願意去替她餵馬。
然而漢水是如此的寬廣，無法游泳橫渡，
江水綿長，即使駕著小筏也難以渡水到達彼岸。

**【註釋】**興而比也。翹，音「喬」。1翹翹，是錯雜不齊的樣子。2錯薪，是雜柴。3楚，木名，和荊差不多。4之子。指游女。4秣是飼馬。

**【章旨】**這章詩是說錯雜不齊的柴薪甚多，我要砍那楚荊。彼女若嫁與我，情願為她餵馬⋯無奈像那漢水的廣漫、江水的寬長，不能泅泳，不能乘桴過去的。

**【集傳】**興而比也。翹翹，秀起之貌。錯，雜也。楚，木名，荊屬。之子，指游女也。秣，飼也。○以錯薪起興，而欲秣其馬，則悅之至。以江漢為比，而歎其終不可求，則敬之深。

**【箋註】**魏源曰：三百篇言娶妻者，皆以析薪取興。蓋古者嫁娶必以燎炬為燭，故〈南山〉之析薪、〈車舝〉之析柞、〈綢繆〉之束薪、〈風〉之伐柯，皆與此錯薪、刈楚同興。

牛運震曰：言秣其馬，猶言雖為之執鞭，所欣慕也。寫得情款繾綣之至。

翹翹錯薪，言刈其蔞[1]。
之子于歸，言秣其駒[2]。
漢之廣矣，不可泳思。
江之永矣，不可方思。

在雜亂的樹叢中，要割取其中的蘆葦。如果那個美麗的女子願意嫁給我，我願意去替她餵馬。然而漢水是如此的寬廣，無法游泳橫渡，江水綿長，即使駕著小筏也難以渡水到達彼岸。

**【註釋】**興而比也。蔞，音「閭」。1 蔞是蓬蒿一類的。2 駒是小馬。

**【章旨】**這章詩和上章一樣的解法。

**【集傳】**興而比也。蔞，蔞蒿也。葉似艾，青白色，長數寸，生水澤中。駒，馬之小者。

**【箋註】**牛運震曰：三疊三唱，不易一字，妙。有千迴萬轉之致。

方玉潤曰：後二章刈楚刈蔞，乃寫正面，仍帶定游女，妙在有意無意之間。

## 漢廣三章，章八句。

**【箋註】**牛運震曰：意思無多，而風神特遠。氣體平夷，而聲調若仙。湘君洛神，此為濫觴矣。

方玉潤曰：〈漢廣〉三章疊詠，一字不易，所謂一唱三歎，有遺音者矣。終篇忽疊詠江漢，覺烟煙水茫茫，浩渺無際。廣不可泳，長更無方，唯有徘徊瞻望，長歌浩歎而已。

高亨曰：一個男子追求一個女子而不可得，因作此歌以自歎。

馬持盈曰：這是愛慕游女而苦於無法接近之詩。

白川靜曰：〈漢廣〉是具有神婚儀式的祭禮詩歌，因此第二章以下取結婚歌謠的形式。「翹翹錯薪」，將嫩果當柴奉獻神靈，載著束薪，人們遠送女神出發成婚，秣馬駒，祝福她的神婚快樂。人神終難接近，唯有懷抱終生之憾，咨嗟詠歎，與女神依依作別。「南有喬木，不可休思；漢有游女，不可求思」，神樹不可撫觸，神女不可追求，空留下縹緲的神姿給俗人讚誦。女神沿流而逝，越去越遠，人們在慕戀女神的氣氛下，再三發出「漢之廣矣，不可泳思；江之永矣，不可方思」，這麼意味雋永，餘韻繞梁的樂歌來。

## 汝墳

**遵1彼汝2墳3，伐其條枚4。**
**未見君子5，惄5如調6飢。**

順著汝水的河岸，嶄伐樹枝。不見在外遠征的丈夫歸來，心中的憂思煎熬，彷彿早晨沒有進食般的飢餓難耐。

**【註釋】**賦也。枚，音「梅」。惄，古「溺」字，音「溺」。調，古「輖」字，實「朝」字，音「周」。

1遵當循字解。2汝水，出汝州入淮。3墳是堤防。4條枚，是樹的枝幹。5君子，是指文王。5惄，是飢的意思。6調，當作輖字解，好像輖的一樣重。但《說文》維輖訓重，並沒有引調飢句，是知「調」、「輖」實是「朝」字了。

**【章旨】**這章詩是追賦文王的德化。因為汝旁的小國，先被了文王的教化，別的國人就要循這個汝水的堤，去伐樹上的枝條，就是要見文王的意思。但是沒有看見的時候，心裡思念，好像飢餓的一般。

**【集傳】**賦也。遵，循也。汝水，出州天息山，徑蔡潁州入淮。墳，大防也。枝曰條，幹曰枚。惄，飢意也。調，一作輖，重也。○汝旁之國，亦先被文王之化者。故婦人喜其君子行役而歸。因記其未歸之時，思望之情如此，而追賦之也。

【箋註】牛運震曰：汝墳伐枚，感物候動離思也，如唐人詩「茨姑葉爛別西灣」。
方玉潤曰：「調飢」寫出無限渴想意。

## 遵彼汝墳，伐其條肄1。既見君子，不我遐2棄3。

順著汝水的河岸，斬伐那些新生的嫩枝。看見遠征在外的丈夫歸來，他並沒有拋棄我而遠離。

【註釋】賦也。肄，音「異」。1肄，見斬伐後重生的枝條。2遐是遠的意思。3棄是拋棄的意思。

【章旨】這章詩是比較上章更進一層的。上章是循那汝水的堤去伐樹上的枝幹，想見文王，但是沒有看見。現在伐了的枝條又重生為肄了，時候又隔了好久，我們再循這個汝水的堤，去伐重生的枝條。但是現在已經看見了，他倒不以我隔久見棄呢。

【集傳】賦也。斬而復生曰肄。遐，遠也。○伐其枚，而又伐其肄，則踰年矣。至是乃見其君子之歸，而喜其不遠棄我也。

【箋註】黃櫄曰：此篇之意，其所以起興者，皆在於條枚條肄之句。枝曰條，幹曰枚，旁之斬而明年復生曰肄。託此以見其行役之久也。方其夫行役之時，見其人之伐其條枚，則思念之情，不能自已。今又見伐其條肄矣，歷時若是久之矣，庶幾見其不遠棄我也。詩人之意，大抵如此。蓋言其歲復歲，而君子行役未歸也。
牛運震曰：「不我遐棄」，極踴躍，想見媚婦依士喜而不忘神情。
方玉潤曰：不我棄，寫出無限欣幸意。

**魴1魚赬2尾，王室3如燬4。**
**雖則如燬，父母5孔邇6。**

魴魚的尾巴顏色通紅，就像王室的混亂一般。王室之事雖然混亂，但你也不要忘了近在眼前的爹娘啊。

**【註釋】** 比也。魴音「房」。赬音「蟶」。燬即毀字，音「毀」。1魴是魴魚，身廣而薄。2赬是赤色。魚尾本白色，現今變了赤色，因牠勞動的緣故。3王室，是指紂王的都城。4燬是焚燬。5父母，指文王。6孔邇，是甚近的意思。

**【章旨】** 這章詩是把魴魚來比百姓，父母比文王。說百姓的勞苦，好像魴魚的尾巴，已經由白色變成赤色。在紂王的暴虐，本已如同烈火一般。火雖是這樣的猛烈，幸喜我那愛民如子的文王快要來到了。

**【集傳】** 比也。魴，魚名。身廣而薄，少力細鱗。赬，赤也。魚勞則尾赤。魴尾本白而今赤，則勞甚矣。王室，指紂所都也。毀，焚也。父母，指文王也。孔，甚。邇，近也。○是時文王三分天下有其二，而率商之叛國以事紂。故汝墳之人，猶以文王之命，供紂之役。其家人見其勤苦，而勞之曰：「汝之勞既如此，而王室之政，方酷烈而未已。雖其酷烈而未已，然文王之德如父母。然望之甚近。亦可以忘其勞矣。」此序所謂，婦人能閔其君子，猶勉之以正者。蓋曰：「雖其別離之久，思念之深，而其所以相告語者，猶有尊君親上之意，而無情愛狎暱之私，則其德澤之深，風化之美，皆可見矣。」一說，父母甚近，不可以懈於王事，而貽其憂，亦通。

**【箋註】** 沈守正曰：二年行役，夫婦相見，形容色澤，必有改常者，故以赬尾喻之，而歎所以致此者，以王室之如燬銷鑠之也。

汝墳三章，章四句。

【箋註】輔廣曰：未見君子，惄如調飢，思望之情也；既見君子，不我遐棄，喜幸之意也；雖則如燬，父母孔邇，慰勉之詞也。未見而思，既見而喜，發乎情也；終勉之以正，止乎禮義。此可見其性情之正矣。

馬瑞辰曰：幸君子從役而歸，而恐其復往之詞也。

高葆光曰：明明是怕丈夫走，她偏用父母來藉口攀留。題目頗屬正大。薄倖兒的野心，自然拴住。公而忘私，固是美德；但兒女私情，恆人難免。明慧的女郎，此種行征，究出性情之正。

高亨曰：西周末年，周幽王無道，犬戎入寇，攻破鎬京。周南地區一個在王朝做小官的人逃難回到家中，他的妻很喜歡，作此詩安慰他。

程俊英曰：這是一首思婦的詩。她在汝水旁邊砍柴的時候，思念她遠役的丈夫。她想像已經見到他，預想相見後的愉快和對丈夫親暱的埋怨。這是反映當時人們亂離的詩。

屈萬里曰：此蓋婦人喜其夫於役歸來之作。

## 麟之趾

麟[1]之趾[2]，振振[3]公子[4]，
于嗟[5]麟兮。

麒麟的腳蹄不履生蟲、不踏生草，就像公之子一樣的仁厚，
麒麟眞是值得讚美啊！

【註釋】興也。振，音「真」。于，音「吁」。1麟是麒麟，是獸類最有仁德的。2趾是足趾。麟的足趾，不踐生草，不踏生蟲。3振振，是仁厚的樣子。4公子，是指文王的兒子。5于嗟，是感歎詞。

【章旨】這章詩是把麟的足趾，來興文王的公子，因為他有仁厚的性情。於嗟麟兮，是說這個麟是何等的仁厚呀！其實贊麟，就是贊公子。

【集傳】興也。麟，麕身牛尾馬蹄，毛蟲之長也。趾，足也。麟之足不踐生草，不履生蟲。振振，仁厚貌。于嗟，歎詞。○文王后妃，德修於身，而子孫宗族，皆化於善。故詩人以麟之趾，興公之子言。麟性仁厚，故其趾亦仁厚；文王后妃仁厚，故其子亦仁厚。然言之不足，故又嗟歎之，言是乃麟也，何必麕身牛尾而馬蹄，然後為王者之瑞哉。

【箋註】鄭玄曰：喻公子有似於麟。
牛運震曰：「麟之趾」三字包兩層意，簡雋。首二句以麟趾興公子，謂公子如麟趾也。「于嗟麟兮」，言公子直是麟，所謂人中之麟也。翻進一層，妙。

**麟之定1，振振公姓2，**
**于嗟麟兮。**

麒麟的頭額，有如公的宗族一樣的寬厚，麒麟眞是値得讚美啊！

【註釋】興也。定，音「訂」。1定，就是額。2公姓是文王子孫一姓的，麟額亦是寬厚的。

【章旨】這章詩是把麟的額來興文王的同姓。不但文王的公子仁厚，他的一姓的人，亦都是寬厚的。

【集傳】興也。定，額也。麟之額未聞。或曰：有額而不以抵也。公姓，公孫也。姓之為言，生也。

【箋註】高亨曰：《詩經》中的「于嗟」都是表達悲傷怨恨的感歎詞。如〈邶風‧擊鼓〉「于嗟闊兮！

不活我兮！于嗟洵兮！不我信兮！」〈衛風・氓〉「于嗟鳩兮！無食桑葚！于嗟女兮！無與士耽！」〈秦風・權輿〉「于嗟乎不承權輿！」都是。那末〈周南・麟之趾〉「于嗟麟兮！」〈召南・騶虞〉「于嗟乎騶虞！」當然也都是表達悲傷怨恨的感歎詞了。

**麟之角1，振振公族，**
**于嗟麟兮。**

麒麟的獨角，有如公的宗族之人一般敦厚，
麒麟眞是值得讚美啊！

**【註釋】**興也。角，盧谷反。1角，麟是獨角的，角端有肉，具敦厚的意思在內。

**【章旨】**這章詩是把麟的角。來興文王的一族的人。是說不但文王的公子仁厚。公姓的人寬厚。就是他的一族人都是敦厚的。

**【集傳】**興也。麟，一角。角端有肉。公族，公同高祖。祖廟未毀。有服之親。

**【箋註】**高亨曰：詩三章，其首句描寫麒麟，次句描寫貴族，末句慨歎不幸的麒麟。意在以貴族打死麒麟比喻統治者迫害賢人（包括孔子自己）。

嚴粲曰：有足者宜踶，唯麟之足，可以踶而不踶。有額宜抵，唯麟之額，可以抵而不抵。有角者宜觸，唯麟之角，可以觸而不觸。

**麟之趾三章，章三句。**

**周南之國十一篇三十四章。百五十九句。**

**【集傳】**《序》以為〈關雎〉應得之。○按此篇首五詩，皆言后妃之德。〈關雎〉舉其全體而言也；〈葛覃〉、〈卷耳〉，言其志行之在己；〈樛木〉、〈螽斯〉，美其德惠之及人，皆指其一事而言也。其辭雖主於后妃，然其實則皆所以著明文王身修家齊之效也。至於〈桃夭〉、〈兔罝〉、〈芣苢〉，則家齊而國治之效；〈漢廣〉、〈汝墳〉，則以南國之詩附焉，而見天下已有可平之漸也。若〈麟之趾〉，則又王者之瑞，有非人力所致而自至者，故復以是終焉。而序者以為，〈關雎〉之應也。夫其所以至此。后妃之德，固不為無所助矣。然妻道無成，則亦豈得而專之哉。今言詩者，或乃專美后妃，而不本於文王。其亦誤矣。

**【箋註】**方玉潤曰：大凡詩家詠物，一意而分數層，體例然耳。至詩中大旨，則姚氏際恆云：「蓋麟為神獸，世不常出，王之子孫，亦各非常人，所以興比而歎美之耳。」杜詩云：「高帝子孫盡隆準，龍種自與常人殊。」可為此詩下一註腳。

高亨曰：魯哀公十四年，魯人去西郊打獵，獵獲一隻麒麟，而不識為何獸。孔子見了，說道：「這是麒麟呀！」獲麟一事對孔子刺激很大，他記載他所作的《春秋》上，而且停筆不再往下寫了。並又作了一首《獲麟歌》。這首詩很像孔子的《獲麟歌》。

程俊英曰：這是一首阿諛統治者子孫繁盛多賢的詩。

馬持盈曰：這是讚美公侯子孫眾多之詩。

# 召南

召是地名，和周邑同在歧山的下面，但南面地方很廣。武王得了天下，把周邑封了旦，又把召邑封了奭做了采邑。周召的名稱，就因此而起的。所採的民間歌謠，有的與召公有關係，有的與召公卻沒有關係，但都是召地以南的詩，故此亦稱為「召南」。

# 鵲巢

維鵲有巢，維鳩1居之；
之子2于歸，百兩3御4之。

鵲鳥築了巢，斑鳩飛來居住；
這個姑娘要出嫁了，派出百輛車駕去迎娶她。

**【註釋】**興也。居，姬御反。兩，如字。御，音「迓」。1鵲、鳩，都是鳥名。鵲能做巢。鳩不能做巢。2之子，是指于歸的女子。3兩。是車，是說一車有兩輪的意思。4御，是迎接。

**【章旨】**這章詩是詩人以鵲巢起興，讚美諸侯嫁女的婚禮。是說鵲會營巢，但牠費了力量，實際上是為鳩所有。那女子的于歸婚禮，怎能不把百兩（輛）相迎呢，就是重婚禮的意思。

**【集傳】**興也。鵲鳩，皆鳥名。鵲，善為巢。巢最為完固。鳩，性拙不能為巢，或有居鵲之成巢者。之子，指夫人也。兩，一車也，一車兩輪，故謂之兩。御，迎也。諸侯之子，嫁於諸侯，送御皆百兩也。〇南國諸侯，被文王之化，能正心修身以齊其家，其女子亦被后妃之化，而有專靜純一之德，故嫁於諸侯，而其家人美之曰：「維鵲有巢，則鳩來居之，是以之子于歸，而百兩迎之也。」此詩之意，猶周南之有〈關雎〉也。

**【箋註】**牛運震曰：鵲巢鳩居，不必有其事。詩之取興，正如《易》之取象爾。

高亨曰：鳩不會作巢，常侵佔鵲巢而居之。詩以鳩侵佔鵲巢比喻新夫人奪去原配夫人的宮室。

陳奐曰：古人嫁娶在霜降後，冰泮前，故詩人以鵲巢設喻。

屈萬里曰：百兩之語，固不免浮誇，然可證知其非平民。

維鵲有巢，維鳩方1之；
之子于歸，百兩將2之。

鵲鳥築了巢，斑鳩飛來安住；
這個姑娘要出嫁了，派出百輛車駕去送她的嫁。

【註釋】興也。1方，當作「有」字解。2將是送的意思。

【集傳】興也。方，有之也。將，送也。

【箋註】孔穎達曰：言迓之者，夫自以其車迎之。送之則其家以車送之。故知婿車在百兩迎之中，婦車在百兩將之中矣。

維鵲有巢，維鳩盈1之；
之子于歸，百兩成2之。

鵲鳥築了巢，斑鳩飛來佔滿；
這個姑娘出嫁，派出百輛車駕去完成這場婚禮。

【註釋】興也。1盈，滿也，謂眾媵侄娣之多。2成，成其禮也。

【集傳】興也。

【箋註】薛應旂曰：迎以百兩，送以百兩，而諸姪娣爛其盈門，婚姻之禮，於是乎成，無曠義，無缺典也。

馬瑞辰曰：《詩》百兩皆在指迎者而言。將者，奉也，衛也。首章往迎，則約御之。二章在途，則曰將之。三章既至，則曰成之。此詩之次也。

## 鵲巢三章，章四句。

**【箋註】**《詩序》：〈鵲巢〉，夫人之德也。國君積行累功以致爵位，夫人起家而居有之，德如鳲鳩乃可以配焉。

歐陽脩曰：據《詩》但言維鳩居之，而《序》言德如鳲鳩，乃可以配。鄭氏因謂鳲鳩有均一之德。以今物理考之，失自《序》始，而鄭氏又增之爾。且詩人本義直謂鵲有成巢，鳩來居爾，初無配義。況鵲鳩異巢類，不能作配也。此〈鵲巢〉之義，詩人但取鵲之營巢用功多，以比周室積行累功，以成王業。鳩居鵲之成巢，以比夫人起家來居已成之周室爾。其所以云之意，以興夫人來居其位，當思周室創業積累之艱難，宜輔佐君子，共守而不失也。

嚴粲曰：言夫人之德，亦以見文王齊家之化行於諸侯，非專美夫人也。

崔述曰：〈鵲巢〉何以居召南之首也？所以教女子使不自私也。

方玉潤曰：鵲巢自喻他人成室耳，鳩乃取譬新昏人也；鳩則性慈而多子。〈曹〉之詩曰：「鳲鳩在桑，其子七兮。」凡娶婦者，未有不祝其多男，而又冀其肯堂肯構也。當時之人，必有依人大廈以成婚者，故詩人詠之，後竟以為典要耳。

高亨曰：召南的一個國君廢了原配夫人，另娶一個新夫人。作者寫這首詩敘其事，有諷刺的意味。

程俊英曰：這是一首頌新娘的詩。詩人看見鳩居鵲巢，聯想到女子出嫁、住進男家，就拿來作比。

馬持盈曰：這是祝嫁女之詩。

# 采蘩

于[1]以采蘩[2]？于沼[3]于沚[4]。
于以用之？公侯之事[5]。

去哪裡採白蒿？在池塘或水渚的邊上。
採了白蒿要用在什麼地方？用在公侯的飼蠶之禮上。

【註釋】賦也。事，士止反。1于與「於」字同。2蘩是白蒿。3沼是池。4沚是渚。5事是祭事，《集傳》說這時是說蠶事，蘩，所以飼蠶。

【章旨】這章詩是說公侯的夫人。躬親蠶事。去到那沼沚的水邊採蘩。用為養蠶的事。

【集傳】賦也。于，於也。蘩，白蒿也。沼，池也。沚，渚也。事，祭事也。○南國被文王之化，諸侯夫人，能盡誠敬，以奉祭祀。而其家人敘其事，以美之也。或曰：「蘩所以生蠶。」蓋古者后夫人，有親蠶之禮。此詩亦猶周南之有〈葛覃〉也。

【箋註】牛運震曰：蘩，至儉薄之物，借此寫祀典，較侈陳水陸者意特高。「于沼于沚」，詳細有致；公侯之事，鄭重有體。

于以采蘩？于澗[1]之中。
于以用之？公侯之宮[2]。

去哪裡採白蒿？在山谷的溪流間。
採了白蒿要用在什麼地方？用在公侯居住的宮室裡。

【註釋】1澗是山夾中水。2宮，是公桑蠶室。

【章旨】這章詩的解法。和上章一樣的。

【集傳】賦也。山夾水，曰「澗」。宮，廟也，或曰：「即記所謂，公桑蠶室也。」

【箋註】毛萇曰：公侯夫人執蘩菜以助祭，神饗德與信，不求備焉，沼沚谿澗之草，猶可以薦。王后則荇菜也。

牛運震曰：連用「于以」，調法靈脫。

**被[1]之僮僮[2]，夙[3]夜在公[4]。**

**被之祁祁[5]，薄言還[6]歸。**

公侯的夫人為了祭祀飼蠶之禮而日夜忙碌，但編髮與配戴的首飾仍然一絲不苟、整整齊齊。待到儀式結束返回時，表現出來的態度仍舊從容而舒展。

【註釋】賦也。被，音「備」。僮，音「同」。還，音「旋」。1被是首飾，用頭髮編成功的。2僮僮是整齊的樣子。3祁祁是很舒展的情狀。4夙是清早晨。5公是宮室。6還是回。

【章旨】這章詩是說公侯的夫人，雖為了蠶事忙碌，夙夜在公室辦事。但她的首飾仍然是整齊的，卻不因為事忙，失去她的恭敬禮儀，就是回去的時候，亦是很舒展從容的。

【集傳】賦也。被，首飾也。編髮為之。僮僮，竦敬也。夙，早也。公，公所也。祁祁，舒遲貌。夫事有儀也。祭義曰：「及祭之後，陶陶遂遂，如將復入然，不欲遽去，愛敬之無已也。」或曰：「公，即所謂公桑也。」

【箋註】牛運震曰：不意釵笄粉沐中，寫得正大尊嚴如此。借被寫德容，妙。筆意亦自整中帶暇。倒點在公還歸，竦動有神，讀之令人精神直豎起來。

方玉潤曰：蓋蠶事方興之始，三宮夫人、世婦入於蠶室，其僕婦眾多，蠶婦尤盛，僮僮然朝夕往來以供蠶事，不辨其人，但見首飾之招搖往還而已。蠶事既卒而後，三宮夫人、世婦又皆各言還歸，其僕婦眾多，蠶婦亦盛，祁祁然舒容緩步，徐徐而歸。亦不辨其人，但見首飾之簇擁如雲而已。此蠶事始終景象如是，讀者可無疑義矣。

## 采蘩三章，章四句。

【箋註】《詩序》：〈采蘩〉，夫人不失職也。夫人可以奉祭祀，則不失職矣。

方玉潤曰：《禮・祭義》：「古者天子諸侯必有公桑蠶室，近川而為之築宮，仞有三尺，棘牆而外閉之。及大昕之朝，君皮弁素積，卜三宮之夫人、世婦之吉者，使入蠶于蠶室，奉種浴于川，桑于公桑，風戾以食之。世婦卒蠶，奉繭以示于君，遂獻繭于夫人。夫人遂副禕而受之，因少牢以禮之。及良日，夫人繅，三盆手。遂布于三宮，夫人、世婦之吉者使繅。遂朱綠之，玄黃之，以黼黻文章。服既成，君服以祀先王先公。」此詩正為此賦也。

高亨曰：這首詩的作者是諸侯的宮女，敘寫她們為諸侯採蘩，以供祭祀之用（此據《左傳・隱公三年》）。

程俊英曰：這是一首描寫蠶婦為公侯養蠶的詩。

屈萬里曰：此詠諸侯夫人祭祀之詩。

糜文開曰：首二章問一句答一句，自是歌謠本色。

馬持盈曰：這是婦人自詠採蘩奉公以供祭祀之詩。

# 草蟲

喓喓1草蟲，趯趯2阜螽3。
未見君子4，憂心忡忡5。
亦既見止，亦既覯6止7，
我心則降8。

草蟲發出「喓喓」的鳴叫聲，蝗蟲跳躍著。
沒有見到我所思念的人啊，心中充滿憂愁與煩惱。
但只要見到他，只要能夠看見他，
我憂慮的心情就放下了。

**【註釋】**賦也。喓，音「腰」。沖，音「充」。降，音「杭」。1喓喓是草蟲的鳴聲。草蟲是蝗蟲的一類。2趯趯是蝗蟲跳動的樣子。3阜螽是蠜。4君子是指所思的人。5忡忡是心憂的狀態。6覯是看見了。7止是語助詞。8降是心放下了。

**【章旨】**這章詩，詩人假託男女的愛情，描寫君臣的感情。是說沒有看見他的君子，他就像草蟲一樣的悲鳴；他的憂心，是和阜螽一樣的跳動。要是看見了。才能放心得下。

**【集傳】**賦也。喓喓，聲也。草蟲，蝗屬，奇音青色。趯趯，躍貌。阜螽，蠜也。忡忡，猶衝衝也。止，語詞。覯，遇。降，下也。○南國被文王之化，諸侯大夫，行役在外。其妻獨居，感時物之變，而思其君子如此。亦若〈周南〉之卷耳也。

**【箋註】**牛運震曰：首二句寫得寂寞而生動。蟲鳴螽躍，何關思婦？觸景生情，自然意遠。
方玉潤曰：秋景如繪。

陟彼南山，言采其蕨1。
未見君子，憂心惙惙2。
亦既見止，亦既覯止，
我心則說3。

爬上南山，以摘採野菜。
沒有見到我所思念的人啊，心中充滿擔憂。
但只要見到他，只要能夠看見他，
我憂愁的心緒就愉快了。

**【註釋】**賦也。惙，音「拙」。說，音「悅」。1蕨是鼈，草類，初出的時候，皮有葉子，可以採食。2惙惙，是說心憂。3說，當作「悅」字解。

**【章旨】**這章詩託言到南上山去採蕨，想見他的君子，但是沒有看見。他的憂思無已，要是看見了，心裡何等的歡喜。

**【集傳】**賦也。登山，蓋託以望君子。蕨，鼈也，初生無葉時可食，亦感時物之變也。惙，憂貌。

陟彼南山，言采其薇1。
未見君子，我心傷悲。
亦既見止，亦既覯止，
我心則夷2。

爬上南山，摘採野菜。
沒有見到我所思念的人啊，心中充滿悲傷。
但只要見到他，只要能夠看見他，
我憂傷的心情就平靜了。

【註釋】1薇與蕨同類，有芒，味很苦，山中人名為迷蕨，是可以吃的。2夷是心平氣靜。

【章旨】這章詩的解法是和上章一樣的。

【集傳】賦也。薇，似蕨而差大。有芒而味苦。山間人食之。謂之迷蕨。胡氏曰：「疑即莊子所謂迷陽者。」夷，平也。

【箋註】嚴粲曰：人喜悅則心平夷。

謝枋得曰：惙惙，憂之深不止於忡忡矣，傷則惻然而痛，悲則無聲之哀，不止於惙惙矣：此未見之憂，一節緊一節也。降則心稍放下，說則喜動於中，夷則心氣和平：此既見之喜，一節深一節也。此詩每有三節：蟲鳴、螽躍、采蕨、采薇之時，是一般意思；忡忡、惙惙、傷悲之時，是一般意思；則降、則說、則夷之時，是一般意思。

淩濛初曰：其說既見方纔樂，正說未見則憂不能已也。

## 草蟲三章，章七句。

【箋註】方玉潤曰：由秋而春，歷時愈久，思念愈切。本說未見，卻想及既見情景，此透過一層法也。始因秋蟲以寄恨，繼歷春景而憂思。既未能見，則更設為既見情形，以自慰其幽思無已之心。此善言情鞶也。然皆虛想，非真實覯，《古詩十九首》「行行重行行」、「螻蛄夕鳴悲」、「明月何皎皎」等篇，皆是此意。

高亨曰：這首詩是婦人所作，書寫她在丈夫遠出的時候，懷著深切的憂念。當丈夫歸來的時候，為之無限喜悅。

程俊英：這是一首思婦的詩。詩中的主人是一位採菜的勞動婦女。詩通過物候的變易和內心變化的描寫，襯托出別離之苦。

馬持盈曰：這是婦人懷念其行役在外的丈夫之詩。

# 采蘋

于以采蘋1？南澗之濱2。
于之采藻3？于彼行潦4。

去哪裡採浮萍呢？到南山的澗水邊。
去哪裡採水藻呢？在溝渠中流動的水面上。

【註釋】賦也。潦，音「老」。1蘋是水上的浮萍。2濱是水邊。3藻是水藻。4潦是流潦。

【章旨】這章詩是說到南澗的水濱，去採浮萍；在流潦的裡面採水藻。因為蘋藻能作為祭祀的用品。

【集傳】賦也。蘋，水上浮萍也。江東人謂之薸。濱，厓也。藻，聚藻也，生水底，莖如釵股，葉如蓬蒿。行潦，流潦也。○南國被文王之化，夫妻能奉祭祀。而其家人敘其事，以美之也。

【箋註】鄭玄曰：古者婦人先嫁三月，祖廟未毀，教于公宮；祖廟既毀，教于宗室。教以婦德、婦言、婦容、婦功。教成之祭，牲用魚，芼用蘋藻，所以成婦順也。此祭女所出祖也。法度莫大於四教，是又祭以成之，故舉以言焉。蘋之言賓也；藻之言澡也。婦人之行尚柔順，自潔清，故取名以為戒。

孔穎達曰：鄭以婚義教成之祭，言芼之以蘋藻。此亦言蘋藻，故知為教成祭也。

于以盛1之？維筐2及筥3。
于以湘4之？維錡5及釜6。

用什麼作爲盛放蘋藻的器具？用方形的筐和圓形的筥。
要用什麼器具來烹煮它們？用三足的錡與鐵鍋。

【註釋】賦也。錡錡，音「螘」。釜音「父」。1盛，是滿裝的意思。2筐是方的籃子。3筥是圓的籃子。4湘當作烹字解。5錡是有腳的鍋。6釜是無腳的鍋。

【章旨】這章詩是說用筐和筥來裝所採的蘋藻，用錡和釜來烹煮的意思。

【集傳】賦也。方曰筐，圓曰筥。湘，烹也。蓋粗熟而淹以為菹也。錡，釜屬。有足曰錡，無足曰釜。○此足以見其循序有常，嚴敬謹飭之意。

【箋註】輔廣曰：所用有常器，每事必躬親，先後有次序，皆嚴敬者之所為也。嚴敬則自然整飭如此。

**于(ㄩˊ)以(ㄧˇ)奠(ㄉㄧㄢˋ)1之(ㄓ)？宗(ㄗㄨㄥ)室(ㄕˋ)2牖(ㄧㄡˇ)下(ㄒㄧㄚˋ)3。**
**誰(ㄕㄨㄟˊ)其(ㄑㄧˊ)尸(ㄕ)4之(ㄓ)？有齊(ㄧㄡˇ ㄓㄞ)5季女(ㄐㄧˋ ㄋㄩˇ)6。**

在哪裡舉行祭祀呢？就在宗廟西南角。
誰是負責主持祭祀的人呢？是那虔誠肅穆的年輕少女。

【註釋】賦也。齊，與「齋」字通，音齋。女，古「汝」字。1奠是祭奠。2宗室是大夫和士人祭祀的宗室。3牖下是室的西南隅。4尸是主祭的人。5齊是嚴肅恭敬的意思。6季是少，女是汝，即《論語》：「祭如在。」亦是主祭的人。

【章旨】這章詩是說浮萍和水藻烹煮好了，陳列在宗室的牖下來祭奠。主祭奠的誰人？就是將嫁的少女。這個少女作主婦解，亦可通。

【集傳】賦也。奠，置也。宗室，大宗之廟也，大夫士祭於宗室。牖下，室西南隅，所謂「奧」也。尸，主也。齊，敬貌。季，少也。○祭祀之禮，主婦主薦豆，實以菹醢。少而能敬，尤見其質之美而化之所從來者遠矣。

【箋註】毛萇曰：古之將嫁女者，必先禮之於宗室，牲用魚，芼之以蘋藻。鄭玄曰：牖下，戶牖間之前，祭不出於室中者。凡婚事於女禮，設几筵於戶外，此其義也歟！祭事主婦設羹。教成之祭，更使季女者，成其婦禮也。

牛運震曰：收尾一點，通體警動。

## 采蘋三章，章四句。

**【箋註】**《詩序》：〈采蘋〉，大夫妻能循法度也。能循法度，則可以承先祖，共祭祀矣。

呂祖謙曰：采之盛之，湘之奠之，所為者非一端，所歷者非一所矣。煩而不厭，久而不懈；循其序而有常，積其成而益厚，然後祭事成焉。季女之少，若未足以勝此。而實尸此者，以其有齊敬之心也。

何楷曰：〈采蘋〉，美邑姜也。古者婦人將嫁，教于宗廟，教成有蘋藻之祭。武王元妃邑姜教成，能修此禮，詩人美之。太公本齊後，乃封於齊。當武王為西伯時，以女邑姜妻武王。計其時太公年已老，則邑姜之為季女，夫復何疑！

牛運震曰：五「于以」，序次歷落，「誰其尸之」二句陡然變調，點出季女作結，章法奇絕。

方玉潤曰：祭品及所采之地，治祭品及所治之器，祭地及主祭之人，層次井然，有條不紊。

高亨曰：這首詩是貴族家裡的女奴所作。古代貴族的女兒臨出嫁前，要祭祀她家的宗廟，由女奴們給她辦置菜蔬類的祭品。這首詩正是敘寫女奴們辦置祭品的勞動。

程俊英曰：這是一首敘述女子祭祖的詩。詩裡描寫了當時的風俗習尚。

# 甘棠

蔽芾[1]甘棠[2]，勿翦[3]勿伐[4]，召伯所茇[5]。

這茂盛的杜梨樹啊，請不要剪傷它的枝條、不要砍伐它，這裡曾是當年召伯所借宿的地方。

【註釋】賦也。芾，音「廢」。茇，音「鈸」。1蔽芾，是茂盛狀。2甘棠，是杜梨樹。3翦，是剪去樹的杈枝。4伐，是砍斷樹的條幹。5茇是草舍。當日召公借宿草舍的事，雖然是已經過去，可是遺愛尚存，民不能忘的。

【章旨】這章詩是說召伯曾在這個甘棠樹下的草舍借息過的，後人因為他能施行德政，敬愛他得很，所以連這杜的枝條也不忍去剪伐。因說這個茂盛的甘棠，你們不要剪伐它的枝條，因為召伯在那裡休息過的，這就叫「愛人及物」的意思。

【集傳】賦也。蔽芾，盛貌。甘棠，杜棃也。白者為棠，赤者為杜。翦，翦其枝葉也。伐，伐其條幹也。伯，方伯也。茇，草舍也。○召伯循行南國，以布文王之政。或舍甘棠之下。其後人思其德。故愛其樹，而不忍傷也。

【箋註】司馬遷曰：召公之至西方，甚得兆民和。召公巡行鄉邑，有棠樹，絕獄政事其下，自侯伯至庶人各得其所，無失職者。召公卒，而民人思召公之政，懷棠樹不敢伐，歌詠之，作〈甘棠〉之詩。召公奭可謂仁矣！甘棠且思之，況其人乎？

鄭玄曰：召伯聽男女之訟，不重煩勞百姓，止舍小棠之下，國人被其德，說其化，思其人，敬其樹。

牛運震曰：第三句點召伯，頓挫出之，乃妙。若作「召伯所茇，勿翦勿伐」，便平直少味矣。

屈萬里曰：召伯，召穆公虎也。早期經籍，於召伯虎或稱公，而絕無稱召公奭為伯者。舊以此詩為美召公奭者，非是。

**蔽芾甘棠，勿翦勿敗[1]，**
**召伯所憩[2]。**

這茂盛的杜梨樹啊，請不要折斷它的枝條、不要傷害它，這曾是當年召伯所暫歇的地方。

【註釋】賦也。敗，蒲寐反。憩，音「器」。1 敗當作折字解。2 憩是休息。

【章旨】這章詩是說不但不要剪伐，亦不要折它的樹枝，是敬愛不已的意思。

【集傳】賦也。敗，折。憩，息也。勿敗，則非特勿伐而已，愛之愈久，而愈深也。下章放此。

【箋註】竹添光鴻曰：三章皆言勿翦者，勿斷其枝葉也。枝葉無有害，故能至於蔽芾也。敗：傷折也，不唯不以刀伐。

## 蔽芾甘棠，勿翦勿拜1，召伯所說2。

這茂盛的杜梨樹啊，請不要折斷它的枝條、不要掰彎它，這曾是當年召伯所暫歇的地方。

【註釋】賦也。拜，變制反。說，音「稅」。1 拜是把它弄曲了的意思。2 說，當作稅駕講。

【章旨】這章詩是說不但不要折它，亦不要弄曲了它。是更進一層的敬愛。

【集傳】賦也。拜，屈。說，舍也。勿拜，則非特勿敗而已。

【箋註】竹添光鴻曰：拜言攀枝如人之拜，低屈之也。勿屈非特勿敗而已。勿愁又輕於敗。

## 甘棠三章，章三句。

【箋註】陳震曰：突將愛慕意說在甘棠上，末將召伯一點，是運實於虛法。纏綿篤摯，隱躍言外。

牛運震曰：三舉召伯，鄭重低徊，深情絕調。

顧廣譽曰：不言愛其人，而言愛其所茇之樹，則其感戴者益深；不言當時之愛，而言事後之愛，則懷其思者尤遠。

方玉潤曰：他詩鍊字，一層深一層，此詩一層輕一層，然以輕而愈見其珍重耳。

吳闓生：千古去思之祖。

高亨曰：周宣王封他的母舅於召南城內，命召伯虎到召南給申伯築城蓋房，畫定土地，規定租稅。召伯做這件事很賣力氣。他當時的住處有一棵甘棠樹，他離去後，申伯或申伯的子孫或其他有關的人，追思他的勞績，保護這棵甘棠樹以資紀念，因作這首詩。

程俊英曰：周宣王時的召虎，輔助宣王爭伐南方的淮夷，頗有功勞。人民作〈甘棠〉一詩懷念他。

屈萬里曰：這是南國之民愛召公之德，因而及於其所曾停息之樹。

## 行露

厭浥[1]行露，豈不夙[2]夜？
謂行[3]多露。

地上的露水潮濕，我難道不願意早點趕路？實在是因爲害怕路上露重，沾濕衣服的緣故。

**【註釋】**賦也。厭，人聲，讀若「壓」。1厭浥是濕的意思。2夙是清早晨。3行當作道字解。

**【章旨】**這章詩是賦行露，表見女子的守禮。說路上的露水很濕，我豈不願早夜的行走，但恐怕露水沾濕了我的緣故啊！因為女子早夜行走，怕受了強暴的侮辱。

**【集傳】**賦也。厭浥，濕意。行，道。夙，早也。〇南國之人遵召伯之教，服文王之化，有以革其前日淫亂之俗。故女子有能以禮自守，而不為強暴所汙者，自述己志，作此詩以絕其人。言道間之露方濕，我豈不欲早夜而行乎？畏多露之沾濡，而不敢爾。蓋以女子早夜獨行，或有強暴侵陵之患。

故託以行多露而畏其沾濡也。

【箋註】鄭玄曰：言強暴之男，以此多露之時，禮不足而強來，不度時之可否，故云然。

王柏曰：〈行露〉首章與二章意全不貫，句法體格亦異，每竊疑之，後見劉向《列女傳》，乃知前章亂入無疑。

牛運震曰：章首似截去一句，別格冷韻。得力在疊兩「行露」字，婉絕峭絕。隱語拗調，三句中多少曲折。

方玉潤曰：借行露比起，已將避嫌遠禍意寫足。以下乘勢翻入，毫不礙手。

屈萬里曰：夜間迄凌晨時始有露。「豈不夙夜，謂行多露」者，謂「豈有並不早夜，而尚謂道路之多露乎」？

**誰謂雀無角，何以穿我屋？**
**誰謂女無家1，何以速2我獄？**
**雖速我獄，室家不足3。**

誰說雀鳥沒有堅硬的喙，如果牠沒有鳥喙，如何能啄破我家房屋？你沒有媒聘過我，婚禮的禮節沒有完備，又怎麼能以此催逼我，甚至把我召入公堂？即使催逼我，害我進了公堂，但六禮未齊，我是不會跟隨你的。

【註釋】興也。角，盧谷反。女，音「汝」。家，音「谷」。1家，是說曾經媒聘的。2速是催促的意思。3室家不足，是說婚禮未備，或因婚姻不相稱。

【章旨】這章詩是說女子如此的守禮，尚且不免侵凌，因此假設自訴的話，以明她的志向。是說人家都說雀有角，才能穿我屋；你沒有媒聘在先，何以亦要競爭成獄？但是實際上你的婚禮，實在沒有完備，就像雀鳥的爭鬥，雖能穿我屋，牠終久沒有角的，何能成就室家呢？

【集傳】興也。家，謂以媒聘求為室家之禮也。速，召致也。○貞女之自守如此，然猶或見訟，而召致於獄。因自訴而言：「人皆謂，雀有角，故能穿我屋。」以興。人皆謂，汝於我，嘗有求為室家之禮，故能致我於獄。然不知，汝雖能致我於獄，而求為室家之禮，初未嘗備，如雀雖能穿屋，而實未嘗有角也。

【箋註】牛運震曰：陡接「誰謂」，咄咄逼人。雀說有角，奇。末二句說得豪門富戶，真不值一盼矣，足令狂子敗興。

姚際恆曰：此篇玩「室家不足」一語，當是女既許嫁，而見一物不具，一禮不備，因不肯往以致爭訟。蓋亦適有此事而傳其詩，以見此女子之賢，不必執泥謂被文王之化也。

**誰謂鼠無牙[1]，何以穿我墉[2]？**
**誰謂女無家，何以速我訟[3]？**
**雖速我訟，亦不女從。**

誰說老鼠沒有牙齒？如果牠沒有牙齒，怎麼能夠能穿破我家的牆壁？你沒有媒聘過我，婚禮的禮節沒有完備，又怎麼能以此催逼我，甚至逼我上公堂？即使你興訟逼我上公堂，我也不可能曲從於你。

【註釋】興也。1牙是牡齒。馬牛是有牡齒的，鼠是沒有的。2墉是牆。3訟是訴訟。

【章旨】這章詩的意思，和上章差不多，但末後是表示決絕。說你雖能強迫的訴訟，我亦不願從你。

【集傳】興也。牙，牡齒也。墉，牆也。○言汝雖能致我於訟，然其求為室家之禮，有所不足，則我亦終不汝從矣。

【箋註】牛運震曰：雀、鼠，罵得痛快而風流。「室家不足」說得冰冷，「亦不女從」拒得激烈。

## 行露三章，一章三句，二章，章六句。

【箋註】劉向曰：〈召南〉申女者，申人之女也。既許嫁於酆，夫家禮不備而欲迎之，女與其人言：夫婦者，人倫之始也，不可不正。夫家輕禮違制，不可以行。夫家訟之於理，女終以一禮不備，持義不往，而作詩曰：「雖速我獄，室家不足」，君子以為得婦道之儀，故舉而揚之，傳而法之，以絕無禮之求，防淫欲之行焉。

孔穎達曰：〈行露〉，言召伯聽斷男女室家之訟也。男雖侵陵，貞女不從，是以貞女被訟，而召伯聽斷之。

牛運震曰：平空撰出兩造對簿之詞，奇甚。孔《疏》所謂詩人假事而為之詞，甚得詩旨。定以為女子所自作，失之。

高亨曰：一個婦人因為她的丈夫家境貧困，回到娘家就不回夫家了。她的丈夫以自己有家為理由，要求她回家同居而被拒絕，就在官衙告她一狀。夫婦同去聽審，她唱出這首歌，責罵她的丈夫，表示絕不回夫家。

程俊英曰：這是一首女子拒婚的詩。一個已有妻室，曾經欺騙她的強暴男子，以打官司要脅她成婚。她嚴詞拒絕。

屈萬里曰：此女子拒婚之詩。

# 羔羊

羔羊之皮1，素2絲五紽3。
退食自公4，委蛇5委蛇。

小羔羊皮做成的外袍上，以白色的絲線縫補了五處。即使穿著縫補的皮袍下朝返家，大夫的態度仍然是一派從容的模樣。

【註釋】賦也。紽，音「駝」。委，音「威」。蛇，音「移」，唐何反。1羔是小羊。羊皮裘，是大夫燕居的衣服。2素是白色。3紽是縫，或作以絲飾裘。4退食，是退朝回家吃飯；自公，是從公門出來。5委蛇，是從容自得的樣子。

【章旨】這章詩是說當時南國被了文王的政化，在位的士大夫，都是節儉得很。他所穿的羊裘，雖已有了五個白絲縫的紽縫，但他退朝回家，總是從容自得的。

【集傳】賦也。小曰「羔」，大曰「羊」。皮，所以為裘，大夫燕居之服。素，白也。紽，未詳，蓋以絲飾裘之名也。退食，退朝而食於家也。自公，從公門而出也。委蛇，自得之貌。○南國化文王之政，在位皆節儉正直，故詩人美其衣服有常，而從容自得如此也。

【箋註】呂祖謙曰：惟其出入皆可從迹，則仰不愧，俯不作，而從容自得。

羔羊之革1，素絲五緎2。
委蛇委蛇，自公退食。

原本的裘衣，因爲久穿脫毛而成了革皮，上頭以白色的絲線縫補了五處。大夫仍然是一派從容的模樣，穿著縫補的皮袍下朝返家。

【註釋】賦也。緎，音「域」。1革是脫了毛的皮。2緎是縫。

【章旨】這章詩和上章解法差不多，但意思是說他的裘，今番變成革了。我看見他仍是從容自得的。

【集傳】賦也。革，猶皮也。緎，裘之縫界也。

## 羔羊之縫1，素絲五總2。委蛇委蛇，退食自公。

原本的皮袍縫補之處，因爲久穿而綻裂，再以白色的絲線將破損處加以補綴。穿著破舊的皮袍下朝返家，大夫表現出來的仍是不以爲意、平淡從容的模樣。

【註釋】賦也。縫，音「逢」。總，音「宗」。1 縫是綻縫。2 總是合眾皮為一的意思，是把許多的皮，總縫在一起，更加破壞了。

【章旨】這章詩是說羊皮的縫，又綻裂了。把它籠總縫了起來，穿在身上，仍然從容自得的。

【集傳】賦也。縫，縫皮合之，以為裘也。總，亦未詳。

【箋註】高亨曰：五紽、五緎、五總，都是結衣的絲繩，它的用處等於現在結衣的紐扣。紽即衣紐。紐是團圓形。今語秤錘叫作秤鉈，飯團叫作飯鉈，冰團叫作冰鉈，古語衣紐叫作紽，正是一個語根的擴展。五總就是把五個紽結在五個緎上。第一章紽，第二章說緎，第三章說總，是有順序的。

## 羔羊三章，章四句。

【箋註】王鴻緒曰：「退食自公」二句，極寫從容自得光景。而其所以能從容自得如此者，由於朝廷無事也。合觀〈芣苢〉，可想見二南之時，一種太和元氣，洋溢於在朝在野之間。

姚際恆曰：此篇美大夫之詩，詩人適見其羔裘而退食，即其服飾、步履之間以歎美之；而大夫之賢不益一字，自可于言外想見。此風人之妙致也。

牛運震曰：退食委蛇，寫出大臣風度。後二章顛倒叶韻，亦自頓挫風神。雍容和雅，朝會體故應爾。《序》以為美大夫之節儉正直也。詩意妙在渾含不露，只於容止氣度描寫得之。硬分五紽為節儉，委蛇為正直，殊非詩旨。

牟庭曰：〈羔羊〉，刺饞廩儉薄也。

方玉潤曰：三章迴環諷詠，有歷久無改厥度之意。

高亨曰：衙門中的官吏都是剝削壓迫、凌踐殘害人民，蟠在人民身上，吸食人民血液以自肥的毒蛇。人民看到他們穿著羔羊皮襖，從衙門裡出來，就唱出這首歌，咒罵他們，揭出他們是害人毒蛇的本質。

程俊英曰：統治階級的官吏們過著衣裘食公，吸吮人民血汗的奢侈生活。詩人寫了此詩予以諷刺。

屈萬里曰：此美官吏安適之詩。

## 殷其靁

殷[1]其靁，在南山之陽[2]。
何斯[3]違斯[4]，莫敢或遑[5]？
振振[6]君子，歸哉[7]歸哉。

雷聲轟隆隆地從南山坡那一頭傳來震響。你爲什麼要遠走他地，不敢有半點閒暇放鬆呢？爲人忠厚的丈夫啊，你回來吧！快回來吧！

**【註釋】**興也。殷，音「隱」。振，音「真」。1殷是雷聲。2山的南面就叫做陽。3何斯，是此人。4違斯，是此處。5遑當作暇字解。6振振，信厚的意思。7歸哉，是事完回去。

**【章旨】**這章詩是借雷聲起興。詞意雖是婦人思念君子，其實是諷眾士歸周的意思。是說殷殷的雷聲，已經在南山發動了，那麼你這個人，離去此地，在外行役，就沒有一些兒閒暇嗎？振振的君子回來呀，回來呀！因為這個時候，文王的政令方新，天下嚮慕，好似聽見雷聲在南山隱隱發動一樣。「何斯違斯，莫敢或遑」，是說英俊來歸，惟恐不及的意思。《論語》：「歸歟歸歟，吾黨之小子。」與此處「歸哉歸哉」，用意是相同的。

**【集傳】**興也。殷，靁聲也。山南曰陽。何斯，斯，此人也。違斯，斯，此所也。遑，暇也。振振，信厚也。○南國被文王之化，婦人以其君子從役在外，而思念之，故作此詩。言殷殷然靁聲，則在南山之陽矣，何此君子獨去此，而不敢少暇乎？於是又美其德，且冀其早畢事而還歸也。

**【箋註】**鄭玄曰：靁以喻號令于南山之陽，又喻其在外也。召南大夫以王命施號令于四方，猶靁殷殷然發聲於山之陽。大夫信厚之君子，為君使，功未成，歸哉歸哉！勸以為臣之義，未得歸也。嚴粲曰：召南大夫之妻，感風雨將作而念其君子。言殷然之靁聲，在彼南山之南。何為此時違去此所乎？蓋以公家之事而不敢違暇也。所謂勸以義也。遂稱振振信厚之君子，歸哉歸哉，冀其畢事來歸，而不敢為決辭，知其未可以歸也。此事獨賢而無怨，惟信厚者能之。牛運震曰：「殷」字妙，如聞靁聲。靁不可言在，「在南山之陽」，妙在確指其地。唐人詩「靁聲傍太白」似自此化出。

**殷其靁，在南山之側。**
**何斯違斯，莫敢遑息？**
**振振君子，歸哉歸哉。**

---

雷聲轟隆隆地從南山那一側傳來震響。
你爲什麼要遠走他地，不敢有半點閒暇放鬆呢？
爲人忠厚的丈夫啊，你回來吧！快回來吧！

【註釋】興也。

## 殷其靁，在南山之下。
## 何斯違斯，莫敢遑處？
## 振振君子，歸哉歸哉。

雷聲轟隆隆地從南邊的山腳下傳來震響。
你爲什麼要遠走他地，不敢有半點閒暇呢？
爲人忠厚的丈夫啊，你回來吧！快回來吧！

【註釋】興也。下，後五反。處，上聲。

【章旨】這兩章詩的意思，是和上章一樣的，不過「側」字和「下」字，比較「陽」字來的更切近，因為雷聲是由遠而近的。

【集傳】興也。息，止也。

## 殷其靁三章，章六句。

【箋註】輔廣曰：此詩念其勞，美其德，冀其早畢事以還歸，無棘欲，無怨辭，可謂得其情性之正矣。
謝枋得曰：始不敢暇，中不敢止，終不敢暇居處，一節緊一節，此詩人之法度也。
牛運震曰：山之下，山北也。山側山下，靁聲自遠而近，興意更緊。
高亨曰：婦女思念在外的丈夫，因作這首詩。
程俊英曰：這是一位婦女思夫的詩。
屈萬里曰：此婦人懷念征夫之詩。

# 摽有梅

摽[1]有梅[2]，其實七兮。
求我庶[3]士，迨[4]其吉[5]兮！

樹上的梅子因爲熟成而落下，枝頭上還留有七成的果實。
想要追求我的男子啊，趕快趁著吉日良辰前來吧！

【註釋】賦也。摽，音「殍」。1摽是落下來了。2梅就是梅樹。3庶是眾庶。4迨是到了。5吉是吉日。

【章旨】這章詩是詩人恐女子嫁不及時，所以有摽梅的感想，其實亦是諷人君求賢的意思。是說梅子已經成熟了，滿樹的梅，現在摽落得只有七分了。女子求偶的期間，再過去就遲了。求我的眾士，到了吉日，必定以禮來迎的。

【集傳】賦也。摽，落也。梅，木名。華白，實似杏而酢。庶，眾。迨，及也。吉，吉日也。○南國被文王之化，女子知以貞信自守，懼其嫁不及時，而有強暴之辱也。故言，梅落而在樹者少，以見時過而太晚矣。求我之眾士，其必有及此吉日而來者乎。

【箋註】嚴粲曰：述女子之情，言擊落之餘，尚有殘梅。其實之在木者惟七，則其零落者多矣。於此眾士之中，其擇之以為昏姻，當及此時日之吉，惧良辰之難 得而易失也。

摽有梅，其實三兮。
求我庶士，迨其今兮！

樹上的梅子因爲熟成而落下，枝頭上只剩下三成的果實了。
想要追求我的男子啊，不必等待吉日，趁著今天快來吧！

【註釋】賦也。三，疏簪反。

【章旨】這章詩的意思，比較上章更進一層，是說梅子的摽落，現在只有三分了，求偶的期間更遲了。求我的庶士，不必吉日，今天就來吧！

【集傳】賦也。梅在樹者三，則落者又多矣。今，今日也。蓋不待吉矣。

## 摽有梅，頃筐塈[1]之。求我庶士，迨其謂[2]之！

熟成的梅子已經完全落下了，被裝盛在淺筐中。想要追求我的男子啊，只要來說句話就能定下。

【註釋】賦也。頃，音「傾」，古「傾」字通。塈，許器反。1塈當作取字解。2謂是諮訪的意思。

【章旨】這章詩是說樹上的梅子已經落完了，所有的梅，不在樹上，是裝在籃子裡頭的。求我的庶士，快來諮訪，再遲就沒有梅子了。

【集傳】賦也。塈，取也。頃筐取之，則落之盡矣。謂之，則但相告語而約可定矣。

## 摽有梅三章，章四句。

【箋註】姚際恆曰：愚意，此篇乃卿、大夫為君求庶士之詩。

牛運震曰：媚而不豔，切而不怨，古詩「門前一樹棗」，及「蹋地喚天」等語，較此粗而激也。

此自女子之情，詩人為之寫其意耳。開後世閨怨之祖。

高亨曰：《周禮・地官・媒氏》：「中春之月，令會男女，於是時也，奔者不禁。司男女之無夫家者而會之。」據此，周代有的地區，民間每年開一次男女舞會，會中由男女自由訂婚或結婚。

這首詩就是舞會中女子們共同唱出的歌。

程俊英曰：這是一位待嫁女子的詩。她望見梅子落地，引起青春將逝的傷感，希望馬上有人來求婚。

屈萬里曰：此詩疑諷女子之遲婚者。

裴普賢曰：周代禮俗，男子三十當娶，女子二十當嫁。婚姻大事，必備禮而行之，以昭鄭重。然逾齡失婚男女，無力備禮者，可於仲春之月相會，奔者不禁，男女婚嫁，得以及時也！此詩刻畫逾齡待嫁女子心情，入木三分。

# 小星

嘒[1]彼小星，三五[2]在東。
肅肅[3]宵征，夙夜在公[4]，
寔命[5]不同。

那星子微微發亮，疏疏落落的在東方閃爍著。
急急忙忙連夜奔走著，日夜都在爲了公事而忙碌，
這樣的命運實在是與其他人的大不相同。

**【註釋】**興也。嘒，音「噦」。1嘒是微微的光亮。2三五，是很稀的樣子。3肅肅，整齊的意思，又作疾疾狀解。4夙夜在公，是見星而往，見星而回的意思。5寔命是命分的意思。

**【章旨】**這章詩是詩人以小星起興。喻眾妾進御的，如同微微的小星，很稀疏的列在東方，好像疾疾宵行的進御眾妾。要見星而往、見星而回的，實在是命分不全。因為眾妾進御，不敢當夕，所以要見星而往，見星而回。

【集傳】興也。嘒，微貌。三五，言其稀。蓋初昏或將旦時也。肅肅，齊遨貌。宵，夜。征，行也。寔，與實同。命，謂天所賦之分也。○南國夫人，承后妃之化，能不妒忌，以惠其下。故其眾妾美之如此。蓋眾妾進御於君，不敢當夕，見星而往，見星而還。故因所見，以起興。其於義無所取。特取在東在公兩字之相應耳。遂言，其所以如此者，由其所賦之分，不同於貴者。是以深以得御於君為夫人之惠，而不敢致怨於往來之勤也。

【箋註】牛運震曰：「三五在東」，寫得歷歷如畫。「寔命不同」，語似含怨，乃所以為不怨也。

**嘒彼小星，維參與昴1。**
**肅肅宵征，抱衾2與裯3，**
**寔命不猶4。**

那星子微微發亮，與參、昴兩星閃爍著。
急急忙忙的連夜奔走，背負著臥具卻不得眠，
這樣的命運實在是不如其他人啊。

【註釋】興也。參，听森反。昴，音「卯」。裯，音「儔」。1參昴是西方的二宿，參見昴隱，昴見參隱。2衾是夾被。3裯是單被。4猶就是同。

【章旨】這章詩是說西方的小星，只有參和昴，在那裡微微的發出光亮。那宵行的進御眾妾，還抱了衾裯，不辭奔走的勞苦，實在是命分不相猶啊。

【集傳】興也。參昴，西方二宿之名。衾，被也。裯，禪被也。興亦取與昴與裯二字相應。猶，亦同也。

## 小星二章，章五句。

【集傳】《呂氏春秋》：「夫人無妒忌之行，而賤妾安於其命。所謂上好仁，而下必好義者也。」

【箋註】洪邁曰：〈小星〉「肅肅宵征，抱衾與裯」，是詠使者遠適，夙夜征行，不敢有違君命之意。《箋》釋此兩句，謂妾肅肅然而行，或早或夜在於君所，以次序進御。又云：裯，床帳也。諸妾夜行，抱被與床帳，待進御之次序。且諸侯一國，其宮中嬪御雖云至下，固非閭閻微賤之比，何至於抱裯而行？況於床帳勢非一已之力所能及者！其說可謂陋矣。

戴君恩曰：情景逼真，讀之如在朝陽、長信間，唐詩「紫禁香如霧，青天月是霜。雲韶何處奏，只是在朝陽」。又「監宮引出暫開門，隨例赴朝不識恩。銀鑰卻收金鎖合，月明花落又黃昏」。景物不殊，恩怨自別。

賀貽孫曰：以日月比夫婦，大星比嬪御，而無名小星比妾。

姚際恆曰：山川原隰之間，仰頭見星，東西歷歷可指，所謂「戴星而行」也。前人以為妾媵作者，以「抱衾與裯」一句也，予正以此句疑其非。何則？進御於君，君豈無衾裯，豈必待其衾裯乎！眾妾各抱衾裯，安置何所？蓋「抱衾裯」云者，猶後人言「襆被」之謂。

方玉潤曰：「肅肅宵征」者，遠行不逮，繼之以夜也。「夙夜在公」者，勤勞王事也。命之不同，則大小臣之不一，而朝野勞逸之懸殊也。既知命不同而仍克盡其心，各安其分，不敢有怨天心，不敢有怨王事，此何如器識乎？此詩雖以命自委，而循分自安，毫無怨懟辭，不失敦厚遺旨，故可風也。詩中辭意唯衾裯句近閨辭，餘皆不類，不知何所見而云然也。且即使此句為閨閣詠，亦青樓移枕就人之意，豈深宮進御之象哉？

胡適曰：〈嘒嘒小星〉是寫妓女生活最古的記載。我們試看《老殘遊記》，可見黃河流域妓女送鋪蓋上店陪客人的情形。再看原文，我們看她抱衾裯以宵征，就知道她所為的何事了。

高亨曰：小官吏為朝廷辦事，夜間還在長途跋涉，乃作這首詩自述勤苦，但卻歸結於宿命。

程俊英曰：這是一個小官吏出差趕路，怨恨自己不幸的詩。

屈萬里曰：韓詩外傳（卷一）引此詩，以為勞於仕宦者之作，近是。

馬持盈曰：這是征夫傷歎之詩。

劉松來曰：小臣日夜忙碌得不到歇息，而卿大夫卻可以過著悠閒自在的生活，這就像天上的大星與小星一樣地位懸殊。詩歌兩章均將自然的現象與人的命運聯繫在一起，包含了一種對世間不平的深深抱怨。

## 江有汜

**江有汜[1]，之子[2]歸，不我以[3]；不我以，其後也悔。**

江水即使分決了，猶有回流歸入本水的可能，
姑娘出嫁，卻棄了我，不帶我同去；
不帶我同去，將來一定會後悔的。

**【註釋】**興也。汜，音「祀」，羊祀反。悔，虎洧反。1 汜，是水決往他處，仍歸原道；一說水流復還本水。2 之子是所指的人，《序》說：「媵妾說嫡妻。」3 不我以，是說把我棄置了。

**【章旨】**這章詩是詩人見江水有汜起興的。詩意好像喻棄婦，實在是他自己描寫一生遭際，淪落不偶。是說江中的汜水，雖流到他處，不久仍回本水，何以你回去的時候，竟把我拋棄了？不料你亦有後悔啊。

**【集傳】**興也。水決復入為汜。今江陵漢陽安復之間，蓋多有之。之子，媵妾指嫡妻而言也。婦人謂嫁曰「歸」。我，媵自我也。能左右之，曰以。謂挾己而偕行也。○是時汜水之旁，媵有待年於國，而嫡不與之偕行者。其後嫡被后妃夫人之化，乃能自悔而迎之。故媵見江水之有汜，而因以起

興。言江猶有汜。而之子之歸，乃不我以。雖不我以，然其後也亦悔矣。

【箋註】牛運震曰：疊一句作逗，別調。託興甚奇，亦以相反見義。

**江有渚1，**
**之子歸，不我與2；**
**不我與，其後也處3。**

江水之中有小洲，
姑娘出嫁，卻棄了我，不帶我同去；
雖然棄了我，但後來卻可能有共處的時候。

【註釋】興也。1渚是小洲。2與，和「以」字一樣的解法。3處就是安置。

【章旨】這章詩是說江水流了回來，有渚安置它。你竟棄了我嗎？不料你有與我共處的日子啊。

【集傳】興也。渚，小洲也。水歧成渚。與，猶以也。處，安也。得其所安也。

**江有沱，**
**之子歸，不我過；**
**不我過，其嘯也歌。**

江流有分支，
這個姑娘出嫁了，不願與我再來往了；
不願與我往來，我只能感傷悲歌。

【註釋】興也。沱，音「跎」，過，音「戈」。1沱，是江流的別支。2過，是過從。3嘯是長聲的感歎。

【章旨】這章詩是說江水流了，還有別江安置。你棄了我，我意無處安置嗎？你何以不來過我同行，既不過我同行，我只有感慨悲歌了。

【集傳】興也。沱，江之別者。過，謂過我而與俱也。嘯，蹙口出聲，以舒憤懣之氣。言其悔時也。歌，則得其所處而樂也。

【箋註】牛運震曰：「嘯歌」二字拆用得妙。

聞一多曰：「嘯歌」者，即號哭。謂哭而有言，其言又有節調也。

## 江有汜三章，章五句。

【集傳】陳氏曰：「〈小星〉之夫人，惠及媵妾盡其心。〈江沱〉之嫡，惠不及媵妾，而媵妾不怨。蓋父雖不慈，子不可以不孝。各盡其道而已矣。」

【箋註】《毛序》曰：〈江有汜〉，美媵也。勤而無怨，嫡能悔過也。文王之時，江沱之間，有嫡不以其媵備數，媵遇勞而無怨，嫡亦自悔也。

程頤曰：此亦文王時詩，因附於此。其嫡不使備嬪妾之數以侍君也。汜，水之分；渚，水之岐；沱，水之別；歸，謂從君子也。美人君當使妾媵均承其澤，故以歸言，非謂是嫁來之歸也。

豐坊曰：諸侯之夫人終容其媵也，賦〈江有汜〉。

牟庭曰：〈江有沱〉，召南夫人幽怨也。

方玉潤：此必江漢商人遠歸梓里，而棄其妾不以相從。始則不以備數，繼則不以偕行，終且望其廬舍而不之過。妾乃作此詩以自歎而自解耳。否則詩人託言棄婦，以寫其一生遭際淪落不偶之心，亦未可知。

高亨曰：一個官吏或商人在他作客的地方娶了一個妻子。他回本鄉時，把她拋棄了。她唱出這首歌以自慰。

程俊英曰：這是一位棄婦哀怨自慰的詩。在一夫多妻的制度下，她用長江尚有支流原諒丈夫另有新歡，幻想將來他會回心轉意。

屈萬里曰：此蓋男子傷其所愛者捨己而嫁人之詩。

裴普賢：這是長江上游的民歌。寫一個男子所戀女子嫁人，男子失戀。初尚好強，說她不嫁自己會後悔，最後卻苦痛得以悲歌代泣，大聲號叫了。

# 野有死麕

野有死麕1，白茅包之。
有女懷春2，吉士3誘4之。

野地有一隻死鹿，用白茅草將牠裹覆起來。少女正在懷春，好男子便去撩動引誘她。

【註釋】興也。麕，俱倫反，音「均」。1麕是獐子，鹿的一類。2懷春，是女子懷了春意。3吉士是美士。4誘是引誘她。

【章旨】這章詩是詩人託言懷春的少女，喻美士的炫才求用。野外有一隻死麕，用白茅包了起來，有了懷春的女子，便有少年去引誘她。這是比喻美士的炫才求用，如同野外的死麕，和懷春的女子一樣。因為野外死麕，容易包裹，懷春女子容易受愚，炫才的士子，必定輕就。

【集傳】興也。麕，獐也。鹿屬。無角。懷春，當春而有懷也。吉士，猶美士也。○南國被文王之化，女子有貞潔自守，不為強暴所汙者。故詩人因所見，以興其事而美之。或曰：「賦也，言美士以白茅包其死麕，而誘懷春之女也。」

【箋註】牛運震曰：懷春即春怨春思之意，倒說更妙。「懷春」二字蘊藉，寫閨情最雅相。貞女何嘗無情稱狂，且為吉士，足令愧殺。

陳僅曰：此詩索解在一「春」字。禮，霜降逆女，冰泮殺止。春非嫁娶時也。懷春之時，蓋三月之候。其夫家有以非時求娶者，故此女拒之，以為舒緩至霜降之後乃為宜耳。

**林有樸樕1，野有死鹿，**
**白茅純束2，有女如玉。**

林中有叢生的小樹木，野地裡有死去的鹿，以白茅草將它裹覆起來，年輕的女子有如玉石一般無瑕。

【註釋】興也。樸，蒲木反。樕，音「速」。純，音「豚」，古「鈍」字。1樸樕是小樹木。2純束，是繫為一束的意思。白茅純束，有女如玉，范氏解為「生芻一束，其人如玉」。

【章旨】這章詩是說現在林中有樸樕的小木，野外又有已死的鹿，白茅是繫做一束了，女子又是美玉無瑕。樸樕的小樹，是不能包死鹿的；美玉無瑕的女子，是引誘不動的；生芻一束，其人如玉的士子，是不肯輕就的。

【集傳】興也。樸樕，小木也。鹿，獸名。有角。純束，猶包之也。如玉者，美其色也。上三句，興下一句也。或曰：賦也。言以樸樕藉死鹿，束以白茅，而誘此如玉之女也。

【箋註】牛運震曰：只「如玉」二字，便有十分珍惜。「有女如玉」，似歇後句，不更著一語，妙，雋永無盡。

王靜芝曰：此一章重覆上章之義，而變換寫法，文字絕美。以有女如玉作結，尤感餘波蕩漾。

舒[1]而脫脫[2]兮，無感[3]我帨[4]兮，無使尨[5]也吠[6]。

動作輕慢而舒緩，別扯動我佩戴的頭巾，不要發出聲響呀，以免驚動犬隻吠叫。

**【註釋】** 賦也。脫，音「兌」。帨，音「稅」。尨，美邦反，古「龍」字。吠，符廢反。1舒是舒緩的狀貌。2脫脫，是舒緩的樣子。3感是感動。4帨是頭巾。5尨是犬。6吠是犬吠。

**【章旨】** 這章詩是說女子雖然守身如玉，不能免吉士引誘的；高士雖清高自賞，亦不能免人君的訪求。你既要訪求，你可徐徐的，不要感動我的頭巾，不要引我犬吠，免使山中的猿鶴相驚，我將往別處去了。

**【集傳】** 賦也。舒，遲緩也。脫脫，舒緩貌。感，動。帨，巾。尨，犬也。○此章乃述女子拒之之詞。言姑徐徐而來，毋動我之帨，毋驚我之犬，以甚言其不能相及也。其凜然不可犯之意，蓋可見矣。

**【箋註】** 方玉潤曰：言拒之之詞，意微而婉。王靜芝曰：敘寫極盡生動之能事。如見其人，如聞其聲。

**野有死麕三章，二章章四句，一章三句。**

**【箋註】** 姚際恆曰：此篇是山野之民相與及時為昏姻之詩。昏禮，贄用雁，不以死；皮、帛必以制。皮、帛，儷皮、束帛也。今死麕、死鹿乃其山中射獵所有，故曰「野有」，以當儷皮；「白茅」，潔白之物，以當束帛。所謂「吉士」者，其「赳赳武夫」者流耶？「林有樸樕」，亦「中林」景象也。總而言之：女懷，士誘，言及時也；吉士，玉女，言相當也。定情之夕，女屬其舒徐而無使帨感、尨吠，亦情欲之感所不諱也歟？一章，詩人詠男；二章，詩人詠女；三章，詩人述女之詞。

胡適曰：〈野有死麕〉一詩最有社會學上的意味。初民社會中，男子求婚於女子，往往獵取野獸，獻與女子。女子若收其所獻，即是允許的表示。此詩第一第二章說那用白茅包著的死鹿，正是吉士誘佳人的贄禮也。

高亨曰：這首詩寫一個打獵的男人引誘一個漂亮的姑娘，她也愛上他，引他到家中相會。

程俊英曰：這是描寫一對青年男女戀愛的詩。男的是一位獵人，他在郊外叢林裡遇見了一位如花似玉的少女，即以小鹿為贈，終於獲得愛情。

屈萬里曰：此男女相悅之詩。

馬持盈曰：這是青年男女相愛幽會之詩。

## 何彼襛矣

何彼襛1矣？唐棣2之華。
曷不肅3雝4？王姬5之車。

什麼花開得如此茂盛呢？是唐棣之花啊。是什麼這樣氣氛莊嚴和諧呢？原來是王姬婚禮的車駕。

【註釋】興也。襛，音「濃」，又音「雝」。棣，音「第」。1襛是茂盛。2唐棣是木名。3肅是敬。4雝是和。5王姬，是周王的女。

【章旨】這章詩是說王姬下嫁諸侯，車馬的盛況，詩人美之。「曷不肅雝」，是說王姬的車馬，和唐棣之華一樣的茂盛，但不知道她的德行如何？因為沒有看見她的肅雝氣象，有些懷疑的意思。

【集傳】興也。襛，盛也。猶曰戎戎也。唐棣，移也。似白楊。肅，敬。雝，和也。周王之女，姬姓。故曰王姬。○王姬下嫁於諸侯，車服之盛如此，而不敢挾貴以驕其夫家，故見其車者，知其能敬且和，以執婦道。於是作詩，以美之曰：「何彼戎戎而盛乎，乃唐棣之華也。此何不肅肅而敬，雝雝而和乎，乃王姬之車也。」此乃武王以後之詩，不可得知其何王之世，然文王太姒之教，久而不衰，亦可見矣。

【箋註】牛運震曰：首句飄然而來。

**何彼襛矣？華如桃李1。平王2之孫，齊侯之子。**

是什麼盛開得如此濃豔？是桃花與李花啊！就像這一對新人，平王的孫女王姬與齊侯之子一般。

【註釋】興也。1桃李是木名，花最濃豔。2一說，平王即平王宜臼，齊侯即襄公諸兒。事見《春秋左傳》，未知孰是。

【章旨】這章詩是把桃李的花，濃豔的顏色，來比平王的孫女王姬，和齊侯的兒子。說他們兩人的美麗，是和桃李一般。

【集傳】興也。李，木名。華白，實可食。舊說，平，正也。武王女，文王孫，適齊侯之子。或曰：「平王，即平王宜臼，齊侯，即襄公諸兒。」事見《春秋》，未知孰是。以桃李二物，興男女二人也。

【箋註】牛運震曰：「華如桃李」，倒句妙，有意味。

裴普賢曰：此詩首次兩章都是讚美口吻，只「曷不肅雝」一句嵌骨頭話，皮讓人體味出語帶有譏刺之意。因為為人最忌有驕氣，更何況一個新娘而有驕縱之態？「曷不肅雝」句，正微微透露出這位新娘有挾貴以驕人的氣燄。

**其釣[1]維何？維絲伊緡[2]。**

用什麼可作爲釣竿上的細繩呢？以雙絲合成的線。

**齊侯之子，平王之孫。**

就彷彿是齊侯之子與平王的孫女王姬的婚配啊。

**【註釋】**興也。孫，須倫反。1釣是釣竿。2絲緡是釣竿上的線，緡是雙絲合成的線。

**【章旨】**這章詩是說齊侯之子和平王之孫，結了婚姻，好像雙絲合成了緡。這種婚姻，只算是富貴人的結合，因釣絲的結合，只有絲和緡；富貴人的婚姻，只合配富貴人。辭雖讚美，意中卻含了諷刺。詩風驟變，可見周德漸衰。

**【集傳】**興也。伊，亦維也。緡，綸也。絲之合而為綸，猶男女之合而為婚也。

**【箋註】**牛運震曰：後二章不更提肅雝，只將平王孫、齊侯子顛倒詠歎。言如此貴冑而可以不肅雝乎？諷意悠然，高遠之極。

高亨曰：「維絲伊緡」，即絲做的釣魚繩。詩用絲繩釣魚比喻以王姬齊侯之貴，徵求媵妾。

裴普賢曰：三章以絲緡喻婚姻，又微露夫婦之道以為警告，可全詩的一貫含蓄，詩人的忠厚之心，讀者細加玩味，當能覺察此詩的妙處。

**何彼襛矣三章，章四句。**

【箋註】《毛詩》：〈何彼襛矣〉，美王姬也。雖則王姬亦下嫁于諸侯，車服不繫其夫，下王后一等，猶執婦道，以成肅雝之德也。

陳僅曰：風詩連章音調大半以重複引伸見長。然重複之中，仍自有變化。有前後半章與上下章分配成類，作合錦體者，如何彼襛矣之類。

方玉潤曰：當姬下嫁日，從旁觀者，誰不曰此平王之孫，齊侯之子，色相配，年相若也。

高亨曰：周平王的孫女嫁於齊襄公或齊桓公，求召南域內諸侯之女做陪嫁媵妾，而其父不肯，召南人因作此詩。

程俊英曰：齊侯的女兒出嫁，車輛服飾侈麗。這首詩隱約地諷刺了貴族王姬德色的不相稱。

裴普賢曰：詩中以釣魚隱喻獲得幸福的婚姻，以兩股細絲組合成緡（釣絲）喻夫婦的和諧相處。夫婦的幸福生活，就靠這合作無間的一線之牽來尋求。這是詩人勸告新娘不要以貴盛驕其夫家的委婉表達。

## 騶虞

彼茁1者葭2，壹發3五豝，
于嗟乎，騶虞4。

那片茂盛的蘆葦叢裡隱藏著獵物，射出一箭便趕出了五隻母豬，
眞是個善獵的獸官啊。

【註釋】賦也。茁，音「拙」。葭，音「加」。豝，音「巴」。于，音「吁」。1茁是長成壯盛貌。2葭是蘆葦。3發是發矢豝牡豕。4騶虞，獸名，又說是虞官，是掌鳥獸的官。

【章旨】這章詩是說南國諸侯，承了文王的德化，不但能修身齊家治國，他的德行，並能普及於禽獸。當在春天田獵的時候，雖是那深密蘆葦的裡面，野獸很多，但他的車駕一發，五豝只獲其一，不忍多傷。唉！我那掌司鳥獸的虞官呀，你要體貼君心啊。

【集傳】賦也。茁，生出壯盛之貌。葭，蘆也。亦名葦。發，發矢。豝，牡豕也。一發五豝，猶言中必疊雙也。騶虞，獸名。白虎黑文，不食生物者也。○南國諸侯，承文王之化，修身齊家，以治其國。而其仁民之餘恩，又有以及於庶類。故其春田之際，草木之茂，禽獸之多，至於如此。而詩人述其事以美之，且歎之曰：「此其仁心自然，不由勉強。」是即真所謂騶虞矣。

【箋註】牛運震曰：平空贊歎騶虞，意自深妙。「一發五豝」而取其一也，此即殺不盡物之義。
方玉潤曰：末句與「于嗟麟兮」相似而實不同。彼通章以麟為比，故末句單歎麟兮不為突。此詩發端未題騶虞，末句不得突出為比，故知騶虞斷非獸名也。
高亨曰：騶虞，官名，給貴族管理苑園牲畜等。「于嗟乎騶虞」此句可譯作「唉呀咳可恨的牧場官」！

**彼茁者蓬1，壹發五豵2，**
**于嗟乎，騶虞。**

那片茂盛的蘆葦叢裡隱藏著獵物，射出一箭便趕出了
五隻小豬，
眞是個善獵的獸官啊。

【註釋】賦也。豵，音「宗」。1蓬是蒿類的草。2豵亦是小豕。

【章旨】這章詩的意思。和上章一樣的解法。

【集傳】賦也。蓬，草名。一歲曰豵，亦小豕也。

## 騶虞二章，章三句。

## 召南之國，十四篇，四十章，百七十七句。

**【集傳】**文王之化，始於〈關雎〉，而至於〈麟趾〉，則其化之入人者深矣；刑於〈鵲巢〉，而及於〈騶虞〉，則其澤之及物者廣矣。蓋意誠心正之功，不息而久，則其熏蒸透徹，融液周徧，自有不能已者，非智力之私所能及也。故《序》以〈騶虞〉為〈鵲巢〉之應，而見王道之成。其必有所傳矣。○愚按：〈鵲巢〉、〈采蘩〉，言夫人、大夫妻，以見當時國君、大夫，被文王之化，而能修身以正其家也。〈甘棠〉以下，又見由方伯能布文王之化，而國君能修之家以及其國也，其辭雖無及於文王者，然文王明德新民之功至是，而其所施者溥矣。抑所謂其民皞皞而不知為之者與，唯何彼襛矣之詩，為不可曉，當闕所疑耳。周南、召南二國，凡二十五篇。先儒以為正風，今姑從之。○孔子謂伯魚曰：「女為〈周南〉、〈召南〉矣乎？人而不為〈周南〉、〈召南〉。其猶正牆面而立也與。」《儀禮》鄉飲酒、鄉射、燕禮皆合樂。〈周南〉、〈關雎〉、〈葛覃〉、〈卷耳〉、〈召南〉、〈鵲巢〉、〈采蘩〉、〈采蘋〉，燕禮又有房中之樂。鄭氏注曰：「弦歌〈周南〉、〈召南〉之詩，而不用鐘磬，云房中者，后夫人之所諷誦以事其君子。」程子曰：「天下之治，正家為先。天下之家正，則天下治矣。二南，正家之道也。陳后、妃、夫人、大夫妻之德，推之士、庶人之家一也。故使邦國至於鄉黨皆用之。自朝廷至於委巷，莫不謳吟諷誦，所以風化天下。」

**【箋註】**牛運震曰：陡出騶虞，較〈麟之趾〉篇少一折，奇調遠想。

陳子展曰：〈騶虞〉，為有關春日田獵，驅除害獸，舉行的一種儀式之詩。

高亨曰：貴族強迫奴隸中的兒童給他牧豬，並派小官監視牧童的勞動，對牧童經常打罵。牧童唱出這首歌。

程俊英曰：這是一首讚美獵人的詩。

馬持盈曰：這是讚美獸官田獵之詩。

# 邶

邶、鄘、衛，三國名，在禹貢冀州的地方，西阻太行，北踰衡漳，東南跨黃河到兗州和桑土的邊境。到了商朝，盤庚遷做了都城。武王克商，把商都朝歌以北，畫分為邶，南為鄘，東為衛。邶、鄘兩國是先封的，後來都併入衛國。武王弟康叔于衛，都城本在朝歌以東、淇水以北、百泉以南。到了懿公的時候，為狄所滅。戴公東徙渡河，野居漕邑，後來文公又搬到楚邱。大抵河北一帶，都是衛地，但是邶、鄘兩國雖併入衛，詩卻是邶詩。所以要把邶國的名稱，編在衛的前面。

# 柏舟

汎1彼柏舟2，亦汎其流。
耿耿3不寐，如有隱憂4。
微5我無酒，以敖以遊6。

那艘柏木小船在水上隨波飄盪著。我因憂慮而夜不成眠，內心隱隱作痛著。並非沒有酒可以澆愁，但即使飲酒或遊玩，也無法排遣心上的煩憂。

**【註釋】**比也。汎，芳梵反。耿，古幸反。敖，音「翱」。1汎是流動的樣子。2柏舟，柏木名，或說喻國的。3耿耿是憂心的樣子。4隱是心痛。5微當作非字解。6敖遊就是遨遊。

**【章旨】**這章詩是賢臣憂讒憫亂而作的，但他不忍拋棄故國，卻又沒有法子排遣他的隱憂。好像那水中汎汎無依的柏舟。我的耿耿之心，夜不成睡，好似有了憂愁的光景。並不是沒有酒，但是喫了酒，亦不能解愁。有時候出去遊玩遊玩，覺得這個憂愁常在心上。

**【集傳】**比也。泛，流貌。柏，木名。耿耿，小明憂之貌也。隱，痛也。微，猶非也。○婦人不得於其夫，故以柏舟自比。言以柏為舟，堅緻牢實，而不以乘載，無所依薄，但汎然於水中而已。故其隱憂之深如此，非為無酒可以遨遊而解之也。《列女傳》以此為婦人之詩。今考其辭氣卑順柔弱，且居變風之首，而與下篇相類，豈亦莊姜之詩也歟？

**【箋註】**姚際恆曰：柏舟，自喻也。舟不必柏，言柏者，取其堅也。

牛運震曰：投閒置散，千古同歎。「亦」字多少眉皺。「耿耿」之義，如物不去，如火不熄，不寐人深知此苦。「如有」二字白描人神。末二句似歇後語，住而不住，妙。惟酒解憂，詩意卻謂雖酒亦不能解，已翻進一層。又以反語出之，言我非無酒，自猜自疑，意更含蓄。

竹添光鴻曰：以柏舟之汎流水中，比己有濟世之才而不見用也。曹孟德云「何以解憂？惟有杜康」即此意，卻以反語出之，筆極屈曲，意極含蓄。

愈平伯曰：以柏舟喻飄泊之思，以不寐見隱憂之深。「微我無酒」二句，極言憂思之難銷，猶宋詞所謂「借酒澆愁，奈愁濃於酒，無計銷鑠」矣。

**我心匪鑒1，不可以茹2。**
**亦有兄弟，不可以據3。**
**薄言往愬4，逢彼之怒。**

我的心不是鏡子，不能將善惡美醜都照盡。
雖然也有兄弟，但無法視爲倚靠。
曾經把一切告訴對方，卻反激起兄弟的憤怒。

**【註釋】**賦也。茹，音「儒」。1鑒是鏡子。2茹當作納字解，因為鏡子可以納物。3據是依靠的意思。4愬是告訴。

**【章旨】**這章詩是說我的心不是鏡子，人的奸詐，最能容納，因為不能如此，所以招讒見嫉，雖有至親的兄弟，亦不可靠。可見我的一身，是無處能容了。但是事君幾諫，是臣子天職，有時稍進一言，就遭他的大怒，這便如何是好呢。

**【集傳】**賦也。鑒，鏡。茹，度。據，依。愬，告也。○言我心既匪鑒，而不能度物；雖有兄弟，而又不可依以為重。故往告之，而反遭其怒也。

**【箋註】**歐陽脩曰：然則鑒可以茹，我心匪鑒，故不可茹，文理易明。而毛鄭反其義，以為鑒不可以茹而我心可茹者，其失在於以茹為度也。詩曰：「剛亦不吐，柔亦不茹。」茹，納也。何楷曰：上章言上不得於君，此章言下不得於僚友。

牛運震曰：為余造怒，怨得深細；逢彼之怒，怨得卑苦。

**我心匪石，不可轉也；**
**我心匪席，不可卷1也；**
**威儀棣棣2，不可選3也。**

我的心不是石頭，不會任由人轉動；我的心不是蓆子，不會任由人捲起。我那熟練而完備的態度與舉止，也不是可以任由人挑揀選用的。

**【註釋】**賦也。卷，音「捲」。1卷當作捲字解。2棣棣，是閑習的容貌。3選是選擇。

**【章旨】**這章詩是說石尚可轉，蓆尚可捲，我的忠君愛國之心，卻始終不變。只是奸讒當道，我的閑習無虧的威儀，不能選擇取用。

**【集傳】**賦也。棣棣，富而閑習之貌。選，簡擇也。○言石可轉，而我心不可轉。蓆可卷而我心不可卷。威儀無一不善，又不可得而簡擇取舍，皆自反而無闕之意。

**【箋註】**鄭玄曰：言己志堅平，過於石席。

輔廣曰：心之不可轉，不可卷，言其有常也。威儀之不可選，言其皆善也。惟其存諸中者有常而不可移，故形於外者皆善而不可揀也。

竹添光鴻曰：此四句乃深一層語，不是尋常自反之言，其介石之守，勁草之心，見乎詞矣。

**憂心悄悄1，慍2于群小3，**

我憂心忡忡，得罪了一班奸佞小人，

覯[4]閔[5]既多，受侮[6]不少，
靜言思之，寤辟[7]有摽[8]。

因此受到各種侮辱、承受了許多痛苦，靜下來思考，氣得以手擊胸，也不能宣洩內心的怒氣。

【註釋】賦也。辟，音「闢」。摽，音「殍」。悄，七小反。1悄悄，是憂貌。2慍是見怒。3群小，是奸讒的群小。4覯是見。5閔是病。6侮是侮辱。7辟是拊心。8摽是拊心的狀貌。

【章旨】這章詩是說忠言逆耳，正直見嫉。他的愛國忠心，惱恨了一班小人，遭了許多的蒙蔽，受了不少的侮辱。暗下裡想想，只有拊心長歎，終夜不能安眠。

【集傳】賦也。悄悄，憂貌。慍，怒意。群小，眾妾也，言見怒於眾妾也。覯，見。閔，病也。辟，拊心也。摽，拊心貌。

【箋註】王安石曰：君子與小人異趣，其為小人所慍，固其理也。曰「憂心悄悄，慍于群小」。小人得志得為讒誣以病君子，君子既病矣，則又從而侮之，故曰「覯閔既多，受侮不少」。其曰既多不少者，以著小人之眾也。

牛運震曰：「悄悄」字寫得幽細。「慍于群小」，一篇本意，至此方點出。「寤辟有摽」寫憂極慘切，妙。在「靜言思之」，以閒恬出之意思便蘊藉。

日居月諸[1]，胡迭[2]而微[3]？
心之憂矣，如匪澣衣[4]。
靜言思之，不能奮飛[5]。

天上的太陽與月亮啊，為何會交替地微暗不明呢？我心中的憂慮，就像那些未洗的衣服，無法乾淨。每當靜下來思考時，總深恨不能縱身而飛，脫出困境。

【註釋】比也。迭，音「垤」。澣，音「緩」。1居諸是語詞。2迭是更迭。3微是微暗不明。4如匪澣衣，是說汙穢不洗的衣服。5奮飛是說如鳥的奮然飛去。

【章旨】這章詩是說日當常明，今何以迭次的虧暗，如月有時而虧的一般，好比我的忠心，不能顯用。所以我的憂心，就像未洗的衣服，難得乾淨。暗下思量，恨不能如鳥的奮然飛去。

【集傳】比也。居諸，語詞。迭，更。微，虧也。匪澣衣，謂垢汙不濯之衣。奮飛，如鳥奮翼而飛去也。○言日當常明，月則有時而虧，猶正嫡當尊，眾妾當卑。今眾妾反勝正嫡，是日月更迭而虧，是以憂之。至於煩冤憒眊，如衣不浣之衣，恨不能奮起而飛去也。

【箋註】蘇轍曰：君子與小人，常迭相勝，然而小人而不得其志者，常也。君子而不遂，如日月而微耳。是以憂之不去於心，如衣垢之不澣，不忘濯也。憂患即深思奮飛以避之而不能矣。

嚴粲曰：我心之憂，如不澣濯其衣，言處亂君之朝，與小人同列，其忍垢含辱如此。

## 柏舟五章，章六句。

【箋註】《詩序》：〈柏舟〉，言仁而不遇也。衛頃公之時，仁人不遇，小人在側。

徐光啟曰：夫臣有忠而見黜，婦有貞而見棄，切悼沉憂，古今一體。甚哉，誠心之難明，而流俗之難誤也！然貞婦不以無罪見棄而變其從夫之心，為夫之不可貳也，故莊姜詠匪石以自誓；忠臣不以無罪見逐而移其從君之志，謂君之不可二也，故屈原賦〈懷沙〉以自沉。

牛運震曰：騷愁滿紙，語語平心厚道，卻自淒婉欲絕，柔媚出幽怨。一部〈離騷〉之旨，都括其內。

高亨曰：作者是衛國朝廷的一個官吏，抒寫他在黑暗事例打擊下的憂愁和痛苦。

程俊英曰：這是一位婦女自傷不得於夫、見侮於眾妾的詩。詩中表露了無可告訴的委屈與憂傷，也反映了她堅貞不屈的性格。

裴普賢曰：〈邶風・柏舟〉的作者，其遭遇與屈原同。其宛轉申訴，纏綿悱惻，表現了高度的技巧，也簡直是屈原〈離騷〉的雛形。二人忠心謀國，慍于群小，遭讒受挫相同，且不見諒於骨肉親人（一為兄弟，一為胞姊）亦相同。屈原既自稱眾醉獨醒，〈柏舟〉的「微我無酒，以敖以遊」，也不願借酒來解憂。其作品連句法也有相似的表現，例如二者的也字調；而〈柏舟〉的「日居月諸，胡迭而微？」呼日月而問其何以迭有虧損，不放光明，這種喻意，也和〈離騷〉的「何昔日之芳草兮，今直為此蕭艾也？」等香草美人的篇章同其象徵手法。尤其〈柏舟〉的最後兩句：「靜言思之，不能奮飛」，這不屑於敖遊，而要振翅奮飛的意願，竟引起屈原凌空飛騰，上下求索，直叩天門的幾大段瑰奇的幻想來。我們就稱〈柏舟〉的作者，是屈原的前身，又有何不宜？

## 綠衣

綠[1]兮衣兮，綠衣黃[2]裏。
心之憂矣，曷維其已？

綠色的衣裳啊，綠色的外衣黃色的衣裡。
心中的憂傷啊，何時才能停止？

【註釋】比也。1綠色是間色，就是下色。2黃色是正色，就是上色。

【章旨】這章詩是說衛莊姜傷嫡妻失位的，用了下等間色做衣服，反把正經的黃色做為裡子，叫她心裡的憂愁，怎樣得了？

【集傳】比也。綠，蒼勝黃之閒色；黃，中央土之正色。閒色賤而以為衣，正色貴而以為裡，言皆失其所也。已，止也。○莊公惑於嬖妾，夫人莊姜賢而失位，故作此詩。言綠衣黃裡，以比賤妾尊顯，而正嫡幽微，使我憂之，不能自已也。

【箋註】鄭玄曰：女，女妾上僭者。先染絲，後製衣，皆女之所治為也，而女反亂之，亦喻亂嫡妾之禮，責以本末之行。

**綠兮衣兮，綠衣黃裳[1]。**
**心之憂矣，曷維其亡[2]？**

綠色的衣裳啊，綠色的上衣黃色的裙子。
心中的憂傷啊，何時才能遺忘？

【註釋】比也。1 裳是下裳。2 亡當作忘記解。

【章旨】這章詩是說不但黃色做了裡子，如今更把它做了下裳。我的憂心，怎能忘記呢？

【集傳】比也。上曰衣，下曰裳。記曰：「衣，正色；裳，閒色。今以綠為衣，而黃者自裡，轉而為裳，其失所益甚矣。」亡之為言忘也。

**綠兮絲兮，女所治[1]兮。**
**我思古人，俾無訧[2]兮。**

綠色的絲，原本是你親手所染治的啊。
我只能遙想處境相同的古人，盡可能地使自己不犯錯。

【註釋】比也。女，音「汝」。治，平聲。訧，音「尤」，于其反，讀「幾」。1 治是理治。2 訧是過失。

【章旨】這章詩是說莊公寵愛賤妾的。絲本素色，現在變成綠色，亦是你手所治的。就像墨子悲絲可以黃，可以黑，一樣的意思。以為妻妾雖有尊卑的位分，但你的寵愛有厚薄；你既辟幸賤妾，反把夫人疏遠了，亦就像你治絲一樣的，可黃可黑。我想起了古人，他曾遇見這樣的事情，他能善處，我何不學他？只要沒有過失就是了。

【集傳】比也。女，指其君子而言也。治，謂理而織之也。俾，使。訧，過也。○言綠方為絲，而女又治之。以比妾方少艾，而女又嬖之也。然則我將如之何哉？亦思古人有嘗遭此而善處之者，以自勵焉。使不至於有過而已。

【箋註】姚際恆曰：此章不言「黃」而專言「綠」，予謂只重綠衣，亦可見矣。二句全是怨詞而不露意，若無端怨及于綠而追思及絲。此種情理，最為微妙，令人可思而難以言。「女」字泛指治絲之人，或謂指君子，或謂指妾，或謂莊姜自指，皆味如嚼蠟矣。《集傳》曰：「綠方為絲而女又治之，以比妾方少艾而女又嬖之。」不惟執泥牽纏，絕無文理，且亦安知此妾為少艾，又安知莊姜之亦非少艾也？可笑也！

**絺兮綌兮[1]，淒其以風[2]。**
**我思古人，實獲我心[3]。**

夏天所穿的細葛布和粗葛布啊，到了寒風刺骨的季節就都不適合穿了。我只能遙想處境相似的古人，他們的言行深合我心。

【註釋】比也。淒，音「妻」。風，符愔反，讀若「陰」。1 絺綌是暑天的衣服。2 淒風是寒風。3 實獲我心，是說深合我心的意思。

【章旨】這章詩是說絺綌是暑天的衣服，現在到了寒風瑟瑟的時候，不可著了，就是班婕妤的「秋扇捐篋」的意思。但是你既捐棄了我，我只有思念古人的善處，正合我的心了。

【集傳】比也。凄，寒風也。○絺綌而遇寒風，猶己之過時而見棄也。故思古人之善處此者，真能先得我心之所求也。

## 綠衣四章，章四句。

【集傳】莊姜事見《春秋傳》，此詩無所考，姑從序說。下三篇同。

【箋註】《詩序》曰：〈綠衣〉，衛莊姜傷己也。妾上僭，夫人失位而作是詩也。

姚際恆曰：詳味自此至後數篇皆婦人語氣，又皆怨而不怒，是為賢婦；則以為莊姜作，宜也。先從「綠衣」言「黃裡」，又從「綠衣」言「絲」，又從「絲」言「絺綌」，似乎無頭無緒，卻又若斷若連，最足令人尋繹。

崔述曰：余按《春秋傳》文，絕無莊姜失位而不見答之事。桓公，戴媯子也，而莊姜以為己子，立以為太子，非夫婦一體安能得之於莊公！且使莊公而好德也，必無縱妾上僭之事；如好色也，莊姜之美誰能踰之，而反使之失位乎！至幸嬖人而生子，亦人君之常事，《春秋傳》中多矣，不得以此為不答莊姜證也。原《序》所以為是說者，無他，皆由誤解《春秋傳》文，謂莊姜無子由於莊公之不答。是以〈碩人〉，《序》云：「莊姜賢而不答，終以無子。」然有子無子豈盡在答與不答哉！

黃節曰：此詩與〈日月〉，或係婦人不得志於丈夫者所作，其所處之地，必有甚難堪者，斷斷非莊姜詩也。

高亨曰：這是丈夫悼念亡妻之作。

程俊英曰：這是詩人睹物懷人思念過去妻子的詩。這位妻子，到底是死亡或離異，則不得而知。

# 燕燕

燕燕[1]于飛，差池[2]其羽。之子[3]于歸[4]，遠送于野。瞻望弗及，泣涕如雨。

燕子燕子展翅飛，翅膀彼落不齊。妳就要出嫁到夫家，我送行到遠處的郊野。眼看遠望也見不著妳的身影了，不禁悲傷得淚如雨下。

【註釋】興也。差，初宜反。1燕燕就是燕子。2差池是不齊的樣子。3之子是指戴媯的。4歸是大歸。

【章旨】這章詩是說莊姜送戴媯大歸于陳，她自己作的。因為莊姜沒有兒子，把戴媯的兒子完作為己子。莊公死了，完即位不久，就被州吁弒了，篡了他的位，所以戴媯不得不大歸。但莊姜和她最好，就像燕侶一般。這詩是說燕子本是歡喜雙棲的，於今妳要大歸，好像燕子的飛散，羽翼不能並齊。妳回去的今天，我只好到郊外遠送一程，望不見妳，我哭下來的淚像下雨似的。

【集傳】興也。燕，鳦也。謂之燕燕者，重言之也。差池，不齊之貌。之子，指戴媯也。歸，大歸也。○莊姜無子，以陳女戴媯之子完，為己子。莊公卒，完即位，嬖人之子州吁弒之。故戴媯大歸于陳，而莊姜送之，作此詩也。

【箋註】孔穎達曰：既至于野，與之訣別，己留而彼去，稍稍更遠。瞻望之，不復能及。故念之泣涕如雨然也。上二句謂其將行；次二句言己在路；下二句言既訣之後。牛運震曰：燕燕，雙燕也。不說雙燕卻疊言之，意妙。「遠從于野」，不必有其事，不可無此情。

燕燕于飛，頡1之頏2之。
之子于歸，遠于將3之。
瞻望弗及，佇立4以泣。

燕子燕子展翅飛，忽而朝上飛，忽而向下飛。妳就要出嫁到夫家，我一路送行到遠處的郊野。眼看著遠眺也見不著妳的身影了，不禁久立原地悲傷哭泣。

**【註釋】**興也。頡與絜同，頏與杭同。1頡是朝上飛。2頏是朝下飛。3將當作送字解。4佇立，是站立好久。

**【章旨】**這章詩是說想起妳我共處的時候，好似燕子于飛，上下頡頏。妳於今回去，我遠送著妳，直待望不見妳，我站在那裡哭了好久。

**【集傳】**興也。飛而上，曰頡。飛而下，曰頏。將，送也。佇立，久立也。

**【箋註】**嚴粲曰：燕之飛或頡或頏，亦常相隨逐也。

牛運震曰：「佇立」二字如畫。

陳僅曰：「瞻望弗及，佇立以泣」，送別情景，二語盡之。後人求出此範圍，不過故作豪語耳，於真性情轉無交涉。

燕燕于飛，下上其音。
之子于歸，遠送于南。
瞻望弗及，實勞我心。

燕子燕子展翅飛，呼高呼低的鳴叫著。妳就要出嫁到夫家，我一路送行到南方的郊野。眼看遠眺也見不著妳的身影了，心中深深思念。

【註釋】興也。上，上聲。

【章旨】這章詩是和第二章一樣的意思，但末句「實勞我心」，是說實在使我心中，有懷想之勞。

【集傳】興也。鳴而上，曰上音；鳴而下，曰下音。送于南者，陳在衛南。

【箋註】牛運震曰：上下字活用，妙。句法亦有穿梭走丸之勢。不說泣涕，更婉痛，一往情深，不覺神醉。

仲氏[1]任[2]只，其心塞[3]淵[4]，
終[5]溫[6]且惠[7]，淑[8]慎其身。
「先君[9]之思」，以勗寡人[10]。

二妹為人信實，心地真誠且見識深遠，
長久以來性情溫和且和順，為人極為謹慎。
臨行前她還以「不要忘記先君的教誨」之語來勉勵、勸慰我。

【註釋】賦也。1仲氏是戴嬀名字。2任是信任的意思。3塞是實在。4淵是深邃。5終是終久。6溫是溫和。7惠是惠順。8淑是善。9先君，是指莊公。10寡人是莊姜自稱，就是寡德之人的意思。

【章旨】這章詩是直說戴嬀的。她說戴嬀這個人，我很相信她的心地，又實在，又極深遠，並且溫和惠厚，善謹持躬，又常常把思念先君的話，來勗勉我寡德的人。

【集傳】賦也。仲氏，戴嬀字也。以恩相信，曰任。只，語詞。塞，實。淵，深。終，竟。溫，和。惠，順。淑，善也。先君，謂莊公也。勗，勉也。寡人，寡德之人。莊姜自稱也。○言戴嬀之賢如此，又以先君之思勉我，使我常念之而不失其守也。楊氏曰：「州吁之暴，桓公之死，戴嬀之去，皆夫人失位，不見答於先君所致也。而戴嬀，猶以先君之思勉其夫人。真可謂溫且惠矣。」

【箋註】牛運震曰：仲氏許多好處，卻從別後想出。其心塞淵，淑慎其身，句法一正一倒。

## 燕燕四章，章六句。

【箋註】牛運震曰：前三章空寫別情，末章實敘仲氏，情之所繫，涕泣心勞，正因乎此，此詩意章法貫串處。

崔述曰：余按此篇之文，但有惜別之意，絕無感時悲遇之情，而詩稱「之子于歸」者，皆指女子之嫁者言之，未聞有稱「大歸」為「于歸」者。恐係衛女嫁於南國，而其兄送之之詩，絕不類莊姜戴嬀事也。

方玉潤曰：前三章不過送別情景，末章乃追念其賢，愈覺難舍。且以先君相勗而竟不能長相保，尤為可悲。語意沉痛，不忍卒讀。

高亨曰：此詩作者當是年輕的衛君。他和一個女子原是一對情侶，但迫於環境，不能結婚。當她出嫁旁人時，他去送她，因作此詩。

程俊英曰：這是一首送遠嫁的詩。詩中的寡人是古代國君的自稱，當是衛國的君主。「于歸」的「仲氏」是衛君的二妹。

屈萬里曰：王質以為當是國君送女弟適他國之詩；惟所謂國君，當是衛君也。

# 日月

**日居月諸[1]，照臨下土。**
**乃如之人[2]兮，逝[3]不古處[4]。**

日啊，月啊，你們的光華遍照世間。可你們看看，天底下竟然有像他這樣的負心人，一變了心就不像從前那般待我了。他的心志不堅，哪裡還會用情愛來顧念我呢？

胡能有定？寧5不我顧。

【註釋】賦也。顧，果五反。1日居月諸，是呼日月而告訴的意思。2之人指莊公。3逝，發語詞。4古處，即古道相處的意思。5胡、寧，都當作何也字解。

【章旨】這章詩是莊姜為莊公而作。日居月諸，是仰日月而訴幽懷的意思。她說：「日啊月啊，你的光華，是遍照下土的，無論什麼事情，都難逃你的鑒察。不料倫常之間，竟有這樣的天變。他既不把夫婦的古禮和我相處，哪有一定的愛情來顧我呢？」

【集傳】賦也。日居月諸，呼而訴之也。之人，指莊公也。逝，發語詞。古處，未詳。或云，以古道相處也。胡寧，皆何也。○莊姜不見答於莊公，故呼日月而訴之，言日月之照臨下土久矣，今乃有如是之人，而不以古道相處，是其心志回惑，亦何能有定哉，而何為其獨不我顧也。見棄如此，而猶有望之之意焉，此詩之所以為厚也。

【箋註】姚際恆曰：舊解日、月為喻君與夫人。《集傳》謂「呼日、月而訴之」，甚迂。牛運震曰：說日月照臨，正是責望之深。胡能有定，自以其誠祈請於日月也。哀怯激切，此即騷人九天為正之旨。

日居月諸，下土是冒1。

乃如之人兮，逝不相好。

胡能有定？寧不我報2。

日啊，月啊，你們的光華覆蓋世間。你們看看，天底下竟然有像他這樣的人啊，變了心不像從前那般愛我了。他是這樣三心二意，哪裡還可能用情愛來對待我呢？

【註釋】賦也。好，呼報切。1冒，是照覆的意思。2報，是報答的意思。

【章旨】這章詩是和上章一樣的解法。就是一訴不已，再訴的意思。

【集傳】賦也。冒，覆也。報，答也。

【箋註】鄭玄曰：其所以接及我者，不以相好之恩情，甚於己薄也。

**日居月諸，出自東方。**
**乃如之人兮，德音1無良2。**
**胡能有定？俾也可忘。**

日啊，月啊，千年萬年都是從東方升起的。
但是這個人啊，雖然說話好聽可是對待我卻毫無善意。
他是這樣心意不堅的人，竟然忘了我對他的一片深情。

【註釋】賦也。1德音，是美詞。2無良是實在不好。

【章旨】這章詩是說日月，它總在東方出來，雖經千萬年，都是不變的，惟有這個人，他的話到說得好聽，但他待我，實存不好。像這樣沒有一定愛情的，怎能使我忘懷呢。

【集傳】賦也。日旦必出東方。月望亦出東方。德音，美其詞。無良，醜其實也。俾也可忘，言何獨使我為可忘者耶。

【箋註】牛運震曰：癡想自寬，卑乞可憐。

**日居月諸，東方自出。**
**父兮母兮，畜1我不卒2。**

日啊，月啊，千年萬年都是從東方升起。
爹啊，娘啊，他對待我有始無終。
他的性情何時能夠定下來？他對待我絲毫不遵循道理啊！

胡能有定？報我不述[3]。

——

【註釋】賦也。1 畜當作養字解。2 卒是終了。3 不述是不循禮義的意思。

【章旨】這章詩是說日月啊，你從東方出來了！我的父母啊，你何以養我不終呢？因為情極則呼天、疾痛則呼父母，是人的常情。莊姜因莊公待她不善，所以自怨自哀，訴諸日月，但是日月又不能安慰她，只好再呼父母了。是說父母啊，你怎麼不終養我呢？我竟遇著了這個性情無定的人，不循禮義來待我啊。

【集傳】賦也。畜，養。卒，終也。不得其夫，而歎父母養我之不終。蓋憂患疾痛之極，必呼父母，人之至情也。述，循也。言不循義理也。

【箋註】劉瑾曰：日居月諸，呼日月而訴之；父兮母兮，呼父母而訴之也。猶舜號泣於旻天於父母之意。

朱公遷曰：始責其不以古道處我，終責其不循義理以報我。性情之厚而發於正者也。呼日月而怨其夫，則有望焉者也；呼日月而呼父母，則絕意於夫，無所望也。

牛運震曰：埋怨父母極無理卻有至情。所謂疾病慘怛，未嘗不呼父母也。

高亨曰：作者怨父母不養她一輩子，叫她出嫁，以致受人虐待。

屈萬里曰：父兮母兮，即父啊！母啊！乃呼天呼父母之意；非謂父母畜我不卒也。

## 日月四章，章六句。

【集傳】此詩當在〈燕燕〉之前。下篇放此。

【箋註】牛運震曰：此篇怨而幾於憤矣，然猶不失為厚。

方玉潤曰：一訴不已，乃再訴之；再訴不已，更三訴之；三訴不聽，則惟有自呼父母而歎其生我之不辰，蓋情極則呼天，疾痛則呼父母，如舜之泣於旻天，于父母耳。此怨極也，而篇終乃云「報我不述」，則用情又何厚哉！

高亨曰：這是婦人受丈夫虐待唱出的沉痛歌聲。

程俊英曰：這是一位棄婦申訴怨憤的詩。古代學者認為是衛莊姜被莊公遺棄後之作，未知確否。

屈萬里曰：此詩當是婦人不得於其夫者所作。

## 終風

**終風[1]且暴[2]，顧我則笑，**
**謔[3]浪[4]笑敖[5]，中心是悼[6]。**

他對待我的態度，有如狂暴的大風，有時對我嘻笑，但其實充滿了訕笑與侮辱。與這種人生活，我內心滿是苦痛。

**【註釋】** 比也。謔，許約反。敖，音「傲」。1終風是終日的風。2暴是疾暴。3謔是戲言。4浪是放蕩。5敖是傲慢。6悼是傷感。

**【章旨】** 這章詩是說莊公的為人，狂蕩暴疾，莊姜不忍直斥他，但把「終風」來比喻。是說莊公言笑無常，有時雖對我笑，但他不是正笑，只有謔浪的笑傲，好像終日疾暴的狂風一樣，教我怎不傷感啊！

**【集傳】** 比也。終風，終日風也。暴，疾也。謔，戲言也。浪，放蕩也。悼，傷也。○莊公之為人，狂蕩暴疾。莊姜蓋不忍斥言之，故但以「終風且暴」為比，言雖其狂暴如此，然亦有顧我則笑之時，但皆出於戲慢之意，而無愛敬之誠，則又使我不敢言，而心獨傷之耳。蓋莊公暴慢無常，而莊姜正靜自守，所以忤其意而不見答也。

【箋註】顧夢麟曰：謔而浪，非常謔也。笑而敖，非誠笑也。

姚際恆曰：「顧我則笑」，即起下「謔浪笑敖」。意謂其笑也不由于正，乃謔浪笑敖也。

牛運震曰：夫婿輕薄兒，寫無情狂態如畫。「中心是悼」，自是平心厚道人語。

王先謙曰：謔浪，謔之貌；笑敖，笑之貌。蓋謔非不可謔，而浪則狂；笑非不可笑，而敖則縱。

**終風且霾1，惠然2肯來，**
**莫往莫來，悠悠3我思。**

他對待我的態度不定，有如狂暴的大風，高興時會來看我。但有時來，有時不來，令我常常想著他。

【註釋】比也。霾，與「埋」同。1霾是陰霾。2惠然是高興的意思。3悠悠是長久。

【章旨】這章詩是說莊公的狂惑，來往無定，好像終日陰晦的狂風。有時惠然肯來，有時不來。究竟不知來與不來，使我常常的思念。

【集傳】比也。霾，雨土蒙霧也。惠，順也。悠悠，思之長也。終風且霾，以比莊公之狂惑也。雖云「狂惑」，然亦或惠然而肯來，但又有莫往莫來之時，則使我悠悠而思之。望其君子之深，厚之至也。

【箋註】牛運震曰：此仍以謔浪來耳，偏說惠然，妙。不說悼字更深渾。「惠然肯來」，當深幸之，卻以「莫往莫來」截住，故作決謝語，妙。鬱苦之情，意外翻奇，正是萬難割置處。

**終風且曀1，不日有曀2。**
**寤言不寐，願言則嚏3。**

他對待我的態度不定，有如狂暴的大風，有時天晴，忽然又天陰起風。怎麼也睡不著啊，想到他的時候就令人心懷抑鬱，忍不住打噴嚏。

【註釋】曀，與「縊」同。嚏，音「帝」。1曀是陰晦有風的天氣。2不日有曀，有當又字解，是不旋日而又曀。3嚏是噴嚏。

【集傳】比也。陰而風，曰曀。有，又也。不日有曀，言既曀矣，不旋日而又曀也。亦比人之狂惑暫開而復蔽也。願，思也。嚏，鼽嚏也。人氣感傷閉鬱，又為風霧所襲，則有是疾也。

【箋註】輔廣曰：寤則憂而不能寐，思之則感傷。氣閉而成疾，其憂危甚矣。

嚴粲曰：言我為傷悼汝之故，寤覺而不寐，願汝嚏也。

牛運震曰：真有搔癢不著光景。思則氣塞而逆，嚏字寫得妙。「不日有曀」，有如字，言不見晴日，但有陰曀而已。如此解有十分厭苦之意。

**曀曀[1]其陰，虺虺[2]其雷。**
**寤言不寐，願言則懷。**

天色陰沉而昏暗，轟轟的雷聲隱約作響。
怎麼也睡不著啊，想到身處的情況就滿懷憂傷。

【註釋】1曀曀是天陰的狀態。2虺虺是雷將發的音聲。

【章旨】這兩章詩是說莊姜自處的境況。她說驟風迅雷，還有止住的時候，唯有日日的陰霾，加以狂風，好似人感著了傷風，噴嚏不止的，況又是曀曀的陰天，和虺虺的雷聲，終沒有開霧的希望。我今如此，何時才能重見天日呢？所以終夜不寐，憂懷不能自已了。

【集傳】比也。曀曀，陰貌。虺虺，靁將發而未震之聲，以比人之狂惑愈深而未已也。懷，思也。

【箋註】孔穎達曰：言曀復曀，則陰曀之甚也。

呂祖謙曰：驟雨迅雷，其止可待；至於曀曀之陰，虺虺之雷，則殊未有開霽之期也。

牛運震曰：沉鬱一片騷情。「虺虺」字奇確，蓋靁聲最是難寫也。

## 終風四章，章四句。

【集傳】說見上。

【箋註】高亨曰：一個婦女受強暴男子的調戲欺侮而無法抗拒或避開，因作此詩。

程俊英曰：這是一位婦女寫她被丈夫玩弄嘲笑後遭遺棄的詩。

屈萬里曰：此亦婦人不得於其夫之詩。

裴普賢曰：這詩用象徵手法描摹出她丈夫的狂暴來，簡直是變態心理的虐待狂，使人不寒而慄，而她居然能忍受，還要眼睜睜地躺在床上想他，想得打起噴嚏來。她的打噴嚏，本是受到乍陰乍晴的生活、乍陰乍晴的天氣的影響所致，但她還以為丈夫也在想她，而她才會打噴嚏呢。她這樣的死心眼，真是溫柔敦厚之至。她的遇人不淑，令人覺得有無限的可憐。這詩刻畫夫婦兩人性格，差不多已塑造出典型來了。

# 擊鼓

擊鼓其鏜1，踊躍2用兵。
土3國城漕，我獨南行。

鼓聲咚咚的響著，士兵們舉起武器練習擊刺。眾人正忙著建築城池和防禦土牆，但我卻偏偏被派往南方作戰。

【註釋】賦也。鏜，與「湯」同。1鏜是擊鼓的聲音。2踊躍，是擊刺的狀貌。3土是土功。城是造城。漕，衛邑名。

【章旨】這章詩是衛國戍卒思歸不得所作的。是說擊鼓鏜鏜的聲音，正是踴躍用兵的時候。我為什麼不做城漕的土工，定要從軍南去？因為城漕的土工，行役雖苦，總可歸還。我的南行，性命不知放在哪裡了。

【集傳】賦也。鏜，擊鼓聲也。踊躍，作擊刺之狀也。兵，謂戈戟之屬。土，土功也。國，國中也。漕，衛邑名。○衛人從軍者，自言其所為。因言，衛國之民，或役土功於國，或築城於漕。而我獨南行，有鋒鏑死亡之憂，危苦尤甚也。

【箋註】牛運震曰：起法突兀，真從戰陣說起，偏說得壯浪。「獨」字怨得深。

**從孫子仲1，平陳與宋2，**
**不我以歸，憂心有忡。**

跟隨著領兵作戰的孫子仲，平定了陳國與宋國，但仍然不讓我解甲返家，我內心實在憂慮忡忡。

【註釋】賦也。忡，與「充」同。1孫子仲，是當時領兵官。2陳、宋，都是國名。

【章旨】這章詩是說他從孫子仲來的，平了陳國和宋國，現在還不能回去，不免憂心有忡了。

【集傳】賦也。孫，氏。子仲，字。時軍師也。平，和也，合二國之好也。舊說，以此為《春秋・隱公四年》，州吁自立之時，宋衛陳蔡伐鄭之事，恐或然也。以，猶與也，言不與我而歸也。

【箋註】鄭玄曰：與我南行，不與我歸期。
高亨曰：不我以歸，不帶我回國。
余冠英曰：「不我以歸」就是說不許我參與回國的隊伍。軍隊一部分回國一部分留戍。

**爰居爰處1，爰喪2其馬。于以求之？于林之下。**

一路行來，記不得我曾在哪裡休息，在哪裡歇宿，也不記得在哪裡丟失了我的馬。該要到何處去找尋到我的馬啊？原來牠躲在樹林裡。

**【註釋】**賦也。喪，息浪反。1爰居爰處，是有時居有時處。2喪是失去。

**【章旨】**這章詩是說有時居處，有時或失去馬匹，有時尋馬在樹林的中間，就是表示久留異地，士卒懈散的情形。

**【集傳】**賦也。爰，於也。於是居，於是處，於是喪其馬，而求之於林下。見其失伍離次無鬥志也。

**【箋註】**歐陽脩曰：王肅以下三章，衛人從軍者與其室家訣別之詞。云我此行未有歸期，亦未知於何居處，於何喪其馬。若求我與馬，當於林下求之。蓋為必敗之計也。

牛運震曰：寫得無情無緒，筆意蕭閒寥落。

方玉潤曰：解散情形，不堪設想。

**死生契闊1，與子成說2。執子之手，與子偕老。**

還記得曾經與妳起誓相約，無論生死不相離；還記得曾經握著妳的手誓言，我倆將白頭偕老，共度此生。

**【註釋】**賦也。契，與「絜」同。1契闊是隔遠的意思。2成說是成了誓約。

**【章旨】**這章詩是說從役的人想起他的室家。是說在家裡的時候，曾經和家人說過，死生契闊，永不忘棄。又曾握著她的手，有同居偕老的話頭。

**【集傳】**賦也。契闊，隔遠之意。成說，謂成其約誓之言。○從役者，念其室家，因言，始為室家之時，期以死生契闊不相忘棄。又相與執手，而期以偕老也。

【箋註】嚴粲曰：我往者初婚之時，與子成其約誓之言：「執子之手，期於偕老。」不謂今者便為死生之別。怨辭也。

牛運震曰：此卻追敘始出門時，篇法倒得妙。陡下「死生契闊」四字，悲酸異常，契闊言離合，如鮑照詩「死生好惡不相置」。纏綿淒惻在三「子」字。

方玉潤曰：有此一章追敘前盟，文筆始曲。

**于嗟[1]闊[2]兮，不我活兮！**
**于嗟洵[3]兮，不我信[4]兮！**

可嘆哪，相隔如此遙遠，我恐怕無法活著回去了！
可嘆哪，相別太遙遠，我恐怕無法信守往昔的諾言了！

【註釋】賦也。于，音「吁」。洵，音「荀」，信，師人反。1于嗟是感歎詞。2闊是契闊。3洵作信字解。4信作申字解。

【章旨】這章詩是說：唉，往時所說的闊別，現在不能生還了！往時所期偕老的信約，現在不能伸前盟了。

【集傳】賦也。于嗟，歎詞也。闊，契闊也。活，生。洵，信也。信，與申同。○言昔者契闊之約如此，而今不得活。偕老之信如此，而今不得伸。意必死亡，不復得與其室家遂前約之信也。

【箋註】嚴粲曰：歎從今之間闊，不得相依以生活也。又歎夫婦相違遠，不得伸其偕老之志。其怨深矣。

方玉潤曰：連用「于嗟」字，反轉上意，毫不費力，此種最宜學。

**擊鼓五章，章四句。**

【箋註】《詩序》：〈擊鼓〉，怨州吁也。衛州吁用兵暴亂，使公孫文仲將，而平陳與宋。國人怨其勇而無理也。

曾鞏曰：非獨爰居爰處之章為從軍者訣別之辭，一篇之意，皆如此。

牛運震曰：悲壯哀軟情緒迭出。

方玉潤曰：夫國家大役，無過土工城漕，然尚為境內事，即征伐敵國，亦尚有凱還時。惟此邊防戍遠，永斷歸期，言念室家，能不愴懷？未免咨嗟涕洟而不能自已。此戍卒思歸不得詩也。

高亨曰：這首詩作於公元前七百二十年。春秋初年，衛國公子州吁殺死衛桓公，做了衛君，聯合陳國宋國，去侵略鄭國，強迫勞動人民出征。打完了仗，領兵的將官把一些反對戰爭、口出怨言的士兵拋在國外了。這首詩就是被拋棄的士兵唱的。

程俊英曰：這是衛國戍卒思歸不得的詩。

馬持盈曰：這是衛卒久役於外不得歸家之牢騷詩。

# 凱風

凱風[1]自南，吹彼棘[2]心。

棘心夭夭[3]，母氏劬勞[4]。

滋養萬物的南風啊，吹拂著叢生的幼苗，幼苗拔高，生長旺盛，就好像母親辛勞養育子女成長一般。

【註釋】比也。夭，與「腰」同。勞，音「僚」。1 凱風是南風，長養萬物的。2 棘是叢生的小木，多刺。3 夭夭。是少好的狀貌。4 劬勞，是病苦。

【章旨】這章詩是孝子自責，感動母心的。他把棘心比著自己的幼時，凱風比他的母親。說是南面來的凱風，長養這個小小的棘心，但是棘心在幼小的時，他母親撫育的責任，是多麼勞苦啊。

【集傳】比也。南風，謂之凱風。長養萬物者也。棘，小木。叢生多刺，難長，而心又其稚弱，而未成者也。夭夭，少好貌。劬勞，病苦也。○衛之淫風流行，雖有七子之母，猶不能安其室。故其子作此詩，以凱風比母，棘心，比子之幼時。蓋曰：「母生眾子，幼而育之。其劬勞甚矣。」本其始而言，以起自責之端也。

【箋註】嚴粲曰：棘心，喻子之幼小。

牛運震曰：棘如何有心？「吹彼棘心」，寫風性入微。

**凱風自南，吹彼棘薪1。**
**母氏聖善2，我無令3人。**

滋養萬物的南風啊，吹拂著逐漸長成的樹木。母親對我實在太好了，可惜我並非美質良材，對不起母親辛苦的付出。

【註釋】興也。1棘薪是棘已長成了。2聖善是善。3令亦是善的意思。

【章旨】這章詩是說凱風已把棘心撫養成薪了。他母親實在是叡善的人，無奈棘薪不是美材，辜負他聖善的母親撫育他的恩意。就是孝子自責的意思。

【集傳】興也。聖，叡。令，善也。○棘可以為薪，則成矣。然非美材。故以興子之壯大而無善也。復以聖善稱其母，而自謂無令人。其自責也深矣。

【箋註】嚴粲曰：棘薪，喻子之成立。凱風吹彼棘心至於成薪，可見長養之功。而所吹之棘非美材，僅堪為薪。猶母氏養我七子，至於成人，可見聖善之德。而我七子無令善之人也。子之成立，猶母之德。故於棘薪言聖善。聖者，明達之稱；善者，賢淑之稱。

牛運震曰：「棘薪」二字約得妙。

**爰有寒泉，在浚[1]之下；有子七人，母氏勞苦。**

浚地的地底下藏有清涼的水泉，滋養著土地。母親雖然生養了七個兒子，但孩子們不能奉養報答，母親實在是太辛苦了。

【註釋】興也。1浚，衛地名。

【章旨】這章詩是說寒泉是在浚的下面，尚能滋養浚土，但是一個母氏有了七個兒子，還不能奉事她，反使她勞苦。因此七個兒子，痛責自己，感動他的母親。

【集傳】興也。浚，衛邑。○諸子自責言，寒泉在浚之下，猶能有所滋益於浚，而有子七人，反不能事母，而使母至於勞苦乎。於是乃若微指其事，而痛自刻責，以感動其母心也。母以淫風流行，不能自守，而諸子自責。但以不能事母，使母勞苦為辭。婉辭幾諫，不顯其親之惡。可謂孝矣。下章放此。

【箋註】鄭玄曰：寒泉在浚之下，浸潤之使浚之民逸樂，以興七子不能如也。

牛運震曰：子母一顛倒，自責更深，不說無令人，更含蓄。

**睍睆[1]黃鳥[2]，載好其音。有子七人，莫慰母心。**

黃鳥能婉轉的鳴叫聲，令人喜樂。我們兄弟雖然有七個人，卻沒有人能夠安慰母親的心。

【註釋】興也。睍，與「演」同。睆，與「莞」同。1睍睆是清和婉轉的聲音。2黃鳥是黃鸝。

【章旨】這章詩是說善為清歌的黃鸝，還能把好音悅人；有了七個兒子，還不能安慰他母親的心，就是可以人而不如鳥乎的意思啊。

【集傳】興也。睍睆，清和圓轉之意。○言黃鳥猶能好其音以悅人，而我七子獨不能慰悅母心哉。

【箋註】孔穎達曰：言黃鳥有睍睆之容貌，則又和好其音聲，以興孝子當和其顏色，順其詞令，自責言黃鳥之不如也。

方玉潤曰：言婉而意愈深。

## 凱風四章，章四句。

【箋註】《詩序》：〈凱風〉，美孝子也。衛之淫風流行，雖有七子之母，猶不能安其室，故美七子能盡其孝道，以慰其母心，而成其志爾。

鄭玄曰：不安其室，欲去嫁也。成其志者，成言孝子自責之意。

孔穎達曰：經皆自責之辭，將欲自責，先說母之勞苦。故首章二章上二句，皆言母氏之養己，以下自責耳。

胡承珙曰：此詩自是七子遭家不造，母有去志，而能痛自刻責，思過引咎，以悟親心，卒令其母感而不嫁。故詩人代詠其自責之辭，以美其能慰母心，而孝已莫大於是矣。

高亨曰：衛國一個婦人，生了七個兒子，因家境貧困，想要改嫁，她的兒子們唱出這首歌以自責。

程俊英曰：這是一首兒子頌母並自責的詩。三家詩認為寫的是事繼母，可做參考。

糜文開、裴普賢曰：〈凱風〉表現了慈母的養育深恩是值得我們推崇的。詩中和煦的凱風與清涼的寒泉成對比。凱風的和煦固然吹棘成薪，寒泉的清涼來滋潤土壤，同樣不可缺少。植物的生長，凱風與寒泉同其功。所以父母溫暖的愛護誠可感，冷峻的管教尤為可貴。此詩以凱風寒泉喻母恩，成為《三百篇》的名作。唐詩人孟郊活用此意成〈遊子吟〉：「誰言寸草心，報得三春暉」之句，遂為千古絕唱。

# 雄雉

雄雉[1]于飛，泄泄[2]其羽。
我之懷[3]矣，自詒[4]伊阻[5]。

雄雉振起羽翼，緩緩飛著，模樣舒緩自在。
讓我不禁想起了那位身在遠方闊別不得相見的人啊！

【註釋】興也。泄，與「異」同。1 雉，俗名野雞，雄者有冠，長尾，身有文采，其性善鬥。2 泄泄是緩緩的飛動。3 懷是思念。4 詒是贈遺。5 阻是阻隔。

【章旨】這章詩是懷友不歸，勗勉他的言語。有如那隻雄雉，正在振起牠的羽翼，緩緩的飛動，好像我那有志高騫的朋友，因為他要顯名當世，以致和我闊別。我的契然舊雨之思，不是自貽的懷想嗎？

【集傳】興也。雉，野雞。雄者有冠長尾，身有文采，善鬥。泄泄，飛之緩也。懷，思。詒，遺。阻，隔也。○婦人以其君子從役於外，故言，雄雉之飛，舒緩自得如此，而我之所思者，乃從役於外，而自遺阻隔也。

【箋註】輔廣曰：「我之懷矣」，指其夫也；「自詒伊阻」，不以怨人也。嚴粲曰：丈夫久役，其妻怨曠，言雄雉于飛，泄泄然舒張其羽。雄者飛而雌者留，喻其夫從役而己留在家也。

雄雉于飛，下上其音1。
展2矣君子3，實勞我心。

雄野雞振起羽翼，緩緩飛著，發出自得的鳴叫聲。
那個誠實而可愛的人啊，一直讓我牽掛思念！

【註釋】興也。上，時掌反。1下上其音，是說牠飛鳴自得的。2展是誠實。3君子是指思念的人。

【章旨】這章詩是說雄雉正在飛鳴自得的時候，我所思念的誠實朋友，怎不教我懷想為勞呢。

【集傳】興也。下上其音，言其飛鳴自得也。展，誠也。言誠，又言實，所以甚言此君子之勞我心也。

【箋註】嚴粲曰：此言雄雉上下其音，則止是一雉之音，或下或上也。

牛運震曰：「實」字堅響沉力，語帶怨而媚，所謂怨慕也。

朱公遷曰：上章託物，為君子之行役勞苦而起興；此章託物為己之思念勞役而起興也。

裴普賢曰：前四章均以「雄雉于飛」起興，已經暗寓男子逍遙遠方而無歸期之意。由「自詒伊阻」句，可知當初是婦人鼓勵其夫外出尋求功名。而今日空閨獨守，寂寞憂思，都是自惹的。言下無限悔恨！

瞻彼日月，悠悠1我思。
道2之云遠，曷云能來？

日月如梭，我心中滿是想念。
然而路途遙遠，他何時才能夠歸來呢？

【註釋】賦也。思，新齊反。來，陵之反。1悠悠，是思想長久。2道是路程。

【章旨】這章詩是說日復一日、月復一月的過去了，勞我常常的懷想著。但是路程遙遠，怎樣能來呢？

【集傳】賦也。悠悠，思之長也。見日月之往來，而思其君子從役之久也。

【箋註】鄭玄曰：日月之行，迭往迭來。今君子獨久行役而不來，使我心悠悠然思之。何時能來？望之也！

嚴粲曰：視日月之往來，則君子之從役，積時已久矣。使我心悠悠然長思之。道路之遠如此，不知何時能歸乎？

裴普賢曰：三章以日月的流轉不息，來喻她憂思之不盡，較之「問君能有幾多愁？恰似一江春水向東流」更令人有無可奈何之感。

**百[1]爾君子，不知德行？**
**不忮[2]不求[3]。何用不臧[4]。**

世間的君子們哪，怎可不重視德行？人生在世能夠知足無爭，不用手段陷害人，不因貪念求取非分之財，有何事不能成就呢！

【註釋】賦也。忮，與「至」同。1百是凡百的意思。2忮是害。3求是貪。4臧是善。

【章旨】這章詩是勗勉他朋友的，是說凡是君子，沒有不知德行的。只要不害不貪，什麼事情辦不好呢！

【集傳】賦也。百，猶凡也。忮，害。求，貪。臧，善也。○言凡爾君子，豈不知德行乎。若能不忮害，又不貪求，則何所為而不善哉。憂其遠行之犯患，冀其善處而得全也。

【箋註】徐光啟曰：不敢望其歸，而但願其以善處得全，〈王風〉「苟無饑渴」，亦此意。

裴普賢曰：最後（第四章）以她個人的痛苦經驗，勸告世上宦遊人，不要貪圖功名富貴，不要眼紅高官厚祿，淡泊和樂的家庭生活豈不更有情趣！

**雄雉四章，章四句。**

【箋註】朱善曰：〈雄雉〉四章，前三者皆所謂發乎情；後一章乃所謂止乎禮義。蓋閨門之內，以愛為主，則雖思之之切，是亦情之正也。惟其思之也切，故其憂之也深；惟其憂之也深，故其勉之也至。忮求者，皆取禍之道也。必能不忮害，不貪求，乃可以自免於患矣。噫！不忮不求，此孔門克己之術，求仁之方，而行役之婦人能言之，其亦可謂賢也已！

牛運震曰：優柔婉轉，正大深厚，閨閣之詩，少此氣體。「實勞我心」，「悠悠我思」，從「自詒伊阻」生來，卻為末章含蓄起勢，此通篇結構貫串處。

高亨曰：統治階級的一個婦人懷念遠出的丈夫，因作是詩。

程俊英曰：這是一位婦女思念遠出的丈夫的詩。舊說多認為這是婦女之作，方玉潤《詩經原始》責任為是朋友互勉「期友不歸，思而共勖」的詩，此說可供參考。

屈萬里曰：此疑官吏被放逐，其妻念之，而作是詩。

裴普賢曰：這是丈夫遠遊求仕不歸，其妻念之，憂思不已之詩。

## 匏有苦葉

匏[1]有苦葉，濟[2]有深涉[3]，
深則厲[4]，淺則揭[5]。

味苦而不能吃的匏瓜，只能用於渡水，如果水深，就穿著衣服過去吧，如果水淺，稍微撩起衣服就能渡過。

【註釋】比也。揭，與「器」同。1 匏，是瓠瓜，味苦不能吃，只能繫在腰間渡水。2 濟是渡口。3 涉是渡水。4 厲是和衣渡水。5 揭是褰衣渡水。

【章旨】這章詩是詩人刺禮義澌滅而作。是說苦瓠不能吃，只能用作渡水的器具。現在這個匏尚有葉子，連渡水亦用它不著，況且前面還有深涉呢！要知道人生處世，先要揣度事理，不能胡行的。就像渡水，要是深處，就該脫衣渡過去；要是淺處，就可以褰衣渡過去了。若是不度深淺、不論事理，用那有葉的匏瓜去渡水，豈不要沉溺了嗎？

【集傳】比也。匏，瓠也。匏之苦者，不可食，特可佩以渡水而已。然今尚有葉，則亦未可用之時也。濟，渡處也。行渡水曰涉。以衣而涉，曰厲。褰衣而涉，曰揭。○此刺淫亂之詩。言匏未可用，而渡處方深。行者當量其淺深，而後可渡。以比男女之際，亦當量度禮義而行也。

【箋註】毛萇曰：遭事制宜，如遇水深則厲，淺則揭矣。男女之際，安可以無禮義？將無以自濟也。

方玉潤曰：借涉水以喻涉世，提出深淺二字作主，以見涉世須當有識量度時務，知其淺深而後行，是全詩總冒。

聞一多曰：古人早已知道抱著葫蘆浮水能使身體容易漂起來，所以葫蘆是他們常備的旅行工具，而有「腰舟」之稱。葉子枯了，葫蘆也乾了，可以摘來作腰舟用了。

**有瀰1濟盈，有鷕2雉鳴。**
**濟盈不濡3軌4，雉鳴求其牡5。**

渡口的水漲得很高，雌雉鳴叫。駕車渡河豈能不沾濕車軸，雌雉之所以鳴叫，是爲了尋找配偶。

【註釋】比也。瀰，與「米」同。鷕，以小反。軌，與「晷」同。1瀰是水滿的狀貌。2鷕是雌雉的鳴聲。3濡是沾濕了。4軌是車轍。5飛曰雌雄，走曰牝牡。

【章旨】這章詩是說不度禮義的人，任意胡行，把濟盈雉鳴來比喻他。是說「濟盈濡軌，雉鳴求雄」，是一定的道理；那不度禮義的人，他反說濟盈不濡軌、雉鳴求其牡，所以他不辨事理，就越理犯分了。

【集傳】比也。瀰，水滿貌。鷕，雌雉聲。軌，車轍也。飛，曰雌雄。走，曰牝牡。○夫濟盈必濡其轍。雉鳴當求其雄。此常理也。今濟盈，而曰不濡軌，雉鳴而反求其牡。以比淫亂之人不度禮義，非其配偶，而犯禮以相求也。

【箋註】方玉潤曰：雉鳴句引起鳴雁歸妻意，濟盈句引起人卻卬否意。一反一正，大開大合，章法脈絡，原自井然，一絲不亂。

**雝雝[1]鳴雁[2]，旭日[3]始旦。士如歸妻，迨[4]冰未泮。**

雁兒和諧的鳴叫著，早晨太陽初升。男子如果想要娶妻，必須要趁河冰尚未化開的時候進行。

【註釋】賦也。雁，魚汗反。1 雝雝是鳴雁的和聲。2 雁似鵝，畏寒，秋南、春北。3 旭日是初出的日頭。4 泮是冰泮。

【章旨】這章詩是教人涉身處世必須循守禮義的。古時的婚姻都有一定的禮節，納采必用雝雝的鳴雁，歸妻必待冰泮。納采的期間，是在旭日始旦；親迎是在黃昏的時候。先定婚姻的禮節，再推到別樣的事情。因為夫婦是人倫肇端之始。若不以禮合，別的事情，更可以胡亂行為了。

【集傳】賦也。雝雝，聲之和也。雁，鳥名。似鵝畏寒，秋南、春北。旭，日初出貌。昏禮，納采用雁，親迎以昏，而納采請期以旦，歸妻以冰泮，而納采請期，迨冰未泮之時。○言古人之於婚姻，其求之不暴而節之以禮如此。以深刺淫亂之人也。

【箋註】鄭玄曰：歸妻，使之來歸於己，謂請期也。冰未散，正月中以前也。二月可以昏矣。
姚際恆曰：古人行嫁娶必于秋、冬農隙之時，故云「迨冰未泮」，猶是正月中以前，不適冬期。

若冰泮則涉二月，不可昏矣。《荀子．大略》篇云：「霜降迎女，冰泮殺內。」正解此詩語也。

牛運震曰：和大醇雅，一片祥藹之氣。

方玉潤曰：昏媾須時。

**招招[1]舟子[2]，人涉卬[3]否。人涉卬否，卬須我友。**

船家對我頻頻招手催促我上船渡河，其他人都渡河了獨我未渡。其他人都渡河了獨我未渡，我在等待同伴的到來啊！

**【註釋】** 比也。招，音「詔」。卬，音「昂」。子，葉獎里反。否，補美反。1招招是號召貌。2舟子是船戶。3卬是我。

**【章旨】** 這章詩是說不但男女的婚姻要以禮結合，就是同舟濟渡，亦須選擇良朋。要是沒有良朋在內，任他舟子怎樣號召，我總不去。就是他們一總渡了過去，我亦要等候我的朋友。

**【集傳】** 比也。招招，號召之貌。舟子，舟人主濟渡者。卬，我也。○舟人招人以渡，人皆從之，而我獨否者，待我友之招，而後從之也。以比男女必待其配耦，而相從，而刺此人之不然也。

**【箋註】** 毛萇曰：人皆涉，我友未至，我獨待之而不涉。以言室家之道，非得所適，貞女不行；非得禮義，昏姻不成。

## 匏有苦葉四章，章四句。

**【箋註】** 《詩序》：〈匏有苦葉〉，刺衛宣公也。公與夫人並為淫亂。

季本曰：此女子守正不妄從人者所作，非謂刺淫也。

錢澄之曰：非淫詩也，當是媒氏以仲春會男女之無家者。此守禮之士雖逾婚期，不肯苟就而作是詩。

牛運震曰：蕭閒舒婉，諷刺詩乃如是。一篇寓言隱語，只「士如歸妻」二語略露本旨，正自玲瓏含蓄。

方玉潤曰：詳味詩詞，其製局離奇變幻，措詞譎詭隱微，若規若諷，忽斷忽連，直是一篇諷世座右銘。

王先謙曰：賢者不遇時而作也。

陳子展曰：顯為女求男之作。詩意自明，後儒大都不曉。詩寫此女一大清早至濟待射，不厲不揭；已至旭日有舟，亦不肯涉，留待其友人。並紀其頃間所見所聞，極為細緻曲折。

高亨曰：這首詩寫一個男子去看望已經訂婚的女友。

程俊英曰：這是一位女子在濟水岸邊等待未婚夫時所唱的歌。

屈萬里曰：此詠婚嫁之詩。

馬持盈曰：這是詠河邊生活情調。

裴普賢曰：這是一篇描寫女子待嫁春心的詩。而詩中表現她的涉世處事，均有分寸，合於禮義。

## 谷風

習習[1]谷風[2]，以陰以雨。
黽勉[3]同心，不宜有怒。
采葑[4]采菲[5]，無以下體[6]？

舒緩的東風吹來，天氣即將轉陰爲雨了。夫妻相處需要同心協力，不應該動輒發怒。摘採蔓菁和土瓜啊，可不能拋棄它們的根莖，夫妻之間不應該忘記過去的恩愛，但願永不分離，同生共死。

**德音莫違，及爾同死。**

【註釋】比也。怒，暖五反。葑，與「封」同。菲，與「匪」同。死，想止反。1習習是和舒狀。2東風謂之谷風。3黽勉是勉力。4葑是蔓菁。5菲是葍類的菜，俗稱土瓜。葑菲根莖，都可以吃的，但根有時不能吃。6無以下體，是說不可因其下有根，就把它拋棄了的。

【章旨】這章詩是逐臣自傷而作的。前三章把棄婦來作比喻，他說東風雖是和舒，但終像要下雨。在這個天氣將變的時候，你我須要黽勉同心，商議未雨綢繆的計策。不要見怒於我，像那葑菲的野蔬不要因它有根，把它拋棄；我雖年老色衰，但我的德音，終久不壞。糟糠之妻不下堂，應該和你同偕到老的了。

【集傳】比也。習習，和舒也。東風，謂之谷風。葑，蔓菁也。菲，似葍，莖粗葉厚而長，有毛。下體，根也。葑菲，根莖皆可食，而其根則有時而美惡。德音，美譽也。○婦人為夫所棄，故作此詩，以敘其悲怨之情，言陰陽和，而後雨澤降，如夫婦和，而後家道成。故為夫婦者當黽勉以同心而不宜至於有怒。又言，採葑菲者，不可以其根之惡，而棄其莖之美，如為夫婦者，不可以其顏色之衰，而棄其德音之善。但德音之不違，則可以與爾同死矣。

【箋註】方玉潤曰：以陰陽失調興起，同心是夫婦常理。惟同心乃可同死。

**行道遲遲1，中心有違2。**
**不遠伊邇3，薄送我畿4。**

我離開的時候腳步遲緩，心中仍有不捨牽掛。你送我不遠，只送到門口。誰說苦荼是苦的啊，對我來說，它如同甜菜般滋味甘甜，因爲我的心情比苦荼更苦澀！

誰謂荼苦5，其甘如薺6。
宴7爾新昏8，如兄如弟。

你沉醉在再娶的宴樂之中，但願你與新娶的妻子相處，能夠如同親兄弟一般的親密。

**【註釋】**賦而比也。畿，音「祈」。荼，音「徒」。薺，音「泚」。弟，徒禮反。1遲遲是舒緩。2違是相背。3不遠伊邇，是說送我不遠。4畿是門內。5荼是苦菜，蓼屬。6薺是甜菜。7宴是宴樂。8新昏是重行更娶的妻。

**【章旨】**這章詩是說你既棄我，我卻不忍即去，所以行道遲遲，中心尚有牽罣的用意。不料我行的時候，你雖送我，竟不很遠，只到門內就止了。人說荼是苦的，我看尚是甜的，和薺菜差不多，因為最苦的就是我的心了。現在我也沒有別話說了，但願你重行更娶的妻子，和她要像親愛的兄弟一樣，不要像我的始愛而終棄了。

**【集傳】**賦而比也。遲遲，舒行貌。違，相背也。畿，門內也。荼，苦菜。蓼屬也。詳見良耜。薺，甘菜。宴，樂也。新昏，夫所更娶之妻也。○言我之被棄，行於道路，遲遲不進。蓋其足欲前，而心有所不忍。如相背然。而故夫之送我，乃不遠而甚邇。亦至其門內而止耳。又言，荼雖甚苦，反甘如薺。以比己之見棄其苦有甚於荼，而其夫方且宴樂其新婚，如兄如弟而不見恤。蓋婦人從一而終，今雖見棄，猶有望夫之情，厚之至也。

**【箋註】**姚際恆曰：此章言其去也。「遲遲」二字妙，猶孔子「去父母國」之意。「誰謂」二句，「荼」亦喻新昏者，謂其夫不當以苦物而為甘。「宴爾新昏，如兄如弟」，所以狀「其甘如薺」也。如此，則上下義貫通矣。夫婦和諧，有兄弟之象，〈關雎〉「琴瑟友之」是也。

牛運震曰：陡接被遣，揭過中間多少情節，後卻縷縷補出。詩主言情，不專敘事，故應如是。寫去婦出門情況，看不得想不得。豔羨新婚，便已十分酸痛，覺「哪聞舊人哭」一語，不消說得。

不說中心之苦，卻說荼苦之甘；不說故夫相待之薄，卻說待新婚之厚。言外隱照，筆底含蓄。

**涇以渭[1]濁，湜湜[2]其沚[3]。**
**宴爾新昏，不我屑以[4]。**
**毋逝我梁[5]，毋發我笱[6]。**
**我躬不閱[7]，遑恤[8]我後。**

混濁的涇水雖然一時將清澈的渭水弄濁，但二水源頭清濁更加明顯。你再娶新的妻子，不屑與年老色衰的我在一起。既如此，你們就不要靠近我捕魚的魚梁、不要動我捕魚的器具。唉，算了吧，我在這個家已無地自處，又怎有餘力顧及其他的事物呢！

**【註釋】**比也。湜，音「殖」。笱，音「苟」。沚，音「止」。後，胡口反。1涇、渭是二水名，涇出原州百泉縣笄頭山東南，渭出渭源縣鳥鼠山。涇水本濁。渭水本清。2湜湜是清貌。3沚是水渚。4不我屑以，是不屑與我相近。5梁，是堰石障水，中空，通魚往來的。6笱是取魚的竹器。7閱當作容字解。8恤是顧恤。

**【章旨】**這章詩是說本來涇濁渭清，但涇水沒有入渭的時候，雖濁亦不顯見。因為二水既合，清濁更加分別了。我的容貌本來衰了，於今再把重婚的妻子來作比較，自然更見憔悴，但是我的德音，終有可取。無奈故夫樂於新婚，不屑近我，既是如此，教你的新婚的妻子，不要近我的梁、不要發我的笱。這個取魚的物件，是我經營成功的。唉！我現在一身尚不能容，又何暇顧及後來呢。

**【集傳】**比也。涇渭，二水名。涇水，出今原州百泉縣笄頭山，東南至永興軍高陵入渭。渭水，出渭州渭源縣鳥鼠山，至同州憑翊縣入河。湜湜，清貌。沚，水渚也。屑，潔。以，與。逝，之也。梁，堰石障水而空其中，以通魚之往來者也。笱，以竹為器，而承梁之空，以取魚者也。閱，容也。涇濁，渭清。然涇未屬渭之時，雖濁，而未甚見。由二水既合，而清濁益分。然其別出之者，流或稍緩，則猶有清處。○婦人以自比，其容貌之衰久矣。又以新婚形之，益見憔悴。然其心則固猶有可取者。但以故夫之安於新婚，故不以我為潔而與之耳。又言，毋逝我之梁，毋發我之笱。以比欲戒新婚。毋居我之處，毋行我之事。而又自思，我身且不見容，何暇恤我已去之後哉。知不能禁，而絕意之詞也。

**【箋註】**蘇轍曰：梁笱皆所設以取魚，逝人之梁，而發人之笱，因人之成功之謂也。新婚因舊室之成業，不知其成之難，則將輕用之，我雖見棄，猶憂其後之不繼也。故告而止之。既而曰我躬且不容，何暇恤我後哉？知告之無益之詞也。

姚際恆曰：「涇濁渭清」，涇喻新婚者，渭喻己，謂涇誣以渭為濁，渭何嘗濁哉！其沚固已湜湜然清見底矣，奈何因新婚而不以我為潔乎！應取喻渭清意。

牛運震曰：忽然憤氣使性，忽然平心安命，總是哀怨纏結，逼成無聊難堪也。「毋逝我梁，毋發我笱」，明知與新婚無干，卻不得不借此以寫鬱憤。「人賤物亦鄙，不足迎後人」，古之被遣婦，於此迴盡愁腸也。

方玉潤曰：推言見棄之地，在色衰，不在德失。

就其深矣，方1之舟2之；
就其淺矣，泳3之游4之。
何有何亡，黽勉求之。
凡民有喪，匍匐5救之。

---

我作爲妻子操持家務，有如渡河一般，水深時我以舟筏渡河，
水淺的時候，游泳以渡。
不計有無回報，努力去做。
就連鄰里之間有哪家出了事，我也趕著去幫忙。

【註釋】興也。葡，音「蒲」。匐，蒲卜反。救，居尤反。1方是桴舟。2舟是船。3泳是泅水。4游是浮水。5匍匐是手足並行，情事迫切的意思。

【章旨】這章詩是說她向來替夫家出力，隨事盡心去做。深則方舟，淺則泳游，不論有無，都極力去求，就是鄰里人民，有了喪亡的事情，必定急切去救的。

【集傳】興也。方，桴。舟，船也。潛行曰泳，浮水曰游。匍匐，手足並行。急遽之甚也。○婦人自陳其治家勤勞之事。言我隨事盡其心力而為之。深則方舟，淺則泳游。不計其有與亡，而勉強以求之。又周睦其鄰里鄉黨，莫不盡其道也。

【箋註】牛運震曰：「何有何亡」，家常本分，語最婉厚。此自述其婦德之實也，一篇領要處。方玉潤曰：自道勤勞，見無可棄之理。

**不我能慉1，反以我為讎，**
**既阻2我德，賈用不售。**
**昔育恐育鞫3，及爾顛覆，**
**既生既育，比予于毒4。**

我為了這個家付出如此之多，你不但不照顧我，反而把我視為仇人。抹煞我的優點，就像剩貨無處可賣一樣的看待我。往日我們生計艱難，我和你一起共苦患難，但此刻生活好轉了，你竟把我視為毒物一般鄙棄。

【註釋】賦也。慉，與「畜」同。賈，音「古」。售，與「壽」同，市周反。鞠，與「菊」同。覆，與「福」同。1慉是畜養。2阻是拒卻。3育是謀生計，育鞠即是生活窮困。4毒是毒物。

【章旨】這章詩是說你不但不養我，反把我當作仇人，既拒卻我的德行，好像賈人的貨物不售。你試想想往日謀生的時候，常恐生計艱難，和你一塊兒顛覆。於今生計充足了，就把我當作毒物似的。

【集傳】賦也。慉，養。阻，卻。鞫，窮也。○承上章言我於汝家勤勞如此，而汝既不我養，而反以我為仇讎。惟其心既拒卻我之善，故雖勤勞如此，而不見取，如賈之不見售也。因念其昔時，相與為生，惟恐其生理窮盡，而及爾皆至於顛覆。今既遂其生矣，乃反比我於毒而棄之乎。張子曰：「育恐，謂生於恐懼之中。育鞫，謂生於困窮之際。亦通。」

【箋註】牛運震曰：低徊呻吟斷續幾不成聲。怨懟之切，在連用「我」字及「爾」字、「予」字。

**我有旨[1]蓄[2]，亦以御[3]冬。**
**宴爾新昏，以我御窮。**
**有洸[4]有潰[5]，既詒我肄[6]。**
**不念昔者，伊余來塈[7]。**

我儲存了好菜，醃漬以過冬。
你如今再娶新婚多麼快樂，原來和我在一起只是想共苦患難。
如今的你對我的態度凶悍粗暴，把那些苦差事都丟給我做。
也不想想你當年是如何對待我的，那時的你總勸我要多休息啊！

【註釋】興也。蓄，敕六反。御，音「語」。洸，音「光」。潰，音「繪」。肄，音「異」。1旨是美。2蓄是聚。3御作當字解。4洸是武貌。5潰是怒色。6肄是苦勞。7塈是休息。

【章旨】這章詩是說我所有的好菜，是藏了防冬的。我想晚年的時候，好過日子的。你今把我棄了，是單和我共窮困的，如今富貴，就不要我了，又做這種恨怒的形狀，專責我做勞苦的事。你何不追念昔日，如何待我？因他先厚後薄，怨之更深的意思。

【集傳】興也。旨，美。蓄，聚。御，當也。洸，武貌。潰，怒色也。肄，勞。塈，息也。○又言，我之所以蓄聚美菜者，蓋欲以禦冬月乏無之時，至於春夏，則不食之矣。今君子安於新婚，而厭棄我。是但使我禦其窮苦之時，至於安樂，則棄之也。又言，於我極其武怒，而盡遺我以勤勞之事，曾不念昔者我之來息時也，追言其始見君子之時，接禮之厚。怨之深也。

【箋註】曾鞏曰：人之於物，得新可以捐故，然厚者猶有所不忍。夫婦義當偕老，乃姑以御窮而已，其薄惡可知。

牛運震曰：「有洸有潰」，所謂怒也。收處遙應〈谷風〉四語意思，結構完密。「以我為讎，以我御窮」，怨極矣，收法卻又柔厚。倒煞昔者，篇終含蓄無限。前後三「宴爾新昏」，刺目傷心。

方玉潤曰：無聊賴中，忽念及瑣細事，愈覺可傷。

## 谷風六章，章八句。

【箋註】朱善曰：〈谷風〉雖棄婦所作，而觀其自序，有治家之勤，有睦鄰之善，有安貧之志，有周急之義，皆其節之可取者也。至於見棄矣，而拳拳忠厚之意，猶藹然溢於言詞之表，則是初無可棄之罪也。徒以其夫之安於新婚，不以為潔而棄之耳。然其言之有序而不迫如此，殆庶幾乎夫子所謂可以怨者矣。

沈守正曰：首章言夫婦之常道，下反覆陳已見棄之情事，中以德色為主。夫重色，所以棄；已有德，所以悲。

高亨曰：這首詩的主人是一個勞動婦女。她和她丈夫起初家境很窮，後來稍微富裕。她的丈夫後來另娶了一個妻子，而把她趕走。通篇是寫她對丈夫的訴苦、憤恨和責難。

裴普賢曰：此詩刻畫出一個中國社會中國性格的典型棄婦。漢代的〈上山採蘼蕪〉雖是一首有名的古詩，但偏於織縑素若干等功利觀念的諷刺，與此詩相較，不啻小巫之見大巫。唐人白居易的新樂府〈母別子〉篇，可當作此詩的續篇讀。白作犀利痛快，已不若此詩之敦厚。杜甫〈佳人〉

詩中的名句「但見新人笑，那聞舊人哭」，也總不如此詩中「毋逝我梁，毋發我笱；我躬不閱，遑恤我後」的癡情語來得沉痛。

## 式微

**式[1]微[2]，式微，胡不歸？微君之故[3]，胡為乎中露[4]？**

國勢衰微，國勢衰微呀，你爲什麼還不返國呢？如果不是因爲你的緣故，我們怎麼會處在無所庇護的處境？

**【註釋】**賦也。1式是發語詞。2微是衰微。3微君之故，是非君之故。這個微字作「非」字解。4中露是沾濡露水之中，無所庇覆。

**【章旨】**這章詩是黎侯久寓於衛，臣下勸他歸國的說道：「衰微了，衰微了，何不歸國，恢復社稷呀？非君之故，我等何至沾濡在露水之中呢！」

**【集傳】**賦也。式，發語詞。微，猶衰也。再言之者，言衰之甚也。微，猶非也。中露，露中也。言有霑濡之辱，而無所芘覆也。○舊說以為，黎侯失國，而寓於衛。其臣勸之曰：「衰微甚矣，何不歸哉？我若非以君之故，則亦胡為而辱於此哉。」

**式微，式微，胡不歸？微君之躬，胡為乎泥中？**

國勢衰微，國勢衰微呀，你爲什麼還不返國呢？如果不是因爲你的緣故，我們怎麼會處在這種受困不得行的處境？

【註釋】賦也。

【章旨】這章詩是和上章一樣的意思。

【集傳】賦也。泥中，言有陷溺之難，而不見拯救也。

## 式微二章，章四句。

【集傳】此無所考，姑從序說。

【箋註】《詩序》：〈式微〉，黎侯寓於衛，其臣勸以歸也。

鄭玄曰：黎侯為狄人所逐，棄其國而寄于衛。衛處之以二邑，因安之，可以歸而不歸，故其臣勸之。

豐坊曰：黎大夫勸其君以歸國，賦〈式微〉。

吳懋清曰：公子晉為州吁之亂出奔邢邱，其臣勸以歸，是為宣公，而作是歌。

牛運震曰：明知歸不得卻硬說「胡不歸」，明是主憂臣辱，卻又翻進一層語，極忼慨意極委婉。悲壯激昂。兩摺長短句重疊調，寫出滿腔憤懣。

高亨曰：奴隸們在野外冒霜露、踩泥水，給貴族幹活，天黑了還不能回去，就唱出這首歌。

程俊英曰：這是人民苦於勞役，對君主發出的怨辭。詩用簡短的幾句話，表達了勞動人民對於統治者壓迫奴役的極端憎恨。

裴普賢曰：衛國的女兒嫁給黎國的莊公，已經前往黎國，莊公卻不迎接她進城，弄得她進退失據。在這尷尬的局面下，她忍痛等待著，賦此詩以明志，博得了多少人的同情。

# 旄丘

旄丘[1]之葛兮，何誕[2]之節兮。
叔兮伯[3]兮，何多日也！

生長在旄丘上的葛藤啊，何時長得如此粗大了。
那些在衛國的叔伯們啊，爲什麼冷落我們那麼久！

【註釋】興也。誕，音「憚」。1旄丘，是前高後低的土阜。2誕是疏闊。3叔伯是衛國諸臣。

【章旨】這章詩是黎侯臣子，自言久寓於衛，時物已變。登旄丘之上，見葛已長大，枝節疏闊，因託以起興，勸其君歸。是說旄丘上的葛，已經長大，枝節疏闊了。衛國的叔伯，何以多日尚不相救呢？

【集傳】興也。前高後下，曰旄丘。誕，闊也。叔伯，衛之諸臣也。○舊說，黎之臣子自言，久寓於衛，時物變矣。故登旄丘之上，見其葛長大，而節疏闊，因託以起興曰：「旄丘之葛，何其節之闊也。衛之諸臣，何其多日而不見救也。」此詩本責衛君，而但斥其臣，可見其優柔而不迫也。

【箋註】鄒泉曰：此章即時物變之久，興衛臣救之緩也。以多日為言者，望之之意切也。

何其處[1]也？必有與[2]也。
何其久也？必有以[3]也！

爲何把我們久置在此呢？一定是因爲在等待其他國家同步行動吧。
爲何讓我們長時間等待呢？一定是有原因的吧。

【註釋】賦也。1處是安處。2與是與國。3以是中有他故。

【章旨】這章詩是說他將何以處我？必定待與國助兵，方能伐狄。何以遲之又久？必有別樣事故的。

【集傳】賦也。處，安處也。與，與國也。以，他故也。○因上章何多日也，而言何其安處而不來？意必有與國相俟而來耳。又言何其久而不來？意其或有他故，而不得來耳。詩之曲盡人情如此。

【箋註】姚際恆曰：自問自答，望人情景如畫。

牛運震曰：承上何多日之意而引伸之，曲折委婉，語極忠厚平恕，然正使人無餘地自處。

**狐裘[1]蒙戎[2]，匪車不東。**

**叔兮伯兮，靡所與同[3]。**

久客在外，我們所穿著的狐皮袍子都破損了，並非不肯東行返國。

而是因為我國的叔伯們，沒有人願意與我同心行動。

【註釋】賦也。1狐裘是大夫的服飾。2蒙戎，是毛革弊壞了。3靡所與同，是沒有同心的人。

【章旨】這章詩是說我已客久裘弊，非我的車不肯東，無奈本國的叔伯，沒有與我同心的。

【集傳】賦也。大夫，狐蒼裘。蒙戎，亂貌。言弊也。○又自言，客久而裘弊矣，豈我之車不東告於女乎？但叔兮伯兮，不與我同心。雖往告之，而不肯來耳。至是始微諷切之。或曰：「狐裘蒙戎，指衛大夫，而譏其憒亂之意。匪車不東，言非其車不肯東來救我也，但其人不肯與來耳。」今按，黎國在衛西，前說近是。

【箋註】嚴粲曰：衛人不恤黎患，謂利害不切於己耳。不知脣亡齒寒。黎實衛之附庸，利害同之。衛人不思同患之義，是以有滎澤之敗。

牛運震曰：寫盡久客苦況，「匪車不東」似被冤屈作愬辨語，妙。

我們君臣的處境卑微，流離在外；
但衛國的臣子們卻竊笑我們的處境，對我們的請求竟充耳不聞。

**瑣[1]兮尾[2]兮，流離[3]之子。**
**叔兮伯兮，褎[4]如充[5]耳。**

**【註釋】**賦也。瑣，音「鎖」。褎，音「又」。1瑣是細。2尾是末。3流離是漂散，《爾雅》云：「流離，鳥名。少好而長醜。」以喻人之始愉樂而終微弱者。後人輒借此語，為中道顛沛之意。4褎，是笑的狀貌，是指衛大夫笑他。5充是塞了。

**【章旨】**這章詩是說我們君臣，已是瑣尾流離；衛國諸臣，尚在那裡竊笑旁觀。我雖呼號，他總像塞了耳朵一樣。

**【集傳】**賦也。瑣，細。尾，末也。流離，漂散也。褎，多笑貌。充耳，塞耳也。耳聾之人，恆多笑。○言黎之君臣，流離瑣尾若此。其可憐也。而衛之諸臣褎然，如塞耳而無聞何哉。至是然後盡其辭焉。流離患難之餘，而其言之有序，而不迫如此。其人亦可知矣。

**【箋註】**牛運震曰：一「褎」字寫聾人宛然。罵得痛切，卻妙在先作可憐態。

**旄丘四章，章四句。**

**【集傳】**說同上篇。

**【箋註】**《詩序》：〈旄丘〉，責衛伯也。狄人迫逐黎侯，黎侯寓於衛。衛不能脩方伯連率之職，黎之臣子以責于衛也。

王質曰：當是卑者責尊者也。宗族有故，尊者當任之。而以叔伯為衛臣，聖人必不以此無理之事存之。何以勵為親戚，且為臣子者也？

牟庭曰：〈旄丘〉，黎莊夫人不見答，而作詩責衛使而歸之也。

黃櫄曰：衛失國而齊救之，黎失國而衛不救。此齊之所以伯而衛之所以不振也。

牛運震曰：三「叔兮伯兮」，悚籲疾呼，當令衛人耳熱心動，抵過秦庭七日哭也。不驟下怨語，吞吞吐吐，卻怨到盡頭，所以為深厚。

方玉潤曰：〈旄丘〉，黎臣勸君勿望救於衛也。

程俊英曰：這是一些流亡到衛國的人，盼望貴族救濟而不得的詩。那時人民因為受不了本國統治者的殘酷剝削、壓迫，或因戰爭的緣故，紛紛逃往別國。但到處都是一樣，想向他國貴族乞求同情、救濟，當然仍是一種夢想。

馬持盈曰：這是黎國的臣下勸黎侯速歸國之詩。

# 簡兮

簡[1]兮簡兮，方將萬[2]舞。日之方中，在前上處[3]。

好盛大啊好盛大，即將舉行萬舞的儀式。儀式將在日當中天的正午時分展開，舞蹈的地點設在最顯著的位置。

**【註釋】**賦也。處，上聲。1簡是簡易不恭，或作簡選。2萬是舞的總名。武用干戚，文用羽籥。3日之方中，在前上處，是說日當中天，當是明顯之處。

**【章旨】**這章詩是賢人不能得志，做了伶官，他自己抒懷的。他說舞的事情，必須在先簡人，再定舞的名稱，再擇舞的地方。要在日之方中的明顯之處，就是才位相稱的意思。

**【集傳】** 賦也。簡，簡易不恭之意。萬者，舞之總名。武用干戚，文用羽籥也。日之方中，在前上處，言當明顯之處。○賢者不得志，而仕於伶官，有輕世肆志之心焉，故其言如此。若自譽，而自嘲也。

**【箋註】** 裴普賢曰：「簡兮簡兮」總括了萬舞的場面，開頭就覺氣派不凡。李辰冬曰：周人於祭祀時一定要跳舞，所跳的舞就叫萬舞。是一種習戒備的舞。

**碩人[1]俁俁[2]，公庭萬舞。**
**有力如虎，執轡[3]如組[4]。**

舞者們身材魁梧而儀態威武，在宗廟的公庭間跳起了萬舞。
他們一身氣力如虎，手持馬韁有如揮舞著柔軟的絲繩。

**【註釋】** 賦也。俁，音「語」。組，音「祖」。1碩人是大人。2俁俁是大有威儀的樣子。3轡是馬韁。4組是絲組。

**【章旨】** 這章詩是說武舞，必定要有威武的人。他的力氣要像老虎一般，執轡在手，好像絲組一樣的柔軟，方能稱職。

**【集傳】** 賦也。碩，大也。俁俁，大貌。轡，今之韁也。組，織絲為之。言其柔也。御能使馬，則轡柔如組矣。○又自譽其才之無所不備。亦上章之意也。

**【箋註】** 牛運震曰：有力如此，只用以執轡，良驥鹽車，千古同歎。裴普賢曰：「有力如虎」簡單四字，卻充滿了力的美。第四句以手握繮繩操縱自如，說明舞法的熟練。此謂武舞。

左手執籥，右手秉翟1。
赫2如渥3赭，公言錫爵4。

舞者左手拿著籥，右手持著翟。他的面色紅潤，公侯不禁讚賞他的舞蹈並賜其飲酒。

【註釋】賦也。1籥如笛有六孔，有說是三孔的。翟是雉羽，雖是吹的樂具，舞時和雉羽並執在手的。2赫是顏色充盛。3渥是厚盛貌。4公言錫爵，是公侯讚美，賜他的酒。

【章旨】這章詩是說文舞，必須左手執了籥具，右手執了雉羽。他的容貌，要有充盛厚盛的樣子。然後公侯才讚美，賜他的酒。

【集傳】賦也。執籥秉翟者，文舞也。籥如笛而六孔，或曰：「三孔。」翟，雉羽也。赫，赤貌。渥，厚漬也。赭，赤色也。言其顏色之充盛也。公言錫爵，即儀禮燕飲而獻工之禮也。以碩人而得此，則亦辱矣。乃反以其賚予之親洽為榮，而誇美之。亦玩世不恭之意也。

【箋註】裴普賢曰：三章雖係文舞，仍有無限力量，以至面色紅潤似染，博得衛公的欣賞而賜酒。

山有榛1，隰2有苓3，
云誰之思？西方美人4。
彼美人兮，西方之人兮。

高山上生有榛樹，低濕的窪地裡長有甘草，我在想著誰呢？想念那西方的美人啊。那個美人啊，是來自西方的人啊。

【註釋】興也。榛，音「臻」。苓，音「零」。1榛似栗而小。2隰是下濕的土地。3苓是甘草，一名大苦，葉是地黃。4西方美人，指西周明君。周在衛西，故說西方。

【章旨】這章詩是賢者慨慕文武成康的盛世，把山榛隰苓作興。是說山上生榛，隰下生苓，西方是出文武成康的明君。我是想誰？就是西方的美人。那個美人，是西方的明君啊。

【集傳】興也。榛，似栗而小。下濕曰隰。苓，一名大苦，葉似地黃。即今甘草也。西方美人，託言以指西周之盛王。如〈離騷〉亦以美人目其君也。又曰西方之人者，歎其遠而不得見之辭也。○賢者不得志於衰世之下國，而思盛際之顯王。故其言如此，而意遠矣。

【箋註】鄭玄曰：西方美人，周世之賢者。

牟庭曰：西方美人，謂商容也。

裴普賢曰：四章以「山有榛，隰有苓」以喻魁偉的男士，應配柔美的女子，率直的說出對這位舞師的私心戀情。最後兩句，反覆詠歎，更饒無限情致。

## 簡兮四章，三章章四句，一章六句。

【集傳】舊三章，章六句。今改定。○張子曰：「為祿仕而抱關擊析，則猶恭其職也。為伶官，則雜於侏儒俳優之間。不恭甚矣。其得謂之賢者，雖其迹如此，而其中固有以過人，又能卷而懷之，是亦可以為賢矣。東方朔似之。」

【箋註】《毛詩》：〈簡兮〉，刺不用賢也。衛之賢者仕於伶官，皆可以承事王者也。

何楷曰：衛之賢者仕于伶官而作此詩，刺莊公廢教也。

姚際恆曰：蓋以當時賢者為伶官，故贊美其人，歎其為卑賤之職，而終思西周盛王如此之賢，自必見用也。

陳子展曰：是描述衛國伶官簡閱萬舞之詩。

高亨曰：衛君的公庭大開舞會，一個貴族婦女愛上領隊的舞師，作這首詩來讚美他。

程俊英曰：這是一個女子觀看舞師表演萬舞，並對他產生愛慕之情的詩。

屈萬里曰：此美某善舞者之詩。

# 泉水

毖[1]彼泉水，亦流于淇[2]。
有懷于衛，靡日不思。
孌[3]彼諸姬[4]，聊與之謀。

湧出地面的泉水啊，最終流入淇水中。
我想念衛國，沒有一天不思念故鄉。
和那些感情友好的姊妹們，商議著如何能夠回家。

【註釋】興也。毖，音「祕」。思，新齎反。孌，音「臠」。謀，謨悲反。1毖是初出的泉水，毖泉即今共城的百泉。2淇是衛水。3孌是愛好。4諸姬是指陪媵的姪娣。

【章旨】這章詩是衛國的媵妾，因為夫人要想歸唁衛侯，媵妾亦想回國探望，都不能夠，因把泉水起興。說泉水還能流入衛國的淇水，我沒有一天不想回衛國，但不能像淇水的自然。我聊與相愛的諸姬，商議商議，可能回去。

【集傳】興也。毖，泉始出之貌。泉水，即今衛州共城之百泉也。淇水，出相州林慮縣東流。泉水，自西北而東南來注之。孌，好貌。諸姬，謂侄娣也。○衛女嫁於諸侯，父母終，思歸寧而不得。故作此詩。言毖然之泉水，亦流于淇矣。我之有懷于衛，則亦無日而不思矣。是以即諸姬，而與之謀，為歸衛之計，如下兩章之云也。

【箋註】鄭玄曰：泉水流而入淇，猶婦人出嫁於異國，我有所至念於衛，無日不思也。

輔廣曰：讀首四句，便可見其思婦之思。蓋與泉水日流於衛而不息，此是興體中說得好者，極好玩味。凡人之情，營私背公，故不詢謀，惟恐人之或知也。衛女思歸，博謀於諸姬而無所隱，則其情之正大可知矣。

出宿于泲1，飲餞2于禰3。
女子有行，遠父母兄弟。
問我諸姑，遂及伯姊4。

還記得陪嫁的時候，曾經在泲地暫住過，曾經在禰地餞別。
女孩子出嫁之後，便遠離了父母兄弟。
真想要問候諸位姑母和姊姊的消息。

**【註釋】**賦也。泲，音「濟」。餞，音「踐」。禰，音「你」。遠，去聲。姊，韻獎里反。1宿是信宿。2飲餞是祖道之祭。3泲是地名，禰亦是地名，都是初媵的時候，經過衛國的地方。4諸姑、伯姊，即所謂諸姬是也。

**【章旨】**這章是說當初陪媵來的時候，出宿於泲，飲餞於禰。因為女子出嫁，已經遠別父母兄弟，所以我要問一問諸姑和伯姊。

**【集傳】**賦也。泲，地名。飲餞者，古之行者，必有祖道之祭。祭畢，處者送之。飲於其側，而後行也。禰，亦地名，皆自衛來時，所經之處也。諸姑伯姊，即所謂諸姬也。○言始嫁來時，則固已遠其父母兄弟矣。況今父母既終，而復可歸哉。是以問於諸姑伯姊，而謀其可否云耳。鄭氏曰：「國君夫人，父母在則歸寧，沒則使大夫寧於兄弟。」

**【箋註】**孔穎達曰：衛女思歸，言我欲出宿飲餞以嚮衛國，為觀問諸姑遂及伯姊而已，豈為犯禮也哉而止我也？

牛運震曰：二語寫得孤怯可憐，傷心語正不在多。此敘始嫁來時所歷之國，省問姑姊以通款洽，也寫閨闈情腸，極熱極厚。

**出宿于干，飲餞于言1。**
**載脂2載舝3，還4車言邁5。**
**遄6臻7于衛，不瑕8有害？**

返回母國的路途中，會在干地暫住，在言地餞別。在車轄上抹油，裝上車軸，驅車遠行返家。如果盡速趕回衛國，應該不會造成什麼妨害吧？

**【註釋】**賦也。舝，音「轄」。還，音「旋」。干，居焉反。遄，市專反。1干、言，都是地名，適衛所經過的地方。2脂是用油塗車的轄。3舝是車軸。不駕的時候，就把它脫下來。4還是回去。5邁是遠行。6遄是疾速。7臻是到了。8瑕當作何也解。

**【章旨】**這章詩是說我要回衛，必將出宿于干，飲餞于言；塗了車轄，裝了車軸，疾速的回到衛國。不計有害的事，因為古時諸侯夫人，父母在可以歸寧省親，若是父母不在，便不得再回，只能使大夫弔唁。於今夫人先不能歸寧，媵妾更不必說了。所以她說「不瑕有害」的話。

**【集傳】**賦也。干言，地名。適衛所經之地也。脂，以脂膏塗其舝，使滑澤也。舝，車軸也。不駕則脫之，設之而後行也。還，回旋也。旋其嫁來之車也。遄，疾。臻，至也。瑕、何，古音相近，通用。○言如是則其至衛疾矣，然豈不害於義理乎？疑之而不敢遂之辭也。

**【箋註】**鄭玄曰：國君夫人，父母在則歸寧，沒則使大夫寧于兄弟。衛女之思歸，雖非禮，思之至也。

牛運震曰：只是空擬虛摹，卻自詳細有情。正說得高興，卻一筆收轉，所謂止乎禮義也。

**我思肥泉1，茲之永歎。**
**思須與漕2，我心悠悠3。**
**駕言出遊，以寫4我憂。**

我想念著故鄉的肥泉，不由得感傷嘆息。我還惦記著須與漕兩地，思念之情無盡漫長。無法返國，不如駕著馬車出遊吧，用以排遣內心的愁緒。

**【註釋】**賦也。歎，它涓反。漕，徂侯反。1肥泉是衛水名。2須、漕是衛邑。3悠悠是思念很長。4寫是除去的意思。

**【章旨】**這章詩是明知不能歸寧，所以她說想起了肥泉，只有長歎。衛國的須、漕二邑，我常常懷想著，不如出去遊玩，除去我的憂愁吧。

**【集傳】**賦也。肥泉，水名。須漕，衛邑也。悠悠，思之長也。寫，除也。○既不敢歸，然其思衛地，不能忘也。安得出遊於彼，而寫其憂哉。

**【箋註】**牛運震曰：詠歎作結，繾綣含蓄，淡婉入神。但言出遊，並不敢說歸字，真無聊之極，詞愈婉妙，意愈摯苦。

**泉水四章，章六句。**

**【集傳】**楊氏曰：「衛女思歸發乎情也，其卒也不歸，止乎禮義也。聖人著之於經。使知適異國者，父母終，無歸寧之義，則能自克者知所處矣。」

**【箋註】**《詩序》：〈泉水〉，衛女思歸也。嫁于諸侯，父母終，思歸寧而不得，故作是詩以自見也。牛運震曰：本是義不可歸，卻始終不肯說出滿心打算，只用「不暇有害」四字隱隱逗轉，末章又以淡寫輕描之筆結之。蘊藉柔厚，此為絕調。

高亨曰：這首詩是許穆公夫人所作。她是衛宣公的老婆宣姜與宣公庶子頑姘居所生，嫁給許穆公。狄人攻破衛國，魏懿公戰死，衛人立戴公於漕邑。她要到衛國去探問，走出不遠，被許國大夫追回。她因作〈泉水〉和〈載馳〉。

程俊英曰：這是嫁到別國的衛女思歸不得的詩。

## 北門

**出自北門1，憂心殷殷2。**
**終窶3且貧，莫知我艱。**
**已焉哉！**
**天實為之，謂之何哉。**

走出北門，滿腹憂愁。
生活過得如此窮困寒酸，但沒有人知道我的艱苦。
算了吧！
是天意如此安排，人實在莫可奈何。

**【註釋】** 比也。哉，將其反。窶，音「巨」。艱，居銀反。1北門背陽向陰。2殷殷是憂。3窶，是貧難為禮。

**【章旨】** 這章詩是賢者不得志，安處貧仕的。他走出北門，抱了一肚的憂愁，說他如此窮困、如此艱難，竟沒有人知道？罷了罷了，這是天意使然，尚復何說呢。

**【集傳】** 比也。北門，背陽向陰。殷殷，憂也。窶者，貧而無以為禮也。○衛之賢者，處亂世，事暗君，不得其志，故因出北門，而賦以自比。又歎其貧窶人莫知之，而歸之於天也。

【箋註】牛運震曰：此及古詩「棄置勿復道」，皆極悲憤語，勿認作安命曠達。終字莫知字，十分蹙眉扼腕，卻用「已焉哉」一筆颺開，愾歎深長，頓挫含蓄。

**王事[1]適[2]我，**
**政事[3]一[4]埤益[5]我。**
**我入自外，室人交徧[6]讁[7]我。**
**已焉哉！天實為之，謂之何哉。**

王交代的事情都丟給我，
工作全都強加在我身上。
好不容易從外頭返家，家人們還輪番地指責我。
算了吧！是天意如此安排，人實在無可奈何。

【註釋】賦也。埤，音「琵」。讁，音「責」。1王事是王命使為的事。2適是來到。3政事，是國家的行政。4一是一總的意思。5埤益是增加。6交徧是非止一人。7讁是責備。

【章旨】這章詩是說王命來到，政事增加，一總交我去辦。由外回家，室人交徧的責備。罷了罷了！這也是天意使然，尚復何說。

【集傳】賦也。王事，王命使為之事也。適，之也。政事，其國之政事也。一，猶皆也。埤，厚。室，家。讁，責也。○王事既適我矣，政事又一切以埤益我，其勞如此，而窶貧又甚。室人至無以自安，而交徧讁我，則其困於內外極矣。

【箋註】孔穎達曰：禮，君臣有合離之義。今遭困窮，而室人責之，故知使之去也。此士雖困，志不去君，而家人使之去，是不知己志。上言諸臣莫知我艱，故云室人亦不知己志。蘇轍曰：已事而反，則其處者爭求其瑕疵而譴讁之，言勞而不免於罪也。謂之室人者，在內不事事也。

牛運震曰：連用數「我」字，氣餒而聲蹙。最苦是「室人交徧讁我」一句。

**王事敦1我，政事一埤遺2我。**
**我入自外，室人交徧摧3我。**
**已焉哉！**
**天實為之，謂之何哉！**

王交代的事情都催促著我去做，工作全都強加在我身上。
好不容易從外頭返家，家中的人又輪番排擠我。
算了吧！
是天意如此安排，人實在無可奈何啊。

**【註釋】**賦也。遺，去聲，夷回反。摧，徂回反。1敦是促迫。2遺是增加。3摧是排擠。

**【章旨】**這章詩和上章一樣的解法。

**【集傳】**賦也。敦，猶投擲也。遺，加。摧，沮也。

**【箋註】**方玉潤曰：室家勢利之情如畫，可謂摹寫殆盡。

**北門三章，章七句。**

**【集傳】**楊氏曰：「忠信重祿，所以勸士也。」衛之忠臣至於窶貧，而莫知其艱，則無勸士之道矣。仕之所以不得志也，先王視臣如手足，豈有以事投遺之而不知其艱哉？然不擇事而安之，無懟憾之詞；知其無可奈何，而歸之於天，所以為忠臣也。

**【箋註】**《詩序》：〈北門〉，刺仕不得志也。言衛之忠臣不得其志爾。
方玉潤曰：此賢人仕衛而不見知於上位者之作。觀其王事之重，政務之煩，而能以一身肩之，則其才可想矣。而謂之君上乃不能體恤周至，使其「終窶且貧」，內不足以蓄妻子而有交謫之憂，外不足以謝勤勞而有敦迫之苦。重祿勸士之謂何，而衛乃置若罔聞焉。此詩之所以作也。

高亨曰：衛國朝廷的小官吏，俸祿微薄，不夠養家，而朝廷的瑣碎事務，辛勤的勞役，都要他去擔任。他既受統治者的壓迫，又苦家庭生活的困難，因作此詩。

馬持盈曰：這是衛國官員因工作辛勞而待遇微薄自傷窮苦之詩。

裴普賢曰：這是一個忠誠的公務員，工作繁重，生活艱苦，受盡家人的指責，因而自歎自慰的詩。

# 北風

北風[1]其涼，雨雪其雱[2]。

惠[3]而好我，攜手同行[4]。

其虛[5]其邪[6]，既亟[7]只且[8]。

北風如此寒冷，雪下得這麼大。
那些良善好心的人啊，趕快手牽著手一起走。
行動要快，不可以拖延緩慢，因為禍患即將到來！

**【註釋】**比也。雨，去聲。好，去聲。行，戶郎反。雱，音「滂」。邪，音「徐」。且，音「疽」。1北風是寒涼的風。2雱是大雪。3惠是愛。4行是去。5虛是寬懷。6邪是徐緩。7亟是急速。8只且，語助詞。

**【章旨】**這章詩是用雨雪來比國家的將亂。這樣寒冷的北風，和瀰漫的雨雪，我的惠好人們，趕快的攜手同來呀！不是徐緩的事情，因為禍亂迫切，不可不速急避去。

【集傳】比也。北風，寒涼之風也。涼，寒氣也。雱，雪盛貌。惠，愛。行，去也。虛，寬貌。邪，一作徐。緩也。亟，急也。只且，語助詞。○言北風雨雪，以比國家危亂將至，而氣象愁慘也。故欲與其相好之人，去而避之。且曰：「是尚可以寬徐乎？」彼其禍亂之迫已甚，而去不可不速矣。

【箋註】李樗曰：詩人以風雪喻暴虐。如〈終風〉之詩曰「終風且霾」、「終風且曀」皆取於暴虐，此詩亦然。

牛運震曰：寫患難之交有情有韻。虛猶言國空虛也，邪言一國之人皆邪亂也。

**北風其喈1，雨雪其霏2。**
**惠而好我，攜手同歸3。**
**其虛其邪，既亟只且。**

北風如此疾烈，雪下得這麼大。
那些良善好心的人啊，趕快牽著手一起走啊。
行動要快，不可以緩慢拖延，因爲災禍即將到來！

【註釋】比也。喈，音「皆」，居奚反。霏，音「非」。1喈是疾聲。2霏是雨雪分散況。3歸是一去不反的意思。

【章旨】這章詩是和上章一樣的解法。

【集傳】比也。喈，疾聲也。霏，雨雪分散之狀。歸者，去而不反之詞也。

**莫赤匪狐1，莫黑匪烏2。**
**惠而好我，攜手同車3。**
**其虛其邪，既亟只且。**

到處都是紅色的狐狸，到處都是黑色的烏鴉。那些良善好心的人啊，趕快牽著手一起上車。行動要快，不可以拖延遲緩，因為大難即將到來！

**【註釋】**比也。1狐是獸名，似犬黃色。2烏是烏鴉，黑色。3同車，是乘車的貴人，也要去了。

**【章旨】**這章詩是說赤狐和烏鴉。都是不祥之物。比喻國家的危亂。下四句和上章一樣解法。

**【集傳】**比也。狐，獸名。似犬。黃赤色。烏，鴉。黑色。皆不祥之物，人所惡見者也。所見無非此物，則國將危亂可知。同行同歸，猶賤者也。同車，則貴者亦去矣。

**【箋註】**牛運震曰：妙在「莫」字「匪」字，便覺詭幻異常，鬼氣滿紙。
方玉潤曰：妖孽頻興，造語奇闢，似古童謠。

## 北風三章，章六句。

**【箋註】**《詩序》：〈北風〉，刺虐也。衛國並為威虐，百姓不親，莫不相攜持而去焉。
程頤曰：然考詩之辭，乃君子見幾而作，相招無及於禍患者也。
牟庭曰：賢者見亂萌，相招避去也。
姚際恆曰：此篇自是賢者見幾之作，不必說及百姓。
牛運震曰：幽慘悲蹙，卻帶秀媚之致。
李樗曰：夫去國豈人之本情哉？昔孔子去魯，曰遲遲我行也，去父母國之道也。今衛之暴虐而民亟去者，恐遲留於此而遭其禍，必有大不忍於此而奪其情也。
顧起元曰：借風雪以言其愁慘之狀，借狐兔以言其危亂之兆，非當時真有是事也。
高亨曰：衛國統治者的政治殘暴，百姓相攜逃去，唱出這首歌。
袁愈荌、唐莫堯曰：情人相愛，願在大風雪中同歸去。一說衛行虐鄭，百姓懼禍，相攜離去。
馬持盈曰：這是描述衛君暴虐，百姓不親，禍亂將至，詩人偕其有人急於歸隱以避禍亂之詩。

## 靜女

**靜[1]女其姝[2]，俟我於城隅[3]。**
**愛而不見[4]，搔首[5]踟躕[6]。**

那個姿態優嫻的美麗女子，約我到幽僻之處見面。我赴約前往卻看不見所愛之人，不由得情急抓頭，不停徘徊。

【註釋】賦也。踟，音「池」。躕，音「廚」。姝，音「樞」。搔，音「騷」。1靜是幽閒。2姝是美麗。3城隅是幽僻地方。4不見，是不見到來。5搔首是情急抓頭。6踟躕是躑躅不前的意思。

【章旨】這章詩是刺衛宣公納伋妻的話。用靜女指宣姜。是說美麗的靜女，將待我於城隅。我所愛的，尚未見到，不免搔首踟躕。因為宣公在新臺，要宣姜，所以有「俟我於城隅」的話。

【集傳】賦也。靜者，閒雅之意。姝，美色也。城隅，幽僻之處。不見者，期而不至也。踟躕，猶躑躅也。此淫奔期會之詩也。

【箋註】牛運震曰：偏說「靜女」，意自深妙。後二句真有搔癢不著神理。

**靜女其孌1，貽2我彤管3。**
**彤管有煒4，說懌5女美。**

那個姿態優嫻的美麗女子，將自己使用過的筆贈給我。筆管的顏色赤紅，她的美麗令人心生愛戀。

**【註釋】** 賦也。彤，音「同」。管，古衮反。煒，音「偉」。說，音「悅」。懌，音「亦」。1孌是愛好狀貌。2貽是贈遺。3彤管是女史的筆。4煒是赤色的光華。5懌是喜悅。

**【章旨】** 這章詩是說靜女固然美麗，但她所贈的，是一枝彤管，煌煌有正大的氣象，是不可以非禮相加的。無奈悅懌女美，就做了無恥的事了。

**【集傳】** 賦也。孌，好貌。於是則見之矣。彤管，未詳何物。蓋相贈，以結殷勤之意耳。煒，赤貌。○言既得此物，而又悅懌此女之美也。

**【箋註】** 李樗曰：赤色之管可以悅人，如女色之美，可以悅懌。

**自牧1歸荑2，洵3美且異。**
**匪女4之為美，美人之貽。**

那個女子將野地的茅草贈我，眞是件美好又奇妙的禮物。並非因爲茅草有多麼特別，而是因爲這是美人餽贈之物啊。

**【註釋】** 賦也。女，音「汝」。貽，與「異」同。1牧是野外。2荑是初生的茅草。3洵當實字解。4女是指荑。

**【章旨】** 這章詩是說靜女並贈了我的土物，是野外的茅草，實在美而且異。哪裡是茅草的美，因是美人所貽，茅草也就美了。

**【集傳】** 賦也。牧，外野也。歸，亦貽也。荑，茅之始生者。洵，信也。女，指荑而言也。○言靜女又贈我以荑，而其荑亦美且異。然非此荑之為美，特以美人之所贈，故其物亦美耳。

【箋註】牛運震曰：既曰「女美」，又曰「匪女之為美」，一抬一撇，筆意以騰空翻轉，纏綿之情，摩挲益深。

## 靜女三章，章四句。

【箋註】牛運震曰：懷想贈答，寫男女之私，正極深婉閒雅。自是詩家高品。

高亨曰：詩的主人公是個男子，抒寫他和一個姑娘甜蜜的愛情。

程俊英曰：這是一首男女約會的詩。詩以男子口吻寫幽期密約，既有焦急的等候，又有歡樂的會面，還有幸福的回味。

裴普賢曰：我們覺得此詩描寫情人心理，很能刻畫入微，值得欣賞。這靜女和〈關雎〉篇的淑女一樣文靜，但在文靜中又顯露著活潑而有風趣，「匪女之為美，美人之貽」兩句，最為傑出。

# 新臺

新臺有泚[1]，河水瀰瀰[2]。

燕婉之求[3]，籧篨[4]不鮮。

新築的樓臺倒映在河面上，河水漫無邊際的漲起。我一心想要找一個性情相得的如意郎君，卻不料落入了醜怪老頭的魔掌。

【註釋】賦也。泚，音「此」。瀰，音「米」。籧，音「蘧」。篨音「除」。1泚是鮮明的影子。2瀰瀰是水滿的狀貌。3燕婉是安順。燕婉之求，是本要求安順之人為夫。4籧篨是醜陋的狀貌。籧篨是竹席，編以為囷，如人的臃腫不能俯仰，用作醜惡的形容。

【章旨】這章詩是刺齊女從宣公而作。是說新臺影子照在盛滿河水的中間，互相輝映，何等鮮明。不料齊女的燕婉之求，不能遂願，反配了一個醜陋像籧篨的人。對著這河中的新臺影子，能不慚愧嗎？

【集傳】賦也。泚，鮮明也。瀰瀰，盛也。燕，安。婉，順也。籧篨，不能俯，疾之醜者也。蓋籧篨本竹席之名。人或編以為囷，其狀如人之擁腫而不能俯者，故又因以名此疾也。鮮，少也。○舊說以為，衛宣公為其子伋娶於齊，而聞其美，欲自娶之，乃作新臺於河上而要之。國人惡之，而作此詩以刺之。言齊女本求與伋為燕婉之好，而反得宣公醜惡之人也。

【箋註】牛運震曰：不說宣公淫而不父，卻以老夫女妻為詞，醜極正自雅極。

**新臺有洒1，河水浼浼2。**
**燕婉之求，籧篨不殄3。**

新築的樓臺如此高聳，河水平澄如鏡。我一心想要找一個性情相得的如意郎君，卻不料落入了醜怪老頭的魔掌。

【註釋】賦也。洒，音「璀」，先典反。浼音「每」，美辨反。1洒是高峻貌。2浼浼是水平狀貌。3殄是消滅。

【章旨】這章詩是說新臺的高峻，河水的平滿，很能相稱。只是齊女的燕婉之求，被這個醜陋的人半途要去了，是永遠不滅的慚愧。

【集傳】賦也。洒，高峻也。浼浼，平也。殄，絕也，言其病不已也。

【箋註】牛運震曰：泚、洒字畫出倒水樓臺。臺高水深，此何地邪？而公然為鳥獸之行如此。「不鮮」所謂數見不鮮也。「不殄」猶言贅物餘氣，老而不死也。厭極之詞。

**魚網之設，鴻則離1之。**
**燕婉之求，得此戚施2。**

鋪設了漁網，不料網住了天上飛翔的鴻雁。我一心想要找個性情相得的如意郎君，卻無奈落入了醜陋老頭之手。

**【註釋】**興也。1離當麗字解，就是網著的意思。2戚施不能仰，與籧篨不能俯，同為人的醜惡。

**【章旨】**這章詩是刺宣姜柔情懦志，以從宣公的惡事。是說設了魚網，是捕魚的，今反網著了鴻雁。齊女本想燕婉之求的，今反得著醜陋的人，不是情願相從嗎？雖有新臺之設，妳如執意不從，宣公雖暴，亦無如何，妳又何至像鴻離了魚網呢。

**【集傳】**興也。鴻，鴈之大者。離，麗也。戚施，不能仰。亦醜疾也。○言設魚網而反得鴻，以興求燕婉，而反得醜疾之人，所得非所求也。

**【箋註】**牛運震曰：魚網鴻離，何不祥如是。後二句不平殊甚。

## 新臺三章，章四句。

**【集傳】**凡宣姜事，首末見《春秋傳》，然於詩則皆未有考也。諸篇倣此。

**【箋註】**范處義曰：凡人之為不善，猶有羞惡之心，往往多祕其迹，懼為人所指目，雖其過未有隱而不形，然視宣公於河上鮮明高峻之臺，肆為燕婉之行，固有間矣。

牛運震曰：言之欲嘔，然立意只是厚，而措辭又何雅妙。

方玉潤曰：刺齊女之從衛宣公也。

高亨曰：衛宣公給他的兒子伋娶齊國之女，為了迎娶新娘，在經過的黃河邊上築了一座新臺。衛宣公見新娘很美，就把她截下，佔為己有，這就是宣姜。衛人作此詩諷刺衛宣公。這是《毛詩》

的說法，也講得通。但詩亦只是寫一個女子想嫁一個美男子，而給配了一個醜丈夫。

裴普賢曰：〈新臺〉是《詩經》中有上乘技巧的諷刺詩。對宣公不加責罵，從新娘心理出發，描寫英俊新郎忽然變成癩蝦蟆。癩蝦蟆形容宣公，印象新鮮而生動。前兩章畫龍，此下點睛，便把宣公寫活了。〈新臺〉確實是《三百篇》中的好詩，建立了民間文學諷刺詩的完美風格，冷言冷語，輕描淡寫，卻表現得活龍活現，為後世打油詩所宗。

# 二子乘舟

**二子1乘舟2，汎汎其景3。**
**願言思子，中心養養4。**

兩人乘船渡河，水面上的身影飄飄盪盪。
每每想起你們哪，心中不禁充滿沉重的憂傷。

**【註釋】** 賦也。1二子是指伋與壽。2乘舟，是渡河往齊國去。3景，古「影」字。4養養是憂心無已的樣子。

**【集傳】** 賦也。二子，謂伋壽也。乘舟，渡河如齊也。景，古影字。養養，猶漾漾。憂不知所定之貌。○舊說以為，宣公納伋之妻，是為宣姜，生壽及朔。朔與宣姜訴伋於公。公令伋之齊，使賊先待於隘，而殺之。壽知之，以告伋。伋曰：「君命也，不可以逃。」壽竊其節而先往，賊殺之。伋至曰：「君命殺我，壽有何罪？」賊又殺之。國人傷之，而作是詩也。

**【箋註】** 《詩序》：〈二子乘舟〉，思伋、壽也。衛宣公之二子爭相為死，國人傷而思之，作是詩也。
劉向曰：使人與伋乘舟于河中，將沉而殺之。壽知不能止也，因與之同舟；舟人不得殺伋。方乘舟時，伋傳母恐其死也，閔而作詩。

牛運震曰：孤帆遠影，凝望生憐。黯然悵然，看不得，讀不得。

## 二子乘舟，汎汎其逝1。願言思子，不瑕有害2？

兩人乘船渡河，飄飄盪盪朝遠方而去。
每每想起你們，會不會遭遇到禍害？

**【註釋】** 賦也。1逝是往。2不瑕有害，是說不計有人害他嗎？

**【章旨】** 這兩章詩的二子，是說宣公的兒子伋和壽的。壽是宣姜生的，宣姜還有一個兒叫朔。這時候宣公聽了宣姜和朔的話，要害死伋，差伋往齊國去，暗地使人殺他。壽和伋最好，聽到這話，就告訴伋，教他逃走。他說父命不可逃。壽沒有法子，情願替伋去死，就冒充了伋，先往齊國，到了半路上，果然遇害。伋不肯倖免，依然前去，見了賊，說他誤殺，並說自己就是伋，賊又把他殺了。這種事情真是悽慘，所以國人作這篇詩。篇中的「願言思子」，是借二子的父母立說的。是說二子乘舟往齊，他的汎汎然的乘舟影子，照映水中，是怎樣的悲慘啊！想起了兒子，怎不心中漾漾的憂傷呀！第二章是一樣的解法。

**【集傳】** 賦也。逝，往也。不瑕，疑詞。義見〈泉水〉。此則見其不歸，而疑之也。

**【箋註】** 牛運震曰：一「逝」字便有一去不還之感。「不暇」，哀其無罪也。「有害」，悲其不免也。

## 二子乘舟二章，章四句。

**【集傳】** 太史公曰：「余讀世家言至於宣公之子，以婦見誅，弟壽爭死以相讓，此與晉太子申生不敢明驪姬之過同，俱惡傷父之志。然卒死亡，何其悲也。或父子相殺，兄弟相戮，亦獨何哉。」

【箋註】方玉潤曰：詩非賦二子死事也，乃諷二子以行耳。我願二子之行也，二子豈能無意哉？詩意若此，亦非甚隱。姚氏執事以案詩，固自不合，即諸家曲為之說，亦豈能得意旨？

袁愈荌、唐莫堯曰：父母懸念舟行的孩子。一說：衛宣公二子，爭相為死，國人傷之而作是詩。

程俊英曰：這是詩人罣念乘舟遠行者的詩。衛國政治腐敗，民不聊生，多逃亡國外，〈北風〉即其一例。〈二子乘舟〉，當是罣念流亡異國者的作品。

馬持盈曰：這是衛宣公既奪太子伋之妻，伋與其弟壽乘舟逃亡，衛人傷之，作此詩。詩與史實不符，但欣賞其文學價值耳。

# 鄘

武王克商，分紂都以南為鄘，使管叔統治，在今河南汲縣境。《通典》說在衛州新鄉縣，西南三十二里，有鄘城，即鄘國的舊治。何時併入衛國？諸家都沒有詳述。范氏處義，以為編詩先邶後鄘，是以亡國先後為斷。但無確論，不敢妄斷。

# 柏舟

汎彼柏舟，在彼中河。髧1彼兩髦2，實維我儀3，之4死矢5靡6它7。母也天只，不諒8人只！

柏木小船在河水中飄飄盪盪。那個劉海梳垂在兩側的男子，是我此生唯一所愛之人，我愛他之心至死不改。母親啊，天哪，爲何不能諒解我的心啊！

【註釋】興也。髧，音「萏」。他，音「拖」。只，音「紙」。1髧是髮垂貌。2兩髦，是剪髮夾囟，子事父母的裝飾，親死然後脫去。3儀是匹偶。4之當至字解。5矢是發誓。6靡是無。7它是異。8諒是原諒，又是信。

【章旨】這章詩是貞婦守志自誓的，以柏舟起興。是說那隻柏舟，汎在河中，多麼的穩定。垂髮兩髦的人，實為我的匹偶，他今死了，定不再嫁，誓死沒有他意。何以昊天罔極的母親，竟不原諒人。我豈能柏舟不如嗎？

【集傳】興也。中河，中於河也。髧，髮垂貌。兩髦者，翦髮夾囟。子事父母之飾。親死然後去之。此蓋指共伯也。我，共姜自我也。儀，匹。之，至。矢，誓。靡，無也。只，語助詞。諒，信也。○舊說以為，衛世子共伯早死，其妻共姜守意，父母欲奪而嫁之。故共姜作此以自誓，言柏舟則在彼中河，兩髦則實我之匹，雖至於死，誓無他心。母之於我，覆育之恩如天罔極，而何其不諒我之心乎？不及父者，疑時獨母在，或非父意耳。

汎彼柏舟，在彼河側。髧彼兩髦，實維我特[1]，之死矢靡慝[2]。母也天只，不諒人只！

柏木小船在河流邊上飄飄盪盪。那個劉海梳垂在兩側的男子，是我此生唯一所愛之人，愛他之心至死都不會改變。母親啊，天哪，為何不能諒解我的心啊！

【註釋】興也。慝，音「忒」。1特是配偶。2慝是邪慝。

【章旨】這章詩是和上章一樣的解法。

【集傳】興也。特，亦匹也。慝，邪也。以是為慝，則其絕之甚矣。

【箋註】牛運震曰：稱母而不稱父，女子以母為親也。

## 柏舟二章，章七句。

【箋註】《詩序》：〈柏舟〉，共姜自誓也。衛世子共伯早死，其妻守義；父母欲奪而嫁之，誓而弗許，故作是詩以絕之。

牛運震曰：質實清警，結語柔懇有韻。

高亨曰：這首詩寫一個女子愛上一個青年，她的母親強迫她嫁給別人，她誓死不肯。

程俊英曰：這是一位少女要求婚姻自由，向「父母之命」公開違抗的詩，歌頌了愛情的真摯與專一。

糜文開、裴普賢曰：我們仔細玩味原詩，只是女兒已有結婚對象，早經訂了婚（或定了情），後來母親要逼她另嫁他人，所以她向母親表白，說出：「寧可獨身相守，非他不嫁，到死不變心」

的一番話來。

馬持盈曰：這是描述節婦誓死不再嫁之決心。

# 牆有茨

牆有茨1，不可埽也。中冓2之言，不可道也。所可道也，言之醜也。

生長在牆上的蒺藜，是清掃不乾淨的。宮廷中的流言，是不可以說出口的啊。倘若說出來，就太醜惡了。

【註釋】興也。冓，音「姤」。1茨是蒺藜，蔓生細葉子，有刺刺人。2中冓是內室，又說是結構深密的地方。

【章旨】這章詩是說宣公死了，宣姜和公子頑私通。詩人作這詩，以刺衛宮的淫亂。是說牆下有茨，不可以埽，中冓的穢言，不可以道，要是說出來，那就很醜的了。

【集傳】興也。茨，蒺藜也。蔓生，細葉，子有三角，刺人。中冓，謂舍之交積材木也。道，言。醜，惡也。○舊說以為，宣公卒，惠公幼，其庶兄頑，烝於宣姜。故詩人作此詩，以刺之。言其閨中之事，皆醜惡而不可言。理或然也。

【箋註】孔穎達曰：言人以牆防禁一家之非常，上有蒺藜之草，欲埽去之，反傷牆而毀家。以興國君以禮防制一國之非法，中有淫昏之行，欲除滅之，反違禮而害國也。

牛運震曰：一「醜」字說得盡，情真羞惡。正申明不可道之義，卻用轉語，意味便自深長。

**牆有茨，不可襄[1]也。**
**中冓之言，不可詳[2]也。**
**所可詳也，言之長[3]也。**

生長在牆上的蒺藜，是無法去除乾淨的。
宮廷中的流言，是細說不盡的。
倘若細細的詳說，話太長了啊。

**【註釋】**興也。1襄是除去。2詳是詳細。3長，是語長難盡的意思。

**【集傳】**興也。襄，除也。詳，詳言之也。言之長者，不欲言。而託以語長難竟也。

**【箋註】**牛運震曰：昭伯之烝宣姜，蓋齊人使之，其故非可一一竟也，故曰「言之長」，或曰「長者託言」爾。

**牆有茨，不可束[1]也。**
**中冓之言，不可讀[2]也。**
**所可讀也，言之辱[3]也。**

生長在牆上的蒺藜，是不可能打掃乾淨的。
宮廷中的流言，是不可以張揚說出來的啊。
倘若說出來，那眞是太醜陋不堪了。

**【註釋】**興也。1束是綑束以去的意思。2讀是誦讀。3辱是醜穢的事。

**【章旨】**這兩章詩是和首章一樣的解法。因為穢史甚多。一再言敘的。

**【集傳】**興也。束，束而去之也。讀，誦言也。辱，猶醜也。

## 牆有茨三章，章六句。

【集傳】楊氏曰：「公子頑通乎君母。閨中之言，至不可讀，其汙甚矣。聖人何取焉？而著之於經也。蓋自古淫亂之君，自以為密於閨門之中，世無得而知者，故自肆而不反。聖人所以著之於經，使後世為惡者，知雖閨門之言，亦無隱而不彰也，其為訓戒深矣。」

【箋註】牛運震曰：平辭緩調，深文毒筆。

程俊英曰：這是一首人民揭露、諷刺衛國統治階級淫亂無恥的詩。衛宣公劫娶兒子的聘妻齊女宣姜，宣公死後，他的庶長子公子頑又與宣姜私通，生下了齊子、戴公、文公、宋桓夫人和許穆夫人。這些宮廷穢文，真是「不可道」、「不可詳」、「不可讀」的。

裴普賢曰：衛詩以諷刺著名者二篇，〈新臺〉的譏笑挖苦，〈相鼠〉的惡語咒罵，各盡其致。終不如〈牆有茨〉之猶存忠厚而不忍道。然不忍道，更見其疾首痛心，故牛運震稱之為毒筆也。

# 君子偕老

君子[1]偕老[2]，副笄[3]六珈[4]。
委委佗佗[5]，如山如河[6]，
象服[7]是宜。
子[8]之不淑，云如之何？

與丈夫共偕白首的夫人，編起長髮，配戴首飾與玉簪。
她一身雍容氣派，如山陵一般莊重得體，如河水一般寬厚深遠，
與華麗的禮服相映稱。
但妳如此不善的心性，如何能與這身高貴的服飾相配？

【註釋】賦也。珈，居何反。委，音「威」。佗，音「駝」。宜，牛何反。1君子是指丈夫。2偕老，是同偕到老。3副是祭服的首飾，用頭髮編的；笄是衡笄，垂在副的兩旁當耳。4珈是玉飾，加在笄上的。5委委佗佗，是雍容自得的狀貌。6如山，是安重；如河是宏廣。7象服是法制服。8子是指宣姜。

【章旨】這章詩是說夫人當與君子偕老，所以戴了副笄六珈，表示服飾都盛，有雍容自得、安重宏寬的氣象，又有像法制的象服，一樣的合禮。無奈宣姜不善，將如之何呢？雖有這樣的象服，亦不相稱。

【集傳】賦也。君子，夫也。偕老，言偕生而偕死也。女子之生，以身事人，則當與之同生，與之同死。故夫死，稱未亡人。言亦待死而已。不當復有他適之志也。副，祭服之首飾。編髮為之並。笄，衡笄也。垂于副之兩旁當耳，其下以紞懸瑱。珈之言加也。以玉加於笄而為飾也。委委佗佗，雍容自得之貌。如山，安重也。如河，弘廣也。象服，法度之服也。淑，善也。○言夫人當與君子偕老，故其服飾之盛如此，而雍容自得，安重寬廣，又有以宜其象服。今宣姜之不善乃如此。雖有是服，亦將如之何哉？言不稱也。

【箋註】蘇轍曰：能與君子偕老，乃可以有副笄六珈；委委佗佗，緩而有禮，如山河之崇深，乃可以有象服。今宣姜之不善，將如是服何哉！

范處義曰：詩人調昔之夫人所以能與君子偕老，被服副笄六珈之貴，以奉祭祀者，以其德見於容，委委然婉膩，佗佗然和易。其立如山，其潤如河，象所被之服，得其宜稱。今宣姜無淑善之德，何以稱其服也！

牛運震曰：寫出美人風度。「子之不淑」二語略逗諷刺之旨，他則侈陳服飾容貌之美，工麗非常，而正意更覺逼露，手筆結構絕高。「云如之何」作商量語，妙，最難堪。

方玉潤曰：先從象服說起，何等嚴重！末乃落到不淑，起下二章意。

玼1兮玼兮，其之翟2也。鬒3髮如雲4，不屑5髢6也。玉之瑱7也，象8之揥9也。揚10且11之皙12也。胡然而天也？胡然而帝也13？

她身穿祭服，容顏如此鮮豔。
黑髮濃密如雲，不必使用假髮充實裝飾。
耳際垂掛著美玉瑱飾，頭上插著象骨雕琢而成的搔頭。
眉頭揚起，容顏白皙。
莫不是出塵的天仙？莫不是高貴的帝女？

【註釋】賦也。玼，音「此」。翟，去聲。鬒，音「軫」。髢，音「第」。瑱，土殿反。揥，敕帝反。晳，音「錫」，征例反。且，音「疽」。1玼是鮮盛貌。2翟衣是祭服，刻畫翟雉的形狀。3鬒是黑。4雲是多而美。5屑是潔。6髢是假髮，髮少添髢。7瑱是塞耳。8象是象骨。9揥是搔首。10揚是眉上廣。11且，語助詞。12皙是白皙。13胡然而天，胡然而帝，是說她像天仙帝女樣子。

【章旨】這章詩是說宣姜嚴妝來奉祭祀的時候，鮮盛無比。著了翟雉祭服，黑髮如雲，不屑加髢。玉的塞耳，象骨的搔頭，眉秀額平，容顏白皙，望之不啻天仙帝女，儼然一國的母儀。這是愈稱她美麗，愈彰她醜德的意思。

【集傳】賦也。玼，鮮盛貌。翟，衣。祭服刻繒為翟雉之形，而彩畫之以為飾也。鬒，黑也。如雲，言多而美也。屑，潔也。髢，髮髢也。人少髮則以髢益之。髮自美，則不潔於髢而用之也。瑱，塞耳也。象，象骨也。揥，所以摘髮也。揚，眉上廣也。且，助詞語。晳，白也。胡然而天，胡然而帝，言其服飾容貌之美，見者驚猶鬼神也。

**【箋註】** 朱公遷曰：此章言服飾容貌之盛，若可疑，又可畏。

方玉潤曰：其嚴妝也如是，儼若天神帝女之下降。

**瑳兮瑳兮，其之展2也。**
**蒙3彼縐絺4，是紲袢5也。**
**子之清揚6，揚且之顏也。**
**展7如之人兮，邦8之媛9也！**

她穿著莊重的禮服，容顏是如此鮮豔美麗。將白色的細葛布罩在禮服外，姿態沉穩內斂。目光清亮眉目秀麗，容貌豐腴，眞可說是傾國傾城的美女啊！

**【註釋】** 賦也。紲，音「屑」。袢，音「半」。瑳，上聲。展，音「戰」，諸延反。縐，音「皺」。顏，魚堅反。媛，音「浣」，于權反。1瑳是鮮盛。2展是見君和見賓客的禮衣。《禮記》作襢衣。3蒙是覆。4縐絺是葛布最精的，或作薄紗。5紲袢是纏束的意思。展衣蒙了縐絺，表示斂飾，好像現在衣罩一樣。6清是目清，揚是面貌豐滿。7展當作誠字解。8邦是邦家。9媛是美女。

**【章旨】** 這章詩是說宣姜靚妝見客的時候儀容是鮮盛無比；著了展衣，蒙著縐絺，甚似斂飾的樣子，並且目清眉秀，容貌豐腴。像這樣的人，真是傾國傾城的美婦，又不是前日的母儀了。

**【集傳】** 賦也。瑳，亦鮮盛貌。展，衣也。以禮見於君及見賓客之服也。蒙，覆也。縐絺，絺之蹙蹙者。當暑之服也。紲袢，束縛意。以展衣蒙絺綌，而為之紲袢。所以自斂飭也。或曰：「蒙，謂加絺縐於褻衣之上，所謂表而出之也。」清，視清明也。揚，眉上廣也。顏，額角豐滿也。展，誠也。美女曰媛。〇見其徒有美色，而無人君之德也。

【箋註】嚴粲曰：宣姜服展衣之禮服，目視清明，眉上揚起，而又顏角豐滿，如此人乃邦家之美女也。歎息不滿之意，見於言外矣。

牛運震曰：贊不容口，卻自可憐可惜。

方玉潤曰：其淡妝也如是，不過國色之嬌姿，二面對觀，褒貶自見。

### 君子偕老三章，一章七句，一章九句，一章八句。

【集傳】東萊呂氏曰：「首章之末云『子之不淑，云如之何』，責之也；二章之末云『胡然而天也？胡然而帝也』，問之也；三章之末云『展如之人兮，邦之媛也』，惜之也。辭益婉而意益深矣。」

【箋註】孔穎達曰：由夫人失事君子之道，故陳此夫人既有服飾之盛，宜與君子俱至於老，反為淫泆之行而不能與君子偕老，故刺之。

姚際恆曰：此篇遂為神女、感甄之濫觴。山、河，天、帝，廣攬遐觀，驚心動魄；傳神寫意，有非言辭可釋之妙。

方玉潤曰：全篇極力摹寫服飾之盛，而發端一語忽提「君子偕老」，幾與下文辭義不相連屬。豈知全詩題眼即在此句，貞淫褒貶悉具其中。是詩也春秋法寓焉矣。

袁愈荌、唐莫堯曰：讚揚貴婦人華服每飾，人極漂亮，然而本質極壞。似讚揚而實諷刺。

## 桑中

爰采唐[1]矣，沬[2]之鄉矣。
云誰之思？美孟[3]姜[4]矣。
期我乎桑中[5]，要[6]我乎上宮，
送我乎淇之上矣。

去哪裡採拾菟絲啊？去沬鄉的郊外。
你在想念誰啊？美麗的姜家大姑娘。
她約我在桑中相見，她邀我去上宮相會，
相別的時候還一路送我到淇上。

**【註釋】** 賦也。沬，音「妹」。中，居良反。要，音「腰」。宮，居王反。上，辰羊反。1 唐是蒙菜，又名兔絲。2 沬是衛邑。3 孟是長。4 姜是齊女，是貴族的人。5 桑中、上宮、淇上，是沬鄉的小地名。6 要是約。

**【章旨】** 這章詩因世俗淫亂，詩人假托以刺世風的。他說將往沬鄉，去採蒙菜，非真要採蒙菜，實是思念美女孟姜。因為她曾期我在桑中，約我到上宮的地方去相會，並且還要送我到淇上呢。

**【集傳】** 賦也。唐，蒙菜也，一名兔絲。沬，衛邑也，《書》所謂妹邦者也。孟，長也。姜，齊女，言貴族也。桑中、上宮、淇上，又沬鄉之中、小地名也。要，猶迎也。○衛俗淫亂，世族在位，相竊妻妾。故此人自言，將采唐於沬，而與其所思之人，相期會迎送如此也。

**【箋註】** 牛運震曰：容與纏綿，豔情欲流。「云誰之思」，吞吐有情。末句扯長，更覺風韻嫋嫋。

爰采麥[1]矣，沬之北矣。
云誰之思？美孟弋[2]矣。

去哪裡採拾麥穀？去沬邑的北面。
你在想念著誰啊？美麗的女子弋家大姑娘。

期我乎桑中，要我乎上宮，
送我乎淇之上矣。

【註釋】賦也。1麥是穀名，秋種夏熟。2弋，春秋作「姒」，杞女，是夏后氏的後人。

【集傳】賦也。麥，穀名，秋種夏熟者。弋，春秋或作姒，蓋杞女，夏后氏之後，亦貴族也。

她約我在桑中相見，她邀我去上宮相會，
相別的時候還一路送我到淇上。

爰采葑矣1，沬之東矣。
云誰之思？美孟庸2矣。
期我乎桑中，要我乎上宮，
送我乎淇之上矣。

去哪裡採收蔓菁？去沬邑的東邊。
你在想念著誰啊？美麗的庸家大姑娘。
她約我在桑林中相見，她邀我去上宮相會，
相別的時候還一路送我到淇上。

【註釋】賦也。1葑是蔓菁。2庸，補傳說鄘國。

【章旨】這兩章詩是和首章一樣的解法。重復的言敘，是表示淫風太甚的意思。

【集傳】賦也。葑，蔓菁也。庸，未聞。疑亦貴族也。

【箋註】程俊英曰：詩用一問一答的方式，表達詩人的柔情，末用複唱形式，抒發想像；音節鏗鏘，耐人尋味。

## 桑中三章，章七句。

【集傳】《樂記》曰：「鄭衛之音，亂世之音也，比於慢矣；桑間濮上之音，亡國之音也。其政散，其民流，誣上行私而不可止也。」按「桑間」即此篇，故〈小序〉亦用《樂記》之語。

【箋註】《詩序》：〈桑中〉，刺奔也。衛之公室淫亂，男女相奔，至於世族在位，相竊妻妾，期於幽遠，政散民流而不可止。

鄭玄曰：衛之公室淫亂，謂宣惠之世，男女相奔，不待媒氏以禮會之也。世族在位，取姜氏、弋氏、庸氏者也。

王質曰：姜氏、弋氏、庸氏，皆當時著姓。當是國君微行，以采茹為辭，約諸女之中意者，期諸某所，要之某所。雖為勢力所逼，而親黨為榮，故送者無他辭。

陳子展曰：揭露衛之統治階級貴族男女淫亂成風之作。詩意自明。蓋出自民間歌手。

聞一多曰：先妣也就是高禖。〈桑中〉、〈溱洧〉等詩所昭示的風俗，也都是祀高禖的故事。

高亨曰：這是一首民歌，勞動人民（男子們）的集體口頭創作，歌唱他們的戀愛生活。並不是真有這樣的一男三女或三對男女戀愛的故事。

程俊英曰：這是一個勞動者抒寫他和想像中的情人幽期密約的詩。他在採菜摘麥的時候，興之所至，一邊勞動，一邊順口唱起歌來。這種形式，背後人尊為無題詩之祖。

屈萬里曰：此男女相悅之詩。

裴普賢曰：桑中、上宮、淇水之上，都是朝歌附近衛國仕女郊遊勝地。這詩內容就是以郊遊為背景，對一個自吹善交女友的男子予以戲謔嘲弄的集體創作。

# 鶉之奔奔

鶉[1]之奔奔，鵲之彊彊[2]。人之無良，我[3]以為兄。

鵪鶉鳥雄雌相配，鵲鳥比翼雙飛。這個人如此品行不良，竟然是我的兄長。

**【註釋】**興也。鶉，音「純」。彊，音「姜」。1鶉是鳥名，鵪屬。2奔奔彊彊，是居有常匹，飛則相隨的意思。鶉和鵲不是匹偶，或指鶉是公子頑，鵲是宣姜。3我是詩人代替惠公的。

**【章旨】**這章詩是詩人代衛惠公刺宣姜的。因宣姜私通公子頑，非是匹偶，好像鶉鵲相匹一樣。這種不良的人，我的惠公竟以為兄呢。

**【集傳】**興也。鶉，鵪屬。奔奔彊彊，居有常匹，飛則相隨之貌。人，謂公子頑。良，善也。○衛人刺宣姜與頑，非匹耦而相從也。故為惠公之言，以刺之曰：「人之無良，鶉鵲之不若，而我反以為兄何哉？」

**【箋註】**孔穎達曰：言鶉則鶉自相隨，奔奔然；鵲則鵲自相隨，彊彊然。各有常匹，不亂其類。今宣姜為母，頑則為子，而與之淫亂，失其常匹，曾鶉鵲之不如矣。又言人行無一善者，我君反以為兄而不禁之也，惡頑而責惠公之辭。

嚴粲曰：鶉，奔奔然鬪者，不亂其匹也。鵲，彊彊然剛者，不淫其匹也。

鵲之彊彊，鶉之奔奔。人之無良，我以為君[1]。

鵲鳥比翼雙飛，鵪鶉鳥雄雌相配。這個女人如此品行不良，惠公竟然還將她視爲國夫人。

【註釋】興也。逋珉反。1君，〈序〉註「小君」，指宣姜的。

【章旨】這章詩是說這樣不良的宣姜，我惠公竟以為小君呢。

【集傳】興也。人，謂宣姜。君，小君也。

【箋註】牛運震曰：無良字不忍說，然已盡。一團忸怩惻然見羞惡之心。

## 鶉之奔奔二章，章四句。

【集傳】范氏曰：「宣姜之惡，不可勝道也。國人疾而刺之，或遠言焉，或切言焉。遠言之者君子偕老是也；切言之者，鶉之奔奔是也。衛詩至此，而人道盡，天理滅矣。中國無以異於夷狄，人類無異於禽獸，而國隨以亡矣。」胡氏曰：「楊時有言，《詩》載此篇，以見衛為狄所滅之因也，故在〈定之方中〉之前。因以是說考於歷代，凡淫亂者，未有不至於殺身敗國而亡其家者，然後知古詩垂戒之大。而近世有獻議乞於經筵，不以國風進講者，殊失聖經之旨矣。」

【箋註】《詩序》：〈鶉之奔奔〉，刺衛宣姜也。衛人以為，宣姜，鶉鵲之不若也。

孔穎達曰：二章皆上二句刺宣姜，下二句責公不防閑也。

牛運震曰：極醜詆之辭，卻自佔盡絕頂雅妙，任他人千百思正無著筆處。

聞一多曰：大夫刺國君之穢行也。

高亨曰：衛宣公死，其妻宣姜公然與宣公庶子頑姘居，生了三男二女。這首詩是頑的弟弟所作，諷刺頑與宣姜的淫穢行為。

程俊英曰：這是一首人民諷刺、責罵衛國君主的詩。詩人看見鵪鶉、喜鵲都有自己固定的匹偶，聯想衛國君主過著荒淫無恥的亂倫生活，政治腐敗，激起了心頭的憤怒，責罵她不識好東西，連禽獸都不如，根本不配當君長。

# 定之方中

定1之方中，作于楚宮。
揆之以日2，作于楚室3。
樹之榛栗，椅桐梓漆4，
爰5伐琴瑟。

當營室星高掛在天空的正中央時，開始興建楚國的新宮殿，
先測量日影以確認南北方位，以此確定楚國的新宮室方向。
再栽種榛樹、栗樹，還有椅、桐、梓、漆等樹木，
日後砍伐了可以用來製造樂器。

**【註釋】**賦也。定，音「訂」。椅，音「醫」。1定是北方的星宿，稱為營室星，昏而正中，是在夏正十月的時候。是說這個時候，可以營造宮室。2揆是度測。揆之以日，是說用臬度測日影，以定方向，就像現在用日晷的意思。3楚室是楚宮。4榛、栗、椅、梓，都是木名，可為建造的材料；漆是液樹，液能塗飾器物。但椅、桐、梓、漆四木，又是琴瑟的材料。5爰當作於字解。

**【章旨】**這章詩是贊美文公，再造宮室的。是說定之方中的十月，是造宮室的時候。憑日影的方向，來造內室。既用了榛栗，又伐椅桐梓漆，四種琴瑟的材料，是贊他宮室壯麗、需材極多的意思。

**【集傳】**賦也。定，北方之宿，營室星也，此星昏而正中。夏正十月也，於是時，可以營製宮室，故謂之「營室」。楚宮，楚丘之宮也。揆，度也。樹八尺之臬，而度其日之出入之景，以參定東西。又日中之景，以正南北也。楚室，猶楚宮。互文以協韻耳。榛、慄，二木，其實榛小栗大，皆可供籩實。椅，梓實桐皮。桐，梧桐也。梓，楸之疏理，白色而生子者。漆，木有液黏，黑可飾器物。四木皆琴瑟之材也。爰，於也。○衛為狄所滅，文公徙居楚丘，營立宮室，國人悅之，而作

是詩，以美之。蘇氏曰：「種木者求用於十年之後，其不求近功，凡此類也。」

【箋註】朱善曰：遷國之初，城郭不可以不完，宮室不可以不修，器用不可以不備。文公遷楚邱也，以言其城郭，則既賴諸侯之師以成之矣；以言其宮室，則自戴公野處而至於今，成之不可不亟也。而文公為民力之不可或傷，則寧待其時而不速；為國法之不可或廢，則寧從其制而不苟。若乃器用之所資，其所需者非一事，乃於是而種木焉。以創造之初，其潤色之功，正有待於十年之後，非其心之塞實淵深，不足以致此。若文公者，其亦可謂賢矣。

牛運震曰：直從築室敘起，老致。測量揆日，起法大樣。帶點樹木，閒情勝致。

升彼虛[1]矣，以望楚[2]矣。
望楚與堂[3]，景[4]山與京[5]，
降觀于桑[6]。
卜云其吉，終然允[7]臧[8]。

登上故城，朝楚丘方向瞭望。
望見楚丘與旁邊的堂邑，還有那景山與京丘，
從城上下來，又視察了種桑樹的土地。
占卜的結果說此地大吉，是美善之地。

【註釋】賦也。虛，音「嶇」，起呂反。1虛是衛的故城。2楚是新城楚丘。3堂是楚丘的旁邑。4景是側影，或說是山名。5京是高丘。6降是低降。桑是木名，葉可飼蠶。降觀是看他的土地相宜。7允當作信字解。8臧是美善。

【章旨】這章詩是國人升登故城，瞻望新城和楚丘的旁邑，並有景山、京丘相稱，氣象威嚴，又下來看看種桑的地土很是相宜，又經卜過是吉利得很，永久美善。

【集傳】賦也。虛，故城也。楚，楚丘也。堂，楚丘之旁邑也。景，測景以正方面也。與既景乃岡之景

同。或曰：景，山名。見〈商頌〉。京，高丘也。桑，木名。葉可飼蠶者。觀之以察其土宜也。允，信。臧，善也。○此章本其始之望景觀卜而言，以至於終，而果獲其善也。

**【箋註】** 鄭玄曰：文公將徙，登漕之虛以望楚邱。觀其旁邑，及其邱山，審其高下所依倚，乃後建國焉。慎之至也。

孔穎達曰：形勢得宜，蠶桑茂美，可以居民矣。人事既從，乃命龜卜之，云從其吉，終然信善焉。

牛運震曰：「景山與京」四字括多少情事，「景」字活用妙。點次升降，望景迤聯相生，錯整相間。結構節奏最工。插入禱卜之辭，有情有韻。

**靈[1]雨既零[2]，命彼倌人[3]，**
**星[4]言夙駕，說[5]于桑田。**
**匪直也人[6]，秉[7]心塞[8]淵[9]，**
**騋牝[10]三千。**

上天降下了甘潤美好的雨水，趕緊下令讓車伕準備，星夜駕車，前往桑地視察。
國君不但爲人正直，又有操守，更是深謀遠慮，在他的領導下，民豐物隆，
七尺以上的母馬繁殖了三千匹。

**【註釋】** 賦也。說，音「稅」。倌，音「官」。騋，音「來」。1靈是良好。2零是零落。3倌人是駕車的人。4星是星夜。5說是稅駕止宿。6匪直也人，是說不但為人正直。7秉是操守。8塞是實在。9淵是深慮。10騋牝，是七尺高的牝馬。

**【章旨】** 這章詩是美文公勸教農桑，看見靈雨既下，他就命車伕駕了車，星夜發駕，說于桑田，督察人民的工作。文公不但為人正直，並且務實遠謀，所以沒有幾年，他的國內，不說別的富足，單這騋牝一項，已有三千之多。

【集傳】賦也。靈，善。零，落也。倌人，主駕者也。星，見星也。說，舍止也。秉，操。塞，實。淵，深也。馬七尺以上為騋。○言方春時雨既降而農桑之務作。文公於是命主駕者晨起駕車，亟往而勞勸之。然非獨此人所以操其心者誠實而淵深也。蓋其所畜之馬七尺而牝者，亦已至於三千之眾矣。蓋人操心，誠實而淵深，則無所為而不成。其致此富盛宜矣。記曰：「問國君之富，數馬以對。」今言騋牝之眾，如此，則生息之蕃可見，而衛國之富亦可知矣。此章又要其終而言也。

【箋註】牛運震曰：一幅賢侯課雨圖。靈雨既零泠然而來。「零雨」字幻妙，杜詩「好雨知時節」乃靈雨字註腳也。一「既」字多少慶幸，後世喜雨詩，不如此一字得神。

## 定之方中三章，章七句。

【集傳】按《春秋傳》，衛懿公元年冬，狄入衛。懿公及狄人戰於熒澤而敗死焉。齊桓公迎衛之遺民渡河而南，立宣姜子申以廬於漕，是為戴公，是年卒；立其弟燬，是為文公。於是齊桓公合諸侯以城楚丘而遷衛焉。文公大布之衣，大帛之冠，務材訓農，通商惠工，敬教勸學，授方任能。元年革車三十乘，季年乃三百乘。

【箋註】牛運震曰：高秀幽雅，典染映照處有不可思議之妙。築室樹木，望勢測景，問卜課農，以及主德馬政，點敘錯綜，卻自有倫有體，不板不亂，章法絕精。

方玉潤曰：〈定之方中〉，衛文公再造公室也。愚於是歎人生自有秉彝，非關氣類。衛之亡也，以其母；而其興也，在其子。雖曰天道，福善禍淫，本自無常，亦足見人君撥亂反正，尤宜有要。不禁反覆詠歎，三致意於其際焉！

高亨曰：這首詩就是敘寫文公遷都於楚丘後建築宮室，經營桑田等事。據此，文公是一個生活樸素，發展經濟，注重教育，任用賢能，復興衛國的比較開明的統治者。

# 蝃蝀

蝃蝀1在東，莫之敢指。
女子有行，遠父母兄弟。

彩虹出現在東方的天空，沒有人敢以手去指它。
就像是年輕的姑娘私奔離家，背棄了她的父母與兄弟。

**【註釋】** 此也。蝃，音「帝」。蝀，音「凍」。遠，去聲。1 蝃蝀是天上起的虹，古說是天地的淫氣，虹是日光照映的色彩，暮在西方，朝在東方。

**【章旨】** 這章詩是刺淫奔的女子。那「蝃蝀在東，莫之敢指」兩句，是說淫奔的人，醜不足道。因為女子出門，便要離開父母兄弟，她竟不顧，任意胡行。這樣的人，還有什麼講頭呢！

**【集傳】** 比也。蝃蝀，虹也。日與雨交，倏然成質。似有血氣之類，乃陰陽之氣，不當交而交者，蓋天地之淫氣也。在東者，莫虹也，虹隨日所映，故朝西而莫東也。○此刺淫奔之詩。言蝃蝀在東，而人不敢指，以比淫奔之惡，人不可道。況女子有行，當遠其父母兄弟，豈可不顧此而冒行乎？

**【箋註】** 牛運震曰：莫之敢指，恥之也，非畏之也。「敢」字下得分寸。一「遠」字寫盡忍心醜行。
方玉潤曰：天地淫邪之氣，忽雨忽晴，東西無定，以比宣公，可謂巧譬而喻。
王先謙曰：女子，謂奔（私奔）者。行，嫁也。奔而曰「有行」者，先奔而後嫁。

朝隮1于西，崇朝2其雨。
女子有行，遠兄弟父母。

晨間的彩虹出現在西方的天空，整天淫雨不止。
就像是那年輕的姑娘私奔遠行，背棄了父母與兄弟。

【註釋】賦也。隮，音「賫」。1隮是上升。《周禮》註以為虹。因忽然而見，如自下而上。2崇朝是終朝。

【章旨】這章詩是說蝃蝀朝升於西，以致終日的淫雨。就像女子出去，背了父母兄弟，去做無恥的事情。

【集傳】比也。隮，升也。《周禮》十煇，九曰隮。註以為虹。蓋忽然而見，如自下而升也。崇，終也。從旦至食時為終朝。言方雨而虹見，則其雨終朝而止矣。蓋淫慝之氣，有害於陰陽之和也。今俗謂虹能藏雨，信然。

【箋註】牛運震曰：此二章以不正之氣興女子不正之行也。

**乃如之人1也，懷昏姻2也，**
**大無信3也，不知命4也。**

像這樣無恥淫奔之人，心中想的都是男女情欲之事，全然沒有貞潔的觀念，太不知道做人的正理了！

【註釋】賦也。1乃如之人是說竟有這種人，就是指淫奔的。2懷昏姻是懷男女情欲。3信是貞信。4命是正理。

【章旨】這章詩是說竟有這樣的人，懷了男女情欲，私自淫奔。是太無貞信，不知道正理了。

【集傳】賦也。乃如之人，指淫奔者而言。昏姻，謂男女之欲。程子曰：「女子以不自失為信。」命，正理也。○言此淫奔之人，但知思念男女之欲，是不能自守其貞信之節，而不知天理之正也。程子曰：「人雖不能無欲，然當有以制之。無以制之，而惟欲之從，則人道廢而入於禽獸矣。以道制欲，則能順命。」

【箋註】牛運震曰：公然唾罵矣，措辭卻自莊雅。妙在癡重迂闊，不甚緊切。「懷昏姻也」語極雅妙。淫女孽根，正在於此。硬排四「也」字句，老橫之極。

蝃蝀三章，章四句。

【箋註】朱公遷曰：一章賤之，二章惡之，三章深責之。

何楷曰：刺衛宣公奪太子伋婦。

牛運震曰：一二章婉諷，末章直斥。苦心厚道，情見乎辭。

袁愈荌、唐莫堯曰：女子與人戀愛，卻遭毀謗。

程俊英曰：一個女子爭取婚姻自由，受到當時輿論的指責。這首詩諷刺了這個女子，從反面反映了當時婦女婚姻不自由的情況和這個女子反抗的精神。

屈萬里曰：既嫁之女而拒其他求婚者之詩。

余培林曰：女子傷其夫不守婚約之詩。

裴普賢曰：這首詩就是詩人同情宣姜的遭遇，代她答新臺之事，以申其委屈之情。

# 相鼠

相[1]鼠有皮，人而無儀[2]。
人而無儀，不死何為？

老鼠還披了張皮，有些人卻不講儀節。
人如果不能遵守儀節，何不死了算了？

【註釋】興也。相，去聲。皮，蒲何反。儀，牛何反。為，吾何反。1 相是相貌。2 儀是儀容端正。

【章旨】這章詩是刺無禮的。是說鼠尚有皮，人豈能沒有儀容嗎？若是人而無儀，不過等於彼鼠徒有其皮，何不死了呢？

【集傳】興也。相，視也。鼠，蟲之可賤惡者。○言視彼鼠，而猶必有皮，可以人而無儀乎？人而無儀，則其不死亦何為哉？

【箋註】鄭玄曰：人以有威儀為貴，今反無之，傷化敗俗，不如其死無所害也。

嚴粲曰：舊說「鼠尚有皮，人而無儀則鼠之不若；以人之儀喻鼠之皮」，非也。詩言鼠則只有皮，人則不可以無儀；人而無儀，則何異于鼠？如此，語意方瑩。

**相鼠有齒，人而無止**[1]**。**
**人而無止，不死何俟**[2]**？**

老鼠嘴裡還有牙齒，有些人卻連行止都沒有。
人如果無沒有了行止，何不死了算了？

【註釋】興也。俟，音「始」，羽已反。1止是容止。2俟是待。

【集傳】興也。止，容止也。俟，待也。

**相鼠有體**[1]**，人而無禮。**
**人而無禮，胡不遄死？**

老鼠至少還有軀體，有些人卻連基本的禮節都守不住。
人如果無沒有了禮節，何不趕緊死了算了？

【註釋】興也。1體是肢體。

【章旨】這兩章詩是和第一章一樣的解法。

【集傳】興也。體，肢體也。遄，速也。

## 相鼠三章，章四句。

【箋註】歐陽脩曰：鼠有皮毛以成其體，而人反無威儀容止以自飾其身，鼠之不如也。人不如鼠，則何不死爾？此甚嫉之辭也。三章之意皆然，更無他意。

嚴粲曰：凡獸皆有皮齒體，獨言鼠。舉卑汙可惡之物，以惡人之無禮也。

程俊英曰：這是人民斥責衛國統治階級偷食苟得、痞昧無恥的詩。

馬持盈曰：這是諷刺那些無禮的人。

裴普賢曰：這篇講禮之重要，可以說是一篇說教詩。

# 干旄

孑孑1干旄2，在浚3之郊。
素絲紕4之，良馬四之5。
彼姝6者子7，何以畀8之？

大夫乘坐的車子掛著特別醒目的牛尾旗，前往浚地的郊外。
車子周圍繡著白色的花紋，由四匹駿馬拉車。
那位讓他親來拜見的賢人，不知將會如何回報大夫的恩惠？

【註釋】賦也。孑，音「結」。浚，音「峻」。姝，音「樞」。郊，音「高」。紕，音「避」。畀，音「庇」。1孑孑是特出貌。2干旄，是繫牛尾於旗竿之首。3浚是衛地。4紕是組織。5四之，是兩服兩驂，用四馬載車。6姝是美麗。7子是所見的人。8畀當與字解。

【章旨】這章詩是衛大夫乘了有干旄的車子，四周圍著白絲所組的紕，用了四匹馬拖著，去到衛城的郊外訪賢。衛君臣這樣的敬賢下士，不知道所見的賢人，將來怎樣報答他呢！

【集傳】賦也。孑孑，特出之貌。干旄，以旄牛尾，注於旗乾之首，而建之車後也。浚，衛邑名。邑外謂之郊。紕，織組也。蓋以素絲織組而維之也。四之，兩服兩驂，凡四馬以載之也。姝，美也。子，指所見之人也。畀，與也。○言衛大夫乘此車馬，建此旌旄，以見賢者。彼其所見之賢者，將何以畀之，而答其禮意之勤乎。

孑孑干旟1，在浚之都。
素絲組之，良馬五之。
彼姝者子，何以予2之？

大夫乘坐的車子懸掛著繡有鳥隼的旗子，前往浚地附近的小城市。
車子周圍繡著白色的花紋，由五匹駿馬拉車。
那位讓他親來訪的賢人，不知將會如何回報大夫的恩惠？

【註釋】賦也。組，音「祖」。予，音「與」。1旟是州里所用的鳥隼的旗子。2予當作與字解。

【集傳】賦也。旟，州里所建鳥隼之旗也。上設旌旄，其下繫斿。斿下屬縿，皆畫鳥隼也。下邑曰都。五之，五馬。言其盛也。

孑孑干旌1，在浚之城2。
素絲祝3之，良馬六之4。
彼姝者子，何以告之？

大夫乘坐的車子懸掛著插有羽毛的旗子，前往浚地城市。
車子周圍繡有白色的花紋，由六匹駿馬拉車。
那位讓他親自拜訪的賢人，不知將會如何回報大夫的恩惠？

【註釋】賦也。告，音「谷」。1旄是插了翟羽的旗竿。2城是都城。3祝與屬同。4六之是六馬，是說車馬極盛的意思。

【章旨】這兩章詩是和上章一樣的解法。重敘的原因，是表示敬賢之勤。

【集傳】賦也。析羽為旌。干旌，蓋析翟羽，設於旗竿之首也。城，都城也。祝，屬也。六之，六馬，極其盛而言也。

【箋註】牛運震曰：三「何以」躊躇有神。

## 干旄三章，章六句。

【集傳】此上三詩。〈小序〉皆以為文公時詩，蓋見其列於〈定中〉、〈載馳〉之間故爾，他無所考也。然衛本以淫亂無禮，不樂善道而亡其國，今破滅之餘，人心危懼，正其有以懲創往事，而興起善端之時也，故其為詩如此。蓋所謂生於憂患，死於安樂者。〈小序〉之言，疑亦有所本云。

【箋註】高亨曰：衛國一個貴族乘車去看他的情人，作此詩以寫此事。

袁愈荌、唐莫堯曰：美衛文公群臣樂於招納賢士。

程俊英曰：這是讚美衛文公招致賢士、復興衛國的詩。詩人敘述衛國官吏帶著良馬禮物，豎起招賢的旗子，到浚邑去訪問賢士，徵聘人才。

屈萬里曰：此蓋美貴婦人之詩。

# 載馳

載1馳載驅2，歸唁3衛侯。驅馬悠悠4，言至于漕5。大夫跋涉6，我心則憂。

快馬加鞭的驅車急馳，想要趕回娘家去慰問失去了國家的衛侯。驅趕著馬匹走了遙遠的路，眼看就要到達衛國的漕邑。但許國派來的臣子跋山涉水趕來，阻止我回國，我心中滿是憂傷。

**【註釋】**賦也。驅，祛尤反。漕，祖侯反。1載，當作則字解。2馳驅是奔走的狀貌。3唁是弔失國的。4悠悠是遠而未至的意思。5漕是衛城。6跋是草行，涉是涉水。

**【章旨】**這章詩是說宣姜的女兒，為許穆公的夫人，痛傷衛國亡了，不能相救，命了她的大夫前去弔唁，馳驅的遠行，到了漕邑。但是許國不能救衛，雖命大夫跋涉弔唁，究有何益？所以我心中很是憂傷。

**【集傳】**賦也。載，則也。弔失國曰唁。悠悠，遠而未至之貌。草行曰跋，水行曰涉。○宣姜之女為許穆公夫人，閔衛之亡，馳驅而歸，將以唁衛公於漕邑。未至，而許之大夫有奔走跋涉而來者。夫人知其必將以不可歸之義來告，故心以為憂也。既而終不果歸，乃作此詩，以自言其意爾。

**【箋註】**姚際恆曰：凡詩人之言，婉者直之，直者婉之，全不可執泥。牛運震曰：開端甚奇，一接沉鬱頓挫。只「驅馬悠悠一語」，便有心急道遠、野曠馬遲之慨。

既不我嘉，不能旋反。視爾不臧1，我思不遠2。

因爲得不到允許我回國的同意，所以我無法立刻返國。不能歸國，我滿心的憂傷無法排遣遺忘。

既不我嘉，不能旋濟3，
視爾不臧，我思不閟4。

因爲得不到允許我回國的同意，所以我無法立刻渡河。但不能歸國，我心中的憂傷將無法停止。

【註釋】賦也。1嘉、臧，都是說善。2遠是忘了。3濟是渡河，歸衛必須渡河。4閟是止了，不閟就是不止。

【章旨】這兩章是說你既不能救衛，為我所嘉，又不能即時旋返，報我情形。看你這樣的不會辦事，我的憂傷怎樣能忘？你既不能即時旋返，我更不能濟河相救了。這樣的無用，教我憂傷怎樣能止呢？責大夫就是責許國不能救衛的意思。

【集傳】賦也。嘉臧，皆善也。遠，猶忘也。濟，渡也。自許歸衛，必有所渡之水也。閟，閉也，止也，言思之不止也。〇言大夫既至，而果不以我歸為善，則我亦不能旋返，而濟以至於衛矣。雖視爾不以我為善，然我之所思，終不能自已也。

【箋註】嚴粲曰：言爾未必是，我未必非，始微露己之意見與許人別，而猶未遽言之也。
牛運震曰：兩疊停頓，委折吞吐含蓄；正為控于大邦胚胎，取神清空如話，婉宕多姿。

陟彼阿丘1，言采其蝱2。
女子善懷3，亦各有行4。
許人尤5之，衆穉6且狂。

你藉口要上阿丘，採貝母以醫治鬱結。作爲善感多愁的女子，我也有自己行事的道理。而許國人卻爲此責怪我，眞是幼稚又愚蠢啊。

**【註釋】**賦也。蝱，音「盲」。穉，音「彘」。行，叶戶郎反。1阿丘是平阜。2蝱是貝母，能治鬱結的病。3善懷是多愁。4行是道理。5尤是過錯。6穉是年小。

**【章旨】**這章詩是因穆公懦弱，不能救衛，託言要到阿丘采蝱，醫治鬱結的病。她說我雖女子多愁，亦是各有其道。你那許人的錯過，好像一群狂童差不多的。

**【集傳】**賦也。偏高曰阿丘。蝱，貝母也。主療鬱結之疾。善懷，多憂思也。猶《漢書》云岸善崩也。行，道。尤，過也。○又言，以其既不適衛，而思終不止也。故其在塗，或升高以舒憂想之情，或採蝱以療鬱結之疾。蓋女子所以善懷者，亦各有道，而許國之眾人以為過，則亦少不更事而狂妄之人爾。許人守禮，非穉且狂也，但以其不知己情之切至，而言若是爾。然而卒不敢違焉，則亦豈真以為穉且狂哉。

**【箋註】**嚴粲曰：蓋至是始慨然責之，而不得不言其情矣。下章發之。

牛運震曰：「善懷」二字婉妙。末句罵得無理，然正有深情苦衷。

方玉潤曰：纏綿繚繞，含下無限思意。文勢極佳，再開一筆，局尤舒展。

**我行其野，芃芃[1]其麥。**
**控[2]于大邦，誰因誰極[3]？**
**大夫君子，無我有尤。**
**百爾所思，不如我所之[4]。**

如果我生而爲男子就能自由行動，行走在長滿麥子的野地裡。我會向周遭的大國控訴，但誰與我們親善，誰會出手相助？諸位大夫君子們啊，請不要因此責怪我。你們翻來覆去的百慮千思，不如讓我盡己所能的行動。

**【註釋】**賦也。芃，音「蓬」。尤，叶于其反。思，新齎反。1芃芃是麥茂盛貌。2控是控告。3誰因誰極，是較量所因的人，和所至的地方。4不如我所之，是說不如任我所行，以盡我心。

【章旨】這章詩是說假使我是男子，我能行到野外芃芃的麥隴。就算沒有救衛能力，亦當控告大邦，把什麼原因，什麼極處，要籠總的告訴它，求它扶助。你們這些大夫君子，莫要罪我，不如任我所行。

【集傳】賦也。芃芃，麥盛長貌。控，持而告之也。因，如因魏莊子之因。極，至也。大夫，即跋涉之大夫。君子，謂許國之眾人也。○又言歸途在野，而涉芃芃之麥。又自傷許國之小，而力不能救，故思欲為之控告于大邦，而又未知其將何所因、而何所至乎。大夫君子，無以我為有過。雖爾所以處此百方，然不如使我得自盡其心之為愈也。

【箋註】嚴粲曰：末章乃言其情，謂若我自歸，則將不憚勞苦，以控告於大國，而求其能救衛者。諸國之中，誰可因藉誰肯來至，多方圖之，必有所濟也。赴難乞師，本非女子之事，諷許人當為告急於方伯，不當坐視其亡。至哀至切之情也。其後齊桓卒救衛而存之，然後信夫人所思為有理矣。程俊英曰：她（許穆夫人）聽到衛亡的消息，立刻奔到漕邑弔唁，提出聯齊抗狄的主張，得到齊桓公的幫助而復國於楚丘。

載馳四章，二章章六句，二章章八句。

鄘國十篇，二十九章，百七十六句。

【集傳】事見《春秋傳》。舊說此詩五章，一章六句，二章、三章四句，四章六句，五章八句。蘇氏合二章、三章以為一章。按《春秋傳》，叔孫豹賦〈載馳〉之四章，而取其「控於大邦，誰因誰極」之意，與蘇說合。今從之。范氏曰：「先王制禮，父母沒則不得歸寧者義也，雖國滅君死，不得往赴焉。義重於亡故也。」

【箋註】嚴粲曰：味詩之意，夫人蓋欲越愬于方伯，以圖救衛，而託歸唁為辭耳。

牛運震曰：控于大邦，以報亡國之讎，此一篇本意，妙在於卒章說出，而前則吞吐搖曳，後則低徊繚繞，筆底言下，真有千百折也。

程俊英曰：這是許穆夫人回漕弔唁衛侯，對許大夫表明救衛主張的詩。許穆夫人是一位有識有膽的愛國詩人，也是世界歷史上最早的一位女詩人。

糜文開曰：全詩語氣一貫，一氣呵成，組織完密，令人無懈可擊。

# 衛

《地理志》河內朝歌縣，是紂的都城。武王得了商朝天下，就把朝歌以東的地方，改稱為衛，封了其弟康叔。至秦二世，國才滅了。今自直隸大名府開州以西，至河南的衛輝懷慶都是衛地。呂氏曰：「衛自康叔受封，至君角，凡四十世。」又《地理志》成公徙於帝邱，今濮陽是也。秦併天下，猶獨置衛君，凡九百年，最後絕。

# 淇奧

瞻彼淇奧1，綠竹猗猗2。
有匪3君子，
如切如磋4，如琢如磨5。
瑟兮僩兮6，赫兮咺兮7。
有匪君子8，終不可諼9兮。

看看那淇水的曲折處，初生的綠竹茂盛而美好。
那位文采風流的君子啊，
他的學問造詣有如將骨角玉石研製成器具一般，經過反覆切磋、砥礪與琢磨。
他的氣質是多麼的莊重，他的神態是如此的磊落。
這樣一個文采風流的君子，令人永難忘懷！

**【註釋】**興也。奧，音「郁」。猗，叶於何反。嗟，平聲。僩，音「限」。咺，況晚反。諼，音「喧」，叶況遠反。1淇水是衛水名，奧是隈，就是水涯彎曲的地方。2猗猗，是初生柔美的樣子。3匪當作斐字解。4如切如磋，是裁物成形的意思。5如琢如磨，是治物使有光澤的意思。《大學》：「如切如磋者道學也，如琢如磨者自修也。」6瑟兮僩兮，是矜莊威儀的狀貌。7赫兮咺兮，是儀容宣著的樣子。《大學》：「瑟兮僩兮者恂慄也；赫兮咺兮者威儀也。」8君子是指武公。9諼是忘記了。

**【章旨】**這章詩是衛人美武公的德行，把綠竹的美盛來譬他的。是說瞻玩了淇澳的綠竹，甚是柔軟盛茂。彼處有個斐然有德的君子，他的學問，如切如磋，他的道學，如琢如磨。他有恂慄矜莊的態度，和尊嚴宣著的威儀。這種斐然的君子，我始終不會忘記的。

【集傳】興也。淇，水名。奧，隈也。綠，色也。淇上多竹，漢世猶然，所謂「淇園之竹」是也。猗猗，始生柔弱而美盛也。匪，斐通。文章著見之貌也。君子，指武公也。治骨角者，既切以刀斧，而復磋以鑢鍚。治玉石者，既琢以槌鑿，而復磨以沙石。言其德之脩飭，有進而無已也。瑟，矜莊貌。僩，威嚴貌。咺，宣著貌。諼，忘也。○衛人美武公之德，而以綠竹始生之美盛，興其學問自修之進益也。《大學》傳曰：「如切如磋者，道學也；如琢如磨者，自修也。瑟兮僩兮者，恂慄也；赫兮咺兮者，威儀也。」有斐君子，終不可諼兮者，道盛德至善，民之不能忘也。

【箋註】孔穎達曰：此四者皆言內有其德，外見於貌。瑟是外貌莊嚴，僩是內心寬裕。赫有明德，赫然是內有其德，故發見於外也。咺，威儀宣著，皆言外有其儀，明內有其德。

瞻彼淇奧，綠竹青青[1]。
有匪君子，
充耳[2]琇瑩[3]，會[4]弁[5]如星。
瑟兮僩兮，赫兮咺兮。
有匪君子，終不可諼兮。

看看那淇水的曲折處，綠竹生長得堅韌而盎然。
那個風流文雅的君子，
他的皮帽以玉與充耳爲裝飾，帽縫間光亮如星。
他的氣質是多麼的莊重，他的神態是如此的磊落。
這樣一個文采風流的君子，實在令人難以忘懷啊。

【註釋】興也。青，音「精」。會，音「怪」。瑩，音「營」。1青青是堅剛茂盛的狀貌。2充耳是耳填。3琇瑩是美玉。4會是縫隙。5弁是皮帽。

【章旨】這章詩是說武公服飾的尊嚴。看見了淇奧的綠竹，很是堅剛茂盛。彼處有個斐然有德的君子，他戴的皮弁，飾了充耳和美玉，帽縫裡光亮如星。下文是和上章一樣的解法。

【集傳】興也。青青，堅剛茂盛之貌。充耳，瑱也。琇瑩，美石也。天子玉瑱，諸侯以石。會，縫也。弁，皮弁也。以玉飾皮弁之縫中。如星之明也。○以竹之堅剛茂盛，興其服飾之尊嚴，而見其德之稱也。

【箋註】薛應旂曰：充耳以石，會弁以玉，諸侯之服飾皆然，唯武公以德稱，乃見尊嚴耳。
牛運震曰：「會弁」倒字法，句極遒練，若作「弁會」便平。

瞻彼淇奧，綠竹如簀1。
有匪君子，
如金如錫2，如圭如璧3。
寬4兮綽5兮，猗6重較7兮。
善戲謔兮8，不為虐兮。

---

看淇水的曲折處，綠竹密生。
那風流文雅的君子，
他的德行有如經過鍛鍊的金錫之物，質堅且精純，本質樸實溫潤，有如玉石。
他的心性寬宏深遠，彷彿大夫的車轎一般望之穩重。
他的談吐幽默而詼諧，但拿捏分寸，絕不刻薄令人難堪。

【註釋】興也。猗，音「倚」。較，音「角」。簀，音「責」。重，平聲。1簀是竹棧，就是說竹的密滿。2金、錫，是說他煆煉精純。3圭、璧，是說他秉質溫潤。4寬是宏裕。5綽是闊大。6猗是依，或作歎美辭。7重較是大夫的車子。8善戲謔兮，是善於戲謔，不做過分言語，就是言有趣味，不使人難受的話。

【章旨】這章詩是把綠竹的茂盛，興起武公德行成就的意思。是說斐然的君子，他的德行煆煉精純，秉質溫潤，寬宏綽闊，猗如重較的車子，並且言有趣味，絕不刻毒暴虐。

【集傳】興也。簀，棧也。竹之密比似之則盛之至也。金錫，言其鍛鍊之精純。圭璧，言其生質之溫潤。寬，宏裕也。綽，開大也。猗，歎辭也。重較，卿士之車也。較，兩輢上出軾者。謂車兩旁也。善戲謔，不為虐者，言其樂易而有節也。○以竹之至盛，興其德之成就，而又言其寬廣而自如，和易而中節也。蓋寬綽，無斂束之意。戲謔，非莊厲之時，皆常情所忽，而易致過差之地也。然猶可觀而必有節焉，則其動容周旋之閒無適而非禮亦可見矣。《禮》曰：「張而不弛，文武不能也。弛而不張，文武不為也。一張一弛，文武之道也。」此之謂也。

【箋註】孔穎達曰：言武公器德已成，鍊精如金錫；道業既就，琢磨如圭璧。又性寬容而情綽緩，既外修飾而內寬弘，入相為卿士，倚此重較之車，實稱其德也。又以能善謔而不為虐，言其張弛得中也。

牛運震曰：「綠竹如簀」，本色比喻，妙。寫德行有景有情，是寫生手。

## 淇奧三章，章九句。

【集傳】按《國語》武公年九十有五，猶箴儆于國曰：「自卿以下，至於師長，士苟在朝者，無謂我老耄而捨我，必恪恭於朝以戒我。」遂作懿戒之詩以自警。而賓之初筵，亦武公悔過之作，則其有文章而能聽規諫，以禮自防也，可知矣。衛之他君，蓋無足以及此者，故《序》以此詩為美武公。而今從之也。

【箋註】王柏曰：〈淇奧〉一詩，形容武公之盛德。條理縝密而興寄遐暢，非大賢不能道此。此《大學》所以取之以為至善之本。

牛運震曰：德行學問之事最難寫，似非詩家所長。此篇描寫武公，都有精理真氣，細看純是一片神韻，何曾一字落板腐也。其體安以莊，其神鮮以暢。此風詩之近雅者。

方玉潤曰：始雖瑟僩赫咺，猶有矜嚴之心。終乃寬兮綽兮，絕無勉強之迹。故篇末又言及善謔，以見容止語默，無不雍容中道。詩之摹寫有道，氣象可謂至矣。史稱武公修康叔之政，百姓和集，佐周平戎，有勳王室。《國語》又稱其耄而咨儆於朝，受戒不怠。今觀詩辭，甯不信然！然則初年篡弒，晚成聖德，輩英雄聖賢，固一轉念間哉！

高亨曰：這是一首歌頌衛國統治貴族的詩。

程俊英曰：這是讚美衛國一位有才華的君子的詩。

# 考槃

**考槃[1]在澗[2]，碩人[3]之寬。**
**獨寐寤言，永矢弗諼[4]。**

水邊的隱居之所中，住著度量寬廣的賢者。他獨睡獨醒，暗自言語，發誓不忘隱居此間之樂。

**【註釋】**賦也。澗，叶居賢反。寬，叶區權反。諼，音「喧」。1考是成就，槃是盤桓的意思。考槃是說成就了隱居之所。陳氏說：「考，扣也。槃，器名。是扣之以節歌，如鼓盆拊缶為樂的意思。」2澗是山夾的水。3碩人是高人。4永是永久。矢是發誓。諼是忘記。永矢弗諼，是永誓弗忘此樂的意思。

**【章旨】**這章詩是衛國的賢人，隱居在山澗裡面，為人度量寬大，不願出仕。常是自臥自言，永誓不忘他的樂境。

【集傳】賦也。考，成也。槃，盤桓之意。言成其隱處之室也。陳氏曰：「考，扣也。槃，器名。蓋扣之以節歌，如鼓盆拊缶之為樂也。」二說未知孰是。山夾水曰澗。碩，大。寬，廣。永，長。矢，誓。諼，忘也。○詩人美賢者隱處澗谷之閒，而碩大寬廣無戚戚之意。雖獨寐而寤言，猶自誓其不忘此樂也。

【箋註】嚴粲曰：窮處山澗之中，而成其槃樂者，乃是碩大之賢人。其心甚寬裕，雖在寂寞之濱，而處之泰然。永誓不忘此樂，所以形容其遺佚不怨之意也。

牛運震曰：「獨」字傲甚。「獨」字、「永矢」字，便含憤激之意。不言弗諼者何事，妙有含蓄。

**考槃在阿1，碩人之薖2。**

**獨寐寤歌3，永矢弗過4。**

山坳間的隱居之所中，住著心寬自得的賢者。他獨睡獨醒，獨自高歌，發誓將永遠不離開此處。

【註釋】賦也。薖，音「科」。過，音「戈」。1阿是曲陵。2薖，李氏作「窩」，或作寬大意思。3歌是歌樂。4過，是不離此處，有終焉的意思。

【章旨】這章詩是說阿中的考槃，是碩人的窩居。但他是自臥自歌，永誓不離此處的。

【集傳】賦也。曲陵曰阿。薖，意未詳，或云，亦寬大之意也。永矢弗過，自誓所願不逾於此，若將終身之意也。

【箋註】嚴粲曰：賢者之窮處，其能寐而寤，既寤而歌，無往非獨，而自得其樂。永誓不復他往，居之而安也。

## 考槃在陸[1]，碩人之軸[2]。獨寐寤宿，永矢弗告[3]。

高地的隱居之所中，住著隱世不出的賢者。他獨睡獨醒，獨自生活，發誓不告訴任何人隱居此間之樂。

**【註釋】**賦也。告，音「谷」。1陸是高平的陸地。2軸是旋轉不出的意思。3告是不以此樂告人。

**【章旨】**這章詩是和二章一樣的解法。

**【集傳】**賦也。高平曰陸。軸，盤桓不行之意。寤宿，已覺而猶臥也。弗告者，不以此樂告人也。

**【箋註】**蘇轍曰：盤桓不行，從容自廣之謂也。

## 考槃三章，章四句。

**【箋註】**朱善曰：賢者隱處於澗谷，其所養之充，所守之正，有以自尊而不慕乎人爵之貴，有以自重而不徇乎外物之誘，則天下之樂，亦孰有加於此哉！

姚際恆曰：此詩人贊賢者隱居自矢，不求世用之詩。

方玉潤曰：〈淇奧〉者，達而在上者之好學不倦也；〈考槃〉者，窮而在下者之自樂難忘也。窮則獨善其身，達則兼善天下。窮與達，均不外學。蓋唯學斯能善天下，亦唯學乃能善一身。能善其身，然後能樂其樂。故〈考槃〉之繼〈淇奧〉，兩相形實兩相益耳。詩意若曰結廬不在塵境而在溪澗之間，陋且隘矣。即或深旁曲阿，曠處平陸，亦不過老屋三間，風雨一牀，亦何適意之有？然自碩人視之，則甚寬也，可以為吾之安樂窩矣。夫真人游神宇內，帝王駕馭六合。即豪傑之士，亦馳騁中原，陵厲無前，其志豈不甚壯？然非碩人所樂為也。碩人之軸盤旋不過數畝之宮，運行實僅一室之內，其或游心象外，亦只息轍環中，總不出此在澗在阿在陸之際，故或獨寐而寤言，或獨寐而寤歌，更或獨寐而寤宿，均有以樂其天也。所樂在是，所安即在是。雖終其身弗忘也，雖有他好弗踰也，雖有所得弗告也。非不欲告，乃無可與告者耳。

程俊英曰：這是一首描寫獨善其身生活的詩。它給後人的影響較大，可能是隱逸詩之宗。

袁愈荌、唐莫堯曰：這首詩，有的說是隱士生活；有的說「記夢」，是詩人作夢同他心愛的人兒對話、歌唱。認為詩中的「寤言」、「寤歌」、「寤宿」，同〈東門之池〉中的「寤歌」、「寤言」、「寤語」相同。它是以嚴辭互相問答，或以歌聲互相唱和。現在貴州苗徭族青年男女相戀，互相「對歌」，和這正同。

糜文開、裴普賢曰：這是一篇隱士之歌。蓋此詩無刺意，亦無怨望，乃顏子之流，隱士安貧樂道之歌也。故或謂此詩是後來老莊一派思想的先驅。

# 碩人

碩人1其頎2，衣錦3褧4衣。
齊侯之子，衛侯之妻，
東宮5之妹，邢侯6之姨7，
譚公維私8。

美人的身段苗條而修長，身穿錦袍罩著細布單衣。
她是齊侯的女兒，又是衛侯的妻子，
她是太子的同胞妹妹，又是邢侯的小姨，
她的姊妹是譚公的妻子。

【註釋】賦也。褧，音「熲」。頎，音「祈」。1碩人指莊姜。2其頎是長的狀貌。3錦是文衣。4褧是禪衣，加在衣外的。5東宮，太子所居。齊東宮得臣的妹，因為和東宮同母，故並言之，以表種族的尊貴。6邢侯，周公的後人。7姨是妻的姊妹。8私是姊妹的夫。

【章旨】這章詩是詩人頌莊姜美而賢的，是說莊姜身長苗條，衣了文錦的衣服，外罩禪衣，是齊侯的女子，嫁於衛莊公為妻。齊東宮得臣的妹妹，邢侯的小姨，譚公是她的姊夫，她的種族尊貴如此。

【集傳】賦也。碩人，指莊姜也。頎，長貌。錦，文衣也。褧，禪也。錦衣而加褧焉，為其文之太著也。東宮，太子所居之宮，齊太子得臣也。繫太子言之者，明與同母，言所生之貴也。女子後生曰妹，妻之姊妹曰姨，姊妹之夫曰私。邢侯、譚公，皆莊姜姊妹之夫，互言之也。諸侯之女嫁於諸侯，則尊同。故歷言之。○莊姜事見〈邶風〉、〈綠衣〉等篇。《春秋傳》曰：「莊姜美而無子，衛人為之賦〈碩人〉。」即謂此詩。而其首章，極稱其族類之貴，以見其為正嫡小君，所宜親厚，而重歎莊公之昏惑也。

【箋註】姚際恆曰：敘得詳核而妙。
牛運震曰：首二句一幅小像，後五句一篇小傳。五句有次序有轉換。
方玉潤曰：（三四五句）幽閨之尊。（六七句）外戚之貴。

**手如柔荑1，膚如凝脂2，**
**領3如蝤蠐4，齒如瓠犀5，**
**螓6首蛾眉7，**
**巧笑倩8兮，美目盼9兮。**

她嬌嫩的雙手柔軟如初生細茅，皮膚白嫩彷彿凝脂，
白皙修長的頸項像蝤蠐一般，潔白而齊整的牙齒有如瓠子，
眉毛細長而彎，
她笑的時候，朱唇微啓，兩靨酒窩淺淺，黑白分明的眼睛顧盼神飛。

【註釋】賦也。荑，音「啼」。蝤，音「囚」。蠐，音「齊」。瓠，音「互」。螓，音「秦」。盼，叶匹見反。1荑是初生的茅草，白而柔嫩。2凝脂是脂肪的凝結，是說她白。3領是頸部。4蝤蠐，是長白的木虫。5瓠犀，是瓠中的子，方正潔白。6螓是蟲名，似蟬較小，額廣方正。7蛾是蠶蛾。蛾眉細而長曲。8倩是唇口的美麗。9盼是黑白分明。

【章旨】這章詩是說莊姜容貌美麗，手柔白如柔荑，膚白潤如凝脂，頸長白如蝤蠐，齒齊整潔白如瓠犀。笑的時候，朱唇微啟；盼的時候，黑分白明。

【集傳】賦也。芽之始生曰荑。言柔而白也。凝脂，脂寒而凝者。亦言白也。領，頸也。蝤蠐，木蟲之白而長者。瓠犀，瓠中之子，方正潔白，而比次整齊也。螓，如蟬而小，其額廣而方正。蛾，蠶蛾也。其眉細而長曲。倩，口輔之美也。盼，黑白分明也。此章言其容貌之美。猶前章之意也。

【箋註】牛運震曰：五句體狀工細，末二語寫生活態，通章神韻飛動矣。如此妍妙，〈高唐〉、〈洛神賦〉中亦不多得。
姚際恆曰：頌千古美人，無出其右，是為絕唱。

碩人敖敖1，說2于農郊3。
四牡4有驕，朱幩5鑣鑣，
翟茀6以朝。
大夫夙退，無使君勞。

美人出嫁至衛，辦路上暫宿城郊，
送親的車輛由四馬拉車，馬銜上縛著象徵尊貴君主的
紅色飾帶，眞是鮮豔，
她搭乘著裝飾有翟羽的車輛入朝。
諸位朝中的大夫們啊，請早點退朝，別讓國君太操
勞！

【註釋】賦也。敖，音「翱」。說，音「稅」。郊，叶音「高」。驕，音「蹺」，叶音「高」。鑣，音「標」。朝，音「潮」，叶音「豪」。1敖敖，長貌。2說是宿止。3農郊是郊。4四牡，是駕車的四馬。5幩是馬銜白鑣飾，君主以朱塗飾。6翟是夫人用翟羽飾車，茀是夫人之車，前後設蔽。

【章旨】這章詩是說莊姜由齊來嫁，止舍外郊，車馬之盛。有駕車的四馬，前後設蔽，何等的榮盛！她在入朝時候，來見衛君。國人樂得莊姜為莊公之配，所以說諸大夫宜早退朝，使公與夫人相親，不要使君太勞頓。

【集傳】賦也。敖敖，長貌。說，舍也。農郊，近郊也。四牡，車之四馬。驕，壯貌。幩，鑣飾也。鑣者，馬銜外鐵。人君以朱纏之也。鑣鑣，盛也。翟，翟車也。夫人以翟羽飾車。茀，蔽也。婦人之車，前後設蔽。夙，早也。〈玉藻〉曰：「君日出而視朝，退適路寢聽政。」使人視大夫，大夫退，然後適小寢釋服。○此言莊姜自齊來嫁，舍止近郊。乘是車馬之盛，以入君之朝。國人樂得以為莊公之配，故謂，諸大夫朝於君者，宜早退，無使君勞於政事，不得與夫人相親。而歎今之不然也。

【箋註】牛運震曰：作十分愛護體貼語，婉媚含蓄。一時舉國洶喜，為主君慫成大禮，寫來神動。糜文開、裴普賢曰：「大夫夙退，使君無勞」兩句，用體貼的口吻，烘托出莊公娶得美人的欣喜之情，手法高超。

**河1水洋洋2，北流活活3，**
**施罛4濊濊5，鱣鮪6發發7，**
**葭菼8揭揭9。**

---

黃河之水浩蕩，北流入海，漁網入水時發出「濊濊」的聲音，水裡到處都是鱣魚和鮪魚，岸邊的蘆葦又長又高。從齊國隨著美人陪嫁而來的媵妾們盛裝打扮，隨從的侍衛們都長得挺拔威武。

庶姜10孽孽11，庶士12有朅13。

【註釋】賦也。活，音「括」。罛，音「孤」。濊，呼活反，叶許月反。發，音「撥」，叶方月反。葭，音「加」。菼，音「談」。揭，音「孑」。朅，音「挈」。1河是黃河，在齊西衛東，北流入海。2洋洋是盛大貌。3活活是水流貌。4罛是魚網。5濊濊是網入水的聲音。6鱣魚，似龍，黃色，銳頭，口在頷下。鮪似鱣較小。7發發是盛多的狀貌。8葭是蘆葦。菼是荻。9揭揭是長的形狀。10庶姜是說姪娣。11孽孽是盛飾的容貌。12庶士是說媵臣。13朅是威武的狀貌。

【章旨】這章詩是說齊國地大物饒。夫人初來時，士女姣好，禮儀盛備，比如洋洋的河水，北流入海，居民張網為生。鱣鮪、葭菼的產物，都可作為夫人的儀物。並有盛飾的庶姜，和威武的庶士。總是過後追思當時的盛況。

【集傳】賦也。河，在齊西衛東，北流入海。洋洋，盛大貌。活活，流貌。施，設也。罛，魚罟也。濊濊，罟入水聲也。鱣，魚似龍，黃色銳頭，口在頷下，背上腹下皆有甲，大者千餘斤。鮪，似鱣而小，色青黑。發發，盛貌。菼，薍也，亦謂之荻。揭揭，長也。庶姜，謂侄娣。孽孽，盛飾也。庶士，謂媵臣。朅，武貌。○言齊地廣饒，而夫人之來，士女佼好，禮儀盛備如此。亦首章之意也。

【箋註】姚際恆曰：敘處描摹極工，有珠璣錯落之妙。

牛運震曰：拍天而來，大手筆。「庶姜」、「庶士」二語竟住，不作收煞，妙。無端接入「河水洋洋」五句，似與碩人事絕不相關，卻用「庶姜」、「庶士」二語拍合，大奇。齊地之饒，媵從之盛，應敘在前，卻倒插在後作襯托，意思結構俱妙。恢廓雄厲，便有泱泱大國氣概。

糜文開、裴普賢曰：補敘莊姜渡河而來的陣容之盛。閒處著筆，點染黃河景物，有珠璣錯落之妙。

## 碩人四章，章七句。

【箋註】方玉潤曰：此衛人頌莊美美而能賢。莊姜固不徒恃其貴、恃其美、恃其富，而自有餘於富與美與貴之外。蓋美且賢焉者也。其富貴本其所自有，固不足為之異。然則詩何以不詠其賢而僅歎其貴與美與富而若有餘慕耶？曰詩之不詠其賢者，詩之所以善詠乎賢者也。托月者必滃雲，繪龍者必點睛，此繪事之妙也。詩亦通焉。且詩亦未嘗不言其賢也，而人不覺也。詩發端不曰碩人其頎乎？夫所謂碩人者，有德之尊稱也。曾謂婦之不賢而可謂之碩人乎？故題眼既標下，可從旁摹焉。極意鋪陳，無非為此碩人生色。畫龍既就，然後點睛；滃雲已成，而月自現。詩固有言在此而意在彼者，此類是也。不然莊姜亦不過一富貴美人耳，詩又何必浪費筆墨而為之寫照耶！

# 氓

氓[1]之蚩蚩[2]，抱布貿絲[3]。
匪來貿絲，來即我謀[4][5]。
送子涉淇，至于頓丘[6]。
匪我愆期[7]，子無良媒。
將[8]子無怒，秋以為期。

那個男子，初夏時抱著布匹來跟我買絲。
他並非眞的想要以布買絲，而是來和我商量結婚的事。
臨別時我直送你過了淇水，一直送到頓丘爲止。
如今不是我故意拖延婚期，而是因爲你沒有請個好媒人來說合。
請不要生氣，就決定秋天完婚吧。

【註釋】賦也。蚩，音「癡」。貿，音「茂」。絲，叶新齊反。謀，叶莫悲反。丘，叶祛祈反。媒，叶謨悲反。將，音「搶」。1 氓是氓民，不知誰何的名稱。2 蚩蚩是無知識。3 貿是販賣。貿絲是在初夏的時候。4 即是就。5 謀是謀配合的事情。6 頓丘是地名。7 愆期是過期。8 將是但願的意思。

【章旨】這章詩是棄婦自敘的。是說這個不知誰何的男子，初夏的時候，來販賣絲布。他不是販賣的意思，是來和我謀配合的事情。那時我允許了他，並送他渡了淇水，到了頓丘地方。現在不是我過期失約，因為你沒有媒來說合。請你不要怨怒，決定秋天期會就是了。

【集傳】賦也。氓，民也。蓋男子而不知其誰何之稱也。蚩蚩，無知之貌。蓋怨而鄙之也。布，幣。貿，買也。貿絲，蓋初夏之時也。頓丘，地名。愆，過也。將，願也，請也。○此淫婦為人所棄，而自敘其事，以道其悔恨之意也。夫既與之謀而遂往，又責所無以難其事，再為之約，以堅其志。此其計亦狡矣，以御蚩蚩之氓。宜其有餘而不免於見棄。蓋一失其身，人所賤惡，始雖以欲而迷，後必以時而悟，是以無往而不困耳。士君子立身，一敗而萬事瓦裂者，何以異此。可不戒哉。

【箋註】范處義曰：是時必有謀婚之言，詩之所不及。不然安得已有從之之意，遂送涉淇之地！是時必有迫促之言，亦詩之所不及。不然安得遽有無良媒、無我怒、秋以為期之約！然此亦悔悟之後，追悼前日之事，故有是語耳。使其初能覺其非為絲，而為我謀，又能知無良媒為非禮，安肯輕從其約也。

牛運震曰：一回責望，一回安慰，婉轉鬆脫，情態可掬。

糜文開、裴普賢曰：寫男女自由戀愛，已私訂終身。

乘彼垝垣1，以望復關2。
不見復關，泣涕3漣漣4；
既見復關，載笑載言。
爾卜爾筮5，體6無咎7言，
以爾車來，以我賄8遷9。

登上傾頹的城牆，朝你所居住的復關一地遠眺，
不見你依約前來，不由得流淚哭泣。
見你依約前來，我轉悲為喜，與你說說笑笑。
我們討論婚前卜卦的吉凶，如果占卜的結果是好的，
就請你駕車來迎娶我，將我的嫁妝財帛一併搬過去。

【註釋】賦也。垝，音「鬼」。垣，音「袁」。關，叶圭員反。漣，音「連」。賄，呼罪反。1垝垣是毀壞的垣牆。2復關是地名，男子的居所。3泣涕是哭。4漣漣是落淚的樣子。5卜是龜卜，筮是著卜。6體，是吉兆的卦體。7咎是不吉。8賄是財帛。9遷是遷徙。

【章旨】這章詩是說既和男子相期。到了那時，她就情不自禁的登乘垝垣的上面，遙望她的男子所住的復關。尚未望見，她就泣涕漣漣的，因為他及期不來，不知是什麼緣故。現在她已經望見復關，男子如果來了，就和他有說有笑的，並且問他卜筮的好壞。要是卦體無咎，便教他用車來迎。她自己所有的財帛，一總搬過去。

【集傳】賦也。垝，毀。垣，牆也。復關，男子之所居也。不敢顯言其人，故託言之耳。龜曰卜，著曰筮。體，兆卦之體也。賄，財。遷，徙也。○與之期矣，故及期而乘垝垣以臨之。既見之矣，於是問其卜筮所得卦兆之體，若無凶咎之言，則以爾之車來迎，當以我之賄往遷也。

【箋註】孔穎達曰：此男子實不卜筮，而言皆吉無凶咎者，又誘以定之。前因貿絲以誘之，今復言卜筮以誘之也。

牛運震曰：偏借卜筮，鄭重其事。車來賄遷，一團高興。
姚際恆曰：不曰人曰賄，妙。
糜文開、裴普賢曰：僅云「以爾車來，以我賄遷」，是女子帶了財物私奔過去，為公開舉行正式婚禮也。「不見復關，泣涕漣漣；既見復關，載笑載言」，描寫女子深情，殊為生動。

**桑之未落，其葉沃若1。**
**于嗟鳩2兮，無食桑葚3。**
**于嗟女4兮，無與士5耽。**
**士之耽6兮，猶可說7也；**
**女之耽兮，不可說也。**

---

桑葉還沒落盡，我的容貌就像桑葉一樣潤澤，依舊青春美麗，
斑鳩啊斑鳩，你莫要貪吃桑葚啊！
唉，女子要小心哪，千萬不要為了戀愛昏了頭。
男人即使陷入熱戀，還能夠離開女子；
但女子如果陷入熱戀，就很難解脫了。

**【註釋】**比而興也。于，音「吁」。葚，音「甚」。耽，叶持林反。1沃若是潤澤的狀貌。2鳩是鶻鳩，就是班鳩。3葚是桑實。4女，是指棄婦。5士是指男子。6耽是戀愛。7說是解說。

**【章旨】**這章詩是用葉桑未落，來比自己容貌。是說桑葉未落的時候，我的顏色很是潤澤，好像自己未老，容貌亦很光豔，但是總靠不住的。現在桑葉落了，年已老了，我那班鳩呀，你不因桑葉落了，就要來食桑葚啊！就是說不要因我色衰了，就嫌棄我啊。唉。可憐的女子啊！妳莫要戀愛男子。戀愛是沒有道理的事情，因為男子戀愛女子，雖不應該，尚可解說；若是女子一經失身，從此為人所賤，便萬萬不可解說了。通章都是自悔的辭意。

**【集傳】**比而興也。沃若，潤澤貌。鳩，鶻鳩也，似山雀而小，短尾青黑色，多聲。葚，桑實也。鳩食葚

多，則致醉。耽，相樂也。說，解也。○言桑之潤澤以比己之容色光麗，然又念其不可恃此而從欲忘反，故遂戒鳩無食桑葚，以興下句戒女無與士耽也。士猶可說，而女不可說者，婦人被棄之後，深自愧悔之辭。主言，婦人無外事，唯以真信為節，一失其正，則餘無足觀爾，不可便謂士之耽惑實無所妨也。

**【箋註】** 孔穎達曰：鳩食桑葚過時，則醉而傷其性；女與士耽過度，則淫而傷禮義。然耽雖士女所同，而女異於男，故言士之耽尚可解說；女之耽則不可解說。己時為失所棄，乃思而自悔。

牛運震曰：此處應作轉筆，卻不忍遽轉，另從寬處提起。迂曲遲回，以欷歔出之。立意用筆之妙，不可思議。中間許多美境，只用「無與士耽」一筆撩過，深極，慘極，悲悔之極，生出羞惡，扼腕搥腸。

桑之落矣，其黃而隕1。
自我徂2爾，三歲食貧。
淇水湯湯3，漸4車帷裳5。
女6也不爽7，士8貳其行9。
士也罔極10，二三其德。

桑樹上的葉子因枯黃而凋零了，
自從我嫁來你家，三年來都過著辛苦貧困的生活。
如今你卻休棄了我，要我渡水回家，淇水浩蕩，打濕了我車上的帳幔。
女子沒有過錯，男人卻變了心。
身為男人，你怎麼能做出這種三心二意的事！

**【註釋】** 比也。湯，音「傷」。漸，音「尖」。爽，叶師莊反。行，去聲，叶戶郎反。1隕是脫落。2徂是已往。3湯湯是水盛貌。4漸是漸漬的意思。5帷、裳是飾車的帳幔，婦人車上用的。6女是指自己。7爽是差失。8士是指男子。9行是德行。10罔極是何至。

【章旨】這章詩是說桑葉已經黃落，你竟因我容顏衰敗，將我棄了。但不思我到你家來的時候，過了三載貧苦的日子。今天把我棄了，要我渡水回家。我不料湯湯的淇水，又把我車上的帷裳漬濕了。帷裳有什麼不好，只是淇水的不是啊！女子並沒有差失，只是男子有了貳心啊！唉，你又何必做出這種二三其德的事情呢。

【集傳】比也。隕，落。徂，往也。湯湯，水盛貌。漸，漬也。帷裳，車飾。亦名童容。婦人之車則有之。爽，差。極，至也。○言桑之黃落，以比己之容色凋謝，遂言，自我往之爾家，而值爾之貧，於是見棄，復乘車而渡水以歸。復自言其過不在此，而在彼也。

【箋註】孔穎達曰：婦人色衰凋落時，君子則棄己，使無自以託。故追說見薄之漸。言我往爾家三歲之後，貧於衣食而見困苦，已不得其志。今乃見棄，所以自悔也。又言我心於汝不為差貳，士也行無中正，故二三其德，及年益儘而棄己，所以怨也。

牛運震曰：「矣」字黯然消魂，若作既落便呆。淇水漸車，與前涉淇車來，關照有情。此歸途所經也，寫得荒寂在目，悽愴傷懷。到此不得不直罵矣。語勢小歇，而情猶未了。

三歲為婦，靡[1]室[2]勞矣。
夙興[3]夜寐，靡有朝矣。
言既遂矣，至于暴矣。
兄弟不知，咥[4]其笑矣。
靜言思之，躬自悼矣。

---

與你結婚三年，爲了持家而辛苦，
朝夕操勞，忙得日夜不分，不知什麼叫早晨。
然而日子剛過得順遂些，你就變了態度，對我粗暴凶狠。
我今天返回娘家，兄弟們不知道箇中緣由，一定會恥笑我吧。
想到這裡，就不由得暗自悲傷。

【註釋】賦也。咥，音「戲」，笑叶音燥。朝，直豪反。咥，音「戲」。1靡是沒有。2室是家。3興是起。4咥是笑貌。

【章旨】這章詩是說我往你家，做了三載婦人，在家沒有一日不勞苦，沒有一朝，不是夙興夜寐。現在言既遂了，就用暴虐對待我了。我今回去，兄弟不知此情，必將笑我。暗地的思量，好不傷悼人啊。

【集傳】賦也。靡，不。夙，早。興，起也。咥，笑貌。○言我三歲為婦，盡心竭力，不以室家之務為勞。早起夜臥，無有朝旦之暇。與爾始相謀約之。言既遂，而爾遽以暴戾加我。兄弟見我之歸，不知其然，但咥然其笑而已。蓋淫奔從人，不為兄弟所恥，故其見棄而歸，亦不為兄弟所恤，理固有必然者，亦何所歸咎哉？但自痛悼而已。

【箋註】嚴粲曰：言我三歲為室之勞，無有一朝不然者。初與爾謀為室家，惟恐不諧，其言既遂，爾乃以暴虐加我。我兄弟不知之耳，若知我見暴如此，必咥然笑我也。始為所誘，今為所暴，故恐兄弟笑之。此承上文漸車帷裳，見棄而歸，在途自念之辭，羞見兄弟也。

牛運震曰：「三歲為婦」四語，情事次第應在車來賄遷之下，卻於此處往復一番，呻吟低徊，迴腸欲絕。牽扯兄弟一筆，分外傷心。

方玉潤曰：歷敘勞苦，返遭見棄。自怨自艾，如泣如訴，情至之文。

糜文開、裴普賢曰：女子自述遵守婦道，終年日夜操勞而不怨，想不到竟遭受虐待，橫施殘暴。

**及1爾偕老，老使我怨。**

**淇則有岸，隰2則有泮3。**

**總角4之宴，言笑晏晏5，**

曾經希望和你此生共白首，不料你卻辜負我，令我如此心懷怨恨。

夫妻相處，就像是淇水有岸、下濕的窪地有邊一樣，不應改變。

少小時我們曾歡樂的說笑，

**信誓旦旦6，不思其反。反是不思，亦已焉哉。**

也曾許下過明白懇切的誓言，你怎麼忘記了往日我們相處的情景呢。你既然不顧念往昔的恩愛，那麼你我之間也沒有什麼能說的了。

**【註釋】**賦也。岸，魚戰反。泮，音「伴」，叶匹見反。晏，叶伊佃反。思，叶新齎反。1及是相共。2隰是下濕的土地。3泮是水涯。4總角是幼時。女子未許嫁不能笄髮，但結髮為飾。5晏晏是歡娛。6旦旦是明。

**【章旨】**這章詩是說指望和你偕老，不料臨老的時候，尚使我悲怨。要知道夫婦相處，就像淇水有岸、隰地有泮的一樣，一定不易道理。我可記得總角相交的時候，言笑歡娛，信誓明白，同偕到老，永不相離。你何不回想當日情景，是怎麼樣的！

**【集傳】**賦而興也。及，與也。泮，涯也。高下之判也。總角，女子未許嫁，則未笄，但結髮為飾也。晏晏，和柔也。旦旦，明也。○言我與汝本期偕老，不知，老而見棄如此，徒使我怨也。淇則有岸矣，隰則有泮矣，而我總角之時，與爾宴樂言笑，成此信誓。曾不思，其反復以至於此也。此則興也。既不思其反復而至此矣，則亦如之何哉，亦已而已矣。《傳》曰：「思其終也，思其復也，思其反之謂也。」

**【箋註】**牛運震曰：「『使』字憾極，聞其聲。言淇猶有岸，隰猶有泮，以興『老使我怨』，用心之不可知也。意致拗折而穎妙。『總角』字極媚。『亦已焉哉』，猶言棄捐勿復道也。到此淚盡聲絕，正是悲怨之極。末章將始末情事通身打摺一番，無情不集，無筆不轉。繚繞惝恍，摧心動魄。古騷怨詩之絕調也。

方玉潤曰：「及爾偕老，老使我怨」跌宕語極有致。

麋文開、裴普賢曰：第六章重提私訂終身時「信誓旦旦」的曾說「及爾偕老」，現在經過三年的磨折，說道「偕老」只有搖頭歎氣了。這實在是當初所料想不到的，所以就本地風光作喻說「淇則有岸，隰則有泮」，只有男人的心，變化莫測。

## 氓六章，章十句。

**【箋註】**牛運震曰：〈谷風〉之婦正，其辭怨而不怒，其意自厚。〈氓〉之婦不正，其辭怨不預突悔，其氣則餒。然各有其妙。

方玉潤曰：此女始終為情誤，固非私奔失節者比，特其一念之差，所託非人，以致不終，徒為世笑。士之無識而失身以事人者，何以異是？故可以為戒也！

麋文開、裴普賢曰：此詩為我國最早的一手生動而深刻的敘事詩。開頭就不採後代「孔雀東南飛，五里一徘徊」那種歌謠的興體，而用「昔有霍家奴」一樣的直敘法。但直敘又只採用女子怨訴的第一稱的紀錄，不加說明，讓讀者自己去分析判斷，細細體味，所以格外引人入勝，覺得有無限妙趣。

# 竹竿

籊籊[1]竹[2]竿，以釣于淇[3]。
豈不爾思，遠莫致之。

還記得手持長竹竿，在淇水上悠閒垂釣的情景。眞是令人懷念啊，可惜路途太遠了，回不去了啊。

【註釋】賦也。籊，音「笛」。1籊籊是長銳的狀貌。2竹是衛物。3淇是衛地。

【章旨】這章詩是衛女嫁給了諸侯，思歸寧不可得。懷想當年遊釣的地方，是說當年持了長銳的竹竿，到淇水釣魚，何等快樂。現在哪裡不想，無奈路遠不能去了。

【集傳】賦也。籊籊，長而殺也。竹，衛物。淇，衛地也。○衛女嫁於諸侯，思歸寧而不可得，故作此詩。言思以竹竿釣于淇水，而遠不可至也。

**泉源1在左，淇水在右。女子有行，遠兄弟父母。**

百泉在衛國的左方，淇水在右方。
姑娘出嫁，遠離了父母與兄弟！

【註釋】賦也。右，叶羽軌反。1泉源是百泉，在衛的西北，東南入淇。

【章旨】這章詩是說泉源在衛的左邊，淇水在衛的右邊，永遠不離。無奈女子出嫁，要遠離兄弟父母，自歎不如。

【集傳】賦也。泉源，即百泉也。在衛之西北，而東南流入淇。故曰：「在左。」淇，在衛之西南，而東流與泉源合。故曰：「在右。」○思二水之在衛，而自歎其不如也。

【箋註】牛運震曰：自恨不如二水矣。不說出，意致自遠。

**淇水在右，泉源在左。巧笑之瑳1，佩玉之儺2。**

淇水在衛國的右邊，百泉在左邊
在那裡遊玩的女子們，微笑時露出玉般潔白的牙齒，
行動時姿態嫋娜，配掛的玉飾發出清脆的叮噹聲。

【註釋】賦也。瑳，上聲。儺，乃可反。1瑳是鮮白色的玉。2儺是裊娜有度的樣子。

【章旨】這章詩是想到淇水和泉源的地方，有人在那裡遊樂。那些婦女們，巧笑倩兮，露出她的雪白如瑳的牙齒，姍姍而來，佩玉丁當，好不適意。無奈她不能去。

【集傳】賦也。瑳，鮮白色。笑而見齒，其色瑳然，猶所謂粲然皆笑也。儺，行有度也。承上章言。二水在衛，而自恨其不得。笑語遊戲於其閒也。

【箋註】牛運震曰：一幅嬌女遊春圖，嫣然可想。只二語寫出少女在家嬉遊自得態。
方玉潤曰：仙骨姍姍，風韻欲絕。

**淇水滺滺1，檜2楫3松舟。**
**駕言出遊，以寫我憂。**

淇水的水流悠悠，有人駕著松木製的小舟，搖著檜木槳在水上悠閒玩樂。如今想來，恨不得能夠駕車出遊，抒發我憂傷思鄉的心情。

【註釋】賦也。滺，音「由」。1滺滺是水流的狀貌。2檜是木名。似柏。3楫似舟櫓。較小。

【章旨】這章詩是想到淇水的地方，悠悠的流水，有人在那裡，駕著檜楫松舟遊樂。恨自己不能出去遊玩，抒寫憂悶。

【集傳】賦也。滺滺，流貌。檜，木名，似柏。楫，所以行舟也。○與〈泉水〉之卒章同意。

**竹竿四章，章四句。**

【箋註】牛運震曰：蕭閒雋遠，有情有韻。

方玉潤曰：〈載馳〉、〈泉水〉與此篇，雖皆思衛之作，而一則遭亂以思歸；一則無端而念舊，辭易迴乎不同。蓋其局度雍容，音節圓暢，而造語之工，風致嫣然，自足以擅美衣食，不必定求其人實之也。詩固有以無心求工而自工者，迨至工時自不磨，此類是已。

程俊英曰：這是一位衛國女子出嫁別國，思歸不得的詩。

屈萬里曰：此蓋男子懷念舊好（女子）之詩。舊謂衛女思歸之詩，恐非是。

糜文開、裴普賢曰：我們細玩詩意，知道這是一篇失戀男子懷念舊好（女子）的詩。全詩結構完密，層次分明，寫來情思真摯，風味雋永。

# 芄蘭

芄蘭1之支2，童子佩觿3。
雖則佩觿，能不我知4？
容5兮遂兮，垂帶悸6兮。

你就像是蘭草的枝子一樣乳臭未乾，年紀還小，卻被允許配戴成人才可使用的配飾了！即使配戴了象徵成人的飾物，但你到底具有多少才能，難道我還不知道嗎？就算外表表現得瀟灑從容，垂下的衣帶飄飄，也不過是虛有其表罷了。

**【註釋】**興也。觿，音「畦」。悸，音「季」。1芄蘭草，一名蘿摩，莖有白汁如乳。2支同枝。3觿是錐子，象牙做的，用作改結，是成人的佩飾。4知當作智，說他的才能不比他高。5容遂是舒緩放肆的狀貌。6悸是帶的下垂。

**【章旨】**這章詩是諷童子越分的。說童子好像芄蘭一般，腹中尚有乳臭。今雖得志佩觿，終久沒有經驗。

你的才能，未必能在我上。你的一種舒展態度，和你的垂帶的下垂，很是瀟灑的樣子，恐怕是徒有其表罷。

【集傳】興也。芄蘭，草，一名蘿藦，蔓生，斷之有白汁，可啖。支，枝同。觿，錐也，以象骨為之，所以解結。成人之佩，非童子之飾也。知猶智也，言其才能不足以知於我也。容遂，舒緩放肆之貌。悸，帶下垂之貌。

【箋註】朱公遷曰：芄蘭柔弱，而枝葉長蔓，本不稱末，故以興童穉無能而不能稱其服。

黃佐曰：首一句興童子不當有其服，下譏童子不能稱其服。芄蘭本是蔓生，今則有枝矣。以興童子本未成人，今則佩觿矣。今雖佩觿，而其舒放之甚如此，何足以稱是服哉！

**芄蘭之葉1，童子佩韘2。**
**雖則佩韘，能不我甲3？**
**容兮遂兮，垂帶悸兮。**

你就像是蘭草的葉子一樣乳臭未乾！年紀還小，卻被允許戴上成人才可以使用的射禮配飾。
即使配戴了象徵成人的飾物，但你所具有的才能，難道比我更高嗎？
就算外表表現得瀟灑從容，垂下的衣帶飄飄，也不過是虛有其表罷了。

【註釋】興也。1芄蘭葉亦有乳汁。2韘是決，用象牙製的，著在右手大指。古射禮，用為鉤弓弦的。3甲是甲長。

【章旨】這章詩是和上章一樣的解法。

【集傳】興也。韘，決也，以象骨為之。著右手大指，所以鉤弦闓體。鄭氏曰：「沓也，即大射所謂朱極三是也。以朱韋為之，用以彄沓右手食指將指無名指也。」甲，長也。言其才能不足以長於我也。

【箋註】牛運震曰：極妍雅，卻極形容不堪。語勢歇而復颺韻絕、「能不我知」，「能不我甲」，諷刺之旨已自點明矣。末二語只就童子容儀詠歎一番，而諷意更自深長，詩情妙甚。

## 芄蘭二章，章六句。

【集傳】此詩不知所謂，不敢強解。

【箋註】牛運震曰：訓辭婉雅，令人有惻然之思。

高亨曰：周代統治階級有男子早婚的習慣。這是一個成年的女子嫁給一個約十二、三歲的兒童，因作此詩表示不滿。

袁愈荌、唐莫堯曰：百姓對國君驕橫幼稚裝腔作勢不稱其服的諷刺。

糜文開、裴普賢曰：這是一首譏諷小丈夫的民間歌謠。假借小丈夫老婆的口吻，形容小丈夫冒充大人的可笑情景，活現眼前，十足民謠風味。

馬持盈曰：這是諷譏那些無德無能而好在故人面前擺官僚架子的人。

# 河廣

誰謂河廣？一葦1杭之2。
誰謂宋遠？跂3予望之。

誰說黃河寬闊？即使是一根蘆葦，漂在水上也能渡過。
誰說宋國遙遠？我踮起腳尖，便能望見。

【註釋】賦也。葦，音「偉」。跂，音「企」。望，武方反。1葦是蘆葦。2杭是渡航。衛在河北，宋在河南，一河間隔。3 跂是舉踵，又與企同。

【章旨】這章詩是宋桓公夫人生了襄公，出歸衛國。夫人思念襄公，回宋不得，因為母出與廟絕，義不可歸，所以夫人就說：「誰說河廣呢？一葦可以渡過。誰說宋遠呢？舉足可以望見。」無奈義不可歸，雖是一河間隔，猶如隔世一般。

【集傳】賦也。葦，蒹葭之屬。杭，渡也。衛在河北，宋在河南。○宣姜之女，為宋桓公夫人，生襄公而出歸於衛。襄公即位，夫人思之，而義不可往。蓋嗣君承父之重，與祖為體，母出與廟絕，不可以私返，故作此詩。言誰謂河廣乎？但以一葦加之，則可以渡矣；誰謂宋國遠乎？但一跂足而望，則可以見矣。明非宋遠而不可至也，乃義不可而不得往耳。

【箋註】李樗曰：〈載馳〉之詩曰「大夫跋涉」，〈竹竿〉之詩曰「遠莫致之」，皆言其遠也，至於此詩，惟言其甚近者，蓋言人之於遠者，則憚而不往，至於甚近而不往者，非有所憚也，義不可也。大抵人之行事，其所當為者，雖千里之遠，猶在所往也；其不當為者，雖咫尺之地，不可妄動也。

方玉潤曰：飄忽而來，起最得勢，語亦奇秀可歌。

**誰謂河廣？曾不容刀1。**
**誰謂宋遠？曾不崇朝2。**

誰說黃河寬闊？這麼廣闊的河面，卻容不下我一艘渡河的小船。
誰說宋國遙遠？我若趕路回去，不出一天就能抵達。

【註釋】賦也。1 刀是小船。2 崇朝是終日，是說行不終日便到。

【章旨】這章詩是和上章一樣的解法。

【集傳】賦也。小船曰刀。不容刀，言小也。崇，終也。行不終朝而至，言近也。

## 河廣二章，章四句。

【集傳】范氏曰：「夫人之不往，義也。天下豈有無母之人歟？有千乘之國，而不得養其母，則人之不幸也。為襄公者將若之何？生則致其孝，沒則盡其禮而已。衛有婦人之詩，自共姜至於襄公之母六人焉，皆止於禮義而不敢過也。夫以衛之政教淫僻、風俗傷敗，然而女子乃有知禮而畏義如此者，則以先王之化猶有存焉故也。」

【箋註】高亨曰：作者住在衛國，離宋國不遠，僅一河之隔。他想到宋國去，但破於環境，不能如願，因作此詩。

程俊英曰：這是住在衛國的一位宋人思歸不得的詩。

# 伯兮

伯(ㄅㄛˊ)1兮(ㄒㄧ)朅(ㄑㄧㄝˋ)2兮(ㄒㄧ)，邦(ㄅㄤ)之(ㄓ)桀(ㄐㄧㄝˊ)3兮(ㄒㄧ)。

伯(ㄅㄛˊ)也(ㄧㄝˇ)執(ㄓˊ)殳(ㄕㄨ)4，為(ㄨㄟˋ)王(ㄨㄤˊ)前(ㄑㄧㄢˊ)驅(ㄑㄩ)。

我的丈夫多麼威武啊，他是國內出了名的英雄。
我的丈夫手握著長殳，擔任國君出征時的先鋒。

【註釋】賦也。朅，音「挈」。殳，音「殊」。為，去聲。1伯是婦人稱夫的字。2朅是威武。3桀同傑。4殳是車前兵器，長丈二而無刃。

【章旨】這章詩是婦人念她丈夫，作詩寄遠的。是說威武的夫君，為邦國的人傑，他執著丈二的殳，為王出征時的前驅。

【集傳】賦也。伯，婦人目其夫之字也。朅，武貌。桀，才過人也。殳，長丈二而無刃。○婦人以夫久從征役，而作是詩。言其君子之才之美如是，今方執殳，而為王前驅也。

【箋註】孔穎達曰：言為王前驅，則非賤者。

牛運震曰：羅敷詩「何用識夫婿，白馬從驪駒」，唐人詩「良人執戟明光裡」皆同〈伯兮〉之旨。

**自伯之東，首如飛蓬1。**
**豈無膏沐2？誰適3為容。**

自從他隨王東征之後，我無心裝扮，任由頭髮凌亂不堪，有如吹亂的飛蓬一般。我怎麼會沒有潤澤頭髮用的油膏呢？只是他離家遠征，我又爲誰修飾容貌。

【註釋】賦也。適，音「的」。1蓬是蓬蒿花，開如柳絮。2膏是塗髮的油脂，沐是濯首去垢。3適是主使。

【章旨】這章詩是說自伯兮東征以後，她的頭髮亂的像飛蓬一樣。哪裡是沒有膏沐修飾嗎，因為夫不在家，無心修飾的緣故。

【集傳】賦也。蓬，草名。其華如柳絮，聚而飛如亂髮也。膏，所以澤髮者；沐，滌首去垢也。適，主也。○言我髮亂如此，非無膏沐可以為容，所以不為者，君子行役，無所主而為之故也。《傳》曰：「女為說己容。」

【箋註】牛運震曰：女為悅己者容，翻得新，妙。「適」字意深，正自媚極。

方玉潤曰：漢魏詩多襲此調。

竹添光鴻曰：杜子美《新婚別》：「羅襦不復施，對君洗紅粧」即本此。

**其[1]雨其雨，杲杲[2]出日。**
**願言思伯，甘心首疾[3]。**

該下雨了吧！該下雨了吧！心中如此想著，卻反而出了大太陽。
滿心思念丈夫，即使想到頭痛，也心甘情願。

【註釋】比也。杲，古老反。1其是冀其將然的意思。2杲杲是光明。3首疾是頭痛。

【章旨】這章詩是說希望下雨，偏有光明的日頭；希望夫君回家，偏是久役在外。但是我情願思念夫君回來，雖是想得頭痛，亦是甘心的。

【集傳】比也。其者，冀其將然之辭。○冀其將雨，而杲然日出，以比望其君子之歸而不歸也。是以不堪憂思之苦，而寧甘心於首疾也。

【箋註】鄭玄曰：人言其雨其雨，而杲杲然日復出。猶我言伯且來，伯且來，則復不來。牛運震曰：雨中安得出日？直是愁思之至，結成幻境，筆意亦自飄忽離奇，「甘」字可憫可感。

**焉[1]得諼草[2]？言樹之背[3]。**
**願言思伯，使我心痗[4]。**

怎麼樣才能找到可以忘卻憂傷的合歡草？我要把它栽種在北堂。
滿心思念著丈夫，即使想到憂心成疾，也心甘情願。

【註釋】賦也。焉，音「烟」。諼，音「萱」。背，音「佩」。痗，音「妹」。1焉是怎樣的。2諼草是合歡草，又名忘憂草。3背是北堂。4痗是疾病。

【章旨】這章詩是說怎樣才得忘憂的草，把它栽在北堂，但是我心終不能忘。我寧願念君回來，雖是想成心病，亦是情願。

【集傳】賦也。諼，忘也。諼草，合歡，食之令人忘憂者。背，北堂也。痗，病也。○言焉得忘憂之草，樹之北堂，以忘吾憂乎，然終不忍忘也。是以寧不求此草，而但願言思伯。雖至於心痗，而不辭爾。心痗則其病益深，非特首疾而已也。

【箋註】嚴粲曰：人謂諼草忘憂，何處可得之，我欲植之以銷憂。今我思伯，至於心病，恐非諼草所能療也。

黃佐曰：憂思非人之欲也，而欲之，可以觀情矣。懷憂者亦恆欲排遣之，至於願言心痗，乃若不欲解者。思至於不欲解，非身嘗之，孰能解之？

## 伯兮四章，章四句。

【集傳】范氏曰：「居而相離則思，期而不至則憂，此人之情也。文王之遣戍役，周公之勞歸士，皆敘其室家之情、男女之思，以憫之。故其民悅而忘死，聖人能通天下之志，是以能成天下之務。兵者，毒民於死者也。孤人之子，寡人之妻，傷天地之和，召水旱之災。故聖王重之，如不得已而行，則告以歸期。念其勤勞，哀傷慘怛，不啻在己。是以治世之詩，則言其君上憫恤之情；亂世之詩，則錄其室家怨思之苦。以為人情不出乎此也。」

【箋註】牛運震曰：媚情奇趣，靈婉中有沉摯處。

高葆光曰：這篇就婦人的環境描寫思夫之苦，可謂入木三分。我以為唐人的「閨中少婦」不如「打起黃鶯兒」的好；「打起黃鶯兒」遠不如這首詩的動人。何物詩人，出此妙語！諷詠再三，十分心折。

程俊英曰：這是一衛女子思念她遠征的丈夫而作的詩。詩的藝術特點，是層層遞進，集中寫一個「思」字。

裴普賢曰：全詩無半語含怨，其感人之力，格外強烈，真是標準的好詩，開發出唐詩中多少閨怨一類的名作來。胡適小詩：「也想不相思，可免相思苦；幾度細思量，寧願相思苦。」當係由此詩化出。

## 有狐

有狐1綏綏2，在彼淇梁3。
心之憂矣，之子4無裳5。

狐狸在淇水的橋上，遲疑不決的前進。
我憂心你久役在外，不知道有沒有過冬的衣裳。

【註釋】比也。1狐是獸名，性多疑。2綏綏是安綏的意思，又是獨行遲疑的狀貌。3梁是橋梁。4之子指夫。5裳是衣裳。

【章旨】這章詩是婦人憂夫久役，恐他無衣的。是說有狐在淇水的橋上，遲疑不渡，好比你的久役於外，遲疑不歸。恐怕你客久無衣，要受寒凍了，教我怎不擔憂呢！

【集傳】比也。狐者，妖媚之獸。綏綏，獨行求匹之貌。石絕水曰梁。在梁，則可以裳矣。○國亂民散，喪其妃耦。有寡婦，見鰥夫，而欲嫁之，故託言：「有狐獨行，而憂其無裳也。」

【箋註】孔穎達曰：有狐綏綏然匹行，在彼淇水之梁，而得其所，以興今衛之男女皆喪妃耦，不得匹行，乃狐之不如。故婦人言心之憂矣，是子無室家，己思欲與之為室家。裳之配衣，猶女之配男，故假言之子無裳，己欲與為作裳，以喻己欲與之為室家。

有狐綏綏，在彼淇厲1。
心之憂矣，之子無帶2。

狐狸在淇水的渡口前，猶豫不決是否要渡。
我憂心你久役在外，不知道還有沒有渡河時束衣用的衣帶。

【註釋】比也。帶，叶丁計反。1厲是涉濟深水。2帶是束衣之物。

【章旨】這章詩是說涉渡深水，是要用帶束衣的，恐怕你久客他鄉，沒有帶子了。

【集傳】比也。厲，深水，可涉處也。帶，所以申束衣也。在厲，則可以帶矣。

有狐綏綏，在彼淇側1。
心之憂矣，之子無服2。

狐狸渡過了淇水，在對岸遲疑前行。
我憂心你久役在外，不知道還有沒有替換穿的衣服。

【註釋】比也。服，叶蒲北反。1側是旁邊。2服是衣服。

【章旨】這章詩是說已經涉過淇水，在淇水傍邊休息。現在是要著衣的了，但是你客久他鄉，沒有衣服。教我怎得不憂呢？

【集傳】比也。濟乎水，則可以服矣。

有狐三章，章四句。

【箋註】姚際恒曰：此詩是婦人以夫從役于外，而憂其無衣之作。
崔述曰：狐在淇梁，寒將至矣；衣裳未具，何以禦冬？其為夫行役，婦人憂念之詩顯然。
高亨曰：貧苦的婦人看到剝削者穿著華貴衣裳，在水邊逍遙散步，而自己的丈夫光著身子在田野勞動，滿懷憂憤，因作此詩。

程俊英曰：這是一首女子憂念她流離失所的丈夫無衣無裳而作的詩。

## 木瓜

**投我以木瓜[1]，報之以瓊琚[2]。匪報也，永以為好也。**

有人贈給我一顆木瓜，我以美玉還送。不是爲了回報對方，而是希望能藉此結下永遠交好的緣分。

**【註釋】**比也。瓜，叶攻呼反。1木瓜是果名，有藤、木兩種，實如小瓜，可以酢食，並治病。2瓊是美玉，琚是珮名。

**【章旨】**這章詩是諷衛人報齊的。是說有人贈我微物的，我當用厚禮報答他。木瓜是個微物，我所以要報他瓊琚的原因，不是報答他的禮物，是要和他永遠為好的意思。

**【集傳】**比也。瑤，美玉也。

**【箋註】**方應龍曰：首二句只形容忠厚之情，下二句欲以堅相好之誼。此詩亦以風世之薄道往來，而較量於錙銖者。

**投我以木桃，報之以瓊瑤[1]。匪報也，永以為好也。**

有人贈給我一顆桃子，我以美玉還送。不是爲了回報對方，而是希望能藉此結下永遠交好的緣分。

【註釋】比也。1 瑤是美玉。

【章旨】這章詩是和上章一樣的解法。

**投我以木李1，報之以瓊玖2。**
**匪報也，永以為好也。**

有人贈給我一顆李子，我以美玉還送。不是爲了回報對方，而是希望能藉此結下永遠交好的緣分。

【註釋】比也。玖，音「久」，叶舉里反。1 木李是果名。2 玖是美玉。

【章旨】這章詩也和上章一樣的解法。

【集傳】比也。玖，亦玉名也。

**木瓜三章，章四句。衛國十篇，三十四章，一百三句。**

【集傳】張子曰：「衛國地濱大河，其地土薄，故其人氣輕浮；其地平下，故其人質柔弱；其地肥饒，不費耕耨，故其人心怠惰；其人情性如此，則其聲音亦淫靡。故聞其樂，使人懈慢，而有邪僻之心也。鄭詩放此。」

【箋註】牛運震曰：惠有大於木瓜者，卻以木瓜為言，是降一格襯托法。瓊瑤足以報矣，卻說匪報，是進一層翻剝法。「匪報也」三字逗，婉曲之極。分明是報，卻說匪報，妙。三疊三複，纏綿濃緻。

程俊英曰：這是一首男女互相贈答的定情詩。

糜文開、裴普賢曰：古時未婚的女子，可以向男子投擲瓜果以引起他的注意，那個被投瓜果的男子，如看中了她，便解下腰間的佩玉來贈送給她以定情，〈木瓜〉篇就是詩人歌詠這種古俗的風土詩。

# 王

王是王城畿內，面積共有六百里，在周東都的雒邑。禹貢，豫州太華的外方，北得河陽漸冀州以南。周室的起初，文王居豐，武王居鎬。即今陝西省內。到了成王時代。周公便在雒邑添造一城，即今河南省內，特為諸侯朝會的地方。因為雒邑是天下的中土，四方來的道里平均，從此人都叫豐鎬是西都，雒邑是東都。到了幽王的時候，他嬖寵了一個妃子褒姒生了伯服，就廢了申后和太子宜臼，把褒姒做了皇后，伯服做了太子。宜臼投奔申侯，申侯便約了犬戎攻周，弒了幽王。晉文侯和鄭武公，迎接宜臼回來，立為天子，稱為平王，徙居東都。到了此時，王室便卑得和諸侯一樣。所以這詩不稱為雅，稱為風；王號未去，所以這風不稱為周，稱為王。但姚氏際恆說：「這是歷來相傳的瞎說。孔子曰：『雅頌各得其所。』風、雅自有定體。若是風體，應該編入風的一類；若是雅體，亦應編入雅的一類，非為王室卑的緣故，故不稱為雅。」但是王風何以不編入三衛以前，編入三衛以後呢？因為三衛是殷的故都，把它編在前面，是要人知道變風由此起首。周都東遷，王室由此衰弱。這兩種詩，都是變風。世風下降，是從此開始的。

# 黍離

彼黍1離離2，彼稷3之苗，
行邁4靡靡5，中心搖搖6。
知我者，謂我心憂；
不知我者，謂我何求？
悠悠7蒼天，此何人哉！

黍子沉沉下垂，高粱正在長苗，看著昔日宮室盡成田野，
我的腳步遲緩難行，心頭憂煩，無限感傷。
知道我的人，說我是憂傷，
但不知道我的人，卻問我在尋找什麼？
唉，悠悠蒼天啊，究竟是誰讓局面淪落到如此悲慘的田地！

**【註釋】**賦而興也。天，叶鐵因反。1黍是穀名。2離離是下垂的狀貌。3稷亦是穀名，似黍較小。4邁是行走。5靡靡是遲緩。6搖搖是不定。7悠悠是遠長。

**【章旨】**這章詩是周既東遷，行役的大夫，道經宗周，看見舊時宗廟宮室，皆為禾黍，憫念周室顛覆，遲遲不去，心中搖搖，有無限的感傷。時人不識其意，反說他你這樣的憂愁，是做什麼？唉，悠悠的蒼天呀！究竟是誰弄到這種地步。

**【集傳】**賦而興也。黍，穀名。苗，似蘆高丈餘。穗，黑色。實，圓重。離離，垂貌。稷，亦穀也，一名穄，似黍而小。或曰：「粟也。」邁，行也。靡靡，猶遲遲也。搖搖，無所定也。悠悠，遠貌。蒼天者，據遠而視之，蒼蒼然也。○周既東遷，大夫行役，至於宗周，過故宗廟宮室，盡為禾黍。憫周室之顛覆，徬徨不忍去，故賦其所見黍之離離，與稷之苗，以興行之靡靡，心之搖搖。

既歎時人莫識己意，又傷所以致此者，果何人哉？追怨之深也。

**【箋註】**李樗曰：箕子過故殷墟作〈麥秀〉之詩曰：「麥秀漸漸兮，禾黍油油。」與此詩意同。

嚴粲曰：言彼處有黍，彼處又有稷，見無處不然，所謂盡為禾黍也。人有知我之情者，謂我心有所憂；不知我之情者，怪我久留不去，謂我有何所求也。唯呼天而訴之，而蒼然悠遠，歎其訴而不聞也。

牛運震曰：「此何人哉」，明知其人而故追問之，直欲起九原呵白骨矣。若以為不欲指斥其人，便失其旨。

**彼黍離離，彼稷之穗**[1]**，**
**行邁靡靡，中心如醉。**
**知我者，謂我心憂；**
**不知我者，謂我何求？**
**悠悠蒼天，此何人哉！**

黍子沉沉下垂，高粱正在吐穗，看著昔日宮室盡成田野，
我的腳步遲緩難行，心中的憂慮彷彿醉了一般苦悶。
知道我的人，說我是憂傷，
但不知道我的人，問我在尋找什麼？
唉，悠悠蒼天啊，究竟是誰讓局面淪落到如此悲慘的田地！

**【註釋】**賦而興也。穗，音「遂」。1穗是穀結的實，稷穗下垂，如心中醉了一樣，所以把它起興。

**【集傳】**賦而興也。穗，秀也。稷穗下垂，如心之醉，故以起興。

**【箋註】**朱道行曰：如醉，搖搖之感，深而沉冥也。

彼黍離離，彼稷之實1，
行邁靡靡，中心如噎2。
知我者，謂我心憂；
不知我者，謂我何求？
悠悠蒼天，此何人哉！

---

黍子沉沉下垂，高粱正在結穗，看著昔日宮室盡成田野，
我的腳步遲緩難行，心中的煩憂梗在胸腹之間，逼得人難以喘息。
知道我的人，說我是憂傷，
但不知道我的人，問我在尋找什麼？
唉，悠悠蒼天啊，究竟是誰讓局面淪落到如此悲慘的田地！

**【註釋】**賦而興也。噎，音「咽」，叶於悉反。1實是穀秀已實。2噎是不能喘息，好像腹中壅塞的樣子。心噎是和穀實一樣。

**【章旨】**這兩章詩是和首章一樣的解法。重覆言敘，所以表示他憂思的深切。

**【集傳】**賦而興也。噎，憂深不能喘息。如噎之然，稷之實，如心之噎，故以起興。

**【箋註】**朱道行曰：如噎，搖搖之鬱結而息滯也。

麋文開、裴普賢曰：首章之「苗」，二章換「穗」，三章換「實」；首章之「搖搖」二字，二章換「如醉」，三章換「如噎」。這樣所見小米，由苗而穗而實，心裡感應由搖搖而如醉而如噎，層層伸展，刻畫細微，是三百篇中常見的手法。

## 黍離三章，章十句。

**【集傳】**元城劉氏曰：「常人之情，於憂樂之事，初遇之則其心變焉，次遇之則其變少衰，三遇之則其

心如常矣。至於君子忠厚之情，則不然。其行役往來，固非一見也。初見稷之苗矣，又見稷之穗矣，又見稷之實矣，而所感之心，終始如一，不少變而愈深。此則詩人之意也。」

【箋註】

《詩序》：〈黍離〉，閔宗周也。周大夫行役，置於宗周，過故宗廟宮室，盡為禾黍。閔周室之顛覆，徬徨不忍去，而作是詩。

牛運震曰：如醉如噎，寫憂思入神，開後世騷人多少奇想！悲涼之調，沉鬱頓挫。高呼長吁，亡國之恨驚心動魄，所謂幽遏泣鬼神者是也。

方玉潤曰：三章只換六字，而一往情深，低徊無限。此專以描摹虛神擅長，憑弔詩中絕唱也。唐人劉滄、許渾懷古諸詩往往襲其音調。

屈萬里曰：此行役者傷時之詩。

# 君子于役

君子[1]于役，不知其期。
曷至哉？
雞棲[2]于塒[3]，日之夕矣，
羊牛下來[4]。
君子于役，如之何勿思？

丈夫在外地服勞役，不知道什麼時候才能回來。
盼望他歸來的等待，究竟要到什麼時候才會結束呢？
雞棲息在窩洞中，
到了夜晚，牛羊也離開原野回到圈中。
我的丈夫在外地服勞役，怎麼能讓我不想念他呢？

【註釋】賦也。哉，叶將黎反。塒，音「時」。來，叶陵之反。1君子是婦人指夫的。2棲是棲息。3塒是牆上鑿的窩洞。4羊牛是家畜，日暮羊先歸，牛後歸。

【章旨】這章詩是君子行役在外，日久不知歸期，他的室家思念的詩。是說君子行役在外，不知何日方歸。這樣的遙遙無期，那還有終了的時候嗎？我想雞到夜裡，牠也棲在窩裡；羊牛上高原，到了日暮，也就下來。獨是君子的行役，沒有歸期，教我那能不念呢？

【集傳】賦也。君子，婦人目其夫之辭。鑿牆而棲曰塒。日夕則羊先歸，而牛次之。○大夫久役於外，其室家思而賦之曰：「君子行役。」不知其返還之期，且今亦何所至哉。雞則棲於塒矣，日則夕矣，牛羊則下來矣，是則畜產出入，尚有旦暮之節，而行役之君子，乃無休息之時。使我如何而不思也哉！

【箋註】蘇轍曰：君子行役而無至期，曾雞與牛之不若，奈何勿思哉！

嚴粲曰：君子往而行役，不知期以何時而歸乎？言其時之久也。雞棲日夕，羊牛又下牧地而來歸，皆有休息之時，君子行役，乃無休息，如今何而使我不思乎？

姚際恆曰：日落懷人，真情實況。

牛運震曰：「曷至哉」三字一喚，骨冷神動。寫晚景物狀，如在目前。

方玉潤曰：傍晚懷人，真情真境，描寫如畫。晉、唐人田家諸詩，恐無此真實自然。

君子于役，不日不月，
曷其有佸1？
雞棲于桀2，日之夕矣，

丈夫在外地服勞役，日夜奔走忙碌，
究竟要到什麼時候，才能再與他相見？
雞棲息在巢中，到了夜晚，牛羊也離開原野回圈。
我的丈夫在外地服勞役，但願他不會苦於飢渴。

羊牛下括[3]。
君子于役，苟[4]無飢渴。

---

【註釋】賦也。佸，音「括」，叶戶劣反。渴，巨列反。1佸是會面。2桀是雞杙。雞棲用杙作梁。3括是至。4苟是倘或的意思。

【章旨】這章詩是說君子行役在外，不日不月的奔走勞苦，那還有相會的日子嗎？天黑了雞上窠了，日夕了羊牛下來到家了，我的君子行役，或能免於飢渴罷。

【集傳】賦也。佸，會。桀，杙。括，至。苟，且也。○君子行役之久，不可計以日月，而又不知其何時可以來會也，又庶幾其免於飢渴而已矣。此憂之深，而思之切也。

【箋註】鄭玄曰：行役反無日月，何時而有來會期？且得無飢渴，憂其飢渴也。
牛運震曰：「苟」字婉約入情，祝贊得懇貼，然正無聊之至。四「君子于役」疊複有情。

## 君子于役二章，章八句。

【箋註】沈守正曰：〈草蟲〉、〈殷靁〉，平淡之思也；〈君子于役〉，哀傷之思也。世有盛衰，而婦人女子之口傳之，此之謂風也。
牛運震曰：錯節樸致。〈序〉以為刺平王也。蓋述室家思怨之辭，則時事可知矣。
方玉潤曰：此詩言情寫景，可謂真實樸至。夫婦遠離，懷思不已，用情而得其正，即詩之所為教。
高亨曰：這首詩抒寫了妻子懷念在外服役的丈夫的心情。

## 君子陽陽

君子1陽陽2，左執簧3，右招我由房4，其樂只且5。

君子歡快自得，
左手持著笙簧，招著右手，要我一起來玩樂，
眞是快樂無比啊！

【註釋】賦也。簧，音「黃」。樂，音「洛」。只，音「止」。且，音「疽」。1君子是賢者。2陽陽是得意狀貌。3簧是樂器的膽，用金屬製成的薄片，吹則發聲。笙十三簧，或十九簧，竽十六簧。4由是自從。房是東房。5只且，語助詞。

【章旨】這章詩是賢者仕於伶官，自樂其樂的。是說君子左手執了將吹的簧，右手引我到東房，很是陽陽自得，多麼快樂啊！

【集傳】賦也。陽陽，得志之貌。簧，笙竽管中金葉也。蓋笙竽皆以竹管植於匏中，而竅其管底之側，以薄金葉障之，吹則鼓之而出聲，所謂簧也。故笙竽皆謂之簧。笙，十三簧，或十九簧。竽，十六簧也。由，從也。房，東房也。只且，語助詞。〇此詩疑亦前篇婦人所作，蓋其夫既歸，不以行役為勞，而安於貧賤以自樂。其家人又識其意，而深歎美之。皆可謂賢矣。豈非先王之澤哉？或曰：「《序》說亦通。」宜更詳之。

【箋註】程俊英曰：「我」，本詩的作者，從詩意看，似是一個樂工。

君子愉快歡樂，
左手持著彩羽，招著右手，要我來一起玩樂，
眞是快樂無比啊！

**君子陶陶，**
**左執翿1，右招我由敖2，**
**其樂只且。**

【註釋】賦也。翿，音「桃」。敖，音「翱」。1翿是翟羽，舞者所持。2敖是舞位。

【章旨】這章詩和上章一樣解法。

【集傳】賦也。陶陶，和樂之貌。翿，舞者所持羽旄之屬。敖，舞位也。

**君子陽陽二章，章四句。**

【箋註】季本曰：君子遭亂世，欲全身遠害，招其友隱於祿仕而為伶官，其友樂而作此詩也。
豐坊曰：景王好音而士遂習音，君子諷之而作是詩。
牟庭曰：思婦之夢也。
牛運震曰：〈序〉以為簡兮之旨，便得詩意，讀之有逸宕不群之慨。
方玉潤曰：賢者自樂仕於伶官也。
高亨曰：這是寫統治階級奏樂跳舞的詩。
程俊英曰：這是描寫舞師與樂工共同歌舞的詩。
袁愈荌、唐莫堯曰：情人相約出遊，感到樂趣無窮。

# 揚之水

揚1之水，不流束薪2。彼其之子3，不與我戍4申5，懷6哉懷哉，曷7月予還歸哉！

緩慢流動的河水彷彿無力載負事物，即使是一束薪柴也漂不動。
我的妻子，無法來申國與我一起戍守，
思念哪思念哪，
到底到何時才能返家呢！

**【註釋】**興也。其，音「記」。懷，叶胡威反。還，音「旋」。1揚是游揚，水緩流貌。2束薪是一束之薪。3彼其之子，是戍人指他家室。4戍是屯守。5申是申國，平王的母家，在今河南信陽地方。6懷是思念。7曷是何也。

**【章旨】**這章詩是戍卒嗟怨而作。是說游揚的水，好像固定似的，便是一束之薪，也不能流動。我的戍役，瓜代無期，也和這水一樣的不動。室家她不與我同來戍申。遠勞懷想，到底何日才能回家呢。

**【集傳】**興也。揚，悠揚也，水緩流之貌。彼其之子，戍人指其室家而言也。戍，屯兵以守也。申，姜姓之國，平王之母家也，在今鄧州信陽軍之境。懷，思。曷，何也。○平王以申國近楚，數被侵伐，故遣畿內之民戍之。而戍者怨思作此詩也。興取「之水」二字，如小星之例。

**【箋註】**孔穎達曰：役人所思，當思其家。但既怨王政不均，羨其在家處者。雖託辭於處者，願早歸而見之。其實所思之甚，在於父母妻子耳。

歐陽脩曰：激揚之水，力弱不能流束薪。猶東周政衰，不能召發諸侯。彼其之子，周民調他諸侯國之當戍者也。

蘇轍曰：揚之水，非自流之水也。水不能自流，而或揚之，雖束薪之易流，有不流矣。水之能自流者，物斯從之，安在其揚之哉？周之盛也，諸侯聽役於王室，無敢違命。及其衰也，雖令而不至，其曰「不與我戍申」者，怨諸侯不戍之故也。「曷月予還歸哉」，久戍而不得代之辭也。

牛運震曰：水不能自流而或揚之，故曰「揚之水」，句意亦新妙。

**揚之水，不流束楚[1]。**
**彼其之子，不與我戍甫[2]。**
**懷哉懷哉，**
**曷月予還歸哉！**

緩慢流動的河水彷彿無力載負事物，即使是一束楚柴也漂不動。
我的妻子，無法來呂國與我一起戍守，
思念哪思念哪，
到底到何時我才能返家呢！

**【註釋】**興也。1楚是木名。2甫是國名，就是呂國，姜姓，書作「呂刑」。《禮記》作「甫刑」。孔子以為呂侯後為甫侯。

**【集傳】**興也。楚，木也。甫，即呂也，亦姜姓，書「呂刑」，《禮記》作「甫刑」，而孔氏以為呂侯後為甫侯，是也。當時蓋以申故而併戍之，今未知其國之所在，計亦不遠於申許也。

揚之水，不流束蒲[1]。
彼其之子，不與我戍許[2]，
懷哉懷哉，
曷月予還歸哉！

緩慢流動的河水彷彿無力載負事物，即使是一束浦草也漂不動。
我的妻子，無法來許國與我一起戍守，
思念哪思念哪，
到底到何時才能返家呢！

**【註釋】** 興也。蒲，滂古反。1 蒲是蒲柳。《春秋傳》：「董澤之蒲。」杜氏云：「蒲柳可以為箭。」2 許是國名，姜姓，即今河南許昌縣。

**【章旨】** 兩章詩是和首章一樣的解法。

**【集傳】** 興也。蒲，蒲柳。《春秋傳》云：「董澤之蒲。」杜氏云：「蒲，楊柳。可以為箭者，是也。」許，國名，亦姜姓，今潁昌府許昌縣是也。

揚之水三章，章六句。

**【集傳】** 申侯與犬戎攻宗周，而弒幽王。則申侯者，王法必誅不赦之賊，而平王與其臣庶，不共戴天之仇也。今平王知有母，而不知有父，知其立已為有德，而不知其弒父為可怨。至使復仇討賊之師，反為報施酬恩之舉，則其忘親逆理，而得罪於天已甚矣。又況先王之制，諸侯有故，則方伯連帥，以諸侯之師討之。王室有故，則方伯連帥，以諸侯之師救之。天子鄉遂之民，供貢賦衛王室而已。今平王不能行其威令於天下，無以保其母家，乃勞天下之民，遠為諸侯戍守。故周人之戍申者，又以非其職而怨思焉，則其衰懦微弱，而得罪於民，又可見矣。嗚呼，《詩》亡而後《春秋》作，其不以此也哉。

【箋註】程俊英曰：這是一首戍卒思歸的詩。

糜文開、裴普賢曰：這是東周王畿之民，久戍南國，思念家室之詩。

# 中谷有蓷

中谷有蓷1，暵2其乾矣。
有女仳離3，嘅4其嘆矣。
嘅其嘆矣，遇人之艱難5矣！

山谷中生長的益母草啊，因爲缺乏雨水滋潤，都要乾枯了。
那個被丈夫休棄的可憐女子呀，正悲傷嘆息著。
她悲傷嘆息著，想要嫁一個適合的人，眞是太困難了！

【註釋】興也。蓷，吐雷反。暵，音「罕」。仳，音「痞」。歎，音「癱」。1蓷是益母草，藥用品。2暵是晒乾。3仳是分別。4嘅是歎聲。5艱難是窮厄。

【章旨】這章詩是凶年饑饉，家室相棄，詩人覽物起興，以憫棄婦的。他說谷中的益母草，晒得要乾了，這都沒有雨露滋潤它，因為有這樣的凶年。可憐仳離的女子，在那裡嘅歎呢。唉！實在嘅歎啊，這都是凶年饑饉，遇人的艱難啊。

【集傳】興也。蓷，鵻也。葉似萑，方莖白華，華生節間，即今益母草也。暵，燥。仳，別也。嘅，歎聲。艱難，窮厄也。○凶年饑饉，室家相棄，婦人覽物起興，而自述其悲歎之辭也。

【箋註】嚴粲曰：詩以歲旱草枯，興饑年之憔悴蕭索，無潤澤氣象，由此而致夫婦衰薄，遂以相棄，故曰遇人之艱難。蓋棄妻不怨其夫，而以為時之艱難使然。

牛運震曰：「艱難」字自憐得忠厚。疊句促節，得欷歔之神。

**中谷有蓷，暵其脩[1]矣。**
**有女仳離，條[2]其歗矣。**
**條[3]其歗矣，遇人之不淑[4]矣！**

山谷中生長的益母草啊，因爲缺乏雨水滋潤，都乾縮了。
那個被丈夫休棄的可憐女子哪，正悲傷嘆息著。
她悲傷嘆息著，自己嫁給了一個無情無義的男人！

**【註釋】**興也。修，叶式竹反。歗，叶息六反。1修是長貌，或作修長茂盛的草亦暵乾了，是因凶年更甚的緣故。言極長的草也乾了。2條是歎貌。3條是歎聲。4不淑是不善。

**【集傳】**興也。脩，長也，或曰：「乾也。」如脯之謂脩也。條，條然歗貌。歗，蹙口出聲也。悲恨之深，不止於歎矣。淑，善也。古者謂死喪饑饉，皆曰不淑，蓋以吉慶為善事，凶禍為不善事，雖今人語猶然也。○曾氏曰：「凶年而遽相棄背，蓋衰薄之甚者，而詩人乃曰：『遇斯人之艱難，』『遇斯人之不淑。』而無怨懟過甚之辭焉，厚之至也。」

**中谷有蓷，暵其濕[1]矣。**
**有女仳離，啜[2]其泣[3]矣。**
**啜其泣矣，何嗟及矣[4]。**

山谷中生長的益母草啊，因爲缺乏雨水滋潤，都枯乾了。
那個被丈夫休棄的可憐女子哪，正悲傷哭泣著。
但悲傷哭泣又有什麼用呢，一切都來不及了！

**【註釋】**興也。啜，張劣反。1暵、濕是暵甚的意思，或作濕地之草，亦不免於暵。2啜是泣貌。3泣是哭泣。4何嗟及矣，是末如之何，歎何能及呢。

【章旨】這兩章詩是和上章一樣解法，但「脩濕」兩個字，是含有更甚的意思。

【集傳】興也。暵濕者，旱甚，則草之生於濕者，亦不免也。啜，泣貌。何嗟及矣，言事已至此，末如之何，窮之甚也。

【箋註】牛運震曰：倒「嗟」字在下，句意雋勁。

## 中谷有蓷三章，章六句。

【集傳】范氏曰：「世治，則室家相保者，上之所養也；世亂，則室家相棄者，上之所殘也。其使之也勤，其取之也厚，則夫婦日以衰薄，而凶年不免於離散矣。」伊尹曰：「匹夫匹婦，不獲自盡，民主罔與成厥功。故讀詩者，於一物失所，而知王政之惡；一女見棄，而知人民之困。周之政荒民散，而將無以為國，於此亦可見矣。」

【箋註】王柏曰：〈中谷有蓷〉，雖婦人為夫所棄，想出於凶年不得已之情，而非有所怨惡也。是以有閔之之心，而無恨之之意。

姚際恆曰：愚意，此或憫嫠婦之詩，猶杜詩所謂「無食無兒一婦人」也。先言「艱難」，夫貧也；再言「不淑」，夫死也；《禮》：「問死曰：『如何不淑』」。末更無可言，故變文曰「何嗟及矣」。「乾」、「脩」、「濕」，由淺及深；「歎」、「歗」、「泣」亦然。

程俊英曰：這是描寫一位棄婦悲傷無告的詩。這位棄婦於荒年中，被丈夫遺棄了。她在天災人禍走投無路的處境中，毫無辦法，只好慨歎、呼號、哭泣了。詩歌反映了東周時代下層婦女悲慘生活的片段。

# 兔爰

有兔1爰爰2，雉3離4于羅。
我生之初，尚5無為；
我生之後，逢此百罹6。
尚寐無吪7。

狡猾的小人在亂世中，就像兔子一樣無拘無束。耿直的君子在亂世中，像雉鳥陷入羅網中，無法逃脫。
我出生以前，世道太平；
我出生之後，世道大亂，災禍橫生。
在這樣的亂世中，人還是睡著別動彈吧。

**【註釋】**比也。為，叶吾何反。罹，叶良何反。1兔是獸名，性狡，是比小人。2爰爰是舒緩貌，就是無所拘束的意思。3雉是禽類，性耿介。4離是入網。5尚是庶幾。6罹是遭憂。7吪是動意。

**【章旨】**這章詩是周室衰微，狡黠的小人，好像兔的爰爰逃去網羅，肆志橫行；耿介的君子，好像雉離羅網，受禍遭烹。他說我生以先的時候，尚太平無事，偏偏我生以後，便百憂交集。這樣時事，還是睡著不動的好些。

**【集傳】**比也。兔性陰狡。爰爰，緩意。雉性耿介。離，麗。羅，網。尚，猶。罹，憂也。尚，庶幾也。吪，動也。○周室衰微，諸侯背叛，君子不樂其生，而作此詩。言張羅，本以取兔。今兔狡得脫，而雉以耿介，反離於羅，以比小人致亂，而以巧計倖免，君子無辜，而以忠直受禍也。為此詩者，蓋猶及見西周之盛。故曰：「方我生之初，天下尚無事；及我生之後，而逢時之多難如此。然既無如之何，則但庶幾寐而不動以死耳。」或曰：「興也。以兔爰興無為，以雉離興百罹也。」下章放此。

【箋註】歐陽脩曰：兔爰雉離，歎物有幸有不幸也。其曰我生之初尚無為者，謂昔時人尚幸世無事而閑緩，如兔之爰爰也。我生之後逢此百罹者，謂今時人不幸遭此亂世，如雉陷於網羅，蓋傷己適丁其時也。

蘇轍曰：兔狡而難取，雉介而易執；世亂則輕狡之人肆，而耿介之士常被其禍。其曰尚寐無吪，寧死而不欲見之之辭也。

牛運震曰：「我生之初」猶言我生之前也。俯仰今昔，便有我生不辰之感。「寐而無吪」，分明畫一死狀，卻不說死字，妙。

方玉潤曰：辭意悽愴，聲情激越，阮步兵專學此種。

**有兔爰爰，雉離于罦1。**
**我生之初，尚無造2；**
**我生之後，逢此百憂。**
**尚寐無覺3。**

狡猾的小人在亂世中，就像兔子一樣無拘無束。耿直的君子在亂世中，像雉鳥陷入羅網中，無法逃脫。
我出生以前，世間沒有那麼多災禍；
我出生之後，人間大亂，活著必經歷無盡煩憂。
在這樣的亂世中，人還是睡著吧，別清醒過來。

【註釋】比也。罦，音「孚」，叶步廟反。憂，叶一笑反。覺，叶居笑反。1罦是覆車，可覆兔。2造當作為字解。3覺是覺悟了。

【集傳】比也。罦，覆車也，可以掩兔。造，亦為也。覺，寤也。

【箋註】鄭玄曰：不樂其生者，寐不欲覺之謂也。

竹添光鴻曰：唐人詩「安得中山千日酒，酩然直到太平時」正「尚寐無覺」之意。

有兔爰爰，雉離于罿1。
我生之初，尚無庸2；
我生之後，逢此百凶。
尚寐無聰3！

狡猾的小人在亂世中，就像兔子一樣無拘無束。耿直的君子在亂世中，像雉鳥陷入羅網中，無法逃脫。
我出生以前，世道太平；
我出生之後，世間發生各種凶禍。
在這樣的亂世中，人還是睡著吧，什麼都聽不見才好。

【註釋】比也。罿，音「衝」。1罿是罦，一說施羅於車上。2庸是用。3聰是聽見。

【章旨】這兩章詩和首章一樣的解法。

【集傳】比也。罿，罬也，即罦也。或曰：「施羅於車上也。」庸，用。聰，聞也。無所聞則亦死耳。

**兔爰三章，章七句。**

【箋註】牛運震曰：慘然亡國之音。讀此詩如聞老人說開元天寶年間事。

方玉潤曰：天下洶洶，時事日非，上則諸侯背叛，射王中肩，君臣之義滅矣；下則室家相棄，有女仳離，夫婦之情乖矣；中則謂他人昆，亦莫我聞，兄弟之親又遠矣。其始蓋由於申、甫是戍，忘讐黨惡，君無父之恩，民亦鮮倫常之義。以致賢者退處下位，不欲居高以聽政；小人幸逃法網，反得肆志而橫行，於是狡者脫而介者烹；好者生而良者死。所謂百凶並見，百憂俱集時也。詩人不幸遭此亂離，不能不回憶生初猶及見西京盛世，法制雖衰，紀綱未壞。其時尚幸無事也。迨東都既遷而後桓文繼起，霸業頻興，而王綱愈墜，天下乃從此多故。彼蒼夢夢，有如聾聵，人又何言？不惟無言，且並不欲耳聞而目見之，故不如長睡不醒之為愈耳。迨至長睡不醒，一無聞見，而思愈苦，古之傷心人能無為我同聲一痛哭哉！此詩意也。

崔述曰：其人當生於宣王之末年，王室未騷，是以謂之「無為」。繼而幽王昏暴，戎狄侵陵；平王播遷，家室飄盪，是以謂之「逢此百罹」。

程俊英曰：這是一首反映沒落貴族厭世思想的詩。

屈萬里曰：此傷時之詩。

糜文開、裴普賢曰：這是亂世百姓消極悲痛的呻吟。

## 葛藟

緜緜葛[2]藟，在河之滸[3]。
終遠兄弟，謂他人父。
謂他人父，亦莫我顧。

河岸邊生長著長而連綿的葛藟。就像因窮困而流離失所的人民一樣，遠離了故鄉的兄弟，爲了生存，必須厚著臉皮認他人爲父親。然而即使認他人爲父，對方也不理睬我。

**【註釋】** 興也。滸，音「虎」。遠，去聲。顧，果五反。1緜緜是緜長不絕。2葛本蔓生。今生在河滸的上面，那有喬木依附。3滸是水的岸上。

**【章旨】** 這章詩是世衰民散，窮無所依，詩人因物起興的。他說緜緜的葛藟，生在河滸的上面，四圍都是水涯，並無喬木依附，好像流離的窮民，終遠父母兄弟，無所依靠，不得不把他人的父親，當作自己的父親一樣的稱呼。但雖稱他為父，他亦愕然不顧。

**【集傳】**興也。緜緜，長而不絕之貌。岸上曰滸。○世衰民散，有去其鄉里家族，而流離失所者，作此詩以自歎。言緜緜葛藟，則在河之滸矣。今乃終遠兄弟，而謂他人為己父。己雖謂彼為父，而彼亦不我顧，則其窮也甚矣。

**【箋註】**輔廣曰：世治則人皆安土重遷，各親其親者，其本性然也；世亂則人多流離失所，疏其所親，親其所疏者，夫豈性之所欲哉？不得已也。使民不得已，而倒行逆施如此，卒至於窮困而無所告焉，則其責必有任之者矣。

朱公遷曰：物得其所，人失所依，人不如物。

錢天錫曰：此詩以歎己之窮為主，責人之意輕。緜緜與終遠字相應，蓋緜緜是長蔓而不絕，如終遠則不長相聚矣。

牛運震曰：緜緜字有情。謂他人父，直言不諱，哀慎。

**緜緜葛藟，在河之涘[1]。**
**終遠兄弟，謂他人母。**
**謂他人母，亦莫我有[2]。**

河岸邊生長著長而連綿的葛藟。就像因窮困而流離失所的人民一樣，遠離了故鄉的兄弟，爲了生存，必須厚著臉皮認他人爲母親。然而即使認他人爲母，對方也不理會我。

**【註釋】**興也。涘，音「俟」，叶矣始二音。母，叶滿彼反。有，叶羽已反。1 涘是水涯。2 有是相識。

**【集傳】**興也。水涯曰涘。謂他人父者，其妻則母也。有，識有也。《春秋傳》曰：「不有寡君。」

**【箋註】**嚴粲曰：莫我有，視之若無也。

緜緜葛藟，在河之漘1。
終遠兄弟，謂他人昆2。
謂他人昆，亦莫我聞。

河岸邊生長著長而連綿的葛藟。就像因窮困而流離失所的人民一樣，遠離了故鄉的兄弟，為了生存，必須厚著臉皮認他人為兄弟。然而即使認他人為兄弟，對方也不會在意我。

【註釋】興也。漘，音「脣」。昆，叶古勻反。聞，叶微勻反。1漘是岸上平夷，下面被水洗蕩，好似脣的樣子。2昆是兄弟。

【章旨】這兩章詩和首章是一樣解法。

【集傳】興也。夷上洒下曰漘。漘為言，脣也。昆，兄也。聞，相聞也。

【箋註】李公凱曰：如不聞有我，而不見親也。

## 葛藟三章，章六句。

【箋註】鄒泉曰：此詩三章一意，但始言父，次言母，次言兄，有次序耳。

牛運震曰：乞兒聲，孤兒淚，不可多讀。

方玉潤曰：沉痛語，不忍卒讀。故人一去鄉里，遠其兄弟，則舉目無親，誰可因依？雖欲謂他人之父以為父，而其父反愕然而不之顧；即欲謂他人之母以為母，而其母亦恝然而不我親。父母且不可以偽託，況昆弟乎？則更澹焉如無聞也。民情如此，世道可知。誰則使之然哉？當必有任其咎者。

糜文開、裴普賢曰：這是大動亂時代人民流離失所的實錄。不必深解，而鮮明的印象，深深地留在讀者的腦際。雖非史詩，自屬詩史。直可抵杜工部〈三吏〉、〈三別〉諸篇。南洋華僑讀之，無不淚下。

## 采葛

彼采葛1兮，
一日不見，如三月兮！

那個出門去採葛的人哪，
我一天沒見到你，就像是相隔三個月未見啊！

【註釋】賦也。葛，叶音謁。1葛是蔓生的植物，可以織布，採葛時在三月以後。

【章旨】這章詩是懷友的。是說朋友採葛去了，他一日未見面，就像隔了三個月的樣子。

【集傳】賦也。采葛，所以為絺綌，蓋淫奔者託以行也，故因以指其人，而言思念之深。未久而似久也。

彼采蕭1兮，
一日不見，如三秋2兮！

那個出門去採荻葦的人哪，
我一日沒見到你，就像相隔了三個季節未見啊！

【註釋】賦也。蕭，叶疏鳩反。1蕭是荻葦，白葉莖粗，科上有香氣。祭祀時燃著，以通神明。2蕭在三秋時方可採。

【集傳】賦也。蕭，荻也，白葉莖粗，科生有香氣。祭則焫以報氣，故採之，曰三秋，則不止三月矣。

【箋註】方玉潤曰：雅韻欲流，遂成千秋佳語。

## 彼采艾兮，一日不見，如三歲兮！

那個出門去採艾的人哪，
我一日沒見到你，就像隔了三年未見啊！

【章旨】賦也。歲，叶音艾。這兩章詩是和首章一樣解法，一再重敘。是因思慕更切的緣故。

【集傳】賦也。艾，蒿屬，乾之可灸，故採之。曰三歲，則不止三秋矣。

【箋註】姚際恆曰：葛、月，蕭、秋，艾、歲，本取協韻。而後人解之，謂葛生于初夏，採於盛夏，故言「三月」；蕭採於秋，故言「三秋」；艾必三年方可治病，故言「三歲」。雖詩人之意未必如此，然亦巧合，大有思致。歲、月，一定字樣，四時而獨言秋，秋風蕭瑟，最易懷人，亦見詩人之善言也。

## 采葛三章，章三句。

【箋註】牛運震曰：只說闊別之情便住，超絕。君門萬里，小人在側，離人情疏，憂思如渴，三句中，有多少含蓄。

方玉潤曰：〈采葛〉，懷友也。夫良友親情，如同夫婦，一朝遠別，不勝相思，此正交情濃厚處，故有三月、三秋、三歲之感也。若泛泛相值，轉面頓忘，或市利相交，勢衰即去，豈尚能作此與？故是詩之在衰朝，亦世情之中流砥柱也，而可無存乎？

高亨曰：這是一首勞動人民的戀歌。它寫男子對於採葛、採蕭、採艾的女子，懷著無限的熱愛。

程俊英曰：這是一首思念情人的詩。一個男子，對採葛織夏布、採蒿供祭祀、採艾治病的勤勞的姑娘無限愛慕，就唱出這首歌，表達了他的深情。

# 大車

大車[1]檻檻[2]，毳衣[3]如菼[4]。
豈不爾[5]思？畏子[6]不敢。

大夫搭乘的車輛發出「檻檻」的行進聲，他穿著的青色的毳衣。我難道不思念妻子與家人嗎？但因爲害怕大夫，所以不敢逃離。

【註釋】賦也。毳，尺銳反。菼，吐敢反。1 大車是大夫的車。2 檻檻是車行的聲音。3 毳衣是大夫的衣服。4 菼是初生的蘆。毳衣的製法，衣繪裳繡，五色皆備，青色的和菼蘆差不多。5 爾指室家。6 子指大夫。

【章旨】這章詩是征夫歎息，周室雖衰，他國的大夫，卻能簡明刑政，治他自己的屬邑，故雖連年戍役，人民不敢怨言。是說大夫的車子，行動時有「檻檻」聲音，那毳衣的柔美，和菼蘆一樣，好不威嚴啦！我豈不念室家嗎？無奈懼怕你，不敢不去。

【集傳】賦也。大車，大夫車。檻檻，車行聲也。毳衣，天子大夫之服。菼，蘆之始生也。毳衣之屬，衣繪而裳繡，五色皆備，其青者如菼。爾，淫奔者相命之辭也。子，大夫也。不敢，不敢奔也。○周衰，大夫猶有能以刑政治其私邑者，故淫奔者畏而歌之如此。然其去二南之化則遠矣，此可以觀世變也。

大車哼哼[1]，毳衣[2]如璊[3]。
豈不爾思？畏子不奔[4]。

大夫搭乘的車輛發出「哼哼」的行進聲，他穿著的紅色的毳衣。我難道不思念妻子與家人嗎？但因爲害怕大夫，不敢逃回家。

【註釋】賦也。啍，音「吞」。璊，音「門」。1啍啍是遲重的車聲。2毳衣，五色齊備。3璊是赤玉。4奔是奔回。

【章旨】這章詩是和上章一樣的解法。

【集傳】賦也。啍啍，重遲之貌。璊，玉赤色。五色備則有赤。

【箋註】麋文開、裴普賢曰：第一章「如菼」指毳衣青色尚新，但久經日晒雨淋，青色漸褪，故第二章青色已失，只露出赤紅的底色了。且第二章之「啍啍」有牛困人乏，日行日遲之意。

**穀1則異室，死則同穴2。**
**謂予不信，有如皦3日。**

活著的時候，雖然你我分居兩地，無法在一起，但死了以後，我們將可同葬一處穴。你別說不相信，我的誓言，如明亮的太陽一樣，言出必踐。

【註釋】賦也。穴，叶戶橘反。皦，音「皎」。1穀是生活。2穴是壙穴。人死必葬於穴。3皦是明白。

【章旨】這章詩是說我今戍役去了，諒難生還。妳我生雖異室，身居兩地，但死後我的屍骸運回，妳我總可同葬一穴。妳如不相信，我可以發誓，猶如皦日一樣。

【集傳】賦也。穀，生。穴，壙。皦，白也。○民之欲相奔者，畏其大夫，自以終身不得如其志也。故曰：「生不得相奔以同室，庶幾死得合葬以同穴而已。謂予不信，有如皦日。」約誓之辭也。

【箋註】姚際恆曰：「謂予不信，有如皦日」，誓辭之始。

**大車三章，章四句。**

【箋註】季本曰：此詩必妻為其夫所棄，而誓死不嫁。其後夫服毳衣、乘大車以出，而妻望見之，故作此詩。

豐坊曰：周人行役而訊其室家，賦〈大車〉。

牟庭曰：〈大車〉，貞婦約與夫同死也。此必周卿大夫夫婦，為戎人所擄，其婦不肯屈節，與其夫皆自殺。

方玉潤曰：〈大車〉，征夫歎也。周衰世亂，征伐不一，周人從軍，迄無寧處。恐此生永無團聚之期，故念其室家而與之訣別如此。然其情可慘矣！

程俊英曰：這是一首女子熱戀情人的詩。她很想和情人同居，但不知情人心裡究竟如何，所以不敢私奔。但是她對情人發出誓辭，表示她的愛是始終不渝的。

屈萬里曰：此蓋女子有所愛慕而不得遂其志之詩。

糜文開、裴普賢曰：此詩寫東周王畿人民長期被迫出征，從事於勞役之苦。但不從正面描寫，不做正式的申訴，卻從側面簡略地寫家中妻室疑其夫久征不歸，係在外別有所戀。丈夫受到妻子的責難，遂指日為誓，以明其愛情的專一。並帶信告訴妻子，我無時無刻不想妳，想回家和妳團聚，但軍令如此森嚴，押車人如此可怕，我不敢以生命來嘗試，企圖逃亡。可是長此下去，恐怕將死在這勞役的磨難中，生不能再同室共床，只好等死後收屍回鄉，將來和妳同穴合葬了。語極悽慘，正反映出了久征的悲苦。

# 丘中有麻

丘中有麻[1]，彼留子嗟[2]。

彼留子嗟，將[3]其來施施[4]。

丘陵上的麻田，留子嗟就藏身在其中。

藏身在麻田中的留子嗟啊，慢慢的走出來吧。

【註釋】賦也。將，音「搶」。施，叶音「蛇」。1麻是穀名，籽可食，皮可績布。2子嗟，指所與的，或作人名。3將是但願。4施施是喜悅的意思。

【章旨】這章詩是招賢者同隱丘中的。他說丘中有麻，子可食、皮可績布為衣，有這樣好地方，你何必逗留那裡呢？逗留的人啊，但願你喜歡來到我處。

【集傳】賦也。麻，穀名。子可食，皮可績為布者。子嗟，男子之字也。將，願也。施施，喜悅之意。○婦人望其所與私者而不來，故疑丘中有麻之處，復有與之私而留之者。今安得其施施然而來乎。

**丘中有麥[1]，彼留子國[2]。**
**彼留子國，將其來食。**

丘陵上的麥田，留子國就藏身在其中。
藏身在麥田裡的留子國啊，趕緊來跟我一起用餐吧。

【註釋】賦也。1麥是穀名。2子國，人名，亦是所指的人。

【章旨】這章詩是說丘中有麥，那逗留在那國的人，願你來食呀。

【集傳】賦也。子國，亦男子字也。來食，就我而食也。

**丘中有李[1]，彼留之子[2]。**
**彼留之子，貽[3]我佩玖[4]。**

丘陵上長有李樹，留家的兒子就藏在李樹叢中。
藏身在李樹叢中的留家男子，將他的配玉贈給了我。

【註釋】賦也。子，叶獎里反。玖，叶舉里反。1李是果木。2之子是指前二人。3貽是贈送。4佩玖是佩玉。

【章旨】這章詩是說丘中有李，可以相贈。彼留二子，能把佩玖送我嗎？

【集傳】賦也。之子，并指前二人也。貽我佩玖，冀其有以贈己也。

【箋註】輔廣曰：三章所謂望之情益厚，冀其有以贈己。則厚於望其就我而食；望其就我而食，則厚於望其施施然而來也。

聞一多曰：合歡之後，男贈女以佩玉，反映了這一詩歌的原始性。

## 丘中有麻三章，章四句。王國十篇，二十八章，章百六十二句。

【箋註】方玉潤曰：〈丘中〉，招賢偕隱也。「嗟」固助詞，「國」即「彼國」之「國」，猶言彼留子於其國耶？其國不可以久留也。何不就我？「丘中有麻」可以績而衣，有麥可以種而食，並有李可以相餽遺，其樂孰甚焉？爾亦將有意其來以就食而互相為禮耶？似此訓釋，又非思賢，乃招賢以共隱耳。周衰，賢人放廢，或越在他邦，或尚留本國，故互相招集，退處丘園以自樂，所謂桃花源尚在人間者是也。

高亨曰：一個沒落貴族因生活貧困，向有親友關係的貴族劉氏求助，得到一點小惠，因作此詩述其事。

程俊英曰：這是一衛女子敘述她和情人定情過程的詩。

袁愈荌、唐莫堯曰：這首詩是寫女子盼望情人來幽會。全詩絕不是如《毛序》說的「思賢」，而是一首幽會的情詩。詩中赤裸、坦率的道出盼望情人到來。

糜文開、裴普賢曰：這是一篇男女愛悅而相約會的詩。全詩三章，都寫她樂觀期盼的心情而已。

# 鄭

鄭邑本在西都咸林地方。周宣王同母弟友，封受做了采邑，便稱為「鄭」，號為桓公，後為幽王的司徒，死於犬戎之難。其子掘突武公，佐平王東遷洛邑，亦為司徒，又得了虢檜的地，仍用舊有國號，稱為「新鄭」。咸林在今陝西華陰縣，城北有故鄭城；虢檜在今河南新鄭縣。鄭風何以要次王風以後？因為武公初封的咸林，是宗周畿內，便是新徙的虢檜，亦近東都。所以風首殷周三都以外，就是鄭風了。

# 緇衣

緇衣[1]之宜[2]兮，敝予又改[3]為兮。
適[4]子[5]之館[6]兮，還[7]予授子之粲[8]兮。

黑色的緇衣穿在你身上眞是合適，
如果穿壞了，我會立刻替你更換新衣。
我將到你所住的地方親聆教誨，
待你回來，便奉上精美的餐食。

【註釋】賦也。館，叶古玩反。1緇衣是黑色的衣服，卿大夫私朝穿的。2宜是適宜。3改是更換。4適是親到。5子是指賢士。6館是館舍。7還是出去回來。8粲是精鑿的米粟。

【章旨】這章詩是美鄭武公好賢的。是說他對於賢士，非常優禮。他贈賜賢士適宜的緇衣，將要壞了，馬上就代他更換新的，並且親到館舍就教，回來又供給他的美餐。

【集傳】賦也。緇，黑色。緇衣，卿大夫居私朝之服也。宜，稱。改，更。適，之。館，舍。粲，餐。或曰：「粲，粟之精鑿者。」○舊說鄭桓公武公相繼為周司徒，善於其職，周人愛之，故作是詩。言子之服緇衣也，甚宜，敝則我將為子更為之。且將適子之館，既還而又授子以粲。言好之無已也。

【箋註】牛運震曰：只是改衣適館授粲三事，寫得綢繆纏綿。

緇衣之好1兮，敝予又改造2兮。
適子之館兮，還予授子之粲兮。

黑色的緇衣穿在你身上眞是美好，如果穿破了，我就立刻替你改製一件新衣。我將到你居住的地方聆教誨，待你回來後，便奉上精美的餐食。

【註釋】賦也。造，叶在早反。1好是很好的。2造是改造。

【集傳】賦也。好，猶宜也。

緇衣之蓆1兮，敝予又改作兮。
適子之館兮，還予授子之粲兮。

黑色的緇衣穿在你身上顯得寬大舒適，如果穿破了，我就立刻替你縫製一件新衣。我將到你居住的地方親聆教誨，待你回來，便奉上精美的餐食。

【註釋】賦也。蓆，叶祥籥反。1蓆是寬大。

【章旨】這兩章詩和上章一樣解法。重複言敘，是表他禮賢的殷勤。

【集傳】賦也。蓆，大也。程子曰：「席，有安舒之義。」服稱其德，則安舒也。

【箋註】牛運震曰：「蓆」字字法有舒卷自得之意。

緇衣三章，章四句。

【集傳】記曰：「好賢如緇衣。」又曰：「於緇衣，見好賢之至。」

【箋註】鄭玄曰：緇衣者，居私朝之服也。天子之朝服，皮弁服也。卿士所之之館，在天子宮，如今之諸廬也。自館還在采地之都，我則設餐以授之。愛之，欲飲食之。

季本曰：此國君好賢之詩，其必鄭武公為諸侯時事歟！好賢者，鄭武公也。而「改衣」、「適館」、「授粲」，則言其好賢之實事也。

程俊英曰：這是一首贈衣的詩。緇衣是當時卿大夫私朝穿的衣服。詩中的「改衣」、「受粲」都是較親密的家人口氣。看來，詩裡的「予」就是這個穿緇衣的人的妻妾。舊說附會它是讚美鄭武公的詩，後人多不相信。

高亨曰：鄭國某一統治貴族遇上有賢士來歸，則為他安排館舍，供給衣食，並親自去看他。這首詩就是敘寫此事，所以《禮記・緇衣》說：「好賢如〈緇衣〉。」

李辰冬曰：如此講來，很顯然，「予」就是作者的妻子：而且是新婚的妻子。若是老夫老妻，給他作衣作食已經多年了，還說這種話有什麼意義？把這首詩排在尹吉甫與仲氏新婚之際，不是極有道理麼？

糜文開、裴普賢曰：此詩因有一字句和兮字的運用，讀來音調輕柔逸宕，表現出一片溫柔敦厚的情意來，構成了此詩的獨特風格。這是一篇鄭國廉潔公務員家庭生活的寫照。

# 將仲子

將[1]仲子[2]兮，無踰我[3]里[4]，
無折我樹杞[5]。
豈敢愛之？畏我父母。

但願仲子不要越界進入我所住的村里，
不要折斷了我村的杞樹。
難道是因爲我愛惜這些樹木的緣故？我是怕受到父母的責罵啊。
好想念仲子啊，
但父母的責備，也令人害怕得緊呀！

仲可懷也，
父母之言，亦可畏也。

【註釋】賦也。將，音「搶」。折，音「哲」。母，叶滿彼反。懷，叶胡威反。畏，叶於非反。1將是情願。2仲子是指男子。3我是女子自稱。4里是鄉里。5杞是柳屬的樹，生水旁，樹如柳，葉粗白，是鄉里間域溝的樹。

【章旨】這章詩是借男女愛慕的情辭，諷世人守禮的。是說但願仲子不要越界到我的鄉里，不要折我界旁的杞樹。因為我雖愛你，總是各有界限，不可侵犯的。古人說男女授受不親。其實我也並非愛惜杞樹，怕的父母說話。我雖想他，總怕父母責備。

【集傳】賦也。將，請也。仲子，男子之字也。我，女子自我也。里，二十五家所居也。杞，柳屬也。生水傍，樹如柳，葉麄而白，色理微赤。蓋里之地域溝樹也。○莆田鄭氏曰：「此淫奔者之辭。」

【箋註】劉瑾曰：此女猶知畏憚，故其託辭如此。〈鄭風〉之中，亦所罕見也。
朱道行曰：仲子私來，父母知之，必謂以我之故，致仲子來。豈得不畏而惟情之懷乎？故戒之以無踰無折。
牛運震曰：愛有何不敢？柔婉之態可掬。仲可懷也，亦可畏也，較量得細貼婉切，至情至性，惻然流溢。

將仲子兮，無踰我牆1，
無折我樹桑2。

但願仲子不要爬過我家的門牆，
攀爬時不要折斷了我家的桑樹。

豈敢愛之？畏我諸兄。
仲可懷也，
諸兄之言，亦可畏也。

難道是因爲我愛惜這些樹木的緣故？我是怕受到兄弟們的斥責啊。
好想念仲子啊，
但兄弟們的斥責，也是令人害怕得緊呀！

【註釋】賦也。兄，叶諸陽反。1牆，是垣牆。2桑是牆下的桑樹。

【章旨】這章詩是說你竟越界來了！現在請你不要越我的垣牆，不要折我牆下的桑樹。我並非愛惜桑樹，是怕的諸兄說話。我雖想你，但是怕的諸兄責備。

【集傳】賦也。牆，垣也。古者樹牆下以桑。

將仲子兮，無踰我園[1]，
無折我樹檀[2]。
豈敢愛之？畏人之多言。
仲可懷也，
人之多言，亦可畏也。

但願仲子不要闖入我家的院籬，
不要折斷了院中的檀樹。
難道是因爲我愛惜這些樹木的緣故？我是怕受到衆人的譏諷恥笑啊。
好想念仲子啊，
但旁人的非議，也是令人害怕得緊呀！

【註釋】賦也。檀，徒沿反。1園是圃的藩籬。2檀是木名，堅韌的木材，可以造車。

【章旨】這章詩是和上章一樣的解法。重複言敘，總是恐遭物議，尚不失為知禮的女子。

【集傳】賦也。園者，圃之藩，其內可種木也。檀，皮青滑澤，材強韌可為車。

## 將仲子三章，章八句。

【箋註】鄭樵曰：此實淫奔之詩，無與于莊公、叔段之事，《序》蓋失之。而說者又從而巧為之說，以實其事，誤亦甚矣。

豐坊曰：〈將仲子〉，鄭莊公欲陷弟段，授以大邑，祭仲諫，陽拒之，大夫原其情而刺之。

徐常吉曰：由踰里而牆而園，仲之來也，以漸而迫也；由父母而諸兄，而眾人，女之畏也，以漸而遠也。

牟庭曰：箴處女不謹也。

牛運震曰：妙於跌宕，委婉入神。

方玉潤曰：此詩難保非采自民間閭巷鄙夫婦相愛慕之辭。然其義有合於聖賢守身大道，故太史錄之以為涉世法。夫使人心無所畏，則富貴功名孰非可懷而可愛？惟能以理制其心，斯能以禮慎其守，故或非義之當前，心雖不能無所動，而惕以人言可畏，即父母兄弟有所不敢欺，則欲念頓消而天理自在，是善於守身法也。

程俊英曰：這是一首女子拒絕情人的詩。她拒絕情人的原因，是怕家庭反對、輿論指責，可是她內心是極愛他的。

# 叔于田

叔[1]于田[2]，巷[3]無居人。
豈無居人，不如叔也，
洵[4]美[5]且仁[6]。

叔去田野間打獵，他一走，巷子裡彷彿沒有人居住一般。這巷子裡怎麼可能沒有其他人居住呢，不過是無人比得上段啊，他的容貌如此美好，待人如此仁愛。

**【註釋】**賦也。田，叶池因反。1叔是莊公弟叔段，封為京城大叔。2田是田獵。3巷是里巷。4洵是實在。5美是美貌。6仁是愛人。

**【章旨】**這章詩是刺莊公縱弟叔段，田獵自喜的。是說叔段出來田獵，里巷幾無居人。實非里巷無人，因為里巷的人，不如公叔，既美且愛人。

**【集傳】**賦也。叔，莊公弟共叔段也。事見《春秋》。田，取禽也。巷，里塗也。洵，信。美，好也。仁，愛人也。○段不義而得眾，國人愛之，故作此詩。言叔出而田，則所居之巷，若無居人矣。非實無居人也。雖有而不如叔之美且仁，是以若無人耳。或疑，此亦民閒男女相悅之辭也。

**【箋註】**牛運震曰：「豈無居人」，奇語，註解得入妙。
麋文開曰：叔：古人多以「伯仲叔季」排行者。詩中叔字即對排行第三的男子之稱，相當於今語的「三爺」。

叔于狩[1]，巷無飲酒。

段去冬季狩獵，他一離開，巷子裡彷彿無人喝酒似的。

豈無飲酒，不如叔也，
洵美且好。
叔適野²，巷無服馬。
豈無服馬，不如叔也，
洵美且武。

這巷子裡怎麼可能沒有人喝酒呢？不過是無人比得上段哪，
他的外表如此美好，待人如此友好。
段出門去郊外，他一離開，巷子裡彷彿沒有人騎馬了。
怎麼可能沒有人騎馬呢？不過是無人比得上他，
容貌如此美好，表現得氣概英武。

**【註釋】**賦也。好，叶許厚反。野，叶上與反。1狩是冬天狩獵。2野是郊外。

**【章旨】**這兩章詩和上章一樣的解法。重復言敘，是說他游獵無度。

**【集傳】**賦也。冬獵曰狩。適，之也。郊外曰野。服，乘也。

**【箋註】**牛運震曰：「巷無飲酒」、「巷無服馬」，語尤奇橫。「巷無居人」總冒一筆，飲酒、服馬，分註兩腳，以飲酒為好，以服馬為武。然則叔之高於里巷之人者，徒以飲酒服馬而已。似美實刺，意旨深婉。

## 叔于田三章，章五句。

**【箋註】**《詩序》曰：〈叔于田〉，刺莊公也。叔處於京，繕甲治兵，以出於田，國人說而歸之。

歐陽脩曰：詩人言大叔得眾，國人愛之。

陳子展曰：讚美獵人之歌。其人好飲酒乘馬，方在盛年。其在當時社會，明為武士，屬於士之一階層。詩雖稱叔，未可必謂其人為鄭莊公之貴介弟、共叔段。

程俊英曰：這是一首讚美獵人的詩。這首詩，可能出自女子的口吻。詩中用了誇張的藝術手法，塑造了「叔」的美好形象。

糜文開、裴普賢曰：這是一篇讚美男子英俊仁慈、武藝高強的詩。

# 大叔于田

叔[1]于田，乘乘馬，
執轡如組，兩驂[2]如舞[3]。
叔在藪[4]，火烈[5]具[6]舉，
襢裼[7]暴虎[8]，獻於公所[9]。
將叔無狃[10]，戒[11]其[12]傷女[13]。

段在田野間打獵，駕著四馬拉著的大車，
他手上揮舞著韁繩，彷彿握著一條柔軟的絲繩般輕鬆，左右的兩匹驂馬飛奔起來彼此合拍。
段在草原中狩獵，周遭舉起驅趕群獸用的火把，
他赤裸著上身空手與猛虎搏鬥，將獵來的老虎獻給莊公。
希望段不要把這樣的行為養成習慣，小心猛虎會傷害到你啊！

【註釋】賦也。馬，叶滿補反。藪，音「叟」，叶素苦反。襢，音「坦」。裼，音「錫」。將，音「槍」。狃，音「紐」，叶女古反。女，音「汝」。1叔是叔段。2驂是車衡外的兩馬。3如舞，是馭的中節。4藪，是圃田。5火，是焚燒而射，烈是火猛。6具是俱。7襢裼，是肉袒。8暴虎，是空手搏虎。9公是莊公。10狃是習近。11戒，是國人戒叔的話。12其指虎。13女指叔。

【章旨】這章詩是刺莊公縱叔段恃勇勝眾。是說叔段乘馬田獵，執著馬鞭好似絲組一樣的柔軟；馭著兩驂，好像舞的一般中節，真算是個善御的人材。叔段在藪圃裡射獵，烈火俱舉，他能肉袒空手的

搏虎，獻於莊公，真算是個勇武的人。叔啊請你不要習近這樣的事，恐怕虎要傷著你啊。

【集傳】賦也。叔，亦段也。車衡外兩馬曰驂。如舞，謂諧和中節，皆言御之善也。藪，澤也。火，焚而射也。烈，熾盛貌。具，俱也。襢裼，肉袒也。暴，空手搏獸也。公，莊公也。狃，習也。○國人戒之曰：「請叔無習此事，恐其或傷汝也。」蓋叔多材好勇，而鄭人愛之如此。

【箋註】姚際恆曰：此章言暴虎。「將叔無狃，戒其傷女」夾入親愛語意。牛運震曰：「如舞」字形容活妙。橫插「叔在藪」三字，極有氣勢。「叔於田」、「叔在藪」兩層寫，章法嚴整。

**叔于田，乘乘黃[1]，**
**兩服[2]上襄[3]，兩驂雁行[4]。**
**叔在藪，火烈具揚[5]，**
**叔善射忌[6]，又良御忌，**
**抑磬[7]控[8]忌，抑縱[9]送[10]忌。**

段在田野間狩獵，駕馭著四匹黃馬所拉的車。中間的兩匹服馬走在前端，兩匹驂馬緊跟在兩側，彷彿群雁列隊飛翔。段在草原中狩獵，周遭揚起驅趕群獸用的火把，他既擅長射箭，又長於駕馭，有時控制馬匹停下腳步，有時又向前奔馳，拔箭射獵。

【註釋】賦也。行，音「杭」。忌，音「記」。御，叶魚駕反。控，口貢反。磬，音「慶」。1乘黃，是四馬皆黃。2服，是衡下夾轅。3襄是駕，上襄是上等的馬。王引之《經義述聞》作前駕，說是並駕於車前，就是下章「兩服齊首」的意義。4雁行，是驂在服後，好似雁行。下章「兩驂如手」，是一樣的。5揚是揚起。6忌、抑，都是語助詞。7磬是騁馬。8控是止馬。9縱是前縱。10送是送出，就是拔箭射出。

【章旨】這章詩，是叔乘著四匹黃馬的車子，出外田獵。兩服在前，兩驂在後，好像雁行一般。他到了藪圃裡面，烈火俱起，他又善射、又會騎。騎馬的時候，磬控有度；射箭的時候，縱送有準。

【集傳】賦也。乘黃，四馬皆黃也。衡下夾轅。兩馬，曰服。襄，駕也。馬之上者，為上駕。猶言上駟也。雁行者，驂少次服後，如雁行也。揚，起也。忌抑，皆語助詞。騁馬曰磬，止馬曰控。舍拔曰縱，覆彇曰送。

【箋註】姚際恆曰：「抑磬控忌，抑縱送忌」辭調工絕。

牛運震曰：射御作兩疊寫，穿換有致。美叔射御卻作詠歎低徊之致，正有微旨。

叔于田，乘乘鴇1，
兩服齊首2，兩驂如手3。
叔在藪，火烈具阜4。
叔馬慢5忌，叔發6罕7忌，
抑釋8掤9忌，抑鬯10弓忌。

段在田野間打獵，駕馭著四匹黑毛中摻著白雜毛的馬，兩匹服馬走在前頭，兩隻驂緊隨在後方。段在草原中狩獵，周遭揚起驅趕群獸用的火把，狩獵已經到了尾聲，馬匹奔跑得速度緩慢了些，他發出的箭也減少了，到了狩獵完結的時候，他解下箭袋，將弓收入囊中。

【註釋】賦也。鴇，音「保」，叶補苟反。慢，叶黃半反。掤，音「冰」。弓，叶姑弘反。罕，虛旰反。鬯，音「暢」。1鴇是驪白雜色的馬。2齊首，是兩服並首在前。3如手是兩驂在後，如人的兩手樣子。4阜是猛盛。5慢是遲緩。6發是發矢。7罕是希罕。8釋是解下。9掤是矢箭。10鬯是弓囊。

【章旨】這章詩是說田事將了。他的馬行遲慢，矢無虛發，解下箭筒，放下弓袋，從容回去。

【集傳】賦也。驪白雜毛曰鴇。今所謂烏驄也。齊首，如手，兩服並首在前，而兩驂在旁，稍次其後，如人之兩手也。阜，盛。慢，遲也。發，發矢也。罕，希。釋，解也。掤，矢筒蓋。《春秋傳》作冰。鬯，弓囊也，與韔同。○言其田事將畢，而從容整暇如此。亦喜其無傷之辭也。

【箋註】姚際恆曰：此章言射獵，描摹尤妙。

牛運震曰：「如手」二字寫出馬德。寫得末路整暇，正見精神迴注躊躇滿志處，如〈東都賦〉「馬踠餘足」一段，凡田獵詩不難於雄厲，正難於整暇。

# 大叔于田三章，章十句。

【集傳】陸氏曰：「首章作『大叔於田』者誤。」蘇氏曰：「二詩皆曰『叔于田』，故加大以別之。不知者乃以段有大叔之號，而讀曰泰，又加大於首章。失之矣。」

【箋註】《詩序》：〈大叔于田〉，刺莊公也。叔多才而好勇，不義而得眾也。

姚際恆曰：描摹工豔，鋪張亦復淋漓盡致。便為〈長楊〉、〈羽獵〉之祖。

牛運震曰：通詩誇段材武，中間插「叔無狃」二語，便覺諷刺之旨。

程俊英曰：這是讚美一位青年獵手的詩。他是貴族，也是一位壯勇善於射御的獵手。詩描寫打獵的生動場面，使人如見其人，如臨其事。這種鋪張手法，給漢賦的影響很大。

高亨曰：這是太叔段的擁護者讚訣段打獵的詩。

糜文開、裴普賢曰：本篇所寫之叔卻是一位忠勇之士，君臣之間甚為相得。而我們細味詩意，卻很像〈邶風・簡兮〉的情調。

# 清人

清人[1]在彭[2]，駟介[3]旁旁[4]，
二矛[5]重英[6]，河上[7]乎翱翔[8]。

清人的軍隊在彭地駐防，披著護甲的馬匹馳驅個不停，車上插著的兩矛彷彿兩重紅纓。但他們並不積極備戰，而是悠閒的在駐守的城邑玩樂。

**【註釋】**賦也。彭，叶普郎反。旁，音「崩」，叶補岡反。重，平聲。英，叶於良反。1清是邑名。《毛氏傳疏》云，清人是鄭高克所帶的兵。2彭是河上地名，是鄭國邊郊，境連衛邑。3駟介是四馬被了甲的。4旁旁是馳驅不息的狀貌。5二矛是酋矛和夷矛，都是兵器。酋矛長二丈，夷矛長二丈四尺。6英是矛上的紅纓。重英是說二矛共建車上，一上一下，看去是兩重紅纓。7河上是鄭國邊邑。8翱翔是遊戲，就是適意。

**【章旨】**這章詩是刺鄭文公自棄其師的。是說高克領了清人，在彭防狄。他的駟馬馳驅不息，二矛建在車上，有兩重朱英，很有些威武氣概。但是莊公又不召還，任他遊戲河上，以致眾怠而散。這不是自棄其師嗎？

**【集傳】**賦也。清，邑名。清人，清邑之人也。彭，河上地名。駟介，四馬而被甲也。旁旁，馳驅不息之貌。二矛，酋矛夷矛也。英，以朱羽為矛飾也。酋矛，長二丈，夷矛，長二丈四尺。並建於車上，則其英重疊而見。翱翔，遊戲之貌。○鄭文公惡高克，使將清邑之兵，禦狄於河上，久而不召，師散而歸。鄭人為之賦此詩，言其師出之久，無事而不得歸。但相與遊戲如此，其勢必至於

潰散而後已爾。

【箋註】嚴粲曰：狄去無事，乃使四馬被甲，驅馳不息；車上建矛，翱翔於河上之地，何為者耶？

**清人在消1，駟介麃麃2，二矛重喬3，河上乎逍遙4。**

清人的軍隊在消地駐防，披著護甲的馬匹氣派威武，車上插著的兩矛上都有雙重彎鉤，但他們並不積極備戰，而是悠閒的在駐守的城邑玩樂。

【註釋】賦也。麃，音「標」。1消是河上的地名。2麃麃是威武的狀貌。3喬是矛的上勾。4逍遙是適意。

【章旨】這章詩是和上章一樣的解法。

【集傳】賦也。消，亦河上地名。麃麃，武貌。矛之上句曰喬，所以懸英也。英弊而盡，所存者喬而已。

【箋註】牛運震曰：偏說得安閒自在。安有以三軍之重而翱翔逍遙者，不必說到師潰，隱然已見。

**清人在軸1，駟介陶陶2，左旋3右抽4，中軍5作好6。**

清人的軍隊在軸地駐防，披著護甲的馬匹看起來很歡快的樣子，車馬左側執轡的人駕車打轉，車馬右側負責攻擊的士兵，拔出刀子假裝戰鬥，藉此取樂，軍隊中領兵的人容貌好看。

【註釋】賦也。軸，音「冑」。陶，叶徒侯反。抽，叶敕救反。好，許侯反。1軸亦是河上的地名。2陶陶是得意。3左，是在將車左邊執轡御車的人。旋是還車。4右是右邊的將士。抽是拔刀。5中軍是中間的將軍。6好是容貌甚好。

【章旨】這章詩是摹寫高克領兵，遊戲自樂，以致師久而惰，惰而潰散。是說在軸的清人，日無所事，連他的駟馬都很快樂。左邊執御的，還車假鬥；右邊士卒，拔刀假刺，以資為戲。中軍的領兵之人，容貌很是好看。兵紀貴在整飭，像這樣的輕浮懈怠，那能不潰呢。

【集傳】賦也。軸，亦河上地名。陶陶，樂而自適之貌。左，謂御在將軍之左，執轡而御馬者也。旋，還車也。右，謂勇力之士在將車之右，執兵以擊刺者也。抽，拔刃也。中軍，謂將在鼓下居車之中，即高克也。好，謂容好也。〇東萊呂氏曰：「言師久而不歸，無所聊賴，姑遊戲以自樂。必潰之勢也。不言已潰而言將潰，其辭深，其情危矣。」

【箋註】牛運震曰：作「好」字嘲笑入妙，無聊卻說得極興致。

程俊英曰：作好，作好表面工作。說高克僅僅養馬、練習武器，作好表面工作，不是真在抗拒敵人。故《毛傳》釋為「容好」。

## 清人三章，章四句。

【集傳】事見《春秋》。〇胡氏曰：「人君擅一國名寵，生殺予奪，惟我所制耳。使高克不臣之罪已著，按而誅之可也。情狀未明，黜而退之可也。愛惜其才，以禮馭之，亦可也。烏可假以兵權，委諸竟上，坐視其離散，而莫之恤乎？《春秋》書曰：『鄭棄其師。』其責之深矣。」

【箋註】《詩序》：〈清人〉，刺文公也。高克好利而不顧其君，文公惡而遠之。不能，使高克將兵而將兵而禦敵于境，陳其師旅，遨翔河上，久而不召，眾散而歸。高克奔陳。公子素惡高克進之不以禮，文公退之不以道，危國亡師之本也，故作是詩。

牛運震曰：一篇遊戲調笑之辭。《春秋》鄭棄其師，便是此詩題目，妙在就全部未潰時描寫，乃其立意高處。

方玉潤曰：鄭文公惡高克而使之擁兵在外，此召亂之本也。幸而師散將逃，國得無恙。使其反戈相向，何以禦之？由斯以觀，高克亦無能輩耳，何以見惡於文公耶！詩曰翱翔，曰逍遙，曰左旋右抽，中軍作好。所謂霸上諸軍，直同兒戲。即使作亂，亦易制服。詩人固早有以知其不然也。若文公者，則不能無歐議焉，故刺之。

程俊英曰：這是一首諷刺鄭國高克的詩。詩極力渲染戰馬的強壯與武器的精美。每章的末句，都含有辛辣的諷刺味道。

# 羔裘

羔裘1如濡2，洵直3且侯4。
彼其5之子，舍6命不渝7。

大夫的羊皮裘衣看起來柔軟潤澤，表現出順而美的氣度。但那個人啊，在生死關頭，寧可捨棄性命也會堅定無改。

**【註釋】** 賦也。濡，叶而朱而由二反。侯，叶洪姑洪鉤二反。其，音「記」。舍，音「赦」。渝，叶容朱容周二反。1 羔裘是大夫的衣服。2 如濡是潤澤。3 洵是真實。直是順。4 侯是美稱。5 其，語助詞。6 舍是處舍。7 渝是變更。

**【章旨】** 這章詩是美鄭大夫的。他說他羔裘潤澤，實在是順而且美。這固人處生死的關頭，亦不改變他的正直之美好，像羔裘一樣。

**【集傳】** 賦也。羔裘，大夫服也。如濡，潤澤也。洵，信。直，順，侯，美也。其，語助詞。舍，處。

渝，變也。○言此羔裘潤澤，毛順而美。彼服此者，當生死之際，又能以身居其所受之理而不可奪。蓋美其大夫之辭，然不知其所指矣。

【箋註】牛運震曰：「如濡」字寫出色澤。「舍命不渝」自是學問中刻深語。

## 羔裘豹飾1，孔武2有力。彼其之子，邦之司直3。

大夫的羊皮裘衣邊緣飾以豹皮，充分表現出此人的勇武，那個人哪，不愧是管理國家司法的官員。

【註釋】賦也。1豹飾，是用豹皮作緣袖。《禮記》：「君用純物，臣下之。」所以羔裘要用豹皮為飾。2孔是甚多。豹是很有武力的。3司是有司，司直是司理。如現今的審判推事。

【章旨】這章詩是說羔裘緣袖的豹皮，很可表示他孔武有力。那個人，他是邦家主司正直的人。他有權力，好像豹皮一樣的孔武有力。

【集傳】賦也。飾，緣袖也。《禮》：「君用純物。臣下之故，羔裘而以豹皮為飾也。」孔，甚也。豹，甚武而有力，故服其所飾之裘者如之。司，主也。

【箋註】牛運震曰：孔武有力，從「豹」字生情。

## 羔裘晏1兮，三英2粲3兮。彼其之子，邦之彥4兮。

羊皮裘衣看起來是多麼的華美啊，上面有三種裝飾，看起來更加燦爛。那個人哪，他是國家的良才俊彥。

【註釋】賦也。彥，叶魚旰反。1晏是鮮盛。2三英是三種裘飾。3粲是光明。4彥是良彥，士的美稱。

【章旨】這章詩是說鮮盛的羔裘，有三種光明的美飾。這個人是邦家的良彥，他的光明好像三英一樣。

【集傳】賦也。晏，鮮盛也。三英，裘飾也。未詳其制。粲，光明也。彥，士之美稱。

**羔裘三章，章四句。**

【箋註】鄭玄曰：鄭自莊公，而賢者陵遲，朝無忠正之臣，故刺之。

方玉潤曰：此詩非專美一人，必當時盈廷碩彥，濟美一時，或則順命以持躬，或則忠鯁而事上，或則儒雅以聲稱，旨能正己以正人，不媿朝服以章身。故詩人即其服飾之盛，以想其德誼經濟文章之美，而詠歎之如此。曰「舍命不俞」者，君整按命，雖臨利害而不變也；曰「邦之司直」者，大臣剛毅有力，獨能主持國是而不搖也；曰「邦之彥兮」者，學士文采高標，足以黼黻猷為而極一時之選也。有此數臣，國勢雖孱，人材實裕，故可以特立晉、楚大國之間而不致敗，此鄭之所以為鄭也。不然詩人縱陳古以風今，亦何與於當時時務之要歟？

程俊英曰：這是讚美正國一位正直官吏的詩。它可能是讚美子產的前任子皮一類的人物的。

# 遵大路

遵1大路兮，摻2執子之袪3兮。
無我惡兮，不寁4故也。

跟著你走到大路上，扯著你的衣袖不放。求你不要厭棄我啊，求你不要這樣遽然拋棄我們昔日的情義。

【註釋】賦也。摻，所覽反。袪，叶起據反。惡，去聲。寁，音「昝」。1遵是遵循。2摻是攬著的意思。3袪是衣袂。4寁是倉卒的意思。寁故，是遽棄其故。

【章旨】這章詩是挽君子不要速行離去的。他說我遵循這個大路，挽著你的衣袂。請你不要急切離去，不要惱我！故舊之情。是不可遽棄的啊。

【集傳】賦也。遵，循。摻，擥。袪，袂。寁，速。故，舊也。○淫婦為人所棄，故於其去也，擥其袪而留之曰：「子無惡我而不留，故舊不可以遽絕也。」宋玉賦，有「遵大路兮攬子袪」之句，亦男女相說之辭也。

【箋註】牛運震曰：惡怨纏綿，意態中千迴百折；故人情重，世道中不可少此一念。

**遵大路兮，摻執子之手兮。**
**無我魗兮，不寁好[2]也。**

跟著你走到大路上，扯著你的手不肯放。求你不要拋棄我啊，求你不要這樣遽然忘記了我們昔日的恩愛。

【註釋】賦也。魗，音「雠」，叶齒九反。好，叶許口反。1魗與醜同，《傳》作棄意。2好是情好。

【章旨】這章詩是和上章一樣的解法。

【集傳】賦也。魗，與醜同。欲其不以己為醜而棄之也。好，情好也。

【箋註】朱道行曰：以手易袪，更親。言惡，以見惡之由；言好，以見時雖故而情猶在。據章面，不寁故與好，則惡之惡之者，自處涴濤，似亦宜有責焉，不得偏詆摻執者之非也。

**遵大路二章，章四句。**

【箋註】《詩序》：〈遵大路〉，思君子也。莊公失道，君子去之，國人思望焉。

牛運震曰：相送還成泣，只三四語抵過江淹一篇〈別賦〉。厚情婉致。

屈萬里曰：此男女相愛者，其一因失和而去，其一悔而留之之詩。

# 女曰雞鳴

女曰：「雞鳴。」
士曰：「昧旦[1]。」
「子興視夜。」
「明星[2]有爛[3]，將翱將翔，
弋[4]鳧[5]與雁。」

女子說：「雞叫了，天亮了。」
男子說：「只是天快亮而已。」
女子說：「你何不起來看看天色再說。」
男子說：「啓明星星光燦爛，我該出去遨遊巡視，打幾隻水鳥和大雁回來！」

【註釋】賦也。鳧，音「符」。1昧是晦暗，旦是明亮。昧旦，是天將亮的時候。2明星是啟明星，在東方。3爛是光亮。4弋是繳射。5鳧是水鳥，似鴨，背上有紋。

【章旨】這章詩，是詩人述賢夫婦相警戒的話。女子說不早了，雞鳴了。男子說是天快要亮了。女子說你何不起來看看，夜色如何？趁著明星燦爛的時候，翱翔前去，射鳧和雁回來呢。

【集傳】賦也。昧，晦。旦，明也。昧旦，天欲旦，昧晦未辨之際也。明星，啟明之星。先日而出者也。弋，繳射。謂以生絲繫矢而射也。鳧，水鳥，如鴨，青色，背上有文。○此詩人述賢夫婦相警戒之辭。言女曰雞鳴以警其夫，而士曰昧旦，則不止於雞鳴矣。婦人又語其夫曰：「若是，則子可以起而視夜之如何。」意者明星已出而爛然，則當翱翔而往，弋取鳧鴈而歸矣。其相與警戒之言如此，則不留於宴昵之私可知矣。

【箋註】姚際恆曰：古未以地支紀時，故曰「雞鳴」，曰「昧旦」，曰「明星有爛」，皆指時言也。小星不見為卯，詩不言小星不見而言「明星有爛」，妙筆。「女曰雞鳴」，早矣。「士曰昧旦」，則稍遲矣。女於是促之以興而視夜，則又遲矣。此賢婦也。「將翱將翔」，指鳧、鴈言。鳧、鴈宿沙際蘆葦中，亦將起而翱翔，是可以弋之之時矣。此詩人閒筆涉趣也。

「弋言加[1]之，與子宜[2]之。
宜言飲酒，與子偕老。
琴瑟在御，莫不靜好。」

「你捕獲野禽回來，我將為你烹調美味佳餚。做好了美味的餐點，我們相對談笑飲酒，與你這般共度此生。我們之間的感情就像是琴瑟和諧的彈奏，無有不和睦美好的。」

【註釋】賦也。加，叶居何反。宜，叶魚何反。老，叶呂吼反。好，許厚反。1加是射中。2宜，是調和滋味的所宜。

【章旨】這章詩是說你果然射中了禽鳥，我當為你烹調得宜的滋味，好供你請客飲酒。我和你百年偕老就像在御的琴瑟，無不安靜和好。

【集傳】賦也。加，中也。《史記》所謂「以弱弓微繳，加諸鳧雁之上」是也。宜，和其所宜也。內則所謂雁宜麥之屬是也。○射者，男子之事，而中饋，婦人之職。故婦謂其夫，既得鳧雁以歸，則我當為子和其滋味之所宜，以之飲酒相樂期於偕老，而琴瑟之在御者，亦莫不安靜而和好。其和樂而不淫可見矣。

【箋註】輔廣曰：家道和夫婦睦，則凡其器用自然覺得安靜而和好，況乎琴瑟本以為和樂之具哉！

牛運震曰：借弋射說勤生，有情有韻。委巷俗情，閨房瑣事，寫來正自雅妙。

糜文開曰：此述上章所以晨獵弋鴈之故，為仲春會男女，既相奔而仍補行婚禮者。兩句補委禽，兩句補飲含巹酒，然後兩句寫琴瑟和鳴。

「知子[1]之來[2]之，雜佩[3]以贈[4]之；知子之順[5]之，雜佩以問[6]之；知子之好[7]之，雜佩以報[8]之。」

「我知道妳對我體貼，所以我將玉佩奉送給妳；我知道妳是依順我，所以我將玉佩贈給妳；我知道妳是眞心愛護我，所以我贈玉佩給妳以作爲報答。」

【註釋】賦也。來，叶六直反。贈，叶音則。好，去聲。1 知子，是指士的相知。2 來，《經義述聞》說當作勞來之來，不能讀作往來之來。3 雜佩是佩玉。4 贈是奉送。5 順是愛好。6 問是贈遺。7 好是契好。8 報是報答。

【章旨】這章詩是說你的相知，勞來的朋友，和親愛的朋友，以及契好的朋友，我必須要把佩玉贈送他們。只要你親賢友善，我不愛這些裝飾的玩物。

【集傳】賦也。來之，致其來者，如所謂脩文德以來之。雜佩者，左右佩玉也。上橫曰珩，下繫三組，貫以蠙珠；中組之半，貫一大珠，曰瑀；末懸一玉，兩端皆銳，曰衝牙；兩旁組半，各懸一玉，長博而方，曰琚；其末各懸一玉，如半璧而內向，曰璜。又以兩組貫珠，上繫珩，兩端下交貫於瑀，而下繫於兩璜。行則衝牙觸璜，而有聲也。呂氏曰：「非獨玉也，觿燧箴管，凡可佩者皆是也。」贈，送。順，愛。問，遺也。○婦又語其夫曰：「我苟知子之所致而來及所親愛者，則當解此雜佩，以送遺報答之。」蓋不惟治其門內之職，又欲其君子親賢友善結其驩心，而無所愛於服飾之玩也。

【箋註】姚際恆曰：末章有急管繁絃之意。

牛運震曰：三「知」字只作微聞其事者，婉約入妙。

糜文開曰：此章三疊，想係當時流行之贈佩定情歌，補行婚禮既畢，又合唱定情歌熱鬧一番，錯綜得妙。

## 女曰雞鳴三章，章六句。

【箋註】牛運震曰：莊正和雅，〈周南〉風調復見於此。一篇局仗情事，俱從幻想撰出。

方玉潤曰：賢婦警夫以成德也。

程俊英曰：這是一首新婚夫婦的聯句詩。詩用對話、聯句的形式，表現了一對新婚夫婦情投意合、歡樂和好的家庭生活。詩的對話和聯句形式，給後世詩歌很大的影響，可尊為聯句詩之祖。

屈萬里曰：此男女相悅之詩。

糜文開曰：〈女曰雞鳴〉是一篇交織著清新朝氣與濃情蜜意而讀來輕鬆愉快的詩，完全沒有警戒之意，更無一點道學氣。

# 有女同車

有女同車，顏如舜華1。
將翱將翔，佩玉瓊琚2。
彼美孟姜3，洵美且都4。

有個女子和我同乘一車，她的容顏美如盛放的木槿花。
我駕車帶她四處遨遊，她身上配掛的都是美玉飾物。
那個孟家的大姑娘啊，眞是美麗又嫻雅。

**【註釋】** 賦也。華，叶芳舞反。1舜是木槿樹，如李，花朝開暮落。2瓊琚是美玉。3孟是長女，姜是女姓。4都是閑雅。

**【章旨】** 這章詩是諷太子忽婚齊的。因為忽曾立功于齊，齊侯要想把齊女妻他。他說齊大鄭小，不可聯姻，因此失了大國的幫助，後來他被祭足所逐。詩人的意思，是說齊女極好，太子忽何以不婚她？若是允許了婚姻，就可以迎接齊女同車。她的顏色和舜華一般的美麗，逍遙自得的，佩著瓊琚美玉。那個孟姜齊女，實在美麗呀！

**【集傳】** 賦也。舜，木槿也。樹如李，其華朝生暮落。孟，字。姜，姓。洵，信。都，閑雅也。○此疑亦淫奔之詩。言所與同車之女，其美如此，而又歎之曰：「彼美色之孟姜，信美矣，而又都也。」

**【箋註】** 輔廣曰：舜華言其容色之美，瓊琚言其儀飾之盛。洵美且都，又極稱道其好樂之情也。孫鑛曰：狀婦女總不外容飾二字。此詩豔麗則以「同車翱翔」等字點注得妙。

有女同行，顏如舜英1。
將翱將翔，佩玉將將2。
彼美孟姜，德音不忘3。

有個女子和我同行，她的容顏美如盛放的木槿花。
我帶著她四處遨遊，她身上配掛的玉佩在行走時發出鏗鏘的輕響。
那個孟家的大姑娘啊，她的嫻淑品德眞是令人難忘。

【註釋】賦也。行，叶戶良反。英，叶於良反。將，音「鏘」。1英亦是花。2將將是佩玉的聲音。3德音不忘，是不忘她的賢德。

【章旨】這章詩是和上章一樣的解法。

【集傳】賦也。英，猶華也。將將，聲也。德音不忘，言其賢也。

【箋註】姚際恆曰：始聞其佩玉之聲，故以「將翱將翔」先之，善于摹神者。翱翔字從羽，故上詩言鳧雁，此則借以言美人，亦如羽族之翱翔也。〈神女賦〉「婉若游龍乘雲翔」，〈洛神賦〉「若將飛而未翔」，又「翩若驚鴻」，又「體迅飛鳧」，又「或翔神渚」，皆從此脫出。

## 有女同車二章，章六句。

【箋註】王安石曰：古之人於玉比德焉。於瓊琚言德之容；於將將言德之音，各以其類也。

季本曰：此詩蓋國君始娶夫人，妾媵同時俱至。而一娶之中惟夫人為獨賢，故詩人稱其賢而美之耳。

方玉潤曰：〈有女同車〉，諷鄭太子忽以婚齊也。

程俊英曰：這是一首貴族男女的戀歌。男方看中的姜家大姑娘，不但容貌美麗，更使他難忘的是品德好、內心美。

糜文開、裴普賢曰：這是新郎娶親，在歸途中讚美他新娘的詩。

# 山有扶蘇

## 山有扶蘇1，隰2有荷華3。不見子都4，乃見狂5且！

山中有美木扶蘇，水沼中長有荷花。我沒能見到英俊的子都，卻碰上了一個驕狂討厭的傢伙！

**【註釋】** 興也。華，叶芳無反。且，音「疽」。1扶蘇是扶胥小木，或作枝葉扶蘇的茂木解。2隰是低濕的地方。3荷華又名芙蕖。4子都是美貌的男子。5狂是狂人。

**【章旨】** 這章詩，是刺美非所美的。他說山有扶蘇，隰有荷花，美惡高低，極易分辨。你何不見子都，反愛狂人呢？

**【集傳】** 興也。扶蘇，扶胥，小木也。荷華，芙蕖也。子都，男子之美者也。狂，狂人也。且，語詞也。〇淫女戲其所私者曰：「山則有扶蘇矣，隰則有荷華矣。今乃不見子都，而見此狂人何哉。」

**【箋註】** 鄭玄曰：扶蘇之木生于山，喻忽置不正之人於上位也。荷華生於隰，喻忽置有美德者於下位。此言其用臣顛倒，失其所也。

牛運震曰：比物點襯鮮澤，此以扶蘇興狂，且以荷華興子都也。

## 山有橋松1，隰有游龍2。不見子充3，乃見狡童4！

山中有高大的松樹，水沼中生長著紅草。我沒能見到英俊的子充，卻碰上了一個狡猾惹人厭的小鬼！

**【註釋】** 興也。1喬松是高大的松樹。2游龍是紅草，又名馬蓼。葉大色白，生水中，高丈餘。比較喬松相差自遠。3子充，就是子都。4狡童是狡獪的小兒。

**【章旨】** 這章詩是說山有喬松，隰有游龍，大小高低，極易分別。你何以不愛子充，反愛狡童呢？

【集傳】興也。上竦無枝曰橋，亦作喬。游，枝葉放縱也。龍，紅草也。一名馬蓼，葉大而色白，生水澤中，高丈餘。子充，猶子都也。狡童，狡猾之小兒也。

【箋註】牛運震曰：子都子充借言雅麗。此以橋松興子充，以游龍興狡童也。

## 山有扶蘇二章，章四句。

【箋註】朱道行曰：借子都子充，相形狂狡。狂以情之蕩言，狡以情之詐言。

豐坊曰：鄭靈公棄其世臣而任嬖人狂狡，子良諫之而作是詩。

何楷曰：此與〈狡童〉、〈褰裳〉三篇皆為祭仲足而作。仲擅廢立之權，犯不臣之罪，竟以善終，君子恨之。當時目之為狂、狡，固宜。

牛運震曰：似情豔詩，卻別有深旨，故妙。

方玉潤曰：夫天下妍媸莫辨，是非顛倒，以致覆家亡國而自殺其身者，亦豈尟哉？詩人不過泛言流弊，舉以為戒。

陳子展曰：〈山有扶蘇〉，疑是巧妻恨嫁拙夫之歌謠。

高亨曰：一個姑娘到野外去，沒見到自己的戀人，卻遇着一個惡少來調戲她。又解：此乃女子戲弄她的戀人的短歌，笑罵之中含蘊著愛。

程俊英曰：這是寫一位女子找不到如意對象而發牢騷的詩。也有人說，是女子對愛人的俏罵。

# 蘀兮

蘀[1]兮蘀兮，風其吹女。
叔兮伯兮[2]，倡[3]予和[4]女。

葉落了葉落了，風吹落這些樹葉。
弟弟啊哥哥啊，你們歌唱，我來相和。

【註釋】興也。蘀，音「托」。和，叶戶圭反。女，音「汝」。倡，去聲。1蘀，是木槁將落，或作蘀槁為枯槁。2叔伯是指叔伯大夫。3倡是先倡。4和是隨和。

【章旨】這章詩是諷親臣共扶危困的。是說枯槁的木呀，風將吹倒了。我們的國家處在危急的時候，你們那些大夫叔伯，趕快扶持這株槁木呀！你們一倡，我們就來隨和你了。

【集傳】興也。蘀，木槁而將落者也。女，指蘀而言也。叔伯，男子之字也。予，女子自予也。女，叔伯也。○此淫女之辭。言蘀兮蘀兮，則風將吹女。叔兮伯兮，則盍倡予，而予將和女矣。

【箋註】金履祥曰：蘀，木葉之將落者，風吹則落矣。以見人生之易老，欲與之相樂也。

蘀兮蘀兮，風其漂[1]女。
叔兮伯兮，倡予要[2]女。

葉落了葉落了，風吹刮飄落這些樹葉。
弟弟啊哥哥啊，你們歌唱，我來相和。

【註釋】興也。要，音「腰」。1漂同飄字，就是飄落。2要，是成全。

【章旨】這章詩是和上章一樣的解法。

【集傳】興也。漂，飄同。要，成也。

蘀兮二章，章四句。

【箋註】《詩序》：〈蘀兮〉，刺忽也。君弱臣強，不倡而和也。

嚴粲曰：此小臣有憂國之心，呼諸大夫而告之。言此槁葉在柯，風將吹女，不能久矣。天大風則槁葉無不落，喻國有難則大夫皆不安。禍將及矣，豈可坐視以為無與於己，而不相扶持之乎？叔伯諸大夫其亟圖之。汝倡我，則我和汝矣。謂患無其倡，不患無和之者也。

陳子展曰：〈蘀兮〉，詠歎落葉之歌。

高亨曰：詩的主人宮室女子，她要求男人們一起唱歌。青年人常有這種事情，不一定有戀愛的意味。

程俊英曰：這是一首民間集體歌舞詩，描寫一群男女歡樂歌舞的場面，女子先帶頭唱起來，男子接著參加合唱。

屈萬里曰：此蓋述親故和樂之詩。

糜文開、裴普賢曰：這是古人愛好詩歌，記述唱和之樂的一首純樸小詩。

## 狡童

**彼狡童1兮，不與我言兮。**
**維子之故，使我不能餐兮！**

那個狡猾的傢伙，不與我說話了。
爲了這個緣故，害得我吃不下飯啊！

【註釋】賦也。餐，叶七宣反，又七冉反。1狡童，是指僉壬宵小。

【章旨】這章詩是憂君為群小所弄。他說這些僉壬的群小，得了寵幸，非常的驕傲，目無朝臣，不屑和我輩交語。但彼等不與我言，有何關係，我為國君的緣故，使我日日吃飯不下。

【集傳】賦也。此亦淫女見絕，而戲其人之辭。言悅己者眾，子雖見絕，未至於使我不能餐也。

**彼狡童兮，不與我食[1]兮。**
**維子之故，使我不能息[2]兮。**

那個狡猾的傢伙，不跟我一起共餐了。
為了這個緣故，我連夜裡都睡不好啊！

【註釋】賦也。1 食是共食。2 息是安息。

【章旨】這章詩是和上章一樣的解法。

【集傳】賦也。息，安也。

【箋註】牛運震曰：兩「維子之故」說得恩深義重，纏綿難割。忠厚惻怛，正在後二句。

**狡童二章，章四句。**

【箋註】《詩序》：〈狡童〉，刺忽也。不能與賢人圖事，權臣擅命也。
牟庭曰：〈狡童〉，刺貴人忘故交也。當時貴大夫有年幼而性狡者，故以狡童目之。
高亨曰：一對戀人偶而產生矛盾，女方為之寢食不安。
程俊英曰：這是一首女子失戀的詩歌。這首詩所寫的女子和下一首〈褰裳〉所寫的女子，性格很不相同，對失戀的態度也不相同。〈狡童〉比較纏綿，依戀舊情，竟至廢寢忘餐。〈褰裳〉比較潑辣，想得開，不為失戀而苦惱。
屈萬里曰：此女子斥男子相愛不終之詩。

# 褰裳

子惠1思我，褰裳涉溱2。
子不我思，豈無他人。
狂童3之狂也且。

你要是還愛我，就會提起衣袍渡過溱水來看我。
你要是不愛我，難道沒有其他人來愛我嗎？
你這個狡猾的傢伙，眞是狂妄透了！

**【註釋】**賦也。溱，音「臻」。且，音「疽」。1惠是惠愛。2溱是鄭水名。3狂童是狂傲的童子，就是恃才傲物的意思。

**【章旨】**這章詩是思益友見正的。他說益友啊，你要愛我，請你褰衣涉水過來，見教於我。若是不念我，何處沒有人呀？不過我黨的恃才狂童，非你不能見正啊。

**【集傳】**賦也。惠，愛也。溱，鄭水名。狂童，猶狂且狡童也。且，語詞也。○淫女語其所私者曰：「子惠然而思我，則將褰裳而涉溱以從子。子不我思，則豈無他人之可從，而必於子哉。」狂童之狂也且，亦謔之之辭。

**【箋註】**魏浣初曰：褰裳涉溱，子思專而我思亦專；豈無他人，子意泛而我意亦泛。毛奇齡曰：女子曰：子思我，子當褰裳來。嗜山不顧高，嗜桃不顧毛也。

子惠思我，褰裳涉洧1。

你要是還愛我，就會提起衣袍渡過洧水來看我。

子不我思，豈無他士2。
狂童之狂也且！

你要是不愛我，難道沒有其他人來愛我嗎？
你這個狡猾的傢伙，眞是狂妄透了！

【註釋】賦也。洧，于己反。1洧是鄭水名。2士是賢士。

【章旨】這章詩是和上章一樣的解法。

【集傳】賦也。洧，亦鄭水名。士，未娶者之稱。

褰裳二章，章五句。

【箋註】唐汝諤曰：溱有未必褰裳可涉，特明其至之易耳。「狂童」直是謔辭，有相眷戀之意。
高亨曰：一個女子告誡她的情人說：你不愛我，我就愛別人。這是情人之間的戲謔之辭。
程俊英曰：這是一位女子責備情人變心的詩。這位女子的性格，爽朗而乾脆，富於鬥爭性。
屈萬里曰：此女子斥男子情好漸疏之詩。

## 丰

子之丰1兮，俟我乎巷2兮。
悔予不送兮！

曾經有一個容貌英俊煥發的男子，在門外的巷道間等待我，
只恨我當時沒有出來送他！

【註釋】賦也。丰，叶芳用反。巷，胡貢反。1丰是丰采。2巷是門外的街巷。

【章旨】這章詩是借婦人被迫的情辭，深悔自己的仕進，不能惟禮是循。他說你的丰采很好，又在巷內等我，但你雖有意於我，無奈我不願意出來。早知道今日這樣的被迫不過，何不當初就出來送你呢？他的意思，是因為起初隱居的時候，有人來禮聘他，他不願出仕，就謝卻了，後來被迫不過，身不由己，因此想起從前的事情。以為我既不能如願，悔不該從前拒卻禮聘。那時你的禮貌很好，意思很誠，我何不當時允許了你呢？

【集傳】賦也。豐，豐滿也。巷，門外也。○婦人所期之男子，已俟乎巷，而婦人以有異志不從，既則悔之，而作是詩也。

【箋註】朱道行曰：此詩意在與行與歸，而發端在「悔予」二字。子之丰兮，嘉其貌之揚也；俟巷不送，見屬意自子，負情自予，以是悔謝之。

**子之昌1兮，俟我乎堂2兮，**
**悔予不將3兮！**

曾經有一個樣貌英挺的男子，在廳堂上等待我，只恨我當時沒有出來送他！

【註釋】賦也。1昌是盛壯貌。2堂是堂上。3將當作送字解。

【章旨】這章詩是和上章一樣的解法。

【集傳】賦也。昌，盛壯貌。將，亦送也。

【箋註】朱道行曰：俟堂則較巷而更密邇矣。將，不止送，便有暱就之意。

衣錦褧[1]衣，裳錦褧裳。
叔兮伯兮[2]，駕[3]予與行[4]。

穿上錦繡的衣裳，披上薄禪衣，穿上錦繡的裙子，披上薄禪裳，
弟弟啊，哥哥啊，駕車送我出嫁到夫家吧！

【註釋】賦也。衣，去聲。褧，與絅同。行，戶郎反。1褧是禪衣，罩在錦衣外面的。2叔伯，是大夫的名字。3駕是敦駕。4行是起程。

【章旨】這章詩是說你們替我穿了錦衣錦裳，大夫叔伯，一齊敦促我行。這不是像了婦人迎歸夫家一樣嗎？

【集傳】賦也。褧，禪也。叔伯，或人之字也。○婦人既悔其始之不送，而失此人也，則曰：「我之服飾既盛備矣，豈無駕車以迎我，而偕行者乎。」

【箋註】牛運震曰：首二句自豔自憐。疊作呼籲之辭，極熱中，正極無聊。

裳錦褧裳，衣錦褧衣。
叔兮伯兮，駕予與歸。

穿上錦繡的裙子，披上薄禪裳，穿上錦繡的衣裳，披上薄禪衣，
弟弟啊，哥哥啊，駕車送我出嫁到夫家吧！

【註釋】賦也。

【章旨】這章詩是和上章一樣的解法。

【集傳】賦也。婦人謂嫁，曰歸。

【箋註】牛運震曰：顛倒叶韻，不必有意義，自然情深。
陳子展曰：後二章幻想盛裝以待親迎者之復來。明含深怨，蓋怨其父母變志。

糜文開、裴普賢曰：三、四兩章寫女子終至後悔，以至無所選擇而急於出嫁的心理。心想：「既然夠條件的男子不再來，只好不加選擇，先把嫁衣做好，管他張三李四，只要有人來娶我，我是隨時準備好的。」往日的矜持，如今都已被無情的歲月沖洗淨盡了。

**丰四章，二章章三句，二章章四句。**

**【箋註】**姚際恆曰：此女子于歸自詠之詩。

牛運震曰：此詩一意貫串，結構甚緊。

陳子展曰：〈丰篇〉，蓋男親迎而女不得行，父母變志，女自悔恨之詩。

程俊英曰：這是一首女子後悔沒有和未婚夫結婚的詩。她希望未婚夫能重申舊好再來接她。

糜文開、裴普賢曰：這是一篇刻畫鄭國女子待嫁春心的傑作，寫得如聞其言，如見其人，活畫出鄭國女子的特性來。

## 東門之墠

**東門1之墠2，茹藘3在阪4。**

東城門附近有一處開闊的地域，長滿茜草的坡地便是他的家。

**其室則邇，其人甚遠。**

我倆所居住的地方相隔不遠，但她的人卻距離我很遙遠。

**【註釋】**賦也。墠，音「禪」，叶上演反。阪，音反，叶孚臠反。茹，音「如」。藘，音「閭」。1東門是城的東門。2墠，是開闢的町地。3茹藘是茅蒐，又名茜草。4阪是不平的土地。

【章旨】這章詩是借男女相慕的情辭，寓言君臣朋友的意義。他說東門外的町地，有茅蒐的阪上，是妳的家。但是妳家雖近，人卻很遠，因為我總會不著妳。這是男子說的。

【集傳】賦也。東門，城東門也。墠，除地町町者。茹藘，茅搜也，一名茜，可以染絳。陂者，曰阪。○門之旁有墠，墠外有阪，阪之上有草，識其所與淫者之居也。室邇人遠者，思之而未得見之辭也。

【箋註】姚際恆曰：「其室則邇，其人甚遠」，較《論語》所引「豈不爾思，室是遠而」所勝為多。彼言「室遠」，此偏言「室邇」，而以「遠」字屬人，靈心妙手。又八字中不露一「思」字，乃覺無非思，尤妙。

牛運震曰：首二句幻想畫態。

**東門之栗1，有踐2家室。豈不爾思？子不我即3。**

東城門附近的栗樹下，有一處簡陋的房子，是你所住的地方。我怎麼會不思念你？誰叫你不來見我呢！

【註釋】賦也。1栗是木名。2踐，《毛傳》作淺陋。淺陋家室，容易窺看，是答上文的室邇人遠。3即是相就。

【章旨】這章詩是說東門外的栗木下面，有個淺陋的家室，很容易看見。我豈不念你，因你不來相就啊。這是女子答的。

【集傳】賦也。踐，行列貌。門之旁有栗，栗之下有成行列之家室，亦識其處也。即，就也。

【箋註】牛運震曰：「子不我即」，似怨似謔，妙。

## 東門之墠二章，章四句。

【箋註】《詩序》：〈東門之墠〉，刺亂也。男女有不待禮而相奔者也。

姚際恆曰：此詩自《序》《傳》以來，無不目為淫詩者。吾以為貞詩亦奚不可。男子欲求此女，此女貞潔自守，不肯苟從，故男子有室邇人遠之歎。下章「不我即」者，所以寫其人遠也。女子貞矣，然則男子雖萌其心而遂止，亦不得為淫矣。

牛運震曰：意象高遠，蕭然出塵之。鍾惺曰：「秦風秋水伊人。」六字便是室邇人遠妙註。

方玉潤曰：就首章而觀曰「室邇人遠」者，男求女之辭也；就次章而論，曰「子不我即」者，女望男之心也。

程俊英曰：這是一首男女相唱和的民間戀歌。詩共兩章，上章男唱，下章女唱。這是民間對歌的一種形式。

糜文開、裴普賢曰：這是女子思念其男友的一篇真情流露的好詩。

# 風雨

風雨淒淒1，雞鳴喈喈2，
既見君子3，云胡不夷4！

風雨寒涼，雞正啼叫著。
忽然見到丈夫歸來，叫我怎麼能夠不高興！

【註釋】賦也。喈，音「皆」。叶，居奚反。淒，音「妻」。1淒淒是寒涼的氣候。2喈喈是雞的鳴聲。

3君子是指所懷的朋友。4夷是平定。

【章旨】這章詩是懷想朋友的。他說淒淒風雨，喈喈雞鳴，夜深人靜，獨處無聊。假使這個時候，看見我那良友，心中的思慮，云何不平呢。

【集傳】賦也。淒淒，寒涼之氣。喈喈，雞鳴之聲。風甫晦冥，蓋淫奔之時。君子，指所期之男子也。夷，平也。〇淫奔之女言當此之時，見其所期之人而心悅也。

【箋註】牛運震曰：只二語黯然消魂。較〈北風〉雨雪之句，深遠多少！此思君子也，卻直說既見，妙。

**風雨瀟瀟，雞鳴膠膠，**
**既見君子，云胡不瘳！**

狂風驟雨，雞大聲叫喚著。
忽然見到丈夫歸來，叫我怎麼能夠不開心！

**風雨如晦，雞鳴不已，**
**既見君子，云胡不喜！**

風雨大作，天色昏暗的時刻，雞大聲的啼鳴不止。
忽然見到丈夫歸來，我怎麼能不歡喜！

【註釋】賦也。膠，叶音「驕」。晦，叶呼洧反。這兩章詩是和首章一樣的解法。

【章旨】〈風雨〉三章，章四句。這篇《詩序》、《傳》諸家，莫不說是思君的。獨是《集傳》，說是淫詩。果真要是淫詩，鄭國賢士大夫，何能互相傳習，甚至燕會的時候，亦把這詩賦托言志呢？因為風雨晦暝，蕭齋獨處，這個時候，最易感人。忽然良友到來，和我促膝談心。雖有無限莫解的愁懷，亦都化盡，好像險的初夷、病的初瘳，是何等快樂！這篇詩是詩人善於言情即景，感慨抒懷，可為千秋的絕調。

【集傳】賦也。瀟瀟，風雨之聲。膠膠，猶喈喈也。瘳，病癒也。言積思之病，至此而癒也。晦，昏。

已，止也。

【箋註】朱道行曰：膠膠之鳴，群起相屬也。積思之病，一見而忘。故曰瘳。風雨如晦，幽忽入神。雞鳴不已，白描愈妙。杜詩「鄰雞野哭如昨日」似從此出。

牛運震曰：「膠膠」說雞聲，奇。

方玉潤曰：深宵風雨，聯床話舊，不覺情親，曉猶未已。

## 風雨三章，章四句。

【箋註】《詩序》：〈風雨〉，思君子也。亂世則思君子，不改其度焉。

牛運震曰：景到即情到。首二句令人慘然失歡，接下既見君子，便自渾化無痕，即此可悟作家手法。風雨雞鳴，一片陰慘之氣，亂世景況如見。韋調鼎曰：風雨雞鳴，正懷思君子之際。如後世樂府：「雷聲雨淚，觸景傷懷；鴈過鳥飛，牽人遠思。」豈盡淫邪邪！

姚際橫曰：「喈」為眾聲和；初鳴聲尚微，但覺其眾和耳。再鳴則聲漸高，「膠膠」；同聲高大也。三號以後，天將曉，相續不已矣；「如晦」，正寫其明也。惟其明，故曰「如晦」。惟其為「如晦」，則「淒淒」、「瀟瀟」時尚晦可知。詩意之妙如此，無人領會，可與語而心賞者，如何如何？

方玉潤曰：〈風雨〉，懷友也。此詩自《序》、《傳》諸家及凡有志學《詩》者，亦莫不以為「思君子」也。獨《集傳》指為淫詩，則無良甚矣，又何辯邪？夫風雨晦冥，獨處無聊，此時最易懷人。況故友良朋，一朝聚會，則尤可以促膝談心。雖有無限愁懷，鬱結莫解，亦皆化盡，如險初夷，如病初瘳，何樂如之！此詩人善於言情，又善於即景以抒懷，故為千秋絕調也。若必以風雨喻亂世，則必待亂世而始思君子，不遇亂世則不足以見君子，義旨非不正大，意趣反覺索然。故此詩不必指為忽、突世作，凡屬懷友，皆可以詠，則意味無窮矣。

麋文開、裴普賢曰：疾風暴雨之夜，妻子黑地裡空房獨宿，格外孤寂恐懼。這時忽聞群雞齊鳴，而所期待的丈夫居然冒著風雨回來了。這是一篇風雨懷人的名作，在氣氛的傳達方面，獲得特別的成功。

# 子衿

**青青[1]子衿[2]，悠悠[3]我[4]心。**
**縱我不往，子寧[5]不嗣音[6]？**

你青綠色的衣領，令我長久思念。
即使我沒有去尋你，你爲什麼不遞個消息來給我呢？

**【註釋】**賦也。衿，音「青」。1 青青是純綠的顏色。2 子是子弟，衿是領衿。3 悠悠是常常思念。4 我，是詩人自稱。5 寧，如何的意思。6 嗣音，是繼續詩歌的聲音。

**【章旨】**這章詩是學校廢棄，詩人自傷的。他說青青學子的衣衿啊，我常常思念你們。縱然學校廢了，我不能往，你們可不繼續學習詩歌的聲音。

**【集傳】**賦也。青青，純綠之色，具父母衣純以青。子，男子也。衿，領也。悠悠，思之長也。我，女子自我也。嗣音，繼續其聲問也。○此亦淫奔之詩。

**【箋註】**牛運震曰：婉諷入妙，勝於疾呼痛責。子衿何關我心？「悠悠」二字有無限屬望。

**青青子佩[1]，悠悠我思。**
**縱我不往，子寧不來？**

你身上配戴的青色配玉，令我長久思念。
即使我沒有去尋你，你怎麼不來找我呢？

【註釋】賦也。佩，叶蒲眉反。思，叶新齎反。來，叶陵之反。1佩是佩玉，士佩瓀珉，青組青綬。

【章旨】這章詩是和上章一樣的解法。

【集傳】賦也。青青，組綬之色。佩，佩玉也。

【箋註】牛運震曰：絕佳尺牘，直如面談。

**挑兮達兮1，在城闕2兮。**
**一日不見，如三月兮。**

我在城樓底下往來徘徊，不停走來走去。
一日不見君，就彷彿三月沒有見到你一樣的漫長啊。

【註釋】賦也。達，叶他悅反。1挑是輕儇，達是放縱。2闕是城樓。

【章旨】這章詩是說學校廢了，以致這班挑達的少年，日日縱遊城闕，荒惰成習。唉！我一日不見你們，好像隔了三月一般啊。

【集傳】賦也。挑，輕儇跳躍之貌。達，放恣也。

【箋註】牛運震曰：寫出少年輕躁之習。

王靜芝曰：寫女在城闕，候男不至，思與男相晤之樂，及暌隔之苦也。

糜文開、裴普賢曰：「一日不見，如三月兮」兩句，同時見於〈王風・采葛〉篇。采葛詩是男思女，這裡是女思男，用法雖不同，所表現的情思卻一般無二。

**子衿三章，章四句。**

【箋註】鄭玄曰：學子而俱在學校之中，己留彼去，故隨而思之耳。

程頤曰：世亂學校不修，學者棄業，賢者念之而悲傷，故曰「悠悠我心」。縱我不可以反求於汝，謂往教強聒也，子寧不思其所學而繼其音問，遂而棄絕於善道乎？不事於學，則遨遊城闕而已。賢者念之，一日不見，如三月之久也。蓋士之於學不可一日荒廢，一日忘之，則其志荒矣，於僻邪侈之心勝之矣。

程俊英曰：這是一位女子思念情人的詩。《毛詩序》說此詩刺亂世學校廢。我們在詩裡看不出什麼學校廢的跡象。

屈萬里曰：此女子思其所愛之詩。謂此詩為刺學校廢，以詩本文衡之，殊不類。朱傳以為淫奔之詩，當得詩之本意。

糜文開、裴普賢曰：一個獨自登上城樓的驕矜女子，不自責失約遲到，卻責怪她男友的不夠體貼。但她徘徊不能去，終於自覺愛她男友之深，已經到不能一日看不見他的程度了。〈子衿〉詩的主題，就是這種戀愛中女子心理的描寫。

# 揚之水

揚1之水，不流束楚。
終2鮮3兄弟，維予與女，
無信人之言，人實迋4女。

激昂的流水，流不走一束楚木。
既然我們沒有其他的兄弟，只有我和你兩人，
你不要隨便相信其他人說的話，他們都是騙你的。

**【註釋】** 興也。迋，音「誑」。鮮，上聲。女，與汝同。1揚是激揚。2終字當作既字解。3鮮是少。5

迋同誑。

【章旨】這章詩，辭意是闕疑的，所指事實，諸家不同。姑從辭意解釋，是說激揚的水中，何以不能流動束楚呢？因為你終鮮兄弟，所以沒有人替你解惑。現在最親愛的，就是你我二人。你莫要聽別人的話，他們是騙你的。

【集傳】興也。兄弟婚姻之稱，《禮》所謂：「不得嗣為兄弟是也。」予女，男女自相謂也。人，他人也。迋，與誑同。○淫者相謂，言揚之水，則不流束楚矣；終鮮兄弟，則維予與女矣。豈可以他人離間之言而疑之哉？彼人之言，特誑女耳。

【箋註】牛運震曰：維予與女，骨冷情熱。

**揚之水，不流束薪。**
**終鮮兄弟，維予二人，**
**無信人之言，人實不信。**

激昂的流水，流不走一束薪柴。
既然我們沒有其他的兄弟，只有我和你兩人，
你不要隨便相信其他人說的話，他們都不可信。

【註解】興也。信，叶斯人反。

【章旨】這章詩是和上章一樣的解法。

【集傳】興也。

【箋註】朱道行曰：兩章一意，總是堅「維予與女」之信。
牛運震曰：維予二人，蘊過「女」字，妙，更覺親暱。

## 揚之水二章，章六句。

**【箋註】** 牛運震曰：苦口危辭。瀝肝之言，淒痛難讀。

方玉潤曰：竊意此詩不過兄弟相疑，始因讒間，繼乃悔悟，不覺愈加親愛，遂相勸勉：以為根本之間，不可自殘譬彼羽水難流束薪。兄弟相猜，本實先撥，又況骨肉無多，「維予與女」，何堪再離？女豈謂人言可信哉？他人雖親，難勝骨肉。「人實迋女」，以遂其私而已矣。慎無信他人之言，而致疑於骨肉間也。語雖尋常，義實深遠。

程俊英曰：這是夫將別妻，臨行對她囑咐的詩。「揚之水」，是當時民歌流行的開頭語。

糜文開、裴普賢曰：兄第二人被人離間而失和，為兄者作詩以勸之。

# 出其東門

出其東門，有女如雲1。
雖則如雲，匪我思存。
縞衣綦巾2，聊樂我員3。

走出東城門，看見許多美麗的姑娘。雖然美麗的女子多如雲，但都不是我會動心思念的對象。我的妻子雖然只能穿著樸素的白衣青巾，但與她在一起時總是快樂的。

**【註釋】** 賦也。綦，音「其」。員，音「云」。縞，音「杲」。樂，音「洛」。1如雲是說，美麗眾多。2縞是白色，綦是蒼色。縞衣綦巾，是貧女的服飾。3員，語助詞，與云同。

**【章旨】** 這章詩是貧士不慕非禮之色，自己賦的。有一天他出了東門，看見美女如雲。雖是美女很多，但他終不在意。他以為自己的婦人，縱然衣服不好，總可和他娛樂。

【集傳】賦也。如雲，美且眾也。縞，白色。綦，蒼艾色。縞衣綦巾，女服之貧陋者。此人自目其室家也。員，與云同。語詞也。○人見淫奔之女，而作此詩，以為此女雖美且眾，而非我思之所存。不如己之室家，雖貧且陋，而聊可以自樂也。是時淫風大行，而其閒乃有如此之人。亦可謂能自好而不為習俗所移矣。羞惡之心，人皆有之，豈不信哉。

【箋註】牛運震曰：偏說得極情豔，妙。「匪我思存」語妙，只說得漠不相關，正不必抹煞佳麗。

**出其闉闍1，有女如荼2。**
**雖則如荼，匪我思且。**
**縞衣茹藘3，聊可與娛。**

穿過城樓，看見有許多美如荼花一般的姑娘。雖然她們容顏如花，但都不會是令我心動思念的對象。我的妻子雖然只能穿著樸素的白衣紅巾，但與她在一起時總是快樂的。

【註釋】賦也。闉，音「因」。闍，音「都」。荼，音「徒」。且，音「疽」。1闉是曲城，闍是城臺。2荼是茅花，輕白可愛。3茹藘是茅蒐，可以染絳。茹藘就是染色的衣服。

【章旨】這章詩是和上章一樣的解法。

【集傳】賦也。闉，曲城也。闍，城臺也。荼，茅華。輕白可愛者也。且，語助詞。茹藘，可以染絳。故以名衣服之色。娛，樂也。

【箋註】王質曰：雖游女如雲之盛，如荼之密，皆非所思。知其有所主也。惟縞衣而綦巾、縞衣而茹藘者可與通歡。

《朱子語類》：此詩卻是箇識道理人做。鄭詩雖淫亂，然此詩卻如此好。〈女曰雞鳴〉一詩亦好。

牛運震曰：「如雲」、「如荼」，寫盡奇麗。

## 出其東門二章，章六句。

【箋註】姚際恆曰：《小序》謂「閔亂」，詩絕無此意。按鄭國春月，士女出遊，士人見之，自言無所繫思，而室家聊足與娛樂也。男固貞矣，女不必淫。以「如雲」、「如荼」之女而皆謂之淫，罪過罪過，人孰無母、妻、女哉！

方玉潤曰：〈出其東門〉，不慕非禮色也。此詩亦貧士風流自賞，不屑與人尋芳逐豔。一旦出遊，睹此繁華，不覺有慨於心，以為人生自有伉儷，雖荊釵布裙自足為樂，何必妖嬈豔冶，徒亂人心乎？故東門一遊，女則如雲，而又如荼，終無一人，繫我心懷。豈矯情乎？色不可以非禮動耳。心為色動，且出非禮，則將無所止。詩固知足，亦善自防哉。

糜文開、裴普賢曰：此詩與〈野有曼草〉適成對比。

# 野有蔓草

野有蔓草[1]，零露漙[2]兮。
有美一人，清揚[3]婉[4]兮。
邂逅[5]相遇，適我願兮。

野地裡的野草連綿叢生，沾滿了露珠。有一個美麗的女子，眉清目秀，甚是婉轉美麗。與之不期而遇，我對她一見傾心，甚合我意。

【註釋】賦而興也。漙，音「團」，叶上兗反。願，叶五遠反。1蔓草是蔓延的草。2漙是露水甚多。3清揚是眉目之間。4婉是婉美。5邂逅是不期而會。

【章旨】這章詩是詩人思遇時的，假託男女邂逅的情辭，寫他自己的心意。他說野外蔓生的草地，露水甚多。彼處有一美人，眉目很是婉秀。若是不期而遇，那就遂了我的心願。是為一見傾心，終身莫解，片言相合，生死不渝的意思。

【集傳】賦而興也。蔓，延也。漙，露多貌。清揚，眉目之閒，婉然美也。邂逅，不期而會也。○男女相遇於野田草露之閒，故賦其所在，以起興。言野有蔓草，則零露漙矣；有美一人，則清揚婉矣；邂逅相遇，則得以適我願矣。

【箋註】鄭玄曰：蔓草而有露，謂仲春之時，草始生，霜為露也。《周禮》：「仲春之月，令會男女之無夫家者。」

魏浣初曰：此賦其相遇之情，蔓草得露，其澤渥；美人得遇，其意濃。故以為興。

**野有蔓草，零露瀼瀼1。**
**有美一人，婉如清揚。**
**邂逅相遇，與子偕臧2。**

野地裡的野草連綿叢生，沾滿了露珠。有一個美麗的女子，眉清目秀，甚是婉轉美麗。與之不期而遇，我和妳都覺得快樂。

【註釋】賦而興也。1瀼瀼是露多貌。2臧是善。與子偕臧，是你我均善。

【章旨】這章詩是和上章一樣的解法。

【集傳】賦而興也。瀼瀼，亦露多貌。臧，美也。與子偕臧，言各得其所欲也。

## 野有蔓草二章，章六句。

【箋註】王質曰：當是夜深之時，男女偶相遇者也。

姚際恆曰：小序謂「思遇時」，絕無意。或以為邂逅賢者作，然則賢其「清揚」、「婉兮」之美耶？此似男女及時婚姻之詩。

方玉潤曰：〈野有蔓草〉，朋友相期會也。

程俊英曰：這是一首戀歌。春秋時候，戰爭頻繁，人口稀少。統治者為了蕃育人口，規定超齡的男女還為結婚的，可以在仲春時候自由相會，自由同居。這首詩就是寫一對男女邂逅相遇於田野間自由結合的情景。

裴普賢曰：這詩寫男子的驚豔，邂逅相遇，一見鍾情時一廂情願的癡戀狂態。著墨不多，而妙透毫端。兩章末句，是傳神之筆。

# 溱洧

溱與洧，方渙渙[1]兮，
士與女，方秉蕑[2]兮。
女曰「觀乎」，士曰「既且[3]」。

溱水與洧水，水嘩啦啦流淌著。年輕的男子與美麗的女子，手持著香草在河邊遊玩。女子說：「我們去那裡看看！」男子說：「我已經去過了。」

「且往觀乎？洧之外，
洵訏4且樂。」
維士與女，伊其相謔5，
贈之以勺藥6。

女子說：「再去遊玩麼？洧水以外的地方，寬闊好玩，可以任意暢遊。」
男子與女子言談之間相互戲謔嘲弄，
臨別時互贈彼此芍藥花。

【註釋】賦而興也。渙，叶呼玩反。蕑，叶古賢反。訏，音「吁」。1渙渙是春水盛貌。2蕑是香草，就是澤蘭，與山蘭不同。秉蕑就是佩著香草。3既且是既已的意思。4訏是廣大。5謔是戲謔。6芍藥是花名。

【章旨】這章詩是刺淫的。是說溱洧的水旁，春水方盛，士、女們方在那裡佩著蘭香。女和士說：「我們到那裡去遊覽。」士回她說：「我已經去過了。」女又和士說：「再去看看。洧水之外，實在寬暢適意。」所以士和女，互相戲謔，把芍藥花贈送他。

【集傳】賦而興也。渙渙，春水盛貌。蓋冰解而水散之時也。蕑，蘭也。其莖葉似澤蘭廣而長節，節中赤，高四五尺。且，語詞。洵，信。訏，大也。勺藥，亦香草也。三月開花。芳色可愛。○鄭國之俗，三月上巳之辰，採蘭水上，以祓除不祥。故其女問於士曰：「盍往觀乎。」士曰：「吾既往矣。」女復要之曰：「且往觀乎。蓋洧水之外，其地信寬大，而可樂也。」於是士女相與戲謔，且以勺藥為贈，而結恩情之厚也。此詩，淫奔者，自敘之辭。

【箋註】姚際恆曰：「洧之外，洵訏且樂」，詩中敘問答，甚奇。此亦士語。

牛運震曰：二「方」字，神色飛動。敘與答，頓挫婉轉。「女曰」、「士曰」，昵昵兒女語。「且往觀乎」一轉，輕雋之極，真有畫態。「伊其相謔」不盡其辭，然已情態爛漫，妙。一結雋永可思，逸氣橫生。

溱與洧，瀏1其清矣。
士與女，殷2其盈矣。
女曰「觀乎」，士曰「既且」。
「且往觀乎？洧之外，
洵訏且樂。」
維士與女，伊其將3謔。
贈之以勺藥。

溱水與洧水，水深但無比清澈。
年輕的男子與美麗的女子啊，到處都擠滿了遊玩的人。
女子說：「我們去那裡看看！」男子說：「我已經去過了。」
女子說：「再去看看麼？洧水以外的地方，寬闊好玩，可以任意暢遊。」
男子與女子言談之間相互戲謔嘲弄，
臨別時互贈對方芍藥花。

**【註釋】** 賦而興也。瀏，音「留」。1瀏是水深貌。2殷是眾多。3將當作相。

**【章旨】** 這章詩是和上章一樣的解法。

**【集傳】** 賦而興也。瀏，深貌。殷，眾也。將，當作相，聲之誤也。

**【箋註】** 牛運震曰：兩「矣」字，輕脫有態。

溱洧二章，章十二句。

鄭國二十一篇，五十三章，二百八十三句。

【集傳】鄭衛之樂，皆為淫聲。然以詩考之，衛詩三十有九，而淫奔之詩，才四之一；鄭詩二十有一，而淫奔之詩，已不翅七之五。衛猶為男悅女之辭，而鄭皆為女惑男之語，衛人猶多刺譏懲創之意，而鄭人幾於蕩然無復羞愧悔悟之萌。是則鄭聲之淫，有甚於衛矣。故夫子論為邦，獨以鄭聲為戒，而不及衛，蓋舉重而言。固自有次第也。詩可以觀，豈不信哉。

【箋註】牛運震曰：豔情媚致，寫來自然大雅。寫春景物態，明媚可掬，開後人情豔詩多少神韻。

方玉潤曰：此詩人自敘其國俗如此，不必言刺而刺自在。想鄭當國全盛時，士女務為遊觀。蒔花地多，耕稼人少。每值風日融和，良辰美景，競相出遊，以至蘭芍互贈，播為美談，男女戲謔，恬不知羞。則其俗流蕩而難返也。在三百篇中別為一種，開後世冶遊豔詩之祖。

陳子展曰：描述鄭俗清明佳日，男女相悅，相約郊游之作。

屈萬里曰：此賦情侶遊樂之詩。

# 齊

按《漢書．地理志》，齊郡臨淄，師尚父所封。少昊時代，是爽鳩氏所居的地，在禹貢為青州的地域。周武王封太公望於齊，初都臨淄。至成王時，薄姑氏和四國作亂。成王滅了薄姑氏，又把此地兼封於齊，東至於海，西至於河，南至於穆陵，北至於無棣。太公姓姜，本四岳的後裔，既受了齊地，他便通工商之業，興魚鹽之利。百姓多來歸順，因此變成大國。今時山東南都直隸北部都是齊地。

# 雞鳴

「雞既鳴矣，朝1既盈2矣。」

「匪雞則鳴，蒼蠅3之聲。」

「雞已經叫了，天亮了，要上早朝的臣子都已經聚集了啊。」

「那不是雞啼，是蒼蠅的聲音。」

【註釋】賦也。朝，音「潮」。1朝是朝廷。2盈是盈滿。3蒼蠅是蟲類。

【章旨】這章詩是賢婦警夫早朝的。她說道雞既鳴矣，不早了，恐怕早朝的臣子，盈滿朝堂了。哪知道不是雞鳴，是蒼蠅的鳴聲，時候還早。

【集傳】賦也。言古之賢妃御於君所，至於將旦之時必告君曰：「雞既鳴矣，會朝之臣，既已盈矣。」欲令君早起而視朝也。然其實非雞之鳴也，乃蒼蠅之聲也。蓋賢妃當夙興之時，心常恐晚。故聞其似者，而以為真。非其心存警畏，而不留於逸欲，何以能此？故詩人敘其事，而美之也。

【箋註】嚴粲曰：舊說以為古之賢妃警其夫，欲令早起，誤以蠅聲為雞聲。蠅以天將明乃飛而有聲，雞未鳴之前無蠅聲也。

牛運震曰：倒翻筆底靈忽。若說聞蒼蠅以為雞鳴，便直致矣。

方玉潤：（首句）初寤虛景。（三句）審聽實情。

「東方明矣，朝既昌1矣。」

「匪東方則明，月出之光。」

「東方發出光亮，太陽快要升起，要上早朝的臣子都已經到齊了啊。」

「那不是東方太陽升起的光亮，是月出的光亮。」

【註釋】賦也。明，謨郎反。1昌是盛多。這是再告的話。

【章旨】這章詩是第二次警告她夫君的。和上章一樣解法。

【集傳】賦也。東方明，則日將出矣。昌，盛也。此再告也。

【箋註】方玉潤曰：上章聽，此章視。視聽莫不關心。

**「蟲飛薨薨1，甘2與子3同夢4。會5且歸矣，無庶6予子憎7。」**

「天快亮了，百蟲飛鳴，發出『薨薨』的聲音。我很願意與你一起同睡。可是早朝快要結束，大臣們都要散了，別因爲我的緣故，讓朝臣們厭惡你啊！」

【註釋】賦也。夢，莫滕反。1薨薨是天將亮的時候，百蟲飛鳴。2甘是情願。3子指夫。4同夢，是和他一齊睡著。5會是朝會。6庶是因為。7憎是憎怨。

【章旨】這章詩是天將亮的時候，催著他起來的。說道蟲聲已飛鳴了，天亮了，快些起來吧！其實我亦情願和你同睡，恐怕朝會的眾臣，將要散歸了。不要因為我的緣故，使他們憎怨你啊。

【集傳】賦也。蟲飛，夜將旦而百蟲作也。甘，樂。會，朝也。○此三告也。言當此時，我豈不樂與子同寢而夢哉？然群臣之會於朝者，俟君不出，將散而歸矣。無乃以我之故，而并以子為憎乎。

【箋註】牛運震曰：此章直訴自然，情急語摯。一「甘」字寫盡夢中美境。「會且歸矣」便含憎字在。「無庶予子憎」妙在以柔婉結之，愈婉愈緊。

方玉潤曰：此乃實景，進一層法。

**雞鳴三章，章四句。**

【箋註】姚際恆曰：《序》謂「思賢妃，刺哀公」。朱鬱儀謂「美乙公之王姬」。偽說謂「衛姬勸桓公」。眾說不一，皆無確據。然則序亦安可從也。此詩謂賢妃作亦可，即謂賢大夫之妻作亦何不可。總之，警其夫欲令早起，故終夜關心，乍寐乍覺，誤以蠅聲為雞聲，以月光為東方明，真情實境，寫來活現。此亦夏月廿四、五、六、七等夜常有之事，惟知者可與道耳。

方玉潤曰：此正士大夫之家雞鳴待旦，賢婦關心，常恐早朝遲誤有累慎德，不惟人憎夫子，且及其婦，故尤為關心，時存警畏，不敢留於逸也。全詩純用虛寫，極回環摩盪之致，古今絕作也。

程俊英曰：全詩和〈女曰雞鳴〉一樣，都用問答聯句體。

糜文開、裴普賢曰：此詩歌擺脫歌謠風格，斷絕抒情氣氛，另闢蹊徑，以白描手法摹寫夫妻床頭對話，神情活現。

## 還

子之還1兮！
遭我乎峱2之間兮，
並驅從兩肩3兮，
揖我謂我儇4兮。

你的行動眞是矯捷啊！
與我在峱山之間相遇，
我們兩人齊頭並進，追趕著兩隻成年野豬，
你還對我拱手作揖，讚美我會打獵。

【註釋】賦也。還，音「旋」。峱，音「鐃」。閒，叶居賢反。儇，許全反。1還是便捷。2峱是驅逐。

3肩是三年的野豕。《爾雅》作猏，是獸名。4儇，作善利。

【章旨】這章詩是刺齊俗以狩獵矜誇的。他說你真便捷非常！在峱山的裡面，我們會著了。你我同是趕著兩個大獸，你不自誇便捷，反對我作揖，說我會打獵。

【集傳】賦也。還，便捷之貌。峱，山名也。從，逐也。獸三歲曰肩。儇，利也。○獵者交錯於道路，且以便捷輕利，相稱譽如此，而不自知其非也，則其俗之不美可見，而其來亦必有所自矣。

【箋註】鄭玄曰：子也我也，俱出田獵而相遭，併驅而逐禽獸，子則揖耦我，謂我儇，譽之也。譽之者，以報前言還也。

姚際恆曰：多以「我」字見姿。

牛運震曰：分道爭雄，妙在仍以禮讓出之。「揖我」字神動，詩家寫生處。

子之茂1兮！
遭我乎峱之道兮，
並驅從兩牡2兮，
揖我謂我好3兮。

你的身材眞是健壯啊！
與我在峱山的山路上相遇，
我們兩個齊頭並進，追趕著兩隻牡獸，
你還對我拱手作揖，稱讚我打獵的技術過人。

【註釋】賦也。茂，叶莫口反。道，叶徒厚反。好，叶許厚反。1茂是壯美。2牡是牡獸。3好是技好。

【箋註】鄭玄曰：譽之言好者，以報前言茂也。

子之昌1兮！
遭我乎猺之陽2兮，
並驅從兩狼3兮，
揖我謂我臧4兮。

你眞是能幹啊！
與我在猺山的山南相遇，
我們兩個齊頭並進追趕著兩隻野狼，
你還對我拱手作揖，讚美我本領高強。

【註釋】賦也。1昌是才盛。2陽是山南地方。3狼是獸名。4臧是善利。

【章旨】這兩章詩和首章一樣解法。重複言敘。是互相矜誇。

【集傳】賦也。茂，美也。

還三章，章四句。

【箋註】呂祖謙曰：當是時，齊以游畋成俗，馳驅相遇，意氣飛動，鬱鬱見於眉睫之間，染其神者深矣。

牛運震曰：三「揖我」、「謂我」，寫盡技癢。意氣飛動，栩栩眉睫之間。

方玉潤曰：此獵者互相稱譽，詩人從旁微哂，因直述其辭，不加一語，自成篇章，而齊俗急功利喜夸詐之風，自在言外，亦不刺之刺也。至其用筆之妙，則章氏潢云：「子之還兮，已譽人也；謂我儇兮，人譽己也。並驅則人己皆與有能也。」寥寥數語，自具分合變化之妙，獵固便捷，詩亦輕利，神乎技矣。

裴普賢曰：此詩以白描勝，寫來如見其人，如聞其聲，如電影的放映，而且成功的把典型的一群齊人活畫了出來。是詩，是畫，也是一部風格別具的影片。

# 著

俟1我於著2乎而，充耳3以素4乎而，尚5之以瓊華6乎而7。

他在門內的屏風處等候我，
背影只見以白色絲線繫著的玉充耳，
還裝飾著美麗的玉石。

【註釋】賦也。著，音「苧」。叶直居反。素，叶孫和反。華，叶芳無反。1俟是等候。2著是門屏之間。3充耳是玉瑱。4素是色素，或青或黃。5尚是加上。6瓊華，美石似玉。7乎而，語助詞。

【章旨】這章詩是刺不親迎的。古時的婚禮，天子以下至大夫庶士，都要親迎的。他說女子到了婿家，才看見女婿，在那個門屏裡邊等待。他的充耳繫著各色絲素。加上了瓊華美玉。好看倒還好看，未免失禮。

【集傳】賦也。俟，待也。我，嫁者自謂也。著，門屏之閒也。充耳，以纊懸瑱。所謂紞也。尚，加也。瓊華，美石似玉者。即所以為瑱也。○東萊呂氏曰：「婚禮，婿往婦家親迎，既奠雁，御輪而先歸，俟於門外。婦至則揖以入。時齊俗不親迎，故女至婿門，始見其俟己也。」

俟我於庭1乎而，
充耳以青乎而，

他在庭院中等候我，
背影只見以綠色絲線繫著玉充耳，
還裝飾了美麗的玉石。

尚之以瓊瑩2乎而。

【註釋】賦也。1庭在大門以內，寢門以外。2瓊瑩是美石似玉。

【集傳】賦也。庭，在大門之內，寢門之外。瓊瑩，亦美石似玉者。○呂氏曰：「此婚禮所謂，婿道婦及寢門揖入之時也。」

俟我於堂1乎而，
充耳以黃乎而，
尚之以瓊英2乎而。

他在廳堂中等候我，
背影只見以黃色絲線繫著玉充耳，
上頭還裝飾了美麗的玉石。

【註釋】賦也。英，叶於良反。1堂是升階至堂。婚禮升自西階。2瓊英美石似玉。

【章旨】這兩章詩和上章一樣解法，不過是說女子已由庭，進了堂屋的意思。

【集傳】賦也。瓊英，亦美石似玉者。○呂氏曰：「升階而後至堂，此婚禮所謂升自西階之時也。」

【箋註】姚際恆曰：「著」、「庭」、「堂」，三地。「素」、「青」、「黃」，統之三色。瓊惟一玉，而以「華」、「瑩」、「英」贊之，虛、實位置如此。

屈萬里曰：充耳以素、以青、以黃，與尚之以瓊華、瓊瑩、瓊英，非謂三人服飾各不同，亦非謂一人而真有此三種服色也。國風無一章之詩，此為足成三章，不得不變換其辭耳。

著三章，章三句。

【箋註】呂祖謙曰：婿道婦人，故於著、於庭、於堂，每節皆俟之也。
牛運震曰：三章侈陳充耳之飾，正有深文，可眩可思。通篇借新婦語氣，奇妙。
屈萬里曰：此嫁者即事之詩。
糜文開、裴普賢曰：由於古代許多婚姻，由媒撮合，雙方在婚前各不相識，所以在婚禮進行中，跟在後面的新娘，急於想看到新郎真面目的正常心理。詩人描寫這種心理，在詩中每句用「乎而」作為語助詞，表達了新嫁娘的喜悅心境，也構成了這篇詩的特殊風格。

# 東方之日

東方之日兮！
彼姝者子，在我室兮。
在我室兮，履[1]我即[2]兮。

東方的太陽升起了！
那個美麗的女子，來到我的屋裡。
她來到我屋裡，隨著我的腳步來找我。

【註釋】興也。姝，音「樞」。1履是隨著步履。2即是即近。
【章旨】這章詩是刺淫的。他道東方的日頭出來了，那個美女，已經到我的室中。到我的室中，跟著我來就我了。
【集傳】興也。履，躡。即，就也。言此女躡我之跡，而相就也。
【箋註】牛運震曰：「在我室兮」有矜喜之神。「履我即兮」語特細媚。

東方之月兮！彼姝者子，在我闥[1]兮。在我闥兮，履我發[2]兮。

東方的月亮升起了！
那個美麗的女子，走進我的房門。
她走進我的房門，隨著我的腳步來找我。

【註釋】興也。闥，叶宅悅反。1闥是門內。2發是行去。

【章旨】這章詩是說東方的月亮出來了。那個女子，來到我的門內了。到我門內，跟著我走了。

【集傳】興也。闥，門內也。發，行去也。言躡我而行去也。

【箋註】牛運震曰：「東方之日」、「東方之月」，幸日月之明照也。「彼姝者子」，男目女之辭。

麋文開、裴普賢曰：「東方之日」，又「東方之月」，可見這位女子不分早晚的往男友處跑，而且跑到他的內室去，他們已經是非常要好的一對情侶了。

**東方之日二章，章五句。**

【箋註】孔穎達曰：毛以為，陳君臣盛明，化民以禮之事，以刺當時之衰。鄭則指陳當時君臣不能化民以禮。雖屬意異，皆以章首一句「東方之日」為君失道，「東方之月」為臣失道；下四句為男女淫奔，不能以禮化之之事。

麋文開、裴普賢曰：男女相好，男子自誇女郎朝夕前來相會的情詩。

# 東方未明

東方未明，顛倒衣裳。顛之倒之，自[1]公召之。

東方的天空未亮，就急忙起床穿衣，忙亂間把衣服都穿反了。之所以會忙亂到把衣服穿反，是因爲有來自公門的急召。

【註釋】賦也。明，叶謨郎反。1自是自從的意思。

【章旨】這篇詩是刺人君興居無節的。東方尚未明亮，臣子們就起來了，甚至把衣裳，都穿顛倒了，因為公門有人來召，以為時候不早。急切的時間，竟把衣服弄顛倒了，哪知道東方尚未明呢。

【集傳】賦也。自，從也。群臣之朝，別色始入。○此詩人刺其君興居無節，號令不時。言東方未明，而顛倒其衣裳，則既早矣。而又已有從君所而來召之者焉，蓋猶以為晚也。或曰：「所以然者，以有自公所而召之者故也。」

【箋註】牛運震曰：「顛倒衣裳」，奇語入神，寫忽亂光景宛然。

東方未晞[1]，顛倒裳衣。倒之顛之，自公令[2]之。

東方的天空未亮，就急忙起床穿衣，忙亂間把衣服都穿反了。之所以忙亂到把衣服穿反，是因爲有來自公門的命令。

【註釋】賦也。顛，叶典因反。令，叶力呈反。1晞是初明。《毛氏傳疏》：「晞者，昕之假借字。」2令是號令。

【章旨】這章詩是和上一樣的解法。

【集傳】賦也。晞，明之始升也。令，號令也。

**【箋註】**何楷曰：上章言召之，第謂召見其人耳。此則將有所使之，雖不指言其事，而此時非聽政出治之時，則此令何為而至哉？

糜文開、裴普賢曰：言君令之無常，致使臣下疲於應付，以衣裳之顛倒，形容天時之黑暗及急於應命的慌張情狀，異常逼真，如現眼前。天時黑暗，正寫出君上之出命無時；顛倒衣裳，正寫為臣者之不敢稍有怠慢。

## 折[1]柳樊[2]圃，狂夫瞿瞿[3]。不能辰夜，不夙則莫。

即使只是折了柔嫩的柳條做為庭院的藩籬，但有此阻攔，狂暴的宵小也不敢莽撞的逾越犯界。之所以現在日夜不分，是因爲公門的命令無常，不是過早就是太晚。

**【註釋】**比也。圃，叶博故反。瞿，音「句」。夜，叶羊茹反。折，音「哲」。莫，音「慕」。1折是採折。2樊是藩籬。3瞿瞿，是驚顧的形狀。

**【章旨】**這章詩是說好比折了柳條，來做園圃的藩籬。柳條是脆弱的東西，本不可恃，但狂妄的人，他亦知有界限，相顧瞿瞿，不敢進去。晝夜的界限，很是明白。你可以不能辨識辰夜，不是早了，就是暮了。

**【集傳】**比也。柳，楊之下垂者。柔脆之木也。樊，藩也，圃，菜園也。瞿瞿，驚顧之貌。夙，早也。○折柳樊圃，雖不足恃，然狂夫見之，猶驚顧而不敢越。以比晨夜之限甚明，人所易知。今乃不能知，而不失之早，則失之莫也。

**【箋註】**牛運震曰：鄙淺事作興，意思自深。「不能辰夜，不夙則莫」，古句古調，竟住高雋之極。「能」字老，若作「知」字便低。

靡文開、裴普賢曰：末章以「折柳樊圃，狂夫瞿瞿」再推進一層，不只屋內黑暗，戶外亦黯然無光，致將柳枝籬笆折斷，行靜如同狂夫。而所以然者，正是因司時之挈壺氏不能克盡職守，致君令無常。明為刺司夜之官，而實則刺君上之法令無度也。

**東方未明三章，章四句。**

**【箋註】**高亨曰：這是一首農奴們唱出的歌，敘述他們給奴隸主服徭役的情況。

程俊英曰：這首詩，以一個婦女的口吻，寫她當小官吏的丈夫忙於公事，早晚不得休息，對自己的妻子還不放心，引起了女主人的怨意。

靡文開、裴普賢曰：這是一篇諷刺國君沒有法度，隨便發佈命令，弄得臣子慌慌張張，手忙腳亂的詩。寫得很風趣。

## 南山

南山1崔崔，雄狐2綏綏3。

魯道有蕩4，齊子5由歸。

既曰歸止，曷又懷止？

南山高而險峻，山中一隻公狐狸想要尋找伴侶。通往魯國的道路平坦，文姜沿著這條路出嫁魯國。她既然已經有了歸宿，你爲什麼還無法自制的思戀著她呢？

**【註釋】**比也。崔，音「摧」。懷，叶胡威反。1南山是齊國的南山。2雄狐，是比襄公的邪行。3綏綏，是求匹的意思。4 蕩是平蕩。5 齊子是指文姜。

【章旨】這章詩是刺襄公不當淫妹的。是說南山有隻雄狐，很有些求匹的意思，襄公的邪行亦和牠一樣。平坦的魯道，齊子由此于歸。文姜既經歸人，可以止了，為甚麼還要想著她呢？

【集傳】比也。南山，齊南山也。崔崔，高大貌。狐，邪媚之獸。綏綏，求匹之貌。魯道，適魯之道也。蕩，平易也。齊子，襄公之妹，魯桓公夫人文姜。襄公通焉者也。由，從也。婦人謂嫁曰歸。懷，思也。止，語詞。○言南山有狐，以比襄公居高位而行邪行。且文姜既從此道歸於魯矣，襄公何為而復思之乎？

【箋註】蘇轍曰：人君之尊如南山之崔崔，襄公之行如雄狐之綏綏。疾其以人君而為此行也。
鍾惺曰：「齊子」二字筆法可畏。
方玉潤曰：首章言襄公縱淫，不當自淫其妹。妹既歸人而有夫矣，則亦可以已矣，而又曷懷之有乎？

**葛屨1五兩，冠緌雙止。**
**魯道有蕩，齊子庸2止。**
**既曰庸止，曷又從3止？**

葛編的鞋子兩兩成對，頭冠上的飾品也必須成雙。
通往魯國的道路平坦，文姜從這條路出嫁魯國。
妳既然已經嫁爲他人婦，爲什麼又回頭跟隨齊侯呢？

【註釋】比也。兩，音「亮」。緌，音「蕤」。雙，叶所終反。1 葛屨是葛做的鞋子，緌是冠飾。屨必兩隻，緌必一雙。是說各有匹偶，不能亂的。2 庸是用取。3 從是相從。是說齊子既由此道子歸，何以又從此道私從齊侯？

【章旨】這章詩是刺文姜的。他說葛屨五兩，冠緌雙止，物各有偶，是不能相亂的。今文姜既由魯道于歸，是已歸人了，亦可止了，怎麼又來私從齊侯呢？

【集傳】比也。兩，二屨也。緌，冠上飾也。屨必兩，緌必雙，物各有耦，不可亂也。庸，用也。用此道，以嫁於魯也。從，相從也。

【箋註】方玉潤曰：次章言文姜即淫，亦不當順從其兄。今既歸魯而成耦矣，則亦可以已矣，而又曷返齊而從兄乎？

**蓺[1]麻如之何？衡從其畝[2]。**
**取妻如之何？必告[3]父母。**
**既曰告止，曷又鞠[4]止？**

栽種麻時要怎麼辦？必須縱橫耕種田地。娶妻時要怎麼辦？一定要向父母稟告。桓公你既然上告父母，迎娶文姜爲妻，怎麼不管好她，放縱她隨心所欲的行事呢？

【註釋】興也。衡，音「橫」。從，音「宗」。告，音「谷」。取，即娶字。1 蓺是栽植。2 衡從，是橫直，是說橫直耕其田畝。3 告是稟告。4 鞠是窮極，是說魯桓窮極文姜的欲。

【章旨】這章詩是刺魯桓公的。他說蓺麻要該當怎樣呢？必須橫直耕了田畝。娶妻該當怎樣呢？必須稟告父母。桓公已經告於父母，娶了妻子，何以不加防止，反要窮極其欲。這不是你自己弄壞了嗎？

【集傳】興也。蓺，樹。鞠，窮也。○欲樹麻者，必先縱橫耕治其田畝。欲娶妻者，必先告其父母。今魯桓公既告父母而娶矣。又曷為使之得窮其欲而至此哉。

**析薪[1]如之何？匪斧[2]不克[3]。**

劈柴要怎麼做？不用斧頭無法將木頭劈開。娶妻要怎麼做？不透過媒人說親是不行的。

取妻如之何？匪媒[4]不得。
既曰得止，曷又極[5]止？

桓公你既然娶了文姜爲妻，怎麼不管好她，放縱她窮極所欲呢？

【註釋】興也。1析是分開，薪是薪柴。2斧是斧頭。3克當「能」字解。4媒是媒妁。5極是窮極。

【章旨】這章詩亦是刺魯桓公的。和上章一樣解法。

【集傳】興也。克，能也。極，亦窮也。

【箋註】牛運震曰：兩「如之何」深思細酌。

方玉潤曰：後二章言魯桓以父母命、憑媒妁言而成此昏配，非苟合者比，豈不有聞其兄妹事乎？既取而得之，則當禮以閑之，俾勿歸齊，則亦可以已矣。而又曷從其入齊，至令得窮所欲而無止極，自取殺身之禍乎？

## 南山四章，章六句。

【集傳】《春秋》桓公十八年，公與夫人姜氏如齊。公薨於齊。《傳》曰：「公將有行，遂與姜氏如齊。申繻曰：『女有家，男有室，無相瀆也，謂之有禮。易此，必敗。』公會齊侯於濼，遂及文姜如齊。齊侯通焉，公謫之，以告。夏四月，享公。使公子彭生乘公，公薨於車。」此詩前二章刺齊襄，後二章刺魯桓也。

【箋註】牛運震曰：四章四詰問，婉切得情，齊襄魯桓一齊閉口。

方玉潤曰：魯桓、文姜、齊襄三人者，皆千古無恥人也。故此詩不可謂專刺一人。欲言襄公之淫，則以雄狐起興；欲言文姜成耦，則以冠屨之雙者為興；欲言魯桓被禍，則先以蓺麻興告父母以臨之，析薪興媒妁以鼓之，而無如魯桓之懦而無志也何哉？詩人之大不平也，故不覺發而為詩，亦將使千秋萬世後知有此無恥三人而已，又何暇為之掩飾其辭而歸咎於一哉！

## 甫田

**無田甫田1，維莠2驕驕3。**
**無思遠人，勞心忉忉4。**

別耕種大範圍的田地，否則因田廣力薄，無法顧及，反而導致雜草生長茂盛。別思念遠方的人啊，只是徒增憂煩。

【註釋】比也。驕，叶音高。忉，音「刀」。無田的田，音「佃」。莠，音「酉」。1田是耕治。甫田是大田。2莠是害草。3驕驕是張皇，失意無所得，或作草盛貌。4忉忉是憂勞。

【章旨】這章詩是戒時人務大圖遠的。他說你不要耕治大田，田大功少，反致長了許多莠草，沒有收成。思念遠方的人，人不能來，徒勞憂念的。厭小務大，忽近圖遠，是終不能成就的。

【集傳】比也。田，謂耕治之也。甫，大也。莠，害苗之草也。驕驕，張王之意。忉忉，憂勞也。○言無田甫田也，田甫田而力不給，則草盛矣。無思遠人也，思遠人而人不至，則心勞矣。以戒時人厭小而務大，忽近而圖遠，將徒勞而無功也。

【箋註】輔廣曰：厭小而務大，田甫田者也，妄作者之所為也；忽近而圖遠，思遠人者也，妄想者之所冀也。妄作，則事不遂；妄想，則心徒勞。

**無田甫田，維莠桀桀1。**

別耕種大範圍的田地，否則因田廣力薄，無法顧及，反而導致雜草生長茂盛。

**無思遠人，勞心怛怛2。**

別思念遠方的人啊，只是徒增憂煩。

**【註釋】**比也。怛，叶旦悅反。1桀桀，是和驕驕一樣的意義。2怛怛亦是和切切一樣的。

**【章旨】**這章詩是和上章一樣的解法。

**【集傳】**比也。桀桀，猶驕驕也。怛怛，猶切切也。

**婉兮孌兮1，總角丱2兮。未幾3見兮，突4而弁5兮。**

年幼可愛的孩童，原本梳著兩角式的髮辮，但沒過多久，卻突然穿戴起了成年人才能使用的冠帽。

**【註釋】**比也。孌，叶龍眷反。丱，音「慣」，叶古縣反。1婉孌是少好的容貌。2丱，是兩角貌。兒童的髮辮，梳成兩角，所以自小的交情，為「總角交」。3未幾，是沒有好久。4突是忽然。5弁即皮冠，是成人的冠服。

**【章旨】**這章詩是刺務大圖遠、性好躐等的。他說婉孌的總角兒童，看見不久，忽然戴了冠弁，真是躐等強求了。

**【集傳】**比也。婉孌，少好貌。丱，兩角貌。未幾，未多時也。突，忽然高出之貌。弁，冠名。○言總角之童，見之未久，而忽然戴弁以出者，非其躐等而強求之也。蓋循其序而勢有必至耳。此又以明小之可大，邇之可遠，能循其序而脩之，則可以忽然而至其極。若躐等而欲速，則反有所不達矣。

**【箋註】**王靜芝曰：第三章，勸慰者設想之事，以告被勸者也。言勿再思遠人矣，彼不久將返而再見也。彼與汝少而相好，婉孌美好，頭上總角。而不久歸來，汝將發現其突然而高大，不總角而頭上戴冠矣。此章不再重複前二章之義，而另為設想之安慰，愈見親切。而敘寫人物之變，如見其人。

## 甫田三章，章四句。

【箋註】陳子展曰：〈甫田〉，詩人思念遠人，其人忽見，驚喜而作。詩云「突而弁兮」，則知其所思念之遠人為少年男子。詩人與此男子有何關係則不可知，細玩詩意如此。倘以詩之言外之意求之，則似為母遠思其子，終得相見，熱淚奪眶，喜極而作。豈有關文姜與魯莊公母子間事乎？未敢斷言已。

高亨曰：農家的兒子，尚未成年，竟被統治者抓去當兵派往遠方。他的親人想念他，唱出這首歌。

程俊英曰：這是一首思念遠人的詩。後人對這首詩的主題，多不得其解。從詩中所寫的看，大概是一個流亡的農民，想起以前種領主大田的辛苦，現在雖然離開了它，卻不免思念那裡的一個可愛的孩子。多時不見，他應該長大了吧？

屈萬里曰：此蓋喜遠人歸來之詩。

糜文開、裴普賢曰：這是勸慰離人不須徒勞多思的詩。這與杜甫的《贈衛八處士》中「昔別君未婚，兒女忽成行」有異曲同工之妙。

# 盧令

盧(ㄌㄨˊ)1令令(ㄌㄧㄥˊㄌㄧㄥˊ)2，其(ㄑㄧˊ)人(ㄖㄣˊ)美(ㄇㄟˇ)且(ㄑㄧㄝˇ)仁(ㄖㄣˊ)。

獵犬脖頸上的項圈「令令」作響，領著獵狗打獵的獵人，為人美善且仁德。

【註釋】賦也。令，音「零」。1盧是獵犬。2令令是犬頷下的環聲。

【章旨】這章詩是刺荒的。因為襄公好田獵，政治荒廢，詩人陳古事諷他的。是說古時的人君，出來田獵，他的獵犬環聲令令，他的為人美而且仁。現在的人君，是怎麼樣呢？

【集傳】賦也。盧，田犬也。令令，犬頷下環聲。○此詩大意與〈還〉略同。

【箋註】蘇轍曰：時人以田獵相尚，故聞其纓環之聲，而美之曰：「此仁人也。」猶〈還〉曰「揖我謂我儇兮」耳。

**盧重環1，其人美且鬈2。**

**盧重鋂3，其人美且偲4。**

獵犬脖頸上拴著兩重的項圈，領著獵狗打獵的人，為人美善且容貌威武。

獵犬脖頸上拴著一個環套兩個環的項圈，領著獵狗打獵的人，為人美善且有著茂密的鬍鬚。

【註釋】賦也。鬈，音「權」。重，平聲。偲，音「鰓」。鋂，音「梅」。1重環是兩道環子。2鬈是鬚鬢美好，有威盛的容貌。3鋂是一環貫著兩環。4偲是多鬚貌。《春秋》作「于思」。偲、思古通用。

【章旨】這兩章詩和首章一樣解法。

【集傳】賦也。重環，子母環也。鬈，須鬢好貌。鋂，一環貫二也。偲，多須之貌。《春秋傳》所謂「于思」，即此字。古通用耳。

**盧令三章，章二句。**

【箋註】《詩序》：〈盧令〉，刺荒也。襄公好田獵畢弋而不修民事，百姓苦之，故陳古以風焉。

程俊英曰：這是一首讚美獵人的詩。春秋時代，人們愛好田獵，反映在風詩裡，有〈騶虞〉、〈叔于田〉、〈大叔于田〉、〈還〉及這篇〈盧令〉等。這首詩最短，可能是順口溜一類的民歌。

糜文開、裴普賢曰：全詩重點在寫聲容美觀，以「盧令令」三字表聲，以重環、重鋂、鬈、偲表容，而不重視獵犬的猛鷙，獵人的勇武，這表現了生活的藝術化，也反映了齊俗趨向浮誇的一端。

# 敝笱

敝笱1在梁，其魚魴鰥2。

齊子3歸止，其從4如雲5。

魚池中，破敗的魚笱抓不到魴和鰥這樣的大魚。就像是文姜嫁到魯國，隨從衆多如雲，桓公根本無法約束她。

**【註釋】**比也。鰥，音「關」，叶古倫反。從，去聲。1敝是敝壞，笱是捕魚器。2魴鰥是大魚。3齊子指文姜。4從是隨從的人。5如雲是眾多貌。

**【章旨】**這章詩是刺魯莊公，不能防閑文姜，和敝笱不能制大魚一樣。他說石堰下的敝壞的魚籠，雖然有個魴鰥的大魚，無奈不能挾制牠。於今文姜歸齊，隨從的人，如雲一般的眾多，莊公亦不能制止她。

**【集傳】**比也。敝，壞。笱，罟也。魴鰥，大魚也。歸，歸齊也。如雲，言眾也。○齊人以敝笱不能制大魚，比魯莊公不能防閑文姜。故歸齊而從之者眾也。

【箋註】姚際恆曰：「魴鰥」、「魴鱮」總連「魴」字，蓋魴為魚之絕美，陳風曰「豈其食魚，必河之魴」，是也。

牛運震曰：「敝笱」二字，醜詆不堪。

**敝笱在梁，其魚魴鱮1。**
**齊子歸止，其從如雨2。**
**敝笱在梁，其魚唯唯3。**
**齊子歸止，其從如水4。**

---

魚池中，破敗的魚笱抓不到魴和鱮這樣的大魚。
就像是文姜出嫁魯國，隨從衆多如雨（桓公根本無法管束她）。
魚池中，破敗的竹笱喪失用處，魚兒穿梭自如。
就像是文姜出嫁魯國，隨從衆多（桓公根本無法令她聽命）。

【註釋】比也。鱮，音「序」。唯，上聲。1鱮是鰱魚，似魴，肉厚頭大。2如雨，亦是眾多。3唯唯，是出入自由貌。4如水，亦是眾多。

【章旨】這兩章詩是和上章一樣的解法。

【集傳】比也。鱮，似魴厚而頭大。或謂之鰱。如雨，亦多也。唯唯，行出入之貌。如水，亦多也。

【箋註】牛運震曰：「唯唯」字酷得魚情。「如水」字更活妙。

**敝笱三章，章四句。**

【集傳】按《春秋》，魯莊公二年夫人姜氏會齊侯於禚。四年夫人姜氏享齊侯魚祝丘。五年夫人姜氏如齊師。七年夫人姜氏會齊侯於防，又會齊侯於穀。

【箋註】牛運震曰：但侈陳徒御扈從之盛，而齊子之淫縱無忌，昭然已見，是其立意高處。
屈萬里曰：此疑為文姜嫁於魯之詩。
糜文開、裴普賢曰：詩人知齊強魯弱，桓公弒兄得位，魯國呈殘敝跡象，而文姜聲勢渲赫，故詩人欲感魯桓難制文姜，以敝笱不能制大魚為喻也。

## 載驅

載驅薄薄[1]，簟茀[2]朱鞹[3]。
魯道有蕩，齊子發夕[4]。

車馬急馳，那紅皮裏覆的車子，垂著竹編的簾子，是諸侯夫人等級的座車。
魯國的道路平坦，文姜爲了幽會，連夜趕路。

【註釋】賦也。薄，音「粕」。鞹，音「擴」。夕，叶祥龠反。1薄薄是疾驅的車聲。2簟是蓆子，茀是車蔽。3朱鞹是朱漆的獸皮。車座用獸皮，飾用翟羽，是諸侯夫人的車子。4發夕是臨起程。

【章旨】這章詩是刺文姜乘車來會襄公的。他說疾驅的車聲，車座是用朱鞹飾著翟羽，從這條平坦的魯道而行，原來是文姜臨夜來會襄公的。

【集傳】賦也。薄薄，疾驅聲。簟，方丈席也。茀，車後戶也。朱，朱漆也。鞹，獸皮之去毛者。蓋車革質而朱漆也。夕，猶宿也。發夕，謂離於所宿之舍。○齊人刺文姜乘此車，而來會襄公也。

【箋註】輔廣曰：首章言文姜疾驅其車，離於所宿之舍而來會襄公也。
嚴粲曰：言有疾驅其車，以竹簟為車之茀蔽，又有朱色之皮革，以鞹車之前後者，乃魯之道路，蕩然平易，而齊子文姜，夕發於魯而來齊也。其來何為耶？不必言及襄公而襄公之惡自見矣。

牛運震曰：極醜事，敘得極雅。「發夕」猶「夕發」也，倒用奇。婦人不夜行，發夕言犯禮而行，急不能待也。微辭入妙。

**四驪1濟濟2，垂轡濔濔3。**
**魯道有蕩，齊子豈弟4。**

拉車的是四匹毛色黑亮美麗的駿馬，馬轡柔軟垂下。
魯國的道路平坦，文姜毫無羞恥，前往幽會。

**【註釋】** 賦也。驪，音「離」。濟，上聲。濔，音「你」。豈，音「愷」。弟，音「悌」，叶待禮反。1驪是黑色的馬。2濟濟是毛色美麗貌。3濔濔是柔軟。4豈弟是適意，是說無忌憚無羞恥的意思。

**【章旨】** 這章詩是說文姜快到齊境的情況。說她車前的四匹黑馬，毛色美麗，垂下的馬轡，亦是柔軟得很。這條平坦的魯道，就是文姜適意的地方。

**【集傳】** 賦也。驪，馬。黑色也。濟濟，美貌。濔濔，柔貌。豈弟，樂易也。言無忌憚羞恥之意也。

**【箋註】** 輔廣曰：二章言其四馬之美，六轡之柔，而其人則無忌憚羞愧之意也。

嚴粲曰：文姜車駕四馬，皆是鐵驪之色，濟濟然而美。其六轡之垂者，濔濔然而眾。樂易安舒，恬然無慙恥之色。

牛運震曰：「濟濟」、「濔濔」寫得風流可掬。此何等事而以「豈弟」言之？二字好羞好笑。「母氏聖善」，令人嗚咽；「齊子豈弟」，令人撿鼻。

**汶1水湯湯2，行人彭彭3。**
**魯道有蕩，齊子翺翔4。**

豐沛的汶水流淌，沿路的行人眾多。
魯國的道路平坦，文姜逍遙歡樂的前去與人幽會。

【註釋】賦也。汶，音「問」。湯，音「傷」。彭，音「邦」。1汶是水名，在齊南魯北，是二國的交界地方。2湯湯是水盛貌。3彭彭是人眾多貌。4翱翔是逍遙樂意。

【章旨】這章詩是說文姜到了齊境，在汶水之旁，行人眾多的地方，會見襄公。做出這種醜事。這條平坦的魯道，就是齊子逍遙樂意的所在嗎？

【集傳】賦也。汶，水名。在齊南魯北二國之境。湯湯，水盛貌。彭彭，多貌。言行人之多，亦以見其無恥也。

【箋註】牛運震曰：淫樂無恥，只「翱翔」二字寫盡，正自多少含蓄。

**汶水滔滔1，行人儦儦2。魯道有蕩，齊子遊敖3。**

豐沛的汶水流淌，沿路的行人衆多。魯國的道路是如此平坦，文姜逍遙歡樂的前去與人幽會。

【註釋】賦也。滔，音「叨」。儦，音「標」。叶，音「褒」。1滔滔水流貌。2儦儦是眾多貌。3遊敖是飛鳥翱翔狀。

【章旨】這章詩是和上章一樣的解法。

【集傳】賦也。滔滔，流貌。儦儦，眾貌。遊敖，猶翱翔也。

【箋註】輔廣曰：三章四章則又言行道之人甚眾，而彼乃翱翔遊敖於其間也。人而無羞惡之心，則亦何所不至哉！

**載驅四章，章四句。**

【箋註】謝枋得曰：詩人鋪敘之詳，形容之巧，刺之深，疾之甚也。

牛運震曰：曖昧事極難明斥，只寫車服都麗，道路炫曜之態，而淫邪瀆倫之失自見，得力處尤在一二微辭敲神欲動也。

方玉潤曰：此詩在莊公之年，其會兄也，竟至樂而忘返，遂翱翔遠遊，宣淫於通道大都，不顧行人訕笑，豈尚知人間有羞恥事哉！至今汶水上有文姜臺，與衛之新臺可以並臭千古，雖濯盡汶、濮二水滔滔流浪，亦難洗厥羞矣。

## 猗嗟

猗嗟1昌兮，頎2而長兮；
抑3若揚4兮，美目揚5兮；
巧趨蹌6兮，射則臧7兮。

眞是健壯啊，他的身材是如此修長；
多麼漂亮啊，他的眼睛顧盼靈活；
他的動作是多麼的輕快啊，射箭技巧絕妙。

【註釋】賦也。頎，音「祁」。1猗嗟是感歎辭。2頎是美貌。3抑，王引之《經義述聞》：抑、懿古通。《爾雅》：「懿，美也。」4揚是額的別名。5目揚是目的流動活潑。6趨是步趨，蹌是翼如的樣子。就是腳步輕捷的意思。7臧是美善，是說射能中鵠。

【章旨】這章詩是齊人見了莊公的容貌，都讚美他又寓了歎惜的意思。說道啊呀！莊公的容貌很美呀。他的身材長而美，額額平均，眼珠美秀活動，步趨輕捷翼如，又會射箭。唉，真好看啊！

【集傳】賦也。猗嗟，歎辭。昌，盛也。頎，長貌。抑而若揚，美之盛也。揚，目之動也。蹌，趨翼如也。臧，善也。○齊人極道魯莊公威儀技藝之美如此。所以刺其不能以禮防閑其母。若曰惜乎其獨少此耳。

【箋註】鍾惺曰：道他好處，卻章章著「猗嗟」二字，多少感惜。

牛運震曰：歎息發端，感慨獨深，細思莊公所遭傷心不幸，真值得一憐也。「抑若揚兮」，言其抑揚中節，抑而如揚也，形容貴相特工，妙。

方玉潤曰：描摹莊公，如見其人。

**猗嗟名1兮，美目清兮。**
**儀既成2兮，終日射侯3。**
**不出正4兮，展5我甥6兮。**

他所具備的威儀與技藝相稱，目光清亮。
他行事不失禮節，整天練習射靶，
每一箭都能正中靶心，真不愧是我們齊國的外甥啊。

【註釋】賦也。射，音「石」。正，音「征」。甥，叶桑經反。1名是名稱。說威儀技藝，相稱的意思。2儀既成，是完了事情，不失禮儀。3侯是張著布射的。4正是設在侯中的標準。古時大射張皮侯，賓射張布侯。5展是誠然。6甥是外甥。

【章旨】這章詩是說魯莊威儀技能，都很相稱。不但容貌美麗，做事也不失威儀。雖是終日的射箭，他總能中鵠的。唉。他誠然是我國的外甥啊。

【集傳】賦也。名，猶稱也。言其威儀技藝之可名也。清，目清明也。儀既成，言其終事而禮無違也。侯，張布而射之者也。正，設的於侯中，而射之者也。大射，則張皮侯而設鵠。賓射，則張布侯而設正。展，誠也。姊妹之子曰甥。言稱其為齊之甥，而又以明非齊侯之子。此詩人之微辭也。

按《春秋》，桓公三年夫人姜氏至自齊。六年九月子同生，即莊公也。十八年桓公乃與夫人如齊，則莊公誠非齊侯之子矣。

**【箋註】** 輔廣曰：「儀」言文也，「射」則武也。「以展我甥兮」為詩人微辭者極當。

牛運震曰：似極讚美，卻為「齊侯之子」一語辨誣也。愈讚愈醜，愈讚愈汙。「展我甥兮」，深文微辭，詩意含蓄可思，正自尖刻可惡。親熱榮藉益覺不堪。

糜文開、裴普賢曰：章始讚其箭箭皆中，誠然我甥。「展我甥兮」親之之辭也。

**猗嗟孌1兮，清揚婉兮。**
**舞則選2兮，射則貫3兮。**
**四矢4反5兮，以禦亂6兮。**

眞是美好啊，他是如此的眉清目秀。舞蹈時能夠掌握節拍，射箭時百發百中。在大射時連發四箭，都能射中同一處地方，這樣的本領，可以率領國家抵禦禍患啊。

**【註釋】** 賦也。孌，龍眷反。婉，叶許願反。選，去聲。貫，叶縣反。反，叶孚絢反。亂，叶靈眷反。1孌是美好。2選，《經義述聞》作為「齊於樂節」。就是合拍。3貫是貫中。4四矢，大射每發四矢。5反是復反，都中原處。6禦亂是莊公武藝，可以禦亂。

**【章旨】** 這章詩是說莊公不但容貌婉好，眉目秀麗，並且舞得亦很合拍，射亦能貫中。便是大射的時候，雖是連發四箭，都能貫中一個地方。唉！這樣的武藝，真是禦亂的大材啊。

**【集傳】** 賦也。孌，好貌。清，目之美也。揚，眉之美也。婉，亦好貌。選，異於眾也。或曰：「齊於樂節也。」貫，中而貫革也。四矢，禮射每發四矢。反，復也。中皆得其故處也。○言莊公射藝之精，可以禦亂，如以金僕姑射南宮長萬，可見矣。

【箋註】姚際恆曰：此言射而貫，貫必有力，故言禦亂。

牛運震曰：「反」字新而穩。此矢何不射諸兒，雪父讎邪？言外感諷深長。

## 猗嗟三章，章六句。

## 齊國十一篇，三十四章，一百四十三句。

【集傳】或曰：「子可以制母乎。」趙氏曰：「夫死從子，通乎其下，況國君乎。君者，人神之主，風教之本也。不能正家，如正國何？若莊公者，哀痛以思父，誠敬以事母，威刑以馭下，車馬僕從莫不俟命。夫人徒往乎？夫人之往也，則公哀敬之不至，威命之不行耳。」東萊呂氏曰：「此詩三章，譏刺之意皆在言外。嗟歎再三，則莊公所大闕者，不言可見矣。」

【箋註】姚際恆曰：三章皆言射，極有條理，而敘法錯綜入妙。

牛運震曰：三歎有十分痛惜之意。疊韻得極口讚頌之神。通篇無一字及莊公德性，則莊公之為人可知矣。詩意正可思。畫美女難，畫美男子尤難。看他通篇寫容貌態度，十分妍動，與〈君子偕老〉篇各盡其妙。

方玉潤曰：〈猗嗟〉，美魯莊公材藝之美也。此齊人初見莊公而歎其威儀技藝之美，不失名門子，而又可以為戡亂材。誠哉，其為齊侯之甥也！意本贊美，以其母不賢，故自後人觀之而以為刺耳。

# 魏

魏本舜禹的故都，在禹貢冀州雷首的北邊，析城的西邊。南枕河曲，北涉汾水，地勢陋隘，民貧俗儉，似有聖人的遺風。見《漢書．地理志》。魏在商為芮國地，因與虞爭田，質成於文王，至武王克商，封了同姓，後為晉獻公所滅，把它併入晉地，故城在今山西芮城縣。魏地入晉很久，或疑為晉人所作，所以列於唐風以前，是和邶鄘列於衛國以前一樣的意思。篇中的〈公行〉、〈公路〉、〈公族〉都是晉國官名，因此疑為晉詩，又怕魏國亦有此官，可惜沒有稽考。按晉國到了獻公，國勢已經強盛，大政亦漸奢侈。魏詩多刺其君勤儉慳嗇，和晉詩迥乎不同。邶、鄘雖詠衛事，詩意確有可指。這詩不著時君世系，不得和邶鄘同為列。

# 葛屨

糾糾1葛屨2，可以履霜；摻摻3女4手，可以縫裳。要之襋之5，好人6服之。

被迫將夏季的草鞋，作為寒冷冬天雪地裡使用；纖細的女子之手，未曾三月，就被逼著縫衣裳。把腰身縫好、把衣領縫好，夫人將要穿這件衣裳。

**【註釋】**興也。糾，音「赳」，又音「九」。摻，音「纖」。襋，音「棘」。服，叶蒲北反。要，音「腰」。1糾糾是繚戾寒涼的意思。2葛屨是夏天著的鞋。3摻摻同纖纖。4女是未曾廟見的新婦。5要是下裳的腰，襋是上衣的領。要之襋之，是敝裳敝衣，僅把腰領治好。6好人，是大人。

**【章旨】**這章詩是刺儉嗇太過的。詩上說道，清涼的葛屨，是夏天用的，冬天要用皮的，他偏說，可以用著履霜；摻摻的女手，未曾廟見，不可執役婦工，他偏說可以縫衣。敝衣敝裳，僅把要領治好，只合貧女所服。大人的服飾，須要完美，他偏說大人能服，豈不是過於儉嗇嗎？

**【集傳】**興也。糾糾，繚戾寒涼之意。夏葛屨，冬皮屨。摻摻，猶纖纖也。女，婦未廟見之稱也。娶婦三月廟見。然後執婦功。要，裳要。襋，衣領。好人，猶大人也。○魏地陿隘，其俗儉嗇而褊急。故以葛屨履霜起興，而刺其使女縫裳，又使治其要襋，而遂服之也。此詩疑即縫裳之女所作。

**【箋註】**輔廣曰：糾糾葛屨，本非可以履霜，然自儉嗇者言之，則亦可用以履霜矣。以興摻摻女手，本未可以縫裳，然自褊急者言之，則亦可以縫裳矣。夫人之情，儉嗇者必褊急。褊急而不已，則較計瑣屑，務省而不適宜，謀利而不顧禮，將無所不至矣。所以不但使女縫裳，而又使之治其要襋而遂服之也。

牛運震曰：兩「可以」字多少委屈不情。「好人」二字不欲明斥之，而故謬稱之也，輕狎可羞。只就縫裳詳寫一番，怨刺之旨宛然。

糜文開、裴普賢曰：首章的兩用「可以」，透露了多少委屈之情。「可以」者正是不可以而不得不為之意。「好人」二字更寓有多少諷刺之意！

**好人提提[1]，宛然[2]左辟[3]。**
**佩其象揥[4]。**
**維是褊心，是以為刺。**

---

夫人的姿態舒適而安逸，態度婉轉謙抑，髮上插著貴婦用的象骨簪子。但是她的心胸狹隘，所以作這首詩歌諷刺她的行爲。

**【註釋】** 賦也。辟，音「避」，刺，叶音「砌」。1提提是安舒的意思。2宛然，是依然。依其曲折，宛轉退讓的狀貌。3左辟，是避在左首讓人。禮以右首為尊，所以讓人的自居左首。4揥形似簪，象骨所造的揥，是貴人的飾物。

**【章旨】** 這章詩是說大人的態度安舒，有這種的左辟性情。雖佩著尊貴的象揥是個貴人，但是他的居心太褊，所以作詩刺他。

**【集傳】** 賦也。提提，安舒之意。宛然，讓之貌也。讓而辟者必左。揥，所以摘髮。用象為之，貴者之飾也。其人如此，若無有可刺矣，所以刺之者，以其褊迫急促。如前章之云耳。

**【箋註】** 鍾惺曰：褊心之人作此情態，更自可厭。

牛運震曰：二、三句畫態。寫好人何等雅相，正妙於風刺處。「維是褊心」，斥其實以結之，若不說明更妙。

方玉潤曰：明點作意，又是一法。

糜文開、裴普賢曰：詩中以「葛屨履霜」、「好人服裳」的對照，來顯示這個婢妾生活的困苦，和透露「好人」的褊心，是「以偏概全」法。

## 葛屨二章，一章六句，一章五句。

【集傳】廣漢張氏曰：「夫子謂，與其奢也，寧儉。則儉雖失中，本非惡德。然而儉之過，則至於吝嗇迫隘，計較分毫之閒，而謀利之心始急矣。〈葛〉、〈汾沮洳〉、〈園有桃〉三詩，皆言急迫瑣碎之意。」

【箋註】牛運震曰：女手縫裳，借作褊急點染。「維是褊心」，非直指此一事也。

程俊英曰：這是一位縫衣女奴諷刺所謂「好人」的詩。詩僅兩章，塑造了兩個階級對立的形象，一個是受凍、挨餓、疲弱的縫衣女形象，一個是衣飾華貴、態度傲慢、心胸狹窄的貴族婦女形象。反映了當時兩個階級地位與生活的懸殊。

糜文開、裴普賢曰：細味全詩，應該是一個女子，自己在冬天卻穿夏季的葛鞋，已夠委屈；纖細的兩手，本是不宜勞動，但卻不得不從事女紅的工作。且做好了衣服，又給「好人」穿去，自己不得享用，內心的不平，自不待言。這個女子，可能是貴族家中的婢女或侍妾。而詩中的「好人」，就是她的「主婦」或「嫡夫人」。朱子以為縫裳之女所作，以刺其俗之儉嗇褊急者，近是。

# 汾沮洳

彼汾1沮洳2，言采其莫3。
彼其之子，美無度4。
美無度，殊異乎公路5。

那汾水邊的低濕地上，有人在採集莫菜。
那個人啊，美好的無法形容。
這樣一個美好的難以形容的人，真不像是貴族出身的子弟啊！

【註釋】興也。汾，音「焚」。沮，去聲。洳，音「孺」。莫，音「暮」。其，音「記」。1汾是水名，出太原晉陽山，西南入河。2沮洳，是水浸的下濕地方。3莫，是野蔬，可以作羹。4無度，是無量的意思。5公路是掌管公侯的路車的，晉國官名。

【章旨】這章詩是美儉德的。他說汾水下濕的地方，去採莫菜。那個人，美麗得無比。這樣美麗的人，尚要出來採莫！畢竟公路的儉德，和人不同啊。

【集傳】興也。汾，水名。出太原晉陽山西南入河。沮洳，水浸處，下濕之地。莫，菜也，似柳葉厚而長，有毛刺，可為羹。無度，言不可以尺寸量也。公路者，掌公之路車。晉以卿大夫之庶子為之。○此亦刺儉不中禮之詩。言若此人者，美則美矣，然其儉嗇褊急之態，殊不似貴人也。

【箋註】牛運震曰：公路采莫猶臧孫織蒲之意也。事極陋，寫來自韻。疊一句吞吐頓挫，諷刺含蓄。

彼汾一方1，言采其桑2。
彼其之子，美如英3。
美如英，殊異乎公行。

那汾水一帶，有人在採桑葉。
那個人啊，美好的如花朵一般。
這樣一個如花般美好的人，真不像是貴族出身的子弟啊！

【註釋】興也。英，叶於良反。1 一方是一處。2 桑是桑葉，可以飼蠶。3 英是鮮花。

【集傳】興也。一方，彼一方也。《史記》扁鵲視見垣一方人。英，華也。公行，即公路也，以其主兵車之行列，故謂之公行也。

那汾水的水灣處，有人在採藚草。
那個人啊，美好的如同晶瑩的玉石一般。
這樣一個如玉般美好的人，真不像是貴族出身的子弟啊！

**彼汾一曲1，言采其藚2。**
**彼其之子，美如玉。**
**美如玉，殊異乎公族。**

【註釋】興也。藚，音「續」。1 曲是水灣。2 藚是草名，可作藥。

【章旨】這章詩，和上章一樣的解法。

【集傳】興也。一曲，謂水曲流處。藚，水舄也。葉如車前草。公族，掌公之宗族，晉以卿大夫之適子為之。

**汾沮洳三章，章六句。**

【箋註】牛運震曰：此詩抑揚有致，節奏絕佳。《序》以為刺君也，不斥言君而言公路、公行等官，此詩意之深厚處。

程俊英曰：這是一首讚美勞動人民才德的詩。春秋時代，勞動人民地位極低，有的仍舊當農奴。詩人用「公路」等大官和他相比，這是不尋常的。只有勞動人民的的口頭歌唱，才會有這樣熱愛本階級的詩句。它和〈碩鼠〉、〈伐檀〉、〈葛屨〉四首詩，不僅是衛風中的好詩，也是《詩經》中富於形象性、鬥爭性的傑作。

靡文開、裴普賢曰：〈魏風〉多怨誹之音，本篇也是對大夫的諷刺之詩，也就是對執政者不滿之情。孟子主張要與民同樂，文王築靈臺，是文王愛民施行仁政，故民亦樂其靈臺園囿之樂。而魏國地隘民貧，貴族貪鄙，非但不設法解除民困，而且毫不顧恤民瘼。只知重稅斂聚（〈碩鼠〉），奴役人民（〈陟岵〉），以供私人享受，自己豐食（〈伐檀〉）、華衣（〈葛屨〉），生活闊綽，這樣獨樂其樂，不能與民同樂，難怪貴族打扮得漂漂亮亮，人民就覺得刺目，而作詩來加以諷刺了。

## 園有桃

園有桃，其實之殽[1]。
心之憂矣，我歌[2]且謠[3]。
不知我者，謂我士也驕。
「彼人是哉[4]？子曰何其[5]？」
心之憂矣，其誰知之？
其誰知之，蓋亦勿思[6]。

---

果園中的桃樹，果實可以吃（然而國中有民，竟無人可以治理）。
我心中煩惱擔憂，只能以歌唱來消解憂傷。
不了解我的人，說我驕傲狂妄。
「他們是這樣想我？你爲什麼說這種話？」
我心中的憂愁煩惱，有誰能夠明白？
倘若那些人知道我在愁什麼，他們怎麼能不煩憂呢。

【註釋】興也。謠，音「遙」。哉，叶將黎反。其，音「基」。思，叶新齎反。1 殽是食物。2 歌是合曲合拍。3 謠是隨口唱道。4 彼人是哉，是說那人是這樣的料我。5 子曰何其，是你何以說這種話。6 蓋亦勿思，是說因為你沒細想。

【章旨】這章詩是賢者憂國無人，朝政日非，發為歌謠的。他說園中有桃，尚可為食；國中雖有人民，卻沒有一個為政的人。我心中的憂愁，只好發為歌謠，抒我抑鬱。不知我的人，他說我是個驕狂之士。那個人是這樣的料我啊！唉，你何以說這種話？我的憂愁，誰能知道？因為他未曾細想，怎能知道呢？假使他要想到國家，這樣的無人，他亦將憂愁了。

【集傳】興也。殽，食也。合曲曰歌。徒歌曰謠。其，語詞。○詩人憂其國小而無政，故作是詩，言園有桃，則其實之殽矣。心有憂，則我歌且謠矣。然不知我之心者，見其歌謠，而反以為驕，且曰：「彼之所為已是矣，而子之言獨何為哉？」蓋舉國之人，莫覺其非，而反以憂之者為驕也。於是憂者重嗟歎之，以為此之可憂。初不難知，彼之非我，特未之思耳。誠思之，則將不暇非我而自憂矣。

【箋註】王質曰：此士大夫與朋友相與言者也，故曰「子曰何其」。此人未必深相知，然可與言者也。
輔廣曰：居褊急之時，則以憂世而歌謠者為驕。
姚際恆曰：詩如行文，極縱橫排宕之致。
牛運震曰：園桃實殽，寫出儉陋之況。所謂其細已甚也。長歌之哀，過於痛哭。「我歌且謠」，正自無聊之極。截去「知我者」一層，更悲。「不知我者」，橫插一筆，生瀾。「子曰何其」空撰一非怪之辭，極險奇口吻入妙。「其誰知之」疊一筆凄絕，促急歷亂，幾不成聲。「蓋亦勿思」所謂棄捐勿復道也，不敢高聲疾怨，悲極。

園有棘1，其實之食。
心之憂矣，聊2以行國3。
不知我者，謂我士也罔極4。
「彼人是哉？子曰何其？」
心之憂矣，其誰知之？
其誰知之，蓋亦勿思。

果園中的棗樹，果實可以吃（然而國中有民，竟無人可以治理）。
我心中的煩惱擔憂，只能以四處出遊來排解煩惱。
不了解我的人，說我放縱恣意。
「他們是這樣想我？你爲什麼說這種話？」
我心中的憂愁煩惱，有誰能夠明白？
倘若那些人知道我在愁什麼，他們怎能不爲此煩憂。

**【註釋】**興也。國，叶于逼反。1棘是小棗。2聊是略且的意義。3行國，是遊行國中，或作「去國」。4罔極。是恣意無窮。

**【章旨】**這章詩是和上章一樣的解法。

**【集傳】**興也。棘，棗之短者。聊，且略之辭。歌謠之不足，則出遊於國中，而寫憂也。極，至也。罔極，言其心縱恣，無所至極。

**【箋註】**姚際恆曰：此蓋謂桃、棘，果實之賤者，園有之，猶可以為食，興國之無人也，故直接以「心之憂矣」云云。

牛運震曰：園棘實食，更自可憐可鄙。「聊以行國」，所謂駕言出遊，以寫我憂也，白描入神。「罔極」二字，罪名更奇。

方玉潤曰：搔首問天，合眼放步，有世人皆醉而我獨醒之慨。

## 園有桃二章，章十二句。

【箋註】輔廣曰：〈黍離〉之憂，憂王室之已覆也；〈園有桃〉之憂，憂魏國之將亡也。憂其已覆而不我知，則亦已矣；憂其將亡而不我知，則欲其思之者亦宜也。

牛運震曰：哀思繚繞，較〈黍離〉更慘一倍。兩「蓋亦勿思」低頭吞聲，多少嗚咽摧挫！

方玉潤曰：〈園有桃〉，賢者憂國政日非也。此詩與〈黍離〉、〈兔爰〉如出一手，所謂悲愁之辭易工也。愚謂詩人之意若曰：園必有桃而後可以為殽，國必有民而後可以為治。今務為刻嗇，剝削及民，民且避碩鼠而遠適樂國，君雖有土，誰與興利？旁觀深以為憂，而當局乃以為過，此詩之所以作也。

程俊英曰：這是一首沒落貴族憂貧畏飢的詩。人家稱他為「士」，可能是一位知識分子。他沒落了，窮得沒飯吃，只好摘園中的桃、棗充飢。他譏刺時政，不滿現實。人家批評他驕傲反常，自以為是。他反說人家不了解他。他精神上痛苦異常，只有用丟開一切，什麼都不想的辦法來安慰自己。詩反映了當時衛國士的經濟地位和思想情況。

糜文開、裴普賢曰：魏國國小土瘠，又與秦晉等大國相鄰，致日以侵削。而在上者懵然不知，一味刻嗇剝削人民，且自以為是。詩人洞燭機先，擔憂國家的命運，故發憤為詩，希望當國者能矯正其失而歸於治國之正道。

# 陟岵

陟彼岵1兮，瞻望父兮。

登上草木貧瘠的山岡，遙望父親所住的遠方。

父曰：「嗟！予子行役，夙夜無已，上[2]慎旃[3]哉，猶來無止[4]。」

父親說：「唉！我那在外地服勞役的兒子啊，你日夜勞動忙個不停，要謹慎小心哪，早日歸來，不要留居異鄉。」

【註釋】賦也。岵，音「戶」。1岵，是無草木的山岡。2上同尚。3旃是語助詞，和「之」字差不多。4止是止於外不得回來，或作俘獲。

【章旨】這章詩是孝子行役，思念雙親，因此登到山的高處，望他的父親，好像看見了；又想像他的父親念他，說是我兒呀，你行役在外，夙夜不已，要謹慎些，還可以回來的，不要止留在外，不得回來。

【集傳】賦也。山無草木曰岵。上，猶尚也。○孝子行役，不忘其親。故登山，以望其父之所在。因想像其父念己之言曰：「嗟呼我之子行役，夙夜勤勞，不得止息。」又祝之曰：「庶幾慎之哉！猶可以來歸，無止於彼而不來也。」蓋生則必歸，死則止而不來矣。或曰：「止，獲也。」言無為人所獲也。

【箋註】牛運震曰：「『父曰嗟』，黯然慨然。遙作摹擬，直如親見耳聞，妙。『猶來無止』，作兩句讀，斷續嗚咽。此孝子自怨自儆之辭，卻借父命體貼出來，便自深厚沉切。

陟彼屺[1]兮，瞻望母兮。母曰：「嗟！予季[2]行役，

登上草木貧瘠的山岡，遙望母親所住的遠方。母親說：「唉！我那在外地服勞役的小兒子啊，你日夜勞動忙得無法休息，要謹慎小心哪，早日歸來，不要棄屍他地。」

夙夜無寐，上愼旃哉，
猶來無棄3。」

【註釋】賦也。屺，音「起」。母，叶滿彼反。1屺是有草木的山頭。2季是少子。3棄是死的屍首拋棄了。

【章旨】這章詩是望他母親的。和上章一樣解法。

【集傳】賦也。山有草木曰屺。季，少子也。尤憐愛少子者，婦人之情也。無寐，亦言其勞之甚也。棄，謂死而棄其屍也。

【箋註】牛運震曰：本是思念父母，卻述父母之念己，而重以儆戒，立意便自篤摯。

陟彼岡1兮，瞻望兄兮。
兄曰：「嗟！予弟行役，
夙夜必偕2，上愼旃哉，
猶來無死3。」

登上草木貧瘠的山岡，遙望兄長所住的遠方。兄長說：「唉！我的弟弟在外地服勞役，日夜爲人所役使，要謹慎小心哪，早日歸來，不要埋骨異鄉。」

【註釋】賦也。偕，叶舉里反。兄，叶虛王反。1岡是山脊。2必偕是必定同作同止的。3死是死在外面。

【章旨】這章詩是思念兄的。和首章一樣解法。

【集傳】賦也。山脊曰岡。必偕，言與其儕同作同止，不得自如也。

【箋註】牛運震曰：望兄帶說，自不可少。「必偕」二字，有多少老成謹重處。竟說「死」字，又自沉痛。

## 陟岵三章，章六句。

【箋註】輔廣曰：既思其父，又思其母，又思其兄；既想像其念己之言，又想像其祝己之言，曰庶幾其謹之哉！則斯人也必能以其親之心為心，亦可謂賢矣。

朱公遷曰：觀〈陟岵〉，而魏之所以役其民者可知；觀〈碩鼠〉，而魏之所以賦其民者可見。

牛運震曰：格調高，意思真，辭氣厚，孝弟詩當如是。

方玉潤曰：人子行役，登高念親，人情之常。若從正面直寫己之所以念親，縱千言萬語，豈能道得意盡？詩妙從對面設想，思親所以念己之心，與臨行朂己之言，則筆以曲而愈達，情以婉而愈深。千載下讀之，猶足令羈旅人望白雲而起思親之念，況當日遠離父母者乎？

# 十畝之間

十畝之間[1]兮，桑者[2]閑閑[3]兮，行[4]與子還[5]兮。

郊區的園圃間，種桑的農人悠閒自在，我將與妳一起到那裡隱居避世。

【註釋】賦也。間，叶居賢反。閑，叶胡田反。還，叶音「旋」。1十畝之間，是自置的郊外園圃。2桑者是種桑的人。3閑閑是自得的意思。4行是將要。5還是歸隱，《左傳》「與汝偕隱」意同。

【章旨】這章詩是賢良不喜為仕，意欲和他的妻子偕隱。他說郊外有十畝之間的地方，種桑的農人，很是揚揚自得。我將和妳歸隱到那個地方。

【集傳】賦也。十畝之閒，郊外所受場圃之地也。閑閑，往來者自得之貌。行，猶將也。還，猶歸也。○政亂國危，賢者不樂仕於其朝，而思與其友歸於農圃。故其辭如此。

【箋註】蘇轍曰：雖有十畝之田，桑者閑閑其可樂也。行與子歸居也。夫有十畝之田，其所以為樂者亦鮮矣，而可以易仕之樂，則仕之不可樂也甚矣。

牛運震曰：「閑閑」寫出田家樂。

十畝之外1兮，桑者泄泄2兮，行與子逝3兮。

郊區的園圃之外，種桑的農夫悠閒自在，我將與妳一起到那裡隱居避世。

【註釋】賦也。外，叶五墜反。泄，音「異」。1十畝之外是指鄰圃。2泄泄是和閑閑一樣的意思。3逝是往隱。

【章旨】這章詩是和上章一樣的解法。

【集傳】賦也。十畝之外，鄰圃也。泄洩，猶閑閑也。逝，往也。

十畝之間二章，章三句。

【箋註】《詩序》：〈十畝之間〉，刺時也。言其國削小，民無所居焉。

蘇轍曰：此君子不樂仕於其朝之詩也。曰，雖有十畝之田，桑者閑閑其可樂也，行與子歸之。夫有十畝之田，其所以為樂者亦鮮矣。而可以易仕之樂，則仕之不可樂也，甚矣。

姚舜牧曰：曰「十畝之間」，又曰「十畝之外」；曰「桑者閑閑」，又曰「桑者泄泄」，蓋深嫉朝市之莫可居，而欲飄然於風塵之外也，仕者之心如是，豈世道之福哉！細玩魏之詩，見魏之俗尚，大抵以褊急勝。君子不欲仕，而樂就桑者之閑閑；小人不欲居，而甘就樂土之得所，則其時其政，蓋可知矣。

牛運震曰：悠然方外之致，絕佳招隱辭。賢者思歸於農圃，則世事可知矣。故《序》以為刺時，非無謂也。

方玉潤曰：〈十畝之間〉，夫婦偕隱也。

程俊英曰：一群採桑女子，在辛勤緊張的勞動後，輕鬆悠閒，三五成群，結伴同歸途中所唱的歌。

糜文開、裴普賢曰：此詩若解作婦諷勸夫歸隱，則更覺親切有味，可與〈鄭風・緇衣〉比美。

# 伐檀

坎坎[1]伐檀[2]兮，
寘[3]之河之干[4]兮，
河水清且漣[5]猗[6]。
「不稼[7]不穡[8]，

費力的將檀木砍下，
堆積在於河道邊，
清澈的河水上蕩漾著漣漪。
「你不種稻也不耕耘，
憑什麼領取三百戶的糧食賦稅？
你不去山林間打獵，
憑什麼院子裡掛著別人獵來的野獸？」
那些真正的君子，是不會無功受祿白吃白喝的啊！

胡9取禾10三百廛11兮？
不狩不獵12，
胡瞻爾庭有縣13貆14兮？」
彼君子兮，不素餐15兮。

【註釋】賦也。檀，叶徒沿反。干，叶居焉反。廛，叶直連反。縣，音「玄」。貆，音「暄」。餐，叶七宣反。1坎坎是用力的聲音。2檀木，是造車的材料。3寘同置字。4干是崖岸。5漣是水的皺紋。6猗同兮字。《尚書》：「斷斷猗。」7稼是種穀。8穡是耘田。9胡是何也。10禾是禾結的穀食。11廛是一間房子。12狩獵是打獵。13縣同懸字。14貆是貉類的獸。15素是空白，素餐是白食。

【章旨】這章詩是詩人傷君子不見用於時，又愧無功受祿的人。他說道用力的把檀木砍倒了，造成車子，於今把它放在河干的上面。河水雖是清漣，車子卻是無用。君子以為好像自己在朝做官，不能見用，覺得無功受祿，很是慚愧。他因此說道：「人若不去種田，哪有三百廛的禾呢？不去打獵，哪看見他的庭前掛著狐貉呢？」君子為人，他終以素餐可恥啊！是詩人借君子的口氣，反罵小人的。

【集傳】賦也。坎坎，用力之聲。檀，木可為車者。置，與置同。干，厓也。漣，風行水成文也。猗，與兮同，語詞也。《書》「斷斷猗」，《大學》作「兮」，《莊子》亦云「而我猶為人猗」是也。種之曰稼，斂之曰穡。胡，何也。一夫所居曰廛。狩，亦獵也。貆，貉類。素，空。餐，食也。○詩人言有人於此，用力伐檀，將以為車而行陸也。今乃置之河干，則河水清漣，而無所用。雖欲自食其力，而不可得矣。然其志，則自以為不耕，則不可以得禾，不獵，則不可以得獸。是以甘心窮餓，而不悔也。詩人述其事而歎之，以為是真能不空食者。後世若徐穉之流，非其力不食，其厲志蓋如此。

**【箋註】**

姚際恆曰：只是借形君子，莫認作實。寫西北人家如畫。

牛運震曰：首二句寫出賢者落拓窮愁之況。帶寫河水一筆，映帶搖曳，詩意肅疎，閑筆不相涉卻自有情。兩詰正使貪人無地。硬下驚怪語，突兀奇特。收轉君子詠歎作結高絕。

糜文開、裴普賢曰：魏風地隘民貧，貴族重斂，農民不堪其苦，故〈碩鼠〉篇有「莫我肯顧，逝將去女」之語，而本篇有「不稼不穡，胡取禾三百廛兮？不狩不獵，胡瞻爾庭有縣貆兮」的不平之鳴。

坎坎伐輻[1]兮，寘之河之側兮，
河水清且直[2]猗。
「不稼不穡，
胡取禾三百億[3]兮？
不狩不獵，
胡瞻爾庭有縣特[4]兮？」
彼君子兮，不素食兮。

---

費力的砍下可以作爲車輻的木材，堆積在河道的旁邊，
清澈的河水上蕩漾著漣漪。
「你不種稻也不耕耘，
憑什麼領取三千萬石的糧食？
你不去山林間打獵，
憑什麼院子裡掛著別人獵來的野獸？」
那些眞正的君子，是不會無功受祿白吃白喝的啊！

【註釋】賦也。輻，音「福」，叶必力反。側，叶莊力反。1輻是車輻，在車輪上輳轂的。2直，是波紋的直線。3億，古以十萬為億。三百億是三千萬石。4特是三年的獸。《爾雅》作「豕生」，特的一種，獸名。

【集傳】賦也。輻，車也。伐木以為輻也。直，波文之直也。十萬曰億。蓋言禾秉之數也。獸三歲曰特。

坎坎伐輪1兮，寘之河之漘2兮，
河水清且淪3猗。
「不稼不穡，
胡取禾三百囷4兮？
不狩不獵，
胡瞻爾庭有縣鶉5兮？」
彼君子兮，不素飧6兮。

---

費力的砍下可以作爲車輪的木材，堆積在河岸邊，
清澈的河水上蕩漾著小漣漪。
「你不種稻也不耕耘，
憑什麼領取三百倉的糧食？
你不去山林間打獵，
憑什麼院子裡掛著別人獵來的鵪鶉？」
那些眞正的君子，是不會無功受祿白吃白喝的啊！

【註釋】賦也。囷，丘倫反。鶉，音「純」。飧，叶素倫反。1輪是車輪。2漘是河岸。下被水沖，好像脣的一樣。3淪是水的小皺紋。4囷是圓倉。5鶉是鳥名。6飧是熟了的食物。

【章旨】這章詩是和上章一樣的解法。

【集傳】賦也。輪，車輪也。伐木以為輪也。淪，小風水成文，轉如輪也。囷，圓倉也。鶉，鵪屬。熟食曰飧。

## 伐檀三章，章九句。

【箋註】姚際恆曰：此詩美君子之不素餐，「不稼」四句只是借小人以形君子，亦借君子以罵小人，乃反襯「不素餐」之義耳。末二句始露其旨。若以為「刺貪」，失之矣。

牛運震曰：「直」字「淪」字，俱有畫像。起落轉折，渾脫傲岸。首尾結構呼應靈緊，此長調之神品也。刺貪詩如此作，真厚真遠。

糜文開、裴普賢曰：這是對不勞而獲，不勤而食者的攻擊，也是東周世衰，農民覺醒，封建制度將趨崩潰的時代反映。

# 碩鼠

碩鼠[1]碩鼠，無食我黍。
三歲[2]貫[3]女，莫我肯顧[4]。
逝將去女，適彼樂土[5]。
樂土樂土，爰[6]得我所？

大老鼠啊大老鼠，別再吃我的黍米了。
三年來一直放縱你的行爲，但你對我卻絲毫沒有顧念之情。
我將要離開你了，去別的安樂土地。
樂土啊樂土，在哪裡才有可能得到我的安身之地？

【註釋】比也。貫，音「慣」。女，音「汝」。顧，叶果五反。樂，音「洛」。所，音「素」。1碩鼠是大鼠。2三歲是三年之久的意思。3貫是習慣。4顧是顧念。5樂土，是有道的國家，安樂的土地。6爰是可能的意思。

【章旨】這章詩是刺重斂貪殘的。他說道老鼠老鼠，你不要再食我黍了，你的貪心，卻是習慣已久了，竟至不念我的痛苦。現在我已經擔負不起，將要避你逃走了，到那個有道的國裡去了。那個地方，真是快樂的土地呀，我將得其所了。

【集傳】比也。碩，大也。三歲，言其久也。貫，習。顧，念。逝，往也。樂土，有道之國也。爰，於也。○民困於貪殘之政。故託言大鼠害己而去之也。

【箋註】輔廣曰：「三歲貫女」，則民之於上至矣；「莫我肯顧」，則上之於民甚矣。於是而決去焉，非民之罪也。

牛運震曰：疊呼「碩鼠」，疾痛切怨。「三歲貫女」深怨之辭，然正見忠厚處。何鄉為樂土？無聊癡想。

碩鼠碩鼠，無食我麥。
三歲貫女，莫我肯德。
逝將去女，適彼樂國。
樂國樂國，爰得我直？

大老鼠啊大老鼠，別再吃我的麥子了。
三年來一直放縱你的行為，但你對我卻沒有給予絲毫恩德。
我將要離開你了，去別的安樂國家。
樂國啊樂國，在哪裡才有可能得到我的安身之地？

【註釋】比也。麥，叶訖力反。國，叶于逼反。

【集傳】比也。德，歸恩也。直，猶宜也。

【箋註】糜文開、裴普賢曰：「爰」為「于焉」之合聲，在本篇兩「爰」字都作「哪兒」解，則一二章皆神滿氣足，且與末章「誰之永號」相配合。

**碩鼠碩鼠，無食我苗。**
**三歲貫女，莫我肯勞1。**
**逝將去女，適彼樂郊2。**
**樂郊樂郊，誰之永號3。**

大老鼠啊大老鼠，別再吃我的苗了。三年來一直放縱你的行爲，但你從來沒有在意過我們付出的辛苦。我將要離開你了，去別的安樂的地方。樂土啊樂土，到了那裡，我就能安心，不必再爲此痛苦哀嘆了。

【註釋】比也。苗，叶音毛。郊，叶音高。號，音「毫」。1莫我肯勞，是說不念人民的勞苦。2樂郊同樂土，是一樣的。3誰之永號，是說既到樂郊，我就無害了，何用向人長號呢。

【章旨】這章詩是和首章一樣的解法。

【集傳】比也。勞，勤苦也。謂不以我為勤勞也。永號，長呼也。言既往樂郊，則無復有害己者，當復為誰而永號乎。

【箋註】謝枋得曰：食黍不足而食麥，食麥不足而食苗，苗者，禾方樹而未秀也。食至於此，其貪甚矣。牛運震曰：反筆作結，怨聲嫋嫋。

**碩鼠三章，章八句。**

**魏國七篇，十八章，一百二十八句。**

【箋註】姚際恆曰：此詩刺重斂苛政，特為明顯。

牛運震曰：促急重疊，亡國之音哀以思。戒其虐我而以去女為劫持，猶不忍遽絕之也。怨怒之極，尚不失為忠厚之遺。

方玉潤曰：此詩見魏君貪殘之效，其始皆由錯誤以嗇為儉之故，其弊遂至刻削小民而不知足，以致境內紛紛逃散，而有此詠。不久國亦旋亡。聖人著之，以為後世刻嗇者戒。有國者曷鑒諸？

高亨曰：這首詩是佃農所作。周王朝東遷以後，奴隸制與農奴制都逐漸破壞，出現了新興地主，他們把土地租給佃農耕種，而收實物地租，對佃農的剝削也很殘酷。這首詩正是佃農對地主殘酷剝削的控訴。

糜文開、裴普賢曰：詩中表面是責罵碩鼠之貪婪無情，而骨子裡所責罵的卻是魏國的統治者。《詩經》中比體詩〈衛風・碩鼠〉、〈豳風・鴟鴞〉等篇早已用「苦悶的象徵」，開闢了中國象徵詩的途徑，都是時代的傑作。〈碩鼠〉篇在極度苦痛中，把碩鼠來譴責，藉以發洩其滿腔的怨憤。這種微妙的感情表達，固足受人激賞，而因此更想像出理想的樂土來，以寄託其嚮往之心，實與千年以後陶淵明撰寫的《桃花源記》寄情於世外桃源，如出一轍。

# 唐

唐，國名，本是帝堯舊都。在禹貢冀州的疆域，太行恆山以西。太原，太岳的野地。周成王弟叔虞，封為唐侯；叔虞子燮文，改稱國號為晉，後來徙居曲沃，又徙居絳。地瘠民貧，勤儉樸質，憂深思遠，有帝堯的遺風。這詩何以不稱為晉？因為晉侯緡，被曲沃武公所滅，武公冒著晉號，是兩晉相吞，一興一滅。詩多採於曲沃，名號無所專繫，因而黜了晉號，仍用叔虞初封的唐號。孔子編詩，本和《春秋》一樣的寓意。三百篇中，有國無詩，名號存在，是憫它無罪見滅的意思。有詩有國，反滅其名，是惡他得國不正的意思。貶惡褒善，繼絕存亡，所以不稱為晉，要稱為唐。

# 蟋蟀

蟋蟀1在堂2，歲聿3其莫4。
今我不樂，日月其除5。
無已大康6，職思其居7。
好樂無荒，良士瞿瞿8。

蟋蟀已經躲進堂屋中，時序到了歲末時節。如不趁著這段時間歡樂慶祝，這一年就要過完了。也不要過於享樂，還是要想想工作的事情。一面享受歡樂，一面不荒廢工作，聰明的人總是會顧慮未來。

**【註釋】** 賦也。莫，音「暮」。除，去聲。大，音「泰」。居，叶音据。好，去聲。瞿，音「句」。1蟋蟀是蟲名，又名促織。2在堂，〈七月〉篇說，蟋蟀九月在戶，戶堂相近，所以在戶亦稱在堂。3聿是近到。4莫是晚了。5除是去了。6無已太康，是說不要過樂。7職是職業。職思其居，是要想想職業所在。8瞿瞿是驚顧的狀貌。

**【章旨】** 這章詩是說唐地風俗，勤儉質樸，人民終日勤勞，不敢偷惰。到了九月的時候，快將年終。他說我們現在可以取樂了，要是此刻不樂，日月不可留。但是亦不能過於快樂，要想想自己職業所在，不能貪圖快樂，荒了志向。有見識的人，他總要驚顧後來。

**【集傳】** 賦也。蟋蟀，蟲名。似蝗而小，正黑，有光澤如漆，有角翅，或謂之「促織」，九月在堂。聿，遂。莫，晚。除，去也。大康，過於樂也。職，主也。瞿瞿，卻顧之貌。○唐俗勤儉，故其民間終歲勞苦，不敢少休。及其歲務閒之時，乃敢相與燕飲為樂而言，今蟋蟀在堂，而歲忽已矣。當此之時，而不為樂，則日月將捨我而去矣。然其憂深而思遠也。故方燕樂，而又遽相戒曰：「今雖不可以不為樂，然不已過於樂乎。」盍亦顧念其職之所居者，使其雖好樂而無荒。若彼良士之長慮而卻顧焉，則可以不至於危亡也。蓋其民俗之厚，而前聖遺風之遠如此。

**【箋註】** 輔廣曰：「今我不樂，日月其除」：張而不弛，文武不能也；「無已大康，職思其居」：弛而不張，文武不為也；「好樂無荒，良士瞿瞿」：一張一弛，文武之道也。

姚際恆曰：感時惜物詩肇端于此。

牛運震曰：一起慨然，陡接「今我不樂」，筆意蕭曠擺脫。翻筆意新，「除」字字法妙。「瞿瞿」字寫出精神。八句中起承轉合悉具，可悟詩家結構之法。一句一轉，委婉深厚。

**蟋蟀在堂，歲聿其逝**1**。**
**今我不樂，日月其邁。**
**無已大康，職思其外**2**。**
**好樂無荒，良士蹶蹶**3**。**

蟋蟀已經躲進堂屋中，時序到了歲末時節。
如不趁著這段時間歡樂慶祝，這一年就要過完了。
也不要過於享樂，還是要想想工作之外的事情。
一面享受歡樂，一面不荒廢正業，聰明的人總是勤快努力的。

**【註釋】** 賦也。邁，叶力制反。外，叶五墜反。1逝、邁，都是去了的意思。2外是下餘的。3蹶蹶是勤敏于事。

**【章旨】** 這章詩是和上章一樣的解法。但職思其外一句。是說職業以內。固然要想。職業以外，亦不敢忽。

**【集傳】** 賦也。逝邁，皆去也。外，餘也。其所治之事，固當思之。而所治之餘，亦不敢忽。蓋其事變，或出於平常思慮之所不及。故當過而備之也。蹶蹶，動而敏於事也。

【箋註】歐陽脩曰：職思其外者，謂廣為周慮也。
輔廣曰：人無遠慮，必有近憂，故常思慮在事外也。思之雖周，而為之不敏，則亦無益矣。

**蟋蟀在堂，役車其休。**[1]
**今我不樂，日月其慆。**[2]
**無已大康，職思其憂。**
**好樂無荒，良士休休。**[3]

---

蟋蟀已經躲進堂屋中，就連役車也停駛了。如不趁著這段時間歡樂慶祝，這一年就要過去了。也不要過於享樂，還是要想想生活中的憂患之事。一面享受歡樂，一面不荒廢工作與生活，聰明的人凡事都拿捏好分寸尺度，因此顯得安閒不亂。

【註釋】賦也。慆，音「叨」。1役車，是庶人乘的役車。歲晚了，百工一齊休業。2慆是過去。3休休是安閑的狀貌。

【章旨】這章詩是說歲晚了，百工一齊休業了。於今不樂，日月是要過去了。但是亦不可過於快樂，要想想職業的憂患，必須樂而不荒。有識的人，他總安閑不亂的。

【集傳】賦也。庶人乘役車，歲則百工皆休矣。慆，過也。休休，安閑之貌。樂而有節，不至於淫，所以安也。

【箋註】牛運震曰：思憂正以為樂，深理可思。

**蟋蟀三章，章八句。**

【箋註】姚際恆曰：觀詩中「良士」二字，既非君上，亦不必盡是細民，乃士大夫之詩也。每章八句，上四句一意，下四句一意。上四句言及時行樂，下四句又戒無過甚也。

牛運震曰：穆然深遠，無感慨叫囂之習。此詩正旨，本諷人君以深思周慮而不廢其政事，卻以及時行樂發之。辭氣愈婉，意思愈緊。

方玉潤曰：〈蟋蟀〉，唐人歲暮述懷也。此真唐風。其人素本勤儉，強作曠達，而又不敢過放其懷，恐耽逸樂，致荒本業，故方以日月之舍我而逝不復回者為樂不可緩，又更以職業之當修勿忘其本業者為志不可荒。無已，則必如彼瞿瞿良士好樂而無荒焉可也。此亦謹守見道之人所作。

## 山有樞

山有樞1，隰有榆2。
子有衣裳，弗曳弗婁3；
子有車馬，弗馳弗驅4。
宛5其死矣，他人是愉6。

高山林中生長著樞木，低濕地裡生長著榆樹（但兩木生長在那裡，山林與濕地都不能使用，於是給其他人使用了）。
你雖有衣裳，卻不穿不戴；
你雖有車馬，卻不乘坐驅馳。
倘若一旦死去，衣服車馬都歸屬他人，讓其他人享受了！

**【註釋】**興也。1樞是木槿，一說刺榆。2榆是榆樹，又名白枌。3曳、婁是牽引，俗作穿著。4馳、驅，是乘騎。5宛然是坐視的意思。6愉是快樂。

**【章旨】**這章詩是諷唐人儉不中禮的。他說山上雖有樞樹，隰下雖有榆樹，但山隰不能自用，和你雖有衣裳，不肯穿著、雖有車馬不乘騎。是一個樣子。一旦宛然死了，不過供他人的愉快啊。

【集傳】興也。樞，荎也。今刺榆也。榆，白枌也。婁，亦曳也。馳，走。驅，策也。宛，坐見貌。愉，樂也。○此詩蓋亦答前篇之意，而解其憂。故言，山則有樞矣，隰則有榆矣。子有衣裳車馬，而不服不乘，則一旦宛然以死，而他人取之以為己樂矣。蓋言，不可不及時為樂。然其憂愈深，而意愈蹙矣。

【箋註】牛運震曰：危言忠告，如晨鐘警夢。陡下「宛其死矣」，危險之極，守財虜可為猛醒。「他人」字對「子」字，逼照甚緊。

**山有栲1，隰有杻2。**
**子有廷3內4，弗洒弗埽；**
**子有鐘鼓，弗鼓弗考5。**
**宛其死矣，他人是保6。**

高山林中生長著栲木，低濕地裡生長著杻木（兩木生長在那裡，山林與濕地都不能使用，於是給其他人所用了）。
你雖然有廳堂，卻不整理灑掃；
你雖然有樂器，卻不敲打彈奏。
倘若一旦死去，住處與樂器都將爲他人所佔去。

【註釋】興也。栲，音「考」，叶去九反。埽，叶蘇后反。考，叶去九反。保，叶補苟反。1栲是山樗，樹名。2杻是樹名，似杏，葉狹尖。3廷通作庭。4內是堂室。5考是槁擊。6保是居有。

【集傳】興也。栲，山樗也。似樗，色小白，葉差狹。杻，檍也。葉似杏而尖，白色，皮正赤。其理多曲少直。材可為弓弩乾者也。考，擊也。保，居有也。

【箋註】牛運震曰：廷內鐘鼓縷言之，更暢卻更緊切。「他人是保」，正以己之不能保也，反映更警切。

**山有漆，隰有栗，**
**子有酒食，何不日鼓瑟[1]？**
**且以喜樂，且以永日[2]。**
**宛其死矣，他人入室。**

高山中生長漆樹，低濕地裡長有栗樹（兩木生長在那裡，山林與濕地都不能使用，於是給其他人所用）。你既然有美味的酒肉食物，爲什麼不把樂器彈奏起來？以快樂的心情，消磨時間尋找自我的快樂呢。一旦死去，那些東西就不是你的了，自有旁人登堂入室成爲新主人。

【註釋】興也。1君子無故，琴瑟不離於側，何不日鼓瑟，是尋樂自適意。2永日是長日。且以永日，是消此長日的意思。

【章旨】這章詩是和首章一樣的解法。

【集傳】興也。君子無故，琴瑟不離於側。永，長也。人多憂，則覺日短。飲食作樂，可以永長此日也。

【箋註】牛運震曰：酒食琴瑟合說，妙。變調更清急。兩「且以」寫出無聊無奈。「且以永日」正是悲極語。直說「入室」咄咄可畏。三「宛其死矣」即前篇「職思其外」、「職思其憂」之註腳也。喚醒愚人多少！

## 山有樞三章，章八句。

【箋註】謝枋得曰：始言「他人是愉」，中言「他人是保」，末言「他人入室」，一節悲一節，此亦憂深思遠也。

牛運震曰：促節疊調是悲蹙，不是曠達。四鄰謀取其國家而不知，勸他曳驅飲樂何益！蓋以為與其為他人守，不如及時行樂之為愈也。特設此反辭寓言，以為悚動耳！細繹乃得之，故曰憂深思遠。

屈萬里曰：此勸有人即時行樂之詩（本王質說）。

程俊英曰：這是一首譏刺守財奴的詩。唐地的剝削者剝削了許多東西，他們吃的、穿的、住的、用的、玩的，樣樣都有，卻捨不得享用。人民極端厭惡這些守財奴，嘲笑說：等你死了，什麼東西都要供別人享用了。

糜文開、裴普賢曰：國家禍亂頻仍，覆巢之下，將無完卵，百姓憂急，以至門廷無心灑掃，一切人生享受，都在被棄之列。詩人因此故作達觀說話，勸人及時行樂，已發洩其內心的悲痛。

## 揚之水

揚之水，白石鑿鑿[1]。素衣朱襮[2]，從子[3]于沃。既見君子，云何不樂？

激昂的流水，將白色的石頭沖刷得更鮮明。穿著朱領白衣諸侯的服飾，前往沃地去拜見您。能夠見到君子，我有什麼好不快樂的？

**【註釋】**比也。鑿，音「作」。襮，音「博」。沃，叶鬱鎛反。樂，音「洛」。1鑿鑿是巉巖貌。2襮是衣領。諸侯衣服繡黼朱領。3子指桓叔。

**【章旨】**這章詩是諷昭公防備曲沃的。他說道游揚淺緩的水中，白石巉巖顯露；素衣朱襮的桓叔，顯有併晉的氣象。那麼我人將要從你到曲沃了，若是看見了你，何以不快樂呀？

**【集傳】**比也。鑿鑿，巉岩貌。襮，領也。諸侯之服繡黼領而丹朱純也。子，指桓叔也。沃，曲沃也。○

晉昭侯封其叔父成師於曲沃，是為桓叔。其後沃盛強，而晉微弱，國人將叛而歸之，故作此詩。言水緩弱而石巉巖，以比晉衰而沃盛，故欲以諸侯之服，從桓叔於曲沃，且自喜其見君子，而無不樂也。

**揚之水，白石皓皓。**
**素衣朱繡[1]，從子于鵠[2]。**
**既見君子，云何其憂？**

激昂的流水啊，將白色的石頭沖刷得更潔白。
穿著朱領白衣諸侯的服飾，前往鵠邑去拜見您。
能夠見到君子，我又有什麼好憂愁的呢？

**【註釋】**比也。皓，叶胡暴反。繡，叶先妙反。鵠，叶居號反。憂，叶一笑反。1朱繡就是朱襮。2鵠是曲沃的邑名。

**【章旨】**這章詩是和上章一樣的解法。

**【集傳】**比也。朱繡，即朱襮也。鵠，曲沃邑也。

**揚之水，白石粼粼[1]。**
**我聞有命[2]，不敢以告人。**

激昂的流水，清晰顯露出水中的白石。
我聽說您下令要用兵，但我不敢告訴別人。

**【註釋】**比也。命，叶彌并反。1粼粼是水清見石的狀貌。2我聞有命，是聽說他有美政善命。

**【章旨】**這章詩是說桓叔將要併晉的心思，好像揚之水中的白石，粼粼顯露。我聽說他有美政善命，收拾人心，將來晉國一定為他所有，因此不敢私自把這種情形宣告國人吧。

【集傳】比也。粼粼，水清石見之貌。聞其命，而不敢以告人者，為之隱也。桓叔將以傾晉，而民為之隱。蓋欲其成矣。○李氏曰：「古者不軌之臣，欲行其志，必先施小惠，以收眾情，然後民翕然從之。田氏之於齊，亦猶是也。故其召公子陽生於魯，國人皆知其已至，而不言。所謂我聞有命，不敢以告人也。」

【箋註】糜文開曰：而玩味詩文，解一對男女相戀，已私訂終身，但議婚時，女方父親堅不同意，要將她許配給別人。而女亦抱〈柏舟〉「之死矢靡它」之志，誓不從命。形成雙方僵持局面。母憐其女，以女已滿二十歲，到了可以自主的年齡，就母女商量，試行水占，以卜吉凶。水占得吉兆，女郎就瞞著她的父親，應邀祕密行動，去未婚夫所在地曲沃成婚。所以篇末說：「我聞有命，不敢以告人。」詩中「素衣朱襮」，乃女子自述其前赴曲沃時所穿為紅領子的白衣。本篇「揚之水，白石粼粼」就是水占得了吉兆，女方才前去曲沃成婚。

## 揚之水三章，二章章六句，一章四句。

【箋註】《詩序》：〈揚之水〉，刺晉昭公也。昭公分國以封沃，沃盛彊，昭公微弱，國人將叛而歸沃焉。

程俊英曰：這是一首揭發、告密晉大夫潘父和曲沃桓叔勾結搞政變陰謀的詩。

白川靜曰：全章首尾容易瞭解，歌唱邂逅的喜悅。川瀨裡的白石影子歷歷分明，「不歌束薪」大概表示歡欣的預占，束薪已隨波流遙遙逝去矣。一位白衣朱領的男子之英姿在潺潺流水的背景裡浮現，女子喜悅的聆聽流水敲石的樂音。

# 椒聊

椒[1]聊[2]之實，蕃衍盈升[3]。彼其之子[4]，碩大無朋[5]。椒聊且[6]，遠條且[7]。

椒聊的實子，多到採收了近一升。就像是沃地的力量，強盛到無法匹敵的程度。椒聊啊，你生長的實在太茂盛了！

**【註釋】**興而比也。其，音「記」。且，音「疽」。1椒樹是和茱萸差不多，但桿枝有刺，味辛而香。2聊是語助詞。3蕃衍盈升，是實既蕃茂，採取便可盈升。4之子，是指沃。5朋是比倫。6聊且是感歎辭。7遠條且，是歎他枝遠實茂。

**【章旨】**這章詩是歎曲沃強盛，晉國微弱。他道曲沃的子孫繁盛，正和椒聊之實一樣，一採都是盈升的。曲沃的那個人，真是大得無比！唉，椒聊呀，你的枝條，何以這樣遠呀！你的子實，何以這樣多呀！

**【集傳】**興而比也。椒，樹。似茱萸，有針刺，其實味辛，而香烈。聊，語助也。朋，比也。且，歎辭。遠條，長枝也。○椒之蕃盛，則採之盈升矣。彼其之子，則碩大而無朋矣。椒聊且遠條且，歎其枝遠而實益繁也。此不知其所指。《序》亦以為沃也。

椒聊之實，蕃衍盈匊[1]。彼其之子，碩大且篤[2]。

椒聊的實子，多到必須要雙手合捧才能盛起的程度。就像是沃地的力量，發展得強盛且厚實。

## 椒聊且，遠條且。

椒聊啊，你生長的實在太茂盛了！

【註釋】興而比也。匊，音「菊」。1匊，是兩手合捧。2篤是篤厚。

【章旨】這章詩是和上章一樣的解法。

【集傳】興而比也。兩手曰掬。篤，厚也。

## 椒聊二章，章六句。

【箋註】屈萬里曰：此頌人之詩，《詩序》亦以為刺昭公分國封沃之事，恐非是。

程俊英曰：這是一首讚美婦女多子的詩。椒多子，所以，漢朝人用椒房這名辭稱皇后住的房屋，取其多子吉祥之意。古代以多子為福，這首詩也是用椒起興，賀婦女多子。

糜文開、裴普賢曰：詩中看不出有何刺意，只覺是對他人的讚美，如同〈螽斯〉之祝人多子，〈桃夭〉之祝人家族繁盛。此篇以花椒之多子來頌祝他人。（後世椒房除取其有香味外，亦有預祝此屋之人能多子之義。）並稱讚他體格碩大，性情篤厚。如此之人，自應子孫繁多，而且綿遠流長。所以每章最後特別唱出「椒聊且，遠條且」的祝頌之意。

# 綢繆

## 綢繆束薪1，三星2在天。

白天還在忙著把薪柴成束捆起，到了晚上，三星高掛夜空時，卻是成親的婚禮。

今夕何夕，見此良人[3]。
子兮子兮[4]，如此良人何[5]！

今夜是怎樣的夜晚啊，見到了我的丈夫。
唉呀、唉呀，我心中歡喜，該如何對待我的夫婿啊！

**【註釋】**興也。天，叶鐵因反。1綢繆是纏綿的意思。綢繆束薪，是把柴束緊了。2三星是心星，至晚上才看見。3良人，是婦人稱夫的。4子兮子兮，《經義述聞》作嗞嗟，歎辭。5如此良人何，是看見了良人，莫奈他何，心中喜歡，暗下忖度的意思。

**【章旨】**這章詩是說國亂民貧，男女的婚姻，多有過了時期的，後來得遂婚姻，心中自然喜歡。他說我方在綑纏這束柴，忽然天暗了。今天夜裡究竟什麼日子，看見我的良人。唉，良人啊！實是莫奈你何啊。這篇詩意是說我方才做事，萬不想今夜，我們兩人能夠結婚，我暗下喜得無可奈何。

**【集傳】**興也。綢繆，猶纏綿也。三星，心也。在天，昏始見於東方，建辰之月也。良人，夫稱也。國亂民貧，男女有失其時，而後得遂其婚姻之禮者。詩人敘其婦語夫之辭曰：「方綢繆以束薪也，而仰見三星之在天。今夕不知其何夕也。而忽見良人之在此。」既又自謂曰：「子兮子兮，其將奈此良人何哉。」喜之甚而自慶之辭也。

**【箋註】**牛運震曰：開端只二語，寫得荒涼寂寞，便覺亂離在目。「今夕何夕」，如夢如寤。
方玉潤曰：「今夕何夕」等詩，男女初婚之夕，自有此情況情形景象。
糜文開、裴普賢曰：各章前兩句寫三星靜夜美景，中兩句寫新婚甜蜜良辰。良辰的美滿婚姻，又以「今夕何夕」的問句點出，便表現了惝怳如夢的驚喜之感（舊式婚姻，僅憑媒妁之言，多是從未謀面者，洞房相見，得覩對方之美好，故有驚喜之感）。最後兩句「子兮子兮！如此良人何！」一句法略變，一歎之下，遂成絕作。

綢繆束芻，三星在隅1。
今夕何夕，見此邂逅2。
子兮子兮，如此邂逅何！

白天還在忙著把禾桿成束捆起，到了晚上，三星高掛在天空的東南角時，卻是成親的婚禮。
今夜是怎樣的夜晚啊，能與你不期相會。
唉呀、唉呀，這是怎樣令人歡喜的相會啊！

【註釋】興也。芻，叶側九反。隅，叶語口反。邂，音「械」。逅，叶狠口反。1隅是東南角上。2邂逅是不期相遇，兩相喜悅的意思。

【章旨】這章詩是說男女二人，不期相遇，結了婚禮。兩下初次見面，開口說話的事。

【集傳】興也。隅，東南隅也。昏見之星。至此則夜久也。邂逅，相遇之意。此為夫婦相語之辭也。

【箋註】陳子展曰：三星在隅者，心三星也。時在春暮，心宿初升。

綢繆束楚1，三星在戶。
今夕何夕，見此粲2者。
子兮子兮，如此粲者何？

白天還在忙著將柴薪成束捆起，到了夜晚，三星高掛夜空時，卻是成親的婚禮。
今夜是怎麼樣的夜晚啊，見到如此美麗的女子，
唉呀、唉呀，這是怎樣一個令人喜愛的美女啊！

【註釋】興也。者，叶章與反。1楚是荊楚，可作柴薪的。2粲是美麗，指女人的。

【章旨】這章詩是說男子見了女子的情形，和首章女子初見男子一樣的解法。

【集傳】興也。戶，室戶也。戶，必南出。昏見之星至此，則夜分矣。粲，美也。此為夫語婦之辭也。或曰：「女三為粲，一妻二妾也。」

孫鑛曰：三星入景妙。「今夕何夕」一語狀心事刻酷，是神來句。

## 綢繆三章，章六句。

【箋註】《詩序》：〈綢繆〉，刺晉亂也。國亂則婚姻不得其時焉。

牛運震曰：澹婉纏綿，真有解說不出光景。淒婉過時，人讀之失涕，分明慨婚姻不得其時，卻設為男女相遇之辭，意境可想。

方玉潤曰：詩詠新婚多矣，皆各有命意所在，唯此詩無甚深義，只描摹男女初遇，神情逼真，自是絕作，不可廢也。若必篇篇有為而作，恐自然天籟反難索已。

高亨曰：這首詩寫一對戀人在夜間相會的情景。

程俊英曰：這是一首祝賀新婚的詩。它和一般賀婚詩有些不同，帶有戲謔、開玩笑的味道；大約是民間鬧洞房的口頭歌唱。

# 杕杜

有杕[1]之杜[2]，其葉湑湑[3]。
獨行踽踽[4]，豈無他人？
不如我同父。
嗟行之人，胡不比[5]焉？

獨生的赤棠樹，雖然枝繁葉茂，
但就像是沒有兄弟的人，只能無伴獨行。
難道沒有其他人與我同行嗎？
有的，但不是同父的兄弟。
唉，行路之人啊，爲什麼不親近我呢？
對我這個沒有兄弟扶持的人，能給予一些幫助嗎？

人無兄弟，胡不佽6焉？

【註釋】興也。杕，音「狄」，一音「第」。湑，上聲。踽，音「巨」。比，音「鼻」。佽，音「次」。1杕，是孤獨特生的木。2杜是赤棠。3湑湑，是枝葉茂盛貌。4踽踽，是獨行的狀貌。5比是輔助。6佽是佽助。

【章旨】這章詩是兄弟失好，自傷無助的詩辭。他說道有一株獨生的杜樹，枝葉雖然茂盛，無奈旁邊沒有樹木相稱，好像我一個人獨行無伴一樣。路上那是真沒有別人，無奈不是和我同父的。唉，行路的人們啊，何不輔助我一下？無兄無弟的人，不能幫助一下嗎？

【集傳】興也。杕，特也。杜，赤棠也。湑湑，盛貌。踽踽，無所親之貌。同父，兄弟也。比，輔。佽，助也。○此無兄弟者，自傷其孤特，而求助於人之辭。言杕然之杜，其葉猶湑湑然。人無兄弟，則獨行踽踽，曾杜之不如矣。然豈無他人之可與同行也哉？特以其不如我兄弟，是以不免於踽踽耳。於是嗟歎，行路之人，何不憫我之獨行而見親？憐我之無兄弟而見助乎？

【箋註】顧起元曰：各上五句，自傷其孤特；下四句，求助於人也。「踽踽」、「睘睘」，就情義上說，此只是孤特；「豈無他人」二句，原其所以為孤特也。

有杕之杜，其葉菁菁1。

獨行睘睘2，豈無他人？

不如我同姓。

獨生的赤棠樹，雖然生機盎然茂盛，
但就像是沒有兄弟的人，無依無靠的獨自前行。
難道沒有其他人與我同路嗎？
有的，但不是同姓的兄弟。
唉，行路之人啊，爲什麼不親近我呢？

對於我這個沒有兄弟扶持的人，能給予一些幫助嗎？

**嗟行之人，胡不比焉？**
**人無兄弟，胡不佽焉？**

【註釋】興也。菁，音「精」。睘，音「瓊」。姓，叶桑經反。1菁菁是茂盛。2睘睘是無所依靠。

【章旨】這章詩是和上章一樣的解法。

【集傳】興也。菁菁，亦盛貌。睘睘，無所依貌。

【箋註】朱公遷曰：由同父而同姓，以親疏為次序也。

牛運震曰：至性語，悲甚厚甚。「嗟行之人」四語反復之，以明他人之不如同父也。

## 杕杜二章，章九句。

【箋註】牛運震曰：語危意深，《序》以為刺晉君之獨立寡助者得之，不如《傳》說泛泛作訓人孝友語也。只作孤懦可憐之態，自然情摯。

姚際恆曰：此詩之意，似不得于兄弟而終望兄弟比助之辭。言我獨行無偶，豈無他人可共行乎？然終不如我兄弟也。使他人而苟如兄弟也，則嗟彼行道之人胡不親比我，而人無兄弟者胡不佽助我乎？「行之人」即上「他人」，以見他人莫如我兄弟也。即〈常棣〉「凡今之人，莫如兄弟」之意。

程俊英曰：這是一個孤獨的流浪者求助不得的感傷詩。他自傷失去了兄弟，路上雖有很多和他同走的人，但誰也不願親近他、援助他。有人認為這是一篇乞食者之歌，說亦可通。

糜文開、裴普賢曰：這是失去親人者自傷的詩。

# 羔裘

羔裘[1]豹祛[2]，自我人居居[3]。
豈無他人？維子之故[4]。

穿著羔羊皮大衣與豹皮裝飾衣袖的衣裳，你和我們關係疏離不親近。難道除了你之外，我沒有其他人可以跟隨嗎？不過是念在我們有故舊的關係罷了。

【註釋】賦也。祛，音「嶇」。1羔裘是諸侯大夫的服飾，但大夫的，須用豹皮別飾。2祛是衣袂。3居居是自用。自我人居居，是和我人，不相親比的意思。4維子之故，是說念你是故舊。

【章旨】這章詩是在位的人不親百姓的。他說羔裘豹飾的大夫，以為自用，和我人不相親比。我豈無他人相從嗎？因為念你是故舊啊。

【集傳】賦也。羔裘，君純羔，大夫以豹飾。祛，袂也。居居，未詳。

【箋註】方玉潤曰：此篇「羔裘豹祛」，指卿大夫而言也無疑。即下云「豈無他人，維子之故」，亦其民欲去而不忍去之意也，亦無疑。民欲去其大夫而不忍去，則其大夫之賢否可知，即民情亦大可見。

羔裘豹褎[1]，自我人究究[2]。
豈無他人？維子之好[3]。

穿著羔羊皮大衣和豹皮裝飾衣袖的衣裳，你與我們關係疏遠不親近。難道除了你之外，我沒有其他人可以跟隨嗎？不過是念在我們往昔有感情的緣故罷了。

【註釋】賦也。褎，音「袖」。好，叶呼候反。1褎是衣袖。2究究同居居一樣的意思。3好是舊好。

【章旨】這章詩是和上章一樣的解法。

【集傳】賦也。袖，猶袪也。究究，亦未詳。

## 羔裘二章，章四句。

【集傳】此詩不知所謂。不敢強解。

【箋註】程俊英曰：這大約是一個貴族婢妾反抗主人的詩。

屈萬里曰：此蓋愛美其在位者之詩。

糜文開、裴普賢曰：今按詩之本文體會，當係男女二人原本要好，後則男子發達，不理舊情人，而女子卻仍念舊不忘，遂作此詩。如此解法，似較他說為長。

# 鴇羽

肅肅[1]鴇[2]羽，集于苞[3]栩[4]。
王事靡盬[5]，不能蓺[6]稷黍，
父母何怙[7]？
悠悠蒼天，曷其有所？

鴇鳥揮舞著翅膀發出「肅肅」的聲音，被迫棲息在柞櫟上。
就像我爲了王家的勞務，四處奔走無法休息一樣，不能回家務農耕種稷黍，
我的父母要依靠誰來奉養呢？
唉，蒼天哪，什麼時候我才能停下來安身？

【註釋】比也。栩，音「許」。盬，音「古」。怙，音「戶」。1 肅肅是羽聲。2 鴇，鳥名，似雁而大，無後趾，不喜集樹，集樹便以為苦。3 苞是叢生木。4 栩是柞櫟，樹名。5 盬，《經義述聞》作「苦息」。靡盬是不息。6 蓺是栽種。7 怙是依恃。

【章旨】這章詩是刺征役勞苦的。他說肅肅的鴇羽，原是喜歡飛的，於今牠集在苞栩的木上，可見牠是苦了。好像我的奔走王事，沒有休息，不得耕種，以致父母不能依我贍養。唉，遠遠的蒼天呀！何日才有安樂之所呢？

【集傳】比也。肅肅，羽聲。鴇，鳥名。似鴈而大。無後趾。集，止也。苞，叢生也。栩，柞櫟也，其子為皂斗，殼可以染皂者是也。盬，不攻緻也。蓺，樹。怙，恃也。○民從征役，而不得養其父母，故作此詩。言鴇之性，不樹止，而今乃飛集於苞栩之上。如民之性，本不便於勞苦，今乃久從征役，而不得耕田以供子職也。悠悠蒼天，何時使我得其所乎？

【箋註】范祖禹曰：「曷其有極」者，言勞役之無已也。
陳繼揆曰：一呼父母，再呼蒼天，愈質愈悲。讀之令人酸痛摧肝。

肅肅鴇翼[1]，集于苞棘[2]。
王事靡盬，不能蓺黍稷，
父母何食？
悠悠蒼天，曷其有極[3]？

---

鴇鳥揮舞著翅膀發出「肅肅」的聲音，被迫棲息在荊棘上。
就像我爲了王家的勞務，四處奔走無法休息一樣。不能回家務農耕種稷黍，
家中父母餓了要吃什麼度日呢？
唉，蒼天啊，這樣的日子什麼時候才能結束呢？

【註釋】比也。1翼是鳥翼。2棘是荊棘。3極當作已字。

【集傳】比也。極，已也。

**肅肅鴇行1，集于苞桑。王事靡盬，不能蓺稻粱，父母何嘗2？悠悠蒼天，曷其有常3？**

鴇鳥揮舞著翅膀發出「肅肅」的聲音，被迫棲息在桑樹上。就像我爲了王家的勞務，四處奔走無法休息一樣。不能回家務農耕種稻粱，我的父母在吃什麼果腹呢？唉，蒼天啊，到底要到什麼時候，我才能回歸平常的生活？

【註釋】比也。1行是行列。《毛疏》作翮。2嘗是口嘗稻粱。3常是復常。

【章旨】這章詩是和首章一樣的解法。

【集傳】比也。行，列也。稻，即今南方所食稻米。水生而色白者也。粱，粟類也。有數色。嘗，食也。常，復其常也。

【箋註】孔穎達曰：三章皆上二句言從征役之苦，下五句恨不得供養父母之辭。
范祖禹曰：思得休息以反其常，厭亂之甚也。
朱公遷曰：復其常則遂安居之樂矣。一章言居處何時而可定？二章言行後何時而可已？三章言舊時之樂，何時而可復？
牛運震曰：音節妙，頓挫悲壯。三呼父母，愴然孝子之音。

**鴇羽三章，章七句。**

**【箋註】**牛運震曰：此怨詩也。告天痛父母而不敢疾怒其君上，猶不忘忠厚焉。調高而思摯，揚之激壯，按之沉鬱。

方玉潤曰：勤勞王事，詎分君子小民？不得養親，同此呼天籲地。人不傷心，何煩泣訴？始則痛居處之無定，繼則念征役之何極，終則恨舊樂之難復。民情至此，咨怨極矣。而為之上者猶不知所以體恤而安輯之，則養生送死之無望，仰事俯育之難酬，民又何樂此邦而不他適？而詩但歸之於天，不敢有懈王事，則忠厚之心又何切也？

糜文開、裴普賢曰：〈鴇羽〉詩是人民痛苦的呼聲，因為它報導的是真實生活，表露的是真實情感，所以雖樸實無華，也無特殊技巧，而感人卻很深。

## 無衣

豈曰無衣七1兮？不如子2之衣，安且吉兮。

我難道沒有象徵諸侯的七章衣飾嗎？但不如天子所贈的衣飾，穿起來舒適且美好。

**【註釋】**賦也。1七是侯伯七命，車旗衣服，卻是以七為節的。2子指天子，就是周王。

**【章旨】**這章詩，是詩人窺見武公的隱微，不但力能併晉，並且目無周室。不過晉人屢征不服，非得王命，不能懾服眾心，因此體他的意思，說道：「我非不能服著七命的侯服，因為不如你所賜的衣服，安綏吉利，所以要請命於你。」

**【集傳】**賦也。侯伯七命，其車旗衣服，皆以七為節。子，天子也。○《史記》曲沃桓叔之孫武公伐晉滅之，盡以其寶器，賂周釐王。王以武公為晉君，列於諸侯。此詩蓋述其請命之意，言我非無是七章之衣也，而必請命者，蓋以不如天子之命服之為安且吉也。蓋當是時周室雖衰，曲刑猶在。武公既負弒君篡國之罪，則人得討之，而無以自立於天地之閒。故賂王請命，而為說如此。然其倨慢無禮，亦已甚矣。釐王貪其寶玩，而不思天理民彝之不可廢。是以誅討不加，而爵命行焉，則王綱於是乎不振，而人紀或幾乎絕矣。嗚呼痛哉。

**【箋註】**毛萇曰：諸侯不命於天子，則不成為君。

輔廣曰：請命於天子，而敢自謂「豈曰無衣，不如子之所命」，則其辭之悖慢無禮亦甚矣。大率意得志滿者，其辭多如此。

孫鑛曰：突出兩句，前後更無襯語，機鋒最冷。

姚際恆曰：二句只一意，無他襯句，章法亦奇。

## 豈曰無衣六1兮？
## 不如子之衣，安且燠2兮。

我難道沒有象徵天子或卿大夫所穿的六章衣飾？
但不如天子所贈的衣飾，穿起來安適且溫暖。

**【註釋】**賦也。燠，音「郁」。1六是天子卿大夫的命服。變七為六，是謙遜的意思。2燠是暖和。

**【章旨】**這章詩是說我不敢當侯伯的衣服，但請賜了天子卿大夫的衣服，亦是安綏暖和的。

**【集傳】**賦也。天子之卿六命，變七言六者，謙也。不敢以當侯伯之命，得受六命之服。比於天子之卿，亦幸矣。燠，暖也，言其可以久也。

**【箋註】**孔穎達曰：晉實侯爵之國，非天子之卿。所以請六章衣者，謙不敢必當侯伯之禮，故求得受六命之服也。

麋文開、裴普賢曰：次章降而求其次，自謙不敢必當侯伯之禮，如求得六命之服亦足矣，故退而請六命之服。總之，在得天子之命服以自重耳。

## 無衣二章，章三句。

【箋註】《詩序》：〈無衣〉，美晉武公也。武公始並晉國，其大夫為之請命乎天子之使，而作是詩也。

牛運震曰：語脈橫甚，儼然傲睨無君面目，演弄名器服章，真如兒戲。此刺武公也。蓋設為請命之辭以醜之。《序》以為美失之矣。後世篡竊之徒，紛紛賜劍履，加九錫，皆自為之而要天子之命以為重，唐劉仁恭曰：「旄節吾自有，但要長安本色爾。」此所謂「不如子之衣，安且吉」也。

高亨曰：有人賞賜或贈送作者一件衣服，作者作這首詩，表示感謝。

程俊英曰：這是一首覽衣感舊或傷逝的詩。這位被稱為「子」的製衣者，當是一位女性。細玩詩的內容和風格，似屬於民間口頭創作。

麋文開、裴普賢曰：這是敘述晉武公始併晉國，他的大夫為他請命於天子之使的詩。

# 有杕之杜

有杕之杜，生于道左[1]。
彼君子兮，噬[2]肯適我。

孤單生長的赤棠樹，生長在路邊。
就像孤單無助的我，很希望那位賢德的君子，願意靠近我。
我心中對他懷著好意，何不請他來用飯？

中心好[3]之，曷飲食之？

【註釋】比也。噬，音「嗣」。食，音「嗣」。1道左是路東邊，或路旁。2噬是發語詞，《毛傳》作逮。3好是懷好。

【章旨】這章詩，是自嗟無力致賢的。他說杕然的杜樹，生在路旁，好像我的寡弱無助。那個賢者君子，肯到我這裡來呢？但是我的心中，總是懷念他，恐怕無力供他飯食啊。

【集傳】比也。左，東也。噬，發語詞。曷，何也。○此人好賢，而恐不足以致之。故言，此杕然之杜，生於道左，其蔭不足以休息。如己之寡弱，不足恃賴，則彼君子者，亦安肯顧而適我哉？然其中心好之，則不已也，但無自而得飲食之耳。夫以好賢之心如此，則賢者安有不至，而何寡弱之足患哉。

【箋註】牛運震曰：「中心好之」二語畫出求賢若渴，汲汲如不及之神。「曷」字有欲言不盡之妙。

有杕之杜，生于道周[1]。
彼君子兮，噬肯來遊。
中心好之，曷飲食之？

孤單生長的赤棠樹，生長在道路的轉角處。
就像孤單無助的我，很希望那位賢德的君子，願意來到我的身旁。
我心中對他懷著好意，何不請他來用飯？

【註釋】比也。1周是周迴曲折，就是彎子的話。

【章旨】這章詩是和上章一樣的解法。

【集傳】比也。周，曲也。

## 有杕之杜二章，章六句。

【箋註】姚際恆曰：賢者初不望人飲食，而好賢之人則惟思以飲食申其殷勤之意。〈緇衣〉「改衣」、「授餐」亦然。此真善體人情以為言也。

牛運震曰：杜實少味，而杕杜寡蔭，託喻最切。質婉可味。

程俊英曰：這是一首戀歌，一個女子看中了對象，希望他來到身旁，招待他吃喝。舊說刺晉武公，當非詩意。

屈萬里曰：此懷人之詩。

# 葛生

葛生蒙楚，蘞[1]蔓于野。
予美[2]亡[3]此，誰與獨處？

葛藤纏繞著小樹長，蘞草在荒野上蔓生。
我的丈夫死去了，誰能與我共處呢？

【註釋】興也。蘞，音「廉」。野，叶上與反。1蘞是草名，似栝樓，葉盛而細。栝是蔓延。2予美，是婦人指夫。3亡，古「無」字。

【章旨】這章詩是征婦思夫的。她說葛可蒙生在荊楚的上面，蘞草可以蔓延在野外，都有依附。我的丈夫，離了此處，行役在外，是誰使我獨處呢？

【集傳】興也。蘞，草名似栝樓。葉盛而細。蔓，延也。予美，婦人指其夫也。○婦人以其夫久從征役而不歸，故言葛生而蒙於楚，蘞生而蔓於野，各有所依託。而予之所美者，獨不在是。則誰與，而獨處於此乎？

【箋註】牛運震曰：二句中連寫三物，荒翳在目，勝讀松柏白楊之句。「亡」字連「美」字，慘痛之極。「誰與獨處」，分作兩截讀，嗚咽促拁苦調。

**葛生蒙棘[1]，蘞蔓于域[2]。**
**予美亡此，誰與獨息[3]？**

葛藤纏繞著荊棘生長，蘞草在墳地上蔓生。我的丈夫死去了，誰能與我同眠呢？

【註釋】興也。1 棘是荊棘。2 域是塋地。3 息是息止。

【章旨】這章詩是和上章一樣的解法。

【集傳】興也。域，塋域也。息，止也。

**角枕粲[1]兮，錦衾爛兮。**
**予美亡此，誰與獨旦[2]？**

以角片作爲裝飾的枕頭是那麼華美，織錦被子的顏色如此鮮亮。但我的丈夫死去了，誰能陪伴我獨臥到天明？

【註釋】興也。1 粲、爛是華美鮮明。2 獨旦，是獨處至旦。

【章旨】這章詩是說現在角枕尚是華美的，錦衾尚是鮮明的。我的丈夫離了此處，行役在外，是誰使我獨處至旦呢？

【集傳】賦也。粲爛，華美鮮明之貌。獨旦，獨處至旦也。

【箋註】牛運震曰：角枕錦衾，殉葬之物也。極慘苦事，勿插極鮮豔語，更難堪。亡則不復旦矣。偏說獨旦，悲甚。

**夏[1]之日，冬[2]之夜，**
**百歲之後，歸于其居[3]。**

> 夏日晝長啊，冬夜夜長，
> 百年之後，我將與他同葬。

【註釋】興也。夜，叶羊茹反。後，叶音戶。1夏是夏天長日。2冬是冬天長夜。3居是墳墓。

【章旨】這章詩，是征婦在夏日和冬夜的獨處憂思，但她君子還未回來。她說料想是不得回來了，只好百年以後，待君子同歸墳墓了。

【集傳】賦也。夏日永，冬夜永。居，墳墓也。○夏日冬夜，獨居憂思，於是為切。然君子之歸無期。不可得而見矣。要死而相從耳。鄭氏曰：「言此者，婦人專一，義之至，情之盡。」蘇氏曰：「思之深，而無異心，此唐風之厚也。」

【箋註】鄭玄曰：思者於晝夜之長時尤甚，故極言之以盡情。
牛運震曰：夏日冬夜言憂思也，卻不露憂思字，淒深入神。

**冬之夜，夏之日，**
**百歲之後，歸于其室[1]。**

> 冬夜夜長啊，夏日晝長，
> 百年之後，我將與他同葬。

【註釋】興也。1室是墓壙。

【章旨】這章詩是和上章一樣的解法。

【集傳】賦也。室，壙也。

【箋註】姚際恆曰：「冬之夜，夏之日」，此換句特妙，見時光流轉。

牛運震曰：壙墓竟說居室，妙。

## 葛生五章，章四句。

【箋註】牛運震曰：此篇章法結構，一意貫串。拙厚惋惻，絕妙悼亡辭。

程俊英曰：這是一位婦人悼念丈夫的詩。詩句悱惻傷痛，感人至深，不愧為悼亡詩之祖。

糜文開、裴普賢曰：後代潘岳、元稹的悼亡詩傑作，也無非觸景生情，哀思難忘，不出此詩窠臼。但此詩「誰與？獨處！」、「誰與？獨息！」、「誰與？獨旦！」已見詩人技巧的運用。至於「夏之日，冬之夜」六字的反復吟詠，更成千古絕唱！

白川靜曰：此詩無可懷疑是悼亡詩，詩所見「處」、「息」、「歸」等字眼亦見於〈蜉蝣〉，二詩具有死願同穴之語。〈蜉蝣〉如果是對亡妻的哀悼，〈葛生〉可能是安葬亡夫之歌，比之漢初的輓歌〈薤露〉、〈蒿里〉遠為優雅感人，情愛悱惻。

# 采苓

采苓采苓，首陽[1]之巔[2]。
人之為言[3]，苟亦無信。

採苓草啊採苓草，都說在首陽山的山頂上可以採到苓草。
那些人云亦云的謠言，你千萬不要聽信。

舍旃舍旃4，苟亦無然。
人之為言，胡得焉！

別聽信啊別聽信，可別信以爲眞。
如果不去聽信，就不會再有謠言了。

**【註釋】** 比也，或曰興也。巔，叶典因反。信，叶斯人反。舍，音「捨」。1首陽山名。2巔是山頂。3為言，《經義述聞》作「偽言」。4旃，當作「之」字。

**【章旨】** 這章詩是刺聽讒的。他說你將到首陽的山頂，去採苓嗎？那裡沒有苓的。人的偽言，不要相信。把它捨棄了，不以為然，那麼人的假話，就不會再有了。

**【集傳】** 比也。首陽，首山之南也。巔，山頂也。旃，之也。○此刺聽讒之詩。言子欲採苓於首陽之巔乎？然人之為是言以告子者，未可遽以為信也。姑舍置之，而無遽以為然。徐察而審聽之，則造言者無所得，而讒止矣。或曰：「興也。」下章放此。

采苦1采苦，首陽之下。
人之為言，苟亦無與2。
舍旃舍旃，苟亦無然。
人之為言，胡得焉！

採荼草啊採荼草，都說在首陽山的山腳下可以採到荼草。
那些人云亦云的謠言，你千萬不要相信。
別聽信啊別聽信，可別信以爲眞。
如果不去聽信，就不會再有謠言了。

**【註釋】** 比也，或曰興也。下，叶後五反。1苦是大苦，就是苓，生在田澤的草類。2與是許可。

**【集傳】** 比也。苦，苦菜也。生山田及澤中，得霜甜脆而美。與，許也。

采葑[1]采葑，首陽之東。
人之為言，苟亦無從。
舍旃舍旃，苟亦無然。
人之為言，胡得焉！

採葑菜啊葑采，都說在首陽山的東面可以採到葑菜。
那些人云亦云的謠言，你千萬不要聽信。
別聽信啊別聽信，可別信以爲眞。
如果不聽信，就不會再有謠言了。

**【註釋】**比也，或曰興也。1葑，是菜類。

**【章旨】**這章詩是和上章一樣的解法。

**【集傳】**比也。從，聽也。

采苓三章，章八句。

唐國十二篇，三十三章，二百三句。

**【箋註】**牛運震曰：奇調婉神。只籌畫一聽言之法，而堅讒之意自見。即聽讒者亦足以戒矣。一篇惓惓無限深情苦衷。

程俊英曰：這是勸人不要聽信讒言的詩。舊說刺晉獻公，從詩的本身看不出一定是刺晉獻公的。

# 秦

秦，國名，在禹貢雍州的部分。起初伯益治水有功，賜姓為嬴，後來中落，退居西戎。六世孫大駱，生了成和非子兩個兒子。非子事周孝王，替他在汧渭的地方養馬。馬養得很壯大而又繁息，孝王封他做了秦邑的附庸。至宣王時候，犬戎把成的一族滅了，宣王便命非子的曾孫秦仲做了秦的大夫，征伐西戎，不能得勝，反被西戎殺了。平王東遷，秦仲的孫子襄公，用兵保護平王到東都，平王才封襄公為諸侯，便對他說：「你能逐了犬戎，歧豐二地，就是你的。」襄公果然把犬戎逐了，得了西周八百里的地方。到了玄孫德公，又遷徙到雍州，就成了大國。按非子初封是在秦谷。《漢書．地理志》作為隴西的秦亭秦谷。《括地志》以為清水縣本是秦川。非子的初封在此，在今甘肅清水縣，又雍州，是京兆興平。秦詩是在秦仲的時候採取的，不過是個大夫，列在附庸等級。吳楚大國尚沒有詩，秦是小國何以有詩呢？因為孔子定書，便把秦誓綴在周書以後。所以刪詩，亦是如此的。

# 車鄰

有車鄰鄰[1]，有馬白顛[2]。
未見君子[3]，寺人[4]之令[5]。

馬車駛動，發出「鄰鄰」的聲響，拉車的是額首長有白毛的馬匹。要想見到君子，必須要先讓小臣通報，以取得允許。

【註釋】賦也。1鄰鄰是眾車的聲音。2白顛，是白額白色的馬。3君子是指秦仲。4寺人，是內寺的小臣。5令就是使令。

【章旨】這章詩是說秦在這個時候，方有車馬和寺官的設備，有眾車鄰鄰的聲音，有白額白色的馬。要見的人，先著寺人通報，才能進去。是在制度初備的時候。

【集傳】賦也。鄰鄰，眾車行聲。白顛，額有白毛，今謂之的顙。君子，指秦君。寺人，內小臣也。令，使也。○是時秦君始有車馬及此寺人之官，將見者，必先使寺人通之。國人創見而誇美之也。

【箋註】牛運震曰：「『鄰鄰』一字法，只是點出秦君有寺人耳，卻自拖逗，形容有情。」
顧起元曰：「『鄰鄰』是車之多，『白顛』是馬之美。寺人對車馬看，此皆昔無極今有者。」
糜文開、裴普賢曰：於未見君子時，以車馬之盛，表現其富強；「寺人之令」，表現其尊嚴也。

阪[1]有漆，隰有栗。
既見君子，竝坐鼓瑟。
今者不樂，逝者其耋[2]。

就像山坡上長著漆樹，低濕地中生長著栗樹一般。見到了君子，大家並肩坐著一起鼓瑟。如果人不能及時行樂，待光陰逝去，我們就都老邁了。

【註釋】興也。耋，叶地一反。1阪是山坡，或作嶢角的土地。2耋是八十歲的人。

【章旨】這章詩是說會見了秦君，也和平常一樣。好像阪上的漆樹、隰上的栗樹，是常看見的東西，並不稀奇。他還是謙和得很，和他們一齊並坐，鼓瑟取樂。他說道：「今天若是我們不樂，過去就到八十歲的老翁了，光陰快得非常，何不及時行樂呢？」

【集傳】興也。八十曰耋。○阪則有漆矣，隰則有栗矣，既見君子，則並坐鼓瑟矣。失今不樂，則逝者其耋矣。

【箋註】鄭玄曰：竝坐鼓瑟，君臣以閒暇燕飲相安樂也。

牛運震曰：「未見君子」寫出尊嚴，「既見君子」寫出和大。

糜文開、裴普賢曰：於既見君子後，能與詩人竝坐鼓樂，以見其和易可親。秦君之賢，於焉以見。

**阪有桑，隰有楊。**
**既見君子，竝坐鼓簧[1]。**
**今者不樂，逝者其亡[2]。**

就像山坡上長著桑樹，低濕地中生長著楊樹一般。見到了君子，大家並肩坐著吹奏笙簧。如果人不能及時行樂，待光陰流逝，都將死去。

【註釋】興也。1簧，是笙中的金葉，亦是樂器。2亡是將死。

【章旨】這章詩是和上章一樣的解法。

【集傳】興也。簧，笙中金葉。吹笙，則鼓動之以出聲者也。

【箋註】糜文開、裴普賢曰：鼓瑟、鼓簧，非秦之舊聲，而為創見，值得特寫。然此皆為陪襯秦君今日之威勢地位者。

## 車鄰三章，一章四句，二章章六句。

【箋註】崔述曰：吾讀《詩》至〈秦風・車鄰〉之篇，而不禁喟然三歎也。曰：嗟乎！趙高之禍，其萌於此矣！此篇獨先以寺人之令，若未見時有寺人之令，然後既見時有瑟簧之鼓者。嗟夫！既見君子則並坐鼓瑟，並坐鼓簧，其情親矣，其分尊矣，而未見君子則不能不借助於寺人，豈不可懼也哉？大凡人主任用近侍，賢人未有不為其所譖者。編《詩》者以〈車鄰〉始，以〈權輿〉終，或亦有深意存焉乎！觀於商鞅富強之才，必由景監以見。呂不韋懼禍，則薦嫪毒以為內援。似秦立國以來，多寄耳目於寺人者。而秦本周之舊，先王遺澤猶存，固當有遠慮之君子者。詩人見微知著，故作此詩以風之，未可知也。縱作詩者不必果有此意，而讀此詩自可以悟此理，正不待於讀〈秦本紀〉、〈李斯列傳〉而後知其敝也。

牛運震曰：略似〈唐風〉語。獨覽抗忠愛忼慨，樸致雄風如見。莽莽草草寫出古風霸氣。讀其詩，可以知其俗。讀此篇簡易之風、悲壯之氣俱見。

高亨曰：這是貴族婦人所作的詩，詠唱他們夫妻的享樂生活。

程俊英曰：這是一首反映秦君腐朽生活和思想的詩。詩是用一個女性的口吻寫的，她可能是秦君宮中的婢妾。從她的嘴裡，反映了秦君生活、思想的一個片斷。

屈萬里曰：此蓋詩人喜得見於其君，即事之作。

糜文開、裴普賢曰：詩中充滿一股忠愛之情與悲壯忼慨之氣，頗具霸王雄風。然「寺人之令」一語，已伏下後來趙高等內侍小臣弄權禍國之根苗。而秦興之暴、亡之速，亦於此見其端倪矣。

# 駟驖

駟驖[1]孔[2]阜[3]，六轡[4]在手。公之媚子[5]，從公[6]于狩。

驅趕著毛色如鐵的黑色駿馬，手執控制車馬的轡繩，受襄公寵愛的兒子，與他一起去狩獵。

【註釋】賦也。驖，音「鐵」。狩，叶始九反。1駟驖，是駟馬黑得和鐵一樣。2孔是甚多。3阜是肥壯的人。4六轡，是四匹馬的轡繩，兩根繫在車軜上，六根執在手中。5媚子是親愛的人。6公或指襄公。

【章旨】這章詩是贊美秦公田獵的盛況。有四匹黑馬，和勇壯的人，執著六轡在手裡。秦公親愛的人，一齊同去狩獵。

【集傳】賦也。駟驖，四馬，皆黑色如鐵也。孔，甚也。阜，肥大也。六轡者，兩服兩驂，各兩轡，而驂馬兩轡，納之於觖。故惟六轡在手也。媚子，所親愛之人也。此亦前篇之意也。

【箋註】牛運震曰：媚子從狩，別有親幸生情處。

奉時[1]辰牡，辰牡孔碩[2]。公曰：「左之[3]！」舍拔[4]則獲[5]。

虞官趕出應時的獵物，這應時的野獸又肥又大。襄公下令：「驅車左射！」便放箭射中了牠。

【註釋】賦也。碩，叶常灼反。1時是同是的意義。2辰是時候。辰牡，《毛傳》作為「時牡」。冬獻狼，夏獻麋，春秋獻鹿豕，是虞人奉獻的。又王引之《經義述聞》以為辰當作「慎」，引詩說：「言私其豵，獻肩於公。一歲為豵，二歲為豝，三歲為特，四歲為肩，五歲為慎。」此云辰牡孔碩，是最大的獸。3 公曰左之，是命車左轉射獵的。4 拔是矢刮。舍拔是放箭。5 獲是獲中。

**【章旨】** 這章詩，是秦公射獵的情形。是說虞人驅著一個辰牡，這是很大的獸，好等待秦公去射。秦公便命車子左轉，一箭放去，就獲中了。

**【集傳】** 賦也。時，是。辰，時也。牡，獸之牡者也。辰牡者，冬獻狼，夏獻麋，春秋獻鹿豕之類。奉之者，虞人翼以待射也。碩，肥大也。公曰左之者，命御者，使左其車以射獸之左也。蓋射必中其左，乃為中殺。「五御」所謂「逐禽左」者，為是故也。拔，矢括也。曰左之而舍拔，無不獲者，言獸之多，而射御之善也。

**【箋註】** 牛運震曰：「公曰左之」，寫得指揮飛動，有聲有色。「舍拔則獲」，寫出迅妙。

## 遊于北園，四馬既閑1。
## 輶車2鸞鑣3，載獫歇驕4。

發狩獵完畢，遊玩北園，讓先前駕車的四匹馬休息。改駕輕便的馬車，馬鈴掛在馬銜上鈴鈴作響，載著長嘴和短嘴獵犬們。

**【註釋】** 賦也。閑，胡田反。獫，音「殮」。驕，音「囂」。1 閑是調習馬。2 輶車，是輕便的車。3 鸞是馬鈴，鑣是馬銜。4 獫、歇、驕，都是獵犬的名稱。

**【章旨】** 這章詩是說秦公田獵完了，去到北園遊玩，便把四匹馬閑習閑習。另外換了輕便的車子，載著獵犬回去。因為是省犬的足力。

**【集傳】** 賦也。田事已畢，故遊於北園。閑，調習也。輶，輕也。鸞，鈴也，效鸞鳥之聲。鑣，馬銜也。驅逆之車，置鸞於馬銜之兩旁。乘車，則鸞在衡，和在軾也。獫、歇、驕，皆田犬名。長喙曰獫，短喙曰歇驕。以車載犬，蓋以休其足力也。韓愈〈畫記〉有騎擁田犬者，亦此類。

【箋註】牛運震曰：此罷獵後餘波，寫得整暇自如。「閑」謂閑暇之閑，訓作閑習非。

## 駟驖三章，章四句。

【箋註】孔穎達曰：作〈駟驖〉詩者，美襄公也。秦自非子以來，世為附庸，未得王命。今襄公始受王命為諸侯，有遊田狩獵之事、園囿之樂焉，故美之也。

沈守正曰：獵非先秦之所無也，威儀氣象之改觀，則今所創見耳。

方玉潤曰：今秦初膺侯命，舉行大典，其相率以從于狩者，不聞腹心干城之寄，而乃曰「公之媚子」，則嗜好何如耶？知周之所以王而久，秦之所以帝而促者，其由來蓋有素已。

# 小戎

小戎[1]俴[2]收[3]，五[4]楘[5]梁輈[6]。
游環[7]脅驅[8]，陰[9]靷[10]鋈續[11]。
文茵[12]暢[13]轂[14]，駕我騏馵[15]。
言念君子[16]，溫其如玉。
在其板屋[17]，亂我心曲[18]。

淺軫的戰車，五束皮條纏繞在車轅上。
環脅扣著馬匹，引帶著車輪的皮帶上裝飾著金屬的飾品。
虎皮褥子長車轂，駕車的是帶著花紋毛色的白蹄馬。
我想念丈夫，他的性情溫和如玉。
而今他遠征西戎，真令我心亂如麻！

【註釋】賦也。俴，音「踐」。楘，音「木」。驅，叶居錄反。馵，音「注」，叶之六反。1小戎是兵車。2俴當作淺。3收是車軫，車後的橫板。連左右三方，成正方形，就是車座淺收，是兵車的一定樣式，沒有平常的車座寬大。4五是五束。5楘是歷錄的花紋。6梁輈，是車前下彎的板，好像屋梁樣子。7游環是靷環，擋住兩服馬背上的游移活動，以免馬的逸出。8脅驅，是皮製的當子，繫在衡軫的兩頭，擋住驂馬，不準驂馬逸入。9陰，是掩軓的板。軓在軾前，用板橫側掩著，叫做陰板。10靷是二根皮條，前頭繫在馬頸，後頭繫在陰板。11鋈續，是陰板繫靷的地方。用金屬物，拴在環上為飾品。12文茵是車座墊的虎皮。13暢，是長寬。14轂是車轂。外持輻，內受軸的。15騏是有紋的馬。馵，是左足白的馬。16君子，是婦人指夫的。17板屋，是西戎的房屋。戎俗用板為屋。18心曲，是心中的委曲。

【章旨】這章詩是襄公承了周王的命令，帶兵去征西戎的。懷念將士的勞苦，和從役的室家思慕。他說我雖然奉了王命，帶著兵車，車上還有五楘梁輈、游環脅驅、陰靷鋈續、文茵暢轂，駕著騏馵的馬，去征西戎，不免想起我的將士勞苦。他的室家，恐怕要在家中思念。說她溫婉如玉的君子，去到板屋西戎殺敵，要亂我的心曲啊！

【集傳】賦也。小戎，兵車也。俴，淺也。收，軫也。謂車前後兩端橫木。所以收斂所載者也。凡車之制，廣皆六尺六寸，其平地任載者為大車，則軫深八尺，兵車則軫深四尺四寸。故曰小戎俴收也。五，五束也。楘，歷錄然文章之貌也。梁輈，從前軫以前，稍曲而上至衡，則向下鉤之橫衡於輈下。而輈形穹隆，上曲如屋之梁。又以皮革五處束之。其文章歷錄然也。游環，靷環也。以皮為環。當兩服馬之背上。游移前卻無定處。引兩驂馬之外轡，貫其中而執之。所以制驂馬，使不得外出。《左傳》曰：「如驂之有靷。」是也。脅驅，亦以皮為之。前繫於衡之兩端，後繫於軫之兩端。當服馬脅之外。所以驅驂馬使不得內入也。陰，揜軓也。軓在軾前，而以板橫側揜之。以其陰映此軓，故謂之陰也。靷，以皮二條前系驂馬之頸，後係陰版之上也。鋈續，陰版之上，有續靷之處，消白金沃灌其環，以為飾也。蓋車衡之長，六尺六寸，止容二服，驂馬之頸，不當於衡。故別為二靷以引車。亦謂之靳。左傳曰：兩靷將絕，是也。文茵，車中所坐，虎皮褥也。暢，長也。轂者，車輪之中，外持輻內受軸者也。大車之轂，一尺有半，兵車之轂，長三尺二寸。故兵車曰暢轂。騏，騏文也。馬左足白曰馵。君子，婦人目其夫也。溫其如玉，美之之辭也。板屋者，西戎之俗。以版為屋。心曲，心中委曲之處也。○西戎者，秦之臣子所與不共戴天之讎也。襄公上承天子之命，率其國人，往而征之。故其從役者之家人，先誇車甲之盛如此，而後及其私情。蓋以義興師，則雖婦人，亦知勇於赴敵，而無所怨矣。

**【箋註】**牛運震曰：一起八字，簡質險奧，無閒字有閒力。「小戎俴收」五句一連說，車卻用「駕我騏馵」一語承住。結構有氣勢，不是排板鋪敘也。「亂我心曲」怨而媚。

**四牡孔阜，六轡在手。**
**騏騮1是中2，騧3驪4是驂。**
**龍盾之合5，鋈以觼6軜7。**
**言念君子，溫其在邑8。**
**方9何為期？胡然我念之10。**

四匹公馬高大肥壯，駕馭車馬之人手裡握著六條韁繩。以青色的馬和黑鬣的赤馬作爲中馬，以黑喙的黃馬和黑馬爲兩驂。左右兩盾上畫著龍紋，觼軜上面裝飾銅飾品。我想念丈夫，他的性情溫和卻在西方作戰，何時才會是他歸來的時候？怎麼能令我不思念他。

**【註釋】**賦也。騮，音「留」。中，叶諸仍反。騧，音「瓜」。驂，叶疏簪反。觼，音「厥」。軜，音「納」。邑，叶於合反。1騮是黑鬣的赤馬。2中是兩服。3騧，是黑喙的黃馬。4驪是黑馬。

5龍盾，是衛身的兵器。龍盾之合，是畫龍於盾合載車上。6鋄，是有舌的環。7軜是驂的內轡，軾上裝了鋄環，方可繫軜。鋈以鋄軜，是飾鋈在鋄軜的上面。8邑是西戎的地方。9方是將要。10胡然我念之，是何以使我思念之極。

**【章旨】**這章詩是說有四匹牡馬，一個勇壯的人，執著六轡在手。騏駵做了服馬，騧驪做了驂馬，龍盾合在車上，做了車衛，鋈鋄裝在軾上，繫了軜環。這樣的盛況，去征西戎。但是從役的室家，未免想念她的溫婉君子，遠在西邑，說他何日方歸，使我這樣的思念呢？

**【集傳】**賦也。赤馬黑鬣曰駵。中，兩服馬也。黃馬黑喙曰騧。驪，黑色也。盾，干也。畫龍於盾，合而載之，以為車上之衛。必載二者，備破毀也。鋄，環之有舌也。軜，驂內轡也。置鋄於軾前，以繫軜，故謂之鋄軜。亦消鋈白金，以為飾也。邑，西鄙之邑也。方，將也。○將以何時為歸期乎，何為使我思念之極也。

**【箋註】**牛運震曰：「騏駵騧驪」，所謂四牡也。此句法照應處。末二句語極激動，意絕悲婉。

**俴駟1孔群2，厹矛3鋈錞4，**
**蒙伐5有苑6，虎韔7鏤膺8，**
**交韔9二弓，竹閉10緄縢11。**
**言念君子，載寢載興。**
**厭厭12良人，秩秩13德音。**

披著薄護甲的四匹馬行動和諧，三角矛上裝飾著銅飾，盾牌上裝飾著花紋，虎皮弓囊，馬披著裝飾用的胸帶，虎皮弓囊中裝著雙弓，以竹檠和繩子校正弓身。多麼思念我的丈夫，他何時睡去？何時起身？希望我的丈夫平安，但願他能傳來平安的消息。

**【註釋】**賦也。厹，音「求」。錞，音「隊」，叶朱倫反。苑，音「氳」。韔，音「暢」。鏤，音

「漏」，弓叶孤宏。緄，音「袞」。1 俴駟，是四馬用著淺薄的鐵甲。2 群是群和。3 厹矛，是三角矛。4 鋈錞，是金鋈飾在矛的下端。5 蒙是錯雜。伐是中午。是盾的別名。6 苑是花紋。7 虎韔，是虎皮的弓室。8 鏤膺，是鏤金飾著馬的當胸帶。9 交韔，是把兩弓顛倒放在韔中。10 閉，是弓檠。11 緄是繩子，縢是約規。用竹檠繩規，校正弓體。12 厭厭是安綏。13 秩秩是有序。

**【章旨】**這章詩是說用了鐵甲的駟馬，甚是和群。三角的矛鋈飾裝在下端。雜色的盾，花紋繪在上面。有虎皮的弓囊，和鏤金的當膺；把雙弓顛倒著放在弓囊，竹檠繩規，校正弓體。這樣全備的武器，去征西戎。但是從役的室家苦得很，念道良人啊，願你平安，願你佳音順序。

**【集傳】**賦也。俴駟，四馬皆以淺薄之金為甲。欲其輕而易於馬之旋習也。孔，甚。群，和也。厹矛，三隅矛也。鋈錞，以白金沃矛之下端平底者也。蒙，雜也。伐，中干也。盾之別名。苑，文貌。畫雜羽之文於盾上也。虎韔，以虎皮為弓室也。鏤膺，鏤金以飾馬當胸帶也。交韔，交二弓於韔中。謂顛倒安置之，必二弓，以備壞也。閉，弓檠也。儀禮作䩨。緄，繩。縢，約也。以竹為閉，而以繩約之於弛弓之裡。檠弓體使正也。載寢載興，言思之深，而起居不寧也。厭厭，安也。秩秩，有序也。

**【箋註】**牛運震曰：「孔群」二字寫出馬德。「蒙伐有苑」句特古奧陸離。一句說馬引起，而連及器械弓盾之備，章法又變。龍盾蒙伐遙映，正有色澤。結法莊重深穩。

## 小戎三章，章十句。

**【箋註】**嚴粲曰：〈小戎〉之詩，舖陳兵車器械之事，津津然誇說不已。以婦人閔其君子，而猶有鼓勇之意，其真秦風也哉！

牛運震曰：敘典制，斷連整錯有法，骨方神圓。周考工、漢鐃歌，併為一體。一篇典制繁重文字，參以二三情思語，便覺通體靈動。極鋪張處，純是一片摹想也。借婦人語氣，矜車甲而閔其君子，立意便勝。極雄武事，妙在以柔婉參之也。不必定以為婦人之詩。

方玉潤曰：首章寫車制，章末兼及懷人。下二章同一幾軸，而寫法各異。次章寫駕車。三章寫戎器，刻畫典奧瑰麗已極，西京諸賦迴不能及，況下此者乎！

## 蒹葭

蒹[1]葭[2]蒼蒼，白露為霜[3]。
所謂伊人[4]，在水一方。
遡洄[5]從之，道阻且長；
遡游[6]從之，宛[7]在水中央[8]。

蘆葦蒼茫，朝夕的露水結成了霜。
我所思念的那個人，在河水的另一頭。
沿著河水逆流而上的去尋找她，道路險阻又漫長；
沿著河水順流而下的去尋找她，她彷彿就在水中央。

**【註釋】**賦也。蒹，音「兼」。遡，音「素」。洄，音「回」。1蒹似萑而細，高數尺，又稱為薕。2葭是蘆荻。3露水為霜，秋水時至，是百川灌河的時候。4伊人是說彼人。5遡洄是順流而上。6遡游是順流而下。7宛然是依然。8在水中央，是近不能接。

**【章旨】**這章詩是惜招隱難致的。他說道，蒹葭尚是蒼蒼未敗，白露方才凝霜，是在秋水方盛的時候。聽說那個賢人，他住在水的一方，若是順流而上，好像道阻且長；若是順流而下，好像在水的中央，容易接近。

【集傳】賦也。蒹，似萑而細，高數尺。又謂之薕。葭，蘆也。蒹葭未敗，而露始為霜。秋水時至，百川灌河之時也。伊人，猶言彼人也。一方，彼一方也。遡洄，逆流而上也。遡游，順流而下也。宛然，坐見貌。在水之中央，言近而不可至也。○言秋水方盛之時，所謂彼人者，乃在水之一方，上下求之而皆不可得。然不知其何所指也。

【箋註】鍾惺曰：異人異地，使人欲仙。

牛運震曰：只兩句寫得秋光滿目，抵一篇〈悲秋賦〉。「蒼蒼」字善畫。一「為」字確甚幻甚。「所謂伊人」，神魂隱躍，不可色相。鍾惺以為可想不可名是也。「宛在水中央」，仍是阻長之況，正妙在「宛在」二字，說得極分明。只是兩路夾寫，卻有千迴百折。

方玉潤曰：興起，虛點其地。展一筆，實指居處，仍用虛活之筆，妙妙。

**蒹葭淒淒[1]，白露未晞[2]。**
**所謂伊人，在水之湄[3]。**
**遡洄從之，道阻且躋[4]；**
**遡游從之，宛在水中坻[5]。**

蘆葦蒼茫，朝夕的露水還沒乾。我所思念的那個人，就在河岸邊水草叢生的地方。沿著河水逆流而上的去尋找她，道路險阻又步步高起；沿著河水順流而下的去尋找她，她彷彿就站在河中沙洲上。

---

【註釋】賦也。1淒淒，和蒼蒼一樣意思。2晞，是乾了。3湄，是水草相交的地方。4躋，是升長了。5坻是小渚。

【集傳】賦也。淒淒，猶蒼蒼也。晞，乾也。湄，水草之交也。躋，升也。言難至也。小渚曰坻。

【箋註】牛運震曰：「躋」字深妙。

蒹葭采采[1]，白露未已[2]。
所謂伊人，在水之涘。
遡洄從之，道阻且右[3]；
遡游從之，宛在水中沚[4]。

蘆葦生長得多麼茂盛，可以採收了，朝夕的露水還沒乾。
我所思念的那個人，就在河流的那一頭。
沿著河水逆流而上的去尋找她，道路險阻又迂迴；
沿著河水順流而下的去尋找她，她彷彿就站在河中的沙洲上。

**【註釋】**賦也。采，叶此禮反。涘，叶以。右，叶羽軌。1采采，是茂盛可採。2已是止了。3右，是不相值遇。4沚同此。

**【章旨】**這章詩是和首章一樣的解法。

**【集傳】**賦也。采采，言其盛而可采也。已，止也。右，不相直而出其右也。小渚曰沚。

**【箋註】**姚際恆曰：此自是賢人隱居水濱，而人慕而思見之詩。「在水之湄」，此一句已了。重加「遡洄」、「遡游」兩番摹擬，所以寫其深企願見之狀，于是于「在」字上原作「于上在字」，今按語氣改為「于在字上」。加一「宛」字，遂覺點睛欲飛，入神之筆。上曰「在水」，下曰「宛在水」，愚之以為賢人隱居水濱，亦以此知之也。

牛運震曰：「右」字新奇。

**蒹葭三章，章八句。**

**【箋註】**牛運震曰：〈國風〉第一篇飄渺文字。極纏綿，極惝怳。純是情，不是景；純是窈遠，不是悲壯。感慨情深，在悲秋懷人之外，可思不可言。蕭疎曠遠，情趣絕佳。《序》以為刺襄公不用周禮，失其義矣。

方玉潤曰：〈蒹葭〉，惜招隱難致也。此詩在〈秦風〉中氣味絕不相類。以好戰樂鬥之邦，忽遇高越遠舉之作，可謂鶴立雞群，翛然自異者矣。然意必有所指，非泛然者。《序》謂刺襄公未能用禮，蓋秦處周地，不能用周禮，周之賢臣遺老，隱處水濱，不肯出仕。詩人惜之，託為招隱，作此見志。一為賢惜，一為世望。曰「伊人」，曰「從之」，曰「宛在」，玩其辭，雖若可望不可即；味其意，實求之而不遠，思之而即至者。特無心以求之，則其人倜乎遠矣！

王國維曰：《詩・蒹葭》一篇，最得風人深致。

屈萬里曰：此有所愛慕而不得近之之詩，似是情歌。或以為訪賢之詩，亦近似。

糜文開、裴普賢曰：在慷慨悲歌的〈秦風〉中，忽然出現〈蒹葭〉這樣一篇高逸出塵的抒情詩，尤覺有清新之感。〈秦風・蒹葭〉，君子隱於河上，秦人慕之而作也。

# 終南

終南[1]何有？有條[2]有梅。
君子[3]至止[4]，
錦衣狐裘[5]，顏如渥[6]丹，
其君也哉。

終南山上有什麼呢？生長著山楸樹和梅樹啊！
君王到了終南山腳下，
身穿錦衣，披著狐皮大衣，面色如此紅潤，彷彿塗了
紅色的硃砂一般，
眞是一派君主氣象啊！

【註釋】興也。梅，叶莫悲。裘，叶渠之反。哉，叶將里反。1終南是山名。2條是山楸樹，可作車板。3君子，指君王。4至止，是到終南山下。5錦衣狐裘是諸侯服。6渥是潤澤。

【章旨】這章詩是美戒襄公的。他說終南的山上有什麼呢？是有條樹和梅樹啊！所以它的氣象格外榮盛。君子來到這個山下，服著錦衣狐裘，面和渥丹一樣，好像這山的榮盛。那個就是秦君嗎？

【集傳】興也。終南，山名。在今京兆府南。條，山楸也。皮葉白，色亦白，材理好。宜為車版。君子，指其君也。至止，至終南之下也。錦衣狐裘，諸侯之服也。《玉藻》曰：「君衣狐白裘，錦衣以裼之。」渥，漬也。其君也哉，言容貌衣服稱其君也。○此秦人美其君之辭，亦〈車鄰〉、〈駟驖〉之意也。

【箋註】牛運震曰：終南形勢重地，周秦得失正係於此。此篇以終南起手，須著眼。贊語質勁，多少責成期望。

靡文開、裴普賢曰：首章末句「其君也哉」表達了秦人對於有如此一位國君的那種興奮喜悅心情。

終南何有？有紀1有堂2。
君子至止，
黻衣繡裳3，佩玉將將4，
壽考不忘。

終南山上有什麼呢？有山基和寬平的土地啊！
君王到了終南山腳下，
身穿繡著青黑紋飾的上衣和彩繡的袍子，身上配戴的
玉佩輕響，發出「鏘鏘」的聲音，
祝福他長壽無疆！

【註釋】興也。1紀是山的廉角。2堂是山的寬平的地方。王引之《經義述聞》、《韓詩外傳》作「有杞有棠」。3黻是青黑的繡飾，繡是彩色的繡飾。4將將是佩玉的聲音。

【章旨】這章詩是終南山上，有紀樹和堂，格外顯出氣象榮盛。君子來到山下，服著黻衣繡裳，佩玉將將

的聲音，和這山一樣的榮盛。願他到老莫忘周君的恩德。

【集傳】興也。紀，山之廉角也。堂，山之寬平處也。黻之狀，亞兩已相戾也。繡，刺繡也。將將，佩玉聲也。壽考不忘者，欲其居此位服此服，長久而安寧也。

【箋註】牛運震曰：「壽考不忘」，所謂努力崇明德，皓首以為期也。似祝實勸，故妙。

糜文開、裴普賢曰：次章末句「壽考不忘」雖係祝福客套，也正是秦人對於君上衷心愛戴和真誠期望的心意。

## 終南二章，章六句。

【箋註】豐坊曰：襄公克戎，始取周地，秦人矜之，賦〈終南〉。

輔廣曰：秦人見其君名位衣服之盛，再三誇美之，以至頌禱其安且久也。此亦可見君臣之彝常有不容已者，其或怨刺之作，則必有大不得已者焉。

程俊英曰：這是一首周地人民勸誡秦君的詩。詩用含蓄的語句向統治者問道：你將是我們的君主嗎？你永遠不要忘記這是周的土地和人民呀。

糜文開、裴普賢曰：這是秦人讚美他們國君的詩。全詩文字雖淺顯，而情意卻深長。是一篇很好的頌美詩。

# 黃鳥

交交[1]黃鳥，止于棘。

黃鳥往來飛舞，落在棗樹上。
是誰殉葬穆公？是子車家的奄息啊！

誰從2穆公？子車奄息3。
維此奄息，百夫之特4。
臨其穴5，惴惴6其慄。
彼蒼者天，殲7我良8人。
如可贖9兮，人百其身10。

這位奄息，是百中選一的傑出之士。
然而當他站在墓穴邊時，也不禁因恐懼而渾身戰慄。
唉，老天哪，爲什麼要殘殺這麼善良的人。
如果能夠贖身，我們願以一百人的性命去換回他的生命。

**【註釋】**興也。穴，叶戶橘反。天，叶鐵因。殲，音「尖」。1交交，是往來飛的狀貌。2從是從死。3子車，是氏；奄息是名。一說古人先字後名，是子車是字，奄息是名。與仲行、鍼虎，同。4特是人傑的意思。5穴是墳壙。6惴惴，是恐懼的狀貌。7殲，是滅絕。8良是令善。9贖是贖回。10人百其身，是甚言百人的身軀。

**【章旨】**這章詩是哀三良從葬穆公，不如交交的黃鳥，來往林中，尚得其所；人命不得壽終，不得其所。今從穆公死葬的是誰呢？是子車奄息啊！但是這個人，是百夫中的人傑，現在被迫到了墳穴的旁邊，猶是惴惴的恐懼呢！唉，蒼天啊，何以把這樣的好人殲滅了？若是可以贖回，便把百人的身軀相抵，也是值得的啊。

**【集傳】**興也。交交，飛而往來之貌。從穆公，從死也。子車，氏；奄息，名。特，傑出之稱，穴，壙也。惴惴，懼貌。慄，懼。殲，盡。良，善。贖，貿也。○秦穆公卒，以子車氏之三子為殉，皆秦之良也，國人哀之，為之賦〈黃鳥〉。事見《春秋傳》，即此詩也。言交交黃鳥，則止於棘矣，誰從穆公？則子車奄息也。蓋以所見起興也，臨穴而惴惴，蓋生納之壙中也。三子皆國之良，而一旦殺之。若可貿以他人，則人皆願百其身以易之矣。

**【箋註】**牛運震曰：「誰從穆公」呼得慘痛。鍾惺所謂：若為不知之辭，悲之甚也。臨穴惴惴，寫出慘狀。三良不必有此狀，詩人哀之，不得不如此形容爾。三良從死，何與彼蒼事？怨得不近情理，正妙。「百夫之特」、「人百其身」，自作映照迴繞，妙。

交交黃鳥，止于桑。
誰從穆公？子車仲行。
維此仲行，百夫之防[1]。
臨其穴，惴惴其慄。
彼蒼者天，殲我良人。
如可贖兮，人百其身。

黃鳥往來飛舞，落在桑樹上。
是誰殉葬穆公？是子車家的仲行啊！
這位仲行，是可抵擋百夫的勇士。
然而當他站在墓穴邊時，也不禁因恐懼而渾身戰慄。
唉，老天哪，為什麼要殘殺這麼優秀的人。
如果能夠贖身，我們願以一百人的性命去換回他的生命。

**【註釋】**興也。1 防是是抵擋，就是一人當百的意思。

**【集傳】**興也。防，當也。言一人可以當百夫也。

交交黃鳥，止于楚。
誰從穆公？子車鍼虎。

黃鳥往來飛舞，落在荊樹上。
是誰殉葬穆公？是子車家的鍼虎啊！
這位鍼虎，是可抵禦百夫的善戰者。

維此鍼虎，百夫之禦。
臨其穴，惴惴其慄。
彼蒼者天，殲我良人。
如可贖兮，人百其身。

然而當他站在墓穴邊時，也不禁因恐懼而渾身戰慄。唉，老天哪，為什麼要殘殺這麼優秀的人，如果能夠贖身，我們願以一百人的性命去換回他的生命。

**【註釋】**興也。鍼，音「拑」。這兩章詩是和上章一樣的解法。

**【集傳】**興也。禦，猶當也。

## 黃鳥三章，十二句。

**【集傳】**《春秋傳》曰：「君子曰：秦穆公之不為盟主也，宜哉！死而棄民。先王違世，猶貽之法，而況奪之善人乎！今縱無法以遺後嗣，而又收其良以死。難以在上矣。」君子，是以知秦之不復東征也。愚按穆公於此其罪不可逃矣。但或以為，穆公遺命如此，而三子自殺以從之，則三子亦不得為無罪。今觀臨穴惴慄之言，則是康公從父之亂命，迫而納之於壙。其罪有所歸矣。又按《史記》，秦武公卒，初以人從死，死者六十六人。至穆公遂用百七十七人，而三良與焉。蓋其初特出於戎狄之俗，而無明王賢伯以討其罪，於是習以為常，則雖以穆公之賢，而不免。論其事者，亦徒閔三良之不幸，而歎秦之衰。至於王政不綱，諸侯擅命，殺人不忌，至於如此，則莫知其為非也。嗚呼，俗之弊也久矣！其後始皇之葬，後宮皆令從死，工匠生閉墓中，尚何怪哉。

**【箋註】**蘇轍曰：臣之託君，猶黃鳥之止于木，交交其和鳴。今三子獨不得其死，曾鳥之不若也。然三良之死，穆公之命也。康公從其言而不改，其亦異於魏顆矣。故〈黃鳥〉之詩，交譏之也。

方玉潤曰：古人封建國君，得以專制一方，生殺予奪，惟意所欲。似此苛政惡俗，天子不能黜，國人不敢違，哀哉良善，其何以堪！若後世大一統，人命至重，非天子不得擅生殺。雖無知愚民，猶自矜恤，況賢人乎？封建固良法，封建亦虐政。秦、漢後竟不能復，雖曰時勢，亦人心為之也。聖人存此，豈獨為三良悼乎？亦將作萬世戒耳。

陸侃如、馮沅君曰：這是中國輓歌之祖，較《薤露》、《蒿里》之悲田橫，尤為沉痛，惜其人至願以身相贖，其情之真摯可知，故詩的音節也極為高亢。我們疑惑這是當時送葬的樂曲，如莊子所謂「紼謳」之類；各章章末相同的六句大約是合唱的，與《九歌》之禮魂相似。

糜文開曰：此詩雖極沉痛，仍能含蓄不露。三良殉葬，冷與怨天，這是含蓄，也是作詩的技巧。怨天即所以尤人，正不必破口大罵。

## 晨風

鴥1彼晨風，鬱2彼北林。
未見君子，憂心欽欽3。
如何如何？忘我實多。

疾飛的晨風鳥啊，飛回到了茂盛的北林中。不見丈夫歸來，我心中滿是憂愁。爲什麼呢？爲什麼呢？他竟然忘記了我啊。

【註釋】興也。鴥，音「聿」。風，叶孚愔反。1鴥是疾飛的狀況。2鬱是茂盛。《毛傳》作「聚愔」。3欽欽是憂思不忘的意思。

【章旨】這詩是刺棄賢的。他說你當初招賢的時候，很是誠意，所以賢者，像晨風的疾飛，來到北林一樣的快。因為你沒有看見賢者，心中常常憂思不忘。現在你就怠惰的多了，是什麼緣因呢？竟有好多的地方，把我忘記了。

【集傳】興也。鴥，疾飛貌。晨風，鸇也。鬱，茂盛貌。君子，指其夫也。欽欽，憂而不忘之貌。○婦人以夫不在而言。鴥彼晨風，則歸於鬱然之北林矣。故我未見君子，而憂心欽欽也。彼君子者如之何而忘我之多乎，此與〈扊扅〉之歌同意。蓋秦俗也。

【箋註】麋文開、裴普賢曰：每章「如何如何」一在追問其夫不回之故，表達了她內心的憂急之情。最後一句「忘我實多」，不但透露了她丈夫的久別不歸，更表現出這位婦人一種莫可奈何的怨情，但對其夫仍寄以能回來重聚的希望。

**山有苞1櫟2，隰有六3駁4。**
**未見君子，憂心靡樂5。**
**如何如何？忘我實多。**

山中叢生著櫟木，低濕地中生長著六駁樹。不見丈夫歸來，我心中滿是苦悶不樂。爲什麼呢？爲什麼呢？他竟然忘記了我啊。

【註釋】興也。櫟，音「歷」，叶歷角反。駁，音「剝」。1苞是叢生木。2櫟是木名。3六是六株。4駁是梓榆樹，皮青白色。5靡樂，是說不樂。

【章旨】這章詩是說我看見山上的苞櫟，和隰下的眾駁，它們相處。常常一個樣子。你為何未見君子的時候，憂心不樂？現在你又為何把他忘記呢？

【集傳】興也。駁，梓榆也。其皮青白如駁。○山則有苞櫟矣，隰則有六駁矣。未見君子，則憂心靡樂矣。靡樂則憂之甚也。

【箋註】朱公遷曰：山高隰下，則有櫟與駮。夫婦離合則有靡樂之憂。心物與地相宜，而情與事相繫也。故以為興。

**山有苞棣1，隰有樹檖2。**
**未見君子，憂心如醉。**
**如何如何？忘我實多。**

山中叢生著唐棣樹，低濕地中生長著檖樹，
不見丈夫歸來，我心中的憂愁彷彿是飲酒入醉一般。
爲什麼呢？爲什麼呢？他竟然忘記了我啊。

【註釋】興也。1棣是唐棣。2檖是赤羅木名。

【章旨】這章詩是和上章一樣的解法。

【集傳】興也。棣，唐棣也。檖，赤羅也。實似梨而小，酢可食。如醉，則憂又甚矣。

**晨風三章，章六句。**

【箋註】牛運震曰：晨風六駮，稱物最奇。陸接兩「如何」，沉痛。怨之猶望之也。愾然忠厚之思。

方玉潤曰：今觀詩辭，以為刺康公者固無據；以為婦人思夫者，亦未足憑。總之，男女情與君臣義，原本相通。

高亨曰：這是女子被男子拋棄後所作的詩（也可能是臣見棄於君，士見棄於友，因作這首詩）。

程俊英曰：這是一位婦女疑心丈夫遺棄她的詩。

糜文開、裴普賢曰：這是婦人思念她那久出不歸的丈夫之詩。此詩三章都屬興體，三章所表現的情調也一樣，寫出婦人思念其夫的殷切。

## 無衣

豈曰無衣？與子同袍1。
王于興師2，修我戈矛3，
與子同仇。

誰說沒有衣服？我願意與你共穿此袍。
君主下令興兵殺敵，我將整修戈矛兵器，
和你一同前去殲滅敵人。

**【註釋】** 賦也。袍，叶步謀反。1袍是長袍。2王于興師，是天子於命興師征敵。3戈、矛都是兵器，戈長六尺六寸，矛長二丈。

**【章旨】** 這章詩是說秦人思復王仇，結合團體，共同殺敵的。他說你莫要講沒有衣服，我的長袍，和你同著就是。若是王命興師殺敵，我便把兵器修整修整，和你同去殲戮仇人。

**【集傳】** 賦也。袍，襺也。戈，長六尺六寸。矛，長二丈。王于興師，以天子之命，而興師也。○秦俗強悍，樂於戰鬥，故其人平居而相謂曰：「豈以子之無衣，而與子同袍乎。蓋以王於興師，則將修我戈矛，而與子同仇也。」其懽愛之心足以相死如此。蘇氏曰：「秦本周地，故其民猶思周之盛時，而稱先王焉。」或曰：「興也。」取與子同三字為義。後章放此。

豈曰無衣？與子同澤[1]。
王于興師，修我矛戟[2]，
與子偕作[3]。

誰說沒有衣服穿？我願意與你共穿一件裡衣。君主下令興兵殺敵，我將修理好我的矛與戟，與你一起合作消滅敵人。

【註釋】賦也。澤，叶徒洛反。戟，叶訖約反。1澤是裡衣。2戟是車戟，長一丈六尺。3偕作是合作。

【集傳】賦也。澤，裡衣也。以其親膚近於垢澤，故謂之澤。戟，車戟也。長丈六尺。

豈曰無衣？與子同裳。
王于興師，修我甲兵[1]，
與子偕行[2]。

誰說沒有衣服穿？我願意與你共用這件下裳。君主下令興兵殺敵，我將修理好我的護甲與武器，與你一同赴戰場。

【註釋】賦也。兵，叶蒲芒反。行叶戶郎反。1甲是鐵甲。兵是兵器。2行是同往。

【章旨】這兩章詩是和上章一樣的解法。

【集傳】賦也。行，往也。

**無衣三章，章五句。**

【集傳】秦人之俗，大抵尚氣概，先勇力，忘生輕死，故其見於詩如此。然本其初而論之，岐豐之地，文王用之，以興二南之化。如彼其忠且厚也。秦人用之，未幾而一變其俗，至於如此，則已悍然有招八州而朝同列之氣矣。何哉？雍州土厚水深，其民厚重質直，無鄭衛驕惰浮靡之習。以善導之，則易以興起，而篤於仁義；以猛驅之，則其強毅果敢之資，亦足以強兵力農，而成富強之業，非山東諸國所及也。嗚呼，後世欲為定都立國之計者，誠不可不監乎此，而凡為國者，其於導民之路，尤不可不審其所之也。

【箋註】屈萬里曰：此詩疑詠秦襄公護衛周平王東遷之事。

糜文開、裴普賢曰：這是秦國雄壯的軍歌，充分表現著同仇敵愾，袍澤友愛的情懷。最能代表秦國的尚武精神。

## 渭陽

**我送舅氏[1]，曰至渭陽[2]。**
**何以贈[3]之？路車[4]乘黃[5]。**

我送行舅舅，直到渭陽一帶。道別時該以何物相贈呢？就贈送他諸侯乘坐的車輛及拉車的四匹馬吧。

【註釋】賦也。1舅氏是秦康公的舅父。公子重耳，出亡在外，穆公招納于晉。2渭是秦水名。陽是晉國的咸陽。渭陽是從渭水至咸陽地段。3贈是餽送。4路車是諸侯的車子。5乘黃，是四馬，都是黃色。

【章旨】這章詩是康公送舅氏重耳歸晉的。他說我送舅氏，從渭水直到咸陽交界。把什麼贈他呢？用黃馬路車，送他做諸侯啊。

【集傳】賦也。舅氏，秦康公之舅，晉公子重耳也。出亡在外，穆公召而納之。時康公為太子。送之渭陽，而作此詩。渭，水名。秦時都雍。至渭陽者蓋東行。送之於咸陽之地也。路車，諸侯之車也。乘黃，四馬皆黃也。

**我送舅氏，悠悠我思1。何以贈之？瓊瑰2玉佩。**

我送行舅舅，勾起心中長久的思念。道別時該以何物相贈呢？就贈送他貴重的寶石與我所配戴的玉佩吧。

【註釋】賦也。佩，叶蒲洧反。1悠悠是長思。重耳返歸，康公的母親穆姬已沒，所以有悠悠我思的話。
2瓊瑰是寶石。

【章旨】這章詩是說我送舅氏，未免想起我母親，使我悠悠難忘。你此去我把什麼相贈呢？只有身上的佩玉寶石。

【集傳】賦也。悠悠，長也。《序》以為時康公之母穆姬已卒，故康公送其舅，而念母之不見也。或曰：「穆姬之卒，不可考。此但別其舅而懷思耳。」瓊瑰，石而次玉。

## 渭陽二章，章四句。

【集傳】按《春秋傳》，晉獻公烝於齊姜，生秦穆夫人太子申生，娶犬戎胡姬生重耳。小戎子生夷吾，驪姬生奚齊，其娣生卓子。驪姬譖申生，申生自殺；又譖二公子，二公子皆出奔。獻公卒，奚齊卓子繼立，皆為大夫里克所弒。秦穆公納夷吾，是為惠公。卒，子圉立，是為懷公。立之明年，秦穆公又召重耳而納之，是為文公。王氏曰：「至渭陽者，送之遠也。悠悠我思者，思之長也。路車乘黃，瓊瑰玉佩者，贈之厚也。」廣漢張氏曰：「康公為太子，送舅氏而念母之不見，是固良心也，而卒不能自克於令孤之役，怨欲害乎良心也，使康公知循是心，養其端而充之，則怨欲可消矣。」

【箋註】孔穎達曰：秦姬生存之時，望使文公反國。康公見舅得反，憶母宿心，故念母之不見，見舅如母存也。

嚴粲曰：送舅而有所思，則思母也。此詩念母而不言母，但言見舅而勤拳不已，自有念母之意。讀之者，但覺其味悠然深長，然未足以舒我心之思也。

牛運震曰：平平寥寥，動人骨肉之感。全不說出，卻自感慨深長。《序》以為念母，甚得其旨。詩有貴介英雄氣。

方玉潤曰：詩格老當，情致纏綿，為後世送別之祖。令人想見攜手河梁時也。見舅思母，人情之常。姚氏謂「非惟思母，兼有諸舅存亡之感」。蓋「悠悠我思」句，情真意摯，往復讀之，悱惻動人，故知其有無限情懷也。然此種深情，觸景即生，稍移易焉已不能及。〈大序〉謂「及其即位，乃思而作」，豈真知詩情者哉！

屈萬里曰：此秦康公為太子時送其舅晉公子重耳返國之詩。

## 權輿

於我乎！夏屋[1]渠渠[2]，
今也每食無餘。

從前君主待我，安排我住高大深廣的住宅，
然而今日卻縮減飯食，少有剩餘。
唉呀，爲何不像以前那般待人了呢？

于嗟乎！不承[3]權輿[4]。

【註釋】賦也。1夏是高大。2渠渠是深廣。3承是繼續。4權輿是起首。

【章旨】這章詩是刺康公待賢有始無終。他說往日的待我，有高大深廣的房屋。現在呢？連吃的都沒有餘剩了。唉，何以不像起首的那個樣子呢？

【集傳】賦也。夏，大也。渠渠，深廣貌。承，繼也。權輿，始也。○此言其君始有渠渠之夏屋，以待賢者，而其後禮意寖衰，供意寖薄。至於賢者每食而無餘。於是歎之。言不能繼其始也。

於我乎！每食四簋[1]，
今也每食不飽。
于嗟乎！不承權輿。

從前君主待我，每餐飯都有四樣菜，
然而今日卻縮減飯食，連吃都吃不飽。
唉呀，為何不像從前那樣待人了呢？

【註釋】賦也。簋，叶已有反。飽，叶補苟反。

1簋是瓦器，能容二升，和現在的盆子一樣。

【章旨】這章詩是說往日待我，每餐有四樣飯菜。於今呢？吃都不飽了。唉，何以不像起首呢？

【集傳】賦也。簋，瓦器，容斗二升。方曰簠，圓曰簋。簠盛稻粱，簋盛黍稷。四簋，禮食之盛也。

【箋註】姚際恆曰：一章先言居，再言食，即「適館、授餐」意。二章單承食言，由「無餘」而至「不飽」，條理井然。其「每食四簋」句，承上接下，在有餘、無餘之間，可以意會，初不有礙。其上一言居，下皆言食者，以食可減而居不移故也。又「夏屋渠渠」句，即藏「食有餘」在內，故是妙筆。自鄭氏不喻此意，以「夏屋」為食具；近世楊用修力證之，謬也。然即知夏屋之非食具，而知此詩意之妙者鮮矣。

## 權輿二章，章五句。

## 秦國十篇，二十七章，一百八十一句。

【集傳】漢楚元王，敬禮申公白公穆生。穆生不嗜酒。元王每置酒，嘗為穆生設醴。及王戊即位，常設。後忘設焉。穆生退曰：「可以逝矣。醴酒不設，王之意怠。不去，楚人將鉗我於市。」遂稱疾。申公白公強起之曰：「獨不念先王之德歟？今王一旦失小禮，何足至此。」穆生曰：「先王之所以禮吾三人者，為道之存故也。今而忽之，是忘道也。忘道之人，胡可與久處？豈為區區之禮哉！」遂謝病去。亦此詩之意也。

【箋註】程俊英曰：這是一首沒落貴族回想當年生活而自傷的詩。春秋時代，地主的私田漸多，各國紛紛實行按畝稅田。領主沒落，生活下降。這首詩就是當時社會變革的一種反映。過去領主住得好、吃得好，都是靠世襲的祿位，祖先傳下來的土地、人民，供他們剝削享受；如今一切都喪失了，所以他說「不承權輿」。

屈萬里曰：此自歎始受君主優禮而終被涼薄之詩。

糜文開、裴普賢曰：此詩舊解為賢者歎君禮意寖衰之意。按春秋為貴族沒落的時代，禮遇食客，已是戰國時代的風尚，此詩解為貴族自歎沒落，更為適切。末句只是感歎其當年的生活難以為繼而已。

# 陳

陳是國名，太昊伏羲氏的舊址，在禺貢豫州的東邊。土地平廣，無高山大川，西望外方，東不及孟諸。周武王的時候，有帝舜的後裔「虞閼父」，為周室的陶正。武王因他有器用的技能，把元女大姬，妻了他的兒子名叫滿，封他在宛丘的旁邊，稱為陳，命黃帝、帝堯的後裔，共為三恪，稱為胡公。大姬是尊貴的婦人，她喜歡巫覡歌舞的事情，因為沒有兒子，她就祈禱於神，後來果然得子。上行下效，便成了舉國的風俗。陳地在今河南淮寧縣，和檜曹都是一樣的小國，所以編在諸國的後面。它是伏羲的舊治，又是舜帝的後裔，因此又把它列在檜、曹二國的前面。

# 宛丘

子1之湯2兮，宛丘3之上兮。
洵4有情兮，而無望5兮。

你遊蕩無度，在宛丘高地上。
雖然你態度熱情，但卻缺乏人望。

【註釋】賦也。湯，音「蕩」。1子指遊蕩的人。2湯是遊蕩的意思。3宛丘是四面高、中間低的土阜。4洵是實在的意思。5望是人家看你。

【章旨】這章詩是刺在位的遊玩無度。他說你的遊蕩無度，常在宛丘的中間，雖有十分的情興，人家是望你不著。是說他雖然在位，沒有名望的意思。

【集傳】賦也。子，指遊蕩之人也。湯，蕩也。四方高中央下曰宛丘。洵，信也。望，人所瞻望也。○國人見此人常遊蕩於宛丘之上，故敘其事以刺之。言雖信有情思而可樂矣，然無威儀可瞻望也。

【箋註】牛運震曰：「『洵有情兮』寬一筆，正令蕩子心折。」

坎1其擊鼓，宛丘之下。
無冬無夏，值2其鷺羽3。

擊鼓之聲「坎坎」的響，在宛丘的下方。
不分冬天或夏天，他手持鷺鷥的長羽舞蹈。

【註釋】賦也。下，叶後戶反。夏，叶與下反。值，音「治」。1坎是擊鼓的聲音。2值是植下。3鷺羽，是鷺鷥頭上的長羽，舞人持著指揮的。

【章旨】這章詩說他沒有一日不出來遊樂。來到宛丘的上面，把大鼓敲得「坎坎」響聲。無冬無夏的，持著鷺羽指揮跳舞。

【集傳】賦也。坎，擊鼓聲。值，植也。鷺，春鉏。今鷺鷥。好而潔白，頭上有長毛十數枚。羽，以其羽為翳，舞者持以指麾也。言無時不出遊，而鼓舞於是也。

【箋註】牛運震曰：極風流事，插入「無冬無夏」四字，便極可厭。

**坎其擊缶1，宛丘之道。**
**無冬無夏，值其鷺翿2。**

擊缶之聲「坎坎」的響，在通往宛丘的道路上。
不分冬天或夏天，他手持羽翳的長羽舞蹈。

【註釋】賦也。道，叶徒厚反。翿，音「導」，叶殖有反。1缶是瓦器，可以用做節樂的拍子。2翿是羽翳。

【章旨】這章詩和第二章一樣的解法。

【集傳】賦也。缶，瓦器。可以節樂。翿，翳也。

【箋註】牛運震曰：從容婉切。後二章不加評語，更含蓄。
麋文開、裴普賢曰：而以兩用「無冬無夏」表露出詩人的諷刺來。

## 宛丘三章，章四句。

【箋註】《時序》：〈宛丘〉，刺幽公也。淫荒昏亂，遊蕩無度焉。
方玉潤曰：此必陳君與其臣下不務政治，相與遊樂，君擊鼓而臣舞翿，無冬無夏，威儀盡失。故過宛丘下者，相與指而誚曰：「子之遊蕩，洵足為樂。奈失儀何！其何以為民望乎？」蓋在上者，下民所瞻望者也。今乃不自檢束如是，無怪其民視而輕之。曰「子」者，外之之辭，亦輕之之意耳。然小民未必敢輕君上，故泛指游蕩人而言，使終日遊蕩者聞而知所警戒焉。

裴普賢曰：陳俗繼承胡公夫人太姬的遺風，喜歡歌舞遊蕩，詩人詠其所見以刺之。

程俊英曰：這首詩，寫一個男子愛上一個以巫為職業的舞女。詩中的「子」，就是以舞降神為職業的女子，所以她不論天冷天熱都在接上衛人們祝禱跳舞。這首詩，反映了當時陳國巫風盛行與民間舞蹈的一些情況。

余冠英曰：這篇也是情詩。男子辭。詩人傾訴他對於彼女的愛慕，並描寫她的跳舞。

余培林曰：此詩與下篇〈東門之枌〉詩似為男女互相戲謔之辭，此篇乃女贈男也，下篇乃男贈女也。

## 東門之枌

東門之枌（ㄉㄨㄥ ㄇㄣˊ ㄓ ㄈㄣˊ）1，宛丘之栩（ㄨㄢˇ ㄑㄧㄡ ㄓ ㄒㄩˇ）2。
子仲之子（ㄗˇ ㄓㄨㄥˋ ㄓ ㄗˇ）3，婆娑（ㄆㄛˊ ㄙㄨㄛ）4其下（ㄑㄧˊ ㄒㄧㄚˋ）。

在東門外的白榆樹下，在宛丘的栩樹下，
陳國大夫子仲家的子女們，正在那裡婆娑起舞。

**【註釋】**賦也。枌，音「文」。栩，音「許」。娑，音「梭」，下叶後五反。1 枌是白榆樹。2 栩是木名。3 子仲之子，是指陳大夫子仲的子女。4 婆娑是舞的狀貌。

**【章旨】**這章詩是刺巫覡盛行的。他說東門之外，宛丘枌榆的下面，還有陳大夫子仲氏的子女，在那裡婆娑的舞樂呢。

【集傳】賦也。枌，白榆也。先生葉卻著莢，皮色白。子仲之子，子仲之女也。婆娑，舞貌。此男女聚會歌舞，而賦其事以相樂也。

【箋註】牛運震曰：「婆娑」二字有態。

**穀旦1于差2，南方之原3。**

選擇一個好日子，前往南方的原野。

**不績其麻，市4也婆娑。**

女子不在家搓麻織布，聚集在市鎮中歡欣舞蹈。

【註釋】賦也。差，叶七何反。麻，叶謨婆反。1穀旦是吉日。2差是選擇。3原是原野的地方。4市是市鎮。

【章旨】這章詩是說擇了好日子，去到南方的原野看會。女子們連麻都不績了，要到市鎮上，舞樂為戲。

【集傳】賦也。穀，善。差，擇也。○既差擇善旦，以會於南方之原。於是棄其業以舞於市而往會也。

**穀旦于逝1，越2以鬷3邁4。**

**「視爾如荍5。」貽我握椒6。**

在好日子出發，與眾人一起同行參加聚會。男子讚美女子：「妳如同錦葵花一般的美麗。」女子便將握在手中的香袋贈給他。

【註釋】賦也。鬷，音「宗」。邁，叶力制反。荍，音「翹」。1逝當「往」字解。2越與「與」同。3鬷是眾人。4邁是行走。5荍是芘芣，又名荊葵。6椒是香椒，握在手中的香袋。

【章旨】這章詩是說穀旦的那一天，大眾都到那個地方賽會。男女相遇，各道愛慕的情話。他說我很愛妳的美麗，美得像荊葵的顏色一樣。因此，她便把手中握的香椒贈他。

【集傳】賦也。逝，往。越，於。鬷，眾也。邁，行也。荍，芘芣也。又名荊葵。紫色。椒，芬芳之物也。○言又以善旦而往，於是以其眾行，而男女相與道，其慕悅之詩曰：「我視爾顏色之美，如芘芣之華；於是遺我以一握之椒，而交情好也。」

【箋註】牛運震曰：「握椒」不必有，謂凡贈物寫情，皆須活參。情語媚甚，連讀方知韻妙。

東門之枌三章，章四句。

【箋註】牛運震曰：風豔可挹，妙在以質直出之。

方玉潤曰：姚氏際恆引漢王符《潛夫論》曰：「詩刺『不績其麻，女也婆娑』。今多不修中饋，休其蠶織，而起學巫覡，鼓舞事神，以欺誑細民。」以為「足證詩意」。是則然矣。然豈必盡學巫覡事哉？亦不過巫覡盛行，男女聚觀，舉國若狂耳。東門、宛丘，其地也；枌。栩相蔭，可以遊息其下也。「子仲之子」，男覡也；「不績其麻」，女巫也。婆娑鼓舞，神弦響而星鬼降也「穀旦于差」，諏吉期會也「越以鬷邁」，男婦畢集以邁觀也。視如荍而貽之椒，則又觀者互相愛悅也。此與〈鄭．溱洧〉之采蘭贈勺大約相類，而鄙俗荒亂，則尤過之。在諸國中又一俗也，故可以觀之。舊傳云「大姬婦人尊貴，好樂巫覡歌舞之事，其民化之」，蓋謂此也。為民上者可不知謹所尚歟！

程俊英曰：這是一首描寫男女相愛，聚會歌舞的民間情歌，表現了當時青年的愛情生活，也反映了陳國男女聚會、歌舞相樂、巫風盛行的特殊風俗。

# 衡門

衡門[1]之下，可以棲遲[2]。
泌[3]之洋洋[4]，可以樂飢。

即使是簡陋的處所，只要能夠棲身就好了。
更何況有泉水流淌不斷，令人樂而忘飢。

**【註釋】**賦也。泌，音「祕」。1衡門是把橫木做門，貧人的門戶。王引之《經義述聞》作「城門」名辭。2棲遲是遊息。3泌是泉水。4洋洋是水流的狀貌。

**【章旨】**這章詩是隱居自樂的寒士不求於世的言辭。他說我在衡門的下面，很可以遊息，又有洋洋的泉水流著，終日的快樂，倒不覺得飢餓。

**【集傳】**賦也。衡門，橫木為門也。門之深者，有阿塾堂宇。此惟橫木為之。棲遲，遊息也。泌，泉水也。洋洋，水流貌。○此隱居自樂，而無求者之辭。言衡門雖淺陋，然亦可以游息。泌水雖不可飽，然亦可以玩樂而忘飢也。

**【箋註】**牛運震曰：「『樂飢』字深妙，勝於『療飢』、『忘飢』等字。」

豈其食魚，必河之魴[1]？
豈其取妻，必齊之姜[2]？

如果要吃魚，何必一定要吃河裡的大魚？
如果要娶妻，何必一定要娶齊國的貴族之女？

**【註釋】**賦也。魴，音「房」。1魴是大魚。2齊姜是貴族。

**【章旨】**這章詩是說，何必要吃河裡的大魚，又何必要娶貴族的女子為妻。便是我這蔬食荊妻，也就夠我娛樂了。

**【集傳】**賦也。姜，齊姓。

豈其食魚，必河之鯉1？
豈其取妻，必宋之子2？

如果要吃魚，何必一定要吃河裡的鯉魚？
如果要娶妻，何必一定要迎娶宋國的貴族之女？

【註釋】賦也。1鯉是鯉魚。2宋子是貴族。

【章旨】這章詩和上章一樣的解法。

【集傳】賦也。子，宋姓。

## 衡門三章，章四句。

【箋註】姚際恆曰：此賢者隱居甘貧而無求于外之詩。一章，甘貧也。二、三章，無求也。唯能甘貧，故無求。唯能無求，故甘貧。故一章云「可以」，即「豈其、必」之意也。二、三章云「豈其、必」，即「可以」之意也。一章與二、三章辭異意同。又因飢而言食，因食而言取妻，皆飲食、男女之事，尤一意貫通。

牛運震曰：詩境蕭曠，居然高士胸中。傲甚警甚別調。兩「可以」，四「豈其」，呼應緊足，章法甚靈。首章謙柔恬易，後二章雖有傲態，不失為厚。

方玉潤曰：此賢者隱居甘貧而無求於外之詩。陳之有〈衡門〉也，亦猶衛之有〈考槃〉、秦之有〈蒹葭〉，是皆從舉世不為之中而己獨為之，可謂中流砥柱，挽狂瀾於既倒，有關世道人心之作矣。然衛雖淫亂，實多君子；秦雖強悍，不少高人；陳則委靡不振，巫覡盛行，其狂惑之風尤難自拔。而此獨澹焉無欲，超然自樂，所處者不過衡茅陋室，所飲者不過泉水悠洋，食不必鯉與魴，妻不必宋子而齊姜。則其為志也何如哉！

郭若沫曰：這首詩是一位餓飯的破落貴族作的。他食魚本來有吃河魴河鯉的資格，但是貧窮了，吃不起了。他娶妻本來有娶齊姜、宋子的資格，但是貧窮了，娶不起了。娶不起，吃不起，偏偏要說兩句漂亮話，這正是破落貴族的根性。

# 東門之池

東門之池，可以漚[1]麻；
彼美淑姬，可與晤[2]歌。

東門的水池，可以用來浸泡麻；
那個美麗的女子，可與她一起歌唱。

【註釋】興也。麻，叶謀婆反。1漚是浸漬，就是泡在裡面的意思。2晤是會晤。

【章旨】這章詩是刺時的。因借美姬，寓賢臣良士的意思。他說東門的池水，很可以用它績麻；那個管麻的女子，若是得著了，很可以和她晤談歌詠。就是國家得著良士，可以振興邦家的意思。

【集傳】興也。池，城池也。漚，漬也。治麻者，必先以水漬之。晤，猶解也。○此亦男女會遇之辭。蓋因其會遇之地所見之物，以起興也。

東門之池，可以漚紵[1]；
彼美淑姬，可與晤語。

東門的水池，可以用來浸泡紵蔴；
那個美麗的女子，可以與她交談說話。

【註釋】興也。1紵是紵麻，根生土中，不用子種的。

【集傳】興也。紵，麻屬。

東門之池，可以漚菅1；
彼美淑姬，可與晤言。

東門的水池，可以用來浸泡菅；
那個美麗的女子，可以與她相會聊聊。

【註釋】興也。1菅是茅屬的植物，莖有白粉，皮柔韌，可為索。

【章旨】這兩章詩是和首章一樣的解法。

【集傳】興也。菅，葉似茅而滑澤。莖有白粉，柔韌。宜為索也。

## 東門之池三章，章四句。

【箋註】牛運震曰：平調深情。三「可與」多少斟酌風刺之旨宛然。

崔述曰：〈東門之池〉，《序》以為「疾其君之淫昏，思得賢女配之」。今按「漚麻」、「漚紵」，絕不見有淫昏之意。即使君有淫昏，亦當思得賢臣以匡正之，何至望之女子？而人君禮不再娶，恐亦不容別求良配也。朱子以為男女會遇之辭，較為近理；然亦無由見其必然。細玩此詩，絕無狎褻之語而有隨遇而安之意。恐亦賢人安貧自得者所作。

程俊英曰：這是一首男女相會的情歌。詩以男子的口吻寫他追求一位在東門城池浸麻織布的女子。

糜文開、裴普賢曰：〈東門之池〉內容是對美女叔姬才華風度的讚許。所以我們推斷這篇〈東門之池〉，是青年男子慕戀貌美擅歌的叔姬之詩。全詩重心只在慕戀叔姬的貌美擅歌，不在叔姬的能言善辯，而在可與晤語晤言。晤語晤言是談情說愛之謂，情調就完全不同了。

## 東門之楊

東門之楊，其葉牂牂1。
昏以為期，明星2煌煌3。

東門的楊樹，正是枝葉茂盛的時候。我們約了黃昏時分相見，但現在啓明星都大亮了，對方還是沒有來。

**【註釋】**興也。牂，音「臧」。1牂牂是茂盛的狀貌。2明星是天將明的星。3煌煌是明亮的狀貌。

**【章旨】**這章詩雖說是過時失期，恐寓有他種的意義。他說東門的楊樹，枝葉正在牂牂茂盛的時候，過去就要衰落了。我是說定黃昏為期的，現在天已明亮了，已經過了時期了。

**【集傳】**興也。東門，相期之地也。楊，柳之揚起者也。牂牂，盛貌。明星，啟明也。煌煌，大明貌。○此亦男女期會，而有負約不至者。故因其所見，以起興也。

**【箋註】**黃一正曰：言東門之楊，葉盛可蔽。而又昏以為期，良可相會。今乃失約而至於明顯之時，則不遂所欲矣。

東門之楊，其葉肺肺1。
昏以為期，明星晢晢2。

東門的楊樹，正是枝葉茂盛的時候。我們約了黃昏時分相見，但現在夜空的星光都大亮了，對方還是沒有來。

【註釋】興也。肺，音「霈」。晢，音「制」。1肺肺是和牂牂一樣的意思。2晢晢是和煌煌一樣的意思。

【章旨】這章詩是和上章一樣的解法。

【集傳】興也。肺肺，猶牂牂也。晢晢，猶煌煌也。

【箋註】牛運震曰：「牂牂」字寫楊葉有神；「肺肺」二字尤奇。

## 東門之楊二章，章四句。

【箋註】《詩序》：〈東門之楊〉，刺時也。婚姻失時，男女多違，親迎，女猶有不至者也。

王質曰：言飲酒無度也。約昏而罷，逮曉而未已。

何楷曰：刺陳靈公淫于夏姬也。此詩言楊葉「牂牂」、「肺肺」，皆赤色也。霜降後則楊葉色赤，正心星晨見之時，而詩又近淫奔之語，是以知為刺淫于夏姬也。

朱朝瑛：其君有用賢之志而不果，故託言于男女之期會以刺之也。

方玉潤曰：辭意閃爍，似古迎神曲，非淫辭，亦非婚姻詩也。詩未見婚姻字，亦未見其為女不至之意。

屈萬里曰：此男女相期而不遇之詩。

糜文開、裴普賢曰：男女約會在東門白楊林，日入為期，對方失約未到，所以但聞風吹樹葉之聲，但見「明星煌煌」、「明星晢晢」。此詩寫來很是含蓄，而情景活現，十分深刻，十分生動，耐人尋味。唐人李商隱詩：「昨夜星晨昨夜風，畫樓西畔桂堂東；身無彩鳳雙飛翼，心有靈犀一點通。」當淵源於此篇。

# 墓門

墓門[1]有棘，斧以斯[2]之。夫[3]也不良，國人知之。知而不已，誰昔[4]然矣。

墳墓上生長的荊棘，可以用斧頭將它劈斷。但這個人的不好，是全國人都知道的事。雖然明白，但他一直不改，到底過去是誰把他放縱成這個樣子。

【註釋】興也。1墓門是墳墓門前。《經義述聞》引作「城門」名辭。2斯是斯析，就是析去的意思。3夫是指不良的人。4昔是往昔。

【章旨】這章詩是刺桓公不能早去陳佗的。他說墓前有了棘刺，還可用斧析去；這個人不良，是通國的人都能知道。雖然知道，他終不改。究竟往日，是誰慣他這個樣子呢？

【集傳】興也。墓門，凶僻之地。多生荊棘。斯，析也。夫，指所刺之人也。誰昔，昔也。猶言疇昔也。〇言墓門有棘，則斧以斯之矣。此人不良，則國人知之矣。國人知之，猶不自改，則自疇昔而已然。非一日之積矣。所謂不良之人，亦不知其何所指也。

【箋註】姚際恆曰：「墓門有棘」必須「斧以斯之」，以比國有不良，必須去之。牛運震曰：「斯」字字法新。「誰昔然矣」冷婉。

墓門有梅[1]，有鴞萃[2]止。夫也不良，歌以訊[3]之，

墳前的梅樹上，有隻惡鳥棲息在那裡。這個人的不好，我以詩歌的方式諷勸，但他不肯聽從勸告，直到把事情搞砸了才想起我來。

## 訊予不顧，顛倒思予。

【註釋】興也。訊，叶息萃反。顧，叶果五反。1鴞是鴟鴞，惡鳥。2萃是會集。3訊是告訴，《經義述聞》引作「誶」字寫。4顛倒是反覆。

【章旨】這章詩是說墓前的梅樹，有隻惡鳥集在上面。這個人的不良，已經歌詠的告訴你了，但是你不肯顧我的話。現在弄顛倒了，事情壞了，才想起我的話了。

【集傳】興也。鴟鴞，惡聲之鳥也。萃，集。訊，告也。顛倒，狼狽之狀。○墓門有梅，則有鴞萃之矣。夫也不良，則有歌其惡以訊之者矣。訊之而不予顧，至於顛倒然後思予，則豈有所及哉。或曰：「訊予之予，疑當依前章作而字。」

【箋註】牛運震曰：首二句寫盡怪惡景色。「訊予不顧」，倒字句法。「顛倒」，猶言末路回頭也，不止作狼狽解。「顛倒思予」，所謂臨危時憶古人也，真老成篤厚之思。一語晨鐘，多少咨嗟躊躇。

## 墓門二章，章六句。

【箋註】程俊英曰：這這是一首人民諷刺、反抗不良統治者的詩。據說是刺陳陀的。《左傳》桓公五年，敘述陳桓公生病時，陳陀殺太子免。桓公死後，他自立為君。陳國大亂，國人離散。後來蔡國為陳平亂，殺了陳陀。這首詩在當時民間頗為流行。

糜文開、裴普賢曰：這是一篇對不良執政者的警告之詩。

# 防有鵲巢

防[1]有鵲巢，邛[2]有旨[3]苕[4]。誰侜[5]予美？心焉忉忉[6]。

堤防上有鵲鳥築巢，土丘上生長出美味的苕草，這些都是謊言。是誰在用這些謠言欺騙我所愛的人？眞令人心中憂煩啊！

【註釋】興也。苕，音「條」，叶徒刀反。侜，音「舟」。1防是堤防。2邛是土丘。3旨是美好。4苕是苕饒，莖像刀豆，葉像蒺藜。5侜是侜張，就是欺誑。6忉忉是憂心的狀貌。

【章旨】這章詩是憂心讒賊的。他說堤防上有鵲巢，土丘上有苕草，都是可信無證的言語。這是何人誑我的美辭？使我忉忉心憂呀。

【集傳】興也。防，人所築以捍水者。邛，丘。旨，美也。苕，苕饒也。莖如勞豆而細，葉似蒺藜而青。其莖葉綠色，可生食，如小豆藿也。侜，侜張也。猶鄭風之所謂迋也。予美，指所與私者也。忉忉，憂貌。○此男女之有私，而憂或間之之辭。故曰：「防，則有鵲巢矣；邛，則有旨苕矣。今此何人，而侜張予之所美，使我憂之而至於忉忉乎。」

中唐[1]有甓[2]，邛有旨鷊[3]。誰侜予美？心焉惕惕[4]。

庭院的走道上有砌階用的甓，土丘上生長出美味的鷊草，這些都是謊言啊。是誰在用這些謠言欺騙我所愛的人？眞令人心中煩惱不已啊！

【註釋】興也。甓，音「闢」。鷊，音「逆」。1中唐是中庭的徑道。2甓是瓦器，又名瓴甓。3鷊是小草，雜色似綬。4惕惕和忉忉一樣。

【章旨】這章詩和上章一樣的解法。

【集傳】興也。廟中路，謂之唐。甓，瓴甋也。鷊，小草，雜色，如綬。惕惕，猶忉忉也。

【箋註】牛運震曰：換「惕惕」字，意思更深。

## 防有鵲巢二章，章四句。

【箋註】方玉潤曰：蓋鵲本巢木，而今則曰「防有鵲巢」矣；苕生下隰，而今則曰「邛有旨苕」矣。而且中唐非甓瓴之所，高丘豈旨鷊所生？人皆可以偽造而為謠。又況無根浮辭，不倘張予美而生彼攜貳之心耶？予是以常懷憂懼，中心惕惕而不能自解也。

高亨曰：此詩作者是個男子，因為他丟失愛妻，尋找不著，心情十分憂懼。

糜文開、裴普賢曰：我們解這篇從詩文本身看，是男女相悅，而有旁人來造謠挑撥的詩。但也可進而作託興於男女夫婦之情，通達於君臣主從之義的寓意詩來讀。

# 月出

月(ㄩㄝˋ)出(ㄔㄨ)皎(ㄐㄧㄠˇ)1兮(ㄒㄧ)，佼(ㄐㄧㄠˇ)2人(ㄖㄣˊ)僚(ㄌㄧㄠˊ)3兮(ㄒㄧ)，
舒(ㄕㄨ)窈(ㄧㄠˇ)4糾(ㄐㄧㄡˇ)5兮(ㄒㄧ)，勞(ㄌㄠˊ)心(ㄒㄧㄣ)悄(ㄑㄧㄠˇ)6兮(ㄒㄧ)。

月亮出來了，月光皎潔明亮，月下那美麗的人兒是多麼的美好，
我想向她抒發我的憂愁，想念她令我滿心憂傷。

【註釋】興也。1皎是月光明亮。2佼是美人。3僚是美好的狀貌。4窈是幽遠。5糾是憂愁糾纏。6悄是憂貌。

【章旨】這章詩是心有所思，未曾得著，故借月出起興，寄託他的懷抱。他說月出了，皎皎的光下，這個

美人是很好看的，我想舒展幽懷，反使我勞思悄悄，實在感傷啊。

【集傳】興也。皎，月光也。佼人，美人也。僚，好貌。窈，幽遠也。糾，愁結也。悄，憂也。○此亦男女相悅而相念之辭。言月出則皎然矣，佼人則僚然矣。安得見之而舒窈糾之情乎。是以為之勞心而悄然也。

【箋註】蘇轍曰：婦人之美盛，如月出之光。

牛運震曰：從月出落想，奇。宋玉〈神女賦〉「其少進也，皎若明月舒其光」似本於此。

**月出皓兮，佼人懰1兮。**
**舒懮受2兮，勞心慅3兮。**

月亮出來了，月光潔白如水，月下那美麗的人兒是多麼的美好，
我想向她表達我內心的憂愁，思念她令我滿心憂傷。

【註釋】興也。懰，音「柳」，叶郎老反。懮，音「黝」。受，叶時倒反。1懰是美好。2懮、受都是憂思。3慅和悄字一樣的意思。

【集傳】興也。懰，好貌。懮受，憂思也。慅，猶悄也。

【箋註】王安石曰：慅言不安而騷動。

**月出照兮，佼人燎1兮。**
**舒夭紹2兮，勞心慘3兮。**

月亮出來了，月光燦爛，月下那美麗的人兒是多麼的美好，
我想向她抒發心中的憂慮和思念，想念她令我滿懷憂傷。

【註釋】興也。燎，音「料」。慘，當作「懆」，叶七弔反。1燎也是美好。2夭紹是憂思。3慘和悄、

慅也是一樣的意思。

【章旨】這兩章詩是和首章一樣的解法。

【集傳】興也。懰，好貌。懮受，憂思也。慅，猶悄也。

【箋註】王安石曰：慘言不舒而幽怨。

## 月出三章，章四句。

【箋註】《詩序曰》：〈月出〉，刺好色也。在位不好德，而說美色焉。

劉沅曰：時政衰闇，詩人思君子之度，以不見為憂傷也。

牟庭曰：此詩蓋中秋月也，秋月尤皎白也。

牛運震曰：極要眇流麗之體，妙在從拙峭出之。調促而流，句聱而圓，字生而豔，後人騷賦之祖。

方玉潤曰：此詩雖男女辭，而一種幽思牢愁之意，固結莫解。情念雖深，心非淫蕩。且從男意虛想，活現出一月下美人。並非實有所遇，蓋巫山、洛水之濫觴也。至其用字聱牙，句句用韻，已開晉、唐幽峭一派。

程俊英曰：這是一首月下懷人的詩。這首詩的特點是反覆詠歎，通篇句句押韻。隱約的描繪出月下美人的風姿和詩人勞心幽思的形象。詩重視聲韻效果，讀起來動人悅耳。被後人推為三百篇中情詩的傑作。

# 株林

「胡為乎株林[1]？」

「從夏南[2]。」

「匪適株林，從夏南。」

「他爲什麼去株林？」
「去找夏南。」
「他不是要去株林，而是爲了找夏南。」

【註釋】賦也。1株林是夏氏的封邑。2夏南，是徵舒的名字。

【章旨】這章詩是刺靈公淫夏徵舒的母親夏姬的事情。他說靈公到株林去做什麼？是到夏南家中去的啊！那麼，不是要到株林去的，是要到夏南家中去的了。

【集傳】賦也。株林，夏氏邑也。夏南，徵舒字也。○靈公淫於夏徵舒之母，朝夕而往夏氏之邑，故其民相與語曰：「君胡為乎株林乎？」曰：「從夏南耳。」然則非適株林也，特以從夏南故耳。蓋淫乎夏姬不可言也，故以從其子言之。詩人之忠厚如此。

【箋註】牛運震曰：自問自答，自駁自解，格法大奇。問得險奇，折得深婉，不曰從夏南之母，而曰從夏南。為尊者諱之也。然疊呼從夏南，則真情迸躍矣。「適株林」、「從夏南」，本屬一事，卻說「匪適株林」云云，若不可解，正自可思。

駕我乘馬，說于株野。

乘我乘駒，朝食于株。

駕馭著我的四馬之車，去株林休息。
驅趕著我的四馬之車，到株林去吃早飯。

【註釋】賦也。

【章旨】這章詩是說靈公駕了馬，來到株林止息，又乘了駒來到株林朝膳。日夜沉溺在夏姬的家中。

【集傳】賦也。說，舍也。馬六尺以下曰駒。

【箋註】姚際恆曰：首章辭急迫，次章承以平緩，章法絕妙。曰「株林」，曰「株野」，曰「株」，三處亦不雷同。「說于株野」、「朝食于株」兩句，字法亦參差。短章無多，能曲盡其妙。

牛運震曰：此章只將適株林之事鋪寫一番，而恣行無忌之狀宛露矣。兩章一曲一直，各有其妙。

糜文開、裴普賢曰：株林之詩的譏刺陳靈公，相當含蓄，所以朱熹稱其詩人之忠厚，但挖苦的口吻，實已諷嘲得入木三分。而「駕我乘馬」、「乘我乘駒」，兩個我字，尤值得玩味。

## 株林二章，章四句。

【集傳】《春秋傳》：夏姬，鄭穆公之女也，嫁於陳大夫夏御叔。靈公與其大夫孔寧儀行父通焉。洩冶諫不聽而殺之。後卒為其子徵舒所弒，而徵舒復為楚莊王所誅。

【箋註】方玉潤曰：靈公與其臣孔寧、儀行父淫於夏姬事見《春秋傳》。而此詩故作疑信之謂，非特詩人忠厚，不肯直道人隱，抑亦善摹人情，如見忸怩之態。蓋公卿行淫，朝夕往從所私，必有從旁指而疑之者。即行淫之人亦自覺忸怩難安，故多隱約其辭，故作疑信言以答訊者而飾其私。詩人即體此情為之寫照。不必更露淫字，而宣淫無忌之情已躍然紙上，毫無遁形，可謂神化之筆。然羞惡之心，人皆有之。使陳靈君臣知所羞惡而檢行焉，則何至有徵舒射廄之難？即楚亦可不必入陳也。女戎名亂，足為炯戒。聖人存此，亦信史歟！

# 澤陂

彼澤[1]之陂[2]，有蒲[3]與荷[4]。
有美一人，傷如之何！
寤寐無為，涕泗[5]滂沱[6]。

那水塘的堤岸邊，長著蒲草和荷花。想起我愛的那個人，內心無限悲傷。日夜思念他，我什麼事情都做不了，想起他，便痛哭流涕無法停止。

**【註釋】**興也。陂，叶音波。1澤是水澤。2陂是水旁的坂地。3蒲是蒲草。4荷是芙蕖。5涕是眼淚，泗是鼻涕。6滂沱是落下的狀貌。

**【章旨】**這章詩是傷所思不得見的，是詩人寄託的。他說那個水澤的陂地，有蒲草和芙蕖，裡面還有一個美人，但是看她不見，這是如何悲傷的事啊！唉，使我不能安睡，涕泗已經像下雨似的了。

**【集傳】**興也。陂，澤障也。蒲，水草可為席者。荷，芙蕖也。自目曰涕，自鼻曰泗。○此詩之旨，與〈月出〉相類。言彼澤之陂，則有蒲與荷矣。有美一人，而不可見，則雖憂傷，而如之何哉？寤寐無為，涕泗滂沱而已矣。

**【箋註】**蘇轍曰：婦人之色，如蒲荷之美。思而不見，故憂傷涕泗也。

彼澤之陂，有蒲與蕑[1]。
有美一人，碩大[2]且卷[3]。
寤寐無為，中心悁悁[4]。

那水塘的堤岸邊，長著蒲草和香草。想起我愛的那個人，身材高大健壯，鬢髮美麗。日夜思念他，我什麼事情都做不了，想起他，內心便充滿憂愁煩惱。

**【註釋】**興也。卷，音「權」。1蕑是蕑蘭，生在水中的香草。2碩大是身軀肥大。3卷是鬢髮美麗。4

悁悁是憂心。

【集傳】興也。蕑，蘭也。卷，鬢髮之美也。悁悁，猶悒悒也。

**彼澤之陂，有蒲菡萏1。**
**有美一人，碩大且儼2。**
**寤寐無為，輾轉伏枕3。**

那水塘的堤岸邊，長著蒲草和荷花。想起我愛的那個人，身材健壯高大，儀態莊重。日夜思念他，我什麼事情都做不了，想起他，便徹夜難眠。

【註釋】興也。萏，叶待險反。1菡萏是荷花。2儼是矜莊的狀貌。3伏枕是伏在枕頭上面，睡不成眠了。

【章旨】道兩章詩和上章一樣的解法。

【集傳】興也。菡萏，荷華也。儼，矜莊貌。○輾轉伏枕，臥而不寐，思之深且久也。

【箋註】鄭玄曰：蒲以喻所說男之性，荷以喻所說女之容體也。正以陂中二物興者，喻淫風由同姓生。

孔穎達曰：首章言荷，指芙蕖之莖。卒章言菡萏，指芙蕖之華。二者皆取華之美，以喻女色，但變文以取韻耳。

**澤陂三章，章六句。**

**陳國十篇，二十六章，一百二十四句。**

【集傳】東萊呂氏曰：「變風終於陳靈，其閒男女夫婦詩，一何多邪。」曰：「有天地然後有萬物，有萬物然後有男女，有男女然後有夫婦，有夫婦然後有父子，有父子然後有君臣，有君臣然後有上下，有上下然後禮義有所錯。男女者，三綱之本，萬事之先也。正風之所以為正者，舉其正者以勸之也。變風之所以為變者，舉其不正者以戒之也。道之升降，時之治亂，俗之汙隆，民之死生，於是乎在。錄之煩悉，篇之重複，亦何疑哉。」

**【箋註】**

《詩序》：〈澤陂〉，刺時也。言靈公君臣淫于其國，男女相說，憂思感傷焉。

方玉潤曰：《集傳》謂「與〈月出〉相類」，誠然。然〈月出〉非淫辭，此亦必非淫詩也。曰「碩大且卷」，曰「碩大且儼」，豈淫女貌乎？曰「傷如之何」，曰「涕泗滂沱」，縱極相思，亦何至是？故姚氏以為傷逝作，或又謂傷泄冶之見殺，均與興意不合。蓋起極幽豔，繼乃傷感，故知為思存作，非悼亡篇也。大抵臣不得於其君，子不得於其父，皆可藉此以抒懷。詩人所言，或實有所指，或虛以寄興。興之所到，觸緒即來。後世〈江南曲〉、〈子夜歌〉，此類甚多。豈篇篇俱有所為而言耶！

糜文開、裴普賢曰：這是一篇相思的情詩。但所謂「美人」或別有所指，所以這詩也可以解作另有寄託的象徵詩。雖然寫的是四種名稱的植物，事實只有兩種，即蒲與荷。都是生長在水邊的香草。它們正如姜夔《念奴嬌》所說的使「冷香飛上詩句」，因而全詩就氤氳著迷人的芬芳。這些植物最直接的意向是愛情的象徵，所以接著就說「有美一人」。

# 檜

《毛詩》檜本作鄶。《水經注》：澮水出鄶城西北，洧水東南逕過鄶城。檜國本是高辛氏，火正祝融的故墟，在禹貢豫州的外方以北，滎陽以南，居溱、洧二水的中間。其君妘姓，是祝融氏的後裔。周室衰微，被鄭桓公滅了，做了新鄭的都邑。現在的鄭州，便是檜國的舊地。

# 羔裘

羔裘[1]逍遙，狐裘[2]以朝。
豈不爾思？勞心忉忉。

你穿著上朝的朝服玩樂，又穿著平日休憩時的狐裘去上朝。
難道你不曾思考自己的處境嗎？唉，眞令人煩惱啊。

【註釋】賦也。1緇衣羔裘，是諸侯的朝服。2錦衣狐裘，是諸侯朝天子的服飾。

【章旨】這章詩是憂檜君好美衣服，逍遙遊宴，不能自強於政的。他說檜君啊，你只顧穿著美好的羔裘，逍遙遊樂。又把朝天子的錦衣狐裘，來做自己的朝服，誇耀你的尊榮，全不料理政治。你自己何不想想，旁邊有了虎視耽耽的強鄰嗎？唉，真教我憂勞，不能解說了。

【集傳】賦也。緇衣羔裘，諸侯之朝服。錦衣狐裘，其朝天子之服也。舊說，檜君好潔其衣服，逍遙遊宴，而不能自強於政治，故詩人憂之。

【箋註】毛萇曰：羔裘以遊燕，狐裘以適朝，國無政令，使我心勞。孔穎達曰：逍遙遊宴之事輕，視朝聽政之事重。今先言燕，後言朝者，見君不能自強於政治，惟好逍遙，忽於聽政，故後言朝也。

羔裘翱翔[1]，狐裘在堂[2]。
豈不爾思？我心憂傷。

你穿著上朝的朝服玩樂，又穿著平日休憩時的狐裘去公堂。
你難道不曾思考過自己的處境嗎？唉，眞令人滿心憂傷。

【註釋】賦也。1翱翔是逍遙。2在堂是在公庭的堂上。

【集傳】賦也。翺翔，猶逍遙也。堂，公堂也。

【箋註】孔穎達曰：上言以朝，謂日出視朝；此云在堂，謂正寢之堂。人君日出視朝，乃退適路寢，以聽大夫所治之政。二者於禮同服羔裘。今檜君皆用狐裘，故二章各舉其一。

你所穿的羊裘白潤如膏，陽光照射在裘衣上，散發著光彩。
難道你從不曾思考過自己的處境？眞令我心中充滿悲傷。

**羔裘如膏1，日出有曜2。**
**豈不爾思？中心是悼3。**

【註釋】賦也。1如膏，是說羔裘像膏的白潤。2曜是光曜。日出有曜，是說太陽照著羔裘，發出光亮。3悼是悲傷。

【章旨】這兩章詩和首章一樣的解法。

【集傳】賦也。膏，脂所漬也。日出有曜，日照之則有光也。

【箋註】孔穎達曰：上二章惟言變易常禮，未言好絜之事，故卒章言羔裘之美，如脂膏之色。羔裘既美，則狐裘亦美可知。故不復說狐裘之美。牛運震曰：但就「羔裘」寓意，正有多少苦衷，不忍明言。「日出有曜」一語，寫得光彩奇麗，妖服不衷，正見於此。三「豈不爾思」忠愛婉摯。

**羔裘三章，章四句。**

【註釋】羔裘三章，章四句。〈小序〉說是大夫以道去君的；〈大序〉以為國小而迫。君不用道，好潔衣服，逍遙遊宴，不能自強於政治。但是國君好著美服，並沒有多大的過錯。不能自強於政，大夫應當幾諫。國小而迫，也正是人臣亟需助理的時候，都不應該離君遠去的。至於君不用道，人臣數諫不聽，這倒是可以去的。不過詩中，沒有說及君不用道的意思，又怎能知道大夫必要去君呢。況且詩中的勞心忉忉，顯見這位大夫，對於國內的政治勤勞極了，他又何忍遽然離去呢？愚意以為這篇詩，並非大夫去君的。是詩人憂傷檜君好著美服，不能自強於政的。因為這個時候，鄭國方在寄帑於鄶。鄶君貪愛他的賄賂，全不知道強鄰吞噬的陰謀，終日羔裘狐裘，逍遙遊樂，只顧誇示他的尊美。對於朝政，沒有絲毫整理的心思。君子看見這樣的時局，因此不免憂傷。

**【箋註】**

牛運震曰：憂之悼之，正厚意團結處，若公然作斥譏語，詩品便低。

方玉潤曰：〈小序〉云：「大夫以道去其君也。」〈大序〉以為國小而迫，君不用道，好絜其衣服，逍遙游燕而不能自強於政治，故作是詩。夫國君好絜衣服，過之小者也，何必去！即云國小而迫，正臣子相助為理之秋，更不必去。此必國勢將危，其君不知，猶以寶貨為奇，終日游宴，邊幅是脩，臣下憂之，諫而不聽，夫然後去。去之而又不忍遽絕其君，乃形諸歌詠以見志也。

程俊英曰：一個女子欲奔男子，可是又有所顧忌而不敢，所以內心很憂傷。

屈萬里曰：此疑檜人慕其君而不得近之詩。

糜文開、裴普賢曰：這詩是檜人對國君不自振作表示失望的憂時之作。

## 素冠

庶1見素冠2兮，棘人3欒欒4兮，
勞心慱慱5兮。

多麼渴望能夠見到戴著白素冠的他啊，思念令我消瘦，
我的內心充滿了憂傷的感慨。

【註釋】賦也。慱，音「團」。1庶，是幸能的意思。2素冠是三年喪禮的祥冠。3棘是急貌，棘人是居喪的人。4欒欒，是消瘦的狀貌。5慱慱是憂勞的狀貌。

【章旨】這章詩是因當地風俗，多不能行三年的喪禮。君子偶然看見，未免心中很有感慨。他說今日幸能看見有人戴著三年的素冠了，這個棘人的消瘦形容，怎不教我心中起了憂傷的感慨呢！

【集傳】賦也。庶，幸也。縞冠素紕，既祥之冠也。黑經白緯曰縞，緣邊曰紕。棘，急也。喪事欲其縱縱爾。哀遽之狀也。欒欒，瘠貌。慱慱，憂勞之貌。○祥冠，祥則冠之，禫則除之。今人皆不能行三年之喪矣，安得見此服乎！當時賢者庶幾見之，至於憂勞也。

**庶見素衣[1]兮，我心傷悲兮，**
**聊與子同歸[2]兮。**

多麼渴望能夠見到穿著白素衣的他啊，思念讓我滿心傷悲，
眞希望能和他一起返家啊。

【註釋】賦也。1素衣亦是祥服。2同歸，是和他同歸這個喪禮。

【章旨】這章詩是說今日幸能看見三年的祥服，但是現在多不行這種喪禮了。我心中好是傷悲啊，我可和你同歸這種喪禮吧！

【集傳】賦也。素冠，則素衣矣。與子同歸，愛慕之辭也。

**庶見素韠[1]兮，我心蘊結[2]兮，**
**聊與子如一[3]兮。**

多麼渴望能夠見到穿著白素衣的他啊，思念讓我滿心鬱結難解，
多希望能與他結爲一啊。

【註釋】賦也。1素韠是素裳，亦是祥服。2蘊結是憂思不解。3如一，是和他一樣的遵行古禮。

【章旨】這章詩是和第二章一樣的解法。

【集傳】賦也。韠，蔽膝也，以韋為之。冕服謂之韍，其餘曰韠。韠從裳色，素衣素裳，則素韠矣。蘊結，思之不解也與子如一，甚於同歸矣。

【箋註】牛運震曰：「如一」所謂相知同一己也。較同歸更深。

糜文開、裴普賢曰：韠：音畢，蔽膝，亦男子服也。如一：如一人，謂其至同也。

## 素冠三章，章三句。

【集傳】按喪禮，為父為母，斬衰三年。昔宰予欲短喪。夫子曰：「子生三年，然後免於父母之懷。予也有三年之愛於其父母乎？」三年之喪。天下之通喪也。《傳》曰：子夏三年之喪畢，見於夫子，援琴而弦。衎衎而樂，作而曰：「先王制禮不敢不及。」夫子曰：「君子也。」閔子騫三年之喪畢，見於夫子，援琴而弦，切切而哀，作而曰：「先王制禮，不敢過也。」夫子曰：「君子也。」子路曰：「敢問何謂也？」夫子曰：「子夏哀已盡，能引而致之於禮，故曰君子也。閔子騫哀未盡，能自割以禮，故曰君子也。」夫三年之喪。賢者之所輕。不肖者之所勉。

【箋註】姚際恆曰：此詩本不知指何人，但以「勞心」、「傷悲」之辭，「同歸」、「如一」之語，或如諸篇，以為思君子可；以為婦人思男亦可。

牛運震曰：長歎遠想，愴極厚極。庶見者不說不見，卻說庶見，不說不見，三年之喪卻說庶見。既祥之服，用意婉紆之極。

屈萬里曰：舊謂此詩為刺不能三年之喪者，以有素冠素衣之語也。按：古人喪服，以縷之粗細，定其輕重，非必尚白。古冠禮用素冠，〈士冠禮．始冠〉鄭注云：「白布冠，今之喪冠是也。」

曰今之喪冠，明古者不必如是。〈鄭風‧出其東門〉言「縞衣綦巾」，是女子平時亦衣白衣。《曲禮》云：「父母在，衣冠不純素。」始以純素為嫌。《曲禮》蓋戰國晚年或秦漢間人所作，所言未必為古俗也。翟灝《通俗編》有說詳之。

程俊英曰：這是一首悼亡的詩。一位婦女，丈夫死了，將入殮時，她撫屍痛哭，傷心地表示願意和丈夫同死。

糜文開、裴普賢曰：這是婦人思念其君子的詩。此詩各章以男子的服裝素冠、素衣、素韠代表男子，詩中雖未明言二人之關係，而由詩文體會，這位婦人對該男子非常愛戀，因而思念情深，以致內心鬱結，形容憔悴。其真情可感，其癡情可憐！

## 隰有萇楚

隰有萇楚1，猗儺2其枝，
夭3之沃沃4，樂子之無知。

低濕地裡生長著羊桃樹，枝葉茂密，散發著美好的光澤。我是多麼羨慕羊桃樹的無知無覺啊！

**【註釋】**賦也。猗，音「阿」。1萇楚是銚弋，今名羊桃樹。2猗儺，是柔美。《經義述聞》作「美盛」。3夭是少好。4沃沃是光澤。

**【章旨】**這章詩是因說政煩賦重，人民不堪其苦的。他說隰下有株羊桃樹，它的枝葉美盛，並且有少好的光澤。唉！我真羨慕你的無知無識，沒有一些賦役的重累。

**【集傳】**賦也。萇楚，銚弋，今羊桃也。子如小麥，亦似桃。猗儺，柔順也。夭，少好貌。沃沃，光澤貌。子，指萇楚也。○政煩賦重，人不堪其苦，歎其不如草木之無知而無憂也。

**隰有萇楚，猗儺其華[1]，夭之沃沃，樂子之無家[2]。**

低濕地裡生長著羊桃樹，花朵柔美茂盛，散發著柔嫩而美好的光澤。我是多麼羨慕羊桃樹沒有家庭的負累啊！

**【註釋】**賦也。1華與「花」同。2家是家室。

**【章旨】**這章詩是說萇楚不但沒有重賦。也沒有家室相累。

**【集傳】**賦也。無家，言無累也。

**隰有萇楚，猗儺其實[1]。夭之沃沃，樂子之無室[2]。**

低濕地裡生長著羊桃樹，結實纍纍，散發著柔嫩而美好的光澤。我是多麼羨慕羊桃樹沒有家庭的負擔啊！

**【註釋】**賦也。1實是果實。2室是室家。

**【章旨】**這章詩和上章一樣的解法。

**【集傳】**賦也。無室，猶無家也。

**【箋註】**牛運震曰：三「樂」字慘極，真不可讀。

**隰有萇楚三章，章四句。**

【箋註】牛運震曰：自恨不如草木，極不近情理，然悲困無聊，不得不有此苦懷。較「尚寐無訛」蘊藉，然愁乞之聲更自可憐。無一語自道，卻自十分悲苦。妙。

高亨曰：這是女子對男子表示情愛的短歌。

程俊英曰：這是一位沒落貴族悲觀厭世的詩。檜國在東周初年就被鄭國所滅，這首詩大約是檜將亡時的作品。詩人在亂離之際，竟羨慕起草木的欣欣向榮、無知無覺、無室家之累來了。

屈萬里曰：此傷時之詩。意味生逢衰世，而羨幼童之無知，與夫無室家之累也。

糜文開、裴普賢曰：此詩最具文學意味，詩人於苦痛之極，無可告訴時，見萇楚之猗儺，乃轉向無知之萇楚發言，傾吐其欣羨之辭。方玉潤將朱子所指「政煩賦重」之苦，改為「遭亂携眷流亡之苦」，說來更為圓通。

# 匪風

匪風發兮，匪車偈[1]兮。
顧瞻周道[2]，中心怛[3]兮。

那風猛烈地吹拂著，那車輛疾駛，
回望通往周朝的大道，心中不禁感傷。

【註釋】賦也。怛，叶旦月反。1偈是疾驅的狀貌。2周道，是往周室的大道。3怛是感傷。

【章旨】這章詩是思周道的。他說往日的風發車偈，心中有些感傷。現在既不是風的發動，又不是車的疾驅，何以心中也是感傷呢？唉，是我看見周道不存，所以心中感傷啊！

【集傳】賦也。發，飄揚貌。偈，疾驅貌。周道，適周之路也。怛，傷也。〇周室衰微，賢人憂歎，而作此詩。言常時風發而車偈，則中心怛然。今非風發也，非車偈也，特顧瞻周道，而思王室之陵遲。故中心為之怛然耳。

【箋註】姚際恆曰：起得飄忽。

牛運震曰：奇語險調。「匪風」、「匪車」截讀，音節頓挫生奇。

**匪風飄1兮，匪車嘌2兮。**
**顧瞻周道，中心弔3兮。**

那風猛烈地吹拂著，—那車輛疾駛，
回望通往周朝的大道，心懷傷感。

【註釋】賦也。嘌，音「漂」，叶匹妙反。1飄是飄颻。2嘌和偈字意思是一樣的。3弔是傷感。

【章旨】這章詩是和上章一樣的解法。

【集傳】賦也。回風謂之飄。嘌，漂搖不安之貌。弔，亦傷也。

**誰能亨1魚？溉2之釜鬵3。**
**誰將西歸4？懷5之好音。**

誰能烹煮鮮魚？我就爲他清洗鍋子。
誰將向西歸返周朝？我期待他會帶來好消息。

【註釋】興也。1亨是烹調。2溉是洗滌。3釜是鍋子，鬵亦是鍋子。4西歸是回西周去的。5懷是懷望。

【章旨】這章詩是說誰人能夠亨魚，我便替他洗滌鍋子；誰人能夠回到西周，我將望他的好音。是想要人能行周道的意思。

【集傳】興也。溉，滌也。鬵，釜屬。西歸，歸於周也。○誰能亨魚乎？有則我願為之溉其釜鬵；誰將西歸乎？有則我願慰之以好音。以見思之之甚。但有西歸之人，即思有以厚之也。

【箋註】毛萇曰：烹魚煩則碎，治民煩則散。知烹魚則知治民矣。

姚際恆曰：風致絕勝。首二句是興，乃覺其妙。或以為比。「若烹小鮮」，由于老子，不應先有之，且意味亦酸腐矣。

牛運震曰：前二章悲壯奇闢，末章風流溫婉。

## 匪風三章，章四句。

## 檜國四篇，十二章，四十五句。

【箋註】方玉潤曰：鄭桓公之謀伐虢與檜也久矣，然未幾而旋亡。使周轍不東，檜亦未必受迫於鄭。其或王綱再振，鄭必不敢加兵於檜。而今已矣，悔無及矣！不能不顧瞻周道而自傷也。蓋周興則我小國亦與之俱興矣。搔首茫茫，其誰能烹魚乎？有則我願為之溉其釜鬵也；其誰將西歸乎？有則我願慰之以好音也。此檜臣自傷周道之不能興復其國也。

程俊英曰：這是一位旅客思鄉的詩。有人說，詩是從西方流落到東方檜國的人寫的，有的說是離開檜國到東方去的人寫的。現在無從考證，只得存疑。余冠英《詩經選》說：「唐人詩云：『故園東望路漫漫，雙袖龍鍾淚不乾。馬上相逢無紙筆，憑君傳語報平安。』意境相似。」

屈萬里曰：此當是檜人憂國思周之詩，蓋作於平王東遷之初，檜將被滅於鄭之時也。

# 曹

曹是國名，在禹貢兗州陶邱的地面，雷夏荷澤的原野。周武王把這個地方封了叔弟振鐸。地在今山東定陶縣。檜亡是在春秋初年，曹亡是在春秋末年。孔子刪《詩》，繫曹檜於國風的後面，是因檜風的卒篇，有思周道的意思；曹風的卒篇。有思治的意思。

# 蜉蝣

蜉蝣1之羽，衣裳楚楚。
心之憂矣，於我歸處。

蜉蝣的羽翅啊，就像是穿了一件鮮明的衣裳，然而牠的生命朝生暮死，轉瞬即逝。我心中充滿憂愁，此生不知道將會歸向何處。

【註釋】比也。1蜉蝣，蟲名，似蛣蜣，身狹長有角，黃黑色，朝生暮死。

【章旨】這章詩是刺時人貪玩細物，沒有遠慮，好比朝生暮死的蜉蝣。牠的羽翼，雖然好像衣裳楚楚的，但不知到了夜間，歸於何處啊？所以我心的憂愁，也是慮我的一身，沒有歸處啊。

【集傳】比也。蜉蝣，渠略也。似蛣蜣，身狹而長角，黃黑色，朝生暮死。楚楚，鮮明貌。○此詩蓋以時人有玩細而忘遠慮者，故以蜉蝣為比而刺之。言蜉蝣之羽翼，猶衣裳之楚楚可愛也。然其朝生暮死，不能久存。故我心憂之，而欲其於我歸處耳。序以為刺其君。或然。而未有考也。

【箋註】朱公遷曰：「於我歸處」，則將告以人無遠慮，必有近憂，應幾其有備而無患也。

蜉蝣之翼，采采1衣服。
心之憂矣，於我歸息2。

蜉蝣的羽翅啊，就像是穿了一件華美的衣裳，然而牠的生命朝生暮死，轉瞬即逝。我心中充滿憂愁，此生不知道會在哪裡止息。

【註釋】比也。服，叶蒲北反。1采采是華美。2息是棲息。

【章旨】這章詩是和上章一樣的解法。

【集傳】比也。采采，華飾也。息，止也。

**蜉蝣掘閱1，麻衣2如雪3。**
**心之憂矣，於我歸說4。**

蜉蝣出生的時候，從地底爬出，一身的顏色如雪，就像是穿了白色的麻衣，然而牠的生命如此短暫，我心中充滿憂愁，此生不知道最後終歸何處。

【註釋】比也。說，音「稅」，叶輸爇反。1掘閱是掘穴的意思。2麻衣是深衣。古時無棉，禮服、喪服，都是用麻，不過有升數為別。子曰：「麻，冕禮也。」便是這個意思。3雪是鮮潔的狀貌。4說是止宿。

【章旨】這章詩是說蜉蝣掘穴，只顧苟安，不知道牠的一身，和牠的鮮潔麻衣，頃刻就要葬在裡面，不能出來了。唉，我的心中憂愁，正不知道我將歸宿何處啊。

【集傳】比也。掘閱，未詳。說，舍息也。

【箋註】牛運震曰：狀物奇妙。深心厚道，「於我」二字欲淚。「掘閱」二字寫出細物奇情。「麻衣如雪」小賦中工妙語。

**蜉蝣三章，章四句。**

【箋註】《詩序》：〈蜉蝣〉，刺奢也。
牛運震曰：亡國之音哀以思，卻又溫厚如此。
高亨曰：詩的作者咒罵曹國統治貴族死在眼前而依然奢侈享樂，並慨歎自己將來不知和所歸宿。
當作於曹國衰亂危險甚至亡在旦夕的時期。

程俊英曰：這是一首沒落貴族歎息人生短促的詩。在這位感傷的詩人看來，蜉蝣的朝生暮死，與人的「生年不滿百」是一樣的，都逃不出死亡的規律。曹國在曹共公統治下，許多新興人物上了臺，一些舊家貴族沒落了，所以他們發出這樣的哀歎。

糜文開、裴普賢曰：此詩乃歎人生之如蜉蝣，表面上雖甚可愛，其奈朝生暮死，轉瞬即逝何？豈可徒事奢浮乎？蓋「少小不努力，老大徒傷悲」也！

馬持盈曰：這是歎人生短暫，榮華不常也。

# 候人

彼候人1兮，何2戈3與祋4。

彼其之子4，三百赤芾5。

那個賢德的人，肩膀上扛著長戈和殳杸，擔任迎送賓客的小官。

自那些穿著大夫服飾的小人，竟有三百人之多。

**【註釋】**興也。祋，音「掇」，都外反。芾，音「弗」。1候人，是在道路上迎送賓客的官職。2何當「荷」字解。3戈是長戈。4祋是丈二的殳杸。4之子是指小人。5芾是蔽韠，是護膝的下裳。赤芾，大夫的制服。大夫赤芾乘軒。

**【章旨】**這章詩是刺曹君遠君子近小人的。他說今日賢者的官職，不過荷戈與祋，迎送賓客而已。反是，那些小人倒做了赤芾乘軒的大夫。

**【集傳】**興也。候人，道路迎送賓客之官。何，揭。祋，殳也。之子，指小人。芾，冕服之　也。一命縕芾黝珩，再命赤芾黝珩，三命赤芾蔥珩。大夫以上赤芾乘軒。○此刺其君遠君子，而近小人之辭。言彼候人而荷戈與祋者宜也。彼其之子，而三百赤芾何哉？晉文公入曹數其不用禧負羈，而乘軒者三百人。其謂是歟。

【箋註】牛運震曰：輕描閒寫，用人顛倒處自見。候人不應何戈祋，詩意猶言世胄躡高位。

**維鵜[1]在梁，不濡[2]其翼。**
**彼其之子，不稱其服。**

鵜鶘在魚梁中吃魚，水不沾濕牠的翅膀。就像那些小人，尸位素餐，什麼也沒做，與他所穿的華服全然不相稱。

【註釋】興也。鵜，音「啼」。1鵜是汙澤鳥，又名淘河。2濡是沾濕。

【章旨】這章詩是說汙澤鳥在河梁上食魚，並不濕牠的羽翼，好像小人安然食祿，毫無所苦，但是他著的顯服，未免總不相稱。

【集傳】興也。鵜，洿澤水鳥也，俗所謂「淘河」也。

**維鵜在梁，不濡其咮[1]。**
**彼其之子，不遂[2]其媾[3]。**

鵜鶘在魚梁上吃魚，水不濡濕牠的鳥喙。就像那些小人們，其所作所爲，根本不配得到君主的寵愛。

【註釋】興也。咮，音「晝」。1咮是鳥啄。2遂是稱遂。3媾是寵幸。

【章旨】這章詩是說小人的寵遇，總不相當。

【集傳】興也。咮，喙。遂，稱。媾，寵也。遂之曰稱，猶今人謂遂意曰稱意。

薈兮蔚1兮，南山2朝隮3。
婉兮孌4兮，季女5斯飢。

雜草茂盛，南山的雲氣不斷升騰，就像那些得志的小人們。
容貌美麗，守貞的少女卻反受飢餓之苦，就像是那些有德的君子。

**【註釋】**比也。1薈、蔚是茂盛的草，比小人的眾多。2南山是曹國的南山。3朝隮，是雲氣升騰。4婉、孌，是少好的容貌。5季女是守貞的少女，是比君子的守身。

**【章旨】**這章詩是說薈蔚的草很是茂盛；南山的朝隮，雲氣升騰，好像小人眾多，氣焰的熾盛。婉孌守貞的季女，反是餓死，賢士君子反不得志。

**【集傳】**比也。薈蔚，草木盛多之貌。朝隮，雲氣升騰也。婉，少貌。孌，好貌。薈蔚朝隮，言小人眾多，而氣焰盛也。○季女婉孌自保，不妄從人，而反飢困。言賢者守道，而反貧賤也。

**【箋註】**高亨曰：季女，少女，指被大官先霸佔後拋棄的貧家少女。從全篇詩義來看，這個少女似即侯人的女兒。

屈萬里曰：上章言不遂其媾，此章言季女斯飢，似此季女未成婚而被棄以至於飢餒者。

## 侯人四章，章四句。

**【箋註】**孔穎達曰：言共公疏遠君子。曹之君子正為彼候迎賓客之人兮，荷揭戈與祋在於道路之上。言賢者之官，不過候人，是遠君子也。又親近小人，彼曹朝上之子三百人皆服赤芾，是其近小人也。諸侯之制，大夫五人。今有三百赤芾，愛小人過度也。

程俊英曰：這是曹國沒落貴族譏刺新興人物的詩。郭沫若《中國古代社會研究》：「這當然是譏誚那暴發戶才做了貴族的人。這些由奴民身出頭來的人，再舊社會的耆舊眼裡看來，當然說他不配的。」但詩對候人小官卻是同情的，說他荷戈和殳，努力工作，而他的小女兒仍不免挨餓。對那些穿紅皮綁腿的高官，則深為嫉妒，加以譏刺。

馬持盈曰：這是刺曹共公之任用小人而疏遠君子。據《左傳》僖公二十八年，晉文公伐曹。三月入曹，宣布曹公之罪，謂其不用賢人僖負羈，而乘軒者三百人，皆小人也。

# 鳲鳩

鳲鳩1在桑，其子七兮。淑人君子，其儀一兮。其儀一兮，心如結2兮。

住在桑樹上的布穀鳥啊，養育了七個兒子，牠一視同仁平等對待。

就像是有德行的君子，行爲始終如一。

之所以能保持行爲始終如一，是因爲他的用心專一，心性堅定的緣故。

**【註釋】**興也。1鳲鳩是鳥名，又名戴勝，今名布穀。朝從樹上下來，暮從地下上去，平均如一。2如結是像物的團結不散。

**【章旨】**這章詩是追美曹先君德行純一，便借鳲鳩起興的。他說鳲鳩棲在桑樹上，生了七個兒子。牠朝下暮上，始終如一，正像淑人君子。他的儀容如一，因為淑人君子儀容如一，所以他的仁心，也像物的固結一個樣子。

**【集傳】**興也。鳲鳩，秸鞠也。亦名戴勝。今之布穀也。飼子朝從上下，暮從下上，平均如一也。如結，如物之固結而不散也。詩人美君子之用心均平專一。故言，鳲鳩在桑，則其子七矣。淑人君子，則其儀一矣。其儀一，則心如結矣。然不知其何所指也。○陳氏曰：「君子動容貌，斯遠暴慢；

正顏色，斯近信；出辭氣，斯遠鄙倍。其見於威儀動作之閒者，有常度矣。豈固為是拘拘者哉！蓋和順積中，而英華發外。是以由其威儀一於外，而心如結於內者，從可知也。」

**【箋註】** 蘇轍曰：鳲鳩之哺其子，平均如一；君子之於人，其均一亦如是也。儀其見於外者，有外為一而心不然者矣；君子之一也，非獨外為之，其中亦信然也。故曰其儀一兮，心如結兮。

牛運震曰：但點七子而鳲鳩之均平可想，取興處正自深微。

**鳲鳩在桑，其子在梅。**
**淑人君子，其帶[1]伊絲。**
**其帶伊絲，其弁[2]伊騏[3]。**

住在桑樹上的布穀鳥啊，牠的兒子移轉到梅樹上棲息，但牠不為所動。就像有德性的君子，以素絲編織而成腰帶，他的腰帶以素絲編織，他的帽子和馬匹也是相同的顏色，不改其度。

**【註釋】** 興也。梅，叶莫悲反。絲，叶新齎反。1 帶是大帶。大帶用素絲和雜色的絲織成的。2 弁是皮弁。3 騏是青黑色的馬。

**【章旨】** 這章詩是說鳲鳩常在桑樹上，他的兒子卻飛到梅樹上了，他還是不動。淑人君子，他的帶子是絲組的，因為他的帶子是絲組的，他的皮弁和馬，也是一樣的顏色。所以鳲鳩和大帶、皮弁及騏馬，都是有常度的。

**【集傳】** 興也。鳲鳩常言在桑。其子每章異木。子自飛去，母常不移也。帶，大帶也。大帶用素絲，有雜色飾焉。弁，皮弁也。騏，馬之青黑色者。弁之色亦如此也。書云，四人騏弁。今作綦。○言鳲鳩在桑，則其子在梅矣。淑人君子，則其帶伊絲矣。其帶伊絲，則其弁伊騏矣。言有常度，不差忒也。

鳲鳩在桑，其子在棘。
淑人君子，其儀不忒1。
其儀不忒，正是四國2。

住在桑樹上的布穀鳥啊，牠的兒子移轉到棗樹上棲息，但牠不爲所動。
就像有德性的的君子，言行態度毫無差錯。
他的言行態度不出差錯，足以做爲四方人民的榜樣。

【註釋】興也。國，叶于逼反。1不忒，是沒有差錯。2四國，是大學其為父子兄弟作法，而後民法之的意思。

【章旨】這章是說鳲鳩常度，始終如一。淑人君子的儀容，也是始終不差。因為他的儀容，始終不差，所以為他父子兄弟的法則，然後人民就好照他的樣子。

【集傳】興也。有常度，而其心一。故儀不忒。儀不忒，則足以正四國矣。《大學》傳曰：「其為父子兄弟足法，而後民法之也。」

【箋註】朱公遷曰：威儀本有常度，其心又復專一，則能使之各中其度，而無少差忒者矣。四國者，四方之國，非一人也。然威儀俱中其度，則教示之功，可以均及於彼矣。

鳲鳩在桑，其子在榛1。
淑人君子，正是國人。
正是國人，胡不萬年。

住在桑樹上的布穀鳥啊，牠的兒子轉移到了榛樹上棲息，但牠不爲所動。
就像有德性的君子，可以端正國人，以爲效法。
他是全國人民的表率，但願他長壽萬年。

【註釋】興也。1榛是木名。

【章旨】這章詩是說淑人君子，儀容不忒，所以能正國人。既是能正國人，怎不是子孫萬年的榜樣呢！

【集傳】興也。儀不忒。故能正國人。胡不萬年，願其壽考之辭也。

【箋註】方玉潤曰：全詩皆美，唯末句含諷刺意。

## 鳲鳩四章，章六句。

【箋註】牛運震曰：平易和雅，變風中少有此格。

程俊英曰：這是諷刺在位沒有好人的詩。詩人理想的「淑人君子」，言行一致，受到國內外的稱頌和擁護。但在當時的統治階級中，這樣的人實際上是不存在的。詩從正面寫的，如不細加琢磨不易看出它引含的諷意。它用鳲鳩起興，實際上是說真正在位的人，雖然拖著白絲帶，戴著花皮帽，卻不稱其服，更不稱其職，甚至連鳲鳩都不如。

糜文開、裴普賢曰：這是曹人讚美其君的詩。雖是讚美其君，但無阿諛之辭，於平淡樸實的文字中，表達了曹人對其君上敬愛的真誠之情。

馬持盈曰：這是說淑人君子之正己而正人也。

# 下泉

洌1彼下泉2，浸彼苞3稂4。
愾5我寤歎，念彼周京。

冷冽流下的泉水，浸爛了叢生的幼禾，
我醒來不禁感慨歎息，想起了周天子所居的京城。

【註釋】比而興也。稂，音「郎」。愾，苦愛反。京，叶居良反。1洌是寒冽。2下泉，是泉水下流。3苞是叢生的草。4稂是童粱，就是木莠。見水更傷。5愾是歎息。

【章旨】這章詩是傷周室無王，不能制霸，以致小國困弊。好像寒洌的下泉，浸著苞稂，以致苞稂受傷。所以我終日慨歎睡臥不安，思念周室的王道復與。

【集傳】比而興也。洌，寒也。下泉，泉下流者也。苞，草叢生也。稂，童粱。莠屬也。愾，歎息之聲也。周京，天子所居也。○王室陵夷，而小國困弊，故以寒泉下流，而苞稂見傷為比，遂興其愾然以念周京也。

**洌彼下泉，浸彼苞蕭1。**
**愾我寤歎，念彼京周2。**

冷洌流下的泉水，浸爛了叢生的蒿草，
我醒來不禁感慨歎息，思念起周天子所在的西京。

【註釋】比而興也。蕭，叶疏鳩反。1蕭是蒿草。2京周，是周室的西京。

【集傳】比而興也。蕭，蒿也。京周，猶周京也。

**洌彼下泉，浸彼苞蓍1。**
**愾我寤歎，念彼京師2。**

冷洌流下的泉水，浸爛了叢生的蓍草，
我醒來不禁感慨歎息，思念起周天子所在的京城。

【註釋】比而興也。師，叶霜夷反。1蓍是筮草。2京師，是西周的京師。

【章旨】這兩章詩和首章一樣的解法。

【集傳】比而興也。著。筮草也。京師，猶京周也。詳見〈大雅・公劉〉篇。

---

黍苗之所以能夠生長茂盛，是因爲有陰雨滋潤著它。
昔日四方諸侯來朝見周天子，是因爲有郇侯慰勞他們。

**芃芃[1]黍苗，陰雨膏[2]之。四國有王，郇伯[3]勞[4]之。**

【註釋】比而興也。芃，音「蓬」。1芃芃是美盛的狀貌。2膏是滋潤。3郇伯是文王的後裔。做州伯的時候，治諸侯有功。4勞是慰勞。

【章旨】這章詩是說茂盛的黍麥，還有那陰雨滋潤它；四國有君，還有那郇伯慰勞他。現在就沒有了。

【集傳】比而興也。芃芃，美貌。郇伯，郇侯。文王之後，嘗為州伯，治諸侯有功。言黍苗既芃芃然矣，又有陰雨以膏之。四國既有王矣。而又有郇伯以勞之。傷今之不然也。

**下泉四章，章四句。**

**曹國四篇，十五章，六十八句。**

【集傳】程子曰：「易剝之為卦也，諸陽消剝已盡，獨有上九一爻尚存，如碩大之果不見食。將有復生之理。上九亦變則純陰矣。然陽無可盡之理。變於上，則生於下，無間可容息也。陰道極盛之時，其亂可知。亂極則自當思治。故眾心願戴於君子。君子得輿也，詩匪風下泉所以居變風之終也。」陳氏曰：「亂極而不治，變極而不正，則天理滅矣，人道絕矣。聖人於變風之極，則係之以思治之詩。以示循環之理，以言亂之可治，變之可正也。」

【箋註】屈萬里曰：此曹人每郇伯能勤王之詩。

糜文開、裴普賢曰：王子朝之亂，曹國人民被徵調到王畿內去勤王，戍守在成周外狄泉地方，盼望著能早日把天子再送進京師王城中去，眼見泉流所經，只有野草叢生，一片荒涼，不禁歎息著思念起想望重新進入的王城來，而編出這淒涼的歌兒來唱。同時勤王軍的統帥郇伯對他們的慰勞，成為一股心頭的暖流，讓他又轉變歌調唱出讚美的辭兒來。

馬持盈曰：這是傷周室衰微而四方諸侯之強凌弱也。

# 豳

豳是國名，在禹貢岐山以北，原隰的郊野。虞夏的時候，棄封后稷於邰；夏朝中衰，棄稷不務，棄子不窋，失了官守，逃到戎狄的地方去了。不窋生鞠陶，鞠陶生公劉，他能復修后稷的基業，便在豳谷，立了國都。十世傳至大王，徙居岐山以南，十二世文王受天命，十三世武王做了天子。武王崩駕，成王年幼，周公旦攝政，便把后稷公劉的故事，作詩一篇，稱為〈豳風〉，告戒成王。後人又取周公所作，以及為周公作的，籠統附在豳風裡面。豳地在今陝西三水縣，邰在武功縣，當季札觀樂的時候，豳風本居齊後秦前，不知何時，移到諸國的末後。或以為孔子正樂，親手訂定的。因為孔子一生的志向，總想行周公的道理，所以無論什麼典籍，只要有關周公的，他終格外留意。詩既稱為「國風」，有正自然有變，已漓又當返淳，亂極思治，這是一定的理由。豳風居末，也是這種道理。

## 七月

七月1流火2，九月授衣3，
一之日4觱發5，二之日6栗烈7。
無衣無褐8，何以卒歲9？
三之日10于耜11，四之日舉趾12，
同我13婦子14，饁15彼南畝，
田畯16至喜。

七月，夜空中的火星從南方向下，朝西移動；九月霜降，天開始冷了，必須添加衣裳禦寒；十一月的寒風颼颼，十二月正是寒冬凜冽的時節，如果沒有事先預備足夠的衣襖，該要如何度過這個冬天呢？正月時分，爲了預備農事，必須先修理農具；二月的時候舉足耕田，下田翻土，家長與婦孺在家做飯，將飯食送到田地間，看到這各司其職、各盡其力的農忙情景，農官一定非常歡喜。

【註釋】賦也。1七月是夏曆建申的七月。2火是心星。六月的時候，居在地是南方，到了七月，便向西方下流，所以稱為流火。3九月霜降，天氣漸寒，必須加衣，所以稱為授衣。4一之日，是夏曆建子的十一月。子是甲子的起首，一陽初生的時候，所以稱十一月為一之日。變月稱日，就是十一月之日的意思。5觱發是寒風。6二之日是夏曆建丑的十二月。7栗烈是寒氣。8褐是毛布，或作短襖。9卒歲，是度過晚歲。10三之日，是建寅的正月。11于是往去。耜是田器。于耜是去修整田器。12舉趾是舉足耕田。13我是家長的自稱。14婦子，是婦人小子。15饁是送饌。因為家長和婦子，不能耕作，留在家中看守，或是送飯到田裡去。16田畯是勸農的職官。

【章旨】這章詩是周公因為成王年幼，不懂稼穡的艱難，他把后稷公劉的事情，作詩一篇。陳說給他聽的。他說七月流火過了，便到九月霜降的時候，大氣漸寒，這個時候。蠶織已經成功，是有衣服增添了。再過去便是十一月的寒風，十二月的寒冷氣候，若是沒有預備厚衣和毛褐，何以度過這個嚴寒的晚歲呢？過了年，便是正月了，應該把農器修整好了，預備耕種。到了二月裡，就要舉趾耕田，家長和婦女小子們，是不能耕作的，可以留在家中看守，或是送飯到南畝去。這樣的不誤職業，農官自然格外歡喜。

【集傳】賦也。七月，斗建申之月，夏之七月也。後凡言月者放此。流，下也。火，大火，心星也。以六月之昏，加於地之南方。至七月之昏，則下而西流矣。九月霜降始寒，而蠶績之功亦成。故授人以衣，使禦寒也。一之日，謂斗建子，一陽之月；二之日，謂斗建丑，二陽之月也。變月言日，言是月之日也。後凡言日者放此。蓋周之先公，已用此以紀候。故周有天下遂以為一代之正朔也。觱發，風寒也。栗烈，氣寒也。褐，毛布也。歲，夏正之歲也。于，往也。耜，田器也。于耜，言往修田器也。舉趾，舉足而耕也。我，家長自我也。饁，餉田也。田畯，田大夫，勸農之官也。〇周公以成王未知稼穡之艱難，故陳后稷公劉風化之所由，使瞽矇朝夕諷誦以教之。此章首言，七月暑退將寒。故九月而授衣以禦之。蓋十一月以後，風氣日寒。不如是，則無以卒歲也。正月則往修田器，二月則舉趾而耕。少者既皆出而在田。故老者率婦子而餉之。治田早而用力齊。是以田畯至而喜之也。此章前段言衣之始，後段言食之始。二章至五章，終前段之意。六章至八章，終後段之意。

【箋註】姚際恆曰：首章以衣、食開端：「七月」至「卒歲」言衣；「三之日」至末言食。衣以禦寒，故以秋、冬言之；農事則以春言之。十一月至二月，此四月，篇中皆以「日」為言，殊不可曉。愚意只是變文取新，非有別義。

牛運震曰：「流火」字奇而法。「觱發」、「栗烈」字法極有用意處。「一之日」、「二之日」預計得妙。此申授衣之旨，所謂慮之以豫也。「無衣無褐」，作艱苦咨歎，語極深厚。「無衣」

二語為謀衣作緣起，下卻插入于耜舉趾謀食之事。間段參差入妙。于耜五句正寫男耕之事，帶入婦子田畯，便自有情有韻。

方玉潤曰：首章衣食雙起，為農民重務。以下四章皆跟衣字。

七月流火，九月授衣。
春日載1陽2，有鳴倉庚3，
女執懿4筐5，遵6彼微行7，
爰求柔桑8。
春日遲遲9，采蘩10祁祁11，
女心傷悲。殆及公子12同歸。

七月，夜空中的火星從南方向下，朝西移動；九月霜降，天開始冷了，必須添加衣裳禦寒。
春日陽光溫暖的時候，黃鸝鳥在野外鳴唱，
女子抱著深筐，沿著小徑前行，
摘採鮮嫩的桑葉以飼蠶。
在這個天長而氣候溫煦的春日，出來採白蒿以飼養幼蠶的人很多，
然而採桑女子心懷悲傷，因爲她將遠別父母兄弟，出嫁到夫家。

**【註釋】**賦也。庚，叶古郎反。1載是起首。2陽是溫和。3倉庚是黃鸝。4懿是深美。5筐是竹籃。6遵是遵循。7微行是小徑。8柔桑是幼桑。9遲遲是暄長的日子。10蘩是白蒿，亦可飼蠶的。蠶生未齊，不能食桑，便把蘩葉飼蠶。11祁祁是眾多。12公子是豳公的兒子。

**【章旨】**這章詩是說七月流火過了，就到九月授衣的時候。你可知道衣服是從何處來的呢？是那春天方才暖和的時候，黃鸝在野外唱歌。女子執著深美的竹籃，循那個小徑走去，採取幼稺的桑葉飼蠶，才有這件衣服的啊。在這個暄長的春日，採蘩人眾的時候，女子的心中，很有些傷悲。因為豳公的兒子，就在此時要娶親了。許嫁的女子，和公子同歸，遠離父母，教她心中，怎樣不傷悲呢？

可見貴家大族，聯姻公室的，亦莫不力勤蠶桑的職務了。

**【集傳】** 賦也。載，始也。陽，溫和也。倉庚，黃鸝也。懿，深美也。遵，循也。微行，小徑也。柔桑，穉桑也。遲遲，日長而暄也。蘩，白蒿也。所以生蠶，今人猶用之。蓋蠶生未齊，未可食桑。故以此啖之也。祁祁，眾多也。或曰：徐也。公子，豳公之子也。○再言流火授衣者，將言女功之始。故又本於此。遂言，春日始和，有鳴倉庚之時，而蠶始生，則執深筐以求穉桑。然又有生而未齊者，則採蘩者眾，而此治蠶之女，感時而傷悲。蓋是時公子猶娶於國中，而貴家大族，連姻公室者，亦無不力於蠶桑之務。故其許嫁之女，預以將及公子同歸，而遠其父母為悲也。其風俗之厚，而上下之情，交相忠愛如此。後章凡言公子者，放此。

**【箋註】** 姚際恆曰：此採桑之女，在豳公之宮，將隨女公子嫁為媵，故治蠶以備衣裝之用，而于採桑時忽然傷悲，以其將及公子同于歸也。如此，則詩之情境宛合。從來不得其解。且寫小兒女無端哀怨，最為神肖。或以為春女思男，何其媟慢！或以為悲遠離父母，又何其板腐哉！

牛運震曰：此七月九月，亦預計之辭，正為治蠶女工作引。夾點「倉庚」，一句閒筆逸情。「女執懿筐」三句，絕妙采桑圖。用字妍細有情，復提春日，妙。添入「采蘩」二語，充悅和雅，文情更暢。采桑、采蘩兩段，文整而錯，辭溫而雅，春女有思，偏說傷悲，妙。「殆及」二字微摹，婉會有神。公子目所嫁之公子而言。公子者貴介之通稱，不必定其為諸侯之子。敘農桑耕織，忽插入兒女情，媚話神趣飛動。

**七月流火，八月萑葦[1]。**
**蠶月[2]條桑[3]，取彼斧斨[4]，**

七月，夜空中的火星從南方向下，朝西移動，八月收割茂盛的蘆葦，以備來年飼蠶之用。到了養蠶的月分，修剪桑枝，以伐遠揚5，猗6彼女桑7。
七月鳴鵙8，八月載績9，
載玄載黃，我朱10孔陽11，
為公子裳12。

以斧斨將把過長的枝梢削掉，不扳折幼桑的枝條，僅採收上頭的桑葉。
七月時伯勞鳥鳴喚，到了八月，該是搓麻紡絲的時候，
將布料染成黑色或黃色，我染的紅布色澤最爲鮮豔，
就拿這紅布來替公子做衣裳吧。

**【註釋】**賦也。萑，音「完」。斨，音「搶」。鵙，音「決」。1萑葦是蘆葦。萑葦可做簿曲，是承蠶的器具。2蠶月是治蠶的月分。3條桑，是扳了枝條，採取桑葉，好像現在的湖桑。4斧是砍桑的刀斧，斨亦是桑斧。5遠揚是遠枝揚起的桑條。6猗是只採桑葉，不扳枝條。7女桑，是小桑。小桑不能條取，所以單採桑葉。8鵙，是伯勞鳥。9績是績絲、麻。10玄、黃、朱，都是染成的各種顏色。11陽是鮮明。12為公子裳，是代公子做衣。

**【章旨】**這章詩是說七月暑退將寒。八月蘆葦正盛，收藏起來，做成簿曲，預備來年養蠶。到了來年養蠶的月分，既扳來條桑，又用斧斨去伐遠揚的枝條。小桑不能條取，便單採上面的桑葉，蠶桑成功。過了七月鳴鵙，便到了八月麻熟的時候，又要績麻了。等待麻績好了，織成了布。再把蠶績成功的物品，染成各種的顏色，或玄，或黃。惟有紅色的格外鮮明，便把它來做公子的衣裳。可見她自己雖然勤於工作，並不自愛，擇出好的供奉她的公子。這也是她至誠慘怛的意思。

**【集傳】**賦也。萑葦，即蒹葭也。蠶月，治蠶之月。條桑，枝落之採其葉也。斧，隋銎。斨，方銎。遠揚，遠枝揚起者也。取葉存條曰猗。女桑，小桑也。小桑，不可條取，故取其葉而存其條，猗猗然耳。鵙，伯勞也。績，緝也。玄，黑而有赤之色。朱，赤色。陽，明也。○言七月暑退將寒。而是歲禦冬之備，亦庶幾其成矣。又當預擬來歲治蠶之用。故於八月萑葦既成之際，而收蓄之，

將以為曲薄。至來歲治蠶之月，則采桑以供蠶食，而大小畢取。見蠶盛而人力至也。蠶事既備。又於鳴鵙之後，麻熟而可績之時，則績其麻以為布。而凡此蠶績之所成者，皆染之。或玄或黃，而其朱者尤為鮮明。皆以供上，而為公子之裳。言勞於其事，而不自愛，以奉其上。蓋至誠慘怛之意，上以是施之，下以是報之也。以上二章，專言蠶績之事，以終首章前段無衣之意。

**【箋註】**牛運震曰：此七月八月又追敘之辭。「條桑」條字活用。「伐遠揚」、「猗女桑」分別得妙，可作採桑方訣。「七月鳴鵙」，宕筆有情。「我朱孔陽」十分寶愛，接下更有情致可思。

四月秀葽1，五月鳴蜩2，
八月其穫3，十月隕蘀4，
一之日于貉5，
取彼狐狸，為公子裘。
二之日其同，載纘6武功，
言私其豵7，獻豜8于公9。

---

四月的時候，遠志草開花，五月盛夏蟬鳴，到了八月便是農作收割的季節，而十月秋殺，草木凋零，十一月可以獵捕狐狸，取其皮毛爲公子製作皮襖。十二月是狩獵的月分，大家一起去獵捕野獸，繼續演習武事。狩獵時，將獵捕的小獸留給自己，將大的獵物奉獻給君主。

**【註釋】**賦也。蜩，音「條」。裘，叶渠之反。豵，音「宗」。豜，音「堅」。1 葽是草名。曹氏引《爾雅》證為遠志草。2 蜩就是蟬。3 穫是穫禾，俗稱割稻。4 隕蘀是落葉。5 貉是狐貉。于貉是去獵狐貉。6 纘是繼習。7 私豵是小獸，為私有的。8 豵是一歲的野豕，豜是三歲的野豕。9 豜公是大獸，為公有的。

**【章旨】** 這章詩是專說狩獵，繼承首章「無褐」一句的。他說過了四月秀葽，五月鳴蜩，八月穫禾，十月隕蘀，到了十一月的時候，便要取貉了，好把狐狸的皮，來做公子的衣服。十二月是狩獵的時候，所以大家同去繼習武功，獵取野獸。把小的豵留著自己用，把大的豜，奉獻於公。這便是敬君愛上的意思。

**【集傳】** 賦也。不榮而實曰秀。葽，草名。蜩，蟬也。穫，禾之早者可穫也。隕，墜。蘀，落也。謂草木隕落也。貉，狐狸也。于貉，猶言于耜，謂往取狐狸也。同，竭作以狩也。纘，習而繼之也。豵，一歲豕。豜，三歲豕。○言自四月純陽，而歷一陰，四陰以至純陰之月，則大寒之候將至。雖蠶桑之功無所不備，猶恐其不足以禦寒。故于貉，而取狐狸之皮，以為公子之裘也。獸之小者，私之以為己有，而大者則獻之於上。亦愛其上之無已也。此章專言狩獵，以終首章前段無褐之意。

**【箋註】** 牛運震曰：田獵纚武之事，卻從四月五月迂迂闊闊溯來，便覺鄭重，意思亦更深厚。「載纘武功」古重似〈大雅〉中語。私豵獻豜，只如家常處分，妙。妙在先說私字，更見真樸。

**五月斯螽[1]動股[2]，**
**六月莎雞振羽[3]，**
**七月在野，八月在宇[4]，**
**九月在戶，**
**十月蟋蟀，入我牀下。**

---

五月時蟋蟀鳴叫，
六月時蟋蟀鼓動翅膀發出陣陣聲響。
七月的蟋蟀還在野外，到了八月便逐漸移動到屋簷底下，
九月時，蟋蟀移至堂屋中避寒，
十月天氣更冷，蟋蟀躲藏在床底下。
此時將屋牆的隙縫補起，以燻煙驅趕老鼠，避免牠打洞鑽牆；將朝北的窗戶封起，在樹枝竹草編成的門戶上塗泥，以防冬季冷風侵入屋中。

**穹窒5熏鼠6，塞向7墐8戶9。**
**嗟我婦子，曰為改歲，入此室處。**

咳，家裡的婦孺們啊，將要過年了，你們可以入住這溫暖的屋室中安居。

**【註釋】**賦也。莎，音「蓑」。野，叶上與反。下，叶後五反。子，叶茲五反。1斯螽、莎雞，蟋蟀，是一種的昆蟲，隨時變化，所以異名。2動股，是用股鳴的。3振羽是用羽鳴的。4宇是簷下。蟋蟀是暑日在野，天寒依人的。5穹是空隙，窒是阻塞。6熏是阻塞，熏鼠是用火燻鼠。7向是北向的牖戶。8墐是泥塗。9戶是庶人的蓽戶。

**【章旨】**這章是繼承首章「觱發」、「栗烈」，更說禦寒的意思。他說過了五月斯螽動股，六月莎雞振羽，七月蟋蟀在野，八月在宇，九月在戶，十月入牀下，便到了寒風凜冽的時候了。我們要把屋內的空隙塞起來，用火把老鼠熏死牠，免得牠再來打洞。再把北牖阻將起來，蓽戶塗將起來，寒風就不得進來了。唉，我的婦女小子們呀！快要過年了，你們可以到這廂暖屋裡來住了。就是老者愛下的意思。

**【集傳】**賦也。斯螽莎雞蟋蟀，一物，隨時變化，異其名。動股始躍，而以股鳴也。振羽能飛，而以翅鳴也。宇，簷下也。暑則在野，寒則依人。穹，空隙也。窒，塞也。向，北出牖也。墐，塗也。庶人蓽戶。冬則塗之。東萊呂氏曰：「十月而曰改歲，三正之通於民俗尚矣。周特舉而迭用之耳。」○言睹蟋蟀之依人，則知寒之將至矣。於是室中空隙者塞之，燻鼠使不得穴於其中。塞向以當北風，墐戶以禦寒氣。而語其婦子曰：「歲將改矣，天既寒而事亦已，可以入此室處矣。」此見老者之愛也。此章亦以終首章前段禦寒之意。

**【箋註】**姚際恆曰：此章主言時寒，以見其改歲入室之俗，又因衣、褐之餘而及之也。言時寒，皆于物類上見。五月斯螽已動股矣；六月莎雞已振羽矣；七月猶在野，八月則已依人之宇下，九月依人之戶內；十月蟋蟀且入我之床下矣。以見豳地孟冬蚤寒如此。五、六、七、八、九、十月六句，一氣直下，文義自明。首言「斯螽」、「莎雞」；末言「蟋蟀」；中三句兼三物言之。特以斯螽、莎雞不入人床下，惟蟋蟀則然，故點蟋蟀于後。古人文章之妙，不顧世眼如此。然道破亦甚平淺。從無人能解及此，則使古人平淺之文變為深奇矣。

牛運震曰：此章言治屋室禦寒之事。本在十月，卻從五月、六月寒氣漸深說來，與上章映照入妙。十月點明蟋蟀，則七月八月九月之為蟋蟀明矣。倒裝文法，妙。「穹室」、「熏鼠」二句，寫得樸細之甚。

**六月食鬱1及薁2，**
**七月亨葵3及菽4，**
**八月剝棗，十月穫稻，**
**為此春酒，以介5眉壽6。**
**七月食瓜，八月斷壺7，**
**九月叔8苴9，**
**采荼10薪樗11，食我農夫。**

---

六月是吃棠棣和野葡萄的季節，
七月吃的是葵和大豆，
八月打棗，十月收割稻作，
以收穫的稻米釀酒，供長輩飲用。
七月吃瓜，八月摘採葫蘆，
九月撿拾麻子，
摘苦菜、採集木材爲柴火，以此爲農夫過冬的飲食。

【註釋】賦也。薁，音「郁」。棗，音「走」。稻，叶徒苟反。瓜，叶音孤。樗，敕書反。1 鬱是棣屬的果實。2薁是薁蘡，實大似李，味甜。3葵是菜名。4菽是豆。5介是敬助。6眉壽是高壽。7壺是瓠瓜。8叔是拾取。9苴是麻子，可食。10荼是苦菜。11樗是木名，可作柴薪。

【章旨】這章詩是繼承首章舉趾耕種，更說農圃的事情。他說到了六月食鬱及薁，七月烹葵及菽，八月剝棗，十月穫稻釀酒，先供老者和賓祭的用處，然後再把七月食的瓜、八月斷的瓠，九月拾的麻子和苦菜，又採樗木來做柴薪，好做農夫自己的食物。

【集傳】賦也。鬱，棣之屬。薁，蘡薁也。葵，菜名。菽，豆也。剝，擊也。獲稻以釀酒也。介，助也。介眉壽者，頌禱之辭也。壺，瓠也。食瓜斷壺，亦去圃為場之漸也。叔，拾也。苴，麻子也。荼，苦菜也。樗，惡木也。○自此至卒章，皆言農圃飲食祭祀燕樂，以終首章後段之意。而此章果酒嘉蔬，以供老疾奉賓祭，瓜瓠苴荼，以為常食。少長之義，豐儉之節然也。

【箋註】牛運震曰：剝棗、斷壺、叔苴，字法極精。春酒眉壽，寫來一片祥靄之氣。介眉壽、收食鬱等項；食農夫、收食瓜等項，兩節倒點，細緻分明。語質厚之極。凡〈豳風〉稱「我」者，豳人自道也。語氣俱古厚可風。

九月築場圃1，十月納禾稼，
黍稷重2穋3，禾麻菽麥。
嗟我農夫，我稼既同4，
上入執宮5功6。
晝爾于茅，宵爾索綯7，

---

九月築起曬穀的場地，十月收割各種作物，
黍、稷、晚熟或早熟的稻米，還有小米、麻和豆與麥。
唉，我這樣的農夫，把莊稼收拾完畢後，
還要忙著修理城裡房子的茅草屋頂。
白天蒐集茅草，夜晚忙著搓繩，
趕緊登到房屋頂上把屋頂蓋好，等到來年，又要開始
播種百穀了。

## 亟其乘8屋，其始播百穀。

【註釋】賦也。稼，叶古護反。繆，音「六」，叶六直反。麥，叶訖反力。1場圃，是用圃地做場所。2重是先種後熟的穀子，俗稱遲穀。3穋是後種先熟的穀子，俗稱早穀。4同是收聚。5宮是邑居的房屋。古時民受五畝宅地，二畝半為廬，在田，是春夏農事所住；二畝半為宅，在邑，是秋冬平常所住。6功是于茅，是取茅草。7索綯，是絞繩索。8乘是升起。

【章旨】這章詩是說農事告成，來做葺屋的工作。他說九月裡築好了場圃，十月裡便把田裡的各種收穫，一概運到場圃裡，聚藏起來。唉，農夫啊！你便是收了禾稼，也是不肯閒的。又要做葺屋的工作了。白天去把茅草取來，夜裡就來絞索，趕快升到屋上，把屋蓋好了，待到來年播種百穀的時候，就沒有工夫了。

【集傳】賦也。場圃，同地。物生之時，則耕治以為圃，而種菜茹；物成之際，則築堅之以為場，而納禾稼。蓋自田而納之於場也。禾者，穀連槁秸之總名。禾之秀實而在野曰稼，先種後熟曰重，後種先熟曰穋。再言禾者，稻秫瓜粱之屬，皆禾也。同，聚也。宮，邑居之宅也。古者民受五畝之宅，二畝半為廬在田，春夏居之；二畝半為宅在邑，秋冬居之。功，葺治之事也，或曰公室官府之役也。古者用民之力，歲不過三日，是也。索，絞也。綯，索也。乘，升也。○言納於場者，無所不備，則我稼同矣。可以上入都邑，而執治宮室之事矣。故晝往取茅，夜而絞索。亟升其屋而治之。蓋以來歲將復始播百穀，而不暇於此故也。不待督責，而自相警戒，不敢休息如此。呂氏曰：「此章終始農事，以極憂勤艱難之意。」

【箋註】牛運震曰：「築場圃」，築圃為場地也。「納」字法妙。只「我稼既同」四字相憐相勸俱有，一筆迴繞到于耜、舉趾，何等力量！「其始」二字，精神振動。

二之日鑿冰1沖沖2，
三之日納3于凌陰4，
四之日其蚤5，獻羔祭韭6。
九月肅霜7，十月滌場8，
朋酒9斯饗10，曰殺羔羊，
躋11彼公堂12，稱彼兕觥13，
萬壽無疆14。

十二月時，趁著天寒地凍忙著鑿冰取冰，
正月將取來的冰窖藏於冰室中。
二月取冰祭祀，將羔羊與韭菜作爲祭典中的祭品。
九月降霜，帶有肅殺之氣，十月忙完了收穫，打掃穀場，
開兩樽酒、宰殺羔羊，舉行飲宴，
一起登上公堂，舉酒提觴，
祝賀君主萬壽無疆。

**【註釋】**賦也。陰，叶於容反。韭，叶己小反。觥，叶古黃反。1鑿冰是到河中取冰。2沖沖是取冰的意思。3納是深藏。4冰是備暑的。凌陰，是冰室。豳地氣寒，所以正月尚未解凍，可以藏冰。5蚤是早上。6羔羊是獻物。韭菜是祭物。二月獻羔開冰，先薦寢廟。7肅霜，是氣肅霜降。8滌場，是農事完了打掃場所。9朋酒是用兩樽，行鄉飲酒的禮節的。又兩壺為兩樽，是賓主所供的。鄉私禮兩壺斯禁。10饗是饗宴。11躋是升。12公堂是公家的堂上。13兕觥，是爵杯。14疆是窮盡。

**【章旨】**這章是說十二月的時候，王命到河中取冰，正月未曾解凍，把它藏在冰室裡面。到了二月清朝，便到寢廟去獻羔開冰，預備盛暑的時候，賞賜各人。過了九月霜降，十月農事已完，打掃場所，人民飲酒饗宴，殺羔宰羊。同到公家的堂上，舉觴相慶祝君的萬壽無窮。

**【集傳】**賦也。鑿冰，謂取冰於山也。沖沖，鑿冰之意。周禮正歲十二月，令斬冰是也。納，藏也。藏

冰，所以備暑也。凌陰，冰室也。豳土寒多，正月風未解凍，故冰猶可藏也。蚤，蚤朝也。韭，菜名。獻羔祭韭，而後啟之。月令仲春獻羔開冰，先薦寢廟，是也。蘇氏曰：「古者藏冰發冰，以節陽氣之盛。」夫陽氣之在天地，譬如火之著於物也。故當有以解之。十二月陽氣蘊伏，錮而未發，其盛在下，則納冰地中。至於二月，四陽作，蟄蟲起。陽始用事，則亦始啟冰而廟薦之。至於四月，陽氣畢達，陰氣將絕，則冰於是大發。食肉之祿，老病喪浴，冰無不及，是以冬無愆陽，夏無伏陰，春無淒風，秋無苦雨。雷出不震，無災霜雹；癘疾不降，民不夭札也。胡氏曰：「藏冰開冰，亦聖人輔相燮調之一事耳。不專恃此以為治也。」肅霜，氣肅而霜降也。滌場者，農事畢而掃場地也。兩尊曰朋。鄉飲酒之禮，兩尊壺於房戶間，是也。躋，升也。公堂，君之堂也。稱，舉也。強，竟也。張子曰：「此章見民忠愛其君之甚。既勸趨其藏冰之役，又相戒速畢場功，殺羊以獻於公，舉酒而祝其壽也。」

**【箋註】**朱善曰：鑿冰藏冰，其供上役也為甚勤；肅霜滌場，其畢農功也為甚速。故其開冰也，獻羔祭韭以薦寢廟。君既得以致其誠孝於神；其務閑也，殺羊舉酒而祝其壽，民復有以致其忠愛於君。可謂上下相親之甚矣。

牛運震曰：敘藏冰語典重如《禮》經。

## 七月八章，章十一句。

**【集傳】**《周禮・籥》章，中春晝擊土鼓，龡豳詩以迎暑，中秋夜迎寒亦如之。即謂此詩也。王氏曰：「仰觀星日霜露之變，俯察昆蟲草木之化，以知天時，以授民事。女服事乎內，男服事乎外。上以誠愛下，下以忠利上。父父子子。夫夫婦婦。養老而慈幼，食力而助弱。其祭祀也以時，其燕饗也以節。此七月之義也。」

【箋註】姚際恆曰：鳥語蟲鳴，草榮木實，似月令；婦子入室，茅綯升屋，似風俗書；流火寒風，似五行志；養老慈幼，躋堂稱觥，似癮序禮；田官染織，狩獵戒冰，祭獻執功，似國家典制書。其中又有似採桑圖、田家樂圖、穀譜、酒經。一詩之中無不具備，洵天下之至文也。

方玉潤曰：此詩之佳，盡人能言，其大旨所關，則王氏云：「仰觀星日霜露之變，俯察昆蟲草木之化：以知天時，以授民事。女服事乎內，男服事乎外。上以誠愛下，下以忠利上。父父子子，夫夫婦婦。養老而慈幼，食力而助弱。其祭祀也時，其燕饗也簡。」數語已盡其義，無餘蘊矣。今玩其亂，有樸拙處，有疏落處，有風華處，有典核處，有蕭散處，有精緻處，有淒婉處，有山野處，有真誠處，有華貴處，有悠揚處，有莊重處。無體不備，有美必臻。晉唐後陶、謝、王、孟、韋、柳田家諸詩，從未見臻此境界。

牛運震曰：此詩以編紀月令為章法，以蠶衣、農食為節目，以預備儲蓄為筋骨，以上下交相忠愛為血脈，以男女室家之情為渲染，以穀蔬蟲鳥之屬為點綴。平平常常，癡癡鈍鈍，自然充悅和厚，典則古雅。一詩中而藏無數小詩，真絕大結構也。有七八十老人語，然和而不傲；有十七八女子語，然婉而不媚；有三四十壯者語，然忠而不戇。凡詩皆專一性情，此詩兼各種性情。一派古風，滿篇春氣，斯為詩聖大作手。

糜文開、裴普賢曰：這首豳地的田功歌是十五國風中的第一長詩。描寫當地農民四時生活頗為詳備而生動。第一章前段言衣，後段言食，即以衣食二事提挈全詩。二章至五章接言衣，六章至八章接言食。寫衣是春蠶秋績，冬獵取獸為裘。寫食是春耕夏實秋收冬藏。每章在時序月令的進展中夾敘雜事，點染眼前景物，末尾以祭祀飲酒頌禱作結，寫來錯落有致，所以詩雖長而無平淡呆板之感。

## 鴟鴞

鴟鴞1鴟鴞，既取我子，無毀我室2。
恩斯3勤斯4，鬻子6之閔7斯。

貓頭鷹啊貓頭鷹，你已經抓走我孩子，
就不要再破壞我的窩巢。
我之所以如此勤懇勞苦，是爲了照顧可憐的孩子啊。

**【註釋】**比也。1鴟鴞是惡鳥，專吃小鳥，是指武庚的。2室是鳥巢。3恩斯是情愛。4勤斯是篤厚。5鬻是養育。6子是指管蔡的。7閔是憂愁。

**【章旨】**這章詩是管蔡和武庚叛變。周公東征三年，誅了管蔡、武庚，自悔骨肉相殘，作詩悔過，以戒成王的。他說鴟鴞呀，你既攫食了我子，更不能再毀我室了。武庚呀，你既害了王室之子管、蔡子，更不能再毀我的王室了。育子的恩愛勤勞，非常可憐。我今誅了管蔡，雖是義所當為，但骨月相殘，又何嘗不是我過失呢？

**【集傳】**比也。為鳥言，以自比也。鴟鴞，鵂鶹，惡鳥。攫鳥子，而食者也。室，鳥自名其巢也。恩，情愛也。勤，篤厚也。鬻，養。閔，憂也。○武王克商，使弟管叔鮮、蔡叔度，監於紂子武庚之國。武王崩成王立，周公相之，而二叔以武庚叛，且流言於國曰：「周公將不利於孺子。」故周公東征二年，乃得管叔武庚而誅之，而成王猶未知周公之意也。公乃作此詩，以貽王，託為鳥之愛巢者，呼鴟鴞而謂之曰：「鴟鴞鴟鴞，爾既取我之子矣，無更毀我之室也。以我情愛之心，篤厚之意，鬻養此子，誠可憐憫。今既取之，其毒甚矣。況又毀我室乎！」以比武庚既敗管蔡，不可更毀我王室也。

**【箋註】**姚際恆曰：「恩斯勤斯」二句承上「子」而言；本意重在「室」，故下復言「子」二句，下章則單言「室」矣。古人文自是如此。集傳為補之曰「況又毀我室乎！」不必。牛運震曰：疊呼「鴟鴞」，慘極痛極。意重毀室，卻復說鬻子，接頓入妙。武庚之叛，管蔡為之也。卻說鴟鴞取子，曲護得體，亦復惻然至情。

**迨[1]天之未陰雨，**
**徹[2]彼桑土[3]，綢繆[4]牖[5]戶[6]。**
**今女下民[7]，或敢侮[8]予。**

趁著還沒有下雨，
忙著取來桑根，將鳥巢的門戶纏紮起來。
看你們這些樹下之人，誰敢欺侮我。

**【註釋】**比也。1迨當「及」字講。2徹是往取。3桑土，是桑根。4綢繆是纏綿。5牖是巢的屈洞。6戶是巢的門戶。7下民是下土的人民。8侮是侮慢。

**【章旨】**這章詩說我的東征原因，是要鞏固王室。像鳥的築巢，要在天未陰雨的時候，往取桑根，把巢的牖戶纏綿好了。今後的下民。誰敢侮慢我呢。

**【集傳】**比也。迨，及。徹，取也。桑土，桑根也。綢繆，纏綿也。牖，巢之通氣處。戶，其出入處也。亦為鳥言。我及天未陰雨之時，而往取桑根，以纏綿巢之隙穴，使之堅固，以備陰雨之患，則此下土之民，誰敢有侮予者。亦以比己深愛王室，而預防其患難之意。故孔子贊之曰：為此詩者，其知道乎。能治其國家，誰敢侮之。

**【箋註】**輔廣曰：言己之深愛王室，先事為備，以防禍亂之意。疑當時流言，必以為周公平日勤勞，皆是自為己謀，故周公言此以曉成王也。

糜文開、裴普賢曰：顧頡剛等疑此非周公作，只是豳人所作一篇禽言詩，然觀此章有「今女下民，或敢侮予！」句，已不似普通禽言，故孔子評語亦謂「能治其國家，誰敢侮之？」〈金縢〉雖晚出，其載周公作此詩，應可信也。

**予手拮据1，予所捋2荼3，**
**予所蓄4租5，予口卒6瘏7，**
**曰予未有室家8。**

爪子和嘴喙併用的忙碌著，採拾築巢用的萑苕，
大量積存聚集，忙碌得導致我的嘴都受傷了，
之所以如此辛苦，是因爲我還沒有自己的窩巢啊。

**【註釋】**比也。捋，力活反。1拮据是手口共作的狀貌。2捋是往取。3荼是萑苕，可用以藉巢的。4蓄是餘積。5租是聚積。6卒是盡了。7瘏是病了。8家是指巢的。

**【章旨】**這章是說我的手口共作，和我所拾的荼，以及我的蓄積，口的病瘏，都是為的沒有巢室啊。

**【集傳】**比也。拮据，手口共作之貌。捋，取也。荼，萑苕。可藉巢者也。蓄，積。租，聚。卒，盡。瘏，病也。室家，巢也。○亦為鳥言。作巢之始，所以拮据以捋荼蓄租，勞苦而至於盡病者，以巢之未成也。以比，己之前日所以勤勞如此者，以王室之新造，而未集故也。

**【箋註】**牛運震曰：連用「予」字，蹙急懇厚。末句是王室骨肉語。

**予羽譙譙1，予尾翛翛2，**
**予室翹翹3，風雨所漂搖，**
**予維音嘵嘵4。**

忙碌到一身羽毛都減少，就連尾巴都受損傷，
但我的屋子還是如此的危險欲墜，風吹就會動搖，
嚇得我哀鳴哭叫。

【註釋】比也。翛，音「消」。嘵，音「囂」。1譙譙是羽少了。2翛翛是尾壞了。3翹是危險。4嘵嘵是哀鳴。

【章旨】這章詩是說我的羽毛少了，我的尾巴壞了，我的巢室危險，又被風雨飄搖。我只有嘵嘵的哀鳴啊。

【集傳】比也。譙譙，殺也。翛翛，敝也。翹翹，危也。嘵嘵，急也。○亦為鳥言。羽殺尾敝，以成其室，而未定也。風雨又從而漂搖之。則我之哀鳴，安得而不急哉。以比，己既勞悴，王室又未安，而多難乘之。則其作詩以喻王，亦不得而不汲汲也。

【箋註】牛運震曰：收結作無聊、不可奈何語，更警。

## 鴟鴞四章，章五句。

【集傳】事見《書・金縢》篇序。

【箋註】牛運震曰：一篇借用鳥語，特奇。慘急生奧，終不揜其柔厚，都從一片忱惕惻隱流出，泣鬼貫日，不足言也。試思周公處何等境地？安得不如此披心瀝肝之言！

程俊英曰：這是一首禽言詩。全詩以一隻母鳥的口氣，訴說她過去被貓頭鷹抓走了小鳥，但仍經營巢窩，抵禦外侮，並抒寫她育子修窩的辛勤勞瘁和目前處境的困苦危險。

糜文開、裴普賢曰：這是周公述志，表明輔成王定國家，用心良苦的詩。這也是《詩經》中一篇絕無僅有的絕妙禽言詩。可說是我國鳥言獸語的預言和童話之祖。

# 東山

我徂1東山2，慆慆3不歸。
我來自東，零4雨其濛5。
我東曰歸，我心西悲。
制彼裳衣，勿士6行7枚8。
蜎蜎9者蠋10，烝11在桑野。
敦12彼獨宿，亦在車下。

我前往東山打仗，在外許久不得歸家。如今戰事結束，自東方歸來，伴隨我一路的是那零落的細雨。

在東方說到返鄉的歸期時，心中充滿著對西方的惦念。量製一套家居的便裝吧，此後不再隨著行伍征戰沙場了！

彎曲蠕動的野蠶，聚集在桑林原野間，就像是我這樣獨宿的士兵，只能蜷縮在車底下。

**【註釋】**賦也。野，叶上與反。敦，音「堆」，下叶後五反。1徂是徂往。2東山，是所征的地方。3慆慆是很久。4零是零落。5濛是雨貌。6士，當作「事」字解。7行是行伍。8枚，是銜枚，行軍用著止語的。9蜎蜎是行動的狀貌。10蠋是桑蟲。11烝是發語詞，又作眾多。12敦是獨處不動的意思。

**【章旨】**這章詩是周公勞歸士的。他說我往東山征伐，久久不歸；我自東回來，又遇苦雨零濛。我在東山言歸的時候，心中就悲傷西京了。現在我可以穿著便服，不用再從事行伍了。唉，你看那些蜎蜎桑虫，都在桑野，好像那些獨宿無家的兵士，尚在車下呢！

**【集傳】**賦也。東山，所征之地也。慆慆，言久也。零，落也。濛，雨貌。裳衣，平居之服也。勿士行枚，未詳其義。鄭氏曰：士，事也。行，陣也。枚，如箸銜之。有繣結項中以止語也。蜎蜎，動貌。蠋，桑蟲，如蠶者也。烝，發語詞。敦，獨處不移之貌。此則興也。○成王既得鴟鴞之詩，又感風雷之變，始悟而迎周公。於是周公東征已三年矣。既歸因作此詩，以勞歸士。蓋為之述其意而言曰：我之東征既久，而歸途又有遇雨之勞。因追言，其在東而言歸之時，心已西嚮而悲。於是制其平居之服，而以為自今可以勿為行陳銜枚之事矣。及其在塗，則又睹物起興，而自歎曰：彼蜎蜎者蠋，則在彼桑野矣。此敦然而獨宿者，則亦在此車下矣。

【箋註】牛運震曰：曰歸心悲，確有此情。唐人詩所云「近鄉情更怯」是也。

糜文開、裴普賢曰：首章想像歸後「脫我戰時袍，著我舊時裳」的輕鬆愉快。

我徂東山，慆慆不歸。
我來自東，零雨其濛。
果臝1之實，亦施2于宇。
伊威3在室，蠨蛸4在戶。
町畽5鹿場，熠燿6宵行7，
不可畏也，伊可懷也。

我前往東山打仗，在外許久不得歸家。
如今戰事結束，自東方歸來，伴隨我一路的是那零落的細雨。
想來園中生長栝樓已結實，沿著屋簷一路蔓生，
無人打掃的家中，可見蜘蛛滿室橫行，
屋旁的空地成了野鹿出沒的棲息地，入夜後隱約可見螢光閃爍，
想起這荒涼景象實在可怕，但又不禁令人深深牽掛。

【註釋】賦也。臝，力果反。施，音「異」。蠨，音「蕭」。蛸，音「筲」。町，音「廷」。畽，他短反。熠，音「翊」。燿，以照反。懷，叶胡威反。1果臝是蔓生的栝樓，可為藥品。2施是蔓移。3伊威是濕生蟲。4蠨蛸，是蜘蛛。5町畽是屋旁的隙地。6熠燿，是隱約有光。7宵行是夜行，或作蟲名。

【章旨】這章是說我往東山征伐，久久不歸。我回來又遇苦雨，我家中的屋子，困臝的蔓草，宇下都佈滿

了，室中無人洒掃。濕生蟲滿室都是的。蜘蛛在屋裡結網，鹿在屋旁做了場所，夜間還有隱約的螢光行動。這種景象，亦足恐懼，又可懷思。

**【集傳】**賦也。果裸，栝樓也。施，延也。蔓生延施于宇下也。伊威，鼠婦也。室不掃則有之。蠨蛸，小蜘蛛也。戶無人出入，則結網當之。町畽，舍傍隙地也。無人焉，故鹿以為場也。熠耀，明不定貌。宵行，蟲名。如蠶夜行。喉下有光如螢。○章首四句，言其往來之勞，在外之久。故每章重言，見其感念之深，遂言，已東征，而室廬荒廢，至於如此，亦可畏。然豈可畏而不歸哉。亦可懷思而已。此則述其歸未至而思家之情也。

**【箋註】**鄭玄曰：室中久無人，故有此五物。是不足可畏，乃可為憂思。

牛運震曰：「果贏之實」二語，便寫得荒涼滿目。「在室」、「在戶」，空中打算得妙。此在途而預計家中景況也。多少咨嗟躊躇。「不可畏也」正言其可畏，特反言爾。一反一正，自問自答，便令通節神情跳舞。

我徂東山，慆慆不歸。
我來自東，零雨其濛。
鸛1鳴于垤2，婦嘆于室。
洒埽4穹窒4，我征5聿至。
有敦6瓜苦，烝在栗薪7。
自我不見，于今三年。

---

我前往東山打仗，在外許久不得歸家。
如今戰事結束，自東方歸來，伴隨我一路的是那零落的細雨。
想來水鳥在螞蟻土堆旁鳴啼，妻子在屋裡嘆息。
且先打掃家園塞鼠穴吧，我就要歸來了。
忽見薪柴上懸掛著一條苦瓜，
我不見此種景象，已經有三年了啊！

【註釋】賦也。垤，叶地一反。至，叶入聲。年，叶尼因反。1鸛是水鳥，好像鶴。2垤是螞蟻做的土堆。3洒掃，是洒掃室廬。4穹窒是填塞隙縫。5征是行裝。6敦是獨處。7栗薪是栗柴。

【章旨】這章詩是說我往東山征伐，久久不歸。回來又遇苦雨，並有鸛鳥，在蟻堆上食蟻長鳴。婦人在室中歎息，洒掃室廬，填塞隙縫。我剛到家，見那栗薪上面繫著的苦瓜。自我出征，已有三年不見了。

【集傳】賦也。鸛，水鳥。似鶴者也。垤，蟻塚也。穹窒，見〈七月〉。○將陰雨，則穴處者先知。故蟻出垤而鸛就食之。遂鳴于其上也。行者之妻，亦思其夫之勞苦，而歎息於家。於是灑掃穹窒，以待其歸。而其夫之行忽已至矣。因見苦瓜繫於栗薪之上而曰：自我之不見，此亦已三年矣。栗，周土所宜木，與苦瓜皆微物也。見之而喜，則其行久，而感深可知矣。

【箋註】牛運震曰：「鸛鳴」句暗頂「零雨」，逗起「婦嘆」，轉接入神，筆墨之痕俱化。初歸光景寫得極興致，家人俚瑣情事寫來極真極厚。別情離緒，卻借瓜苦道出。意境玲瓏。有不即不離之妙。

我徂東山，慆慆不歸。
我來自東，零雨其濛。
倉庚1于飛，熠燿其羽。
之子于歸，皇2駁3其馬。
親結其縭4，九十其儀5。
其新6孔嘉，其舊7如之何？

我前往東山打仗，在外許久不得歸家。
如今戰事結束，自東方歸來，伴隨我一路的是那零落的細雨。
還記得黃鶯鳥飛翔，羽翼閃爍的那一天，
妳嫁入我家，以黃白毛色相間的馬兒送行。
母親爲妳繫上配巾，行了繁重的成親之禮。
新婚時我們是多麼美滿，如今久別重聚還不知該有多麼歡喜！

【註釋】興也。駁，音「剝」。馬，叶滿補反。縭，叶離羅二音。儀，叶宜俄二音。嘉，叶居宜居何二反。1倉庚是鳥名。2皇是是黃白色的馬。3駁是騮白色的馬。4縭是婦人的褘裳。婚禮上有母戒女，為女結縭的事。5九十其儀，是說儀物甚多。6新是新婦。7舊是舊有的室家。

【章旨】這章詩是說我往東山征伐，回來又遇苦雨。看見倉庚高飛，羽翼熠燿有光。女子于歸，有皇駁的馬送行。他的母親代他結縭，告戒她許多話。在這新婚的人，固然喜歡，那舊有的室家，今天相見，又是怎樣的情形？

【集傳】賦而興也。倉庚飛，昏姻時也。熠燿，鮮明也。黃白曰皇，騮白曰駁。縭，婦人之褘也。母戒女而為之施衿結帨也。九其儀，十其儀，言其儀之多也。○賦時物以起興而言，東征之歸士未有室家者，及時而婚姻，既甚美矣。其舊有室家者，相見而喜，當如何耶？

【箋註】姚際恆曰：末章駘蕩之極，直是出人意表。後人作從軍詩必描畫閨情，全祖之。不深察乎此，泛然依人，謂三百篇為詩之祖，奚當也！

牛運震曰：閒情閒景，點逗入妙。空中撰出「之子于歸」一段情色，大奇。「其新孔嘉」二語似諷似謔，敲動還軍情豔之思，正自宛宛欲活。極風韻，極惻怛。一筆收轉，拍合蘊藉無盡。

崔述曰：此當寫夫婦重逢之樂矣。凡其極力寫新婚之美者，皆非為新婚言之也，正以極力形容舊人重逢之可樂耳。新者猶且如此，況於其舊者乎？一句點破，使前三章之意，至此醒出，真善於行文者！大抵此篇多用旁敲側擊之調，最耐學者思索玩味，工於為文者也。

## 東山四章，章十二句。

【集傳】序曰：一章言其完也。二章言其思也。三章言其室家之望歸也。四章樂男女之得及時也。君子之於人，序其情而閔其勞，所以說也。說以使民，民忘其死。其惟東山乎。愚謂，完，謂全師而歸，無死傷之苦。思，謂未至而思。有愴恨之懷。至於室家望歸，男女及時，亦皆其心之所願，而不敢言者，上之人乃先其未發，而歌詠以勞苦之，則其歡欣感激之情，為如何哉。蓋古之勞詩皆如此。其上下之際，情志交孚。雖家人父子之相語，無以過之。此其所以維持鞏固，數十百年，而無一旦土崩之患也。

**【箋註】**牛運震曰：一篇悲喜離合，都從室家男女生情開端。「敦彼獨宿，亦在車下」，隱然動勞人久曠之感。後文「婦歎于室」、「其新孔嘉」，惓惓於此，三致意焉。東征之士，誰無父母？豈鮮兄弟？而夫婦情豔之私，尤所纏切。此詩曲體人情無隱不透，而溫摯婉惻，感激動人，悅以使民，民忘其死。

程俊英：這是一個遠征士卒在歸途中思家的詩。他渴望早日回家，又擔心可能發生的種種情況，表現了複雜細膩的感情。唐人詩句「近家情更怯，不敢問來人」，可為此詩意境做最好註腳。

糜文開、裴普賢曰：〈東山〉是一篇別開生面的抒情詩，全篇四章均於濛濛細雨的歸途中寫成。連年東征，艱苦備嚐，一旦凱旋西歸，歸心似箭，一路想像他歸後情景。

# 破斧

既破我斧，又缺我斨[1]。
周公東征，四國[2]是皇[3]。
哀我人斯，亦孔之將[4]。

我的斧破了，我的斨也缺了口。
隨著周公往東方征伐，匡救四方的國家。
可憐我們這些出征的將士，能夠生還得享安寧。

【註釋】賦也。1斧、斨，是征伐用的兵器。2四國，是四方的國家。3皇是匡正。4將是大。《經義述聞》引將、嘉、休，全當作美。

【章旨】這章詩是美周公伐罪救民的。他說周公東征，既經破壞了斧斨兵器，是勞苦極了。但是他要征的原因，是為匡正四方的國家，不得再有武庚的行為。他哀念人民的仁心，是多麼美善呀！

【集傳】賦也。隋銎曰斧，方銎曰斨。征伐之用也。四國，四方之國也。皇，匡也。將，大也。○從軍之士，以前篇周公勞己之勤，故言此以答其意曰：東征之役，既破我斧而缺我斨，其勞甚矣。然周公之為此舉，蓋將使四方莫敢不一於正，而後已。其哀我人也，豈不大哉。然則雖有破斧缺斨之勞，而義有所不得辭矣。夫管蔡流言，以謗周公。而公以六軍之眾，往而征之。使其心一有出於自私，而不在於天下，則撫之雖勤，勞之雖至，而從役之士，豈能不怨也哉。今觀此詩，固足以見周公之心，大公至正，天下信其無有一毫自愛之私。抑又以見當是之時，雖被堅執銳之人，亦皆能以周公之心為心，而不自為一身一家之計。蓋亦莫非聖人之徒也。學者於此熟玩而有得焉，則其心正大，而天地之情真可見矣。

【箋註】歐陽脩曰：四國為亂，周公征討，凡三年。至於斧破斨缺，然後克之，其難如此。然周公必往征之者，以哀四國之人，陷於逆亂耳。

既破我斧，又缺我錡1。
周公東征，四國是吪2。
哀我人斯，亦孔之嘉。

---

我的斧破了，我的鑿錡也缺了口。
隨著周公往東方征伐，感化了四方的國家。
可憐我們這些出征的將士，能夠生還享受安康。

【註釋】賦也。錡，音「奇」，叶居何反。嘉，叶居何反。1錡是鑿屬的兵器。2吪是化及。

【集傳】賦也。錡，鑿屬。吪，化。嘉，善也。

**既破我斧，又缺我銶1。**
**周公東征，四國是遒2。**
**哀我人斯，亦孔之休3。**

我的斧破了，我的木銶也缺了口。
隨著周公往東方征伐，平定四方作亂的國家。
可憐我們這些出征的將士，能夠生還享受太平。

【註釋】賦也。銶，音「求」。遒，音「囚」。1銶是木屬的兵器。2遒是斂固。3休是休美。

【章旨】這兩章詩是和上章一樣的解法。

【集傳】賦也。銶，木屬。遒，斂而固之也。休，美也。

**破斧三章，章六句。**

【集傳】范氏曰：「象日以殺舜為事。舜為天子也，則封之。管蔡啟商以叛，周公之為相也，則誅之。跡雖不同，其道則一也。蓋象之禍及于舜而已，故舜封之。管蔡流言，將危周公以間王室，得罪于天下，故周公誅之。非周公誅之，天下之所當誅也。周公豈得而私之哉。」

【箋註】崔述曰：詳味此詩之意，乃東征之士自述其勞苦，絕無稱美周公一語。惟其勞而不怨，由於周公勤勞王室，不自暇逸，是以其民皆悉周公之心，敵愾禦侮，不辭況瘁。至於斧破斨缺而無異言，即此見周公之美耳。

屈萬里曰：此蓋東征之士美周公之詩。

糜文開、裴普賢曰：每章一個「哀」字，道盡了征人久戰之苦；每章最後一個「將」、「嘉」和「休」字，又反映出戰爭結束，征人輕鬆愉快的心情。〈豳風〉七篇，是十五國風中最早的詩。歷來說詩都認為與周公有關，能確定〈豳風〉與周公有關的詩，當以這〈破斧〉一篇為關鍵。這篇詩中出現了「周公東征」四字，才可確定這詩所詠周公東征，評定武庚管蔡叛亂之事。

馬持盈曰：這是讚美周公東征救國救民之德也。

## 伐柯

**伐柯[1]如何？匪斧不克[2]。**
**取妻如何？匪媒[3]不得。**

怎麼才能伐製斧柄呢？不用斧頭砍樹取木是不行的。怎麼樣才能娶妻成親呢？不託媒人是不行的。

**【註釋】**比也。1柯是斧柄。2克當「能」字講。3媒是通二姓言語的人。

**【章旨】**這章詩是美周公的。他說若想伐斧柄，非得有斧不行；若想取妻，非得媒人不能。若想治國，非得周公不可。

**【集傳】**比也。柯，斧柄也。克，能也。媒，通二姓之言者也。周公居東之時，東人言此，以比平日欲見周公之難。

**伐柯伐柯，其則[1]不遠。**
**我覯[2]之子[3]，籩豆[4]有踐[5]。**

伐製斧柄啊伐製斧柄，斧柄長什麼樣子，只要看手上的斧頭就知道了。我看見新娘子進門，將裝盛祭品的禮器整齊排列開來。

【註釋】比也。1則是法則。2覯是見面。3之子是指妻的。4籩是竹豆，豆是木豆，都是禮器，盛饌用的。5踐是踐行，又作陳列。

【章旨】這章詩是說伐柯只要有法，就不遠了。我若見你，只要有禮，也就不難了。國家有了周公，自然治了。

【集傳】比也。則，法也。我，東人自我也。之子，指其妻而言也。籩，竹豆也。豆，木豆也。踐，行列之貌。○言伐柯而有斧，則不過即此舊斧之柯，而得其新柯之法。娶妻而有媒，則亦不過即此見之，而成其同牢之禮矣。東人言此，以比今日得見周公之易，深喜之之辭也。

【箋註】牛運震曰：「其則不遠」，另生一意，便深。

## 伐柯二章，章四句。

【箋註】姚際恆曰：周人喜周公還歸之詩。

聞一多曰：新婚謝媒之辭。

程俊英曰：這首詩寫娶妻必須通過媒人，就如砍伐斧柄必須用斧頭一樣。後來人們稱為人作媒叫作「伐柯」、「作伐」，即從此而來。舊說認為這是讚美周公的詩，但毫無根據。

屈萬里曰：此當是詠結婚之詩。

糜文開、裴普賢曰：我們若將首次兩章都解作「比而賦」，則可確定這是詠婚姻之詩，「我覯之子，籩豆有踐」，正是描寫新娘進門，賀客盈庭，喜筵盛開之一片喜氣洋溢的景象啊！照著詩句本文來講，不去牽涉周公，〈伐柯〉篇實在是明白易解的。

# 九罭

九罭1之魚，鱒魴2。
我覯3之子4，袞衣5繡裳。

密紋的漁網中，捕捉到美麗的鱒魚和魴魚。而我所見到的這個人，竟穿著繡著九章花紋的衣裳。

【註釋】興也。罭，音「域」。1九罭，是九囊的魚網。2鱒魴，是美魚。3覯是看見。4之子是指周公。5袞衣是有九種紋章的衣服，是三公的服飾。

【章旨】這章詩是東人送周公西歸的。他說九罭裡面，鱒、魴，雖是美麗，我看見你的袞衣繡裳，更加美麗呢。

【集傳】興也。九罭，九囊之網也。鱒，似鱔而鱗細眼赤。魴，已見上。皆魚之美者也。我，東人自我也。之子，指周公也。袞衣裳九章：一曰龍；二曰山；三曰華蟲，雉也；四曰火；五曰宗彝，虎蜼也，皆繢於衣；六曰藻；七曰粉米；八曰黼；九曰黻，皆繡於裳。天子之龍，一升一降，上公但有降龍，以龍首卷然，故謂之袞也。○此亦周公居東之時，東人喜得見之而言。九罭之網，則有鱒魴之魚矣；我遘之子，則見其袞衣繡裳之服矣。

【箋註】姚舜牧曰：惟九罭而後得鱒魴，是甚不易見也。今我覯之子，而得覯袞衣繡裳之儀範焉，此生亦何幸哉！

鴻飛遵1渚2，公歸無所。
於女3信4處。

鴻雁沿著小洲的方向遙遙飛去，周公返回，必不會無安居之處。唉，多麼希望你在此多留宿一晚啊！

【註釋】興也。1遵是遵循。2渚是小洲。3女是東人自指。4信是再宿。

【章旨】這章詩是說鴻雁遵循那個小洲飛去，周公回去，不至無處安頓。我今與你，不過和周公宿一宵罷了。

【集傳】興也。遵，循也。渚，小洲也。女，東人自相女也。再宿曰信。○東人聞成王將迎周公，又自相謂而言，鴻飛則遵渚矣。公歸豈無所乎。今特於女信處而已。

【箋註】王靜芝曰：言鴻飛遵渚而去，喻公之將歸也，今公將歸而不止於我東國矣。我等無挽留之策，惟與汝再宿而處，以惜別也。

---

鴻雁沿著陸地的方向飛向遠方，周公返回後就不會再回來了。唉，多麼希望你在此多留宿一晚啊！

**鴻飛遵陸[1]，公歸不復[2]。**
**於女信宿。**

【註釋】興也。1陸是陸地。2不復是不復再來。

【章旨】這章詩和上章一樣的解法。

【集傳】興也。高平曰陸。不復，言將留相王室，而不復來東也。

---

因爲周公在，所以我東國才有身穿九章繡紋之人，
請別召回周公，讓他留在此地，
不要讓我們因失去他而悲傷啊！

**是以有袞衣兮，**
**無以我公歸兮，**
**無使我心悲兮。**

【註釋】賦也。

【章旨】這章詩是說周公來到東方，才有這種袞衣。我願周公常在此處，切莫召公回去，使我看不見周公，心中悲傷。

【集傳】賦也。承上二章言，周公信處信宿於此，是以東方有此服袞衣之人，又願其且留於此。無遽迎公以歸，歸則將不復來，而使我心悲也。

【箋註】牛運震曰：「是以」二字緊承「信處」、「信宿」，老橫之慼。一氣捲下，卻自曲折纏綿。末章收括上三節，結構甚妙。

**九罭四章，一章四句，三章章三句。**

【箋註】程俊英曰：這是一首主人留客的詩。這位客人，穿著袞衣繡裳，當然是一位貴族。舊說此詩讚美周公，或以為寫東人留周公，均無確據。

屈萬里曰：此蓋居東之周人，聞周公將歸，作此詩以惜別也。

# 狼跋

**狼跋[1]其胡[2]，載疐[3]其尾。**
**公[4]孫[5]碩[6]膚[7]，赤舄[8]几几[9]。**

狼向前前腳踩到下巴，想要坐下後腿又踏到了尾巴，如此動輒得咎，就像周公的處境，但周公身處其中，依然態度寬宏，步履安詳自若，處之泰然。

【註釋】興也。疐，音「致」。舄，音「昔」。1跋是跋躐。2胡是頷下的肉。3疐是顛蹶。4公是指周公。5孫是遜讓。6碩是大。7膚是美。8赤舄，是冕服的舄鞋。9几几是安重。

【章旨】這章詩是美周公不失聖德的。他說狼要前進，便要跋胡；狼要後退，便要顛蹶他的尾巴。惟有公的遜讓美德，赤舄安然，雖遭管蔡的毀謗，他總不失常度。可見他的道隆德盛了。

【集傳】興也。跋，躐也。胡，頷下懸肉也。載，則。疐，跲也。老狼有胡，進而躐其胡，則退而跲其尾。公，周公也。孫，讓。碩，大。膚，美也。赤舄，冕服之舄也。几几，安重貌。○周公雖遭疑謗，然所以處之，不失其常。故詩人美之。言狼跋其胡，則疐其尾矣。公遭流言之變，而其安肆自得乃如此。蓋其道隆德盛，而安土樂天，有不足言者。所以遭大變而不失其常也。夫公之被毀，以管蔡之流言也。而詩人以為此非四國之所為。乃公自讓其大美，而不居耳。蓋不使讒邪之口，得以加乎公之忠聖。此可見其愛公之深，敬公之至。而其立言亦有法矣。

【箋註】牛運震曰：從赤舄寫德行入神，想見周公氣體高雅處。

**狼疐其尾，載跋其胡。**
**公孫碩膚，德音1不瑕2。**

狼的後腿踏到了尾巴，向前時前腳又踩到下巴，如此動輒得咎，就像周公的處境，但周公身處其中，依然氣度寬宏，保持美好的聲譽。

【註釋】興也。1德音是令德的音聞。2瑕是疵病。

【章旨】這章詩和上章一樣的解法。

【集傳】興也。德音，猶令聞也。瑕，疵病也。○程子曰：周公之處己也，夔夔然存恭畏之心。其存誠也，蕩蕩然無顧慮之意。所以不失其聖，而德音不瑕也。

【箋註】孔穎達曰：經二章接言進退有難之事，德音不瑕，是不失聖也。

## 狼跋二章，章四句。

## 豳國七篇，二十七章，二百三句。

【集傳】范氏曰：「神龍或潛或飛，能大能小，其變化不測，然得而蓄之，若犬羊然。有欲故也。唯其可以畜之，是以亦得死而食之。凡有欲之類，莫不可制焉。唯聖人無欲，故天地萬物不能易也。富貴貧賤死生，如寒暑晝夜相代乎前。吾豈有二其心乎哉？亦順受之而已矣。舜受堯之天下，不以為泰；孔子阨於陳蔡，而不以為戚。周公遠則四國流言，近則王不知，而赤舄几几，德音不瑕，其致一也。」程元問於文中子曰：「敢問豳風何風也？」曰：「變風也。」元曰：「周公之際，亦有變風乎？」曰：「君臣相誚，其能正乎。成王終疑周公，則風遂變矣。非周公至誠，其孰卒正之哉！」元曰：「居變風之末，何也？」曰：「夷王以下，變風不復正矣。夫子著傷之也，故終之以豳風，言變之可正也。惟周公能之，故係之以正。變而克正，危而克扶，始終不失其本。其惟周公乎，係之豳，遠矣哉。」○籥章龡豳詩以逆暑迎寒，已見於〈七月〉之篇矣。又曰：「祈年于田祖，則龡豳雅以樂田畯祭蜡，則龡豳頌以息老幼。」但考之於詩，未見其篇章之所在，故鄭氏三分〈七月〉之詩以當之。其道情思者為風，正體節者為雅，樂成功者為頌。然一篇之詩，首尾相應，乃剟取其一節而偏用之，恐無此理，故王氏不取。而但謂本有是詩而亡之，其說近是。或者又疑但以〈七月〉全篇，隨事而變其音節，或以為風，或以為雅，或以為頌，則於理為通，而事亦可行。如有不然，則雅頌之中，凡為農事而作者，皆可冠以豳號。其說具於〈大田〉、〈良耜〉諸篇，讀者擇焉可也。

【箋註】《詩序》：〈狼跋〉，此美周公也。周公攝政，遠則四國流言，近則王不知，周大夫美其不失其聖也。

姚際恆曰：此美周公之詩。

程俊英曰：這是諷刺貴族公孫的詩。這位公孫，到底是誰，不得而知，只得存疑。他吃得胖胖的，穿著華麗的禮服，實際上品德名譽都不好，因而到處碰壁，處境狼狽。舊說這首詩讚美周公，是因為輕信了偽《尚書．金縢》，從而以暴露為歌頌，有失詩的原意。

糜文開曰：原來這是一首解嘲之詩，每章前兩句以公孫比肥狼，嘲笑他身體臃腫，蹣跚而行，步履維艱。下兩句以反比解嘲，說公孫雖胖，而精神抖擻，赤舄健步，其聲几几然；中氣充足，語音洪亮，無可詬病也。

# 小雅

雅是正大，就是正樂的歌詩。篇目本有大、小正變的分別，不過自來論詩的先儒，沒有確論。或主政治，或主道德，或主聲音，都未曾貫徹意旨。唯嚴氏粲說道：雅的大小，是詩體的不同。那優柔委曲、意在言外的，是風的體裁；那明白正大、直言事實的，是雅的體裁。純粹的雅體，為之「大雅」；兼了風體的，為之小雅。這種言論，好像說得不錯，其實還沒有盡能明白。因為風、雅、頌三種的體裁，本不相混的，即或兼有別種體意，也是一種變體。歌詩的變體，不獨小雅如此，便是文藝的體裁，也是這樣的。文藝有正格和偏風，歌詩也有正體和變體。並非是純粹的雅體，謂之「大雅」；兼雜風體，謂之「小雅」。但是大、小正變的體裁，究竟是怎樣分別呢？是在詩體的氣力輕重、魄力厚薄、詞意淺深、音節豐殺的中間辨識。太史公說道：小雅悲誹不亂，若是大雅，便沒有悲誹的音節。大雅小雅，各有一定的體裁。正小雅，多是燕饗、贈答、感事、述懷的詩歌；正大雅，多是受釐、陳弁天人奧蘊的意旨。至於變的原因，也是時事的不同。就像音韻的十二律，本乎天地陰陽，正變相生，循環無間，到那個時候，不得不變。便是詩人自己，也不能自主的。

# 鹿鳴之什

雅、頌沒有國家的分別，所以把十篇詩編成一卷，定名為「什」。

# 鹿鳴

呦呦鹿鳴[1]，食野之苹[2]。
我[3]有嘉賓[4]，鼓瑟吹笙。
吹笙鼓簧，承筐[5]是將。
人之好我，示我周行[6]。

鹿兒呦呦的叫喚著同伴，一起來吃郊野間的藾蕭。
我爲宴請諸位美好的貴客，以鼓瑟吹笙爲招待。
吹笙鼓簧的音樂相互應和，竹筐中裝盛著厚重的禮物。
諸位賓客們心中要是對我友好，必會以道理見教於我。

**【註釋】**興也。鳴，叶音芒。呦，音「幽」。苹，叶音旁。笙，叶師莊反。簧，音「黃」。行，叶音杭。
1呦呦是和聲。2苹是苹蕭，白莖如筋。鹿得著了，便發出極和的聲音。3我，是主人自稱的。4嘉賓，是美善的賓客。5承筐是用筐承了幣帛。6周行是大道。

**【章旨】**這篇詩是宴饗賓客的。他說鹿得著野筋外的苹蕭，發出極和的鳴聲。我今宴饗嘉賓，定要皷瑟吹笙。飲食的時候，吹笙皷簧，並且用筐承了幣帛相送。懷好於我的人，必有周行的大道見教我了。

**【集傳】**興也。呦呦，聲之和也。蘋，藾蕭也。青色，白莖如筋。我，主人也。賓所燕之客，或本國之臣，或諸侯之使也。瑟笙，燕禮所用之樂也。簧，笙中之簧也。承，奉也。筐，所以盛幣帛者也。將，行也。奉筐而行幣帛。飲則以酬賓送酒。食則以侑賓勸飽也。周行，大道也。古者於旅也語。故欲於此聞其言也。○此燕饗賓客之詩也。蓋君臣之分，以嚴為主，朝廷之禮，以敬為主。然一於嚴敬，則情或不通，而無以盡其忠告之益。故先王因其飲食聚會，而制為燕饗之禮，以通上下之情，而其樂歌又以鹿鳴起興，而言其禮意之厚如此。庶乎人之好我，而示我以大道也。記曰：「私惠不歸德，君子不自留焉。」蓋其所望於群臣嘉賓者，唯在於示我以大道，則必不以私惠為德而自留矣。嗚呼此其所以和樂而不淫也與。

**【箋註】**牛運震曰：絕大關目，以家常等夷語出之，自妙。樸至婉切，氣象自然宏闊，無英主籠絡之習。「呦呦」字傳響入神。乞言為燕賓正義，只此一點已足。後又但敘燕樂殷勤，更不再露，故妙。姚際恆曰：試將此詩平心讀去，作使臣詠極順，作代使臣詠極不順。解詩何不取順而偏取逆乎？若夫《儀禮》燕禮、鄉飲、酒禮，皆歌此詩，及下〈皇皇者華〉，則第因〈鹿鳴〉而及之耳。此詩作于使臣，源也；勞使臣，流也；燕禮、鄉飲酒禮歌之，流而又流也。

**呦呦鹿鳴，食野之蒿1。**
**我有嘉賓，德音孔昭2：**
**「視民3不恌4，君子是則是傚。」**
**我有旨酒，嘉賓式5燕6以敖7。**

---

鹿兒呦呦的叫喚著同伴，一起來吃郊野間的青蒿。
我所宴請的貴客們，他們給的意見都極爲高明：
「不輕賤人民，身爲上位者，應當以此爲效法。」
我有醇厚的好酒，希望嘉賓們能暢快的飲宴。

**【註釋】**興也。恌，叶音洮。昭，叶側豪反。傚，呼胡高反。敖，音「翱」。1蒿是青蒿。2孔昭是甚明。3視民是示民。4恌，是偷薄。5式是語助詞。6燕是燕饗。7敖是敖遊。

**【章旨】**這章詩是說鹿得著蒿草，發出和聲。我宴的嘉賓，有很明著的德音，他能待民厚道，這是君子應當學的法則。我所有美酒，儘夠請嘉賓遨遊宴樂了。

【集傳】興也。蒿，菣也。即青蒿也。孔，甚。昭，明也。視，與示同。恌，偷薄也。敖，遊也。○言嘉賓之德音甚明，足以示民使不偷薄。而君子所當則效，則亦不待言語之閒，而其所以示我者深矣。

【箋註】牛運震曰：「視民不恌」、「是則是傚」，又在乞言前一層，此示我周行之本也。

裴普賢曰：「我有嘉賓，德音孔昭：『視民不恌，君子是則是傚。』」的意思應是：「我的嘉賓所說的話很高明，（即所示之周行）就是要「尊重人民，這一點是在上者所應當取法傚效的。」」這樣解詩，意義顯豁而全篇貫通。而這種「看人民不輕賤」的觀念，可說是孟子民貴思想的先聲。

**呦呦鹿鳴，食野之芩1。**
**我有嘉賓，鼓瑟鼓琴。**
**鼓瑟鼓琴，和樂且湛2。**
**我有旨酒，以燕樂嘉賓之心。**

鹿兒呦呦的叫喚著同伴，一起來吃郊野生長的芩草。我爲宴請諸位美好的貴客，鼓瑟撫琴以爲招待。瑟瑟的音樂相互應和，氣氛和樂美好。我有醇厚的好酒，宴請諸位，請大家開心的盡情歡樂。

---

【註釋】興也。湛，音「耽」，叶持林反。芩，音「琴」。樂，音「洛」。1芩，是蔓生的草。莖如釵股，葉如竹。2湛，是久樂的意思。

【章旨】這章詩是說我有旨酒，是要安樂嘉賓的心意，非止供養他的口腹。表面上的娛樂，和殷勤厚意，正是要嘉賓見教的意思。

【集傳】興也。芩，草名。莖如釵股，葉如竹蔓生。湛，樂之久也。燕，安也。○言安樂其心，則非止養

其體　其外而已。蓋所以致其殷勤之厚，而欲其教示之無已也。

【箋註】牛運震曰：末章單說音樂更深細。二章莊重得體，三章和藹入情，各有其妙。旨酒燕賓常事常語，說到燕樂其心，便自深至入神。

## 鹿鳴三章，章八句。

【集傳】按《序》以此為燕群臣嘉賓之詩。而《燕禮》亦云：「工歌〈鹿鳴〉、〈四牡〉、〈皇皇者華〉。」即謂此也。鄉飲酒用樂亦然，而《學記》言大學始教〈宵雅〉肄三，亦謂此三詩。然則又為上下通用之樂矣，豈本為燕群臣嘉賓而作，其後乃推而用之鄉人也與。然於朝曰君臣焉，於燕曰賓主焉。先王以禮使臣之厚，於此見矣。○范氏曰：「食之以禮，樂之以樂，將之以實，求之以誠，此所以得其心也。賢者豈以飲食幣帛為悅哉？夫婚姻不備，則貞女不行也；禮樂不備，則賢者不處也。賢者不處。則豈得樂而盡其心乎！」

【箋註】孔穎達曰：作〈鹿鳴〉詩者，燕群臣嘉賓也。言人君之於群臣嘉賓，既行其厚意，然後忠臣嘉賓，佩荷恩德，皆得盡其忠誠之心以事上焉。明上隆下報，君臣盡誠，所以為政之美也。

牛運震曰：式燕以敖，燕樂其心，皆欲其示我周行也。詩旨只是乞言一事，寫得綢繆盡致。

方玉潤曰：夫嘉賓即群臣，以名分言曰臣，以禮意言曰賓。文、武之待群臣如待大賓，情意既洽而節文又敬，故能成一時盛治也。至其音節，一片和平，盡善盡美，與〈關雎〉同列四詩之始，殆無貽議云。

程俊英曰：這是貴族宴會賓客的詩。《魯詩》的一派還說這首詩諷刺「在位之人不仁」，但從詩的內容看來，似無美或刺之意，只是反映當時貴族宴會賓客的一般情況而已。

# 四牡

四牡1騑騑2，周道3倭遲4。
豈不懷歸？
王事靡盬5，我心傷悲。

四匹公馬拚命向前跑，道路迂迴彎曲。
難道我不想回家嗎？
然而君主交代下來的命令還沒有完成，我心中滿是悲傷。

**【註釋】** 賦也。騑，音「非」。倭，音「威」。盬，音「古」。1四牡是四匹牡馬。2騑騑，是行得不息。3周道是大道。4倭遲，是路遠。5王事靡盬，是國家事情，不能不辦堅固了。

**【章旨】** 這章詩是使臣勤勞王事的。他說使臣的四馬，行得不息，道路很遠，怎樣不想回家？只因國家的事情，沒有辦得堅固，我的心中很是傷悲。

**【集傳】** 賦也。騑騑，行不止之貌。周道，大路也。倭遲，回遠之貌。盬，不堅固也。○此勞使臣之詩也。夫君之使臣，臣之事君，禮也。故為臣者，奔走於王事，特以盡其職分之所當為而已，何敢自以為勞哉？然君之心，則不敢以是而自安也。故燕饗之際，敘其情而閔其勞。言駕此四牡，而出使於外，其道路之回遠如此。當是時豈不思歸乎。特以王事不可以不堅固，不敢徇私以廢公。是以內顧而傷悲也。臣勞於事而不自言。君探其情而代之言。上下之間，可謂，各盡其道矣。《傳》曰：「思歸者，私恩也。靡盬者，公義也。傷悲者，情思也。」無私恩，非孝子也；無公義，非忠臣也。君子不以私害公，不以家事辭王事。范氏曰：「臣之事上也，必先公而後私。君之勞臣也，必先恩而後義。」

**【箋註】** 牛運震曰：但寫道遠馬勞，意思便含蓄。「豈不」二字，委曲伸訴得妙。「我心傷悲」，語極蘊蓄，公事私恩俱有。血誠苦衷，惻然寫出。

**四牡騑騑，嘽嘽1駱2馬。**
**豈不懷歸？**
**王事靡盬，不遑3啓處4。**

四匹公馬拚命向前跑，黑鬃白馬氣喘吁吁的奔馳著，難道我不想回家嗎？但是君主交代下來的命令還沒有完成，根本沒有休息的餘地。

**【註釋】**賦也。嘽，音灘。馬，叶滿補反。1嘽嘽，是眾盛貌。2駱是白馬黑鬣。3不遑是不暇。4啟處，是起居在家。

**【章旨】**這章詩和上章一樣的解法。

**【集傳】**賦也。嘽嘽，眾盛之貌。白馬黑鬣曰駱。遑，暇。啟，跪。處，居也。

**【箋註】**輔廣曰：「我心傷悲」，既述其私恩之不能忘；「不遑啟處」，又述其公義之不可已也。此所謂天理人情之至也。

**翩翩1者鵻2，載飛載下，**
**集于苞栩3。**
**王事靡盬，不遑將4父。**

鵓鳩鳥在天空中飛舞，時飛時歇，累了便聚集在栩木上休息。但是君主交代下來的命令還沒有完成，根本沒有餘力照料父親。

【註釋】興也。翩，音「篇」。鵻，音「佳」。下，叶後五反。栩，音「許」。1翩翩是飛的狀貌。2鵻是鵓鳩。3栩是木名。4將是贍養。

【章旨】這章詩是說飛的鵓鳩，牠還能息在叢生的栩樹上。我的王事未固，怎暇休息，贍養父親呢！

【集傳】興也。翩翩，飛貌。鵻，夫不也。今鵓鳩也。凡鳥之短尾者，皆鵻屬。將，養也。○翩翩者鵻，猶或飛或下，而集於所安之處。今使人乃勞苦於外，而不遑養其父。此君人者，所以不能自安，而深以為憂也。范氏曰：「忠臣孝子之行役，未嘗不念其親。君之使臣，豈待其勞苦而自傷哉。亦憂其憂如己而已矣。此聖人所以感人心也。」

**翩翩者鵻，載飛載止，**
**集于苞杞。**
**王事靡盬，不遑將母。**

鵓鳩鳥在天空中飛舞，時飛時停，累了便聚集在杞木上休息。但是君主交代下來的命令還沒有完成，根本沒有餘力照料母親。

【註釋】興也。杞，音「起」。母，叶滿彼反。

【章旨】這章和第三章一樣的解法。

【集傳】興也。杞，枸檵也。

【箋註】牛運震曰：「不遑將父」、「不遑將母」，此「我心傷悲」之實也。一篇真情本意，至此方點出，詩意正極深厚。

駕彼四駱，載驟[1]駸駸[2]。
豈不懷歸？
是用作歌，將母來諗[3]。

駕馭著四匹黑鬃白馬，拚命的急馳狂奔。
難道我不想回家嗎？
只能將這樣的心情作成歌，藉此抒發我思念母親的心情。

【註釋】賦也。駸，音「侵」。諗，音「審」，叶深。1 驟是疾行。2 駸駸是疾行的狀貌。3 諗是告諗。

【章旨】這章詩是駕了四馬，奔走各處，怎樣不想回家。所以作歌，把我不能養母的形景，告訴君聽。

【集傳】賦也。駸駸，驟貌。諗，告也。以其不獲養父母之情，而來告於君也。非使人作是歌也。設言其情以勞之耳。獨言將母者，因上章之文也。

【箋註】牛運震曰：「豈不懷歸」咽住，妙。「是用作歌」一直接下，卻自與上句不連，尤妙。分明作歌勞臣，卻直認成使臣作歌，意特深妙。末二句語拙聲低，十分婉厚。

## 四牡五章，章五句。

【集傳】按《序》，言此詩所以勞使臣之來，甚協詩意。故《春秋傳》亦云。而外傳以為章使臣之勤。所謂使臣，雖叔孫之自稱，亦正合其本事也。但《儀禮》又以為上下通用之樂。疑亦本為勞使臣而作，其後乃移以他用耳。

【箋註】牛運震曰：意思慘切，音節舒婉。一篇情辭皆臣子抑鬱難言之隱，代為二剖訴而勝於其所自言，誠設以身處其地而體貼如此。其至也，此勞使臣，勝賞功酬庸之辭多矣。〈東山〉專言私情，〈四牡〉兼言公義。〈東山〉之私，單指室家；〈四牡〉之私，單指父母。三軍使臣，身分不同，使民禮臣，故應分別如此。

方玉潤曰：詩之所以次〈鹿鳴〉者，以上章君之待臣以禮，故此章臣之事君以忠。上下交感，乃成泰運。然勤勞王事，固人臣所當忠；而「不遑將母」，又人子所宜孝。故不敢以將母之情而來告，然後忠孝可以兩全。

程俊英曰：這是出使的官吏思歸的詩。周在厲王、幽王時代，社會動盪，民生凋蔽，官吏尚不能安居，人民的痛苦可想而知。詩用「豈不懷歸」的設問句，表達了他因「王事靡盬」不能回家安居奉養父母的苦悶心情。

# 皇皇者華

**皇皇1者華2，于彼原隰。**
**駪駪3征夫4，每懷靡及。**

燦爛的花朵，開遍原野及低地。
然而往來頻繁的使者們，心中卻懷無法達成任務的憂慮（無暇顧及）。

【註釋】興也。華，叶芳無反。駪，音「莘」。1皇皇是光明。2華是草木的花。3駪駪是眾多。4征夫是使臣和他的隨人。

【章旨】這章詩是遣使臣的。它說很光明的花，開放在高原和下濕的地方。眾多的征夫，尚不能一目了然。使臣宣撫人民，恐怕是不能普及啊。

【集傳】興也。皇皇，猶煌煌也。華，草木之華也。高平曰原，下濕曰隰。駪駪，眾多疾行之貌。征夫，使臣與其屬也。懷，思也。○此遣使臣之詩也。君之使臣，固欲其宣上德而達下情。而臣之受命，亦惟恐其無以副君之意也。故先王之遣使臣也，美其行道之勤，而述其心之所懷曰：彼煌煌之華，則于彼原隰矣。此駪駪然之征夫，則其所懷思，常若有所不及矣。蓋亦因以為戒。然其辭之婉而不迫如此。詩之忠厚亦可見矣。

**【箋註】**鄭玄曰：眾行夫既受君命，當速行。每人懷其私相稽留，則于事將無所及。

牛運震曰：「征夫」二字稱謂樸摯。「每懷靡及」意思深至，慰藉責成俱有。

**我馬維駒，六轡如濡1。**
**載馳載驅，周2爰咨諏3。**

拉車的是成年的馬駒，六條轡繩光澤如新。
驅趕著馬匹拉著車輛奔馳，四處走訪探問。

**【註釋】**賦也。1如濡是鮮澤。2周，是周徧。3咨諏，是訪問。

**【章旨】**這章詩是說防備不及的法子。就該乘了駒馬的車子，執著鮮明的六轡，疾驅各處，遍訪民情，體念朝廷愛民的意思。

**【集傳】**賦也。如濡，鮮澤也。周，徧也。爰，於也。咨諏，訪問也。○使臣自以每懷靡及，故廣詢博訪，以補其不及，而盡其職也。程子曰：「咨諏，使臣之大務。」

**【箋註】**方玉潤曰：「諏」、「謀」、「度」、「詢」四字即從「每懷靡及」一句生出，又須細玩，四字無一虛下，通經乃可致用也。

**我馬維騏1，六轡如絲2。**
**載馳載驅，周爰咨謀3。**

拉車的是毛色青黑的馬匹，六條轡繩如絲一般的柔軟。
驅趕著馬匹拉著車輛奔馳，四處走訪，謀畫民生事務。

【註釋】賦也。謀，叶莫悲反。騏，音「其」。絲，叶新咨反。1騏是駿馬。2如絲是如絲的柔韌。3謀是謀慮，就是計畫民事。

【集傳】賦也。如絲，調忍也。謀，猶諏也。變文以協韻耳。下章放此。

【箋註】牛運震曰：「如絲」字細秀。

**我馬維駱[1]，六轡沃若[2]。**
**載馳載驅，周爰咨度[3]。**

拉車的是白身黑鬃的馬匹，六條轡繩潤澤而光滑。
驅趕著馬匹引著車輛奔馳，四處走訪探詢民情。

【註釋】賦也。沃，烏毒反。度，去聲。1駱是白馬黑鬣。2沃若是鮮澤。3度是忖度，就是酌量民情。

【集傳】賦也。沃若，猶如濡也。度，猶謀也。

**我馬維駰[1]，六轡既均[2]。**
**載馳載驅，周爰咨詢[3]。**

拉車的是毛色淺黑摻著白雜毛的馬匹，六條轡繩齊整均勻，
驅趕著馬匹引著車輛奔馳，四處走訪詢問民生疾苦。

【註釋】賦也。駰，音「因」。1駰是陰白雜色的馬。2均是調均。3詢是究問民事。

【章旨】這三章詩是和第二章一樣的解法。

【集傳】賦也。陰白雜毛曰駰。均，調也。詢，猶度也。

【箋註】方玉潤曰：「諏」、「謀」、「度」、「詢」四字即從「每懷靡及」一句生出，又須細玩，四字

無一虛下，通經乃可致用也。

## 皇皇者華五章，章四句。

【集傳】按《序》，以此詩為君遣使臣。《春秋》內外傳，皆云君教使臣，其說已見前篇。《儀禮》亦見〈鹿鳴〉，疑亦本為遣使臣而作，其後乃移以他用也。然叔孫穆子所謂君教使臣曰：「每懷靡及，諏謀度詢，必咨於周，敢不拜教。」可謂得詩之意矣。范氏曰：「王者遣使於四方，教之以咨諏善道，將以廣聰明也。夫臣欲助其君之德，必求賢以自助。故臣能從善，則可以善君矣；臣能聽諫，則可以諫君矣。未有不自治而能正君者也。」

【箋註】牛運震曰：諏、謀、度、詢四節皆「每懷靡及」之旨也。一篇意思結構貫串如此。

方玉潤曰：此遣使臣之詩。然而使臣一人知識有限，故又戒以「每懷靡及」之心。於是周諮博訪，乃無負職，庶可副朝廷望耳。夫天下至大，朝廷至遠，民間疾苦，何由周知？惟賴使者悉心訪察以告天子。故膺茲選者，凡修廢舉墜之在所當議，邊防水利之在所當籌，興利除害之在所當酌，遺逸耆舊之在所當詢者，莫不殷殷致意。上下德欲其宣，下之情欲其達，故不可以不重也。

程俊英曰：這是一個使者出外調查民間情況的詩。舊說是送征夫之辭，並非詩的本意。

# 常棣

常棣1之華，鄂2不3韡韡4。
凡今之人，莫如兄弟。

棠棣的花朵盛放，花色顯明而美麗。
今世之人，論親疏關係，沒有比兄弟與我更親密的人了。

【註釋】興也。韡，音「偉」。鄂，五各反。弟，待禮反。1常棣是棣樹。2鄂是外現的狀貌。3不是豈不的意思，一說不是花蒂。4韡韡是光明。

【章旨】這章詩是周公燕兄弟的樂歌。他說常棣的花，鄂然外現，怎樣不光明濃豔呢？凡今的人，哪有兄弟好啊。

【集傳】興也。常棣，棣也。子如櫻桃可食。鄂，鄂然外見之貌。不，猶豈不也。韡韡，光明貌。○此燕兄弟之樂歌。故言常棣之華，則其鄂然，而外見者，豈不韡韡乎？凡今之人，則豈有如兄弟者乎！

【箋註】牛運震曰：平常語最厚，讀之可涕。

**死喪之威1，兄弟孔懷。**
**原隰裒2矣，兄弟求矣。**

死亡是如此的恐怖，人皆畏懼，然而兄弟情深，縱使原野與濕地間散布著如山的屍骨，但作爲兄弟也不畏懼，必定要將手足的屍骨找出來。

【註釋】賦也。懷，叶胡威反。裒，薄候反。1威是畏懼的意思。2裒是變遷的意思。《集傳》作為聚尸原野。

【章旨】這章詩是說死喪的事情人所畏懼的，獨是兄弟相求，是不因原野山川的變遷而變遷的。

【集傳】賦也。威，畏。懷，思。裒，聚也。○言死喪之禍，他人所畏惡。惟兄弟為相恤耳。至於積尸裒聚於原野之間，亦惟兄弟為相求也。此詩蓋周公既誅管蔡而作。故此章以下，專以死喪急難鬥鬩之事為言。其志切其情哀。乃處兄弟之變，如孟子所謂其兄關弓而射之，則己垂涕泣而道之者。《序》以為，憫管蔡之失道者，得之。而又以為文武之詩，則誤矣。大抵舊說詩之時世，皆不足信。舉此自相矛盾者，以見其一端，後不能悉辯也。

【箋註】姚際恆曰：「原隰裒」，只說原隰廣野之地，不相值則兄弟必求，故下「脊令」亦用「原」字。「裒」，損少意，《易》云「裒多益寡」，謂少其人，猶後世詩「遍插茱萸少一人」也。集傳「尸裒聚於原野之間」，令人可畏復可笑也。且「死喪」、「原隰」之下各有「兄弟」字，豈可為蒙上之辭，又不達文義矣。

牛運震曰：兩「矣」字，黯然惻然。「求」子慘切。漢人詩「子求死父，妻求死夫」，正從此求。

**脊令[1]在原，兄弟急難。**
**每有良朋，況[2]也永歎。**

脊令鳥在高原上盤旋飛鳴（顯然有急難發生），就像我的兄弟遭遇大難時，我不顧惜生死去相救。雖然也有好朋友，但當我身處危難時，朋友們最多是同情長歎而已。

【註釋】興也。難，叶泥沿反。歎，音「灘」。1脊令是水鳥，又名「踓渠」。飛鳴行搖，是說有急難的意思。2況，是發言辭，或作「怳」。

【章旨】這章詩是說脊令在高原，飛鳴行搖，好像兄弟急難相救。這個時候，雖有良朋，不過代你長歎罷了。

【集傳】興也。脊令，踓渠。水鳥也。況，發語詞。或曰：「當作怳。」○脊令飛則鳴，行則搖。有急難之意。故以起興而言。當此之時，雖有良朋，不過為之長歎息而已。力或不能相及也。東萊呂氏曰：「疎其所親，而親其所疎，此失其本心者也。」故此詩反覆言朋友之不如兄弟，蓋示之以親疎之分，使之反循其本也。本心既得，則由親及疎，秩然有序，兄弟之親既篤，朋友之義亦敦矣。初非薄於朋友也。苟雜施而不孫，雖曰厚於朋友，如無源之水，朝滿夕除。胡可保哉。或曰：「人之在難，朋友亦可以坐視與。」曰：「每有良朋，況也永歎，則非不憂憫。但視兄弟急難，為有差等耳。」詩人之辭，容有抑揚。然〈常棣〉，周公作也。聖人之言，小大高下皆宜，而前後左右不相悖。

【箋註】牛運震曰：良朋永歎，正是平常心厚語，言其恩義不過如此，卻襯得兄弟急難意思出。

**兄弟鬩[1]于牆[2]，外禦[3]其務[4]。**
**每有良朋，烝[5]也無戎[6]。**

門牆之內，兄弟雖然偶爾爭鬥，但當外侮欺上門來，總是團結抵抗。雖然也有好的朋友，但當我們遭遇危難時，他們有心無力恐怕幫不上忙。

【註釋】賦也。鬩，叶許歷反。務，音「侮」。烝，之丞反。戎，叶而主反。1鬩是鬥狠。2牆是牆內。3禦是抵禦。4務通作「侮」。5烝是發語詞，或作良久的意義。6戎是幫助。

【章旨】這章詩是說兄弟雖是鬥狠於內，一旦有了外侮，總是一齊抵禦的。若是朋友，便不能幫助你了。

【集傳】賦也。鬩，鬥狠也。御，禁也。烝，發語聲。戎，助也。○言兄弟設有不幸鬥狠於內，然有外侮，則同心禦之矣。雖有良朋，豈能有所助乎。富辰曰：「兄弟雖有小忿，不廢懿親。」

【箋註】牛運震曰：內鬩外禦，真血性中事。說與村夫野人皆解。此有感動處。

**喪亂既平，既安且寧。**
**雖有兄弟，不如友生。**

平定災難後，生活可恢復安逸與寧靜。但有些人反倒因此疏離兄弟，把兄弟看得不如朋友重要。

【註釋】賦也。生，叶桑經反。

【章旨】這章詩是說喪亂已經平定，現在安寧了，反說雖有兄弟，不如友生。這不是悖理嗎？

【集傳】賦也。上章言患難之時，兄弟相救，非朋友可比。此章遂言安寧之後，乃有視兄弟不如友生者。悖理之甚也。

【箋註】姚際恆曰：思兄弟也，非是反言，讀之酸鼻。

方玉潤曰：轉入亂平後之兄弟，是進一層法。讀之令人酸鼻，是周公當日情景，故從之。

**儐[1]爾籩豆[2]，飲酒之飫[3]。**
**兄弟既具[4]，和樂且孺[5]。**

把杯盤拿出來擺好，盡興的吃喝吧！
我們兄弟團聚在一起，久享和樂。

【註釋】賦也。儐，賓胤反。飫，於慮反。1儐是陳設。2籩豆是禮器。3飫是饜饌，或作私燕。4具是俱在。5孺是孺慕，如孺子慕愛父母一樣。

【章旨】這章詩是說陳設了禮器，飲酒飽饌，若是兄弟都在此處，便快樂得像小孩慕愛父母一般。

【集傳】賦也。儐，陳。飫，饜。具，俱也。孺，小兒之慕父母也。○言陳籩豆以醉飽，而兄弟有不具焉，則無與共享其樂矣。

**妻子好合，如鼓瑟琴。**
**兄弟既翕[1]，和樂且湛[2]。**

夫妻的感情和睦，就像是琴與瑟音聲協調相和。
兄弟的感情融洽，和睦歡樂的相處令情感更深更持久。

【註釋】賦也。湛，音「耽」，叶持林反。1翕是會合。2湛是久樂。

【章旨】這章詩是說妻子的好合，如琴瑟的調和。兄弟既已會合，自然和樂最久了。

【集傳】賦也。翕，合也。言妻子好合，如琴瑟之和，而兄弟有不合焉，則無以久其樂矣。

【箋註】姚際恆曰：上以良朋陪說，此又以妻子陪說。然有不同：良朋陪說，屈之也；妻子陪說，以見一家內外之和樂也。

牛運震曰：極歡愉和雅之辭，言外似有一段說不出的苦衷，所謂喜中含悲，正復藏涕為笑也。

方玉潤曰：後以妻子作陪，與上良朋相稱。章法極變換，亦極整飭。

**宜爾室家，樂爾妻帑1。**
**是究2是圖3，亶4其然乎。**

讓你的家庭和諧，與你的妻、子和樂，將此推展實行開來，那就對了。

【註釋】賦也。家，叶古胡反。1帑是兒子。2究是窮究。3圖是圖謀。4亶是相信。

【章旨】這章詩是說室家合宜的、妻帑和樂的，都要兄弟既具。兄弟既翕，方能樂得長久。請你仔細考究考究，實在是不錯的啊。

【集傳】賦也。帑，子。究，窮。圖，謀。亶，信也。○宜爾室家者，兄弟具而後樂且孺也。樂爾妻帑者，兄弟翕而後樂且湛也。兄弟於人，其重如此。試以是究而圖之，豈不信其然乎。東萊呂氏曰：「告人以兄弟之當親，未有不以為然者也。苟非是究是圖，實從事於此，則亦未有誠知其然者也。不誠知其然，則所知者特其名而已矣。凡學蓋莫不然。」

【箋註】牛運震曰：終篇收結處，低徊纏綿，不徒作喚醒之筆。

## 常棣八章，章四句。

【集傳】此詩首章略言至親莫如兄弟之意。次章乃以意外不測之事言之，以明兄弟之情，其切如此。三章但言急難，則淺於死喪矣。至於四章，則又以其情義之甚薄，至猶有所不能已者言之。其意若曰：不待死喪，然後相救；但有急難，便當相助。言又不幸而至於或有小忿，猶必共禦外侮，其所以言之者，雖若益輕以約，而所以著夫兄弟之義者，益深且切矣。至於五章，遂言安寧之後，乃謂兄弟不如友生，則是至親反為路人，而人道或幾乎息矣。故下兩章，乃復極言兄弟之恩，異形同氣，死生苦樂，無適而不相須之意。卒章，使反覆窮極而驗其信然，可謂委曲漸次，說盡人情矣。讀者宜深味之。

【箋註】牛運震曰：一篇中凡八言「兄弟」，一聲一淚。一章各有一義，一篇直如一章。淺而真，慘而厚。怨慕曲折，惻怛團結。

方玉潤曰：是詩為周公作穆公特重歌之耳。且詩云「喪亂既平」，則明是誅管、蔡後語，非周公境地則不合，斷不可移於他人兄弟上去。周公深有悔於管、蔡之禍，恐兄弟情由此疏，故不厭委曲詳盡，極言異形同氣之恩以申告之，使其反覆窮究而驗其信然，不得以管、蔡故遂自損其天倫之樂，其用心亦可謂苦矣。

程俊英曰：詩以死喪禍亂與和平安寧對比，朋友妻子與兄弟關係對比，突出「凡今之人，莫如兄弟」的主題。

# 伐木

伐木丁丁1，鳥鳴嚶嚶2。
出自幽3谷，遷4于喬木5。
嚶其鳴矣，求其友聲。
相6彼鳥矣，猶求友聲。
矧7伊人矣，不求友生？
神之聽之，終和且平。

以斧伐樹的聲音丁丁作響，鳥雀嚶嚶的鳴叫著。
鳥兒從幽深的山谷中飛出，遷移到高大的喬木上棲息。
牠嚶嚶叫喚著，尋覓著牠的友伴。
看那小小的鳥兒，還知道要尋找牠的同伴，
何況是人哪，怎麼能夠沒有朋友呢？
謹慎的選擇交往對象，依順著交友之道互相往來，就能保持友誼，和樂相處。

**【註釋】**興也。丁，音爭。嚶，音「鶯」。相，去聲。生，叶桑經反。1丁丁是伐木的聲音。2嚶嚶是鳥鳴的和聲。3幽是幽深。4遷是升遷。5喬木是高大的木材。6相是相視。7矧是況且的意思。

**【章旨】**這章詩是燕朋友故舊的樂歌。他說伐木「丁丁」的聲音，和鳥鳴「嚶嚶」的聲音，是從那幽谷裡出來。「丁丁」的伐木，是遷喬木出幽谷的；「嚶嚶」的鳥鳴，是求友聲相和的。唉，我看那鳥雀，還求友聲相和，何況是人們嗎！你能篤愛朋友，神明聽到了，包管能保佑你，永久的和平。

**【集傳】**興也。丁丁，伐木聲。嚶嚶，鳥聲之和也。幽，深。遷，升。喬，高。相，視。矧，況也。○此燕朋友故舊之樂歌。故以伐木之丁丁，興鳥鳴之嚶嚶，而言鳥之求友，遂以鳥之求友，喻人之不可無友也。人能篤朋友之好，則神之聽之，終和且平矣。

【箋註】姚際恆曰：「出自幽谷，遷于喬木」，佳語，似閑非閑。鳥以據喬木而嚶鳴相應為樂，若幽谷則不堪，故以「出自幽谷，遷于喬木」二句承上起下，綽有妙致。

牛運震曰：「伐木」、「鳥鳴」二語，幽靜之極，空山無人讀之，始見其妙。

方玉潤曰：佳句。極為閑雅。渾成。朋友則神明可質。

伐木許許1，釃酒2有藇3，
既有肥羜4，以速5諸父6。
寧適不來，微7我弗顧8。
於9粲10洒埽，陳饋八簋11。
既有肥牡，以速諸舅12。
寧適不來，微我有咎13。

以斧伐樹的聲音許許作響，我有濾好的醇厚美酒，還有肥美的小羔羊肉，邀請諸位年長的朋友前來享用。寧可他們因爲突發之事不克前來，也不願意讓他們覺得我不顧念朋友。把房子清掃得乾淨整齊，擺上八盤豐盛的菜餚，還準備了鮮美的肉菜，宴請諸位年長的朋友前來享用。寧可他們因爲有突發事情不克前來，也不希望他們抱怨我招待的禮數不周。

【註釋】興也。許，音「虎」。釃，音「師」。藇，音「序」。羜，音「苧」。顧，叶居五反。埽，叶蘇吼反。簋，叶已有反。於，音「烏」。1許許是眾人出力的聲音，又為舉眾的歌聲。2釃酒，是濾過的酒。3藇，是佳美。4羜，是未成的羔羊。5速是請約。6諸父，是年尊同姓的。7微，是不要的意思。8顧，是顧念。9於，是歎辭。10粲，是鮮明。11八簋，是盛膳。12諸舅，是異姓年尊的朋友。13咎，是咎過。

【章旨】這章詩是說伐木是要眾人許許出力的，人生也要有朋友幫助才好，所以我要用佳美的釃酒，和很肥的小羊，召請諸位父老。寧可他不來，不要說我不想念他。我要把室內洒掃清潔了，陳設八簋的盛饌，和很肥的牡豕，召請異姓的諸舅。寧可他不來，我不要有了疎慢的過失。

【集傳】興也。許許，眾人共力之聲。《淮南子》曰：「舉大木者呼邪許。」蓋舉重勸力之歌也。釃酒者，或以筐或以草，泲之而去其糟也。禮所謂縮酌用茅是也。藇，美貌。羜，未成羊也。速，召也。諸父，朋友之同姓而尊者也。微，無。顧，念也。於，歎辭。粲，鮮明貌。八簋，器之盛也。諸舅，朋友之異姓而尊者也。先諸父而後諸舅者，親疎之殺也。咎，過也。○言具酒食，以樂朋友如此。寧使彼適有故而不來，而無使我恩意之不至也。孔子曰：「所求乎朋友，先施之未能也。」此可謂能先施矣。

【箋註】牛運震曰：兩「寧適不來」故作疑辭，妙。正唯恐其人不來也。微我云云，平心自問，極有謙厚若不及光景。

方玉潤曰：親戚則婉辭相招。

伐木于阪，釃酒有衍1。
籩豆有踐2，兄弟3無遠4。
民之失德，乾餱5以愆6。
有酒湑7我，無酒酤8我。
坎坎9鼓我，蹲蹲10舞我。
迨11我暇矣，飲此湑矣。

---

在山坡地上伐木，準備了許多醇厚的美酒。將杯盤排列整齊。希望兄弟們不分遠近，都能來參加聚會。人們一旦喪失了美德，表現在行爲上，便會以薄劣的食物相待。我厚待友朋兄弟，用心濾酒準備，倘若家裡無酒，就去外面買回來。在聚會中，我坎坎擊鼓，蹲蹲跳舞。等有空閒的時候，還要再邀請大家一起飲宴歡聚。

【註釋】興也。阪，叶孚遠反。暇，叶後五反。踐，上聲。餱，音「侯」。愆，叶起淺反。湑，上聲。酤，音「古」。蹲，音「存」。迨，音「待」。1衍，是美而多。2踐是行列。3兄弟，是朋友同儕的。4無遠，是都在。5乾餱，是菲薄的乾糧。6愆，是過失。7湑，是榨濾。8酤，是買。9坎坎，是擊鼓的聲音。10蹲蹲，是舞的狀貌。11迨。當至字講。

【章旨】這章詩是說在山坡上伐木的時候，朋友們是都在這裡。既有很多的釃過酒，又陳設了許多的籩豆，我人若是失卻朋友的交情，不肯杯酒分人，也就獲罪不少。所以我對於朋友，有了酒，便榨出來請客；若是沒有，便去買了來。我並且坎坎的擊鼓，蹲蹲的舞樂，只要有暇，就請朋友們來飲酒取樂。

【集傳】興也。愆，多也。踐，陳列貌。兄弟，朋友之同儕者。無遠，皆在也。先諸舅而後兄弟者，尊卑之等也。乾餱，食之薄者也。愆，過也。湑，亦釃也。酤，買也。坎坎，擊鼓聲。蹲蹲，舞貌。迨，及也。○言人之所以至於失朋友之義者，非必有大故。或但以乾餱之薄，不以分人，而至於有愆耳。故我於朋友，不計有無。但及閒暇，則飲酒以相樂也。

【箋註】牛運震曰：乾餱失德，極鄙瑣事，肯如此說，正極質厚。疊四「我」字，淋漓恣肆。宕筆作結，雋逸耐人諷思。唐人詩「數甕猶未開，來朝能飲否」，亦以拖宕之筆收結成趣。

方玉潤曰：兄弟則鼓舞為樂。須玩他措辭不同，各還其分處。然總歸之友朋內，故首章不言燕享，而但以神聽和平要其信誓也。

## 伐木三章，章十二句。

【集傳】劉氏曰：「此詩每章首輒云『伐木』。凡三云『伐木』，故知當為三章，舊作六章誤矣，今從其說正之。」

**【箋註】**真德秀曰：〈鹿鳴〉之詩，以臣為賓；〈伐木〉之詩，以臣為友。以臣為賓，敬已至矣；以臣為友，敬益至焉。玩〈伐木〉之詩，止見為人之求友而不見為君之求臣。蓋先王樂道忘勢，但知有朋友相須之義，而不見有君臣相臨之分也。

姚際恆曰：此燕朋友、親戚、兄弟之樂歌。一章言朋友也；二章言諸父，親也；諸舅，戚也；三章言兄弟也。解者唯以朋友為言，非也。下二章言燕饗之事。首章不及者，反覆言朋友之義，故不暇及，以下數章互見也。深得前虛後實之妙。篇中曰「八簋」，曰「民之失德」，自是天子之詩。

# 天保

天保1定爾2，亦孔之固。
俾爾單3厚，何福不除4？
俾爾多益，以莫不庶5。

上蒼保佑君主，給予您厚實的福蔭。您既然擁有如此堅實的庇佑，還有什麼不足的福分？天地給予您種種福蔭，各種事物都具備。

**【註釋】**賦也。單，音「丹」。除，去聲。1保是保安。2爾是指君的。3單是盡。4除是除舊生新。5庶是眾庶。

**【章旨】**這章詩是祝君福的。他說上天保佑人君安定，很是堅固，使你能盡厚天下之民，民福自然是除舊生新；使你能使物多益，物自然莫不眾庶了。這也就是堅固王位的保障。

**【集傳】**賦也。保，安也。爾，指君也。固，堅。單，盡也。除，除舊而生新也。庶，眾也。○人君以

〈鹿鳴〉以下五詩燕其臣。臣受賜者，歌此詩以答其君。言天之安定我君，使之獲福如此也。

**天保定爾，俾爾戩1穀2。**
**罄3無不宜，受天百祿。**
**降爾遐4福，維日不足。**

上蒼保佑君主，讓你擁有各種吉利。
接受上天所賜予的，沒有不合宜的地方。
上天賜予你的鴻福，只怕你應接不暇。

**【註釋】** 賦也。戩，音「翦」。1戩，是亟盡。2穀，是吉利。3罄，是罄盡。4遐，是久遠。

**【章旨】** 這章詩是說上天保佑你的安定，使你盡善，莫不相宜。受了上天百祿，又賜你久遠的福澤，岌岌然惟恐日的不足。

**【集傳】** 賦也。聞人氏曰：戩，與剪同，盡也。穀，善也。盡善云者，猶其曰單厚多益也。罄，盡。遐，遠也。爾有以受天之祿矣，而又降爾以福。言天人之際，交相與也。書所謂昭受上帝，天其申命用休。語意正如此。

**【箋註】** 牛運震曰：語意重沓疊複，極殷勤篤摯之旨，細按之卻自有條理次第。

**天保定爾，以莫不興1。**
**如山如阜，如岡如陵2，**
**如川之方至，以莫不增。**

上蒼保佑君主，讓你所擁有的一切都興盛起來。
就像是山陵就像是高地，就像是隆起的山脊就像是險峻的高山，
就像是浩蕩洶湧的川流，你所擁有的一切，不斷增加，永無休止。

【註釋】賦也。1興是興盛。2陵是大阜。

【章旨】這章詩是說上天保佑人君的安定，沒有一種事是不興盛的。好像山阜岡陵的高大，好像百川的方到，漲得不可限量，沒有那天不增加福澤的。

【集傳】賦也。興，盛也。高平曰陸，大陸曰阜，大阜曰陵。皆高大之意。川之方至，言其盛長之未可量也。

【箋註】牛運震曰：山、阜、岡陵，莫不興也；川之方至，莫不增也。對分兩段，卻有顛倒錯綜之妙。「如川」獨說方至，妙有深理，句法亦錯落。

**吉[1]蠲[2]為饎[3]，是用孝享[4]。**
**禴祠烝嘗[5]，于公[6]先王[7]。**
**君[8]曰：「卜[9]爾，萬壽無疆。」**

在吉日時齋戒，準備酒食祭品，用以祭祀祖先。
按照四季的祭典，祭拜先王。
先王說道：「賜予你，萬壽無疆。」

【註釋】賦也。蠲，音「娟」。饎，音「熾」。禴，音「藥」。1吉，是選擇吉日。2蠲是齋戒沐浴。3饎，是酒食。4享，是奉獻。5禴，是夏祭。祠，是春祭。烝，是冬祭。嘗是秋祭。都是宗廟的祭禮。6于公，是先公，后稷以下的。7先王，是太王以下的。8君，是統稱先公先王。9卜，是期許。這是尸傳神意以祝主人的意思。

【章旨】這章詩是說擇定吉日，齋戒沐浴，享祭宗廟。春夏秋冬四季，奉祀先公先王。先公先王，期許你的萬壽無疆。

【集傳】賦也。吉，言諏日擇士之善。蠲，言齊戒滌濯之潔。饎，酒食也。享，獻也。宗廟之祭，春曰祠，夏曰禴，秋曰嘗，冬曰烝。公，先公也。謂后稷以下至公叔祖類也。先王，大王以下也。此君，通謂先公先王也。卜，猶期也。此尸傳神意，以嘏主人之辭。文王時，周未有曰先王者。此必武王以後所作也。

【箋註】姚際恆曰：篇中多用「爾」字：天「爾」之；先王「爾」之也。忠愛之至，故多複辭。

程俊英曰：按古代祭祀，用活人打扮神像，叫作「尸」（神主）。當主祭者向祖先祭祀時，尸可以代表神講話。「君曰」，即尸傳達神的話。

**神之弔[1]矣，詒[2]爾多福。**
**民之質[3]矣，日用飲食。**
**群黎百姓，徧[4]為爾德。**

由於神明愛護你，給予你衆多福分。
人民生活單純純樸，日常生活的飲食無缺，
而爲數衆多的百姓們，因爲受到你的恩惠，國家平安。

【註釋】賦也。弔，音「的」。福，叶筆力反。1弔，是來到。2詒，是賞賜。3質是質樸無欺。4徧，是廣徧。

【章旨】這章詩是說神明來到了，賞賜你的多福，使人民質樸無欺。日用飲食，又式式豐足。那黎民百姓，自然都來助你行德。

【集傳】賦也。弔，至也。神之至矣，猶言祖考來格也。詒，遺。質，實也。言其質實無偽，日用飲食而已。群，眾也。黎，黑也。猶秦言黔首也。百姓，庶民也。為爾德者，言則而象之。猶助爾而為德也。

【箋註】牛運震曰：寫出太平風景，如此說福，高極真極。

如月之恆[1]，如日之升[2]。
如南山之壽，不騫[3]不崩[4]；
如松柏之茂，無不爾或承[5]。

你的福澤就像是那上弦月一般，逐漸圓滿，就如同那冉冉升起的太陽，即將大放光明。
你的壽命如南山一般堅實，不損壞不崩塌，
你的子孫綿延就像是松柏一樣茂盛，不凋零不斷絕。

【註釋】賦也。騫，音「遷」。1恆，是月在上弦就盈的時候。2升，日始出就明的樣子。3騫，是虧損。4崩是崩墮。5承是承繼。

【章旨】這章詩是說君的福澤，好像月的上弦，逐漸的圓滿；日的初升，逐漸的光明。如南山的長壽，既不虧損，又不崩壞；如松柏的茂盛，舊葉方落，新葉便繼生上來了。

【集傳】賦也。恒，弦。升，出也。月上弦而就盈。日始出而就明。騫，虧也。承，繼也。言舊葉將落，而新葉已生，相繼而長茂也。

【箋註】姚際恆曰：「山」、「阜」、「岡」、「陵」無大異。又云「如南山之壽」，皆涉複也。

牛運震曰：承前四「如」，引伸贊颺，堅凝高騫，格意絕勝。「無爾」或承總收上文，筆意摶結周密。

## 天保六章，章六句。

【箋註】牛運震曰：一篇祝頌之辭，中有規勸之旨。章法奇正相錯。

方玉潤曰：全詩以「德」字為主。豈知臣之祝君，非但君也，實為民耳。蓋君之福民，即民之福君一人受天地神祇之福，即天下臣民億萬眾同享天地神祇之福，其所係不慕重歟！故詩又曰：「群黎百姓，偏為爾德。」是必在上有多福之君，然後在下有受福之民。特民在福中，日用飲食皆君福所庇而不自知其所以然耳。前後雖極言天神降福無所不至，其實以「德徧群黎」一句為主。夫使君德未徧，天雖有福而不降，神又豈肯受其享哉！是知君福君自致耳，非民所能祝也。臣以頌君，臣不過盡其心所欲而已，故極其頌禱不為諛，反覆譬喻而非誇。

## 采薇

采薇[1]采薇，薇亦作[2]止。
曰歸曰歸，歲亦莫[3]止。
靡[4]室靡家，玁狁[5]之故。
不遑啓居[6]，玁狁之故。

採薇菜啊，採薇菜，薇菜已經生長出來了。
嘴裡說著想回家啊、想回家，已到了歲暮時分。
但我如今之所以沒有房子可住、沒有家可以歸返，全都是北狄入侵的緣故。
連安身之處都沒有，都是因爲北狄入侵的緣故啊！

**【註釋】**興也。作，叶則故反。莫，音「暮」。玁，音「險」。狁，音「允」。家，叶古乎反。1薇，是菜名。野蔬。2作，是出產的地方。3莫，是晚了。4靡，是無有。5玁狁，是北狄。6啟居，是在家起居。

**【章旨】**這章詩是戍役歸來，追述往事的。他說我出戍的時候，正當採薇。現在採薇的地方，已經到了；說要回去，已經歲暮了。我的無室無家，是為玁狁的緣故。不能在家安居，也是玁狁的緣故。

**【集傳】**興也。薇，菜名。作，生出地也。莫，晚。靡，無也。玁狁，北狄也。遑，暇。啟，跪也。○此遣戍戍役之詩。以其出戍之時，采薇以食，而念歸期之遠也。故為其自言，而以采薇起興曰：

「采薇采薇，則薇亦作止矣；曰歸曰歸，則歲亦莫止矣。」然凡此所以使我捨其室家，而不暇啟居者，非上之人故為是以苦我也。直以玁狁侵陵之故，有所不得已而然耳。蓋敘其勤苦悲傷之情，而又風以義也。程子曰：「毒民不由其上，則人懷敵愾之心矣。」又曰：「古者戍役，兩朞而還。今年春莫行，明年夏代者至。復留備秋至。過十一月而歸。又明年中春至。春莫遣次戍者。每秋與冬初，兩番戍者皆在疆圉。如今之防秋也。」

【箋註】牛運震曰：重提玁狁之故，嚴重國事，邊備傯急如見。

方玉潤曰：首章重言事故，以見義不容辭，非上所苦。

**采薇采薇，薇亦柔1止。曰歸曰歸，心亦憂止。憂心烈烈2，載3飢載渴。我戍未定，靡使歸聘4。**

採薇菜啊，採薇菜，新生的薇菜是如此的柔嫩。嘴裡說著想回家啊、想回家，心中充滿了煩憂。我的心憂愁煩悶，充滿如飢似渴的痛苦。都是因爲戍守的期限改來改去，又不能回家探問平安。

【註釋】興也。渴，叶巨烈反。1柔，是柔軟。2烈烈，是憂心的狀貌。3載當「則」字解。4聘是慰問。

【章旨】這章詩是說所採的薇，很是柔嫩；要歸的心，很是憂愁。我的憂心烈烈，好像飢渴一般，因為戍役不定，又不能使人回家慰問。

【集傳】興也。柔，始生而弱也。烈烈，憂貌。載，則也。定，止。聘，問也。○言戍人念歸期之遠，而憂勞之甚。然戍事未已，則無人可使歸而問其室家之安否也。

【箋註】輔廣曰：凡人在道路時，飢渴固有所不免。故卒章言其歸路之情，亦曰載渴載飢。戍者勤苦之情，大概最切者有四：一滿院有舍其室家之悲，二則有不遑啟居之勞，三則有載飢載渴之苦，四則有不得其家音信之憂。故此詩於首兩章，備道此四事。

牛運震曰：「我戍未定」，悲而不怨，極含蓄。

采薇采薇，薇亦剛1止。
曰歸曰歸，歲亦陽2止。
王事靡盬，不遑啟處。
憂心孔疚3，我行不來4。

採薇菜啊，採薇菜，成熟的薇菜逐漸整硬了。
嘴裡說著想回家啊、想回家，時序已經到了十月。
君主交代下的命令未完成，連休息的時間都沒有。
心中憂煩，好像生病一樣的難過，看來我是無法回家了。

【註釋】興也。疚，叶訖力反。來，叶六直反。1剛，是剛硬。2陽是十月。3疚，是病。4不來，是不回。

【章旨】這章詩是說我採的薇，很是剛硬。說要回去，已到十月了。但是王事尚未固定，不能回家安逸，故此憂心，好像害病似的。我決計不回去了。

【集傳】興也。剛，既成而剛也。陽，十月也。時純陰，用事嫌於無陽，故名之曰「陽月」也。孔，甚。疚，病也。來，歸也。此見士之竭力致死，無還心也。

【箋註】牛運震曰：微言剛柔，有意味。「我行不來」四字悲壯，硬口厲響。〈易水歌〉乖老別，語脈似此。

彼爾1維何？維常2之華。
彼路3斯何？君子4之車。

那簇簇綻放的是什麼花呀？是盛開的常棣花。
那又是什麼人的兵車呀？是將帥的座車。

戎車既駕，四牡業業5。
豈敢定居，一月三捷6。

兵車駛動，拉車的是四匹雄壯的公馬。
我們怎麼敢暫時停留，目標是一個月內要打三次勝仗！

【註釋】興也。華，叶芳無反。車，叶尺奢反。1爾，是華盛貌。2常，是常棣。3路，是戎車。4君子，指將帥。5業業，是壯盛。6捷，是得勝。

【章旨】這章詩是說那榮盛的花是什麼呢？就是常棣的花啊。那是何人的戎車呢？就是將帥的啊。戎車駕起來，四匹馬很是壯盛。我們怎敢定居？差不多一月要打三次勝仗呢。

【集傳】興也。爾，華盛貌。常，常棣也。路，戎車也。君子，謂將帥也。業業，壯也。捷，勝也。彼爾然而盛者，常棣之華也。彼路車者，君子之車也。戎車既駕，而四牡盛矣，則何敢以定居乎。庶乎一月之間，三戰而三捷爾。

【箋註】姚際恆曰：「一月三捷」，亦言實事，非逆料之辭也。

駕彼四牡，四牡騤騤1。
君子所依2，小人3所腓4。
四牡翼翼5，象弭6魚服7。
豈不日戒8，玁狁孔棘9。

驅趕著那四匹公馬，牠們個個都長得雄壯。
將領們成坐在兵車上，後面跟隨著士卒。
拉車的四匹馬壯碩雄健，士卒們配備著象骨的弓鞘，
背著魚皮的箭袋。
怎能夠不日日戒備著，北狄侵擾，隨時都可能攻打過來。

【註釋】賦也。騤，求龜反。腓，音「肥」。弭，音「米」。服，叶蒲北反。戒，叶訖力反。1騤騤，是

強壯。2依，是乘駕。3小人，是指士卒。4腓，是隨行。5翼翼，是行伍整齊。6象弭，是象骨的弓鞘。7魚，是海獸，似豬，背皮有斑紋，可為弓囊矢袋。8戒是警戒。9棘是警急。

**【章旨】**這章詩是說駕了四牡的戎車，四牡很是強壯。將帥乘了在前，士卒跟隨在後，車馬整齊，軍紀嚴肅，並有象骨的弓鞘，魚皮的箭筒。怎不日夜戒備呢，玁狁的禍患是很急啦。

**【集傳】**賦也。騤騤，強也。依，猶乘也。腓，猶芘也。程子曰：「腓，隨動也。」如足之腓，足動則隨而動也。翼翼，行列整治之狀。象弭，以象骨飾弓消也。魚，獸名。似豬。東海有之。其皮背上斑紋，腹下純青，可為弓鞬矢服也。戒，警。棘，急也。○言戎車者，將帥之所依乘，戍役之所芘倚。且其行列整治，而器械精好如此。豈不日相警戒乎。玁狁之難甚急。誠不可以忘備也。

**【箋註】**姚際恆曰：「駕君子所依，小人所腓」，此車戰之法。

鄒泉曰：「駕彼」二句，言駕車之馬，甚強也；「君子」二句，言所乘之車，利用也；「四牡」句，言行列整治也；「象弭」句，言器械精好也。「豈不日戒」，總承車馬車伍器械如此。豈可恃此而不日相警戒乎？玁狁孔棘，即警戒之辭。

牛運震曰：車制兵律，儼然如畫。「玁狁孔棘」，迴應篇首有力。

**昔我往矣，楊柳依依1；**
**今我來思，雨雪霏霏2。**
**行道遲遲，載渴載飢。**
**我心傷悲，莫知我哀。**

---

回憶我出征的的時候，還是春天楊柳茂盛的季節；
現在當我返鄉的時候，已經是雨雪交加寒冷的冬季了。
歸家的道路是如此的遙遠，我又冷又餓。
我的心中有多麼的傷悲，沒有人知道啊。

【註釋】賦也。雨，去聲。霏，芳非反。哀，叶于希反。1 依依是茂盛。2 霏霏是雪盛的狀貌。

【章旨】這章詩是說往日我出戍的時候，楊柳正當茂盛。於今回來，下這樣的大雪，長遠的道路，令我受飢受渴。心中的悲傷，沒有不哀的道理。

【集傳】賦也。楊柳，蒲柳也。霏霏，雪甚貌。遲遲，長遠也。○此章又設為役人，預自道其歸時之事，以見其勤勞之甚也。程子曰：「此皆極道其勞苦憂傷之情也。上能察其情，則雖勞而不怨，雖憂而能勵矣。」范氏曰：「予於采薇，見先王以人道使人。後世則牛羊而已矣。」

【箋註】王夫之曰：「昔我往矣，楊柳依依；今我來思，雨雪霏霏。」以樂景寫哀，以哀景寫樂，一倍增其哀樂。

牛運震曰：感慨往復，閒婉生動。「依依」字寫楊柳有情。「莫知我哀」含淒欲絕，激勵將士，正在此句。

方玉潤曰：末乃言歸途景物，並回憶來時風光，不禁黯然神傷。絕世文情，千古常新。

程俊英曰：末章以柳代春，以雪代冬，借景表情，感時傷事，富於形象性和感染力，是千古傳誦的名句。

## 采薇六章，章八句。

【箋註】姚際恆曰：此戍役還歸之詩。《小序》謂「遣戍役」，非。詩明言「曰歸曰歸，歲亦莫止」、「今我來思，雨雪霏霏」等語，皆既歸之辭，豈方遣即已逆料其歸時乎！

牛運震曰：悲壯淒婉，全以正大之筆出之。結構用意處，更極渾成。後世〈出塞曲〉傷於慘而盡矣。

方玉潤曰：此詩之佳，全在末章，真情實景，感時傷事，別有深意，不可言喻，故曰「莫知我哀」。不然，凱旋生還，樂矣，何哀之有耶？其前五章不過追述出戍之故與在戍之形而已。蓋壯士從征，不願生還，豈念室家？曰「我戍未定，靡使歸聘」者，雖有書不暇寄也。又曰「憂心孔疚，我行不來」者，雖生離猶死別也。至於在戍，非戰不可，敢定居乎？一月三戰必三捷耳！若其防守，尤加警戒，玁狁之難，非可忽也。今何幸而生還矣，且望鄉關未遠矣，於是乃從容回憶往時之風光，楊柳方盛；此日之景象，雨雪霏霏，一轉瞬而時序頓殊，故不覺觸景愴懷耳。

## 出車

我出我車，于彼牧[1]矣。
自[2]天子[3]所[4]，謂我來矣。
召彼僕夫[5]，謂之載矣。
王事多難，維其棘[6]矣。

我駕著兵車，前往荒野牧地。
奉著周天子之命，命我來此。
我召喚那駕車的車夫，要求他快一些準備，
國家正值多難之秋，情勢緊急，必須盡快。

**【註釋】**賦也。牧，叶莫狄反。來，叶六直反。載，叶節力反。1牧，是郊外。2自，是隨從。3天子是周王。4所，是所命的。5僕夫是御夫。6棘當「急」解。

**【章旨】**這章詩是征夫回來，說當初從征的時候，出車郊外，奉了天子的命令，使我來的。我所以叫那御夫，把這個車兒備好，並且把王事多難的話告戒他，叫他趕快些，不要遲緩。

**【集傳】**賦也。牧，郊外也。自，從也。天子，周王也。僕夫，御夫也。○此勞還率之詩。追言其始受命出征之時，出車於郊外，而語其人曰：「我受命於天子之所而來。」於是乎召僕夫，使之載其車以行，而戒之曰：「王事多難，是行也不可以緩矣。」

【箋註】牛運震曰：直從大將受命出征敘起，紆徐安雅。

方玉潤曰：將出征，先寫車旂僕從之盛，是一篇點兵行。

**我出我車，于彼郊1矣。**
**設此旐2矣，建彼旄3矣。**
**彼旟4旐斯，胡不旆旆5。**
**憂心悄悄6，僕夫況瘁7。**

我駕著兵車，前往荒野郊地。打起有龜蛇圖樣的旗幟，將犛牛尾插在旗桿上，又立起了鳥隼圖紋的旗幟，旗幟飄揚。身為將領，我內心擔憂，而追隨我的士兵們，也因辛勞而顯得憔悴。

【註釋】賦也。郊，音「高」。旐，音「兆」。旄，音「毛」。旟，音「餘」。旆，叶蒲寐反。瘁，音「悴」。1郊，長在牧內。2旐，是龜蛇的旗幟。3旄，是建旄在旗竿頂上。4旟是鳥隼的旗幟。5旆旆，是飛揚。6憂心悄悄，是將帥憂擔責任。7況瘁，是僕夫恐懼，以致憔悴。

【章旨】這章詩是說前軍已抵郊外，後軍方在牧內。車上設了龜蛇的旗，又建了鳥隼的旗，插了旄在旗竿頂上。因為師行的方法，各隨旗幟，在左右前後，都有一定的秩序，所以有建此旄矣的話。他說那些旗幟，何嘗不是飛揚得很？但是將帥的責任重大，不能不格外悄悄的憂心。便是那些僕夫，也因恐懼以致憔悴了。

【集傳】賦也。郊在牧內。蓋前軍已至牧，而後軍猶在郊也。設，陳也。龜蛇曰旐。建，立也。旄，注旄於旗干之首也。鳥隼曰旟。鳥隼龜蛇，曲禮所謂前朱雀而後玄武也。楊氏曰：「師行之法，四方之星，各隨其方，以為左右前後。進退有度，各司其局，則士無失伍離次矣。」旆旆，飛揚之貌。悄悄，憂貌。況，茲也。或云當作怳。○言出車在郊，建設旗幟。彼旗幟者，豈不旆旆而飛揚乎？但將帥方以任大責重為憂，而僕夫亦為之恐懼，而憔悴耳。東萊呂氏曰：「古者出師，以喪禮處之。命下之日，士皆泣涕。夫子之言行三軍，亦曰臨事而懼。皆此意也。」

**【箋註】**糜文開、裴普賢曰：「憂心悄悄，僕夫況瘁」更見出征時上下一心，敬謹慎重，敬瘁國事的精神。

**王命南仲[1]，往城[2]于方[3]。**
**出車彭彭[4]，旂旐央央[5]。**
**天子命我，城彼朔方。**
**赫赫[6]南仲，玁狁于襄[7]。**

天子命令南仲，前往朔方築城。
出動了眾多的兵車，打出各色鮮明的旗幟。
天子命令我們，去朔方築城。
赫赫威名的南仲，要將北狄徹底驅出國境！

**【註釋】**賦也。彭，叶蒲郎反。1南仲，是將帥的名字。2城，是築城。3方，是朔方。4彭彭，是眾多。5央央，是鮮明。6赫赫，是威名光顯。7襄是除去。

**【章旨】**這章詩是說周王命了南仲，到朔方築城。出車眾多，旗旐鮮明。現在天子命我在朔方造的城，已經成功了。南仲赫赫的威名，已是顯著。玁狁的禍患，可以免除了。

**【集傳】**賦也。王，周王也。南仲，此時大將也。方，朔方，今靈夏等州之地。彭彭，眾盛貌。交龍為旂。此所謂左青龍也。央央，鮮明也。赫赫，威名光顯也。襄，除也。或曰：上也。與懷山襄陵之襄同。言勝之也。○東萊呂氏曰：「大將傳天子之命，以令軍眾。於是車馬眾盛，旂旐鮮明，威靈氣焰，赫然動人矣。兵事以哀敬為本，而所尚則威。二章之戒懼，三章之奮揚，並行而不相悖也。」程子曰：「城朔方，而玁狁之難除，御戎狄之道，守備為本，不以攻戰為先也。」

【箋註】牛運震曰：兩提「天子」，鄭重得體。城朔方為安邊要策，特筆點明。聲勢雄厲，沉而不浮。方玉潤曰：王命仲言，仲傳王命。兩命互寫，鄭重之至。赫奕之至。是全詩警策處。「赫赫南仲，玁狁于襄」寫大將威靈，所向克捷。以上了一事，此下又生一事，以事之曲折，為文之波瀾。

**昔我往矣，黍稷方華。**
**今我來思，雨雪載塗1。**
**王事多難，不遑啓居。**
**豈不懷歸，畏此簡書2。**

回憶我出征的時候，黍稷正要開花。
待我今日歸來時，颳風下雪道路泥濘。
國家正值多難之秋，沒有時間稍微休息。
我何嘗不想回家，怕得是天子的策令啊。

【註釋】賦也。1塗，是化了凍的泥塗。2簡書，是戒命。古時無紙，用竹簡書字，像現在的文書。

【章旨】這章詩是說往日我去征役的時候，黍稷方才開花。於今回來，下了雪，道路都成了泥塗。這都是王事多難，以致無暇在家安處的。我何嘗不想回來？恐怕天子的策命啊。

【集傳】賦也。華，盛也。塗，凍釋而泥塗也。簡書，戒命也。鄰國有急，則以簡書相戒命也。或曰：「簡書，策命臨遣之辭也。」○此言其既歸在塗，而本其往時所見，與今還時所遭，以見其出之久也。東萊呂氏曰：「〈采薇〉之所謂往，遣戍時也；此詩之所謂往，在道時也。〈采薇〉之所謂來，戍畢時也；此詩之所謂來，歸而在道時也。」

【箋註】牛運震曰：此段感慨容與中間過度文字。「王事多難」暗伏西戎。

方玉潤曰：以上了一事，以下又生一事。以事之曲折為文之波瀾。

喓喓1草蟲，趯趯2阜螽3。
未見君子，憂心忡忡4；
既見君子，我心則降5。
赫赫南仲，薄伐西戎。

草蟲發出「喓喓」的鳴聲，小蝗蟲到處蹦跳。沒能見到丈夫歸家，我心中焦急牽掛，見到丈夫回來了，我惦念的心也就放下了。威名赫赫的南仲，討伐了西戎回來了！

**【註釋】**賦也。忡，音「沖」。降，音「杭」，叶胡功反。1喓喓，是蟲的鳴聲。2趯趯，是跳動。3阜螽，是蝗屬的蟲子。4忡忡，是憂貌。5降，是放下。

**【章旨】**這章詩是征夫感著時物的變遷，料想他的家室，正在思念君子的。他說喓喓鳴的草蟲、趯趯跳的阜螽都出來了，君子出征尚未看見回來，不免使我憂心。現在看見他回來了，我心放下了。這是從赫赫威名的南仲，去伐西戎的呀。

**【集傳】**賦也。此言將帥之出征也。其室家感時物之變而念之。以為未見而憂之如此。必既見然後心可降耳。然此南仲今何在乎？方往伐西戎而未歸也。豈既卻玁狁，而還師以伐昆夷也與。薄之為言，聊也。蓋不勞餘力矣。

**【箋註】**牛運震曰：忽插入一段室家之思，婉媚有情。陡接「赫赫」二語，屹立蹶張。伐西戎為斷玁狁右臂，想見用兵機宜。

方玉潤曰：忽從其室家一面寫其未能即歸，事愈閒而文愈曲矣。玁狁是正意，西戎乃餘波故曰「薄伐」。

春日遲遲，卉[1]木萋萋[2]，倉庚[3]喈喈[4]，采蘩[5]祁祁[6]。執訊[7]獲醜[8]，薄言還歸。赫赫南仲，玁狁于夷[9]。

春天白日時間長，草木生長茂盛，
黃鸝在枝頭和諧的鳴唱著，到處都是採蘩之人。
此時傳來捉住敵人首領與嘍囉的消息，出征的大軍即將返回。
威名赫赫的南仲，終於平定了北戎的作亂。

**【註釋】**賦也。卉，音「諱」。訊，音「信」。遺，音「旋」。1卉，是草卉。2萋萋，是草的茂盛。3倉庚，是黃鸝鳥。4喈喈，是鳥鳴的和聲。5蘩是白蒿。6祁祁是眾多。7訊，是問訊魁首。8醜，是徒眾。9夷是平定。

**【章旨】**這章詩是說在那長日的春天，草木正當茂盛，黃鸝發出和聲，採蘩的婦女眾多。將帥執了西戎的魁首訊問，又俘了他的徒眾，方才回來。赫赫威名的南仲，竟把玁狁平定了。

**【集傳】**賦也。卉，草也。萋萋，盛貌。倉庚，黃鸝也。喈喈，聲之和也。訊，其魁首當訊問者也。醜，徒眾也。夷，平也。○歐陽氏曰：「述其歸時，春日暄妍，草木榮茂，而禽鳥和鳴。於此之時，執訊獲醜而歸，豈不樂哉！」鄭氏曰：「此詩亦伐西戎。獨言平玁狁者，玁狁大，故以為始以為終。」

**【箋註】**牛運震曰：太平春色如畫。此凱旋圖也，卻借卉木倉庚點染，春光滿目，筆端最閒最雅。獨以平玁狁作結，極得要領。正見伐西戎為制玁狁之要策也。

方玉潤曰：須看他處處帶定南仲，章法自能融成一片。末仍重歸玁狁，完密之至。

**出車六章，章八句。**

【箋註】牛運震曰：前三章意思肅重，後三章風致委婉。以整以暇，各有其妙。每章結得忠奮壯武，是待大將身分。三「赫赫南仲」，尤覺氣燄奪人。

方玉潤曰：此詩以伐玁狁為主腦，西戎為餘波，凱還為正意。出征為追述征夫往來所見為實景，室家思念為虛懷。頭緒既多，結體易於散漫。觀其首二章，先敘出軍車旂之盛，旗旐飛揚，僕夫況瘁，已將大將征伐聲勢赫赫寫出。驚心動魄，照人耳目。次又言王之命仲，仲之承王，愈加鄭重。義正辭嚴，聲靈百倍，早使敵人喪膽，玁狁攝服。故不煩一鏃一矢，至城朔方而邊患自除。非「赫赫南仲」上承天子威靈，下同士卒勞苦，何能收攻立效之速如是哉！全詩一城玁狁，一伐西戎，一歸獻俘，皆以南仲為束筆。不唯見功歸將帥之美，而且有製局整嚴之妙。此作者匠心獨運處，故能使繁者理而散者齊也。

# 杕杜

有杕之杜，有睆1其實。
王事靡盬，繼嗣2我日。
日月陽3止，女心傷止，
征夫遑止。

獨生的赤棠樹啊，枝頭結實纍纍。
君主交辦的任務尚未完成，只能一日又一日的繼續工作。
眼看到了十月，家中的妻子心中悲傷，
出征的丈夫也該有空暇返家了吧！

【註釋】賦也。杕，音「第」。睆，音「筦」。1睆，是果實的狀貌。2嗣是繼續。3陽，是十月。

【章旨】這章詩是念征夫的。她說孤特的杜樹，已經結成了果實了，何以這個時候，王事還沒有辦得完固呢？征夫出去，一日一日的繼續，已經到了十月，預料可以歸了，他還不來，使家中的婦女，心下悲傷。征夫啊，你也可以閒暇了。

【集傳】賦也。睆，實貌。嗣，續也。陽，十月也。遑，暇也。○此勞還役之詩。故追述其未還之時，室家感於時物之變，而思之曰：「特生之杜，有睆其實，則秋冬之交矣。」而征夫以王事出，乃以日繼日，而無休息之期。至於十月，可以歸，而猶不至。故女心悲傷而曰：「征夫亦可以暇矣，曷為而不歸哉。」或曰：「興也。」下章仿此。

【箋註】牛運震曰：「繼嗣我日」，撰句奇秀。疊語促節，妙有古韻。

程俊英曰：按古代行役，規定春行秋返，秋行春返。詩中所寫的丈夫約在春天參加行役，到杕杜結實，已過秋時，尚未回來，所以說「繼嗣我日」。

有杕之杜，其葉萋萋。
王事靡盬，我心傷悲。
卉木萋止，女心悲止，
征夫歸止。

獨生的赤棠樹啊，樹上的葉子生得如此茂盛。君主交辦的任務還沒完成，心情是多麼悲傷啊！又到了草木繁茂的時候，妻子的心中滿是憂傷，出征的丈夫啊快回家吧！

【註釋】賦也。

【章旨】這章詩是說待出的杜樹，枝葉茂盛。春將暮了，王事尚未辦得完固，我心中很是傷悲。又到了草木茂盛的時候，仍舊使家中婦女心下悲傷。征夫啊，你可以回來了。

【集傳】賦也。萋萋，盛貌。春將暮之時也。歸止，可以歸也。

【箋註】鍾惺曰：詩以物紀實，妙筆，後人不能。

陳奐曰：上章謂冬，此章謂春。詩人歷道其所經，此所謂踰時也。

方玉潤曰：兩章落筆，均望征夫之歸，而各極其變。

**陟彼北山，言采其杞。**
**王事靡盬，憂我父母。**
**檀1車幝幝2，四牡痯痯3，**
**征夫不遠。**

爬上北山，去採枸杞。
君主交代的任務尚未完成，實在憂心你的父母啊。
想來檀木車子已經損傷破爛，那拉車的四馬也都疲憊不堪了，
征夫的歸期應該不遠了吧。

【註釋】賦也。母，叶滿洧反。幝，音「闡」。痯，音「管」。1檀，長堅木，可以造車。2幝幝，是敝壞的狀貌。3痯痯，是馬疲的狀貌。

【章旨】這章詩是說我到此山採杞，杞已熟了，春已暮了。何以王事尚未辦得完固，使家中父母憂心。檀車壞了，四馬破了，征夫的歸期該不遠了。

【集傳】賦也。檀，木堅，宜為車。幝幝，敝貌。痯痯，罷貌。○登山采杞，則春已暮，而杞可食矣。蓋托以望其君子。而念其以王事詒父母之憂也。然檀車之堅而敝矣，四牡之壯而罷矣，則征夫之歸，亦不遠矣。

【箋註】方玉潤曰：思而不歸，則代憂其父母，且慮及車馬疲敝。深情無限。

匪載匪來[1]，憂心孔疚[2]。
期逝不至，而多為恤[3]。
卜筮[4]偕止，會[5]言近止，
征夫邇止。

不見丈夫乘車歸來，我心中憂愁得幾乎要病了。
到了時間還不回來，更令人焦慮。
龜卜和筮卜都問遍了，都說你歸來之期在即，
出征的丈夫，就要回家了。

**【註釋】**賦也。來，叶六直反。疚，叶訖力反。至，叶朱力反。偕，叶舉里反。近，叶渠紀反。1載是裝載。2疚是病。3恤，是憫恤。4筮，是占卜。5會，是會合。

**【章旨】**這章詩是說征夫沒有回來，已經使我憂心成病了，何況逾期不歸，豈不使我更加憫恤嗎？所以我用了龜卜，又用筮卜，料想會合的日期快近了，征夫快到了。

**【集傳】**賦也。載，裝。疚，病。逝，往。恤，憂。偕，俱。會，合也。○言征夫不裝載而來歸。固已使我念之而甚病矣。況歸期已過，而猶不至，則使我多為憂恤。宜如何哉。故且卜且筮。相襲俱作，合言於繇，而皆曰近矣，則征夫其亦邇而將至矣。范氏曰：「以卜筮終之，言思之切，而無所不為也。」

**【箋註】**方玉潤曰：再期不至，卜筮兼詢，情切可知。四章落筆均望征夫之歸，而各極其變。

## 杕杜四章，章七句。

## 鹿鳴之什十篇，一篇無辭，凡四十六章，二百九十七句。

**【集傳】**鄭氏曰：「遺將帥及戍役，同歌同時，欲其同心也。反而勞之，異歌異日，殊尊卑也。記曰：賜

君子小人不同。此其義也。」王氏曰：「出而用兵，則均服同食，一眾心也；入而振旅，則殊尊卑，辨貴賤，定眾志也。」范氏曰：「出車勞率，故美其功，杕杜勞眾，故極其情。先王以己之心為人之心，故能曲盡其情，使民忘其死以忠於上也。」

**【箋註】**

姚際恆曰：此室家思其夫歸之詩。小序謂「勞還役」，亦非。勞之而代其妻思夫，豈不甚迂乎！

方玉潤曰：此詩本室家思其夫歸而未即歸之辭，故始則曰「征夫遑止」，言可以暇矣，曷為而不歸哉？繼則曰「征夫歸止」，言計其歸期實可歸也。既又曰「征夫不遠」，言雖未歸，其亦不遠矣。終則曰「征夫邇止」，言歸程甚邇，豈尚誑耶？始終望歸而未遽歸，故作此猜疑無定之辭耳。然期望雖殷，而終以王事為重，不敢以私情廢公義也。此詩人識見之大，詎得以尋常兒女情視之耶？

屈萬里曰：此征人思歸之詩；乃假借家人思念征夫的語氣，以抒其懷歸之情也。

# 白華之什

〈南陔〉是笙詩，本有詞句，秦始皇焚書，詩便亡失了。鄉飲酒禮，先鼓瑟歌〈鹿鳴〉、〈四牡〉、〈皇皇者華〉，然後奏笙入堂下，磬向南北兩面分立。歌〈南陔〉、〈白華〉、〈華黍〉。燕禮，也是先鼓瑟，歌〈鹿鳴〉、〈四牡〉、〈皇皇者華〉，然後笙入立於縣中，奏〈南陔〉、〈白華〉、〈華黍〉。

# 白華

【集傳】笙詩也，說見上下篇。

【章旨】是笙詩。意思已經詳說〈南陔〉的篇中。

# 華黍

【章旨】是笙詩。意思已經詳說〈南陔〉的篇中。

【集傳】亦笙詩也。鄉飲酒禮鼓瑟而歌〈鹿鳴〉、〈四牡〉、〈皇皇者華〉，然後笙入堂下，磬南北面立，樂〈南陔〉、〈白華〉、〈華黍〉。燕禮亦鼓瑟而歌〈鹿鳴〉、〈四牡〉、〈皇華〉，然後笙入立於縣中，奏〈南陔〉、〈白華〉、〈華黍〉。〈南陔〉以下，今無以考其名篇之義，然曰笙、曰樂、曰奏，而不言歌，則有聲而無辭明矣。所以知其篇第在此者，意古經篇題之下，必有譜焉，如投壺、魯鼓、薛鼓之節而亡之耳。

# 魚麗

魚麗(ㄩˊ ㄌㄧˊ)1于罶(ㄩˊ ㄌㄧㄡˇ)2，鱨(ㄔㄤˊ)3鯊(ㄕㄚ)4。

君子(ㄐㄩㄣ ㄗˇ)5有酒(ㄧㄡˇ ㄐㄧㄡˇ)，旨(ㄓˇ)6且(ㄑㄧㄝˇ)多(ㄉㄨㄛ)。

魚兒鑽入魚簍中啊，有鱨魚和鯊魚！

主人款待的酒啊，味道醇厚且量多。

【註釋】興也。麗，音「離」。罶，音「柳」。鱨，音「嘗」。鯊，音「沙」，叶蘇何反。1麗，是經歷。2罶，是取魚的竹笱，又名曲梁。3鱨，是黃頰魚。4鯊，是吹沙魚。5君子，指主人。6旨，是甘美。

【章旨】這章詩是燕嘉賓的。他說罶中得著了鱨鯊，可見此時的魚美物多，但是主人燕饗嘉賓，也是酒美物多。

【集傳】興也。麗，歷也。罶，以曲薄為笱，而承梁之空者也。鱨，揚也。今黃頰魚是也。似燕頭，魚身形厚而長大，頰骨正黃，魚之大而有力解飛者。鯊，鮀也。魚狹而小。常張口吹沙。故又名吹沙。君子，指主人。旨且多，旨而又多也。○此燕饗通用之樂歌。即燕饗所薦之羞，而極道其美且多。見主人禮意之勤以優賓也。或曰：「賦也。」下二章放此。

【箋註】何英曰：古人燕饗，物致盛備。蓋無非以寓其誠敬，而賓亦樂其優勤之意也。糜文開、裴普賢曰：食之所以僅言魚，北方佳餚以魚為代表也。

**魚麗于罶，魴鱧1。**
**君子有酒，多且旨。**

魚兒鑽入魚簍中啦，有魴魚和鱧魚！
主人款待的酒啊，量多又味美。

【註釋】興也。鱧，音「禮」。1鱧，是鮦魚，又名鮀魚。

【集傳】興也。鱧，鮦也。又曰：「鯇也。」

**魚麗于罶，鰋鯉。**
**君子有酒，旨且有。**

魚兒鑽入魚簍中啦，有鰋魚和鯉魚！
主人款待的酒啊，味美且豐富。

**【註釋】**興也。鰋，音「偃」。有，羽己反。

**【章旨】**這兩章詩和上章一樣的解法。

**【集傳】**興也。鰋，占也。有，猶多也。

**物其多矣，維其嘉矣。**——酒菜是多麼豐盛啊，而且樣樣精美！

**【註釋】**賦也。嘉，叶居何反。

**【章旨】**這章詩是說物品既多，並且佳美。

**【箋註】**季本曰：物謂水陸之羞，嘉即旨也。
姚際恆曰：描一層，此畫家渲染法。

**物其旨矣，維其偕矣。**——酒菜是多麼可口啊，而且山產水產色色齊備！

**【註釋】**賦也。偕，叶居里反。

**【章旨】**這章詩是說物品既美，並且整齊。

**【箋註】**呂祖謙曰：物雖嘉旨，然陸產或不如水產之盛；澤物不如山物之蕃，猶未可以言偕也。

**物其有矣，維其時矣。**——酒菜是多麼齊全啊，而且都是當季的美味。

【註釋】賦也。時，叶上紙反。

【章旨】道章詩是說物品既有，並且合時。

【集傳】賦也。蘇氏曰：「多則患其不嘉，旨則患其不齊，有則患其不時。今多而能嘉，旨而能齊，有而能時，言曲全也。」

【箋註】蘇轍曰：多則患其不嘉，旨則患其不齊，有則患其不時。今多而能嘉，旨而能齊，有而能時，言曲全也。

呂祖謙曰：物雖盛多而偕有，必適當其時，然後盡善。所謂時者，不專為用之之時也。苟非國家閒暇，內外無故，則物雖盛，不能全其樂矣。

方玉潤曰：重重再描一層，是畫家渲染法。

## 魚麗六章，三章章四句，三章章二句。

【集傳】按《儀禮》，鄉飲酒及燕禮，前樂既畢，皆閒歌〈魚麗〉，笙〈由庚〉；歌〈南有嘉魚〉，笙〈崇丘〉；歌〈南山有臺〉，笙〈由儀〉。閒代也，言一歌一吹也。然則此六者，蓋一時之詩。而皆為燕饗賓客上下通用之樂。毛公分〈魚麗〉以足前什，而說者不察，遂分〈魚麗〉以上為文武詩，〈嘉魚〉以下為成王詩。其失甚矣。

【箋註】姚際恆曰：此王者燕饗臣工之樂歌。大序謂「文、武始于憂勤，終于逸樂」，贅說失理，前人已辨之。

牛運震曰：不必侈陳太平之盛，只就物產點逗自見，自是高手。連紆疊複，若不可了，別是一格。

# 南有嘉魚

南[1]有嘉魚[2]，烝[3]然罩[4]罩。
君子有酒，嘉賓式燕以樂。

江漢的南方有好魚，成群在水裡游著。
主人準備了好酒招待，賓客們共同歡暢的飲宴。

【註釋】興也。罩，音「笊」。樂，叶五教反。1南，是江漢的南方。2嘉魚，是鯉質鱒鱗的魚，肌肉極美。3烝，是發語詞，或作眾盛。4罩是罩魚。

【章旨】這章詩是娛賓客的。他說江漢的南方有嘉魚，捕魚的人，都用魚罩來罩魚。主人宴饗嘉賓，盡把美酒來取樂。

【集傳】興也。南，謂江漢之閒。嘉魚，鯉質鱒鯽肌肉甚美，出於沔南之丙穴。烝然，發語聲也。罩，篧也。編細竹以罩魚者也。重言罩罩，非一之辭也。○此又燕饗通用之樂。故其辭曰：「南有嘉魚，則必烝然而罩罩之矣；君子有酒，則必與嘉賓共之，而式燕以樂矣。」此亦因所薦之物，而道達主人樂賓之意也。

南有嘉魚，烝然汕[1]汕。
君子有酒，嘉賓式燕以衎[2]。

江漢的南方有好魚，成群在水裡游著。
主人準備了好酒招待，賓客們共同歡樂的飲宴。

【註釋】興也。汕，音「訕」。衎，音「看」。1汕是魚樔。2衎是歡樂。

【章旨】這章詩和上章一樣的解法。

【集傳】興也。汕，樔也。以薄汕魚也。衎，樂也。

**南有樛木1，甘瓠2纍3之。君子有酒，嘉賓式燕綏4之。**

江漢的南方生長著樛木，美味的瓜果葫蘆都纏繞著樹枝生長。主人準備了好酒招待，賓客們安適的飲宴。

【註釋】興也。1樛木，是下垂的條木。2甘瓠是籐屬的蔬菜。3纍，是纏得堅固。4綏是安綏。

【章旨】這章詩是說南方有下垂的條木，甘瓠纏著它牢固得很。主人的美酒，宴饗嘉賓，亦是安綏得很。

【集傳】興也。○東萊呂氏曰：「瓠有甘有苦，甘瓠則可食者也。樛木下垂而美實纍之，固結而不可解也。」愚謂，此興之取義者，似比而實興也。

【箋註】蘇轍曰：瓜蔓於地，然其遇樛木也，未嘗不纍之而生。物之相從。物之性也。豈有賢者而不願從人者哉！獨患不之求耳！

**翩翩1者鵻2，烝3然來思4。君子有酒，嘉賓式燕又思。**

鳲鳩鳥啊飛舞著，衆多群集而來。主人準備了好酒招待，賓客們多喝一杯吧。

【註釋】興也。鵻，之誰反。來，叶六直反。又，叶夷昔反。1翩翩，是飛貌。2鵻，是鳲鳩。3烝，是衆多。4思是語助詞。

【章旨】這章詩是說翩翩飛的鳲鳩，一齊來了。君子的美酒，又來燕嘉賓了。

【集傳】興也。此興之全不取義者也。思，語辭也。又既燕而又燕，以見其至誠有加而無已也。或曰：「又思，言其又思念而不忘也。」

**南有嘉魚四章，章四句。**

【集傳】說見〈魚麗〉。

【箋註】牛運震曰：次第甚明，亦見款至。

方玉潤曰：此與〈魚麗〉意略同，但彼專言餚酒之美，此兼敘賓主綢繆之情。

## 南山有臺

**南山有臺1，北山有萊2。**
**樂只君子3，邦家之基；**
**樂只君子，萬壽無期。**

南山上生長著莎草，北山上生長著萊草。
快樂的君子，您是國家的基石；
快樂的君子啊，祝您長壽萬年無窮無盡。

【註釋】興也。臺，叶田飴反。萊，叶陵之反。1臺，是莎草，可作雨衣。2萊，是草名，葉香可食。3君子，是指賓客的。

【章旨】這章詩是祝頌嘉賓的。他說南山有臺草，北山有萊草，這是山上常有的草類，也是山上根本的草類。祝你們嘉賓，做邦家的根本；祝你們嘉賓，萬壽無期，好作邦家的根基。

【集傳】興也。臺，夫須。即莎草也。萊，草名。葉香可食者也。君子指賓客也。○此亦燕饗通用之樂。故其辭曰：「南山則有臺矣，北山則有萊矣。樂只君子，則邦家之基矣；樂只君子，則萬壽無期矣。」所以道達主人尊賓之意，美其德而祝其壽也。

**南山有桑，北山有楊。**
**樂只君子，邦家之光；**
**樂只君子，萬壽無疆。**

南山上長著桑樹，北山上長著白楊。
快樂的君子，您是國家的榮光；
快樂的君子啊，祝您長壽萬年無止盡。

【註釋】興也。

【章旨】這章詩是說山中的桑和楊，替山色增光不少。但是嘉賓君子，也是為邦家增光。祝你們嘉賓，萬壽無疆，永遠的代邦家增光。

**南山有杞，北山有李。**
**樂只君子，民之父母；**
**樂只君子，德音不已。**

南山上生著杞樹，北山上生著李草。
快樂的君子，是百姓的父母；
快樂的君子啊，美好的聲譽長久傳頌無極。

【註釋】興也。母，叶彼滿反。

【章旨】這章詩是說南山的杞樹高大，北山的李樹榮茂，都是人所仰望的。君子嘉賓，也是人民仰望的父母。祝你們嘉賓，德音不已，永遠為人民所仰望。

【集傳】興也。杞，樹，如樗。一名狗骨。

南山有栲，北山有杻[1]。
樂只君子，遐[2]不眉壽[3]？
樂只君子，德音是茂。

南山上生長著栲樹，北山上生長著杻樹。
快樂的君子，怎麼會不享長壽呢？
快樂的君子啊，您美好的聲譽傳遍天下。

【註釋】興也。栲，音「考」，叶音「口」。壽，直酉反。杻，音「紐」。1栲是山樗。杻，是檍樹。都是長壽的樹木。2遐當「遠」字講。3眉壽，是高壽。年高的人眉毛必長。

【章旨】這章詩是說山中的栲和杻，都是長壽的。君子嘉賓，已去高壽不遠。祝你們嘉賓，德音榮茂。

【集傳】興也。栲，山樗。杻，檍也。遐，何通。眉壽，秀眉也。

南山有枸[1]，北山有楰[2]。
樂只君子，遐不黃[3]耇[4]？
樂只君子，保[5]艾[6]爾後[7]。

南山上生長著枸樹，北山上生長著楰樹。
快樂的君子，怎麼會不享高壽呢？
快樂的君子啊，您的後代永保安康。

【註釋】興也。枸，音「矩」。楰，音「臾」。耇，音「苟」，叶果五反。艾，五蓋反。1枸，是枳枸，多枝而彎曲。2楰是鼠梓，葉黃木理似楸。3黃，是老人的黃髮。4耇是老人面上的黎色，又作背駝講。5保是安樂。6艾是保養。7後是以後的天年。

【章旨】這章詩是說山中的枸和楰，都是葉疏而彎曲，長壽的樹木。君子嘉賓，已去黃髮耇面不遠。祝你們嘉賓，定能保養天年。

【集傳】興也。枸，枳枸。樹高大，似白楊，有子，著枝端。大如指。長數寸，啖之甘美如飴。八月熟。亦名木蜜。楰，鼠梓。樹葉木理如楸。亦名苦楸。黃，老人髮復黃也。耇，老人面凍梨色，如浮垢也。保，安。艾，養也。

【箋註】牛運震曰：結到保艾爾後，思遠意厚。

## 南山有臺五章，章六句。

【集傳】說見〈魚麗〉。

【箋註】牛運震曰：「德」、「壽」二字作關目，章法整而錯。

程俊英曰：這是祝禱周王得賢人的詩。詩人採用民歌習語作為每章的發端，增強了詩的音樂性。糜文開、裴普賢曰：這篇雖然是一首燕饗通用的樂歌，但卻是站在國家的立場而作。詩中多祝福有德有位者之辭。首章有「邦家之基」、次章有「邦家之光」、三章更有「民之父母」，可見對所燕之賓客倚望之眾，稱美備至。進而祝福他萬壽無疆，以多有年月，造福人民，裨益國家。

# 由庚

【章旨】是笙詩，辭已失了。古時的儀禮、鄉飲酒和燕禮，前樂歌完了，然後間歌〈魚麗〉，以配笙詩〈由庚〉。

## 崇丘

【章旨】是笙詩，辭已失了。古時的儀禮、鄉飲酒和燕禮，前樂歌完了，然後間歌〈南有嘉魚〉，以配笙詩〈崇丘〉。

## 由儀

【章旨】是笙詩，辭已失了。古時的儀禮、鄉飲酒和燕禮，前樂歌完了，然後間歌〈南山有臺〉，以配笙詩〈由儀〉。

## 蓼蕭

蓼[1]彼蕭[2]斯，零露湑[3]兮。
既見君子[4]，我心寫[5]兮。
燕[6]笑語兮，是以有譽[7]處[8]兮。

蒿草生長得又大又好，葉片上沾著許多露水。
見到了諸侯您啊，我的心情好舒暢。
飲宴時愉快的談笑著，大家相處融洽安樂。

【註釋】興也。蓼，音「六」。湑，上聲。寫，叶想羽反。1蓼，是長大貌。2蕭是蒿草。3湑，是露多貌。4君子，指諸侯。5寫是輸寫出來了。6燕是燕飲。7譽，是安豫。8處，是安處。

【章旨】這章詩是天子燕諸侯的禮。他說長大的蒿草，露水落滿了，現在看見了諸侯，把我的誠意，盡行輸寫出來。恩待諸侯，要像蕭的受了露水一樣，彼此燕飲笑談，好叫大家心中安處。

【集傳】興也。蓼，長大貌。蕭，蒿也。湑，湑然，蕭上露貌。君子，指諸侯也。寫，輸寫也。燕，謂燕飲。譽，善聲也。處，安樂也。蘇氏曰：「譽，豫通。」凡詩之譽，皆言樂也。亦通。○諸侯朝於天子，天子與之燕，以示慈惠。故歌此詩，言蓼彼蕭斯，則零露湑然矣。既見君子，則我心輸寫，而無留恨矣。是以燕笑語而有譽處也。其曰既見，蓋於其初燕而歌之也。

【箋註】王靜芝曰：述天子接見諸侯，燕而美之。由「蓼彼蕭斯」起興，言彼長大之蒿，其上湑然沾露，茂盛潤澤之狀也。以喻諸侯承天子之澤，而滋榮也。天子既見諸侯來朝，而承天子之澤，各呈其英發之態，故天子之心為之舒暢。於是於燕樂之間，天子笑語歡娛，而諸侯各得其安樂也。

**蓼彼蕭斯，零露瀼瀼1。**
**既見君子，為龍2為光3。**
**其德不爽4，壽考5不忘。**

蒿草生長得又大又好，葉片上沾著厚重的露水。見到了諸侯您啊，因親近而倍感光榮。您的德行如此完美，毫無瑕疵，必將享有高壽且令人永不忘懷。

【註釋】興也。瀼，音「攘」。爽，叶師裝反。1瀼瀼，是露水濃厚。2龍是寵愛。3光，是光寵。4爽，是差失。5壽考，是耆老的意思。

【章旨】這章詩是說蕭上的露水濃厚，我今見了諸侯，也有一樣的光寵。因為諸侯的德行沒有差失，所以到老都不忘他。

【集傳】興也。瀼瀼，露蕃貌。龍，寵也。為龍為光，喜其德之辭也。爽，差也。其德不爽，則壽考不忘矣。褒美而祝頌之，又因以勸戒之也。

【箋註】輔廣曰：天子以得見諸侯為寵光，則諸侯之德之美可知矣。故因以戒之曰：其德不爽，壽考不忘。言使其德常如此不爽，則當享壽考而永不忘矣。

**蓼彼蕭斯，零露泥泥1。**
**既見君子，孔燕2豈3弟4。**
**宜兄宜弟5，令德壽豈6。**

蒿草生長得又大又好，葉片被露水所浸潤著。
見到了諸侯您啊，是如此的快樂，彼此和順。
我們的相處就像兄弟一般情感融洽，擁有高壽和快樂。

【註釋】興也。泥，音「你」。豈，音「愷」，叶去禮反。1泥泥，是沾濕。2燕是安樂。3豈，是和樂。4弟，是和順。5宜兄宜弟，是同姓諸侯，或異姓諸侯，都要像兄弟一般的和好。6壽豈，是壽命安樂。

【章旨】這章詩是說蒿草上的露水，都是沾濕的。我見了諸侯，恩寵都是一樣的。你們很是安樂和順要像兄弟一般，你們便有令德和壽命的安樂了，就是國祚長遠的意思。

【集傳】興也。泥泥，露濡貌。孔，甚。豈，樂。弟，易也。宜兄宜弟，猶曰宜其家人。○蓋諸侯繼世而立，多疑忌其兄弟，如晉詛無畜群公子、秦鍼懼選之類，故以宜兄宜弟美之，亦所以警戒之也。壽豈，壽而且樂也。

蓼彼蕭斯，零露濃濃[1]。
既見君子，鞗[2]革[3]沖沖[4]。
和鸞[5]雝雝[6]，萬福攸[7]同[8]。

蒿草生長得又大又好，葉片上沾著濃厚的露水。見到了諸侯您啊，看到您馬轡首上垂掛的飾物。聽見那馬鈴聲和諧的響動著，彷彿是萬福同聚一般歸於您。

**【註釋】**興也。鞗，音「條」。沖，音「蟲」。1濃濃，是濃厚。2鞗是馬轡。3革是馬轡首。4沖沖，是下垂。5和鸞，是馬鈴。在軾上的為和，在鑣上的為鸞，都是諸侯馬車上的飾物。6雝雝，是和聲。7攸，作「所」字解。8同，是同聚。

**【章旨】**這章詩說蒿草上的露水是十分濃厚的，我既見那諸侯，馬所帶的轡頭，沖沖的下垂；又見那馬所繫的鈴兒，雝雝的好聽。這真是萬福所同的呀。

**【集傳】**興也。濃濃，厚貌。鞗，轡也。革，轡首也。馬轡所把之外，有餘而垂者也。沖沖，垂貌。和鸞，皆鈴也。在軾曰和，在鑣曰鸞。皆諸侯車馬之飾也。庭燎，亦以君子目諸侯，而稱其鸞旂之美，正此類也。攸，所。同，聚也。

**【箋註】**鄒泉曰：鞗革以飾驂服，沖沖以垂，有順適之意，而忠順之度形矣；和鸞以飾車馬，雝雝以和，有協應之意，而和敬之德形矣。皆見其謹侯度處。

**蓼蕭四章，章六句。**

**【箋註】**孫鑛曰：寫一時歡樂光景，藹然可味。首章點得透快。二、三章歸之德，是詩骨。末章借車馬寫意，陡發而緩收，正是頓挫。

牛運震曰：高朗和平，頌諷合併，淵然含蓄。

方玉潤曰：此蓋天子燕諸侯而美之之辭耳。然美中寓戒，而因以勸導之。曰德，曰壽，有是德乃有是壽，固也。諸侯之易於失德，則尤在兄弟爭奪之間，與鄰國侵伐之際。故又從令德中特言「宜兄宜弟」。夫必內有以和其親，然後外有以睦其鄰，諸侯睦而萬國寧，乃真天子福也。故更曰「萬福攸同」。是豈徒為諸侯頌哉？古人立言，各有體裁，以上頌下，當以此種為得體。

## 湛露

湛湛1露斯，匪陽不晞2。

厭厭3夜飲4，不醉無歸。

濃重的露水啊，不等太陽出來是不會乾的，
暢快的夜宴，沒有喝醉是不許回去的。

**【註釋】**興也。湛上聲。晞音「希」。厭平聲。1湛湛，是盛露貌。2陽是太陽。晞是乾了。3厭厭，是安樂。4夜飲，是私燕。燕飲之禮，兩階和庭門，皆設大燭。

**【章旨】**這章詩是天子私宴諸侯的。他說露水盛多，不等太陽出來，不得乾的。這種安樂的夜飲，若是不醉，便不許回去。

**【集傳】**興也。湛湛，露盛貌。陽，日。晞，乾也。厭厭，安也，亦久也，足也。夜飲，私燕也。燕禮，宵則兩階及庭門，皆設大燭焉。○此亦天子燕諸侯之詩。言湛湛露斯，非日則不晞，以興厭厭夜飲，不醉則不歸。蓋於其夜飲之終而歌之也。

**【箋註】**歐陽脩曰：露以夜降者也，因其夜飲，故近取以為比。云湛湛之露，潤沾於物，非至曙則不乾。厭厭之飲，恩被於諸侯，非至醉則不止。

姚際恆曰：「厭厭夜飲，不醉無歸」佳語。

湛湛露斯，在彼豐草1。厭厭夜飲，在宗2載3考4。

濃重的露水啊，沾在茂盛的野草上。暢快的夜宴，必是在宗廟中舉辦。

【註釋】興也。1豐，是豐茂。2宗，是宗室。3載，當「則」字解。4考，是考成了。

【章旨】這章詩是說湛湛的露水，落在豐草的上面。安適的夜飲，必成在宗室的裡面。

【集傳】興也。豐，茂也。夜飲必於宗室。蓋路寢之屬也。考，成也。

【箋註】糜文開、裴普賢曰：首兩章寫露在夜降，故夜飲以露為比。露盛潤澤萬物，非陽光不乾；天子夜燕諸侯，情感歡洽，非至醉不散。且在宗室設宴，更見天子恩意之深重，禮儀之隆盛。

湛湛露斯，在彼杞棘。顯1允2君子3，莫不令德。

濃重的露水啊，沾濕了杞樹與棘樹。在此飲宴的都是真誠信實的君子，德行完美，毫無瑕疵。

【註釋】興也。1顯是顯明。2允，是允信。3君子是指為賓的諸侯。

【章旨】這章詩是說杞棘樹上，都有湛湛的露水。顯明的諸侯，在此燕飲，沒有一個不是明信令德的。

【集傳】興也。顯，明。允，信也。君子，指諸侯為賓者也。令，善也。令德，謂其飲多而不亂，德足以將之也。

**其桐其椅，其實[1]離離[2]。**
**豈弟君子，莫不令儀。**

桐樹和椅樹啊，它們纍纍的果實自然下垂，就像這些德行美好的君子，即使醉酒，言行也不會失禮。

**【註釋】**興也。椅，音「醫」。1實，是結的子。2離離，是下垂的狀貌。

**【章旨】**這章詩是說，桐樹和椅樹，都結了下垂的子，是很好看的。和樂的君子，沒有哪個不是令善的儀容。雖然醉了，也是好看的。

**【集傳】**興也。離離，垂也。令儀，言醉而不喪其威儀也。

**【箋註】**歐陽脩曰：桐、椅，木之美者，其實離離然。亦喻諸侯在燕有威儀耳。

**湛露四章，章四句。白華之什十篇，五篇無辭，凡二十三章，一百四句。**

**【集傳】**春秋傳寧武子曰：「諸侯朝正於王。王宴樂之，於是賦〈湛露〉。」曾氏曰：「前兩章，言厭厭夜飲，後兩章言令德令儀。雖過三爵，亦可謂不繼以浮矣。」

**【箋註】**牛運震曰：格調淡遠，意思濃厚。說到有節不亂，是燕飲詩佔身分處。和暢歸於莊雅，老甚潔甚。

方玉潤曰：然夜飲至醉，易於失儀。故必不喪其威儀而後謂之禮成。其威儀之所以醉不改乎其度者，則非有令德以將之也不可。故醉中可以觀德，尤足以知蘊蓄之有素。況天子夜宴，而曰「不醉無歸」，君恩愈寬，臣心愈謹，乃可免愆尤而昭忠敬，詎可恃寵以失儀乎？詩曰「莫不令儀」，「莫不令德」者，蓋美中寓戒耳。外雖美其德容之無不善，意實恐其德容之或有未善，則未免有負君恩而虧臣職，其所係非淺鮮也。

高亨曰：貴族舉行宮廟落成之禮，宴請賓客，賓客作此詩來阿諛主人，並表示感恩之意。

# 彤弓之什

# 彤弓

彤弓1弨2兮，受言藏之。
我有嘉賓3，中心貺4之。
鐘鼓既設，一朝饗5之。

尚未開弓過的朱紅色寶弓啊，先王曾有言命令收藏它。今日我有嘉賓來此，誠心誠意將此弓賞賜給他。準備好鐘鼓等樂器，即刻設宴招待他。

**【註釋】**賦也。弨，音「超」。貺，叶虛王反。饗，叶虛良反。1彤弓，是朱漆的弓。古時諸侯受了天子所賜的彤弓，可以專征伐。2弨，是不張的弓弦。3嘉賓，是指諸侯。4貺，是賜予。5饗是饗宴。

**【章旨】**這章詩是天子賜有功諸侯的。他說彤弓是不張弦的，先王受言，藏在王室，要等有功的諸侯，方才賞賜他。我於今有了你這個有功的嘉賓，所以我誠意贈送於你，並且設了鐘鼓宴樂，同時燕饗你的。

**【集傳】**賦也。彤弓，朱弓也。弨，弛貌。貺，與也。大飲賓曰饗。○此天子燕有功諸侯而錫以弓矢之樂歌也。東萊呂氏曰：「受言藏之，言其重也。」弓人所獻，藏之王府，以待有功，不敢輕與人也。中心貺之，言其誠也。中心實欲貺之，非由外也，一朝饗之，言其速也。以王府寶藏之弓，一朝舉以畀人，未嘗有遲留顧惜之意也。後世視府藏為己私分，至有以武庫兵賜弄臣者，則與受言藏之者異矣。賞賜非出於利誘，則迫於事勢。至有朝賜鐵券，而暮屠戮者，則與中心貺之者異矣。屯膏吝賞功臣解體，至有印刓而不忍予者，則與一朝饗之者異矣。

**【箋註】**牛運震曰：「受言藏之」，正極鄭重，不是輕賚濫賞。「貺」字說到中心，切至入微。「一朝」字寫得精神聳動。

程俊英曰：據《左傳》記載，周王曾多次將弓矢等物賜給有功諸侯，這可能是周代的一種制度。

彤弓弨兮，受言載[1]之。我有嘉賓，中心喜之。鐘鼓既設，一朝右[2]之。

尚未開弓過的朱紅色寶弓啊，先王曾有言命令收藏它。今日我有嘉賓來此，心中無比歡喜。將鐘鼓等樂器陳設好，即刻勸酒招待他。

**【註釋】**賦也。載，叶子利反。喜，去聲。右，叶于記反。1載，是載歸。2右，是勸酒。

**【章旨】**這章詩是說我今贈了你，不張弦的彤弓。吩咐你帶回去，專征伐的事情。我有這樣的嘉賓，自然心中喜歡，所以我又設了鐘鼓宴樂，同時勸你飲酒。

**【集傳】**賦也。載，抗之也。喜，樂也。右，勸也，尊也。

彤弓弨兮，受言櫜[1]之。我有嘉賓，中心好之。鐘鼓既設，一朝醻[2]之。

尚未開弓過的朱紅色寶弓啊，先王曾有言命令將它收藏在弓袋中。今日我有嘉賓來此，心中非常喜歡他。將鐘鼓等樂器準備妥當，立刻敬酒酬謝他。

**【註釋】**賦也。醻，音「酬」，叶大到反。櫜，音「高」，叶古號反。1櫜，是放在弓袋裡，要他藏好，慎重征伐的意思。2醻，是酬酒。

**【章旨】**這章詩和等二章一樣解法。

**【集傳】**賦也。櫜，韜。好，說。酬，報也。飲酒之禮，主人獻賓，賓酢主人。主人又酌自飲，而遂酌以飲賓。謂之酬。酬猶厚也。勸也。

【箋註】牛運震曰：後二章不說貺字，更深更含蓄。

## 彤弓三章，章六句。

【集傳】《春秋傳》寧武子曰：「諸侯敵於所愾，而獻其功。於是乎賜之彤弓一，彤矢百，玈弓矢千，以覺報宴。」註曰：「愾，恨怒也。覺，明也。」謂諸侯有四夷之功，王賜之弓矢，又為歌彤弓，以明報功宴樂。鄭氏曰：「凡諸侯賜弓矢，然後專征伐。」東萊呂氏曰：「所謂專征者，如四夷入邊、臣子篡弒，不容待報者，其它則九伐之法，乃大司馬所職，非諸侯所專也。與後世強臣，拜表輒行者異矣。」

【箋註】輔廣曰：守之者不重，則得之者亦輕；予之而不誠，則其感之也亦淺。畀之而不速，則其視之也亦玩而不以為恩也。然其所以重，所以誠，所以速者，非惧其得之輕，感之淺，視之玩也，盡吾之理而已。

牛運震曰：真至不必有雄武氣。

方玉潤曰：是詩之作，當是周初制禮時所定，其辭甚莊雅而意亦深厚。曰「一朝饗之」者，謂錫弓之日，非但錫弓且並饗之，同在一朝也。既重其典，又隆其燕，禮之甚盛者耳。

# 菁菁者莪

菁菁[1]者莪[2]，在彼中阿[3]。
既見君子，樂且有儀[4]。

生長茂盛的蘿蒿啊，長在那大山的山坳處。
我見到了君子你，心中快樂，態度有禮。

【註釋】興也。菁，音「精」。儀，叶五何反。1菁菁，是草的茂盛。2莪是蘿蒿，莖可生食，味甚香美。3中阿，是山阿的中間。4儀，是表率。

【章旨】這章詩是樂君子教育人材的。他說山阿的中間，他能生長茂盛的蘿蒿，和君子能育人材是一樣的。我見了君子，實在羨慕他，可為人材的表率。

【集傳】興也。菁菁，盛貌。莪，蘿蒿也。中阿，阿中也。大陵曰阿。君子，指賓客也。○此亦燕飲賓客之詩。言菁菁者莪，則在彼中阿矣。既見君子，則我心喜樂，而有禮儀矣。或曰：「以菁菁者莪，比君子容貌威儀之盛也。」下章放此。

【箋註】輔廣曰：既其君子，則我心喜樂而有禮儀。夫見賢而樂，禮或不足，則愛心雖至，而敬心不至也。樂且有儀，則愛敬之心兩盡矣。

**菁菁者莪，在彼中沚1。**
**既見君子，我心則喜。**

---

生長茂盛的蘿蒿啊，長在那水中的小洲上。
我見到了君子你，心中充滿喜悅。

【註釋】興也。1沚，是水灣的地方。

【章旨】這章詩是說菁菁的蘿蒿，長在沚中。人材出在君子的門中，我見了君子，如何不喜呢！

【集傳】興也。中沚，沚中也。喜，樂也。

【箋註】輔廣曰：我心則喜，則又獨言其樂之意也。

**菁菁者莪，在彼中陵1。**
**既見君子，錫我百朋2。**

---

生長茂盛的蘿蒿啊，長在那丘陵上。
我能見到君子你，遠勝過得到百朋數量的金錢。

【註釋】興也。1陵是丘陵。2朋，古時貨幣，五貝叫朋。

【章旨】這章詩，是說菁菁的蘿蒿，長在陵中。我看見君子，喜他能教育人材，就像賜了我百樣的貨幣一般。

【集傳】興也。中陵，陵中也。古者貨貝，五貝為朋。錫我百朋者，見之而喜，如得重貨之多也。

【箋註】鄒泉曰：常情好貨，錫百朋則喜。今我得見君子，其喜之之情有如是。此以形容得見而喜之之情，非以得重貨形容得賢也。

**汎汎1楊舟，載沉載浮。**

**既見君子，我心則休2。**

我的心如同流動的楊木舟，載浮載沉，忐忑難安。
直到見到了君子你，心中才感覺歡喜。

【註釋】興也。汎，芳劍反。1汎汎，是流動貌。2休，《經義述聞》作「休休然」為「欣欣然」。引周語，為晉休戚，註為喜悅的意思。

【章旨】這章詩是說汎汎的楊舟，不問什麼輕重的物件，都可以載了，沉浮在水中。君子長育人材，無論大小，國家都是用得著的。所以我見了君子，心中非常歡喜。

【集傳】比也。楊舟，楊木為舟也。載，則也。載沉載浮，猶言載清載濁，載馳載驅之類。以比未見君子而心不定也。休者，休休然。言安定也。

**菁菁者莪四章，章四句。**

【箋註】牛運震曰：寫得春氣盎然。較〈彤弓〉更和藹，報功禮賢之別。
高亨曰：作者深受貴族的扶持與恩惠，寫此詩來表示感激和喜悅的心情。

程俊英曰：這是寫學士樂見君子的詩。說的是關於教育人才的事。所以後來人提到教育，常用它作典故。

# 六月

**六月棲棲1，戎車2既飭3。四牡騤騤4，載是常服5。玁狁6孔熾7，我是用急。王于出征，以匡8王國。**

六月的時候，情勢急迫，整頓了兵車。拉車的四匹公馬強壯有力，車上載著戰袍，隨時都要出發。北戎在邊境侵擾，極其猖獗，我們緊急準備。要隨著君主出征，保護國家的安危。

**【註釋】**賦也。騤，音「逵」。服，叶蒲北反。飭，音「敕」。急，音「棘」。1棲棲，是遑急的意思。2戎車，是兵車。3飭，是整飭。4騤騤，是強壯貌。5常服，是戎事的常服。6玁狁，是北狄。7孔熾，是猖獗的意思。8匡，是匡正。

**【章旨】**這章詩是美宣王北伐玁狁，吉甫佐命有功，歸宴私第的。他說在那六月遑急的時候，整備了兵車，配了四匹壯馬，著了戎服，出去征伐。因為玁狁入寇，勢甚猖獗，所以我要急急的佐王出征，匡正我的王國。

**【集傳】**賦也。六月，建未之月也。棲棲，猶皇皇。不安之貌。戎車，兵車也。飭，整也。騤騤，強貌。常服，戎事之常服。以韎韋為弁，又以為衣，而素裳白舄也。玁狁，即獫狁，北狄也。孔，甚。

熾，盛。匡，正也。○成康既沒，周室寖衰。八世而厲王胡暴虐。周人逐之，出居于彘。玁狁內侵，逼近京邑。王崩，子宣王靖即位。命尹吉甫帥師伐之，有功而歸。詩人作歌，以敘其事如此。司馬法，冬、夏不興師。今乃六月而出師者，以玁狁甚熾，其事危急，故不得已，而王命於是出征，以正王國也。

【箋註】程俊英曰：六月，古代兵法慣例，夏天不出兵，但因玁狁入侵，邊事緊急，所以在六月出兵抵抗。

**比物[1]四驪，閑[2]之維則[3]。**
**維此六月，既成我服。**
**我服既成，于三十里[4]。**
**王于出征，以佐天子。**

調整駕車的四匹黑馬，使之出力均等，行動時步調一致且嫻熟。
六月的時候，我的戰袍完成了。
戰袍既然完成，日行三十里路趕往邊境。
我將隨君主出征，輔佐天子上戰場殺敵。

【註釋】賦也。比，去聲。服，蒲北反。1比物，是比齊物力，就是比較馬的力量。2閑是閑習。3則，是法則。4三十里，是一舍之地。

【章旨】這章詩是說駕車的四驪，都把牠力量配均了，練習戎事的法子。在這六月的時候，我的戎服成了，戎事齊備了，我便即日出發。一次軍行三十里，不急不慢，隨王出征，協助伐狄。

【集傳】賦也。比物，齊其力也。凡大事，祭祀朝覲會同也。毛馬而頒之。凡軍事，物馬而頒之。毛馬齊其色，物馬齊其力。吉事尚文，武事尚強也。則，法也。服，戎服也。三十里，一舍也。古者吉行日五十里，師行日三十里。○既比其物而曰四驪，則其色又齊，可以見馬之有餘矣。閑，習之而皆中法則。又可以見教之有素矣。於是此月之中，即成我服。既成我服，即日引道，不徐不疾，盡舍而止。又見其應變之速，從事之敏，而不失其常度也。王命於此，而出征，欲其有以敵王所愾而佐天子耳。

【箋註】輔廣曰：馬之有餘，教之有素，則軍實之強可知矣。六月成服，行止有度，則軍制之嚴又可知矣。以佐天子，則不止於正王畿而已。

**四牡脩廣[1]，其大有顒[2]。**
**薄伐玁狁，以奏[3]膚[4]公。**
**有嚴[5]有翼[6]，共[7]武之服[8]。**
**共武之服，以定王國。**

拉著戰車的四匹公馬體型大又長，非常健壯，出征討伐北戎，必將立下大功。領軍的將帥們態度威嚴，行事謹慎，大家一起爲戰事而努力。大家一起爲戰事而努力，以安定國家。

【註釋】賦也。顒，玉容反。共，音「恭」。服，叶蒲北反。1脩廣是長大。2顒是大的壯貌。3奏，是成就。4膚是美大。5嚴是威嚴。6翼是恭敬。7共與「供」同。8服是職事。

【章旨】這章詩是說四匹牡馬，很是長大，又甚壯健。去伐玁狁，定能成就大功。威嚴尊敬的群帥，大家來從事武事，匡定我王的國家呀。

【集傳】賦也。脩，長。廣，大也。顒，大貌。奏，薦。膚，大。公，功。嚴，威。翼，敬也。共，與供同。服，事也。言將帥皆嚴敬，以共武事也。

【箋註】方玉潤曰：前三章皆閒寫車馬旂服之盛及車行紀律之嚴，而未及戰事，是文章中展局法。

玁狁匪茹1，整居2焦穫。
侵鎬及方3，至于涇陽4。
織5文鳥章6，白旆7央央8。
元戎9十乘，以先啓10行。

北戎的軍事力量不可小覷，他們的大軍盤踞著焦穫一地。勢力逐漸侵入鎬地與方地，甚至深入到涇陽。我們掛起了有著鳥隼花紋的軍旗，底下垂著色白且鮮明的飄帶。以十輛大型戰車，作爲大軍前行的先鋒。

**【註釋】**賦也。穫，音「護」。鎬，音「浩」。茹，音「孺」。織，音「志」。央，於良反。乘，去聲。1茹，是度量。2整居，是齊來盤踞。3焦穫、鎬、方，都是地名。4涇陽，是涇水的南面，在豐鎬以北。5織同「幟」字。6鳥章，是鳥隼的旂幟。7白旆，是隨著旐旗的旗幟。8央央，是鮮明。9元戎，是大戎。10啟是開道。

**【章旨】**這章詩是說玁狁不自量力，入寇焦穫，又侵鎬方，甚至深入涇水之陽。所以我王的鳥隼旗幟，如鮮明白旆，用了十乘頂大的兵車，先行出發。

**【集傳】**賦也。茹，度。整，齊也。焦獲鎬方，皆地名。焦，未詳所在。穫，郭璞以為瓠中。則今在耀州三原縣也。鎬，劉向以為千里之鎬。則非鎬京之鎬矣。亦未詳其所在也。方，疑即朔方也。涇陽，涇水之北，在豐鎬之西北。言其深入為寇也。織，幟字同。鳥章，鳥隼之章也。白旆，繼旐者也。央央，鮮明貌。元，大也。戎，戎車也。軍之前鋒也。啟，開。行，道也。猶言發程也。〇言玁狁不自度量，深入為寇如此。是以建此旌旗，選鋒銳進，聲其罪而致討焉。直而壯，律而臧，有所不戰，戰必勝矣。

**【箋註】**朱運震曰：「侵鎬」二語寫夷情明畫。寫得旌旗動色，是文家點染法，諸戰征詩往往有此。方玉潤曰：至此乃人戰事，寫得賊焰甚熾而迫。然我軍出敵，一戰而勝，所謂以逸待勞也。

戎車既安，如輊[1]如軒[2]。
四牡既佶[3]，既佶且閑。
薄伐玁狁，至于大原。
文武吉甫，萬邦為憲[4]。

兵車的裝設完備，車前高起，車後較低。拉車的四匹公馬體型壯碩，且經過訓練，進退嫻熟。以此討伐北戎，一直追擊到了太原。領軍的吉甫是個允文允武的人才，是四方萬國的好榜樣。

【註釋】賦也。安，叶於連反。輊，音「致」。佶，音「吉」。閑，叶胡田反。大，音「泰」。憲，叶許言反。1輊，是車的覆在前面。2軒，是車的仰向後面。3佶是壯大。4憲，是憲法。

【章旨】這章詩是說戎車已經安好了，如輊如軒的，很是調適，四馬又很壯大，並且閑習，前去征伐玁狁，逐他到了大原的地方，便不窮追了。能文能武的尹吉甫，是萬國的憲法啊。

【集傳】賦也。輊，車之覆而前也。軒，車之卻而後也。凡車從後視之如輊，從前視之如軒。然後適調也。佶，壯健貌。大原，地名。亦曰大鹵。今在大原府陽曲縣。至于大原，言逐出之而已，不窮追也。先王治戎狄之法如此。吉甫，尹吉甫。此時大將也。憲，法也。非文無以附眾，非武無以威敵。能文能武，則萬邦以之為法矣。

【箋註】牛運震曰：繪車制整而逸。車安馬閑，寫王者之師，從容有制。正寫伐玁狁止兩句，亦見王師節制處。歸美吉甫作收筆，意和大舂容。

方玉潤曰：好整以暇，是大將身分。窮寇毋追，深得禦邊之法。

吉甫燕喜，既多受祉[1]。
來歸自鎬[2]，我行永久。
飲御[3]諸友，炰[4]鼈[5]膾[6]鯉。
侯[7]誰在矣？張[8]仲孝友[9]。

將領吉甫凱旋歸來慶祝，接受了朝廷的許多賞賜。
從鎬班師歸返，路途遙遠，行軍很久。
回來見到諸位親友，邀請相聚飲宴，烹調甲魚、鯉魚等各種美味。
席間的貴賓還有誰呢？還有以孝友著稱的張仲在座。

**【註釋】**賦也。久，叶舉里反。友，叶羽已反。炰，音「庖」。1祉，是福祉。2鎬，是地名。3御是進饌。4炰，是設庖。5鼈，是甲魚。6膾是烹調。7侯，是維是的意思。8張仲是人名。9友是友愛。

**【章旨】**這章詩是說吉甫奏凱回來飲燕喜樂，多受福祉。因為他從鎬地回來，行程很久，所以和諸友飲酒進饌。炰鼈膾鯉，極盡珍美。席中有誰？還有孝友的張仲在座。

**【集傳】**賦也。祉，福。御，進。侯，維也。張仲，吉甫之友也。善父母曰孝，善兄弟曰友。○此言吉甫燕飲喜樂，多受福祉。蓋以其歸自鎬而行永久也，是以飲酒進饌於朋友，而孝友之張仲在焉。言其所與宴者之賢，所以賢吉甫而善是燕也。

**【箋註】**姚際恆曰：如許大篇，結得冷而妙。「侯誰在矣？張仲孝友」，誇其有賢客也。《毛傳》云：「使文武之臣征伐，與孝友之臣處內。」此亦臆度。安知張仲仕而非隱？又安知其仕而在內非外也？吁，張仲何人，附吉甫而傳；作者又何人，本以餘意作結，見其章法之妙，而適以傳其人也。
牛運震曰：五章正文已畢，結處別從飲御生情，筆意閒暇有餘。一篇戰伐文字，以孝、友二字作結，正有深意可思。煞得輕逸飄雋，不料作如此煞。
方玉潤曰：結似閒而冷，其實借孝友以陪文武，求忠臣必於孝子，是作者深意。

六月六章，章八句。

【箋註】方王潤曰：寇追不欲窮追，此吉甫安邊良謀，非輕敵冒進者比。故當其乘勝逐北也，車雖馳而常安，馬雖奔而恆閑，何從容而整暇哉！及其回軍止戈也，不貪功以損將，不黷武以窮兵，又何其老成持重耶！所謂有武略者尤須文德以濟之，非吉甫其孰當此？宜乎萬邦取以為法也。

程俊英曰：這首詩從一個側面反映了「宣王中興」的事實。

裴普賢曰：〈六月〉是一篇最可寶貴的史詩，宣王征伐玁狁為周室中興大事，賴有此詩，將當時作戰的時、地等都有清楚的記載留下。用典雅的文字，寫出了主將吉甫的風度，更令後世的讀者對允文允武為民族文化立下典範的吉甫，油然生出無限的景仰之心。

# 采芑

薄言采芑[1]，于彼新田[2]，
于此菑[3]畝。
方叔[4]涖[5]止，其車三千[6]，
師[7]干[8]之試[9]。
方叔率[10]止，乘其四騏[11]，

去採苦菜吧，在那開墾兩年的田地間採苦菜，
或在那片初開墾的田地裡採苦菜。
大將方叔來到此地，帶領著兵車三千輛，
眾軍士們持著兵器操演。
大將方叔領導這些士兵，駕馭著四匹青黑色駿馬前進，
四匹駿馬進退有度。
兵車上塗著紅漆，垂掛著竹簾子，載著魚皮箭袋，
馬腹繫著馬帶，轡首綁著韁繩。

四騏翼翼[12]。
路車[13]有奭[14]，簟茀[15]魚服，
鉤膺[16]鞗革[17]。

---

【註釋】興也。芑，音「起」。畝，叶每彼反。試，叶詩止反。奭，音「肸」。服，叶補北反。革，叶訖力反。1芑，是苦菜。葉有漿汁，肥可生食，亦可熟食。軍行採取，人馬都可以吃得。2新田，是新墾後第二年的田。3菑田，是第一年的田。4方叔，是領兵的將官。5涖是來到。6車三千，是有兵車三千輛，兵卒便有三十萬人。7師是師眾。8干是兵器。9試，是演習。10率，是統領。11騏是馬名。12翼翼，是順序。13路車，是戎路兵車。14奭，是赤色。15簟第，是竹簟作車蔽。16鉤膺，是馬頷下的鉤子。17鞗革是轡繩。

【章旨】這章詩，是美方叔威服蠻荊的。他說采芑多在新田和菑田的裡面；國家養畜的精兵，也多從田畝出身的，所以方叔來到蠻荊征伐，兵車有三千，士卒有三十萬。平時師眾操練，都是方叔一人統率。方叔乘了四騏的車子，四騏的車子，都能秩序整齊；戎路兵車紅色的，有竹簟的遮蔽，和魚皮的弓囊；馬身上面，又配了鉤膺和轡繩。

【集傳】興也。芑，苦菜也。青白色。摘其葉有白汁出。肥可生食。亦可烝為茹。即今苦藚菜。宜馬食軍行。采之，人馬皆可食也。田一歲曰菑，二歲曰新田，三歲曰畬。方叔，宣王卿士。受命為將者也。涖，臨也。其車三千，法當用三十萬眾。蓋兵車一乘，甲士三人，步卒七十二人，又二十五人，將重車在後，凡百人也。然此亦極其盛而言。未必實有此數也。師，眾。干，扞也。試，肄習也。言眾且練也。率，總率之也。翼翼，順序貌。路車，戎路也。奭，赤貌。簟茀，以方丈

竹簟為車蔽也。鉤膺，馬洛領有鉤，而在膺有樊有纓也。樊，馬大帶。纓，鞅也。鞗革，見〈蓼蕭〉篇。○宣王之時，蠻荊背叛，王命方叔南征。軍行采芑而食，故賦其事以起興。曰：「薄言采芑，則于彼新田，于此菑畝矣。方叔涖止，則其車三千，師干之試矣。」又遂言其車馬之美，以見軍容之盛也。

薄言采芑，于彼新田，
于此中鄉1。
方叔涖止，其車三千，
旂旐央央。
方叔率止，約軧2錯衡3，
八鸞4瑲瑲5。
服其命服6，朱芾7斯皇8，
有瑲9蔥珩10。

去採苦菜吧，在那開墾兩年的田地間採苦菜，
或在那初開墾的田地裡採苦菜。
大將方叔來到此地，帶領著兵車三千輛，
軍旗亮麗鮮明。
方叔率領著將士出征，兵車的車輪包覆著皮革，車橫上雕飾著花紋，
馬鑣上的鈴鐺發出清脆的聲響。
穿上君主所賜的官服，紅色的蔽膝閃亮，
青色的玉佩撞擊發出清亮的聲響。

【註釋】興也。軝，音「紙」。衡，叶戶郎反。珩，叶戶郎反。芾，音「弗」。1中鄉，是鄉中。2軝，是車轂。約軝，是用皮纏著車轂。3錯衡，是車衡上錯了花紋。4鸞，是鑣上的鈴子。馬口的兩邊，一邊一個，所以四馬稱為八鸞。5瑲瑲，是鈴聲。6命服，是天子賜的制服。7朱芾，是紅色

的芾裳。8皇，是粲亮。9瑲，是玉聲。10葱珩，是葱色的玉佩。朱芾、葱珩，是三命的服飾。

**【章旨】**這章詩是說采芑是在新田和鄉中，士卒的出身，也在鄉里的。方叔到蠻荊去征伐，有兵車三千，旂旐鮮明。方叔一人統率了。車轂用皮纏著，車衡錯了花紋，馬口到八個鈴子，瑲瑲的響聲。服了天子所賜的命服，朱芾輝煌，葱珩叮噹，真是威武呀！

**【集傳】**興也。中鄉，民居。其田尤治。約，束。軝，轂也。以皮纏束兵車之轂，而朱之也。錯，文也。鈴在鑣，曰鑾，馬口兩旁各一，四馬故八也。瑲瑲，聲也。命服，天子所命之服也。朱芾，黃朱之芾也。皇，猶煌煌也。瑲，玉聲。蔥，蒼色也。如蔥者也。珩，佩首橫玉也。禮，三命赤芾蔥珩。

**【箋註】**牛運震曰：寫得方叔雅甚，儼然雍容禮將。

鴥彼飛隼1，其飛戾2天，
亦集爰3止。
方叔涖止，其車三千，
師干之試。
方叔率止，鉦4人伐鼓，
陳師鞠5旅。
顯允方叔，伐鼓6淵淵7，
振旅8闐闐9。

疾飛的鷹鳥，能夠一飛沖天，
也可以在樹上歇息。
大將方叔來到此地，帶領著兵車三千輛，
衆軍士們持著兵器操演。
大將方叔領兵，鉦人擊鼓，
集合軍隊宣布出征。
方叔擔任大將，出征的鼓聲敲得雄壯，
收兵時也保持著威武的士氣。

【註釋】興也。鴥，音「律」。隼，息允反。鉦，音「征」。鞠，音「菊」。淵，叶於申反。闐，音「田」，叶徒鄰反。1隼，是鷂屬的鳥。2戾，是到了。3爰當作「於」字解。4鉦，是軍用樂器。鳴鉦休息，鳴鼓動作。5鞠，是告訴。6伐鼓，是擊鼓。7淵淵，是不和不暴的鼓聲。8振旅，是止眾。《春秋傳》：「出為治兵，入為振旅。」9闐闐，亦是鼓聲，或作盛貌。

【章旨】這章詩是說，疾飛的隼鳥，能飛到天上，也能息在樹上；士卒戰罷了，也能休息的。方叔來到蠻荊征伐，領了兵車三千，師眾演習。方叔親自率領，進退攻止，都要聽從鉦鼓的聲音，並且誓告師旅，一致聽他的號令。這個威名顯赫的方叔，親自擊鼓助戰，鼓聲中節，進退有度，秩序很是整齊，軍容也甚壯盛。

【集傳】興也。隼，鷂屬。急疾之鳥也。戾，至。爰，於也。鉦，鐃也，鐲也。伐，擊也。鉦以靜之，鼓以動之。鉦鼓各有人。而言鉦人伐鼓，互文也。鞠，告也。二千五百人為師，五百人為旅。此言將戰陳其師旅，而誓告之也。陳師鞠旅，亦互文耳。淵淵，鼓聲平和不暴怒也。謂戰時進士眾也。振，止。旅，眾也。言戰罷而止其眾以入也。《春秋傳》曰：「出曰治兵，入曰振旅，是也。」闐闐，亦鼓聲也。或曰：「盛貌。」程子曰：「振旅，亦以鼓行，金止。」○言隼飛戾天，而亦集於所止。以興師眾之盛，而進退有節，如下文所云也。

【箋註】牛運震曰：沉雄不浮，正自淵淵有金石聲。
方玉潤曰：前三章皆言車馬、旂幟、佩服之盛，而進退有節，秋毫無犯，禽鳥不驚，是王者師行氣象。然非大帥統率有方，何能如是嚴肅乎？所以每章皆言「方叔率止」，以見節制之嚴耳。

蠢1爾蠻荊2，大邦為讎。
方叔元老，克壯其猶3。
方叔率止，執訊獲醜。
戎車嘽嘽4，嘽嘽焞焞5，
如霆6如雷。
顯允方叔，征伐玁狁，
蠻荊來威7。

愚蠢的蠻人啊，竟與我大國爲敵。
方叔這樣的沙場老將出征，使出的謀略極爲高深。
所以方叔率領著大軍出擊，捉住敵人的首領訊問，更逮回了許多俘虜。
衆多兵車，排山倒海而來，
行動迅如疾雷，氣勢驚人。
方叔擔任大將，帶兵討伐玁狁，
荊州的蠻人見到他的聲勢，不由得聞風喪膽徹底臣服。

**【註釋】**賦也。訊，音「信」。嘽，音「癱」。焞，音「推」。醜，叶尺由反。威，音「隈」。1蠢是愚蠢。2蠻荊，是荊州的蠻人。3猶是謀略。4嘽嘽是眾盛。5焞焞，亦是眾盛。6霆，是疾雷。7威是威服。

**【章旨】**這章詩是說愚蠢的蠻荊，你何以來和大國作讎？方叔雖然年老，謀略卻是很莊。方叔領兵到了，即刻執獲你的頭目訊問，俘擄你的醜類。你看他的戎車多麼眾盛，人馬的聲音，好像打雷似的。這個威名顯赫的方叔，從前征伐了玁狁，於今又威服了蠻荊。

**【集傳】**賦也。蠢者，動而無知之貌。蠻荊，荊州之蠻也。大邦，猶言中國也。元，大。猶，謀也。言方叔雖老，而謀則壯也。嘽嘽，眾也。焞焞，盛也。霆，疾雷也。○方叔蓋嘗與於北伐之功者。是以蠻荊聞其名，而皆來畏服也。

【箋註】姚際恆曰：「方叔元老，克壯其猶」老、壯字並用不覺。「元老」，尊稱之也；「克壯其猶」，言其尚謀不尚力而勇愈壯，以起下之「執訊獲醜」及「蠻荊來威」也。「老」字、「壯」字二句中正對映，用來卻隱而無跡，令人可思，所以為妙。《集傳》云：「言方叔雖老，而其謀則壯也。」何其索然。

牛運震曰：「克壯其猶」，寫出方叔精神本領。

裴普賢曰：按「執訊獲醜」為此詩與〈出車〉篇的相同句，〈出車〉篇既言「執訊獲醜，薄言還歸」，非不戰而勝玁狁，乃殺敵致果而凱旋，則此詩亦非不戰而服荊楚也。

## 采芑四章，章十二句。

【箋註】姚際恆曰：此宣王命方叔南征蠻荊，詩人美之而作；大概作于出師之時。或謂班師時作，非也。篇中「振旅」，只訓軍之入，非班師之謂也。一、二章言軍容之盛；三章言節制之嚴；四章歸功于大將，而謂其北伐之聲靈可以不戰而來服也。

牛運震曰：前二章從容詳雅；後二章雄武沉厲。軍容將略，一一俱見。〈六月〉先敘玁狁，後點吉甫；此篇先寫方叔，後點蠻荊。格法變換。

方玉潤曰：觀其全詩，題既鄭重，辭亦宏麗。如許大篇文字，而發端乃以采芑起興，何能相稱？蓋此詩非當局人作，且非王朝人語。乃南方詩人從旁得覩方叔軍容之盛，知其克成大功，歌以誌喜。如杜甫〈觀安西兵過〉及〈聞官軍收河南河北〉諸詩，故先從己身所居之地興起。及入題，乃曰「方叔涖止」。以下即極力描寫軍容之盛、紀律之嚴，早已為攝服蠻荊張本。其人必流寓蠻荊者，素必熟稔荊楚情形，知其不臣已久，而又不力請王師以討之。一旦得覩大將軍威，元老雄略，不覺深幸南人之得覩天日，而己身亦與有餘慶焉。故末一章，振筆揮灑，辭色俱厲，有泰山壓卵之勢，又何患其不速奏膚功也耶！

## 車攻

**我車既攻[1]，我馬既同[2]。**
**四牡龐龐[3]，駕言徂[4]東[5]。**

我的兵車整修得很堅固，拉車的馬匹們也調整了一致的速度。
拉車的四匹公馬身強體壯，將駕車前往東都。

**【註釋】**賦也。龐，音「寵」。1攻，是堅固。2同是齊力。3龐龐，是充實。4徂，當「往」字解。5東是東都。

**【章旨】**這章詩是宣王會諸侯於東都的。他說我的車子已經堅固，我的馬力量已經平均，四牡龐然充實，要往東都去了。

**【集傳】**賦也。攻，堅。同，齊也。傳曰：宗廟齊毫，尚純也。戎事齊力，尚強也。田獵齊足，尚疾也。龐龐，充實也。東，東都，雒邑也。○周公相成王，營雒邑為東都，以朝諸侯。周室既衰，久廢其禮。至于宣王，內修政事，外攘夷狄，復文武之境土，修車馬，備器械，復會諸侯於東都。因田獵而選車徒焉。故詩人作此以美之。首章汎言將往東都也。

**【箋註】**嚴粲曰：宣王中興，為東都之會，詩人喜於復見威儀之盛，車既堅緻，馬既齊力。四牡皆龐龐而充實，將駕之以往東都，言初發車徒而往東都，未言所為事也。

程俊英曰：據前人分析，宣王會獵諸侯含有示威懾服的意義。

麋文開、裴普賢曰：一開頭就充滿一種整飭威武的氣氛。造句酣暢淋漓，頗有大王雄風氣概，已將全詩精神提起。

田車[1]既好，四牡孔阜[2]。東有甫草[3]，駕言行狩。

獵車已經準備好了，拉車的四匹公馬壯又大。東方有大草原，我將駕車前往狩獵。

【註釋】賦也。好，叶許厚反。狩，叶始苟反。1田車，是田獵的車子。2阜，是盛大。3甫草，是甫田，後為鄭地。

【章旨】這章詩是說我的田獵車子已經完善，四牡又是很大，東方既有甫草的獵場，我要去打獵了。

【集傳】賦也。田車，田獵之車。好，善也。阜，盛大也。甫草，甫田也。後為鄭地，今開封府中牟縣西圃田澤是也。宣王之時未有鄭國，圃田屬東都畿內，故往田也。此章指言將往狩于圃田也。

【箋註】嚴粲曰：此行以會同為主，因講田獵耳。詩先言行狩者，序事當自內始，故先言田獵車馬器械之備，而從往行狩。其實先會同而後田獵也。

之子[1]于苗[2]，選[3]徒[4]囂囂[5]。建旐設旄，搏[6]獸于敖[7]。

天子前往打獵，挑選了許多士兵隨行。豎起旗幟，掛上旄旗，去敖地獵獸。

【註釋】賦也。囂，音「翺」。搏，音「博」。1之子，是指有司的。2苗，是狩獵的通名。3選，《經義述聞》作「選具」。4徒是卒徒。5囂囂，是眾多貌。6搏，是擊捕的意思。7敖，是地名。

【章旨】這章詩是說有司具了眾多的卒徒，車上建了旐、設了旄，到敖的地方捕獸去。

【集傳】賦也。之子，有司也。苗，狩獵之通名也。選，數也。囂囂，聲眾盛也。數車徒者，其聲囂囂，則車徒之眾可知。且車徒不譁，而惟數者有聲，又見其靜治也。敖，近滎陽。地名也。○此章言至東都，而選徒以獵也。

**駕彼四牡，四牡奕奕1。**
**赤芾金舄2，會3同4有繹5。**

駕著四匹公馬所拉的車輛，四匹馬高大壯碩。穿著紅色蔽膝和金飾鞋的諸侯們，紛紛前來謁見君主。

【註釋】賦也。1奕奕，是聯絡散佈的狀貌。2赤芾金舄，是諸侯的服飾。3會，是時見，就是日會沒有期間的。4同是殷見，就是眾見。5繹，《毛傳》作陳列的意思，《經義述聞》作盛貌。

【章旨】這章詩是駕了四牡車子，車輛連絡散佈四處。赤芾金舄的諸侯，都來朝會，成此盛典。

【集傳】賦也。奕奕，連絡布散之貌。赤芾，諸侯之服。金舄，赤舄而加金飾。亦諸侯之服也。時見曰會，殷見曰同。繹，陳列聯屬之貌也。此章言諸侯來會朝於東都也。

【箋註】牛運震曰：「會同有繹」古句法，令人想見中興朝官威儀。通篇田獵，中間插入會同一段，錯隔成章，布置既妙，局仗一新。

方玉潤曰：諸侯來會，是全詩主腦。

**決1拾2既佽3，弓矢既調4。**
**射夫5既同6，助我舉柴7。**

扳指和射韝都穿戴妥當，弓箭也都調整好了。陪伴諸侯前來的射手們都齊聚，幫助我扛起獵捕到的野獸。

【註釋】賦也。佽，音「次」，叶音「柴」。調，叶音同。柴，音「恣」。1決，是象角做的，帶在左手大指上，是鉤弦開弓用的。2拾，是皮做的，把在左臂遂弦的。3佽，是手指相助。4調，是調好了。5射夫，是諸侯來會的人。6同是協同。7柴，是堆積禽獸。

【章旨】這章詩是說手指已經相助了，弓矢已經調好了，快要舉獵。諸侯來會的射夫，來助我堆積禽獸。

【集傳】賦也。決，以象骨為之。著於右手大指，所以鉤弦開體。拾，以皮為之。著於左臂，以遂弦。故亦名遂。佽，比也。調，謂弓強弱與矢輕重相得也。射夫，蓋諸侯來會者。同，協也。柴，說文作㧘。謂積禽也。使諸侯之人，助而舉之。言獲多也。○此章言既會同而田獵也。

【箋註】輔廣曰：此章專言夫射。田獵以射為主也。射夫言諸侯，獵則諸侯皆射也。助我舉柴，不惟見其獲之多，又見其王師自足以辨事，而諸侯但助之而已。

**四黃既駕，兩驂不猗1，不失其馳，舍矢如破2。**

將拉車的四匹黃馬駕上，外側的兩匹馬行動不偏移，奔跑時不不失去控制，射出的箭矢每發必中。

【註釋】賦也。猗，叶於箇反。馳，叶徒臥反。破，叶普過反。1猗，是偏倚。2舍矢如破，是說放箭如摧破物似的。就是發必有中的意思。

【章旨】這章詩是說四黃的車子駕了，兩匹驂馬一些不偏，並不失卻馳驅的法子，尚且發箭必中，真是會射的了。

【集傳】賦也。猗，偏倚不正也。馳，馳驅之法也。舍矢如破，巧而力也。蘇氏曰：「不善射御者，詭遇則獲。不然不能也。」今御者不失其馳驅之法，而射者舍矢如破，則可謂善射御矣。此章言田獵而見其射御之善也。

【箋註】鄭玄曰：御者之良，得舒疾之中；射者之工，矢發則中，如椎破物也。

牛運震曰：射御最精妙語。

方玉潤曰：二章皆言獵事，極力描寫射御之善，而獲禽之多，不言自見。

**蕭蕭馬鳴，悠悠1旆旌。**
**徒2御3不驚4，大庖5不盈6。**

馬鳴的聲音「蕭蕭」，旌旗被風吹拂得飄飄盪盪。隨行的士卒與車伕安靜不喧鬧，打到的獵物雖多，但因分賜衆人，所以御廚不多取。

【註釋】賦也。1蕭蕭、悠悠，都是閑暇的樣子。2徒，是徒卒。3御，是御夫。4不驚，是不喧嘩。5大庖，是君庖。6不盈，是不極欲的意思。

【章旨】這章詩是說馬鳴蕭蕭，旆旌悠悠，都是閑暇得很。並且卒徒御夫，都不喧嘩，君庖也不多取禽獸。

【集傳】賦也。蕭蕭悠悠，皆閒暇之貌。徒，步卒也。御，車御也。驚，如漢書夜軍中驚之驚。不驚，言比卒事，不喧譁也。大庖，君庖也。不盈，言取之有度，不極欲也。蓋古者田獵獲禽，面傷不獻，踐毛不獻，不成禽不獻。擇取三等，自左膘而射之，達於右腢為上殺，以為乾豆奉宗廟。達右耳本者次之，以為賓客。射左髀達於右䯚為下殺，以充君庖，每禽取三十焉。每等得十，其餘以與士大夫，習射於澤宮中者取之。是以獲雖多，而君庖不盈也。張子曰：「饌雖多，而無餘者，均及於眾而有法耳。凡事有法，則何患乎不均也。」舊說：不驚，驚也。不盈，盈也。亦通。此章言其終事嚴而頒禽均也。

【箋註】姚際恆曰：「蕭蕭馬鳴，悠悠旆旌」，二語神到。「不驚」不可作反說，則「不盈」亦自宜作正說矣。

牛運震曰：寫紀律閑靜處，沖穆入神，開後人田獵詩賦多少意想。杜詩「中天懸明月，令嚴夜寂廖」、歐詩「萬馬不嘶聽號令」，皆同此詩之旨而辭句工拙不同。說「不盈」卻妙。

方玉潤曰：馬鳴二語寫出大營嚴肅氣象，是獵後光景。杜詩「落日照大旗，馬鳴風蕭蕭」本此。

糜文開、裴普賢曰：「大庖不盈」一句，更襯托出宣王遠大的胸懷，也提示了此次狩獵的真正目的所在。

**之子于征，有聞無聲。**
**允1矣君子，展2也大成3。**

君主出行狩獵，隨行的衆人專心狩獵，不聞喧嘩。信實的天子啊，這場狩獵眞是成功。

**【註釋】**賦也。1允，是允信。2展，是展誠。3大成是致太平的意思。

**【章旨】**這章詩是說凡是出征的人。不聽到喧嘩聲音。允信的君子。實在是致太平的能手啊。

**【集傳】**賦也。允，信。展，誠也。聞師之行，而不聞其聲，言至肅也。信矣其君子也，誠哉其大成也。

此章總敘其事之始終，而深美之也。

**【箋註】**姚際恆曰：「允矣君子，展也大成」，結得莊重。

方玉潤曰：八章贊美作結，仍帶定軍行嚴肅，乃是王者之師。

## 車攻八章，章四句。

**【集傳】**以五章以下考之，恐當作四章章八句。

**【箋註】**李樗曰：〈車攻〉之詩，其形容宣王之美，可謂備矣。既見其車馬之脩，又見其器械之備，與夫諸侯之服，射御之良。此詩人之善形容也。

靡文開、裴普賢曰：詩中「蕭蕭馬鳴，悠悠旆旌」、「之子于征，有聞無聲」等氣魄雄偉的句子，更給予後代詩人多少的影響與啟發，而完成了如杜甫在後出塞中「落日照大旗，馬鳴風蕭蕭」、「中天懸明月，令嚴夜寂寥」等膾炙人口的名句。

# 吉日

吉日維戊1，既伯2既禱3。田車既好，四牡孔阜。升彼大阜，從其群醜4。

戊日是適合外出狩獵的好日子，出門前祭拜馬祖又祈禱。狩獵用的車輛準備妥當，拉車的四匹公馬體型壯碩，奔馳著登上了高原，尾隨著獸群獵捕。

**【註釋】** 賦也。戊，叶莫口反。禱，叶丁口反。好，叶許口反。1 戊日，是剛日。外事用剛日，內事用柔日。2 伯是馬祖。3 禱是祝告。4 醜是群眾，是指禽獸的。

**【章旨】** 這章詩是美宣王田獵的。他說選了外事的吉日，祝告了馬祖，把田獵的車子備好，配了很壯的四馬。去到大山裡面，從事狩獵禽獸。

**【集傳】** 賦也。戊，剛日也。伯，馬祖也。謂天駟房星之神也。醜，眾也。謂禽獸之群眾也。○此亦宣王之詩。言田獵將用馬力。故以吉日祭馬祖而禱之。既祭而車牢馬健。於是可以歷險而從禽也。以下章推之，是日也，其戊辰歟。

**【箋註】** 靡文開、裴普賢曰：首次兩章均以吉日二字開頭，氣勢便見雄壯。於是一路歌唱，就順流而下，毫不費力。

吉日庚午[1]，既差[2]我馬。
獸之所同[3]，麀[4]鹿麌麌[5]。
漆沮[6]之從，天子之所。

庚午是狩獵的好日子，選擇了善於奔馳的馬匹出獵。野獸棲息之地，聚集了衆多的野鹿。沿著漆沮河畔，都是天子的獵場。

**【註釋】**賦也。馬，叶滿補。麀，音「憂」。麌，音「語」。沮，平聲。1庚午，是剛日。2差，是擇齊。3同，是所聚。4麀是牝鹿。5麌麌，是眾多。6漆沮是水名，在西都畿內之所，是田獵的所在。

**【章旨】**這章詩是說擇了庚午吉日，選齊了馬力，到那群獸所聚的地方。麀鹿眾多，從獵於漆沮的水旁。

**【集傳】**賦也。庚午，亦剛日也。差，擇。齊其足也。同，聚也。鹿牝曰麀。麌麌，眾名也。漆沮，水名。在西都畿內涇渭之北，所謂洛水，今自延韋流入鄜坊，至同州入河也。○戊辰之日既禱矣。越三日庚午，遂擇其馬而乘之。視獸之所聚，麀鹿最多之處而從之。惟漆沮之旁為盛，宜為天子田獵之所也。

瞻彼中原，其祁[1]孔有[2]。
儦儦[3]俟俟[4]，或群或友。
悉率[5]左右[6]，以燕天子。

望著那廣闊的草原上，有許多野獸。有的跑得很快，有的行動緩慢，三三兩兩的行動。率領著跟隨的隨從，驅趕這些野獸，以助天子出獵。

【註釋】賦也。有，叶羽己反。儦，音「標」。俟，叶于紀反。友右，叶羽已反。子，叶獎里反。1祁，是壯大。2有是眾多。3儦儦，是急趨狀貌。4俟俟，是行走的狀貌。5悉率，是率同。6左右，是同事的人。

【章旨】這章詩是說從王狩獵，看見原中許多禽獸，有趨的也有走的，一群一群的。率同左右的人，和天子燕樂。

【集傳】賦也。中原，原中也。祁，大也。趨則儦儦。行則俟俟。獸三曰群，二曰友。燕，樂也。○言從王者視彼禽獸之多，於是率其同事之人，各共其事，以樂天子也。

【箋註】牛運震曰：「或群或友」，寫出野獸情性。只「悉率左右」二語，便寫出師律精嚴，人心和同氣象，正非泛泛夸美田事也。「歸重」，天子得體。

既張我弓，既挾我矢。
發1彼小豝2，殪3此大兕4。
以御5賓客，且以酌醴6。

張開我的弓，搭上我的箭，
先射中小野豬，再射死大野牛。
以這些獵來的野獸宴請賓客，並款待酒水。

【註釋】賦也。豝，音「巴」。殪，音「意」。1發，是發矢。2豝，是牝豕。3殪，是射死。4兕，是野牛。5御，是御進。6醴，是醴酒。

【章旨】這章詩是說既張開了弓，又搭上箭，發中小豝，又射死野牛，把來宴饗賓客，飲酌醴酒。

【集傳】賦也。發，發矢也。豕牝曰豝。一矢而死曰殪。兕，野牛也。言能中微而制大也。御，進也。醴，酒名。《周官》五齊，二曰醴齊。註曰：「醴成而汁滓相將，如今甜酒也。」言射而獲禽以為俎實，進於賓客而酌醴也。

## 吉日四章，章六句。

【集傳】東萊呂氏曰：「〈車攻〉、〈吉日〉，所以為復古者，何也？蓋蒐狩之禮，可以見王賦之復焉，可以見軍實之盛焉，可以見師律之嚴焉，可以見上下之情焉，可以見綜理之周焉。欲明文武之功業者，此亦足以觀矣。」

【箋註】糜文開、裴普賢曰：〈吉日〉篇所表現天子田獵所注重的是：一、吉日的選擇，二、馬神的祭祀，三、馬匹的挑選，四、獵車的美好，五、田獵的場所，六、弓箭的技術，七、獵獲物的宴饗。

李辰冬曰：是尹吉甫寫他自己跟隨宣王狩獵，並不是直接讚美宣王。

# 鴻雁

鴻雁于飛，肅肅1其羽。
之子2于征，劬勞3于野。
爰及矜4人，哀此鰥寡5。

鴻雁在天空中四處飛，不時揮舞發出「肅肅」的聲響。他出行外地，在野外勞苦奔波。他可憐那些流浪在外的流民，更憐憫那些孤苦無依的老人和寡婦。

【註釋】興也。野，叶上與反。寡，叶果與反。1肅肅，是羽聲。2之子，是指流民的。3劬勞，是病苦。4矜，是可憐的人。5鰥，是無妻的；寡，是無夫的。

【章旨】這章詩是使者承命安集流離人民的。他說鴻雁飛的時候，牠的羽翼肅肅有聲，很是辛苦的。人民的征役，病苦在外，並且更有鰥寡可憐的人，實在悲哀啊。

【集傳】興也。大曰鴻，小曰雁。肅肅，羽聲也。之子，流民自相謂也。征，行也。劬勞，病苦也。矜，憐也。老而無妻曰鰥，老而無夫曰寡。○舊說，周室中衰萬民離散。而宣王能勞來還定安集之。故流民喜之而作此詩。追敘其始而言曰：「鴻雁于飛，則肅肅其羽矣。之子於征，則劬勞于野矣。且其劬勞者，皆鰥寡，可哀憐之人也。」然今亦未有以見其為宣王之詩。後三篇放此。

【箋註】蘇轍曰：民人離散，如源雁之飛，四方無所不往。徒聞其羽聲肅肅，未知所止也。

**鴻雁于飛，集于中澤[1]。**
**之子于垣[2]，百堵[3]皆作。**
**雖則劬勞，其究[4]安宅[5]。**

鴻雁在天空中四處飛，最後集聚在湖沼中。
他築起屋牆，建成數百間房子，
雖然過程辛勞，但畢竟大家都有了安居之處。

【註釋】興也。澤，叶徒洛反。宅，叶達各反。1中澤，是沼澤中間。2垣，是牆垣。3堵是牆。4究，是終究。5安宅，是安居。

【章旨】這章詩是說鴻雁的勞飛，現在也息在澤中了；離流的人民，也回來修補牆垣。各人築牆造屋了，雖是辛苦，終久可以安居。

【集傳】興也。中澤，澤中也。一丈為板。五板為堵。究，終也。流民自言，鴻鴈集于中澤。以興己之得其所止，而築室以居。今雖勞苦，而終獲安定也。

【箋註】蘇轍曰：流民反其都邑，築其墻垣而安處之，然後民知所止，雖勞不怨，曰其終將安宅矣。

鴻雁1于飛，哀鳴嗷嗷2。
維此哲3人，謂我劬勞。
維彼愚人，謂我宣驕4。

鴻雁在天空中四處飛，發出悲哀的鳴叫聲。
只有這個明事理的好人，撫慰我們的辛苦。
但愚蠢的人，卻說我們只是在抱怨發牢騷。

**【註釋】**比也。嗷，音「翱」。驕，叶音高。1鴻雁，是比流民的。2嗷嗷，是眾口哀鳴。3哲，是明白。4宣驕，是驕奢。

**【章旨】**這章詩是說鴻雁的眾口哀鳴，和流民叫苦一樣的。明白的人，是說他辛苦不過的；若是愚人，便說他是驕奢了。

**【集傳】**比也。流民，以鴻雁哀鳴自比，而作此歌也。哲，知。宣，示也。知者聞我歌，知其出於劬勞。不知者謂我閒暇而宣驕也。○韓詩云：「勞者歌其事。」魏風亦云：「我歌且謠。不知我者，謂我士也驕。」大抵歌多出於勞苦，而不知者常以為驕也。

## 鴻雁三章，章六句。

**【箋註】**徐光啟曰：此詩之作，所謂沐浴膏澤而歌詠勤苦者也。高亨曰：此篇是一首民歌。一個奴隸主下令徵集他的農奴、工匠來給他建造城邑或莊園。程俊英曰：詩中以「鴻雁于飛」比使臣奔走于野。後世以「哀鴻」一辭作為流民的代稱，就是從這首詩的詩題引伸出來的。

糜文開、裴普賢曰：也許是由於戰亂，也許是由於暴政和災荒，大批的難民流亡到荒野裡去，遍地哀鴻，無處棲身，於是貴族中有人則救濟安撫，就地築城拓荒，難民得以安居、生息。詩人即詠其事成詩二章以美此貴族。而此貴族詠第三章以為答謝。

## 庭燎

「夜如何其1？」
「夜未央2。」
庭燎3之光，君子4至止，
鸞聲將將5。

「是夜間什麼時候了？」
「未過夜半。」
大燭燃燒得光亮如晝，諸侯已經來朝見了，
可以聽見遠處車馬上的鈴鐺「將將」的響著。

**【註釋】**賦也。其，音「基」。將，音「槍」。1其，是語助詞。2未央，《經義述聞》作「未已」。3庭燎，是大燭。4君子，是指諸侯的。5鸞聲將將，是馬鈴聲。

**【章旨】**這章詩是天子勤視早朝的。他說夜色如何了？夜雖未盡，庭前的大燭，尚有些光。諸侯來早朝了，聽到馬鈴的聲音了。

**【集傳】**賦也。其，語辭。央，中也。庭燎，大燭也。諸侯將朝，則司烜以物百枚，并而束之，設於門內也。君子，諸侯也。將將，鸞鑣聲。王將起視朝。不安於寢，而問夜之早　曰：夜如何哉。夜雖未央，而庭燎光。朝者至，而聞其鸞聲。

【箋註】季本曰：庭燎之光，謂始然而有光也。將將：眾集遠聞之聲。夜當未央時，則來朝者未至君門，其鸞聲大而遠聞也。
姚際恆曰：「夜如何其？」問夜自妙。

「夜如何其？
夜未艾1。」
庭燎晣晣2，君子至止，
鸞聲噦噦3。

「是夜間什麼時候了？」
「夜間尚未結束。」
大燭之光漸小，諸侯們已經到了，
車馬上的鈴鐺聲響徐徐靠近。

【註釋】賊也。艾，叶乂。晣，音「制」，叶音乂。噦，音「諱」。1未艾，是未盡。2晣晣，是小明。
3噦噦，是徐行的聲音。

【集傳】賦也。艾，盡也。晣晣，小明也。噦噦，近而聞其徐行聲有節也。

「夜如何其？
夜鄉晨1。」
庭燎有煇2，君子至止，
言觀其旂3。

「是夜間什麼時候了？」
「快近破曉。」
大燭快要燒盡了，諸侯們都已經到了，
可以看見他們的旗幟。

【註釋】賦也。煇，音「黛」。旂，叶渠斤反。鄉，音「向」。1夜鄉晨是夜方曉的意思。2煇，是燭滅了，尚有薰煙。3觀旂，是看見諸侯的旂子。

【章旨】這兩章和上章一樣的解法。

【集傳】賦也。鄉晨，近曉也。煇，火氣也。天欲明而見其煙光相雜也，既至而觀其旂則辨色矣。

【箋註】蘇轍曰：夜聞其鸞聲而已，晨則見其旂矣。

牛運震曰：三「夜如何其」，冷然而入，精神警策。詩有通首平敘而一筆便靈動者，此類是也。

## 庭燎三章，章五句。

【箋註】鄭玄曰：諸侯將朝宣王，以夜未央之時，問夜早晚。美者，美其能自勤以政事。因以箴者，王有雞人之官，凡國事為期，則告之以時，王不正其官而問夜早晚。

季本曰：刺不蚤（早）朝也。天既明矣，諸侯朝者辨色，而猶不蚤（早）起視朝。故詩人作此以刺之也。

高亨曰：這是一首讚美官僚早晨乘車上朝的詩。

程俊英：這是寫周王早起將要視朝的詩。從詩的內容看，好像出於周王自述。

糜文開、裴普賢曰：杜甫〈春宿左省〉詩：「花隱掖垣暮，啾啾棲鳥過；星臨萬戶動，月傍九霄多。不寢聽金鑰，因風憶玉珂；明朝有封事，數問夜如何？」當從此詩化出。

# 沔水

沔[1]彼流水，朝宗[2]于海。
鴥彼飛隼，載飛載止。
嗟我兄弟，邦人諸友，
莫肯念亂，誰無父母？

滾滾的流水啊，最終都將歸於海洋。
疾飛的鷹隼，有時在半空中飛舞，有時也得停下來歇息。
可嘆我們兄弟，還有同胞與親友們，
沒有人憂慮眼前的離亂之苦，但誰沒有父母呢？

**【註釋】** 興也。沔，音「勉」。友，叶羽軌反。海，叶虎洧反。鴥，惟必反。母，滿洧反。1沔，是水滿流的意思。2朝宗，是諸侯朝見天子。

**【章旨】** 這章詩是憂亂的。他說流水尚且朝宗於海，飛隼也有集止的地方，唉，何以我們兄弟和邦人諸友莫有念亂的？誰無父母呀，亂將來了，豈可不念嗎？

**【集傳】** 興也。沔，水流滿也。諸侯春見天子曰朝，夏見曰宗。○此憂亂之詩。言流水猶朝宗于海。飛隼猶或有所止，而我之兄弟諸友，乃無肯念亂者。誰獨無父母乎？亂則憂或及之，是豈可以不念哉？

**【箋註】** 鍾惺曰：「誰無父母」四字，辭微意苦，可思可涕。

牛運震曰：「朝宗于海」，有所歸也；「載飛載止」，無定止也。雙興最飄宕，末句結得骨痛。

沔彼流水，其流湯湯[1]。
鴥彼飛隼，載飛載揚。
念彼不蹟[2]，載起載行[3]。
心之憂矣，不可弭[4]忘。

滾滾的流水啊，水聲滔滔。
疾飛的鷹隼，越飛越高了。
那些不講道理的人們，越來越胡鬧、爲所欲爲了。
我心中深沉的憂傷，無法休止，不能忘卻。

【註釋】興也。湯，音「傷」。行，叶戶郎反。1湯湯，是盛流貌。2不蹟，是不循軌道。3載起載行，是憂念很深，行起不安。4弭是止住。

【章旨】這章詩是說流水湯湯的盛流，飛隼不住的疾飛，好像我憂念不循軌道的人們，使我行起不安。我的憂愁，是不可忘記的了。

【集傳】興也。湯湯，波流盛貌。不蹟，不循道也。載起載行，言憂念之深，不遑寧處也。弭，止也。水盛隼揚，以興憂亂之不能忘也。

【箋註】牛運震曰：「不蹟」二字，渾厚得妙。

**鴥彼飛隼，率1彼中陵。**
**民之訛言2，寧莫之懲3。**
**我友敬矣，讒言4其興。**

疾飛的鷹隼啊，沿著山稜飛去。
人們扭曲適時捏造的謠言，竟然無法制止？
我的朋友啊請謹慎，謠言就要散佈流傳開來了。

【註釋】興也。1率，是遵循。2訛言，是謊言。3懲是懲戒。4讒言，是害人的言語。

【章旨】這章詩是說疾飛的隼鳥，尚循著中陵止息，難道民的謊言，就不能懲止嗎？我的誠敬的朋友，何以起了讒言呢？

【集傳】興也。率，循。訛，偽。懲，止也。隼之高飛，猶循彼中陵。而民之訛言乃無懲止之者。然我之友，誠能敬以自持矣，則讒言何自而興乎？始憂於人，而卒反諸己也。

**沔水三章，二章章八句，一章六句。**

【集傳】疑當作三章章八句，卒章脫前兩句耳。

【箋註】姚際恆曰：〈小序〉謂「規宣王」；《集傳》謂「憂亂之」。謂規宣王者，以詩中「讒言其興」也；謂憂亂者，詩中「莫肯念亂」也。不知作何歸著。其餘諸解紛紛，悉屬猜摹，更不能悉詳也。

牛運震曰：慘悽離亂，沉寂深遠。一部〈離騷〉神理在內。一篇憂傷念亂之旨，卻自歸於忠厚。

方玉潤曰：〈小序〉謂規宣王，《集傳》謂憂亂之詩。按宣王初政，多亂定歸來之詩，後皆美辭，無所謂憂亂也。詩前云念亂，後言讒興，分明亂世多讒，賢臣遭禍景象，而豈宣王世乎？此詩必有所指，特錯簡耳。況卒章亦脫二句，則此中不能無誤也。

高亨曰：平王東遷以後，王朝衰弱，諸侯不再擁護。鎬京一帶，危機四伏。作者憂之，因作此詩。

程俊英曰：這是一首憂亂畏讒而戒友的詩。

# 鶴鳴

鶴[1]鳴于九皋[2]，聲聞于野；
魚潛在淵[3]，或在于渚。
樂彼之園，爰有樹檀，
其下維蘀[4]。
它山之石，可以為錯[5]。

鶴鳥在九曲的水澤上放聲鳴叫，聲音傳遍四方；
魚兒深潛在水深之處，或繞著水中的小洲游。
賢者喜歡他生活的環境，園子裡種著檀樹，
樹下還生長著檡樹。
如果能夠得到這位賢者相助，就像是得到了他山上的石頭，可以用來作為磨礪玉石之用。

【註釋】比也。野，叶上與反。擅，叶徒沿反。蘀，音「托」。錯，入聲。1鶴，是白鶴，鳴聲高亮，能達八、九里。2九皋，是九曲的水澤。3淵，是深淵。4蘀，《經義述聞》作「檡」。檡樹，可以為布為紙。5錯，是礪石，就是磨石。

【章旨】這章詩是諷宣王求賢於野的。他說鶴在九皋一鳴，牠的聲音可達四野；魚雖伏在深淵裡，有時或在水渚裡。我很喜歡那個人的園林既有檀樹，可以造車造輻，其下又有檡樹，更可造布造紙，可見這個人的才具很大了。若是得著他，真像得著他山的石頭，可以磨礪自己的德業成功。

【集傳】比也。鶴，鳥名。長頸竦身，高腳頂赤，身白頸尾黑。其鳴高亮，聞八九里。皋，澤中水溢出所為坎。從外數至九。喻深遠也。蘀，落也。錯，礪石也。○此詩之作，不可知其所由。然必陳善納誨之辭也。蓋鶴鳴于九皋，而聲聞于野，言誠之不可揜也。魚潛在淵，而或在于渚，言理之無定在也。園有樹檀，而其下維蘀，言愛當知其惡也。他山之石，而可以為錯，言憎當知其善也。由是四者引而伸之，觸類而長之。天下之理，其庶幾乎。

【箋註】姚際恆曰：通篇皆比意，章法絕奇。

牛運震曰：幽悅動盪，起筆極高騫。雜引不倫，正自錯綜入妙。「魚潛在淵」二語，諷王之審幾察也。「其下維蘀」，單拖一筆，連下一韻，錯落。

程俊英曰：詩人以魚在淵在渚，比閒人隱居或出仕。

鶴鳴于九皋，聲聞于天；
魚在于渚，或潛在淵。
樂彼之園，爰有樹檀，

---

鶴鳥在高陵上放聲鳴叫，唳聲直送到天際。
魚兒在水中的小洲畔游著，或者深深的躲藏在水深之處。
賢者喜歡他生活的環境，園子裡種著檀樹，樹下生長著穀樹。

如果能夠得到這位賢者相助，就像是得到了他山上的石頭，可以用來磨礪出玉石。

其下維穀1。
它山之石，可以攻2玉3。

【註釋】比也。天，鐵困反。淵，叶一均反。1穀，一名楮，皮可造紙，名為「穀皮紙」。2攻，是磋磨。3玉是美玉。

【章旨】這章詩和上章一樣的解法。

【集傳】比也。穀，一名楮。惡木也。攻，錯也。程子曰：「玉之溫潤，天下之至美也。石之麤厲，天下之至惡也。然兩玉相磨不可以成器。以石磨之，然後玉之為器，得以成焉。猶君子之與小人處也。橫逆侵加然後修省畏避，動心忍性，增益預防，而義理生焉，道德成焉。吾聞諸邵子云。」

【箋註】牛運震曰：略易數字，往復詠歎，意味更深。在渚在淵顛倒，意極活妙。

## 鶴鳴二章，章九句。

## 彤弓之什十篇，四十章，一百五十九句。

【集傳】疑脫兩句，當為二百六十一句。

【箋註】姚際恆曰：鄭氏謂：「教宣王求賢人之未仕者。」求賢之者，通篇亦差可通。「鶴鳴」二句，言賢者自有聞也。「魚潛」二句，言賢者進退不常也。「樂彼」，三句，言用舍位置宜審也。「他山」二句，言必藉賢以成君德也。

牛運震曰：調高意遠，一篇寓言隱語，比物連類，妙得諷諫之旨。

方玉潤曰：詩人平居必有一賢人在其意中，不肯明薦朝廷，故第即所居之園，實賦其景，使王讀之，覺其中禽魚之飛躍，樹木之葱倩，水石之明瑟，在在可以自樂。即園中人，令聞之清遠，出處之高超，德誼之粹然，亦一一可以並見。則即景以思其人，因人而慕其景，不必更言其賢，而賢已躍然紙上矣。其辭意在若隱若現，不即不離之間，並非有意安排，所以為佳。

程俊英：這是一首通篇用借喻的手法，抒發招致人才為國所用的主張的詩，亦可稱為招隱詩。

# 祈父之什

# 祈父

祈父1！
予，王之爪牙2，
胡轉予于恤3，
靡所止居？

祈父啊！
我本是君主的衛士。
爲何把我送到這種憂患之地，
連能安居的地方都沒有？

【註釋】賦也。父，音「甫」。牙，叶五胡反。1祈父，是司馬的官名。2爪牙，是禽獸的爪牙。3恤，是憂悶。

【章旨】這章詩是士卒責言司馬徵調失常的。他說祈父呀，你是我王命的爪牙大臣，我王倚你為威的。你何以不顧我們，竟把我們置於憂恤的地方，使我無所安居。

【集傳】賦也。祈父，司馬也。職掌封圻之兵甲。故以為號。酒誥曰：「圻父薄違是也。」予，六軍之士也。或曰：司右虎賁之屬也。爪牙，鳥獸所用以為威者也。恤，憂也。○軍士怨於久役。故呼祈父而告之曰：「予乃王之爪牙，汝何轉我於憂恤之地，使我無所止居乎。」

【箋註】何楷曰：千畝之戰，諸侯之師皆無恙，而王師受其敗，則以勤王不力故耳，故恨而責之。此祈父必侯國之祈父，故其人自稱為王之爪牙。若對王朝之大司馬言，則無此文矣。

**祈父！予，王之爪士1，胡轉予于恤，靡所底止2？**

長官啊！我本來是君主的士兵。爲什麼把我送到這種不堪的地方，連個可以安身的地方都沒有？

【註釋】賦也。底，音「抵」。1爪士，是爪牙的卿士。2底當「到」字講。靡所底止，是止於何所。

【章旨】這章詩和上章一樣的解法。

【集傳】賦也。爪士，爪牙之士也。底，至也。

【箋註】嚴粲曰：靡所底止，謂遠戍而行役未已。

**祈父！亶1不聰2，胡轉予于恤，有母之尸3饔4？**

長官啊！你眞是耳聾啊，爲何把我送到這種惡劣的地方，我家中的老母親要由誰來奉養呢？

【註釋】賦也。1亶，是真實。2聰是聰明。3尸，是主。4饔，是熟食。

【章旨】這章詩是說祈父呀，你真不聰明啊。何故置我在憂恤的地方，使我的母親在家，自己煮飯呢？

【集傳】賦也。亶，誠。尸，主也。饔，熟食也。言不得奉養，而使母反主勞苦之事也。○東萊呂氏曰：「越勾踐伐吳，有父母耆老而無昆弟者，皆遣歸。魏公子無忌救趙，亦令獨子無兄弟者歸養。則古者有親老而無兄弟，其當免征役，必有成法，故責司馬之不聰。其意謂此法人皆聞之，汝獨不聞乎？乃驅吾從戎，使吾親不免薪水之勞也。責司馬者，不敢斥王也。」

【箋註】姚際恆曰：「有母之尸饔」末始露情。

牛運震曰：三呼怨毒。「亶不聰」，責得怨道，然愈不堪。「有母之尸饔」，更悲苦。

## 祈父三章，章四句。

【集傳】《序》以為，刺宣王之詩。說者又以為，宣王三十九年，戰於千畝。王師敗績於姜氏之戎，故軍士怨而作此詩。東萊呂氏曰：「太子晉諫靈王之辭曰：自我先王厲宣幽平，而貪天禍，至于今未弭。宣王中興之主也。至與幽厲並數之，其辭雖過，觀是詩所刺，則子晉之言，豈無所自歟。但今考之詩文，未有以見其必為宣王耳。」下篇效此。

【箋註】鄭玄曰：刺其用祈父，不得其人也。官非其人，則職廢。

牛運震曰：語急氣咽，故是苦調。

程俊英曰：原來衛士是保衛都城王宮，現在讓他出征抵抗戎人，所以怨憤而作此詩。

糜文開、裴普賢曰：不斥王用人不當而責司馬，是詩人之忠厚處；先公而後私，是詩人措辭之得當處。

# 白駒

皎皎1白駒2，食我場苗。
縶3之維4之，以永今朝。
所謂伊人5，於焉6逍遙。

亮麗的白馬，在我的園圃中吃著禾苗。
趕緊將牠綁起拴住，以延長今日的時光。
我所期望得到的賢能之士，可以暫留在此。

【註釋】賦也。1皎皎，是潔白。2駒，是未壯的馬。3縶，是絆馬腳。4維，是繫馬靷。5伊人，是指賢人。6於焉，是感歎。

【章旨】這章詩是放賢還山的。他說賢人的皎潔的白馬，來吃我場中的禾苗。我把馬腳和馬靷都絆起來，好留賢人，以蓋今朝的歡樂。唉，這個賢人，終是留他不住，他要到山林中逍遙去了。

【集傳】賦也。皎皎，潔白也。駒，馬之未壯者。謂賢者所乘也。場，圃也。縶，絆其足。維，繫其靷。永，久也。伊人，指賢者也。逍遙，遊息也。○為此詩者，以賢者之去而不可留也，故託以其所乘之駒，食我場苗，而縶維之，庶幾以永今朝，使其人得以於此逍遙而不去。若後人留客，而投其轄於井中也。

【箋註】牛運震曰：首二句苦意結出幻想。縶馬留客，真雅事。
方玉潤曰：愛賢而欲縶其駒，與好客而至投其轄，同一奇想。

皎皎白駒，食我場藿1。
縶之維之，以永今夕。
所謂伊人，於焉嘉客2。

亮麗的白馬，在我的園圃中吃著豆葉。
趕緊將牠綁起拴住，以延長今夜的時光。
我所期望得到的賢能之士，將是宴席上的嘉賓。

【註釋】賦也。夕，叶羊樂反。客，叶克反反。1藿，是藿黍。2嘉客，是暫客於此的。

【章旨】這章詩是和上章一樣的解法。

【集傳】賦也。藿，猶苗也。夕，猶朝也。嘉客，猶逍遙也。

【箋註】糜文開、裴普賢曰：兩個「永」字，更寫出有賢者在座，不但不覺厭煩，反而時間越久越覺光采的好賢心裡。

**皎皎白駒，賁然1來思。**
**爾2公爾侯，逸豫無期。**
**慎3爾優游，勉4爾遁5思。**

亮麗的白馬，快到我這邊來吧！
無論封公或者封侯，你都將永享安樂。
希望你不要過於閒散悠遊，請打消想要隱世不出的念頭吧。

【註釋】賦也。賁，音「奔」。來，叶云俱反。侯，叶洪孤反。游，叶汪胡反。思，叶新知反。1賁然，是光采貌，或說是疾來貌。2爾，是指賢人的。3慎是慎勿。4勉，是莫要決意。5遁，是越避。

【章旨】這章詩是說賢人乘了白駒，賁然來到。正想予你的公侯爵位，逸豫無窮，願你不要過圖優游，也不要決意避世。

【集傳】賦也。賁然，光采之貌也。或以為，來之疾也。思，語辭也。爾，指乘駒之賢人也。慎，勿過也。勉，毋決也。遁思，猶言去意也。○言此乘白駒者，若其肯來，則以爾為公，以爾為侯，而逸樂無期矣。猶言橫來大者王，小者侯也。豈可以過於優游，決於遁思，而終不我顧哉。蓋愛之切，而不知好爵之不足縻，留之苦，而不恤其志之不得遂也。

【箋註】姚際恆曰：四句四「爾」字，纏綿之音。

牛運震曰：公侯逸豫，此豈賢者胸臆事？歆動得不近理，卻有妙旨。
方玉潤曰：謝安為布衣時，人皆以公輔期之，此必當時第一流人物。

**皎皎白駒，在彼空谷1。**
**生芻2一束，其人如玉。**
**毋金玉爾音，而有遐心。**

亮麗的白馬啊，出沒在深山幽谷之間。我準備鮮嫩的新草，用以餵食，然而那人的品德如玉，不願接受。但願賢者你不吝惜提出寶貴如金玉般的建議，請不要對我生疏遠之心。

**【註釋】**賦也。1空谷，是大谷。2芻是馬吃的草。

**【章旨】**這章詩是說賢人乘了白駒，將往空谷去了。把一束生芻，去秣他的白馬。這個人的德行真是美玉無瑕，願你此去，莫要把你的消息，當作金玉似的，不通音問，有了遠我的心思。

**【集傳】**賦也。賢者必去而不可留矣。於是歎其乘白駒入空谷，束生芻以秣之，而其人之德美如玉也。蓋已邈乎其不可親矣。然猶冀其相聞而無絕也。故語之曰：「毋貴重爾之音聲，而有遠我之心也。」

**【箋註】**姚際恆曰：「皎皎白駒，在彼空谷」氣象全變。曲終之句，益覺纏綿。
牛運震曰：空谷生芻，寫得如此清幽閒遠，令人悠然神往，亦不辨其為招為勸矣。
方玉潤曰：寫出賢人身分，令人神往不置。

## 白駒四章，章六句。

**【箋註】**方玉潤曰：此王者欲留賢者不得，因放歸山林而賜以詩也。其好賢之心可謂切，而留賢之意可謂殷。奈士各有志，難以相強，何哉？觀其初欲縶白駒以永朝夕，繼則更欲縻以好爵，而不暇計賢者之心不在是也；終則知其不可留，而惟冀其毋相絕，時惠我以好音耳。詩之纏綿亦云至矣。

程俊英曰：這是一首別友思賢的詩。

高亨曰：這是一首貴族挽留客人的詩。

麋文開、裴普賢曰：這篇留客詩，大概是宴客時所奏樂章。主人延攬賢者出仕，而賢者卻無心仕祿，終於隱遁。

## 黃鳥

黃鳥黃鳥，
無集于穀1，無啄2我粟。
此邦之人，不我肯穀3。
言旋言歸，復4我邦族。

黃鳥呀！黃鳥呀！
別聚集在穀木上，別啄食我的粟。
這個國家的人，對我不親善。
回家吧！回家吧！還是回我的故鄉去吧。

**【註釋】**比也。啄，音「卓」。1穀，是木名。2啄，是啄食。3穀當「善」字解。肯穀，是善待的意思。4復，是回去。

**【章旨】**這章詩是刺民風偷薄的。他說黃鳥黃鳥啊，你不要息在穀樹上，也不要來食我的粟。我不善待你，也和這裡人不能善待我一個樣的。回去了，回去了，回我的鄉邦去了。

**【集傳】**比也。穀，木名。穀，善。旋，回。復，反也。○民適異國，不得其所，故作此詩。託為呼其黃鳥而告之曰：「爾無集于穀，而啄我之粟。苟此邦之人，不以善道相與，則我亦不久於此，而將歸矣。」

【箋註】姚際恆曰：黃鳥，黃雀也，非黃鶯；鶯不啄粟。

黃鳥黃鳥，
無集于桑，無啄我粱1。
此邦之人，不可與明2。
言旋言歸，復我諸兄3。

---

黃鳥呀！黃鳥呀！
別聚集在桑樹上，別啄食我的黃粱。
就像這個國家的人，都不能夠信賴。
回家吧！回家吧！還是回到我兄弟所在的故鄉去吧。

【註釋】比也。明，叶謨郎反。兄，叶虛王反。1粱，是穀類的粱。2明，是明禮。3諸兄，是故鄉的諸兄。

【章旨】這章詩是說黃鳥啊，你不要息在桑樹上，也不要來食我的高粱。我不和你講禮的，也和這裡的人，不和我講禮一樣。回去了，到我諸兄家鄉去了。

【集傳】比也。

黃鳥黃鳥，
無集于栩1，無啄我黍2。
此邦之人，不可與處3。
言旋言歸，復我諸父。

---

黃鳥呀！黃鳥呀！
別聚集在櫟樹上，別啄食我的黍。
就像這個國家的人，根本無法與之共處。
回家吧，回家吧，還是回到長輩們所在的故鄉去吧。

【註釋】比也。栩，音「許」。1栩，是木名。2黍是禾黍。3處，是相處。

【章旨】這章詩和第二章一樣的解法。

【集傳】比也。

【箋註】糜文開、裴普賢曰：三章疊詠，庶足以一洩其胸中積壓之抑鬱，而亦可使讀者泫然淚下矣。

## 黃鳥三章，章七句。

【集傳】東萊呂氏曰：「宣王之末，民有失所者，意他國之可居也。及其至彼，則又不若故鄉焉。故思而欲歸。使民如此，亦異於還定安集之時矣。今按詩文，未見其為宣王之世。」下篇亦然。

【箋註】何楷曰：〈黃鳥〉，避讒去國也。宣王殺杜伯而非其罪，其子隰叔出奔晉而作此詩。晉地杜之故封，聚族在焉。國既被滅而仕于周，然猶不忘其本，以唐杜為氏。今隰叔以父死非罪，還歸故國，故曰「復我邦族」也。

朱鬱儀曰：宣王之世，諸侯兄弟有失所而來依于王室者。及其季年，政體怠荒，禮意衰薄，思返故國而賦是詩。

范處義曰：適異國之民，而所至之邦，人不能與之相善，不能與之相知，不能與之相安，於是思歸故國，復依族人與諸兄諸父也。國風曰：「豈無他人，不如我同姓。」此之謂也。

牛運震曰：口硬心酸，愴急之調。若父兄邦族可依，何至適異國邪？故作強辭，正自可憐。

高亨曰：詩的作者是個佃農，他從別的地到西周王畿來，租種地主的土地。可是西周王畿的地主們的剝削比原住地區的地主更殘酷一些，而且他舉目無親，在生活上更感艱難，所以仍想回到原住的地區去。此詩與〈魏風·碩鼠〉有相似的地方。

# 我行其野

我行其野，蔽芾其樗1。昏姻之故，言就爾居。爾不我畜2，復我邦家。

我在荒野間獨行，因爲孤單，所以即使是惡木，也得依靠在茂盛的樗木底下。就像因爲結婚的緣故，所以我才住在妳家。妳既然不容我，我就回故鄉老家了。

**【註釋】** 賦也。樗，音「樞」。家，叶古胡反。芾，音「沸」。1樗，是惡木。大枝臃腫，不中繩墨；小枝卷曲，不中規矩。2畜，是畜養。

**【章旨】** 這章詩，是刺不講睦婣政教的。他說我行到郊外，看見一株茂盛的樗樹。它是個惡木，我不能依靠它。妳我是有婚姻和好的，所以來和妳住在一處。那知道妳也不顧親戚的姻好，不能養我。唉，還是回家啊！

**【集傳】** 賦也。樗，惡木也。婿之父，婦之父，相謂曰婚姻。畜，養也。○民適異國，依其婚姻，而不見收恤。故作此詩。言我行於野中，依惡木以自蔽。於是思婚姻之故，而就爾居。而爾不我畜也，則將復我之邦家矣。

**【箋註】** 嚴粲曰：我從本國而來，經行於野，見有惡木之樗野中自生，非藉人力種植，而其枝葉，蔽芾然茂盛，我猶得休息於其下；我以爾是昏姻親戚之故，素有恩義交結，非野樗之比也。今來就爾居，爾乃不我養，是無恩之甚，惡木之不如也，我當復反我之邦家矣。與之訣也。

我行其野，言采其蓫1。
昏姻之故，言就爾宿2。
爾不我畜，言歸斯復。

我在荒野間獨行，因爲飢餓之故，即使不可多吃，也得摘採羊蹄菜爲食。就像因爲結婚的緣故，所以我才與妳共住。妳既然不容我，我就該回家了。

**【註釋】**賦也。蓫，音「逐」。1蓫，是惡野蔬，多食便要下痢。2宿，是宿居。

**【章旨】**這章詩和上章一樣的解法。

**【集傳】**賦也。蓫，牛蘈，惡菜也。今人謂之羊蹄菜。

我行其野，言采其葍1。
不思舊姻，求爾新特2。
成不以富，亦祇以異。

我在荒野間獨行，因爲飢餓，摘採葍蔡爲食。妳不念我們舊日夫妻的關係，而想求新人爲伴。不是因爲他有錢，而是因爲妳喜新厭舊。

**【註釋】**賦也。葍，叶筆力反。祇，音「支」。異，叶逸織反。1葍，是惡野蔬，或稱「燕」。葍根正白，可溫噉充飢。2新特，是新姻。

**【章旨】**這章詩是說我行到野外，採的惡菜，固然不好吃，因為我是餓了，不能不用它暫時充飢。妳何以不念舊姻，反喜新姻呢？大概總不是以我為貧，以他為富，有了異樣的待遇吧。

**【集傳】**賦也。葍，惡菜也。特，匹也。○言爾之不思舊姻，而求新匹也，雖實不以彼之富，而厭我之貧，亦秖以其新而異於故耳。此詩人責人忠厚之意。

【箋註】王安石曰：蓄，野菜之惡者也。然尚可采以禦饑。婚姻之相與，固為其窮則相收，困則相恤也。今不思舊姻，而求爾新特，則又蓄之不如也。

## 我行其野三章，章六句。

【集傳】王氏曰：「先王躬行仁義，以道民厚矣。猶以為未也。又建官置師，以孝友睦姻任恤六行教民。為其有父母也，故教以孝；為其有兄弟也，故教以友；為其有同姓也，故教以睦；為其有異姓也，故教以姻；為鄰里鄉黨相保相愛也，故教以任；相賙相救也，故教以恤。以為徒教之或不率也。故使官師以時書其德行而勸之。以為徒勸之或不率也。於是乎有不孝、不睦、不姻、不弟、不任、不恤之刑焉。方是時也，安有如此詩所刺之民乎。」

【箋註】傅恆曰：幽王初立，申侯以申后之故，留京師以翼王室，所謂「昏姻之故，言就爾居」也。幽王三年，見褒姒而嬖之，生伯服，遂欲廢申后及太子宜臼，所謂「不思舊姻，求爾新特」也。「爾不我畜」，王令申侯歸也，為廢后計也。「言歸思復」，申侯自欲歸也，為救宜臼計也。幽王五年，廢申后而立褒姒，宜臼奔申。十年，王求宜臼於申，欲殺之，申侯不與，此則言歸思復之本謀也。

程俊英曰：這是一首棄婦詩。

糜文開、裴普賢曰：此詩說：「昏姻之故，言就爾宿」，則已非親戚之寄居，而為夫妻之同宿。「不思舊姻，求爾新特」，則為贅婿之妻，另找新夫，實非男子之有新婦也。

# 斯干

秩秩1斯干2，幽幽3南山4。
如竹苞5矣，如松茂矣。
兄及弟矣，式相好矣，
無相猶6矣。

澗水清澈，南山又高大又深邃，
竹子叢生，松樹生長得很茂盛。
哥哥與弟弟啊，相處得很融洽，
彼此之間沒有紛爭怨恨。

**【註釋】**賦也。苞，叶補苟反。干，叶居焉反。山，叶所南反。好，叶許厚反。茂，叶莫口反。猶，叶余久反。1秩秩，是有序。2干是水涯。3幽幽，是幽深。4南山是終南山。5苞，是叢生。6猶，當作尤。

**【章旨】**這章詩是祝公族居第落成的。他說此室既傍臨秩秩的水涯，又依靠幽幽的南山，下面的堅固，如竹的叢生；上面的精密，如松的茂盛。住了這所房子，兄弟只有和好，沒有相怨的了。

**【集傳】**賦也。秩秩，有序也。斯，此也。乾，水涯也。南山，終南之山也。苞，叢生而固也。猶，謀也。○此築室既成，而燕飲以落之，因歌其事言，此室臨水而面山。其下之固，如竹之苞，其上之密，如松之茂。又言居是室者，兄弟相好，而無相謀。則頌禱之辭，猶所謂聚國族於斯者也。張子曰：「猶，似也。」人情大抵，施之不報則輟。故恩不能終。兄弟之間，各盡己之所宜施者，無學其不相報而廢恩也。君臣父子朋友之間，亦莫不用此道。盡己而已。愚按此於文義，或未必然。然意則善矣。或曰：「猶當作尤。」

【箋註】姚際恆曰：「秩秩斯干，幽幽南山」，以形勝起；「如竹苞矣；如松茂矣」，植物；「兄及弟矣，式相好矣，無相猶矣」，再敘天倫。

牛運震曰：開端佈一地勢，極深靜閒遠。背水面山，宛然形家堂局。「秩秩」、「幽幽」，畫水意山色奇絕。「式好」、「無猶」，此作室之本也。兄弟和而堂構成此意，正有關係。

方玉潤曰：先從形勝起，乃卜築第一要著。然非聚國族於斯，則亦未見其盛也，故首及之。

**似續[1]妣祖[2]，築室百堵[3]，**
**西南其戶[4]。**
**爰居爰處，爰笑爰語。**

承繼著先祖的血統，築起大屋居住。房屋的門戶朝著西邊或南邊，於是在這裡長久居住，談笑愉快的生活。

【註釋】賦也。妣，音「比」。1似續，是嗣續，就是後代的人。2妣祖，是祖妣，就是上代的人。3百堵，是百重牆堵，就是數百間的意思。4西南其戶，是東邊房屋朝西開門，北邊的房屋向南開門。

【章旨】這章詩，是說造了數百間房屋，西南都有門戶。上代的人和下代的人住在這所屋子裡，都是居處安寧，笑語歡樂呢！

【集傳】賦也。似，嗣也。妣先於祖者，協下韻爾。或曰：謂姜嫄后稷也。西南其戶，天子之宮，其室非一，在東者西其戶，在北者南其戶。猶言南東其畝也。爰，於也。

【箋註】方玉潤曰：「似續妣祖」承先志，「築室百堵」創新業。次言承先志，乃創業者之心。

約1之閣閣2，椓3之橐橐4。
風雨攸除5，鳥鼠攸去，
君子攸芋6。

將築牆的夾板纏好，夯土打實敲得「橐橐」的響。這樣築起的牆壁才能牢固，不怕風吹雨打，野鳥和老鼠都無法鑽透，君子得以在此安居。

**【註釋】** 賦也。椓，音「卓」。橐，音「託」。除，去聲。芋，叶王遇反。1約，是裝板。2閣閣，是上下相承。3椓，是敲擊。4橐橐，是敲的聲音。5除，是免除。6芋，是優居。

**【章旨】** 這章詩是說這屋上下相承，都裝了板閣，若是一經敲擊，便發出「橐橐」的聲音。風雨可以免除，鳥鼠都已除去，實是君子的優居。

**【集傳】** 賦也。約，束板也。閣閣，上下相乘也。椓，築也。橐橐，杵聲也。除，亦去也。無風雨鳥鼠之害。言其上下四旁，皆牢密也。芋，尊大也。君子之所居，以為尊且大也。

**【箋註】** 方玉潤曰：此下三章皆築室事，先垣次堂次室，層次井然。須玩他鍊字有法：垣則曰攸寧，堂則曰攸躋，室則曰攸寧。一一分貼細膩處。

如跂1斯翼2，如矢斯棘3。
如鳥斯革4，如翬5斯飛。
君子攸躋。

新房建築得嚴肅莊重，屋子的四隅彷彿沖飛上天的箭矢般直而正，頂上的屋簷彷彿飛鳥展翅的舒展，又有如雉雞翻飛一般揚起，這是適合君子升入的屋舍。

**【註釋】** 賦也。跂，音「企」。革，叶訖力反。翬，音「輝」。躋，音「賫」。1跂，是正立。2翼，是翼如整飭的意思。3棘，是急速。矢急便直，遲緩便曲。4革，是翻變。5翬，是雉鳥，是升登。

【章旨】這章詩是說屋的大勢，好像人的正立、矢的直趨。棟宇簷阿，玲瓏活潑，又像鳥的翻變、雉的疾飛。真是君子所住的地方。

【集傳】賦也。跂，竦立也。翼，敬也。棘，急也。矢行緩則枉，急則直也。革，變。翬，雉。躋，升也。○言其大勢嚴正，如人之竦立而其恭翼翼也。其廉隅整飭，如矢之急而直也。其棟宇峻起，如鳥之警而革也。其簷阿華采而軒翔，如翬之飛而矯其翼也。蓋其堂之美如此，而君子之所升以聽事也。

【箋註】牛運震曰：奇麗古駿，後世宮殿賦祖此。

糜文開、裴普賢曰：前四句是形容房屋之靜態美，加以「君子攸躋」就把這房屋寫活了。好像我們拍風景照，必須有人物在其中，方覺有生氣。

**殖殖1其庭，有覺2其楹。**
**噲噲3其正4，噦噦5其冥6。**
**君子攸寧。**

廳堂方正，支撐的梁柱堅實高大。
大廳明亮，內室深奧，
君子在此可安心居住。

【註釋】賦也。噲，音「快」。正，叶音征。噦，音「彗」。殖，音「湜」。1殖殖，是平正。2覺，是高壯。3噲噲，是開敞。4正，是向明。5噦噦，是深廣。6冥是奧妙。

【章旨】這章詩是說庭的平正，柱的高壯，開敞向明，深廣幽奧。是君子所安處的呀。

【集傳】賦也。殖殖，平正也。庭，宮寢之前庭也。覺，高大而直也。楹，柱也。噲噲，猶快快也。正，向明之處也。噦噦，深廣之貌。冥，奧窔之閒也。言其室之美如此，而君子之所休息以安身也。

下莞[1]上簟[2]，乃安斯寢。
乃寢乃興，乃占我夢。
吉夢維何？
維熊[3]維羆[4]，維虺[5]維蛇。

床下鋪著蒲草墊，上頭覆蓋著竹席，是可以舒適睡眠的地方。
睡得舒服，作了個夢，醒來解開夢中的徵兆，
到底夢見了什麼吉利的兆頭呢？
夢見了熊啊、羆啊，還有大小蛇。

**【註釋】**賦也。羆，叶彼何反。蛇，叶土何及。管，音「官」。簟，徒檢、徒錦二反。寢，于檢反。夢，彌登反。羆，音「卑」。虺，音「毀」。1莞，是蒲席草。2簟，是竹簟。3熊，是獸名。4羆是大熊。5虺是虺蛇，頭大色綬。

**【章旨】**這章詩是說下面鋪草，上面鋪簟，方來安睡。或睡或醒，便入了夢中。吉夢是些什麼呢？夢見熊羆和虺蛇。

**【集傳】**賦也。莞，蒲席也。竹葦曰簟。羆，似熊而長頭高腳，猛憨多力，能拔樹。虺，蛇屬。細頸大頭，色如文綬。大者長七八尺。○祝其君安其室居，夢兆而有祥。亦頌禱之辭也。下章放此。

**【箋註】**牛運震曰：幻想別情，即從「君子攸寧」，轉出無迹。敘作室已畢，卻撰出占夢一事，無中生有，以此為頌禱，極奇。
方玉潤曰：藉夢作兆，文筆奇幻。

大人[1]占之，
維熊維羆，男子之祥；

請占卜之人來細解夢兆，
夢見熊和羆，是生兒子的預兆；
夢見大小蛇，是生女兒的預兆啊。

維虺維蛇，女子之祥。

——

【註釋】賦也。大，音「泰」。1大人，是占夢的官。

【章旨】這章詩是說把夢中所見的，命占夢的官占了夢兆。說是夢見熊羆，是得男的祥兆；夢見虺蛇，是得女的祥兆。

【集傳】賦也。大人，大卜之屬。占夢之官也。熊羆，陽物。在山，彊力壯毅，男子之祥也。虺蛇，陰物，穴處，柔弱隱伏，女子之祥也。○或曰：「夢之有占，何也？」曰：「人之精神，與天地陰陽流通。故晝之所為，夜之所夢，其善惡吉凶，各以類至。是以先王建官設屬，使之觀天地之會，辨陰陽之氣，以日月星辰，占六夢之吉凶，獻吉夢贈惡夢。其於天人相與之際，察之詳而敬之至矣。」故曰：「王前巫而後史，宗祝瞽侑，皆在左右。王中心無為也，以守至正。」

【箋註】姚際恆曰：堂、室之制已備言之，下乃為頌禱之辭，猶後世作上梁文也。居室之慶莫過于子孫繁衍，故言其生男子、女子；且必願其男、女之善，方可承先啟後，為父母光。然男、女之善于何可見，乃借物類之熊、羆、虺、蛇比之。然何以見其可比于熊、羆、虺、蛇，則又借夢言之。夢何以知，則又借大人占之而知之。于是下始以「乃生男子」、「乃生女子」二章結之。如此層層結構，深見作者用意之精妙。正大之言出之奇幻，斯為至文。又室成而與后妃寢處，方能誕育；今但輕輕言「莞、簟安寢」，即接入夢，其與后妃寢處略而不道，而已在隱約之間。起雅去俗，妙筆妙筆！又居此室者，一家和樂好合，無過兄弟、妻子；首章已言兄弟，此處當言妻子。于兄弟則明言之，于妻子則隱言之，此尤作者之自得。而不望後世之人知之也。

牛運震曰：極幻事卻極鄭重，寫之妙。

方玉潤曰：再藉占夢男女雙起，開下兩章乃不唐突。此文心結構精密處。

乃生男子，載寢之。
載衣之裳，載弄之璋[1]。
其泣喤喤[2]，朱芾斯皇[3]，
室家君王。

如果生下男孩，就讓他睡在在床上，
爲他穿好衣裳，給他一塊半圭，預祝他日後能夠擔任高官。
他的哭聲宏亮，日後一定能當官，穿紅色鮮亮的官服，
支撐家族宗室，效忠君主。

**【註釋】** 賦也。1璋，是半圭。2喤喤，是大聲。3皇，是輝煌。

**【章旨】** 這章詩是說生了男子，把他睡在床上，著起衣裳，用一塊半圭，握在他的手中。他的哭聲洪大，將來定是朱芾輝煌，君王家中的人材。

**【集傳】** 賦也。半圭曰璋。喤，大聲也。芾，天子純朱，諸侯黃朱。皇，猶煌煌也。君，諸侯也。○寢之於床，尊之也。衣之以裳，服之盛也。弄之以璋，尚其德也。言男子之生於是室者，皆將服朱芾煌煌然，有室有家，為君為王矣。

**【箋註】** 牛運震曰：說夢奇又坐實說生男生女，更令人不測。和大堂皇，結束處得此真不寂寞。

乃生女子，載寢之地。
載衣之裼[1]，載弄之瓦[2]。
無非無儀[3]，唯酒食是議，
無父母詒罹[4]。

如果生下女孩，就讓她睡在地上，
用小被包裹身體，給她一塊織布用的紡錘，象徵她日後將主持家庭之事。
教導她順從、不自作主張，將心力專注於烹調煮食等中饋事務上，
不要讓父母煩惱。

【註釋】賦也。裼，音「替」。瓦，魚位反。儀，叶音義。罹，音「麗」。1裼，是襁褓。2瓦，是紡塼。3儀，是善儀。4罹，是罹憂。

【章旨】這章詩是說生了女子，把她睡在地下，用襁褓纏著。把一塊紡塼，給她玩弄。不要她有善儀，只要她無過錯就是了。教會她的烹調事情，不要父母擔憂就好了。

【集傳】賦也。裼，褓也。瓦，紡磚也。儀，善。罹，憂也。○寢之於地，卑之也。衣之以褓，即其用而無加也。弄之以瓦，習其所有事也。有非，非婦人也。有善，非婦人也。蓋女子以順為正。無非，足矣。有善，則亦非其吉祥可願之事也。唯酒食是議，而無遺父母之憂，則可矣。易曰：「無攸遂，在中饋，貞吉。」而孟子之母亦曰：「婦人之禮，精五飯，冪酒漿，養舅姑，縫衣裳而已矣。」故有閨門之修，而無境外之志，此之謂也。

【箋註】方玉潤曰：生男育女，兩大段對寫作，與篇首聚族承先，遙遙相應。非獨卜後之昌，亦見文章之美。

程俊英曰：詩的最後兩章，反映了西周封建社會男尊女卑的意識型態。

## 斯干九章，四章章七句，五章章五句。

【集傳】舊說，厲王既流于彘，宮室圮壞。故宣王即位，更作宮室，既成而落之。今亦未有以見其必為是時之詩也。或曰：「儀禮下管新宮。」《春秋傳》宋元公賦〈新宮〉，恐即此詩，然亦未有明證。

【箋註】牛運震曰：敘作室正身，祇中間四章。前段設景佈勢，後篇撰情生波，極章法結構之妙。篇中有極篤厚語、有極壯麗語、有極奇幻語，錯出不竭，曲盡其妙。

方玉潤曰：此詩似卜築初成，祀禱屋神之辭，非落成宴飲詩也。自是皇家語，非士庶所宜言。

糜文開、裴普賢曰：全詩寫來層次分明，由遠而近，由大而小，由外而內，由靜而動，由實而虛。自首章至六章之前半章，皆屬寫實，以後則純屬推想期望之意。

## 無羊

**誰謂爾無羊？三百維群。**
**誰謂爾無牛？九十其犉1。**
**爾羊來思，其角濈濈2；**
**爾牛來思，其耳濕濕3。**

誰說你沒有羊？一群就有三百多隻。
誰說你沒有牛？七尺長的大牛就有九十隻。
你的羊群來了，牠們性情溫和，羊角不互相抵、不打架。
你的牛群來了，牛耳濕潤，顯得很健康。

【註釋】賦也。犉，音「淳」。濈，音「戢」。1犉，是黃牛黑唇，又大牛為犉。2濈濈是角不相觸。3濕濕，是濕潤，牛耳一燥，便有病症。

【章旨】這章詩是美司牧的人。他說誰說你沒有羊？你的羊都是三百為一群。誰說你沒有牛？你的牛單是黑唇黃牛的一項，已有九十頭了。可見你的羊牛甚多。你的群羊來到那個地方，很是和順，並不觸角；你的群牛來到那個地方，牛耳都是潤濕的，沒有絲毫病症，可見你善於司牧了。

【集傳】賦也。黃牛黑唇曰犉。羊以三百為群，其群不可數也；牛之犉者九十，非犉者尚多也。聚其角而息濈濈然。呞而動，其耳濕濕然。王氏曰：「濈濈，和也。」羊以善觸為患，故言其和，謂聚而不相觸也。濕濕，潤澤也。牛病則耳燥，安則潤澤也。〇此詩言，牧事有成而牛羊眾多也。

【箋註】姚際恆曰：起得兀突。「爾」，指牧人。其指牧人，即指王之意。
牛運震曰：故作詰問，發端輕矯。
方玉潤曰：起勢飄忽，牛羊並題。

或降于阿1，或飲于池，
或寢或訛2。
爾牧來思，何3蓑何笠，
或負其餱4。
三十維物5，爾牲則具。

有的牛羊從山上走下來，有些則在池塘邊喝水，有的臥躺著，有的在走動。你的牧人們來了，身穿著簑衣，頭頂戴著斗笠，有的人身上背著乾糧。按照牛羊的毛色分類，約有三十種之多，足夠祭祀時的牲禮之需。

【註釋】賦也。池，叶唐何反。物，叶微律反。何，上聲。簑，音「梭」。笠，音「立」。餱，音「侯」。1阿，是水岸。2訛是動作。3何當「荷」字解。4餱，是乾糧。5物是一色。

【章旨】這章詩是羊牛下到水岸上，在池中飲水，有臥的也有動的。你來司牧的時候，帶了來蓑衣笠帽，又帶了乾糧。你的羊牛三十頭分作一色，牲畜的眾多，無不備具。

【集傳】賦也。訛，動。何，揭也。蓑笠，所以備雨。三十維物，齊其色而別之。凡為色三十也。○言牛羊無驚畏，而牧人持雨具，齎飲食，從其所適，以順其性。是以生養蕃息，至於其色無所不備，而於用無所不有也。

【箋註】姚際恆曰：祭饗謂之「牲」；畜牧，凡以為祭饗也。「爾牲則具」一句是正意，餘皆閒筆，所以為佳。此兩章是群牧圖，或寫物態，或寫人情、深得人、物兩忘之妙。

牛運震曰：宛然畫態。

方玉潤曰：人物雜寫，錯落得妙，是一幅群牧圖。其尤要者，「爾牲則具」一語為全詩主腦。蓋祭祀、燕饗及日用常饌所需，維其所取，無不具備。所以為盛，固不徒專為犧牲設也。然淡淡一筆點過，不更纏繞，是其高處。若低手為之，不知如何正中以言，不累即腐。文章死活之分，豈不微哉！

**爾牧來思，以薪以蒸[1]，以雌以雄[2]。**
**爾羊來思，矜矜兢兢[3]，不騫不崩[4]。**
**麾[5]之以肱[6]，畢來[7]既升。**

你的牧人們來了，
背負著或粗或細的草料，還有獵來的雌、雄禽鳥。
你的羊群來了，
溫和乖順，不散亂，不離群亂跑。
只要牧人展臂指揮，便都聽話的進了圍欄。

**【註釋】**賦也。雄，叶于陵反。1薪、蒸，是羊牛食的草料。2雌、雄，是禽獸的雌雄。3矜矜兢兢，是強健。4騫崩是虧損。5麾，是指揮。6肱，是手臂。7畢來，是齊來。

**【章旨】**這章詩是說牧人來取牧草，觀覽山中的禽獸，辨別牠的雌雄。羊牛也來跟隨著，一種強健的樣子，並無虧損和疾病。牧人用手臂一揮，便一齊到山上去了，可見羊牛都服從的。

**【集傳】**賦也。麤曰薪，細曰蒸。雌雄，禽獸也。矜矜兢兢，堅強也。騫，虧也。崩，群疾也。肱，臂也。既，盡也。升，入牢也。○言牧人有餘力，則出取薪蒸搏禽獸。其羊亦馴擾從人，不假箠楚。但以手麾之，使來則畢來。使升則既升也。

【箋註】姚際恆曰：「爾牧來思」，「爾羊來思」，人、物夾雜並言，以見其兩相得，亦兩相忘也。羊之步履欲爭先而實緩，「矜矜兢兢」四字描摹物理尤妙。「不騫」，不虧損也；「不崩」，崎嶇險仄之處不傾跌也。彼篇以言南山，此以言畜，詩之觸處圓通如此。不言牛者，羊性剛逆，尚能馴擾，則牛性之本順者可知矣。

牛運震曰：單就羊生情，妙。「以薪以蒸」，點綴有情。「麾之以肱」，寫生。

方玉潤曰：單寫羊，體物入微，文筆一變。

**牧人乃夢：**
**眾維魚矣[1]，旐維旟矣[2]。**
**大人占之：**
**「眾維魚矣，實維豐年；**
**旐維旟矣，室家溱溱[3]。」**

---

牧人作了個夢，
夢見成群的魚，還有繪繡著龜蛇和鳥紋的旗幟。
占卜之人解夢道：
「夢見成群的魚，是豐年的預兆；
夢見龜蛇和鳥紋的旗幟，是家中人丁興旺的預兆啊。」

【註釋】賦也。年，叶尼因反。1 眾維魚矣，是說人眾沒有魚眾。2 旐是郊野所建的旗子，旟是州里所建的旗子，統率人多。旐維旟矣，是旐眾不及人眾。3 溱溱，是眾多的狀貌。

【章旨】這章詩是說牧人夢見的魚和旗，請占夢的占了。占夢的說道：「魚眾是主豐年的吉兆；旟眾，是主人口增多的吉兆。」

【集傳】賦也。占夢之說，未詳。溱溱，眾也。或曰：「眾，謂人也。」旐，郊野所建，統人少；旟，州里所建，統人多。○蓋人不如魚之多，旐所統不如旟所統之眾。故夢人乃是魚，則為豐年；旐乃是旟，則為人眾。

【箋註】姚際恆曰：牧事蕃育底成，亦當有頌禱之辭以終之，故法亦同上篇。此就牧人言夢，尤幻。畜牧蕃盛固富國之一端，而年豐民庶，家給人足，尤為治平攸賴，故頌禱必及之。然何以遽及，則借夢言之。或以為牧人真夢，或且以為占夢者得而獻之于王，所謂「癡人前不得說夢」也。

牛運震曰：活是夢境。突接乃夢，奇。說牧人夢，更有本色奇趣。占夢妙在不近理，正不必深求。

方玉潤曰：幻情奇想，深得化俗為雅，變雅成活之法。

## 無羊四章，章八句。

【箋註】牛運震曰：一考牧耳，卻畫出中興景象。中間描寫牧事物態，鮮動入神。

程俊英曰：這是一首寫奴隸主貴族畜牧生產情況的詩。

糜文開、裴普賢曰：但這篇〈無羊〉，描寫當時畜牧生活，有特殊的成功。不但描寫人畜的動態，刻畫入微，栩栩活現，構成一幅別具風格的圖畫；它的畫面，更像電影一樣在我們眼前移動，逐漸變換！歷來評詩者均讚此詩妙在幻化出牧人的奇夢。

# 節南山

節[1]彼南山，維石巖巖[2]。
赫赫[3]師尹[4]，民具爾瞻[5]。
憂心如惔[6]，不敢戲談[7]。
國既卒[8]斬[9]，何用不監[10]！

---

高聳的南山，大石嶙峋山勢嚴峻。
就像地位顯赫的太師和尹氏，百姓們都唯你們馬首是瞻。
對於國家之事，眾人憂心如焚，但都不敢隨便談起。
國家眼看就要面臨生死存亡，爲什麼還不正視！

**【註釋】**興也。節，音「截」。瞻，叶側銜反。惔，音「炎」。卒，子律反。監，平聲。1節是高峻貌。2巖巖，是積石的狀貌。3赫赫，是顯盛。4師尹，是太師，三公，或作尹吉甫的後裔。5瞻，是瞻望。6惔，是燔熱。7戲談，是謔談。8卒，是終了。9斬，是斬絕。10監，監察。

**【章旨】**這章詩是家父刺師尹的。他說高峻的南山，是為石所積的；顯盛的師尹，是為民所望的。你所為不善，使民憂心如焚，不敢戲談取樂，國政盡被你弄壞了。你何以用事不察呢？

**【集傳】**興也。節，高峻貌。巖巖，積石貌。赫赫，顯盛貌。師尹，大師尹氏也。大師，三公；尹氏，蓋吉甫之後。《春秋》書尹氏卒，公羊子以為譏世卿者，即此也。具，俱。瞻，視。惔，燔。卒，終。斬，絕。監，視也。○此詩家父所作，刺王用尹氏以致亂。言節彼南山，則維石巖巖矣；赫赫師尹，則民具爾瞻矣。而其所為不善，使人憂心如火燔灼，又畏其威而不敢言也。然則國既終斬絕矣。汝何用而不察哉？

**【箋註】**姚際恆曰：「憂心如惔，不敢戲談」，正應上「赫赫」意。詩人愁苦，必用危言聳聽，如曰「國既卒斬」及下篇「褒姒威之」是也。其實未斬、未威也。
牛運震曰：開端寫得尊嚴可畏，便有側目重足之勢。「不敢戲談」，只一語寫出衰世陰慘。
方玉潤曰：起得嚴厲有勢。「國既卒斬，何用不監」，故作危言，虛喝一筆，領引全師。

節彼南山，有實其猗1。
赫赫師尹，不平謂何。
天方薦2瘥3，喪亂弘4多。
民言無嘉，憯5莫懲6嗟7。

高聳的南山，山勢崎嶇、高低不平，
就像地位顯赫的太師和尹氏，處事是如此的不公平。
上天屢屢降下災禍，禍患又重又多。
人民對你們的施政沒有好評語，難道你們竟不會因此想要改過、覺得後悔？

---

**【註釋】**興也。嘉，叶居何反。憯，音「慘」。嗟，叶遭歌反。1有實有猗，《經義述聞》作「有實其阿」，是說山阿實滿的意思。2薦，是深重。3瘥，是疾病。4弘，是弘大。5憯是曾經。6懲是懲戒。7嗟是歎息。

**【章旨】**這章詩是說高峻的南山，山阿是實滿的。顯盛的師尹，何為不平呢？天方重病的時候，喪亂很多，人民的責言，多不說你好，你還不懲戒咨嗟，急圖改悔嗎？

**【集傳】**興也。有實其猗，未詳其義。傳曰：實，滿。猗，長也。箋云，猗，倚也。言草木滿其旁倚之畎谷也。或以為，草木之實猗猗然。皆不甚通。薦，薦。通，重也。瘥，病。弘，大。憯，曾。懲，創也。○節彼南山，則有實其猗矣。赫赫師尹，而不平其心，則謂之何哉。蘇氏曰：「為政者不平其心，則下之榮瘁勞佚，有大相絕者矣。是以神怒而重之以喪亂。人怨而謗讟其上。然尹氏曾不懲創咨嗟，求所以自改也。」

**【箋註】**姚際恆曰：上言「師尹」，此特分民與臣言之，以見其任重如此，正所以深責之。妙，妙！
牛運震曰：語憤苦之極，幾於搔首頓足。

尹氏[1]大師，維周之氏。
秉國之均[2]，四方是維[3]。
天子是毗[4]，俾民不迷[5]。
不弔[6]昊天，不宜空[7]我師[8]。

太師和尹氏，是周朝的根本。掌握著國家的權力分配，是維繫四方諸國的關鍵。天子的施政要靠著你們輔佐，民衆在你們的指引下才不會迷失。上天是如此的不憫衆生，不該使人民受窮受苦。

**【註釋】**賦也。氏，音「底」。師，叶霜夷反。毗，音「琵」。師，叶霜夷反。1氏，是根本。2均，是均平。3維，是維持。4毗，是輔佐。5迷，是迷失。6弔，是愍祚。7空，是空窮。8師，是眾庶。

**【章旨】**這章詩是說尹氏大師，是周室的根本，應秉政平均，維持四方的人民，輔佐天子，使人民不致失迷失。何以昊天不祚，使他秉國。他既不平心，便不宜久居職位，使我們眾人困窮。

**【集傳】**賦也。氏，本。均，平。維，持。毗，輔。弔，愍。空，窮。師，眾也。○言尹氏大師，維周之氏，而秉國之均，則是宜有以維持四方，毗輔天子，而使民不迷。乃其職也，今乃不平其心，而既不見愍弔於昊天矣，則不宜久在其位。使天降禍亂，而我眾并及空窮也。

**【箋註】**姚際恆曰：「不弔昊天」，應上「天方薦瘥」而尹氏不恤也。牛運震曰：抬高大師，正是責望深切處。「不宜空我師」五字有拊膺高呼之痛。「不宜」二字氣咽語硬，真有滿腹怨毒。

弗躬弗親，庶民弗信。
弗問弗仕[1]，勿罔[2]君子？

如果你不肯以身作則，事必躬親，人們是不會相信你的。如果你遇事不問也不管，那不是欺騙君主嗎？

式夷[3]式已，無小人殆[4]。
瑣瑣[5]姻亞[6]，則無膴[7]仕。

公正的處事，不要任用奸佞小人。
即使是姻親或有裙帶關係，也不因此給予高官厚祿。

**【註釋】**賦也。信，叶斯人反。殆，叶養里反。子，叶獎里反。膴，意武。1仕，當作「事」。2罔，是欺罔。3夷，是平定。4殆，是危殆。5瑣瑣是細小。6姻亞，是姻戚。7膴，是重厚。

**【章旨】**這章是說有事不躬親去做，百姓已不相信你了；你不問做事的過錯，不要欺那君王；應當平心細想，免去不能稱職的人；不要施惠小人，危殆國家，細小的姻戚，也不要任他以重大的事體。

**【集傳】**賦也。仕，事。罔，欺也。君子，指王也。夷，平。已，止。殆，危也。瑣瑣，小貌。婿之父曰「姻」，兩婿相謂曰「亞」。膴，厚也。○言王委政於尹氏。尹氏又委政於姻亞之小人，而以其未嘗問，未嘗事者，欺其君也。故戒之曰：「汝之弗躬弗親，庶民已不信矣。其所弗問弗事，則豈可以罔君子哉？當平其心視所任之人，有不當者，則已之。無以小人之故，而至於危殆其國也。瑣瑣姻亞，而必皆膴仕，則小人進矣。」

**【箋註】**姚際恆曰：「瑣瑣姻亞」，指其事而言之；蓋此輩不唯仕，而且膴仕矣，故亦戒其無，應上「君子弗仕」意。

牛運震曰：苦口縷陳，幾於剖心瀝誠。任小人而信姻亞，此正尹氏之不平也。卻說勿用小人姻亞，不欲斥指之也，猶是立言忠厚處。

昊天不傭[1]，降此鞠[2]訩[3]。
昊天不惠，降此大戾[4]。

老天對我們殘酷不公，降下巨大的災禍。
老天不愛護衆生，降下殘酷的災難。

**君子如屆**5**，俾民心闋**6**。**
**君子如夷，惡怒是違**7**。**

如果掌握朝政的君子能夠躬親政事，人們慌亂的心也能夠得到平靜。
如果君子能夠處事公正，那麼人民就不會懷恨生怨。

**【註釋】**賦也。屆，叶居例反。闋，音「缺」，叶苦桂。傭，救龍反。鞫，音「菊」。，訩音「凶」。1傭，是平均。2鞫，是窮盡。3訩，是訩亂。4戾是乖戾，就是暴惡的意思。5屆，當「到」字解。6闋，是息定。7違，是遠違。

**【章旨】**這章詩是說昊天不平，降下這樣的窮亂；昊天不惠，降下這樣的大惡。若是君子必躬親做事，民心就平息了；若是君子平心不用小人，怨怒也就自然遠了，又何嘗不能挽回呢？

**【集傳】**賦也。傭，均。鞫，窮。訩，亂。戾，乖。屆，至。闋，息。違，遠也。○言昊天不均，而降此窮極之亂。昊天不順，而降此乖戾之變。然所以靖之者，亦在夫人而已。君子無所苟，而用其至，則必躬必親，而民之亂心息矣。君子無所偏而平其心，則式夷式已，而民之惡怒遠矣。傷王與尹氏之不能也。夫為政不平，以召禍亂者，人也。而詩人以為，天實為之者，蓋無所歸咎，而歸之天也。抑有以見君臣隱諱之義焉，有以見天人合一之理焉。後皆放此。

**【箋註】**牛運震曰：此節作推盪游漾之筆，文勢寬而不驟。
方玉潤曰：（四、五章）二章實寫為政不平，以及信任小人，以見天人交怒之故。然猶望其自懲，不作寫絕之辭。

**不弔昊天，亂靡有定。**
**式月斯生，俾民不寧。**

老天不憐憫我們，禍患沒有停止的跡象。災難每個月發生，人民的生活不得安寧。

**憂心如酲[1]，誰秉國成[2]。不自為政，卒勞百姓。**

人心憂慮如同喝醉了一般，有誰能出來秉公處理政事？你不親自處理政務，百姓們因此痛苦不堪。

**【註釋】**賦也。天，叶鐵因反。定，叶唐丁反。酲，音「呈」。政，叶諸盈反。姓，叶桑經反。1酲，是酒病。2成，是平定。

**【章旨】**這章詩是說昊天不祚，使禍亂不能定止，與日月增長。百姓不得安寧，憂心好像有了酒病一般，誰能把國政掌管平定呢？何以自己不親政治。以致勞苦百姓呢。

**【集傳】**賦也。酒病曰「酲」。成，平。卒，終也。○蘇氏曰：「天不之恤。故亂未有所止，而禍患與歲月增長。君子憂之曰：誰秉國成者，乃不自為政，而以付之姻亞之小人，其卒使民為之，受其勞弊以至此也。」

**【箋註】**牛運震曰：「『式月斯生』寫禍亂最苦語，卻自工妙。『誰秉國成』作喚醒語，痛極。」方玉潤曰：至此乃深惡而痛責之。蓋知其不能自懲也，觀下「不懲」二語可見。迨至「覆怨其正」，則惡愈深矣。

**駕彼四牡，四牡項[1]領[2]。我瞻四方，蹙蹙[3]靡所騁。**

驅趕著四匹公馬所拉的馬車，四馬身軀肥壯。然而我眺望四方，國土日益緊縮，簡直沒有可以奔馳的空間。

**【註釋】**賦也。騁，音「逞」。蹙，音「蹴」。1項，是很大。2領是馬頸。3蹙蹙，是縮小的狀貌。

**【章旨】**這章詩是說我駕了四牡的車子，四牡到有很大的頸領。我看看四方，無奈太縮小，沒有地方可去。

【集傳】賦也。項，大也。蹙蹙，縮小之貌。○言駕四牡，而四牡項領，可以騁矣。而視四方，則皆昏亂蹙蹙然，無可往之所。亦將何所騁哉。東萊呂氏曰：「本根病，則枝葉皆瘁。」是以無可往之地也。

【箋註】牛運震曰：「我瞻四方」二語沉鬱激昂。

**方茂[1]爾惡，相[2]爾矛[3]矣。既夷既懌[4]，如相醻[5]矣。**

當你們盛怒的時候，不惜互相動武。但當你們歡喜的時候，相處起來就像酒宴上賓主相得的友善歡樂。

【註釋】賦也。醻，音「酬」。1茂是茂盛。2相是相視。3矛，是說像戈矛相見。4懌，是心悅。5醻，是酬酢。

【章旨】這章詩是說方才盛惡相加，和你如同戈矛相見一般，一會和好了，又像賓主酬酢似的。真是小人心性無常呀。

【集傳】賦也。茂，盛。相，視。懌，悅也。○言方盛其惡以相加，則視其矛戟，如欲戰鬥。及既夷平悅懌，則相與歡然，如賓主而相酬酢，不以為怪也。蓋小人之性無常，而習於鬥亂。其喜怒之不可期如此。是以君子無所適而可也。

【箋註】牛運震曰：寫小人險躁之態酷肖。

**昊天不平，我王不寧。不懲其心，覆怨其正。**

上天降禍不公平，使君主如此的不安寧。但你們這些人卻不肯悔過，反而抱怨旁人行為端正。

【註釋】賦也。正，叶諸盈反。

【章旨】這章詩是說昊天不平，使我王不得安寧，但尹氏大師，還不自懲其心，反怨那正已的人。他的為惡是不能已止了。

【集傳】賦也。尹氏之不平，若天使之。故曰：「昊天不平。」若是則我王亦不得寧矣。然尹氏猶不自懲創其心，乃反怨人之正己者，則其為惡何時而已哉。

【箋註】姚際恆曰：此處方出「我王」字，則以前皆指尹氏甚明。古人文極有條理，而解者顧亂之，何也？「懲其心」，應前「懲嗟」懲字。

牛運震曰：公然誣天為不平，憤甚而無所歸咎也。「我王不寧」一語有多少護惜所謂愛君之至也。

方玉潤曰：「王」字輕輕帶出，詩人忠君愛國之心含蓄無限，立辭之妙，可以為法。

**家父1作誦2，以究王訩3。**
**式訛4爾心，以畜5萬邦。**

家父之所以作這首詩，是希望探究王家禍亂的原因。希望太師和尹氏能改過，好安定天下的百姓。

【註釋】賦也。誦，叶疾容反。邦，叶卜工反。1家父，是周大夫名字。2誦，是詩篇。3王訩，是說王政訩亂。王，或作大。4訛，是訓化。5畜是畜育。

【章旨】這章詩是作詩人表出自己名字。說他作這篇詩，是要窮究王政的訩亂，訓化你的心，使你撫育萬邦。

【集傳】賦也。家，氏。父，字。周大夫也。究，窮。訛，化。畜，養也。○家父自言作為此誦，以窮究王政昏亂之所由。冀其改心易慮，以畜養萬邦也。陳氏曰：「尹氏厲威，使人不得戲談。而家父作詩，乃復自表其出於己，以身當尹氏之怒而不亂者，蓋家父周之世臣，義與國俱存亡故也。」

東萊呂氏曰：「篇終矣，故窮其亂本，而歸之王心焉。致亂者雖尹氏，而用尹氏者，則王心之蔽也。」李氏曰：「孟子曰：人不足與適也，政不足與閒也，惟大人為能格君心之非。蓋用人之失，政事之過，雖皆君之非，然不必先論也。惟格君心之非，則政事無不善矣，用人皆得其當矣。」

【箋註】姚際恆曰：「以究王訩」，承上「我王不寧」來；「訩」，應上「鞫訩」字：謂窮究王之所以致此鞫也。「爾」，指尹氏，尚冀其變化此心以畜養乎萬邦也；應前「空我師」不得其養之意。牛運震曰：結得和大篤厚，真大臣憂國之體。直書不諱，以言之者無罪也。「式訛爾心」，猶庶幾其一悟也。一篇怨刺都成苦口良藥矣。一片血誠，故雖幽憤摯怨，不失為厚。

## 節南山十章，六章章八句，四章章四句。

【集傳】《序》以此為幽王之詩。而春秋桓十五年，有家父來求車。於周為桓王之世，上距幽王之終，已七十五年，不知其人之同異。大抵《序》之時世，皆不足信。今姑闕焉可也。

【箋註】牛運震曰：《序》以為刺幽王，以詩考之，殆作於平王時以刺尹氏者爾。一篇本旨總為刺尹氏之不平。任小人而信姻亞，則其不平之大者也。篇中「秉國之均」、「式夷式已」、「君子如夷」、「昊天不平」，總將不平之意，反復申明之。而「弗躬弗親」、「不自為政」，屢指其不平之失。末以「不懲其心」、「式訛爾心」結之。一意分明，貫串脈絡最清。

# 正月

正月1繁2霜，我心憂傷。
民之訛3言，亦孔之將4。
念我獨兮，憂心京京5。
哀我小心，癙憂6以痒7。

正月的時候，突然下起了反常的大霜，我爲此深感憂愁。民間的謠言，流傳散布，情勢嚴重。只有我一個人爲此憂心忡忡，其他人都不在意。可憐啊，我的心都因爲憂愁而成病了。

【註釋】賦也。京，叶居良反。瘋，音「鼠」。痒，音「羊」。1正月，是夏歷的四月。以純陽用事，是四月為正陽。2繁，是繁多。3訛是虛偽。4將，當「大」字解。5京京，是大的意思。6癙憂，是隱憂。7痒是疾病。

【章旨】這章詩是周大夫感時傷遇的。他說正陽的月份，還有重厚的霜。我心中好不憂傷啊！人民的偽言，也算很大了。眾人都不憂愁，獨是我想起。這種偽言，憂的特甚，可憐我弱小的心肝，都急成病了。

【集傳】賦也。正月，夏之四月。謂之正月者，以純陽用事，為正陽之月也。繁，多。訛，偽。將，大也。京京，亦大也。癙憂，幽憂也。痒，病也。○此詩亦大夫所作。言霜降失節，不以其時，既使我心憂傷矣。而造為姦偽之言，以惑群聽者又方甚大。然眾人莫以為憂。故我獨憂之，以至於病也。

【箋註】牛運震曰：氣怯情危，開口便嗚咽可憐。

方玉潤曰：天人交變，亂形已著。

糜文開、裴普賢曰：以氣候的反常，作為總綱，已開啟下面的文章，並證人事禍亂的即將來臨。

父母生我，胡俾我瘉[1]？
不自我先，不自我後。
好言自口，莠言[2]自口。
憂心愈愈[3]，是以有侮[4]。

父母辛苦生下我，為何使我在世間受痛苦？
禍患不發生在我出生之前，也不發生在我死去之後。
人們說話，好言好語出自他們之口，惡言惡語也出自他們之口。
心中對國事的煩憂令我生病，還因擔憂國家反遭受侮辱。

**【註釋】**賦也。瘉，音「庾」。後，叶下五反。口，叶孔五反。莠，音「酉」。1瘉，是疾病。2莠，是壞草。莠言，是壞言。3愈愈，是更甚。4侮，是侮辱。

**【章旨】**這章詩是說父母既生了我，何以使我有病？不從我先，不從我後。好言從口裡出來，惡言也從口裡出來，我因此憂心更甚，反受人的侮辱。

**【集傳】**賦也。瘉，病。自，從。莠，醜也。愈愈，益甚之意。○疾痛故呼父母，而傷己適丁是時也。訛言之人，虛偽反覆，言之好醜，皆不出於心，而但出於口。是以我之憂心益甚，而反見侵侮也。

**【箋註】**姚際恆曰：「好言」、「莠言」承上「訛言」言之。
牛運震曰：橫起怨緒，沉痛愴急。「好言自口」二語，言好醜之言，唯口所極而無忌也。「是以」二字硬接得憤甚。
方玉潤曰：我何不幸，乃適當此惡運。

憂心惸惸[1]，念我無祿[2]。
民之無辜[3]，并其臣僕[4]。

心中愁苦，我是多麼的不幸。
人民無辜，卻淪落成為奴隸。
可悲啊我們這樣的人，從何可得幸福？

哀我人斯，于何從祿[5]？

瞻烏爰止，于誰之屋？

看天空中的飛鳥總有降下的時候，不知道牠會棲息在誰家的屋頂上？

【註釋】賦也。惸，音「煢」。并，去聲。1惸惸，是憂意。2無祿，是不幸的意思。3辜，是罪過。4臣僕，是為人奴僕。5從祿，是從人受祿。

【章旨】這章詩是說我惸惸憂心，思念我的不幸。人民有什麼罪過，都要做人的奴僕呢？可憐我人民啊，到底從何人受祿呢？好像那個飛的烏鴉，不知道息在那家屋上了。

【集傳】賦也。惸惸，憂意也。無祿猶言不幸爾。辜，罪。并，俱也。古者以罪人為臣僕。亡國所虜亦以為臣僕。箕子所謂商其淪喪，我罔為臣僕是也。○言不幸而遭國之將亡，與此無罪之民，將俱被囚虜，而同為臣僕。未知將復從何人而受祿。如視烏之飛，不知其將止于誰之屋也。

【箋註】方玉潤曰：亂極則國必亡，將來未知何如，偶一念及，詎堪設想。

瞻彼中林，侯[1]薪侯蒸。

民今方殆，視天夢夢[2]。

既克有定，靡人弗勝。

有皇[3]上帝，伊誰云憎[4]？

看著森林中，粗細不一的林木看得清清楚楚。但百姓今日遭遇危難，上天卻恍惚朦朧，什麼也看不見。

出自於上天的決定，沒有人能夠戰勝，但偉大的上帝啊，你到底是在憎恨誰呢？

【註釋】興也。夢，音「蒙」，叶莫登反。1侯，當作「維」字解。2夢夢，是不明。3皇當「大」字解。4憎是憎惡。

【章旨】這章詩是說看那林中的樹木，誰是薪，誰是蒸，都是很明瞭的。何以民方危殆的時候，蒼天還不明白呢？唉，這都是未經平定的緣故啊！若是時事平定了，雖是天定勝人，人定也能勝天。皇皇的上帝，當真是憎怨那個嗎。

【集傳】興也。中林，林中也。侯，維。殆，危也。夢夢，不明也。皇，大也。上帝，天之神也。程子曰：以其形體謂之天，以其主宰謂之帝。○言瞻彼中林，則維薪維蒸，分明可見也。民今方危殆，疾痛號訴於天，而視天反夢夢然，若無意於分別善惡者。然此特值其未定之時爾。及其既定，則未有不為天所勝者也。夫天豈有所憎而禍之乎。福善禍淫亦自然之理而已。申包胥曰：「人眾則勝天，天定亦能勝人。」疑出於此。

【箋註】牛運震曰：「有皇上帝」，呼得切痛，激音厲響。「伊誰云憎」言天何讎於民，乃坐視其殆而不之省救邪！

方玉潤曰：天何為而此醉！

謂山蓋卑，為岡1為陵2。
民之訛言，寧莫之懲。
召彼故老3，訊4之占夢。
具曰：「予聖。」誰知烏之雌雄？

有人說高山是低平的，有人說高聳的山脊是平坦的，百姓間流傳著這樣胡說八道的流言，竟然沒有人加以懲治。召來那些德高望重之人，詢問夢兆的吉凶，他們都說：「我是聖人。」但誰能分辨出烏鴉的雌與雄？

【註釋】賦也。訊，音「信」。夢，叶莫登反。雄，叶胡陵反。1岡，是山脊。2陵，是廣平的山。3故老，是舊臣。4訊，是訊問。

【章旨】這章詩是說人要說山是卑矮的，究竟岡陵可是卑矮呢？人民的偽言，可能夠不加懲治嗎？還要召來故老、訊問占夢的人，你自以為聖善，人又都說你是聖善，哪裡能知道事的真假，話的虛實呢？好像烏鴉的雌雄，誰能看得出來。

【集傳】賦也。山脊曰岡。廣平曰陵。懲，止也。故老，舊臣也。訊，問也。占夢，官名。掌占夢者也。具，俱也。烏之雌雄相似而難辨者也。○謂山蓋卑。而其實則岡陵之崇也。今民之訛言如此矣，而王猶安然莫之止也。及其詢之故老，訊之占夢，則又皆自以為聖人。亦誰能別其言之是非乎。子思言於衛侯曰：「君之國事將日非矣。」公曰：「何故？」對曰：「有由然焉。君出言自以為是，而卿大夫莫敢矯其非。卿大夫出言亦自以為是，而士庶人莫敢矯其非。」君臣既自賢矣，而群下同聲賢之。賢之則順而有福。矯之則逆而有禍。如此則善安從生。詩曰：「具曰予聖，誰知烏之雌雄。」抑亦似君之君臣乎。

**謂天蓋高，不敢不局1；**
**謂地蓋厚，不敢不蹐2。**
**維號3斯言，有倫有脊4。**
**哀今之人，胡為虺蜴5？**

在亂世之中，即使天高，也必須折腰；
即使地厚，也必須躡腳行走。
我所呼喊的言語，都是依循倫理有理由的。
悲哀啊世間之人，怎麼都活得和小蛇、蜥蜴一樣呢？

【註釋】賦也。局，叶居亦反。虺，音「毀」。蜴，音「易」。蹐，音「積」。號，音「毫」。1局，是曲躬。2蹐是累足小步。3號是呼號。4脊，是理由。5虺蜴，是毒蛇。

【章旨】這章詩是說遭逢亂世，雖說天高，不敢不曲躬；雖說地厚，不敢不小步。我的呼號的言語，都是有倫有理的。可憐現在的人們，怎樣都像毒蛇一般來害人呢？

【集傳】賦也。局，曲也。蹐，累足也。號，長言之也。脊，理。蜴，螈也。虺蜴，皆毒螫之蟲也。○言遭世之亂，天雖高而不敢不局，地雖厚而不敢不蹐。其所號呼而為此言者，又皆有倫理而可考也。哀今之人，胡為肆毒以害人，而使之至此乎。

【箋註】姚際恆曰：「謂天蓋高」四句，即唐人詩曰「出門即有礙，誰云天地寬」也。此必古語，故承之曰「維號其言」。
方玉潤曰：已雖獨醒，無地能容。天高、地厚二語，跟上天夢、山卑作一大段。

**瞻彼阪田[1]，有菀[2]其特[3]。**
**天之扤[4]我，如不我克。**
**彼求我則，如不我得。**
**執我仇仇，亦不我力[5]。**

看那崎嶇貧瘠的田地裡，禾苗仍然生長得很茂盛。
為什麼上天這樣動搖、傷害我，彷彿生怕不能壓制我一樣。
有求於我的時候，怕不能得著我的力量，
但得到我之後，卻又冷待我，不肯用我。

【註釋】興也。阪，音「反」。菀，音「鬱」。扤，音「兀」。1阪田，是崎嶇墝角的土地。2菀是茂盛。3特是生的苗。4扤，是搖動。5仇仇，《經義述聞》作緩持的意思。執我仇仇，亦不我力，是待我緩持，不能盡力用我的意思。

【章旨】這章詩是說我看那阪田裡的苗，長得很茂盛。何以天來動搖我，使我的事業，不能茂盛呢？在他來求我的時候，心裡很懇切，好像惟恐不能得著；那知道我已經告訴他，他就執定己見，待我簡慢，不能盡力用我了。

【集傳】興也。阪田，崎嶇墝埆之處。菀，茂盛之貌。特，特生之苗也。扤，動也。力，謂用力。○瞻彼阪田，猶有菀然之特，而天之扤我，如恐其不我克何哉。亦無所歸咎之辭也。夫始而求之以為法，則惟恐不我得也。及其得之，則又執我堅固如仇讎然。然終亦莫能用也。求之甚艱，而棄之甚易。其無常如此。

【箋註】方玉潤曰：前言是非顛倒，此後言用賢不專。

**心之憂矣，如或結之。**
**今茲之正1，胡然厲2矣？**
**燎3之方揚4，寧或滅之？**
**赫赫宗周5，褒姒6烕7之。**

我心頭的憂傷，就像打了死結無法解開的繩子。
看今日的國政時局，爲什麼如此暴虐？
就像是燎原的烈火熊熊，誰能將它撲滅？
顯赫的鎬京啊，將被褒姒所毀滅。

【註釋】賦也。厲，叶力桀反。姒，音「似」。烕，呼悅反。1正，是政治。2厲，是暴厲。3燎，是火田。4揚是盛揚。5宗周是鎬京。6褒姒，是幽王的嬖妾。7烕與「滅」同。

【章旨】這章詩是說我心中憂愁，像固結不開的樣子。是因現在的政治如何暴惡至此，正像火田的火勢方盛，無人或能撲滅。唉，這個顯赫的鎬京，將為褒姒所滅了。

【集傳】賦也。正，政也。厲，暴惡也。火田為燎。揚，盛也。宗周，鎬京也。褒姒，幽王之嬖妾。褒國女，姒姓也。烕，亦滅也。○言我心之憂如結者，為國政之暴惡故也。燎之方盛之時，則寧有能撲而滅之者乎。然赫赫然之宗周，而一褒姒足以滅之。蓋傷之也。時宗周未滅，以褒姒淫妒讒諂，而王惑之，知其必滅周也。或曰：「此東遷後詩也，時宗周已滅矣。」其言褒姒威之，有監戒之意，而無憂懼之情。似亦道已然之事，而非慮其將然之辭。今亦未能必其然否也。

【箋註】孔穎達曰：詩人明得失之跡，見微知著也。
歐陽脩曰：上七章皆述王信訛言亂政，至此始言滅周於褒姒者，推其禍亂之本也。
姚際恆曰：「褒姒威之」，或疑直斥時人，似非宜。不知當時作詩者皆有骨力之人，猶前篇不畏尹氏而自紀作者之名也。又疑宗周未威，何遽作未來語，得毋過否。
方玉潤曰：政復暴虐。咎歸褒姒，言之可駭。然鎬京未亡，何以遽言褒姒威之？古人縱極戇直，亦不應狂誕若此！此必天下大亂，鎬京亦亡在旦夕，其君臣尚縱飲宣淫，不知憂懼，所謂燕雀處堂，自以為樂，一朝突決棟焚，而怡然不知禍之將及也，故詩人憤極而為是詩，亦欲救之無可救藥時矣。

**終其永懷，又窘1陰雨。**
**其車既載2，乃棄爾輔3。**
**載輸4爾載，將5伯6助予。**

心中滿懷憂傷，又碰上陰雨連綿。
車上載滿貨物，卻抽掉夾著車輪的車輔。
滿車的貨物散落，這時再喊著找人幫助，也為時已晚。

【註釋】比也。輔，叶扶雨反。將，音「槍」。1窘，是窘困。2載是所載的物件。3輔，是車輔，幫助車輻的。4輸是輸運，或作「墮陷」。5將是請求。6伯，是人名。

【章旨】這章詩說長久的傷懷，又困於陰雨的時候，車子已經裝了物件，竟把車輔丟棄；若是車子陷了，再來叫我幫助，那就遲了。

【集傳】比也。陰雨則泥濘而車易以陷也。載，車所載也。輔，如今人縛杖於輻，以防輔車也。輸，墮也。將，請也。伯，或者之字也。○蘇氏曰：「王為淫虐，譬如行險而不知止。君子永思其終，知其必有大難。故曰：『終其永懷，又窘陰雨。』王又不虞難之將至，而棄賢臣焉。故曰：『乃棄爾輔。』君子求助於未危，故難不至，苟其載之既墮，而後號伯以助予，則無及矣。」

【箋註】鄭玄曰：以車之載物，喻王之任國事也。棄輔喻遠賢也。棄女車輔，則墮女之載，乃請長者見助，以言國危而求賢者，已晚矣。

姚際恆曰：「終其永懷」，此一句承上起下，謂當深思遠慮也。

牛運震曰：颾開另起，低徊儃爰，真有愁思九迴之神。

**無棄爾輔，員[1]于爾輻。**
**屢顧爾僕[2]，不輸爾載。**
**終踰絕險，曾是不意。**

不要丟棄車輔啊，增補你的輪柱。隨時關照你的車伕，才不會傾翻散落貨物。要如此謹慎才能夠脫離險境，但你卻毫不在乎。

---

【註釋】比也。員，音「云」。輻，叶筆力反。載，叶節力反。意，叶乙力反。1員，是補益。2僕，是車伕。

【章旨】這章詩是說你不要丟棄了車輔，自然能補益車輻。屢屢招顧了僕伕，車子便不致陷墮了。總可越過危險的，你怎樣不注意呢。

【集傳】比也。員，益也。輔，所以益輻也。屢，數。顧，視也。僕，將車者也。○此承上章言若能無棄爾輔，以益其輻，而又數數顧視其僕，則不墮爾所載，而踰絕險。若初不以為意者。蓋能謹其初，則厥終無難也。一說，王曾不以是為意乎。

【箋註】姚際恆曰：「無棄爾輔」，承上「乃棄爾輔」，言有輔既員輻矣。「屢顧」至末一氣讀，皆言其行之迅速而無難也。北人言車，猶南人言舟，大有「風利不得泊」，及「青惜峰、巒，黃知橘、柚」之意，妙絕，妙絕！

牛運震曰：「曾是不意」，冷諷之辭。猶言此何等事而不以為意邪？

方玉潤曰：（九、十章）二章極言得人者昌，失人者亡。純以譬喻出之，故易警策動人。

**魚在于沼[1]，亦匪克樂；**
**潛雖伏矣，亦孔之炤[2]。**
**憂心慘慘，念國之為虐。**

魚困在淺池塘中，不算是眞正安樂；
即使潛入水中，也被看得清清楚楚。
我心中無比憂愁，國家如此暴亂，人無處可逃啊。

【註釋】比也。沼，叶音「灼」。1沼，是淺池。2炤，是顯明易見。

【章旨】這章詩是說好比魚在淺池，也不算得樂境，雖是深伏水中，也很是顯明易見的。所以我心中很憂，恐怕國家要亂了。

【集傳】比也。沼，池也。炤，明易見也。魚在于沼，其為生已蹙矣。其潛雖深，然亦炤然而易見。言禍亂之及，無所逃也。

【箋註】方玉潤曰：賢既不用，必難相容，故特憂之，為一大段。

**彼有旨酒，又有嘉殽。**
**洽比[1]其鄰，昏姻孔云[2]。**
**念我獨兮，憂心慇慇[3]。**

小人有醇厚的美酒，和美味的佳餚。
他們和鄰居吃喝周旋，還有許許多多的親戚。
想起我孤獨無依，心中更是痛苦悲傷。

【註釋】賦也。比，音「鼻」。1洽比，是親暱。2孔云是甚殷的意思。3慇慇，是疾痛狀。

【章旨】這章詩是說小人得志，便有美酒嘉殽，親暱鄰里婚姻，很是樂意。獨是我憂愁更甚，恐怕禍亂將及。

【集傳】賦也。洽比，皆合也。云，旋也。殷殷，疾痛也。○言小人得志，有旨酒嘉殽，以合比其鄰里，怡懌其婚姻，而我獨憂心，至於疾痛也。昔人有言，燕雀處堂，母子相安，自以為樂也。突決棟焚，而怡然不知禍之將及，其此之謂乎。

【箋註】牛運震曰：寫盡燕雀怡堂光景。但斥朋酒，意自含蓄。此中正有多少不忍言處。迴應「念我獨兮」以結憂己之旨。

**佌佌1彼有屋，蔌蔌2方有穀3。**
**民今之無祿，天夭4是椓5。**
**哿6矣富人，哀此惸獨7。**

小人們有屋子可住，鄙陋之人也得到俸祿。但百姓們卻如此不幸，遭受上天降下的各種禍害。有錢的人享受著歡樂，但可憐那些孤獨無依靠的百姓啊！

【註釋】賦也。佌，音「此」。夭，音「腰」。蔌，音「速」。哿，音「可」。1佌佌是小貌。2蔌蔌是陋貌。3穀，是穀祿。4天夭，是禍。5椓是害。6哿是可能。《經義述聞》作「嘉樂」。7惸獨，是孤獨。

【章旨】這章詩是說小人們都有屋了，窶陋的人也有祿了。獨是人民不幸，遭逢禍害。富人尚可以抵當，惟有孤獨無依的，實在可哀啊。

【集傳】賦也。佌佌，小貌。蔌蔌，窶陋貌。指王所用之小人也。穀，祿。夭，禍。椓，害。哿，可。獨，單也。○佌佌然之小人，既已有屋矣。蔌蔌窶陋者，又將有穀矣。而民今獨無祿者，是天禍椓喪之耳。亦無所歸怨之辭也。亂至於此，富人猶或可勝，惸獨甚矣。此孟子所以言文王發政施仁必先鰥寡孤獨也。

【箋註】嚴粲曰：厲王之亂，民之室廬蓄積蕩然矣。宣王勞來還定，于是彼有佌佌然之小屋，方有蔌蔌然之少穀。正望繼其後者愛養培植之，今乃不幸，又逢幽王之亂，是天為夭孽以椓害之也。

牛運震曰：末章結憂民之旨。疊字疊韻，騷亂之調。末二句平心慘語難讀。

### 正月十三章，八章章八句，五章章六句。

【箋註】姚際恆曰：此周大夫感時傷遇之作，非躬親其害，不能言之痛切如此。

牛運震曰：憂亂一篇本旨，訛言則亂之階而憂之主也。往復頓挫，騷人哀怨之神。〈節南山〉悲壯，此篇更淒切拗折憂鬱，別是一格。

方玉潤曰：此周大夫感時傷遇之作，非躬親其害，不能言之痛切如此。

## 十月之交

十月之交，朔月辛卯[1]。
日有食之[2]，亦孔之醜[3]。
彼月而微，此日而微[4]。
今此下民，亦孔之哀。

十月初一，朔月的辛卯日，
太陽又被食了，這是象徵國家失道的惡劣天象。
先前曾有月食，如今竟又發生了日食。
百姓們是多麼的痛苦又悲哀啊。

【註釋】賦也。卯，叶莫後反。哀，叶於希反。1朔日，是陰曆初一。2日食，是日蝕。3醜是醜惡。4微是虧損。

【章旨】這章詩是刺皇父煽虐，以致災變的。他說交到十月，是純陰的月分。初一的一天，就有了日蝕，也是很惡的事情。因為這個月只宜月蝕，不宜日蝕。月蝕是無礙的，若是日蝕，便是沒有陽氣，不是兆亂的氣象嗎？唉，於今的人民。真是大可悲哀了。

【集傳】賦也。十月，以夏正言之，建亥之月也。交，日月交會，謂晦朔之閒也。曆法，周天三百六十五度四分度之一，左旋於地，一晝一夜，則其行一周而又過一度。日月皆右行於天，一晝一夜，則日行一度，月行十三度十九分度之七。故日一歲而一周天，月二十九日有奇而一周天，又逐及於日而與之會。一歲凡十二會，方會則月光都盡而為晦。已會則月光復蘇而為朔。朔後晦前各十五日，日月相對，則月光正滿而為望。晦朔而日月之合，東西同度，南北同道，則月揜日而日為之食。望而日月之對，同度同道，則月亢日而月為之食。是皆有常度矣。然王者修德行政，用賢去奸，能使陽盛足以勝陰，陰衰不能侵陽，則日月之行，雖或當食，而月常避日。故其遲速高下，必有參差，而不正相合，不正相對者，所以當食而不食也。若國無政不用善，使臣子背君父，妾婦乘其夫，小人陵君子，夷狄侵中國，則陰盛陽微，當食必食。雖曰行有常度，而實為非常之變矣。蘇氏曰：日食，天變之大者也。然正陽之月，古以忌之。夏之四月為純陽。故謂之正月。十月純陰，疑其無陽。故謂之陽月。純陽而食，陽弱之甚也。純陰而食，陰壯之甚也。微，虧也。彼月則宜有時而虧矣。此日不宜虧而今亦虧。是亂亡之兆也。

【箋註】王安石曰：日月有盈虧，虧則微矣。彼月而微，則固其所，此日而微，則非其常。姚際恆曰：「日有食之」，春秋用之。

日月告凶1，不用其行2。
四國無政3，不用其良。
彼月而食，則維其常。
此日而食，于何4不臧？

太陽與月亮的異常預告著災難降臨，不依常軌而運行，
天下四方不行善政，不舉用賢才，就會面臨災禍。
先前的月食，還算平常，
但這次的日食，情勢非常嚴重，爲什麼還不改錯向善呢？

【註釋】賦也。1告凶，是共微的意思。2行，是軌道。3政，是善政。4于何，是如何的情由。

【章旨】這章詩是說日月共微，這樣不循道的事情，多因四國沒有善政，不用良臣所致。但是月蝕尚是常情，若是日蝕，定有什麼不好的事情發現。

【集傳】賦也。行，道也。○凡日月之食，皆有常度矣。而以為不用其行者，月不避日，失其道也。然其所以然者，則以四國無政，不用善人故也。如此則日月之食皆非常矣。而以月食為其常，日食為不臧者，陰亢陽而不勝，猶可言也。陰勝陽而揜之，不可言也。故《春秋》日食必書，而月食則無紀焉。亦以此爾。

【箋註】方玉潤曰：天變於上，小人不知自警，反以為常，則無忌憚之心可見。

爗爗1震2電，不寧3不令4，
百川沸騰5，山冢6崒7崩，
高岸為谷，深谷為陵。
哀今之人，胡憯8莫懲？

電光閃閃，雷聲轟鳴，天地是如此的不寧醜惡。
百川如滾水一般翻騰，山峰崩塌傾倒，
高崖塌陷成山谷，山谷聳起爲高山。
可悲啊百姓們，爲什麼不以此爲警？

**【註釋】**賦也。爗，音「曄」。令，叶盧經反。憯，音「慘」。1爗爗，是電光。2震，是震雷。3寧，是安寧。4令，是令善。5沸，是沸出。騰，是升乘。6冢，是山頂。7崒，是猝壞。8憯，是曾經。

**【章旨】**這章詩是說，非但日蝕，還有爗爗的雷電，不得安寧，不得令善。百川滾滾的奔騰，山頂猝然的崩壞，高岸坍塌下去，變成深谷。深谷填塞起來，變成廣陵。哀我今日的人民，慘遭這樣的災異，何以在上的人，曾不懲創為政的失道呀？

**【集傳】**賦也。爗爗，電光貌。震，雷也。寧，安徐也。令，善。沸，出。騰，乘也。山頂曰冢。崒，崔嵬也。高岸崩陷。故為谷。深谷填塞。故為陵。憯，曾也。○言非但日食而已。十月而雷電，山崩水溢。亦災異之甚者。是宜恐懼修省，改紀其政。而幽王曾莫之懲也。董子曰：「國家將有失道之敗，而天乃先出災異，以譴告之。不知自省，又出怪異，以警懼之；尚不知變，而傷敗乃至，此見天心仁愛人君，而欲止其亂也。」

**【箋註】**姚際恆曰：「百川沸騰」四句，寫得直是怕人。

牛運震曰：詩意本刺皇父，開端卻列日食山崩諸異，推本於天變之不虛作，而人事之失其所係者重也，用意自深。臚列災異，竦詭駭人。

麋文開、裴普賢曰：「百川沸騰」四句，寫大地震恐怖景象，令人無限震懾，簡單、深刻而生動。

**皇父[1]卿士[2]，番[3]維司徒[4]，**
**家伯[5]維宰，仲允膳夫[6]，**
**聚子內史[7]，蹶維趣馬[8]，**

---

擔任卿士一職的皇父，擔任司徒的番，
做冢宰的家伯，任職膳夫的仲允，
身爲內史的聚子，管趣馬的蹶，
與擔任監察職務的楀啊，都與勢力如日中天的褒姒同惡相濟。

**楀維師氏[9]，豔[10]妻煽[11]方處[12]。**

**【註釋】** 賦也。棸，音「鄒」。蹶，音「愧」。趣，叶七走反。馬，叶滿補反。楀，音「矩」。煽，音「扇」。1皇父、家伯、仲允，都是人名。2卿士，是周室六官的都官，位等六卿，權較重。3番、棸、蹶、楀，都是人氏。4司徒，是掌邦教的官。5冢宰，掌邦治的官。6膳夫，掌王膳的官。7內史，是中大夫，掌爵祿予奪生殺廢置的法官。8趣馬，是中士。掌王馬的政官。9師氏是中大夫，掌司朝得失的事官。10豔是美色。11煽，是熾烈。12方處，是方居宮內。

**【章旨】** 這章詩是說皇父為卿士，番為司徒，家伯為冢宰，仲允為膳夫，棸子為內史，蹶為趣馬，楀為師氏，都是一班小人。還有豔妻方居宮內，煽惑君心。

**【集傳】** 賦也。皇父家伯仲允，皆字也。番棸蹶楀，皆氏也。卿士，六卿之外。更為都官，以總六官之事也。或曰：卿士，蓋卿之士。周禮太宰之屬，有上中下士。公羊所謂宰士。左氏所謂周公以蔡仲為己卿士是也。蓋以宰屬，而兼總六官。位卑而權重也。司徒掌邦教，冢宰掌邦治。皆卿也。膳夫，上士。掌王之飲食膳羞者也。內史，中大夫。掌爵祿廢置殺生予奪之法者也。趣馬，中士。掌王馬之政者也。師氏，亦中大夫。掌司朝得失之事者也。美色曰豔。豔妻，即褒姒也。煽，熾也。方處，方居其所，未變徙也。○言所以致變異者，由小人用事於外，而嬖妾蠱惑王心於內，以為之主故也。

**【箋註】** 方玉潤曰：小人用事於外，嬖妾固寵於內，所以致變之由。

---

**抑[1]此皇父，豈曰不時[2]。**

**胡為我作，不即[3]我謀？**

---

唉，皇父他啊，怎麼可能承認自己的命令違背農時！
爲什麼徵召我服勞役，卻不跟我先商量？
拆毀我家的屋牆，使耕種的田地乾涸荒蕪。

徹4我牆屋，田卒汙5萊6。
曰：「予不戕7，禮則然矣。」

卻說：「不是我害你的，按照道理就應該這樣。」

**【註釋】**賦也。汙，音「烏」。戕，音「牆」。萊，叶陵之反。矣，叶於姬反。1抑，是發語詞。2時，是農閒的時候。3即，是來就。4徹，當作拆。5汙，是停水。6萊，是荒蕪。7戕，是戕害。

**【章旨】**這章詩是說皇父呀，你豈不知農時要緊嗎？何故用我造作都城，不和我們商量？要我們拆去牆屋，我們不能治田；低田停水，高田長草，你還說「不害民」、「這是下民供職在上的常禮」，豈不是自以為聖嗎？

**【集傳】**賦也。抑，發語辭。時，農隙之時也。作，動。即，就。卒，盡也。汙，停水也。萊，草穢也。戕，害也。○言皇父不自以為不時，欲動我以徙，而不與我謀。乃遽徹我牆屋，使我田不獲治，卑者汙而高者萊。又曰：「非我戕汝，乃下供上役之常禮耳。」

**【箋註】**牛運震曰：放寬一步更緊。末二句尖冷風雋，宛然貪酷人面目聲口。

皇父孔聖1，作都2于向3。
擇三有事4，亶5侯多藏6。
不憖7遺一老，俾守我王。
擇有車馬，以居徂8向。

皇父此人真是聰明的不得了啊，決定在向地建立都城。
選擇了負責工程的三位卿大夫，都是非常富裕的有錢人。
連一個老臣也不留下，用以保護君主。
挑選那些有車有馬的富裕人家，遷往向地居住。

【註釋】賦也。慭，魚覲反。王，叶于放反。1聖，是通明。2都是都會。3向，是地名。4三有事，是三卿。5亶，是實在。6多藏，是富蓄的人。7慭，是心不願。8徂，當「往」字解。

【章旨】這章詩是說皇父自以為通達，造都城于向。擇用三卿，實是富有多貪的人。不願留一人守衛天子。但有車馬的，都把他徙居往向去了。

【集傳】賦也。孔，甚也。聖，通明也。都，大邑也。周禮，畿內大都方百里，小都方五十里，皆天子公卿所封也。向，地名。在東都畿內，今孟州河陽縣是也。三有事，三卿也。亶，信。侯，維。藏，蓄也。慭者，心不欲而自強之辭。有車馬者，亦富民也。徂，往也。○言皇父自以為聖，而作都則不求賢，而但取富人以為卿。又自強留一人以衛天子，但有車馬者，則悉與俱往，不忠於上，而但知貪利以自私也。

【箋註】孫鑛曰：此章語特醒陗。

牛運震曰：「不慭遺一老」句中有淚。向昏暴人忠告，篤厚如此。

**黽勉1從事，不敢告勞。**
**無罪無辜，讒口囂囂2。**
**下民之孽3，匪降自天。**
**噂4沓5背憎6，職競7由人。**

我們勤勉受你驅使，不敢抱怨辛苦。
我們沒有犯任何罪過，卻承受眾多誹謗。
百姓所面對的災難，不是從天而降，
而是那些勾結成黨，背地裡怨憎的小人們，全心全意陷害汙衊他人造成的。

【註釋】賦也。黽，音「敏」。囂，音「翱」。孽，音「蘖」。天，叶鐵因反。噂，音「撙」。沓，音「遝」。背，音「佩」。1黽勉，是竭力。2囂囂，是眾多。3孽，是災孽。4噂，是團聚。5

沓，是重複。6憎是憎怨。7職，是職司。競是力爭。職競是專尚的意思。

【章旨】這章詩是說竭力從征皇父，不敢告辭勞苦。便是一點過錯沒有，也要囂囂的說人壞話。下民的罪孽，不是天降的，是因眾人聚談，背地憎惡人家，專尚虛偽，由人自取的。

【集傳】賦也。囂，眾多貌。孽，災害也。噂，聚也。沓，重複也。職，主。競，力也。○言黽勉從皇父之役，未嘗敢告勞也。尚且無罪而遭讒。然下民之孽，非天之所為也。噂噂沓沓，多言以相說，而背則相憎，專力為此者，皆由讒口之人耳。

【箋註】方玉潤曰：至此乃言己之受勞而被讒。

**悠悠我里，亦孔之痗1。**
**四方有羨2，我獨居憂。**
**民莫不逸，我獨不敢休。**
**天命不徹3，**
**我不敢傚4，我友自逸。**

我的憂愁無窮盡，憂傷成病。
衆人不知愁苦而歡悅著，我卻獨自處於憂煩苦惱之中。
其他人都覺得安逸，獨我一人不敢片刻休息。
上天既然不守正道，
我更不敢仿效旁人，像僚友那般生活在逸樂中。

【註釋】賦也。痗，音「妹」，叶呼洧反。羨，叶徐面反。徹，叶直質反。1痗，是疾病。2羨，是羨餘。3徹，是均平。4傚，是仿傚。

【章旨】這章詩是說這個時候，天下都已病了，惟有我獨憂我的里居，病得更甚。四方的人都有餘裕，獨是我憂心；人民都能逸樂，我獨不敢休息。唉，這也是天命不平，我不敢學我的朋友自逸啊。

【集傳】賦也。悠悠，憂也。里，居。痗，病。羨，餘。逸，樂。徹，均也。○當是之時，天下病矣，而獨憂我里之甚病。且以為四方皆有餘，而我獨憂。眾人皆得逸豫，而我獨勞者，以皇父病之，而被禍尤甚故也。然此乃天命之不均。吾豈敢不安於所遇，而必傚我友之自逸哉。

【箋註】方玉潤曰：並及鄉里受害。以自安所遇做收。

## 十月之交八章，章八句。

【箋註】朱鬱儀曰：向在東部去西都千里而遙，皇父恃寵請城，規避戎禍，土木繁興，徒世家巨族以實之，人情懷土重遷，傷其獨見搜括，故賦是詩。

程俊英曰：本詩反映了西周末年的政治情況與自然災異，可作中國古代史與天文學史的資料來讀。

糜文開、裴普賢曰：以曆法推之，厲王二十五年十月朔辛卯，及幽王六年十月朔辛卯，皆有日蝕。而幽王二年西周三川皆震，與此詩所詠者合，且史書沒有厲王寵愛豔妻的記載。幽王之寵愛褒姒，史書記之甚詳。以此證之，則此詩當作於幽王之世。本篇為三百篇中唯一可以推算確切年月日之作品，至足珍貴。

# 雨無正

浩浩[1]昊天，不駿其德[2]。
降喪饑饉[3]，斬伐四國。
昊天疾威，弗慮弗圖。

廣大無邊的蒼天啊，恩惠不足。
降下死亡和飢荒，殘害四方的百姓。
上天降下的暴虐，全然不經考慮。
放過了那些明明有罪的惡徒，還爲他們隱瞞罪過，
而無罪的良善者，卻相繼受陷於災禍之中。

**舍4彼有罪，既伏5其辜。**
**若此無罪，淪胥6以鋪7。**

【註釋】賦也。喪，去聲。饉，音「覲」。國，叶于逼反。命，音「赦」。鋪，平聲。1浩浩，是廣大。2駿，亦是廣大。3饑，是穀不熟。饉是菜不熟。4舍，是舍棄。5伏，是隱藏。6淪胥是相率的意思。7鋪，《經義述聞》引三家詩作「痡」。

【章旨】這章詩是周暬御痛匡國無人的。他說廣大的昊天，不能廣大祂的德惠，降下這種饑荒，斬滅四國的人民。昊天的暴虐，也不慮謀人的善惡，舍棄有罪的，隱藏有罪的過惡；若是無罪的，都已相率陷於病苦，這樣的無道，何以無人匡正呢？

【集傳】賦也。浩浩，廣大貌。昊亦廣大之意。駿，大。德，惠也。穀不熟曰饑，蔬不熟曰饉。疾威，猶暴虐也。慮圖，皆謀也。舍，置。淪，陷。胥，相。鋪，徧也。○此時饑饉之後，群臣離散。其不去者作詩，以責去者。故推本而言，昊天不大其惠，降此饑饉，而殺伐四國之人。如何旻天，曾不思慮圖謀而遽為此乎。彼有罪而饑死，則是既伏其辜矣。舍之可也。此無罪者亦相與陷於死亡，則如之何哉。

【箋註】方玉潤曰：先寫亂形，見天心之不平。

**周宗1既滅，靡所止戾2。**
**正大夫離居，莫知我勩3；**
**三事大夫，莫肯夙夜；**

周朝的制度勢力已經毀滅了，沒有人能夠匡正紊亂的局勢。
高官與大臣們離散，沒有人知道我的痛苦；
朝廷的三公們，不肯早晚處理公務；

**邦君諸侯，莫肯朝夕。庶[4]曰式臧，覆[5]出為惡。**

分封各國的國君與諸侯們，也沒有人願意勤勞國事。多希望能夠改過向善，誰知道所作所為反而更惡劣了。

**【註釋】** 賦也。勩，音「異」。夕，叶祥龠反。夜，叶弋灼反。覆，音「福」。1周宗，是周室的宗親。2戾，是乖錯。3勩是勤勞。4庶，是須要的意思。5覆，是反覆。

**【章旨】** 這章詩是說周室的宗親已經滅絕，無人可以匡正；大夫多已離散，獨是我願意勤勞，無人知道。三公大夫，都不肯夙夜奉公；邦君諸侯，也不肯朝夕輔助。這樣的時局，你應該自己為善了，何以反要為惡呢？

**【集傳】** 賦也。宗，族姓也。戾，定也。正，長也。周官八職，一曰正。謂六官之長，皆上大夫也。離居，蓋以饑饉散去，而因以避讒譖之禍也。我，不去者自我也。勩，勞也。三事，三公也。大夫，六卿及中下大夫也。臧，善。覆，反也。○言將有易姓之禍，其兆已見，而天變人離又如此。庶幾曰王改而為善，乃覆出為惡而不悛也。或曰：「疑此亦東遷後詩也。」

**【箋註】** 牛運震曰：此述幽王犬戎之禍，朝臣解散。為末章伏根。
方玉潤曰：歷數諸臣離心，匡國無人。時勢如斯，庶幾君心侮悟，乃更為惡。

**如何昊天，辟言[1]不信。如彼行邁，則靡所臻[2]。凡百君子，各敬爾身。胡不相畏，不畏于天？**

老天爺啊，爲什麼依循道理的善言，不被聽信，
就像是在世間行走，沒有目標的前進。
諸位君子啊，請保全自身，
爲什麼互不尊重，難道你們不懂得畏懼上天嗎？

【註釋】賦也。天，叶鐵因反。信，叶斯人反。1辟言，是法言。就是有道的言論。2臻，當「到」字解。

【章旨】這章詩是說昊天啊，你如何不信有道的言語？若是這樣的行去，是沒有所至的時候了。大夫君子們，豈可不敬重自己，快來匡救國家嗎？不敬自己，便是不相畏懼，不怕上天了。

【集傳】賦也。如何昊天，呼天而訴之也。辟，法。臻，至也。凡百君子，指群臣也。○言如何乎昊天也，法度之言，而不聽信，則如彼行往而無所底至也。然凡百君子，豈可以王之為惡而不敬其身哉。不敬爾身，不相畏也。不相畏，不畏天也。

【箋註】姚際恆曰：「凡百君子」總上章「正大夫」、「三事大夫」、「邦君、諸侯」言之。牛運震曰：起手逆折突兀。「各敬爾身」，拈出人臣弭亂要訣。末三句正大肅重，如箴如銘。

**戎1成不退，饑成不遂2。**
**曾我暬御3，憯憯4日瘁5。**
**凡百君子，莫肯用訊6。**
**聽言則答，譖7言則退。**

兵禍產生，就不會輕易平息，飢荒一旦開始肆虐，就不會有安寧。
擔任暬御的我啊，憂愁得都要生病了。
但諸位君子們卻不肯接受告誡，
聽到順耳的言語才回答，如果是批評的言語，掉頭就走。

【註釋】賦也。暬，音「薛」。憯，音「慘」。訊，叶息悴反。退，吐類反。曾，音「層」。1戎，是丘戎。2遂，是遂安。3暬御，是近侍的官職。4憯憯，是憂貌。5瘁，是病瘁。6訊，是訊告。7譖，是讒言。

【章旨】這章詩是說兵戎成了，不能後退；饑饉成了，人民便不安寧。獨我暬御每日憂愁，只有以致成病。大夫君子們，都是聽到人君有話問他，方才回答，若是聽到有人說他壞話，他便立刻離去了。

【集傳】賦也。戎，兵。遂，進也。《易》曰：「不能退，不能遂。」是也。暬御，近侍也。《國語》曰：「居寢有暬御之箴，蓋如漢侍中之官也。」憯憯，憂貌。瘁，病。訊，告也。○言兵寇已成，而王之為惡不退，饑饉已成，而王之遷善不遂，使我暬御之臣，憂之而憯憯日瘁也。凡百君子，莫肯以是告王者。雖王有問而欲聽其言，則亦答之而已。不敢盡言也。一有譖言及己，則皆退而離居，莫肯夙夜朝夕於王矣。其意若曰：「王雖不善，而君臣之義，豈可以若是恝乎。」

【箋註】牛運震曰：寫盡庸臣泄泄情狀。兩「則」字極娟快。
方玉潤曰：自表己心，獨深憂慮，愈見國之無人也。舉朝如是，為之奈何？可為歎息！

**哀哉不能言！匪舌是出，維躬是瘁。哿矣能言，巧言如流，俾躬處休。**

悲哀啊不能說出忠言！
忠言尚未說出口，我已經遭到災禍。
那些善於說話的能言者，美妙的言詞如流水一般，
他們因此得享安樂。

【注譯】賦也。出，音「脆」。哿，音「可」。

【章旨】這章詩是說可哀的忠言。不能出於口舌。徒使身體憔悴了。可以說話的人。他的巧言像流水似的。沒有絲毫阻礙。身處安樂。豈不是惡忠好諛嗎。

【集傳】賦也。出，出之也。瘁，病。哿，可也。○言之忠者，當世之所謂不能言者也。故非但出諸口，

而適以瘁其躬。佞人之言，當世所謂能言者也。故巧好其言，如水之流無所凝滯，而使其身處於安樂之地。蓋亂世昏主惡忠直而好諛佞類如此，詩人所以深歎之也。

【箋註】姚際恆曰：此承上「譖言」而言，作兩對文字。指忠者曰：「哀哉此不能言之人也！」不能為巧言，故曰「匪舌是出」，謂樸拙不從口舌上見也。如此，則適以瘁其躬而已。指佞者曰：「可矣此能言之人也！」全以口舌為事，故曰「巧言如流」。如此，則使其身處于安樂矣。

牛運震曰：陡然痛哭，沉摯入骨。能言不能言，開合圓轉，「匪舌」是出奇語。

**維曰于[1]仕，孔棘[2]且殆[3]。**
**云不可使[4]，得罪于天子；**
**亦云可使，怨及朋友。**

想要去做官，但實在太危險了。
如果不跟隨上意，會開罪君主；
如果跟隨了上意，又會被親友所恨。

【註釋】賦也。殆，叶養里反。子，叶獎里反。友，叶羽己反。1于，是出去。2棘，是憂急。3殆，是危殆。4使當作「從」。

【章旨】這章詩是說當時出仕情形，很是危殆。國政日非，若是不從，便是得罪天子；若是依從，又遭朋友的怨望。

【集傳】賦也。于，往。棘，急。殆，危也。○蘇氏曰：「人皆曰往仕耳。曾不知仕之急且危也。當是之時，直道者，王之所謂不可使，而枉道者，王之所謂可使也。直道者，得罪于君，而枉道者，見怨于友。此仕之所以難也。」

【箋註】姚際恆曰：「云不可使」四句，謂云不能為諛佞便辟，則得罪于天子；亦將云諛佞便辟，則見怨于責善之朋友。「朋友」，猶後世云「清議」也。

## 謂：「爾[1]遷[2]于王都。」曰：「予未有室家。」鼠思[3]泣血，無言不疾[4]。昔爾出居，誰從作爾室？

勸說：「你遷回王都來吧！」
卻答：「我在那裡沒有房子可住。」
我苦心泣血的勸說，但無論怎麼說都會招致對方的痛恨。
從前你離開王都的時候，又是誰幫你造房的？

**【註釋】** 賦也。家，叶古胡反。血，叶虛居反。1爾，是指離居的人。2遷是遷回。3鼠思，是憂思。4疾是疾痛。

**【章旨】** 這章詩是說當時為仕的，處境很難。國政日非，群臣多有離去的。所不去的，是因王室無臣，不忍坐視，但恐怕自己沒有徒從，便對離去的人說，勸他們遷回王都。他們都說沒有家室。至於憂思泣血，無言不痛，還是沒有效力。唉，你們往日出去的時候，到底誰人代你作家呢？

**【集傳】** 賦也。爾，謂離居者。鼠思，猶言癙憂也。○當是時，言之難能，而仕之多患如此。故群臣有去者，有居者。居者不忍王之無臣，己之無徒，則告去者，使復還于王都。去者不聽，而託於無家以拒之。至於憂思泣血，有無言而不痛疾者。蓋其懼禍之深，至於如此。然所謂無家者，則非其情也。故詰之曰：「昔爾之去也，誰為爾作室者？而今以是辭我哉。」

**【箋註】** 姚際恆曰：離居者，不居于王都也，故謂之宜仍歸于王都。彼云：「王都已無室家矣！」于是復自嗟曰：「我憂思而至于泣血，無一言不見疾于人如此！」既而思之，復恨之曰：「爾昔之出居于外，誰為爾作室乎？奈何以無室為辭也！」昔，前日也。此當犬戎攻幽王之時而王都廬室亦被毀乎？不然，何以有「予未有室家」之答也？其人尚思安復舊都，不願遷徙，所以至于鼠思而泣血也。

牛運震曰：「鼠思泣血」，形容庸態可憐。末二句冷然一詰，正使置對不得。

方玉潤曰：末更望諸臣之來共匡君失，因詰責之，使窮於辭而無所遁，乃作詩本意。

## 雨無正七章，二章章十句，二章章八句，三章章六句。

## 祈父之什十篇，六十四章，四百二十六句。

**【集傳】**歐陽公曰：「古之人於詩，多不命題，而篇名往往無義例。其或有命名者，則必述詩之意，如〈巷伯〉、〈常武〉之類，是也。今〈雨無正〉之名，據序所言，與詩絕異。當闕其所疑。」元城劉氏曰：「嘗讀韓詩，有〈雨無極〉篇。《序》云：〈雨無極〉正大夫刺幽王也。至其詩之文，則比毛詩篇首，多『雨無其極，傷我稼穡』八字。愚按，劉說似有理。然第一、二章，本皆十句，今遽增之，則長短不齊，非詩之例。又此詩實正大夫離居之後，暬御之臣所作。其曰正大夫刺幽王者，亦非是。且其為幽王詩，亦未有所考也。」

**【箋註】**牛運震曰：一片篤厚，純以咨嗟怪歎出之。筆勢起落離奇，極瀏亮頓挫之妙。

方玉潤曰：此詩不惟非東遷後詩，且西京未破之作，故望諸臣遷歸王都。若西京已破，王室東遷，則勤王又自有人，豈待暬御相招？且其立言，別是一番建功立業氣象，斷不作「鼠思泣血」等語。

屈萬里曰：極，正也。雨無正即雨無極；本篇既名〈雨無止〉，是《毛詩》祖本，亦當有此二句，不知何時逸之。

糜文開、裴普賢曰：詩中雖然屢責「正大夫」、「三事大夫」、「邦君諸侯」、「凡百君子」，實則無處不映射天子之昏憒無道。全詩充滿無限憂國憂民之情，雖曰有心，奈勢單力薄，大勢難回矣。

# 小旻之什

# 小旻

旻[1]天疾威[2]，敷[3]于下土。
謀猶[4]回[5]遹[6]，何日斯沮[7]？
謀臧[8]不從，不臧覆用。
我視謀猶，亦孔之邛[9]。

上天暴虐的威力，災禍降於人間。
小人惡徒們邪僻的伎倆，何時才會停止？
不聽從好的建議，卻信服壞主意。
我看那些邪惡的謀略，感到無比痛心。

**【註釋】**賦也。遹，音「聿」。用，叶于封反。沮，上聲。邛，音「筇」。1旻，是幽遠。2威，是威暴。3敷，是散布。4猶，當「謀」字解。5回，是回惑。6遹，是邪僻。7沮，是已止。8臧，是美善。9邛，是病壞。

**【章旨】**這章詩是刺幽王惑於邪謀的。他說旻天的疾暴，布散於下土，使王的邪謀回惑，不知何日方止。他不從善謀，反用邪謀。我看他所用的邪謀，也就很夠病國了。

**【集傳】**賦也。旻，幽遠之意。敷，布。猶，謀。回，邪。遹，辟。沮，止。臧，善。覆，反。邛，病也。○大夫以王惑於邪謀，不能斷以從善，而作此詩。言旻天之疾威，布於下土，使王之謀猶邪辟，無日而止。謀之善者則不從，而其不善者，反用之。故我視其謀猶，亦甚病也。

**【箋註】**糜文開、裴普賢曰：「謀猶回遹，何日斯沮」二語更為全詩關鍵所在，也是詩人發出以下感慨的主因。

潝[1]潝訿[2]訿，亦孔之哀。
謀之其臧，則具[3]是違；
謀之不臧，則具是依。
我視謀猶，伊[4]于胡厎[5]。

人們做事有時互相附和，有時卻又互相詆毀，這種情況令人著實悲哀。
好的意見，遭到反對；
壞的意見，卻受贊成。
我看那些邪僻的建議，不知道會將情勢推演到什麼地步。

**【註釋】**賦也。潝，音「吸」。訿，音「紫」。哀，叶於希反。厎，叶都黎反。1潝，是相和。2訿，是相詆。3具，是俱同。4伊，是伊何。5厎，作「至」字解。

**【章旨】**這章是說小人們相和相詆，很是悲哀的事情。有善謀的都去反對他，不善謀的都來依從他。我看這樣不善的謀猶，到底何日纔定？

**【集傳】**賦也。潝潝，相和也。訿訿，相詆也。具，俱。厎，至也。○言小人同而不和，其慮深矣。然於謀之善者則違之，其不善者則從之，亦何能有所定乎。

**【箋註】**方玉潤曰：首二章就君臣兩面寫足邪謀惑人之害，將無所止。

我龜[1]既厭，不我告猶。
謀夫孔多，是用不集[2]。
發言盈庭，誰敢執其咎[3]？
如匪行邁[4]謀，是用不得于道。

經常使用龜卜，龜卜也已經厭煩了，不肯告訴我未來的吉凶。
參與出謀畫策的人實在太多，反而沒有結果。
發言者衆，紛紛議論充滿廳堂，但有誰敢負起成敗的責任？
情況就像是商量好了衆人要去一地，卻始終一步不動，永遠也到不了目的地。

【註釋】賦也。集，叶疾救反。咎，叶巨又反。道，叶徒候反。猶，叶于救反。1龜，是龜卜。2集，是成就。3咎，是咎過。4行邁，是行遠的。

【章旨】這章詩是說便是龜卜用的太煩了，它也討厭你，不告訴你的吉凶，何況許多用謀的人，怎樣知道哪個的法子好，依它成就一件事情呢？所以發言的人，雖是滿屋，總沒有人敢負責任。好像要商量到哪裡去，只是不出行，何能得著道路呢！

【集傳】賦也。集，成也。○卜筮數則瀆而龜厭之，故不復告其所圖之吉凶。謀夫眾則是非相奪，而莫適所從，故所謀終亦不成。蓋發言盈庭，各是其是，無肯任其責而決之者。猶不行不邁，而坐謀所適。謀之雖審，而亦何得於道路哉。

【箋註】牛運震曰：一「厭」字寫出靈龜性情來。長句古勁，一團憤氣攢成拗語。

哀哉為猶，
匪先民1是程2，匪大猶是經3；
維邇言是聽，維邇言是爭。
如彼築室于道謀，
是用不潰4于成。

可悲啊，這些謀略伎倆，
不依循祖宗的規範，不遵從正道；
只聽從淺薄的小見識，還爭相計議這些淺薄見識。
就像是造屋時跟路人商量該怎麼蓋，
所以怎麼蓋都蓋不成。

【註釋】賦也。聽，平聲。爭，叶側陘反。1先民，是古時聖賢。2程，是法制。3經，是經常。4不潰，是不克。

【章旨】這章詩是說可憐於今的用謀，不依聖賢的法制，不依經常的大道，只用淺近的話，有時聽從，有的爭論。好比將造房屋，卻和行路的商量，所以不能成功。

【集傳】賦也。先民，古之聖賢也。程，法。猶，道。經，常。潰，遂也。○言哀哉今之為謀，不以先民為法，不以大道為常，其所聽而爭者，皆淺末之言。以是相持，如將築室，而與行道之人謀之。人人得為異論，其能有成也哉。古語曰：「作舍道邊，三年不成。」蓋出於此。

**國[1]雖靡止，或聖[2]或否。**
**民雖靡膴[3]，或哲或謀，**
**或肅[4]或艾[5]。**
**如彼泉流，無淪[6]胥[7]以敗。**

國勢雖然動盪不休，但總有通明和昏庸的人才。
人民的數量雖然不多，但有的人明哲，有的人善於謀略，
有的人行事敬謹，也有的人懂得治理事務。
然而情勢就像是源泉流水一樣往下流，難以區分好壞，
一起敗壞。

【註釋】賦也。否，叶補美反。膴，音「呼」。謀，叶莫徒反。艾，音「乂」。敗，叶蒲昧反。1國，是國中的言論。2聖，是通明。3膴，是大多。4肅，是端恭。5艾，是治理。6淪，是淪陷。7胥，是相率。

【章旨】這章詩是說國論雖無一定，但總有通明的和不通明的人。人雖不多，有明哲的，有智謀的，有肅恭的，有治理的，都是可用的人材。無奈王不善用，以致善者不能自存，好像泉流不反，相率敗壞了。

【集傳】賦也。止，定也。聖，通明也。膴，大也，多也。艾，與乂同。治也。淪，陷。胥，相也。○言國論雖不定，然有聖者焉，有否者焉。民雖不多，然有哲者焉，有謀者焉，有肅者焉，有艾者

焉。但王不用善，則雖有善者，不能自存，將如泉流之不反，而淪胥以至於敗矣。聖哲謀肅艾，即洪範王事之德。豈作此詩者，亦傳箕子之學也與。

**【箋註】**姚際恆曰：此篇本主謀說，故引用〈洪範〉五事之「謀」，而以「聖、哲、肅、艾」連言陪之。讀古人書，須覷破其意旨所在，以分主、客，毋徒忽略混過也。

牛運震曰：末二句黯然一歎，摧挫嗚咽。

方玉潤曰：人雖至愚，言亦可採。

**不敢暴虎1，不敢馮河2。人知其一，莫知其他。戰戰兢兢3，如臨深淵，如履薄冰。**

不敢空手與老虎搏鬥，不敢徒步涉水過河。人們只知道這些淺近的道理，但卻不知道其他更大的危險。我心懷驚懼，彷彿站在深淵的邊上，彷彿踩在薄冰上。

**【註釋】**賦也。他，音「拖」。馮，叶皮冰反。淵，叶一均反。1暴虎，是空手搏虎。2馮河，是徒步過河，如履平地一樣。3戰戰兢兢，是驚怕的狀貌。

**【章旨】**這章詩是說不敢空手搏虎，不敢徒步過河，是人人能知道的。但是那隱於無形的事情，比較暴虎馮河更加危險的，人家往往不能知道，豈非只知其一不知其他嗎？所以我心中的憂懼，戰戰兢兢，好像臨到水的岸傍，恐怕落下去；好像踏著薄薄的冰兒，恐怕陷下去似的。

**【集傳】**賦也。徒搏曰暴，徒涉曰馮。如馮几然也。戰戰，恐也。兢兢，戒也。如臨深淵，恐墜也。如履薄冰，恐陷也。○眾人之慮，不能及遠，暴虎馮河之患，近而易見，則知避之。喪國亡家之禍，隱於無形，則不知以為憂也。故曰：「戰戰兢兢，如臨深淵，如履薄冰。」懼及其禍之辭也。

【箋註】姚際恆曰：末章別作寓言感歎，真有呻吟不盡之意。

牛運震曰：收處肅重深恬，卻無收煞之痕，特妙。

方玉潤曰：若無遠慮，必有近憂。是以戰兢自惕。

## 小旻六章，三章章八句，三章章七句。

【集傳】蘇氏曰：「〈小旻〉、〈小宛〉、〈小弁〉、〈小明〉四詩，皆以小名篇。所以別其為〈小雅〉也。其在〈小雅〉者，謂之小；故其在大雅者，謂之〈召旻〉、〈大明〉，獨宛弁闕焉。意者孔子刪之矣。雖去其大，而其小者，猶謂之小，蓋即用其舊也。」

【箋註】牛運震曰：借謀猶為感刺，而歸於憂讒懼禍。古勁蒼深，自是奇作。四章結尾俱用喻言，長句拗調，自成結構，詩中亦自創見。

方玉潤曰：夫天下不患無謀，患在有謀而弗用；不患在有謀弗用，而患在用非其謀，謀非所用。則好謀實足以誤事。又況以邪辟之人議之於前，而以多欲之言聽而斷之於後也哉！

程俊英曰：這首詩的篇名為什麼加一個「小」字呢？後人對此重說紛紜。有說因篇幅較短者；有說以別於〈大雅〉的〈召旻〉的；有說因「旻天」涉及範圍太廣，所以去掉「天」字，加上「小」字的。

高亨曰：這首詩是周王朝的官吏所作，主要是指責王朝掌權者策謀的錯誤，似是反對王朝東遷的計畫。

馬持盈曰：這是東遷後之士大夫追刺幽王當時之不能用賢。

# 小宛

宛1彼鳴鳩2，翰3飛戾4天。
我心憂傷，念昔先人。
明發5不寐，有懷二人6。

那小小的斑鳩，揚起羽翼飛上青天。
我心懷憂傷，緬懷祖先。
直到天亮都睡不著，思念著父親與母親。

【註釋】興也。天，叶鐵因反。1宛，是小貌。2鳴鳩，是班鳩。3翰，是羽翼。4戾，是達到。5明發，是天將亮時，光明開發。6二人，指父母。

【章旨】這章詩是賢者自箴的。他說小小的班鳩，都能展羽飛到天上，我心中憂愁，不能繼承先志，你教我怎樣不念昔日的先人呢？所以東方發明，尚不成寐，懷想父母二人啊！

【集傳】興也。宛，小貌。鳴鳩，斑鳩也。翰，羽。戾，至也。明發，謂將旦而光明開發也。二人，父母也。○此大夫遭時之亂，而兄弟相戒以免禍之詩。故言，彼宛然之小鳥，亦翰飛而至於天矣。則我心之憂傷，豈能不念昔之先人哉。是以明發不寐，而有懷乎父母也。言此以為相戒之端。

【箋註】牛運震曰：開口以憂念父母為言，骨冷魂痛，惻然見孺慕之性。刺眼觸心，卻在「明發不寐」四字，詩之感人處，正自難言。思親為相戒以免禍之本，此一篇詩意最篤厚處。

人之齊聖1，飲酒溫克2。
彼昏不知，壹醉日富。
各敬爾儀，天命3不又。

聰明而具有好德行的人，即使喝醉了也能自我克制。
那些無知的人，一喝醉就控制不住，行爲超過常度。
各位君子們要敬謹自身言行，否則一旦失去了天命，就不會再有機會重得的。

【註釋】賦也。富，叶筆力反。又，夷益反。1齊聖，《經義述聞》作「睿聖」，和下文不知相對。2克，是克勝。3天命，當作天性，又當作復。

【章旨】這章詩是說明達的人，他飲酒能夠溫恭克勝，不為酒困。那些無知的人，定要飲的沉醉，日甚一日，以致失德。所以君子們，應當各人敬重自己的威儀，天性失了，是不能再復的。

【集傳】賦也。齊，肅也。聖，通明也。克，勝也。富，猶甚也。又，復也。○言齊聖之人，雖醉猶溫恭，自持以勝。所謂不為酒困也。彼昏然而不知者，則一於醉而日甚矣。於是言，各敬謹爾之威儀，天命已去將不復來，不可以不恐懼也。時王以酒敗德，臣下化之，故此兄弟相戒，首以為說。

【箋註】牛運震曰：「壹醉日富」句拙古入，妙。「各敬爾儀」一篇之骨，倒綴「天命不又」，句極動盪精神。「又」字危甚較不易。

**中原有菽1，庶民采之；螟蛉2有子，蜾蠃3負之。教誨爾子，式4穀似之。**

原野間生長著大豆，庶民可以摘採它爲食。桑蟲的幼蟲，土蜂將牠帶回養育。好好教養你的孩子，使他們與你一般的良善。

【註釋】興也。菽，音「叔」。螟蛉，音「冥零」。采，叶此禮反。蜾蠃，音「果裸」。負，叶蒲美反。似，叶養里反。1菽，是大豆。2螟蛉，是桑上的青虫。3蜾蠃，是土蜂，取桑虫負入木孔中，七日化為己子。4式，是式用。

【章旨】這章詩是說原田中有大豆，百姓都來采去。螟蛉的蟲子，蜾蠃還把牠負入木孔，化為己子。你教誨兒子，也必須用好法子教訓，使他和你相似，才算盡了自己的責任。

【集傳】興也。中原，原中也。菽，大豆也。螟蛉，桑上小青蟲也。似步屈。蜾蠃，土蜂也。似蜂而小腰。取桑蟲負之，於木空中七日，而化為其子。式，用。穀，善也。○中原有菽，則庶民采之矣。以興善道人皆可行也。螟蛉有子，則蜾蠃負之。以興不似者可教而似也。教誨爾子，則用善而似之可也。善也，似也，終上文兩句所興而言也。戒之以不惟獨善其身，又當教其子使為善也。

【箋註】牛運震曰：兩層興法，深淺遠近，迭逗入妙。教子正是保家弭禍第一要義，亦從思親得來。

**題1彼脊令2，載飛載鳴。**
**我日斯邁，而月斯征。**
**夙興夜寐，毋忝3爾所生4。**

看那脊令鳥，為了救同伴的急難，一面飛著一面鳴叫。
我日日奔波，而你也月月努力。
早起晚睡的日夜忙碌，為得是不辱父母的名聲。

【註釋】興也。生，叶桑經反。題音「弟」。令，音「零」。1題，是相視。2脊令，是鳥名。飛鳴行搖，比弟兄的急難。3忝是侮辱。4所生。是指父母。

【章旨】這章詩是說我看見脊令，在天上飛鳴，像有急難似的。我既每日行邁，你須每月從征，各宜努力。不要暇逸取禍，必須夙興夜寐，方不辱生我的父母。

【集傳】興也。題，視也。脊令飛則鳴，行則搖。載，則。而，汝。忝，辱也。○視彼脊令，則且飛而且鳴矣。我既日斯邁，則汝亦月斯征矣。言當各務努力。不可暇逸取禍。恐不及相救恤也。夙興夜寐，各求無辱於父母而已。

【箋註】牛運震曰：篤摯沉動，一篇精神凝聚處。連用「爾」、「我」字，呼得熱懇。「爾所生」三字尤骨冷。「我日斯邁」二句非骨肉不能為此語。此章乃相戒以免禍正意，所以終首章明發、思親之旨。

交交1桑扈2，率場啄粟。
哀我填3寡，宜岸4宜獄5。
握粟6出卜，自何能穀？

桑扈鳥「交交」的叫喚著，繞著穀場啄食粟米。可憐我又病又窮，還被捉進牢獄中服刑。握著一把粟米想要卜卦吉凶，又怎麼才能夠得到好的卦呢？

**【註釋】**興也。扈，音「戶」。填，音「顛」。1交交，是往來狀貌。2桑扈，是鳥名，又名「竊脂」，食肉不食粟。3填同「瘨」，就是疾病。4岸，是犴獄，古時鄉亭的拘留所。5獄是朝廷的監獄。6握粟，古義云：「古者卜筮。先用精鑿之米。」又管子云：「守龜不兆。」握粟而筮者屢中，是說握粟而筮，無與於吉凶的意思。

**【章旨】**這章詩是說往來的桑扈，牠也尋到麥場來食粟了，可見是窮餓得很。可憐我是個病寡的人，也要拘我入獄，可見不恤下民了。好像握粟出卜，自然沒有善兆。

**【集傳】**興也。交交，往來之貌。桑扈，竊脂也。俗呼青觜。肉食不食粟。填，與瘨同。病也。岸，亦獄也。韓詩作犴。鄉亭之繫曰犴，朝廷曰獄。○扈不食粟，今則率場啄粟也。病寡不宜岸獄，今則宜岸宜獄矣。言王不恤鰥寡，喜陷之於刑辟也。然不可不求所以自善之道。故握持其粟，出而卜之曰：「何自而能善乎？」言握粟，以見其貧窶之甚。

**【箋註】**牛運震曰：「握粟出卜」，寫寒乞之態可掬。鳴鳩、脊令、桑扈三鳥三興，一層切緊一層。

溫溫1恭人2，如集于木3。
惴惴小心，如臨于谷。
戰戰兢兢，如履薄冰。

做人要和順謙恭，就像是攀爬在樹梢上，必須謹慎。要戒慎恐懼，小心翼翼，彷彿就站在山谷的邊緣，隨時都會墜落。保持戰戰兢兢的心情，有如踩在薄冰上前行。

【註釋】賦也。惴，音「贅」。1溫溫是和順。2恭人是謙恭的人。3集于木，是恐墜下。

【章旨】這章詩是說溫和謙恭的人，如同集在木上，恐怕墜下；惴惴小心，好像臨到深谷，防恐墜落；戰戰兢兢，如同踏著薄冰，深怕落下。

【集傳】賦也。溫溫，和柔貌。如集于木，恐隊也。如臨于谷，恐隕也。

【箋註】牛運震曰：三疊三喻，結得肅括邃密。此章申繳各敬爾儀之旨。真至性學道人語，免禍不足言矣。

## 小宛六章，章六句。

【集傳】此詩之辭，最為明白。而意極懇至。說者必欲為刺王之言。故其說穿鑿破碎，無理尤甚。今悉改定。讀者詳之。

【箋註】牛運震曰：苦心厚衷，妙在以溫婉出之。孝子血性，騷人幽思，乃有一片團結處。方玉潤曰：〈小序〉謂大夫刺幽王。朱子駁之云：「此詩之辭，最為明白而意極懇至。說者必欲為刺王之言，故其說穿鑿破碎，無理尤甚。」因改為大夫遭時之亂，而兄弟相戒以免禍之詩。今細玩詩辭：首章欲承先志，次章慨世多嗜酒失儀，三教子，四勗弟，五、六則卜善自警，無非座右銘言。固無所謂刺王意，亦何嘗有遭亂辭！「岸獄」、「薄冰」等字，不過君子懷刑，不能不常作是想。雖處盛世，此心亦終不能無也。糜文開、裴普賢曰：這是詩人生於亂世，懷念父母，告誡兄弟謹慎以免禍的詩。

# 小弁

弁1彼鸒2斯3，歸飛提提4。
民莫不穀5，我獨于罹6。
何辜7于天，我罪伊何？
心之憂矣，云如之何？

拍著翅膀飛的烏鴉啊，姿態安閒的隨群飛回窩中。
旁人都活得很好，但我卻獨自陷於憂患中。
我做了什麼錯事得罪上天，我到底犯了什麼罪？
心中無比憂傷，到底該如何是好？

【註釋】興也。弁，音「盤」。鸒，音「豫」。提，音「匙」。斯，叶先咨反。1弁是附翼飛貌。2鸒是烏雅。小而多群，腹下白。3斯是語助詞。4提提是群飛安間的狀貌。5穀是善。6罹是憂。7辜是罪。

【章旨】這章詩是宜臼自傷被廢的。他說附翼飛的烏鴉，猶能安閒的群飛，人民也沒有不善。我獨有什麼罪過嗎？唉。我究竟何事得罪于天。我的罪過，究竟是什麼？我心中的憂愁，怎樣才說得盡啊。

【集傳】興也。弁，飛拊翼貌。鸒，雅烏也。小而多群，腹下白，江東呼為鵯烏。斯，語辭也。提提，群飛安閒之貌。穀，善。罹，憂也。〇舊說，幽王太子宜臼被廢而作此詩。言弁彼鸒斯，則歸飛提提矣。民莫不善，而我獨于憂，則鸒斯之不如也。何辜于天，我罪伊何者，怨而慕也。舜號泣于旻天曰：「父母之不我愛，於我何哉？」蓋如此矣。心之憂矣，云如之何，則知其無可奈何，而安之之辭也。

【箋註】牛運震曰：「歸飛」二字有情。「我罪伊何」，便有愴急不平之痛。此〈小弁〉之所以為怨也。「云如之何」，搔癢不著神情，白描入妙。

踧踧[1]周道，鞫[2]為茂草。
我心憂傷，惄[3]焉如擣[4]。
假寐[5]永歎，維憂用老[6]。
心之憂矣，疢[7]如疾首。

平坦的大道，因爲少有人行，所以野草茂盛。
我心中的憂傷，就像是被舂擣一般。
就連平時臥著休息時也不禁長嘆，因爲煩憂，而使容貌衰老。
因爲心中苦悶，所以頭痛不已。

【註釋】興也。踧，音「笛」。惄，音「溺」。疢，音「趁」。道，叶徒苟反。草，叶此苟反。擣，叶丁口反。老，叶魯口反。1踧踧，是平易。2鞫，是窮。少人行的意思。3惄，是憂思。4擣，是舂擣。5假寐，是不脫衣冠睡的。6用老，是未老先老的意思。7疢，是疾。

【章旨】這章詩是說平易的大道，少人行走，將要變成茂草之地，匡國無人。我心中的憂痛，好像有在內舂擣似的。精神憒眊的時候，便和衣假寐，憂思不已，以致年齡未老，容貌先衰了，有時候頭上還像病痛一般呢。

【集傳】興也。踧踧，平易也。周道，大道也。鞫，窮。惄，思。擣，舂也。不脫衣冠而寐，曰假寐。疢，猶疾也。○踧踧周道，則將鞫為茂草矣。我心憂傷，則惄焉如擣矣。精神憒眊，至於假寐之中，而不忘永歎。憂之之深。是以未老而老也。疢如疾首，則又憂之甚矣。

【箋註】牛運震曰：「憂」字三樣寫法，曲盡騷幽神理。
方玉潤曰：去國景象，觸目傷心。

維桑與梓[1]，必恭敬止。
靡瞻匪父，靡依匪母。
不屬[2]于毛，不離于裏[3]。
天之生我，我辰[4]安在？

看到桑樹和梓樹，必須態度恭敬，因爲那是先祖手植之木。
哪個孩子敢不敬重父親，哪個孩子會不依戀母親。
世間之人誰不是與父母皮毛相連，與父母骨肉相依。
可是上天既然降生我於人世，爲什麼給我這麼苦命的時運？

**【註釋】**興也。梓，叶獎里反。母，叶滿彼反。在，叶此里反。1桑、梓都是木名。古時五畝大的宅子，栽在牆下，遺給子孫，以便養蠶，做器具的。所以現在稱鄉邦為桑梓。2屬是附屬。3離是附。不離于裏，《經義述聞》解「裏」為「腠理」，與上文「不屬于毛」相對。以為毛在外，腠理在內。4辰是良辰。

**【章旨】**這章詩是說我鄉邦的桑梓，我必須恭敬的。我不是無父是瞻，無母是依。無奈我親少恩，把我廢了。好像不屬我親的毛膚，不附我親的腠理，不是骨肉似的。唉，天的生我，何以生壞了時辰呢。

**【集傳】**興也。桑梓，二木。古者五畝之宅，樹之牆下，以遺子孫，給蠶食，具器用者也。瞻者，尊而仰之。依者，親而倚之。屬，連也。毛，膚體之餘氣末屬也。離，麗也。裏，心腹也。辰，猶時也。○言桑梓父母所植，尚且必加恭敬，況父母至尊致親，宜莫不瞻依也。然父母之不我愛，豈我不屬于父母之毛乎？豈我不離于父母之裏乎？無所歸咎，則推之於天曰：「豈我生時不善哉，何不祥至是也。」

**【箋註】**牛運震曰：孺慕婉摯，句句帶血性。一篇意思痛切處。此章點明父母之恩，嗚咽哀惻，前後憂怨反覆，乃都不嫌戇直，此所以為孝子之詩也。末二句悲壯，連上亦覺其厚。
方玉潤曰：追慕父母，言極沉痛，筆亦鬱勃頓挫之至。

菀[1]彼柳斯，鳴蜩[2]嘒嘒[3]。
有漼[4]者淵，萑葦[5]淠淠[6]。
譬彼舟流，不知所屆[7]。
心之憂矣，不遑假寐。

【註釋】興也。菀，音「鬱」。蜩，音「條」。淠，音「譬」。屆，音「戒」。1菀，是茂盛。2蜩，就是蟬。3嘒嘒，是鳴聲。4漼，是深貌。5萑葦，是蘆葦。6淠淠，是眾多。7屆，是到。

【章旨】這章詩是說茂盛的柳條，尚有鳴蟬附在樹上，鳴聲嘒嘒的。深水旁邊，還有眾多的蘆葦。我獨見逐，好像船在流水的中間，不知所至了。唉，我心中憂愁，已不暇假寢了。

【集傳】興也。菀，茂盛貌。蜩，蟬也。嘒嘒，聲也。漼，深貌。淠淠，眾也。屆，至。遑，暇也。○菀彼楊斯，則鳴蜩嘒嘒矣。有漼者淵，萑葦淠淠矣。今我獨見棄逐，如舟之流於水中，不知其何所至乎。是以憂之之深，昔猶假寐而今不暇也。

【箋註】牛運震曰：寫景物森鬱在目。「不遑假寐」較「假寐永歎」更進一層。

鹿斯之奔，維足伎伎[1]；
雉之朝雊[2]，尚求其雌。
譬彼壞木，疾用無枝。
心之憂矣，寧[3]莫之知。

---

柳樹生長得如此茂盛，蟬兒發出「嘒嘒」的鳴叫聲。深深的淵水旁，生長著茂密的蘆葦。我就像是一艘斷了纜繩的小船，不知道會漂流到何處。心中憂傷不已，就連想要打個盹也做不到。

鹿兒奔跑時，爲怕與友伴失散而放慢腳步；雉鳥早起打鳴，是爲了要尋求他的配偶。但我就像是一株得了病的樹木，因爲受傷了，連樹枝都壞損。我心中的愁思，又有誰會知道呢。

【註釋】興也。伎，音「祈」。雊，音「姤」。雌，叶于西反。壞，音「瘣」。1伎伎，是舒緩貌。2雊是雉鳴。3寧，當作「何」字解。

【章旨】這章詩是說鹿是會跑的獸，牠尚且舒緩腳力，留待牠的群眾；雉鳥朝鳴，也還求其雌偶。我獨和人不親，以致見逐，譬如病壞的樹木，憔悴無枝。我心中的憂愁，何人知道呢？

【集傳】興也。伎伎，舒貌。宜疾而舒，留其群也。雊，雉鳴也。壞，傷病也。寧，猶何也。○鹿斯之奔，則足伎伎然。雉之朝雊，亦知求其妃匹。今我獨見棄逐，如傷病之木，憔悴而無枝。是以憂之，而人莫之知也。

【箋註】蘇轍曰：鹿走而留其群，雉鳴而求其雌。物無不有恩於其親者。親之不可去，非獨以其愛，亦以其助也。今獨兀然如壞木之無枝，而曾莫之顧，何也？

方玉潤曰：二章（按：指四、五兩章）以舟流壞木作比，見逐子失親，無所歸依之苦。

相[1]彼投[2]兔，尚或先[3]之；
行有死人，尚或墐[4]之。
君子秉[5]心，維其忍之。
心之憂矣，涕既隕[6]之。

投入羅網中的野兔，還有可能得到憐憫而被釋放。路旁橫死之人，還有人會發善心將屍骨掩埋。但我王之心，竟然如此殘忍。心中無比哀傷，不由得涕淚交流。

【註釋】興也。先，叶蘇晉反。墐，音「覲」。隕，音「蘊」。1相，是相視。2投，是投奔。3先，是放走。4墐，是掩埋。5秉，是秉執。6隕，是墜落。

【章旨】這章詩是說我看見被逐的奔兔，還有人放牠走；道旁的死人，或有人掩埋他。何以我王聽信讒言，竟廢逐了我，居心能忍嗎？唉，我心中憂愁，涕淚已經落下來了。

【集傳】興也。相，視。投，奔。行，道。墐，埋。秉，執。隕，墜也。○相彼被逐而投人之兔，尚或有哀其窮，而先脫之者。道有死人，尚或有哀其暴露，而埋藏之者。蓋皆有不忍之心焉。今王信讒棄逐其子。曾視投兔死人之不如，則其秉心亦忍矣。是以心憂而涕隕也。

【箋註】方玉潤曰：此章先言投兔死人，反跌忍心。

**君子信讒，如或醻[1]之。**
**君子不惠[2]，不舒[3]究[4]之。**
**伐木掎[5]矣，析薪杝[6]矣。**
**舍彼有罪，予之佗[7]矣。**

---

我王聽信讒言，就像是受人敬酒一樣的容易。他不愛護顧惜我，不探究謠言的起因。伐木時要以繩縛於樹幹拉扯，使之朝一邊倒下，砍柴時要順著木頭的紋路下斧，萬事萬物都有一定的道理啊。但他卻放過了那些造謠的罪人，卻要我扛起所有的罪名。

【註釋】賦而興也。醻，叶市救反。掎，叶居何反。杝，叶湯何反。佗，叶湯何反。1醻，是酬報。2惠，是惠愛。3舒，是緩。4究，是察。5掎是用物倚靠其巔。6杝，是順他的條理。7佗是加。

【章旨】這章詩是說我王的信讒就像吃酒似的，得便飲了，並不加我以惠愛，更不緩緩的究察。便是伐木，也要先依其巔，析薪也要順其條理。你竟捨棄那進讒的罪人，加罪於我，竟把我廢了！真是伐木、析薪都不如了。

【集傳】賦而興也。酬，報。惠，愛。舒，緩。究，察也。掎，倚也。以物倚其巔也。杝，隨其理也。佗，加也。○言王惟讒是聽，如受酬爵得即飲之。曾不加惠愛舒緩，而究察之。夫苟舒緩而究察之，則讒者之情得矣。伐木者尚倚其巔，析薪者尚隨其理，皆不妄挫折之。今乃舍彼有罪之譖人，而加我以非其罪，曾伐木析薪之不若也。此則興也。

【箋註】方玉潤曰：此章先言信讒，後以伐木析薪反形不惠，用意同而章法卻變。

**莫高匪山，莫浚[1]匪泉。**
**君子無易由言，耳屬于垣。**
**無逝我梁[2]，無發我笱[3]。**
**我躬不閱，遑恤我後。**

不夠高，不能算是一座山，不夠深，不能算是一座泉源。
我王不應該輕易的發表意見，避免被牆外之人聽見。
不要去我的魚池，不要碰我用的魚簍。
唉，罷了，我都自身難保，哪裡能管得著這些身外之物呢。

【註釋】賦而比也。山，叶所旃反。浚，音「濬」。易，去聲。屬，音「燭」。1浚，是深。2梁，是石堰。3笱，是魚籠。

【章旨】這章詩是說極高的山，還有人登其頂；極深的泉，也有人入其底。何況君子容易出言，沒有人在牆外聽見嗎？大概我的廢逐原因，也是我王平日輕言我的不善，不顧小人旁聽，防他乘隙進讒。唉，古言說道：「無逝我梁，無發我笱。」現在我的自身難顧了，何暇計及後來呢。

【集傳】賦而比也。山極高矣。而或陟其巔。泉極深矣。而或入其底。故君子不可易於其言。恐耳屬于垣者，有所觀望左右，而生讒譖也。王於是卒以褒姒為后，伯服為太子。故告之曰：「毋逝我梁，毋發我笱，我躬不閱，遑恤我後。」蓋比辭也。東萊呂氏曰：「唐德宗將廢太子而立舒王。李泌諫之，且曰：『願陛下還宮，勿露此意，左右聞之，將樹功於舒王，太子危矣。』此正君子無易由言，耳屬于垣之謂也。〈小弁〉之作，太子既廢矣，而猶云爾者，蓋推本亂之所由生，言語以為階也。」

【箋註】牛運震曰：奇思危語，令人神悚。「耳屬于垣」，寫出奸人伺牆察壁情狀。

## 小弁八章，章八句。

【集傳】幽王娶于申，生太子宜臼。後得褒姒而惑之，生子伯服，信其讒，黜申后逐宜臼。而宜臼作此以自怨也。《序》以為，太子之傅，述太子之情，以為是詩。不知其何所據也。《傳》曰：「高子曰：『〈小弁〉小人之詩也。』孟子曰：『何以言之？』曰：『怨。』曰：『固哉，高叟之為詩也！有人於此，越人關弓而射之，則己談笑而道之。無他，疏之也。其兄關弓而射之，則己垂涕泣而道之。無他，戚之也。〈小弁〉之怨，親親也。親親，仁也。固矣夫高叟之為詩也。』曰：『〈凱風〉何以不怨？』曰：「〈凱風〉，親之過小者也。〈小弁〉，親之過大者也。親之過大而不怨，是愈疏也。親之過小而怨，是不可磯也。愈疏，不孝也。不可磯，亦不孝也。孔子曰：『舜其至孝矣，五十而慕。』」

【箋註】方玉潤曰：反覆申言被放之由及見逐之苦。或興或比，或反或正，或憂傷於前，或懼禍於後。無非望父母鑒察其誠，而怨昊天之降罪無辜。此謂情文兼到之作。至其布局精巧，整中有散，正中寓奇，如握奇率，然離奇變幻，令人莫測。讀者熟思而細玩之，當自有得。
程俊英曰：這是一首被父親放逐的人抒發心中哀怨的詩。
屈萬里曰：孟子論此詩，大意謂不得於其父母者所作，而未坐實其人。茲從之。

# 巧言

悠悠[1]昊天，曰父母且[2]。
無罪無辜，亂如此憮[3]。
昊天已[4]威，予慎[5]無罪；
昊天泰憮，予慎無辜。

廣大無極的蒼天啊，你是百姓的父母。
百姓沒有犯罪沒有過錯，卻遭受慘烈的禍害。
蒼天具有如此的威勢，但我真的沒有犯罪啊；
蒼天是如此的震怒，但我真的沒有犯錯啊。

**【註釋】**賦也。威，叶紆胃反。罪，叶音「悴」。月，音「疸」。憮，音「呼」。1悠悠，是遠大的意思。2且是語助詞。3憮是大。4已、泰，是甚。5慎是審慎。

**【章旨】**這章詩是嫉讒致亂的。他說遠大的昊天啊，你是人的父母，人民無罪無過，何故遭如此大亂呢？昊天的威暴，我自審實在無罪呀！昊天的威暴太甚，我自審實在無過啊！

**【集傳】**賦也。悠悠，遠大之貌。且，語辭。憮，大也。已泰，皆甚也。慎，審也。○大夫傷於讒無所控告，而訴之於天曰：「悠悠昊天，為人之父母，胡為使無罪之人，遭亂如此其大也？昊天之威已甚矣，我審無罪也；昊天之威甚大矣，我審無辜也。」此自訴而求免之辭也。

**【箋註】**牛運震曰：開端仰首控訴，如聞愴呼之聲。竟呼「昊天」為父母，便是責望疾怨之旨。兩「慎」字怯甚憤甚。

亂之初生，僭始[1]既涵[2]；
亂之又生，君子[3]信讒。

禍患之所以會發生，是因爲接納了小人；
禍患之所以一次又一次的發生，是因爲君子相信讒言。

君子如怒4，亂庶遄5沮6；
君子如祉7，亂庶遄已。

君子如果厭惡讒言，禍患就會很快的平息；
君子如果喜愛善言，禍患迅速停止。

**【註釋】**賦也。僭，音「譖」。怒，叶奴五反。涵，音「含」。遄，音「椽」。沮，上聲。祉，音「恥」。

1僭始是不信起首。2涵是容受。3君子指信讒的人。4如怒是惡讒言。5遄是速。6沮是止。7如祉，是喜善言。

**【章旨】**這章詩是說亂的起首，是先容不信的小人；亂的發生，是因君子聽信讒言。如果君子惱怒讒言，庶可立刻止亂；君子喜聽善言，庶可沒有亂事了。

**【集傳】**賦也。僭始，不信之端也。涵，容受也。君子指王也。遄，疾。沮，止也。祉，猶喜也。○言亂之所以生者，由讒人以不信之言始入，而王涵容不察其真偽也。亂之又生者，則既信其讒言而用之矣。君子見讒人之言，若怒而責之，則亂庶幾遄沮矣。見賢者之言，若喜而納之，則亂庶幾遄已矣。今涵容不斷，讒信不分。是以讒者益勝，而君子益病也。蘇氏曰：「小人為讒於其君，必以漸入之，其始也進而嘗之。君容之而不拒，知言之無忌，於是復進。既而君信之，然後亂成。」

**【箋註】**孔穎達曰：人之行讒，當有所因。君能明察是非，則偽辭不入，讒言無由進也。
牛運震曰：僭始既涵，造句古甚。一「涵」字寫盡庸主優柔病根。

君子屢盟1，亂是用長；
君子信盜2，亂是用暴。

君子如果無法守信，經常與人結盟，會增長禍亂；
君子如果聽信小人的讒言，禍患會更加猛烈。

盜言孔甘，亂是用餤3。
匪其止共4，維王之邛5。

小人的言語是如此甜蜜，禍患的發生是因爲吞進了這些甜言蜜語所導致。這樣的小人不但無法在朝中任職，更是君主的病累。

**【註釋】**賦也。盟，叶莫郎反。長，叶直良反。餤，音「談」。共，音「恭」。邛，音「窮」。1盟是盟約。2盜是指讒人。又《傳詁》作盜為「逃」。古逃假借字。3餤是進。4共是供職。5邛是病。

**【章旨】**這章詩是說君子屢要盟約，不能立信，是長亂的事情；君子逃信，亂事更要加暴。譖言是很甜的，亂事是由食甜所致。這等人非但不能供職，也是我王的病魔。

**【集傳】**賦也。屢，數也。盟，邦國有疑，則殺牲歃血，告神以相要束也。盜，指讒人也。餤，進。邛，病也。○言君子不能已亂，而屢盟以相要，則亂是用長矣。君子不能聖讒，而信盜以為虐，則亂是用暴矣。讒言之美，如食之甘。使人嗜之而不厭，則亂是用進矣。然此讒人不能供其職事，徒以為王之病而已。夫良藥苦口，而利於病。忠言逆耳，而利於行。維其言之甘而悅焉，則其國豈不殆哉。

**【箋註】**牛運震曰：直斥讒人為盜，深文。
方玉潤曰：以上皆因信讒以致亂之故。

奕奕1寢廟，君子作之；
秩秩2大猷3，聖人莫4之。
他人有心，予忖度之。
躍躍5毚6兔，遇犬獲之。

雄偉的宗廟啊，是君子建造而成的；完善的謀略規畫，是聖人所制訂的。別人心中在想什麼，我可以揣測出來。就像那蹦跳的狡兔，碰到獵狗就被捕獲。

【註釋】賦也。躍，音「笛」。毚，音「殘」。獲，叶黃郭反。1奕奕是大貌。2秩秩是有秩序。3猷是道。4莫是定。5躍躍是疾跳。6毚是狡。

【章旨】這章詩是說讒人的情偽，並不難察。譬如高大的寢廟，是君子所造的；整齊的大道，是聖人所定的，是顯然可知的。他人的心事，雖不能知，我若能善為測度，好像疾跳的狡兔，終被獵犬得著的。

【集傳】興而比也。奕奕，大也。秩秩，序也。猷，道。莫，定也。躍躍，跳疾貌。毚，狡也。○奕奕寢廟，則君子作之。秩秩大猷，則聖人莫之。以興他人有心，則予得而忖度之。而又以躍躍毚兔，遇犬獲之比焉。反覆興比，以見讒人之心，我皆得之，不能隱其情也。

荏染1柔木2，君子樹之。
往來行言3，心焉數4之。
蛇蛇5碩言6，出自口矣。
巧言如簧7，顏之厚矣8。

那些像柔木一樣的小人，是君子將他們栽養起來的。
那些來來去去的流言，必須用心才能夠分辨。
那些欺騙世人的大話，都是從人之口說出來的。
巧妙的謊言如同笙樂一般的動聽，小人不知羞恥，臉皮厚啊。

【註釋】興也。荏，音「飪」。蛇，音「移」。口，叶孔五反。厚，叶胡五反。1荏染是柔貌。2柔木，是桐梓一類的樹木。3行言是路人的言語。4數，是辨。5蛇蛇，是安舒貌。6碩言，是善言。7如簧，是像吹笙一般的好聽。8顏之厚矣，是不知羞恥的意思。

【章旨】這章詩是說柔木是君子所栽。往來行人的言語，心中是能辨別出來的，若是善良的言語，還可以說得出口；假使是虛偽的巧言，雖然說得好聽，未免顏面太厚。

**【集傳】**興也。荏染，柔貌。柔木，桐梓之屬，可用者也。行言，行道之言也。數，辨也。蛇蛇，安舒貌。碩，大也。謂善言也。顏厚者，頑不知恥也。○荏染柔木，則君子樹之矣。往來行言，則心能辨之矣。若善言出於口者宜也。巧言如簧，則豈可出於口哉。言之徒可羞愧，而彼顏之厚，不知以為恥也。孟子曰：「為機變之巧者，無所用恥焉。」其斯人之謂與。

**【箋註】**牛運震曰：往來行言，道路之言也。「心焉數之」，所謂邇言是聽也。「數」字用得輕靈。

**彼何人斯 1，居河之麋 2，**
**無拳 3 無勇，職為亂階 4。**
**既微 5 且尰 6，爾勇伊何？**
**為猶 7 將 8 多，爾居徒幾何？**

你到底是什麼樣的人啊，住在河邊低濕之地，雖然沒有力量也不勇敢，但卻是起造禍患的根源。你的雙腳潰爛浮腫，能使出多大的勇氣？卻如此詭計多端，到底有多少黨羽與你共謀造亂？

**【註釋】**賦也。麋，音「眉」。階，叶居奚反。尰，市勇反。幾，音「紀」。1 何人是指讒人的。2 麋是水草相交的地方。3 拳，是力。4 階是階梯。5 微，是骭瘍病。6 尰，是腫腳。7 猶，是謀。8 將，是大。

**【章旨】**這章詩是說讒人居在下濕的地方，雖是無力為亂，但讒口交鬥，也足以為亂的階梯。你既是微尰病人，你的勇力有多大？想必代謀的也很多。你的黨徒，究竟有多少呢？

**【集傳】**賦也。何人，斥讒人也。此必有所指矣。賤而惡之。故為不知其姓名，而曰何人也。斯，語辭也。水草交，謂之麋。拳，力。階，梯也。骭瘍為微。腫足為尰。猶，謀。將，大也。○言此讒人居下濕之地。雖無拳勇可以為亂，而讒口交鬥，專為亂之階梯。又有微尰之疾，亦何能勇哉。

而為讒謀則大且多如此。是必有助之者矣。然其所與居之徒眾幾何人哉。言亦不能甚多也。

【箋註】姚際恆曰：識其所居之處，既無勇力，又有微、尰之疾，復言有幾何之勇，乃讒謀將日益多，所與居之徒眾能有幾何，我將殺之而甘心焉矣。

方玉潤曰：讒人毫無才能，唯憑口舌，足為亂階。點明致亂之由，章法一線穿成。

麋文開、裴普賢曰：最後以質問口氣曰：「你的黨徒能有多少？」意味再多亦不難消滅也。

巧言六章，章八句。

【集傳】以五章「巧言」二字名篇。

【箋註】姚際恆曰：此幽王時之大夫以小人讒謀啟亂，將甘心焉，而賦是詩。

方玉潤曰：此詩大旨因讒致亂，而讒之所以能入與不能入，則信與不信之爾。

## 何人斯

彼何人[1]斯？其心孔艱[2]。
胡逝我梁，不入我[3]門？
伊誰云從？維暴[4]之云。

他是什麼人哪？心地如此陰險。
為什麼經過我的魚池，卻不肯走進我家的大門？
他是跟誰一起來的？據說是跟著暴公來的呀！

【註釋】賦也。艱，叶居銀反。門，叶眉貧反。1何人，是指所刺的人。2艱，是險。3我，是蘇公自稱。4暴是暴公。

【章旨】這章詩是蘇公刺反側的。他說他是什麼人，心下很險。何以過我門前橋梁，不入我門呢？他是隨同誰人來的？他說是隨著暴公的啊。

【集傳】賦也。何人，亦若不知其姓名也。孔，甚。艱，險也。我，舊說以為蘇公也。暴，暴公也。皆畿內諸侯也。○舊說暴公為卿士，而譖蘇公。故蘇公作詩以絕之。然不欲直斥暴公。故但指其從行者而言。彼何人者，其心甚險。胡為往我之梁，而不入我之門乎。既而問其所從則暴公也。夫以從暴公而不入我門，則暴公譖己也明矣。但舊說於詩無明文可考。未敢信其必然耳。

【箋註】方玉潤曰：開口直刺心艱而不言何人，使讒者聞之自知所警。

**二人[1]從行[2]，誰為此禍[3]？**
**胡逝我梁，不入唁[4]我？**
**始者不如今，云不我可。**

他跟暴公同行，是誰加害我的？
爲什麼走過我家的魚池，卻不進來慰問我？
以前的情況與今日不同，現在他翻臉不認我了。

【註釋】賦也。1二人，是我和暴公二人。2從行，是同為王臣，有從行之義。3禍，是傾軋的禍患。4唁，是弔唁。

【章旨】這章詩是說我和暴公二人，同為王臣，本有從行之義的。不知誰人，釀成傾軋的禍患。何以逕過我梁，不進來弔唁我呢？起初親厚的時候，何嘗像現在的不以我為然呀。

【集傳】賦也。二人，暴公與其徒也。唁，弔失位也。○言二人相從而行，不知誰譖己而禍之乎！既使我得罪矣，而其逝我梁也，不入而唁我。汝始者與我親厚之時，豈嘗如今不以我為可乎。

【箋註】牛運震曰：翻念始者，厚甚怨甚。倒煞雋峭。

彼何人斯？胡逝我陳1？
我聞其聲，不見其身。
不愧于人，不畏于天？

他是什麼人哪？爲什麼走過我家堂下？我聽見他的聲音，卻不見他的身影。做了虧心事，對人卻不覺得羞愧，難道不怕上天降下報應來嗎？

**【註釋】**賦也。天，叶鐵因反。1陳，是堂下道路。

**【章旨】**這章詩是說他是何人，何以逕過我的堂下？只聽到他的聲音，不看見他的身軀。縱然對人不加抱歉，豈不畏天嗚？

**【集傳】**賦也。陳，堂塗也。堂下至門之徑也。○在我之陳，則又近矣。聞其聲而不見其身，言其蹤跡之詭祕也。不愧于人，則以人為可欺也。天不可欺，女獨不畏於天乎？奈何其譖我也。

**【箋註】**牛運震曰：寫得幽悅詭祕，真有鬼氣。指出愧、畏二義打動良心，欲其自捫審也。前後含蓄，此二語特為警痛。

彼何人斯？其為飄風1。
胡不自北，胡不自南。
胡逝我梁，祇攪2我心。

他是什麼人哪？速度如此之快有如暴風。爲什麼不從北邊過來？爲什麼不從南邊過來？爲什麼經過我家的魚池？擾亂我的心思。

**【註釋】**賦也。風，叶孚愔反。南，叶尼心反。攪，音「絞」。祇，音「支」。1飄風，是暴風。2攪，是擾亂。

【章旨】這章詩是說他是何人，過去好像飄風的一樣快當？何以自南自北，我都會不著他？何以逕過門前橋梁，擾亂我的心思呢！

【集傳】賦也。飄風，暴風也。攪，擾亂也。○言其往來之疾，若飄風然。自北自南，則與我不相值也。今則逝我之梁，則適所以攪亂我心而已。

【箋註】牛運震曰：其為飄風，奇想。「胡不自此」二語，即借飄風生情，妙。截去不入，但憾逝，梁以為不入不如不逝之愈也，意更含蓄。

方玉潤曰：此三章極力摹寫讒人性情不常，行踪詭祕，往來無定。跟上心艱，起下鬼蜮。可謂窮形盡相，毫無遁情。

**爾之安[1]行，亦不遑舍[2]？**
**爾之亟[3]行，遑[4]脂[5]爾車？**
**壹者之來，云何其盱[6]。**

你徐徐而行，爲什麼不來我這裡休息？
你疾行趕路，爲什麼還有時間爲車輪上油？
期盼你來我家一趟，爲此我張目盼望。

【註釋】賦也。舍，叶商居反。亟，音「棘」。盱，音「吁」。1安，是徐慢。2舍，是止息。3亟，是速。4遑，是有暇。5脂，是塗車的油。6盱，是張望。

【章旨】這章詩是說你過去的很遲緩，也不到我這裡休息一會。說你有急行呢，你有又暇塗脂車轄。這個時候，何不一來看我？我是如何的張目望著你來。

【集傳】賦也。安，徐。遑，暇。舍，息。亟，疾。盱，望也。字林云，盱，張目也。《易》曰：「盱豫悔。」〈三都賦〉云：「盱衡而詰。」是也。○言爾平時徐行猶不暇息。而況亟行，則何暇脂其車哉。今脂其車，則非亟也。乃託以亟行，而不入見我，則非其情矣。何不一來見我，如何使我望汝之切乎。

【箋註】牛運震曰：瑣細詰訊，委婉深妙。硬坐他脂車，妙。

**爾還而入，我心易1也；**
**還而不入，否難知也。**
**壹者之來，俾我祇2也。**

你歸來時進了我家的大門，我心中充滿歡喜；
你歸來時若不進我家大門，我很難猜測你的存心。
希望你來我家一趟，好令我能夠安心。

【註釋】賦也。易，叶以知反。1易，是喜悅。2祇，是安定。

【章旨】這章詩是說你去的時候，是未曾入我的門。你若回來，能再進我的門，我心中也是歡喜的。假使回來，再不進我的門，我就不知道你的心了。你何不一來見我，使我安心呢？

【集傳】賦也。還，反。易，說。祇，安也。○言爾之往也，既不入我門矣。儻還而入，則我心猶庶乎其說也。還而不入，則爾之心，我不可得而知矣。何不一來見我，而使我心安乎。董氏曰：「是詩至此，其辭益緩。若不知其為譖矣。」

【箋註】姚際恆曰：「爾還而入，我心易也。還而不入，否難知也」，偏為此軟緩之調。
牛運震曰：算到還入一層，苦思癡想，往復繚繞，筆意有三迴九折之妙。兩「壹者之來」，癡極厚極。
方玉潤曰：此二章故作和緩之筆。文勢至此一曲，亦詩人忠厚待人之意。

伯[1]氏吹壎[2]，仲氏吹篪[3]。
及爾如貫[4]，諒[5]不我知？
出此三物[6]，以詛[7]爾斯。

我們的交情有如兄弟，大哥吹壎，弟弟吹篪，互相唱和。我和你之間，情誼緊密相連，難道你還不知道我嗎？我願意拿出三牲的祭品，與你在神前賭咒發誓。

**【註釋】**賦也。壎，音「塤」。篪，音「池」。詛，側助反。1伯、仲，是兄弟。同為王臣，是有兄弟之義的。2壎，是土質的樂器，六孔直吹。3篪，是竹製的樂器，八孔橫吹。4如貫，是如繩串物，使之相連的意思。5諒，是誠。6三物，是雞、犬、豕，刺血詛盟用的。7詛，是發誓。

**【章旨】**這章詩是說我二人同為王臣，誼如吹壎吹篪的伯仲。和你好像繩的串物，有連帶的關係。你誠不知我，要譖我嗎？我可出此三物。對你發誓。

**【集傳】**賦也。伯仲，兄弟也。俱為王臣，則有兄弟之義矣。樂器，土曰壎。大如鵝子。銳上平底。似稱錘。六孔。竹曰篪。長尺四寸，圍三寸，七孔。一孔上出。徑三分，凡八孔。橫吹之。如貫，如繩之貫物也。言相連屬也。諒，誠也。三物，犬豕雞也，刺其血以詛盟也。○伯氏吹壎，而仲氏吹篪，言其心相親愛，而聲相應和也，與汝如物之在貫。豈誠不我知而譖我哉？苟曰誠不我知，則出此三物以詛之可也。

**【箋註】**姚際恆曰：「伯氏吹壎，仲氏吹篪」，偏作和好之辭。
牛運震曰：直是骨肉至性語，堪令凶人下淚。寫平生交情篤甚雅甚，真大臣胸膈。
方玉潤曰：追念從前和好，如壎如篪，反形下文為鬼為蜮。

為鬼為蜮1，則不可得。
有靦面2目，視人罔極。
作此好歌，以極反側3。

如果你是鬼魅或狐狸精，我無法抓到你。
但你有臉有面，卻如此無恥。
我之所以編這首歌曲，就是要揭發你的反覆無常。

**【註釋】** 賦也。蜮，音「域」。靦，音「典」。1蜮，是短狐。能含沙射水中人影，以致人病，但不見其形。2靦面，是會面。3反側，是不正。

**【章旨】** 這章詩是說你如為鬼為蜮，便不可見；你是能見面的人，何以令人不可測呢？我今作此好歌，窮究你的反側之心。

**【集傳】** 賦也。蜮，短狐也。江淮水皆有之。能含沙以射水中人影。其人輒病。而不見其形也。靦，面見人之貌也。好，善也。反側，反覆不正直也。○言汝為鬼為蜮，則不可得而見矣。女乃人也。靦然有面目與人相視，無窮極之時。豈其情終不可測哉。是以作此好歌，以究極爾反側之心也。

**【箋註】** 牛運震曰：偏說他不是鬼蜮，是忠厚，正是深文。
方玉潤曰：末句結出反側二字，應上心艱。首尾一氣相承。蓋惟心艱，遙以反側。小人心迹，千古如見。

## 何人斯八章，章六句。

**【集傳】** 此詩，與上篇文意相似。疑出一手。但上篇先刺聽者，此篇專責讒人耳。王氏曰：「暴公不忠於君，不義於友，所謂大故也。故蘇公絕之。然其絕之也，不斥暴公，言其從行而已。不著其譖也，示以所疑而已。既絕之矣。而猶告以壹者之來，俾我祇也。蓋君子之處己也忠，其遇人也怨，使其由此悔悟更以善意從我，固所願也。雖其不能如此，我固不為已甚。豈若小大夫然哉。一與人絕，則醜詆固拒，唯恐其復合也。」

【箋註】牛運震曰：吞吐纏綿，清空如話，絕妙一則絕交辭。只是過門不入，一意反復言之，清靈和緩，怨刺體之最柔厚者。

王靜芝曰：傷友人趨於權勢，反覆無常，故作歌以譏之也。

程俊英曰：這是一首諷刺同僚的詩，實際上是一首絕交的詩。

糜文開、裴普賢曰：而這詩更顯得特別的是一、三、四各章，一而再三從問「他是什麼人」開頭，用令人難以捉摸的懸疑手法，描寫詭祕的行動，及其所引起的反應。形成了《三百篇》中一種獨特的風格，令人驚奇於這簡直像現代文學的傑作。

# 巷伯

萋兮斐[1]兮，成是貝[2]錦。
彼譖人者，亦已大甚。

花色交錯又鮮豔，織就而成貝紋錦。
就像那羅織謠言害人的傢伙，實在可惡至極！

【註釋】比也。萋，音「妻」。大，音「泰」。1萋、斐，是微小的文采。2貝，是水中介蟲，有文采似錦。

【章旨】這章詩是遭讒被宮的自哀。他說微細的貝蟲，也能成此文采，何怪讒慝的小人，每每因人的小過，陷成大罪呢。唉，那個譖人的人，未免心腸太毒啊！

【集傳】比也。萋斐，小文之貌。貝，水中介蟲也。有文彩似錦。○時有遭讒而被宮刑，為巷伯者作此詩。言因萋斐之形而文，致之以成貝錦。以比讒人者因人之小過，而飾成大罪也。彼為是者亦已大甚矣。

**哆兮侈兮，成是南箕。彼譖人者，誰適與謀。**

咧開的大嘴巴，彷彿南箕四星的形狀。羅織謠言害人的傢伙啊，誰願意與你一起共事！

【註釋】比也。哆，昌者反。適，音「的」。謀，叶謨悲反。1 哆、侈，是張口的形狀。2 南箕，是四星。二星為踵，二星為舌，如張口的形狀。3 適，是專主。

【章旨】這章詩是說那個張口的箕，因有二踵二舌，便像要噬人似的。像那個譖人的人，是誰代他主謀的呢？

【集傳】比也。哆侈，微張之貌。南箕，四星。二為踵，二為舌。其踵狹而舌廣，則大張矣。適，主也。誰適與謀，言其謀之閎也。

**緝緝翩翩，謀欲譖人。慎爾言也，謂爾不信。**

你附耳私語，搬弄是非說閒話，一心想要陷害他人。說話最好慎言哪，免得鬼話連篇，沒有人會再相信你了。

【註釋】賦也。翩，叶批賓反。信，叶斯人反。1 緝緝，是口舌的聲音或作緝人的罪狀。2 翩翩，是往來的狀況。

【章旨】這章詩是說你搜緝人的罪狀。翩翩往來。要想譖害他人。你要小心你的言語。恐怕人家不相信你的。

【集傳】賦也。緝緝，口舌聲。或曰：「緝緝，人之罪也。」或曰：「有條理貌。」皆通。翩翩，往來貌。○譖人者，自以為得意矣。然不慎爾言，聽者有時而悟，且將以爾為不信矣。

【箋註】牛運震曰：婉諷甚於怒罵；忠告且教之，唯恐其譖之不善也。似莊似謔語，妙。

**捷捷[1]幡幡[2]，謀欲譖言。**
**豈不爾受？既其女遷[3]。**

口才伶俐擅言語，編織謊言構陷別人的傢伙啊，
君主是不是也聽信了你的謊言？搞不好最後禍害會報應你自身。

【註釋】賦也。幡，叶芬邅反。女，音「汝」。1捷捷，是便利貌。2幡幡，是反覆貌。3遷，是受。

【章旨】這章詩是說你用便利的言語，反覆的心思，要想讒譖他人。君上好譖，沒有不受的。但是你好譖不已，終有揭破的一日，你將要自作自受的。

【集傳】賦也。捷捷，儇利貌。幡幡，反覆貌。○王氏曰：「上好譖，則固將受女。然好譖不已，則遇譖之禍，亦既遷而及女矣。」曾氏曰：「上章及此，皆忠告之辭。」

【箋註】嚴粲曰：三章四章，述讒人情狀而戒之也。爾讒人當謹慎其言，無專飾虛為實。虛言無實，有時而敗露。聽者將謂爾不足信矣。

**驕人好好[1]，勞人[2]草草[3]。**
**蒼天蒼天！**
**視彼驕人[4]，矜[5]此勞人。**

說謊的傢伙得意洋洋，被陷害的人卻痛苦憂傷。
老天啊老天！
請睜眼看清那些小人的嘴臉，可憐可憐受苦受害的人吧！

【註釋】賦也。天，叶鐵因反。1好好，是快樂。2勞人，是被譖失度的人。3草草，是憂愁。5驕人，是譖人自己得意的。5矜是憐恤。

【章旨】這章詩是說譖人的在那裡快樂，被譖的人，在那裡憂愁。蒼天呀！蒼天呀！你視察驕人啊，可憐勞人啊。

【集傳】賦也。好好，樂也。草草，憂也。驕人，譖行而得意。勞人，遇譖而失度。其狀如此。

【箋註】牛運震曰：「草草」字寫出幽憂情況。驕人何恤於一視！視字無聊之甚，然正刻深。

方玉潤曰：譖人與受譖於人兩面雙題，結上起下，為全篇樞紐。

**彼譖人者，誰適與謀？**
**取彼譖人，投[1]畀[2]豺虎；**
**豺虎不食，投畀有北[3]；**
**有北不受，投畀有昊。**

那些說謊陷害的小人，誰願意與他們共事？
把小人抓來，讓豺狼虎豹吞了他們吧。
如果連野獸都嫌棄他們不肯吞食，就把他們丟到荒涼不毛的北地去自生自滅，
倘若連北地都不肯收這些傢伙，就請上天來裁決他們的死活吧。

【註釋】賦也。者，叶掌與反。謀，叶滿補反。受，叶承呪反。昊，叶許候反。1投，是投棄。2畀，當置字解。3北，是寒冷不毛的北方。

【章旨】這章詩是說那個譖人的，是誰代他主謀呢？把這個譖人的人，投棄於豺虎。豺虎尚嫌惡他，不食他的肉；把他投棄到極冷不毛的北方，北方也不收受，只好把他交給昊天，請昊天懲罰他的罪過。

【集傳】賦也。再言彼譖人者，誰適與謀者，甚嫉之，故重言之也。或曰：「衍文也。」投，棄也。北，北方，寒涼不毛之地也。不食不受，言讒譖之人，物所共惡也。昊，昊天也。投畀昊天，使制其

罪。○此皆設言，以見欲其死亡之甚也。故曰：「好賢如緇衣，惡惡如巷伯。」

【箋註】姚際恆曰：「有北不受，投畀有昊」，刺讒諸詩無如此之快利，暢所欲言。牛運震曰：言不食甚於食，深疾之辭也。刻怨積怒，一洩於此。詩人之旨，以不說盡為含蓄，國風小雅類。然又有以說盡為痛快者，此章是也。

**楊園[1]之道，猗[2]于畝丘[3]。**
**寺人[4]孟子[5]，作為此詩。**
**凡百君子，敬而聽之。**

楊園的道路，建在畝丘上。
宦官孟子，作了這首詩歌。
諸位君子，請您細聽詩歌中的肺腑之言吧。

【註釋】興也。猗，音「倚」。丘，叶袪奇反。1楊園，是下地。2猗當作「倚」。3畝丘是高地。4寺人，是內監。遭讒被宮，黜為宦官。5孟子，是名字。

【章旨】這章詩是說楊園的下地，靠著畝丘的高地；好像小人，依附高位作惡。孟子既已遭讒被宮，黜為寺人，因此作這篇詩，告訴君子們：凡是君子們。必須敬聽了，防恐譖人的人。將要漸及大臣啊。

【集傳】興也。楊園，下地也。猗，加也。畝丘，高地也。寺人，內小臣。蓋以讒被宮，而為此官也。孟子，其字也。○楊園之道，而猗于畝丘。以興賤者之言，或有補於君子也。蓋譖始於微者，而其漸將及於大臣。故作詩使聽而謹之也。劉氏曰：其後王后太子及大夫，果多以讒廢者。

**巷伯七章，四章章四句，一章五句，一章八句，一章六句。**

【集傳】巷，是宮內道名。秦漢所謂「永巷」是也。伯，長也。主宮內道官之長，即寺人也。故以名篇。

班固、司馬遷贊云：「迹其所以自傷悼，〈小雅・巷伯〉之倫。」其意亦謂，〈巷伯〉本以被譖而遭刑也。而楊氏曰：「寺人，內侍之微者出入於王之左右，親近於王而日見之，宜無間之可伺矣。今也亦傷於讒，則疏遠者可知。」故其詩曰：「凡百君子，敬而聽之。」使在位知戒也。其說不同，然亦有理，姑存於此云。

**【箋註】**牛運震曰：痛憤疾呼，明目張膽，驕人投畀二章盡矣。妙在以冷婉發端，以肅重收結。便是怨怒之詩佔身分處。

程俊英曰：詩中沒有「巷伯」二字，可是篇名叫「巷伯」，為什麼呢？因為寺人就是巷伯，都是宦官的通稱。

## 谷風

**習習[1]谷風[2]，維風及雨。**
**將恐將懼[3]，維予與女；**
**將安將樂，女轉棄予。**

東風陣陣吹啊，大風挾帶著雨水而下。
還記得處境艱困的時候，只有我願意與你共苦，
但生活轉危為安時，你卻毫不留情拋棄了我。

**【註釋】**興也。予，叶演女反。1習習，是和舒的狀貌。2谷風，是東風。風雨有相感的因緣，以興朋友有相感的情好。3將恐將懼，是在患難的時候。

**【章旨】**這章詩是傷友道不終的。他說利舒的東風，是和雨有相感的因緣。你我交友在患難的時候，也只有你我二人。現在將要安樂了，何以你反要棄我呢？

【集傳】興也。習習，和調貌。谷風，東風也。將，且也。恐懼，謂危難憂患之時也。○此朋友相怨之詩。故言：習習谷風，則維風及雨矣。將恐將懼之時，則維予與女矣。奈何將安將樂，而轉棄予哉。

【箋註】牛運震曰：「維予與女」，虛寫白描，語甚深至。

**習習谷風，維風及頹[1]。**
**將恐將懼，寘[2]予于懷[3]；**
**將安將樂，棄予如遺[4]。**

東風陣陣吹啊，大風將我吹倒在地。
還記得處境艱困的時候，你把我抱在懷中，
但生活轉危為安時，你卻狠心遺棄了我。

【註釋】興也。懷，叶胡威。遺，叶遺回反。1 頹風，是迴風自上下降，東風和迴風相遇。以興朋交相切。2 寘，是放。3 懷，是懷中。4 遺是遺失。

【章旨】這章詩是說東風既遇迴風，好像朋友的相切。你何以在患難的時候，尚把我放在心懷，現在將要安樂了，反棄絕了我，就像忘卻似的。

【集傳】賦也。頹，風之焚輪者也。寘，與置同。置于懷親之也。如遺，忘去而不復存省也。

【箋註】牛運震曰：「寘予于懷」，形容不倫，正以甚其薄也。「如遺」字亦白描入妙。

**習習谷風，維山崔嵬[1]。**
**無草不死，無木不萎[2]。**
**忘我大德，思我小怨。**

東風陣陣吹啊，拂過了高山、刮過了山頂。
烈風吹得草枯木死。
變了心的你忘記了我對你的好，只記恨我的小錯。

【註釋】比也。萋，叶於回反。1崔、嵬，是山頂。3萎，是木枯了。

【章旨】這章詩是說好比東風的和暢，山顛的高大，總不能保草木的不死不萎。朋友雖不無小怨，但你不能忘我大德，思我小怨，竟將我棄絕了。

【集傳】比也。崔嵬，山巔也。○習習谷風，維山崔嵬，則風之所被者廣矣。然猶無不死之草，無不萎之木。況於朋友，豈可以忘大德，而思小怨乎。或曰：「興也。」

【箋註】牛運震曰：插入「維山崔嵬」句，便覺風威悍絕。「忘我大德，思我小怨」，交道不終，都坐此八字。平心厚語，不作分外已甚之辭，妙。

谷風三章，章六句。

【箋註】姚際恆曰：〈小序〉謂「刺幽王」，汎甚。此固朋友相怨之詩，然何以列于雅，而其體亦絕類風？不可解。

牛運震曰：惻然恬然，語語從忠恕流出，而偷薄世態已自說盡。

高亨曰：這是一個被丈夫拋棄的婦人指責她的丈夫忘恩負義的詩。

糜文開、裴普賢曰：近人以〈邶風．谷風〉篇題材與此詩同，而朱熹定彼為「婦人為夫所棄」，而定此則為「朋友相怨」，自相矛盾。況此詩中有「寘予于懷」句，所詠亦明明為「婦人為夫所棄」，故應改定為「棄婦怨訴之詩」。

屈萬里曰：此與〈邶風〉之〈谷風〉相似，蓋亦棄婦之辭也。

## 蓼莪

**蓼蓼[1]者莪[2]，匪莪伊蒿[3]。哀哀父母，生我劬勞。**

茂盛生長的莪菜啊！喔，不是莪菜，原來只是低賤的蒿草。可憐的父親母親呀，生養我撫育我，費盡苦心太操勞。

【註釋】比也。蓼，音「六」。1蓼蓼，是長大貌。2莪，是美菜。3蒿，是賤草。

【章旨】這章詩是孝子痛不終養的。他說往日父母，把我當作美味的莪菜一樣，於今我卻變成卑賤的蒿草了。唉，可憐的我的父母，生我真是勞苦啊！

【集傳】比也。蓼蓼，長大貌。莪，美菜也。蒿，賤草也。○人民勞苦，孝子不得終養，而作此詩。言昔謂之莪，而今非莪也，特蒿而已。以比父母生我以為美材，可賴以終其身。而今乃不得其養以死。於是乃言父母生我之劬勞，而重自哀傷也。

【箋註】牛運震曰：父母上疊「哀哀」字，淒絕讀不得。不說父母已歿，口說「生我劬勞」便住，氣怯語塞，幽痛嗚咽。

**蓼蓼者莪，匪莪伊蔚[1]。哀哀父母，生我勞瘁[2]。**

茂盛生長的莪菜啊！喔，不是莪菜，原來只是低賤的牡菣。可憐的父親母親啊，生養我撫育我，辛苦勞累成疾了。

【註釋】比也。蔚，音「尉」。1蔚，是牡菣。同胡麻花差不多，亦是蒿類的。2瘁，是勞苦。

【章旨】這章詩和上章一樣的解法。

【集傳】比也。蔚，牡菣也。三月始生，七月始華，如胡麻華而紫赤。八月為角，似小豆，角銳而長。瘁，病也。

【箋註】牛運震曰：唐孟郊詩云：「誰言寸草心，報得三春暉。」此詩人蒿蔚之志也。

**缾1之罄2矣，維罍之恥。鮮3民之生，不如死之久矣！無父何怙？無母何恃4？出則銜5恤6，入則靡7至。**

酒瓶空了，是酒甕的恥辱，就像是父母年老，而子女不能奉養，是子女的恥辱。沒有爹娘，獨自活在世上，還不如早點死去好些啊。沒有父親的照顧，我依靠誰長大？沒有母親的養育，我依靠誰長大？失去父母的人，離家時心懷憂傷，即使踏入家門，也茫茫然彷彿無家可歸一樣。

【註釋】比也。久，叶舉里反。1缾、罍都是酒器，缾小罍大。2罄是盡。3鮮是寡。4怙、恃，是依賴於父母。5銜，是懷。6恤，是憂。7靡，是無。

【章旨】這章詩是說缾罍都是酒器，缾、罍相依，正和兒子依著父母一樣。缾中的酒盡了，必須往罍中取的，若是罍中不足，便是父母不得終養，這不是兒子的慚愧嗎？唉。父母不得終養，我獨自活在世上，不如久已死了好些啊！因為無父無母，沒有依賴。出則懷憂，入無所歸，好不傷心呀！

【集傳】比也。缾，小。罍，大。皆酒器也。罄，盡。鮮，寡。恤，憂。靡，無也。○言缾資於罍，而罍資缾。猶父母與子相依為命也。故缾罄矣，乃罍之恥。猶父母不得其所，乃子之責。所以窮獨之民，生不如死也。蓋無父則無所怙，無母則無所恃，是以出則中心銜恤，入則如無所歸也。

【箋註】牛運震曰：「久矣」字嫋嫋不斷，如聞長號之聲。後四句吞聲飲泣，蹙拙沉寂。「無父」、「無母」作斷句讀，摧挫哽咽。

父兮生我，母兮鞠[1]我。
拊[2]我畜我，長我育我，
顧我復我[3]，出入腹[4]我。
欲報之德，昊天罔極[5]！

父親生下我，母親養育我。
撫摸我、餵養我，養大我，教育我，
看顧我，照料我，無論出門或回家都緊抱著我。
父母的養育之恩，比天還高還廣，是我永遠報答不完的啊。

【註釋】賦也。附，音「撫」。畜，音「旭」。長，上聲。1鞠、畜是育。2拊通作「撫」。3顧是照顧。復，是反覆。顧、復，是反覆顧視。4出入腹，是出入懷抱。5罔極，《經義述聞》作為「不惠」。是說昊天不惠，使我不得終養的意思。

【章旨】這章詩是說父母生我、撫育我、長養我、反覆顧視我、出入懷抱我，我於今欲報父母的恩德，無奈昊天不惠，奪了我的父母，使我不得終養。

【集傳】賦也。生者本其氣也。鞠畜，皆養也。拊，拊循也。育，覆育也。顧，旋視也。復，反覆也。腹，懷抱也。罔，無。極，窮也。○言父母之恩如此。欲報之以德，而其恩之大，如天無窮。不知所以為報也。

【箋註】揚雄曰：父母，人之天地與！無天何生？無地何形？
姚際恆曰：實言所以「劬勞」、「勞瘁」，勾人淚眼全在此無數「我」字，何必王裒！
牛運震曰：一片血淚在連用九「我」字。「腹我」字真極，句法亦古甚。氣蹙故節短，情煩故意複。歷亂摧藏，真不成聲。哀痛之極，不可以詩文常格論也。

**南山烈烈[1]，飄風發發[2]。**
**民莫不穀[3]，我獨何害？**

南山高大聳立，迅急的旋風強勁。其他人都生活美滿，為何只有我一個人遭遇到這樣的不幸？

【註釋】興也，害，音「曷」。1烈烈，是高大貌。2發發，是疾貌。3穀，是善。

【章旨】這章詩是說南山高大，飄風迅疾。人民莫不美善，我何以獨遭此害呢？

【集傳】興也。烈烈，高大貌。發發，疾貌。穀，善也。○南山烈烈，則飄風發發矣。民莫不善，而我獨何為遭此害哉？

**南山律律[1]，飄風弗弗[2]。**
**民莫不穀，我獨不卒[3]？**

南山險峻高聳，旋風呼呼作響。其他人都幸福快樂，為何只有我無法終養爹娘？

【註釋】興也。弗，叶分律反。1律律，和烈烈同。2弗弗，和發發同。3卒是卒養。

【章旨】這章詩和上章一樣的解法。

【集傳】興也。律律，猶烈烈也。弗弗，猶發發也。卒，終也。言終養也。

【箋註】牛運震曰：至此淚盡聲絕，惟餘噓歎繚繞以終之。

方玉潤曰：末二章以眾襯己，見己之抱恨獨深。

**蓼莪六章，四章章四句，二章章八句。**

【集傳】晉王裒以父死非罪，每讀《詩》至「哀哀父母，生我劬勞」未嘗不三復流涕，受業者為廢此篇，

《詩》之感人如此。

【箋註】姚舜牧曰：為人子君，常存「匪莪伊蒿」之心，則自不敢為匪才以辱其親矣；常存昊天罔極之念，則自不敢少偷惰以終其身矣。

姚際恆曰：孝子之情，感傷痛極，千古為昭。

牛運震曰：最難寫是孤兒哭聲，如此拙重惻怛，直將孝子難言之痛攄出。故是悲哀盡頭文字。

方玉潤曰：此詩為千古孝思絕作，盡人能識。唯〈序〉必牽及人民勞苦以刺幽王。不惟意涉牽強，即情亦不真。蓋父母深恩與天無極，孰不當報？唯欲報之而或不能終其身以奉養，則不覺抱恨終天，悽愴之情不能自已耳。若謂人民勞苦，不得終養，始思父母。則遇勞苦乃念所生，不遇勞苦即將不念所生乎？又況詩言「民莫不穀，我獨何害，我獨不卒」者，明明一己所遭不偶，與人民無關也。詩首尾各二章，前用比，後用興。前說父母劬勞，後說人子不幸，遙遙相對。中間二章，一寫無親之苦，一寫育子之艱，備極沉痛。幾於一字一淚，可抵一部《孝經》讀，固不必問其所作何人，所處何世，人人心中皆有此一段至性至情文字在，特其人以妙筆出之，斯成為一代至文耳，又何暇指其為刺王作哉？

# 大東

有饛[1]簋[2]飧[3]，有捄[4]棘匕[5]。
周道如砥[6]，其直如矢[7]。
君子[8]所履[9]，小人[10]所視。
睠[11]言顧之，潸[12]焉出涕。

盤子裡裝盛著滿滿的熟食，都被彎柄的棗木長杓給挖走了。
大路平坦彷彿被磨過一般，筆直得如同射出的箭矢。
大人們在大道上行走，一旁的小老百姓只能看著。
看著看著回顧自身，不由得潸然淚下。

【註釋】興也。饛，音「蒙」。飧，音「孫」。捄，音「求」。匕，音「比」。砥，音「紙」。視，叶善止反。睠，音「卷」。潸，音「山」。1饛，是滿簋的狀貌。2簋，是食盤。3飧，是熟食。4捄，是曲貌。5棘匕，是棘木做的勺子，柄曲，斗淺，盛食於簋的用具。古有飯匕、牲匕、挑匕四種。詩中所說的是疏匕。棘木製的。6砥，是平坦。7矢是正直。8君，是在位的人。9履是履行。10小人，是指下民。11睠是反顧。12潸，是涕下貌。

【章旨】這章詩是哀東國的。他說簋飧是滿的。棘匕是彎的。周道是平的。並且正直的。所以在位的君子履行著。小民瞻望著。於今小人不忍瞻望。至於出涕。是什麼緣故呢。是因東人的賦役。輸向西方。不免回顧傷心。以致落淚啊。

【集傳】興也。饛，滿簋貌。飧，熟食也。捄，曲貌。棘匕，以棘為匕。所以載鼎肉而升之於俎也。砥，礪石。言平也。矢，言直也。君子，在位。履，行。小人，下民也。睠，反顧也。潸，涕下貌。

○《序》以為，東國困於役，而傷於財。譚大夫作此以告病。言有饛簋飧，則有捄棘匕；周道如砥，則其直如矢。是以君子履之，而小人視焉。今乃顧之而出涕者，則以東方之賦役，莫不由是而西輸於周也。

【箋註】姚際恆曰：謂道路平直，君子之所履行，小人之所瞻視，喻為政平直，君子行之而小人攸賴焉；今則不然也。

牛運震曰：簋飧饛然而棘匕捄之，取之有節也，此為通篇取興。借周道緩緩引入，有情致，亦自蘊藉容與。末二句陡生感慨凄絕。

**小東大東[1]，杼柚[2]其空。**
**糾糾葛屨，可以履霜。**

那些東方的大小國家啊，織布機上的布匹，都被徵收一空了。

百姓只得將葛草編織成草鞋，穿在雪地裡勉強禦寒。

佻佻[3]公子，行彼周行[4]。既往既來，使我心疚[5]。

而那些衣著華美行爲輕狂的貴族公子，卻往來於大道之上。他們來去的姿態與模樣，看得我心中充滿了痛苦。

**【註釋】** 賦也。東，叶都郎反。空，叶枯郎反。杼，音「佇」。柚，音「逐」。佻，音「挑」。行，叶戶郎反。來，叶六直反。疚，叶訖力反。1小東、大東，是東方大小的國家。2杼，是持緯的。柚，是受經的。都是織機上的物件。3佻佻，《經義述聞》作為「美好」，和上文糾糾相對，是葛屨蕭寒的狀貌。佻佻，是形容公子的狀貌，不是形容獨行或來往的狀貌。4周行，是大路。5疚，是病。

**【章旨】** 這章詩是說東方大小的國家，人民的機杼上，都是空的了。蕭寒的葛屨，穿著在這霜地上行路，可見窮得不堪了。美好的公子，都出來從征，在大道上行走，可見是人民逃散了。他們這樣的來往供役，要使我憂傷成病了。

**【集傳】** 賦也。小東大東，東方小大之國也。自周視之，則諸侯之國皆在東方。杼，持緯者也。柚，受經者也。空，盡也。佻，輕薄不奈勞苦之貌。公子，諸侯之貴臣也。周行，大路也。疚，病也。○言東方小大之國，杼柚皆已空矣。至於以葛屨履霜，而其貴戚之臣，奔走往來，不勝其勞，使我心憂而病也。

**【箋註】** 姚際恆曰：「杼柚其空」，唯此一句實寫正旨。

有冽[1]氿泉[2]，無浸穫[3]薪。契契[4]寤歎，哀我憚[5]人。

寒冽旁出的泉水啊，求你不要浸濕了那些砍好的乾柴吧。我憂愁的嘆息著，請可憐可憐我這個辛勞苦命的人吧。

薪是穫薪，尚可載也。
哀我憚人，亦可息也。

那些砍好的柴火，還可以用車輛運載走，以避免被泉水打濕，
而我如此辛苦勞碌，難道不能夠得到片刻歇息？

【註釋】興也。洌，音「列」。氿，音「軌」。泉，叶才匀反。憚，丁佐反。載，叶節力反。1洌，是寒音。2氿泉，是側出的泉水。3穫，是斫。4契契，是憂苦。5憚，是勞。

【章旨】這章詩是說側出的寒泉，你不要浸我的穫薪！穫薪浸濕了，是不能燒的。民已勞苦了，不能再服役的，再役就要病的。可憐勞苦的人民，連睡的時候，都是愁苦啊！唉，便是那所斫的柴薪，尚可用車去載他，可憐的勞人，也可以休息一會吧？

【集傳】興也。洌，寒意也。側出曰氿泉。穫，艾也。契契，憂苦也。憚，勞也。尚，庶幾也。載，載以歸也。○蘇氏曰：「薪已獲矣。而復漬之則腐；民已勞矣。而復事之則病。故已艾，則庶其載而畜之；已勞，則庶其息而安之。」

【箋註】牛運震曰：往復夷猶，淒婉之極。兩層作興，風致深長。

東人[1]之子，職勞不來[2]；
西人[3]之子，粲粲[4]衣服；
舟人[5]之子，熊羆是裘[6]；
私人[7]之子，百僚[8]是試[9]。

東方人家出身的子弟，做的都是辛苦的工作，無人聞問；
西方人家出身的子弟，卻穿著燦爛華美的衣裳；
西方周王室出身的子弟，身披熊皮或羆皮縫製的暖和大衣；
而那些顯貴家庭的子弟們哪，還可以充任官職。

【註釋】賦也。來，音「賚」，叶六直反。服，叶蒲北反。裘，叶渠之反。試，叶申之反。1東人，是東國的人民。2來是撫慰。3西人，是西京的人民。4粲粲，是鮮盛貌。5舟人是搖舟楫的人。6熊羆是裘，是說他穿著威武，足見很富。7私人，是私家皁隸。8百僚，是不官。9試，是用。

【章旨】這章詩是說東國的人民，單盡供職的勞役，不去撫慰他。西京的人民，比較要快樂了，穿著美盛的衣服，便是駕舟的舟子，也著了盛武的皮裘，很是富足。皁隸的私家，也做了百官，可見苦樂不均啊。

【集傳】賦也。東人，諸侯之人也。職，專主也。來，慰撫也。西人，京師人也。粲粲，鮮盛貌。舟人，舟楫之人也。熊羆是裘，言富也。私人，私家皁隸之屬也。僚，官。試，用也。舟人私人，皆西人也。○此言賦役不均，群小得志也。

【箋註】牛運震曰：東西賦役不均，比襯更難堪。

或以其酒，不以其漿。
鞙鞙1佩璲2，不以其長。
維天有漢3，監4亦有光。
跂5彼織女，終日七襄6。

奉上美酒，卻被嫌棄漿水不足；
奉上美好的玉璲，卻被嫌棄長度不夠。
夜空中的迢迢銀河啊，如此光明燦爛可作監察。
然而那狀若三角的織女星，也不過一天移動七次（又能爲我們做什麼呢）。

【註釋】賦也。鞙，音「絹」。璲，音「遂」。監，音「鑒」。1鞙鞙，是長貌。2璲，是瑞玉。3漢是銀漢。4監是監察。5跂是有角貌。三星跂然有角。6七襄，俗名織女星。織女星自卯至酉，當更七次。

【章旨】這章詩是說東人所餽的酒，西人賤視不以為漿；東人所贈極長的佩璲，西人賤視，不以為長。我因此不得不告訴於天，不知天的光芒，可能監察。唉，我但見天上的織女，終日變更七次罷了，怎能知道我的憂苦呢！

【集傳】賦也。鞙鞙，長貌。璲，瑞也。漢，天河也。跂，隅貌。織女，星名。在漢旁。三星跂然如隅也。七襄，未詳。《傳》曰：「反也。」《箋》云：「駕也。」駕，謂更其肆也。蓋天有十二次。日月所止舍。所謂肆也。經星一晝一夜，左旋一周而有餘，則終日之閒，自卯至酉，當更七次也。○言東人或饋之以酒，而西人曾不以為漿。東人或與之以鞙然之佩，而西人曾不以為長。維天之有漢，則庶乎其有以監我，而織女之七襄，則庶乎其能成文章以報我矣。無所赴想而言，維天庶乎其恤我耳。

【箋註】姚際恆曰：「或以其酒」四句，單言西人，皆寫其暴侈奢取意。或用其酒，曾漿之不若；雖鞙鞙然之佩璲，亦不以為長也。

牛運震曰：首二句寫盡輸納苦累。陡然插入星漢，無聊不平，逼出異想。「七襄」字，新練。

方玉潤曰：以下大放厥辭，借仰觀以洩胸懷積憤。與上「杼柚」、「酒漿」等字若相應，若不相應。奇得縱恣，光怪陸離，得未曾有。後世歌行各體，從此化出。在《三百篇》中實創格也。

雖則七襄[1]，不成報章；
睆[2]彼牽牛[3]，不以服[4]箱[5]。
東有啓明[6]，西有長庚，
有捄天畢[7]，載施之行[8]。

---

即使織女星每日七移，也不能織出成段的布帛；
那明亮的牽牛星啊，並不能駕動車輛。
東方的啓明星，西方的長庚星，
天畢星座形狀彎曲，如同捕獵的田網，不過是星星鋪排在天空的形狀。

【註釋】賦也。睆，音「莞」。明，叶謨郎反。庚，叶古朗反。行，音「杭」。1報章，《毛疏》作「反報成章」，就是反覆成章的意思。2睆，是明星貌。3牽牛，是星名。4服，是駕。5箱，是車箱。6啟明、長庚，都是星名。啟明，出在日先；長庚，出在日後。或前或後，附日而行。7天畢，是畢星，狀如掩兔的畢罟。8行，是行列。

【章旨】這章詩是說織女不能為我反覆成章，牽牛也不能為我駕了車箱。就是東方的啟明、西方的長庚，彎曲天畢，亦只能布施成行，於我毫無益處。

【集傳】賦也。睆，明星貌。牽牛，星名。服，駕也。箱，車箱也。啟明、長庚，皆金星也。以其先日而出，故謂之「啟明」；以其後日而入，故謂之「長庚」。蓋金、水二星，常附日行，而或先或後。但金大水小，故獨以金星為言也。天畢，畢星也。狀如掩兔之畢。行，行列也。○言彼織女，不能成報我之章，牽牛，不可以服我之箱，而啟明長庚天畢者，亦無實用，但施之行列而已。至是則知天亦無若我何矣。

【箋註】姚際恆曰：「維天有漢，監亦有光」，此二句不必有義。蓋是時方中夜，仰天感歎，適見天河爛然有光，即所見以抒寫其悲哀也。又跂織女，不覺動「杼柚其空」之意。又因織女及牽牛，以見其輸載之勞，無可諉也。

牛運震曰：前四句奇情幻想。責望得無理，怨愁人自知其妙。曰「跂」、曰「睆」、曰「捄」，每一字星形宛然，句中有圖，可兼《天官書》。

**維南有箕1，不可以簸揚；**
**維北有斗2，不可以挹3酒漿。**

南方有箕星，但並不能用來揚糠；
北方有北斗七星，模樣像是杓子，但不能拿來舀酒。

維南有箕，載翕4其舌5；
維北有斗，西柄之揭6。

南方有箕星，狀如張口伸舌的一張大嘴；
而北方有北斗七星，勺柄指著西方。

【註釋】賦也。簸，波我反。挹，音「揖」。揭，音「訐」。翕，音「吸」。1箕、斗，是星名。夏初的時候發見於南方。2詩中的北斗，是斗星在箕星以北意思。3挹，是取。4翕，是引伸。5舌，是箕下的二星。6揭，是挹取。

【章旨】這章詩是說南方的箕星，不能供人簸揚穀類；箕北的斗星，也不能供人挹取酒漿。不但有名無實，那個南方的箕星。反要伸出舌頭來，好像要噬我；箕北的斗星。它還向西曲著柄兒，好像要來挹取東方的人民。天道都是如此，難怪人間不平等了。

【集傳】賦也。箕斗，二星。以夏秋之閒，見於南方。云北斗者，以其在箕之北也。或曰：「北斗常見不隱者也。」翕，引也。舌，下二星也。南斗柄固指西。若北斗而西柄，則亦秋時也。○言南箕既不可以簸揚糠秕，北斗既不可以挹酌酒漿。而箕引其舌，反若有所吞噬；斗西揭其柄，反若有所挹取於東。是天非徒無若我何！乃亦若助西人而見困。甚怨之辭也。

【箋註】牛運震曰：重言深恨，極側目疾首之勢。翕舌揭柄，直與篇首饛簋捄匕暗應。首尾迴環有情。

## 大東七章，章八句。

【箋註】鄭玄曰：譚國在東，故其大夫尤苦征役之事也。

牛運震曰：通篇痛心征斂之重，悲愁之思結成俶詭怨怒，睚眦橫加星辰。〈離騷〉遠遊招魂之旨，託本於此，都成一樣奇幻。盧仝〈月蝕〉詩亦踵此意，不足道也。

方至潤曰：詩本詠政賦煩重，人民勞苦。入後忽歷數天星，豪縱無羈，幾不可解。不知此正詩人之情，所謂光焰萬丈長也。試思此詩若無後半文字，則東國困敝，縱極寫得十分沉痛，亦不過平常歌詠而已。安能如許驚心動魄文字！所以詩貴有聲有色，尤貴有興有致。此興會之極為歘舉者也。然其驅辭寓意，亦非漫無紀律者。四章以上，將東國愁怨與西人驕奢，兩兩相形，正喻夾寫已極難堪。天漢而下，忽仰頭見星，不禁有觸於懷。呼天自訴，因杼柚之空而怨及織女機絲亦不成章。因織女虛機而怨及牽牛河鼓難駕服箱。不寧唯是，即啟明長庚之分見東西，亦若有所怨及焉。以其徒在天而燦然成行也。於是更南望箕張，北顧斗柄。箕非徒無用，不可以簸揚，反張其舌而若有所噬；斗非徒無益，不可以挹酒漿，反揭其柄而若取乎東。民之困於王者，既若彼其窮，而人之厄於天者又如此其極。天乎！何其困厄東國若是乎？民情至此，咨怨極矣。後世李白歌行、杜甫長篇，悉脫胎於此。均足以卓立千古，《三百》所以為詩家鼻祖也。

屈萬里曰：此是東國人士傷亂之詩無疑；謂為譚大夫所作，則未詳所據。

糜文開、裴普賢曰：「杼柚其空，葛屨履霜」，賦斂重而傷於財之寫照也。「哀我憚人，亦可息也」，困於役而不得息之怨訴也。詩中又以「東人」與「西人」，「小人」與「君子」作對比，所以此詩可斷言是代表東國人民在久役重賦的苦痛中，對西方周室貴族的不平之鳴。

# 四月

四月維夏，六月徂[1]暑。
先祖匪人[2]？胡寧忍予？

四月氣候入夏，到了六月便是盛暑。
先祖啊，你難道不懷仁愛之心？爲什麼如此狠心待我？

【註釋】興也。夏，叶後五反。予，叶演女反。1徂，是往去。2匪，《毛疏》作「彼」。彼同其。匪人，便是彼人、其人的意思。

【章旨】這章詩是逐臣遭亂南行自傷的。他說四月是正夏的時候，到了六月暑便要退了。我先祖的功德很厚，到了我德便衰了，但是我王不念我先祖的功德，竟忍心放逐我嗎？

【集傳】興也。徂，往也。四月、六月，亦以夏正數之，建巳、建未之月也。○此亦遭亂，自傷之詩。言四月維夏，則六月徂暑矣。我先祖豈非人乎？何忍使我遭此禍也！無所歸咎之辭也。

【箋註】孔穎達曰：人困則反本，窮則告親。故言我先祖非人，明怨恨之甚，猶〈正月〉之篇，怨父母生已不自先後也。

牛運震曰：怨得無理，正自痛極。此仁人孝子之言也。

**秋日淒淒1，百卉2具腓3。**
**亂離瘼4矣，奚5其適歸？**

秋天的涼風陣陣，草木都因此而病了。
災禍折磨得我成疾，到底我該往何處歸去？

【註釋】興也。瘼，音「莫」。1淒淒，是涼風。2卉是草。3腓，是草病。4離瘼，是憂病。5奚，當「何」也解。

【章旨】這章詩是說秋天的涼風，百草都吹病了，何況我遭亂見逐的人，能不憂愁成病嗎？唉，我今何處可歸呢？

【集傳】興也。淒淒，涼風也。卉，草。腓，病。離，憂。瘼，病。奚，何。適，之也。○秋日淒淒，則百卉俱腓矣。亂離瘼矣，則我將何所適歸乎哉。

【箋註】鄭玄曰：具猶皆也。涼風用事，而眾草皆病。興貪殘之政行而萬民困病。

**冬日烈烈[1]，飄風發發[2]。**
**民莫不穀[3]，我獨何害？**

冬季嚴寒，迅急的暴風狠狠刮。
為什麼其他人都能生活得幸福美滿，獨我一人受苦受累？

【註釋】興也。發，叶蒲北反。害，音「曷」。1烈烈，是寒厲。2發發，是疾迅貌。3穀，是善。

【章旨】這章詩是說冬日寒厲，又有迅疾的飄風。我的遭亂之慘，好像遇著冬日的寒厲；我的見逐之苦，好像迅疾無定的飄風。但人民沒有不善，何以我獨有害呢？

【集傳】興也。烈烈，猶栗烈也。發發，疾貌。穀，善也。夏則暑，秋則病，冬則烈，言禍亂日進，無時而息也。

【箋註】方玉潤曰：歷經三時。

**山有嘉卉[1]，侯栗侯梅[2]。**
**廢為殘賊[3]，莫知其尤[4]。**

山中生長著瑞草，卻被採栗和梅的人給踐踏。
我被惡賊所傷害，不知道自己到底犯了什麼錯。

【註釋】興也。梅，叶莫悲反。尤，叶于其反。1嘉卉，是美草。2栗、梅，是果木。3殘賊，是害賊。4尤，是過錯。

【章旨】這章詩是說山上的嘉草，是被採栗採梅的殘踏了；我的放廢，是被殘賊所害的。唉，我不知道為的什麼過失啊！

**【集傳】**興也。嘉，善。侯，維。廢，變。尤，過也。○山有嘉卉，則維栗與梅矣。任位者變為殘賊，則誰之過哉。

**【箋註】**方玉潤曰：獲罪之寃，實為殘賊人所擠。「廢」字乃全篇眼目。

**相彼泉水，載[1]清載濁。我日構[2]禍，曷[3]云能穀？**

看那泉水呀，有時清澈，有時混濁。
但我卻日日災禍纏身，什麼時候才能過上好日子？

**【註釋】**興也。1載，當「則」字解。2構，是成。3曷，當「何」也解。

**【章旨】**這章詩是說我看泉水，也有或清或濁的時候。我日日成禍，那有美善的時候呢？

**【集傳】**興也。相，視。載，則。構，合也。相彼泉水，猶有時而清，有時而濁。而我乃日日遭害，則曷云能善乎？

**【箋註】**范處義曰：自歎如泉水之無清時，亦怨辭也。

**滔滔[1]江漢[2]，南國之紀[3]。盡瘁[4]以仕，寧莫我有。**

江水與漢水浩蕩湍流，是南國的綱紀。
我鞠躬盡瘁爲國事效力，可是君主卻不願意親近我。

**【註釋】**興也。有，叶羽己反。1滔滔，是大水貌。2江、漢，是二水名。3紀，是綱紀。4瘁，是勞瘁。

**【章旨】**這章詩是說滔滔的江、漢二水，尚為南國的綱紀。我盡瘁事國，何以我王不我知、不我有呢？

【集傳】興也。滔滔，大水貌。江漢，二水名。紀，綱紀也。謂經帶包絡之也。瘁，病也。有，識有也。○滔滔江漢，猶為南國之紀。今也盡瘁以仕，而王何其不我有哉？

**匪鶉匪鳶1，翰2飛戾3天；**
**匪鱣匪鮪4，潛5逃于淵。**

我非鶉鳥，也非鳶鳥，能夠揚起翅膀直衝上天！我非鱣魚，也非鮪魚，不能潛入深水之中藏躲。面對禍亂，無處遁逃。

【註釋】賦也。鳶，叶以荀反。天，叶鐵因反。淵，叶一均反。1鶉、鳶，都是善飛的鳥。2翰，是羽翼。3戾，是至。4鱣、鮪，是大魚。5潛，是伏。

【章旨】這章詩是說我遭了這樣的境況，不是鶉鳶的大鳥，還可以飛到天上；又不是鱣鮪的大魚，還可以逃到水底。我將到哪裡去呢？

【集傳】賦也。鶉，鵰也。鳶，亦鷙鳥也。其飛上薄雲漢。鱣鮪，大魚也。○鶉鳶則能翰飛戾天，鱣鮪則能潛逃于淵。我非是四者，則亦無所逃矣。

**山有蕨薇1，隰有杞2桋3。**
**君子作歌，維以告哀。**

山中生長著蕨菜與薇菜，低濕的窪地長著杞木與桋木。草木尚有可生之處，人卻無處可居。君子之所以作這首歌謠，是爲了一吐心中所懷的哀傷。

【註釋】興也。桋，音「荑」。哀，叶於希反。1蕨薇，是草類。3杞是枸檵。4桋是赤楝。

【章旨】這章詩是說山上還能長養蕨薇的草類，隰下也能長養杞桋的木類，何以我王不能容我呢？我所以作歌告哀啊！

【集傳】興也。杞，枸檵也。桋，赤楝也。樹葉細而歧銳，皮理錯戾，好叢生山中。可為車輞。○山則有蕨薇，隰則有杞桋。君子作歌，則維以告哀而已。

【箋註】牛運震曰：維以告哀，所謂言之者無罪也。氣怯聲縮，似回護而不盡其辭。妙。

## 四月八章，章四句。

## 小旻之什十篇，六十五章，四百十四句。

【箋註】姚際恆曰：此疑大夫之後為仕者遭小人構禍，身歷南國，而歎其無所容身也。或單主行役言，非。或主思祭祖言，亦鑿。

牛運震曰：流離怨傷之辭，淒幽猶有含蓄。

# 北山之什

# 北山

陟彼北山，言采其杞。
偕偕[1]士子[2]，朝夕從事。
王事靡盬[3]，憂我父母。

登上北山，是爲了去採枸杞。身強體壯的我，早出晚歸戮力君主交辦的差事。君主交代的公務沒有止盡，無法歸家的我，是多麼擔憂家中的爹娘啊！

【註釋】賦也。子，叶獎里反。事，叶母。上止反。母，叶滿彼反。1偕偕，是強壯貌。2士子，是指行役的人。3靡盬，是不息。

【章旨】這章詩是刺大夫役使不均的。他說到北山採杞，還不算辛苦。惟有強壯的士子，朝夕從事征役，王事不得休暇，使父母憂心，才是辛苦呢。

【集傳】賦也。偕偕，強壯貌。士子，詩人自謂也。○大夫行役而作此詩自言，陟彼北山而采杞以食者，皆強壯之人，而朝夕從事者也。蓋以王事不可以不勤，是以貽我父母之憂耳。

【箋註】糜文開、裴普賢曰：此詩首先以「陟山采杞」為全篇總冒，給讀者以「勤勞不息」的概念，是全詩引子。

溥[1]天之下，莫非王土；
率土之濱[2]，莫非王臣。
大夫不均，我從事獨賢[3]。

普天之下的土地，沒有一塊不是我君所有；從外而內，四方的百姓都是我君的臣民。然而大夫分配的事務勞逸不均，我的工作特別沉重勞苦。

【註釋】賦也。下，叶後五反。賢，叶下珍反。1溥，是普大。2率土之濱，《經義述聞》作為「自土之濱」，就是自外以至於內的意思。3又我從事獨賢，作「賢」為「賢勞」。

【章旨】這章詩是說天下都是我王的土地。自外至內，都是我王的臣民。何以大夫行役不均，使我獨事勞苦呢？

【集傳】賦也。溥，大。率，循。濱，涯也。言土之廣、臣之眾，而王不均平，使我從事獨勞也。不斥王而曰大夫，不言獨勞，而曰獨賢，詩人之忠厚如此。

【箋註】牛運震曰：妙在從大處立論。末二句一篇本意，「獨賢」字渾妙。

方玉潤曰：歸重獨勞，是一篇之主。末乃以勞逸對言，兩兩相形，愈覺難堪。

糜文開、裴普賢曰：次章以「獨賢」二字寫出大夫處事之不均。

**四牡彭彭1，王事傍傍2。**
**嘉3我未老，鮮我方將。**
**旅4力方剛5，經營6四方。**

拉車的四匹馬拚命奔跑，不得休息，君主交代的工作，好似永遠無法完成。君主嘉許我正處於壯年，讚美我體力強健，看我筋骨結實身體壯，命令我奔走四方。

【註釋】賦也。彭，叶蒲郎反。傍，叶布光反。1彭彭，是不息。2傍傍，是不已。3嘉，是壯。4旅，與「膂」同，就是有力。5剛，是強健。6經營，是為國家做事。

【章旨】這章詩是說我所以車馬不息，為王事奔走不已的原因，是因我王嘉我未老。難得我正在壯年，膂力方剛，故此命我四方去經營。

【集傳】賦也。彭彭然不得息也。傍傍然不得已也。嘉，善。鮮，少也。以為少而難得也。將，壯也。旅，與膂同。○言王之所以使我者，善我之未老而方壯，旅力可以經營四方耳。猶上章之言獨賢也。

【箋註】牛運震曰：作知遇感奮語極興頭，正極悲怨。似〈碩人〉俁俁之旨。

糜文開、裴普賢曰：「勞」而曰「賢」，是詩人措辭忠厚處。

**或燕燕[1]居息，或盡瘁[2]事國；**
**或息偃[3]在牀，或不已于行。**

有人安閒的在家休息，有人爲了國家之事鞠躬盡瘁，
有人臥床安睡，有人卻在外勞苦奔忙，不得休息。

【註釋】賦也。國，叶越逼反。行，叶戶郎反。1燕燕，是安閑貌。2盡瘁，《經義述聞》作「憔悴」。與上文「燕燕」相對。3息偃，是安息。

【章旨】這章詩是說同是我王的人民，有安閑在家的，有憔悴事國的，有安睡在牀的，有不止行役的，可見役使不均了。

【集傳】賦也。燕燕，安息貌。瘁，病。已，止也。言役使之不均也。下章放此。

**或不知叫號[1]，或慘慘[2]劬勞；**
**或棲遲偃仰，或王事鞅掌[3]。**

有人享受安逸的生活，全然不知有行役的命令，有的人面色憔悴太辛勞；
有人隨順心意的生活，高臥晏起，也有的人承擔著工作帶來的勞苦。

【註釋】賦也。號，音「毫」。鞅，音「快」。1不知叫號，是深居安逸不聞人聲。2慘慘是憂惱憔悴貌。3鞅掌，是勞苦失容。鞅，是馬頸負車的革條。鞅掌是負物於掌，尚勤王事的意思。今人稱事勞為鞅掌。

【章旨】這章詩是說或有深居安逸，不聞人聲的；或有憂慍憔悴，終日勤勞的；或有遲起安睡的；或有王事勞苦，以致失容的。可見苦樂不均了。

【集傳】賦也。不知叫號，深居安逸，不聞人聲也。鞅掌，失容也。言事煩勞，不暇為儀容也。

**或湛樂[1]飲酒，或慘慘畏咎[2]；**
**或出入風議[3]，或靡事不為。**

有人享受著飲酒玩樂的歡悅，有人惶惶然生怕遭到罪責；
有人只管高談暢論，也有人不得不勤苦承擔每一件事。

【註釋】賦也。湛，音「耽」。風，音「諷」。議，叶魚羈反。1湛樂，是娛樂。2咎，是罪。3出入風議，是說他議論生風，親信得意。

【章旨】這章詩是說或有飲酒娛樂的，或有憂勞畏罪的，或有議論生風，親信得意的，或有無論何事，都要叫他去做的。可見太不平等了。

【集傳】賦也。咎，猶罪過也。出入風議，言親信而從容也。

【箋註】姚際恆曰：或字作十二疊，甚奇；末處無收結，尤奇。

## 北山六章，三章章六句，三章章四句。

【箋註】姚際恆曰：此為士者所作以怨大夫也。

方玉潤曰：歸重獨勞，是一篇之主，末乃以勞逸對言，兩兩相形，愈覺難堪。

糜文開、裴普賢曰：詩中雖未寫出一個「怨」字，而「怨情」自深含於字裡行間。

# 無將大車

**無將[1]大車[2]，祇[3]自塵兮。**
**無思百憂，祇自疧[4]兮。**

不要去推那牛車啊，徒然弄得滿身塵埃。
不要去想那些憂慮的事情啊，多想無益反而因病傷身。

**【註釋】**興也。祇，音「支」。1將，是扶。2大車，是平地任載的車子。3祇是適。4疧是病。

**【章旨】**這章詩是詩人自遣愁懷的。他說不要扶著大車，大車只能汙我的灰塵；不要思念百憂，百憂只能病我的身軀，還是排開了好些。

**【集傳】**興也。將，扶進也。大車，平地任載之車，駕牛者也。祇，適。疧，病也。○此亦行役勞苦，而憂思者之作。言將大車，則塵汙之。思百憂則病及之也。

**【箋註】**姚際恆曰：此詩以「將大車」而起塵興「思百憂」而自病，故戒其「無」。

**無將大車，維塵冥冥[1]。**
**無思百憂，不出于熲[2]。**

不要去推那牛車啊，揚起的灰塵，令你什麼都看不見。
不要去想那些憂慮的事情啊，想多了只會使你心懷鬱結。

**【註釋】**興也。冥，叶莫迥反。熲，音「耿」。1冥冥是昏晦。2熲是耿耿在心。

**【章旨】**這章詩是說扶著大車，就要惹著昏暗的灰塵；思念百憂，就要懷在心中，耿耿不出。

**【集傳】**興也。冥冥，昏晦也。熲，與耿同。小明也。在憂中耿耿然，不能出也。

**【箋註】**嚴粲曰：塵冥冥，則為塵所昏。可憂多端，不必更思之，終不能自明矣。

姚際恆曰：「不出于熲」，謂思百憂則亦同為冥冥，不能出于光明也。

**無將大車，維塵雝[1]兮。**
**無思百憂，祇自重[2]兮。**

——不要去推那牛車啊，揚起的灰塵蒙蔽視野。不要去想那些憂慮的事情啊，多想無益只會爲憂傷所累。

【註釋】興也。雝、重都用上平二聲。1雝，是蔽。2重是累。

【章旨】這章詩和上章一樣的解法。

【集傳】興也。雝，猶蔽也。重猶累也。

【箋註】王安石曰：凡物之行，不為物所累，則輕而速；為物所累，則重而遲。

**無將大車三章，章四句。**

【箋註】姚際恆曰：此賢者傷亂世，憂思百出；既而欲暫已，慮其甚病，無聊之至也。

方玉潤曰：此詩人盛時傷亂，搔首茫茫，百憂並集。既又知其徒憂無益，祇以自病，故作此曠達，聊以自遣之辭。

高亨曰：勞動者推著大車，想起自己的憂患，唱出這個歌。

程俊英曰：這是一位詩人感時傷亂之作。這位詩人，可能是已經淪為勞動者的士。他很曠達，認為「憂能傷人」，很不值得，便唱出了這首詩歌。

# 小明

明明上天，照臨下土。
我征徂西，至于艽野[1]。
二月初吉，載離寒暑。
心之憂矣，其毒[2]大苦。
念彼共人[3]，涕零如雨。
豈不懷歸？畏此罪罟[4]。

高高在上的蒼天，普照下界的大地。
我前往西方服役，直到荒涼的遠地。
出發時是二月初的吉日，歷經寒來暑往的季節更替。
心中充滿憂傷，心情彷彿服了毒藥一般難受。
思念家中的妻子，不禁淚如雨下。
難道我不想回家？但害怕觸法而被抓。

**【註釋】**賦也。艽，音「求」。野，叶止與反。大，音「泰」。共，音「恭」。罟，音「古」。1艽、野，都是地名。2毒，是心中如同中毒。3共人，是在家供職的人。4罪罟，是罪網，今言法網。

**【章旨】**這章詩是自傷久役，書懷寄友的。他說光明的上天，照臨在下土。我往西方征役，到了艽野的地方。自二月初日，經過冬天，又到暑天，心中的憂愁，如同服了毒藥一般。想起了在家供職的朋友，淚落如雨。我豈不想回來？恐怕難逃罪網啊。

**【集傳】**賦也。征，行。徂，往也。艽野，地名。蓋遠荒之地也。二月，亦以夏正數之，建卯月也。初吉，朔日也。毒，言心中如有藥毒也。共人，僚友之處者也。懷，思。罟，網也。

大夫以二月西征。至於歲暮而未得歸。故呼天而訴之。復念其僚友之處者，且自言其畏罪而不敢歸也。

**【箋註】**牛運震曰：蕭索悲涼。追計行役月日，便有悲壯往復之神。

昔我往矣，日月方除1。
曷云其還？歲聿云莫。
念我獨兮，我事孔庶2。
心之憂矣，憚我不暇。
念彼共人，睠睠3懷顧。
豈不懷歸？畏此譴怒4。

---

回憶我剛出發的時候，正是一年之初。
究竟什麼時候才能返鄉？轉眼就到了年末。
我孤獨一人，負擔沉重的工作。
心中滿懷憂傷，勞碌得沒有片刻。
思念著家中的妻子，多麼想要回去探望她。
難道我不想回家？但害怕因此而受責罰啊！

**【註釋】**賦也。憚，丁佐反。暇，叶胡顧反。睠，音「眷」。1除，是更換。2庶是眾。3睠睠是勤厚的意思。4譴怒是怒。

**【章旨】**這章詩是說自我去了，日月幾經更換，何日方能回來？於今已是歲暮了，想我孤身遠地，事情很多，心中的憂愁。沒有閒暇工夫思念我友，不免睠睠懷顧。我豈不想回家。無奈怕的罪責。

**【集傳】**賦也。除，除舊生新也。謂二月初吉也。庶，眾。憚，勞也。睠睠，勤厚之意。譴怒，罪責也。○言昔以是時往，今未知何時可還，而歲已莫矣。蓋身獨而事眾。是以勤勞而不暇也。

昔我往矣，日月方奧1。
曷云其還？政事愈2蹙3。
歲聿云莫，采蕭穫4菽5。
心之憂矣，自詒6伊戚7。
念彼共人，興8言出宿9。
豈不懷歸？畏此反覆10。

當初我出發的時候，正是溫暖的季節。
究竟什麼時候才能返鄉？政事越來越緊迫。
轉眼就到了年末，該是採收蒿和大豆的季節了。
我中充滿憂傷，是我自己造此罪受此苦。
思念起中的妻子，我就起身離開住宿的之處，到外頭去。
難道我不想回家？實在是因爲害怕長官難以預測的懲罰。

**【註釋】** 賦也。奧，音「郁」。蹙，音「蹴」。戚，叶子六反。1奧，是煖。2愈是更。3蹙是急。4穫是斫。5菽，是豆。6詒，是遺。7戚是憂。8興是起。9出宿，是出宿于外。10反覆，是反覆無常的。

**【章旨】** 這章詩是說往日出來，天氣才煖，我究竟何日方歸呢？政事更急，快要歲暮採蕭穫菽的時候也到了。心中的憂愁，是我自取的煩惱啊！我友在家供職，我獨出宿於外，怎樣不想回來，無奈怕反覆小人。

**【集傳】** 賦也。奧，煖。蹙，急。詒，遺。戚，憂。興，起也。反覆，傾側無常之意也。○言以政事愈急，是以至此歲莫，而猶不得歸。又自咎其不能見幾遠去，而自遺此憂，至於不能安寢，而出宿於外也。

**【箋註】** 牛運震曰：「采蕭穫菽」，插入時物細事，點綴有情。「興言出宿」，寫憂愁不寐之狀，鬱寂入神，又妙在簡淨不著迹痕。「自詒伊戚」祇此句有悔其仕之意。「反覆」二字寫亂世功令險側曲盡。

嗟爾君子[1]，無恆[2]安處。
靖[3]共爾位，正直是與[4]。
神之聽之，式穀[5]以女。

唉，你們這些掌權的大人啊，別長久的處於安逸。應當盡力忠於職守，親近正直賢良之人，行事愼重聽忠言，這麼做才能得到福祿。

【註釋】賦也。女，音「汝」。1君子，是指僚友。2恆是常。3靖同靜。4與是與處。5穀是美善。

【章旨】這章詩是說我友啊，願你不要安處為常，總要勤勞國事，靖共你的職務，和正直人相處。神明聽到了，定要降善於你的。

【集傳】賦也。君子，亦指其僚友也。恒，常也。靖，與靜同。與，猶助也。穀，祿也。以，猶與也。○上章既自傷悼。此章又戒其僚友曰：「嗟爾君子，無以安處為常。言當有勞時，勿懷安也。當靖共爾位。惟正直之人是助，則神之聽之，而以穀祿與女矣。」

【箋註】嚴粲曰：君子仕於亂世，凜凜畏罪，然其勢未可以去也。則惟敬共以聽天命而已。蓋以己之自處者，告其同志也。

嗟爾君子，無恆安息。
靖共爾位，好[1]是正直。
神之聽之，介[2]爾景[3]福。

唉，你們這些掌權的大人啊，別貪圖閒適的生活。應當戮力以盡職守，親近正直與賢良的有德者。凡事愼重，聽從勸告，如此一來，才能夠得到上天降下的鴻福。

【註釋】賦也。好，去聲。福，叶筆力反。1好，是愛。2介是增。3景是大。

【章旨】這章詩和上章一樣的解法，是說神明聽到了，要降大福與你的。

【集傳】賦也。息，猶處也。好是正直，愛此正直之人也。介、景，皆大也。

【箋註】牛運震曰：末二章忠告僚友，抑以自廣也。此所謂幸謝故人，勉事聖君也。孤臣萬里，繫心中朝；惓惓僚屬，不忘忠敬。此自大臣之義，不徒悲歎窮荒，愁思情歸而已。結語和大，歆動有情。

## 小明五章，三章章十二句，二章章六句。

【箋註】牛運震曰：鬱情淒緒，歸于和雅。前三章縷述征役憂思之苦；末二章遙誡同官，歸于忠愛。三念「彼共人」，兩嗟「爾君子」，章法鉤聯，意思貫串，乃有鎔鑄一片處。

方玉潤曰：〈小明〉，大夫自傷久役，書懷以寄友也。此詩與〈北山〉相似而實不同。彼刺大夫役使不均，此因己之久役而念友之安居。

裴普賢曰：這是行役者，至歲暮仍不得歸，而作此詩抒寫他生活的困苦及思家的情緒，並對在上者提出勸告。

# 鼓鐘

鼓鐘將將1，淮水湯湯2，
憂心且傷，
淑人君子，懷允3不忘。

鐘被敲得將將作響，淮水是如此的浩蕩，
我的心情憂愁又悲傷。
這樣善良的好人哪，令人永遠懷念無法遺忘。

【註釋】賦也。將，音「槍」。1將將，是鼓鐘的聲音。2湯湯，是沸騰貌。3允，是信。

【章旨】這章詩的意義未詳，只好就詩意解釋。是說將將的鼓鐘聲音，和湯湯的淮水聲音，使人聽到了，又憂又傷，因為只有古時的鐘聲，沒有古時的淑人君子了。這是使我不能忘懷的事情。

【集傳】賦也。將將，聲也。淮水，出信陽軍桐栢山，至楚州漣水軍入海。湯湯，沸騰之貌。淑，善。懷，思。允，信也。○此詩之義，未詳。王氏曰：「幽王鼓鐘淮水之上，為流連之樂，久而忘反。聞者憂傷，而思古之君子，不能忘也。」

**鼓鐘喈喈1，淮水湝湝2，**
**憂心且悲。**
**淑人君子，其德不回3。**

鐘被敲得喈喈作響，淮水是如此的浩蕩，
我的心情憂愁又悲傷。
這樣善良的好人哪，他的品德正直不邪。

【註釋】賦也。喈，音「皆」，叶居奚反。湝，音「諧」，叶賢雞反。1喈喈，同將將。2湝湝，同湯湯。3回，是邪辟。

【章旨】這章是說只聽得古時鐘聲，不看見淑人君子不邪的德音。

【集傳】賦也。喈喈，猶將將。湝湝，猶湯湯。悲，猶傷也。回，邪也。

**鼓鐘伐鼛1，淮有三洲2，**
**憂心且妯3。**
**淑人君子，其德不猶4。**

敲響大鐘擂動鼓，淮水退去，可見水中三座小洲。
我的心情憂愁又哀慟，
這樣善良的好人哪，他的品德典範永存人間。

【註釋】賦也。鼛，音「高」，叶居尤反。妯，音「抽」。1鼛，是大鼓。《周禮》作「皋」。2三洲，是淮上洲地。3妯是心動，詁文作「悼」。4不猶，是不已。

【章旨】這章詩是說鼓鐘擊鼓，流連的作樂。現在水落了，看見淮上的三洲了，還在此處樂而忘返嗎？唉，我又憂又傷，不能看見淑人君子不已的德音了。

【集傳】賦也。鼛，大鼓也。《周禮》作「皋」云：皋鼓，尋有四尺。三洲，淮上地。○蘇氏曰：「始言湯湯，水盛也。中言湝湝，水流也。終言三洲，水落而洲見也。言幽王之久於淮上也。妯，動。猶，若也。言不若今王之荒亂也。」

【箋註】牛運震曰：淮有三洲，水落而洲見也。從湯湯湝湝變出別景。「妯」字奇妙。

**鼓鍾欽欽1，鼓瑟鼓琴，**
**笙2磬3同音。**
**以雅4以南5，以籥6不僭7。**

鐘被敲得欽欽響，應和著瑟與琴的樂音，笙與磬的彈奏極爲和諧。中原的正樂與南國的南樂互相搭配，與籥的吹奏聲完美協調，絲毫不亂。

【註釋】賦也。南，叶尼心反。僭，叶七心反。籥，音「藥」。1欽欽，是鐘聲。2笙，是竹製的樂具。3磬，是石製的樂具。4雅，是二雅樂歌。5南，是二南樂歌。6籥，是舞人執在手的舞具。7僭，是亂。

【章旨】這章詩是說鼓鐘欽欽的聲音完了，又繼以鼓瑟鼓琴，又同時吹笙擊磬，又歌二雅二南的樂歌，又有執籥的舞人歌舞，絲毫不亂。

【集傳】賦也。欽欽，亦聲也。磬，樂器。以石為之。琴瑟在堂，笙磬在下。同音，言其和也。雅，二雅也。南，二南也。籥，籥舞也。僭，亂也。言三者皆不僭也。○蘇氏曰：「言幽王之不德，豈其樂非古歟？樂則是，而人則非也。」

【箋註】牛運震曰：極贊音樂之美，不再提憂傷懷允等語，意思更深遠渟蓄。

姚際恆曰：笙、磬同音，以其異器也；若琴、瑟則不言同音矣。此固夫人知之。然別有妙旨：笙在堂上，磬在堂下，言堂上、堂下之樂皆和也。然尤有妙旨：小雅言「鼓瑟吹笙」，則瑟依于笙，商頌「鞉鼓淵淵，嘒嘒管聲」，又曰「依我磬聲」，則鼓、管依于磬，故言「笙磬」，以統堂上、堂下之樂。詩人之善言如此。

方玉潤曰：極力摹寫周禮之盛作收。

# 鼓鐘四章，章五句。

【集傳】此詩之義，有不可知者。今姑釋其訓詁名物，而略以王氏蘇氏之說解之。未敢信其必然也。

【箋註】方玉潤曰：此詩循文案義，自是作樂淮上，然不知其為何時何代何王何事。玩其辭意，極為歎美周樂之盛，不禁有懷在惜，德不可忘而至於憂心且傷也，此非淮徐詩人重觀周樂以誌欣摹之作而誰作哉！

高亨曰：這首詩寫作者住在懷水旁邊，在奏樂的場合中，思念君子而悲傷。

程俊英曰：這是諷刺周王荒亂、傷今思古的詩。

屈萬里曰：此疑悼南國某君之詩。

# 楚茨

楚楚[1]者茨[2],言抽[3]其棘。
自昔何為?我蓺[4]黍稷。
我黍與與[5],我稷翼翼。
我倉既盈,我庾[6]維億[7]。
以為酒食,以享[8]以祀,
以妥[9]以侑[10],以介[11]景[12]福。

蒺藜長得如此茂盛,要將這些帶刺之物剷除乾淨。為什麼從前的人必須這樣做呢?是爲了要讓我們能夠在上種植黍與稷啊。我種植的黍米長得很繁盛,我種的稷也長得很茂盛。儲糧的米倉和堆積作物的庾都儲存得滿滿實實。準備酒食,奉獻給神明與祖先,請象徵祖先受祭的尸安座,再勸尸飲酒,以此求請祖先賜下鴻福。

【註釋】賦也。與,音「餘」。祀,叶逸織反。侑,音「又」,叶夷益反。福,叶音壁。1楚楚,是盛密的狀貌。2茨,是叢生的蒺藜。3抽是拔除。4蓺是植。5與與、翼翼,都是繁盛貌。6庾是在野外盛穀的倉。7億,是滿。8享是獻物。9妥,是安坐。10侑,是勸酒。11介是增大。12景是大。

【章旨】這章詩是王者嘗蒸以祭宗廟的。他說蒺藜盛密的地方,要把它的荊棘除盡了。古人何以要做這種事情呢?是因教我人蓺黍稷啊。現在我人的黍稷繁盛了,倉也盈了,庾也滿了,應該備好酒食,奉祭神明了。獻了物,祀了禮,安了坐,勸了酒,神明將要增你的景福了。

【集傳】賦也。楚楚,盛密貌。茨,蒺藜也。抽,除也。我,為有田祿而奉祭祀者之自稱也。與與翼翼,皆蕃盛貌。露積曰庾。十萬曰億。饗,獻也。妥,安坐也。《禮》曰:「詔妥尸。」蓋祭祀,筮族人之子為尸。既奠迎之使處神坐，而拜以安之也。侑，勸也。恐尸或未飽，祝侑之曰：「皇尸未實也。」介，大也。景，亦大也。○此詩述公卿有田祿者，力於農事，以奉其宗廟之祭。故言蒺藜之地，有抽除其棘者。古人何乃為此事乎？蓋將使我於此蓺黍稷也。故我之黍稷既盛，倉庾既實，則為酒食以享祀妥侑，而介大福也。

【箋註】姚際恆曰：從「自昔」言黍、稷起，見始事也。再言倉、庾，見收成也。然後入以為酒食，以享祀事。

牛運震曰：此祭祀詩也，從農事引入便篤厚。「楚楚」言「茨」，言「抽」言「棘」，是互句法。「倉」言「盈」，「庾」言「億」，亦互句法。「自昔何」為倒句，厚思古力。首章以酒食為主，蓋祭祀之本，粢盛為重也。

濟濟蹌蹌[1]，絜[2]爾牛羊，

以往烝[3]嘗[4]。

或剝或亨，或肆[5]或將[6]，

祝祭于祊[7]。

祀事孔[8]明[9]，先祖是皇[10]，

神保[11]是饗，孝孫[12]有慶。

報以介福，萬壽無疆。

---

祭祀之人衆多但井然有序，先潔淨了牛羊牲品，
接著在祖先與神靈前舉行祭祀。
有的剝皮，有的烹煮，有的陳設，有的供奉。
主持者在廟內進行祭祀。
祭祀的典禮完備，祖先們都降臨了，
神靈享用了祭品，子孫有福，
祖靈以賜予鴻福做爲回報，子孫得享無盡的長壽。

【註釋】賦也。亨，音「烹」，叶鋪郎反。祊，音「崩」，叶補方反。明，叶謨郎反。饗，叶虛良反。慶，叶袪羊反。1濟濟蹌蹌，是有容貌。2絜與「潔」同。3烝，是冬祭。4嘗，是秋祭。5肆，是陳列。6將，是奉敬。7祊，是廟門以內。8孔，是甚。9明，是備。10皇，是大。11保，是保安。神保，是尸的嘉號。12孝孫，是主祭的人。

【章旨】這章詩是盛齊了容貌，清潔了牛羊，去奉祭祀。或剝了皮，或烹熟了，列在上面，奉進神明。必須祝祭於廟門以內，祭事極備，先祖格外光大，然後神保饗食，孝孫便有吉慶，報賜你的大福，萬歲無窮。

【集傳】賦也。濟濟蹌蹌，言有容也。冬祭曰「烝」，秋祭曰「嘗」。剝，解剝其皮也。亨，煮熟之也。肆，陳之也。將，奉持而進之也。祊，廟門內也。孝子不知神之所在。故使祝博求之於門內待賓客之處也。孔，甚也。明，猶備也，著也。皇，大也，君也。保，安也。神保，蓋尸之嘉號。《楚辭》所謂「靈保」，亦以巫降神之稱也。孝孫，主祭之人也。慶，猶福也。

【箋註】牛運震曰：此章以牛羊為主，敘祊祭求神之事。四「或」字正與「濟濟蹌蹌」相應。「祀事孔明」，精語，概括甚富。「皇」字有昭明發揭之意，用來有氣焰。姚際恆曰：烝、嘗，秋冬之祭也，是此篇眼目。

執爨1踖踖2，為俎3孔碩4。
或燔5或炙，君婦6莫莫7。
為豆8孔庶9，為賓為客。
獻酬10交錯11，禮儀卒12度13，

執掌灶下烹調的廚師心懷恭敬，祭器中裝盛的牲禮都很肥壯。有燒肉，有烤肉，主持中饋的主婦態度恭謹。器皿中盛滿了各種美味，用以招待前來的賓客。宴席上賓主互相勸酬，杯觥交錯，不失禮儀，笑語得體，節制有度。神靈降臨，賜以鴻福，並給予你不老的長壽以爲回報。

**笑語卒獲[14]。**
**神保是格[15]，報以介福，**
**萬壽攸酢[16]。**

**【註釋】** 賦也。爨，音「竄」。踖，音「積」，叶七略反。碩，叶常約反。燔，音「煩」。炙，叶陟略反。莫，音「麥」。庶，叶陟略反。客，叶客谷反。度，叶徒洛反。獲，叶黃度反。格，叶剛鶴反。1爨，是竈。2踖踖，是敬貌。3俎，是裝牲的器具。4碩是大。5燔，是燒肉。炙，是炙肝。都是從獻的儀物。主人獻尸，賓長便從炙肝；主婦獻尸，兄弟便從燔肉。6君婦，是主婦。7莫莫，是清靜致敬。8豆，是盛內羞素羞的器用，是主婦薦的。9庶是多。10獻是主人斟酒獻客，客受獻還敬主人為酢。主人受酢，再斟酒飲客為酬。11交錯是少長互相酬酢。12卒，是盡。13度是法。14獲，是得宜。15格是來。16酢，是報。

**【章旨】** 這章詩是說執爨的恭敬，載牲的禮器碩大，有燔肉和炙肝。主婦清靜敬，豆中內羞素羞多得很。賓客獻酬過了，少長互相勸酌。禮儀既盡，笑語也甚得宜，神保來到，代眾人祝福，說是萬壽的報賜。

**【集傳】** 賦也。爨，竈也。踖踖，敬也。俎，所以載牲體也。碩，大也。燔，燒肉也。炙，炙肝也。皆所以從獻也。特牲，主人獻尸，賓長以肝從；主婦獻尸，兄弟以燔從，是也。君婦，主婦也，莫莫，清靜而敬至也。豆，所以盛肉羞庶羞，主婦薦之也。庶，多也。賓客筵而戒之，使助祭者。既獻尸，而遂與之相獻酬也。主人酌賓曰「獻」，賓飲主人曰「酢」。主人又自飲，而復飲賓曰「酬」。賓受之奠於席前而不舉，至旅而後少長相勸，而交錯以徧也。卒，盡也。度，法度也。獲，得其宜也。格，來。酢，報也。

**【箋註】** 姚際恆曰：「君婦」，后也，以祖考故稱「婦」。言君婦，則知亞獻也。言賓客獻酬，則知三獻畢也。故曰「神保是格」。

牛運震曰：此章以俎豆為主，敘主婦賓客薦神之事。「為俎孔碩」、「為豆孔庶」隔句對法。「君婦莫莫」寫得深靜入神，執爨、君婦、賓客三層敘極分明。兩「卒」字言終事無倦也。此二句便括得洋洋祭典。

我孔熯[1]矣，式禮莫愆[2]。
工[3]祝致告，徂賚[4]孝孫。
苾芬[5]孝祀，神嗜飲食。
卜[6]爾百福，如幾[7]如式[8]。
既齊既稷[9]，既匡既敕[10]。
永錫爾極[11]，時萬時億[12]。

---

我懷著恭敬之心，祭祀過程合乎儀節，沒有疏漏。主持的祭祀官向神靈稟告，請求賞賜福祿給子孫。祭祀的食品香氣撲鼻，是神靈們所喜愛的飲食。神靈很滿意，將百種福祿都賜下給你，如你所期待、希望的樣子。祭祀的過程一切都合乎規定，態度恭謹不怠慢，祭品都很完備。因此將最好最大的福氣永遠賜給你，數量成萬成億。

**【註釋】**賦也。熯，音「善」。愆，叶起巾反。孫，叶須倫反。祀，叶逸織反。福，叶筆力反。苾，音「邲」。幾，音「機」。1熯，是竭盡。2莫愆，是不敷衍。3工是善。4徂賚，是往來。5苾芬，是馨香。6卜是賜予。7如幾，是如你期望。8如式，是合式。9齊、稷，是整疾。10匡、敕，是正謹。都是說禮容莊敬的意思。11極，是至到。12萬、億，是多數的福澤。古以十萬為億。

**【章旨】**這章詩是說我雖是很倦，也不敷衍祭祀，必須善為祝告，致敬神明。然後祝官宣傳神意，說道：你的子孫往來，祭品芳潔，孝祀神明。神受了飲食，一定賜你的百福，如你的期望，合你的式樣。你能禮容莊敬，永遠賜你的福祿，以至萬億的多數。

**【集傳】** 賦也。熯，竭也。善其事曰工。苾芬，香也。卜，予也。幾，期也。《春秋傳》曰：「易幾而哭。」是也。式，法。齊，整。稷，疾。匡，正。敕，戒。極，至也。○禮行既久，筋力竭矣。而式禮莫愆，敬之至也。於是祝致神意，以嘏主人曰：「爾飲食芳潔，故報爾以福祿，使其來如幾，其多如法。爾禮容莊敬，故報爾以眾善之極，使爾無一事而不得乎此。各隨其事，而報之以其類也。」少牢嘏辭曰：「皇尸命工祝，承致多福無疆，于女孝孫，來女孝孫。使女受祿于天，宜稼于田，眉壽萬年，勿替引之。」此大夫之禮也。

**【箋註】** 姚際恆曰：「我孔熯矣，式禮莫愆」，承上接下，妙於無痕。以此二句寫祭者，見祭事將畢，下及祝嘏之事也。是夾敘法。長篇大文用此略頓，承上起下，文章之妙法，後人鮮知。古人于祭，慮其不極誠敬則神不饗，故祝辭以「神嗜飲食」告之，而下諸父、昆弟亦告之以此語也。
牛運震曰：此章敘受嘏之事。中間加一愾歎，神理動盪。神嗜飲食，寫得情致充悅，仁孝之思，油然憪然。「如幾如式」，語奧而細。直撰一嘏命，妙。

禮儀既備，鐘鼓既戒[1]。
孝孫徂位[2]，工祝致告。
神具醉止[3]，皇尸載起。
鼓鐘送尸，神保聿歸。
諸宰[4]君婦，廢徹不遲[5]。
諸父兄弟，備言燕私[6]。

---

祭祀的禮儀完成，以鐘聲鼓聲表示祭禮的結束。
祭主回到原位，主持的祭祀官再次向神靈致告，
此時神靈們都已經飽醉，受祭者離席。
以敲鐘之禮送受祭者離開，神靈也都返回天上。
執事與主婦們，快速將祭品撤下。
而參與祭典的同族叔伯與兄弟們，一起參加家族的宴席。

【註釋】賦也。備，叶薄北反。戒，叶訖力反。位，叶力入反。告，叶古得反。私，叶息夷反。1戒，是告禮完畢。2徂位，是離位。3神具醉止，是神俱已飽醉，祝官起身，鼓鐘送了祀官，神便歸去。4諸宰，是致祭的人。5廢徹不遲，是趕忙徹去祭品。6備言燕私，是備酒留宴。

【章旨】這章詩是說祭祀的禮儀既完，鐘鼓鳴，告禮畢，主祭人退位。祝官代表神前，善為祝告。神明俱已飽醉飲食，祝官起身，鳴鐘送了祝官，神保回去，神明便歸去了。然後眾人和主婦趕忙徹去祭品，留諸婦兄弟，備飲私燕。

【集傳】賦也。戒，告也。徂位，祭事既畢，主人往阼階下，西面之位也。致告，祝傳尸意告利成於主人。言孝子之利養成畢也。於是神醉而尸起。送尸而神歸矣。曰皇尸者，尊稱之也。鼓鐘者，尸出入奏肆夏也。鬼神無形，言其醉而歸者，誠敬之至，如見之也。諸宰，家宰。非一人之稱也。廢，去也。不遲，以疾為敬。亦不留神惠之意也。○祭畢既歸賓客之俎。同姓則留與之燕，以盡私恩。所以尊賓客親骨肉也。

【箋註】牛運震曰：節奏安雅。此章敘送神徹饌之事。只「神具醉止」一語，寫得款洽和愜。說鬼神祭祀直如賓客燕會事，妙。「廢徹不遲」，寫得精神，到底無懈筆。

樂具入奏1，以綏後祿2。
爾殽既將3，莫怨具慶。
既醉既飽，小大稽首。
神嗜飲食，使君壽考。

---

將樂器從廟中移往內寢，將祭禮中剩下的佳餚準備妥當。
酒菜上桌，賓客們對飲食招待非常滿意，毫無怨言。
每個人都吃得酒足飯飽，最後按著長幼順序磕頭道謝。
神靈們喜歡你所準備的美食，將賜予你不老的長壽。

**孔惠孔時，維其盡之[4]。子子孫孫，勿替[5]引[6]之。**

這場祭禮過程順利，安排合乎儀節，儀式完備。但願後世的子孫們，不會中斷祭祀之禮，使之傳承無絕。

**【註釋】** 賦也。奏，音「族」。慶，叶。飽，叶補苟反。考，叶去九反。盡，叶子忍反。1 樂具入奏，是移祭禮的樂具，入奏內宴。2 以綏後祿，是安饗神福以後的飲食。3 將，是陳設。4 孔惠孔時，維其盡之，是極好極順，無不盡善的意思。5 勿替是不廢。6 引是引長。

**【章旨】** 這章詩是說移樂入奏於內宴，安饗神嗜的飲食，陳設了殽饌。大家沒有怨的，都是歡喜的。吃完了飲食，男女大小，都來稽首祝頌，說道：吃了神嗜的飲食，使你們到老都是極好極順，無不盡善，子子孫孫引長福祿，不得廢棄。

**【集傳】** 賦也。凡廟之制，前廟以奉神，後寢以藏衣冠。祭於廟，而燕於寢。故於此將燕，而祭時之樂，皆入奏於寢也。且於祭既受祿矣，故以燕為將受後祿而綏之也。爾殽既進，與燕之人，無有怨者。而皆歡慶醉飽，稽首而言曰：「向者之祭神既嗜君之飲食矣。是以使君壽考也。」又言：「君之祭祀，甚順甚時，無所不盡。子子孫孫，當不廢而引長之也。」

**【箋註】** 姚際恆曰：「『後祿』二字妙，以見前之飲福、獻酬，是為『前祿』也。煌煌大篇，備極典制。其中自始至終一一可按，雖繁不亂。《儀禮》，〈特牲〉、〈少牢〉兩篇皆從此脫胎。」牛運震曰：此章終言燕寢之事以結之。重提「神嗜飲食」榮幸歆動。迴旋祭事，餘情繚繞入妙。

## 楚茨六章，章十二句。

**【集傳】** 呂氏曰：「〈楚茨〉極言祭祀所以事神受福之節，致詳致備。所以推明先王致力於民者盡，則致力於神者詳。觀其威儀之盛，物品之豐，所以交神明，逮群下，至於受福無疆者。非德盛政修，何以致之。」

【箋註】牛運震曰：奧衍宏博。篇中「神保是饗」、「介福萬壽」之辭，反覆重疊，幾於累幅。此頌禱綢繆之至，複而不厭，猶天保之義也。此篇敘祭祀之事，最為詳備，直如一則《禮》經。然意思篤厚，情致生動，終不是呆疏禮書也。

# 信南山

信彼南山1，維禹甸2之。
畇畇3原隰，曾孫4田之。
我疆5我理6，南東其畝7。

雄偉高大的南山啊，大禹曾經治理過它。
無論是高地或溼地都已經開墾，子孫延續耕種。
將土地上的界線和溝渠加以整理，將田地與溝渠的位置分在東方或南方。

【註釋】賦也。甸，叶徒鄰反。田，叶地因反。畝，叶滿彼反。1南山，是終南山名。2甸，是治。3畇畇，是墾闢的狀貌。4曾孫，是曾祖以至子孫後世的意思。5疆，是定其疆界。6理是定其溝塗。7南東其畝，是溝在南，田畝在東；溝在東，田畝在南。就是經界的法子。

【章旨】這篇詩是王者烝祭的。他說信乎這個南山，本是禹王所治，開闢這高原下隰，為子孫的田畝，定其疆界和溝塗。又順著水勢，定了東南的方向。

【集傳】賦也。南山，終南山也。甸，治也。畇畇，墾辟貌。曾孫，主祭者之稱。曾，重也。自曾祖以至無窮，皆得稱之也。疆者，為之大界也。理者定其溝塗也。畝，壟也。○長樂劉氏曰：「其遂東入於溝，則其畝南矣。其遂南入於溝，則其畝東矣。」此詩大旨與〈楚茨〉略同。此即其篇首四句之意也。言信乎此南山者，本禹之所治。故其原隰墾闢而我得田之。於是為之疆理，而順其地勢水勢之所宜。或南其畝，或東其畝也。

【箋註】牛運震曰：起法妙，意高而神遠。「我疆」、「我理」二語簡到，田制水道如畫。

**上天同雲1，雨雪雰雰2。**
**益之以霢霂3，既優既渥4。**
**既霑既足5，生我百穀6。**

天空密雲重重，降雪紛紛。
再加上小雨澆灌，雨水滋潤土壤，土質肥沃，
雨水浸潤且充足，足夠供起百穀生長。

【註釋】賦也。霢，音「脈」。霂，音「沐」。渥，叶烏谷反。1同雲，是說天與雲采一色。2雰雰是雪貌。3霢霂，是小雨。4優渥，是優美渥渥。5霑足，是饒足。6百穀，是各種穀類。

【章旨】這章詩是說上天的雲章，待物十分優厚。冬天降下大雪，春天又潤以小雨，既這樣霑濡饒足，我民的百穀，自能油然而生。

【集傳】賦也。同雲，雲一色也。將雪之候如此。雰雰，雪貌。霢霂，小雨貌。優，渥。霑，足。皆饒洽之意也。冬有積雪，春而益之，以小雨潤澤，則饒洽矣。

【箋註】姚際恆曰：冬雪、春雨，寫景皆入微，後世不能到。上章言田制，此章言生長，下章方及收成以為祭祀也。田事：冬雪宜大，春雨宜小。「雰雰」以言雪大，「霢霂」以言雨小。「優、渥、霑、足」皆承雨言，則夏亦可知矣。

牛運震曰：同雲確是「雪雲」，寫來細妙。益之以霢霂，所謂潤物細無聲也。雨澤苗情，體貼恰合。

疆埸1翼翼2，黍稷彧彧3。
曾孫之穡，以為酒食。
畀4我尸賓，壽考萬年。

田地被打點得很整齊，黍和稷生長茂盛，
子孫們忙著收割作物，備辦酒水與美食舉行祭祀。
以食物與美酒招待尸主和賓客，
如此神靈歡悅，就會下賜我萬年不老的壽命。

**【註釋】**賦也。埸，音「亦」。彧，音「郁」，叶於逼反。畀，音「祕」。年，叶尼因反。1埸，是田畔。2翼翼，是整齊。3彧彧，是茂盛。4畀，是「與」。

**【章旨】**這章詩是說疆界和田畔，很是整齊，黍稷也很茂盛。子孫祭祀，靠這稼穡，為酒為食，更靠他賜給祝官和賓客。神明降福，自該使他壽考萬年。

**【集傳】**賦也。埸，畔也。翼翼，整飭貌。彧彧，茂盛貌。畀，與也。○言其田整飭，而穀茂盛者，皆曾孫之穡也。於是以為酒食，而獻之於尸及賓客也。陰陽和，萬物遂，而人心歡悅。以奉宗廟，則神降之福。故壽考萬年也。

**【箋註】**牛運震曰：此章言酒食。

方玉潤曰：前三者因祭祀而推原粢盛所自出，與〈楚茨〉同意而較詳。

中田有廬1，疆埸有瓜。
是剝是菹2，獻之皇祖。
曾孫壽考，受天之祜3。

田地中央有座茅草屋，田地裡種植瓜果。
將果實剝皮後醃漬，供奉祖先。
子孫的壽命，得到上天下賜的福氣。

【註釋】賦也。瓜，叶公乎反。菹，側居反。考，孔五反。1廬，是廬舍。古時五畝之宅，二畝半在邑，二畝半葺廬在田。2菹，是酢菜。3祜，是福祜。

【章旨】這章是說田中有廬，疆畔有瓜，或是剝開，或是做成酢菜，供獻我祖。子孫到老，都是受著天福的。

【集傳】賦也。中田，田中也。菹，酢菜也。祜，福也。○一井之田，其中百畝為公田，內以二十畝，分八家為廬舍，以便田事。於畔上種瓜，以盡地利瓜成，剝削淹漬以為菹，而獻皇祖。貴四時之異物，順孝子之心也。

【箋註】姚際恆曰：牲、酒之前，先及獻瓜為一章，甚雅甚閒。公田，百畝中二十畝為廬舍，故曰「中田有廬」，一夫各得二畝半，廬舍之外於其疆場而種瓜菜焉，此孟子言井田之制所未及也。其瓜因民獻之，而曾孫因以獻皇祖耳。

牛運震曰：此章言瓜菹。「中田有廬」二句敘法整而錯，亦有畫境。

方玉潤曰：至此始入祀事矣。而未言牲酒，先及獻瓜，看似閒筆，乃文章中養局法也。

祭以清酒1，從以騂2牡。
享于祖考。
執3其鸞刀4，以啟其毛5，
取其血膋6。

以清潔的酒祭告天地，緊接著準備紅色的雄牲，將酒水與祭品供奉先祖。
主祭者親手執起鸞刀，割開牲畜的毛皮，取出牠的血與脂膏。

【註釋】賦也。考，叶去久反。膋，音「勞」。1清酒，是清潔的酒。2騂是赤色。周時尚赤。3執是主人親執。4鸞刀，是刀上有鈴。5啟毛告純潔。6膋是脂膏，取血告殺牲，都是祭祀的禮儀。

【章旨】這章詩是說先用清酒祭灌於地，再獻騂牡出來，享祀祖考。主人親執鸞刀，取了牲的毛和血，告祀神前。

【集傳】賦也。清酒，清潔之酒，鬱鬯之屬也。騂，赤色。周所尚也。祭禮，先以鬱鬯灌地，求神於陰，然後迎牲。執者，主人親執也。鸞刀，刀有鈴也。膋，脂膏也。啟其毛以告純也。取其血以告殺也。取其膋以升臭也。合之黍稷，實之於蕭而燔之，以求神於陽也。記曰：「周人尚臭，灌用鬯臭，鬱合鬯，臭陰達於淵泉。灌以圭璋，用玉氣也。既灌，然後迎牲，致陰氣也。蕭合黍稷，臭陽達於牆屋。故既奠，然後焫蕭合羶薌。凡祭，慎諸此。魂氣歸於天，形魄歸於地。故祭，求諸陰陽之義也。」

【箋註】姚際恆曰：先言酒，繼言牲，故〈郊特牲〉云：「既灌然後迎牲。」

方玉潤曰：寫祭事，精細入微。

**是烝1是享，苾苾芬芬2。**
**祀事孔明3，先祖是皇。**
**報以介福，萬壽無疆。**

將祭品呈獻給先祖，食物香氣撲鼻。
祭禮過程完備無疏漏，祖先們降臨享用，
以鴻福爲報，賜與子孫，使之擁有不老的長壽。

【註釋】賦也。享，叶虛良反。明，叶謨郎反。1烝，是冬祭。2苾苾芬芬，是祭物芳潔。3孔明，是盛備。

【章旨】這章詩是說祭享神明，祭物既芳潔，祀事又盛備。先祖更且光大，報賜你的天福，萬年沒有至極。

【集傳】賦也。蒸，進也。或曰：「冬祭名。」

【箋註】姚際恆曰：此篇與〈楚茨〉篇互相備。〈楚茨〉但言牛羊剝烹，此言騂牡及鸞刀、啟毛、取膋，蓋益詳云。

信南山六章，章六句。

【箋註】姚際恆曰：上篇鋪敘闊整，敘事詳密；此篇則稍略而加以跌蕩，多閒情別致，格調又自不同。

## 甫田

倬[1]彼甫[2]田，歲取十千[3]。
我取其陳[4]，食我[5]農人。
自古有年[6]。
今適[7]南畝，或耘或耔[8]，
黍稷薿薿[9]。
攸介攸止，烝[10]我髦士[11]。

---

在廣闊的田地中，每年收取一萬畝收成爲稅收。
我將積存的舊米，分給我的農夫們吃。
多年以來都是豐收。
現在我去南畝視察，見農夫們或者忙著除草，或者忙著培土，
黍和稷都長得很茂盛。
停下腳步休歇息，接見那些聰明優秀的農夫。

**【註釋】** 賦也。田，叶地因反。千，叶倉新反。年，叶泥因反。畝，叶滿彼反。耔，叶獎里反。薿，音「蟻」。髦，音「毛」。1倬，是大貌。2甫，是大。3十千是一萬。古制：地方千里，為田九萬畝，其中一萬畝為公畝。就是「九一賦稅」的法子。4陳，是陳粟。5我，是食祿和主祭的人。6有年是豐年。7適，是往。8耘是除草，耔是雝本。9薿薿是茂盛。10烝，是進。11髦士，是秀民。古時士出於農，工商不能。

**【章旨】** 這章詩是王者祈年省耕的。他說十萬大田的當中，每年取一萬畝的公粟，以為食祿和主祭的俸支，所餘的便積聚起來。積聚多了，便將新粟存將起來，取用陳粟，散食農民，補助不足的人民。從古至今，相傳很久了。我今去到南畝，看見農民的工作，或有耘草的，或有耔田的，田中的黍稷，都是茂盛得很。今歲又是豐年了。我將要在農民大眾止息的地方，取進那些秀士。

**【集傳】** 賦也。倬，明貌。甫，大也。十千，謂一成之田。地方十里，為田九萬畝，而以其萬畝為公田。蓋「九一之法」也。我，食祿主祭之人也。陳，舊粟也。農人，私百畝而養公田者也。有年，豐年也。適，往也。耘，除草也。耔，雝本也。蓋后稷為田，一畝三甽，廣尺深尺，而播種於其中。苗葉以上，稍耨壠草。因壝其土，以附苗根。壠盡甽平，則根深而能風與旱也。薿，茂盛貌。介，大。烝，進。髦，俊也。俊士，秀民也。古者士出於農，而工商不與焉。管仲曰：「農之子恆為農，野處而不暱。其秀民之能為士者，必足賴也。」即謂此也。○此詩述公卿有田祿者，力於農事，以奉方社田祖之祭。故言於此大田，歲取萬畝之入，以為祿食。及其積之久而有餘，則又存其新而散其舊，以食農人，補不足助不給也。蓋以自古有年。是以陳陳相因，所積如此。然其用之之節，又合宜而有序如此。所以粟雖甚多，而無紅腐不可食之患也。又言自古既有年矣。今適南畝，農人方且或耘或耔，而其黍稷又已茂盛，則是又將復有年矣。故於其所美大止息之處，進我髦士，而勞之也。

**【箋註】** 謝枋得曰：取民常少，與民常多。斂散得宜，豐凶有備。新者方入倉廩，陳者即取之以食農人。從古以來，豈無水旱霜蝗？吾民常如有年者，上之人斂散得其道也。

牛運震曰：語質厚，寫出仁心王政。勸農興甿事，寫得雍容風韻。硬接「自古有年」，極老橫，意思深長。

**以我齊明1，與我犧羊，**
**以社2以方3。**
**我田既臧4，農夫之慶。**
**琴瑟擊鼓，**
**以御5田祖6，以祈甘雨，**
**以介我稷黍，以穀7我士女。**

我奉上祭神的米飯，還有純色的羊牲，
用以祀奉土地之神與四方之神。
我的田地有了好收成，是農夫們的福氣。
彈琴鼓瑟又擊鼓，
用樂聲來迎接掌管田地的神明，祈禱降下甘霖，
祈禱黍稷豐收，祈禱男女都能富足。

【註釋】賦也。齊，音「咨」。明，叶莫郎反。慶，叶祛羊反。御，牙嫁反。1齊明，是明粢的意義。《曲禮》，明粢，是清潔食品。2社是祭后土。3方是祭四方。4我田既臧，是田事預備好了。5御是奉迎。6田祖，是神農氏。7穀是養善。

【章旨】這章詩是說用我的清潔食品，和宰了的牲畜，祭祀后土和四方。田事預備好了，是農民的幸福。然後用琴瑟擊鼓的樂器，奉迎田祖，求禱甘雨下降，使黍稷茂大，養善我的士女。

【集傳】賦也。齊與粢同。《曲禮》曰：「稷曰明粢。」此言齊明，便文以協韻耳。犧羊，純色之羊也。社，后土也。以句龍氏配。方，秋祭四方報成萬物。《周禮》所謂羅弊獻禽，以祀祊，是也。臧，善。慶，福。御，迎也。田祖，先嗇也。謂始耕田者，即神農也。《周禮・籥》章，凡國祈

年於田祖，則吹〈豳雅〉，擊土鼓，以樂田畯，是也。穀，養也。又曰：「善也。」言倉廩實，而知禮節也。○言奉其齊盛犧牲，以祭方社而曰：「我田之所以善者，非我之所能致也。乃賴農夫之福而致之耳。」又作樂以祭田祖而祈雨，庶有以大其稷黍，而養其民人也。

【箋註】牛運震曰：處處歸重農人，意極篤厚。

**曾孫1來止，以其婦子，**
**饁2彼南畝。**
**田畯3至喜，攘4其左右，**
**嘗其旨5否。**
**禾易6長畝7，終善且有8。**
**曾孫不怒，農夫克敏9。**

負責祭祀的曾孫到來，看見農家的婦孺們，
忙著往南畝送飯。
管理農事的田官眼見此景非常歡喜，向左右要來了飯食，
品嚐食物的味道是否可口。
稻田裡的禾苗生長茂盛，又美好又多。
主祭的曾孫看了，非常喜悅於農夫們致力於農事的表現。

【註釋】賦也。子，叶獎里反。畝，叶滿彼反。右，叶羽己反。否，叶補滿反。有，叶羽己反。敏，叶母彼反。1曾孫，是主祭自稱的。2饁，是餉。3田畯，是田官。4攘，是取。5旨，是美。6易，是治。7長畝是全畝平均。8有是多。9克敏，是更加勤於農事。

【章旨】這章詩是說主祭的王者，來到南畝。農夫的婦人子女，恰好送飯來到，田官看見了，心中喜悅，便把送來的左右飯食取來，略嘗好否。又看見農民所治的禾黍，全畝平均，知道後來一定豐收的。所以王者不怒，農夫更加勤敏。

【集傳】賦也。曾孫，主祭者之稱。非獨宗廟為然。曲禮，外事曰曾孫某侯某。武王禱名山大川。曰：「有道曾孫周王發，是也。」饁，餉。攘，取。旨，美。易，治。長，竟。有，多。敏，疾也。○曾孫之來，適見農夫之婦子來饁耘者。於是與之偕至其所，而田畯亦至而喜之。乃取其左右之饋，而嘗其旨否。言其上下相親之甚也。既又見其禾之易治，竟畝如一，而知其終當善而且多。是以曾孫不怒，而其農夫益以敏於其事也。

【箋註】姚際恆曰：此曾孫始來省耕而詠之也。田事以出黍、稷，黍、稷莫先于祭祖，故田間之人順呼王者為「曾孫」也。王者省耕，至于嘗其饁食，古王之愛民重農如此。

牛運震曰：寫得情事宛至。「攘其左右」二句，寫出上下交親，家人噢咻光景。古風樸韻，令人神往其際。

方玉潤曰：此乃省耕至嘗其旨否，古王者愛民重農之意，寫得如許親切。

曾孫之稼，如茨1如梁2；
曾孫之庾，如坻3如京4。
乃求千斯倉，乃求萬斯箱5。
黍稷稻粱，農夫之慶。
報以介福，萬壽無疆。

---

曾孫田地的莊稼生長得好，都快要高過屋頂屋脊；
曾孫儲存糧食的倉庫，堆積得如山如陵。
祈禱能夠裝滿上千倉，祈禱能夠裝滿上萬倉。
黍稷稻粱，收成得如此豐富，是農夫們的福氣。
請求上蒼賜予鴻福，能夠擁有無窮的長壽。

【註釋】賦也。坻，音「池」。京，叶居良反。慶，叶祛羊反。1茨是屋蓋，是說密茂的意思。2梁是車梁，說穹隆的意思。3坻，是水中的高地。4京是高丘。5箱是車箱。

【章旨】這章詩是說王者的稼穡，如同屋蓋的密茂，車梁的穹隆，坻地的寬闊，京丘的高大，千倉萬箱的黍稷稻粱既多，是農夫的大幸了。上天將賜你的大福，萬年不得窮盡。

【集傳】賦也。茨，屋蓋。言其密比也。梁，車梁。言其穹隆也。坻，水中之高地也。京，高丘也。箱，車箱也。○此言收成之後，禾稼既多，則求倉以處之，求車以載之。而言，凡此黍稷稻粱，皆賴農夫之慶而得之。是宜報以大福，使之萬壽無疆也。其歸美於下，而欲厚報之如此。

【箋註】蘇轍曰：茨言其多也，梁言其積也。禾稼即積，乃求千倉以處之，萬車以載之。黍稷稻粱，言無所不有也。

## 甫田四章，章十句。

【箋註】姚際恆曰：此王者祭方社及田祖，因而省耕也。詩云「或耘或耔」，又云「以祈甘雨」，皆夏時也。

方玉潤曰：稼穡之盛，由於農夫克敏；農夫之敏，由於君上能愛農以事神。全篇章法一線，妥貼周密，神不外散。

高亨曰：這篇是西周農奴主的作品，歌唱他田地的廣闊、農奴的勞動、莊稼的茂盛、糧穀的豐收，以及祭祀的情況等。

糜文開、裴普賢曰：這是君王為祈求豐年而祭祀所歌的樂章。

程俊英曰：這是周王祭祀土地神、四方神和農神的祈年樂歌。

# 大田

大田多稼，既種1既戒2，
既備乃事。
以我覃3耜，俶4載5南畝，
播6厥百穀。
既庭7且碩，曾孫是若8。

田地廣闊，所栽種的作物豐富，耕種之前先選好種子，修好農具，
把一切所需都準備齊全。
帶著翻土的犁，到南邊的田畝中耕作，
將各種農作物的種子，播進土裡。
莊稼長得挺直而高大，曾孫因此覺得很滿意。

**【註釋】**賦也。事，叶上止反。耜，叶養里反。畝，叶滿彼反。穀，叶工洛反。碩，叶常約反。1種，是選擇種子。2戒，是整理農具。3覃，是犀利。4俶，是開始。5載，是事。6播，是播種。7庭是直茂貌，碩是茂大。8若，是順意。

**【章旨】**這章詩是王者省秋成的。他說大田裡多需種子，必須今歲選具來歲的種，整理農具。預備好了，然後取我的利耜，開始工作，播種百穀。禾種既然庭茂碩大，便能得王者的歡喜。

**【集傳】**賦也。種，擇其種也。戒，飭其具也。覃，利。俶，始。載，事。庭，直。碩，大。若，順也。○蘇氏曰：「田大而種多。故於今歲之冬，具來歲之種，戒來歲之事。凡既備矣，然後事之。取其利耜，而始事於南畝，既耕而播之。其耕之也勤，而種之也時。故其生者皆直而大，以順曾孫之所欲。此詩為農夫之辭，以頌美其上。若以答前篇之意也。」

**【箋註】**姚際恆曰：此追敘方春始種而言。
牛運震曰：首句一筆總冒。預點曾孫，為後文作伏筆，妙。寫得情事充悅。

既方[1]既皁[2]，既堅既好，
不稂不莠[3]。
去其螟螣，及其蟊賊[4]，
無害我田穉[5]。
田祖有神，秉[6]畀炎火[7]。

禾穗生甲、結實，穗實堅硬且飽滿，
沒有傷害莊稼的粃和雜草。
把侵害作物的螟蟲和螣蟲都去除掉，也不放過蟊蟲和賊蟲，
別讓牠們損害我田中的莊稼。
田神啊，請您大展神威，將這些害蟲都投入火坑中燒盡吧。

**【註釋】**賦也。皁，叶子苟反。稂，音「郎」。莠，音「酉」。螟，音「冥」。螣，音「特」。穉，音「稚」。火，叶虎委反。1方，是始生的孚甲。2皁，是穀粒未堅。3稂、莠，是害苗的草，像禾苗差不多。4螟螣、蟊賊，都是害苗的虫類。5穉是幼禾。6秉是焚。7炎火，是火坑。

**【章旨】**這章詩是說禾苗由甲房中結了穀粒以至堅好，必須先行拔去害草，捕除害蟲，不使牠傷幼禾，才能豐收。但幼草易除，害蟲難除，用什麼方法呢？因為田祖是神明，將要代我驅除害蟲，投入火坑。

**【集傳】**賦也。方，房也。謂孚甲始生，而未合時也。實未堅者曰「皁」。稂，童梁。莠，似苗。皆害苗之草也。食心曰「螟」，食葉曰「螣」，食根曰「蟊」，食節曰「賊」，皆害苗之蟲也。穉，幼禾也。○言其苗既盛矣，又必去此四蟲，然後可以無害田中之禾。然非人力所及也。故願田祖之神，為我持此四蟲，而付之炎火之中也。姚崇遣使捕蝗，引此為證。夜中設火，火邊掘坑，且焚且瘞。蓋古之遺法如此。

**【箋註】**牛運震曰：「田穉」二字妙，憐護有情。倒點田祖，有氣勢。末二句說得赫然嚴竦得疾籲痛詛之神。

有渰1萋萋2，興雨祁祁3。
雨我公田4，遂及我私。
彼有不穫穉5，此有不斂穧6；
彼有遺秉7，此有滯8穗9，
伊寡婦10之利。

濃厚的烏雲散開，豐沛的雨水落下。
降臨在我耕種的公家耕地上，也降臨在我耕種的私人田地中。
那裡有還沒收割的未成熟作物，這裡有雖然收割但沒有收起的作物；
那邊有被丟棄的穀穗，這裡有遺落的穀穗，
這些所剩之物，都留給無田無力的寡婦們撿拾。

**【註釋】** 賦也。渰，音「掩」。萋，音「妻」。私，叶息夷反。穧，音「嚌」。1渰，是雲起的狀貌。2萋萋，是盛貌。3祁祁，是紆徐的樣子。4公田是公家的田畝。古時井田法制一井九百畝，中為公田百畝，眾力合作，餘為八家私田各百畝。5穉，是幼禾。6穧是禾束。7遺，是遺失。8滯，是遺留。9穗，是禾稼。10寡婦，是孤寡的婦子。

**【章旨】** 這章詩是說雲雨茂盛，雲雨又均細，落在公田，並及私田。所以秋收的時候，禾稼豐足，農夫忙不過來，甚至你有未割盡的禾稼，我也有未收束的稻粱。遺落的禾把，便是孤寡婦子的利益。

**【集傳】** 賦也。渰，雲興貌。萋萋，盛貌。祁祁，徐也。雲欲盛，盛則多雨。雨欲徐，徐則入土。公田者，方里而井。井，九百畝。其中為公田。八家皆私百畝，而同養公田也。穧，束。秉，把也。滯，亦遺棄之意也。○言農夫之心，先公後私。故望此雲雨而曰：「天其雨我公田，而遂及我之私田乎。」冀怙君德，而蒙其餘惠。使收成之際，彼有不及獲之穉禾，此有不及斂之穧束，彼有遺棄之禾把，此有滯漏之禾穗，而寡婦尚得取之以為利也。此見其豐成有餘而不盡取，又與鰥寡共之。既足以為不費之惠，而亦不棄於地也。不然，則粒米狼戾，不殆於輕視天物而慢棄之乎。

【箋註】姚際恆曰：描摹收穫之多全用閒情別致。「彼有不穫稚」至末，極形其粟之多也，即上篇「千倉、萬箱」之意，而別以妙筆出之；非謂其有餘而不盡取也，非謂其與鰥、寡共之也，非謂其為不費之惠也，非謂其亦不棄於地也。牛運震曰：「萋萋」、「祁祁」，寫雲意幽細，氤氳入神。伊寡婦之利，古風仁心，此中氣象自寬。杜詩「棗熟從人打，拾穗許村童」本此。方玉潤曰：秋成收穫一層，描摹多稼，純從旁面烘托，閒情別致，令人想見田家樂趣，有畫圖所不能到者。

曾孫來止，
以其婦子，饁彼南畝。
田畯至喜。
來方1禋2祀，以其騂黑3，
與其黍稷，
以享以祀，以介景福。

曾孫到來，
農家的婦孺們正忙著往南方的田地送飯。
掌管農事的田官看著農忙，滿心歡喜。
祭祀四方的神明，以赤牲和黑牲作爲祭品，
還準備了黍和稷，
以此作爲獻祭的供品，乞求神明賜予鴻福。

【註釋】賦也。禋，音「因」。祀，叶逸織反。福，叶筆力反。1方是四方。2禋，是誠意的享祀。3騂黑是赤黑色的犧牲。

【章旨】這章詩是說曾孫來省秋成。農夫的婦子，也來送饋南畝。田官看見這樣的豐收。很是歡喜，所以就來祭祀四方。用了騂黑的犧牲和黍稷，享祀神明，祝頌曾孫的大福。

【集傳】賦也。精意以享，謂之禋。農夫相告曰：「曾孫來矣。」於是與其婦子，饁彼南畝之獲者。而田畯亦至而喜之也。曾孫之來，又禋祀四方之神而賽禱焉。四方各用其方色之牲。此言騂黑，舉南北以見其餘也。以介景福，農夫欲曾孫之受福也。

## 大田四章，二章章八句，二章章九句。

【集傳】前篇有擊鼓以御田祖之文，故或疑此〈楚茨〉、〈信南山〉、〈甫田〉、〈大田〉四篇，即為〈豳雅〉。其詳見於〈豳風〉之末，亦未知其是否也。然前篇上之人，以我田既臧，為農夫之慶，而欲報之以介福，此篇農夫以雨我公田，遂及我私，而欲其享祀以介景福，上下之情，所以相賴而相報者如此。非盛德，其孰能之。

【箋註】糜文開、裴普賢曰：此詩的特出之處，在三章的先公後私，與利及寡婦，忠厚之至也。

# 瞻彼洛矣

瞻彼洛[1]矣，維水泱泱[2]。
君子[3]至止，福祿如茨[4]。
韎韐[5]有奭[6]，以作六師[7]。

看那洛水，水勢湍流廣大。
君主駕臨此地，他擁有極其深厚的福祿。
他身著戎服與紅色的蔽膝，率領六軍之師。

【註釋】賦也。泱，音「秧」。韎，音「昧」。韐，音「閤」。奭，音「赩」。1洛，是東都的水名。2泱泱，是深廣貌。3君子，是指天子。4茨是密盛。5韎韐，是韋韠，兵事的服飾。6奭，是赤色。7六師，是天子的六軍。

【章旨】這章詩是天子會諸侯於東都，講習武備，諸侯美天子的。他說看到洛水，是何等的深廣呀！天子來到，福祿如茨的密茂。他的韋韠是赤色的。他能講六軍的武備。

【集傳】賦也。洛，水名，在東都。會諸侯之處也。泱泱，深廣也。君子，指天子也。茨，積也。韎，茅蒐所染色也。韐，韠也。合韋為之。周官所謂韋弁，兵事之服也。奭，赤貌。作，猶起也。六師，六軍也。天子六軍。〇此天子會諸侯於東都，以講武事，而諸侯美天子之詩。言天子至此洛水之上，御戎服而起六師也。

【箋註】王質曰：至洛會諸侯，行大賚，有賜之以韎韐之盛，而在外統師者，如方叔之徒是也。
牛運震曰：蒼涼壯浪，慨然有河山之感。末二句寫得精神駿發，雄武在目。

**瞻彼洛矣，維水泱泱。**
**君子至止，鞞1琫2有珌3。**
**君子萬年，保其家室。**

看那洛水，水勢湍流廣大。
君主駕臨此地，他的配刀裝飾極美。
恭祝君主得享萬年長壽，以安定家國。

【註釋】賦也。鞞，補頂反。琫，音「奉」。珌，音「必」。1鞞，是刀鞘。2琫是鞘上的飾品。3珌是鞘下的飾品。

【章旨】這章詩是說看見洛水是深廣的。天子來到，他的刀鞘上，還有那琫珌的飾品，很是好看的。他定能萬年保護人民的家室。

【集傳】賦也。鞞，容刀之鞞。今刀鞘也。琫，上飾。珌，下飾，亦戎服也。

【箋註】王質曰：有賜之以鞞之琫珌，而內守國者，如張仲之徒是也。

**瞻彼洛矣，維水泱泱。**
**君子至止，福祿既同1。**
**君子萬年，保其家邦。**

看那洛水，水勢湍流廣大。
君主駕臨此地，各種福祿都齊備。
君主一定能夠享有萬年的長壽，以安定家國。

【註釋】賦也。邦，叶卜工反。1同，是聚。

【章旨】這章詩和上章一樣的解法。

【集傳】賦也。同，猶聚也。

**瞻彼洛矣三章，章六句。**

【箋註】王質曰：此必宣王會諸侯東都之時也。
何楷曰：紀東遷也。
牛運震曰：肅大以淒壯發之，真有中興氣魄。
陳子展曰：當是周王會諸侯洛水之上，檢閱六軍之詩。
高亨曰：這是為君子祝福的詩，所謂君子似是周王。他帶兵出征，到洛水一帶。

# 裳裳者華

裳裳[1]者華，其葉湑[2]兮。
我覯之子，我心寫兮。
我心寫兮，是以有譽處[3]兮。

常棣之花啊，綠葉長得如此茂盛。
我看見了你，心中舒暢無比。
因為心情暢快，所以能夠相處和睦。

【註釋】興也。寫，叶想與反。湑，上聲。1 裳裳，是堂堂。董氏作「常」，即常棣。2 湑是盛貌。3 處，是安處。

【章旨】這章詩是天子美諸侯的。他說常棣的花，雖然美麗，枝葉也是茂盛；我雖然尊榮，也是諸侯輔佐的。所以我看見了你們，我的心懷傾寫無餘，快樂極了。彼此安處，都有榮譽的。

【集傳】興也。裳裳，猶堂堂。董氏云，古本作常。常棣也。湑，盛貌。覯，見。處，安也。○此天子美諸侯之辭，蓋以答〈瞻彼洛矣〉也。言裳裳者華，則其葉湑然而美盛矣。我覯之子，則其心傾寫而悅樂之矣。夫能使見者悅樂之如此，則其有譽處宜矣。此章與〈蓼蕭〉首章文勢全相似。

裳裳者華，芸[1]其黃矣。
我覯之子，維其有章[2]矣。
維其有章矣，是以有慶矣。

常棣之花啊，花開茂盛，顏色鮮黃。
我看見了你啊，是如此遵循法度。
你是如此遵循法度，所以能夠得到福氣。

【註釋】興也。慶，叶虛羊反。1芸，是黃盛貌。2章，是文章。

【章旨】這章詩是說常棣的花開榮茂，並且盛黃。我看見你們，都是有文有章的。因為有文有章，所以彼此都有榮慶。

【集傳】興也。芸，黃盛也。章，文章也。有文章，斯有福慶矣。

**裳裳者華，或黃或白。**
**我覯之子，乘其四駱。**
**乘其四駱，六轡沃若。**

常棣之花啊，花色有黃也有白！
我看見你啊，乘著由四匹黑鬃白馬所拉的馬車。
你乘坐著由四匹黑鬃白馬所拉的馬車前來，駕馭馬匹的六根韁繩光澤柔潤。

【註釋】興也。白，叶僕各反。

【章旨】這章詩是說常棣的花開，有黃有白，很是交輝的。我看見你們乘了四駱的馬車。四駱的六轡，很是柔軟的。

【集傳】興也。言其車馬威儀之盛。

**左之左之，君子宜之；**
**右之右之，君子有之。**
**維其有之，是以似之。**

無論是輔佐或襄助，君子才德兼備，都很適合；
無論是輔助或協力，君子具有眞才實學，都能勝任。
因爲他內外兼具，所以能夠承繼先祖的大業。

【註釋】賦也。左，叶祖戈反。宜，叶牛何反。右，叶羽己反。似，叶養里反。

【章旨】這章詩是說諸侯的才德全備，欲左欲右，無所不宜，無所不有。因為內中有了才德，外面就有容貌，所以無事不像你的心中所有。

【集傳】賦也。言其才全德備。以左之，則無所不宜，以右之，則無所不有。維其有之於內，是以形之於外者，無不似其所有也。

【箋註】牛運震曰：末二句理致精深語。結處忽作空靈輕脫之調，別甚。

## 裳裳者華四章，章六句。

## 北山之什十篇，四十六章，三百三十四句。

【箋註】牛運震曰：大旨與〈蓼蕭〉相似，而風調特雋逸。

高亨曰：作者當是西周王朝的官吏。他受到一個貴族的扶植，因作此詩，來表示感謝，並歌頌貴族的能幹。

屈萬里曰：此美某在位者之詩。

馬持盈曰：這是天子讚美諸侯之詩。

# 桑扈之什

# 桑扈

交交[1]桑扈[2]，有鶯其羽[3]。
君子[4]樂胥[5]，受天之祜。

桑扈鳥「交交」的叫著，身上的羽毛花紋鮮明亮麗光彩。
就像諸位在此享受燕饗，多麼快樂，是蒙受了上天的賜福。

【註釋】興也。扈，音「戶」。樂，音「洛」。祜，音「戶」。胥，叶思呂反。1交交，是往來飛貌。2桑扈，是竊脂鳥。3鶯羽，是有文的羽。4君子指諸侯。5胥是語助詞。

【章旨】這章詩是天子燕諸侯的詩篇。他說飛來飛去的桑扈，牠有文采的羽翼；諸侯也有文采的禮儀，所以諸侯安樂，受天子的福祜。

【集傳】興也。交交，飛往來之貌。桑扈，竊脂也。鶯然，有文章也。君子，指諸侯。胥，語辭。祜，福也。○此亦天子燕諸侯之詩。言交交桑扈，則有鶯其羽矣。君子樂胥，則受天之祜矣。頌禱之辭也。

交交桑扈，有鶯其領[1]。
君子樂胥，萬邦之屏[2]。

桑扈鳥「交交」的叫著，脖頸上的羽毛花紋鮮明。
就像諸位在此享受燕饗，多麼快樂，你們都是諸國的屏障。

【註釋】興也。屏，音「丙」。1領，是領頸。2屏，是屏藩。

【章旨】這章詩是說飛來飛去的桑扈，有文采的領頸；諸侯也有文采的禮儀，所以安樂，為萬邦的屏藩。

【集傳】興也。領，頸。屏，蔽也。言其能為小國之藩衛。蓋任方伯連帥之職者也。

之屏之翰[1]，百辟[2]為憲[3]。
不戢[4]不難[5]，受福不那[6]。

你們都是國家的屏障，是支持的骨幹，是天下諸君效法的典範。如果不能克制自我，謹慎行事，那麼就無法得到上天所賜的萬福。

【註釋】賦也。翰，叶胡見反。辟，音「壁」。戢，音「緝」。難，叶乃多反。1翰，是擋牆土的幹。2辟，是君。3憲，是法。4戢，是斂節。5難，是謹慎。6那是多。

【章旨】這章詩是說諸侯是萬邦的屏翰，是百君的法則。若不斂節謹慎，受福一定不多。

【集傳】賦也。翰，幹也。所以當牆兩邊障土者也。辟，君。憲，法也。言其所統之諸侯，皆以之為法也。戢，斂。難，慎。那，多也。不戢，戢也。不難，難也。不那，那也。蓋曰：「豈不斂乎？豈不慎乎？其受福豈不多乎？」古語聲急而然也。後放此。

【箋註】王安石曰：戢則不肆，難則不易。肆則放逸，易則傲慢。動不以禮，非所以受福。故戢而難，然後受福多也。

兕觥[1]其觩[2]，旨酒思[3]柔。
彼交匪敖[4]，萬福來求[5]。

牛角酒杯外型彎曲，醇厚的美酒味道香甜。與人交往謙虛不驕，自然能夠聚集萬福。

【註釋】賦也。觩，音「求」。1兕觩，是爵杯。2觩是上曲的角。3思，是語助詞。4彼交匪敖，《經義述聞》作彼為「匪」，作交為「姣」。引《廣雅》「燕雀不姣」為較侮的意思。5萬福來求，作萬福來聚的意思。

【章旨】這章詩是說兕觥是彎曲的，旨酒是柔美的，來朝的諸侯是不侮不驕的，所以萬福來聚。

【集傳】賦也。兕觥，爵也。觩，角上曲貌。旨，美也。思，語辭也。敖，傲通。交際之閒，無所傲慢，則我無事於求福，而福反來求我矣。

【箋註】何楷曰：君子謹守侯度，位雖高而不驕，情雖通而不肆。雖非有意於斂福，萬福皆來就而聚之。《易》曰：「德言盛，禮言恭。謙也者，致恭以存其位者也。」正謂此也。

桑扈四章，章四句。

【箋註】姚際恆曰：此天子饗諸侯之詩。
屈萬里曰：此頌美天子之詩。

## 鴛鴦

鴛鴦[1]于飛，畢[2]之羅[3]之。
君子[4]萬年，福祿宜之。

鴛鴦雙飛不分，張開羅網將牠們捕來。
獻給君子，恭祝您享有萬年的長壽與相稱的福祿。

【註釋】興也。宜，叶牛何反。1鴛鴦，是匹鳥。2畢是長柄的小網。3羅是羅網。4君子，是指天子的。

【章旨】這章詩是頌王初婚的。他說鴛鴦的飛動，是有羅網張著的；天子的初婚，是有萬年福祿的。

【集傳】興也。鴛鴦，匹鳥也。畢，小罔長柄者也。羅，罔也。君子，指天子也。○此諸侯所以答〈桑扈〉也。鴛鴦于飛，則畢之羅之矣；君子萬年，則福祿宜之矣。亦頌禱之辭也。

鴛鴦在梁1，戢2其左翼。
君子萬年，宜其遐3福。

鴛鴦雙雙棲息在魚梁上，斂起左翅，相依相偎。以此恭祝君子，得享萬年長壽與無盡的鴻福。

【註釋】興也。1梁，是水中的石堰。2戢是斂收。3遐，是久遠。

【章旨】這章詩是說鴛鴦在石堰上棲息，一正一倒，斂收左翼，相依於內，舒張右翼，防患於外，實有夫婦相依，同難共患的情意。天子的初婚，願他有萬年的遐福。

【集傳】興也。石絕水為梁。戢，斂也。張子曰：「禽鳥並棲，一正一倒。戢其左翼，以相依於內，舒其右翼，以防患於外，蓋左不用而右便故也。」遐，遠也，久也。

【箋註】牛運震曰：晝態細，有妙理。

乘馬在廄，摧1之秣2之。
君子萬年，福祿艾3之。

馬廄中養著四匹好馬，割取嫩草和穀物餵養牠們。以此恭祝君子能夠享有萬年不老的長壽，擁有福祿相助。

【註釋】興也。廄，音「救」。摧，音「剉」。秣，叶莫佩反。艾，叶魚肺反。1摧，是斬草飼馬。2秣，是拌穀飼馬。3艾，是養。

【章旨】這章詩是說乘馬在廄，是有芻和穀養牠。天子初婚，是有萬年的福祿養他。

【集傳】興也。摧，莝。秣，粟。艾，養也。蘇氏曰：「艾，老也。」言以福祿終其身也，亦通。乘馬在廄，則摧之秣之矣。君子萬年，則福祿艾之矣。

乘馬在廄，秣之摧之。
君子萬年，福祿綏之。

馬廄中養著四匹好馬，割取穀物和嫩草餵養牠們。以此恭祝君子能夠享有萬年不老的長壽，福祿相隨。

【註釋】興也。綏，叶土果反。

【章旨】這章詩和上章一樣的解法。

【集傳】興矣。綏，安也。

鴛鴦四章，章四句。

【箋註】輔廣曰：〈鴛鴦〉之詩，乃下禱上之辭。上下禱下，猶且述其德，〈桑扈〉是也；下之禱上，則但極其頌禱之情而已，〈鴛鴦〉是也。若不敢有擬議其德者，敬之至也。

何楷曰：疑為幽王娶申后而作。

高亨曰：作者受到貴族的豢養，寫這首詩來為貴族祝福，並透露了感恩的意味。

屈萬里曰：此蓋頌禱天子之詩。

## 頍弁

有頍1者弁2，實維伊何？
爾酒既旨，爾殽既嘉3。

你戴著圓形的皮帽，是爲什麼呢？你準備的酒味道醇厚，備辦的菜餚極其美味。你所宴請的，到底是什麼人呢？原來是你的兄弟，而

豈伊異人？兄弟匪他[4]。
蔦[5]與女蘿[6]，施[7]于松柏。
未見君子，憂心奕奕[8]；
既見君子，庶幾說懌[9]。

非外人啊！
蔦蘿一類草藤植物，必須依附松柏生長。
沒有見到君子的時候，內心憂慮不安；
而見到君子的時候，就感覺快樂歡喜。

**【註釋】**賦而興又比也。頍，音「跬」。嘉，叶居何反。他，音「拖」。蔦蘿，音「鳥羅」。施，音「異」。弈，叶弋灼反。說，音「悅」。懌，叶弋灼反。1頍，是弁貌，或作舉首貌。2弁是皮弁。3嘉是美。4匪他，是非他人。5蔦，是寄生的草藤。6女蘿，是兔絲草，附在草上的。7施是附布。8弈弈，是憂心。9說懌，是歡喜。

**【章旨】**這章詩是刺幽王的親親誼薄。他說我王舉首戴弁，為著何事呢？是備了美酒嘉殽，宴飲親族啊。沒有別人，同姓的兄弟，也不是他人。同姓兄弟的尊貴，是託王尊貴的，好像蔦和女蘿附在松柏上，才能高茂的。我們久不見我王了，心中很是憂愁啊！今天既然看見了，教我能不喜悅嗎？

**【集傳】**賦而興，又比也。頍，弁貌。或曰：「舉首貌。」弁，皮弁。嘉旨，皆美也。匪他，非他人也。蔦，寄生也。葉似當盧，子如覆盆子，赤黑甜美。女蘿，兔絲也。蔓連草上，黃赤如金。此則比也。君子，兄弟為賓者也。弈弈，憂心無所薄也。○此亦燕兄弟親戚之詩。故言，有頍者弁，實維伊何乎。爾酒既旨，爾殽既嘉，則豈伊異人乎。乃兄弟而匪他也。又言，蔦蘿施于木上。以比兄弟親戚纏綿依附之意。是以未見而憂，既見而喜也。

**【箋註】**輔廣曰：「豈伊異人？兄弟匪他」，言當極其親厚之意耳。以蔦蘿施于松柏，比兄弟親戚纏綿依附之意，則其體之也切矣。未見而憂，既見而喜，則其與之也深矣。

有頍者弁，實維何期1？
爾酒既旨，爾殽既時2。
豈伊異人？兄弟具3來。
蔦與女蘿，施于松上。
未見君子，憂心怲怲4；
既見君子，庶幾有臧5。

你戴著圓形的皮帽，是在期待著什麼事情嗎？
你準備的酒味道醇厚，備辦的菜餚都是時鮮的美味。
你所宴請的，到底是什麼人呢？原來來的都是你的兄弟啊！
蔦蘿一類草藤植物，經常攀爬在松樹上生長。
沒有見到君子的時候，心中憂愁至極；
見到君子，才感覺美善歡樂。

**【註釋】**賦而興又比也。來，叶陵之反。上，叶時亮反。怲，音「丙」，叶兵旺反。臧，叶才浪反。庶，音「恕」。1何期，是所期何事。2時，是善。3具，是俱。4怲怲，是憂盛貌。5臧，是美善。

**【章旨】**這章詩和上章一樣的解法。

**【集傳】**賦而興，又比也。何期，猶伊何也。時，善。具，俱也。怲怲，憂盛滿也。臧，善也。

**【箋註】**程俊英曰：以寄生草依賴於松柏，比喻貴族依賴於周王。

有頍者弁，實維在首。
爾酒既旨，爾殽既阜1。
豈伊異人？兄弟甥舅2。

你那頂圓形的皮帽，戴在頭上。
你準備的酒味道醇厚，備辦的菜餚多樣而豐富。
你所宴請的，到底是什麼人呢？原來是你的兄弟和甥舅呀！
就如同下雪之前，水氣凝結成細小的霰。

如彼雨雪，先集維霰3。
死喪無日，無幾相見。
樂酒今夕，君子維宴。

人的生命，無法預測何時會結束，也不知道還有幾次相見的機會。今晚暢快的飲酒吧，讓我們盡情享受這場宴會。

【註釋】賦而興又比也。霰，音「線」。雨，去聲。喪，去聲。幾，音「已」。1阜，是豐滿。2甥、舅是母姑的親族。3霰，是初凝的雪，尚未降下，以比老將至的時候。

【章旨】這章詩是說頍然的弁，是戴在頭上了；美酒嘉殽，已經陳設了。席中沒有別人，都是兄弟甥舅。譬如天將下雪，必先凝了霰；天上有了霰，便要下雪的。人將老了，是要死亡的，趁這個死喪沒有多日，相見無幾的今宵，大家親睦親睦，樂飲天子的嘉宴。

【集傳】賦而興，又比也。阜，猶多也。甥舅，謂母姑姊妹妻族也。霰，雪之始凝者也。將大雨雪，必先微溫雪自上下，遇溫氣摶。而謂之霰。久而寒勝，則大雪矣。○言霰集則將雪之候。以比老至則將死之徵也。故卒言，死喪無日，不能久相見矣。但當樂飲以盡今夕之歡。篤親親之意也。

【箋註】姚際恆曰：「死喪」語固可不忌，然「如彼雨雪」二句，確同「履霜堅冰」之義，則何以云？又每章有「豈伊異人」語，及云「兄弟匪他」，亦非善辭也。
牛運震曰：雨雪先霰，以比國家危亂將至，如所謂履霜堅冰也，說來怵心動魄。觴酒高會，忽然說出死喪不祥之語，極怪異卻極惻怛至情。

頍弁三章，章十二句。

【箋註】糜文開、裴普賢曰：這是兄弟至親燕饗的詩。

# 車舝

間關1車之舝2兮，思孌3季女逝兮。
匪飢匪渴，德音來括4。
雖無好友，式燕且喜。

車子行駛時，車輪轉動發出「間關」的聲響，想著那個美麗的少女，此行將去迎接她。不是因為餓了，不是因為渴了，而是因為愛慕她美好的德行，所以才迎娶她。雖然沒有太多好友，但也要快樂的暢飲慶祝。

**【註釋】**賦也。友，叶羽已反。1間關，是投舝的聲音。2舝是車軸頭上的鐵，車行便投上，不行便脫去。3孌是美貌。4括是會。

**【章旨】**這章詩是嘉賢友，得偶淑女的。他說間關車舝的聲音，思念那個美貌的季女。乘了車子去迎她，並非心中飢渴，是望她的德音來會，心中好似飢渴的一般。你雖沒有好物報友，幸喜還有旨酒，可以宴我的嘉賓。

**【集傳】**賦也。間關，設舝聲也。舝，車軸頭鐵也。無事則脫，行則設之。婚禮，親迎者乘車。孌，美貌。逝，往。括，會也。○此燕樂其新婚之詩。故言，間關然設此車舝者，蓋思孌然季女，故乘此車往而迎之也。匪飢匪渴也。望其德音來括，而心如飢渴耳。雖無他人，亦當燕飲以相喜樂也。

**【箋註】**姚際恆曰：曼音靡麗。
牛運震曰：發端便有高望遠想之神。「匪飢匪渴」，翻得深妙；若作「如飢如渴」，便少味。

依[1]彼平林，有集維鷮[2]。辰[3]彼碩女[4]，令德來教。式燕且譽，好爾[5]無射[6]。

生長茂盛的樹林中，聚集了許多雉鳥。年歲方好心地善良的好女子啊，妳將帶來美好的品德襄助我。這場酒宴無比快樂，我愛慕妳的心將永不厭棄。

**【註釋】**興也。鷮，音「驕」。教，叶居喬反。射，音「亦」，叶都故反。1依是茂木貌。2鷮是雉鳥。3辰，是及時。4碩女，是碩德女子。5爾，是指季女。6射，是厭惡。

**【章旨】**這章詩是說茂盛的樹林，是有雉鳥集在上面的；及時的碩女，是有令德來教賢友的。所以賓朋來宴飲的時候，都是不厭惡的，愛慕你啊！

**【集傳】**興也。依，茂木貌。鷮，雉也。微小於翟走而且鳴。其尾長，肉甚美。辰，時。碩，大也。爾，即季女也。射，厭也。○依彼平林，則有集維鷮。辰彼碩女，則以令德來配己而教誨之。是以式燕且譽，而悅慕之無厭也。

**【箋註】**牛運震曰：一則曰德音，再則曰令德。好德不悅色之旨躍然。

雖無旨酒，式飲庶幾；雖無嘉殽，式食庶幾；雖無德與女，式歌且舞。

雖然準備的酒不算醇厚，但希望賓客能夠開懷暢飲；雖然準備的菜餚不算珍饈，但希望賓客能夠盡情品嚐；雖然我沒有能與妳相配的美德，但願能夠與妳同歌共舞。

【註釋】賦也。

【章旨】這章詩是說你既得偶淑女，雖沒有美酒嘉殽，但得飲食，也是快樂的。無奈沒有德音報你，惟有歌舞稱頌，賀你的新婚。

【集傳】賦也。旨嘉，皆美也。女，亦指季女也。○言我雖無旨酒、嘉殽、美德以與女，女亦當飲食歌舞以相樂也。

【箋註】牛運震曰：委婉濃緻，此即慰勸新婦之辭也。宛然持箸把杯光景，綢繆曲至。

**陟彼高岡，析其柞[1]薪。**
**析其柞薪，其葉湑[2]兮。**
**鮮[3]我覯[4]爾，我心寫[5]兮。**

登上那座高山，想砍伐櫟樹當柴燒。想砍下櫟樹當柴燒，但櫟樹的樹枝是如此的茂盛啊！難得我能與妳相見，我心中無比暢快。

【註釋】興也。薪，叶音襄。寫，叶想羽反。1柞，是櫟樹。2湑，是盛。3鮮，是少。4覯，是見。5寫，是傾吐。

【章旨】這章詩是說到那個高岡，是析的柞薪，析薪的枝葉很多。你今得娶碩女，碩女的令德極盛。我難得看見妳，傾寫我的愛慕。

【集傳】興也。陟，登。柞，櫟。湑，盛。鮮，少。覯，見也。○陟岡而析薪，則其葉湑兮矣。我得見爾，則我心寫兮矣。

【箋註】牛運震曰：「鮮我覯爾」，猶言曠世不一見也，諷意深遠。

高山仰1止，景行2行止。
四牡騑騑3，六轡如琴。
覯爾新昏，以慰我心。

必須仰望才能見到高山的全貌，必須行走才能理解大道通往何處。
迎親的車輛四馬肥壯，駕馭馬匹的六根轡繩調控得宜如琴弦班調。
看著妳嫁來，我心感到快慰。

【註釋】興也。仰，叶五剛反。行，叶戶郎反。騑，音「霏」。1仰，是仰望。2景行，是大道。3騑騑，是壯大。

【章旨】這章詩是說你好像高山的可仰，大道的可行。你親迎的車子，四牡很強壯，六轡如琴的調和。我今看見你的新婚，實在慰了我心的願。

【集傳】興也。仰，瞻望也。景行，大道也。如琴，謂六轡調和如琴瑟也。慰，安也。○高山則可仰，景行則可行。馬服御良，則可以迎季女而慰我心也。此又舉其始終而言也。《表記》曰：「《小雅》曰：『高山仰止，景行行止。』子曰：『詩之好仁如此。』鄉道而行，中道而廢，忘身之老也。不知年數之不足也。俛焉日有孳孳斃而後已。」

【箋註】牛運震曰：「高山」、「景行」思古傷今之意，隱然言表。「六轡如琴」，確是新婚詩妙語，移他處不得。「如鼓琴瑟」故是夫婦妙語，「六轡如琴」更幽雅有情。

## 車舝五章，章六句。

【箋註】高亨曰：作者娶得一個貴族的女兒，作這首詩，抒寫他的喜悅並表示對她的摯愛。糜文開、裴普賢曰：這是一篇新郎迎娶新娘的詩。全篇要在寫新婦之德美，新郎之歡心。每章結語即表達出新郎遇到這樣一位新娘的喜悅心情。

## 青蠅

**營營[1]青蠅[2]，止于樊[3]。豈弟君子[4]，無信讒言。**

蒼蠅嗡嗡的飛舞著，停在籬笆上。品德仁厚的君王啊，請您千萬不要聽信小人的讒言哪！

【註釋】比也。樊，叶粉乾反。1營營，是往來的飛聲。2青蠅，是蠅類的一種。3樊，是藩籬。4君子，是指王。

【章旨】這章詩是大夫傷於讒，作詩戒王的。他說往來飛的青蠅，息在藩籬上，牠的飛聲，是能亂人聽聞的；小人的讒言，也能亂人聽聞的。我已經受他的害了。願我仁愛的君王，不要聽信讒言。

【集傳】比也。營營，往來飛聲。亂人聽也。青蠅，汙穢能變白黑。樊，藩也。君子，謂王也。○詩人以王好聽讒言，故以青蠅飛聲比之，而戒王以勿聽也。

【箋註】歐陽脩曰：青蠅之為物甚微，至其積聚而多也，營營然往來飛聲，可以亂人之德，故詩人引以喻讒言漸漬之多，能致惑爾。其曰止于樊者，欲其遠之，當限之於藩籬之外也。

**營營青蠅，止于棘[1]。讒人罔極[2]，交亂[3]四國。**

蒼蠅嗡嗡的飛舞著，停在棘籬上。那些用言語中傷他人的人，惡行是沒有極限的，甚至能禍亂四方的國家。

【註釋】興也。1棘，是棘木作的藩籬。2罔極，是不已的意思。3交亂，是各方搗亂。

【章旨】這章詩是說飛旳青蠅，息在棘籬上，牠的飛聲，能亂人的聽聞。讒人譖言不已，也能交亂四國。

【集傳】興也。棘，所以為藩也。極，猶已也。

**營營青蠅，止于榛1。**
**讒人罔極，構2我二人。**

蒼蠅嗡嗡的飛舞著，停在榛籬上。那些用言語中傷他人的小人，惡行是沒有止境的，他想要離間我們兩人之間的感情啊！

【註釋】興也。構，音「姤」。1榛，是榛條做的藩籬。2構，是構成禍害的。

【章旨】這章詩是說飛的青蠅，息在榛籬上，牠的飛聲，所以亂人聽聞。讒人譖言不已，亦是想構害你我的。

【集傳】興也。構，合也。猶交亂也。己與聽者為二人。

**青蠅三章，章四句。**

【箋註】程頤曰：〈青蠅〉詩言樊、棘、榛，言二人四國。自樊而觀之，則樊為近而棘榛為遠；自二人而觀之，則二人為小而四國為大。讒人之情，常欲汙白以為黑也。而其言不可以直達，故曰營營往來，或自近以至於遠，或自小以至於大，然後其說得行矣。

牛運震曰：三「止」字得屏逐斥絕之義。君臣之間，不宜施二人之稱；然須如此，正有悚痛處。

# 賓之初筵

賓之初筵[1]，左右秩秩[2]。
籩豆有楚[3]，殽[4]核[5]維旅[6]。
酒既和旨，飲酒孔偕[7]。
鐘鼓既設，舉醻逸逸[8]。
大侯[9]既抗[10]，弓矢斯張。
射夫既同[11]，獻[12]爾發[13]功。
發彼有的，以祈[14]爾爵[15]。

宴席剛開始的時候，賓客初來，賓主之間秩序良好。
桌面上杯盤陳列齊整，肉食與蔬果都一一排列開來。
酒的味道甘美醇厚，衆人飲酒時氣氛和諧整齊。
鐘鼓等樂器準備妥當，主客之間互相酬酢勸飲，有來有往。
掛上射禮用的靶子，張開弓弩。
將參加射箭比賽的人聚集起來，表現他們射箭的本事。
射中目標的人，將懲罰對手飲酒。

【註釋】賦也。偕，音「皆」，叶舉里反。設，叶書質反。抗，叶居郎反。的，丁藥反。1初筵，是初就席位。2秩秩，是有秩序。3楚，是陳設。4殽，是殽菜。5核，是桃梅的果類。6旅，是陳列。7偕，是齊整如一。8逸逸，是往來有序。9大侯，是天子射禮的皮侯。10抗，是張掛。張了大侯，不繫左下方的網，要射的時候，司馬命童子脫束繫網，弓矢也就預備張節。11射夫既同，是將射夫配齊了，誰人和誰人比賽。12獻，是奏克。13發，是發射中的的。14祈，是求。15爵，是飲爵。射不中的，就要他飲酒。

【章旨】這章詩是衛武公飲酒悔過所作的。他說習射飲酒，在那賓客初就席位的時候，籩豆殽核，陳設得極其豐盛。酒又和又美，飲酒的往來如一，到了鐘鼓既設的時候，勸酬的往來有序。張了大侯，張了弓矢，射夫又配好了比賽的人，各人刻想奏克發射的功夫。射中矢的，希望罰他人飲酒。

**【集傳】**賦也。初筵，初即席也。左右，筵之左右也。秩秩，有序也。楚，列貌。殽，豆實也。核，籩實也。旅，陳也。和旨，調美也。孔，甚也。偕，齊一也。設，宿設而又遷于下也。大射樂人宿縣，厥明將射乃遷樂于下，以避射位，是也。舉酬，舉所奠之酬爵也。逸逸，往來有序也。大侯，君侯也。天子，熊侯，白質；諸侯，麋侯，赤質；大夫，布侯，畫以虎豹；士，布侯，畫以鹿豕。天子侯，身一丈，其中三分，居一白質畫熊。其外則丹地，畫以雲氣。抗，張也。凡射張侯而不繫左下綱，中掩束之。至將射，司馬命張侯。弟子脫束，遂繫下綱也。大侯張而弓矢亦張，節也。射夫既同，比其耦也。射禮，選群臣為三耦。三耦之外，其餘各自取匹，謂之眾耦。獻，猶奏也。發，發矢也。的，質也。祈，求也。爵，射不中者，飲豐上之觶也。〇衛武公飲酒悔過，而作此詩。此章言因射而飲者，初筵禮儀之盛，酒既調美而飲者齊一。至於設鍾鼓舉酬爵，抗大侯，張弓矢，而眾耦拾發。各心競云，我以此求爵汝也。

**【箋註】**姚際恆曰：「賓之初筵，左右秩秩」，閱至後，方知此起之妙。

牛運震曰：敘次有法，典重古雅。

**籥舞[1]笙鼓，樂既和奏。**
**烝[2]衎[3]烈祖[4]，以洽[5]百禮。**
**百禮既至，有壬[6]有林[7]。**
**錫[8]爾[9]純嘏[10]，子孫其湛[11]。**

---

吹籥以笙、鼓伴奏，樂聲和諧。
將這動聽的奏樂獻給先祖，按照禮儀舉行祭祀。
祭祀的過程合乎規範，毫無疏漏，既盛大又堂皇。
神靈賜給你巨大的福報，使子孫歡樂。
大家都歡喜快樂，各自力求表現。
賓客們選擇同射的同伴，主人也再次入席，
斟滿大酒杯，祝福你能夠獲勝。

其湛曰樂，各奏爾能12。
賓載手仇13，室人14入又15，
酌彼康16爵，以奏爾時17。

---

【註釋】賦也。奏，叶宗武反。衎，音「看」。湛音，叶持林反。仇，叶音求，又叶音由。1籥舞，是文舞。2烝，是進。3衎是樂。4烈祖，是顯美祖武。5洽，是洽合。6壬，是大。7林，是盛。8錫，是神錫。9爾，是主祭的人。10嘏，是福。11湛是樂。12各奏爾能，是子孫各酌奏尸。13仇，是挹取。14室人是室中佐食的人。15又，是復酌。16康，是安康。17時，是時物。

【章旨】這章詩是因祭祀飲酒的。他說執籥文舞，笙鼓和奏，進樂以光顯祖武，洽合百種的禮儀。百禮既備，很大很盛。神賜你的純福，叫你子孫和樂。子孫各人又拿樽酒獻尸，尸便取酒飲了。賓客手執酒杯，室人又復加酒，飲了平安酒，然後獻上時物。

【集傳】賦也。籥舞，文舞也。烝，進。衎，樂。烈，業。洽，合也。百禮，言其備也。壬，大。林，盛也。言禮之盛大也。錫，神錫之也。爾，主祭者也。嘏，福。湛，樂也。各奏爾能，謂子孫各酌獻尸，尸酢而卒爵也。仇，讀曰𣂏。室人，有室中之事者，謂佐食也。又，復也。賓手挹酒，室人復酌為加爵也。康，安也。酒，所以安體也。或曰：「康，讀曰抗。」記曰：「崇坫康圭。」此亦謂坫上之爵也。時，時祭也。蘇氏曰：「時物也。」○此言因祭而飲者，始時禮樂之盛如此也。

【箋註】姚際恆曰：以上二章，一言射，一言祭，以見古非射非祭不飲酒，故言此以為戒飲之發端云。牛運震曰：此章尤有肅古和大之節。「有壬有林」，練字甚古。

賓之初筵，溫溫其恭。
其未醉止，威儀反反1。
曰既醉止，威儀幡幡2，
舍3其坐遷4，屢舞僊僊5。
其未醉止，威儀抑抑6。
曰既醉止，威儀怭怭7。
是曰既醉，不知其秩。

宴席初開賓客就座時，態度溫和舉止謙恭。
在還沒有喝醉之前，都維持著合乎禮儀的表現。
等到開始露出醉態，言行就顯得輕狂，
離開了座位，坐到他處，頻頻手舞足蹈停不下來。
賓客還沒有喝醉時，舉止都很謹慎，
但等到喝醉的時候，就放肆不恭了。
眞正喝醉的人，是無法遵守規矩的。

【註釋】賦也。反，叶分邅反。幡，叶分邅反。怭，音「弼」。1反反，是顧禮。2幡幡，是輕嫚。3舍，是離坐。4遷，是徙坐。5僊僊，是舞蹈。6抑抑，是謹慎。7怭怭，是媟嫚。

【章旨】這章詩是說飲酒的人，先還安靜，醉後不免失儀。他說賓客初就席位，很是溫和謙恭的，未醉以先，很是顧禮，既醉以後便要輕嫚了。離坐的離坐，遷坐的遷坐，手腳舞蹈的舞蹈。未醉的時候，尚是威儀謹慎；醉了以後，威儀就要媟嫚了。因為酒醉的人，是不能維持秩序的。

【集傳】賦也。反反，顧禮也。幡幡，輕數也。遷，徙。屢，數也。僊僊，軒舉之狀。抑抑，慎密也。怭怭，媟嫚也。秩，常也。○此言凡飲酒者，常始乎治，而卒乎亂也。

【箋註】鄭玄曰：此言賓初即筵之時，能自勑戒以禮；至於旅酬，而小人之態出。

牛運震曰：「舍其坐遷」二句畫態。往復言之極，申警之旨。

姚際恆曰：以下三章皆言飲酒之失也。古人飲酒，酒酣必起舞以屬一人，所以極歡心、致誠意也；漢人謂之「屬某起舞」是也。故二章皆以舞言。然舞，可也，屢舞則不可，故皆以「屢舞」言其醉，以是為眼目；而屢舞之中又有由初醉至極醉之不同。

賓既醉止，載號1載呶2。
亂我籩豆，屢舞僛僛3。
是曰既醉，不知其郵4。
側弁之俄5，屢舞傞傞6。
既醉而出7，並受其福；
醉而不出，是謂伐8德。
飲酒孔嘉9，維其令儀。

客人一旦喝醉，不但大呼小叫，連話也多了。
打翻杯盤，歪歪扭扭的跳著舞。
因為喝得醉醺醺的，也不知道自己犯了什麼過失。
頭上戴的帽子斜歪一邊，亂舞不休，無法停止。
倘若喝醉了便離席，大家都有福。
但如果喝醉了卻不肯離席，就敗德丟臉了。
喝酒本來是件好事，但一定要保持風度。

**【註釋】** 賦也。呶，音「鐃」。郵，叶於其反。傞，音「娑」。福，叶筆力反。嘉，叶居何反。1號，是呼號。2呶是多言。3僛僛，是傾斜的狀貌。4郵當作「尤」。5俄是斜貌。6傞傞，是不止。7出是去。8伐是害。9孔，是甚。嘉，是嘉譽。孔嘉是最好。

**【章旨】** 這章詩是酒醉的形狀。他說賓客醉了，便有呼號的、多話的，擾亂籩豆的禮儀。屢屢的傾斜著舞蹈，是因醉了，不知道自己的過失，所以手足不住的舞蹈。若是醉了的人，他能保持儀容，出去了，主人和賓客，都是受福的。無奈他醉後不能保持儀容，不能出去，這不是害德的事情嗎？所以飲酒最好要有令儀。

【集傳】賦也。號，呼。呶，讙也。僛僛，傾側之狀。郵，與尤同。過也。側，傾也。俄，傾貌。傞傞，不止也。出，去。伐，害。孔，甚。令，善也。○此章極言醉者之狀。因言，賓醉而出，則與主人俱有美譽。醉至若此，是害其德也。飲酒之所以甚美者，以其有令儀爾。今若此，則無復有儀矣。

【箋註】姚際恆曰：「既醉而出，并受其福」，良言實理。牛運震曰：寫得不堪。「舍其坐遷」、「亂我籩豆」、「側弁之俄」，畫出酒徒歷歷。

凡此飲酒，或醉或否。
既立之監1，或佐之史2。
彼醉不臧，不醉反恥。
式勿從謂3，無俾大怠。
匪言勿言，匪由4勿語。
由醉之言，俾出童羖5。
三爵不識6，矧7敢多又。

參加酒宴的人，有人喝醉，也有人不喝醉。要設置監察者，或是協助監督的人，以控制場面。喝醉的人不知道自己的言行不善，不喝醉的人反而會受到侮辱。

應該要告誡酒醉者，免得他言行失禮。別讓酒醉之人說出不該說的話，更別讓他說出不合禮的言語。

如果喝醉了亂說話，就命他繳納還沒長角的小羊爲罰則。

如此一來，飲酒三杯就怕自己醉了無法自制，哪還敢勸人多飲！

【註釋】賦也。否，叶補美反。怠，叶養里反。羖，音「古」。識，叶音「志」。又，叶鼓二反。1監，是監督酒序的官。2史，是司正，幫助監督的。3謂，是告。4由，是理由。5童羖，是無角的羊。6識是記憶。7矧，是何況的意義。

【章旨】這章詩是說凡是飲酒的人，或有醉的，或有不醉的，必須立了監督和司正，協同糾察禮儀。因為酒醉的人很不善，不醉的人，反受他的侮辱。若不從此告戒他，教他不可怠惰，一定要失德的。所以要教他莫說不當說的，和說那不合理的話。如果醉後亂說，便由醉後亂說的人，罰出無角的童羊。如此他飲了三杯，就怕昏亂不省人事，況敢多飲嗎？

【集傳】賦也。監史，司正之屬。燕禮鄉射，恐有解倦失禮者，立司正以監之，察儀法也。謂，告。由，從也。童羖，無角之羖羊，必無之物也。識，記也。○言飲酒者，或醉或不醉。故既立監而佐之以史，則彼醉者所為不善，而不自知，使不醉者反為之羞愧也。安得從而告之，使勿至於大怠乎。告之若曰：「所不當言者勿言，所不當從者勿語。醉而妄言，則將罰汝，使出童羖矣。設言必無之物，以恐之也。汝飲至三爵，已昏然無所記矣，況敢又多飲乎？」又丁寧以戒之也。

【箋註】姚際恆曰：「『既立之監』二句是正言立制之善處；舊謂欲令皆醉，非也。謂凡此飲酒之人，有或醉者，或不醉者：為醉者之不善，故立之監而佐之史，所以伺察其醉否也。今彼醉之不善者，胡反以不醉為恥哉！

牛運震曰：「『不醉反恥』，曲盡酒人俗態愚情。『俾出童羖』，鄙誕之辭，謔得妙。活是對醉人語。『三爵不識』，語帶嘲笑，妙。『飲酒孔嘉』，結語莊重有體。『三爵不識』，結語詼諧有致。

## 賓之初筵五章，章十四句。

【集傳】毛氏序曰：「衛武公刺幽王也。」韓氏序曰：「衛武公飲酒悔過也。」今按此詩，意與〈大雅〉抑戒相類，必武公自悔之作。當從韓義。

【箋註】姚際恆曰：始召「舍其除遷，屢舞僊僊」，猶是僅遷徙其坐處耳。再曰「亂我籩豆，屢舞僛僛」，則且亂其有楚之籩豆矣。終曰「側弁之俄，屢舞傞傞」，甚至冠弁亦不正矣。由淺入深，備極形容醉態之妙。昔人謂唐人詩中有畫，豈知亦原本于《三百篇》乎！《三百篇》中有畫處甚多，此醉客圖也。

牛運震曰：此酒箴也。推本射祭飲酒之禮，而反覆喪儀失言之禍以終之，洋洋亹亹，有典有情文字。

方玉潤曰：詩本刺今，先陳古義以見飲酒原未嘗廢，但須射祭大禮而後飲，而飲又當有節，不至失儀，乃所以為貴。古之飲也如是，今之飲酒則不然，飲必至醉，醉必失儀，不至伐德不止，其無禮也又如是。兩義對舉，曲繪無遺。其寫酒客醉態，縱令其醒後自思，亦當發笑，忸怩難安。此所以善為譎諫也。

程俊英曰：這是諷刺統治者飲酒無度失禮敗德的詩。

糜文開、裴普賢曰：蓋酒以成禮，酒醉失態，則敗禮矣。此詩必作於射禮失儀，甜飲無度之世，故詩人陳古以刺今也。此詩為記述周代射禮宴飲情形寶貴資料。

# 魚藻

魚在在藻[1]，有頒[2]其首。
王在在鎬，豈[3]樂飲酒。

魚在水藻中游來游去，牠有著肥大的腦袋。
君主居住在鎬京城中，歡樂恣意的飲酒。

【註釋】興也。頒，音「焚」。豈，音「愷」。1藻，是水草。2頒是大頭。3豈，是樂意。

【章旨】這章詩是鎬民樂王都鎬的。他說魚在水藻裡，有頒然的大首，快樂極了。王在鎬京飲酒，也快樂極了。

【集傳】興也。藻，水草也。頒，大首貌。豈亦樂也。○此天子燕諸侯，而諸侯美天子之詩也。言魚何在乎？在乎藻也，則有頒其首矣；王何在乎？在乎鎬京也，則豈樂飲酒矣。

何楷曰：魚在在藻，王在在鎬，兩句炤映甚明。魚興王，藻興鎬。

【箋註】牛運震曰：疊「在」，輕活。「豈樂」撮字極雅相。

**魚在在藻，有莘1其尾。**
**王在在鎬，飲酒樂豈。**

魚在水藻中游來游去，牠的長尾穿行。
君主居住在鎬京城中，飲酒歡暢無比。

【註釋】興也。1莘，是長美。

【章旨】這章詩是說魚在水藻裡，有長大的尾巴，快樂極了。王在鎬京飲酒，也快樂極了。

【集傳】興也。莘，長也。

**魚在在藻，依于其蒲1。**
**王在在鎬，有那2其居。**

魚在水藻中游來游去，舒適的偎在蒲草邊。
君主在鎬京城中，居住得很是安然享受。

【註釋】興也。1蒲是蒲草。2那是安逸。

【章旨】這章詩是說魚在水藻裡，靠著蒲草；王在鎬京，安樂其居。

【集傳】興也。那，安。居，處也。

【箋註】鄭玄曰：天下平安，王無四方之虞，故其居處那然安也。

魚藻三章，章四句。

【箋註】方玉潤曰：此鎬民私幸周王都鎬，而祝其永遠在茲之辭也。屈萬里曰：此頌美天子之詩。詩中言王在鎬，而又一片太平氣象，疑宣王時之作品。

## 采菽

采菽1采菽，筐之筥之。
君子2來朝，何錫予之？
雖無予之，路車3乘馬。
又何予之？玄衮4及黼5。

採大豆啊採大豆，採好的大豆用籮筐裝起。諸侯前來朝拜天子，要用什麼作爲賞賜呢？雖然沒有賞賜，但撥給了車輛與拉車的好馬。還又給了些什麼呢？還賜給他們繡有龍紋與斧紋的禮服。

【註釋】興也。筐，音「匡」。筥，音「筥」，叶滿補反。1菽，是大豆。2君子，是指諸侯。3路車，是公路。金路賜同姓，象路賜異姓。4玄衮，是玄衣。上面畫了卷龍。5黼是章黼，形如斧，刺在下裳的。周制，公爵，衮冕九章，已詳〈九罭〉篇內。侯伯，鷩冕七章。子男，毳冕五章。孤卿，絺冕三章。

**【章旨】**這章詩是美諸侯來朝的。他說要去採菽，必用筐筥裝起來。諸侯來朝，要賜他什麼呢？雖然沒有什麼，不是有路車、乘馬在那裡嗎？還有什麼呢？只好賜他玄袞繡黼了。

**【集傳】**興也。菽，大豆也。君子，諸侯也。路車，金路以賜同姓，象路以賜異姓也。玄袞，玄衣而畫以卷龍也。黼，如斧形。刺之於裳也。周制，諸公袞冕九章，已見〈九罭〉篇。侯伯鷩冕七章，則自華蟲以下。子男毳冕五章，衣自宗彝以下，而裳黼黻。孤卿絺冕三章，則衣粉米，而裳黼黻。大夫玄冕，則玄衣黻裳而已。○此天子所以答〈魚藻〉也。采菽采菽，則必以筐筥盛之。君子來朝，則必有以錫予之。又言，今雖無以予之，然已有路車乘馬玄袞及黼之賜矣。其言如此者，好之無已。意猶以為薄也。

觱沸1檻泉2，言采其芹3。
君子來朝，言觀其旂。
其旂淠淠4，鸞聲嘒嘒5。
載驂載駟，君子所屆6。

翻騰湧出的泉水邊，可以採芹菜。
諸侯前來朝見天子，可以看見他們所打的旂幟。
旂幟隨風飄飄擺動，鸞鈴陣陣。
四馬所拉的車輛由遠而近，就是諸侯到了。

**【註釋】**興也。觱，音「必」。檻，胡覽反。泉，叶才勻反。旂，叶居斤反。淠，音「譬」。屆，叶居氣反。1觱沸，是泉出貌。2檻泉，是正出的泉水。3芹，是水草，可食。4淠淠，是動貌。5嘒嘒，是鈴聲。6屆是到。

**【章旨】**這章詩是說流泉的地方，是採取水芹的；諸侯來朝天子，是觀看旂幟的。若是看見旂子飄動，聽得馬鈴聲音，那便是諸侯到了。

【集傳】興也。觱沸，泉出貌。檻泉，正出也。芹，水草，可食。淠淠，動貌。嘒嘒，聲也。屆，至也。○觱沸檻泉，則言采其芹。諸侯來朝，則言觀其旂。見其旂，聞其鸞聲，又見其馬，則知君子之至於是也。

【箋註】李公凱曰：於檻前涌出之地，則可採其芹矣。於君子來朝之時，則可以觀其旂矣。既望其交龍之旂淠淠然飛動，又聞其鸞鈴之聲嘒嘒然中節，又見其驂駟之來，則知諸侯至於此矣。

**赤芾在股，邪幅1在下。**
**彼交匪紓2，天子所予。**
**樂只君子，天子命之；**
**樂只君子，福祿申3之。**

紅色的蔽膝長度蓋過膝蓋，小腿纏著綁腿。
諸侯的表現不驕傲、不怠慢，因爲這些都是君王所賜之物。
諸侯之所以快樂，是因爲得到了君王給予的獎賞；
諸侯之所以快樂，是因爲得到君王所下賜的福祿。

【註釋】賦也。下，叶後五反。紓，叶上與反。命，叶滿并反。只，音「止」。1幅，是邪纏在腿上的偪帶，現在稱為「絞腿」。2彼交匪紓，《經義述聞》作為「匪絞匪紓」，是說來朝的諸侯不慢不怠。3申是重致。

【章旨】這章詩是說來朝的諸侯，赤芾敝在股際，偪帶纏在腿上，不慢不怠，是天子所當賜的。和樂的君子，是天子所命的；和樂的君子，也是福祿所致的。

【集傳】賦也。脛本曰股。邪幅，偪也。邪纏於足。如今行縢。所以束脛在股下也。交，交際也。紓，緩也。○言諸侯服此芾偪，見於天子，恭敬齊遬，不敢紓緩，則為天子所與，而申之以福祿也。

【箋註】鄒泉曰：此章正是入覲之事。匪紓以上，言其入覲之敬，下言其得君而獲福也。

姚際恆曰：「赤芾在股，邪幅在下」，寫服飾有別致妙義。

方玉潤曰：朝覲正面只「彼交匪紓」一句寫足。

**維柞[1]之枝，其葉蓬蓬[2]。**
**樂只君子，殿[3]天子之邦。**
**樂只君子，萬福攸同。**
**平平[4]左右，亦是率從。**

櫟樹的樹梢上啊，長滿了茂盛的綠葉。
諸侯之所以快樂，是因爲他協助君王鎮守四方。
諸侯之所以快樂，是因爲聚集了萬種福祿同享。
而諸侯身旁的臣屬們，也都願助他追隨君王。

**【註釋】**興也。邦，叶卜工反。平，音「楩」。1柞，是櫟樹。2蓬蓬，是盛貌。3殿，是安鎮。4平平，韓詩作「便便」，是安順的意思。

**【章旨】**這章詩是說諸侯的才德，如同柞樹枝葉一樣，是蓬蓬的茂盛。和樂的君子，是安鎮天子邦家的，是萬福所同的，他的便便左右，也是循著他服從天子的。

**【集傳】**興也。柞，見〈車舝〉篇。蓬蓬，盛貌。殿，鎮也。平平，辯治也。左右，諸侯之臣也。率，循也。維柞之枝，則其葉蓬蓬然。樂只君子，則宜殿天子之邦，而為萬福之所聚。又言，其左右之臣，亦從之而至此也。

**汎汎楊舟，紼[1]纚維[2]之。**
**樂只君子，天子葵[3]之；**

楊木小船在河水中飄飄盪盪，有船繩繫著。
諸侯之所以快樂，是因爲君王能夠揆測他心中所想，
加以維繫彼此的關係；

**樂只君子，福祿膍4之。優哉游哉5，亦是戾矣。**

諸侯之所以快樂，是因為得到厚重的賞賜。諸侯的生活隨意悠閒，無人能及。

【註釋】興也。汎，芳劍反。纚，音「黎」。膍，音「琵」。戾，叶郎之反。1紼，是舟上的纜索。2纚維，都是繫著的意思。3葵當作「揆」，是揆度。4膍是厚重。5優、游，閒暇自得。

【章旨】這章詩是天子挽留諸侯的。他說流動的楊舟，還有纜索繫著呢！諸侯將行，就不能挽留嗎？和樂的君子，他的才德，是天子應當揆度的。他的福祿厚重，是因他閒暇自得，自然得到的。

【集傳】興也。紼，繂也。纚維，皆繫也。言以大索纚其舟而繫之也。葵，揆也。揆，猶度也。膍，厚。戾，至也。○汎汎楊舟，則必以紼纚維之。樂只君子，則天子必葵之，福祿必膍之。於是又歎其優游而至於此也。

【箋註】歐陽脩曰：「汎汎楊舟」，紼纚維舟，如今子以爵命維制諸侯爾。故其下文云「樂只君子，天下葵之」。

方玉潤曰：考察乃天子維制諸侯之權。

## 采菽五章，章八句。

【箋註】姚際恆曰：大抵西周盛王，諸侯來朝，加以錫命之詩。詩云「何錫予之」、「天子命之」，是也。

方玉潤曰：此固是西周盛王諸侯來朝加以錫命之詩，然非出自朝廷制作，乃草野歌詠其事而已。觀前後四章興筆自見。事極典重而起極輕微，豈國家錫予而有取於筐筥以為興耶？詩中明言「天子所予」、「天子所命」等語，則非天子自言可知。學者試將此詩與〈彤弓〉、〈湛露〉等篇並讀，其氣象之廣狹輕重，迥不相侔。

# 角弓

騂騂[1]角弓[2]，翩[3]其反矣。兄弟昏姻，無胥[4]遠矣。

調好的角弓，如果不能時常張弓，便會反向彎曲。就像兄弟和姻親，要彼此親近，避免疏遠。

【註釋】興也。騂，音「辛」。反，叶分邅反。遠，叶於圜反。1騂騂，是張弓調和貌。2角弓，是用角飾弓。3翩，是反貌。弓不張便反向外曲。4胥是「相」。

【章旨】這章詩是刺幽王不親九族，好近小人的。他說調和的角弓，若是不張，尚且反向外曲呢，何況兄弟親戚，豈可相遠嗎？

【集傳】興也。騂騂，弓調和貌。角弓，以角飾弓也。翩，反貌。弓之為物，張之則內向而來。弛之則外反而去。有似兄弟昏姻親疏遠近之意。胥，相也。○此刺王不親九族，而好讒佞，使宗族相怨之詩。言騂騂角弓，既翩然而反矣。兄弟昏姻，則豈可以相遠哉。

【箋註】徐光啟曰：角弓張之乃來，一弛便去。兄弟婚姻，親之乃近，一疏便遠。言當營黽勉同心之意。

爾[1]之遠矣，民胥然[2]矣；爾之教矣，民胥傚[3]矣。

君王你如果遠離了兄弟與親戚，底下的百姓也會跟著有樣學樣；君王你如果能以身做作則，底下的百姓也會跟著學習效法。

【註釋】賦也。1爾，是指王。2胥然，是相率如此。3傚，是仿傚。

【章旨】這章詩是說王要疏遠兄弟親戚，人民也是相率如此的。王要親近兄弟親戚，以身作教，人民也就相率仿傚了。

【集傳】賦也。爾，王也。上之所為，下必有甚者。

**此令兄弟1，綽綽2有裕；不令兄弟，交相為瘉3。**

關係和睦的兄弟，相處和氣彼此寬容；感情不睦的兄弟，難免會互相傷害。

【註釋】賦也。1令兄弟，是和好兄弟。2綽綽，是寬綽。3交相為瘉，是兩下生病。

【章旨】這章詩是說若是兄弟和睦，自然兩下裡寬綽有餘；若是兄弟不和，便要兩下生病了。

【集傳】賦也。令，善。綽，寬。裕，饒。瘉，病也。○言雖王化之不善，然此善兄弟，則綽綽有裕而不變。彼不善之兄弟，則由此而交相病矣。蓋指讒己之人而言也。

【箋註】王安石曰：綽綽有裕者，交相愛也；交相為瘉者，交相惡也。

**民之無良，相怨一方1，受爵不讓，至于己斯亡2。**

百姓如果缺了善良，便會彼此怨恨，爲了爭奪爵位利祿而互不相讓，只知有自己，卻不管別人。

【註釋】賦也。讓，叶如羊反。1方，是各據一方面，不肯恕人。2至于己斯亡，《經義述聞》作亡為「忘」。是說但知有己，忘了別人。

【章旨】這章詩是說人民若是不善，必致各據一方的私利，不肯恕人的。況貪圖爵位，不肯遜讓，豈不是只知有己，忘記了別人嗎？

【集傳】賦也。一方，彼一方也。○相怨者，各據其一方耳。若以責人之心責己，愛己之心愛人，使彼己之間，交見而無蔽，則豈有相怨者哉。況兄弟相怨相讒，以取爵位，而不知遜讓，終亦必亡而已矣。

【箋註】鍾惺曰：「相怨一方」，說盡千古人情。受爵不讓是相怨之根。故「老馬」以下皆承此意。受爵不讓則爭，爭則讒人乘隙間之，故有末二章云云。

**老馬反為駒，不顧其後。**
**如食宜饇，如酌孔取。**

年老的馬自以爲是小駒，行動莽撞不顧後果。吃飯以吃飽爲宜，不宜多食，飲酒應該適量，不宜貪杯。

【註釋】比也。饇，音「飫」。

【章旨】這章詩是說但知貪圖爵位，不肯遜讓的人，好比老憊的馬，他反自以為駒，不顧後來不能勝任。就和吃飯的貪飽、飲酒的貪醉是一樣的。

【集傳】比也。飫，飽。孔，甚也。○言其但知讒害人以取爵位，而不知其不勝任。如老馬憊矣，而反自以為駒。不顧其後，將有不勝任之患也。又如食之已多而宜飽矣。酌之所取亦已甚矣。

【箋註】姚際恆曰：「老馬反為駒，不顧其後」，取喻多奇。

**毋教猱1升木，如塗塗附2。**
**君子有徽猷3，小人與屬4。**

不用特意教導猴子爬樹，就像是用泥塗泥，自然會附著其上。君王如果有美好的表現，百姓們也會仿效。

【註釋】比也。屬，叶殊遇反。1猱是獼猴，性善升木。2塗附，是塗泥附木。3徽猷，是美道。4屬，是屬附。

【章旨】這章詩是說你不要教獼猴升木了，使牠塗泥附在上面，好像我王的喜近僉壬，豈不是助長小人的罪惡嗎？我王若有善道，小人也就反惡為善，附依我王了。

【集傳】比也。猱，獼猴也。性善升木。不待教而能也。塗，泥。附，著。徽，美。猷，道。屬，附也。○言小人骨肉之恩本薄。王又好讒佞以來之。是猶教猱升木，又如於泥塗之上，加以泥塗附之也。苟王有美道，則小人將反為善以附之，不至於如此矣。

**雨雪瀌瀌1，見晛2曰消。**
**莫肯下遺3，式居4婁5驕。**

雪下得再大，太陽出來就會自然消融。然而君主您不肯捨棄身在下位的小人，反使之居於高位，助長他驕傲的氣焰。

【註釋】比也。瀌，音「標」。晛，音「現」。1瀌瀌，是盛貌。2晛，是日氣。3下遺，是貶棄在下位的小人。4式居，是使居高位。5婁，同屢。

【章旨】這章詩是奸讒遇明君就止了，好像下的盛雪，遇著日氣，也就消滅了。無奈我王不肯貶棄在下位的小人，反使他上居高位，不是增長他的驕傲嗎？

【集傳】比也。瀌瀌，盛貌。晛，日氣也。張子曰：「讒言遇明者當自止。而王甘信之，不肯貶下而遺棄之，更益以長慢也。」

【箋註】姚際恆曰：此承第二章「爾教」、「民傚」而言，謂小人如猱；本善升木，又反教之；塗已汙矣，又塗附之：是益增其惡矣。故正言君子若有徽猷，則小人並屬之而為善矣。

陳子展曰：此及下章言雪見日出而消，以反喻小人之驕橫莫制。

雨雪浮浮1，見晛曰流。
如蠻2如髦3，我是用憂。

雪下得再大，太陽出來就會自然化成水。
但君王親近蠻夷一樣的小人，眞是令我無比憂慮。

【註釋】比也。髦，叶莫侯反。1浮浮，是盛貌。2蠻，是南蠻。3髦，是夷髦。

【章旨】這章詩是說奸讒遇明君便止，雨雪見日即流。無奈我王喜近僉壬，小人恃寵，不顧禮義，如同蠻夷一般。我所以心中憂愁啊！

【集傳】比也。浮浮，猶瀌瀌也。流，流而去也。蠻，南蠻也。髦，夷髦也。《書》作髳。言其無禮義，而相殘賊也。

角弓八章，章四句。

【箋註】歐陽脩曰：一章言雖骨肉之親，若遇之失其道，則亦怨叛而乖離，加角弓翩然而外反矣。二章言下民亦將效上之所為也。三章、四章遂言效上之事。五章、六章則刺王所以不親九族者，由好讒佞也。七章、八章又述骨肉相怨之言。

屈萬里曰：舊以此為刺王不親九族而好讒佞，致使宗族相怨之詩。

## 菀柳

有菀[1]者柳，不尚息焉？
上帝甚蹈，無自暱焉[2]。
俾予靖[3]之，後予極焉。

柳樹生長得如此茂盛，難道不能在底下休息嗎？
君王的脾氣反覆無常，不要主動去接近他。
他現在讓我去管理事情，將來遲早會放逐我。

【註釋】比也。菀，音「鬱」。1菀，是茂盛貌。2上帝，是指王的。蹈，是蹈行暴虐。暱，《廣雅》作「暱病」。上帝甚蹈，無自暱焉，是說我王甚是暴虐，諸侯無不自病，不敢往朝。3靖，是靖職。是說靖職王室，恐怕後來將要極其所欲，來待我的。

【章旨】這章詩是說人遇著茂盛的柳樹，沒有不要止息其下的。不過我王暴虐得很，諸侯無不自病，莫敢往朝。假使我要靖職王室，他後來定要極其所欲，對待我的。

【集傳】比也。柳，茂木也。尚，庶幾也。上帝，指王也。蹈，當作神。言威靈可畏也。暱，近。靖，定也。極，求之盡也。○王者暴虐諸侯不朝，而作此詩。言彼有菀然茂盛之柳，行路之人，豈不庶幾欲就止息乎。以比人誰不欲朝事王者。而王甚威神，使人畏之而不敢近耳。使我朝而事之，以靖王室，後必將極其所欲，以求於我。蓋諸侯皆不朝，而己獨至，則王必責之無已。如齊威王朝周，而後反為所辱也。或曰：「興也。」下章放此。

【箋註】牛運震曰：末二句寫出恣睢無常氣局。

有菀者柳，不尚愒[1]焉？
上帝甚蹈，無自瘵[2]焉。
俾予靖之，後予邁[3]焉。

柳樹生長得如此茂盛，難道不能在底下休息嗎？
君王的脾氣反覆無常，可別靠近他自找罪受。
他現在讓我去管理事情，將來遲早會逼迫我離開。

【註釋】比也。愒，音「器」。瘵，音「債」，叶子例反。邁，叶力制反。1愒，是休息。2瘵是病。3邁是過，就是過分的意思。

【章旨】這章詩和上章一樣的解法。

【集傳】比也。愒，息。瘵，病也。邁，過也。求之過其分也。

【箋註】方玉潤曰：言天王之威甚厲，使予靖職，莫敢或後，後則責予無有窮極也。

有鳥高飛，亦傅[1]于天。
彼人之心，于何其臻[2]？
曷予靖之？居[3]以凶矜[4]。

鳥兒展翅飛翔，再高也不過飛到天空中。
但那個人的心思，會發展到怎樣的程度？
我爲什麼要去爲王室辦事？不過徒然置身危險之中。

【註釋】興也。傅，音「附」。天，叶鐵因反。1傅，是到。2臻，是至極。3居，是徒然的意思。4凶矜是凶器。

【章旨】這章詩是說鳥的高飛，還能達到天上，獨是我王的心腸，不知道將何所至？我何不去靖職王室？只為無益於事，徒遭他的凶惡。

【集傳】興也。傅臻，皆至也。彼人，斥王也。居，猶徒然也。凶矜，遭凶禍而可憐也。○鳥之高飛，極至于天耳；彼王之心，於何所極乎！言其貪縱無極，求責無已，人不知其所至也。如此則豈予能靖之乎，乃徒然自取凶矜耳。

【箋註】姚際恆曰：「有鳥高飛，亦傅于天」，喻得淡，妙。

牛運震曰：飛鳥借興人心，奇情幻想，筆勢突兀聳拔。彼人斥幽王也，真有痛心疾首之慼。

方玉潤曰：末章言天王之欲無有極至，使予不早靖之，則小民受害，日居凶矜之地，曷時能已哉？

## 菀柳三章，章六句。

## 桑扈之什十篇，四十三章，二百八十二句。

【箋註】姚際恆曰：大概是王待諸侯不以禮，諸侯相與憂危之詩。

牛運震曰：鬱思高調。此篇用字極刻奧。

屈萬里曰：此當是刺某凶險者之詩。

糜文開、裴普賢曰：讀此詩，想見其人，活現出一幅暴君圖。

馬持盈曰：這是以枯柳之不可止息喻王朝不可依倚之詩。

# 都人士之什

# 都人士

彼都1人士，狐裘2黃黃3。
其容不改4，出言有章5。
行歸于周6，萬民所望。

鎬京那裡的男子，穿著黃色的狐皮袍子。
他們的儀態從容有度，言談文雅出口成章。
多想要回到鎬京去啊，那是萬民所仰慕盼望的。

**【註釋】**賦也。1都，是王都。2狐裘，是天子所服的。3黃黃，是狐裘的顏色。4不改，是有常度。5有章，是有常法。6周，是鎬京。

**【章旨】**這章詩，是人民緬想舊都人物盛治的。他說彼都的人士，著了黃色的狐裘，有多盛的氣慨呀！他的容儀常不改變，言出有法。回到鎬京，是萬民所望的人啊。

**【集傳】**賦也。都，王都也。黃黃，狐裘色也。不改，有常也。章，文章也。周，鎬京也。○亂離之後，人不復見昔日都邑之盛，人物儀容之美，而作此詩，以歎惜之也。

**【箋註】**牛運震曰：思西周人物風俗之美，以傷東都之不然也。篇中連用「彼」字，點逗有情。不說東都，正自含蓄。

彼都人士，臺笠1緇撮2；
彼君子女，綢3直如髮4。
我不見兮，我心不說。

鎬京那裡的男子，戴著草編的斗笠，以緇冠束髮；
鎬京那裡的女子，頭髮如綢緞般柔滑亮麗。
我未見此景許久，心中悶悶不樂。

【註釋】賦也。撮，叶租悅反。髮，十方月反。說，音「悅」。1臺，是扶須草。臺笠是臺草織的帽子。2緇撮是緇布冠。3綢是綢做的韜，是女子的臂衣。4如髮，是同髮一樣的鮮明光豔。

【章旨】這章詩是說彼都的人士，戴著臺草的帽子，和緇布的冠，很有氣概的。彼都貴家女子，著了綢製的臂衣，直如髮的鮮美，我不能看見，我心中未免不悅的。

【集傳】賦也。臺，夫須也。緇撮，緇布冠也。其制小，僅可撮其髻也。君子女，都人貴家之女也。綢直如髮，未詳其義。然以四章五章推之，亦言其髮之美耳。

【箋註】姚際恆曰：「綢直如髮」，毛謂「密直如髮」；鄭謂「其性情密緻，操行正直，如髮之本末無隆殺」，此說是。如此解，殊有味，正見古人罕譬之妙。且以「髮」喻女，亦本地風光。牛運震曰：添出彼君子女，更情思可掬。

**彼都人士，充耳1琇實2；**
**彼君子女，謂之尹吉3。**
**我不見兮，我心苑結4。**

鎬京那裡的男子，冠冕兩旁垂著的是美玉玉飾。鎬京那裡的女子，姿態華貴，令人以爲是尹氏、姞氏家族出身的貴族女子。我未見此景許久，心中鬱鬱寡歡。

【註釋】賦也。苑，音「韞」。琇，音「秀」。1充耳，是填髮如簪。2琇是美石似玉，實是充耳的狀貌。3尹吉，是尹氏、姞氏。周室的姻舊。人民看見都中的女子，都以為是尹氏姞氏的女子。4苑結，是鬱結。

【章旨】這章詩是說彼都的人士，戴了美石的耳環，很是華美的。彼都貴家的女子，人民看見了，總以為是尹氏、姞氏的女子。如此的華貴，我獨不能看見，我心很是鬱結。

【集傳】賦也。琇，美石也。以美石為瑱。尹吉，未詳。鄭氏曰：「吉讀為姞。」尹氏、姞氏，周之昏姻舊姓也。人見都人之女，咸謂尹氏姞氏之女，言其有禮法也。李氏曰：「所謂尹吉，猶晉言王謝、唐言崔盧也。」苑，猶屈也，積也。

**彼都人士，垂帶而厲1；**
**彼君子女，卷髮如蠆2。**
**我不見兮，言從之邁3。**

鎬京那裡的男子，衣服的大帶平和的垂下；
鎬京那裡的女子，彎彎的髮尾有如蠍子揚起的尾巴。
我未見此景許久，眞希望能隨著他們一起走。

【註釋】賦也。厲，叶落蓋反。卷，音「權」。蠆，音「瘥」。1厲，是垂帶狀貌。2蠆是蠆蟲，尾末犍起，同頭一樣往上曲。3邁是行。

【章旨】這章詩是說彼都的人士，佩帶下垂如厲；彼都貴家的女子，卷髮上曲如蠆。可惜我不能看見，如其看見了，我定要跟他到彼都去的。

【集傳】賦也。厲，垂帶之貌。卷髮，鬢傍短髮，不可斂者，曲上卷然以為飾也。蠆，螫蟲也。尾末揵然，似髮之曲上者。邁，行也。蓋曰：「是不可得見也。得見，則我從之邁矣。」思之甚也。

【箋註】姚際恆曰：「卷髮如蠆」，與〈衛風〉「領如蝤蠐、螓首、蛾眉」是一例語。此等語詠美人，獨讓三百篇後人不能為，亦不敢為也。

牛運震曰：「如蠆」妙想，寫來工麗之極。直如綢，卷如蠆，寫髮曲直，各盡其妙。

匪伊垂之，帶則有餘；匪伊卷之，髮則有旟1。我不見兮，云何盱2矣。

他不是故意把衣帶向下垂，而是帶有餘長，自然垂下；她不是故意把頭髮梳鬈，而是自然的飄揚。我未見此景許久，怎麼能不懷念想望啊。

【註釋】賦也。盱，音「吁」。1旟，是飄揚。2盱，是懷望。

【章旨】這章詩是說他的帶子，不是故意下垂的，是本來有餘的；她的頭髮。不是故意卷曲的，是自然飄揚的。都是天然的閒美，沒有絲毫的裝飾。我不能看見彼都的人士，如何不懷望呢！

【集傳】賦也。旟，揚也。盱，望也。說見〈何人斯〉篇。○此言士之帶，非故垂之也。帶自有餘耳。女之髮，非故卷之也。髮自有旟耳。言其自然閒美，不假修飾也。然不可得而見矣。則如何而不望之乎。

【箋註】姚際恆曰：重加摹寫一層，真有形容不盡之意。

陳子展曰：詩人追憶彼都，第從彼都盛時人物儀容服飾上著眼，將其主持次特徵扼要描述之，以喚起讀者之回憶與想像，便使之有不勝今昔盛衰之感。此其藝術上之成功處。

## 都人士五章，章六句。

【箋註】牛運震曰：巧不傷雅，婉而多致。裁其工語，可作西都人物賦。

姚際恆曰：詩云「彼都」，明是東周人指西周而言；蓋想舊都人物之盛，傷今不見而作。

方玉潤曰：《集儥》云：「亂離之後，人不復見昔日都邑之盛，人物儀容之美，而作此詩以歎惜之。」然則此又東遷以後詩也。況曰「彼都」，曰「歸周」，明是東都人指西都而言矣。詩全篇只詠服飾之美，而其人之風度端凝、儀容秀美自見；即其人之品望優隆與世族之華貴，亦因之而見。故曰「萬民所望」也。

屈萬里曰：此詠某貴家女出嫁於周之詩。

高亨曰：鎬京的一個貴族和他的女兒因事到某地去。作者是該地人，與貴族相識，載他送貴族回到鎬京的時候，作此詩來表示對貴族女的敬愛。

程俊英曰：這是周都的一首戀歌。

糜文開、裴普賢曰：這是懷志鎬京人物儀容的詩。

## 采綠

**終朝1采綠2，不盈一匊3。**
**予髮曲局4，薄言歸沐5。**

整個早晨採拾王芻，但收攏起來不過一捧。
我的頭髮亂糟糟的，趕快回去洗髮塗膏吧。

**【註釋】**賦也。匊，音「菊」。1終朝，是自早至午。2綠是王芻。草名。3匊，是兩手合成的度數。4局，曲。5沐，是塗沐髮膏。

**【章旨】**這章詩是婦人思夫逾朝不歸的。她說思念君子，便沒有心緒做事，雖是採綠一朝，合攏來還沒有一掬；我的頭髮蓬亂了，要回去塗沐髮膏，待我的君子回來啊。

**【集傳】**賦也。自旦及食時為終朝。綠，王芻也。兩手曰掬。局，卷也。猶言首如飛蓬也。○婦人思其君子，而言終朝采綠，而不盈一匊者，思念之深，不專於事也。又念其髮之曲局，於是舍之，而歸沐以待其君子之還也。

【箋註】蘇轍曰：王芻，易得之菜。終朝采之而不盈匊，意不在所采也。

牛運震曰：只二語寫得黯然無聊。若認作歸沐以待君子便呆。

姚際恆曰：「曲局」字妙，與「卷髮如蠆」迥別。

**終朝采藍[1]，不盈一襜[2]。五日為期，六日不詹[3]。**

整個早上採拾染草，收攏起來還裝不滿一衣兜。
他約好五天就要回來，但已經六天了卻還不見人歸來。

【註釋】賦也。襜，叶都甘反。詹，音「占」，叶多甘反。1藍，是染草。今名「藍靛」。2襜，是蔽膝。今名「圍裙」。3詹，同瞻。

【章旨】這章詩是說一朝採藍，總共還沒有一襜。君子說定五日歸期的，如何六日還不見他回來？

【集傳】賦也。藍，染草也。衣蔽前謂之襜。即蔽膝也。詹，與瞻同。五日為期，去時之約也。六日不詹，過期而不見也。

【箋註】姚際恆曰：「五日為期」二句：「五日」，成言也；「六日」，調笑之意。言本五日為期，今六日尚不瞻見；只是過期之意，不必定泥為六日而詠也。

**之子于狩，言韔[1]其弓；之子于釣，言綸[2]之繩。**

他要去打獵，我就趕緊幫他把弓箭裝入袋中；
他要去釣魚，我就趕緊幫他整理釣鉤與魚線。

【註釋】賦也。韔，音「暢」，弓叶姑弘反。1韔，是藏弓入袋。2綸，是理絲垂鉤。

【章旨】這章詩是君子回來，要去狩獵，我將代他藏弓入袋；要去釣魚，我將代他理絲垂鉤。

【集傳】賦也。之子，謂其君子也。理絲曰綸。○言君子若歸而欲往狩耶，我則為之韔其弓；欲往釣耶，我則為之綸其繩。望之切，思之深，欲無往而不與之俱也。

【箋註】牛運震曰：預計歸後情事，虛景幻想，寫來濃媚。

**其釣維何？維魴及鱮。**
**維魴及鱮，薄言觀者。**

他釣到了什麼魚啊？釣到了魴魚和鱮魚。
釣到了魴魚和鱮魚，我要過去看一看。

【註釋】賦也。魴，音「方」。鱮，音「敘」，叶音「湑」。者，叶掌與反。

【章旨】這章詩是說君子釣著了什麼？釣著魴、鱮的大魚。若是果然釣著了大魚，我要去觀看觀看。末後兩章，都是想念君子假設的事情。

【集傳】賦也。於其釣而有獲也。又將從而觀之。亦上章之意也。

【箋註】姚際恆曰：只承「釣」言，大有言不盡意之妙。

牛運震曰：觀魚非婦人事，然紅妝臨水，正在閒情逸致，一結嫋嫋餘韻。

**采綠四章，章四句。**

【箋註】姚際恆曰：此婦人思其夫之不至，既而敘其室家之樂，不知何取義也。

牛運震曰：通篇空處著筆，正有細情柔韻。無〈伯兮〉之沉摯而婉細過之。

屈萬里曰：此蓋勞於事人者而思憩息之詩。

裴普賢曰：婦人望天，如此熱切，諒係新婚未久也。

# 黍苗

**芃芃[1]黍苗，陰雨膏[2]之。**

蓬勃生長的黍苗啊，靠著好雨滋潤它。

**悠悠[3]南行，召伯[4]勞[5]之。**

往南方的路是如此遙遠，幸好有召伯溫暖的慰勞。

**【註釋】**興也。芃，音「蓬」。膏、勞均去聲。1芃芃，是長大貌。2膏，是滋潤。3悠悠，是速行的意思。4召伯是召穆公。5勞，是慰勞。

**【章旨】**這章詩是宣王封申伯于謝，召公奉命往營城邑，詩人美召公營謝成功的。他說長大的黍苗，是有陰雨滋潤他的；遠役南方的征夫，是有召伯慰勞他的。

**【集傳】**興也。芃芃，長大貌。悠悠，遠行之意。○宣王封申伯於謝。命召穆公往營城邑。故將徒役南行。而行者作此言。芃芃黍苗，則唯陰雨能膏之。悠悠南行，則唯召伯能勞之也。

**【箋註】**蘇轍曰：宣王國申伯於謝，使召伯往營之。召公之勞行者，猶陰雨之膏黍苗也。

**我任[1]我輦[2]，我車我牛[3]。**

扛著重物推著車，車輛運載以牛拉。

**我行[4]既集[5]，蓋云歸哉。**

築城的工作完成，我們就可以回家了。

【註釋】賦也。牛，叶魚其反。哉，叶將黎反。1任，是負任。2輦，是人輓的車子。3牛，是牛駕的車子。4行，是營謝的行役。5集，是成功。

【章旨】這章詩是說人負了輦，牛駕了車，我們營謝的行役，方告成功。現在要回去了。

【集傳】賦也。任，負任者也。輦，人挽車也。牛，所以駕大車也。集，成也。營謝之役。既成而歸也。

**我徒1我御2，我師3我旅。**
**我行既集，蓋云歸處4。**

築城的工匠與民伕們有的徒步走，有的乘車行，集結的人數衆多可編成師、旅。築城的工作完成，我們就可以返鄉了。

【註釋】賦也。1徒，是步行。2御，是乘車。3師旅，古時五百人為旅，五旅為師。4處，是安處。

【章旨】這章詩是說營謝的役夫，有步行的，有乘車的，來的師旅眾多。於今行役完工，我們要回去安處了。

【集傳】賦也。徒，步行者。御，乘車者。五百人為旅，五旅為師。《春秋傳》曰：「君行師從，卿行旅從。」

【箋註】牛運震曰：「蓋云」二字極自然，寫出人心踴躍。

麋文開、裴普賢曰：此詩二、三兩章運用十個「我」字來表達親切之感，也烘托出戍謝築城完工後，登上歸程時，役夫們熱鬧愉悅的氣氛，最為難能可貴。

**肅肅1謝2功，召伯營之；**
**烈烈3征4師，召伯成之。**

迅速修建謝地的城邑，是召伯苦心經營的結果；人數衆多聲勢浩大的民伕隊伍，也是召伯組織而成。

【註釋】賦也。1肅肅，是嚴正的狀貌。2謝，是申伯所封的國名。3烈烈，是威武的狀貌。4征是行。

【章旨】這章詩是說營謝的功勞，是召伯所營的；威武的行師，是召伯所成的。

【集傳】賦也。肅肅，嚴正之貌。謝，邑名。申伯所封國也，今在鄧州信陽軍。功，工役之事也。營，治也。烈烈，威武貌。征，行也。

【箋註】牛運震曰：第四章纔點營謝，有手法。

**原隰既平1，泉流既清2。**
**召伯有成3，王心則寧4。**

高原和低地都整平，泉水河流都已經疏通。
召伯營造謝邑的任務告成，周宣王便可以放心了。

【註釋】賦也。1土治為平。2水治為清。3成是成功。4寧是安寧。

【章旨】這章詩是說召伯營造謝邑，治平了高原低隰，清通了泉源流水，大功告成，周宣王心中安寧得很。

【集傳】賦也。土治曰平，水治曰清。○言召伯營謝邑，相其原隰之宜，通其水泉之利。此功既成，宣王之心則安也。

**黍苗五章，章四句。**

【集傳】此宣王時詩，與〈大雅・崧高〉相表裡。

# 隰桑

隰[1]桑有阿[2]，其葉有難[3]。既見君子，其樂如何。

低濕之地生長著美好的桑樹，枝葉茂密繁盛。能夠見到君子你，我心中的快樂，言語無法形容。

【註釋】興也。難，音「那」。樂，音「洛」。1隰是下濕的土地。2阿，是美貌。3難，是盛貌。

【章旨】這章詩是思念在野的賢人。是說下濕的土地，桑樹阿美，枝葉茂盛，好似在野的君子，德音茂盛。我看見的君子，是如何的快樂啊。

【集傳】興也。隰，下濕之處。宜桑者也。阿，美貌。難，盛貌。皆言枝葉條垂之狀。○此喜見君子之詩。言隰桑有阿，則其葉有難矣。既見君子，則其樂如何哉。辭意大概與〈菁莪〉相類。然所謂君子，則不知其何所指矣。或曰：「比也。」下章放此。

【箋註】牛運震曰：阿如邱阿之阿，猶《楚辭》所謂枝葉峻茂也。「阿」字用得奇。既見者猶未見也，作虛擬之辭，妙。

隰桑有阿，其葉有沃[1]。既見君子，云何不樂[2]。

低濕之地生長著美好的桑樹，樹葉色澤肥亮。能夠見到君子你，怎麼能夠不感到快活呢。

【註釋】興也。沃，叶鬱縛反。1沃，是光潤貌。2云何不樂，是說無往不樂。

【集傳】興也。沃，光澤貌。

**隰桑有阿，其葉有幽1。**
**既見君子，德音孔膠2。**

低濕之地生長著美好的桑樹，樹葉濃綠如墨。能夠見到君子你，那美好的言語令我的情意堅定。

**【註釋】**興也。幽，叶於交反。膠，音「交」。1幽，是幽邃，又是黑色。2膠，是堅固。

**【章旨】**這兩章詩和首章一樣的解法。

**【集傳】**興也。幽，黑色也。膠，固也。

**【箋註】**牛運震曰：「幽」字蒼深可思。「膠」字恬摯自然。

**心乎愛矣，遐1不謂2矣？**
**中心藏之，何日忘之？**

藏在心中的這份愛意，爲什麼不能夠表白？將這份感情密藏心中，要到什麼時候才能夠遺忘？

**【註釋】**賦也。愛，叶許既反。1遐，與「何」同，或作「遠」解，《表記》作瑕。2謂是相告。

**【章旨】**這章詩是說我心中的誠愛，路遠不能告訴你，藏在心中，那一天才能忘記呢？

**【集傳】**賦也。遐，與何同。《表記》作瑕。鄭氏註曰：「瑕之言胡也。謂猶告也。」○言我中心誠愛君子。而既見之，則何不遂以告之？而但中心藏之。將使何日而忘之耶。《楚辭》所謂「思公子兮未敢言」，意蓋如此。愛之之根於中者深，故發之遲而存之久也。

**【箋註】**姚舜牧曰：愛出於根心，即從而謂之，亦不能盡。但藏蓄中心，有不能終忘者耳。中心藏正與心乎愛相應。

牛運震曰：「心乎愛矣」二語與〈秦誓〉「不啻如自其口出」、《楚辭》「思公子兮未敢言」相類，而委婉綿邈過之。分明是言不能盡，卻說遐不謂矣；分明是思不能忘，卻說何日忘之。搖曳含蓄，雋永纏綿。「遐不謂矣」故作歇後語；「何日忘之」故作倒翻語。十六字中有千迴百折之勢，真一語令人十日思！

## 隰桑四章，章四句。

【箋註】《詩序》：〈隰桑〉，刺幽王也。小人在位，君子在野。思見君子，盡心以事之。

方玉潤曰：思賢人之在野也。桑而曰隰，則以興賢人君子之在野者可知。夫以賢人君子而隱處巖阿，則朝廷之上所處非賢人君子之儔又可知。詩不喜在位廷臣，而思野處賢士，以至中藏心血，無日能忘，則當日朝政為何如哉？

高亨曰：這首詩的作者敘寫他得見一個貴族很感愉快，並為貴族頌德，表示願為他效力。

屈萬里曰：此詩與〈鄭風・風雨〉相似，疑亦男女相悅之辭。

裴普賢曰：這詩是一個女子單戀私情的告白。

# 白華

白華[1]菅兮，白茅[2]束兮。
之子[3]之遠，俾我獨兮。

野麻浸泡成織布可用的菅，以白茅草將它束起。
那個人去了遠方，我孤獨無靠。

【註釋】比也。華，音「花」。菅，音「姦」。1白華是野麻，可以漚菅，供給織布用的。2白茅是草名。性柔紉，可用為束。3之子是指幽王。

【章旨】這章詩是申后自傷被黜的。她說好比白華的漚菅，也要白茅纏束起來。這二種微物，尚且相須利用。奈何你竟遠了我，使我孤獨無依呢。

【集傳】比也。白華，野菅也。已漚為菅。之子，斥幽王也。俾，使也。我，申后自我也。○幽王娶申女以為后，又得褒姒而黜申后，故申后作此詩，言白華為菅，則白茅為束。二物至微，猶必相須為用。何之子之遠，而俾我獨耶？

**英英[1]白雲[2]，露彼菅茅。**
**天步[3]艱難，之子不猶[4]。**

夜晚清明上騰爲雲的水氣，還能濕潤菅茅。
我的命運是如此的困苦，而你卻連那白雲都不如。

【註釋】比也。茅，叶莫侯反。1英英，是輕明的狀貌。2白雲是水上輕清之氣，上騰為雲的。3步，是行步。天步是說時運。4猶，是圖謀，或作「如」字解。

【章旨】這章詩是說輕明白雲的夜裡，還有露水滋潤菅茅。何以時運艱難，你全沒有一點憐我的意思？真不如露水的滋潤菅茅了。

【集傳】比也。英英，輕明之貌。白雲，水土輕清之氣。當夜而上騰者也。露，即其散而下降者也。步，行也。天步，猶言時運也。猶，圖也。或曰：「猶，如也。」○言雲之澤物，無微不被。今時運艱難，而之子不圖。不如白雲之露菅茅也。

【箋註】鄭玄曰：興者，喻王取于申，中后禮儀備，任妃后之事。而更納褒姒，褒姒為孼，將至滅國。牛運震曰：白雲垂露，又從菅茅推上一層，連遞生情，妙。「英英白雲」，二句寫朝景如畫，氤氳淡蕩，微妙入神。「天步艱難」，居然王后國母語氣，不是平常昵昵兒女態。

姚際恆曰：華、茅已白矣，又有英英之白雲而露之，使其滋養生長，又以比王無恩澤于我，不如白雲也。

**滮1池北流2，浸彼稻田。**
**嘯歌傷懷，念彼碩人3。**

滮池的水啊向北流去，澆灌沿岸的稻田。
我號泣傷悲，思念著負心的人。

【註釋】比也。滮，符彪反。田，叶地因反。1滮，是流貌。2北流，是說豐鎬之水，都向北流去。3碩人，是尊稱王的。

【章旨】這章詩是說池水北流，尚能浸灌稻田；我王尊大，反不能廣布恩澤，所以使我感傷懷抱，發為歌歎，思念我王。

【集傳】比也。滮，流貌。北流，豐鎬之閒，水多北流。碩人，尊大之稱。亦謂幽王也。○言小水微流，尚能浸灌。王之尊大，而反不能通其寵澤，所以使我嘯歌傷懷而念之也。

【箋註】孫鑛曰：「嘯歌傷懷」，所謂長歌之哀，慘于痛哭。
牛運震曰：蕭疏悲涼。「嘯歌傷懷」四字，哀樂合併得妙，寫出怨思神理。

**樵1彼桑薪2，卬3烘于煁4。**
**維彼碩人，實勞我心。**

採來桑枝這樣的美木，卻送進無釜的爐灶中當柴火燒。
想起了負心人，痛苦煎熬著我的心。

【註釋】比也。卬，音「昂」。煁，音「忱」。1樵，是採樵。2桑薪，是美柴。3卬是我的稱謂。4

煁，是無鍋的爐竈，可燎不可烹。

【章旨】這章詩是說我的被黜，好比採的桑薪，本是極美的燃料，於今卻在無鍋的竈裡烘燒，不用供給烹飪，是白白的踐踏美柴了。我想起那個碩人，實在憂勞我心啊。

【集傳】比也。樵，采也。桑薪，薪之善者也。卬，我。煁，燎也。煁，無釜之竈，可燎而不可烹飪者也。桑薪宜以烹飪，而但為燎燭。以比嫡后之尊，而反見卑賤也。

【箋註】牛運震曰：「實勞我心」，可怨可思，所謂「亂我心曲」也。語意婉厚之至。

**鼓鐘于宮，聲聞于外。**
**念子懆懆[1]，視我邁邁[2]。**

屋內敲鐘，鐘聲難掩，必定傳到外處去，
我思念你的心是如此的愁慮難安，但你卻對我毫不顧惜。

【註釋】比也。懆，音「糙」。1懆懆，是憂貌。2邁邁，是不顧的意思。

【章旨】這章詩是說我的賢否，好比在宮內鼓鐘，外面都能聽得的，我也不必說了。不過我思念你，常常替你擔憂。你何以視我，沒有絲毫顧念呢？

【集傳】比也。懆懆，憂貌。邁邁，不顧也。○鼓鐘于宮，則聲聞于外矣；念子懆懆，而反視我邁邁，何哉？

【箋註】蘇轍曰：鐘鼓於宮外，未有不聞者。幽王內有嫡庶之亂，而求外之不聞，難矣。
牛運震曰：「念子懆懆」忠愛篤厚之旨。

**有鶖[1]在梁，有鶴[2]在林。**
**維彼碩人，實勞我心。**

禿鶖在魚梁上補魚吃，而白鶴卻在樹林裡挨餓。
想起負心人啊，愁苦煎熬著我的心。

【註釋】比也。鶖，音「秋」。1鶖，是禿鶖。2鶴，是白鶴。鶖、鶴同是食魚的禽類。但鶴清鶖濁，鶖飽鶴飢。幽王進褒姒，棄甲后，譬之養鶖棄鶴了。

【章旨】這章詩是說我王的寵幸褒姒，廢黜了我，好比鶖的在梁、鶴的在林！濁惡的得魚飽食，清善的反受飢餓。唉，我想念那個碩人，真要憂勞我心啊。

【集傳】比也。鶖，禿鶖也。梁，魚梁也。蘇氏曰：「鶖、鶴，皆以魚為食。然鶴之於鶖，清濁則有閒矣。今鶖在梁，而鶴在林，鶖則飽，而鶴則飢矣。幽王進褒姒而黜申后，譬之養鶖而棄鶴也。」

【箋註】鄭玄曰：鶖之性貪惡，而今在梁。鶴絜白，而反在林。興王養褒姒而餒申后，近惡而遠善。
姚際恆曰：此則以「鶖」比妾，以「鶴」自比也。

**鴛鴦在梁，戢1其左翼。之子無良，二三其德。**

鴛鴦在魚梁上棲息，彼此收起左翼相依偎。
那個沒有良心的人啊，三心兩意移情別戀。

【註釋】比也。1戢當「斂」字解。

【章旨】這章詩是說好比在梁的鴛鴦，總是斂收左翼，不失常度。何以你沒有良心，不能德行如一呢？

【集傳】比也。戢其左翼，言不失其常也。良，善也。二三其德，則鴛鴦之不如也。

【箋註】何楷曰：鴛鴦，匹耦相隨之鳥，雄者名鴛，雌者名鴦。然則，鴛以喻幽王，鴦后以自喻。斂左翼以相向，雌雄和睦之象，亦反興也。
牛運震曰：鴛鴦喻夫婦，雅切。
姚際恆曰：此則以鴛、鴦比己與王也。

**有扁[1]斯石，履之卑兮。之子之遠，俾我疧[2]兮。**

地上扁平的石頭，踩著踩著，更顯卑微。負心人拋棄了我，使我憂思成疾。

【註釋】比也。扁，音「辯」。疧，音「底」，叶喬移反。1扁是卑貌。2疧是病。

【章旨】這章詩是說你寵幸賤妾，好比履著卑石，自己也顯低了。你何以遠了我，使我憂愁成病呢？

【集傳】比也。扁，卑貌。俾，使。疧，病也。○有扁然而卑之石，則履之者亦卑矣。如妾之賤，則寵之者亦賤矣。是以之子之遠，而俾我疧也。

【箋註】蘇轍曰：石之施於履者，乘石也。石之扁然下者，可施於履之卑，而不可施於貴。譬如人之賤者可以為妾，而不可以為后。

姚際恆曰：「有扁斯石」二句，言此扁石為人踐履，何其甚卑，見其不可以卑為尊也。

## 白華八章，章四句。

【箋註】《詩序》：周人刺幽后也。幽王取申女以為后，又得褒姒而黜申后，故下國化之，以妾為妻，以孽代宗，而王弗能治，周人為之作是詩也。

李樗曰：此詩大抵與〈綠衣〉相類。〈綠衣〉專以綠衣取譬，反覆盡其義，而不為不足；此詩比物取譬，雜引暢其旨，而不為有餘。

牛運震曰：比物連類，旁引曲喻，哀而不傷，怨而不怒。幽怨苦思，卻出之以閒細，而歸之於和厚。短調八摺，自有遠神。

姚際恆曰：按此詩情景淒涼，造語真率，以為申后作自可。

方玉潤曰：全篇皆先比後賦，章法似複，然實創格，又一奇也。申后自傷被黜也。情辭悽惋，託恨幽深。

屈萬里曰：此蓋男子棄家遠遊，而婦人念之之詩。

## 緜蠻

緜蠻1黃鳥，止於丘阿2。
道之云遠，我勞如何。
「飲之食之，教之誨之，
命彼後車3，謂之載之。」

小小的黃鳥，停在半山腰的凹處。
這條路實在是太遙遠了啊，我疲憊得走不動了。
「給他喝水，讓他吃飯，教導他、指點他如何走下去，
讓副車停下來，載他走一程。」

【註釋】比也。飲，去聲。食，音「嗣」。1緜蠻，是鳥聲。2阿是曲阿。3後車。是副車。

【章旨】這章詩是王者加惠遠方人士的。他說緜蠻的黃鳥，聲音雖是好聽，牠不能遠飛，只能到得山丘的曲阿。好像遠方的寒士，雖有令聞，無力觀光王室。道路很遠，我將如何慰勞他呢？我將要飲食他、教誨他，命那副車載得他來。

【集傳】比也。緜蠻，鳥聲。阿，曲阿也。後車，副車也。○此微賤勞苦，而思有所託者，為鳥言以自比也。蓋曰：「緜蠻之黃鳥自言，至于丘阿，而不能前，蓋道遠而勞甚矣。當是時也，有能飲之食

之教之誨之，又命後車以載之者乎。」

緜蠻黃鳥，止于丘隅[1]。豈敢憚[2]行？畏不能趨[3]。「飲之食之，教之誨之，命彼後車，謂之載之。」

小小的黃鳥，停在山的西南一隅。我哪裡是畏懼走遠路？我怕的是跑不動啊。「給他喝水，讓他吃飯，教導他、指點他如何走快，讓副車停下來，載他走一程。」

**【註釋】**比也。1隅，是西南角。2憚是怕。3趨，是快行。

**【章旨】**這章詩是說綿蠻的黃鳥，只能到得山丘的西南角，哪裡是不敢飛行，怕飛不到啊。寒士何嘗不想觀光王室，只因無力來到啊。我將要飲食他、教誨他，命那副車載得他來。

**【集傳】**比也。隅，角。憚，畏也。趨，疾行也。

緜蠻黃鳥，止于丘側[1]。豈敢憚行？畏不能極[2]。「飲之食之，教之誨之，命彼後車，謂之載之。」

小小的黃鳥，停在山陵的一側。我哪裡是畏懼走遠路？怕的是無法走到目的地。「給他喝水，讓他吃飯，教導他、指點他繼續走下去，讓副車停下來，載他走一程。」

【註釋】比也。1側，是旁邊。2極，是到。

【章旨】這章詩和第二章一樣解法。

【集傳】比也。側，傍。極，至也。《國語》云：「齊朝駕則夕極魯國。」

緜蠻三章，章八句。

【箋註】姚際恆曰：此疑王命大夫求賢，大夫為詠此詩。

方玉潤曰：此王者加惠遠方人士也。

糜文開、裴普賢曰：細味詩文，各章前二句以黃鳥起興，三、四句作者自述行役之苦，有力不勝任之慼。而下半章章餘則因得主其事者之體恤，予以照顧，故作詩以美之。

高亨曰：這首詩一個行役之人，疲勞不堪，又飢又渴，路上遇到闊人的車子。這個闊人給他飲食，教訓他，讓他坐上車子。全詩以對唱的形式寫出。

## 瓠葉

幡幡1瓠葉，采之亨2之。
君子有酒，酌言嘗之。

茂盛生長的葫蘆葉啊，將它採下細細烹煮。
主人家備了酒，斟滿一杯來嚐嚐吧。

【註釋】賦也。幡，音「翻」。亨，叶鋪郎反。1幡幡，是瓠葉的盛貌。2亨，同「烹」。

【章旨】這章詩是不以薄物廢禮的。他說幡幡的瓠瓜葉子，真是微薄的物事了，但是，還可以此採得來烹煮供客。只要主人有酒，不論好壞，都可以遍飲賓客的。可見物雖微薄，只須誠敬有禮，便能無愧於心。

【集傳】賦也。幡幡，瓠葉貌。○此亦燕飲之詩。言「幡幡瓠葉，采之亨之」，至薄也。然君子有酒，則亦以是酌而嘗之。蓋述主人之謙辭，言物雖薄，而必與賓客共之也。

【箋註】牛運震曰：稱物儉，而託辭卑，故自質厚。

**有兔斯首[1]，炮[2]之燔[3]之。**
**君子有酒，酌言獻之。**

宰一隻兔子，裹泥燒烤了吃。
主人家備了酒，斟滿一杯敬客人。

【註釋】賦也。炮，音「庖」。燔，音「煩」，叶汾乾反。獻，叶虛言反。1斯首，是一頭。獸稱首，如魚稱尾，是一樣的。2炮，是燒。3燔，是加火。

【集傳】賦也。有兔斯首，一兔也。猶數魚以尾也。毛曰炮，加火曰燔，亦薄物也。獻，獻之於賓也。

【箋註】鄭玄曰：凡治兔之宜，鮮者毛炮之，柔者炙之，乾者燔之。

**有兔斯首，燔之炙[1]之。**
**君子有酒，酌言酢[2]之。**

宰一隻兔子，火烤燒來吃。
主人家備了酒，斟滿一杯回敬主人。

【註釋】賦也。炙，音「隻」，叶陟略反。1炙，是炕火。2酢是酬酢。

【集傳】賦也。炕火曰「炙」，謂以物貫之，而舉於火上，以炙之。酢，報也。賓既卒爵，而酌主人也。

有兔斯首，燔之炮之。
君子有酒，酌言醻1之。

宰一隻兔子，裹泥置於火上烤來吃。
主人家備了酒，斟滿酒杯賓主暢飲。

【註釋】賦也。炮，叶薄候反。醻，音「酬」。1醻，是歡飲。

【章旨】這三章詩是說有一頭兔子，也是微薄的物事，但是仍可以炮燔了請客。君子只要有酒，無論好醜，都可以遍飲賓朋的。可見物雖微薄，只須誠敬有禮，便能無愧於心。

【集傳】賦也。酬，導飲也。

瓠葉四章，章四句。

【箋註】杜預曰：古人不以微薄廢禮，雖瓠葉兔首，猶與賓客享之。

## 漸漸之石

漸漸1之石，維其高矣。
山川悠遠，維其勞矣。
武人2東征，不遑3朝矣。

高峻的石山，山勢高聳陡峭。
跋山涉水長路漫漫，征途是如此的勞苦。
將士奉命東征，路上沒有一日閒暇。

【註釋】賦也。漸，音「巉」。朝，叶直高反。1漸漸，是高峻的狀貌。2武人，是出征的將士。3遑，是暇。

【章旨】這章詩是東征將士，經歷險遠，不堪其苦，發為嗟歎的。他說無論山石的高峻，山川的悠遠，都是要受跋涉的勞苦。將士東征，沒有一朝的閒暇。

【集傳】賦也。漸漸，高峻之貌。武人，將帥也。遑，暇也。言無朝旦之暇也。○將帥出征，經歷險遠，不堪勞苦，而作此詩也。

**漸漸之石，維其卒[1]矣。**
**山川悠遠，曷其沒[2]矣。**
**武人東征，不遑出矣。**

高峻的石山，山巔是這麼的高峻。
跋山涉水長路漫漫，彷彿沒有止盡。
將士奉命東征，是無法脫身退出的啊。

【註釋】賦也。卒，音「萃」。沒，叶莫筆反。1卒，是崔嵬，就是高峻的山巔。2沒，是盡了。

【章旨】這章詩是說深歷高峻的山巔，山川悠遠，跋涉不能盡了。將士的東征，恐怕無暇出來了。

【集傳】賦也。卒，崔嵬也。謂山巔之末也。曷，何。沒，盡也。○言所登歷，何時而可盡也。不遑出，謂但知深入，不暇謀出也。

【箋註】牛運震曰：「曷其沒矣」厭苦之極，山重水複，嶮巇窈窱中，確有此悶境。

**有豕白蹢[1]，烝[2]涉波矣。**
**月離于畢[3]，俾滂沱矣。**
**武人東征，不遑他矣[4]。**

當豬露出乾淨的腳蹄子，表示牠曾涉入深水。
當月亮靠近畢星，表示即將降下滂沱大雨。
將士奉命東征，是不能顧及其他事的啊。

【註釋】賦也。蹢，音「的」。他，音「拖」。1蹢，是猪蹄。白蹢，是猪蹄的白淨。猪蹄本是汙濁的，是因涉波白淨了。2烝作「眾」字解。3離是附從。畢是星名，為月所宿處。豕涉波，月離畢，是將要大雨。4不遑他矣，是不計其他的事情。

【章旨】這章詩是說白蹢的眾豕，是因牠涉了水的；月離開畢星了，將要大雨了。唉，將士的東征，何能顧及他事？縱然大雨，也要跋涉長途啊。

【集傳】賦也。蹢，蹄。烝，眾也。離，月所宿也。畢，星名。豕涉波，月離於畢。將雨之驗也。○張子曰：「豕之負塗曳泥，其常性也。今其足皆白，眾與涉波而去，水患之多可知矣。此言久役，又逢大雨。甚勞苦而不暇及他事也。」

【箋註】歐陽脩曰：謂在險阻之中，惟雨是憂，不遑及它也。履險遇雨，征行所尤苦，故以為言。

牛運震曰：一「他」字，含蓄更富。

方玉潤曰：此必當日實事。紀異而造語甚奇，若使「月離」句在上，則語意自原，而文筆庸平矣，不可不知。

## 漸漸之石三章，章六句。

【箋註】方玉潤曰：此將士東征，勞苦自歎之詩。

陳子展曰：詩人描述東征途中見聞之作。

# 苕之華

**苕[1]之華，芸[2]其黃矣。**
**心之憂矣，維其傷矣。**

陵苕花開啦，花色深黃。
我心中憂愁，是如此的痛苦悲傷。

【註釋】比也。苕，音「條」。華，音「花」。芸，音「云」。1苕，是陵苕。《本草》名為「紫葳」，附生喬木之上。2芸，是黃赤色的花。

【章旨】這章詩是傷飢亂的。他說陵苕的花雖能開的赤黃茂盛，恐怕不能久長。我人身逢亂世，正和陵苕的附木生存，雖榮不能持久，教我心中怎不憂傷呢。

【集傳】比也。苕，陵苕也。《本草》云，即今之紫葳。蔓生附於喬木之上，其華黃赤色，亦名凌霄。○詩人自以身逢周室之衰，如苕附物而生，雖榮不久。故以為比，而自言其心之憂傷也。

**苕之華，其葉青青[1]。**
**知我如此，不如無生。**

陵苕花開啦，綠葉密生卻無法長久。
早知我會如此痛苦，還不如根本不生下我才好。

【註釋】比也。青，音「精」。生，叶桑經反。1青青，是盛貌。有不能久的意思。

【章旨】這章詩是說苕花的枝葉雖盛，恐怕不能長久。我要知道身逢這樣的飢亂，不如不要生我，免得憂傷。

【集傳】比也。青青，盛貌。然亦何能久哉。

【箋註】孔穎達曰：上言將落，則此已落矣。又言其葉，明確葉在耳。

**牂羊墳首1，三星在罶2。**
**人可以食，鮮可以飽。**

餓瘦的母羊彷彿只見得一顆大頭，空空如也的魚簍中倒映出天空的星光。飢餓的人們只渴望能有點吃的就好，哪敢奢望能夠吃飽呢。

**【註釋】**賦也。牂，音「臧」。罶，音「柳」。墳，音「焚」。鮮，上聲。1牂羊，是牝羊。墳首，是大頭。是說羊瘦頭大的意思。2罶是魚笱。三星在罶，是說罶中無魚，見星光映照在內。都是凶年饑饉的景象。

**【章旨】**這章詩是說牝羊瘦了，只看見牠的大頭；笱中無魚，只看見星光在內，這種饑饉的景象。人民只要得食就夠了，那能希望飽餐呢。

**【集傳】**賦也。牂羊，牝羊也。墳，大也。羊瘠則首大也。罶，笱也。罶中無魚而水靜，但見三星之光而已。○言饑饉之餘，百物凋耗如此。苟且得食足矣。豈可望其飽哉。

**【箋註】**姚際恆曰：尤刻鑿，匪夷所思。

牛運震曰：奇語，亂世氣象如見。饑饉凋敝，只二語寫得傷心慘目。

王照圓曰：嘗讀《詩》至〈苕之華〉，「知我如此，不如無生」，二語極為深痛。蓋與「尚寐無訛，尚寐無覺」之句，同其悲悼也。至「牂羊墳首，三星在罶」，真極為深痛矣，不忍卒讀矣。太平之日，雖堇荼亦如甘飴，饑饉之年，即稻蟹亦無遺種。舉一羊而陸物之蕭索可知，舉一魚而水物之凋耗可想。東省乙巳、丙午三四年，數百里赤地不毛，人皆相食。鬻賣男女者，廉其價不得售，率枕藉而死，景象目所親覩。讀此詩為之太息彌日。巳午年間，山左人相食。默人與其兄鶴嵐先生談《詩》及此篇，乃曰「人可以食，食人也。鮮可以飽，人瘦也」，此言絕痛。

方玉潤曰：沉痛語，不忍卒讀。

苕之華三章，章四句。

【集傳】陳氏曰：「此詩其辭簡，其情哀。周室將亡，不可救矣。詩人傷之而已。」

【箋註】牛運震曰：辭極疎簡，意極危慘。

姚際恆曰：此遭時饑亂之作，深悲其不幸而生此時也；與〈兔爰〉略同。

## 何草不黃

何草不黃？何日不行1？

何人不將2？經營四方。

草木要怎樣才不會枯黃？太陽要怎樣才不運行天際？人要如何才能免除行役？東奔西走的四方奔忙。

【註釋】賦也。行，音「杭」，叶戶郎反。1行，是周行。2將，是行走。

【章旨】這章詩是征夫怨恨的。他說草木何能不黃？日何能不周行？人民何能不行走？但我還要經營四方啊，不是太勞苦嗎。

【集傳】興也。草衰則黃。將，亦行也。○周室將亡，征役不息，行者苦之。故作此詩。言何草而不黃？何日而不行？何人而不將？以經營於四方也哉。

【箋註】牛運震曰：硬排三「何」字，句奇橫之極。只「何草不黃」一語，寫來直有天荒地老之況。

**何草不玄**1**？何人不矜**2**？**
**哀我征夫，獨為匪民。**

草木要怎樣才不會枯黑？人要如何才能夠不生病？
可憐我擔任征夫，偏偏不被當成人看待。

【註釋】興也。玄，叶胡勻反。矜，音「鰥」。1玄，是赤黑色，是說草已枯黑了。2矜同「瘝」。《經義述聞》作「病」。

【章旨】這章詩是說草遇了寒霜，沒有不枯黑的；人受了勞傷，沒有不生病的。可憐的征夫，難道不是人嗎？

【集傳】興也。玄，赤黑色也。既黃而玄也。無妻曰矜。○言從役過時，而不得歸，失其室家之樂也。哀我征夫，豈獨為非民哉？

【箋註】牛運震曰：「玄」字更精奇。「匪民」字真有不屬不離之怨。「獨」字哀音沉壯。

**匪兕**1**匪虎，率**2**彼曠野**3**。**
**哀我征夫，朝夕不暇。**

那些野牛和老虎，行走在曠野間自由自在。
可憐我擔任征夫，從早到晚都沒有喘息的時候。

【註釋】賦也。野，叶上與反。暇，叶後五反。1兕，是野牛。2率，是循走。3曠野，是空野無人的地方。

【章旨】這章詩是說人民既不是兕虎的野獸，何能循走曠野的地方。可憐的征夫，他是朝夕沒有閒暇啊。

【集傳】賦也。率，循也。曠，空也。○言征夫匪兕匪虎，何為使之循曠野，而朝夕不得閒暇也。

【箋註】牛運震曰：此推言匪民之旨。險語奇想，從窮慘之極逼出。

有芃[1]者狐，率彼幽草。
有棧[2]之車，行彼周道。

長尾蓬鬆的狐狸，沿著草叢深處鑽行。
而駕著役車的征夫，忙碌的沿著大道來去。

**【註釋】**興也。芃，音「蓬」。棧，土板反。1芃，是尾長貌。2棧車，是役車。

**【章旨】**這章詩是說長尾的狐，牠是常常循走幽草。可憐的征夫，駕了棧車，常常行彼大道。

**【集傳】**興也。芃，尾長貌。棧車，役車也。周道，大道也。言不得休息也。

**【箋註】**牛運震曰：此又推言匪兕匪虎之旨。硬結老甚悲甚。通篇寫草凡三變，色狀都盡。糜文開、裴普賢曰：他步行著，眼看那狐狸躲進草叢，那高車開過大路，以寫景來表達他無可奈何的情緒作結，尤為傑出。唐詩中最令人激賞的李白王孟詩的神韻，其手法就脫胎於此。李伯的〈夜泊牛渚懷古〉詩以「明朝掛帆去，楓葉落紛紛」的寫景作結；孟浩然的〈晚泊潯陽望廬山〉詩以「東林精舍近，日暮但聞鐘」的平敘來收束。

## 何草不黃四章，章四句。

## 都人士之什十篇，四十三章，二百句。

**【箋註】**姚際恆曰：征伐不息，行者愁怨之詩。
牛運震曰：蹙捥之調，怨而更怒，哀而不思，所謂亡國之音也。
方玉潤曰：此征伐不息，行者愁怨之詩。純是一種陰幽荒涼景象，寫來可畏。所謂亡國之音哀以思也。詩境至此，窮仄極矣。

# 大雅

〈大雅〉的意義，已經解說在〈小雅〉裡面了。朱子說，〈大雅〉非聖賢不能為。因為〈大雅〉的精義，向非周召衛武申伯，大聖大賢，唯也不能發的。至於〈大雅〉的篇什，是文王的肇周德，武王的定天下，成王的告太平，宣王的封諸侯，召、穆、衛、武的陳王自箴，以至刺厲刺幽，都是直陳王事。和〈小雅〉的主文譎諫，自然不同，體裁也各有異。讀《詩》的試將〈嵩高〉、〈黍苗〉同人同事的二詩，合讀起來，自能領會，不必再求諸家的解說。

# 文王之什

# 文王

文王在上，於[1]昭[2]于天。
周雖舊邦，其命[3]維新。
有周不顯[4]，帝[5]命不時。
文王陟降[6]，在帝左右。

文王的神靈在天上，啊！在天上綻放著光芒。
我周國雖然是古老的邦國，卻接受了新的天命而爲天子。
周國眞是顯烈榮耀，天帝給予的授命眞是切合時機。
可見文王的神靈無論升降，都一直常伴在天帝身邊。

**【註釋】** 賦也。於，音「烏」。天，叶鐵因反。時，叶上紙反。右，叶羽已反。1於，是感歎辭。2昭，是昭明。3命，是天命，就是天意。4不顯、不時，是說豈不顯烈，豈不合時的意思。5帝，是上帝。6陟降，是升降。就是舉動的意義。

**【章旨】** 這章詩是周公追述文王的文德配天，所以肇造周室的。他說在上的文王，他的德行，像天一樣的昭明。我周室雖是舊有的邦家，但因文王的德行配天，方能新受天命。周室的王業，豈不顯烈？上帝的受命，豈不合時嗎？文王的一舉一動，都在上帝的左右啊。

**【集傳】** 賦也。於，歎辭。昭，明也。命，天命也。不顯，猶言豈不顯也。帝，上帝也。不時，猶言豈不時也。左右，旁側也。○周公追述文王之德，明周家所以受命而代商者，皆由於此，以戒成王。此章言文王既沒，而其神在上，昭明于天。是以周邦雖自后稷始封千有餘年，而其受天命，則自今始也。夫文王在上，而昭于天，則其德顯矣。周雖舊邦，而命則新，則其命時矣。故又曰：「有周豈不顯乎？帝命豈不時乎？」蓋以文王之神在天，一升一降，無時不在上帝之左右。是以子孫蒙其福澤，而君有天下也。《春秋傳》，天王追命諸侯之辭曰：「叔父陟恪，在我先王之左右，以佐事上帝。」語意與此正相似。或疑恪亦降字之誤。理或然也。

【箋註】姚際潤曰：每四句承上語作轉韻，委委屬屬，連成一片，曹植〈贈白馬王彪〉詩「周雖舊邦，其命維新」，是有天下以後之辭。雖原本于文王，不可泥為命文王耳。

牛運震曰：首章肅奧靈動，函蓋一篇之神。舊邦新命，點染生色。

方玉潤曰：首章總冒，不過言文王之德與天合一，而造語特奇，此詩文之分也。

**亹[1]亹文王，令聞[2]不已。**
**陳[3]錫哉周，侯[4]文王孫子。**
**文王孫子，本[5]支[6]百世。**
**凡周之士，不顯亦世。**

文王勤勉修德，因此美好的名聲流傳後世無休無止。上天因此賜給我周國深厚的福氣，即使文王的子孫也蒙受恩賜。文王的子孫，嫡庶以下百世子孫都受恩沾光。凡是周國之人，也都世代顯赫。

【註釋】賦也。亹，音「尾」。聞，音「問」，子叶獎里反。1亹，是勉強貌。2令聞，是嘉譽。3陳是敷布。4侯，當「維」字解。5本，是宗子。6支，是庶子。

【章旨】這章詩是說文王的德行，不是勉強而為的，是出於自然的。他雖歿了，他的嘉譽是無時已止的，所以上天敷錫周室。至於文王子孫，又自子孫以至本支百世的宗庶，凡是周室的人士，不是世有顯德，也是世世修德。

【集傳】賦也。亹亹，強勉之貌。令聞，善譽也。陳，猶敷也。哉，語辭。侯，維也。本，宗子也。支，庶子也。○文王非有所勉也。純亦不已，而人見其若有所勉耳。其德不已。故今既沒而其令聞猶不已也。今聞不已。是以上帝敷錫于周。維文王孫子，則使之本宗百世為天子，支庶百世為諸侯，而又及其臣子，使凡周之士，亦世世修德與周匹休焉。

【箋註】方玉潤曰：福及子孫，福及多士。

世之不顯，厥猶[1]翼翼[2]。
思皇[3]多士，生此王國。
王國克生，維周之楨[4]。
濟濟[5]多士，文王以寧。

雖然這些賢德之人名聲與德行顯赫，但謀畫與行事仍謹慎小心，不敢稍有懈怠。
這些美好偉大的英才，都生在我周王國中。
王國培育出傑出人物，成爲周朝的棟梁支柱。
因爲有俊才輩出，所以文王才能夠放心治國。

【註釋】賦也。國，叶於逼反。楨，音「貞」。濟，上聲。1猶，是謀。2翼翼，是勉敬。3皇，是美大。4楨，是楨幹。5濟濟，是多貌。

【章旨】這章詩是說周家的世德，豈不顯嗎？謀猶勉敬的美士，都生在我周的王國。生在王國，便是周室的楨幹。濟濟的多才人士，我文王賴他的安甯。

【集傳】賦也。猶，謀。翼翼，勉敬也。思，語辭。皇，美。楨，乾也。濟濟，多貌。○此承上章而言。其傳世豈不顯乎。而其謀猷，皆能勉敬如此也。美哉此眾多之賢士，而生於此文王之國也。文王之國，能生此眾多之士，則足以為國之幹，而文王亦賴以為安矣。蓋言文王得人之盛，而宣其傳世之顯也。

【箋註】姚際恆曰：此章單承「凡周之士」言，而歸美于文王也。
牛運震曰：「王國克生」，隨筆轉語，又生意。「文王以寧」，一語愾然仁孝之思。

方玉潤曰：理語無塵障，三代聖賢之所以異於宋儒處。

**穆穆[1]文王，於緝[2]熙[3]敬止。**
**假[4]哉天命，有商孫子。**
**商之孫子，其麗[5]不億。**
**上帝既命，侯于周服。**

文王勤勉而努力，不斷的擴大彰顯他恭敬美好的德行。因此上帝賜給他偉大的天命，讓商的後代子孫臣服於他。
商的後代子孫，豈止有億萬之數，
然而上蒼既然降下了天命，也只能臣服於周。

**【註釋】**賦也。假，上聲，讀若「格」。服，叶蒲北反。1穆穆，是深遠的意思。2緝，是繼續。3熙是光明。4假，是大。5麗，人數。

**【章旨】**這章詩是說文王深遠的德行，不已的誠敬，所以有至大的天命。試看商家的子孫，便知道了。商家的子孫，其數不下萬億，上帝還要命他臣服周室呢。

**【集傳】**賦也。穆穆，深遠之意。緝，續。熙，明。亦不已之意。止，語辭。假，大。麗，數也。不億，不止於億也。侯，維也。○言穆穆然文王之德，不已其敬如此。是以大命集焉。以有商孫子觀之，則可見矣。蓋商之孫子其數不止於億。然以上帝之命集於文王，而今皆維服於周矣。

**侯服于周，天命靡常。**
**殷士[1]膚敏[2]，祼[3]將于京[4]。**
**厥作祼將，常服黼冔[5]。**

從商臣服於周的變化可得知，天命不斷改變，沒有定數。
殷商的才德者美好而敏捷，來到京城擔任祭祀助祭。
當他在祭典中進酒時，身上穿著的仍是往昔殷商的冠冕與服飾。

**王之藎6臣7，無念爾祖。**

王國的忠貞之臣們哪，你們能不懷念祖先文王的寬大之德嗎？

**【註釋】**賦也。祼，音「灌」。京，叶居良反。黼，音「甫」。冔，音「許」。藎，音「盡」。1殷士，是商朝的子孫臣屬。2膚，是美。敏，是迅速。3祼，是灌鬯，就是將祭的時候，用酒灌地。4京是周京。5黼，是黼裳。冔，是殷冠。都是商朝的服飾。6藎，是進見。7臣，是殷之子孫臣服於周。

**【章旨】**這章詩是說商的臣子，臣服於周，是因他的天命不常。來到周京助祭，酌酒灌地，著了殷家的服飾。周王便呼進殷家的臣子，問他可是追念他的祖宗。

**【集傳】**賦也。諸侯之大夫，入天子之國曰某士，則殷士者商孫子之臣屬也。膚，美。敏，疾也。祼，灌鬯也。將，行也。酌而送之也。京，周之京師也。黼，黼裳也。冔，殷冠也。蓋先代之後，統承先王脩其禮物，作賓於王家。時王不敢變焉。而亦所以為戒也。王，指成王也。藎，進也。言其忠愛之篤，進進無已也。無念，猶言豈得無念也。爾祖，文王也。○言商之孫子，而侯服于周。以天命之不可常也，故殷之士，助祭于周京，而服商之服也。於是呼王之藎臣，而告之曰：得無念爾祖文王之德乎。蓋以戒王，而不敢斥言，猶所謂敢告僕夫云爾。劉向曰：孔子論詩，至於殷士膚敏，祼將于京，喟然歎曰：大哉天命，善不可不傳於後嗣，是以富貴無常。蓋傷微子之事周，而痛殷之亡也。

**【箋註】**牛運震曰：商孫臣周，卻以天命前後繚繞言之，反復頓挫有情。
方玉潤曰：殷之多士亦助祭于周。四章平列對舉，一法一戒。

**無念爾祖，聿1脩厥德。**

如果懷念祖先文王的寬大之德，就必須同樣修養自身的品德。

永言[2]配命[3]，自求多福[4]。
殷之未喪師[5]，克配上帝。
宜鑒于殷，駿[6]命不易[7]。

努力配合天命，以自身的品行求取上天賜予多種福分。殷商沒有喪失天下民心的時候，也曾配合上帝的天命。而殷商是如何失去天命的，就像一面鏡子，足以為我們所鑒，要永保天命是多麼的不容易啊。

**【註釋】**賦也。福，叶筆力反。駿，音「峻」。1聿，是發語詞。2永，是永久。3配，是配合。4命，是天理。5師，是師眾。6駿，是駿大。7不易，是不容易。

**【章旨】**這章詩是說若是思念爾祖，必須自修德行，常常要省察自己的行為，配合天理。自然便能求得多量的福澤了。當在殷家未喪眾心的時候，他的德行也可配合上帝的，只因子孫不能常保德行，所以不能常保天命。應當以殷為鑒。我知道上帝的天命，是不容易的。

**【集傳】**賦也。聿，發語辭。永，長。配，合也。命，天理也。師，眾也。上帝，天之主宰也。駿，大也。不易，言其難也。○言欲念爾祖，在於自脩其德。而又常自省察，使其所行無不合於天理，則盛大之福，自我致之，有不外求而得矣。又言殷未失天下之時，其德足以配乎上帝矣。今其子孫乃如此。宜以為鑒而自省焉，則知天命之難保矣。《大學》傳曰：「得眾則得國，失眾則失國。」此之謂也。

**【箋註】**姚際恆曰：言殷「克配上帝」，與上「永言配命」對照，更覺可畏。所以宜鑒殷而知大命之難得也。
牛運震曰：沉鬱幽邃，驚心動魄，一篇精神凝會處。
方玉潤曰：再追念殷德未失，亦可配天，以襯起下章。文勢乃趨而不直。

命之不易，無遏[1]爾躬。宣昭義問[2]，有[3]虞[4]殷自天。上天之載[5]，無聲無臭[6]。儀刑[7]文王，萬邦作孚[8]。

永保天命是如此的不容易，千萬不要讓天命斷絕在你身上。努力彰顯美好的聲譽，時時警惕殷商的滅亡是因爲失去天命的緣故。上天的行事，無聲無息，甚至無味，全不能預測。只有以文王的勤勉與敬謹爲效法，才能得到天下的信服。

【註釋】賦也。躬，叶姑弘反。天，叶鐵因反。臭，叶初尤反。孚，叶房尤反。1遏，是遏絕。2宣，是明。義，是善。問是聞。《經義述聞》作「宣昭義問」，為明哲令聞。3有通作「又」。4虞，是測度。5載，是事。6無聲無臭，是沒有聲音氣味，不能推測。7儀刑，是效法。8孚是誠信。

【章旨】這章詩是說天命不易保，不要像殷紂的自絕於天。必須有明哲令聞，又須測度殷朝的所以廢興，何以天不保佑？因為上天的事情，本是無聲無臭的。應當效法文王，為萬邦的信仰。

【集傳】賦也。遏，絕。宣，布。昭，明。義，善也。問，聞通。有，又通。虞，度。載，事。儀，象。刑，法。孚，信也。○言天命之不易保，故告之使無若紂之自絕於天。而布明其善譽於天下，又度殷之所以廢興者，而折之於天。然上天之事，無聲無臭，不可得而度也。惟取法於文王，則萬邦作而信之矣。子思子曰：維天之命，於穆不已，蓋曰天之所以為天也。於乎不顯文王之純，蓋曰文王之所以為文也。純亦不已。夫知天之所以為天，又知文王之所以為文，則夫與天同德者，可得而言矣。是詩首言，文王在上，於昭于天。文王陟降，在帝左右。而終之以此。其旨深矣。

【箋註】姚際恆曰：「上天之載，無聲無臭」，非寫天事微妙，無聲氣可尋，若是，亦何關于正旨哉！正言其可畏也。予庸言錄云：「天畀人以是日，聽人之為善為惡，可畏哉！」正此意。牛運震曰：「無遏爾躬」，說來森厲可畏。「有虞殷自天」，佶屈拗折，似殷盤〈周誥〉中語。

「儀刑文王」二語，結出一篇主意，敦醇和大。

方玉潤曰：天無聲臭可求，唯法文王即所以法大，應首章與天合德作收，法極嚴整。

## 文王七章，章八句。

【集傳】東萊呂氏曰：「《呂氏春秋》引此詩，以為周公所作。味其辭意，信非周公不能作也。」○今按，此詩一章言文王有顯德，而上帝有成命也。二章言天命集於文王，則不唯尊榮其身，又使其子孫，百世為天子諸侯也。三章言命周之福，不唯及其子孫，而又及其群臣之後嗣也。四章言天命既絕於商，則不唯誅罰其身，又使其子孫亦來臣服于周也。五章言絕商之禍，不唯及其子孫，而又及其群臣之後嗣也。六章言周之子孫臣庶，當以文王為法，而以商為監也。七章又言當以商為監，而以文王為法也。其於天人之際，興亡之理，丁寧反覆至深切矣。故立之樂官，而因以為天子諸侯朝會之樂。蓋將以戒乎後世之君臣，而又以昭先王之德於天下也。國語以為，兩君相見之樂，特舉其一端而言耳。然此詩之首章，言文王之昭于天，而不言其所以昭。次章言其令聞不已，而不言其所以聞。至於四章，然後所以昭明而不已者，乃可得而見焉。然亦多詠歎之言，而語其所以為德之實，則不越乎敬之一字而已。然則後章所謂脩厥德而儀刑之者，豈可以他求哉。亦勉於此而已矣。

【箋註】程俊英曰：這首詩的藝術特點，主要是運用了「頂真」的修辭手法。這對後世文學影響頗大。

糜文開、裴普賢曰：〈文王〉篇的內容，簡言之，不外「敬事上帝，敬守祖德」八字，更簡則為「敬天敬祖」四字而已。

馬持盈曰：這是追數文王之得與天命之不易以戒嗣君。

# 大明

明明1在下，赫赫2在上。天難忱3斯，不易維王。天位4殷適5，使不挾6四方。

文王美好的德行在人間廣布，上帝的天意，昭顯在天上。天意是易變的，不能夠全然依恃，帝王的傳承是難以長久的。天命離開了商朝，因此它不能保有疆土。

**【註釋】** 賦也。上，叶辰羊反。適，音「的」。挾，子燮反。1明明，是明德。2赫赫，是顯命。3忱，是信。4天位，是天子的位。5殷適，是殷家適嗣。6挾，是挾有。

**【章旨】** 這章詩是追述周德的厚盛，由於配偶天成的。他說下有明明的盛德，上便有赫赫的顯命，上下相逢，寵奪無常。天的難信，為王也不是容易的事情。紂王居天子位，是殷家的適嗣，尚不能挾有四方，這不是天命的難測？為王的不易嗎？

**【集傳】** 賦也。明明，德之明也。赫赫，命之顯也。忱，信也。不易，難也。天位，天子之位也。殷適，殷之適嗣也。挾，有也。○此亦周公戒成王之詩。將陳文武受命。故先言，在下者有明明之德，則在上者有赫赫之命。達於上下去就無常。此天之所以難忱，而為君之所以不易也。紂居天位為殷嗣。乃使之不得挾四方而有之，蓋以此爾。

**【箋註】** 牛運震曰：首二句嚴竦，壓得通篇氣勢住。天命靡常，維德是與，此一篇本意，開端指明。後文但紀事不加斷語，較前篇格變。

方玉潤曰：將言文武壽命，故先揭出天人感通之故，以為全篇綱領，而說得赫然可畏，蓋危言以惕之也。

摯[1]仲氏[2]任[3]，自彼殷商[4]，來嫁于周。曰嬪[5]于京[6]，乃及王季[7]，維德之行。大任有身[8]，生此文王。

摯國的任家的次女，從殷商之地，嫁到我周國。她嫁到周國京城爲婦，與丈夫王季，有相同的好德行。任氏後來懷孕，生下了文王。

【註釋】賦也。摯，音「至」。任，音「壬」。嬪，音「貧」。京，叶居良反。行，叶戶良反。大，音「泰」。身，叶尸羊反。1摯，是國名。2仲氏，是中女。3任，是摯國的姓。4殷商，是商朝的諸侯。5嬪，是作婦。6京，是周京。7王季，是文王的父親。8身，是懷孕。

【章旨】這章詩是說摯國的中女任氏，是從商朝，嫁到周國，來作周京的嬪婦，是為王季的妻。以後大任有孕，便生了文王。

【集傳】賦也。摯，國名。仲，中女也。任，摯國姓也。殷商，商之諸侯也。嬪，婦也。京，周京也。曰嬪于京，疊言以釋上句之意。猶曰釐降二女于媯汭，嬪于虞也。王季，文王父也。身，懷孕也。○將言文王之聖，而追本其所從來者如此。蓋曰：「自其父母而已然矣。」

維此文王，小心翼翼[1]。昭[2]事上帝，聿[3]懷[4]多福。

因爲文王爲人處事，謹慎小心。誠心誠意的侍奉上帝，因此被賜予多種福分。文王的德行是如此正直，四方國家紛紛來歸。

厥德不回[5]，以受方國[6]。

【註釋】賦也。福，叶筆力反。國，叶越逼反。1翼翼，是恭慎。2昭，是昭明。3聿，是發語詞。4懷，是懷來。5回是邪。6方國，是四方的國家。

【章旨】這章詩是說文王的為人，小心恭慎，昭明以敬上帝，所以能受多福。有德無邪，所以四方來附。

【集傳】賦也。小心翼翼，恭慎之貌。即前編之所謂敬也。文王之德，於此為盛。昭，明。懷，來。回，邪也。方國，四方來附之國也。

【箋註】牛運震曰：敘周家世伐卻從閨門女德推本言之，意致極別，正極篤厚。

天監[1]在下，有命既集[2]。
文王初載[3]，天作之合[4]。
在洽[5]之陽[6]，在渭[7]之涘[8]，
文王嘉[9]止，大邦[10]有子[11]。

上帝看著人間的變化，將天命賜給了文王。
文王即位之初，上天安排他得到圓滿的姻緣。
在洽水的北岸，在渭水的邊上，
莘國的女子，是文王婚配的對象。

【註釋】賦也。集，叶作合反。涘，音「士」，叶羽已反。子，叶將里反。1監，是監察。2集是就。3載，是年。4合，是配。5洽是水名，在今陝西郃陽縣。因為水源絕了，洽改為郃了。6陽，是水的南面。7渭，是水名。8涘，是水的邊際。9嘉，是婚禮。10大邦，是莘國。11子，是指大姒的。

【章旨】這章詩是說上天監察下方，是有意命成周室。當文王的初年，天已早為配合，在洽水的以南，渭

水的邊際，便是文王的婚姻，大邦莘國的女子大姒，就是文王的配偶。

【集傳】賦也。監，視。集，就。載，年。合，配也。洽，水名。本在今同州合陽夏陽縣，今流已絕。故去水而加邑。渭水，亦徑此入河也。嘉，婚禮也。大邦，莘國也。子，大姒也。○將言武王伐商之事。故此又推其本而言。天之監照實在於下，其命既集於周矣。故於文王之初年，而默定其配。所以洽陽渭涘，當文王將婚之期，而大邦有子也。蓋曰：「非人之所能為矣。」

**大邦有子，俔1天之妹2。**
**文定厥祥3，親迎于渭。**
**造舟為梁4，不顯5其光。**

莘國之女，如天仙一樣的美麗。
文王以禮物定下了婚姻，並親自到渭水畔迎娶。
打造舟船，連結而爲橋梁以迎親，大大彰顯他的光彩。

【註釋】賦也。俔，牽遍反。1俔是譬喻。2妹，是少女。3文，是文禮。文定厥祥，是卜吉納幣。4舟、梁，是用舟作為橋梁，今名「浮橋」。5不顯，是說豈不顯嗎？

【章旨】這章詩是說大邦莘國的女子大姒，實在美如天妹。卜吉納幣，以定吉祥。文王親迎於渭水，造舟為橋，豈不光顯嗎？

【集傳】賦也。俔，磬也。韓詩作磬。說文云，俔，譬也。孔氏曰：「如今俗語譬喻物，曰磬作然也。」文，禮。祥，吉也。言卜得吉，而以納幣之禮，定其祥也。造，作。梁，橋也。作船於水，比之而加版於其上，以通行者。即今之浮橋也。《傳》曰：「天子造舟，諸侯維舟，大夫方舟，士特舟。」張子曰：「造舟為梁，文王所制，而周世遂以為天子之禮也。」

【箋註】牛運震曰：「俔天之妹」，奇語，正極精妍。祥藹和大，是王者婚禮氣象。

方玉潤曰：太任則曰「來嫁」，太姒則曰「親迎」，兩世婚配，作兩樣寫法。

有命自天，命此文王。
于周于京。
纘[1]女維莘[2]，長子[3]維行[4]。
篤[5]生武王，
保右[6]命爾，燮[7]伐大商。

上蒼賜予天命，命令文王，
從周國的京城起建王業。
具有厚德的莘國女子，長女大姒嫁給了文王爲妻，
蒙天所佑生下了武王。
上天厚愛武王並命令他，順應天命進軍攻打殷商。

**【註釋】**賦也。京，叶居良反。行，叶户郎反。右，音「佑」。1纘，是繼續。2莘，是國名。3長子，是長女大姒。4行，是行嫁。5篤，是篤厚。6右，是助。7燮，是和。

**【章旨】**這章詩是說天既命文王，生於周京，又配了能繼大姒懿德的莘女，莘國長女太姒來嫁；天又篤厚於周，生了武王，保佑武王受命，順命伐商。

**【集傳】**賦也。纘，繼也。莘，國名。長子，長女，大姒也。行，嫁。篤，厚也。言既生文王而又生武王也。右，助。燮，和也。○言天既命文王於周之京矣，而克纘大任之女事者，維此莘國以其長女，來嫁于我也。天又篤厚之，使生武王，保之助之命之，而使之順天命以伐商也。

**【箋註】**姚際恆曰：「于周于京」，總第二章大任「來嫁于周，曰嬪于京」言之，謂得纘大任之業者其女維莘也。

牛運震曰：屢提天命，極精神。「保右命」三字三義，跌頓出伐商，嚴重有體。

方玉潤曰：雙收婦德，落到武王。次章至六章，皆歷敘文、武生有聖德，並非偶然。蓋「天作之合」，故父子夫婦之間皆有盛德以相配偶，而生聖嗣。在文法，此為鋪敘閒文；在詩意，此為追述要義。

**殷商之旅[1]，其會如林[2]。矢[3]于牧野[4]：「維予侯興[5]，上帝臨[6]女，無貳[7]爾心。」**

殷商的軍隊集結起來，人數眾多如密林一般。武王在牧野誓師：「我必然興起，上蒼將時時看著你們的言行，你們要發誓忠誠，不可生二心。」

**【註釋】** 賦也。興，音「歆」。女，音「汝」。1旅，是師旅。2如林，是說眾多。3矢，是陳列。4牧野，是迴都朝歌的郊野。5維予侯興，是說我的師旅，大有興起的形勢。6臨，是佑臨。7貳是疑心。

**【章旨】** 這章詩是說殷商的師，會集如林的眾多，陳列在朝歌的郊野。但是它雖師旅眾多，終不抵我師興起的形勢。況且上帝又是佑臨於你，不必疑心，一定克勝的。

**【集傳】** 賦也。如林，言眾也。書曰：「受率其旅若林。」矢，陳也。牧野，在朝歌南七十里。侯，維。貳，疑也。爾，武王也。○此章言武王伐紂之時，紂眾會集如林，以拒武王，而皆陳于牧野，則維我之師，為有興起之勢耳。然眾心猶恐，武王以眾寡之不敵，而有所疑也。故勉之曰：「上帝臨女，毋貳爾心。」蓋知天命之必然，而贊其決也。然武王非必有所疑也。設言以見眾心之同。非武王之得已耳。

**【箋註】** 牛運震曰：末二句陡下警勸語，精神悚動。

方玉潤曰：始言伐商而有天下，以終首章之意。

糜文開、裴普賢曰：「殷商之旅，其會如林」寫紂兵之眾多，然武王有必勝之心。「上帝臨女，無貳爾心」是上下一體，萬眾一心。

牧野洋洋[1]，
檀車煌煌[2]，駟騵[3]彭彭[4]。
維師[5]尚父[6]，時維鷹揚[7]。
涼[8]彼武王，肆[9]伐大商。
會朝清明[10]。

---

牧野戰場的地域廣闊，
到處可見鮮亮的堅固戰車，和身強體壯的拉車戰馬。
同時還有太師尚父在旁，威武勇猛如揚飛而起的老鷹。
他輔佐著武王，揮軍討伐殷商。
天色尚未大亮，會戰便已經結束。

**【註釋】**賦也。騵，音「元」。彭，叶鋪郎反。涼，音「亮」。明，謨郎反。1洋洋，是廣大貌。2煌煌，是鮮明貌。3騵，是騮馬白腹。4彭彭，是強盛貌。5師，是大師。6尚父，是太公望。7鷹揚，是如鷹的飛揚將擊。8涼，《漢書》作「亮」，是佑助的意義。9肆是縱兵殺伐。10會朝，是會戰的日期。

**【章旨】**這章詩是說牧野地方廣大，檀車鮮明，駟馬眾盛。太師尚父，當時督師會戰，如同鷹的飛揚將擊，贊助武王，縱兵殺伐商朝的軍旅。會戰沒有崇朝，天下便已清明了。

**【集傳】**賦也。洋洋，廣大之貌。檀，堅木。宜為車者也。煌煌，鮮明貌。騮馬白腹曰騵。彭彭，強盛貌。師尚父，太公望。為大師，而號尚父也。鷹揚，如鷹之飛揚而將擊。言其猛也。涼，漢書作亮。佐助也。肆，縱兵也。會朝，會戰之旦也。○此章言武王師眾之盛，將師之賢，伐商以除穢濁，不崇朝，而天下清明。所以終首章之意也。

【箋註】牛運震曰：只「會朝清明」一語，結出應天順人，廓清六合氣概。

方玉潤曰：特提尚父，隱含邑姜，文章虛實之。「清明」作收，與「明明赫赫」相應，用字亦極不苟如是。

## 大明八章，四章章六句，四章章八句。

【集傳】名義見〈小旻〉篇。一章言天命無常，惟德是與；二章言王季大任之德，以及文王；三章言文王之德；四章、五章、六章言文王大姒之德，以及武王；七章言武王伐紂。八章言武王克商，以終首章之意。其章以六句、八句相間。又《國語》以此及下篇，皆為兩君相見之樂。說見上篇。

【箋註】牛運震曰：平敘簡質，而布置寬綽，骨法勁動。

方玉潤曰：全詩六句八句相間成章，又是一格。蓋周家奕世積功累仁，人悉知之。所奇者，歷代夫婦皆有盛得相輔助，並生聖嗣，所以為異。故詩人命意，即從此著筆，歷敘其昏媾天成，有非人力所能為者。然大任、大姒明寫，邑姜暗寫，此又文心變換處。從來說《詩》者無人道及，不將詩人一片苦心埋沒不彰耶？

高亨曰：這是一首史詩，敘述周朝開國的歷史。詩中多歌頌王季、文王、武王的語句。

馬瑞辰曰：〈大明〉蓋對小雅有〈小明〉篇而言。

# 緜

緜緜1瓜瓞。
民之初生，自土沮漆2。
古公亶父3，陶4復5陶穴6，
未有家室7。

瓜藤連綿生長著。
我周朝的最初，從杜水往漆水發展。
太王古公亶父時，掘地成穴，挖土覆蓋，以穴為居，
此時還沒有宮室與房舍的建築。

**【註釋】** 比也。瓞，音「垤」。沮，音「疽」。漆，音「七」。父，音「甫」。穴，叶戶橘反。

1緜緜，是連綿不絕。2自土沮漆，《經義述聞》以「土」是「杜」的假借字。杜是水名，自扶風杜陽南入渭水。漆水是出扶風漆縣，西北入洹。邠地有漆水，沒有沮水。沮當作「徂」，是說由杜水往漆水的意義。3古公是號，亶父是名。後稱大王。4陶，是窯竈。5復，是重窯。6穴，是土室。7家室是房屋。

**【章旨】** 這章詩是追述大王始居邠地的情況。他說連緜的瓜瓞，是由小而大的。周人始居邠地的時候，由土往漆。國家小的非常，又極貧苦，便是大王古公亶父，也尚窯居土穴，沒有家室住的。

**【集傳】** 比也。緜緜，不絕貌。大曰瓜，小曰瓞。瓜之近本初生者，常小。其蔓不絕，至末而後大也。民，周人也。自，從。土，地也。沮漆，二水名，在豳地。古公，號也。亶父，名也。或曰：「字也。」後乃追稱「太王」焉。陶，窯窯也。復，重窯也。穴，土室也。家，門內之通名也。豳地近西戎而苦寒。故其俗如此。○此亦周公戒成王之詩。追述大王始遷岐周，以開王業，而文

王因之以受天命也。此其首章言瓜之先小後大，以比周人始生於漆沮之上，而古公之時，居於窯竈土室之中，其國甚小，至文王而後大也。

**古公亶父，來朝1走馬2。率西水滸3，至于岐下4。爰及姜女5，聿來胥6宇7。**

---

為躲避狄人入侵的災難，太王古公亶父早早迅速遷移。他沿著河流往西而行，直到岐山山腳下。與姜氏女子，定居於此。

**【註釋】**賦也。馬厓，叶滿補反。滸，音「虎」，下叶後五反。1朝，是早辰。2走馬，是避狄難。3滸是水厓。4率西水滸，至於岐下，《經義述聞》作為自邠西漆水之厓，以至岐山之下。5姜女，是大王妃。6胥，是相視。7宇是居室。

**【章旨】**這章詩是說大王避狄難，告別邠地的父老，由邠西漆水之厓，來到岐下。獨和王妃姜女，相視宅地，在此卜居。

**【集傳】**賦也。朝，早也。走馬，避狄難也。滸，水厓也。漆沮之側也。岐下，岐山之下也。姜女，大王妃也。胥，相。宇，宅也。○孟子曰：「大王居邠，狄人侵之。事之以皮幣珠玉犬馬，而不得免。乃屬其耆老而告之曰：『狄人之所欲者，吾土地也。吾聞之也。君子不以其所以養人者害？。二三子何患乎無君。我將去之。』去邠踰梁山，邑于岐山之下居焉。邠人曰：『仁人也，不可失也。』從之者如歸市。」

**【箋註】**牛運震曰：避亂遷國，極不得意事，卻寫得雄爽風流。只「來朝走馬」一語，形容精神風采如見。

周原[1]膴膴[2]，堇[3]荼[4]如飴[5]。
爰始爰謀，爰契[6]我龜[7]。
曰止曰時[8]，築室于茲。

周原的土地極爲肥沃，即使種的是堇、荼一類的苦菜，嚐起來也帶有甜味。至此才開始有了計畫，以龜卜占卦吉凶。占卦的結果可以居於此地，於是搭蓋起居住的屋舍。

**【註釋】** 賦也。膴，音「武」。堇，音「謹」。飴，音「移」。契，音「器」。謀，叶莫悲反。茲，叶津之反。1周是地名，在岐山以南。原，是平原。2膴膴，是肥美。3堇，是野蔬，名叫烏頭。4荼，是苦菜。5飴，是餳。6契，是燃火灼龜。《儀禮》名為「楚焞」。7龜，是龜甲。8曰止曰時，乃是定止方向。

**【章旨】** 這章詩是說周原的土地肥美，雖是堇荼的苦菜，也是甘美如飴。所以大王便和同來的人民，圖謀居住的地方。燃火灼龜，占卜吉凶，止定方位，築室在這個地方。

**【集傳】** 賦也。周，地名。在岐山之南。廣平曰原。膴膴，肥美貌。堇，烏頭也。荼，苦菜。蓼屬也。飴，餳也。契，所以然火而灼龜者也。《儀禮》所謂「楚焞」是也。或曰：「以刀刻龜甲，欲鑽之處也。」○言周原土地之美，雖物之苦者亦甘。於是大王始與豳人之從己者謀居之，又契龜而卜之。既得吉兆乃告其民曰：「可以止於是而築室矣。」或曰：「時，謂土功之時也。」

迺慰[1]迺止[2]，迺左迺右，
迺疆[3]迺理[4]，迺宣[5]迺畝[6]。
自西徂東，周[7]爰執事[8]。

在此定居，安住下來，沿著左右分配衆人住處；規畫出地界範圍，開墾荒土爲耕地，他從西而東，周全處理所有百姓們的事情。

【註釋】賦也。右，叶羽已友。畝，叶滿彼反。事，叶上止反。1慰是安慰。2止，是居住。3疆，是畫界。4理是條理。5宣，是布散居住，或作宣導溝洫。6畝，是墾治田畝。7周是周遍。8執事，乃是努力從事。

【章旨】這章詩是邠人來歸的日衆，大王便設法安頓他們。左右分散的住著，又設法安頓他們的衣食，教他們開墾，疆理了境界，宣通了溝洫，墾治了田畝，使他們耕種。他一人自西至東，遍執各事。

【集傳】賦也。慰，安。止，居也。左右，東西列之也。疆，謂畫其大界。理，謂別其條理也。宣，布散而居也。或曰：導其溝洫也。畝，治其田疇也。自西徂東，自西水滸而徂東也。周，徧也。言靡事不為也。

【箋註】姚際恆曰：此章言其定民居、田畝也。

**乃召司空1，乃召司徒2，**
**俾立室家。**
**其繩3則直，縮版以載4，**
**作廟翼翼5。**

設立司空一職掌管營造，建立司徒一職管理工役，使他們營建宮室。以繩墨度量曲直，用牆板夯土築起高牆，以此建立而成的宗廟，氣象嚴正莊重。

【註釋】賦也。家，古胡反。縮，音「蹜」。載，節力反。1司空，是掌營國邑的官職。2司徒，是掌管徒役的官職。3繩是墨線，係校準直度的用具。4縮是束板。載是載土，下上相承。古時築土為牆，必須束板載土，築好一層，又加一層，由下而上，以達屋頂為度。於今茅屋用土築牆的，仍用此法。5廟，是宗廟。翼翼是嚴正。君子將營宮室，必須先營宗廟。

【章旨】這章詩是說命令司空和司徒。營造家室。用繩墨較準直度。用縮板載土築牆。先作嚴正的宗廟。

【集傳】賦也。司空掌營國邑。司徒，掌徒役之事。繩，所以為直。凡營度位處，皆先以繩正之。既正則束版而築也。縮，束也。載，上下相承也。○言以索束版，投土築訖，則升下而上，以相承載也。君子將營宮室，宗廟為先，廄庫為次，居室為後。翼翼，嚴正也。

【箋註】牛運震曰：敘得鄭重英奮。「未有室家」、「俾立室家」遙作應答。中間「築室于茲」暗綰合之，脈法甚密。

**捄1之陾陾2，度3之薨薨4，**
**築之登登5，削6屢馮馮7。**
**百堵8皆興，鼛9鼓弗勝10。**

裝倒泥土的聲音「陾陾」作響，將泥土倒入牆板的聲音「轟轟」大作，
將泥土夯實的聲音「登登」不止，還有「砰砰」削平牆面的聲音。
百堵城牆一起開工，聲音之響，即使敲擊大鼓也蓋不過建築時的聲音。

【註釋】賦也。捄，音「俱」。陾，音「仍」。馮，音「憑」。鼛，音「皋」。1捄是裝土在器內。2陾陾，是眾貌。3度，是投土在板內。4薨薨，是眾聲。5登登，是相應聲。6削，是削去牆的凸角。7馮馮，是牆堅的聲音。8堵，是五板的高度。9鼛鼓，是止息工役的鼓。10弗勝，是樂事工作的人，鼓不能止他。

【章旨】這章詩是說營造宮室的狀況。他說裝土的人多，投土的聲眾，舂土的人聲相應，削牆的聲音堅固，百重牆堵，一齊興作。人民樂事工作，雖是鼛鼓，也不能止的。

【集傳】賦也。捄，盛土於器也。陾陾，眾也。度，投土於版也。薨薨，眾聲也。登登，相應聲。削屢，牆成而削治重複也。馮馮，牆堅聲。五版為堵。興，起也。此言治宮室也。鼛鼓，長一丈二尺。

以鼓役事弗勝者，言其樂事勸功，鼓不能止也。

**迺立皋門1，皋門有伉2；**
**迺立應門3，應門將將4。**
**迺立冢土5，戎醜6攸行。**

建成了對著宮外的郭門，郭門的氣勢雄偉；王宮的正門也建設完成，正門的造型雄渾莊重。將祭祀土地之神的大社也修築好，做爲舉事興兵聚衆之用，西戎等外敵見此，不敢輕侮，只得竄逃。

**【註釋】**賦也。伉，音「抗」，叶苦郎反。將，音「槍」，行叶戶郎反。1皋門，是王居的郭門。2伉是高貌。3應門，是王居的正門。4將將，是嚴正。大王的時候，制度沒有完備，只設二門。以後周有天下，便尊為天子的門戶。5冢土，是大社。興大工，動大眾，必先立社祭祀。6戎醜，是大眾。

**【章旨】**這章詩是說大王立了高大的皋門，又立了嚴正的應門，又立了大社。先事祭祀，大眾復行工作。

**【集傳】**賦也。《傳》曰：「王之郭門曰皋門。」伉，高貌。王之正門曰應門。將將，嚴正也。大王之時，未有制度，特作二門，其名如此。及周有天下，遂尊以為天子之門，而諸侯不得立焉。冢土，大社也。亦大王所立，而後因以為天子之制也。戎醜，大眾也。起大事動大眾，必有事乎社而後出。謂之宜。

**【箋註】**牛運震曰：規模草創，氣局宏遠，一一寫得出。方玉潤曰：自次章至此，皆經營遷居立國之事。落筆乃乘勢帶起下章，機局乃緊，否則平散無力矣。

肆[1]不殄[2]厥慍[3]，亦不隕[4]厥問[5]。
柞[6]棫拔[7]矣，行道兌[8]矣。
混夷[9]駾[10]矣，維其喙[11]矣。

不能停止對戎狄的憤怒，但也不能斷絕與他們互相往來。將路上的荊棘都斬掉吧，使道路通暢、便利交通。戎狄見到我們的威勢而驚嚇奔逃，力量衰困，疲憊喘息。

【註釋】賦也。殄，音「田」。隕，音「尹」。柞，音「昨」。棫，音「域」，兌吐外反。混，音「昆」。拔，音「佩」。駾，音「隊」。喙，音「諱」。1肆，是承上起下的語詞。2殄，是絕。3慍，是怒。4隕，是墮。5問，是聞。6柞是樹名，枝是葉大。棫，是白桵樹，叢生有刺。7拔是拔去。8兌是通達。9混夷，是國名。10駾，是奔突。11喙，是喘息。

【章旨】這章詩是說大王初來岐地，雖不能殄滅混夷的惱怒，也不隕落自己的令聞。因為聖賢不能免除人的惱怒，但求不廢自修的德行。大王來到岐下，生齒日繁，歸附日眾，他便拔木通道，便利交通。混夷看見他的勢盛，駭得東奔西突，群眾都已喘息，不敢再為惱怒。

【集傳】賦也。肆，故今也。猶言遂也。承上起下之辭。殄，絕。慍，怒。隕，墜也。問，聞通。謂聲譽也。柞，櫟也。枝長葉盛，叢生有刺。棫，白桵也。小木亦叢生有刺。拔，挺拔而上，不拳曲蒙密也。兌，通也。始通道於柞棫之閒也。駾，突。喙，息也。○言大王雖不能殄絕混夷之慍怒，亦不隕墜己之聲聞。蓋雖聖賢不能必人之不怒己，但不廢其自脩之實耳。然大王始至此岐下之時，林木深阻，人物鮮少，至於其後生齒漸繁，歸附日眾，則木拔道通。混夷畏之，而奔突竄伏，維其喙息而已。言德盛而混夷自服也。蓋已為文王之時矣。

【箋註】牛運震曰：四「矣」字渾妙，神情躍然，如有神助。「維其喙矣」，真痛快。一「維」字傳出窮蹙之極，計無復之之神。

虞芮質1厥成2，文王蹶3厥生4。5
予6曰有疏附7，予曰有先後8，
予曰有奔奏9，予曰有禦侮10。

虞國和芮國因故相爭，求請公斷，文王以德行感化他們，解決了爭端。
於是有了從遠方請求來歸的人，於是有先歸附的人，
又引著人後來歸，
於是有人願意為文王奔走服務，也有人願意挺身抵禦外侮。

**【註釋】**賦也。蹶，音「媿」。生，叶桑經反。後，叶下五反。奏，叶宗五反。1虞、芮，是二國名。2質，是質正。3成，是息爭。傳說，虞芮的國君，兩下爭田，質正於王，來到周境，看見耕的讓畔，行的讓路；來到邑城，看見男女異路，斑白的人，不提什物；來到朝廷，看見士讓大夫，大夫讓卿。二國的君王，大為感動，都說道我等是小人，不能來到君子的地方。便把所爭的田，各人不要，作為閒田，息了爭端。天下聽到了這種事情，便有四十幾國來歸順周王。4蹶，是發動。5生，是生起，就是興起。6予，是詩人自稱。7疏附是率下親上。8先後，是尊前附後。9奔奏，是喻德宣譽。10禦侮，是捍禦外侮。

**【章旨】**這章詩是說虞芮二國爭田，質正周王，息了爭端，以致天下聞風歸附。從此便動了文王興起的形勢。他的臣子，有能率下親上的，有導前附後的，有能遍傳聖德的，有能抵禦外侮的。

**【集傳】**賦也。虞芮，二國名。質，正。成，平也。《傳》曰：「虞芮之君，相與爭田，久而不平，乃相與朝周入其境，則耕者讓畔，行者讓路；入其邑，男女異路，斑白者不提挈；入其朝，士讓為大夫，大夫讓為卿。二國之君感而相謂曰：『我等小人，不可以履君子之境。』乃相讓以其所爭田，為閒田而退。天下聞之，而歸者四十餘國。」蘇氏曰：「虞，在陝之平陸；芮，在同之馮翊，平陸有閒原焉，則虞芮之所讓也。」蹶生，未詳其義。或曰：「蹶，動而疾也。」生，猶起也。予，詩人自予也。率下親上曰疏附。相道前後曰先後。喻德宣譽曰奔奏。武臣折衝曰禦侮。

○言混夷既服，而虞、芮來質其訟之成。於是諸侯歸周者眾，而文王由此動其興起之勢。是雖其德之盛，然亦由有此四臣之助而然。故各以予曰起之。其辭繁而不殺者，所以深歎其得人之盛也。

【箋註】姚際恆曰：以四句直收，章法甚奇，亦饒姿態。

牛運震曰：硬排四「予曰」，古拗橫肆，結法大奇。四「予」字作文王自稱意，妙。

方玉潤曰：上章威服強敵，此二章德感二君，周所以日盛而昌大也。收筆奇肆，亦饒姿態。

**緜九章，章六句。**

【集傳】一章言在豳，二章言至岐，三章言定宅，四章言授田居民，五章言作宗廟，六章言治宮室，七章言作門社，八章言至文王而服混夷，九章遂言文王受命之事。餘說見上篇。

【箋註】屈萬里曰：此美太王及文王之詩，蓋亦周初作品。

糜文開、裴普賢曰：全篇以首句瓜瓞連綿作比開始，詩亦以充分運用連綿式見長，而逐章句法變化，各有面目，形成整個連綿式之大成，音調氣勢特別好，建立此詩特有之風格，讀來令人愛不忍釋。

## 棫樸

**芃芃1棫樸2，薪之槱3之。**
**濟濟4辟5王，左右趣之。**

棫樸樹長得眞繁盛，可以拿來做成柴火，出征時燃燒以祭天。
君王的姿態威嚴肅敬，左右臣下都趨前侍奉他。

【註釋】興也。芃，音「蓬」。樸，音「卜」。槱，音「酉」。辟，音「壁」。趣，叶此苟反。1芃芃，是木盛貌。2棫、樸，都是叢生木。3槱，是積聚。4濟濟，是貌美。5辟，是君。指文王。

【章旨】這章詩是美文王能作士的。他說茂盛的棫樸叢木，是柴薪所聚的；美德的文王，是左右所趨的。

【集傳】興也。芃芃，木盛貌。樸，叢生也。言根枝迫迮相附著也。槱，積也。濟濟，容貌之美也。辟，君也。君王謂文王也。○此亦以詠歌文王之德。言芃芃棫樸，則薪之槱之矣。濟濟辟王，則左右趣之矣。蓋德盛而人心歸附趨向之也。

【箋註】姚際恆曰：此二章言文王得助祭之事也。

**濟濟辟王，左右奉1璋2。**
**奉璋峨峨3，髦士4攸宜。**

君王的威儀莊重，左右臣下捧著祭祀用的半圭助祭。手捧半圭之人，神態肅穆，這些才俊之士在祭典上的表現都很合宜。

【註釋】賦也。宜，叶牛何反。1奉，是嚴正的執著。2璋，是半圭。祭禮，王祼以圭瓚，諸臣亞祼以璋瓚。3峨峨，是壯盛貌。4髦士是俊士。

【章旨】這章詩是說美德的文王，祼圭祭祀，左右的臣子，也祼璋助祭。奉璋壯盛的狀貌，是俊士所宜有的。

【集傳】賦也。半珪曰璋。祭祀之禮，王祼以圭瓚。諸臣助之。亞祼以璋瓚。左右奉之。其判在內，亦有趣向之意。峩峩，盛壯也。髦，俊也。

**淠1彼涇2舟，烝徒3楫4之。**

就像是船行在涇水中，必須靠著船上的人們划槳才能前進。

周王于邁[5]，六師[6]及之。

周王出征之時，六軍也追隨著他。

【註釋】興也。淠，音「譬」。涇，音「經」，楫叶藉入反。1淠，是舟行貌。2涇，是水名。3烝徒，是眾徒。4楫，是櫂櫓。5邁，是出行。6六師，是天子的六軍。

【章旨】這章詩是說舟行涇水，眾人必須搖櫓；周王出行，六軍必須追隨。可見眾心歸附，都是出於自然。

【集傳】興也。淠，舟行貌。涇，水名。烝，眾。楫，棹。于，往。邁，行也。六師，六軍也。○言淠彼涇舟，則舟中之人，無不楫之。周王于邁，則六師之眾，追而及之。蓋眾歸其德，不令而從也。

【箋註】姚際恆曰：此章言文王得征伐之士也。

牛運震曰：此二章舉祀與戎以見義，所謂左右趣之也。

倬[1]彼雲漢[2]，為章[3]于天。周王壽考，遐[4]不作人[5]？

就像那明亮的銀河，彷彿是夜空中美麗的文彩一般。長壽的周王啊，豈能不作育人才？

【註釋】興也。天，叶鐵因反。倬，音「卓」。1倬，是大。2雲漢，俗說天河，在箕斗兩星的中間，長可竟天。3章，是文采。4遐，與「何」通。5作人是變化商紂的惡俗，培植人才。

【章旨】這章詩是說長大的雲漢，尚能變成文章於天；周王享壽永久，何不變商紂的惡俗。培植那新民呢？

【集傳】興也。倬，大也。雲漢，天河也。在箕斗二星之閒，其長竟天。章，文章也。文王九十七乃終，故言壽考。遐，與「何」同。作人，謂變化鼓舞之也。

【箋註】姚際恆曰：此章言文王法天之文章，以興文治而作人材也。

牛運震曰：首二語最高華之句。興意從天文人文之說生出，寫得異樣精采。

方玉潤曰：以天文喻人文，光焰何止萬丈耶！

**追[1]琢[2]其章，金玉其相[3]。**
**勉勉[4]我王，綱紀[5]四方。**

就像即使有金玉般的良材，也必須經過細心雕琢才能夠成其美。
我王勤勉不息，所以才能統一四方安定天下。

【註釋】興也。追，音「堆」。琢，音「卓」。1追，是雕金。2琢，是琢玉。3相，是木質。4勉勉，是不已。5綱紀，是張理羅網，就是統率的意義。

【章旨】這章詩是說雕琢的徽章，是金質的和玉質的，有文有質。好像勤勉的我王，統率四方，有綱有紀。

【集傳】興也。追，雕也。金曰雕，玉曰琢。相，質也。勉勉，猶言不已也。凡網罟，張之為綱，理之為紀。〇追之琢之，則所以美其文者至矣。金之玉之，則所以美其質者至矣。勉勉我王，則所以綱紀乎四方者至矣。

【箋註】姚際恆曰：此承上章而言。「追琢」、「金玉」皆人力勉然之事，又以見文王益加勉乎其文而綱紀此四方也。「倬彼雲漢，為章于天」，天文也；「追琢其章，金玉其相」，人文也。

牛運震曰：語極精練。末章歸到主德，此作人育才之本也。

**棫樸五章，章四句。**

【集傳】此詩前三章，言文王之德，為人所歸。後二章，言文王之德，有以振作綱紀天下之人而人歸之。自此以下至〈假樂〉，不知何人所作。疑多出於周公也。

【箋註】姚際恆曰：此言文王能作士也。

程俊英曰：這是一首寫文王郊祭天神後伐崇的詩。古代天子每將興兵爭伐，總要先郊祭以告天。崇是商的侯國，伐崇是為伐商做準備。

糜文開、裴普賢曰：這是周王出征，臣下頌美的詩。

## 旱麓

**瞻彼旱1麓2，榛楛3濟濟4。**
**豈弟5君子6，干祿7豈弟。**

看哪那旱山的山腳下，生長著許許多多的榛樹和楛樹。而心性和樂平易的君子啊，因爲他愷悌的德行獲得賜福。

【註釋】興也。麓，音「鹿」。楛，音「戶」。1旱，是山名。2麓，是山腳。3榛、楛，是木名。榛，似栗而小。楛，似荊而赤。4濟濟，是眾多貌。5豈弟，是和樂。6君子，是指文王。7干祿，是受祿。

【章旨】這章詩是說文王祭祀受福的。他說看那旱山腳下，生長的榛楛眾多；和樂的文王，受福也是和樂。

【集傳】興也。旱，山名。麓，山足也。榛，似栗而小。楛，似荊而赤。濟濟，眾多也。豈弟，樂易也。君子指文王也。○此亦以詠歌文王之德。言旱山之麓，則榛楛濟濟然矣。豈弟君子，則其干祿也豈弟矣。於祿豈弟，言其於祿之有道。猶曰其爭也君子云爾。

**瑟1彼玉瓚2，黃流3在中。**
**豈弟君子，福祿攸降4。**

在鮮亮精緻的玉瓚中，注入祭祀的酒水。
心性和樂平易的君子啊，上天將降下鴻福給你。

【註釋】興也。降，叶乎攻反。瓚，才旱反。1瑟，是縝密貌。2玉瓚，是圭瓚。白圭為柄，黃金為勺，青金為外，朱色在中。3黃流，是灌酒。祭禮，釀黍為酒，再用鬱金煮和，使酒芳香，以瓚勺祼地。4降，是降下。

【章旨】這章詩是說縝密的玉瓚，中有黃流香酒，祭祀神明。和樂的君子，一定福祿所降。

【集傳】興也。瑟，縝密貌。玉瓚，圭瓚也。以圭為柄，黃金為勺，青金為外，而朱其中也。黃流，鬱鬯也。釀秬黍為酒。築鬱金煮而和之，使芬芳條鬯，以瓚酌而祼之也。攸，所。降，下也。○言瑟然之玉瓚，則必有黃流在其中。豈弟之君子，則必有福祿下其躬。明寶器不薦於褻味，而黃流不注於瓦缶，則知盛德必享於祿壽，而福澤不降於淫人矣。

【箋註】姚際恆曰：此言祭時用圭、瓚也。即所用金玉美器以詠之，而見君子既祭獲福、祿也。

**鳶1飛戾2天，魚躍3于淵4。**
**豈弟君子，遐不作人5？**

鳶鳥一飛沖天，魚兒潛入深淵之中，這是鳶鳥和魚兒的本能。
心性和樂平易的君子啊，怎麼能不致力爲國培育人才？

【註釋】興也。鳶，音「沿」。天，叶鐵因反。淵，叶一均反。1鳶，是鴟類的鳥。2戾，是至。3躍，是跳動。4淵，是深水。5遐不作人，是何不改作人民，變惡為善。

【章旨】這章詩是說鳶鳥能夠飛到天上，魚能在水裡跳動。和樂的君子，何不勸化人呢？

【集傳】興也。鳶，鴟類。戾，至也。李氏曰：「《抱朴子》曰：『鳶之在下無力，及至乎上，聳身直翅而已。』蓋鳶之飛，全不用力，亦如魚躍怡然自得，而不知其所以然也。」遐，何也。○言鳶之飛，則戾于天矣；魚之躍，則出于淵矣。豈弟君子，而何不作人乎？言其必作人也。

【箋註】牛運震曰：寫得生機動盪，微妙入神。「鳶飛魚躍」，如此活潑鼓舞，正形容作人之妙。

**清酒既載[1]，騂牡[2]既備[3]。**
**以享以祀，以介景福。**

將清酒注滿，把赤色的雄牲準備妥當。
以此獻祭於天，祈求上天賜降大福。

【註釋】賦也。載，叶節力反。備，叶蒲北反。祀，叶逸織反。福，叶筆力反。1載，是酌在杯中。2騂牡，是紅色的牲畜。3備，是全備。

【章旨】這章詩是說清酒酌在杯中，騂牡的儀禮全備。享祀神明，必定大受景福。

【集傳】賦也。載，在尊也。備，全具也。承上章言。有豈弟之德，則祭必受福也。

【箋註】方玉潤曰：前後均泛言福祿，中間乃插入「作人」、「享祀」二端。蓋享祀是此篇之主，而「作人」則推原致福之由，得人者昌，天必相之矣。

**瑟[1]彼柞棫[2]，民所燎[3]矣。**
**豈弟君子，神所勞[4]矣。**

茂盛生長的櫟樹與棫樹，是百姓們用來祭祀燃燒使用的。
心性和樂平易的君子啊，神明將會慰勞回報你們的付出。

【註釋】興也。1瑟，是茂密貌。2柞、棫，都是叢木。3燎，是燒。4勞，是慰勞。

【章旨】這章詩是說茂密的柞棫，是人民燃燒的；和樂的君子，是神明慰勞的。

【集傳】興也。瑟，茂密貌。燎，爨也。或曰：「熂燎除其旁草，使木茂也。」勞，慰撫也。

【箋註】牛運震曰：「勞」字愜摯，正是神人接洽處。

**莫莫葛藟1，施于條枚。**
**豈弟君子，求福不回2。**

繁盛的葛藟，攀藤纏繞著枝幹，依附而生。
心性和樂平易的君子啊，行正道以祈求上天降福。

【註釋】興也。藟，音「壘」。施，音「異」。枚，音「梅」。1莫莫，是盛貌。2回，是回邪。

【章旨】這章詩是說茂盛的葛藟，纏繞在樹上牢固得很。和樂的君子，求神降福，永不回邪，誠意得很。

【集傳】興也。莫莫，盛貌。回，邪也。

**旱麓六章，章四句。**

【箋註】姚際恆曰：愚意，此篇與上篇亦相似，大抵詠其祭祀而獲福，因祭祀及其助祭者以見其作人之盛，則謂〈文王〉為近也。

牛運震曰：清華雅秀。

高亨曰：這首詩敘寫君子祭神求福得福，並讚美君子有德，能培養人才。

# 思齊

思[1]齊[2]大任，文王之母。
思媚[3]周姜[4]，京[5]室之婦。
大姒[6]嗣徽[7]音，則百斯男[8]。

性情莊重聰敏的大任，是文王的母親。因爲懂得順從孝敬王母周姜，所以能夠勝任王家宗婦之職。而文王之妃大姒能夠繼承她美好的德行，子孫繁衍衆多。

【註釋】賦也。齊，音「齋」。婦，音「阜」。男，叶尼心反。1思，是語助詞。2齊，是端莊。3媚是愛。4周姜，是大王的妃。5京，是周京。6大姒，是文王的妃。7徽，是美。8百男，是百子，就是多子的意義。

【章旨】這章詩是說周室的化洽，都由閫內刑儀的。他說端莊的大任，是文王的母親。她能上愛大妃周姜，以盡周室的婦職，所以她的子婦大姒，又能繼續她的美德。子男眾多，上有聖母，內有賢妃，這便是周室化洽的儀範。

【集傳】賦也。思，語辭。齊，莊。媚，愛也。周姜，大王之妃，大姜也。京，周也。大姒，文王之妃也。徽，美也。百男，舉成數而言其多也。○此詩亦歌文王之德，而推本言之曰：此莊敬之大任，乃文王之母，實能媚於周姜。而稱其為周室之婦。至於大姒，又能繼其美德之音，而子孫眾多。上有聖母，所以成之者遠，內有賢妃所以助之者深也。

【箋註】姚際恆曰：「文王之母」，一篇眼目。「思齊」者，言其為母道也。「思媚」者，言其為婦道也。

牛運震曰：此詩詠歌文王之德，卻敘三母發端，何等愫篤溫厚。「齊」字淵靜，「媚」字柔厚，一「齊」字括大任，一「媚」字括周姜，俱有妙理。

方玉潤曰：首章推本刑于之化，實賴上有聖母。

**惠[1]于宗公[2]，神罔[3]時怨，**
**神罔時恫[4]。**
**刑[5]于寡妻[6]，至于兄弟，**
**以御[7]于家邦。**

文王對祖先懷有孝敬之心，神靈對他無所怨，也無所痛恨。
文王以自身的德行作爲妻子的榜樣，又推行到兄弟之間，並以此德行廣布天下，齊家治國。

**【註釋】** 賦也。恫，音「通」。御，音「迓」。邦，叶卜工反。1惠，是和順。2宗公，是宗廟先公。3罔是無。4恫，是痛恨。5刑，是儀法。6寡妻，是妻子的謙稱，就是寡德妻子的意思。7御，是治。

**【章旨】** 這章詩是文王孝順宗廟先公，鬼神欣喜，無時或怨，無時或恨。因使得閫內儀法，由妻子以及兄弟，由兄弟以及家，無不被他感化。

**【集傳】** 賦也。惠，順也。宗公，宗廟先公也。恫，痛也。刑，儀法也。寡妻，猶言寡小君也。御，迎也。○言文王順于先公，而鬼神歆之無怨恫者，其儀法，內施於閨門，而至于兄弟，以御于家邦也。孔子曰：家齊而後國治。孟子曰：「言舉斯心加諸彼而已。」張子曰：「言接神人，各得其道也。」

**【箋註】** 方玉潤曰：數語為全詩之王。

**雝雝[1]在宮，肅肅[2]在廟。不顯亦臨[3]，無射[4]亦保[5]。**

文王居於宮中，爲人和悅，在宗廟祭祀時，態度恭敬端肅。他在無人可見獨處時，姿態仍端正得宜，即使是在歡樂的時候，仍能自我節制不過度。

【註釋】賦也。雝，音「雍」。廟，叶音「貌」。射，音「亦」。保，叶音「飽」。1雝雝是至和的狀貌。2肅肅，是至敬狀貌。3臨，是降臨。4射是厭惡。5保，是謹守。

【章旨】這章詩是說文王在宮的時候極其和順，在廟的時候，極其恭敬。廟中的鬼神雖然不顯，但常常像他來到的樣子。宮中的嬪妃，雖無厭惡，但常常像有保守的樣子。

【集傳】賦也。雝雝，和之至也。肅肅，敬之至也。不顯，幽隱之處也。射，與斁同。厭也。保，猶守也。○言文王在閨門之內，則極其和，在宗廟之中，則極其敬。雖居幽隱，亦常若有臨之者。無厭射，亦常有所守焉。其純亦不已蓋如是。

【箋註】姚際恆曰：「雝雝在宮」，以下皆選言而出，精工練淨。方玉潤曰：描寫文王居室氣象，刑于化洽，自可想見。

**肆[1]戎疾[2]不殄[3]，烈假[4]不瑕[5]。不聞亦式[6]，不諫亦入[7]。**

如此修養，即使面臨大患，也不至於滅絕，謹慎的保持功業，不因疏漏而缺失。即使面對前所未聞之事，行爲也能合乎法度，就算沒有旁人出聲告誡，行事也能依循善道。

【註釋】賦也。1肆，是發語詞。2戎疾，是大難。3殄是絕滅。4烈假，是光大。5不瑕，是沒有瑕疵。6式是法。7入是入於善軌。

【章旨】這章詩是文王雖遭大難，也不滅絕，功烈還是沒有瑕疵。他雖不聞，也合法度，不必人諫，也能入於善軌。

【集傳】賦也。肆，故今也。戎，大也。疾，猶難也。大難，如羑里之囚，及昆夷玁狁之屬也。殄，絕。烈，光。假，大。瑕，過也。此兩句與「不殄厥慍，不隕厥問」相表裡。聞，前聞也。式，法也。○承上章言，文王之德如此。故其大難雖不殄絕，而光大亦無玷缺。雖事之無所前聞者，而亦無不合於法度。雖無諫諍之者，而亦未嘗不入於善。傳所謂性與天合是也。

**肆成人1有德，小子2有造3。**

**古之人4無斁5，譽髦斯士。**

文王的品德之美，足以感化成年人，就連未成年的孩子也能受其影響而有所成。

文王勤勉的德行，足以影響天下人，使其趨善。

【註釋】賦也。斁，音「亦」。1成人，是成年的人。2小子，是童子。3造，是造就。4古之人，是指文王。5斁是厭。

【章旨】這章詩是說文王的教化，能使成人有德，小子有所造就。可見古人的為德無厭，所以譽為天下的佳士。

【集傳】賦也。冠以上為成人。小子，童子也。造，為也。古之人，指文王也。譽，名。髦，俊也。○承上章言。文王之德見於事者如此。故一時人材，皆得其所成就。蓋由其德純而不已。故令此士皆有譽於天下，而成其俊乂之美也。

**思齊五章，二章章六句，三章章四句。**

【箋註】牛運震曰：此詩本為文王作，卻於篇首略點文王，而通篇更不再見，渾融入妙。

方玉潤曰：詩蓋詠歌文王刑于之化也。首章大任，逆溯其源。末二章戎疾、造士，順徵其效。三章宮廟，見虛寫其刑于氣象。

馬持盈曰：這是敘述文王敬慎和穆德行完美故能造就人才。

# 皇矣

皇1矣上帝，臨2下有赫3。
監4觀四方，求民之莫5。
維此二國6，其政不獲7。
維彼四國8，爰究爰度9。
上帝耆之10，憎其式廓11。
乃眷西顧，此12維與宅13。

偉大的上帝，威嚴的注視著下界。
祂監看人間四方，以求百姓能夠安定。
夏、商兩個國家，不能依循正道行事。
因此普看四方國家的狀況，審慎考慮，尋找可受天命者。
上帝厭惡商朝，因為它為政無道。
於是顧視西方，將天命降給大王所治理的周王國。

**【註釋】**賦也。赫，叶黑各反。獲，叶胡郭反。宅，叶達各反。1皇，是大。2臨，是臨視。3赫，是威明。4監是監察。5莫，是安定。6二國，是夏、商。7不獲，是不得其道。8四國，是四方國家。9究、度，是尋謀。10耆，是憎惡。11式廓，是規模。12此，是指周地。13宅，是大王居宅。

**【章旨】**這章詩是追述周室逐漸昌大的。他說皇大的上帝，臨視下界，最是威嚴。祂監察四方的國家，考求人民的隱苦，惟有夏、商二國，政治最不好。四方的國家，也都把它考完考究，上帝總嫌他們規模不好，只有周國很有德行，所以眷顧西方，臨祐大王的居宅。

**【集傳】**賦也。皇，大。臨，視也。赫，威明也。監，亦視也。莫，定也。二國，夏商也。不獲，謂失其道也。四國，四方之國也。究，尋。度，謀也。耆憎式廓，未詳其義。或曰：耆，致也。憎，當作增。式廓，猶言規模也。此，謂岐周之地也。○此詩敘大王大伯王季之德，以及文王伐密伐崇之事也。此其首章先言，天之臨下甚明，但求民之安定而已。彼夏商之政既不得矣，故求於四方之國。苟上帝之所欲致者，則增大其疆境之規模，於是乃眷然顧視西土，以此岐周之地，與大王為居宅也。

**【箋註】**牛運震曰：開端四語領起一篇大勢，古穆堂皇。從「皇矣上帝」發端，極得體要。篇中「帝遷」，「帝省」、「帝度」、「帝謂」等字，都生根於此。「求民之莫」直注到伐暴安民，籠罩甚遠。「乃眷西顧」寫得指顧飛動。

方玉潤曰：「乃眷西顧」是全篇主腦，然自求民莫來。天豈有私於周哉？

作1之屏2之，其菑3其翳4。
修之平之5，其灌6其栵7。
啓之辟之8，其檉9其椐10。
攘之剔之11，其12其柘13。
帝遷明德14，串夷15載路16。

拔掉它啊、除掉它，別放過那些枯死的草木；
修剪它啊、平整它，整理那些叢生和新生的枝苗；
開闢它啊、拓展它，拔除掉河柳和椐木；
剔除它啊、掃除它，別留下山桑和柘木。
上帝將天命交付給有德的君子，戎狄外族倉皇逃去。
上天爲大王選定了賢德的女子婚配，他的天命就更加穩固。

天立厥配17，受命既固。

【註釋】賦也。屏，音「丙」。菑，音「緇」。翳，音「意」。栵，音「例」。椐，叶紀庶反。檿，音「厭」。柘，叶都故反。串，音「貫」。1作同「柞」，斬木為柞。2屏，是除去。3菑，是死木。4翳是自枯的樹木，或作小木。5修、平，是修治平直。6灌，是叢生木。7栵是行生木。8啟、辟，是芟除。9檉是河柳。10椐是樻樹，腫節可為杖。11攘、剔，是剔去繁冗的木枝，使其長成。12檿，是山桑。13柘，是柘樹，可為弓矢，又可飼蠶。14明德，是指明德的大王。15串夷，或作「混夷」。16載路，是滿道的竄去。17配，是配賢妃大姜。

【章旨】這章詩是說大王起初遷到岐周，本是山林險阻無人的地方，又近混夷，後來人民日眾，漸次開闢，拔去了枯死的樹木，修平了叢生和行生的樹木，芟除河旁的檉柳和椐樹，剔去繁冗的樹枝，令桑柘容易長大。這是上帝有意遷徙這個明德的大王，來到此處，要使野蠻的混夷滿道的竄去。天又配了賢妃，為他的內助，所以受命格外的堅固。

【集傳】賦也。作，拔起也。屏，去之也。菑，木立死者也。翳，自斃者也。或曰：「小木蒙密蔽翳者也。」修平，皆治之使疏密正直得宜也。灌，叢生者也。栵，行生者也。啟、辟，芟除也。檉，河柳也。似楊赤色。生河邊。椐，樻也，腫節似扶老，可為杖者也。攘、剔，謂穿剔。去其繁冗，使成長也。檿，山桑矣，與柘皆美材，可為弓幹，又可蠶也。明德，謂明德之君。即大王也。串夷載路，未詳。或曰：「串夷，即混夷。」載路，謂滿路而去。所謂「混夷駾矣」者也。配，賢妃也。謂大姜。○此章言大王遷於岐周之事。蓋岐周之地，本皆山林險陰，無人之境，而近於昆夷。大王居之，人物漸盛，然後漸次開闢如此。乃上帝遷此明德之君，使居其地，而昆夷遠遁。天又為之立賢妃以助之。是以受命堅固，而卒成王業也。

【箋註】方玉潤曰：接敘大王遷岐開闢景象，歸重「明德」。通篇跟定二字發揮，是周室歷代傳心家學。

帝省其山，柞棫1斯拔2，
松柏斯兌3。
帝作邦作對4，自大伯5王季。
維此王季，因心則友6。
則友其兄，則篤7其慶。
載錫之光，受祿無喪8，
奄9有四方。

上帝看著山林中的情況，見櫟樹與棫樹都已經清除乾淨，
松柏生長得挺秀。
上帝為周選擇了眞正的君主，令太伯和王季的聲名傳揚四方。
說起王季啊，他心懷友愛，
因爲他愛護兄長，所以得到上蒼豐厚的賜福，
而他也能夠承受這般昭顯的光榮。
王季能夠承受福祿且不喪失，所以後嗣才能夠得到四方歸附。

【註釋】賦也。拔，音「佩」。兌，徒外反。友，叶羽已反。兄，叶虛王反。慶，叶袪幸反。喪，叶平聲。1柞棫，是叢生木。2拔，是拔去。3兌是開通。4作邦作對，是作此邦絕對的君王。5大伯，是大王的長子，讓位於王季，去吳不返。6因心則友，是說王季友愛大伯，出於誠心，並無絲毫勉強。7篤，是厚。8喪，是喪亡。9奄，是奄然，就是忽然。

【章旨】這章詩是說上帝省視這山的樹木翦拔了，道路開通了，知道人民來歸的眾多了，又命了賢君，來作此邦絕對的君王。大伯看見王季生了文王，知道天命的有在，他便把國家讓給王季，去吳沒有回來。但是王季很是友愛大伯的，他的一片誠心，並無絲毫的虛假。他因為受了大伯的辭讓，便

格外修德，篤厚周室的慶福，成全大伯的辭讓榮光。他的德行如此，所以能受天祿，不得喪亡。到了文武的時候，就奄然撫有四方了。

**【集傳】**賦也。拔兌，見〈緜〉篇。此亦言其山林之閒，道路通也。對，猶當也。作對，言擇其可當此國者，以君之也。大伯，大王之長子。王季，大王之少子也。因心，非勉強也。善兄弟曰友。兄，謂大伯也。篤，厚。載，則也。奄字之義，在忽遂之閒。○言帝省其山，而見其木拔道通，則知民之歸之者益眾矣。於是既作之邦，又與之賢君，以嗣其業。蓋自其初生大伯王季之時而已定矣。於是大伯見王季生文王，又知天命之有在，故適吳不反。大王沒，而國傳於王季。及文王，而周道大興也。然以大伯而避王季，則王季疑於不友，故又特言王季所以友其兄者，乃因其心之自然，而無待於勉強。既受大伯之讓，則益脩其德，以厚周家之慶，而與其兄以讓德之光。猶曰彰其知人之明，不為徒讓耳。其德如是，故能受天祿而不失，至於文王，而奄有四方也。

**【箋註】**姚際恆曰：「帝省其山」，將上帝看作家人，語甚奇。

牛運震曰：「帝省其山」，奇語。說得帝天之尊，真有呼吸陟降之神。雙點大伯王季，卻將大伯撇過，側落王季。轉換脫卸有法。藏過大伯讓國之德，卻說王季因心之友。細思此際措語甚難，卻自回斡得體。「載錫之光」，立言最深妙。

**維此王季，帝度[1]其心。**
**貊[2]其德音。**
**其德克明[3]，克明克類[4]，**
**克長[5]克君[6]。**

而傳到文王，上帝開啓他，令他能夠擁有判斷事物道理的智慧，
他的德性因此光大顯著。
他能夠分辨是非，能夠分別善惡，
還能夠居於他人之上成爲君主。
他成爲了邦國之主，四方人民紛紛來歸。
百姓們順從文王的領導，文王的德行毫無缺憾，

王此大邦，克順7克比8。
比于9文王，其德靡悔10。
既受帝祉11，施12于孫子。

蒙受上帝的賜福，傳及後世子孫。

【註釋】賦也。貊，音「麥」。悔，叶虎洧反。施，音「異」。子，叶獎里反。王如字，去聲。比，音「匕」。比於文王的比，去聲。1度，是度物制義。2貊當作「莫」，是清靜的意思。3克明，是明察是非。4克類，是能分善惡。5克長，是教誨不倦。6克君，是賞慶刑威。7順，是慈和。8比，是相親。9比于，是至于。10靡悔，是無遺恨。11祉，是福。12施是延及。

【章旨】這章詩是說這個王季，是上帝制度其心的。他有閒靜的德音，昭明的德行，明察是非，分別善惡，教誨不倦，賞慶刑威，為王道於邦國，慈和愛眾，上下相親。到了文王的時候，更能修德愛民，使民無有遺恨。既受了上帝的賜福，又能延及子孫。

【集傳】賦也。度，能度物制義也。貊，《春秋傳》、《樂記》皆作「莫」，謂其莫然清靜也。克明，能察是非也。克類，能分善惡也。克長，教誨不倦也。克君，賞慶刑威也。言其賞不僭。故人以為慶。刑不濫。故人以為威也。順，慈和偏服也。比，上下相親也。比于，至于也。悔，遺恨也。○言上帝制王季之心，使有尺寸能度義。又清靜其德音，使無非閒之言。是以王季之德能此六者。至於文王，而其德尤無遺恨。是以既受上帝之福，而延及于子孫也。

帝謂文王1：「無然2畔3援4，
無然歆5羨6，
誕先登于岸7。」

上帝教導文王：「不可以憑藉武力而驕傲跋扈，不可以過於貪圖物質享受，治國必先公平斷案。」密國人不恭順，竟然抗拒大國，

密[8]人不恭，敢距[9]大邦，
侵[10]阮[11]徂共[12]。
王赫[13]斯怒，爰整[14]其旅[15]，
以按[16]徂旅[17]，以篤于周祜[18]，
以對[19]於天下。

---

侵略阮國的共地。
文王勃然震怒，整軍經武調派軍隊，
不但遏止了密國的武力侵略，更確保周國得自於上天的厚福，
從此名聲傳遍天下。

**【註釋】** 賦也。援，音「院」。岸，叶魚戰反。邦，叶卜攻反。共，音「恭」。怒，叶暖五反。按，音「遏」。下，叶後五反。1帝謂文王，是假設天問的語句。2無然是不可如此。3畔，是離畔。4援，是攀援，就是不要含此取彼的意思。5歆，是動欲。6羨，是羨慕，是說肆情徇物的意思。7誕，是闊大。誕先登于岸，是說大要先拯民溺，登于彼岸。8密，是密須氏，姞姓的國人。9距是越界。10侵是犯。11阮是國名。12共，是阮國的地名，都在陝甘邊境的地方。13赫是威。14整是整備。15旅是師旅。16按同「遏」，是絕止的意思。17徂旅，是密人往共的眾旅。18祜，是福。19對，是答告。

**【章旨】** 這章詩是假設上帝對文王說道，你不要間離人的攀附，不要動欲，生了羨慕之心，必須先拯民溺，登於高岸。因為密人不恭，竟敢越界，來到大邦，侵犯阮國的土地，所以我王威怒，便整備了師旅，禁止密人往共的徒眾，將密人驅退了，並不追擊，便把篤厚周祜的意思，宣告天下，說他此次用兵，純為拯救人民，並沒有別的意思。「無然畔援，無然歆羨」，是上帝對他說的。

**【集傳】** 賦也。帝謂文王，設為天命文王之辭，如下所言也。無然，猶言不可如此也。畔，離畔也。援，

攀援也。言舍此而取彼也。歆，欲之動也。羨，愛慕也。言肆情以徇物也。岸，道之極至處也。密，密須氏也，姞姓之國，在今寧州。阮，國名。在今涇州。徂，往也。共，阮國之地名。今涇州之共池是也。其旅，周師也。按，遏也。徂旅，密師之往共者也。祜，福。對，答也。〇人心有所畔援，有所歆羨，則溺於人欲之流，而不能以自濟。文王無是二者，故獨能先知先覺，以造道之極至。蓋天實命之，而非人力之所及也。是以密人不恭，敢違其命，而擅興師旅以侵阮，而往至于共，則赫怒整兵，而往遏其眾，以厚周家之福，而答天下之心。蓋亦因其可怒而怒之，初未嘗有所畔援歆羨也。此文王征伐之始也。

【箋註】方玉潤曰：以下敘伐密伐崇，連用「帝謂文王」句，特筆提起，是何等聲靈！通篇文勢皆振，後代文唯韓愈往往有此。

依[1]其在京，侵自阮疆，
陟我高岡。
「無矢[2]我陵，我陵我阿；
無飲我泉，我泉我池。」
度其鮮原[3]。
居岐之陽，在渭之將[4]。
萬邦之方，下民之王。

---

密國軍隊佔領了高地，從阮國的地界入侵我周國疆域，
甚至攀登上了我們的山頭。
我軍警告對方：「不許在我們的山上列陣陳兵，那是我們的山陵，出自於我們的山岡；
不許飲用我們的泉水，那是我們的泉水，是要注入我們的水池中的。」
密國敗北退散後，文王越過鮮原，
在岐山的南方，渭水河畔，選定了地點建都。
從此萬邦歸附，文王成爲天下百姓之主。

【註釋】賦也。京，叶居良反。池，叶徒何反。1依，《經義述聞》作兵盛貌。2矢，是陳師，就是駐兵。3鮮原，是美地。《毛箋》以為地名，或作程邑。4將是旁邊。

【章旨】這章詩是說文王在京的師旅，驅退了侵阮的密人，便登了山的高岡。不許他人駐兵在我的陵上，陵是我的山阿；不許他人飲我的泉水，泉水是我的水池。我將測度鮮原的地勢，遷都於岐山以南，渭水的旁邊，為萬邦的鄉方，下民的君王。

【集傳】賦也。依，安貌。京，周京也。矢，陳。鮮，喜。將，側。方，鄉也。○言文王安然在周之京，而所整之兵，既遏密人。遂從阮疆，而出以侵密。所陟之岡，即為我岡，而人無敢陳兵於陵；飲水於泉，以拒我也。於是相其高原，而徙都焉。所謂程邑也。其地於漢為扶風安陵，今在京兆府咸陽縣。

【箋註】牛運震曰：「陟我高岡，無矢我陵，無飲我泉」此所謂據高臨下，斷其水道也。正是兵機勝算。

帝謂文王：「予懷明德[1]。
不大聲以色，不長夏[2]以革[3]。
不識不知，順帝之則。」
帝謂文王：「詢[4]爾仇方[5]，
同爾兄弟[6]。以爾鉤援[7]，
與爾臨衝[8]，以伐崇[9]墉[10]。」

上帝告誡文王：「我眷顧有德行的人，
不要用惡聲厲色對待你的百姓，不要用棍棒長鞭一類的刑罰去脅迫人民。
治國不要玩弄詭計、暗中圖謀，要依順天道。」
上帝又告誡文王說：「徵詢友邦的意見，
與你的兄弟之國商討。用你的繩梯去攀登城牆，
駕起你的臨車與衝車去征戰，一起討伐崇國。」

【註釋】賦也。援，音「爰」。1予，是假設上帝自稱的。2長夏，是長大。3革，是改革。4詢，是和諸臣詢問。5仇方是仇國。6兄弟，是和好的國家。7鉤援，是鉤梯，為攻城用的器具。8臨，是臨車。衝，是衝車，是衝鋒用的。9崇，是國名。10墉是城。

【章旨】這章詩是假設上帝對文王說道，我懷念你的明德，沒有大聲厲色對人，不因長大了國家，改變前代的法度。你的閒靜德行，好像不識不知的樣子，不知正合上帝的法則。上帝又對文王說，你詢問詢問，誰是你的仇國？你必須同你的和好國家，去征伐它，用你的鉤援，用你的臨衝，去攻城陷陣的伐那崇國。

【集傳】賦也。予，設為上帝之自稱也。懷，眷念也。明德，文王之明德也。以，猶與也。夏革，未詳。則，法也。仇方，讎國也。兄弟，與國也。鉤援，鉤梯也。所以鉤引上城，所謂雲梯者也。臨，臨車也，在上臨下者也；衝，衝車也，從旁衝突者也。皆攻城之具也。崇，國名。在今京兆府鄠縣。墉，城也。《史記》崇侯虎譖西伯於紂，紂囚西伯於羑里。西伯之臣，閎夭之徒，求美女奇物善馬以獻紂。紂乃赦西伯，賜之弓矢鈇鉞，得專征伐曰：「譖西伯者崇侯虎也。」西伯歸三年，伐崇侯虎，而作豐邑。○言上帝眷念文王，而言其德之深微，不暴著其形跡。又能不作聰明，以循天理。故又命之以伐崇也。呂氏曰：「此言文王德不形而功無跡，與天同體而已。雖興兵以伐崇，莫非順帝之則，而非我也。」

【箋註】方玉潤曰：不脫「明德」字，三聖明德，亦作三樣寫。上章伐密止按旅一句，此下伐崇，備久而後降。是文章詳略相間法。

**臨衝閑閑[1]，崇墉言言[2]。**
**執訊連連[3]，攸馘[4]安安[5]。**

臨車與衝車非常堅固，崇國的城牆也很高大。
生擒了許多戰俘訊問口供，捉到敵人便割下他們左耳計功。

是類6是禡7，是致是附8。
四方以無侮。
臨衝茀茀9，崇墉仡仡10。
是伐11是肆12，是絕13是忽14。
四方以無拂15。

出征前告祭上天，行軍時也不忘了祭祀神靈，招納百姓們歸附。
四方諸國再也沒有人敢欺侮我們了。
臨車與衝車武力強大，崇國的城牆也很高大。
發動武力突擊，長驅而入，殺戮敵人將對方徹底消滅。
至此以後，四方再沒有人敢違逆我們了。

**【註釋】**賦也。閑，叶胡員反。訊，音「信」。馘，音「虢」。安，叶於肩反。禡，音「罵」。茀，叶分聿反。忽，叶虛屈反。仡，音「屹」。拂，叶分律反。1閑閑，是車的強盛。2言言，是城的高大。3連連，是連屬。4馘，是割耳。5安安，是從容。6類，是出師祭上帝。7禡，是到了所征地方的祭祀。8致、附是敵人來附。9茀茀，是強盛。10仡仡，是高大。11伐，是殺伐。12肆，是縱兵斬殺。13絕，是盡。14忽，是滅。15拂，是違逆。

**【章旨】**這章詩是說壯盛的兵車，攻克了高大的崇城；執著的俘虜，連屬訊問，從容的割耳。祭了上帝出師來到的征服地，本望敵人歸附，使四方不敢再有輕侮就是了。不料敵人始終不服，不得不用壯大的兵車，攻克它的高大城池，殺伐它的徒眾，滅絕仇人，使四方不敢再有違逆。

**【集傳】**賦也。閑閑，徐緩也。言言，高大也。連連，屬續狀。馘，割耳也。軍法，獲者不服，則殺而獻其左耳。安安，不輕暴也。類，將出師祭上帝也。禡，至所征之地，而祭始造軍法者。謂黃帝及蚩尤也。致，致其至也。附，使之來附也。茀茀，強盛貌。仡仡，堅壯貌。肆，縱兵也。忽，滅。拂，戾也。《春秋傳》曰：「文王伐崇，三旬不降，退脩教而復伐之。因壘而降。」○言文王伐崇之初，緩攻徐戰，告祀群神，以致附來者，而四方無不畏服。及終不服，則縱兵以滅之，而四方無不順從也。夫始攻之緩，戰之徐也，非力不足也，非示之弱也。將以致附而全之也。及其終不下，而肆之也，則天誅不可以留，而罪人不可以不得故也。此所謂文王之師也。

【箋註】牛運震曰：伐崇分兩層寫：前段寫得整暇，後段寫得嚴厲。先禮後兵，先撫後勦，此所以為王者之師也。「四方無悔」、「四方無拂」，直與「監觀四方，求民之莫」暗作收應。

方玉潤曰：一怒而安天下之民，所謂王者之師也。

糜文開、裴普賢曰：「四方無侮」、「四方無拂」，遙應首章「監觀四方，求民之莫」，章法頗為整飭。

## 皇矣八章，章十二句。

【集傳】一章二章言天命大王，三章四章言天命王季，五章六章言天命文王伐密，七章八章言天命文王伐崇。

【箋註】孫鑛：有精語為之骨，有濃語為之色，可謂兼終始條理，此便是後世歌行所祖。以二體論之，此尤近行。

姚際恆曰：大抵上篇〈思齊〉與此篇皆詠文王：〈思齊〉則述文王之母大任，上及王母大姜，此篇則述文王之祖大王、父王季，皆推原其所生以見其為聖也。

牛運震曰：一篇周本紀。鋪敘周家世德，明畫詳密，處處提掇天命帝鑒作主，奧闢警動，長篇結構，不蔓不複，此為大手筆。

## 靈臺

經[1]始靈臺[2]，經之營之[3]。庶民攻[4]之，不日[5]成之。經始勿亟[6]，庶民子來。

開始計畫要修築靈臺，先設計，後建築。許多百姓都來幫忙工作，不多少日就將靈臺築起。建造靈臺之始曾說過此事不急，但百姓們卻如兒子爲父親辦事一般的踴躍。

**【註釋】** 賦也。臺，叶田飴反。亟，音「棘」。來，叶六直反。1經，是營造。2靈臺，是臺名。3經之營之，是工作的狀況。4攻，是工作。5不日，是不終日。6亟，是急。

**【章旨】** 這章詩是美文王遊觀的。他說文王營造靈臺，本是觀察氛祲災祥，遊覽節勞的。但是一經動工，庶民全來工作，不日就造起來了。造臺本是不亟的事情，因為人民樂從，好像子的於親，不召自來，所以成功最快。

**【集傳】** 賦也。經，度也。靈臺，文王所作。謂之靈者，言其倏然而成，如神靈之所為也。營，表。攻，作也。不日，不終日也。亟，急也。○國之有臺，所以望氛祲，察災祥，時觀游，節勞佚也。文王之臺，方其經度營表之際，而庶民已來作之，所以不終日而成也。雖文王心恐煩民，戒令勿亟，而民心樂之，如子趣父事，不召自來也。孟子曰：「文王以民力為臺為沼，而民歡樂之。謂其臺曰靈臺，謂其沼曰靈沼。」此之謂也。

**【箋註】** 方玉潤曰：民情踴躍，於興作日見之。

王在靈囿[1]，麀[2]鹿攸伏[3]。

文王在靈囿中遊玩，見到母鹿安詳靜臥，

麀鹿濯濯4，白鳥翯翯5。
王在靈沼6，於7牣8魚躍9。

母鹿肥美，白鳥潔白。
文王在遊玩於靈沼，啊，滿池的魚兒在水中跳躍。

【註釋】賦也。囿，叶音「郁」。麀，音「憂」。濯，音「握」。翯，音「鶴」。沼，音「灼」。於，音「烏」。牣，音「刃」。1靈囿，是臺下養育禽獸的園囿。2麀，是牝鹿。3伏，是靜伏。4濯濯是肥美。5翯翯，是潔白。6靈沼，是園中的魚池。7於，是驚訝辭。8牣，是盛滿。9躍，是跳躍。

【章旨】這章詩是說文王到了靈囿裡遊覽，看見麀鹿靜伏著，又很肥美，白鳥潔白非常。文王來到靈沼觀魚，沼中的魚滿了，還在水中跳躍呢。

【集傳】賦也。靈囿，臺之下有囿。所以域養禽獸也。麀，牝鹿也。伏，言安其所處，不驚擾也。濯濯，肥澤貌。翯翯，潔白貌。靈沼，囿之中有沼也。牣，滿也。魚滿而躍，言多而得其所也。

【箋註】姚際恆曰：「白鳥」大抵是鷺，然亦可謂之鶴也。鹿本駭而伏，魚本潛而躍，皆言其自得而無畏人之意，寫物理入妙。
方玉潤曰：飛走鱗介，各適其性，卻處處與王夾寫。見人物兩忘，不相驚擾之意。描摹物情，體貼入微。

虡1業2維樅3，賁4鼓維鏞5。
於論6鼓鐘，於樂辟廱7。

懸掛鐘磬的架子上橫置著崇牙，架設著大鼓與大鐘。
敲鐘打鼓發出和諧的聲音，在樂宮中響起陣陣樂聲。

【註釋】賦也。虡，音「巨」。樅，音「悤」。賁，音「焚」。鏞，音「庸」。辟，音「璧」。論，平聲。樂，音「洛」。1虡，是懸鐘磬的架子。2業，是橫木上面的板。3樅，是懸鐘磬的橫木，所做牙口的地方。4賁，是大鼓。長八尺鼓長四尺。5鏞，是大鐘。6論同「倫」，或作論鐘鼓聲音。7辟廱，是天子學宮，或作樂宮。

【章旨】這章詩是說造了懸鐘磬的木架，陳了大鼓和大鐘，論鐘鼓的聲音，在樂宮聽樂。

【集傳】賦也。虡，植木以懸鐘磬。其橫者曰栒。業，栒上大版。刻之捷業，如鋸齒者也。樅，業上懸鐘磬處，以綵色為崇牙。其狀樅樅然者也。賁，大鼓也。長八尺，鼓四尺，中圍加三之一。鏞，大鐘也。論，倫也。言得其倫理也。辟，璧通。廱，澤也。辟廱，天子之學。大射行禮之處也。水旋丘如璧。以節觀者。故曰「辟雍」。

**於論鼓鐘，於樂辟廱。**
**鼉1鼓逢逢2，矇瞍3奏公4。**

敲鐘打鼓發出和諧的聲音，在樂宮中響起陣陣樂聲。敲打用鼉龍皮做成的大鼓發出「逢逢」的聲音，原來是盲眼的樂官在奏樂。

【註釋】賦也。鼉，音「馱」。逢，音「篷」。矇瞍，音「蒙叟」。1鼉，是鼉龍。皮可為鼓。2逢逢，是鼓聲。3矇瞍，是瞽目的人。4奏公，是在公奏樂。

【章旨】這章詩是說論鐘鼓的聲音，在樂宮聽樂，鼉鼓逢逢的聲音，是瞽目在宮奏樂。

【集傳】賦也。鼉，似蜥蜴長丈餘，皮可冒鼓。逢逢，和也。有眸子而無見曰「矇」，無眸子曰「瞍」。古者樂師皆以瞽者為之，以其善聽而審於音也。公，事也。聞鼉鼓之聲，而知矇瞍方奏其事也。

【箋註】方玉潤曰：「辟廱」、「鐘鼓」，盛世遊觀，何等氣象！

靈臺四章，二章章六句，二章章四句。

【集傳】東萊呂氏曰：「前二章樂文王有臺池鳥獸之樂也，後二章樂文王有鐘鼓之樂也，皆述民樂之辭也。」

【箋註】屈萬里曰：此美文王遊樂之詩（孟子以此詩為文王時作）。

馬持盈曰：這是言文王之德能化民，故民樂為勞也。

# 下武

**下武維周1，世有哲王2。**
**三后3在天4，王5配6于京7。**

只有周王室能夠繼承先人之德，世代有賢明的君王降生於世。大王、王季與文王雖然已經逝世，但承繼先王德行的武王現居於鎬京。

【註釋】賦也。京，叶居良反。1下武維周，是說後來武王，也能繼周的文德。2哲王，是明王。3三后是大王、王季、文王。4在天，是精神在天。5王，是武王。6配，是合。7京，是鎬京。

【章旨】這章詩是說後來的武王，也能繼周的文德，以昭後世。是以周家世有明王、三后的在天之靈，合配武王居鎬，承受天命。

【集傳】賦也。下義未詳。或曰：字當作文。言文王武王實造周也。哲王，通言大王王季也。三后，大王王季文王也。在天，既沒而其精神上與天合也。王，武王也。配，對也。謂繼其位以對三后也。京，鎬京也。○此章美武王能纘大王、王季、文王之緒，而有天下也。

**王配于京，世德作求1。永言配命2，成3王之孚4。**

承繼先王德行的武王現居於鎬京，他力求創造能夠與先人相提並論的功業與美德。永遠配合天理的運作，以此成就王者的信義。

【註釋】賦也。孚，叶孚尤反。1世德作求，是求先世的功德。2配命，是配合天理。3成，是成就。4孚，是相信。

【章旨】這章詩是說武王配居鎬京，力求先世的功德，始終配合天理，所以能成王業，信孚天下。

【集傳】賦也。言武王能繼先王之德，而長言合於天理，故能成王者之信於天下也。若暫合而遽離，暫得而遽失，則不足以成其信矣。

**成王之孚，下土之式1。永言孝思，孝思2維則。**

成就王者的信義，作爲天下臣民的表率。永遠孝敬先人，其孝行可以作爲天下人效法的對象。

【註釋】賦也。1式，則，都是法則。2孝思，是孝心。武王能繼周德，便是孝思。

【章旨】這章詩說武王所以能信天下，為下民表率的，是因長久懷著孝心，力求先世的功德。這個孝心，便是能信天下的法則了。

【集傳】賦也。式則，皆法也。言武王所以能成王者之信，而為四方之法者，以其長言孝思而不忘，是以其孝可為法耳。若有時而忘之，則其孝者偽耳。何足法哉。

**媚1茲一人2，應3侯4順德。**

百姓敬愛武王，受其感召，效法他的德行。

**永言孝思，昭哉嗣服5。**

——永遠敬順先人，賢明的繼承先祖的志業。

【註釋】賦也。服，叶蒲北反。1媚，是敬愛。2一人，是指武王。3應，是感應。4侯，是維字意義。5服，是事。

【章旨】這章詩是說敬愛的武王，能以順德感下，下以順德相應，永久孝心。他的能嗣先王事業，實在昭明呀。

【集傳】賦也。媚，愛也。一人，謂武王。應，如丕應徯志之應。侯，維。服，事也。○言天下之人，皆愛戴武王，以為天子。而所以應之，維以順德。是武王能長言孝思，而明哉其嗣先王之事也。

【箋註】牛運震曰：此隱指武王伐紂定天下事也。直說「嗣服」，不更作斡旋語，妙。

**昭茲1來許2，繩3其祖武4。於萬斯年，受天之祜。**

——武王的德行功業如此昭著，令後世的子孫繼承效法。啊，此後萬年，都能得到上天的福祿恩賜。

【註釋】賦也。祜，音「戶」。1昭茲，同「昭哉」。2來許，是後來有所遵從。3繩，是繼。4祖武，是祖宗的功業。

【章旨】這章詩，是說武王這樣的昭明，更能使後世子孫，有所遵從，繩繼祖武，至於萬年受天的福祿。

【集傳】賦也。昭茲，承上句而言。茲哉，聲相近。古蓋通用也。來，後世也。許，猶所也。繩，繼。武，迹也。○言武王之道昭明如此。來世能繼其跡，則久荷天祿，而不替矣。

## 受天之祜，四方來賀。於萬斯年，不遐有佐3。

得到上天的福祿恩賜，四方諸國皆來朝賀。啊，此後萬年，沒有不加依附的。

【註釋】賦也。1賀是朝賀。2遐，與「何」同。3佐，是贊助。

【章旨】這章詩是說武王受了天福，四方國家都來朝賀，雖至萬年以後，沒有不贊助的。

【集傳】賦也。賀，朝賀也。周末秦強。天子致胙，諸侯皆賀。遐，何通。佐，助也。蓋曰：「豈不有助乎云爾。」

### 下武六章，章四句。

【集傳】或疑此詩有成王字，當為康王以後之詩。然考尋文意，恐當只如舊說。且其文體亦與上下篇，血脈通貫。非有誤也。

【箋註】牛運震曰：伐紂定天下，乃武王應天順人，繼志述事之大者。篇中本此立言，而以隱括出之，氣體高渾，包舉一切。

陳子展曰：〈下武〉，康王即位，諸侯來賀，歌頌先世太王、王季、文武、成王之德，並及康王善繼善述之孝而作。此詩如非史臣之筆，則為賀者之辭。

# 文王有聲

文王有聲，遹1駿2有聲3。
遹求厥寧4，遹觀厥成5。
文王烝6哉。

文王有很好的名聲，聲譽極高。為天下人求安寧，功業有成。文王眞是美好的聖君啊！

**【註釋】**賦也。遹，音「聿」。駿，音「峻」。1遹同「聿」，是發語詞。2駿，是高大。3聲，是名譽。4求厥寧，是求安寧。5觀厥成，是觀成功。6烝是君。

**【章旨】**這章詩美文王遷豐武昌遷鎬的。他說大王是有名譽的人，並且名譽極大，為人民求安寧，觀王化的成功。文王真是我人的君王呀！

**【集傳】**賦也。遹義未詳，疑與聿同，發語辭。駿，大也。烝，君也。○此詩言文王遷豐，武王遷鎬之事，而首章推本之曰：「文王之有聲也，甚大乎其有聲也。」蓋以求天下之安寧，而觀其成功耳。文王之德如是。信乎其克君也哉。

**【箋註】**牛運震曰：三排古勁。一「求」字寫出聖人孳孳安民念頭。

文王受命，有此武功。
既伐于崇，作邑1于豐2。
文王烝哉。

文王上承天命，因此能夠建立征服崇國的武功。在討伐了崇國後，又在豐營建了新的國都。文王眞是美好的聖君啊！

**【註釋】**賦也。1作邑，是遷都。2豐即崇國地方。文王取崇，遂遷都於豐。

【章旨】這章詩是說文王受了上帝的命令，所以有這樣的武功。既已伐了崇國，便遷都到豐地。文王真是我人的君王呀。

【集傳】賦也。伐崇事，見〈皇矣〉篇。作邑，徙都也。豐，即崇國之地。在今鄠縣杜陵西南。

**築1城伊淢2，作豐伊匹3。**
**匪棘4其欲，遹追來孝5。**
**王后烝哉。**

挖掘壕溝以築城，豐都的大小與舊日的城池相合。築城並非滿足他的私欲，而是繼承先王的志業以表達孝思。文王具有如此美好之德！

【註釋】賦也。淢，音「洫」。孝，叶許六反，又呼侯反。1築，是建造。2淢，是溝淢。3匹，是相稱。4棘，是急速。5追來孝，《經義述聞》作「來為往」。作孝為美德，以為要追大王王季已往的美德。

【章旨】這章詩是說文王築城，僅依舊時溝洫為限，並不侈大。作邑豐都，也和城池相稱。不是急從己欲，實在要追大王王季已往的美德。文王真是我人的君王呀。

【集傳】賦也。淢，城溝也。方十里為城。城閒有溝，深廣各八尺。匹，稱。棘，急也。王后，亦指文王也。○言文王營豐邑之城，因舊溝為限而築之；其作邑居，亦稱其城而不侈大，皆非急成己之所欲也。特追先人之志，而來致其孝耳。

**王公1伊濯2，維豐之垣3。**
**四方攸同4，王后維翰5。**

文王的功績如此輝煌，築起了豐都的城牆。四方的諸侯都來歸附，支持文王，依附文王。文王具有如此美好之德！

王后烝哉。

【註釋】賦也。翰，叶胡田反。垣，音「袁」。1公，是功德。2濯，是著明。3垣，是城牆。4同，是同來歸附。5翰，是幹。《傳》曰：「王者天下之大宗翰也。」

【章旨】這章詩是說文王的功德著明，築了豐都的城垣，四方同來歸附，都依著文王為楨幹的了。

【集傳】賦也。公，功也。濯，著明也。○王之功所以著明者，以其能築此豐之垣故爾。四方於是來歸，而以文王為楨幹也。

---

豐水東注1，維禹之績2。
四方攸同，皇王3維辟4。
皇王烝哉。

將豐水引導東流，是大禹的功績。
四方諸侯來歸附，推崇武王爲君主。
武王的功業是如此隆盛美好！

【註釋】賦也。1豐水東北流，經豐都以東入渭注河。2績，是功績。3皇王，是指武王。4辟，是君。

【章旨】這章詩是說豐水東流注河，是大禹的功績。四方同來歸附，君尊武王。武王真是我人的君王呀。

【集傳】賦也。豐水東北流，經豐邑之東，入渭而注于河。績，功也。皇王，有天下之號。指武王也。辟，君也。○言豐水東注，由禹之功。故四方得以來同於此，而以武王為君。此武王未作鎬京時也。

【箋註】方玉潤曰：豐水之東即鎬。遞下鎬京無迹。

鎬京1辟廱2，自西自東，自南自北，無思不服。皇王烝哉。

武王定都鎬京，設辟廱爲天子的學宮，天下從西到東，自南至北，沒有人不心悅誠服。武王所建立的基業是如此的隆盛啊！

【註釋】賦也。服，叶蒲北反。1鎬京，是武王所營的。2辟廱，是武王為天子，制為天子的學宮。

【章旨】這章詩是說武王得了天下，都鎬京，制辟廱為天子的學宮。講學行禮，四方諸侯無不臣服。武王真是人君呀。

【集傳】賦也。鎬京，武王所營也。在豐水東，去豐邑二十五里。張子曰：「周家自后稷居邰，公劉居豳，大王邑岐，而文王則遷于豐，至武王又居於鎬。當是時，民之歸者日眾。其地有不能容，不得不遷也。」辟廱，說見前篇。張子曰：「靈臺辟廱，文王之學也。鎬京辟廱，武王之學也。至此始為天子之學矣。無思不服，心服也。」孟子曰：「天下不心服而王者，未之有也。」○此言武王徙居鎬京，講學行禮，而天下自服也。

考1卜維王，宅2是鎬京。維龜正3之，武王成之4。武王烝哉。

武王參考龜卜的指示，將鎬京定爲國都。龜卜的結果做出正確的決定，而武王則根據決定而完成建都。武王的功業眞是偉大！

【註釋】賦也。京，叶居良反。正，叶諸盈反。1考，是稽考。2宅，是居住。3正是決正。4成之，是成為都邑。

【章旨】這章詩是追述武王遷鎬的時候。武王稽考卜兆，來居鎬京。用龜卜決正了，定鎬京為都邑。武王真是人君呀。

【集傳】賦也。考，稽。宅，居。正，決也。成之，作邑居也。張子曰：「此舉謚者，追述其事之言也。」

【箋註】鄭玄曰：武王於鎬京行辟廱之禮。自四方來觀者，皆感化其德，心無不歸服者。

**豐水有芑1，武王豈不仕2？**
**詒3厥孫謀4，以燕5翼6子。**
**武王烝哉。**

豐水的岸邊生長出芑草，武王怎麼會不想留事於此？但爲了要遺留善謀給子孫，以安定、保護後代（才決定遷都鎬京）。武王的謀略眞是長遠啊！

【註釋】興也。子，叶獎里反。1芑，是草名。2仕，是事。3詒，是遺傳。4謀，是善謀。5燕，是安。6翼，是成，又作覆護。

【章旨】這章詩是說豐水的旁邊，尚有芑草，武王豈無事嗎？武王遷都鎬京，正是遺下善謀，安保子孫。武王真是人君呀。

【集傳】興也。芑，草名。仕，事。詒，遺。燕，安。翼，敬也。子，成王也。○鎬京猶在豐水下流，故取以起興，言豐水猶有芑，武王豈無所事乎。詒厥孫謀，以燕翼子，則武王之事也，謀及厥孫，則子可以無事矣。或曰：「賦也。」言豐水之傍，生物繁茂，武王豈不欲有事於此哉？但以欲遺孫謀，以安翼子，故不得而不遷耳。

【箋註】牛運震曰：先孫後子，倒說有情。孫言詒，子言燕翼，亦互辭。

## 文王有聲八章，章五句。

【集傳】此詩以武功稱文王。至于武王，則言皇王維辟，無思不服而已。蓋文王既造厥始，則武王續而終之無難也。又以見文王之文，非不足於武，而武王之有天下，非以力取之也。

【箋註】牛運震曰：事整文錯，敘述中帶詠歎，故是高調。每章以贊歎作結，隱寓垂訓嗣王之旨，自然深遠。篇中或稱「文王」，或稱「王后」，或稱「皇王」，或稱「武王」，美之不足，故變文錯辭以殊之，亦自義有歸重處。稱文王以武功，以見文王之文非不足於武也；稱武王以文德，以見武王之武非不足於文也。詳人所略，此自立言得大體處。

方玉潤曰：此詩專以遷都定鼎為言。

## 文王之什十篇，六十六章，四百一十四句。

【集傳】鄭譜：「此以上為文武時詩，以下為成王周公時詩。今按文王首句，即云文王在上，即非文王之詩矣。」又曰：「無念爾祖。」則非武王之詩矣。〈大明〉、〈有聲〉并言文武者非一，安得為文武之時所作乎？蓋正雅皆成王周公以後之詩。但此什皆為追述文武之德。故譜因此而誤耳。

# 生民之什

# 生民

厥初生民[1]，時[2]維姜嫄[3]。
生民如何？克禋克祀[4]，以弗無子[5]。
履帝武敏歆[6]，
攸介[7]攸止，載震[8]載夙[9]，
載生載育[10]，時維后稷。

說起周的祖先，起源於姜嫄。
姜嫄是如何生下始祖的呢？
姜嫄侍奉神明很虔誠，尚未嫁人因此沒有孩子。
她踩在上帝拇指的腳印上，心中欣然而動，
停下定神，此後就懷孕休養，
將生下的孩子養育長大，就是后稷。

**【註釋】**賦也。嫄，音「原」，叶魚倫反。禋，音「因」。祀，叶養里反。子，叶獎里反。敏，叶每鄙反。夙，叶相即反。育，叶曰逼反。1民，是人。2時，當作「是」字解。3姜嫄，是炎帝的後裔。姜姓有邰氏女，名嫄，為高辛氏的世妃。4禋、祀，是精意敬事神明。5弗，是未嫁。以弗無子，季明德以為未嫁所以無子。6履，是步從。帝，是上帝。武，是跡。敏，是腳趾。歆，是心動。7介，是大。8震，是懷孕。9夙，是肅。婦人生子，當肅居側室修養，使身體健康。10育，是撫養。

**【章旨】**這章詩是述后稷誕生的異事，為周家農業的開始。他說起初誕生周人的便是姜嫄，姜嫄怎樣生人的呢？因為她歡喜奉祀神明。她未嫁的時候，自然沒有兒子。她有一天到郊外，看見有個頂大腳跡。她踏了一腳，心中便感動了，站在那個大腳跡的地方，停了一會兒，不想竟懷孕了，在側室裡生下兒子。大起來，便是后稷。

**【集傳】**賦也。民，人也。謂周人也。時，是也。姜嫄，炎帝後。姜姓有邰氏女，名嫄，為高辛之世妃。精意以享，謂之禋祀。郊禖矣，弗之言，祓也。祓無子，求有子也。古者立郊禖，蓋祭天於郊，而以先媒配也。變媒言禖者，神之也。其禮以玄鳥至之日，用大牢祀之。天子親往，后率九嬪御，乃禮天子所御，帶以弓韣，授以弓矢，于郊禖之前也。履，踐也。帝，上帝也。武、跡、敏、拇、歆，動也。猶驚異也。介，大也。震，娠也。夙，肅也。生子者，及月辰居側室也。育，養也。○姜嫄出祀郊禖見大人跡，而履其拇，遂歆歆然如有人道之感，於是即其所大所止之處，而震動有娠，乃周人所由以生之始也。周公制禮，尊后稷以配天，故作此詩，以推本其始生之祥，明其受命於天，固有以異於常人也。然巨跡之說，先儒或頗疑之。而張子曰：「天地之始，固未嘗先有人也，則人固有化而生者矣。蓋天地之氣生之也。」蘇氏亦曰：「凡物之異於常物者，其取天地之氣常多。故其生也或異。麒麟之生，異於犬羊；蛟龍之生，異於魚鱉。物固有然者矣。神人之生，而有以異於人。何足怪哉。」斯言得之矣。

**【箋註】**姚際恆曰：借事見奇，古人為文已如此，又何疑焉。

牛運震曰：八字發端，全神俱動。不曰「祈有子」，而曰「弗無子」，字意深妙。

方玉潤曰：受孕之奇。

**誕1彌厥月2，先生3如達4。**
**不坼不副5，無菑無害6。**
**以赫7厥靈。上帝不寧。**

姜嫄懷孕十月後，頭胎產子如羊生小羊一般容易。母親的身體沒有因產子而破損受傷，也沒有受到半點產厄之苦。這是上帝的靈異。但上帝是如此的令人不安。難道上帝不喜歡祭祀嗎，竟然讓未嫁的女子生下了孩子。

不康8禋祀，居然9生子。

【註釋】賦也。達，音「闥」。坼，音「折」。副，音「劈」，叶孚迫反。菑，音「災」。害，叶音「曷」。祀，叶養里反。子，叶獎里反。1誕，是發語詞。2彌月，是滿足十月。3先生，是首生，俗稱「頭胎」。4達，是小羊。羊產子最是容易。5坼、副，是破裂。6菑、害，是疾病，都是產厄。7赫，是顯明。8康是樂。9居然，是徒然。

【章旨】這章詩是說姜嫄懷孕，滿足了十月，頭胎生子，如同羊的產子，一般容易，不曾破裂，毫無菑害，顯然靈異得很。上帝豈不安寧嗎？豈不喜我禋祀嗎？我是未嫁的女子，何以使我居然生子呢。

【集傳】賦也。誕，發語辭。彌，終也。終十月之期也。先生，首生也。達，小羊也。羊子，易生無留難也。坼、副，皆裂也。赫，顯也。不寧，寧也。不康，康也。居然，猶徒然也。○凡人之生，必坼副災害其母，而首生之子尤難。今姜嫄首生后稷，如羊子之易。無坼副災害之苦。是顯其靈異也。上帝豈不寧乎？豈不康我之禋祀乎？而使我無人道，而徒然生是子也。

【箋註】姚際恆曰：「居然生子」，「居然」二字非拗文也，其于無人道之感意亦顯然。

牛運震曰：「以赫厥靈」寫得靈聳透露。「居然」二字飄動。

方玉潤曰：誕生之易。

誕寘之隘1巷，牛羊腓2字3之。

把孩子拋棄在窄巷裡，牛羊都來保護他。

誕寘之平林，會4伐平林。

把孩子拋棄在樹林中，正好遭遇有人來伐林。

把孩子丟棄在寒冰上，天上的飛鳥落下以羽翼覆蓋他。

誕寘之寒冰，鳥覆翼5之。
鳥乃去矣，后稷呱6矣。
實覃實訏7，厥聲載路8。

鳥兒遠去之後，后稷才呱聲啼哭起來。他的哭聲又長又響亮，滿路上的人都聽得到。

【註釋】賦也。腓，音「肥」。呱，叶去聲。訏，叶去聲。覆，去聲。翼，音「異」。1隘，是狹小。2腓，是遮蔽。3字，是愛護。4會，是遇著。5覆翼，是用翼護著。6呱，是兒啼。7覃、訏，是啼聲長大。8載路，是滿路。

【章旨】這章詩是說姜嫄因未嫁生子，以為怪異，便把后稷棄在狹巷裡，牛羊都來遮蔽他、愛護他；又把他棄在樹林裡，剛剛遇著有人伐木，不能拋棄；又把他棄在寒冰上，鳥雀都來用翼護著他。姜嫄很以為異，方纔收養，鳥雀也就飛去了。后稷的啼聲長大，幾乎滿路的人，都聽到的。

【集傳】賦也。隘，狹。腓，芘。字，愛。會，值也。值人伐木而收之。覆，蓋。翼，藉也。以一翼覆之，以一翼藉之也。呱，啼聲也。覃，長。訏，大。載，滿也。滿路，言其聲之大也。○無人道而生子，或者以為不祥，故棄之而有此異也，於是始收而養之。

【箋註】姚際恆曰：「誕寘之隘巷，牛羊腓字之」，極其弄姿，疊出奇致。「會伐平林」，但言伐木，不言人收。「鳥乃去矣」，亦但言鳥去，不言人收。皆用縮筆，有意到筆不到之妙。

方玉潤曰：保護之異。

誕實匍匐1，克岐克嶷2。
以就口食3，蓺4之荏菽5。

后稷學會匍匐爬行的時候，就表現出聰明的樣子。到了能夠自己吃飯的年紀，便種植了大豆，大豆長得很好，枝葉高高揚起，禾苗成行，生長得美

荏菽旆旆[6]，禾役[7]穟穟[8]，
麻麥幪幪[9]，瓜瓞[10]唪唪[11]。

好，
麻、麥等作物很茂盛，瓜果結實纍纍。

【註釋】賦也。荏，音「飪」。穟，音「遂」。幪，莫孔反。唪，音「蚌」。匍，音「蒲」。1匍匐，是手足並舉。小兒稍長，匍匐在地的狀貌。2岐、嶷，是峻茂。3口食，是自能食物的年齡。4蓺，是種植。5荏菽，是大豆。6旆旆，是揚起貌。7禾役，是禾行。禾苗必須成行。8穟穟，是禾苗美好貌。9幪幪，是密茂貌。10瓞是方結的小瓜。11唪唪，是多實貌。

【章旨】這章詩是說后稷稍長匍匐地行的時候，便非常峻茂。到了自能食物的年齡，便喜歡種植的事情。種下了大豆，便發揚起來；栽下了禾苗，禾苗很美好；種下了麻麥，麻麥很密茂；種下了瓜瓞，瓜瓞便實多。

【集傳】賦也。匍匐，手足並行也。岐嶷，峻茂之狀。就，向也。口食，自能食也。蓋六七歲時也。蓺，樹也。荏菽，大豆也。旆旆，枝旟揚起也。役，列也。穟穟，苗美好之貌也。幪幪然，茂密也。唪唪然，多實也。○言后稷能食時，已有種殖之志。蓋其天性然也。史記曰：棄為兒時，其遊戲好種殖麻麥，麻麥美。及為成人，遂好耕農。堯舉以為農師。

【箋註】牛運震曰：「克岐克嶷」，所謂頭角崢嶸也。「旆旆」、「幪幪」，疊字精采。方玉潤曰：嗜好天生。

誕后稷之穡，有相[1]之道。
茀[2]厥豐草，種之黃茂[3]。

后稷長於稼穡之事，先觀察土地是否適宜。
拔除雜草，播種五穀。
作物先長出幼苗，再結苞，生出胚來，再逐漸長大，
接著長出莖結實，穗實堅硬而肥大，

實方4實苞5，實種實褎6，
實發實秀7，實堅8實好，
實穎9實栗10。
即有邰11家室。

穗子生得沉墊墊的向下垂，沒有一個是空稗子。
后稷於是在邰這個地方受封成家了。

【註釋】賦也。道，叶徒口反。草，音「苟」。茂，叶莫口反。苞，叶浦苟反。褎，叶徐久反。秀，叶思久反。好，叶許口反。相，去聲。茀，音「弗」，種去聲。邰，音「台」。1相，是相助。2茀，是治。3黃茂，是嘉穀。4方，是未芽。5苞是已芽。6褎，是漸長。7秀，是結實。8堅，是堅實。9穎，是繁碩。10栗，是不秕。11邰，是后稷母家的地方。

【章旨】這章詩是說后稷稼穡，有相助五穀生長的法子。他用茂草製作肥料，種植最好的穀子，先將種子漬潤出，然後種在田裡，使它漸漸長大，發科結實，以至堅好，都是繁茂的非常，沒有成秕的弊病。堯帝因他有功於民，就封他做了邰地的君主，永遠承奉姜嫄的宗祀。

【集傳】賦也。相，助也。言盡人力之助也。茀，治也。種，布之也。黃茂，嘉穀也。方，房也。苞，甲而未拆也。此漬其種也。種，甲拆而可為種也。褎，漸長也。發，盡發也。秀，始穟也。堅，其實堅也。好，形味好也。穎，實繁碩而垂末也。栗，不秕也。既收成，見其實皆栗栗然不秕也。邰，后稷之母家也。豈其或滅或遷，而遂以其地封后稷歟。○言后稷之穡如此。故堯以其有功於民，封於邰。使即其母家而居之，以主姜嫄之祀。故周人亦世祀姜嫄焉。

【箋註】方玉潤曰：克勤事人，教種膺封。

誕降1嘉種，維秬2維秠3，
維穈4維芑5。
恆6之秬秠，是穫是畝。
恆之穈芑，是任7是負8。
以歸肇祀9。

上天降下極好的種子，有黑黍和秠黍，
還有赤粱粟與白赤粱粟。
在田地裡遍植黑黍與秠黍，收割後堆於田畝間。
快快播下赤粱粟與白赤粱粟，收割後扛在肩上、背在背上的搬回家，
回家以後，開始準備祭祀。

**【註釋】**賦也。秬，音「巨」。秠，音「痞」。穈，音「門」。芑，音「起」。恆，音「亙」。畝，叶蒲洧反。負，叶扶委反。任，音「壬」，祀叶養里反。1降，是傳授。2秬是黑黍。3秠，是一個子房、兩個米仁的黑黍。4穈是赤色粱粟。5芑是白色粱粟。6恆是遍種。7任是肩任。8負是背負。9肇祀，是起首祭祀。后稷初受國家，所以稱為肇祀。

**【章旨】**這章詩是說后稷教民布種嘉種，有秬有秠，有穈有芑。遍種了秬秠穈芑，收穫了堆在田中，肩荷背負的回家，后稷便起首奉事祭祀。

**【集傳】**賦也。降，降是種於民也。《書》曰：「稷降播種，是也。」秬，黑黍也。秠，黑黍，一稃二米者也。穈，赤粱粟也。芑，白粱粟也。恒，偏也。謂偏種之也。任，肩任也。負，背負也。既成則獲而棲之於畝，任負而歸，以供祭祀也。秬秠言獲畝，穈芑言任負，互文耳。肇，始也。稷始受國為祭主，故曰「肇祀」。

**【箋註】**方玉潤曰：播種肇祀。

誕我祀如何？
或舂1或揄2，或簸3或蹂4；
釋5之叟叟6，烝7之浮浮8。
載謀9載惟10，取蕭祭脂11，
取羝12以軷13。
載燔14載烈15，以興嗣歲16。

---

要如何祭祀祖先呢？
將收穫的糧穀粟米投入臼中舂擣取出，再簸揚掉或搓洗掉粗糠；
接著用水沖淘「叟叟」的洗淨，將它放入蒸汽浮浮的鍋中蒸熟。
選擇上吉的好日子，以蕭草和油脂同燒，使香氣能夠達到神靈祖先之前，
取一隻牡羊來祭祀行道的神明。
燒烤肉塊以為供神的祭品，以此祝福來年也能夠豐收。

**【註釋】**賦也。揄，音「由」。簸，波我反。蹂，音「柔」。叟，音「搜」。羝，音「底」。軷，音「鈸」，叶蒲昧反。烈，叶力制反。歲，叶音雪。1舂，是用杵臼舂米。2揄，是從臼中取出。3簸，是簸揚。4蹂是踏。5釋，是淘米。6叟叟，是淘米聲。7烝，是蒸飯。8浮浮，是烝氣。9謀，是卜吉。10惟，是擇日。11蕭，是蒿。脂，是脂油。蕭脂合和，薰達臭氣。12羝，是牡羊。13軷，是祭行道神明。14燔，是燔肉。15烈是加燔。16嗣歲，是續豐年。

**【章旨】**這章詩是說后稷怎樣的祭祀呢？他舂好了米，從臼中取出來，簸去了糠，踏去了穗。淘米的叟叟，烝氣的浮浮，煮熟了飯。又要卜定了吉日，把蒿草和脂油薰燒著，臭氣達於牆屋。又用牡羊來祭行道的神明，燔炙肉塊，供獻在上面，以祝來歲繼續豐年。

**【集傳】**賦也。我祀，承上章而言。後稷之祀也。揄，抒臼也。簸，揚去糠也。蹂，蹂禾取穀以繼之也。釋，淅米也。叟叟，聲也。浮浮，氣也。謀，卜日擇士也。惟，齊戒具脩也。蕭，蒿也。宗廟之祭，取蕭合膟膋爇之，使臭達牆屋也。羝，牡羊也。軷，祭行道之神也。燔，傅諸火也。烈，貫

之而加於火也。四者皆祭祀之事。所以興來歲而繼往歲也。

【箋註】牛運震曰：寫得怱急歷亂，如見如聞。「叟叟」、「浮浮」，形容尤精。「與嗣歲」所謂祈來年也。言嗣歲者，取其繼續不絕也。此句點明祭義。

方玉潤曰：報賽祈年。

卬1盛于豆2，于豆于登3。
其香始升，上帝居4歆5。
胡臭亶時6！
后稷肇祀，庶7無罪悔，
以迄8于今。

把祭祀用的菜餚裝盛在木製或陶瓦燒成的禮器中。
美味的香氣冉冉上升，上帝安心的享用祭祀。
佳餚是如此香氣撲鼻，祭祀是如此的合時！
后稷的初次祭祀極爲虔誠，幾乎可以說是沒有缺陷遺憾了，
延續至今依然如此。

【註釋】賦也。卬，音「昂」。盛，音「成」。時，叶上止反。祀，叶養里反。悔，叶呼委反。迄，音「肸」。1卬，是我。2豆，是木製的禮器。3登，是瓦質的禮器。4居是安。5歆，是鬼神來饗。6胡，是何。臭，是香氣。亶，是誠。時是合時。7庶，是庶可。8迄，當到講。

【章旨】這章詩是說我把祭祀的食品，都裝在禮器的裡面。香氣上升，上帝便要安然來饗。但是何以要備這種芳香合時的祭禮呢？因為后稷初有國家，開始祭祀，便是這樣的，到了現在還是這樣的。

【集傳】賦也。卬，我也。木曰豆。以薦葅醢也。瓦曰登。以薦大羹也。居，安也。鬼神食氣曰歆。胡，何。臭，香。亶，誠也。時，言得其時也。庶，近。迄，至也。○此章言其尊祖配天之祭。其香

始升，而上帝已安而享之，言應之疾也。此何但芳臭之薦，信得其時哉。蓋自后稷之肇祀，則庶無罪悔，而至于今矣。曾氏曰：「自后稷肇祀以來前後相承，兢兢業業，惟恐一有罪悔，獲戾於天。閱數百年，而此心不易。」或曰：「庶無罪悔，以迄於今，言周人世世用心如此也。」

【箋註】牛運震曰：此正言后稷祈年之祭也。「其香始升」，寫入微妙，氤氳可思。「以歸肇祀」、「后稷肇祀」前後相應，此近脈也。「姜嫄禋祀」、「后稷肇祀」首尾相映，此遠脈也。章法結構甚密。

## 生民八章，四章章十句，四章章八句。

【集傳】此詩未詳所用。豈郊祀之後，亦有受釐頒胙之禮也歟。舊說第三章八句，第四章十句。今按第三章當為十句，第四章當為八句，則去呱訏路，音韻諧協，呱聲載路，文勢通貫。而此詩八章，皆以十句八句相間為次。又二章以後七章以前，每章章之首，皆有誕字。

【箋註】《詩序》：〈生民〉，尊祖也。後稷生於姜嫄，文武之功起於後稷，故推以配天焉。

牛運震曰：一篇后稷本紀。此詩本為尊祖配天而作，卻不侈陳郊祀之盛，但詳敘后稷肇祀之典，故是高一層寫照法。極神怪事卻以樸拙傳之，莊雅典奧，絕大手筆。

方玉潤曰：尊祖無怠，通篇層次井然，不待深求而自了了。

錢穆曰：《詩經・大雅・生民》之詩，述及周氏族始祖后稷的許多神話。首先提到厥初生民，這是人類原始的問題。在中國古人想像，人類始祖必然是男性的。因男性屬陽，乃首創者，乃主動者，故周氏族自述其第一祖先為后稷。但此第一男性如何來，彼必有一母。母是女性，屬陰，在中國古人觀念裡，陰即是整個的自然，即天。所以姜嫄之生后稷，實出於天。

麋文開、裴普賢曰：近人稱〈生民〉、〈公劉〉、〈緜〉、〈皇矣〉、〈大明〉五篇為詠周代先祖源流以迄建立王朝之主要史詩。五篇中以〈生民〉帶神話色彩，情節最為活潑生動。

## 行葦

**敦[1]彼行葦[2]，牛羊勿踐履[3]。**
**方苞[4]方體[5]，維葉泥泥[6]。**
**戚戚[7]兄弟，莫遠具[8]爾。**
**或肆[9]之筵，或授之几。**

蘆葦草群生在道路旁，別放牛羊來踐踏它。
蘆葦才初生成形，葉片柔嫩美好。
親愛的骨肉兄弟們啊，千萬不要疏遠了關係。
我擺設了酒宴，安排座席請你們上座。

**【註釋】**興也。泥，音「禰」。敦，音「團」。1敦，是聚貌。2行葦，是路旁的蘆葦。3踐履，是踐踏。4苞是初萌。5體是成形。6泥泥，是柔潤。7戚戚，是親愛。8具，是俱是。9肆，是陳設。

**【章旨】**這章詩是宴飲同姓的。他說圍聚路旁的蘆葦，遭著牛羊的踐踏，未免可憐。因為它萌芽初出，形體方成，它的葉子很是柔美的。我心中實在愛它。我的同姓兄弟，又非疏遠，我那能不愛呢？我將陳設了宴飲，請你們几上坐著呢。

**【集傳】**興也。敦，聚貌。勾萌之時也。行，道也。勿，戒止之辭也。苞，甲而未拆也。體，成形也。泥泥，柔澤貌。戚戚，親也。莫，猶勿也。具，俱也。爾，與邇同。肆，陳也。○疑此祭畢，而燕父兄耆老之詩。故言敦彼行葦，而牛羊勿踐履，則方苞方體，而葉泥泥矣。戚戚兄弟，而莫遠具爾，則或肆之筵，而或授之几矣。此方言其開燕設席之初，而殷勤篤厚之意，藹然已見於言語之外矣。讀者詳之。

【箋註】牛運震曰：興意蕭遠深厚，「勿」字極婉切。「戚戚兄弟」二語愷摯動人，勝讀粟布豆萁等歌。一段風諭之辭，篤厚愷惻。

方玉潤曰：牛羊未有不踐生草者，詩言「勿踐」，故知非泛然起興者比，同一筵燕而有分別，已為末章地步。

**肆筵設席1，授几有緝2御3。**
**或獻4或酢5，洗爵6奠斝7。**
**醓醢8以薦，或燔9或炙10，**
**嘉殽脾11臄12，或歌或咢13。**

再次設下酒宴，安排人在旁伺候。主人向賓客勸酒、賓客回敬主人，洗淨了杯子又再次勸酒，賓客接了酒安放在席上。獻上裝盛得滿滿的肉醬，還有烤肉與炙肝，美味的佳餚和豬肚與豬舌，一旁有人唱歌擊鼓助興。

【註釋】賦也。席，叶祥勺反。御，叶魚駕反。斝，音「假」。醓，音「貪」。薦，叶即略反。炙，叶陟略反。脾，音「琵」。臄，音「劇」。咢，音「岳」。1設席，是重席。2緝，是繼續。3御，是侍宴。4獻，是主人樽酒酌客。5酢，是客樽酒的主人。6洗爵，是主人洗爵酌客。7斝，是爵杯。奠斝，是客受主人的酒不再飲，安放在席上。8醓醢，是肉醬。9燔，是烤肉。10炙是炙肝。11脾，是豬肚。12臄是豬嘴。13咢，是助歌者拍板。

【章旨】這章詩是說重設筵席，又有繼續安座侍宴的人。主人獻爵，賓客飲了，還敬主人；主人又復洗杯酌客，客接了酒杯不再飲，安放在席上。然後獻上肉醬，燔肉炙肝，和各種的嘉殽。還有唱歌的拍板的，佐助宴樂。

【集傳】賦也。設席，重席也。緝，續。御，侍也。有相續代而侍者。言不乏使也。進酒於客曰獻，客答之曰酢。主人又洗爵酬客，客受而奠之不舉也。斝，爵也。夏曰醆，殷曰斝，周曰爵。醓，醓之多汁者也。燔用肉，炙用肝。臄，口上肉也。歌者，比於琴瑟也。徒擊鼓曰咢。○言侍御獻酬，飲食歌樂之盛也。

【箋註】牛運震曰：承上肆筵授几而推言之。「緝御」字法雅練。數「或」字點次歷落，卻次第分明。敘燕飲儀節，括而晰，更有渲染色澤。

方玉潤曰：此寫醻酢，為燕正面。

**敦弓1既堅，四鍭2既鈞3。**
**舍矢4既均5，序賓以賢6。**
**敦弓既句7，既挾8四鍭9。**
**四鍭如樹10，序賓以不侮。**

天子所用的雕弓非常堅韌，四把金鏃的箭矢很均衡，發箭而出皆射中了紅心，以射中的多寡來決定賓客所坐的位置。引滿雕弓，將四枝箭射穿靶心，四箭如手植的樹一般，以此為序位的安排，不侮慢任何人。

【註釋】賦也。敦，音「彫」。堅，叶占因反。鍭，音「侯」。賢，叶下殄反。句，音「姤」。挾，予協反。樹，叶上主反。1敦同雕。敦弓，是畫了的弓，係天子所用的。2鍭，是金鏃頭的箭。3鈞是平均。4舍矢，是發箭。5均，是均中。6賢，是稱射中的人。序賓以賢，是射中的多寡，安座位的秩序。7句，是引滿了弓弦。8挾，是挾取。9四鍭，是四枝箭頭。射禮搢三挾一。10如樹，是如同手植的一般。

【章旨】這章詩是說天子所用的雕弓，很是堅勁。四枝箭頭擺列得平均，發箭一齊射中了。以射中的多寡，定座位的秩序。每人都取了四枝箭頭，四枝箭射去，都像手植的一般，一齊射中了，沒有哪個獨勝。所以賓客坐的高下，也沒有那個輕侮。

【集傳】賦也。敦，雕通。畫也。天子雕弓。堅，猶勁也。鍭，翦羽也。鈞，參亭也。謂三分之一在前，二在後，三訂之而平者。前有鐵重也。舍，釋也。謂發矢也。均，皆中也。賢，射多中也。投壺曰：「某賢於某若於純。」奇則曰「奇」，均則曰左右均，是也。句，彀通。謂引滿也。射禮，搢三挾一，既挾四鍭，則偏釋矣。如樹，如手就樹之。言貫革而堅正也。不侮，敬也。令弟子辭。所謂無憮，無敖，無偝立，無踰言者也。或曰：「不以中病不中者也。」射以中多為雋，不侮為德。○言既燕而射以為樂也。

【箋註】方玉潤曰：此寫射禮，為燕中事。

**曾孫1維主，酒醴維醹2，**
**酌以大斗3，以祈黃耇4。**
**黃耇台背5，以引以翼6。**
**壽考維祺7，以介景福。**

祭主是這場宴席的主人，準備了濃厚香醇的美酒。用大酒杯斟滿酒，以此祝福大家都能得享高壽，長壽到背脊上生出紋路，要人扶持牽引的程度。祈禱大家都能高壽吉祥，得享上天所賜的鴻福。

【註釋】賦也。主，叶當口反。醹，音「乳」，叶奴口反。斗，叶腫庾反。耇，叶果五反。背，叶必墨反。祺，音「其」。福，叶筆力反。1曾孫，是主祭的人。2醹，是厚酒。3大斗，是大酒杯。4黃耇，是老人的稱呼。5台，通「鮐」。鮐魚，背上有紋。老人背上有紋，所以稱為「台背」。6翼，是輔翼。7祺，是安吉。

【章旨】這章詩是說曾孫祭畢了，又復做主人，來燕賓客。備了濃厚的酒醴，用大杯進酒，祈求大家的高壽，都像黃耇台背一樣，使大家導引我、輔翼我，到老安吉，大我的景福。

【集傳】賦也。曾孫，主祭者之稱。今祭畢而燕。故因而稱之也。醹，厚也。大斗，柄長三尺。祈，求也。黃耇，老人之稱。以祈黃耇，猶曰以介眉壽云耳。古器物款識云，用蘄萬壽，用蘄眉壽，永命多福。用蘄眉壽，萬年無疆。皆此類也。台，鮐也。大老則背有鮐文。引，導。翼，輔。祺，吉也。〇此頌禱之辭。欲其飲此酒而得老壽，又相引導輔翼，以享壽祺介景福也。

【箋註】姚際恆曰：「酌以大斗，以祈黃耇。黃耇台背，以引以翼」，有致，如畫。

## 行葦四章，章八句。

【集傳】《毛》，七章，二章章六句，五章章四句。《鄭》，八章章四句。《毛》首章以四句興二句，不成文理；二章又不協韻。《鄭》首章有起興，而無所興，皆誤。今正之如此。

【箋註】《詩序》：〈行葦〉，忠厚也。周家忠厚，仁及草木，故能內睦九族，外尊事黃耇，養老乞言，以成其福祿焉。

姚際恆曰：然則是詩者，固燕同、異姓父兄、賓客之詩，而饗酢、射禮亦並行之，終之以尊優耆老焉。古禮不可考，不得以後世禮文執而求之也。

牛運震曰：篤厚典雅。

高亨曰：這是一首描寫貴族和兄弟宴會、較射、祭神、祈福的詩。

# 既醉

**既醉以酒，既飽以德[1]。君子[2]萬年，介爾[3]景福。**

神靈吃醉了你所祭祀的酒，也體察到了你所懷有的美好德行，神靈將祝福你萬年長壽，得享鴻福。

【註釋】賦也。福，叶筆力反。1德，是明德。2君子，是指王的。3爾亦是指王的。

【章旨】這章詩是神的嘏辭。他說神既醉飽了你的酒食，是你的明德，已經達到了，神將要賜你萬年的景福。

【集傳】賦也。德，恩惠也。君子，謂王也。爾，亦指王也。○此父兄所以答行葦之詩。言享其飲食恩惠之厚，而願其受福如此也。

【箋註】姚際恆曰：「既飽以德」，不言「殽」，妙。

牛運震曰：兩「既」字緊接前詩，感激殊深。

方玉潤曰：「既醉以酒，既飽以德」，一篇之主。起得飄忽。

**既醉以酒，爾殽[1]既將[2]。君子萬年，介爾昭明[3]。**

神靈吃醉了你所祭祀的酒，你又獻上美味的佳餚。神靈將祝福你萬年長壽，你的未來一片光明。

【註釋】賦也。明，叶莫郎反。1殽，是俎豆裡裝的菜。2將，是奉。3昭明，是光大。

【章旨】這章詩是神既醉饗了你的酒，你又奉上殽菜，你的明德萬年更將光大了。

【集傳】賦也。殽，俎實也。將，行也。亦奉持而進之意。昭明，猶光大也。

【箋註】姚際恆曰：「爾殽既將」，不言「飽」，妙。

**昭明有融1，高朗2令終3。**
**令終有俶4，公尸5嘉告6。**

光明美好長盛，並得到善終。
能夠善始善終，這是神靈透過君尸傳遞的善言祝福。

【註釋】賦也。告，叶姑沃反。1融，是盛明。2高朗，是虛明。3令終，是善終。《洪範》所謂「考終命」。4俶，是始。5公尸，是君尸。6嘉告，是代神傳告善言。

【章旨】這章詩是說你的明德盛著，不是虛明，實在可以善終，並且善終善始，這是公尸代神的嘉譽。

【集傳】賦也。融，明之盛也。《春秋傳》曰：「明而未融。」朗，虛明也。令終，善終也。《洪範》所謂「考終命」。《古器物銘》：所謂「令終令命」，是也。俶，始也。公尸，君尸也。周稱王，而尸但曰公尸。蓋因其舊，如秦已稱皇帝，而其男女猶稱公子、公主也。嘉告，以善言告之。謂嘏辭也。蓋欲善其終者，必善其始。今固未終也，而既有其始矣，於是公尸以此告之。

【箋註】牛運震曰：「令終有俶」，從有終轉到有始，妙。「公尸嘉告」一篇頌禱，借此發出。

**其告維何？**
**籩豆靜嘉1，朋友2攸攝3，**
**攝以威儀。**

君尸到底說了什麼美好的祝福呢？
他說你的祭品清潔而美味，還有賓客來助祭祀，
助祭的人都很有威儀。

【註釋】賦也。嘉，叶居何反。儀，叶牛何反。1靜嘉，是清潔盛美。2朋友，是指助祭的賓客。3攝，是佐助。

【章旨】這章詩是說公尸是怎樣嘉告呢？他說你的祭禮很是清潔盛美，還有賓客來助祭。助祭的人，也是

很有威儀。

【集傳】賦也。靜嘉，清潔而美也。朋友，指賓客助祭者。說見〈楚茨〉篇。攝，檢也。○公尸告以汝之祭祀，籩豆之薦，既靜嘉矣。而朋友相攝佐者，又皆有威儀當神意也。自此至終篇，皆述尸告之辭。

**威儀孔時，君子有孝子1。**
**孝子不匱2，永錫爾類3。**

而你的威儀表現得體，還有孝順的兒子。
你的子孫孝順不竭，我將賜予他們享用不盡的福善。

【註釋】賦也。時，叶上止反。子，叶獎里反。1孝子，是主人的嗣子，或作孝順的兒子。2匱，是空竭。3類，是善。

【章旨】這章詩是說你的威儀，很是合宜，又有孝子為我舉奠，你已經有孝心了。你的嗣子又孝，真是源源不竭了。我將永遠賜你的福善。

【集傳】賦也。孝子，主人之嗣子也。儀禮，祭祀之終，有嗣舉奠。匱，竭。類，善也。○言汝之威儀，既得其宜，又有孝子以舉奠。孝子之孝，誠而不竭，則宜永錫爾以善矣。東萊呂氏曰：「君子既孝，而嗣子又孝，其孝可謂源源不竭矣。」

**其類維何？室家之壼1。**
**君子萬年，永錫祚2胤3。**

我要如何賜給你福善呢？你的家庭將推廣開來。
你會享有萬年的高壽，子子孫孫都將得到福祿庇佑。

【註釋】賦也。壼，音「悃」，叶苦俊反。胤，音「孕」。1壼，是宮中的巷子。是深遠嚴肅的意思。2

祚，是福祿。3胤，是子孫。

【章旨】這章詩是說怎樣賜你的福善呢？你的室家和宮內，以及你的萬年，都永遠賜你的福祿，以至於世世子孫。

【集傳】賦也。壼，宮中之巷也。言深遠而嚴肅也。祚，福祿也。胤，子孫也。錫之以善。莫大於此。

**其胤維何，天被[1]爾祿。君子萬年，景命有僕[2]。**

為什麼你的子孫能夠受享福祿呢？因為上天讓你享受天福。你將享有萬年的高壽，天命將同時附降給你。

【註釋】賦也。被，音「備」。1被，是受。2僕，是附依。

【章旨】這章詩是說何以能使你子孫受福呢？因為你受了天福，以至萬年，天命都是附依你的，所以臨到你的子孫。

【集傳】賦也。僕，附也。○言將使爾有子孫者，先當使爾被天祿，而為天命之所附屬。下章乃言子孫之事。

**其僕維何？釐[1]爾女士[2]。從[3]以孫子。**

天命將如何附降給你呢？賜給你賢淑的女子為妻。除了賜你賢淑女子為妻，還有好的子孫。

【註釋】賦也。子，叶獎里反。釐，音「離」。1釐，當「與」字解。2女士，是有士行的女子，就是賢淑的女子。3從，是隨從，就是又生賢子孫的意思。

【章旨】這章詩是說天命怎樣的附依你呢？先把賢淑的女子，與你為配。與了你的賢配，然後又生賢子孫。這不是天命附依你嗎？

【集傳】賦也。釐，予也。女士，女之有士行者。謂生淑媛使為之妃也。從，隨也。謂又生賢子孫也。

## 既醉八章，章四句。

【箋註】《詩序》：〈既醉〉，大（太）平也。醉酒飽德，人有士君子之行焉。

牛運震曰：清脫穩雅。一篇祝釐之旨，卻借公尸嘏辭發之。而以昭明高朗望其君，以孝子女士望其君之胤嗣，可謂善頌善禱。蟬聯體疊轉不窮。

高亨曰：周代祭祀祖先，有人裝祖先的神，其名為尸。在祭祀中，由祝官代表尸，向主祭者說一些賜福的話，這叫做「嘏辭」。這首詩是祝官致嘏辭後所唱的歌，可以稱為「嘏歌」。

糜文開、裴普賢曰：這是父兄用以答〈行葦〉之詩。

# 鳧鷖

鳧[1]鷖[2]在涇[3]，公尸來燕來寧。
爾[4]酒既清，爾殽既馨[5]。
公尸燕飲，福祿來成。

鳧鳥水鷗在涇水中游著，代表祖先的君尸安然的接受祭祀。
你準備的美酒清醇，你準備的菜餚如此芳香。
君尸欣然享受這些飲饌的祭品，也成就了你的福祿。

【註釋】興也。鳧，音「扶」。鷖，音「醫」。1鳧，是鳥，形如鴨。2鷖，是水鷗。3涇，是水名，或作水中。4爾，是指歌工以及主人。5馨，是香氣。

【章旨】這章詩是繹祭賓尸的。他說鳧鷖在水中的安寧，如同公尸來燕一樣的安寧。主人的酒，是清潔的；主人的殽，是馨香的。公尸燕飲了，福祿便成就了。

【集傳】興也。鳧，水鳥。如鴨者。鷖，鷗也。涇，水名。爾，自歌工而指主人也。馨，香之遠聞也。○此祭之明日，繹而賓尸之樂，故言鳧鷖則在涇矣，公戸則來燕來寧矣。酒清殽馨，則公尸燕飲，而福祿來成矣。

**鳧鷖在沙1，公尸來燕來宜2。**
**爾酒既多，爾殽既嘉。**
**公尸燕飲，福祿來為3。**

鳧鳥水鷗在沙地上，代表祖先的君尸舒適的接受祭祀。你準備很多美酒，你準備種種佳餚。君尸欣然享受這些飲饌的祭品，助你得到福祿的庇佑。

【註釋】興也。沙，叶桑何反。宜，叶牛何反。嘉，叶居何反。為，叶胡禾反。1沙，是水旁的沙土。2宜，是合宜。3為是相助。

【集傳】興也。為，猶助也。

【箋註】牛運震曰：一則曰「來寧」，再則曰「來宜」，寫出公尸既祭而燕，安泰自然之況。

**鳧鷖在渚1，公尸來燕來處。**
**爾酒既湑2，爾殽伊脯3。**

鳧鳥水鷗在小洲上，代表祖先的君尸來此暫留，接受祭祀。你準備的酒如此香醇，你準備的菜餚中有肉乾。

公尸燕飲，福祿來下4。

【註釋】興也。下，叶後五反。1渚，是水中高地。2湑，是濃酒。3脯是肉乾。4下是下降。

【集傳】興也。渚，水中高地也。湑，酒之泲者也。

——君尸欣然享受這些飲饌的祭品，福祿自然下賜給你。

鳧鷖在潨1，公尸來燕來宗2。
既燕于宗3，福祿攸降。
公尸燕飲，福祿來崇4。

【註釋】興也。潨，音「叢」。降，叶乎攻反。1潨，是水會，就是水流交會的地方。2來宗，是尊敬的意思。3于宗，是在宗廟宴飲。4崇，是積高了。

【集傳】興也。潨，水會也。來宗之宗，尊也。于宗之宗，廟也。崇，積而高大也。

——鳧鳥水鷗在水流交會處，代表祖先的君尸接受尊敬的祭祀。你在宗廟中擺宴祭祀，福祿自然的降臨。君尸欣然享受這些飲饌的祭品，你的福祿日積月累的增加。

鳧鷖在亹1，公尸來止熏熏2。
旨酒欣欣3，燔炙4芬芬5。
公尸燕飲，無有後艱6。

【註釋】興也。亹，音「門」。熏，叶眉貧反。芬，叶豐匀反。艱，叶居銀反。1亹，是水峽。2熏熏，

——鳧鳥水鷗在水峽之中，代表祖先的君尸前來，態度和悅。他喝了美味的酒，心情愉快，燒烤的肉塊香氣撲鼻。君尸欣然享受這些飲饌的祭品，你往後將萬事順利，沒有災難。

是和悅。3欣欣，是快樂。4燔、炙，是燔肉炙肝。5芬芬，是芳香。6無有後艱，是往後沒有艱難的事情。

【章旨】這四章詩和首章一樣的解法。

【集傳】興也。亹，水流峽中，兩岸如門也。熏熏，和說也。欣欣，樂也。芬芬，香也。

【箋註】牛運震曰：「無有後艱」語極平常，卻看得深。所謂福莫長於無禍也。

鳧鷖五章，章六句。

【箋註】牛運震曰：清快中不失為重。

高亨曰：周代貴族在祭祀祖先的次日，為了酬謝尸的辛勞，擺下酒食，請尸來吃，這叫做「賓尸」，這手詩正是行賓尸之禮所唱的歌。

## 假樂

假1樂君子2，顯顯3令德。
宜民宜人4，受祿于天。
保右命之，自天申5之。

美好快樂的君子啊，德行光明而燦爛。
下能保護人民，因此得到上天的的賜福。
給予保佑又得到天命，上天一再給予鴻福。

【註釋】賦也。假，音「嘉」。樂，音「洛」。子，叶音「則」。天，叶鐵因反。命，叶彌并反。佑，音

「又」。1假，是嘉美。2君子，是指王的。3顯，是顯明。4宜民宜人，是相安人民。5申，是申重。

【章旨】這章詩是奉上的美辭。他說嘉美的人君，有顯明的令德，既能安保人民，又能受福於天，所以上天保佑他、命令他，又申重他。

【集傳】賦也。嘉，美也。君子，指王也。民，庶民也。人，在位者也。申，重也。○言王之德既宜民人，而受天祿矣。而天之於王，猶反覆眷顧之而不厭，既保之右之，命之而又申重之也。疑此即公尸之所以答鳧鷖者也。

【箋註】牛運震曰：「宜民宜人」一篇領脈。

方玉潤曰：一詩大旨全在首章。以下第承言之。

**干祿百福，子孫千億1。**
**穆穆2皇皇3，宜君宜王。**
**不愆4不忘5，率6由舊章7。**

君子得到各種無數福祿，子孫衆多，超過千億。態度敬謹威儀堂皇的人，可以堪任君王。所作所爲毫無差錯，不可忘記修德，事事遵循先王頒布的禮樂章典。

【註釋】賦也。福，叶筆力反。1千億是最多的意思。2穆穆，是敬貌。3皇皇，是美貌。4愆，是咎過。5忘，是忘了。6率是循。7舊章，是先王的禮樂政刑。

【章旨】這章詩是說王的求祿，便得百福，所以子孫眾多。嫡為天子，庶為諸侯，沒有不是誠敬美善的樣子，都可以為君為王。因為我王不獲罪過，不忘修德，遵循先王的禮樂政刑，所以纔能這個樣子。

【集傳】賦也。穆穆，敬也。皇皇，美也。君，諸侯也。王，天子也。愆，過。率，循也。舊章，先王之禮樂政刑也。言王者干祿而得百福，故其子孫之蕃至於千億。嫡為天子，庶為諸侯，無不穆穆皇皇，以遵先王之法者。

**威儀抑抑1，德音秩秩2。**
**無怨無惡，率由群匹3。**
**受福無疆，四方之綱4。**

行事態度縝密，德行有度。
待人不懷怨恨也不厭惡，能夠順應衆臣的公議。
這樣的君主，將受上天賜福無盡，足以爲天下人的表率。

【註釋】賦也。1抑抑，是慎密。2秩秩，是有常。3群匹，是眾賢。4綱，綱紀，就是統率。

【章旨】這章詩是說我王的威儀慎密，德音有常，沒有怨惡的事情，都是循從眾賢善類。所以能夠受福不盡，統率四方。

【集傳】賦也。抑抑，密也。秩秩，有常也。匹，類也。○言有威儀聲譽之美，又能無私怨惡，以任眾賢。是以能受無疆之福，為四方之綱。此與下章，皆稱願其子孫之辭也。或曰：「無怨無惡，不為人所怨惡也。」

**之綱之紀，燕1及朋友2。**
**百辟3卿士，媚于天子。**
**不解4于位，民之攸塈5。**

君王能夠成爲天下人的表率，臣下也能爲之安定。
諸侯與卿士們，愛戴君王。
但願他不要怠惰政事，百姓們就能安居樂業。

【註釋】賦也。友，叶羽已反。子，叶獎里反。塈，音「戲」。解，音，「懈」。1燕，是安。2朋友，是諸臣。3百辟，是諸侯。4解，是怠惰。5塈是休息。

【章旨】這章詩是說君能綱紀四方，也能安及臣下，所以諸侯卿士，都愛戴天子。願他不要怠惰君位，好讓百姓安居休養。

【集傳】賦也。燕，安也。朋友，亦謂諸臣也。解，惰。塈，息也。言人君能綱紀四方，而臣下賴之以安，則百辟卿士，媚而愛之。維欲其不解于位，而為民所安息也。東萊呂氏曰：「君燕其臣，臣媚其君，此上下交而為泰之時也。」泰之時，所憂者怠荒而已。此詩所以終於不解於位，民之攸塈也。方嘉之，又規之者，蓋臯陶賡歌之意也。民之勞逸在下，而樞機在上。上逸則下勞矣。上勞則下逸矣。不解于位，乃民之所由休息也。

【箋註】牛運震曰：風勸雅切，妙在無諫爭氣。目臣下為朋友，恬雅之甚。非泰交之世，不能為此稱謂。「率由群匹」、「燕及朋友」，所謂宜人也；「民之攸塈」，所謂宜民也。章法照應釐然。

方玉潤曰：至末始寓規意。

## 假樂四章，章六句。

【箋註】高亨曰：這是一首為周王頌德祝福的詩。

馬持盈曰：這是公尸以為君之道答〈鳧鷖〉。

# 公劉

篤1公劉2，

爲人篤實敦厚的公劉啊，

他不敢安適，不敢淪於逸樂，努力處理田地的工作，

匪居3匪康4，迺埸迺疆5，
迺積6迺倉7，迺裹8餱9糧，
于槖10于囊11，思輯12用光。
弓矢斯張，干戈戚13揚14，
爰方啓行15。

收穫米糧後囤積在田地裡，儲存在糧倉中，包裹起來，或做成乾糧，
將米糧裝袋收藏，把倉庫存得滿滿的。
準備好弓箭，還有干戈斧鉞等各種武器，
這才啓程遷都豳地。

【註釋】賦也。埸，音「易」。裹，音「果」。槖，音「託」。餱，音「候」。糧，音「良」。輯，音「集」。行，叶戶郎反。1篤是篤厚。2公劉，是后稷的曾孫。3居，是安。4康，是寧。5埸、疆，是田畔。6積，是露積在田中。7倉，是藏在倉裡。8裹，是包裹。9餱，是乾糧。10槖，是包袱。11囊，是袋子。12輯，是和輯。13戚，是斧。14揚，是鉞。15方，是方纔。

【章旨】這章詩是美公劉始遷豳地的盛況。他說篤厚的公劉，他在西戎。一日也不敢安寧，總是治理田疇，居積糧食。等到富足了，又教民裹了乾糧，放在袋子裡，預備有事用的。因為他要想和輯人民，光顯國家，所以又備了弓矢、干戈、斧鉞，種種的兵器，方纔啟行遷到豳地。

【集傳】賦也。篤，厚也。公劉，后稷之曾孫也。事見〈豳風〉。居，安。康，寧也。埸疆，田畔也。積，露積也。餱，食。糧，糗也。無底曰槖，有底曰囊。輯，和。戚，斧。揚，鉞。方，始也。○舊說，召康公以成王將涖政，當戒以民事。故詠公劉之事，以告之曰：「厚哉公劉之於民也，其在西戎不敢寧居，治其田疇，實其倉廩，既富且強。於是裹其餱糧，思以輯和其民人，而光顯其國家。然後以其弓矢斧鉞之備，爰始啟行，而遷都豳焉。蓋亦不出其封內也。」

【箋註】牛運震曰：「「篤」字括通篇之旨。通章直敘樸老。」
方玉潤曰：「詩大旨全在首章，以下第承言之。」

篤公劉，
于胥[1]斯原，既庶[2]既繁，
既順迺宣[3]，而無永歎[4]。
陟則在巘[5]，復降在原。
何以舟[6]之？
維玉及瑤，鞞[7]琫[8]容刀[9]。

為人篤實敦厚的公劉啊，
檢視周原的土地，足以讓衆多百姓繁衍生息，
合乎所需後便向人民宣布，大家都不反對。
他登到山頂，又下到平原，四處觀察，
他隨身配戴著些什麼呢？
是用碧玉和瓊瑤裝飾鞘的刀子。

【註釋】賦也。繁，叶紛乾反。歎，音「灘」。巘，音「讞」，叶魚軒反。舟，叶之遙反。鞞，必頂反。琫，音「菶」。瑤，音「遙」。刀，徒招反。1胥，是相視。2庶，是眾多。3宣，是遍地居住。4無永歎，是得了安居，永不歎念舊地。5巘，是山頂。6舟，作「帶」字解。7鞞，是刀鞘。8琫是刀上的飾物。9容刀，是有容采的刀。

【章旨】這章詩是說篤厚的公劉，相視周原的土地。居住繁庶的人民，百姓們自從得了安居，遍處都住滿了，沒有一個思念舊土的，可見都是願意跟著他，來到此地了。當初來的時候，吃了一番辛苦。升到山頂，又從山頂降下平原，都是為了百姓啊。他身上帶了什麼呢？帶了玉瑤飾著的寶刀，多麼威武呀！

【集傳】賦也。胥，相也。庶繁，謂來居之者眾也。順，安。宣，遍也。言居之遍也。無永歎，得其所不思舊也。巘，山頂也。舟，帶也。鞞，刀鞘也。琫，刀上飾也。容刀，容飾之刀也。或曰：「容刀如言容臭。」謂鞞琫之中容此刀耳。○言公劉至豳欲相土以居，而帶此劍佩，以上下於山原也。東萊呂氏曰：「以如是之佩服，而親如是之勞苦，斯其所以為厚於民也歟。」

【箋註】姚際恆曰：「何以舟之？維玉及瑤，鞞琫容刀」，描摹極有致態，亦復精彩。
牛運震曰：「而無永歎」寫出一時人心和同。句亦抝轉逸宕。「何以舟之」三句閒筆，點染悠雅，此中有遠神有深意。

篤公劉，
逝彼百泉，瞻彼溥[1]原，
迺陟南岡，乃覯[2]于京。
京師[3]之野，
于時[4]處處[5]，于時廬[6]旅[7]，
于時言言[8]，于時語語[9]。

為人篤實敦厚的公劉啊，
到百泉處，眺望到廣大的平原。
接著登上南山，觀望京地的模樣。
此時的京城是一片廣闊的原野，
於是決定在此定居，於是在此建立了房舍，
於是決定在這裡主持教令，於是在這裡論政施令。

【註釋】賦也。溥，音「普」。京，叶居良反。野，叶上與反。1溥，是廣大。2覯，是看見。3京，是高。師，是師眾。京師，是高山眾居，後世以帝王所都，號稱京師，即起於此。4于時，當作「于是」解。5處處，是居室。6廬，是廬舍。7旅，是賓族。8言言，是施教。9語語，是論事。

【章旨】這章詩是說篤厚的公劉，往到百泉的地方，瞻著了廣大的平原，又上登南山的高岡，觀望京地。在京丘的平野，造了居室，造了賓舍，施教令，論政事，成立了國家。

【集傳】賦也。溥，大。覯，見也。京，高丘也。師，眾也。京師，高山而眾居也。董氏曰：「所謂京師者，蓋起於此，其後世因以所都，為京師也。」時，是也。處處，居室也。廬，寄也。旅，賓旅也。直言曰「言」，論難曰「語」。○此章言營度邑居也。自下觀之，則往百泉而望廣原。自上觀之，則陟南岡而覯于京。於是為之居室，於是廬其賓旅，於是言其所言，於是語其所語。無不於斯焉。

【箋註】牛運震曰：言言語語，寫出民人笑語歡悅神情。
方玉潤曰：描摹遷都人眾未定景象，如在目前。

篤公劉，
于京斯依1，蹌蹌濟濟2。
俾筵俾几3，既登乃依4。
乃造其曹5，執豕于牢6。
酌之用匏7，食之飲之，
君之宗8之。

爲人篤實敦厚的公劉啊，
於是在京師中安定下來。底下的臣子們都聚集至此，
鋪排几筵設宴，衆臣們登席就坐。
命令人去豬圈，抓了豬來宰殺做菜。
以瓢爲杯暢飲，大家吃吃喝喝，
一致擁戴公劉爲君主。

【註釋】賦也。依，叶於豈反。蹌，音「槍」。造，音「糙」。食，音「嗣」。匏，音「庖」。1依，是安居。2蹌蹌濟濟，是群臣有威儀貌。3俾筵俾几，是設了筵席坐几。4登、依，是登席依坐。

5造，是往。曹，是群牧。是說到群牧的地方，捉豬辦菜供客。又傳訓以為乃造于曹，是為群臣設酒食。造，當作為。曹當作「群」，解說亦通。6牢，是豬圈。7匏，是用匏瓜做酒杯。8宗，是尊主，或作同姓。君、宗，是立君宗法制。君統百姓，宗統同姓。

**【章旨】**這章詩是說篤厚的公劉，安居京師，群臣蹌蹌濟濟，都有威儀。公劉設了筵席几坐，使群臣登席就坐，為他們設酒食，殺豬做殽，用匏瓜做的杯子飲酒，很是儉樸的。但是一飲一食，莫非人君優禮群臣的。

**【集傳】**賦也。依，安也。蹌蹌濟濟，群臣有威儀貌。俾，使也。使人為之設筵几也。登，登筵也。依，依几也。曹，群牧之處也。以豕為殽。用匏，為爵。儉以質也。宗，尊也，主也。嫡子孫主祭祀，而族人尊之以為主也。○此章言宮室既成而落之。既以飲食勞其群臣，而又為之君，為之宗焉。東萊呂氏曰：「既饗燕而定經制，以整屬其民。上則皆統於君，下則各統於宗。」蓋古者建國立宗，其事相須。楚執戎蠻子，而致邑立宗，以誘其遺民，即其事也。

**【箋註】**牛運震曰：草創氣概，便自不同。「酒造其曹」三句寫得樸致宛然，野老家人風味。

**篤公劉，**
**既溥1既長，既景2岡3。**
**相4其陰陽5，觀其流泉6。**
**其軍三單7，度其隰原，**
**徹田8為糧9。**

---

爲人篤實敦厚的公劉啊，
他所開闢的土地廣又長，以日影定方位，登高測量，
確認了氣候的寒冷與溫暖，並察看泉水水勢的走向。
他的軍隊有三個軍，丈量原野的高低地勢和廣度，
規定田畝的稅收以作爲賦稅。
他還測量了山以西的田地，豳地從此範圍更大。

度其夕陽10，豳居允荒11。——

【註釋】賦也。單，音「丹」，叶多涓反。1溥是廣。是說廣闢土地。2景是考日影，以定方向的器具，就是現在的日晷。3岡，是登高瞭望形勢的高岡。4相，視察。5陰陽，是寒暖的氣候。如同現在看地的彷彿。6流泉，是水泉灌溉的便利。7三單，是軍數。古制八口共食百畝，百畝賦納軍口一名。後世三丁抽一的法子，也是仿照此法的。8徹，是徹法。古時井田九百畝，中間百畝，作為公田，八家各受田百畝，同作公田。9糧是糧賦。10度夕陽，是說測在山以西的田。11允荒，是更大。

【章旨】這章詩是說篤厚的公劉，自從開闢了廣長的土地，用日影定了方向，登高視察陰陽，辨別氣候的寒溫，察看水泉的便利，定了軍數，為三單的制法，測量了下隰平原的土地，墾為田畝，定了徹法為糧賦，測量的田畝，是在山的西邊。豳人住在此地的更多，國家也從此更大了。

【集傳】賦也。溥，廣也。言其芟夷墾辟，土地既廣而且長也。景，考日景，以正四方也。岡，登高以望也。相，視也。陰陽，向背寒暖之宜也。流泉，水泉灌溉之利也。三單，未詳。徹，通也。一井之田，九百畝。八家皆私百畝，同養公田。耕則通力而作，收則計畝而分也。周之徹法自此始。其後周公蓋因而脩之耳。山西曰夕陽。允，信。荒，大也。〇此言辨土宜，以授所徙之民，定其軍賦與其稅法，又度山西之田以廣之。而豳人之居，於此益大矣。

【箋註】牛運震曰：山西曰夕陽，此度地也，卻說度其夕陽，妙。便覺景色晻映，宛然如覩。末二句仍以度民居為言。寫一時經國體野，正有草昧淳古之氣。

篤公劉，于豳斯館1，——為人篤實敦厚的公劉啊，在豳地營造房舍，涉渭為亂[2]，取厲[3]取鍛[4]。
止[5]基[6]理[7]，爰眾爰有[8]。
夾[9]其皇澗，遡[10]其過澗[11]。
止旅密，芮[12]鞫[13]之即[14]。

橫渡渭水到對岸，開採打磨鍛造用的砥石與鐵石。打好了地基後就開始建造房舍，人口隨之增加，生活也逐漸富足。
皇澗兩旁蓋起了屋室，過澗的對面也有人臨水居住。此地住的人越來越多，就連芮水外邊也住滿了人。

**【註釋】** 賦也。館，叶古玩反。鍛，丁亂反。有，叶羽己友。鞫，音「菊」。1館，是客舍。2亂，是橫渡。3厲，是砥石。4鍛，是鐵。5止，是居。6基，是安。7理，是疆理。8有，是富足。9夾，是分居兩旁。10遡，是迎水居住。11皇澗、過澗，都是澗名。澗，是山夾的流水。12芮，是水名。《周禮職方》作「汭」。13鞫，是水外。14即，是即近豳地。

**【章旨】** 這章詩是說篤厚的公劉，初到豳地的時候，不過暫作客舍居住的。他便橫渡渭水，採取厲石和鐵，製造器具。後來居定了，方纔疆理田畝。這個時候人民已經眾多，並且富足了，有的是分居皇澗的兩邊，有的是迎水居住著，末後住的人民太密，又分居芮水的外邊，靠近豳地。

**【集傳】** 賦也。館，客舍也。亂，舟之截流橫渡者也。厲，砥。鍛，鐵。止，居。基，定也。理，疆理也。眾，人多也。有，財足也。遡，鄉也。皇過，二澗名。芮，水名。出吳山西北，東入涇。《周禮職方》作「汭」。鞫，水外也。○此章又總敘其始終。言其始來未定居之時，涉渭取材，而為舟以來往，取厲取鍛，而成宮室。既止基於此矣，乃疆理其田野，則日益繁庶富足。其居有夾澗者，有遡澗者，其止居之眾，日以益密，乃復即芮鞫而居之，而豳地，日以廣矣。

**【箋註】** 姚際恆曰：分明圖畫。
方玉潤曰：新附民眾，乃更擴其土而居之，以作收筆。見國勢之大，日進無疆也。

## 公劉六章，章十句。

【箋註】牛運震曰：一篇樸厚文字，中間地脈形勝、田界水道、朝儀燕禮兵制稅法，一一經緯如畫，寫來無不堅緻生動。

方玉潤曰：詩首章將言遷都，先寫兵食具足，是為民信之本。古人舉事，不苟如此。次相度地勢。三寫民情歡洽。「于時處」、「于時廬」、「于時言」、「于時語」，莫非鼓舞操作氣象，毫無咨嗟怨歎之言，此國之所以日大也。四既落成而燕飲之。君乃為之立長分宗，以整屬其民，乃開國大計，非泛然者。迨至五章，區畫略定，乃定兵制，軍分為三；並立稅法，糧什取一。民即兵，兵即民，故並言焉。此「寓兵于農」之法，千秋軍制，無過乎是。至此遷都之事已畢，而更「度其夕陽」以為之地者何哉？蓋舊民雖安，新附日眾，不可不設館以處之。于是更即芮水之外廣為安置，或夾皇澗，或溯過澗，莫非民居，悉成都邑。豳居之境乃益擴耳。首尾六章，開國宏規，遷居瑣務，無不備具。

程俊英曰：這是周人的史詩之一，上承〈生民〉，下接〈緜〉詩。公劉是后稷的後代，約生於夏末商初，因避夏桀而遷豳，在發展農業生產上有一定的貢獻。前人認為〈公劉〉是豳詩，大約是可靠的。

屈萬里曰：此詠公劉遷豳之詩。《詩序》以為召康公所作以戒成王者，為詳所據。

# 泂酌

泂[1]酌[2]彼行潦[3]，挹彼注茲[4]，——遠遠的去取那流水，將它灌入此處，

可以餴[5]饎[6]，豈弟[7]君子，
民之父母[8]。

這些水可以用來蒸飯，可以用來釀酒。
和樂的君子啊，是人民的父母。

**【註釋】** 興也。洞，音「迥」。潦，音「老」。挹，音「揖」。餴，音「分」。饎，音「熾」，叶昌里反。母，叶滿彼反。1洞，是遠。2酌是勺取。3行潦，是流水，或作偶然聚積的水。4挹彼注茲，是從彼處取來，灌在此處。5餴，是蒸飯。6饎，是造酒食。7豈弟，是和樂。8父母，是人民極愛如同父母一般。

**【章旨】** 這章詩是召康公戒成王的。他說遠處酌來的行潦，是從哪裡取來的？灌在這個地方，既能蒸飯，又能造酒。和樂的君子，應該怎樣，纔能為民的父母呢？

**【集傳】** 興也。洞，遠也。行潦，流潦也。餴，烝米一熟，而以水沃之，乃再烝也。饎，酒食也。君子，指王也。○舊說以為，召康公戒成王。言遠酌彼行潦，挹之於彼，而注之於此，尚可以餴饎，況豈弟之君子，豈不為民之父母乎。《傳》曰：「豈，以強教之。弟，以悅安之。民皆有父之尊，有母之親。」又曰：「民之所好好之，民之所惡惡之。此之謂民之父母。」

**【箋註】** 牛運震曰：挹彼注茲，便有潔誠之意。潔誠可以事神，豈弟可以治民。取興正自紆深。

洞酌彼行潦，挹彼注茲，
可以濯[1]罍[2]，豈弟君子，
民之攸歸。

遠遠的去取那流水，將它灌入此處，
這些水可以用來清潔酒器。
和樂的君子啊，才能使人們嚮往歸心。

【註釋】興也。歸，叶古回反。罍，音「雷」。1濯，是洗滌。2罍，是酒樽。

【章旨】這章詩是說遠處酌來的行潦，是從哪裡來的？灌在這個地方，還可以洗滌酒樽。和樂的君子，應該怎樣，纔能使人民歸心呢？

【集傳】興也。濯，滌也。

**泂酌彼行潦，挹彼注茲，可以濯溉1，豈弟君子，民之攸塈2。**

遠遠的去取那流水，將它灌入此處，這些水可以用來清潔祭祀或迎賓用的酒器。和樂的君子啊，才能讓人民生活安適。

【註釋】興也。溉，叶古氣反音戲。1溉，《經義述聞》作「概」。概和罍對稱，是祼事用的酒樽。2塈，是休息。

【章旨】這章詩和上章是一樣的解法。

【集傳】興也。溉，亦滌也。塈，息也。

【箋註】牛運震曰：三「豈弟君子」不作頌辭，責望自深。

**泂酌三章，章五句。**

【箋註】《詩序》：〈泂酌〉，召康公戒成王也。言皇天親有德、饗有道也。

牟庭曰：〈泂酌〉，諫穆王勿棄寒賤之士也。

方玉潤曰：其體近乎風，匪獨不類〈大雅〉，且並不似〈小雅〉之發揚蹈厲，剴切直陳。

程俊英曰：這是歌頌統治者能得民心的詩。
屈萬里曰：此頌美天子之詩。
馬持盈曰：這是告誡人君以和樂平易乃能為民之父母。

## 卷阿

**有卷1者阿2，飄風自南。豈弟君子3，來游來歌，以矢其音4。**

曲折的山陵啊，旋風從南面吹來，和樂的君子啊，在這裡遊玩歌唱，唱出美妙的歌聲。

【註釋】賦也。卷，音「權」。南，叶尼心反。1卷，是曲。2阿，是大陵。3豈弟君子，是指王的。4矢，是陳。矢音，是發音。

【章旨】這章詩是召康公從成王到卷阿游歌，因而作詩獻王的。他說有曲折的大陵，飄風從南方吹來。好待和樂的君子，到這裡游樂唱歌，發出極美的聲音。

【集傳】賦也。卷，曲也。阿，大陵也。豈弟君子，指王也。矢，陳也。此詩舊說亦召康公作。疑公從成王游歌於卷阿之上，因王之歌，而作此以為戒。○此章總敘以發端也。

【箋註】牛運震曰：意象閒遠，妙於發端。詩意亦飄然而來。

伴奐[1]，爾游矣，優游爾休[2]矣。
豈弟君子，
俾爾彌[3]爾性[4]，似先公酋[5]矣。

你來此地遊玩多麼悠閒，你的休息是多麼逍遙自得。
和樂的君子啊，
祝福你得享長壽，能像先人那樣凡事善始善終。

**【註釋】**賦也。伴，音「判」。奐，音「喚」。酋，音「囚」。1伴奐、優游，都是閒暇的意思。2休，是休息。3彌是終，又是廣。4性是命，或作德性。5酋是善終。

**【章旨】**這章詩是說你是這樣的閒暇嗎？豈弟的君子啊，你必須廣大你的德性，要像先王的有始有終才好。

**【集傳】**賦也。伴奐優游，閒暇之意。爾君子，皆指王也。彌，終也。性，猶命也。酋，終也。言爾既伴奐優游矣。又呼而告之。言使爾終其壽命，似先君善始而善終也。自此至第四章，皆極言壽考福祿之盛，以廣王心而歆動之。五章以後，乃告以所以致此之由也。

**【箋註】**牛運震曰：本意勸王求賢用人，卻先述已治已安以歎慰之；又祝其久安長治綿遠鞏固以歆動之。然後轉入正旨。優游不迫，婉而易入，真盛世大臣進言之體，不同後世戇直諫臣開口便痛哭流涕也。

爾土宇昄章[1]，亦孔之厚矣。
豈弟君子，
俾爾彌爾性，百神爾主矣。

你所統治的國家疆域廣大，富厚而廣滿。
和樂的君子啊，
祝福你得享長壽，擔任百神的祭祀者。

【註釋】賦也。昄，符版反。厚，狠口反，又叶下主反。主，叶主庾反，又當口反。1昄章，是版圖，又作大明字解。

【章旨】這章詩是說你的土宇版圖，很是廣大。和樂的君子啊，你必須擴充你的德性，常為百神的主祭。

【集傳】賦也。昄章，大明也。或曰：「昄當作版。」昄章，猶版圖也。○言爾土宇昄章，既甚厚矣。又使爾終其身，常為天地山川鬼神之主也。

**爾受命長矣，茀[1]祿爾康矣。**
**豈弟君子，**
**俾爾彌爾性，純嘏爾常[2]矣。**

你得到長久的天命，擁有無盡的福祿。
和樂的君子啊，
祝福你得享長壽，常享鴻福。

【註釋】賦也。茀，音「弗」，與「福」字通。1茀、嘏，都作「福」字解。2常，是常享。

【章旨】這章詩是說你受天命很長的，福祿很康健的。和樂的君子啊，你必須擴充你的德性，純福定能常常的享。

【集傳】賦也。茀嘏，皆福也。常，常享之也。

【箋註】牛運震曰：三言「俾爾彌爾性」後篇意旨，隱映言外。疊十三「爾」字，愷摯纏綿。

**有馮[1]有翼[2]，有孝有德，**
**以引[3]以翼。**
**豈弟君子，四方為則。**

你的身邊有輔佐的人有依傍的人，有孝順的人有賢德之人，
他們在你身邊引導扶持。
和樂的君子啊，天下都以你為效法的榜樣。

【註釋】賦也。馮，音「憑」。1馮，是依靠。2翼，是扶助。3引，是引導。

【章旨】這章詩是說必須有賢人依靠者、扶助著，然後自修孝德，把他當作自己的引導、自己的輔翼。和樂的君子啊，四方的諸侯和人民，定要依你為法。

【集傳】賦也。馮，謂可為依者。翼，謂可為輔者。孝，謂能事親者。德，謂得於己者。引，導其前也。翼，相其左右也。東萊呂氏曰：「賢者之行非一端，必曰有孝有德，何也？蓋人主常與慈祥篤實之人處，其所以興起善端，涵養德性。鎮其躁而消其邪，日改月化，有不在言語之間者矣。」○言得賢以自輔如此，則其德日脩，而四方以為則矣。自此章以下，乃言所以致上章福祿之由也。

【箋註】牛運震曰：陡列四項，與上三章文不相屬，意實相應，有山斷川連之妙。

**顒顒卬卬1，如圭如璋2，**
**令聞令望。**
**豈弟君子，四方為綱。**

你的性情溫和莊嚴，像圭、璋那樣的美玉一般純潔，
既有美好的名聲，又有聲望。
和樂的君子啊，天下四方都臣服你。

【註釋】賦也。顒，魚容反。卬，五綱反。望，叶無方反。聞，音「問」。1顒顒卬卬，是尊敬。2圭璋是潔白的玉器。

【章旨】這章詩是說你須有尊嚴的威儀，純潔的德性，美善的名望。和樂的君子啊，四方定以你為綱紀。

【集傳】賦也。顒顒卬卬，尊嚴也。如圭如璋，純潔也。令聞，善譽也。令望，威儀可望法也。○承上章言。得馮翼孝德之助，則能如此。而四方以為綱矣。

【箋註】牛運震曰：此章單言君德，隱喻親賢之助也。文勢停頓甚妙。為則師道也，為綱君道也，此二義

有分曉。

方玉潤曰：二章為則為綱，即從德望來。乃德之著於外者。

**鳳凰1于飛，翽翽2其羽，亦集爰止。藹藹3王多吉士4，維君子使5，媚于天子。**

鳳凰在空中飛舞，發出「翽翽」的振翅聲，停歇在樹上。就像王的身邊有許多賢德的人，聽從王的命令，衷心愛戴天子。

**【註釋】**興也。翽，音「諱」。1鳳凰，是靈鳥。鳳是雄的，凰是雌的。2翽翽，是羽聲。3藹藹，是眾多。4吉士，是賢臣。5使是使令。

**【章旨】**這章詩是說鳳凰的飛來，牠的羽翼翽翽作聲，必定集在祥瑞的地方。眾多的賢臣，他是人君所使的，必定敬愛人君。

**【集傳】**興也。鳳凰，靈鳥也。雄曰鳳，雌曰凰。翽翽，羽聲也。鄭氏以為，因時鳳凰至，故以為喻。理或然也。藹藹，眾多也。媚，順愛也。○鳳凰于飛，則翽翽其羽，而集於其止矣。藹藹王多吉士，則維王之所使，而皆媚于天子矣。既曰君子，又曰天子，猶曰王于出征，以佐天子云爾。

**【箋註】**牛運震曰：「亦集爰止」，錯落有情，「藹藹」字祥雅。一「維」字有委身效命之意，人君知此，安得不任賢勿貳。一「媚」字柔婉入妙，忠愛之至，自然惠順。昔人調直臣正士，分外嫵媚，甚得此媚字之旨。

鳳凰于飛，翽翽其羽，
亦傅[1]于天。
藹藹王多吉人[2]，
維君子命，媚于庶人[3]。

鳳凰在空中飛舞，發出「翽翽」的振翅聲，停高飛到天空中。就像王的身邊有許多美好的賢臣，聽從王的役使，愛護百姓。

【註釋】興也。傅，音「附」。天，叶鉄因反。命，叶彌并反。1傅，同「附」。2吉人，是賢人。3庶人，是庶民。

【章旨】這章詩是說鳳凰的飛升，牠有翽翽的羽聲，所以直附天上。眾多的賢人，他是君子所命，所以愛護人民。

【集傳】興也。媚于庶人，順愛于民也。

【箋註】牛運震曰：媚庶人更妙。一「媚」字正愛民之至。方玉潤曰：二章就實景以喻賢臣。而臣之所謂賢，無過忠臣愛民。詩特練一「媚」字，遂覺異樣生新。

鳳凰鳴矣，于彼高岡。
梧桐[1]生矣，于彼朝陽[2]。
菶菶萋萋[3]，雝雝喈喈[4]。

鳳凰鳴叫著，在那高高的山上。梧桐生長出枝葉，在那東方朝陽的地方。梧桐樹的枝葉非常茂盛，鳳凰的鳴叫聲也很和諧。

【註釋】比也。菶，音「琫」。喈，叶居奚反。萋，音「妻」。1梧桐，是樹名。材可造琴。2朝陽，是山的東邊。3菶菶萋萋，是桐的茂盛。4雝雝喈喈，是鳳凰相鳴的和聲。

【章旨】這章詩是興下章的。他說鳳凰鳴在高岡梧桐的上面，這高岡是在山的東邊，梧桐的枝葉很茂盛，鳳凰的鳴聲，是很柔和。

【集傳】比也。又以興下章之事也。山之東曰「朝陽」。鳳凰之性，非梧桐不棲，非竹實不食。菶菶萋萋，梧桐生之盛也。雝雝喈喈，鳳凰鳴之和也。

【箋註】姚際恆曰：一章皆比意，全在空際描寫，甚奇。

牛運震曰：此章變興體為比體，高雅深蔚，真有古韻幽彩。添出梧桐一層，取鳳非梧桐不棲之旨詠歎之，詳藹春容，盛世賡歌，氣象如此。

方玉潤曰：承上再虛舉一層，喻意始足，而文心亦罔。

君子之車，既庶1且多；
君子之馬，既閑且馳2。
矢詩3不多，維以遂歌4。

---

君子之車，您擁有許多；
君子的馬，都訓練嫻熟善於奔馳。
我所獻頌的詩雖然篇幅不多，但也可以採納成歌。

【註釋】賦也。馳，叶唐何反。1庶，是眾。2閑、馳，是徐行。3矢詩，是作詩。4遂歌，是和歌。

【章旨】這章詩是承上章的。他說君子的車輛眾多，好比梧桐的茂盛；君子的馬匹閑行，好比鳳凰的和鳴。我王遊樂作歌，我也作歌相和。詩雖不多，言或可採。

【集傳】賦也。承上章之興也。菶菶萋萋，則雝雝喈喈矣。君子之車，則既眾多而閑習矣。其意若曰：

「是亦足以待天下之賢者，而不厭其多矣。」遂歌，蓋繼王之聲而遂歌之。猶書所謂賡載歌也。

【箋註】牛運震曰：兩「既」字、兩「且」字，多少咀嚼頓挫。歇後語澹折深婉，極贊君子車馬之盛，卻以矢詩結之，輕妙有遠神。一結與篇首相應，「維以遂歌」似將風諫之旨揜過，卻覺有意無窮意思，言不能盡。

方玉潤曰：總收因遊獻詩意。

**卷阿十章，六章章五句，四章章六句。**

【箋註】牛運震曰：優柔和平，風流逸宕，想見大臣納誨亹亹之神。先頌後規，首尾相應，結構最工。

高亨曰：這首詩疑本是兩首詩。前六章為一篇，篇名〈卷阿〉，是作者為諸侯頌德祝福的；後四章為一篇，篇名〈鳳皇〉，是作者因鳳皇出現，因而歌頌群臣擁護周王，有似百鳥朝鳳。前六章所歌頌的君子是諸侯，後四章所歌頌的君子是周王，便是明證。

程俊英曰：詩裡歌頌周王禮賢下士，寫了君臣出遊，群臣獻詩的盛況。

屈萬里曰：此詩蓋頌美來朝之諸侯也。

馬持盈曰：這是召康公從成王遊卷阿所獻之詩耶。

# 民勞

**民亦勞止，汔[1]可小康。**
**惠此中國[2]，以綏四方。**

老百姓們實在太辛苦了，該使他們稍微休養生息。如能愛惜京師一地的人民，四方就能隨之安定。不要放縱那些詭詐多端的小人，慎防無良之輩，

無縱詭隨3，以謹4無良，
式遏寇虐，憯5不畏明6。
柔7遠能8邇，以定我王。

防備那些暴虐不畏正道光明的惡徒。不濫用武力，對遠處之人以柔道使之歸附，安定君主的天下。

**【註釋】**賦也。汔，音「肸」。詭，音「鬼」。憯，音「慘」。明，叶謨謨反。1汔，是庶幾的意義，或作「其」字解。2中國，是國中，或作周京。3詭隨是譎詐欺謾的人。4謹，是斂束。5憯，是曾，又是何嘗。6明是明察。7柔是安。8能是能順。

**【章旨】**這章詩是召穆公警司列以戒成王的。他說民也勞苦了，庶可稍加安慰嗎？不獨惠及周京，還須安定四方呢。若是不縱詐謾的人，自能斂束無良的人，遏止寇虐了，小人又何嘗不怕明察的人呢！你必須柔安遠人，撫順近人，匡定我的王室才好。

**【集傳】**賦也。汔，幾也。中國，京師也。四方，諸夏也。京師，諸夏之根本也。詭隨，不顧是非，而妄隨人也。謹，斂束之意。憯，魯也。明，天之明命也。柔，安也。能，順習也。○《序》說以此為召穆公刺厲王之詩。以今考之，乃同列相戒之辭耳。未必專為刺王而發。然其憂時感事之意，亦可見矣。蘇氏曰：「人未有無故而妄從人者。維無良之人，將悅其君而竊其權，以為寇虐，則為之。故無縱詭隨，則無良之人肅，而寇虐無畏之人止。然後柔遠能邇，而王室定矣。」穆公，名虎。康公之後。厲王，名胡。成王七世孫也。

**【箋註】**姚際恆曰：開口說「民勞」，便已淒楚。「汔可小康」，亦安于時運而不敢過望之辭。曰「可」者，又見唯此時為可，他日恐將不及也；亦危之之辭。王所用之人，必陰為詭隨以惑上意，而實為寇虐以害生民，戒以無縱之而式遏之。

牛運震曰：「亦」字、「汔」字怯聲微氣之辭，淒婉惻怛。「詭隨」二字曲盡小人情狀。末二句大忠，不覺道出。

民亦勞止，汔可小休。
惠此中國，以為民逑1。
無縱詭隨，以謹惛怓2，
式遏寇虐，無俾民憂。
無棄爾勞3，以為王休4。

老百姓們實在太辛苦了，也該使他們稍微喘息休養。
能愛惜京師一地的人民，就能團結萬民。
不要放縱那些詭詐多端的小人，謹慎防範好事起鬨的傢伙，
防範那些暴虐的惡徒，不要讓人民擔憂受苦。
不要捨棄爲人民辛勞的機會，以此成就君主的功業。

**【註釋】**賦也。怓，音「鐃」，叶尼猶反。1逑，是聚。2惛怓，是巧言利口的人。3勞，是功勞。4休，是休美。

**【章旨】**這章詩是說民也勞苦了，庶可稍加休息罷，不但惠及周京，亦將使四戶的人民團聚呢。你若是不縱詐謾的人，自能斂束巧言利口的人，遏止寇虐了。願你不要使人民擔憂，不要棄了你的全功，快完成王室的美事。

**【集傳】**賦也。逑，聚也。惛怓，猶讙譁也。勞，猶功也。言無棄爾之前功也。休，美也。

**【箋註】**姚際恆曰：末二句，姑誘之以勉其終也。

民亦勞止，汔可小息。
惠此京師1，以綏四國。

老百姓們實在太辛苦了，該使他們稍微休息。
若能愛惜京師一地的人民，藉此安定四方諸侯國的人們。

無縱詭隨，以謹罔極2，
式遏寇虐，無俾作慝3。
敬慎威儀，以近有德。

不要放縱那些詭詐多端的小人，謹慎防範那些作惡的壞人，
遏止那些暴虐的惡徒，不要讓他們繼續作惡。
謹慎注意你的威嚴與儀態，多親近有德行的人。

【註釋】賦也。國，叶于逼反。1京師，是周京。2罔極，是為惡無窮。3慝，是邪慝。

【章旨】這首詩是說民也勞苦了，庶可稍加休息罷！不獨惠及京師，還須安綏四方國家呢。你若是不縱詐謾的人，自然能儆惡極的人，遏止寇虐了。願你不要做邪慝的事情，敬慎你的威儀，親近有德的人。

【集傳】賦也。罔極，為惡無窮極之人也。有德，有德之人也。

【箋註】姚際恆曰：末二句，教之以近君子也。
牛運震曰：親賢臣所以遠小人，說來極正大篤摯。

民亦勞止，汔可小愒1。
惠此中國，俾民憂泄2。
無縱詭隨，以謹醜厲3 4，
式遏寇虐，無俾正敗5。
戎6雖小子，而式弘大7。

老百姓們實在太辛苦了，該使他們稍微喘一口氣。
能愛惜京師一地的人民，讓人民不受憂患禍端。
不要放縱那些詭詐多端的小人，謹慎防範心懷鬼胎的傢伙們，
防備那些暴虐的惡徒，不要讓他們有機會破壞正道。
你雖然年輕，但所能做的事卻關係重大。

【註釋】賦也。愒，音「器」。泄，音「異」。敗，叶蒲寐反。大，叶特計反。1愒是息。2泄是去。3醜是群。4厲是惡。5無俾正敗，《經義述聞》作正為政，吉、政正相通。6戎是汝。7弘大是廣大。

【章旨】這章詩是說民也勞苦了，庶可稍加休息罷！不獨惠及周京，必須使民的憂愁全洩呢。你若是不縱咋謏的人，自然能儆眾惡，遏止寇虐了。願你不要把國政弄敗了。你雖是小子，你的所為關係很大呢。

【集傳】賦也。愒，息。泄，去。厲，惡也。正敗，正道敗壞也。戎，汝也。○言汝雖小子，而其所為甚廣大，不可不謹也。

【箋註】姚際恆曰：末二句，深責之也。

民亦勞止，汔可小安。
惠此中國，國無有殘。
無縱詭隨，以謹繾綣1。
式遏寇虐，無俾正反2。
王欲玉3女，是用大諫4。

老百姓們實在太辛苦了，也該使他們稍微安息。
能愛惜京師一地的人民，讓人民不受損害。
不要放縱那些詭詐多端的小人，謹慎戒備那些反覆無常的傢伙，
防範那些暴虐的惡徒，不要讓他們有機會破壞正道。
君主很愛重你，所以我才這麼苦苦告誡。

【註釋】賦也。1繾綣，是小人固結君的歡心。2正反，是國政顛覆。3玉，是玉愛，就是當作美玉看待的意思。4大諫，是大加諫正。

【章旨】這章詩是說民也勞苦了，庶可稍加安息罷。不獨惠及周京，亦將使國中無有殘遺。你若是不縱詐謾的人，自然能儆固結君歡的人，遏止寇虐了。願你不要把國政顛覆了，因為我王很是玉愛你的，所以我用王的意思，大加諫正。

【集傳】賦也。繾綣，小人之固結其君者也。正反，反於正也。玉，寶愛之意。○言王欲以女為玉，而寶愛之。故我用王之意，大諫正於女。蓋托為王意以相戒也。

【箋註】姚際恆曰：「繾綣」字妙。小人之固結其君，君之留戀此小人，被二字描摹殆盡。末二句言王雖愛汝而我用大諫之，逑作此詩之旨也。

牛運震曰：「繾綣」如此用，妙，極小人繚繞盤據之態。「玉女」字矜貴精妙。

## 民勞五章，章十句。

【箋註】牛運震曰：似是風戒同官之辭，而憂時感事，忠愛惓惓。總為規君而發，是謂善於立言。坦直沉摯，不作枝蔓語，中間自有委婉不盡處。篇中極小人之狀：一曰無良，二曰惛怓，三曰罔極，四曰醜厲，五曰繾綣，而皆曰「無縱詭隨」。故知詭隨者，乃小人蠹國病根。

方玉潤曰：各章中間四句反覆提唱，則其主意專注防姦也可知。蓋姦不去則君德不成，民亦何能安乎？故全詩當以中四句為主，雖曰戒同列，實則望君以去邪為急務也。

程俊英曰：厲王是成王的七世孫，為政暴虐，徭役繁重，人民苦不堪言，終於起來造反，厲王出奔逃於彘（今山西省霍縣），國人推共伯和行天子事。這就是〈民勞〉這首詩的時代背景。

# 板

上帝板板1，下民卒癉2，
出話不然，為猶3不遠。
靡聖管管4，不實於亶5。
猶之未遠，是用大諫。

如今上帝怪戾違反常道，百姓們陷於勞累病痛中，而你所說的話都不合理，所做的計畫都沒有遠見。你不依循聖賢的原則，又不講誠信。你的計畫沒有遠見，所以我才以此詩勸諫。

**【註釋】**賦也。癉，音「亶」。諫，音「簡」。1板板，是反常。2卒、癉，是病。3猶，是謀。4管管，是無所依據。5亶是真誠。

**【章旨】**這章詩是凡伯規戒同僚以警王的。他說現在上帝反了常道，下民盡已病弊，考其原因，都由一班人們，出話不合理由，為謀又不久遠，自己以為明哲得很，卻不知毫無依據，實在沒有真誠的心思。你既為謀不遠，我所以把這個道理，大加諫正。要你知道這是上帝反常，下民盡病的來由。

**【集傳】**賦也。板板，反也。卒，盡。癉，病。猶，謀也。管管，無所依也。亶，誠也。○《序》以此為凡伯刺厲王之詩。今考其意，亦與前篇相類。但責之益深切耳。此章首言天反其常道，而使民盡病矣。而女之出言，皆不合理，為謀又不久遠。其心以為無復聖人，但恣己妄行，而無所依據，又不實之於誠信。豈其謀之未遠而然乎。世亂乃人所為，而曰上帝板板者，無所歸咎之辭耳。

天之方難，無然憲憲1；
天之方蹶2，無然泄泄3。
辭之輯4矣，民之洽5矣；

如今上天降下災難，不可以在歡樂裡自我陶醉；如今上天正在反其常道，不可以多言議論。說話要和氣，民心才會融洽相待；說話要和悅，民心才能安定。

辭之懌矣，民之莫[6]矣。

【註釋】賦也。難，叶泥涓反。憲，叶虛言反。蹶，音「媿」。泄，音「異」。輯，叶祖合反。懌，叶弋灼反。1憲憲，是欣樂。2蹶，是顛蹶，又作挫。3泄泄，是閒暇。4輯，是和悅。5洽，是合。6莫，是安定。

【章旨】這章詩是說天方艱難的時候，你不要這樣的欣樂；天方顛蹶的時候，你不要這樣的閒暇。你須要言辭和悅，政令不暴，人民自然相合，自然安定了。

【集傳】賦也。憲憲，欣欣也。蹶，動也。泄泄，猶沓沓也。蓋弛緩之意。《孟子》曰：「事君無義，進退無禮，言則非先王之道者，猶沓沓也。」輯，和。洽，合。懌，悅。莫，定也。○辭輯而懌，則言必以先王之道矣。所以民無不合，無不定也。

【箋註】姚際恆曰：此詩多用正言，極文章變化之妙。
牛運震曰：辭輯、辭懌，陡接不倫。細按其旨，乃承上章出話而言。為下二章「我言維服」、「匪我言耄」地步。

我雖異事[1]，及爾同僚[2]。
我即[3]爾謀，聽我囂囂[4]。
我言維服[5]，勿以為笑。
先民[6]有言：「詢于芻蕘[7]。」

我與你的職務雖然不同，但與你是同僚。我是爲你打算，但你卻浮躁得不肯聽勸。我的建議是有用的，你別把這些當成是玩笑。先人曾經說過：「有事可以多向那些卑微低賤的人請教。」

【註釋】賦也。囂，音「梟」。笑，叫思邀反。芻，初俱。蕘，音「鐃」。1異事，是不同職務。2同僚，是同為王臣。3即，是就。4囂囂，是不肯受言的狀貌。5服，是急務。6先民。是古人。7芻蕘，是采薪的人。

【章旨】這章詩是說我雖和你不同職務，但是同屬王臣。我來就你謀畫，你何以不肯聽受？須知道我的言語，是當今的急務。你不要笑我。古人的言語，還要問問樵夫呢！因為他是旁觀的人，或者見解較我高些。

【集傳】賦也。異事，不同職也。同僚，同為王臣也。《春秋傳》曰：「同官為僚。」即，就也。囂囂，自得不肯受言之貌。服，事也。猶曰我所言者，乃今之急事也。先民，古之賢人也。芻蕘，採薪者。古人尚詢及芻蕘，況其僚友乎。

**天之方虐，無然謔謔1。**
**老夫2灌灌3，小子4蹻蹻5。**
**匪我言耄6，爾用憂謔。**
**多將熇熇7，不可救藥。**

如今上天暴虐，你不可以視此爲戲樂。
老夫誠懇勸告，而你們這些年輕人態度卻很驕傲。
我的告誡並非是糊塗話，但你們卻把這令人憂慮的事情當成玩笑。
這些話說多了惹你生氣，實在是不可救藥啊！

【註釋】賦也。蹻，其略反。耄，叶毛博反。熇，叶許各反。1謔，是戲侮。2老夫，是詩人自稱的。3灌灌，是盡言相告。4小子，是後輩。5蹻蹻，是驕傲貌。6耄，是昏老。7熇熇，是熾盛貌。

【章旨】這章詩是說天方暴虐，你不要這樣的戲謔，我是盡言相告。後輩們都是驕傲的，並非我的年老昏耄，實在是你自己把憂患的事情，當作戲謔的事情啊。憂患未至的以前，還可以補救。若不及早防患，勢必愈積愈多，好像火的熾盛，那就無可救藥了。

**【集傳】** 賦也。謔，戲侮也。老夫，詩人自稱。灌灌，款款也。蹻蹻，驕貌。耄，老而昏也。熇熇，熾盛也。○蘇氏曰：「老者知其不可，而盡其款誠以告之。少者不信而驕之。」故曰：「非我老耄而妄言，乃汝以憂為戲耳，夫憂未至而救之，猶可為也，苟俟其益多，則如火之盛，不可復救矣。」

**【箋註】** 牛運震曰：疊字都有意味。「老夫」、「小子」二句作尊倨憐憫語，一片忠厚。「蹻蹻」寫出趾高氣揚態習。「憂謔」二字揑來深痛。

方玉潤曰：此二章乃進言之故：一言我言雖微，不可不聽；一言爾病之深，將不可救。

**天之方懠1，無為夸2毗3。**
**威儀卒迷4，善人載尸5。**
**民之方殿屎6，則莫我敢葵7。**
**喪亂蔑資8，曾莫惠我師9。**

如今上天正在發怒，你不要諂媚的去逢迎。這麼做威嚴盡失失去正道，善人也不能有所做爲。人民正在呼號呻吟，卻沒有人敢探究實際的情形。喪亂之中，人們無以爲生，竟沒有人愛護保護百姓。

**【註釋】** 賦也。懠音「瘠」，叶箋西反，夸，音「誇」。屎，音「犧」。資，叶箋西反。師，叶霜夷反。

1懠，是怒。2夸，是大。3毗，是附。小人的為人，大言欺人，諛言奉人。4迷，是失。5尸，是不言不為的人，如同屍體一般。6殿屎，是呻吟，就是歎息。7葵是揆度。8蔑資，是難資生存。9師是眾庶。

**【章旨】** 這章詩是說天方發怒，你不要這樣的大言欺人，諛言奉人，全把威儀失盡了。善人他又不言不為，如同屍體一般。百姓們正在呻吟痛苦的時候，並沒有人敢去揆度這個道理。唉，這樣的喪亂，民將難資生存了，何以還不加惠眾庶呢？

【集傳】賦也。懠，怒。夸，大。毗，附也。小人之於人，不以大言夸之，則以諛言毗之也。尸，則不言不為，飲食而已者也。殿屎，呻吟也。葵，揆也。蔑，猶滅也。資，與咨同。嗟歎聲也。惠，順。師，眾也。○戒小人毋得夸毗。使威儀迷亂，而善人不得有所為也。又言民方愁苦呻吟，而莫敢揆度。其所以然者，是以至於散亂滅亡，而卒無能惠我師者也。

**天之牖[1]民，如壎如篪[2]，**
**如璋如圭[3]，如取如攜。**
**攜無曰益[4]，牖民孔易。**
**民之多辟[5]，無自立辟。**

上天開導人民，使百姓和諧，如壎與篪兩種樂器一般和諧彈奏，像圭與璋兩種美玉一般相互配合，如提者與攜者互相搭配。若擁有者能夠不自私自利，那麼誘導人民向善就是易事。今天百姓之所以風氣敗壞，上位者更不應該做壞事，助長邪惡。

【註釋】賦也。壎，音「塤」。篪，音「池」。易，叶夷益反。辟，音「僻」。1牖，是開通。2壎，是土質樂器。篪是竹製樂器。壎吹篪和，非常調和。3璋是半璧。圭是玉器。容易攜帶。4攜無曰益，是攜帶便利，無以復加了。5多辟，是多邪。

【章旨】這章詩是說天的開通民智，好像壎篪一般的調和，璋圭一般的攜帶。提攜人民的恩惠，無以復加；開通人民的法則，也很容易，不過現在的人民，多趨邪僻的一道。你不能更用邪僻，來導民了。

【集傳】賦也。牖，開明也。猶言天啟其心也。壎唱而篪和，璋判而圭合，取求攜得而無所費，皆言易也。辟，邪也。○言天之開民，其易如此。以明上之化下，其易亦然。今民既多邪辟矣。豈可又自立邪闢以道之邪。

【箋註】姚際恆曰：「如壎如篪」，取喻奇；「如璋如圭，如取如攜」，空喻一句。
牛運震曰：取喻甚奇，似不倫類，卻有至理。六項並列，卻單拈攜字引伸一筆，妙。
方玉潤曰：此二章乃正告以救民之方。民方困苦，雖無恩惠以及之，而人心易覺，不難教化以導之。

价1人維藩2，大師3維垣4，
大邦5維屏6，大宗7維翰8，
懷德維寧。
宗子9維城，無俾城壞。
無獨10斯畏？

軍人是國家的藩籬，人民大衆是國家的牆壁，
諸侯們是國家的屏障，天子與嫡子是國家的主幹，
上位者能夠有德可懷，國家才能安寧。
天子與嫡子是國家的城牆，不可以使城牆傾倒毀壞。
孤立無援難道不值得憂懼嗎？

【註釋】賦也。价，音「介」。藩，叶分邅反。翰，叶胡田反。壞，叶胡罪反。畏，叶紆會反，又於非反。1价，是大。2藩，是籬。3師是眾。4垣是墻。5大邦，是強國。6屏，是屏風，可用為障蔽。7大宗，是強族。8翰，是羽翼，可以扶持。9宗子，是同姓。10獨，是一人。

【章旨】這章詩是說大德的人，是君的藩籬；大眾的人民，是君王的墻垣。強國是君王的屏障；強族是君王的羽翼。這幾樣，都要人君有德，方才依他保護安寧的。若是無德，宗親便要首先背叛，好像

城的崩坍了，藩垣城翰都壞了，無人扶助你。你獨自生存，那就可怕了。

【集傳】賦也。价，大也。大德之人也。藩，籬。師，眾。垣，牆也。大邦，強國也。屏，樹也。所以為蔽也。大宗，強族也。翰，乾也。宗子，同姓也。○言是六者，皆君之所恃以安，而德其本也。有德，則得是五者之助，不然，則親戚叛之而城壞。城壞，則藩垣屏翰，皆壞而獨居。獨居而所可畏者至矣。

敬天之怒，無敢戲豫。
敬天之渝[1]，無敢馳驅[2]。
昊天曰明，及爾出王[3]；
昊天曰旦，及爾游衍[4]。

對於上天的憤怒要懷著敬謹之心，不可以再耽溺於玩樂，疏忽懈怠。對於上天的反常要懷著敬謹之心，不可以再沉溺於遊獵了。上天的眼睛是雪亮的，你的往來出入，祂都能看見；上天的心是清明的，你如何遊樂，祂都知道。

【註釋】賦也。渝，音「俞」。明，叶謨郎反。王，音「往」。旦，叶得絹反。衍，叶怡戰反。1渝，是變。2馳驅，是自恣。3王，通作「往」。4衍是寬縱。

【章旨】這章詩是說你應當敬天的威怒，不敢稍有戲謔，或游豫，應當敬天的變亂，不敢稍有馳驅自恣的狀態。昊天很是明白的，知道你的出入過往的事情；昊天很是明瞭的，知道你的安閒寬縱的事情。你的一舉一動，昊天無不覺察。

【集傳】賦也。渝，變也。王，往通。言出而有所往也。旦，亦明也。衍，寬縱之意。○言天之聰明，無所不及。不可以不敬也。板板也，難也，蹶也，虐也，懠也，其怒而變也甚矣。而不之敬也，亦知其有日監在茲者乎。張子曰：「天體物而不遺，猶仁體事而無不在也。」禮儀三百威儀三千，無一事而非仁也。昊天曰明。及爾出王。昊天曰旦。及爾游衍。無一物之不體也。

【箋註】方玉潤曰：末二章又正告以自修之法，唯德乃足以得人，唯敬乃可以回天。天人相應處，說得至嚴而精。

## 板八章，章八句。

## 生民之什十篇，六十一章。四百三十三句。

【箋註】姚際恆曰：此蓋刺厲王用事小人而其旨歸于諫王也。

牛運震曰：拗峭激切，卻純是篤厚。前後屢言敬天安民，都為規王而發，中間二章特借同列以警其見聽耳。當時謗禁甚嚴，道路以目，詩人不敢正言極諫，故詭有所託，以抒其憂國之志。所謂言之者無罪也。

高亨曰：這是周王朝一個大臣所作的諷刺詩，諷刺掌權者荒淫昏憒，邪僻驕妄，使人民陷於災難，同時也諷刺了周王。

程俊英曰：這是詩人假託勸告同事，實際上是勸告厲王的詩。

# 蕩之什

# 蕩

蕩蕩1上帝，下民之辟2。
疾威3上帝，其命多辟4。
天生烝5民，其命匪諶6。
靡不有初，鮮7克有終。

偉大的上帝啊，是下界衆民的依靠。
上帝發怒暴虐的時候，祂的命令也就偏斜不正了。
上天生下萬民，天命不是可以完全信賴的。
國家在開始的時候，國運沒有不昌隆的，卻很少有朝代能夠善終。

**【註釋】**賦也。上辟音「璧」。下辟音「佩」。諶，音「忱」，叶市隆反。終，叶諸深反。1蕩蕩，是廣大貌。2辟，是君。3疾威，是暴虐。4多辟，是多邪僻。5烝，是衆。6諶，是信。7鮮，是少。

**【章旨】**這章詩是召穆公託古傷周的。他說廣大的上帝，是下民的君主，於今暴虐的上帝，何以這許多邪僻呢？恐怕天生民衆。天意不能相信。是因祂起初很好，末後沒有善道吧。

**【集傳】**賦也。蕩蕩，廣大貌。辟，君也。疾威，猶暴虐也。多辟，多邪辟也。烝，衆。諶，信也。○言此蕩蕩之上帝，乃下民之君也。今此暴虐之上帝，其命乃多邪僻者何哉。蓋天生衆民，其命有不可信者。蓋其降命之初，無有不善。而人少能以善道自終。是以致此大亂。使天命亦罔克終，如疾威而多僻也。蓋始為怨天之辭，而卒自解之如此。劉康公曰：民受天地之中以生。所謂命也。能者養之以福，不能者敗以取禍。此之謂也。

**【箋註】**牛運震曰：「鮮克有終」，意思直注篇末為「大命以傾」、「顛沛之揭」伏根。

**文王曰：「咨！咨女殷商[1]，曾是[2]彊禦[3]，曾是掊克[4]，曾是在位，曾是在服[5]。天降慆[6]德，女興[7]是力[8]。」**

文王說過：「唉！紂王你啊，是如此的暴虐蠻橫，是如此聚斂剝削人民，你讓惡人佔據高位，用惡人掌管朝廷。上天降下那些滔慢不恭的惡德，你便利用這些全力為惡。」

**【註釋】**賦也。女，音「汝」。掊，音「抔」。服，叶蒲北反。慆，音「滔」。1殷商，是紂王。2曾是，是你怎樣的。3彊禦，是強暴。4掊克，是食狠。5在服，是服職。6慆是慢。7興，是興起。8力，是力行。

**【章旨】**這章詩是借文王的的話說道：「唉，紂王呀，你怎樣的強暴，怎樣的貪狠，怎樣的在位，怎樣的服職。天降慢德來害人民，並非天降的啊！是你自己興起，是你自己力行的啊！」

**【集傳】**賦也。此設為文王之言也。咨，嗟也。殷商，紂也。彊禦，暴虐之臣也。掊克，聚斂之臣也。服，事也。慆，慢。興，起也。力，如力行之力。○詩人知厲王之將亡，故為此詩，託於文王所以嗟歎殷紂者。言此暴虐聚斂之臣，在位用事，乃天降慆慢之德而害民。然非其自為之也，乃汝興起此人，而力為之耳。

**【箋註】**姚際恆曰：作文王咨殷商之辭，猶後世指時事作詩而題為詠史也。牛運震曰：陡接文王咨殷，奇橫。硬排四「曾是」，老橫崛峭；「天降滔德」，猶言天作孽也；「女興是力」，言助天為虐，惟天所使也。寫愚人狂惑可憐。

文王曰：「咨！咨女殷商，
而1秉義2類，彊禦多懟3。
流言以對，寇攘式內。
侯作侯祝4，靡屆5靡究6。」

文王說過：「唉！紂王你啊，
你如果任用賢德之人，那些朝中的惡人就怨恨他們。
捏造留言讒害對方，就像是把盜賊收在家中一樣。
這些人詛咒怨恨毀壞一切，沒有窮盡。」

【註釋】賦也。懟，音「隊」。作，音「詛」。祝，音「呪」。1而，同汝。2義，是善。3懟，是怨，當作「維」。4作、祝，與詛咒同，就是怨謗。5屆，是至。6究是極。

【章旨】這章詩說道：「唉！紂王呀，你應當秉用善類，何以反任強暴，使人民怨恨呢？小人們都是巧言如流的對待你，好像寇盜壞竊，住在內室一樣。人民的怨謗，是沒有止極的了。」

【集傳】賦也。而，亦女也。義，善。懟，怨也。流言，浮浪不根之言也。侯，維也。作，讀為詛。詛呪，怨謗也。○言汝當用善類，而反任此暴虐多怨之人。使用流言以應對，則是為寇盜攘竊，而反居內矣。是以致怨謗之無極也。

文王曰：「咨！咨女殷商，
女炰烋1于中國，斂怨2以為德。
不明爾德，時無背3無側4；
爾德不明，以無陪5無卿。」

文王說過：「唉！紂王你啊，
你在國中咆哮暴虐，做這麼多令人怨恨之事還自以爲有美德。
因爲你不能增進你的品德，所以沒人願意來輔佐你；
你的品德不佳，沒有賢德之人願意擔任你的臣子。」

【註釋】賦也。炰，音「咆」。烋，音「哮」。國，叶于逼反。背，音「貝」。陪，音「培」。1炰烋，是怒氣凌人。2斂怨，是多做可怨的事。3背是背德。4側是旁邊。5陪是臣子。

【章旨】這章詩是說紂王呀，你何以怒氣凌人的，對於國中的人民呢？自己做了許多可怨事情，反以為有德。你不明德行，是背後左右無人；你的德行不明，是滿朝沒有公卿。因為你不用善類，喜用惡類，雖有臣子，便和無人一樣。

【集傳】賦也。炰烋，氣健貌。斂怨以為德，多為可怨之事，而反自以為德也。背，後。側，傍。陪，貳也。○言前後左右公卿之臣，皆不稱其官，如無人也。

**文王曰：「咨！咨女殷商，**
**天不湎1爾以酒，不義從式2。**
**既愆3爾止4，靡明靡晦5。**
**式號式呼，俾晝作夜。」**

文王說過：「唉，紂王你啊，
上天並沒有用美酒來迷醉你，是你自己要沉迷飲酒。
你的行爲已經超過了常度，不管黑夜白天，
成天大吼大叫，把白天當作夜晚一般顛倒。」

【註釋】賦也。湎，音「免」。式，叶式吏反。晦，叶呼洧反。夜，叶羊茹反。1湎，是飲酒變色。2式，是用。3愆是過失。4止，是容止。5晦，是昏晦。

【章旨】這章詩是說紂王呀，不是天要你盡量的飲酒，是你自己要做這不善事的，失了容止。你不明不昏的，一味號呼亂飲，把白晝當作昏夜一般。

【集傳】賦也。湎，飲酒變色也。式，用也。○言天不使爾沉湎於酒，而惟不義是從而用也。止，容止也。

【箋註】牛運震曰：憤極語，幾於痛哭疾呼。俾晝作夜，較「靡明靡晦」翻進一層，深文奇語。

文王曰：「咨！咨女殷商，
如蜩如螗1，如沸如羹2。
小大近喪3，人尚乎由行。
內奰4于中國，覃5及鬼方6。」

文王說過：「唉，紂王你啊，
人民悲嘆的聲音有如蟬鳴，人民騷動痛苦的心情就像是沸騰的羹湯。
無論老少，眼看都要死亡，你卻還是這般爲惡，不知悔改。
國內充滿了憤恨的情緒，就連邊境的鬼方也對你滿懷憤怒。」

【註釋】賦也。螗音「唐」。羹，叶盧當反。喪，叶平聲。行，叶戶郎反。奰音避。1蜩、螗，是蟬。蟬鳴不得安靜。2沸是沸水，羹是羹湯。沸水羹湯，都是狂熱的。3喪，是亡。4奰是怒。5覃，是延及。6鬼方，是邊夷。

【章旨】這章詩是說紂王呀，現在的國家，好像蟬一般，鳴得不安靜了。好像沸水羹湯一般的狂熱了。小大幾近喪亡的時候了，你還要照這樣行去。天將惱怒中國，怕要禍延邊遠的國家呢。

【集傳】賦也。蜩螗，皆蟬也。如蟬鳴，如沸羹，皆亂意也。小者大者，幾於喪亡矣。尚且由此而行，不知變也。奰，怒。覃，延也。鬼方，遠夷之國也。言自近及遠，無不怨怒也。

【箋註】牛運震曰：奇語，寫訌亂情形酷肖。

文王曰：「咨！咨女殷商，
匪上帝不時，殷不用舊。

文王說過：「唉！紂王你啊，
並不是上帝待你不合情理，是你不肯遵循舊日的制度。

雖無老成人[1]，尚有典刑[2]。
曾是莫聽，大命以傾[3]。」

雖然朝廷裡沒有老臣，但舊有的制度還在。
然而你卻不肯依從，國家的天命自然也就敗壞了。」

【註釋】賦也。時，叶上止反。舊，叶巨已反。1老成人，是舊臣。2典刑，是舊法。3傾，是顛覆。

【章旨】這章詩是說紂王呀。不是上帝不善為時。實在是你自己不用殷朝的故舊。現在雖是沒有舊臣。還有舊法可守。無奈你不聽信。以致大命的國家顛覆了。

【集傳】賦也。老成人，舊臣也。典刑，舊法也。○言非上帝為此不善之時。但以殷不用舊，致此禍爾。雖無老成人與圖先王舊政，然典刑尚在，可以循守，乃無聽用之者。是以大命傾覆，而不可救也。

【箋註】牛運震曰：婉篤至此，幾於垂涕道之。

文王曰：「咨！咨女殷商，
人亦有言，顛沛[1]之揭[2]。
枝葉未有害，本實先撥[3]。
殷鑒[4]不遠，在夏后[5]之世。」

文王說過：「唉！紂王你啊，
古人曾經說過，大樹倒下連根翻起，
並不是樹枝或樹葉受了損傷，而是因爲樹根毀壞的緣故。
殷商可引爲警惕的借鑒並不遙遠，夏朝是如何敗亡的例子就近在眼前哪。」

【註釋】賦也。揭，去例反。害，許曷反。撥，叶筆力反。世，叶私列反。1顛沛，是仆拔。2揭是根本蹶起了。3撥，是絕的意思。4殷鑒，是殷朝鑒於夏朝的滅亡。5夏后，是指的夏桀。

【章旨】這章詩是說紂王呀，古人有言，樹的或仆或拔，是因樹根蹶起來的緣故。枝葉雖不會有害，但根本已絕了。殷朝滅夏的事情，明鑒不遠，就在夏桀的時候啊！我周朝也當以殷為鑒啊。

【集傳】賦也。顛沛，仆拔也。揭，本根蹶起之貌。撥，猶絕也。鑒，視也。夏后，桀也。○言大木揭然將蹶，枝葉未有折傷，而其根本之實已先絕。然後此木乃相隨而顛拔爾。蘇氏曰：「商周之衰，典刑未廢，諸侯未畔，四夷未起，而其君先為不義，以自絕於天。莫可救止，正猶此爾。殷鑒在夏，蓋為文王歎紂之辭。然周鑒之在殷，亦可知矣。」

【箋註】牛運震曰：殷鑒夏以諷周鑒殷也。向上推進一層，咄然便住，淒婉欲絕，蘊蓄無盡。

## 蕩八章，章八句。

【箋註】《詩序》：〈蕩〉，召穆公傷周室大壞也。厲王無道，天下蕩蕩無綱紀文章，故作是詩也。

牛運震曰：一篇歎紂之辭，未見其為刺厲也，卻於篇末借殷鑒在夏，影喻點醒，通體意思俱靈妙甚。七「咨商」，驚怪惋惜，慘然亡國之痛。

屈萬里曰：此疑周初之詩，假文王語氣，以章殷人之惡，而明周人得國之正也。

糜文開、裴普賢曰：蓋可以推定此詩係根據周初聲討殷商的史料，改寫為詩歌以自警者，即姚際恆所謂詠史詩。

# 抑

抑抑[1]威儀，維德之隅[2]。
人亦有言：「靡哲[3]不愚。」

外表謹慎謙抑，與內在的品德修養相配合。
古人曾這麼說過：「聰明的人才會裝傻。」
一般人之所以愚笨，是因為天生的缺陷，

庶4人之愚，亦職5維疾，
哲人之愚，亦維斯戾6。

而聰明人的愚笨，是怕見罪於亂世才裝傻。

【註釋】賦也。疾，叶集二反。1抑抑，是密茂。2隅是廉角。3哲是明哲。4庶是眾庶。5職，是當然的。6戾是反常。

【章旨】這章詩是衛武公自儆的。他說密茂的威儀，便是內德外露的廉隅；因為有內德，然後外有威儀。威儀是德性的表示，不是裝得出來的。今人有句常言：「他說無有明白人不裝愚蠢。」真是可怪的事情了！我想眾庶的蠢，他是當有的弊病，何以明哲的人也要裝著愚蠢呢？這不是反了常道嗎？

【集傳】賦也。抑抑，密也。隅，廉角也。鄭氏曰：「人密審於威儀者，是其德必嚴正也。故古之賢者，道行心平。可外占而知內。如宮室之制。內有繩直，則外有廉隅也。」哲，知。庶，眾。職，主。戾，反也。○衛武公作此詩，使人日誦於其側，以自警。言抑抑威儀，乃德之隅，則有哲人之德者，固必有哲人之威儀矣。而今之所謂哲者，未嘗有其威儀，則是無哲而不愚矣。夫眾人之愚，蓋其稟賦之偏，宜有是疾，不足為怪。哲人而愚，則反戾其常矣。

【箋註】姚際恆曰：「靡哲不愚」，此一句古今通病，猶俗云「聰明人慣作懵懂事」是也。

方玉潤曰：哲、愚二字雙起，將學者病根剔出，以下方好自砭。

無競1維人，四方其訓之；
有覺2德行，四國順之。

你的美德無人能比，天下的人都歸順你；
你有光明正大的德行，四方諸國都順從你了。
有遠大的謀略安定國家，有遠大的計畫即時提出。

訏謨[3]定[4]命[5]，遠猶[6]辰告[7]。
敬慎威儀，維民之則[8]。

敬謹威儀，可成為人民的典範。

【註釋】賦也。訏，音「吁」。告，叶古得反。1競，是競勝。2覺是直大。3訏謨，是廣謀。4定，是審定。5命，是號令。6遠猶，遠謀。7辰告，是時常告戒。8則，是法則。

【章旨】這章詩是說天地的生物，沒有能競勝於人類的。人若是能盡道理，四方都能訓導；有直大的德行，四方國家，都要歸順的。所以人君須有廣大的智謀，審詳的命令；須有遠久的圖謀時常告戒，更須有敬慎的威儀，為人民的法則。

【集傳】賦也。競，強也。覺，直大也。籲，大。謨，謀也。大謀，謂不為一身之謀，而有天下之慮也。定，審定不改易也。命，號令也。猶，圖也。遠謀，謂不為一時之計，而為長久之規也。辰，時。告，戒也。辰告，謂以時播告也。則，法也。○言天地之性人為貴。故能盡人道，則四方皆以為訓。有覺德行，則四國皆順從之。故必大其謀，定其命，遠圖時告，敬其威儀，然後可以為天下法也。

【箋註】牛運震曰：此一章性命政術正大精微語。通篇之領要在此。「敬慎」二字，尤為一篇眼目。

其在于今，興[1]迷亂于政，
顛覆厥德，荒湛[2]于酒。
女雖湛樂從，弗念厥紹[3]，

然而到了今天，朝局混亂，
你敗壞了善良的德行，耽溺於醇酒。
拚命追求享樂，卻不想著要如何承繼先人的功業，
不肯延續先王之道，也不願意恭敬的遵守賢明的法度。

罔敷求4先王，克共5明刑。

【註釋】賦也。今，音「經」。政，叶音征。湛，音「躭」。酒，叶子小反。女，音「汝」。樂，音「洛」。共，音「拱」。刑，叶胡光反。1興，是尚的意思。2湛，是過樂。3紹，是承緒基業。4敷求是廣求。5共，是執法。

【章旨】這章詩是武公自說的。他說我在今日，尚要迷亂國政，顛覆我的德行，荒樂於飲酒。你雖日從事於荒樂，不念承緒的基業，何不廣求先王的道理，執守王的明法呢？

【集傳】賦也。今，武公自言己今日之所為也。興，尚也。女，武公使人誦詩，而命己之辭也。後凡言女，言爾，言小子者放此。湛樂從，言惟湛樂之是從也。紹，謂所承之緒也。敷求先王，廣求先王所行之道也。共，執。刑，法也。

肆皇天弗尚1，如彼泉流，
無淪胥2以亡。
夙興夜寐，洒埽廷內，
維民之章3。
脩爾車馬，弓矢戎兵，
用戒戎作4，用逷5蠻方。

所以上天不肯幫助你，天命如同泉水下流，
不論好壞都將走向敗亡的絕境。
你要早起晚睡努力工作，清掃宮廷內外，
以身作則爲人民的表率。
修整你的戰車與戰馬，整理弓箭等兵器，
整備武力做好準備，要用兵馬來懲罰入侵的夷狄。

【註釋】賦也。尚，叶平聲。兵，叶晡亡反。逷，音「剔」。1弗尚，是不祚。2淪胥，是相率。3章，是表率。4作是起。5逷是遠。

【章旨】這章詩是說皇天不祚，好像泉水一般，不要讓它相率流去，亡而不反，所以我要早起夜眠。雖是廷內的洒掃，亦須自己去做，為民的表率，更要修治車馬弓矢戎兵，以備寇盜的倏起，遠防蠻方作亂。

【集傳】賦也。弗尚，厭棄之也。淪，陷。胥，相。章，表。戒，備。戎，兵。作，起。逷，遠也。○言天所不尚，則無乃淪陷相與而亡，如泉流之易乎。是以內自庭除之近，外及蠻方之遠，細而寢興洒掃之常，大而車馬戎兵之變，慮無不周，備無不飭也。上章所謂「訏謨定命，遠猶辰告」者，於此見矣。

【箋註】姚際恆曰：「夙興夜寐，洒埽廷內」，忙中著筆閒雅。
牛運震曰：「洒埽廷內」微辭深意，正從閒細中摹其整躬飭家之神，非真欲其事洒埽也。

質1爾人民，謹爾侯度2，
用戒不虞3。
慎爾出話，敬爾威儀，
無不柔4嘉。
白圭之玷5，尚可磨也；
斯言之玷，不可為也。

安定你的百姓，謹守你做爲君主的法度，
防備意外發生。
說話要謹慎，態度要端正敬謹，
要樣樣都做得美好盡善。
白色的玉璧上若有瑕疵，尚可研磨消除它；
然而一旦說錯話，就無法補救。

【註釋】賦也。虞，叶元具反。儀，牛何反。嘉，叶居何反。玷，音「點」。為，叶吾何反。1質，是安定的意義。2侯度，是諸侯的法度。3虞，是慮。4柔，是安。5玷是缺。

【章旨】這章詩是說須要安定人民，謹守諸侯的法度，戒備思慮不到的禍患，謹慎出話的錯誤，敬重自己的威儀，無有不安善的。因為白圭的缺點，尚可以磨平；說話錯誤，就不能更改了。

【集傳】賦也。質，成也，定也。侯度，諸侯所守之法度也。虞，慮。話，言。柔，安。嘉，善。玷，缺也。○言既治民守法，防意外之患矣。又當謹其言語。蓋玉之玷缺，尚可磨鑢使平。言語一失，莫能救之。其戒深切矣。故南容一日三復此章，而孔子以其兄之子妻之。

無易1由言，無曰苟矣。
莫捫2朕舌，言不可逝3矣。
無言不讎4，無德不報。
惠于朋友，庶民小子。
子孫繩繩，萬民靡不承5。

不要輕易的開口，不要以爲可以隨便。
雖然沒有人禁止我閉口不言，但一旦開口，就無法追回說出的言語。
沒有一句話說出口是不會有反應的，沒有施惠是不會得到報答的。
嘉惠於朋友，讓百姓孩子都能得到利益。
子孫世代延續，天下萬民都順從愛戴你。

【註釋】賦也。易，去聲。捫，音「門」。逝，叶音拆。讎，叶市又反。報，叶蒲救反。友，叶羽已反。子，叶獎里反。1易是輕易。2捫是執著。3逝是去。4讎是答。5承是奉承。

【章旨】這章詩是說不要輕易出言，不要苟且說話，因為言語是自己說出來的，沒有人執著你的舌頭，應當常常審慎，不可放去。天下的事情，沒有言語不答的，沒有受德不報的。我必須惠及朋友庶民和小子，不但子孫能夠綿延基業，便是百姓們，也沒有不承順的。

【集傳】賦也。易，輕。捫，持。逝，去。讎，答。承，奉也。○言不可輕易其言。蓋無人為我執持其舌者。故言語由己，易致差失。常當執持，不可放去也。且天下之理，無有言而不讎，無有德而不報者。若爾能惠于朋友庶民小子，則子孫繩繩而萬民靡不承矣。皆謹言之效也。

【箋註】牛運震曰：「斯言之玷」、「莫捫朕舌」自是奇至語，勿以讀熟而易之。

馬持盈曰：本章是教人要謹言。

視爾友君子，輯1柔爾顏，
不遐2有愆3。
相在爾室，尚不愧于屋漏4。
無曰：「不顯，莫予云覯。」
神之格5思，不可度6思。
矧可射7思？

你要與君子為友，對待他們，容貌與言語和順，不可以輕慢他們。行為有偏，即使在身處在自己的房間裡，也會被神看見。別說：「這裡很暗，沒人注意到我。」神明隨時都會降臨，不可預測。怎麼可以因為厭倦所以不謹慎自己的行為呢？

【註釋】賦也。輯，音「集」。顏，魚堅反。相，去聲。格，叶剛鶴反。射，音「弋」，叶弋灼反。度，入聲。1輯，是和。2遐通「何」。3愆是過失。4屋漏，是室的北角，神明依處的地方。5格，是至。6度，是測。7射，是厭，與「斁」通。

【章旨】這章詩是說你友愛君子，必須和柔顏色，不能稍有得罪。你就是在獨處一室的時候，也須不愧於室北的屋漏，因為那裡有神。雖是形跡不顯，不能看見，但是神明自能來到，是不可推測的，況能厭惡祂麼？

【集傳】賦也。輯，和也。遐，何通。愆，過也。尚，庶幾也。屋漏，室西北隅也。覯，見也。格，至。度。測。矧，況也。射，斁通。厭也。〇言視爾友於君子之時，和柔爾之顏色。其戒懼之意，常若自省曰：「豈不至於有過乎？」蓋常人之情，其脩於顯者無不如此。然視爾獨居於室之時，亦當庶幾不愧于屋漏，然後可爾。無曰此非明顯之處，而莫予見也。當知鬼神之妙，無物不體。其至於是，有不可得而測者。不顯亦臨，猶懼有失。況可厭射而不敬乎。此言不但脩之於外，又當戒謹恐懼乎其所不睹不聞也。子思子曰：「君子不動而敬，不言而信。」又曰：「夫微之顯，誠之不可揜如此。」此正心誠意之極功，而武公及之，則亦聖賢之徒矣。

【箋註】方玉潤曰：聖學存養工夫數語括盡，《大學》誠意，《中庸》慎獨從此而出。卻無半點理障氣，所以為高。

辟[1]爾為德，俾臧俾嘉。

淑慎爾止[2]，不愆于儀。

不僭不賊[3]，鮮不為則。

投我以桃，報之以李。

彼童[4]而角，實虹[5]小子[6]。

人們以你爲榜樣效法你，你更要表現得美好。
行爲動作謹慎，外表舉動沒有差錯。
不犯錯，不有違道理，就很少有人不以你爲表率。
就像別人贈送我桃子，我以李子相報。
如果有人說小羊頭上生角，那就迷惑、欺騙你的行爲。

【註釋】賦也。嘉，叶居何反。儀，叶牛何反。鮮，上聲。子，叶奬里反。虹，音「紅」。1辟，是君。2止是容止。3不僭不賊，是於事不差，於理不害。4童是無角的羊。5虹，是潰亂。6小子是自稱。

【章旨】這章詩是說人君為德，必須盡善盡美。謹慎你的容止，不失威儀，不至差害，無有不可為法的。譬如酬報的事情，人家投贈了我桃子，我就須報答人家李子，這是自然的理由。若說不修德，可以服人的話，便要求有角的童羊，不但沒有這種事情，還要潰敗自己呢。

【集傳】賦也。辟，君也。指武公也。止，容止也。僭，差。賊，害。則，法也。無角曰童。虹，潰亂也。○既戒以脩德之事，而又言為德而人法之，猶投桃報李之必然也。彼謂不必脩德，而可以服人者，是牛羊之童者，而求其角也。亦徒潰亂汝而已，豈可得哉。

【箋註】牛運震曰：投桃報李即言讎德報之旨，寫來卻自妍穎生動。

荏染1柔木，言緡2之絲。
溫溫恭人，維德之基。
其維哲人，告之話言3，
順德之行；
其維愚人，覆4謂我僭5，
民各有心。

柔軟的木頭，如果繫上弦就能成爲弓。
態度謙和的君子，是德行的根本。
賢明之人，如果以善言相告，
便會遵循德行；
而愚昧之人，卻說我不誠實，
人們的心眞是每個人都不一樣。

【註釋】興也。荏，音「飪」。絲，叶新夷反。僭，叶七尋反。1荏染，是柔貌。2緡，是絲弦。3話言，是善言。4覆是反覆。5僭是不信。

【章旨】這章詩是說柔軟的條木，還可以配了絲弦為弓。溫和的恭人，自然是德性的基本了。若是明哲的人，告訴他好話，他便順德而行；若是愚蠢的人，他反說我的言語不信。這都是民各有心，智愚的不同啊。

【集傳】興也。荏染，柔貌。柔木，柔忍之木也。緡，綸也。被之綸以為弓也。話言，古之善言也。覆，猶反也。僭，不信也。○民各有心，言人心不同，愚智相越之遠也。

於乎[1]小子，未知臧否[2]。
匪手攜之，言示之事；
匪面命之，言提其耳。
借曰未知，亦既抱子。
民之靡盈[3]，誰夙[4]知而莫[5]成？

---

唉，你這個年輕人啊，連好壞都無法分辨。
我不但要用手提攜你，
還要舉實際的事例給你當作示範；
我不只要當面告訴你，
還要提著你的耳朵逼你聽清楚。
想說你還年幼無知，
但你早已經有了孩子，年歲不小了。
人要不自滿，誰能夠早上知道而晚上就有所成呢？

【註釋】賦也。於乎，音「嗚呼」。子，叶獎里反。否，音「鄙」。事，叶上止反。莫，音「暮」。1於乎，是感歎辭。2臧否，是好壞的意思。3盈是自滿。4夙是早。5莫是暮。

【章旨】這章詩是說唉，小子啊，若說不懂得好壞吧，我非但用手攜著你，也曾指示過你的事情了；非但當面命令你，也曾提過你的耳朵了。若說你年幼無知吧，你已長大抱子了，何以還不懂得呢？人只要不自盈滿，聽信善言，沒有早知暮成的道理。

【集傳】賦也。○非徒手攜之也，而又示之以事；非徒面命之也，而又提其耳。所以喻之者，詳且切矣。假令言汝未有知識，則汝既長大而抱子。宜知矣。人若不自盈滿，能受教戒，則豈有既早知，而反晚成者乎。

【箋註】牛運震曰：一篇告誡，精神全在此章。作老成憐憫語，真篤厚。借抱子以愧之，妙，甚於醜詆。

昊天孔昭，我生靡樂。
視爾夢夢1，我心慘慘2。
誨爾諄諄3，聽我藐藐4。
匪用為教，覆用為虐。
借曰未知，亦聿既耄5。

上天的道理非常明顯，我不敢此生耽溺安樂。看著你渾渾噩噩的樣子，我心中憂傷不快。我誠懇的勸告你，但你卻不在意。不把我說的話當成是教訓，反而視爲玩笑。想說你是年輕不懂事，但你也已經年紀老大了啊。

【註釋】賦也。昭，叶音灼。樂，音「洛」。夢，音「蒙」。慘，音「懆」，叶七各反。諄，音「肫」。教，叶入聲。耄，叶音莫。藐，音「邈」。耄，音「莫」。1夢，是不明貌。2慘慘，是憂貌。3諄諄，是詳告。4藐藐，是忽略。5耄，是老耄，八十九十叫做耄。

【章旨】這章詩是說天意很顯明，人生在世，本無逸樂可言。我看你尚是昏昏的，我心中怎不憂愁呢！我教你也算詳細了，無奈你聽我的話，很是忽略的。不把我當作教訓，反疑我有意虐待。若說你年幼無知吧，你已經年老了，怎樣還不懂得呢？

【集傳】賦也。夢夢，不明亂意也。慘慘，憂貌。諄諄，詳熟也。藐藐，忽畧貌。耄，老也。八十九十曰耄。《左史》所謂年九十有五時也。

【箋註】方玉潤曰：二章皆欲其聽言以修德。前章耳提面命是正說；後章諄諄藐藐是反說。自抱子以至既耄，均不可以未知自諉，一層深似一層也。

於乎小子，告爾舊1止2，
聽用我謀，庶3無大悔4。
天方艱難，曰喪厥國？
取譬不遠，昊天不忒5。
回遹6其德，俾民大棘7。

唉呀，你這個年輕人哪，我告訴你舊有的制度，
你如果願意聽我的謀畫，應該不會有太大的後悔。
此時天意很艱難，你難到要把國家滅亡了才足夠？
我所舉出的事例都不算遠，上天的處置從來不曾有錯。
如果你繼續邪惡不走正道，百姓們將要爲之受苦。

【註釋】賦也。悔，叶虎委反。國，叶于逼反。遹，音「聿」。1舊，是舊章，或作「久」。2止，是語助詞。3庶是庶可。4悔，是恨。5忒是差。6遹，是邪僻。7棘，是急困。

【章旨】這章詩是說，小子啊，我告訴你很久了，你能聽我的善謀，庶可沒有大過。因為天意正在作難的時候，將要滅亡你的國了，我的取譬言語，實在不遠。是昊天的禍福加人，絲毫沒有差忒的。你若回邪你的德行，使人民受了極大的困難，一定要亡國了。

【集傳】賦也。舊，舊章也。或曰：久也。止，語辭。庶，幸。悔，恨。忒，差。遹，僻。棘，急也。○言天運方此艱難，將喪厥國矣。我之取譬，夫豈遠哉。觀天道禍福之不差忒，則知之矣。今汝乃

回遹其德，而使民至於困急，則喪厥國也必矣。

【箋註】牛運震曰：幾於垂涕而道，氣愈平緩，意愈悚厲。

方玉潤曰：末用危言自警，愈見修省之切。

## 抑十二章，三章章八句，九章章十句。

【集傳】楚語左史倚相曰：「昔衛武公年數九十五矣，猶箴儆於國曰：『自卿以下，至于師長士，苟在朝者，無謂我老耄而舍我。必恭恪於朝夕，以交戒我。在輿有旅賁之規，位宁有官師之典，倚几有誦訓之諫，居寢有暬御之箴，臨事有瞽史之道，宴居有師工之誦。史不失書，矇不失誦，以訓御之。』於是作懿戒以自儆。及其沒也，謂之睿聖武公。」韋昭曰：「懿，讀為抑。即此篇也。」董氏曰：「侯包言，武公行年九十有五，猶使人日誦是詩，而不離於其側。」然則《序》說為刺厲王者誤矣。

【箋註】姚際恆曰：此刺厲王之詩，不知何人所作也。

牛運震曰：一篇省躬責己之辭，而開端入手處則曰「其在于今，興迷亂於政」，篇末收煞處又曰「天方艱難，曰喪厥國」，憂時感事之旨，反覆三致意焉，其規君之意昭然矣。《序》以為刺厲王亦以自警。按之乃自警以刺王爾。無道之主，難於斥言，或託同官以戒之，或指前朝以鑒之，或借自警以發之，皆所謂主文而譎諫也。但所刺不知何王，或未必是厲王爾。

程俊英曰：這是周王朝一位老臣勸告、諷刺周王的詩。詩可能是西周末年一位元老所作。反應了當時統治者的腐朽無能、社會面臨崩潰的情況。

屈萬里曰：詩中有「謹爾侯度」之語，則所謂自儆之詩，大致可信。否則，即戒某諸侯之詩也。

# 桑柔

菀1彼桑柔，其下侯旬2。
捋3采其劉4，瘼5此下民。
不殄6心憂，倉兄7填8兮。
倬9彼昊天，寧不我矜10。

那生長得很茂盛的嫩桑啊，桑葉均勻遍布。
然而濫採桑葉就會凋殘，苦了在底下乘涼的人。
我的內心極爲煩惱，因憤恨憂愁而生病。
明察秋毫的上天哪，竟然一點也不憐憫我們的處境。

**【註釋】**比也。菀，音「鬱」。捋，力活反。瘼，音「莫」。倉，音「愴」。兄，音「況」。天，叶鐵因反。1菀，是茂盛。2旬，是周徧。3捋，是采取。4劉，是殘餘。5瘼，是病。6殄，是絕。7倉兄，同「愴怳」，是悲憫的意思。8填，是填胸。9倬，明。10矜，是憐。

**【章旨】**這章詩是芮伯刺厲王的。他說茂盛的柔桑，樹下蔽陰的人，幾乎遮遍了。如今把它的枝葉採取了，只剩下殘餘的孤樹，豈不病了樹下的人民嗎？所以我不絕的心憂，悲憫填滿了胸中。明白的昊天呀，我周室也是這樣的凋弊啊！祢就不能憐恤嗎？

**【集傳】**比也。菀，茂。旬，徧。劉，殘。殄，絕也。倉兄，與愴怳同。悲閔之意也。填，未詳。舊說與陳塵同，蓋言久也，或疑與「瘨」字同，為病之義。但〈召旻〉篇內二字並出，又恐未然。今姑闕之。倬，明貌。○舊說此為芮伯刺厲王而作。《春秋傳》亦曰：「芮良夫之詩。」則其說是也。以桑為比者，桑之為物，其葉最盛。然及其采之也，一朝而盡。無黃落之漸。故取以比周之盛時。如葉之茂，其蔭無所不徧。至於厲王肆行暴虐，以敗其成業，王室忽焉凋弊，如桑之既采，民失其蔭，而受其病。故君子憂之，不絕於心，悲閔之甚，而至於病，遂號天而訴之也。

**四牡騤騤1，旗旐2有翩3。**
**亂生不夷4，靡國不泯5。**
**民靡有黎6，具7禍以燼8。**
**於乎有哀，國步9斯頻10。**

---

強壯的四匹公馬，旌旗昂揚飄動，這是發動征戰的樣子。
然而災難禍亂不平定，沒有一個國家在這種狀況下不滅亡。
百姓所剩不多，彷彿被火焚燒一般殘餘無幾。
嗚呼哀哉，國運至此已經非常危險了。

**【註釋】**賦也。翩，叶批賓反。泯，叶彌鄰反。燼，叶咨辛反。於乎，音「嗚呼」。哀，叶音依。1騤騤，是壯盛貌。2旗旐，是旌。3翩，是飄揚貌。4夷，是平定。5泯是泯滅。6黎是眾黎。7具同「俱」。8燼，是灰燼，就是留餘的意思。9步，是命運。10頻，是急蹙。

**【章旨】**這章詩是說厲王的時候，征役不息，人民見了車馬旌旗，便生了厭苦。他說道四馬的壯盛，旌旗的飄揚，亂生不能平定，國家沒有不滅的。人民已是有不多，都是些禍患的餘留。唉，可哀的國運，這樣的急蹙嗎？

**【集傳】**賦也。夷，平。泯，滅。黎，黑。燼，灰燼也。步，猶運也。頻，急蹙也。○厲王之亂，天下征役不息。故其民見其車馬旌旗，而厭苦之。自此至第四章，皆征役者之怨辭也。

**【箋註】**姚際恆曰：「民靡有黎」，猶「周餘黎民，靡有孑遺」之意，以八字縮為四字，簡妙。
牛運震曰：只寫四牡旗旐之盛，而軍役旁午，騷然在目。末二句黯然。
方玉潤曰：征役不息為亂之本。

國步蔑資1，天不我將2。
靡所止疑3，云徂4何往？
君子實維，秉心無競5。
誰生厲6階，至今為梗7。

國運將盡，上天又不肯協助我們。
我無處可以安身，該到哪裡去才好呢？
君子向來能夠思慮，他的存心無人能夠與之爭。
到底是誰生出這些禍端？至今仍多災禍。

【註釋】賦也。將，叶子兩反。疑，音「屹」，叶如字。競，叶其兩反。階，叶居奚反。梗，叶古黨反。

1蔑，是滅絕。蔑資，是無所資賴。2將，是養。3疑，是疑立。《鄉射禮》注，疑為正立自定之貌。4徂，是往。5競，是競爭。6厲，是怨惡。7梗，是病。

【章旨】這章詩是說國運無所資賴了，天不養我，使我無處立身，我將往哪裡去呢？君子是實在的用心，並不和人爭競，究竟是誰做了怨惡的階梯，至今成了弊病呢？

【集傳】賦也。蔑，滅。資，咨。將，養也。疑，讀如《儀禮》疑立之疑。定也。徂，亦往也。競，爭。厲，怨。梗，病也。○言國將危亡。天不我養。居無所定，徂無所往。然非君子之有爭心也。誰實為此禍階，使至今為病乎。蓋曰：「禍有根原。」其所從來也遠矣。

【箋註】牛運震曰：「云徂何往」截讀，較蹙蹙靡騁更蹙苦嗚咽。「君子實維」二句卻為君上出脫一筆，妙。末二句摧挫沉痛。「厲階」、「為梗」字法深刻。

憂心慇慇，念我土1宇2。
我生不辰3，逢天僤4怒。

內心憂愁感傷，我懷念我的家鄉。
我出生的時日不佳，遭逢上天憤怒。
國境從西到東，沒有一處地方可以安身。

自西徂東，靡所定處。
多我覯痻5，孔棘6我圉7。

我遭遇太多苦難，邊疆的禍患是如此的緊迫。

【註釋】賦也。僤，音「亶」。怒，叶暖五反。東，叶音丁。痻，音「民」。1土，是鄉土。2宇，是故居。3辰，是時。4僤，是厚。5痻，是病。6棘，是急。7圉，是邊防，或作「禦」。

【章旨】這章詩是說我心下憂愁，思念我的土宇。我生不逢時，遇著上天的厚怒，自西徂東，沒有安定的地方。我的見病很多，我的邊患很急。

【集傳】賦也。土，鄉。宇，居。辰，時。僤，厚。覯，見。痻，病。棘，急。圉，邊也。或曰：「禦也。」○多矣，我之見病也；急矣，我之在邊也。

【箋註】牛運震曰：沉鬱以悲，椎心蒿目。

為謀為毖1，亂況2斯削3。
告爾憂恤，誨爾序爵4。
誰能執熱5，逝6不以濯7？
其何能淑8，載胥9及溺10。

如果能審慎思考計謀，禍患自然會減少。曾勸告過你什麼事情要憂慮，曾經教導過你要以爵位任用賢才。誰能赤手握取很燙的東西，不澆涼水降溫？如果不能改善現況，我們都將溺於水中滅頂而死。

【註釋】賦也。毖，音「必」。溺，奴學反。1毖，是慎密。2況，是亂的狀況，含有更甚的意思。3削，是削小。4序爵，是分別賢否，以序爵位。5執熱是執物。6逝，是發語詞。7濯，是浸在冷水裡。8淑，是美善。9胥，是相率。10溺，是沉溺。

【章旨】這章詩是說你何嘗不謀不慎呢？無奈不得其道，所以格外長亂，格外削弱。我今告訴你，你必須常常憂心國事，愛恤人民，教令序爵的禮儀，分別賢否。因為賢者能止亂，尊賢便是止亂的法子。好像執熱物燙了手，只有浸在冷水裡，才可以解熱，否則不但不能美善，實是相率沉溺了。

【集傳】賦也。毖，慎。況，滋也。序爵，辨別賢否之道也。執熱，手執熱物也。○蘇氏曰：「王豈不謀且慎哉。」然而不得其道。適所以長亂而自削耳。故告之以其所當憂，而誨之以序爵。且曰：「誰能執熱而不濯者？」賢者之能已亂，猶濯之能解熱耳，不然則其何能善哉？相與入於陷溺而已。

【箋註】牛運震曰：「告爾憂恤」二語，一篇作詩本旨。法語篤厚，告憂恤尤妙。
方玉潤曰：告以救亂，如拯水火，卻用翻撥之筆，便不平板。

**如彼遡風1，亦孔之僾2。**
**民有肅心3，荓4云不逮5。**
**好是稼穡，力民6代食7。**
**稼穡維寶，代食維好。**

就像大風撲面吹來，使人氣悶無法呼吸。人們雖然有向上求進的心，但無法向善也是無可奈何。君王聚斂剝削人民的農作收成，使人民出力工作卻奪走其收穫，令人民飢餓不得食。君王將這些農作收成當成是寶貝，竟認爲奪取收穫令百姓挨餓是好事。

【註釋】賦也。僾，音「愛」。荓，音「烹」。1遡風，是迎面吹來的風。2僾，是悶氣不能出息。3肅心，是想進的心。4荓是反使的意義。5不逮，是力不能及。6力民，是與民同力工作。7代食，是代替食祿，不想仕進。

【章旨】這章詩是說世亂了，好像迎面吹入的風，很是使人悶得不能出氣。人民本有想仕的心意，卻因這種原由，反使他說是力不能及，不能用世，最好還是住家務農，和農民同力工作，以代食祿，不必仕進。以為稼穡最是寶貴，代食最是好事，所以朝廷就沒有人辦事了。

**【集傳】**賦也。溯，鄉。僾，唈。肅，進。荓，使也。○蘇氏曰：君子視厲王之亂，悶然如遡風之人唈而不能息。雖有欲進之心，皆使之曰：世亂矣，非吾所能及也。於是退而稼穡盡其筋力，與民同事，以代祿食而已。當是時也，仕進之憂，甚於稼穡之勞。故曰：「稼穡維寶，代食維好。」言雖勞而無患也。

**【箋註】**方玉潤曰：朝不可仕，不如在野。然即退處亦難安居。更進一層。

**天降喪亂，滅我立王。**
**降此蟊賊1，稼穡卒痒2。**
**哀恫3中國，具贅4卒荒。**
**靡有旅5力，以念穹蒼6。**

上天降下災難，毀滅了人們賴以生存的農作。又降下了吞噬作物的惡蟲蟊賊，田中的莊稼都罹患疾病。國中一片哀慟，連年都在鬧災荒。已經沒有餘力可以搶救挽回，只能哀求上天憐憫幫忙。

**【註釋】**賦也。痒，音「羊」。恫，音「通」。贅，音「惴」。1蟊，是害禾的蟲類。蟊賊，是比亂世的讒臣。2卒痒，是盡病。3恫，是痛恨。4贅，是連屬。5旅，同「膂」。6穹蒼，是上天。

**【章旨】**這章詩是說天降了喪亂，要滅我人所立的君王。降下這種害賊，使人民稼穡都已荒廢了。可哀可痛國家，也是連帶的荒廢了，竟至沒有力量，可以挽回，惟有思念上天的憐憫。

**【集傳】**賦也。恫，痛。具，俱也。贅，屬也。言危也。《春秋傳》曰：「君若贅旒然。」與此「贅」同。卒，盡。荒，虛也。旅，與膂同。穹蒼，天也。穹，言其形，蒼，言其色。○言天降喪亂，固已滅我所立之王矣，又降此蟊賊，則我之稼穡又病，而不得以代食矣。哀此中國，皆危盡荒。是以危困之極，無力以念天禍也。此詩之作，不知的在何時。其言滅我立王，則疑在共和之後也。

【箋註】牛運震曰：籲天無力，真窮極可憐語。

**維此惠1君，民人所瞻。**
**秉心宣2猶，考慎其相3。**
**維彼不順，自獨俾臧4。**
**自有肺腸5，俾民卒狂6。**

只有依順正道行事的君王，才是百姓仰望的希望。心地光明通達，審慎的選擇輔佐自己的賢人。只有無道的昏君，才以爲自己怎麼做都是對的。他的五臟六腑都與旁人不同，使人民陷入混亂。

【註釋】賦也。瞻，叶側姜反。相，叶平聲。1惠是順。2宣，是廣徧。3相，是佐輔。4自獨俾臧，是自以為善。5肺腸，是肺腸中的私見。6狂，是狂惑。

【章旨】這章詩是說惠順禮義的君王，是人民瞻仰的。他的秉心美善，謀度周徧，又能考察審慎，擇用賢人相輔。若是不順禮義的君王，他是自以為善，自有他的私見，使人民盡行狂惑了。

【集傳】賦也。惠，順也。順於義理也。宣，徧。猶，謀。相，輔。狂，惑也。○言彼順理之君，所以為民所尊仰者，以其能秉持其心，周徧謀度考擇其輔相，必眾以為賢，而後用之。彼不順理之君，則自以為善，而不考眾謀，自有私見，而不通眾志。所以使民眩惑，至於狂亂也。

**瞻彼中林，甡甡1其鹿。**

看那樹林中，鹿兒成群聚處。朋友之間如果互相不信任，不能以善相待。

古人曾經說過：「前進與後退都是絕境。」

**朋友已譖[2]，不胥[3]以穀[4]。**
**人亦有言：「進退維谷[5]。」**

【註釋】興也。甡，音「莘」。譖，音「僭」，叶子林反。1甡甡，是眾多並行的狀貌。2譖，是不信。3胥是相。4穀是善。5谷，是窮。

【章旨】這章詩是說看到那個樹林的裡面，還有眾多並行的鹿，很是友愛的。何以朋友相譖，不能相善呢？這不是像人說的進退都窮的事情嗎？

【集傳】興也。甡甡，眾多並行之貌。譖，不信也。胥，相。穀，善。谷，窮也。言朋友相譖，不能相善，曾鹿之不如也。○言上無明君下有惡俗。是以進退皆窮也。

只有聖人，能夠胸懷遠見看見百里之外發生的事；而愚笨的人，只見眼前還因混亂而狂喜。這些並非不能說出眞相，爲什麼他顧忌不敢言呢？

**維此聖人[1]，瞻[2]言百里；**
**維彼愚人，覆狂以喜。**
**匪言不能，胡斯畏忌[3]？**

【註釋】賦也。忌，叶巨已反。1聖人，是聰明睿聖的人。2瞻，是鑒視。3忌，是怕。

【章旨】這章詩是說聖哲的人，他能明鑒百里；愚昏的人，他不知禍的將至，反狂亂的喜歡。我非不能出言的，何以這樣的畏懼，不敢相諫呢？

【集傳】賦也。聖人炳於幾先，所視而言者，無遠而不察。愚人不知禍之將至，而反狂以喜。今用事者蓋如此。我非不能言也，如此畏忌何哉？言王暴虐，人不敢諫也。

**維此良人，弗求弗迪[1]；**
**維彼忍[2]心，是顧[3]是復[4]。**
**民之貪亂，寧為荼毒[5]。**

對於善良賢德的人，君主不去尋求、任用；
對於殘暴的人，卻反覆顧念、眷戀。
所以人們才想發動大亂，寧願同歸於盡。

**【註釋】**賦也。迪，叶徒沃反。復，音「伏」。1迪是進。2忍，是殘忍。3顧是念。4復是重覆。5荼，是野菜，味苦有毒，好像貪人心中苦毒。

**【章旨】**這章詩是好人他不求人，不幸進。殘忍的人，他把祿位重復的顧念，惟恐舍棄，難怪百姓們食婪悖亂，安心去做荼毒的事情。

**【集傳】**賦也。迪，進也。忍，殘忍也。顧，念。復，重也。荼，苦菜也。味苦氣辛，能殺物，故謂之「荼毒」也。○言不求善人而進用之，其所顧念重復而不已者，乃忍心不仁之人。民不堪命，所以肆行貪亂，而安為荼毒也。

**【箋註】**牛運震曰：連用維此維彼，互形對較，怨恨之聲，綿疊不絕。「是顧是復」，父母愛子之事，移用極不近理，卻自尖酷得情。「寧為荼毒」寫出虐民挺險之事。

**大風有隧[1]，有空大谷。**
**維此良人，作為式穀；**

飆風吹拂，起於深山空谷之中。
就像善良的人的所作所爲，都是從善心出發；
不義的人的所作所爲，就像是身處於汙泥中。

**維彼不順，征[2]以中垢[3]。**

【註釋】興也。隧，音「遂」。垢，叶居六反。1隧，《經義述聞》作「隧」。隧風，是迅疾的風。2征是行。3中垢，是暗穢的事情。

【章旨】這章詩是說迅疾的大風，是從空谷裡起來的；美善的事情，是好人做出來的；暗穢的事情，是由不順道理的人做出來的。

【集傳】興也。隧，道。式，用。穀，善也。徵以中垢，未詳其義。或曰：「征，行也。」中，隱暗也。垢，汙穢也。大風之行有隧，蓋多出於空谷之中。以興下文君子小人所行，亦各有道耳。

**大風有隧，貪人敗類[1]。**
**聽言則對[2]，誦言如醉[3]。**
**匪用其良，覆俾我悖[4]。**

---

飆風吹拂，貪婪的人會傷害良善者。君主如果只回答好話，對於勸告的諫言如同喝醉一般不理睬。不任用賢能者，反而使我們這些善良者陷於悖逆之中。

【註釋】興也。悖，叶蒲寐反。1敗類，是敗壞族類，或作「敗善」。2聽言則對，是聽信貪人的言語，喜歡對他說話。3誦言如醉，是有人誦讀古人的言語，他像昏醉的一般，不肯聽信。4悖，是昏眊。

【章旨】這章詩是說大風吹得迅疾，貪人能敗壞善類。我王聽信貪人的言語，歡喜對他說話；有人誦讀古人的言語，他便不喜歡聽信，好像昏醉了一般。因為他不用好人，反說我是昏眊。

【集傳】興也。敗類，猶言圮族也。○王使貪人為政，我以其或能聽我之言而對之。然亦知其不能聽也。

故誦言而中心如醉。由王不用善人，而反使我至此悖眊也。厲王說榮夷公。芮良夫曰：「王室其將卑乎。」夫榮公好專利，而不備大難。夫利百物之所生也，天地之所載也。而或專之，其害多矣。此詩所謂貪人，其榮公也與。芮伯之憂，非一日矣。

【箋註】牛運震曰：寫盡妄庸人泄泄態狀。

**嗟爾朋友1，予豈不知而作？**
**如彼飛蟲，時亦弋獲2。**
**既之3陰4女，反予來赫5。**

唉，朋友啊，我豈是不知道局勢艱難而作這首詩？就像是鳥飛在空中，有時也會被箭所射中。我是想要幫助你，你卻憤怒的對待我。

【註釋】賦也。獲，叶胡郭反。陰，去聲。赫，叶黑各反。1朋友是指上章貪人的。2弋獲是射中。3之，是往的意義。4陰，是保護。5赫，是恐動。

【章旨】這章詩是說：唉，貪人啊，我豈不知你所做的事情。不過我想用善言，來規諫你的。無如那個飛蟲，有時也許射中了，或者你聽了我的言語，也許反惡為善。我是來保護你的，你反說我是恐動你嗎？

【集傳】賦也。如彼飛蟲，時亦弋獲，言己之言，或亦有中。猶曰千慮而一得也。之，往。陰，覆也。赫，威怒之貌。我以言告女。是往陰覆於女，女反來加赫然之怒於己也。張子曰：「陰往密告於女，反謂我來恐動也。」亦通。

【箋註】牛運震曰：此下自述作詩本旨，陡然感慨，悲切激昂。「飛蟲」、「弋獲」，喻意細，妙。鄙淺自託，正自動聽。託為正告朋友之辭，咨嗟感慨，諷王之旨，隱然言外。

方玉潤曰：以下規諷僚友。見不能匡君惡，皆臣下之失。忠臣愛民之心，千載如見其誠。

民之罔極1，職2涼3善背4。
為民不利，如云不克5。
民之回遹6，職競用力7。

人民之所以如此爲非作歹沒有極限，是因爲君主的性情涼薄又善變。君王的所作所爲都是些對人民不利的事情，還唯恐邪惡之力用不夠。人民之所以邪惡不正，正是因爲那些惡人爭權奪利的緣故。

【註釋】賦也。背，叶必墨反。遹，音「聿」。1罔極，是貪婪不止。2職，是專主。3涼，是偷薄。鄭作「諒」字解。諒是信。4善背，是善於反覆。5克是勝。6遹，是邪。7職競用力，是專為用力。

【章旨】這章詩是說民的貪婪不止，專信善於反覆的事情，為人不利，好豫不勝用力似的。民的回感邪僻，都由此輩專為造成的啊。

【集傳】賦也。職，專也。涼義未詳。《傳》曰：「涼，薄也。鄭讀作『諒』，信也。疑鄭說為得之。」善背，工為反覆也。克，勝也。回遹，邪僻也。○言民之所以貪亂而不知所止者，專由此人名為直諒，而實善背；又為民所不利之事，如恐不勝而力為之也；又言民之所以邪僻者，亦由此輩專競用力而然也。反覆其言，所以深惡之也。

民之未戾1，職盜為寇。
涼曰不可2，覆背善詈3。

人民之所以不能安定，是因爲君主如同盜賊流寇一樣的剝削他們。不可以涼薄的待人，更不可以倒行逆施違背善良。

**雖曰：「匪予。」4既作爾歌。**

——雖然你說：「這些是不是我做的。」但我還是爲你作此歌。

**【註釋】**賦也。詈，音「利」。1戾是定。2涼曰不可，是固然是說不可為小人。3覆背善詈，是反背善道來詈我。4雖曰匪予，是你雖以我言為非。

**【章旨】**這章詩是說人民的不定，都由賊盜為寇。你固然是說不可為小人，但你總是反背善言，詈罵君子。你雖以我言為非，我已為你作歌了。

**【集傳】**賦也。戾，定也。○民之所以未定者，由有盜臣為之寇也。蓋其為信也，亦以小人為不可矣，及其反背也，則又工為惡言，以詈君子。是其色厲內荏，真可謂穿窬之盜矣。然其人又自文飾，以為此非我言也。則我已作爾歌矣，言得其情，且事已著明，不可揜覆也。

## 桑柔十六章，八章章八句，八章章六句。

**【箋註】**牛運震曰：「告爾憂恤，誨爾序爵」二語，一篇綱令。前段有言國步民生，俱為禍燼；土宇稼穡，瘖痒相仍。所謂「告爾憂恤」也。後段言君不考相，小人回遹，朋友交譖，貪人敗類。所謂「誨爾序爵」也。篇幅雖長而脈線聯密，自無懈散之病。蒼涼中有極柔怯，語柔則厚。此篇多用雙韻隔代相叶，如後世詩家之轆轤韻。

程俊英曰：這是周厲王的大臣芮良夫諷刺厲王的詩。詩中反映了周厲王時國政混亂、君王無道、奸臣得寵、人民受難的情況，怨恨自己一片忠心得不到厲王的重用。作者對「下民」的苦難抱同情態度，但對他們的反抗、暴動則加以詆毀。

馬持盈曰：這是傷歎政昏臣邪，是非顛倒，民風敗壞之詩。

# 雲漢

倬1彼雲漢2，昭回3于天。
王曰：「於乎4，何辜5今之人。
天降喪亂，饑饉薦臻6。
靡神不舉7，靡愛斯牲。
圭璧8既卒9，寧10莫我聽。

明亮的天河啊，燦爛的天光在天空流轉。
王祈禱著說：「嗚呼，如今之人是犯了什麼罪。
天上降下災亂，飢荒連年。
沒有神明不曾被我們祭祀，沒有不供奉的牲禮。
祭祀用的玉器都用完了，上天卻不聽從我們的祝禱。

**【註釋】**賦也。天，叶鐵因反。於乎，音「嗚呼」。牲，叶桑經反。薦，音「荐」。聽，平聲。1倬，是大。2雲漢，是天河。3昭回，是光隨天轉。4於乎，同「嗚呼」。5辜，是罪。6薦臻，是屢至。7靡神不舉，是無神不曾舉祭過了。8圭璧，是禮神的玉器。9卒是盡。10寧，是何也的意義。

**【章旨】**這章詩是宣公為民禳旱的。他說倬大的雲漢，光亮著隨天轉動。宣王對著祂說道：「唉，今日的人民有什麼罪過呢？何以上天要降這樣的喪亂，屢有飢饉的荒年。我對於神明，沒有不舉祭的，簡直不愛惜我的犧牲。現在我的禮神圭璧，幾乎用盡了，何以還不聽見呢？」

**【集傳】**賦也。雲漢，天河也。昭，光。回，轉也。言其光隨天而轉也。薦，薦通。重也。臻，至也。靡神不舉，所謂國有凶荒，則索鬼神而祭之也。圭璧，禮神之玉也。卒，盡。寧，猶何也。○舊說以為宣王承厲王之烈，內有撥亂之志。遇烖而懼，側身修行，欲消去之。天下喜於王化復行，百姓見憂。故仍叔作此詩以美之，言雲漢者夜晴則天河明，故述王仰訴於天之辭如此也。

**【箋註】**牛運震曰：陸插王曰云云，奇橫。開口沉篤惻怛，便得中興帝王語氣。

方玉潤曰：開自為民號冤，哀矜惻怛，其情如見。即此一語，已足上格穹蒼而消災禍也。

「旱既大甚，蘊[1]隆蟲蟲[2]。
不殄[3]禋祀，自郊徂宮[4]。
上下[5]奠[6]瘞[7]，靡神不宗[8]。
后稷[9]不克[10]，上帝不臨。
耗斁[11]下土，寧[12]丁[13]我躬。

「旱災嚴重，炎熱的暑氣蒸人。不敢斷絕祭祀，從天地的郊祭到祖宗的宮廟都祭拜了。天神與地祇都以祭品擺供祭祀，沒有神明先祖不曾被敬拜。然而后稷不理睬，上帝也不曾降臨。如此敗壞人間的旱災，竟然就這樣降臨在我身上。

**【註釋】**賦也。大，音「泰」。臨，叶力中反。斁，音「妒」。1蘊，是蓄聚。2蟲蟲，是熱氣。3殄，是絕。4宮，是宗廟。5上下，是天地。6奠，是祭禮。7瘞，是埋祭物。8宗，是尊。9后稷，是稼穡的先祖。10克，是勝。11耗斁，是敗。12寧，是寧願。13丁，是當。

**【章旨】**這章詩是說旱既太甚了，蘊隆的熱氣炙人。我惟有不絕的祭祀，從郊外以至宗廟，上天以至下地，奠禮瘞物，無神不尊敬。無奈后稷的農祖不能克勝，上帝不來臨享，與其這樣的耗敗百姓，寧願災害當我一身。

**【集傳】**賦也。蘊，蓄。隆，盛也。蟲蟲，熱氣也。殄，絕也。郊，祀天地也。宮，宗廟也。上祭天下祭地，奠其禮瘞其物。宗，尊也。克，勝也。言后稷欲救此旱災，而不能勝也。臨，享也。稷以親言，帝以尊言也。斁，敗。丁，當也。何以當我之身，而有是災也。或曰：「與其耗斁下土，寧使我害當我身也。」亦通。

「旱既大甚，則不可推1。
兢兢2業業3，如霆如雷4。
周餘黎民，靡有孑5遺。
昊天上帝，則不我遺。
胡不相畏，先祖于摧6。」

「旱災如此嚴重，無法推阻解決。
心驚膽戰的害怕著，就像是天空雷電隨時會打下一般。
周朝殘餘的黎民百姓，殘活著的沒有多少。
上天啊，怎麼不遺留人民使之存活。
怎麼不令人畏懼害怕呢，先祖的祭祀眼看就要斷絕了。

**【註釋】**賦也。推，吐雷反。遺，叶夷回反。摧，音「崔」。1推，是推去。2兢兢，是恐怕。3業業，是目危。4如霆如雷，是如雷霆要震著的樣子。5孑，是單獨。6摧，是摧滅。

**【章旨】**這章詩是說旱既太甚了，便不能推去。我的恐懼自危，好像雷霆要震著我的樣子。因為大亂以後，周室所餘的百姓，沒有一個能夠遺棄的。何以昊天上帝，竟不能為我留點生計嗎？我怎樣不怕我先祖的宗祀覆滅呢。

**【集傳】**賦也。推，去也。兢兢，恐也。業業，危也。如霆如雷，言畏之甚也。孑，無右臂貌。遺，餘也。言大亂之後，周之餘民，無復有半身之遺者，而上天又降旱災，使我亦不見遺。摧，滅也。言先祖之祀，將自此而滅也。

**【箋註】**牛運震曰：寫人心洶動如此。痛心刻骨之言，不嫌已甚。

旱既大甚，則不可沮1。
赫赫2炎炎3，云我無所。
大命近止4，靡瞻靡顧5。
群公先正6，則不我助。
父母先祖，胡寧忍予。

「旱災如此嚴重，如何阻擋也停止不了。
天氣炎熱，暑氣蒸騰，我沒有可以逃躲的地方。
眼看國運快要完了，神明卻不看也不理會。
歷代先人諸公們，沒有人庇佑幫助我。
父母和祖先啊，怎麼忍心這樣待我！

**【註釋】**賦也。沮，上聲。顧，叶果五反。助，叶牀所反。予，叶演女反。1沮，是止。2赫赫，是旱氣。3炎炎，是熱氣。4大命近止，是命將死了。5瞻、顧，是仰望。6群公先正，是外神。

**【章旨】**這章詩是旱既太甚了，便不可已止，旱熱的氣候無所能容。我的大命將完了。仰望外神，縱然不能相助，難道我的父母先祖，也忍棄我嗎？

**【集傳】**賦也。沮，止也。赫赫，旱氣也。炎炎，熱氣也。無所，無所容也。大命近止，死將至也。瞻，仰。顧，望也。○群公先正，月令所謂雩祀百辟卿士之有益於民者，以祈穀實者也。於群公先正，但言其不見助。至父母先祖，則以恩望之矣。所謂垂涕泣而道之也。

**【箋註】**牛運震曰：此章因上帝而及群公先正、父母先祖，申次章自郊徂宮，靡神不宗也。兩言先祖，一則惴惕而出，一則痛哭而道，俱妙。

方玉潤曰：父母至親既忽視予，則上帝至尊豈肯宥我！

「旱既大甚，滌滌1山川。

「旱災如此嚴重，草木乾枯，山上無木水中無草，彷彿被洗淨了一般荒涼。

旱魃[2]為虐，如惔[3]如焚。
我心憚[4]暑[5]，憂心如熏[6]。
群公先正，則不我聞[7]。
昊天上帝，寧[8]俾我遯[9]？

旱魃到處肆虐，高熱如同火燒。
我害怕這樣的炎天暑熱，心中憂愁得彷彿被火燻烤。
先歷代的先王與諸公們，對我的處境不聞不問。
老天爺啊，要怎麼樣才能逃避這毀滅的災禍？

**【註釋】**賦也。川，叶樞倫反。魃，音「跋」。惔，音「談」。焚，叶符鈞反。聞，叶微勻反。遯，叶徒均反。1滌滌，是山上無木，川中無水。2旱魃是旱神。3惔，是燒。4憚，是怕。5暑是熱。6熏，是熏蒸。7聞當作「問」字解。8寧，是何也。9遯，是逃。

**【章旨】**這章詩是說旱既太甚了，山上無木，川中無水了。旱神的為虐，好像焚燒的一般。我心中怕熱，憂心如同熏蒸似的。群公先正的外神，既不問我的事情。昊天上帝，又何能使我逃遯呢？

**【集傳】**賦也。滌滌，言山無木，川無水，如滌而除之也。魃，旱神也。惔，燎之也。憚，勞也。畏也。熏，灼。遯，逃也。〇言天又不肯使我得逃遯而去也。

**【箋註】**牛運震曰：「滌滌山川」白描得妙，正自酷透。「憚暑」二字殊微至細，心體貼則知之。

「旱既大甚，黽勉[1]畏去[2]。
胡寧瘨[3]我以旱？憯[4]不知其故。
祈年[5]孔夙，方[6]社[7]不莫[8]。

「旱災如此嚴重，因爲害怕災禍，人們拚命逃離。
旱災的苦難爲什麼會加諸在我們的身上？實在不知道原因爲何。
每年早早舉行祭祀豐年的祭典，四方之神與土地之神的祭祀從沒有延遲。

昊天上帝，則不我虞。
敬恭明神，宜無悔9怒。

上天哪，卻不肯幫助我們。
我們這樣恭敬的祭祀神靈，神明不應該有所怨恨。

【註釋】賦也。瘨，音「顛」。憯，七感反。莫，音「暮」。虞，叶元具反。1黽勉，是勉力。2畏去，是不敢逃去。3瘨是病。4憯，曾，竟。5祈年是祈求本歲的豐年。在孟春時侯、孟冬時候祈的。祈求開歲的豐年。6方是祭四方。7社是祭土神。8莫是遲暮。虞，《廣雅》作「助」。9悔，是恨。

【章旨】這章詩是說旱既太甚了，我的勉力祈求，不敢逃去。何以上天這樣的病我，降下旱魃？我曾不知其故。因為我祈年是很早的，逢社的祭祀，既不曾遲緩。昊天上帝，怎不助我的呢？我敬恭神明，神明應該沒有恨怒的了。

【集傳】賦也。黽勉畏去，出無所之也。瘨，病。憯，曾也。祈年，孟春祈穀于上帝，孟冬祈來年于天宗。是也。方，祭四方也。社，祭土神也。虞，度。悔，恨也。○言天曾不度我之心，如我之敬事明神，宜可以無恨怒也。

【箋註】牛運震曰：此章仍獨舉昊天上帝而不備又群公先正，以昊天為降旱之主，故反覆仰訴之。「黽勉畏去」正與俾遯緊應。「胡寧瘨我」二句，沉鬱悲壯，如聞幽夜冤呼。三言「昊天上帝」，如聞籲號之聲。「宜無」二字，不平之甚，正是責己苦衷。

「旱既大甚，散無友紀1。
鞫2哉庶正3，疚4哉冢宰5。

「旱災如此嚴重，官員們離散，朝廷缺了綱紀。
庶正束手無策，連冢宰也患病。

趨馬[6]師氏[7]，膳夫[8]左右。
靡人不周[9]，無不能止[10]。
瞻卬[11]昊天，云如何里[12]。

掌管馬匹的趨馬、守衛王宮大門的師氏，掌管飲食的膳夫和左右近臣，
無人不拚命救濟，卻沒有辦法制止旱災。
我抬頭仰望蒼天，心中憂苦無法形容。

**【註釋】** 賦也。宰，叶獎里反。趨，七口反。右，叶羽已反。卬，音「仰」。1友紀，是綱紀。2鞫，是窮。3庶正，是眾官。4疚，是病。5冢宰，是官長。6趨馬，是掌馬的官職。7師氏，是掌兵守王門的。8膳夫，掌膳食的官職。9周，是救濟。10無不能止，是無奈不能止旱。11卬同「仰」。12里，同「悝」。悝是憂。

**【章旨】** 這章詩是說旱已太甚了，散亂得沒有綱紀了。百官的法子窮了，官長勞得病了。我趨馬師氏，膳夫左右諸臣，沒有不盡心周濟百姓的，無奈不能止旱。我仰望著昊天，是有如何的憂愁啊！

**【集傳】** 賦也。友紀，猶言綱紀也。或曰：「友疑作『有』」。鞫，窮也。庶正，眾官之長也。疚，病也。冢宰，又眾長之長也。趨馬，掌馬之官。師氏，掌以兵守王門者。膳夫，掌食之官也。○歲凶年穀不登，則趨馬不秣，師氏弛其兵，馳道不除，祭事不縣，膳夫徹膳，左右布而不脩，大夫不食粱，士飲酒不樂。周，救也。無不能止，言諸臣無有一人不周救百姓者，無有自言不能，而遂止不為也。里，憂也。與《漢書》「無俚」之俚同，聊賴之意也。

「瞻卬昊天，有嘒[1]其星。
大夫君子，昭假[2]無贏[3]。
大命近止，無棄爾成。

「抬首仰望蒼天，滿天明亮的星光。
朝堂上的大臣與君子們，竭盡全力虔誠祈禱神明。
國家的運勢眼看就要終止，但不要放棄個人的所職。
這樣的祭祀與祈禱哪裡是爲了我自己，而是爲了要安定衆官。

何求為我，以戾庶正4。
瞻卬昊天，曷惠其寧？」

仰望蒼天啊，何時才能賜予人民平安？」

【註釋】賦也。假，音「格」。贏，音「盈」。正，叶諸盈反。1嘒是明貌。2假是到。3無贏，是不留餘力。4庶正，是庶眾。

【章旨】這章詩是說仰天望雨，只有明亮的星光。大夫助君祭祀以昭明，也算不遺餘力了。縱然天命將亡，又何能拋棄以後的成功呢？因為我的祈禱，並非為一人，實在要想安定庶眾。我仰望昊天，何不賜我以安寧呢？

【集傳】賦也。嘒，明貌。昭，明。假，至也。○久旱而仰天以望雨，則有嘒然之明星，未有雨徵也。然群臣竭其精誠，而助王以昭假于天者，已無餘矣。雖今死亡將近，而不可以棄其前功，當益求所以昭假者而脩之。固非求為我之一身而已。乃所以定眾正也。於是語終，又仰天而訴之曰：「果何時而惠我以安寧乎？」張子曰：「不敢斥言雨者，畏懼之甚，且不敢必云爾。」

【箋註】牛運震曰：末章作君臣相戒之辭以結之，氣愈平緩，意愈深懇。「嘒其星」與篇首「雲漢昭回」映照有致。三言「瞻卬昊天」，重欷永歎有神。

方玉潤曰：再益求昭格勿棄前功，總以挽回天心為主。王心為民，可謂切矣。

## 雲漢八章，章十句。

【箋註】姚際恆曰：此述宣王憂旱之詩。

牛運震曰：憫旱憂民絕大題目，非呼天籲祖，不足以寫其鬱。篇中極悲憤處，正是極怨慕處，總由一片真誠團結流露。

# 崧高

崧1高維嶽2，駿3極于天。
維嶽降神，生甫4及申5。
維申及甫，維周之翰。
四國于蕃6，四方于宣。

吳山高大巍峨，高達到天際。
吳山降下了神靈，降生了仲山甫和申伯。
這仲山甫與申伯，是周朝的重要支柱。
能做四國的屏障，能做保護四方人的城牆。

**【註釋】** 賦也。天，叶鐵因反。翰，叶胡羽反。蕃，叶分邅反。崧，音「嵩」。駿，音「峻」。1崧，是高大的山。2嶽，是最尊的山。3駿，是大。4甫，是仲山甫，樊侯的字。5申，是申伯，姜姓。6蕃，是蔽。

**【章旨】** 這章詩是尹吉甫送申伯就封於謝的。他說高大的名山，大得可以極天，名山降下的神靈，生了仲山甫和申侯。因為申侯和仲山甫，是周室的屏翰，可以庇護四國，可以宣德四方。

**【集傳】** 賦也。山大而高曰崧。嶽，山之尊者。東岱南霍西華北恒，是也。駿，大也。甫，甫侯也。即穆王時，作呂刑者。或曰：此是宣王時人，而作呂刑者之子孫也。申，申伯也。皆姜姓之國也。翰，幹。蕃，蔽也。○宣王之舅申伯出封于謝。而尹吉甫作詩以送之。言嶽山高大，而降其神靈和氣，以生甫侯申伯。實能為周之楨幹屏蔽，而宣其德澤於天下也。蓋申伯之先，神農之後，為唐虞四嶽，總領方嶽諸侯，而奉嶽神之祭，能修其職，嶽神享之。故此詩推本申伯之所以生，以為嶽降神而為之也。

【箋註】姚際恆曰：「崧高維嶽，駿極于天」，起得莊重。
牛運震曰：從山川鍾靈源頭說來，神奇高肅，撐得起，壓得住。雙起陪襯有法。

**亹亹1申伯，王2纘3之事。**
**于邑4于謝5，南國是式6。**
**王命召伯7，定申伯之宅。**
**登8是南邦，世執其功9。**

申伯為人努力奮勉，宣王讓他繼承先人的志業。
在謝地經營新都城，作為南方諸侯國的榜樣。
天子命令召伯，規畫申伯的住宅。
使申伯前往南方的駐地，世代駐守，執掌功業。

【註釋】賦也。式，叶失利反。伯，叶逋莫反。宅，叶達各反。邦，叶卜工反。1亹亹，是勉強貌。2王，是宣王。3纘，是繼續。4邑，是都邑。5謝是周室的南土。6式，是法度。7召伯，是召穆公。8登，是成就。9世執其功，是世代常守功業。

【章旨】這章詩是說勉力王事的申伯，宣王使他繼續先世的基業，為都邑于謝，做南方國家的法度。宣王又命召伯相定申伯的居宅，成就了南國的邦家，世代常守此邦的功業。

【集傳】賦也。亹亹，強勉之貌。纘，繼也。使之繼其先世之事也。邑，國都之處也。謝在今鄧州南陽縣。周之南土也。式，使諸侯以為法也。召伯，召穆公虎也。登，成也。世執其功，言使申伯後世常守其功也。或曰：「大封之禮，召公之世職也。」

王命申伯：「式是南邦。
因是謝人，以作爾庸1。」
王命召伯，徹2申伯土田。
王命傅御3，遷4其私人5。

天子命令申伯說：「你要作爲南方諸侯的典範。
憑著謝地的人民，建立起你的力量。」
天子又命令召伯，規畫申伯所擁有的田地賦稅。
宣王命令申伯的家臣之長，帶領申伯的家屬遷居到謝地。

**【註釋】**賦也。邦，叶卜功反。田，卜他因反。1庸，是城邑，或作「功」。2徹，是定經界，正賦役。3傅御，是申伯的家臣。4遷，是遷往謝都。5私人，是家人。

**【章旨】**這章詩是說宣王授命申伯，為南方國家的表率，因把謝邑做了申伯的都城。宣王又命召伯定了謝邑的賦稅。宣王又命申伯的家人，遷徙申伯的家眷，去到所封的謝邑。

**【集傳】**賦也。庸，城也。言因謝邑之人而為國也。鄭氏曰：「庸，功也。為國以起其功也。」徹，定其經界，正其賦稅也。傅御，申伯家臣之長也。私人，家人遷使就國也。漢明帝送侯印，與東平王蒼諸子，而以手詔賜其國中傅。蓋古制如此。

**【箋註】**牛運震曰：一章三言「王命」，寫得恩命浹疊，鄭重周密。末二句瑣細事，寫得有情有體。

申伯之功，召伯是營。
有俶1其城，寢廟既成。
既成藐藐2，王錫申伯，

申伯建立謝地的工作，由召伯所經營。
城牆已經修繕完成，宮室與宗廟也完工落成，
修築得很是莊嚴深邃。
宣王又賜給申伯健壯的四匹公馬，
馬匹上的鉤帶飾物，都光亮閃閃。

四牡蹻蹻[3]，鉤膺濯濯[4]。

【註釋】賦也。俶，音「蓄」。伯，叶逋各反。1俶，是始作。2藐藐，是深貌。3蹻蹻，是壯貌。4濯濯，是光明貌。

【章旨】這章詩是說申伯功封謝邑，召伯代他經營都城一切的事情，謝邑從此始作都城。寢廟成功了，規模很是深嚴的。宣王又賜了申伯四牡的馬車，四馬很是壯大，馬上的鉤膺，很是明亮。

【集傳】賦也。俶，始作也。藐藐，深貌。蹻蹻，壯貌。濯濯，光明貌。

【箋註】牛運震曰：此章實敘城謝，而帶入王錫申伯，為下起端。

王遣[1]申伯，路車乘馬[2]。
「我圖爾居，莫如南土。
錫爾介圭[3]，以作爾寶[4]。
往近[5]王舅[6]，南土是保。」

宣王派遣申伯去謝地，賞賜給他車馬。
王說：「我考慮你的封地，沒有比南方更好的地方了。
我賜給你玉圭，作爲你的國寶。
王舅你此番離去，將爲我鎭守南方的土地。」

【註釋】賦也。馬，叶滿補反。乘，去聲。寶，叶音補。保，叶音補。1遣，是命。2路車乘馬，是諸侯的車馬。3介圭，是諸侯的封圭。4寶，是國寶。5近，是語助詞。6王舅，是指申伯，申伯或為宣王的戚舅。宣王的母后姓姜。

【章旨】這章詩是說宣王遣命申伯的路車乘馬。他說我替你圖謀居邑，沒有比謝邑更好的。我今錫你的介圭，為你的國寶。王舅此去，為我保守南土，便是我所厚望的。

**【集傳】**賦也。介圭，諸侯之封圭也。近，辭也。

**【箋註】**牛運震曰：直如家人面談。極親摯，未嘗不嚴重。

方玉潤曰：中開四章，皆王遣臣代其經營而錫予之。自城郭宗廟、宮室車馬、寶玉以及土田賦稅之屬，無不具備。且命傅御遷其家人，則寵榮者至矣。

**申伯信邁1，王餞2於郿3。**
**申伯還南4，謝于誠歸5。**
**王命召伯，徹申伯土疆。**
**以峙6其粻7，式遄8其行。**

申伯遵命啓程，宣王在郿地爲他餞別。
申伯前往南方，返歸謝地。
宣王先前曾命令召伯，爲申伯的封地田畝規畫賦稅。
因此充裕了糧食，他才能從容速行。

**【註釋】**賦也。餞，音「賤」。郿，音「眉」。峙，音「痔」。粻，音「張」。遄，音「椽」。行，叶戶郎反。1信邁，是果行，就是決定起程。2餞，是餞行。3郿，是地名，在鎬京的西邊，岐州的東邊。4還南，是歸還南國謝邑。5誠歸，是果真歸謝。6峙，是集聚。7粻，是餱糧。8遄，是速行。

**【章旨】**這章詩是說申伯果真要行了，宣王餞行的郿的地方。申伯還歸南國，謝邑真是他的歸所。宣王先命召伯制定了申伯的田土，積聚糧米，然後再促申伯的速行。

**【集傳】**賦也。郿，在今鳳翔府郿縣，在鎬京之西，岐周之東。而申在鎬京之東南。時王在岐周，故餞于郿也。言信邁誠歸，以見王之數留，疑於行之不果故也。峙，積。粻，糧。遄，速也。○召伯之營謝也，則已斂其稅賦，積其餱糧，使廬市有止宿之委積，故能使申伯無留行也。

**【箋註】** 牛運震曰：「信邁誠歸」字法極有用意處。王款留之勤，謝人徯望之切，即此具見。此處又提王命召伯，有力量。

方玉潤曰：至是始入餞行正面，更為備及行得，是何等周密。

## 申伯番番1，既入于謝，徒御嘽嘽2，周邦咸3喜，戎4有良翰。不顯申伯，王之元5舅，文武是憲6。

申伯樣貌武勇，來到謝地後，隨從的人馬衆多。周國的人民們看了都很歡喜，慶幸能夠擁有這樣好的邊防屏障。申伯偉大又有德，是宣王的長舅，他效法文王武王的德行，以此爲準則。

**【註釋】** 賦也。番，音「波」，叶分邅反。嘽，音「灘」。翰，叶胡干反。憲，叶虛言反。1番番，是武勇的狀貌。2嘽嘽，是眾盛貌。3咸，是皆。4戎，是汝。5元，是長。6憲，是法。

**【章旨】** 這章詩是說申伯狀貌勇武，既已來到謝邑，隨從很多，周邦慇人民都是很歡喜的，互相說道：「你今有著良翰了。」豈不顯著嗎？王的長舅申伯，是周室文武的憲法啊。

**【集傳】** 賦也。番番，武勇貌。嘽嘽，眾盛也。戎，女也。申伯既入于謝，周人皆以為喜而相謂曰：「汝今有良翰矣。」元，長。憲，法也。言文武之士，皆以申伯為法也，或曰：「申伯能以文王武王為法也。」

【箋註】牛運震曰：重提王之元舅，鄭重。高文老筆，總贊申伯作收，莊重渾健。

**申伯之德，柔惠且直。**
**揉1此萬邦，聞于四國。**
**吉甫2作誦3，其詩孔碩4。**
**其風5肆好，以贈6申伯。**

申伯的德行，看似柔和但很正直。以此安撫萬邦，聲名遠播四方皆知。吉甫爲他作了一首頌詩，這首詩意深遠，詩的內容美好，以此贈送給申伯。

【註釋】賦也。揉，汝又反。聞，音「問」。國，叶于逼反。1揉，是治。2吉甫，是尹吉甫，周室的卿士。3誦，是工師所誦的歌辭。4碩，是大。5風，是風聲。6贈，是送。

【章旨】這章詩是說申伯的德性，柔惠而且正直。往治萬邦，一定聲聞四方國家的。尹吉甫作了工師的歌辭，詩意很是遠大，風聲又好，特為贈送申伯。

【集傳】賦也。揉，治也。吉甫，尹吉甫，周之卿士。誦，工師所誦之辭也。碩，大。風，聲。肆，遂也。

【箋註】牛運震曰：以贈申伯，便有珍重矜惜，一字不肯溢借之意。公然自贊，妙。為其詩佔身分，即為申伯增品目，格意高甚。

方玉潤曰：結尾點明作意，並特表其功德之盛，非徒以親貴邀寵者，亦詩人自佔身分處。

**崧高八章，章八句。**

【箋註】牛運震曰：屢提「王命」、「王遣」、「王錫」云云作眼目，錯綜有法，鄭重有體。只是元舅出封一事，敘得國典主恩，莊重款洽，格體高雅，風諭含蓄，故知是大手筆。

方玉潤曰：此詩與下篇〈烝民〉，同為尹吉甫贈送之作。一送申伯，一送仲山甫。以二臣位相亞，名相符，才德又相配，故於二臣之行也，特贈詩以美之。於申伯則曰嶽降，於山甫則曰天生。二詩發端皆極意經營，功力亦極相敵。是二詩者，尹吉甫有意匹配之作也。有意匹配二臣，為宣王中興生色，則篇中所謂「生甫及申」之甫，非仲山甫而何？當時仲山甫為相，申伯亞于山甫，借山甫以大申伯也。夫古之封建錫以車馬，畀以寶玉者有之，未有代營其城邑寢廟者；古之寵賚予以弓矢，賜以甲第者有之，未有代遷其室家，且並慮及餱糧者。有之，自宣王待申伯始。然則為之臣者，宜何如感泣忘身以報之耶？諸臣之旁觀者，又不知如何感泣，亦將忘身以報之矣。嗚乎！令德聖主，忠藎賢臣，其推誠相與，夫固有非形迹所能喻者，此尹吉甫之所為長言而歌詠之也歟！

# 烝民

天生烝[1]民，有物有則[2]。
民之秉彝[3]，好是懿[4]德。
天監[5]有周，昭假[6]于下，
保茲天子，生仲山甫[7]。

上天生下萬民，有事物，就有法則。
人類天生的常性，喜歡美好的道德。
上天監督著周王室，將光明放諸於人間，
爲了保佑天子，於是誕生了仲山甫。

【註釋】賦也。彝，音「夷」。假，音「格」。下，叶後五反。1烝，是眾。2則，是法則。3秉彝，是執守常度。4懿，是美。5監，是視察。6假是至。7仲山甫，是樊侯。

【章旨】這章詩是尹吉甫送仲山甫築城於齊，所以懷柔諸侯的。他說天生的眾民，有了此物，定有此法，人民執守常度，沒有不好美德的。所以上天監視周室，昭明感至於下，保佑天子，生了仲山甫，為周室的賢臣。

【集傳】賦也。烝，眾。則，法。秉，執。彝，常。懿，美。監，視。昭，明。假，至。保，祐也。仲山甫，樊侯之字也。○宣王命樊侯仲山甫，築城于齊。而尹吉甫作詩以送之。言天生眾民，有是物必有是則。蓋自百骸九竅五臟，而達之君臣父子夫婦長幼朋友，無非物也。而莫不有法焉。如視之明，聽之聰，貌之恭，言之順，君臣有義，父子有親之類，是也。是乃民所執之常性。故其情無不好此美德者。而況天之監視有周，能以昭明之德，感格于下。故保佑之，而為之生此賢佐曰仲山甫焉。則所以鍾其秀氣，而全其美德者，又非特如凡民而已矣。昔孔子讀詩至此而贊之曰：「為此詩者，其知道乎。」故有物必有則，民之秉彝也。故好是懿德。而《孟子》引之，以證性善之說。其旨深矣，讀者其致思焉。

【箋註】姚際恆曰：「民之秉彝，好是懿德」，三百篇說理始此，蓋在宣王之世也。
牛運震曰：開端四語，性命精微之奧，一篇詩旨，函蓋於此。「有物有則」一語，微顯兼到。後儒紛紛論性，不如此語之渾約。「保茲天子」二語，一篇神氣凝注處。篇中凡十二仲山甫，首章初點，安得不以遒重出之。中興名臣，關合氣運，寫得嚴重堂皇。
方玉潤曰：工於發端，與上篇同一高渾有勢。然嶽降以氣言，天生以理言。妙在說理不腐，三代之異於南宋者以此。

仲山甫之德，柔嘉[1]維則。
令[2]儀[3]令色[4]，小心翼翼[5]。
古訓[6]是式[7]，威儀是力[8]。
天子是若[9]，明命使賦[10]。

仲山甫的美德，以柔軟爲準則。
他的外表和藹美好，行事謹慎恭敬。
以先人的教誨做爲榜樣，努力表現在威儀上。
他忠誠順從天子，將天子的詔令頒布於四方。

【註釋】賦也。1嘉，是美善。2令，是令善。3儀，是威儀。4色，是顏色。5翼翼，是恭敬貌。6古訓，是先王的遺典。7式，是法。8力，是勉力。9若，是順。10賦，是布。

【章旨】這章詩是說仲山甫的德行，是用柔和美善為法的。他有令善的儀容和顏色，小心恭敬的狀貌。他把先王的遺典，當作法則，勉力表現他的威儀，忠順天子，布散天子的明命於四方。

【集傳】賦也。嘉，美。令，善也。儀，威儀也。色，顏色也。翼翼，恭敬貌。古訓，先王之遺典也。式，法。力，勉。若，順。賦，布也。○東萊呂氏曰：柔嘉維則，不過其則也。過其則，斯為弱。不得謂之柔嘉矣。令儀令色，小心翼翼，言其表裡柔嘉也。古訓是式，威儀是力，言其學問進修也。天子是若，明命使賦，言其發而措之事業也。此章蓋備舉仲山甫之德。

【箋註】方玉潤曰：此章備舉其德，由德行遞到事業。

王命仲山甫：「式[1]是百辟[2]，
纘[3]戎[4]祖考，王躬是保[5]。
出[6]納[7]王命，王之喉舌[8]。

天子命令仲山甫說：「你要作爲各諸侯的模範，
繼承祖先的功業官職，努力保護王。
接受王命向外宣達，同時將外面的反應收集了轉達給王，擔任君王的喉舌。
將王的政令傳達到國內外，使四方諸侯能夠按令執行。」

賦政于外，四方爰發9。」

【註釋】賦也。辟，音「壁」。發，叶方月反。1式是法。2辟是君。3纘，是繼。4戎，是汝。5王躬是保，是保護天子的身躬。仲山甫為冢宰兼為太保，所以說是王躬是保。6出，是承王命，出布四方。7納，是奉行既已，由他覆奏。8喉舌，是出言的。9發，是應命。

【章旨】這章詩是說王命仲山甫，為百君的法則，繼續祖考的功業，保護天子的身躬，出納王的命令，為王的喉舌，布王政於外方，四方無不應命。

【集傳】賦也。式，法。戎，女也。王躬是保，所謂保其身體者也。然則仲山甫，蓋以冢宰兼大保，而大保抑其世官也與。出，承而布之也。納，行而復之也。喉舌，所以出言也。發，發而應之也。○東萊呂氏曰：仲山甫之職，外則總領諸侯，內則輔養君德，入則典司政本，出則經營四方。此章蓋備舉仲山甫之職。

肅肅1王命，仲山甫將2之。
邦國若3否4，仲山甫明5之。
既明且哲6，以保其身7。
夙夜匪解8，以事一人9。

君主的命令嚴正肅穆，仲山甫按令遵行。
諸侯國的好壞，仲山甫都能瞭解得很清楚。
他爲人行事既明白事理又聰明，能夠保全自身。
無論白天黑夜都不敢懈怠，專注的侍奉天子。

【註釋】賦也。否，音「鄙」。明，叶謨郎反。解，音「懈」。1肅肅，是嚴正。2將，是奉行。3若，是順。4否，是不善。5明，是明理。6哲，是察事。7保身，是順理守身。8解，是懈怠。9一人，是指天子。

【章旨】這章詩是說嚴正的王命，由仲山甫奉行，轉布四國。邦國若是不順或不善，仲山甫都能明察。他既明理又能察事，順理守身，夙夜沒有懈怠，敬事天子一人。

【集傳】賦也。肅肅，嚴也。將，奉行也。若，順也。順否，猶臧否也。明，謂明於理。哲，謂察於事。保身，蓋順理以守身。非趨利避害，而偷以全軀之謂也。解，怠也。一人，天子也。

人亦有言1：
「柔則茹2之，剛則吐3之。」
維仲山甫，
柔亦不茹，剛亦不吐4。
不侮矜5寡，不畏彊禦6。

古人說過這樣的話：
「吃軟，不吃硬。」
但仲山甫這個人，
既不吃軟，也不吃硬。
他不欺侮那些鰥寡之人，但也不畏懼強橫的人。

【註釋】賦也。矜，音「鰥」。寡，叶果五反。1人亦有言，是世俗的常言。2茹，是食。3吐是出。4矜，通「鰥」。5彊禦是強橫。

【章旨】這章詩是說世人常說道：「柔和的便吃下去，剛狠的便吐出來。」惟有仲山甫，柔的他也不吃，剛的他也不吐。他是不欺鰥寡，不怕強橫的。

【集傳】賦也。人亦有言，世俗之言也。茹，納也。○不茹柔，故不侮矜寡；不吐剛，故不畏強禦。以此觀之，則仲山甫之柔嘉，非軟美之謂，而其保身，未嘗枉道以徇人，可知矣。

**人亦有言：**
**「德輶1如毛，民鮮克舉之。」**
**我儀2圖3之，維仲山甫舉之，**
**愛莫助之。**
**袞職4有闕5，維仲山甫補6之。**

古人還曾說過：
「德行之輕譬如鴻毛，然而很少有人能將它高高舉起。」
我曾揣度過，只有仲山甫擁有足以高舉的德行。
然而我雖然敬愛他，卻不能幫助他。
天子行事如果有疏漏之處，也只有仲山甫能加以補救。

**【註釋】**賦也。輶，音「酉」。鮮，上聲。圖，叶丁五反。助，叶牀五反。1輶，是輕。2儀，是測度。3圖，是圖謀。4袞職，是王職。天子服龍袞。5闕，是虧損。6補，是補益。

**【章旨】**這章詩是說世人常說道：「德輕如鴻毛，可惜能舉的人很少。」我測度測度，只有仲山甫可以舉得起來。但是我雖愛他，我不能助他。王職如有虧闕，也只有仲山甫能補。

**【集傳】**賦也。輶，輕。儀，度。圖，謀也。袞職，王職也。天子龍袞，不敢斥言王闕，故曰袞職有闕也。○言人皆言德甚輕而易舉。然人莫能舉也。我於是謀度其能舉之者，則惟仲山甫而已。是以心誠愛之，而恨其不能有以助之。蓋愛之者，秉彞好德之性也。而不能助者，能舉與否，在彼而已。固無待於人之助，而亦非人之所能助也。至於王職有闕失，亦維仲山甫獨能補之。蓋惟大人然後能格君心之非。未有不能自舉其德，而能補君之闕者也。

**【箋註】**姚際恆曰：多用「之」字，見纏綿之態。

牛運震曰：「德輶如毛」，奇喻妙語。此章總收仲山甫之德業，而詠歎之格調迥別，神韻絕佳。一則妙情妙語，咀詠蘊藉，風流肆溢，傳出景仰愛慕之神。

**仲山甫出祖**1**，四牡業業**2**，**
**征夫捷捷**3**，每懷靡及。**
**四牡彭彭，八鸞鏘鏘。**
**王命仲山甫，城彼東方**4**。**

仲山甫出門祭祖，拉車的四匹公馬身體強健，駕車的車伕催馬疾奔，好像擔心來不及一樣。四匹公馬踏蹄前進，馬身上配掛的八只鸞鈴搖晃，發出「鏘鏘」的聲響。天子命令仲山甫，去東方築城。

**【註釋】**賦也。及，叶極業反。彭，叶鋪郎反。1祖，是行祭。2業業，是壯健貌。3捷捷，是快疾。4東方，是齊地。

**【章旨】**這章詩是說仲山甫出行祖祭的時候，四牡很是壯健，征夫很是疾快。我每每的想著，我不能及他。他的四牡壯盛，馬下的八個鸞鈴，鏘鏘有聲，這是宣王命他往東方齊國築城的。

**【集傳】**賦也。祖，行祭也。業業，健貌。捷捷，疾貌。東方，齊也。《傳》曰：古者諸侯之居逼隘，則王者遷其邑，而定其居。蓋去薄姑，而遷於臨菑也。孔氏曰：「史記齊獻公元年，徙薄姑都治臨菑。計獻公當夷王之時，與此《傳》不合。豈徙於夷王之時，至是而始備其城郭之守歟。」

**四牡騤騤**1**，八鸞喈喈**2**。**
**仲山甫徂**3**齊，式遄**4**其**5**歸。**

四匹公馬如此強壯，八只鸞鈴響動發出和諧的聲音。仲山甫出發前往東邊的齊國，但願他成功完成使命早日歸來。

吉甫作這首詩，詩文如清風一樣和穆，希望仲山甫能夠永遠記得這首詩，用以安慰他的心靈。

**吉甫作誦，穆6如清風。仲山甫永懷，以慰其心。**

**【註釋】**賦也。騤，音「逵」。喈，叶居奚反。風，叶孚愔反。1騤騤，是壯盛貌。2喈喈，是和聲。3徂是往。4式，是語助詞。5遄是速。6穆是和。

**【章旨】**這章詩是說他的四牡壯盛，八鈴和聲。仲山甫往齊，願他功成速歸。伊吉甫作了工師的歌辭，和穆得如同清風一樣。仲山甫的永久懷柔，所以安慰他的心意。

**【集傳】**賦也。式遄其歸，不欲其久於外也。穆，深長也。清風，清微之風。化養萬物者也。以其遠行，而有所懷思。故以此詩慰其心焉。曾氏曰：賦政於外，雖仲山甫之職，然保王躬補王闕，尤其所急。城彼東方，其心永懷。蓋有所不安者。尹吉甫深知之作誦，而告以遄歸。所以安其心也。

**【箋註】**牛運震曰：預望其歸，妙。深情可思。「穆如清風」，絕妙評語。《三百篇》中微辭婉致，冷然善入者，皆當以清風目之。「永懷」二字寫出深心苦衷，「慰」字溫篤曲貼，真得忠君愛友之道。

## 烝民八章，章八句。

**【箋註】**姚際恆曰：宣王命樊侯仲山甫築城于齊，尹吉甫作詩美之。

牛運震曰：此仲山甫徂齊而吉甫送行之詩也。篇中鋪敘仲山甫德性、職業，而於保王躬、補袞職三致意焉。至城齊一事，略寫已足。見城齊以山甫重，山甫不必以城齊重也。相臣以主德為職，馳驅王事，繫心闕廷，末章看透此意，隱隱道出，正與保茲天子之旨收結拍合。此之謂大臣之言。

# 韓奕

奕奕[1]梁山[2]，維禹甸[3]之，
有倬[4]其道，韓[5]侯受命[6]。
王親命[7]之：「纘[8]戎[9]祖考，
無廢朕[10]命，夙夜匪解[11]，
虔[12]共[13]爾位，朕命不易[14]。
榦[15]不庭[16]方，以佐戎辟。」

高大的梁山，曾爲大禹所治理，
因爲行事光明磊落，所以韓侯得到了天子的分封。
天子命令他：「承繼你祖先的偉大功業，
不要忘了我的命令，無論早晚都不可懈怠，
誠心誠意的肩負起你的職責，我的命令將不會更改。
你的職責是糾正那些不來朝拜天子的諸侯，輔佐君主。」

**【註釋】**賦也。解，音「懈」，叶訖力反。辟，音「壁」。榦，音「幹」。1奕奕，是高大。2梁山，是山名，在韓城。3甸，是治。4倬，是明。5韓，是國名，武王的後裔。6受命，是受周王的命令。7親命，是周王親命他的話。8纘，是繼續。9戎是汝。10朕，是王自稱的。11解，是懈怠。12虔，是誠敬。13共，是供職。14易，是更改。15榦，是匡正。16不廷，是不來朝的。

**【章旨】**這章詩是送韓侯入覲娶妻，歸國北衛的。他說高大的梁山，是禹王闢治的，有明顯的道路。韓侯受了天子的命令，便來朝王。王親自命他的話，是他繼續祖考的功業，不要廢棄了我的命令，應當夙夜的勤勞，不可懈怠，誠敬的供職。我的命令，是永不更改的。你必須匡正不朝的諸侯，佐輔你的君王。

**【集傳】**賦也。奕奕，大也。梁山，韓之鎮也。今在同州韓城縣。甸，治也。倬，明貌。韓，國名。侯爵，武王之後也。受命，蓋即位除喪，以士服入見天子，而聽命也。纘，繼。戎，汝也。言王錫命之，使繼世而為諸侯也。虔，敬。易，改。乾，正也。不庭方，不來庭之國。辟，君也。此又戒之，以脩其職業之辭也。○韓侯初立來朝，始受王命而歸。詩人作此以送之。《序》亦以為尹吉甫作，今未有據。下篇云召穆公凡伯者放此。

**【箋註】**姚際恆曰：「奕奕梁山，維禹甸之」，起得莊重有體。封韓侯，從韓地言起；言韓地，從梁山言起；言梁山，歸功于禹甸起。法律森然，亦倣〈信南山〉篇起法也。

牛運震曰：從梁山起手，大處著筆，轉入受命。妙在無痕迹。構法之精如此。開端即撰一勅命，格法又變。「榦不庭方」此王命正旨，句法亦古勁。

四牡奕奕，孔脩[1]且張[2]。
韓侯入覲[3]，以其介圭[4]，
入覲于王。
王錫韓侯，淑[5]旂綏[6]章[7]，
簟茀[8]錯衡[9]，玄袞[10]赤舄[11]，
鉤膺[12]鏤鍚[13]，鞹[14]鞃[15]淺[16]幭[17]，
鞗革[18]金厄[19]。

---

四匹公馬很健壯，體型既高且大。
韓侯入朝，手持玉圭，
朝拜天子。
天子賞賜韓侯繪有雙龍紋飾、綴有鳥羽或牛尾的美麗旗幟，
還有以竹席為簾、橫木雕飾花紋的座車，與玄色朝服與紅色的履鞋，
裝飾馬匹的鉤帶和垂掛的飾品，無毛皮革和覆蓋車軾的毛皮，
和馬匹轡首上裝飾的金飾與金環。

【註釋】賦也。衡，叶戶郎反。鏤，音「漏」。錫，音「羊」。鞹，音「郭」。幭，音「覓」。鞗，音「條」。厄，叶於栗反。1脩是長。2張，是大。3覲，是朝覲。4介圭，是諸侯所執的圭。5淑，是善。6綏是文貌。7章，是旂上的表章。8簟茀，是車上的遮蔽。9衡，是車前的橫木。10玄袞，是畫服。11赤舄，是紅色的鞋子，是諸侯的服履。12鉤膺，是有鉤的當胸帶。13鏤錫，是刻金的當盧，飾在馬的眉上。14鞹，是無毛的皮革。15鞃，是兩交的橫木，用革持著。16淺，是有毛的皮。17幭，是墊覆。18鞗革，是轡首。19金厄，是金屬的環，纏在轡首的。

【章旨】這章詩是說壯大的四牡，是韓侯乘著朝覲的。他執著介圭朝覲於王。王賜韓侯的淑旂綏章，玄袞赤舄的侯服，又賜鉤膺鏤錫、鞹鞃淺幭，鞗革金厄的路車，很是榮寵的。

【集傳】賦也。脩，長。張，大也。介圭，封圭。執之為贄，以合瑞于王也。淑，善也。交龍曰旂。綏章，染鳥羽或旄牛尾為之，注於旂竿之首，為表章者也。鏤，刻金也。馬眉上飾曰錫。今當盧也。鞹，去毛之革也。鞃，式中也。謂兩較之閒，橫木可憑者，以鞹持之，使牢固也。淺，虎皮也。幭，覆式也。字一作幦，又作幎。以有毛之皮，覆式上也。鞗革，轡首也。金厄，以金為環，纏搤轡首也。

【箋註】方玉潤曰：此章既朝覲而得天子之錫。奇光異彩，炫睛奪目。

韓侯出祖1，出宿2于屠3。
顯父4餞之，清酒百壺。
其殽維何，炰鼈鮮魚。
其蔌5維何，維筍及蒲。

---

韓侯祭祖後返歸封地，在屠地歇宿。
卿士顯父爲他餞行，準備了百壺的清酒。
餞別宴上有什麼葷菜呢？有蒸煮的鼈和鮮魚。
餞別宴上有什麼蔬果呢？有竹筍和鮮嫩的蒲。
他們帶來什麼相贈呢？贈送韓侯座車與馬匹。
裝盛食物的餐具排得滿桌几，來朝的諸侯都與韓侯一起歡唱的宴飲。

其贈維何，乘馬路車。
籩豆有且6，侯氏7燕胥8。

【註釋】賦也。父，音「甫」。炰，音「庖」。蔌，音「速」。筍，音「笋」。且，音「疽」。1祖，是祖道，是餞行的地方。2宿，是宿止。3屠，是地名，或作「杜」。4顯父，是周室的卿士。5蔌，是菜殽。6且，是多貌。7侯氏，是指來朝的諸侯。8胥，是語助詞。

【章旨】這章詩是說韓侯來到祖道上，止宿在屠的地方。王命卿士顯父餞行，備了清酒百壺。用的什麼殽呢？是烹了的鼈和鮮魚。用的什麼菜呢？有竹笋、和蒲芹。贈的什麼物呢？是乘馬和路車。禮物很多，這是燕饗韓侯的。

【集傳】賦也。既覲而反國必祖者，尊其所往去，則如始行焉。屠，地名。或曰：「即杜也。」顯父，周之卿士也。蔌，菜殽也。筍，竹萌也。蒲，蒲蒻也。且，多貌。侯氏，覲禮諸侯來朝者之稱。胥，相也。或曰：「語辭。」

韓侯取妻，汾王1之甥，
蹶父2之子。
韓侯迎止，于蹶之里。
百兩彭彭，八鸞鏘鏘，

韓侯迎娶的妻子，是汾王的外甥女，
卿士蹶父的女兒。
韓侯親自前往女方家迎娶，到了蹶父所居住的里居。
迎娶的百輛大車聲音響亮，馬上的鈴鐺聲音「鏘鏘」
響個不止，
如此氣派，更顯光彩。
新娘的姊妹們陪嫁跟隨，美人衆多如雲，
韓侯親自相迎，更顯得滿門光華燦爛。

不顯其光。
諸娣[3]從之，祁祁[4]如雲[5]，
韓侯顧之，爛[6]其盈門。

---

**【註釋】** 賦也。汾，音「焚」。取，去聲，即「娶」字。蹶，音「媿」。父，音「甫」。子，叶獎里反。迎，去聲。兩，音「亮」。彭，叶蒲郎反。娣，音「第」。門，叶眉貧反。1汾王，是厲王。厲王流彘，在汾水，時人稱為汾王。2蹶父，是周室卿士，姞姓。3諸娣，是諸媵。4祁祁，是徐緩貌。5如雲，是眾多貌。6爛，是光彩。

**【章旨】** 這章詩是說韓侯娶的妻子，是厲王的甥女，蹶父的女子。韓侯親迎於蹶父的里居，百兩的車聲彭彭，八鸞的鈴聲鏘鏘，豈不光顯嗎？從媵的諸娣，靚美如雲。韓侯望見了，實在是光彩滿門。

**【集傳】** 賦也。此言韓侯既覲而還，遂以親迎也。汾王，厲王也。厲王流于彘，在汾水之上。故時人以目王焉，猶言莒郊公黎比公也。蹶父，周之卿士，姞姓也。諸娣，諸侯一娶九女，二國媵之，皆有娣姪也。祁祁，徐靚也。如雲，眾多也。

**【箋註】** 姚際恆曰：「韓侯取妻，汾王之甥，蹶父之子。」忽入娶妻一段，絕有姿態，然正有關係，為王甥、為國戚，是極大事。「韓侯顧之，爛其盈門」，韓侯之門也，此言御車入門時。詩由親迎言起，以至于歸，首尾周匝；而不言若何于歸，但從「韓侯顧之」上見筆意在隱躍之間，殊妙。

牛運震曰：前章敘韓侯入覲之禮已畢，此下牽入還而婚娶之事借作渲染，情致妙甚。插入「韓侯顧之」四字，神彩飛動，是寫生手。

方玉潤曰：此章便道親迎，一時盛事，寵榮極矣。且見為國戚，定以捍衛王室。

蹶父孔武，靡國不到。
為韓姞[1]相[2]攸[3]，莫如韓樂。
孔樂韓土，川澤訏訏，
魴鱮甫甫[4]，麀鹿噳噳[5]，
有熊有羆，有貓有虎[6]。
慶[7]既令居，韓姞燕譽[8]。

蹶父是個勇武之人，周邊國家沒有他未曾去過的。他爲女兒選擇適合出嫁的地方，沒有比韓國更好的去處。

韓國是安樂之地，川澤廣闊，魴魚和鱮魚肥大而美，母鹿成群，還有熊、羆、貓、虎這些野獸。能夠出嫁到這樣的好地方眞是值得慶幸，韓姞從此生活幸福安樂。

**【註釋】**賦也。為，去聲。姞，音「吉」。相，去聲。樂，音「洛」，叶力告反。訏，音「許」。噳，音「語」。貓，音「茅」，又音「苗」。居，叶斤於反。譽，叶羊茹反，又羊諸反。1韓姞，是蹶父的女兒。2相，是擇。3攸，是所。4訏訏、甫甫，是大貌。5噳噳，是眾多。6熊、羆、貓、虎，都是獸類。7慶，幸喜。8燕譽，是安樂。

**【章旨】**這章詩是說蹶父很是勇武，沒有哪一國他未曾到過。他代韓姞選擇可嫁的處所，沒有比韓國再好的。韓國很是個樂土，川澤廣大，中有魴、鱮的大魚，麀鹿眾多，又有熊、羆、貓、虎的獸類。幸喜這個善居的地方，是韓姞安樂之所。

**【集傳】**賦也。韓姞，蹶父之子，韓侯妻也。相攸，擇可嫁之所也。訏訏甫甫，大也。噳噳，眾也。貓，似虎而淺毛。慶，喜。令，善也。喜其有此善居也。燕，安。譽，樂也。

**【箋註】**姚際恆曰：為擇婿而言。「靡國不到」，此詩人襯貼之辭，不必實然。牛運震曰：此章鋪寫韓國川澤物產之盛，卻借蹶父相攸引入，思路既別，筆仗一新。末二語極溫媚，收足取妻一事。

方玉潤曰：此章並及擇婿，文勢更覺舒展。章末落到歸韓，特言韓姑燕譽，與上「侯氏燕胥」遙遙相對。

**溥彼韓城，燕1師所完2。**
**以先祖受命，因時百蠻。**
**王錫韓侯，其追其貊3。**
**奄4受北國，因以其伯。**
**實墉5實壑6，實畝實籍7。**
**獻其貔8皮，赤豹黃羆。**

韓城高大壯闊，是召公封燕國時率領群衆建築而成的。因爲韓侯的先祖曾立下大功，所以命令韓侯統領百蠻所在的北地。天子下令韓侯，命他兼管追、陌兩地，接受廣闊的北方封地，以伯的身分，擔任北方諸侯之長。修築城牆，挖鑿溝渠與池塘，丈量田地制訂稅賦。韓侯每年以貔皮進貢，還有赤豹和黃羆等野獸。

【註釋】賦也。貊，音「麥」。貔，音「毗」。1燕，是召公的國都。2完，是築成。3追、貊，是夷狄的國土。4奄，是忽。5墉，是城。6壑，是池。7籍，是稅賦。8貔，是猛獸。

【章旨】這章詩是說高大的韓城，是召公封燕的時候，率眾築成的。因為韓侯先祖的功烈，便把這個百蠻地方，賜給韓侯，教他震服追貊的夷狄，廣大北國的土地，為北國的諸侯。充實他的城池，征收田畝的賦稅，貢獻貔皮赤豹黃羆於天子。

【集傳】賦也。溥，大也。燕，召公之國也。師，眾也。追貊，夷狄之國也。墉，城。壑，池。籍，稅也。貔，猛獸名。○韓初封時，召公為司空。王命以其眾為築此城。如召伯營謝，山甫城齊，春秋諸侯城邢城楚丘之類也。王以韓侯之先，因是百蠻而長之。故錫之追貊，使為之伯，以脩其城池，治其田畝，正其稅法，而貢其所有於王也。

【箋註】牛運震曰：此追敘韓國始封時事，因及韓侯受命作伯，以終首章之旨。以先祖受命，奄受北國，此所謂「纘戎祖考，榦不庭方」也。末二句侈陳貢物之奇，正勗其恪守臣節也。忠孝之思，愾然言表。

韓奕六章，章十二句。

【箋註】姚際恆曰：此韓侯初立，入覲宣王，遣其歸國，顯父餞之，詩人美之之作。

牛運震曰：此敘韓侯來朝受命之事，首尾就王命臣職，點出正大情節，自然嚴重篤厚。中間插入娶妻一事，情景絢媚，點染生色，亦文家討好之法。臺閣之辭，藻奇陸離，韓退之諸將帥碑銘多脫化於此。

吳闓生：雄峻奇偉，高華典麗，兼而有之，在三百篇中，亦為傑出之作。

## 江漢

江漢浮浮1，武夫滔滔2，
匪安匪遊，淮夷3來求。
既出我車，既設我旟，

江水漢水流個不停，出征的武士們人數衆多，無人敢安逸，也不是遊樂，而是揮軍征伐淮夷。兵車已經出動，車上立起了旟旗，不敢閒散不敢怠慢，全力攻打淮夷。

匪安匪舒，淮夷來鋪[4]。

【註釋】賦也。滔，叶他侯反。1浮浮，是水盛貌。2滔滔，是順流貌。3淮夷，是淮上的夷人。4鋪，是陳師征伐。

【章旨】這章詩是召穆公平了淮夷，受賜銘器告廟的。他說江漢的水盛，代夷的武夫順流而下，不敢安樂逸遊，專求征伐淮夷。既已出了兵車，又已建設旟旐，不敢安樂舒緩，來到淮夷陳師。

【集傳】賦也。浮浮，水盛貌。滔滔，順流貌。淮夷，夷之在淮上者也。鋪，陳也。陳師以伐之也。○宣王命召穆公，平淮南之夷，詩人美之。此章總序其事，言行者皆莫敢安徐而曰：「吾之來也，惟淮夷是求是伐耳。」

【箋註】牛運震曰：「浮浮」、「滔滔」，水光兵氣，合寫有聲勢。兩斥淮夷，志專氣銳，卻寫得雍容節制。

江漢湯湯[1]，武夫洸洸[2]，
經營四方，告成于王。
四方既平，王國庶[3]定。
時靡有爭，王心載寧。

江水漢水浩浩蕩蕩，出征的武士們氣勢勇武，經營四方征戰，將成功的消息向天子報告。四方蠻夷既然已經平定，國家也就能安定。國家沒有戰爭，天子的心也就安寧了。

【註釋】賦也。湯，音「傷」。洸，音「光」。定，叶唐丁反。爭，叶甾陘反。1湯湯，是水盛貌。2洸洸，是勇武貌。3庶，是幸。

【章旨】這章詩是說江漢的水盛，武夫勇武，經營四方的征伐，克告成功，以報王命。四方既已平定，王國也就平安，從此是沒有戰爭了，王心可以安寧了。

【集傳】賦也。洸洸，武貌。庶，幸也。○此章言既伐而成功也。

【箋註】牛運震曰：「洸洸」亦貼水勢寫出雄武。敘戰爭事卻歸到無爭，妙。直將王者用兵本念道出。

**江漢之滸1，王命召虎2，**
**式辟3四方，徹我疆土。**
**匪疚匪棘，王國來極4。**
**于疆于理，至于南海。**

在江水與漢水之濱，天子命令召穆公，
開闢四方疆域，丈量我們的土地以制訂稅收。
這不是傷害淮夷或逼迫他們，而是國家的制度標準。
畫定疆域田畝，範圍一直到達南海邊。

【註釋】賦也。滸，音「虎」。辟，音「闢」。海，叶虎委反。1滸，是水厓。2召虎，是召穆公。3辟，同「闢」。4極，是至。

【章旨】這章詩是說淮夷既已平定，江漢的水涯。周王便命召穆公，開闢四方，勘定疆土。這不是病民的事情，也不是急於要辦的，因為王國的制度是這樣的。要從王國推及四方的疆理田土，以至南海。

【集傳】賦也。虎，召穆公名也。辟與闢同。徹，井其田也。疚，病。棘，急也。極，中之表也。居中而為四方所取正也。○言江漢既平，王又命召公，闢四方之侵地，而治其疆界。非以病之，非以急之也，但使其來取正於王國而已。於是遂疆理之，盡南海而止也。

【箋註】牛運震曰：善後機宜，中興規模，此章備見之。

**王命召虎：「來旬[1]來宣[2]。**
**文武受命，召公[3]維翰[4]。**
**無曰『予小子[5]』，召公是似。**
**肇[6]敏戎[7]公[8]，用錫爾祉。**

天子命令召穆公說：「你巡察各地，傳達我的號令。文王與武王受命於天，也曾任先召公做爲朝廷的支柱。你不要自謙說『我只是個小子』，召公的事業是由你所繼承的。你如能在軍事上取得功績，我將賞賜你富貴榮華。

【註釋】賦也。翰，叶胡干反。子，叶獎里反。似，叶養里反。1旬，是遍。2宣，是布。3召公，是召康公。4翰，是幹。5小子，是王自稱的。6肇，是開。7戎是汝。8公是功。

【章旨】這章詩是說王命召穆公來到江漢，以至淮夷，遍治疆理的事情，廣布王命。對他說道：「你必須承繼召康公的事業，為國的翰幹。你莫要說我是小子，你總要像你的先祖召康公，建立勤敏的功勛，我當賜你的福祿。」

【集傳】賦也。旬，徧。宣，布也。自江漢之滸言之，故曰來。召公，召康公奭也。翰，乾也。予小子，王自稱也。肇，開。戎，汝。公，功也。○又言王命召虎來此江漢之滸，徧治其事，以布王命，而曰：「昔文武受命，惟召公為楨幹。今女無曰以予小子故也。但自為嗣女召公之事耳。能開敏女功，則我當錫女以祉福。」如下章所云也。

【箋註】牛運震曰：惓惓以召公為言，令召虎不得不為名臣。「無曰予小子」云云，篤厚謙婉，敕命中略脫形迹語。

「釐1爾圭瓚，秬鬯2一卣3，告于文人4。錫山土田，于周5受命，自召祖命。」虎拜稽首：「天子萬年。」

「賞賜給你圭瓚等寶物，還有祭祀用的玉杯和黍酒，讓你祭告你的祖先。再賞賜你山陵和田畝，在周的宗廟朝堂上，用文王賜封你祖先召公的典禮，授命給你。」召穆公跪拜叩首，「恭祝天子享壽萬年。」

【註釋】賦也。秬，音「巨」。鬯，音「暢」。卣，音「酉」。田，叶他因反。命，叶滿并反。年，叶彌因反。1釐，是賜。2秬鬯，是用秬黍做的祭酒。3一卣，是一樽。4文人，是有文德的先人。5周，是岐周。

【章旨】這章詩是說賜你的玉杯和祭酒，是要你告祀你的文德先人的。賜你的山川田土，使你受命於周。自召公受了賜命，他便再拜稽首，祝頌天子萬年。

【集傳】賦也。釐，賜。卣，尊也。文人，先祖之有文德者，謂文王也。周，岐周也。召祖，穆公之祖，康公也。○此序王賜召公策命之辭。言錫爾圭瓚秬鬯者，使之以祀其先祖，又告于文人，而錫之山川土田，以廣其封邑。蓋古者爵人，必於祖廟。示不敢專也。又使往受命於岐周，從其祖康公受命於文王之所，以寵異之。而召公拜稽首，以受王命之策書也。人臣受恩，無可以報謝者。但言使君壽考而已。

【箋註】姚際恒曰：「釐爾圭瓚，秬鬯一卣」，王命在岐周。
牛運震曰：「虎拜稽首」，寫得精神鼓舞竦鬯。肅重篤愜，凝然穆然，誦之有勃勃忠孝之氣，如此方許作廟堂文字。

虎拜稽首，對揚王休1。
作召公考2，天子萬壽。
明明天子。
令聞不已，矢3其文德。
洽4此四國。

召穆公跪拜叩首，感謝天子的下賜，並稱揚天子的美德。
於是接續先祖召康公的功業，用以報效天子的任命，
祝福天子萬壽無疆。
讚揚英明睿智的天子，美德將受人稱頌不止。
將他美好的德行廣布天下，
四方諸國也因受恩德而顯得和洽。

【註釋】賦也。休，叶虛久反。考，叶去久反。壽，叶殖酉反。子，叶獎里反。國，叶越逼反。1休，是美。2考，是考成。3矢，是陳。4洽，是和洽。

【章旨】這章詩是召虎再拜稽首，答揚天子的美德的。當作召康公的考成，以報王命，並祝天子的萬壽。明德的天子，令聞永遠不已，陳施文德，和洽四國。

【集傳】賦也。對，答。揚，稱。休，美。考，成。矢，陳也。○言穆公既受賜，遂答稱天子之美命，作康公之廟器，而勒王策命之辭，以考其成。且祝天子以萬壽也。《古器物銘》云，郱拜稽首，敢對揚天子休命，用作朕皇考龔伯尊敦。郱其眉壽，萬年無疆。語正相類。但彼自祝其壽，而此祝君壽耳。既又美其君之令聞，而進之以不已，勸其君以文德，而不欲其極意於武功。古人愛君之心，於此可見矣。

【箋註】牛運震曰：撰出召虎對揚之辭作結，妙甚。「作召公考，天子萬壽」一祖德君恩雙收，妙。一結和

大深遠，真忠愛至性。柳子厚〈平淮雅〉後段胎息於此。一篇武功詩，卻以文德結之，不欲王究武也。祝頌之餘，寓以規諷，此大臣之旨，非名將功臣所及。

方玉潤曰：頌揚王休，乃臣子報塞之義，然仍勸君以文德，則寓箴規於賡拜時矣。

**江漢六章，章八句。**

**【箋註】**姚際恆曰：宣王命召穆公平淮夷，詩人美之之作。

方玉潤曰：四此一篇召伯家廟紀勳銘。蓋穆公平淮夷，歸受上賞，因作成於祖廟，歸美康公，以祀其先也。

## 常武

赫赫明明，王命卿士[1]，
南仲[2]大祖[3]，大師[4]皇父。
整[5]我[6]六師，以脩我戎[7]，
既敬既戒，惠此南國。

宣王武功顯赫嚴明，命令朝中的群臣們，
南仲爲元帥，皇父爲大師。
整備天子的六軍，修理兵器，
警戒部屬們敬謹，即將出兵，保護南方的國家。

**【註釋】**賦也。士，叶音所。大，音「泰」。父，音「甫」。戎，叶音汝。戒，叶訖力反。國，叶越逼反。1卿士，是皇父的官職。2南仲，是大將。3大祖，是始祖。4大師，是皇父的兼職。5整，是整備。6我，是周王自稱的。7戎是兵器。

【章旨】這章詩是宣王自將伐徐的。說威赫昭明的宣王，命卿士皇父治兵。皇父的始祖是南仲，為周室的大將。皇父承繼祖功，做了宣王的卿士，兼職大師。宣王命他整備六軍，修理兵器，敬戒師旅，征伐淮夷的叛亂，加惠南方的國家。

【集傳】賦也。卿士，即皇父之官也。南仲，見〈出車〉篇。大祖，始祖也。大師，皇父之兼官也。我，為宣王之自我也。戎，兵器也。○宣王自將以伐淮北之夷，而命卿士之謂南仲為大祖，兼大師，而字皇父者，整治其從行之六軍，脩其戎事，以除淮夷之亂，而惠此南方之國。詩人作此以美之。必言南仲大祖者，稱其世功以美大之也。

【箋註】牛運震曰：將心兵機，「敬戒」二字寫盡。敬戒以惠南國，此一篇之旨。
方玉潤曰：兵凶戰危，故以敬戒為主，即臨事而懼之意。

王謂尹氏1：「命程伯休父2，
左右陳行，戒我師旅，
率彼淮浦，省此徐土。」
不留不處，三事3就緒。

天子命令尹氏：「下令讓擔任司馬的程伯林父，軍隊的行進整齊的以左右分列方式前行，告誡我軍要嚴整謹慎，沿著淮水的岸邊，前進徐州，不停留也不久滯。」在六軍中任官的三事大夫，也隨之就緒。

【註釋】賦也。行，音「杭」。緒，音「序」。1尹氏，是尹吉甫。2程伯休父，是周室大夫。3三事，是三事大夫，分任六軍中三事。

【章旨】這章詩是說宣王教尹吉甫，命程伯休父，左右陳列師行，循淮浦到徐州。軍行無有逗留，無有安處，三事大夫，分任六軍的職務，統統就緒。

【集傳】賦也。尹氏，吉甫也。蓋為內史，掌策命卿大夫也。程伯休父，周大夫。三事，未詳。或曰：「三農之事也。」○言王詔尹氏，策命程伯休父為司馬，使之左右陳其行列，循淮浦，而省徐州之土。蓋伐淮北徐州之夷也。上章既命皇父，而此章又命程伯休父者，蓋王親命大師，以三公治其軍事，而使內史命司馬，以六卿副之耳。

**赫赫1業業2，有嚴3天子，**
**王舒4保作5，匪紹匪遊6。**
**徐方繹騷7，震驚徐方。**
**如雷如霆，徐方震驚。**

軍隊聲勢盛大，由威嚴的天子率領，
王師緩緩前進，並非懈怠的遊玩。
徐方得知消息駭然震驚，騷動不安。
天子與王師出征有如雷霆震響一般，令徐方震驚。

【註釋】賦也。業，叶宜卻反。騷，叶蘇侯反。1赫赫，是顯。2業業，是大。3嚴，是威嚴。4舒，是緩。5保，是安。作，是行。6匪紹匪遊，是說並非懈緩遨遊。7繹騷，是連屬騷動。

【章旨】這章詩是說顯大有威的天子，自將王師，緩緩的安行。並非懈緩遨遊，實要詳審後動。但王師未至，徐方已經連屬的騷動了，已經震駭了。王師好像雷霆似的，所以徐方驚怕。

【集傳】賦也。赫赫，顯也。業業，大也。嚴，威也。天子自將。其威可畏也。王舒保作，未詳其義。或曰：舒，徐。保，安。作，行也。言王師舒徐而安行也。紹，糾緊也。遊，遨遊也。繹，連絡也。騷，擾動也。○夷厲以來，周室衰弱，至是而天子自將，以征不庭。其師始出，不疾不徐，而徐方之人，皆已震動，如雷霆作於其上。不遑安矣。

【箋註】牛運震曰：另起一頭，與「赫赫明明」二語兩峰對立。「保」如保護之保，軍行步步自防衛也。即首章敬戒之旨。「震驚徐方」、「徐方震驚」，顛倒疊頓，聲勢悚厲。方玉潤曰：以下方寫自將，先聲早已奪人。蓋以順討逆，宜無不克，況親征乎。

**王奮厥武，如震如怒。**
**進[1]厥虎臣，闞[2]如虓[3]虎。**
**鋪[4]敦[5]淮濆[6]，仍[7]執醜虜[8]。**
**截[9]彼淮浦，王師之所。**

天子顯現他的威武，就像雷霆一般的震動。
指揮勇猛的武將進攻，彷彿怒吼的猛虎。
在淮水的水畔聚集軍力，屢屢俘虜了敵軍。
平定了淮水一帶的區域，這是王師所征服的地方。

【註釋】賦也。怒，叶暖五反。闞，音「喊」。虓，音「哮」。鋪，平聲。濆，音「焚」。1進，是鼓勇前進。2闞，是奮怒貌。3虓，是虎怒。4鋪，是布散師旅。5敦，是厚集軍力。6淮濆，是淮水左右。7仍，是就。8醜虜，是囚係。9截，是截然不可犯貌。

【章旨】這章詩是說王師奮武，好像雷霆一般震怒。鼓勇前進的虎士，奮怒的如同虎怒一樣，散布極厚的兵力，集在淮水的左右，執了敵軍的眾俘，平治了淮浦，這是王師征服的地方。

【集傳】賦也。進，鼓而進之也。闞，奮怒之貌。虓，虎之自怒也。鋪，布也。布其師旅也。敦，厚也。厚集其陳也。仍，就也。《老子》曰：「攘臂而仍之。」截，截然不可犯之貌。

【箋註】方玉潤曰：橫截淮浦，斷其歸路並扼援師。

王旅嘽嘽1，如飛如翰2，
如江如漢3，如山之苞，
如川之流，緜緜4翼翼5。
不測不克，濯6征徐國。

王師軍士衆多，行動迅速有如疾飛的鷹鳥，又好似江水漢水那般來勢洶洶，更如同山嶽一般穩固，如同河川中的流水向下奔騰，連綿不絕又整齊。敵人無法揣測它的實力，無法攻破，因此能夠洗滌汙穢，征服許國。

**【註釋】**賦也。嘽，音「灘」。苞，叶鋪鉤反。國，叶越逼反。1嘽嘽，是衆盛貌。2如飛如翰，是疾貌。3如江如漢，是衆貌，如山的苞叢，不可動，如川的下流，不可禦。4緜緜，是不絕。5翼翼，是不亂。6濯，是滌盡了腥穢。

**【章旨】**這章詩是說王師的衆盛，好像飛翰的迅速，好像江漢的衆多，好像山的苞叢，不可撼動，好像川的下流，不可抵禦。綿綿不絕，翼翼不亂。敵軍不能測度，不能克勝。所以滌盡了腥氛，征服了徐國。

**【集傳】**賦也。嘽嘽，衆盛貌。翰，羽。苞，本也。如飛如翰，疾也。如江如漢，衆也。如山，不可動也。如川，不可禦也。緜緜，不可絕也。翼翼，不可亂也。不測，不可知也。不克，不可勝也。濯，大也。

**【箋註】**姚際恆曰：「緜緜翼翼」、「不測不克」，兵家精語。
牛運震曰：此特寫王師節制之精。「濯征」字新穎，有滌氛洗汙之義。
方玉潤曰：乃能淨洗賊窟，不留遺孽，故曰「濯征」。鍊字新而奇，並有更新之意。

王猶允1塞2，徐方既來3。
徐方既同4，天子之功，四方既平。
徐方來庭，徐方不回，王曰還歸。

王的謀略很合用，徐方因此歸順。
徐方自此來朝見，
天子親征立下了大功，四方為之臣服。
徐方來朝中晉見天子，再也不敢違抗，
王於是下令班師，奏凱而歸。

**【註釋】** 賦也。來，叶六直反。歸，叶古回反。1允是信。2塞是實。3來是懷德。4同是會同朝見。

**【章旨】** 這章詩是說王道信實，所以徐方懷德，徐方會同，這都是天子的功勛。四方既已平定，徐方便來朝王，從上不再背叛。王師奏凱回朝。

**【集傳】** 賦也。猶，道。允，信。塞，實。庭，朝。回，違也。還歸，班師而歸也。○前篇召公帥師以出，歸告成功，故備載其褒賞之辭。此篇王實親行。故於卒章反復其辭，以歸功於天子。言王道甚大，而遠方懷之，非獨兵威然也。《序》所謂因以為戒者是也。

**【箋註】** 姚際恆曰：八句「徐方」二字一上一下，絕奇之調。
牛運震曰：歸功天子，仍結明自將也，得體。帶言四方，妙。著徐方之後服也。「王曰還歸」，服則去之，不黷武也，結此以終「惠此南國」之旨。通篇屢提「王命」、「王謂」、「王旅」、「王猶」云云，而以天子之功結之，構法緊密老健。
方玉潤曰：「徐方」二字回環互用，奇絕快絕。杜甫「即從巴峽穿巫峽，便下襄陽向洛陽」之句有此神理。

常武六章，章八句。

【箋註】姚際恆曰：此宣王自將以伐徐夷，命皇父統六軍以平之，詩人美之，作此詩。

牛運震曰：敬戒允塞，王師無敵之本。開端拈「惠此南國」為主，而以「王曰還歸」終之。仁人不以兵毒天下之意，隱然可見。《序》謂因以為戒，深得其旨。始則揚兵以懾之，既乃據險厚陣以克之。已克則屯兵以待其服。既服則振旅去之。此征徐用兵次序也。挨順寫來，井井可指。雄大藏於沉渾，是軍旅詩卻無旗鼓兵戈氣。

## 瞻卬

瞻卬昊天，則不我惠。
孔填[1]不寧，降此大厲[2]。
邦靡有定，士民其瘵[3]。
蟊賊[4]蟊疾[5]，靡有夷屆[6]。
罪罟[7]不收，靡有夷瘳[8]。

仰望蒼天，上天如此不憐愛我們。舉國正處於病苦不安中，又降下這天大的禍患。國家不得安定，士人百姓皆陷入病痛中。蟊賊害人不得消滅，罪網高張，罪名眾多，痛苦彷彿永無止境。

【註釋】賦也。卬，音「仰」。瘵，音「債」，叶側例反。蟊，音「牟」。屆，音「戒」，叶居氣反。

瘳，音「抽」。1填，是久。2厲，是亂。3瘵，是病。4蟊賊，是害苗的蟲。5疾，是害，都是比殘賊的。6夷屆，是定止。7罟，是網。8夷瘳，是平復。

【章旨】這章詩是刺幽王嬖寵褒姒，以致禍亂的。他說仰望昊天，不能加惠於我，使我國很久不安。降下這樣的大亂，邦家沒有平定的時候，士民都已病了，賊害不能定止，罪網又不收它，好像疾病不能平復，不能痊癒了。

【集傳】賦也。填，久。厲，亂。瘵，病也。蟊賊，害苗之蟲也。疾，害。夷，平。屆，極。罟，網也。○此刺幽王嬖褒姒，任奄人以致亂之詩。蘇氏曰：「國有定，則民受其福；國無所定，則受其病。於是有小人為之蟊賊，刑罪為之網罟。凡此皆民之所以病也。」

人有土田，女反有[1]之；
人有民人，女覆奪之。
此宜無罪，女反收[2]之；
彼宜有罪，女覆說[3]之。

別人的土地，都被你所強佔；
別人的奴隸，都被你強奪。
沒有罪的人，你拘禁他；
犯了罪的人，你卻赦免了他。

【註釋】賦也。女，音「汝」。有，音「由」。收，叶殖由反。說，音「脫」。1反有，是反佔。2收是拘禁。3說，是赦。

【章旨】這章詩是說人有的土田，你反侵佔了；人有的人民，你反奪取了。無罪的人，你反拘禁；有罪的人你反脫赦了。奪取土地人民，顛倒刑罰。

【集傳】賦也。反，覆。收，拘。說，赦也。

【箋註】牛運震曰：鬱屈憤激之辭，四「女」字呶呶若數罪，若訟冤，妙。

哲1夫成城2，哲婦3傾城。
懿4厥哲婦，為梟為鴟5。
婦有長舌6，維厲7之階8。
亂匪降自天，生自婦人。
匪教匪誨，時維婦寺9。

大丈夫有智謀，可以立國，而懷有陰謀智慧的女子卻足以傾覆國家。
這個心懷陰謀有智慧的女子貌美如花，但她就像是梟鴟那樣的惡鳥。
她搬弄是非，正是造成禍亂的原因。
禍害不是平白無故從天而降的，是這個女子造成的。
不受教誨不知收斂的，就數女人與閹宦了。

【註釋】賦也。階，叶居奚反。天，叶鐵因反。誨，叶呼位反。1哲，是智謀。2城是國都。3哲婦，是指褒姒。褒姒邪媚有智。4懿，是美容。5梟、鴟，是惡鳥。6長舌，是播弄是非。7厲，是亂。8階，是梯。9寺，是寺人，俗稱太監。

【章旨】這章詩是說丈夫有智謀，才能立國。若是婦人有了邪謀，便要媚惑君心，傾覆國家。褒姒貌美多智，讒言害正，好像梟鴟發出的惡聲。婦人有了多事的長舌，就是作亂的階梯。因為禍亂不是天降的，是由婦人造成的。不受教訓的，惟有婦人和寺人。

【集傳】賦也。哲，知也。城，猶國也。哲婦，蓋指褒姒也。傾，覆。懿，美也。梟鴟，惡聲之鳥也。長舌，能多言者也。階，梯也。寺，奄人也。○言男子正位乎外，為國家之主。故有知則能立國。婦人以無非無儀為善，無所事哲。哲則適以覆國而已。故此懿美之哲婦，而反為梟鴟。蓋以其多言，而能為禍亂之梯也。若是則亂豈真自天降，如首章之說哉。特由此婦人而已。蓋其言雖多，而非有教誨之益者，是惟婦人與奄人耳。豈可近哉。上文但言婦人之禍，末句兼以奄人為言。蓋二者常相倚而為姦，不可不并以為戒也。歐陽公嘗言：「宦者之禍，甚於女寵。」其言尤為深切。有國家者，可不戒哉。

**【箋註】** 牛運震曰：此單指寵用褒姒一事推言禍本，一篇意思歸注處。「長舌厲階」亦是奇語。「亂匪降自天」，正與首章「降此大厲」反應。「生自婦人」、「時維婦寺」重言，蹙眉切齒。

方玉潤曰：極力描寫女禍，可謂不留餘力。

程俊英曰：詩中「亂匪降字天，生自婦人」的說法，反應了當時歧視女性的社會意識。

**鞫1人忮2忒3，譖4始竟5背6。**
**豈曰不極7，伊胡為慝8？**
**如賈9三倍10，君子是識。**
**婦無公事11，休12其蠶織。**

這名女子用言語惡意禍害人，以虛假不實的謠言毀謗別人。

然而君王被迷惑，不指責她不善，反而問她哪裡壞？

就像商人講求獲利三倍，君子不應該知道經商營利的道理。

女子也不應該放下養蠶織布的婦功，過問朝廷的事情。

**【註釋】** 賦也。忮，音「志」。譖，音「僭」。背，叶必墨反。賈，音「古」。1鞫，是窮。2忮，是害。3忒是變。4譖，是不信。5竟，是終了。6背，是反背。7極，《毛疏》作「善」。8慝，是惡。9賈，是商賈。10三倍，是利獲三倍。11婦無公事，《經義述聞》作「婦無功事」，是不執婦功的意思。12休，是休止。

**【章旨】** 這章詩是說婦寺能以智辨惑人，她的心下，變詐無常。既有譖言於先，末後無不反背的。人君昏惑，不說她不善，反說她何以為惡？譬如賈人三倍的利息，這是賈人所知的。於今的君子，反要知道圖利的事情，好像婦人不作婦功，休止她的蠶織，反來干預朝政一樣的了。

【集傳】賦也。鞫，窮。忮，害。忒，變也。譖，不信也。竟，終。背，反。極，已。慝，惡也。賈，居貨者也。三倍，獲利之多也。公事，朝廷之事。蠶織，婦人之業。○言婦寺能以其智辯，窮人之言。其心忮害，而變詐無常。既以譖妄倡始於前，而終或不驗於後，則亦不復自謂其言之放恣，無所極已，而反曰：是何足為慝乎。夫商賈之利，非君子之所宜識。如朝廷之事，非婦人之所宜與也。今賈三倍，而君子識其所以然，婦人無朝廷之事，而舍其蠶織以圖之，則豈不為慝哉。

**天何以刺1？何神不富？**
**舍爾介狄2，維予胥忌。**
**不弔不祥，威儀不類3。**
**人之云亡，邦國殄瘁4。**

上天為何責降禍責備君主呢？為什麼神明不賜福給君主呢？因為君王你忽略了如外敵那樣的大患不去處置，反而猜忌我這樣的忠臣。不去哀憐撫慰上天降下的災難，行動舉止又不向善。賢德的人都離開了，這個國家恐怕要病入膏肓。

【註釋】賦也。刺，叶音砌。富，叶戶未反。舍，音「捨」。1刺，是責。2介狄，是夷狄的大患，就是指婦寺的。3類，是善。4殄瘁，是病瘁。

【章旨】這章詩是說天何以要責王呢？神何以不富王呢？是因我王信用婦寺的緣故啊。於今你捨了夷狄婦寺的大患，反來疑忌我的忠言；不弔天降的不祥，反要威儀不善，又無善人相輔，邦國將要病瘁了。

【集傳】賦也。刺，責。介，大。胥，相。弔，閔也。○言天何用責王，神何用不富王哉。凡以王信用婦人之故也。是必將有夷狄之大患。今王舍之不忌，而反以我之正言不諱為忌，何哉？夫天之降不祥，庶幾王懼而自脩。今王遇災而不恤，又不謹其威儀，又無善人以輔之，則國之殄瘁宜矣。或曰：「介狄，即指婦寺。」猶所謂女戎者也。

【箋註】牛運震曰：空中置詰，憤氣勃勃，如讀屈平〈天問〉。末二句黯然一歎，慘甚。

方玉潤曰：言之慘然。

**天之降罔[1]，維其優[2]矣。人之云亡，心之憂矣。天之降罔，維其幾[3]矣。人之云亡，心之悲矣。**

上天降下罪網，罪網很大。賢德的人都離開了，這眞是令人憂愁啊。上天降下罪網，罪網很近人，賢德的人都離開了，這眞是令人悲傷啊。

【註釋】賦也。1罔，同「網」。2優是大。3幾是近。

【章旨】這章詩是說上天降下罪網，罪網很大。網著的人，一定很多。於今沒有善人，我心中很是憂傷啊。上天降下罪網，罪網很近，網著的人一定容易。於今沒有善人，我心中很是悲傷啊。

【集傳】賦也。罔，罟。優，多。幾，近也。○蓋承上章之意，而重言之，以警王也。

【箋註】牛運震曰：蒙上「人之云亡」而引申之，重欷累歎。

**觱沸[1]檻泉[2]，維其深矣。心之憂矣，寧自今矣。**

泉水從地上湧出，泉源一定非常深。我心中的憂慮，哪是從今天才開始的。

不自我先，不自我後。
藐藐3昊天，無不克鞏4。
無忝5皇祖，式救爾後。

災難不在我出生前發生，也不在我此生後發生，卻偏偏發生在我這一生中。即使如此，但高遠的蒼天啊，沒有不能克服的艱難。只要你（改過）不做侮辱祖先德行的事，天意總是可以挽救的。

【註釋】興也。觱，音「必」。沸，音「弗」。檻，胡覽反。後，叶五下反。鞏，叶音古。1觱沸，是泉湧貌。2檻泉，是正出的泉水。3藐藐，是高遠。4鞏，是堅固。5忝是忝辱。

【章旨】這章詩是說觱沸的檻泉，源流固然深遠，但是我的憂心，也不是自今一日的。這樣的禍患，不生我前，不生我後，恰好我遇著了。唉，雖然如此，藐藐的昊天，祂是無有不善鞏固人的。只要你不辱祖先的德行，總可以匡救後來的。

【集傳】興也。觱沸，泉湧貌。檻泉，泉正出者。藐藐，高遠貌。鞏，固也。○言泉水濆湧，上出其源深矣。我心之憂，亦非適今日然也。然而禍亂極適當此時。蓋已無可為者。惟天高遠，雖若無意於物，然其功用神明不測。雖危亂之極，亦無不能鞏固之者。幽王苟能改過自新，而不忝其祖，則天意可回，來者猶必可救，而子孫亦蒙其福矣。

【箋註】牛運震曰：終篇致意，冀王一悟，真忠厚。幽王何等肺肝，猶望其能改，詩人之志，亦可憫哉！
方玉潤曰：猶望其補救於後，忠厚之至。

## 瞻卬七章，三章章十句，四章章八句。

【箋註】姚際恆曰：此刺幽王寵褒姒致亂之詩。
牛運震曰：孤憤幽痛，結成奧語險調。詠歎處亦自欷歔深長。其氣荒蹙，周於是不可復矣。

# 召旻

旻天疾威，天篤[1]降喪，瘨[2]我饑饉，民卒[3]流亡，我居[4]圉[5]卒荒。

蒼天殘酷暴虐，降下嚴重的禍亂，讓我們陷於飢餓之中，人民盡皆奔逃離散，從國中到邊界都已經逃亡一空了。

**【註釋】**賦也。喪，叶桑郎反。瘨，音「顛」。圉，音「語」。1篤，是厚。2瘨是病。3卒是盡。4居是國中。5圉是邊陲。

**【章旨】**這章詩是刺幽王政由內亂的。昊天的疾虐，降下重厚的喪亂，使我國家，病於飢饉。人民都已流亡，自國中以至邊界，已盡荒亂了。

**【集傳】**賦也。篤，厚。瘨，病。卒，盡也。居，國中也。圉，邊陲也。○此刺幽王任用小人，以致飢饉侵削之詩也。

天降罪罟，蟊賊內訌[1]，昏[2]椓[3]靡[4]共[5]，潰潰[6]回遹，實靖[7]夷[8]我邦。

上天降下罪惡的網羅，蟊賊在其中作亂，混亂中沒有人在職務上用心，這樣昏亂協邪僻的小人，君主竟用他們來治理國家。

【註釋】賦也。訌，音「紅」。椓，音「卓」。共，音「恭」。邦，叶卜工反。1訌，是潰亂。2昏，是亂。3椓，是喪。4共，同「恭」。5潰潰，是亂。6回遹，是回邪。7靖，是治安。8夷是平定。

【章旨】這章說是上天降下罪網，蟊賊在內作亂，亂喪不供職務。這樣潰亂邪僻的小人，我王要用他治平邦國，所以致亂呢。

【集傳】賦也。訌，潰也。昏椓，昏亂椓喪之人也。共，與「恭」同，一說與「供」同，謂共其職也。潰潰，亂也。回遹，邪僻也。靖，治。夷，平也。○言此蟊賊昏椓者，皆潰亂邪僻之人，而王乃使之治平我邦。所以致亂也。

【箋註】牛運震曰：「實」字恨甚，滿腹不平。

**皋皋1訾訾2，曾不知其玷3。**
**兢兢業業，孔填4不寧，**
**我位孔貶5。**

這些小人們互相侮辱、互相毀謗，卻沒有人知道自己的缺點何在。賢能的君子謹慎恐懼，心中憂慮無法安寧，反而被貶黜了職位。

【註釋】賦也。訾，音「紫」。玷，音「店」。1皋皋，是侮慢貌。2訾訾，是毀謗貌。3玷是缺。4填，是久。5貶，是黜。

【章旨】這章詩是說小人在位，互相侮慢毀謗，曾不知自己的虧缺。君子小心謹慎，心下久不安寧，反要貶黜了職位。

【集傳】賦也。皋皋，頑慢之意。訿訿，務為謗毀也。玷，缺也。填，久也。○言小人在位所為如此，而王不知其缺，至於戒敬恐懼甚久而不寧者，其位乃更見貶黜。其顛倒錯亂之甚如此。

【箋註】牛運震曰：「皋皋訿訿」，寫盡醜態。

如彼歲旱，草不潰茂1；如彼棲苴2，我相此邦。無不潰止。

就像是遭逢大旱一樣，草木枯萎不茂盛；就像水草生長在樹上一樣，我看國家的狀況，亂得遲早要敗亡。

【註釋】賦也。苴，七如反。棲，音「西」。相，去聲。1潰茂，長茂。2棲苴，是水中浮草。

【章旨】這章詩是說世亂人民不安，好像歲旱草木不茂，譬如浮草棲在水上，絲毫沒有潤澤。我看看這個邦家，亂得沒有已止了。

【集傳】賦也。潰，遂也。棲苴，水中浮草，棲於木上者。言枯槁無潤澤也。相，視。潰，亂也。

維昔之富，不如時1；維今之疚2，不如茲。彼疏3斯粺4，胡不自替5。職兄6斯引7。

從前的富人，不如今日這般生活奢侈；今世也曾有病痛，但沒有像現在這樣嚴重。就像粗米和精米一樣，小人與君子是分得清楚的，爲什麼小人不自退呢？我的憂慮與日遽增啊。

【註釋】賦也。粺，音「敗」。兄，音「況」。1時，當「是」字解。2疚，是病。3疏，是粗糙。4粺，是精細。5替，是荒廢。6兄，是愴怳。7引，是引長。

【章旨】這章詩是說昔日的富人，不像現在奢侈；於今的疚病，再沒有現在的不好。那個小人和君子，好比粗米和精粲，本有分別的。於今小人用事，何能不自荒廢呢？我的愴怳的憂心，又將引長，不能自已了。

【集傳】賦也。時，是。疚，病也。疏，糲也。粺，則精矣。替，廢也。兄，怳同。引，長也。○言昔之富，未嘗若是之疚也。而今之疚，又未嘗若此之甚也。彼小人之與君子，如疏與粺。其分審矣。而曷不自替，以避君子乎。而使我心專為此故，至於愴怳引長而不能自已也。

【箋註】牛運震曰：歷亂促急，淒清欲絕。「胡不自替」代小人算一出路，正自憤極。

**池之竭矣，不云自頻1？**
**泉之竭矣，不云自中？**
**溥2斯害矣，職兄斯弘3，**
**不烖4我躳。**

池子之所以枯竭，不是因為缺乏外水流入嗎？
泉流之所以枯竭，不是因為內部堵塞嗎？
因為不明原因道理，導致禍害擴大，我的憂煩與日遽增，
到最後災難豈不會落到我身上？

【註釋】賦也。中，叶諸仁反。躳，姑弘反。1頻，是厓。2溥是廣。3弘是大。4烖是害。

【章旨】這章詩是說池水枯竭了，不說是因外崖的不入；泉流斷絕了，不說是因內源的阻塞。真是不明禍原的所在，不明理由，所以廣大禍害，憂愁日益弘大，不將害及我身嗎？

【集傳】賦也。頻，厓。溥，廣。弘，大也。池，水之鍾也。泉，水之發也。故池之竭，由外之不入；

泉之竭，由內之不出。○言禍亂有所從起，而今不云然也，此其為害亦已廣矣。是使我心專為此故，至於愴怳日益弘大，而憂之曰是豈不厓及我躬也乎。

【箋註】牛運震曰：忽作飄轉深逸之筆，妙甚。反言出之，似怯縮不敢伸訴，真是苦語。

**昔先王1受命，有如召公。日辟2國百里，今也日蹙3國百里。於乎哀哉，維今之人，不尚有舊。**

從前文王、武王承受天命，任用了召公那樣賢德的臣子
日日開闢國土百里以上。
如今則每日削除國土百里。
唉，多麼令人傷痛啊，因爲今日之的君主，
不想要任用老臣的緣故啊。

【註釋】賦也。辟，音「闢」。蹙，音「蹴」。於乎，音「嗚呼」。舊，叶巨已反。1先王是文、武先王。2辟是開闢。3蹙是削。

【章旨】這章詩是說昔日先王受命，是有召康公相輔，天天開闢國土百里，於今天天衰削國土百里。唉，難道現在的人沒有古人的舊德嗎？現在還有舊德可用的人啊！

【集傳】賦也。先王，文武也。召公，康公也。辟，開。蹙，促也。○文王之世，周公治內，召公治外。故周人之詩，謂之周南；諸侯之詩，謂之召南。所謂日辟國百里云者，言文王之化，自北而南，至於江漢之閒，服從之國日以益眾。及虞芮質成，而其旁諸侯，聞之相帥歸周者，四十餘國焉。今，謂幽王之時。蹙國，蓋大戎內侵，諸侯外畔也。又歎息哀痛而言，今世雖亂，豈不猶有舊德

可用之人哉。言有之而不用耳。

## 召旻七章，四章章五句，三章章七句。

## 蕩之什十一篇，九十二章，七百六十九句。

【集傳】因其首章稱旻天，卒章稱召公。故謂之召旻，以別小旻也。

【箋註】孫鑛曰：音調淒惻，語皆字哀苦衷中出，匆匆若不經意，而字有一種奇　，與他篇風格又別。淡煙古樹入畫固妙，卻正於觸處收得，正不必具全景。

牛運震曰：悲音促節，斷續似不成聲，卻自有極雋永處。一意反復，總在疾王任用小人。結處以舊人共政望之，靈警圓切。

# 周頌

《大序》說，頌是美盛德的形容，以其成功告於太廟的。孔氏穎達以為只能解釋周頌，若是〈魯頌〉、〈商頌〉，就不同了。〈商頌〉雖是祭祀樂歌，是祭其先王宗廟的，述其生時功業，正是死後頌公，不是成功告神，所以異於〈周頌〉。至於〈魯頌〉的文字，好像〈小雅〉，比較〈商頌〉體制又異。蘇氏又以為商、周二頌是用於告神明。〈魯頌〉是用於善禱的，後世文人獻頌，大都倣倣〈魯頌〉，很少倣傚商、周的。二氏解說周、魯、商頌，可謂明晰了，但是只能明白頌的用意，不能明白頌的體裁。章氏潢以為頌有頌的體裁，頌的詞句簡約，義味雋永不盡，譬如頌的〈天作〉和雅的〈緜〉，同是美太王的；〈清廟〉，和雅的〈文王〉，同是美文王的；〈酌〉、〈桓〉，和雅的〈下武〉，同是美武王的。若是試把頌和雅，同時合讀起來，自然就有分別了。因為雅的詞句昌大，頌的詞句詳約。《左傳》吳季札請觀周樂，為之歌頌。季札曰：「五聲和，八風平，節有度，守有序，盛德之所同也。」是因文王、武王、成王，盛德皆同，所以音節相同。大約周、魯、商頌的音節，各不相同。頌、雅的體裁，也各相異。讀者若是熟復涵泳，體心會神，沒有不能辨別的道理。

# 清廟之什

# 清廟

於[1]穆清[2]廟，肅雝[3]顯[4]相[5]。
濟濟[6]多士[7]，秉文之德。
對越在天[8]，駿[9]奔走在廟。
不顯不承[10]，無射[11]於人斯。

啊，這宗廟多麼深遠而清靜啊，助祭之人態度敬肅而和睦。眾多參與祭祀的與祭者，都秉持著文王的德行。承受發揚著文王在天上的意旨，爲了祭祀的事情快速奔走。光耀文王的德行，承接文王的意旨，文王在天之靈，必然不會厭惡我們了。

**【註釋】**賦也。於，音「烏」。射，音「亦」。1於，歎辭。2穆，是深遠。清，是清靜。3肅，是敬。雝，是和。4顯，是明。5相，是助。是助祭的公卿。6濟濟，是眾盛。7多士，是與祭的人。8對越在天，《經義述聞》作越為「揚」。是說對揚在天神明的意思。9駿，是天。10不顯不承，《經義述聞》作「不顯不承」。不是大，承是美。11射，是厭。

**【章旨】**這章詩是祀文王的。它說深遠清靜的宗廟，助祭的公侯，都是能敬且和的，眾多與祭的，也能執行文王的德行。對揚在天的神明，奔走在廟的神主，可見文王的德行，至盛至美，實在無厭於人了。

**【集傳】**賦也。於，歎辭。穆，深遠也。清，清靜也。肅，敬。雝，和。顯，明。相，助也。謂助祭之公卿諸侯也。濟濟，眾也。多士，與祭執事之人也。越，於也。駿，大而疾也。承，尊奉也。斯，語辭。○此周公既成洛邑而朝諸侯。因率之以祀文王之樂歌。言於穆哉，此清靜之廟。其助祭之公侯，皆敬且和，而其執事之人，又無不執行文王之德。既對越其在天之神，而又駿奔走其在廟之主。如此則是文王之德，豈不顯乎，豈不承乎。信乎其無有厭斁於人也。

**【箋註】**牛運震曰：不必鋪揚文德，從助祭之人看出秉德無射，自然深厚。對神之辭，文不得，淺不得，妙在質而能深。沉奧動盪，有一唱三歎之音。

## 清廟一章八句。

【集傳】書稱，王在新邑，烝祭歲。文王騂牛一，武王騂牛一。實周公攝政之七年。而此其升歌之辭也。《書大傳》曰：「周公升歌清廟，苟在廟中，嘗見文王者，愀然如復見文王焉。」《樂記》曰：「清廟之瑟朱弦而疏越，壹倡而三歎。有遺言者矣。」鄭氏曰：「朱弦練。」朱弦練，則聲濁。越，瑟底孔也。疏之使聲遲也。倡，發歌句也。三歎，三人從歎之耳。漢因秦樂，乾豆上奏登歌，獨上歌，不以管絃亂人聲，欲在位者偏聞之，猶古清廟之歌也。

【箋註】姚際恆曰：按頌為奏樂所歌，尤當有韻；今多無韻者，舊謂一句為一章，一人歌此句，三人和之，所謂「一唱三歎」則成四韻。愚謂此說是已，然「一唱三歎」恐不必如是泥解，即一人唱，一人和，便已成韻，未為不可也。

# 維天之命

維天之命，於穆不已[1]。
於乎[2]不顯，文王之德之純[3]。
假[4]以溢[5]我，我其收[6]之。
駿[7]惠[8]我文王，曾孫[9]篤[10]之。

上天降下的天命，啊，是美好而無止盡的。
嗚呼，是如此的光顯！文王的德行多麼純粹。
文王的德行充滿著我，我要承繼它。
文王的大德嘉惠我，子孫將努力實踐它。

【註釋】賦也。於，音「嗚」。乎，音「呼」。1穆是深遠。2於乎是歎辭。3純是純一。4假同嘏。5溢，是溢及。6收是收受。7駿是大。8惠，是順。9曾孫，是後王。10篤，是厚。

【章旨】這章詩也是祀文王的。是說天命最是深遠，又是恆久不息。惟有文王的德行純一，足膺天命，大顯王業，無奈自身未及受命，便將他的福嘏溢及後王。後王承受天命，大順文王的德行，不敢一日少懈，更能篤厚王德。

【集傳】賦也，天命即天道也。不已，言無窮也。純，不雜也。此亦祭文王之詩。言天道無窮，而文王之德純一不雜，與天無閒。以贊文王之德之盛也。子思子曰：「維天之命，於穆不已。」蓋曰天之所以為天也。於乎不顯文王之德之純。蓋曰文王之所以為文也，純亦不已。程子曰：「天道不已，文王純於天道亦不已。純則無二無雜，不已則無閒斷先後。」何之為假聲之轉也。恤之為溢字之訛也。收，受。駿，大。惠，順也。曾孫，後王。篤，厚也。言文王之神，將何以恤我乎。有則我當之以大順文王之道，後王又當篤厚之而不忘也。

【箋註】方玉潤曰：首二句從天命總起，下乃接入文王，一氣直下，如曰皇天無親，惟德是輔之意。

## 維天之命一章八句。

【箋註】程俊英曰：這也是周王祭祀文王的詩。關於成詩之時，鄭玄認為在周公攝政五年之冬。而陳奐卻考證說，詩當做於周公居攝的六年之末制禮作樂之後，即公元前一一一〇年的時候。

# 維清

維清[1]緝[2]熙[3]，文王之典。
肇[4]禋[5]，迄[6]用有成，
維周之禎[7]。

清明持續而光明，是文王為我們豎立的典範。從開始祭祀起至今，都有所成，這是我周朝的禎祥啊。

**【註釋】**賦也。禋，音「因」。迄，音「肸」。1清，是明。2緝，是續。3熙，是明。4肇，是始。5禋，是祀。6迄，是至。7禎，是祥。

**【章旨】**這章詩也是祀文王的。他說清明繼光的祭祀，是文王的祀典，自始祀迄今，有成王業的，是周室的禎祥。

**【集傳】**賦也。清，清明也。緝，續。熙，明。肇，始。禋，祀。迄，至也。○此亦祭文王之詩。言所當清明而緝熙者，文王之典也。故自始祀至今有成，實維周之禎祥也。然此詩疑有闕文焉。

**【箋註】**嚴粲曰：此詩言清緝熙者，備舉文王之德。而以典言之者，謂其德寓於法也。文王有典則以貽後人，王業雖未成，而禋祀之禮，已肇始於此。遂至於後而有成焉。是文王之典，為周之禎祥也。

**維清一章五句。**

**【箋註】**程俊英曰：成王時，周公制禮作樂，作這首〈維清〉的歌舞詩祭祀文王，紀念他征伐的功勞。歌舞時，用人打扮成文王的樣子，表演他擊刺打仗之狀。按古代舞有文、武二種，這首詩屬於武舞。

# 烈文

烈[1]文辟公[2]，錫茲祉福。
惠我無疆，子孫保之。
無封[3]靡[4]于爾邦，
維王其崇[5]之。
念茲戎功，繼序其皇[6]之。
無競[7]維人，四方其訓之。
不顯維德，百辟其刑[8]之。
於乎[9]，前王不忘。

大功又有美好德行的列祖列宗啊，降賜福祉給我。
無窮無盡的愛護我，保佑子孫能夠享有這樣的福祿。
諸位諸侯們，你們在封國中不要做出什麼大惡之事，
君主便會尊崇你們。
建立戰功，繼承祖先的功業並將它發揚光大。
無人能夠超越過你們，四方將會順服你們。
光顯你的德行，讓百官們以你爲榜樣。
哎呀，不可遺忘先王偉大的功績啊。

【註釋】賦也。於乎，音「嗚呼」。1烈，是光。2辟公，是諸侯。3封，是專利自封。4靡，是汰侈。5崇，是尊尚。6戎、皇，都是大。7競，是強。8刑是法。9於乎，是歎詞。

【章旨】這章詩是成王戒勉助祭諸侯的。他說有功烈文章的諸侯，都來為我助祭，使我得福，真是惠我無窮，我子孫當要世世相保。但是諸侯不封不靡，王室所以尊重你們。你們當念夾輔王室的大功，繼承屏藩的大業。先王不強於人，能夠使人感激，四方奉以為訓；不顯其德，能夠德行日進，百

君奉以為法。先王的功德感人，真是沒世不忘啊。

【集傳】賦也。烈，光也。辟公，諸侯也。封靡之義，未詳。或曰：「封，專利以自封殖也。」靡，汰侈也。崇，尊尚也。戎，大。皇，大也。○此祭於宗廟，而獻助祭諸侯之樂歌。言諸侯助祭，使我獲福。則是諸侯錫此祉福，而惠我以無疆，使我子孫保之也。○言汝能無封靡于汝邦，則王當尊汝。又念汝有此助祭錫福之大功，則使汝之子孫，繼序而益大之也。○又言莫強於人，莫顯於德。先王之德，所以人不能忘者，用此道也。此戒飭而勸勉之也。《中庸》引不顯惟德，百辟其刑之，而曰故君子篤恭而天下平。《大學》引於乎前王不忘，而曰君子賢其賢而親其親，小人樂其樂而利其利。此以沒世不亡也。

【箋註】姚際恆曰：「於乎，前王不忘」，神味無窮。歐陽氏分兩章：以「繼序其皇之」以上為君敕其臣之辭；「無競維人」以下為臣戒其君之辭。

牛運震曰：結處點出前王，倒裝法。歎前王之不忘，則戒勉辟公之意隱然言表。篇終詠歎，愾然仁孝之思。正大竦穆，呼辟公起，呼前王結，首尾摶應，溫摯悚切。

方玉潤曰：末段忽提先王所以能使後人不忘之故，君臣交相勉勵，神味尤覺無窮。

# 烈文一章十三句。

【集傳】此篇以公、疆兩韻相叶。未審當從何讀。意亦可互用也。

【箋註】屈萬里曰：此蓋祭周先公之詩，因以戒時王也。

# 天作

天作高山[1]，大王荒[2]之。
彼作矣，文王康[3]之。
彼徂[4]矣岐，有夷[5]之行[6]。
子孫保之。

上天創造了岐山，大王開墾它。
前人開墾了荒地，文王再使它壯大富強。
自從大王來到此地後，岐山才有平坦的道路。
子孫後代永保此處的基業。

**【註釋】**賦也。大，音「泰」。行，叶戶郎反。1高山，是岐山。2荒，是治。3康，是安。4徂，是險僻。5夷，是平。6行，是道路。

**【章旨】**這章詩是享岐山的。說天作的岐山，是為大王闢治邦家的。大王初造，文王久安，便把險僻的岐山，開成了平坦大路，使子孫世世保守。

**【集傳】**賦也。高山，謂岐山也。荒，治。康，安也。徂，險僻之意也。夷，平。行，路也。○此祭大王之詩。言天作岐山，而大王始治之。大王既作，而文王又安之。於是彼險僻之岐山，人歸者眾，而有平易之道路。子孫當世世保守而不失也。

**【箋註】**牛運震曰：只就岐山寫出大王、文王之功，極有渾灝草昧之氣。

**天作一章七句。**

**【箋註】**蔡邕曰：〈天作〉，祀先王先公之所歌也。

季本曰：竊意此蓋祀岐山之樂歌。

# 昊天有成命

昊天有成命，二后1受之。
成王2不敢康，
夙夜基3命宥4密5。
於6緝熙7，單8厥心，
肆其靖9之。

上天降下天命，文王武王承接天命。
成王不敢圖安逸，稍有懈怠，
無論白天夜晚都勤懇謹慎的努力。
啊，不停止的發揚光大，竭盡心力，
所以能夠安定天下。

【註釋】賦也。於，音「烏」。1二后是文、武。2成王，是武王的兒子，名誦。3基，是承上累下。4宥，是宏深。5密，是靜密。6於，是歎辭。7緝熙，是不已的光明。8單，是盡心。9靖，是安。

【章旨】這章詩是祀成王的。他說昊天既有定命，賜祚周室的天下，文、武二后受了天祚。成王繼業不敢一日康寧，夙夜積德，承藉天命，深謀密慮，繼續光明文武的德業，盡心圖治，所以安靖天下。

【集傳】賦也。二后，文武也。成王名誦，武王之子也。基，積累於下，以承藉乎上者也。宥，宏深也。密，靜密也。於，歎辭。靖，安也。○此詩多道成王之德。疑祀成王之詩也。言天祚周以天下，既有定命，而文武受之矣。成王繼之，又能不敢康寧，而其夙夜積德，以承藉天命者，又宏深而靜密。是能繼續光明文武之業，而盡其心。故今能安靖天下，而保其所受之命也。《國語》叔向引此詩而言曰：「是道成王之德也。」成王能明文昭，定武烈者也，以此證之，則其為祀成王之詩無疑矣。

【箋註】姚際恆曰：通首密練。
牛運震曰：「基命宥密」語極精奧，括盡一切。「於緝熙」以下寫出艱難勤苦，妙在以歎息頓挫出之，篤勉後世之旨，言外可想。

**昊天有成命一章七句。**

【集傳】此康王以後之詩。

【箋註】糜文開、裴普賢曰：此詩讚美成王能上承文武功業而繼續勤公。

## 我將

我將[1]我享，維羊維牛，
維天其右[2]之。
儀式[3]刑[4]文王之典，
日靖[5]四方。
伊嘏文王[6]，既右饗之。

奉上我的祭品，獻上牛與羊的牲品。
祭祀上天以保佑安康。
將以文王爲效法的典範，
安定天下四方。
偉大的文王啊，神靈降臨居於右側享用供祭。
我會夙夜匪懈的努力，畏懼天威，
永保上天與文王降賜給我的鴻福與天命。

**我其夙夜，畏天之威，于時保之。**

【註釋】賦也。右，叶音由。嘏，音「假」。饗，叶虛良反。1將，是奉。2右，是尊位。古人尚右為尊。3儀式，是威儀表率。4刑，是法。5靖，是靜。6伊嘏文王，《經義述聞》作「嘏」為「大」。是大哉大王的意思。

【章旨】這章詩是祀上帝於明堂，以文王為配享的。說我奉享牛羊，祭祀上帝，上帝將來牛羊的右邊了。我將儀法文王的舊典，安定天下。大哉文王，也來到牛羊的右邊，饗受我祭了。上帝和文王，既已右享我祭，我當夙夜積德，以防天的威怒，以保上帝和文王，降臨我享的盛意。

【集傳】賦也。將，奉。享，獻。右，尊也。神坐東向，在饌之右。所以尊之也。儀式刑，皆法也。嘏，錫福也。○此宗祀文王於明堂，以配上帝之樂歌。言奉其牛羊以享上帝，而曰天庶其降，而在此牛羊之右乎。蓋不敢必也。○言我儀式刑文王之典，以靖天下，則此能錫福之文王，既降而在此之右，以饗我祭。若有以見其必然矣。○又言天與文王，既皆右享我矣，則我其敢不夙夜畏天之威，以保天與文王，所以降鑒之意乎。

【箋註】牛運震曰：其者疑辭，尊之而不敢必也，故言右而不言饗。既者決辭，親之而可必也，故言右而併言饗。於天不敢加一辭，於文王則詳道其所以事天事親。精細分明如此。「我其夙夜」，直如對天結誓之辭，妙甚。三句連下，妙在以拙重竦直出之，篤厚兢業之衷如見。語拙氣柔，理專情充，如此文字，真可格天。

方玉潤曰：首三句祀天，中四句祀文王，末三句則祭者本旨，賓主次序井然。

**我將一章十句。**

**【集傳】**程子曰：「萬物本於天，人本乎祖。故冬至祭天，而以祖配之。以冬至氣之始也。萬物成形於帝，而人成形於父。故季秋享帝，而以父配之。以季秋成物之時也。」陳氏曰：「古者祭天於圜丘，掃地而行事。器用陶匏，牲用犢，其禮極簡。聖人之意，以為未足以盡其意之委曲。故於季秋之月，有大享之禮焉。」天，即帝也。郊而曰天，所以尊之也。故以后稷配焉。后稷遠矣。配稷於郊，亦以尊稷也。明堂而曰帝，所以親之也。以文王配焉。文王親也。配文王於明堂，亦以親文王也。尊尊而親親。周道備矣。然則郊者古禮，而明堂者周制也。周公以義起之也。東萊呂氏曰：「於天維庶其饗之，不敢加一辭焉。於文王則言儀式其典，日靖四方。天不待贊。法文王，所以法天也。」卒章惟言畏天之威，而不及文王者，統於尊也。畏天，所以畏文王也。天與文王一也。

**【箋註】**高亨曰：〈我將〉是大武舞曲的第一章，敘寫武王在出兵乏殷時，祭祀上帝和文王，祈求他們保佑。

## 時邁

時邁1其邦2，昊天其子之，
實右3序4有周。
薄言震5之，莫不震疊6。

武王按時出巡諸侯各國，上天視他爲子，由於上天相助，承繼周之王位。
武王威嚴，發怒時天下沒有人不受震懾。
又能以美好的德行令諸神感覺慰藉，就連大河與高山也受感動，

懷柔[7]百神，及河喬嶽[8]，
允[9]王維后。
明昭有周，式序在位。
載戢[10]干戈，載櫜[11]弓矢。
我求懿德，肆[12]于時[13]夏[14]，
允[15]王保之。

眞不愧是天下之君。
我周朝的美德聲望光明，天下皆知，諸侯們也各依法度在其位。
收好干戈等兵器，用袋子裝起弓箭。
追求美好的德行，將之散播於天下，
我王以此確保天命。

**【註釋】**賦也。櫜，音「高」。1邁，是行。2邦，是諸侯國家。3右，是尊。4序，是次序。5震，是儆。6疊，是懼。7柔，是安。8喬嶽，是高嶽。9允，是信。10戢，是收聚。11櫜，是藏。12肆，是陳。13時當「是」字解。14夏，是中國，或作「大」解。15允，是信。

**【章旨】**這章詩是武王巡狩告祭柴望的。說我有時巡行諸侯的邦國，是要視察諸侯的政治。昊天以我為子，實是尊序我周。我雖薄言儆戒，諸侯莫不畏懼。我將懷柔百神，以及河的深廣、山的峻高，無不盡力奉祀，庶不愧我為王。何況天既明昭我周，予我的黜陟典刑，法序在位的諸侯，我更將收聚干戈弓矢，務求文治的美德，布陳于中國，做一個確乎能保天命的君王。

**【集傳】**賦也。邁，行也。邦，諸侯之國也。周制十有二年，王巡守殷國，柴望祭告，諸侯畢朝。右，尊。序，次。震，動。迭，懼。懷，來。柔，安。允，信也。戢，聚。櫜，韜。肆，陳也。夏，中國也。○此巡守，而朝會祭告之樂歌也。言我之以時巡行諸侯也。天其子我乎哉。蓋不敢必

也。○繼而曰：「天實右序有周矣，是以使我薄言震之，而四方諸侯，莫不震懼。又能懷柔百神，以至於河之深廣，嶽之崇高，而莫不感格，則是信乎周王之為天下君矣。」○又言明昭乎我周也。既以慶讓黜陟之典，式序在位之諸侯。又收斂其干戈弓矢，而益求懿美之德，以布陳于中國，則信乎王之能保天命也。或曰：「此詩即所謂肆夏。」以其有肆于時夏之語，而命之也。

【箋註】牛運震曰：一「其」字自謙自任俱有。震疊懷柔，兼德威言之，寫人鬼受職，開國規模不凡。「懷柔百神」二句正為「莫不震疊」作襯托，直寫得精神寂寞，性情動盪。「懿德」字渾括淵微，「求」字別有深妙之旨。寫歸馬放牛心事氣象俱出。「允王維后」、「允王保之」此自臣下頌君之辭，故《傳》以為周公作也。

## 時邁一章十五句。

【集傳】《春秋傳》曰：「昔武王克商作頌曰：『載戢干戈。』」而《外傳》又以為，周文公之頌。則此詩乃武王之世，周公所作也。《外傳》又曰：「金奏肆夏樊遏梁，天子以饗元侯也。」韋昭注云：「肆夏，一名樊；韶夏，一名遏；納夏，一名梁。」即周禮九夏之三也。呂叔玉云：「肆夏，時邁也。樊遏，執競也。梁，思文也。」

【箋註】糜文開、裴普賢曰：何楷列此詩為大武的第五樂章，係成王既治，周公制禮作樂時採〈武〉、〈酌〉、〈賚〉、〈般〉、〈時邁〉、〈桓〉諸詩合成大武舞樂之考察。

# 執競

執競1武王，無競維烈。
不顯成康，上帝是皇2。
自彼成康，奄3有四方。
斤斤4其明，鐘鼓喤喤5。
磬筦6將將7，降福穰穰8。
降福簡簡9，威儀反反10。
既醉既飽，福祿來反11。

武王自強不息，沒有人能夠比得上他所創立的功業。
而成王與康王是如此的偉大，上帝因此降下鴻福。
從成王康王之後，周擁有天下四方的疆域，
能細分秋毫，明察事物的道理。
祭祀的時候敲鐘擊鼓，筦與磬合奏發出和諧的聲音，
上天降下衆多鴻福，福氣極大，
而威儀更顯得肅穆嚴謹。
神靈受祭喝醉吃飽，於是降下無盡的鴻福。

**【註釋】**賦也。明，叶謨郎反。喤，音「橫」。筦，音「管」。將，音「槍」。穰，音「攘」。1競，是自強。2皇，是君。3奄，是大。4斤斤，是明察。5喤喤，是和。6筦同「管」。7將將，是集。8穰穰，是多。9簡簡，是大。10反反，是謹重。11反是覆。

**【章旨】**這章詩是祀武王的。說自強不息為德的武王，沒有人能比他的功烈。他的德行顯明，王業成功，天下康定，所以上帝命他為君。他自從王業成功，天下康定，大有四方以來，無日不是斤斤明察，盡力鬼神的祭祀。祭祀的時候，鐘鼓和鳴，磬管和集，降福衆多。神的降福益多，他的威儀益慎，故此福祿來臨，反覆不厭。

**【集傳】**賦也。此祭武王成王康王之詩。競，強也。言武王持其自強不息之心，故其功烈之盛，天下莫得而競。豈不顯哉，成王康王之德，又上帝之所君也。斤斤，明之察也。言成康之德明著如此也。

喤喤，和也。將將，集也。穰穰，多也。言今作樂以祭而受福也。簡簡，大也。反反，謹重也。反，覆也。○言受福之多，而愈益謹重。是以既醉既飽，而福祿之來，反覆而不厭也。

【箋註】牛運震曰：「執競」、「無競」互應，句法廉奧有神。篇幅不長，卻極鋪張揚厲之勢。

執競一章十四句。

【集傳】此昭王以後之詩，《國語》說見前篇。

【箋註】《詩序》：〈執競〉，祀武王。

牛運震曰：朱《傳》以〈執競〉為祭武、成、康之詩。按三王無合祭之禮，當是一詩而各歌於三王之廟耳。若《序》以為祭武王，毛、鄭解成康為成大功而安之，則失之矣。

## 思文

思1文2后稷，克配彼天。
立我烝3民，莫匪爾極4。
貽我來牟5，帝命率6育7。
無此疆爾界，陳常于時夏8。

后稷治理國家的恩德之高，與天相齊。
奠定我萬民的生存，沒有不是從你的至德而來。
分給人民小麥和大麥，上帝命他以此遍養百姓。
無論疆域與界限，在國中遍傳農耕之法。

【註釋】賦也。育，叶曰逼反。界，叶訖力反。1思，是語助。2文，是文德。3立，是生存。4極是德行至極。5貽我來牟，是貽我人民嘉麥。來牟，是小麥大麥。6率是徧。7育是養。8陳常于時夏，是說布陳常道于中國。

【章旨】這章詩是說后稷功德配天的。他說有文德的后稷，功德可配上天，生存我眾民，無非是他的至德。他又遺我人民以嘉麥，教道人民稼穡，這是上帝命他遍養人民的。他不但能養人民，更能教化人民，無論此疆彼界，遠近親疏，他能布陳常道，為國中的大法。

【集傳】賦也。思，語辭。文，言有文德也。立，粒通。極，至也。德之至也。貽，遺也。來，小麥。牟，大麥也。率，徧。育，養也。○言后稷之德，真可配天。蓋使我烝民，得以粒食者，莫非其德之至也。且其貽我民以來牟之種，乃上帝之命，以此遍養下民者。是以無有遠近彼此之殊，而得以陳其君臣父子之常道於中國也。或曰：此所謂納夏者，亦以其有時夏之語，而命之也。

【箋註】麇文開、裴普賢曰：前四句虛寫，後四句實敘。全篇結構緊密，層次分明。

# 思文一章八句。

# 清廟之什十篇，十章九十五句。

【集傳】《國語》說見〈時邁〉篇。

【箋註】麋文開、裴普賢曰：姚際恆謂《孝經》「昔者周公郊祀后稷以配天」即指此。又因《國語》有「周文公之為頌曰『思文后稷，克配彼天』」之語，證明此詩為周公所作，係讚美后稷能播種五穀，養育萬民，而且不分疆界地域，均教之以播種之道，是其德業可以配天也。

# 臣工之什

# 臣工

嗟嗟[1]臣工[2]，敬爾在公。
王釐[3]爾成[4]，來咨[5]來茹[6]。
嗟嗟保介[7]，維莫之春[8]。
亦又何求，如何新[9]。
於皇[10]來牟[11]，將受厥明[12]。
明昭上帝，迄[13]用康年[14]。
命我衆人[15]，庤[16]乃錢鎛[17]，
奄觀銍[18]艾[19]。

哎呀，衆位百官大臣們啊，你們要敬謹的做好公務。君主會因爲你們的努力而給予賞賜，和你們商量農業的計畫。

哎呀，副農官啊，現在已經是暮春三月的時候了。你要如何要求人民整理田地呢？對耕作兩、三年的田地，又要如何耕種？

大麥與小麥長得如此茂盛，即將要有好的收成了。上帝昭明，賜給我們豐年。

我將率領衆人，準備各種農具，眼看就要揮舞鐮刀收成了。

【註釋】賦也。釐，音「離」。茹，音「孺」。莫，音「暮」。畬，音「余」。於，音「烏」。庤，音「峙」。錢，音「翦」。鎛，音「博」。銍，音「質」。1嗟嗟，是重歎。2臣工，是群臣百官。3釐，是賜。4成，是成法。5咨，是訪。6茹，是度。7保介，是車右披甲執兵的勇士。8莫春，是夏正三月。9畬，是三歲的田畝。10於皇，是歎美。11來牟，是嘉麥。12明，是上帝的明賜，就是麥將成熟的意思。13迄，是至。14康年，是豐年。15眾人，是甸人。16庤，是具。

17錢，是銚。鎛，是鉏。都是田器。18銍，是割稻的鐮刀。19艾，是收割。

【章旨】這章詩是王者耕籍田，以敕農官的。說群臣百官啊，你須敬重在公的職務，王者賜你的成法，你須周咨詳度，不可輕率冒昧；車右的勇士啊，到了暮春了，我人將有何求呢？我人並無他求，只求如何治我的新田呀。多麼茂盛的嘉麥呀，將受上帝的明賜了，將要成熟了。昭明的上帝，如今賜我們的豐年。我將命我的甸人，具了田器，大觀豐年的收穫。

【集傳】賦也。嗟嗟，重歎以深敕之也。臣工，群臣百官也。公，公家也。釐，賜也。成，成法也。茹，度也。○此戒農官之詩。先言王有成法以賜女。女當來咨度也。○保介，見〈月令〉、《呂覽》其說不同，然皆為籍田而言，蓋農官之副也。莫春，斗柄建辰，夏正之三月也。畬，三歲田也。於皇，歎美之辭。來牟，麥也。明，上帝之明賜也。言麥將熟也。迄，至也。康年，猶豐年也。眾人，甸徒也。庤，具。錢銚鎛鋤，皆田器也。銍，穫禾短鐮也。艾，穫也。○此乃言所戒之事。言三月則當治其新畬矣，今如何哉？然麥已將熟，則可以受上帝之明賜。而此明昭之上帝，又將賜我新畬以豐年也。於是命甸徒具農器，以治其新畬，而又將忽見其收成也。

【箋註】姚際恆曰：神味全在虛字。

牛運震曰：嚴重真摯中間，正有閒逸生動處。

# 臣工一章十五句。

【箋註】程俊英曰：這是周王耕種籍田并告誡農官的詩。所謂籍田，是周王擁有的一大片由農奴耕種的土地。這首詩就是在籍田祭祀時所唱的樂歌。

屈萬里曰：此疑春日祈穀時所歌的詩。

# 噫嘻

噫嘻1成王，既昭2假3爾4。
率時5農夫，播厥百穀。
駿6發7爾私8，終三十里9。
亦服爾耕，十千維耦10。

呀，成王啊，虔誠向上天祈禱！
率領農夫們，播種百穀。
趕快翻耕私田的土壤，將三十里地耕好。
萬人同心協力，努力耕作。

**【註釋】**賦也。假，音「格」。耦，叶音擬。1噫嘻，是歎辭。2昭是明。3假，是格，格是法式。4爾，是指田官。5時當作「是」字解。6駿，是大。7發，是耕。8私，是私田。9三十里，是萬夫土地。古制三十里為一部，每部設一田官。10耦，是二人並耕。

**【章旨】**這章詩是春季祈穀的。說成王呀，你既明法你的農官，率領農夫播種百穀，大發人民的私田。儘三十里的土地，服務耕作，萬夫并力齊心，如合一耦的樣子。

**【集傳】**賦也。噫嘻，亦歎辭也。昭，明。假，格也。爾，田官也。時，是。駿，大。發，耕也。私，私田也。三十里，萬夫之地，四方有川，內方三十三里有奇。言三十里，舉成數也。耦，二人並耕也。○此連上篇亦戒農官之辭。昭假爾，猶言格汝眾庶。蓋成王始置田官，而嘗戒命之也。爾當率是農夫，播其百穀，使之大發其私田，皆服其耕事，萬人為耦而並耕也。蓋耕本以二人為耦，今合一川之眾為言，故云萬人畢出，并力齊心，如合一耦也。此必鄉遂之官，司稼之屬，其職以萬夫為界者。溝洫用貢法，無公田。故皆謂之私。蘇氏曰：「民曰：『雨我公田，遂及我私。』

而君曰：『駿發爾私，終三十里。』其上下之閒，交相忠愛如此。」

【箋註】朱善曰：「率時農夫」，農官之職也；「播厥百穀」，農夫之事也。「終三十里」，欲其地之無遺利也；「十千維耦」，欲其人之無遺力也。地無遺利，人無遺力，此豐穰之所以可必也。

**噫嘻一章八句。**

【箋註】《詩序》：〈噫嘻〉，春夏祈穀於上帝也。

朱善曰：成王既置田官而戒命之，後王復遵其法而重戒之。

高亨曰：這篇是周成王時舉行親耕籍田之禮在宴會上所唱的樂歌，歌辭是告誡農奴。

程俊英曰：詩反應了周初農夫的勞動情況和公田、私田的制度。

糜文開、裴普賢曰：這是春天開始播種百穀時祈禱豐收的樂歌。

## 振鷺

振1鷺2于飛，于彼西雝3。
我客4戾止，亦有斯容。
在彼5無惡，在此6無斁7。
庶幾夙夜，以永終譽。

白鷺鷥在天空中振翅飛翔，飛舞在西雝水澤上。
我有貴客到來，他的容貌整齊儀容得體。
他們在別的國家不受厭惡，在我這裡也沒有人討厭他們。
但願你們早晚努力不懈怠，以此永遠保持你們美好的德行與讚譽。

【註釋】賦也。斁，叶丁故反。夜，叶羊茹反。1振，是群飛貌。2鷺，是鷺鷥。3雝，是水澤。4客，是指微子，商王後，封宋。周室稱他為客。5彼，是彼國。6此，是此處。7斁，是厭。

【章旨】這章詩是微子來助祭的。說鷺鷥群飛在西雝的水澤裡，羽毛潔白。我客微子來此助祭，也有潔白的儀容。他在彼國裡無人恨他，在我這裡，亦無人厭他。庶幾夙夜不懈令儀，永遠得著令譽了。

【集傳】賦也。振，群飛貌。鷺，白鳥。雝，澤也。客，謂二王之後。夏之後杞，商之後宋，於周為客，天子有事膰焉，有喪拜焉者也。〇此二王之後，來助祭之詩。言鷺飛于西雝之水，而我客來助祭者，其容貌脩整，亦如鷺之潔白也。或曰：「興也。」〇彼，其國也。在國無惡之者。在此無厭之者。如是則庶幾其能夙夜，以永終此譽矣。陳氏曰：「在彼不以我革其命，而有惡於吾。知天命無常，惟德是與。其心服也，在我不以彼墜其命，而有厭於彼。崇德象賢，統承先王。忠厚之至也。」

【箋註】姚際恆曰：「振鷺于飛，于彼西雝」，全在意象之間，絕不著跡。

牛運震曰：頌中特見之清新恬雅。

## 振鷺一章八句。

【箋註】方玉潤曰：〈振鷺〉，微子來助祭也。

高亨曰：這篇是周王設宴招待來朝的諸侯時所唱的樂歌。

# 豐年

豐年多黍多稌1，亦有高廩2，
萬億及秭3。
為酒為醴，烝4畀5祖妣。
以洽6百禮，降福孔皆。

豐收的年頭，收穫了許多黍米與稻米，收藏在高大的倉庫中，數量豐富有萬億、數萬秭之多。以這些收穫的作物釀酒，又用這些酒來獻祭給先祖，能夠合乎各種的禮儀，神明就會降下鴻福。

**【註釋】**賦也。稌，音「杜」，皆叶舉里反。1稌，是稻。2高廩，是藏穀的倉屋。3億、秭，都是最多的數目。4烝，是進。5畀，是予。6洽，是備，7皆是遍。

**【章旨】**這章詩是秋冬報賽的樂歌。說豐年多黍多稻，人民收穫了，藏在倉屋裡有數萬億、數萬秭，真是多極了。於今備了酒醴，進奉先祖先妣，以備百樣的禮儀，神明降福，很是普及。

**【集傳】**賦也。稌，稻也。黍，宜高燥而寒。稌，宜下濕而暑。黍稌皆熟，則百穀無不熟矣。亦，助語辭。數萬至萬，曰億。數億至億，曰秭。烝，進。畀，予。洽，備。皆，徧也。○此秋冬報賽田事之樂歌。蓋祀田祖先農方社之屬也，言其收入之多，至於可以供祭祀備百禮，而神降之福將甚徧也。

**豐年一章七句。**

**【箋註】**陳奐曰：此秋冬報祭，亦必自上帝百神凡有功於穀實者徧祭之，而皆歌此詩。

# 有瞽

有瞽[1]有瞽，在周之庭。
設業[2]設虡[3]，崇牙[4]樹羽[5]。
應田[6]懸鼓[7]，鞉[8]磬[9]柷[10]圉[11]。
既備乃奏，簫[12]管[13]備舉。
喤喤[14]厥聲，肅雝[15]和鳴，
先祖是聽。
我客[16]戾止，永觀厥成[17]。

盲眼的樂官，聚集在周王宮中的庭院裡。

鐘架上掛著懸鐘的橫木，橫木上裝飾著雕飾與彩色的羽毛。

小鞞和大鼓都懸掛起來，鞉鼓、磬、柷、圉等樂器都排列揩來。

各色各樣的樂器都準備好了，還有簫、管等樂聲吹奏。

樂音響亮，肅穆而和諧，

這些演奏都是準備了讓先祖們降臨時欣賞的。

我的客人們到了，他們將參與祭祀，一直觀看到祭典終了。

**【註釋】**賦也。虡，音「巨」。鞉，音「桃」，柷，尺叔反。圉，音「語」。奏，叶音祖。喤，音「橫」。1瞽，是無目的樂官。2業，是鐘鼓的架子。3虡，是懸鐘的橫木。4崇牙，是橫木上做了牙口，懸鐘的部位。5樹羽，是建設五采羽毛，在崇牙的上面，應是小鞞。6田，是大鼓。7懸鼓，周室定制的懸鼓。8鞉，是小鼓，有柄有兩耳，持柄搖動，兩耳自能還擊。9磬是石磬。10柷，是起樂的木鼓，狀如漆桶，中有椎。11圉，是止樂器，狀如伏虎，背上有鉏鋙，二十七枚。12簫，是竹製樂器，編小管做成的。13管，是併兩管做成的樂器。14喤喤，是聲大。

15 肅雝，是整肅。16 客，是二王的後裔。夏後杞國，商後宋國，周室稱他為客。17 成，是樂畢。

【章旨】這章詩是成王始行祫祭的。說瞽目的樂官，在周庭奏樂，設了鐘架，架上有懸鐘的橫木，橫木上建了羽毛，有小鞞大鼓，周制的懸鼓，鞉鼓石磬。起樂的樂器，止樂的樂器，各樣的設備齊全了，然後奏簫管。有喤喤的大聲，有整肅的和聲，這都是奏給先祖聽的。我客二王的後裔，來助祭祀，永遠參觀我的禮樂。

【集傳】賦也。瞽，樂官無目者也。《序》以此為始作樂，而合乎祖之詩。兩句總序其事也。○業虡崇牙，見〈靈臺〉篇。樹羽，置五采之羽於崇牙之上也。應，小鞞。田，大鼓也。鄭氏曰：「田，當作朄。小鼓也。」縣鼓，周制也。夏后氏，足鼓；殷，楹鼓；周，縣鼓。鞉，如鼓而小，有柄兩耳。持其柄搖之，則旁耳還自擊。磬，石磬也。柷，狀如漆桶，以木為之，中有椎，連底挏之，令左右擊以起樂者也。圉，亦作「敔」。狀如伏虎，背上有二十七鉏鋙，刻以木，長尺，擽之以止樂者也。簫，編小竹管為之。管，如篴。併兩而吹之者也。我客，二王之後也。觀，視也。成，樂闋也。如簫韶九成之成。獨言二王後者，猶言虞賓在位，我有嘉客。蓋尤以是為盛耳。

【箋註】牛運震曰：開端「有瞽」云云，便有神人凝注光景。臚樂有次第有過節。「肅雝和鳴」精深雅鬯。「我客」句榮幸甚厚。全篇淨鍊之極，自然濃緻，亦古韻琅琅可誦。

## 有瞽一章十三句。

【箋註】糜文開、裴普賢曰：這是周公攝政六年制禮作樂，諸樂初成，大合奏於祖廟時特備的歌。

# 潛

猗與1漆沮，潛2有多魚。有鱣有鮪，鰷3鱨鰋鯉。以享以祀，以介景福。

啊，漆沮之水眞是美好啊，水中深藏著許多魚。有鱣魚，有鮪魚，還有鰷魚、鱨魚、鰋魚和鯉魚。把這些魚拿來當成是祭典中的牲品，祈求上天降賜鴻福。

【註釋】賦也。鮪，叶于軌反。祀，叶逸織反。福，叶筆力反。1猗與，是歎辭。2潛，是積柴養魚，使魚隱藏避寒，或作深藏的意思。3鰷是白鰷魚。

【章旨】這章詩是冬祭薦魚的。漆沮的水中深藏許多魚啊，有鱣有鮪，也有鰷鱨鰋鯉，各種的魚類。把它取來享祀寢廟，大我的福祿。

【集傳】賦也。猗與，歎辭。潛，槮也。○蓋積柴養魚，使得隱藏避寒，因以薄圍取之也。或曰：「藏之深也。」鰷，白鰷也。月令季冬命漁師始漁。天子親往，乃嘗魚。先薦寢廟，季春薦鮪于寢廟。此其樂歌也。

潛一章六句。

# 雝

有來雝雝[1]，至止肅肅[2]。
相[3]維辟公[4]，天子穆穆[5]。
於[6]薦廣牡[7]，相予肆[8]祀。
假[9]哉皇考[10]，綏予孝子[11]。
宣哲[12]維人，文武維后。
燕[13]及皇天，克昌[14]厥後，
綏我眉壽，介以繁祉[15]。
既右[16]烈考[17]，亦右文母[18]。

助祭的諸侯們態度莊敬和睦，來到宗廟，神情都很肅穆莊重。
諸侯們都來參加祭典，天子的姿態莊嚴肅敬。
啊，獻上很大的牲品，助祭的公卿們忙著排列祭品。
偉大的文王啊，請保佑您的兒子我。
您是如此的英明睿智，文功武略兼備。
向上可以感動上帝，向下能夠昌盛子孫，
能夠給予我長壽，賜給我們各種福氣。
我以此祭祀具有極大功業的父親文王，同時也祭祀我賢良的母親太姒。

**【註釋】**賦也。雝，與公叶。相，息亮反。辟，音「璧」。於，音「烏」。祀，叶養里反。考，叶音「口」。子，叶獎里反。天，叶鐵因反。壽，叶殖酉反。考，叶音口。母，叶滿彼反。1雝雝，是和。2肅肅，是敬。3相，是助祭。4辟公，是公侯。5穆穆，是天子的儀容。6於是歎辭。7廣牡，是大牲。8肆，是陳列。9假，是大。10皇考，是指文王。11孝子，是武王自稱。12宣哲，是通明。13燕，是安。14昌，是盛。15繁祉，是多福。16右，是尊。17烈考，是指文王。18文母，是指太姒，是專美太姒文德。不是因文王而稱。

**【章旨】**這章詩是武王祭文王的。他說，所來的諸侯，都是雝和莊敬的。公侯來助祭祀，天子便有儀容，何況更薦了大牲，助我陳列祭祀呢。大哉文王，必能安綏孝子。文王的德性通明，能盡人道，又兼文武，以備君德，上可安及皇，天下可昌大後嗣，又能綏我眉壽，助我多福，我既尊敬烈考文王，又當尊敬聖德文母。

【集傳】賦也。雝雝，和也。肅肅，敬也。相，助祭也。辟公，諸侯也。穆穆，天子之容也。○此武王祭文王之詩。言諸侯之來，皆和且敬，以助我之祭事，而天子有穆穆之容也。

於，歎辭。廣牡，大牲也。肆，陳。假，大也。皇考，文王也。綏，安也。孝子，武王自稱也。○言此和敬之諸侯，薦大牲，以助我之祭事。而大哉文王，庶其享之，以安我孝子之心也。○宣，通。哲，知。燕，安也。○此美文王之德。宣哲則盡人之道，文武則備君之德。故能安人，以及於天，而克昌其後嗣也。蘇氏曰：「周人以諱事神。」文王名昌，而此詩曰克昌厥後，何也？曰：「周之所謂諱，不以其名號之故，而遂廢其文也。」諱其名而廢其文者，周禮之末失也。○右，尊也。周禮所謂享右祭祀，是也。烈考，猶皇考也。文母，太姒也。○言文王昌厥後，而安之以眉壽，助之以多福，使我得以右於烈考文母也。

【箋註】牛運震曰：颯然而來，只開端二語摹出幽光靈響，讀之精神竦豎。「有來」至止，節奏泠泠。「雝雝」、「肅肅」，映切文考德性，妙。「穆穆」字深渾。「天子穆穆」正所謂秉文之德也。想到文母，儼然二親並坐孺慕承歡光景，極真摯極溫媚。如此收法最遒古。全篇音節遒壯，意象悚穆，全從深孝篤誠發出一段和愉祥藹之氣。

# 雝一章十六句。

【集傳】周禮樂師及徹，帥學士而歌徹。說者以為，即此詩。《論語》亦曰：「以雍徹。」然則此蓋徹祭所歌，而亦名為徹也。

【箋註】姚際恆曰：此武王祭文王徹時之樂歌。孔子曰「以雍徹」，可證。

高亨曰：這是周王祭祀宗廟後撤去祭品祭器時所唱的樂歌。

# 載見

載[1]見辟王，曰求厥章[2]。
龍旂[3]陽陽[4]，和鈴[5]央央[6]。
鞗革[7]有鶬，休[8]有烈光。
率見昭考[9]，以孝以享，
以介眉壽，永言保之，
思[10]皇[11]多祜。
烈文辟公，綏以多福，
俾緝熙[12]于純嘏。

諸侯來朝見君主，求取君王頒賜法度與典章。
他們的龍旗很鮮亮，馬鈴聲叮噹作響。
他們的馬轡首上的裝飾品發出鏘鏘的清脆聲，顯示他們輝煌的功業。
成王率領他們祭祀武王，表達孝思與貢獻祭品，
以求能夠享有長壽，能夠永遠保有這些福祿而不失去，
保有這些深邃宏大的福氣。
因為諸侯們前來協助祭祀，所以上天多多福賜，
我們能繼續享有上天給予的鴻福。

**【註釋】** 賦也。見，音「現」。央，音「秧」。鞗，音「條」。鶬，音「槍」。享，叶虛良反。嘏，叶音「古」。1載，當「則」字解。2章，是法度。3龍旂，是旂上畫了龍。4陽陽，是陽明。5和是馬上的鈴，鈴是旂上的鈴。6央央、有鶬，都是和聲。7鞗革，是轡革。8休是美。9昭考，

是指武王。10思，是語助詞。11皇，是大。12緝熙，是繼續。

【章旨】這章詩是諸侯入朝，助祭于武王寢廟的。他說諸侯來朝君王，是求君王法度典章的。他們來的時候，龍旂陽明，和鈴的聲音，同轡革的聲音，都是和平得很，實在很有功烈。朝見了成王，成王便率領他們來到武王的寢廟，孝享武王。對他們說道：「能大我的壽考，使我永遠保守天命，增加我的多福，都是諸侯來助祭祀、輔佑我的。所以我能安享無疆的幸福，繼續純嘏。」

【集傳】賦也。載，則也。發語辭也。章，法度也。交龍曰旂。陽，明也。軾前曰和，旂上曰鈴。央央有鶬，皆聲和也。休，美也，此諸侯助祭於武王廟之詩。先言其來朝稟受法度，其車服之盛如此。昭考，武王也。廟制，太祖居中，左昭右穆。周廟文王當穆，武王當昭，故書稱「穆考文王」。而此詩及〈訪落〉，皆謂武王為昭考。此乃言王率諸侯，以祭武王廟也。思，語辭。皇，大也，美也。○又言孝享以介眉壽，而受多福。是皆諸侯助祭有以致之，使我得繼而明之，以至於純嘏也。蓋歸德於諸侯之辭。猶烈文之意也。

【箋註】姚際恆曰：「以介眉壽」下，凡三句一韻，秦功德碑本此。牛運震曰：綏福歸功辟公，意極懇摯，猶烈文之旨也。

## 載見一章十四句。

【箋註】方玉潤曰：毛萇訓「載」為「始」，諸儒從者多，以下文率見昭考與首句相應故也。《彙纂》亦曰：「成王新即政，率是百辟見於昭廟以隆孝享。一以顯耆定之大烈彌光，一以彰萬國之歡心如一，有丕承王業，畏懷天下氣象。故曰始也。若泛言諸侯助祭，則烈祖有功德之廟多矣，何獨詣武王一廟而作此歌乎？」案此乃作後原大旨，亦存詩者之微意也。糜文開、裴普賢曰：這是成王初即位，諸侯來朝，始助祭於武王廟的詩。

# 有客

有客[1]有客，亦白[2]其馬。
有萋有且[3]，敦琢[4]其旅[5]。
有客宿宿[6]，有客信信。
言授之縶[7]，以縶其馬[8]。
薄言追之。
左右綏[9]之，既有淫[10]威[11]，
降福孔夷[12]。

有客來了，有客來了，客人騎著白馬而來。
他的隨從衆多，都是遴選出來的精英。
客人住了一夜，客人又住了第二夜。
得知客人要離去，主人拚命挽留，甚至把客人的馬匹拴住，不願讓他走。
客人走遠了還派人想要追回他。
左右安慰主人，說你的祭祀如此盛大，
上天必將降賜鴻福。

**【註釋】**賦也。馬，叶滿補反。敦，音「堆」。縶，音「執」。1客，是指箕子。箕子是殷朝太師，諫紂被囚。武王克商，箕子率五千人，避居朝鮮為君。2白是白色，殷人以白為貴。3有萋有且，鄒氏肇敏，以為籩豆豐盛貌。4敦琢，是圭玉。5旅是陳列。6宿宿、信信，是一宿再宿的意思。7授縶，是挽留。8縶馬，是繫著馬腳，不許客去的意思。9綏，是挽著車上的索子。10淫，是大。11威，是儀，或作天子的禮樂。12夷，是容易。

**【章旨】**這章詩是箕子來周祭祀祖廟的。說道有客箕子，乘著白馬，來到周室，祭祀祖廟。獻上豐盛的籩豆，陳列敦美的圭玉。武王挽留箕子住了兩夜，臨去的時候，甚至繫著他的馬，教人去追他回

來。左右的安慰他，對他說道，你既有了極大的禮儀，敬事祖廟，神明一定降福很多，並且容易。

【集傳】賦也。客，微子也。周既滅商，封微子於宋，以祀其先王。而以客禮待之，不敢臣也。亦，語辭也。殷尚白。脩其禮物，仍殷之舊也。萋且，未詳。《傳》曰：「敬慎貌。」敦琢，選擇也。旅，其卿大夫從行者也。○此微子來見祖廟之詩，而此一節，言其始至也。○一宿曰宿，再宿曰信。縶其馬，愛之不欲其去也。此一節，言其將去也。○追之，已去而復還之，愛之無已也。左右綏之，言所以安而留之者無方也。淫威，未詳。舊說，淫，大也。統承先王，用天子禮樂。所謂淫威也。夷，易也，大也。○此一節，言其留之也。

【箋註】姚際恆曰：「有客有客，亦白其馬」，起得翩然。

牛運震曰：就白馬生情，妙！「亦」字豔異之甚。「敦琢」字新。愛其馬，美其旅，襯托入妙。

## 有客一章十二句。

【箋註】牛運震曰：風致婉秀，絕似〈小雅〉。周家忠厚，微子高潔，此詩俱見。

高亨曰：這篇是諸侯或其大臣來朝，將要回國，周王設宴餞行時所唱的樂歌。

糜文開、裴普賢曰：蓋首節寫微子之來作客，所騎白馬係殷代所尚之潔白服色，隨從之盛多，皆精選之英俊；中節寫其逗留之久，欲去而又挽留之；末節寫其既去又追之使還，並安撫其左右、挽留不成，方祝福而送別。其禮遇之隆，情意之重如此。

# 武

**於[1]皇[2]武王，無競維烈。**
**允文文王，克開厥後。**
**嗣武受之，勝殷遏[3]劉[4]，**
**耆[5]定爾功。**

啊，偉大的武王，你的功業浩大，無人能夠與你能相比。
文王擁有美好的德行，開創了後世的基業。
武王繼承了文王的志業，戰勝殷商，制止了殺伐，因此成功的取得天下。

**【註釋】**賦也。於，音「烏」。耆，音「指」。1於，是歎辭。2皇，是大。3遏，是止。4劉，是殺。5耆，是致。

**【章旨】**這章詩是奏文武樂歌的。他說大哉武王，無人能勝你的功烈。實由文德的文王，開啟以後，武王繼嗣受命，克勝了殷商，遏止了殺伐，以致成功得了天下。

**【集傳】**賦也。於，歎辭。皇，大。遏，止。劉，殺。耆，致也。○周公象武王之功，為大武之樂。言武王無競之功，實文王開之，而武王嗣而受之。勝殷止殺，以致定其功也。

**【箋註】**牛運震曰：「遏劉」字深，所謂止戈為武也。

## 武一章七句，臣工之什十篇，十章一百六句。

**【集傳】**《春秋》傳，以此為〈大武〉之首章也。大武，周公象武王武功之舞，歌此詩以奏之。《禮》曰：「朱干玉戚，冕而舞大武。」然傳以此詩為武王所作，則篇內已有武王之謚，而其說誤矣。

**【箋註】**糜文開、裴普賢曰：〈武〉是讚美武王武功的頌歌。這頌歌的演奏，有音樂，有歌辭，也有舞蹈的配合，總稱為大武舞樂。

# 閔予小子之什

# 閔予小子

閔[1]予小子[2]，
遭家不造[3]，嬛嬛[4]在疚[5]。
於乎皇考[6]，永世克孝。
念茲皇祖，陟降庭[7]止。
維予小子，宿夜敬止。
於乎皇王，繼序[8]思不忘。

我是如此悲慘！
遭逢家門不幸，我孤單無依無靠。
嗚呼，先父武王，您終身盡孝，
一直思念著先祖文王，彷彿祖父還在屋裡上下往來走動一般。
如今小子我，也要早晚謹慎行事。
嗚呼，先父武王啊，我將繼承你的孝思不敢忘。

**【註釋】** 賦也。造，叶徂候反。嬛，音「煢」。疚，音「救」。於乎，音「烏呼」。考，叶祛候反。孝，叶呼候反。庭，叶去聲。1閔，是病。2小子，是成王自稱。3不造，是未成。4嬛同煢，是無所依附的意思。5疚，是病。6皇考，是指武王。7庭，是中庭。8繼序，是承繼孝思。

**【章旨】** 這章詩是成王祔武王神主于寢廟的。詩說，天實病我了，適逢皇考棄世，我家王業尚未成功，好像無所依附的人，呻吟病痛一個樣子。唉，皇考武王啊，你是永遠能孝的，你是常常念著皇祖文王，方在陟降中庭似的。我也必須夙夜的敬祀皇祖和皇考。唉，皇考啊，我將繼序你的孝思，永遠不忘。

**【集傳】** 賦也。成王免喪，始朝於先王之廟，而作此詩也。閔，病也。予小子，成王自稱也。造，成也。

嬛，與煢同。無所依怙之意。疚，哀病也。匡衡曰：「煢煢營在疚。」言成王喪畢思慕意氣未能平也。蓋所以就文武之業，崇大化之本也。皇考，武王也。歎武王之終身能孝也。〇皇祖，文王也。承上文，言武王之孝。思念文王，常若見其陟降於庭。猶所謂見堯於牆，見堯於羹也。楚辭云：「三公揖讓登降堂。」只與此文勢正相似。而匡衡引此句，顏注亦云：「若神明臨其朝庭是也。」〇皇王，兼指文武也。承上文言。我之所以夙夜敬止者，思繼此序而不忘耳。

【箋註】牛運震曰：開口一「閔」字，多少愴痛！「不造」猶言無祿，「遭家不造」二語，寫得孤怯蒼涼。只歎皇考之孝，悚慕惻動。「陟降庭止」一語，靈怳溫切，依依如目。終以永歎憔摯之思，含蓄無限！兩「於乎」頓挫憔篤，語語有孤危荒懼之神。

方玉潤曰：周家聖聖相承，家學淵源，不外一「敬」字。

糜文開、裴普賢曰：此詩以語意哀痛惕勵、誠益、真切勝。而全篇重心，在一「敬」字，與〈大雅・文王〉篇同。

## 閔予小子一章十一句。

【集傳】此成王除喪朝廟所作，疑後世遂以為嗣王朝廟之樂。後三篇放此。

【箋註】蔡邕曰：成王除武武之喪，將始即政，朝於廟之所歌也。

高亨曰：〈閔予小子〉、〈訪落〉、〈敬之〉、〈小毖〉四篇，似是一篇的四章，是周成王所作的悔過詩。成王在武庚等叛變以後，認識到自己懷疑周公的錯誤，因作這首詩，表示悔過，以告於文王武王宗廟。

糜文開、裴普賢曰：這〈閔予小子〉和以下〈訪落〉、〈敬之〉、〈小毖〉三篇，都是成王居父喪期滿，吉祭於武王之廟，告除喪時所作樂歌。

# 訪落

訪1予落2止，率3時昭考4。
於乎悠5哉！
朕未有艾6，將予就7之，
繼猶判渙8。
維予小子，未堪家多難9。
紹10庭上下，陟降厥家。
休矣皇考，以保明11其身。

我在問政的初期訪問群臣，要遵循先王之道行事。
哎呀，那是多麼艱難遠大的道理啊！
我的才幹不足，只能竭盡個人努力去做，
繼承先父的功業，將分散者收攏以求完美。
想我這樣一個年輕人，實在不堪忍受家中多災多難的打擊。
懇求父祖等先靈經常降下，在門庭中來去。
偉大的先父武王啊，請保佑我能將您的功業發揚光大。

**【註釋】**賦也。1訪，是訪問。2落，是起首。3率，是循。4昭考，是指武王。5悠，是道遠。6艾，是盡。7就，是相就。8判渙，是分散。9多難，是暗指管蔡流言。10紹，是繼。11保明，是安顯。

**【章旨】**這章詩是成王即政告廟，延訪群臣的。他說我初時即政，即便延訪群臣，遵循昭考的道理。昭考的道理很遠啊，我不能盡學啊。我雖竭力湊就，承繼他的德業，尚且分散不合，何況我是個小子，何堪遇著家中多難呢。但願昭考上下中庭，陟降在家，庶可仗皇考的神明，保佑我的身躬。

**【集傳】**賦也。訪，問。落，始。悠，遠也。艾，如夜未艾之艾。判，分。渙，散。保，安。明，顯也。

○成王既朝於廟。因作此詩，以道延訪群臣之意。言我將謀之於始，以循我昭考武王之道。然而其道遠矣，予不能及也，將使予勉強以就之。而所以繼之者，猶恐其判渙而不合也。則亦繼其上下於庭陟降於家，庶幾賴皇考之休，有以保明吾身而已矣。

【箋註】姚際恆曰：「將予就之，繼猶判渙」，多少宛轉曲折。

牛運震曰：俯仰跌頓，幽邃靈悚，數十字中，多少開合轉折。陡然一歎，慯動深遠。「朕未有艾」，作窮蹙語，是求助真情懇結處。「將予就之」云云，所謂欲從末由也。寫得微至靈悅，有情有景，離合閃忽，非親歷不能道。「昭庭上下」倒句古，又插入皇考，寫得精神飛越。

## 訪落一章十二句。

【集傳】說同上篇。

【箋註】姚際恆曰：此成王既除喪，將始即政而朝于廟，以咨群臣之詩。

高亨曰：這篇也是周成王所做的悔過告廟的詩。

# 敬之

敬之敬之，天維顯思，命不易哉。無曰：「高高在上。」

謹慎小心哪謹慎小心哪！上天的道理是很明顯的，然而想要保住天命，卻極不容易。別說：「天高高在上，不知道人間的事。」其實祂經常降下，日日注視著我們的言行。我這樣的年輕人，做事哪能不小心恭敬？

陟降厥士3，日監在茲。
維予小子，不聰敬止？
日就月將4，
學有緝熙于光明。
佛5時仔6肩，示我顯德行。

但願日有所就，月有所成，
學習能承繼先王的志業。
希望諸位大臣都能輔佐我，教導我光明的德行。

【註釋】賦也。思，叶新夷反。哉，叶獎里反。茲，叶津之反。子，叶獎里反。明，叶謨郎反。佛，音「弼」。行，叶戶郎反。1顯是明。2思是語助詞。3士，當作「事」字解。4將是進。5佛是輔助。6仔肩，是担任。

【章旨】這章詩是成王自箴的。他說我必須勉力恭敬，天道是很明顯，天命也不易保。休說天高在上，不及我們，要知道祂是常常陟降，在我們做事的地方，沒有那一天祂不臨監的。況且我又不明恭敬的道理，應該怎樣日就月進，學習先王的道理，繼承先王的光明呢？但願群臣們輔助我，代我担負一些責任，指示我的顯明德行。

【集傳】賦也。顯，明也。思，語辭也。士，事也。○成王受群臣之戒，而述其言曰：「敬之哉敬之哉，天道甚明，其命不易保也。無謂其高而不吾察，當知其聰明明畏，常若陟降於吾之所為，而無日不臨監於此者。不可以不敬也。」
將，進也。佛，弼通。仔肩，任也。○此乃自為答之言曰：「我不聰而未能敬也，然願學焉，庶幾日有所就，月有所進，續而明之，以至於光明。又賴群臣輔助我所負荷之任，而示我以顯明之德行，則庶乎其可及爾。」

【箋註】姚際恆曰：「天維顯思，命不易哉」，直起，妙！牛運震曰：「敬之敬之」，疊呼危悚，便覺通篇精神。

敬之一章十二句。

【箋註】姚際恆曰：此群臣答訪落之意而成王又答之也。

## 小毖

予其懲1，而毖2後患。
莫予荓3蜂4，自求辛螫5。
肇6允7彼桃蟲8，拚9飛維鳥。
未堪家多難，予又集于蓼10。

我應該以管蔡之禍而自誡，避免再釀大患。不要讓它成爲毒蜂，自找被螫的痛苦。剛開始以爲它不過是一隻小鳥，誰知到後來竟畜養成了凶猛的大鳥。實在不堪忍受家國之中多災多難的打擊，我就像是處在苦境中一般的痛苦。

【註釋】賦也。荓，音「俜」。螫，音「釋」。拚，音「翻」。蓼，音「了」。1懲，是自戒。2毖，是慎。3荓，當「使」字解。4蜂，是黃蜂，尾有毒能刺人。5辛螫是受毒。6肇，是始。7允，是信。8桃蟲，是小鳥。9拚同「翻」。10蓼，是苦草。

【章旨】這章詩是成王懲於管蔡的禍患，作詩自儆的。他說我因管蔡的禍患，懲戒已往，謹防後來。管蔡流言，我沒有及早戒備，這不是自使毒蜂刺我，自求受毒嗎？我於今方信桃蟲小鳥，能夠變成翻飛的大鳥了。小惡不早治，終要變成大惡。我何堪遭逢這樣的多難，又是常處苦境呢。

【集傳】賦也。懲，有所傷而知戒也。毖，慎。荓，使也。蜂，小物而有毒。肇，始。允，信也。桃蟲，鷦鷯，小鳥也。拚，飛貌。鳥，大鳥也。鷦鷯之雛，化而為鵰。故古語曰：「鷦鷯生鵰。」言始小而終大也。蓼，辛苦之物也。○此亦〈訪落〉之意。成王自言，予何所懲，而謹後患乎。荓蜂而得辛螫，信桃蟲而不知其能為大鳥。此其所當懲者，蓋指管蔡之事也。然我方幼沖，未堪多難，而又集于辛苦之地。群臣柰何舍我而弗助哉。

【箋註】姚際恆曰：憤懣、蟠鬱，發為古奧之辭，偏取草蟲作喻，以見姿致，尤奇。

牛運震曰：一句一折，一聲一痛，披瀝之辭，動人惻隱。三喻錯出，奇極！語語為親者諱，卻自躍然可想。至誠深切，雖隱文諱辭，意思自然明透。不得以艱僻目之。沉痛慘切，居然鴟鴞之志。鍾惺云：「創鉅痛深，傷弓之鳴。」古拗奧闢，此為絕調。

方玉潤曰：筆意清矯，思致纏綿，四詩實出一手。至今讀之，令人想見其憂深慮遠，道醇術正氣象。

## 小毖一章八句。

【集傳】蘇氏曰：「小毖者，謹之於小也。謹之於小，則大患無由至矣。」

【箋註】姚際恆曰：此為成王既誅管、蔡之後，自懲以求助群臣之詩。

# 載芟

載芟[1]載柞[2]，其耕澤澤[3]。
千耦其耘[4]，徂隰[5]徂畛[6]。
侯主[7]侯伯[8]，侯亞[9]侯旅[10]，
侯彊[11]侯以[12]。
有嗿[13]其饁，思媚[14]其婦，
有依[15]其士[16]。
有略[17]其耜，俶[18]載南畝，
播厥百穀，實函[19]斯活[20]。
驛驛[21]其達[22]，有厭[23]其傑[24]。
厭厭[25]其苗，緜緜[26]其麃[27]。
載穫濟濟[28]，有實[29]其積[30]，
萬億及秭。
為酒為醴，烝畀祖妣，
以洽百禮。

---

去除了田地的雜草與樹木，耕鬆土塊。
上千對農夫在田地間耕耘，往來於田地間與田埂上。
一家之長啊、長子啊，次子和其他孩子們都來了，
還有來幫忙的工人與僕役們。
到了吃飯的時候，家人們送飯到田地間，婦人送飯來，丈夫歡喜迎接，
而妻子也表現出對丈夫的情意。
耕作的農具很鋒利，吃完飯接著耕種南邊的田地。
將百穀的種子灑在田地間，種子承受了水土的滋潤而顯出生機。
田地間長出細密而多的幼苗，剛長出來的禾苗特別漂亮。
待苗兒都長齊後，仔細除草、清理，收穫非常豐盛。
收成高高的堆積在田野間，收穫成萬成億之數。
趕緊釀酒，製作美味的菜餚以祭祀祖先，
舉行百種禮節。
酒食的氣味芳香撲鼻，是家族的光榮。
酒香馥郁，是老人們的享受。
豐收不僅於此地，豐收也不只有今年如此，
而是自古以來，都是這樣的。

有飶31其香，邦家之光。有椒其馨，胡32考之寧。匪且有且，匪今斯今。振33古如茲。

【註釋】賦也。柞，音「窄」，叶疾各反。澤，叶徒洛反。畛，音「真」。嗿，他感反。饁，音「曄」。耜，叶養里反。畝，叶滿委反。活，叶呼酷反。達，叶佗悅反。麃，表驕反。積，音「漬」，叶上聲。飶，音「邲」。1芟，是除草。2柞，是除木。3澤澤，是鬆動土塊。4耘，是耘田。5隰，是田下。6畛，是田畔。7主，是家長。8伯，長子。9亞是叔亞。10旅，是眾子弟。11彊，是助。12以，是傭助。13嗿，是眾人飲食聲。14媚，是順。15依，是愛。16士，是夫。17略，是利。18俶，是始。19函，是含。20活，是生。21驛驛，是苗生貌。22達，是發。23厭，是氣足。24傑，是壯茂。25厭厭，是苗多貌。26緜緜，是細密貌。27麃，是耘。28濟濟，是人眾貌。29實，是積的穀實。30積，是露積。31飶，是芬香。32胡，是壽。33振。是「自」字解。

【章旨】這章詩是春祈社稷的。他說農民除草除木，耕鬆田中的土塊。來到田畔工作的，有家長，有長且，有叔亞，有眾子弟，有助工的，有傭工的。到了吃飯的時候，眾人的食聲嘈雜，夫婦交相喜愛。吃完了飯，各人挪了鋒利的農具，又重行開始耕種。播種百穀的種子，種子含了生氣了，萌芽出土了，氣足而且壯茂，禾苗出的很多，耘田的功夫細密，收穫的人眾。都把穀食露積在野外，成萬成億的，不知道有多少。好為農民做酒食，祭祀先祖先妣，更做百種的禮儀。祭祀的酒食芬香，也是邦家的榮光。椒酒馨香，能養老人的壽考安寧。這樣的豐年收足，不但此地是這樣的，不但今天是這樣的，自古以來，都是這樣的。

【集傳】賦也。除草曰芟，除木曰柞。秋官柞氏，掌攻草木是也。澤澤，解散也。○耘，去苗閒草也。隰，為田之處也。畛，田畔也。○主，家長也。伯，長子也。亞，仲叔也。旅，眾子弟也。彊，民之有餘力，而來助者。遂人所謂以彊予任甿者也。能左右之曰以。太宰所謂閒民轉移執事者。若今時傭力之人，隨主人所左右者也。噲，眾飲食聲也。媚，順。依，愛。士，夫也。言餉婦與耕人相慰勞也。略，利。俶，始。載，事也。○函，含。活，生也。既播之，其實含氣而生也。○驛驛，苗生貌。達，出土也。厭，受氣足也。傑，先長者也。○緜緜，詳密也。麃，耘也。○濟濟，人眾貌。實，積之實也。積，露積也。○飶，芬香也。未詳何物。胡，壽也。以燕享賓客，則邦家之所以光也。以共養耆老，則胡考之所以安也。○且，此。振，極也。言非獨此處有此稼穡之事，非獨今時有今豐年之慶，蓋自極古以來，如此矣。猶言自古有年也。

【箋註】姚際恆曰：寫一家及工作人儼然在目。

牛運震曰：開端耕耘雙提，下分應之，章法井然。媚婦依士參入情豔語，春氣盎然，栩栩活態。一「噲」字寫出野人聲情。實函斯活，筆底化育，極其微妙。「驛驛」、「緜緜」字法密緻，結法古勁，亦有別態。全篇樸直自然，有閒情有大體。

方玉潤曰：一家叔伯以及傭工婦子共力合作，描摹盡致，是一幅山家樂圖。

## 載芟一章三十一句。

【集傳】此詩未詳所用，然辭意與〈豐年〉相似，其用應亦不殊。

【箋註】高亨曰：這是周王在秋收以後，用新穀祭祀宗廟時所唱的歌。

糜文開、裴普賢曰：這是一篇描寫農田耕耘之歌。

# 良耜

畟畟良耜[1]，俶載南畝。
播厥百穀，實函斯活[2]。
或來瞻女[3]，載筐及筥，
其饟[4]伊黍。
其笠[5]伊糾[6]，其鎛[7]斯趙[8]，
以薅[9]荼蓼[10]。
荼蓼朽[11]止，黍稷茂止。
穫之挃挃[12]，積之栗栗[13]。
其崇如墉[14]，其比[15]如櫛[16]。
以開百室[17]，百室盈止，
婦子寧止。
殺時犉牡[18]，有捄[19]其角。
以似以續[20]，續古之人。

---

農夫拿著銳利的農具，在南田掘土。
將百穀種子播撒在田地間，種子受水土之氣潤澤而有了生機。
家裡的人將飯食送稻田地裡，以方形的筐與圓形的筥裝盛，
送來的食物是黍米煮成的飯。
飯後繫好斗笠，舉起鋤頭除草，
將田地裡的野草都清除乾淨。
田地裡的野草、水邊的野草都清除乾淨，黍稷才能生長茂盛。
黍稷成熟後，收割的聲音「挃挃」響，收穫下來的作物大量堆積。
堆得高高的，有如城牆一般高，緊密相連著，又彷彿如梳子一樣的密集。
打開百間的倉庫儲存這些收穫，大量的穀糧將百間倉庫通通塞滿，
家中的婦孺因爲糧食足夠，生活才能平安。
收穫後，宰殺黑脣黃牛做爲獻祭，黃牛的牛角又彎彎。
以此來奉祀先人，繼承祖業，繼續先人的香火永不斷絕。

【註釋】賦也。畟，音「測」。耜，叶養里反。畝，叶滿委反。活，叶呼酷反。饟，式亮反。糾，叶其了反。鎛，音「博」。薅，音「高」。茂，叶莫口反。挃，音「窒」。捄，音「求」。角，叶盧谷反。1畟畟，是鋒利。2函、活，是含氣生活。3瞻女，是饁汝。4饟，是送飯。5笠，是箬帽。6糾，是纏束。7鎛，是鋤草的農具。8趙，是鋤。9薅，是去。10荼、蓼，都是草名。11朽，是爛。12挃挃，是割稻的響聲。13栗栗，是密固。14墉，是城牆。15比，是密。16櫛，是髮梳。17百室，是一族的人。18犉牡，是黑唇的黃牛。19捄，是彎曲。20續，是繼續先祖以奉祭祀。

【章旨】這章詩是秋報社稷的。他說自從農人負了鋒利的農具，耕種南畝，播了百穀的種子，種子含新生活了。婦子送饁來與我，載了滿筐滿筥的飯食，送給我吃。我吃過了飯，重復纏戴我的箬帽，用我的農具鋤田去草。草爛了，黍稷茂盛了，收穫的人聲嘈雜，穀實堆積得密而且固，好像城牆一般的高大，好像髮梳的密茂。一族的人互相幫助，同時都已收穫得豐足了。婦人子女，很是安寧的，宰殺黑唇彎角的黃牛，繼續先人以奉祭祀。

【集傳】賦也。畟畟，嚴利也。或來瞻女，婦子之來饁者也。筐筥，饟具也。糾然，笠之輕舉也。趙，刺。薅，去也。荼，陸草。蓼，水草。一物而有水陸之異也。今南方人，猶謂蓼為辣荼。或用以毒溪取魚。即所謂荼毒也。毒草朽，則土熟而苗盛。挃挃，穫聲也。栗栗，積之密也。櫛，理髮器。言密也。百室，一族之人也。五家為比，五比為閭，四閭為族。族人輩作相助，故同時入穀也。盈，滿。寧，安也。黃牛黑唇曰「犉」。捄，曲貌。續，謂續先祖以奉祭祀。

【箋註】牛運震曰：田家樸陋事，寫來韻甚。祇是敘饁事，空中插「或來瞻女」四字便覺神情飛動。或字虛用，不言婦子，妙。「其笠伊糾」畫態，絕妙耕田圖。挃挃栗栗刻畫精鑿，如櫛亦自奇想。「有捄其角」點染亦佳，偏有閒筆。結法篤厚高逸。

良耜一章二十三句。

【集傳】或疑，〈思文〉、〈臣工〉、〈噫嘻〉、〈豐年〉、〈載芟〉、〈良耜〉等篇，即所謂豳頌者。其詳見於〈豳風〉及〈大田〉篇之末。亦未知其是否也。

【箋註】牛運震曰：此詩及〈載芟〉詠田家事與風雅同，別有一段谿直蒼穆之氣，此所以為頌體也。質而秀，較〈載芟〉神致更充悅。〈載芟〉詳耕略耘，〈良耜〉詳耘略耕；〈載芟〉言穫積略；〈來耜〉言穫積詳；〈載芟〉言酒醴，〈良耜〉言牲。此二詩變換處。

## 絲衣

絲衣1其紑2，載3弁4俅俅5。
自堂徂基6，自羊徂牛。
鼐鼎及鼒7，
兕觥其觩，旨酒思柔。
不吳8不敖，胡9考之休。

穿著潔白的祭袍，頭戴祭冠，態度恭順。
從廟堂到臺階一一檢視，把祭祀用的羊和牛也都細細清點。
將祭祀用的大鼎和小鼎依序排列，
牛角杯子彎彎，美味的醇酒口感柔和。
祭祀時，不喧嘩、不怠慢，才能得到長壽的幸福。

【註釋】賦也。紑，孚浮反。鼒，叶津之反。俅，音「求」。吳，音「話」。1絲衣，是祭服。2紑，是潔貌。3載，是戴。4弁，是爵弁。5俅俅，是恭順貌。6基，是階。7鼐，是大鼎。鼒。是小鼎。8吳，是喧嘩。9胡，作「壽」字解。

【章旨】這章詩是繹祭飲酒的。他說主祭人著了潔淨的祭服。戴了恭順的祭冠。自從堂上以至基階。先視祭羊。後視祭牛。陳列了大鼎小鼎。兕觥是彎曲的。旨酒是柔的。飲酒的人。不喧嘩。不驕傲。所以能得壽考的幸福。

【集傳】賦也。絲衣，祭服也。紑，潔貌。載。載也。弁爵，弁也，士祭於王之服。俅俅，恭順貌。基，門塾之基。鼐，大鼎。鼒，小鼎也。思，語辭柔和也。吳，譁也。○此亦祭而飲酒之詩。言此服絲衣爵弁之人，升門堂視壺，濯籩豆之屬，降往于基告，濯具又視牲，從羊至牛，反告充已。乃舉鼎冪告潔，禮之次也，又能謹其威儀，不諠譁，不怠傲，故能得壽考之福。

【箋註】牛運震曰：序禮儀有法度，文約而節密。

# 絲衣一章九句。

【集傳】此詩或紑俅牛觩柔休並叶基韻，或基鼒並叶紑韻。

【箋註】高亨曰：這是周王舉行養老之禮所唱的樂歌。

程俊英曰：這是周王祭神的歌舞詩。所祭何神，很難確定，古說不一，皆無確證，只得存疑。

傅斯年曰：〈載芟〉是耕耘，〈良耜〉乃收穫，〈絲衣〉則收穫後燕享，三篇合起來有如〈七月〉。〈絲衣〉一章，恰像〈七月〉之辭，不過〈七月〉是民歌，此應是稷田之舞。

糜文開、裴普賢曰：這是收穫後燕享之詩。

# 酌

於1鑠2王師，遵3養時晦。
時純熙4矣，是用大介5。
我龍6受之，蹻蹻7王之造8。
載9用有嗣，實維爾公10允11師。

啊！王師的軍容壯盛，養精蓄銳以等待時機到來。待到時機純熟光明的時候，才動員甲兵大展神威。武王寵受天命，都是武王的德威所致。後代繼承武王基業的子孫們，將以武王的功業爲效法的表率。

**【註釋】**賦也。於，音「烏」。鑠，音「爍」。蹻，音「矯」。造，叶祖侯反。嗣，叶音祠。1於，是歎辭。2鑠，是盛。3遵，是循。4熙，是光。5介，是甲。6龍，是寵。7蹻蹻，是武貌。8造是作為。9載，當「則」字解。10公，是功事。11允，是信。

**【章旨】**這章詩是美武王能酌時宜的。他說武王初有眾盛的師旅，他不肯輕用，隨時退居養晦，待到時機純熟了，光華滿足了，然後方用兵甲。寵受天命，蹻蹻武王的作為，凡是用嗣基業的，當取你的事實為師。

**【集傳】**賦也。於，歎辭。鑠，盛。遵，循。熙，光。介，甲也。所謂一戎衣也。龍，寵也。蹻蹻，武貌。造，為。載，則。公，事。允，信也。○此亦頌武王之詩。言其初有於鑠之師而不用，退自循養，與時皆晦。既純光矣，然後一戎衣而天下大定。後人於是寵而受此蹻蹻然王者之功。其所以嗣之者，亦維武王之事是師爾。

**【箋註】**姚際恆曰：句雄健。

酌一章八句。

【集傳】酌，即勺也。內則十三舞勺，即以此詩為節而舞也。然此詩與賚般，皆不用詩中字名篇，疑取樂節之名，如曰「武宿夜」云爾。

## 桓

綏[1]萬邦。屢豐年。
天命匪解。
桓桓[2]武王。保有厥士[3]。
于以四方。克定厥家[4]。
於昭于天，皇以閒[5]之。

武王平定了萬邦，又接連慶收豐年，上天賜予的天命不曾間斷。武王眞是英武啊，能夠得到有才卿士們的相助，征討四方，安定國家。啊，他的功業昭顯於天地之間，所以上天以周取代殷商的傳承。

【註釋】賦也。屢，音「慮」。解，音「懈」。於，音「烏」。1綏，是安。2桓桓，是武貌。3士，是戎士。4家，是國家。5閒，當作「配」字解。

【章旨】這章詩是祀武王於明堂的。他說武王平定了萬邦，屢次遇著豐年，這都是天命于周，久而不厭的緣故啊。桓桓的武王，他能保全戎士，征討四方，克定了國家。他的功德上昭于天，真能和天合參啊。

【集傳】賦也。綏，安也。桓桓，武貌。○大軍之後，必有凶年。而武王克商，則除害以安天下。故屢獲豐年之祥。傳所謂「周饑，克殷而年豐」，是也。然天命之於周，久而不厭也。故此桓桓之武王，保有其士，而用之於四方以定其家。其德上昭于天也。閒字之義未詳。《傳》曰：「閒，代也。」言君天下，以代商也。此亦頌武王之功。

【箋註】牛運震曰：開端二語氣局和大，看他武功詩卻如此起法，「克定厥家」所謂以天下為家也。旋乾轉坤只以家事言之，妙。

桓一章九句。

【集傳】《春秋傳》以此為〈大武〉之六章，則今之篇次，蓋已失其舊矣。又篇內已有武王之謚，則其謂武王時作者亦誤矣。《序》以為講武類禡之詩，豈後世取其義而用之於其事也歟。

## 賚

文王既勤止，我應[1]受之，
敷[2]時[3]繹[4]思。
我[5]徂維求定，時周之命。
於[6]繹思。

文王辛勤創下功業，我繼承他的遺志，使之繼續發展永無止境。
我去討伐殷商以求天下安定，這是周所承受的天命。
努力不斷將德政廣布天下。

【註釋】賦也。1應，是應當。2敷，是布陳。3時當「是」字解。4繹，是繼續。5我，是武王自稱。

6於，是歎辭。

【章旨】這章詩是武王克商，歸告大廟的。他說文王的功德，既極勤勞，我子孫自應受享其福。他能布施德政，繼續不絕，不敢絲毫怠惰。我去伐殷，不是貪得他的天下，只求安定天下。我周室所以能受命的，是繼續不絕布施德政啊。

【集傳】賦也。應，當也。敷，布。時，是也。繹，尋繹也。於，歎辭。繹思，尋繹而思念也。○此頌文武之功，而言其大封功臣之意也。言文王之勤勞天下至矣。其子孫受而有之。然而不敢專也。布此文王功德之在人，而可繹思者，以賚有功，而往求天下之安定。又以為凡此皆周之命，而非復商之舊矣。遂歎美之，而欲諸臣受封賞者，繹思文王之德而不忘也。

【箋註】牛運震曰：此明示以周當有天下之故而風勸之，直是一則檄勅，凜然懔然。寥寥六語不必盡其辭，已括諸誓誥之旨。坦白光明中藏雄武之氣，一時英雄佐命，可泣可愕。

**賚一章六句。**

【集傳】《春秋傳》以此為〈大武〉之三章，而《序》以為大封於廟之詩。說同上篇。

【箋註】姚際恆曰：此武王初克商，歸祀文王廟，大告諸侯所以得天下之意也。

## 般

於皇時周，陟其高山。
嶞[1]山喬[2]嶽，允[3]猶[4]翕河[5]。

啊，周王眞是偉大極了，他攀登上高山頂端。
山巒既高且長，河流湍急而險。

敷天之下，裒6時之對7，時周之命。

四海的諸侯都聚集在這裡頌揚，見證周王獲得上天賜予的天命。

【註釋】賦也。於，音「烏」。隮，音「惰」。翕，音「吸」。裒，音「杯」。1隮，是狹長。2喬，是高。3允，是信。4猶，同由。5翕河，是合流的大河。6裒，是聚。7對，是答。

【章旨】這章詩是武王巡狩祭祀河嶽的。他說大哉周王啊，你升登高山，去祭山嶽，山嶽更見狹長高峻；你渡水祭水，河流真能從此翕合眾流，沒有泛溢的禍患。可見天下的諸侯人民，都要聚在你這裡，答稱你的美德，聽從周室的命令了。

【集傳】賦也。高山，泛言山耳。隮，則其狹而長者。喬，高也。嶽，則其高而大者。允猶，未詳。或曰：允，信也。猶，與由同。翕河，河善泛溢。今得其性。故翕而不為暴也。裒，聚也。對，答也。○言美哉此周也，其巡守而登此山，以柴望。又道於河以周四嶽，凡以敷天之下，莫不有望於我，故聚而朝之方嶽之下，以答其意耳。

【箋註】姚際恆曰：「隮喬嶽，允猶翕河」，寫得精彩。
牛運震曰：短調大氣魄，有山立雷鬱之概。

## 般一章七句。

## 閔子小子之什十一篇，十一章，一百三十六句。

【集傳】〈般〉義，未詳。

【箋註】姚際恆曰：此則初克商，巡守柴望嶽、瀆，告所以得天下之意，固在〈時邁〉之先也。

# 魯頌

魯是國名，是少昊的舊墟，在禹貢徐州蒙羽的原野，成王封給了周公的長子伯禽。周公有大功於天下，所以賜他的天子禮樂，魯國因此有頌以為廟樂。其後魯人又自作詩美君，也是稱為頌。舊說多以為是伯禽的十九世孫，僖公的詩篇，但是沒有考據。不過詩中的〈閟宮〉一篇，實在是僖公的詩。《集傳》以為他的詩僭，夫子何必存留？又說他的詩是當時事實，不是全頌天子，並且還有先王的禮樂教化，其文宜有可取。夫子因其實著，不敢掩其是非，也是春秋寓意。姚氏際恆辨駁他，以為魯頌究有何非何失，應該刪削？魯人作詩頌君，怎樣為僭？今《集傳》以為夫子存魯頌，是春秋寓意，不但冤魯，亦且冤枉夫子了。按姚氏辨駁《集傳》，雖然痛快，尚不能盡魯頌的意義。因為頌的體裁，本是歌頌功德的。天子的功德隆盛，所以歌頌天子，如果諸侯功德隆盛，也未嘗不能歌頌。魯頌並非詩僭，亦非無大功德，實是頌體變易的緣故。不然何以不頌周公的功德，獨存庸常無奇的僖公呢？又況三百篇並非定自夫子，何以要說夫子不加刪削，寓了春秋的意思呢？

# 駉

駉駉1牡馬，在坰2之野。
薄言駉者，有驈3有皇4，
有驪5有黃6，以車彭彭7。
思無疆8，思馬斯臧9。

肥壯的公馬，放牧在郊野上。
這些肥壯的馬兒，有黑身白腿的，也有黃白兩色相間的，
有通身都是黑色的，也有黃馬，這些馬兒駕起車來氣勢壯觀。
他的心思遠大，想要養馬就能把馬匹養得很好。

**【註釋】**賦也。駉，音「扃」。馬，叶滿補反。坰，音「扃」。野，叶上與反。者，叶意與反。驈，音「聿」。驪，音「離」。彭，叶鋪郎反。1駉，是肥壯貌。2坰，是郊野以外。3驈，是白跨的驪馬。4皇，是黃白馬。5驪，是黑馬。6黃，是黃馬。7彭彭，是車盛貌。8無疆，是不盡。9臧是善。

**【章旨】**這章詩是說魯公牡馬的美盛，喻他能育賢的。詩說，肥壯的牡馬，牧放在郊野。單是肥壯的牡馬，有驈有皇，有驪有黃，可見他的車馬眾盛了。他的心思很遠，所以要想育馬，馬就養得好。

**【集傳】**賦也。駉駉，腹幹肥張貌。邑外謂之郊。郊外謂之牧。牧外謂之野。野外謂之林。林外謂之坰。驪馬白跨曰驈。黃白曰皇。純黑曰驪。黃騂曰黃。彭彭，盛貌。思無疆，言其思之深廣無窮也。臧，善也。○此詩言僖公牧馬之盛，由其立心之遠。故美之曰：「思無疆，則思馬斯臧矣。」衛文公秉心塞淵而騋牝三千，亦此意也。

**【箋註】**牛運震曰：牧馬在坰，馬既得所又不妨民田，此即思慮之遠處。

駉駉牡馬，在坰之野。薄言駉者，有騅1有駓2，有騂3有騏4，以車伾伾5。思無期6，思馬斯才7。

肥壯的公馬，放牧在郊野上。
這些肥壯的馬兒，有的是蒼白雜色的，也有黃白雜色相間的，
還有赤中帶黃的和青黑色的馬匹，這些馬兒駕起車來氣力十足，
他的心思遠大，想要養馬就能把馬匹養得俊偉有力。

**【註釋】**賦也。騅，音「佳」。駓，音「丕」。才，叶前西反。1騅，是蒼白雜色的馬。2駓，是黃白雜色的馬。3騂，是赤黃色的馬。4騏是青黑色的馬。5伾伾，是有力。6無期，是無限。7才，是材力。

**【集傳】**賦也。倉白雜毛曰騅，黃白雜毛曰駓，赤黃曰騂，青黑曰騏。伾伾，有力也。無期，猶無疆也。才，材力也。

駉駉牡馬，在坰之野。薄言駉者，有驒1有駱2，有騮有雒3，以車繹繹4。思無斁5，思馬斯作6。

肥壯的公馬，放牧在郊野上。
這些肥壯的馬兒，有毛色純黑參雜白紋的，有毛色純白帶著黑鬃的，
有純赤帶著黑鬃的，還有純黑帶著白鬃的馬匹，這些馬兒腳力好，駕起車來善走不停歇。
他的心思遠大，想要養馬就能把馬匹養得奮勇有力。

【註釋】賦也。驒，音「馱」。駵，音「留」。繹，叶弋灼反。斁，叶弋灼反。1驒，是青驪有驎的馬。2駱，是白馬黑鬣。3雒，是黑身白鬣。4繹繹，是連綿不絕。5斁，是厭。6作，是奮勇。

【集傳】賦也。青驪驎曰驒，色有深淺班駁，如魚鱗。今之連錢驄也。白馬黑鬣曰駱，赤身黑鬣曰駵，黑身白鬣曰雒。繹繹，不絕貌。斁，厭也。作，奮起也。

**駉駉牡馬，在坰之野。**
**薄言駉者，有駰1有騢2，**
**有驔3有魚4，以車祛祛5。**
**思無邪，思馬斯徂6。**

肥壯的公馬，放牧在郊野上。
這些肥壯的馬兒，有黑白雜色的，有赤白雜色的，
有白色的長毛馬，也有兩眼周圍生白毛的馬匹，這些馬兒駕起車來體健強壯。
他的心思遠大，想要養馬就能把馬匹養得非常美好。

【註釋】賦也。駰，音「因」。騢，音「遐」，叶洪孤反。驔，音「簟」。祛，音「區」。邪，叶祥余反。1駰，是陰白雜色的馬。2騢，是紅白雜色的馬。3驔，是豪骭馬。4魚，是魚目馬。5祛祛，是強壯。6徂是行。

【章旨】這三章詩是和上章一樣的解法。

【集傳】賦也。陰白雜毛曰駰。陰，淺黑色。今泥驄也。彤白雜毛曰騢。豪骭曰驔。毫在骭而白也。二目白曰魚。似魚目也。祛祛，彊健也。徂，行也。○孔子曰：「詩三百，一言以蔽之，曰思無邪。」蓋詩之言，美惡不同，或勸或懲，皆有以使人得其情性之正。然其明白簡切，通於上下，未有若此言者。故特稱之，以為可當三百篇之義，以其要為不過乎此也。學者誠能深味其言，而審於念慮之閒，必使無所思而不出於正，則日用云為，莫非天理之流行矣。蘇氏曰：「昔之為詩

者，未必知此也。孔子讀詩至此，而有合於其心焉，是以取之。蓋斷章云爾。」

【箋註】姚際恆曰：「思無邪」本與上「無疆」、「無期」、「無斁」同為一例。語自聖人，心眼迥別。斷章取義，以該全詩，千古遂不可磨滅。然與此詩之旨則無涉也。學者于此篇輒張皇言之，試思聖人言「《詩》三百，一言以蔽之」，不言〈駉〉篇，蓋可知矣。

## 駉四章，章八句

【箋註】朱公遷曰：問國君之富數馬以對，故詩人以之頌美其君如此。

糜文開、裴普賢曰：但詩中一字不提馬匹的數目，卻列舉十六種毛色不同的馬來稱許一番以代之，這就是詩人的技巧。

# 有駜

有駜[1]有駜，駜彼乘黃。
夙夜在公，在公明明[2]。
振振[3]鷺[4]，鷺于下[5]。
鼓咽咽[6]，醉言舞，
于胥樂兮。

那些馬看起來多麼肥，多麼壯啊，四匹壯碩的馬匹都是一色黃馬。
魯國的大夫們從早到晚都在工作，工作勤勉。
工作之餘則歡飲歌舞，舞者揚起舞羽彷彿白鷺飛起，
或者輕輕下伏落下。
配舞的鼓聲悠長，大夫們喝醉了以後紛紛起舞，
眞是快樂無比。

【註釋】興也。駜，音「必」。明，叶謨郎反。下，叶後五反。咽，音「淵」。樂，音「洛」。1駜是馬肥貌。2明明是明治，又同勉勉一樣。3振振，是群飛貌。4鷺，鷺羽，是舞人所執的舞羽。5下，是或起或伏，如鷺的狀貌。6咽咽，是深長的鼓聲。

【章旨】這章詩是頌魯侯燕不廢公的。魯國的大夫，乘了肥壯的黃馬，朝夕來到公室，辦事很能勤勉。此外還有燕飲歌舞的樂事，舞人持著鷺羽，或起或伏，好像白鷺振羽上下的樣子。助舞的鼓聲深長，大夫醉後起舞，真是快樂啊。

【集傳】興也。駜，馬肥強貌。明明，辨治也。振振，群飛貌。鷺，鷺羽，舞者所持。或坐或伏，如鷺之下也。咽，與淵同。鼓聲之深長也。或曰：「鷺亦興也。」胥，相也。醉而起舞以相樂也。○此燕飲而頌禱之辭也。

【箋註】鄭玄曰：潔白之士，群集於君之朝，君以禮樂與之飲酒。
姚際恆曰：「振振鷺，鷺于下」，見姿。

有駜有駜，駜彼乘牡。
夙夜在公，在公飲酒。
振振鷺，鷺于飛[1]。
鼓咽咽，醉言歸[3]，
于胥樂兮。

那些馬看起來多麼肥，多麼壯啊，四匹壯碩的馬兒都是公馬。
魯國的大夫們從早到晚都在工作，工作之後便燕飲歡樂，
舞者揚起舞羽彷彿白鷺飛起，或者輕輕下伏落下。
配舞的鼓聲悠長，大夫們喝醉了以後便各自回家。
眞是盡興歡樂啊。

【註釋】興也。1鷺于飛，是舞者起作鷺飛狀。2醉言歸，是醉後回家。

【章旨】這章詩是和上章一樣的解法。

【集傳】興也。鷺于飛，舞者振作，鷺羽如飛也。

【箋註】孔穎達曰：臣禮朝朝暮夕，不當常在君所。今閒暇無事而夙夜在公，是臣有餘敬也。君之於臣，饗燕有數，今以無事之故，即與之飲酒，是君有餘惠也。

有駜有駜，駜彼乘駽1。
夙夜在公，在公載燕。
自今以始，歲其有2。
君子有穀3，詒4孫子，
于胥樂兮。

那些馬看起來多麼肥，多麼壯啊，四匹壯碩的馬匹都是純黑色的。
魯國的大夫們從早到晚都在工作，工作之後便赴宴飲歌舞。
希望從今以後，年年豐收，
君子們得享福祿，遺留給子孫。
眞是歡樂無匹啊。

【註釋】興也。駽，音「絢」。有，叶羽已反。子，叶獎里反。1駽，是青驪，今名鐵驄。2有，是豐有。3穀，是善，或作祿。4詒，是遺留。

【章旨】這章詩是說大夫乘了肥壯的青驪，朝夕來到公室，除了辦事以外，便是燕樂歌舞的事情。自從今天起首，每歲都是豐年，所以君子也有福祿，遺給子孫，真是快樂啊。

【集傳】興也。青驪曰駽。今鐵驄也。載，則也。有，有年也。穀，善也。或曰：「祿也。」詒，遺也。
○頌禱之辭也。

有駜三章，章九句

【箋註】牛運震曰：風神動盪，節奏嶔峭。漢晉樂府中多有似此句法者。「在公明明」、「君子有穀」便是燕飲詩中中正莊嚴語。

方玉潤曰：此詩因飲酒而稱頌，又開後世柏梁燕饗賦詩獻頌之漸。與前虛頌良馬喻賢材者，別為一體。

## 泮水

思[1]樂泮水[2]，薄采其芹[3]。
魯侯戾[4]止，言觀其旂。
其旂茷茷[5]，鸞聲噦噦[6]。
無小無大，從公于邁[7]。

泮水一帶眞是樂土，沿著流水邊可以摘採芹菜。這時魯侯蒞臨，看見他的旗幟飄揚。他的旗幟飛揚，馬鈴聲清脆和諧。朝廷中無論大小官職，都跟隨著魯侯出行。

【註釋】賦其事以起興也。樂，音「洛」。泮，音「判」。旂，叶其斤反。茷，音「旆」。噦，音「嘒」。1思，是發語詞。2泮水，是泮宮以外的流水。東西南三方有水，形如半璧，所以名為泮水。3芹，是水藻。4戾，是至。5茷茷，是飛揚。6噦噦，是和聲。7邁，是行。

【章旨】這章詩是魯侯受俘泮宮的。他說快樂的泮水地方，我將去采芹，不料魯侯到了，我便瞻看魯侯的旂旆。他的旂旆飛揚，鈴聲和鳴，無論大小人等，都隨著魯侯行去。

【集傳】賦其事，以起興也。思，發語辭也。泮水，泮宮之水也。諸侯之學，鄉射之宮，謂之泮宮。其東西南方有水，形如半璧，以其半於辟廱，故曰「泮水」，而宮亦以名也。芹，水菜也。戾，至也。茷茷，飛揚也。噦噦，和也。○此飲於泮宮，而頌禱之辭也。

【箋註】牛運震曰：寫出人情洶喜氣味，極似秦風。

**思樂泮水，薄采其藻。**
**魯侯戾止，其馬蹻蹻[1]。**
**其馬蹻蹻，其音昭昭。**
**載色[2]載笑，匪怒伊教。**

泮水一帶眞是樂土，沿著流水邊可以摘採藻。這時魯侯蒞臨，隨同他來的是衆多的馬匹。他的馬匹衆多，他的聲音明朗。他和顏悅色的面容，即使是勸告他人也不發怒，而是以理服人。

【註釋】賦其事以起興也。昭，叶之繞反。1蹻蹻，是盛貌。2色，是和顏悅色。

【章旨】這章詩是說快樂泮水的地方，我將去采藻，不料魯侯到了，馬匹很多。他的馬既很多，聲音更是昭明，和顏悅色的笑言，教化人能叫人不惱怒。

【集傳】賦其事，以起興也。蹻蹻，盛貌。色，和顏色也。

【箋註】牛運震曰：寫得恬暢宜人，宛然家人父子。此章拈一「教」字，點出泮宮正旨。

思樂泮水，薄采其茆[1]。
魯侯戾止，在泮飲酒。
既飲旨酒，永錫難老。
順彼長道[2]，屈此群醜。

泮水一帶眞是樂土，沿著流水邊上可以摘採蓴菜。
這時魯侯蒞臨，在泮宮中飲酒。
他喝著滋味醇厚的美酒，祝福他長生不老。
但願魯侯能夠遵循著先王的大道行事，令淮夷的惡徒們眞心屈服。

【註釋】賦其事以起興也。茆，叶謨九反。老，叶魯吼反。道，叶徒吼反。1茆，是鳧葵，江南名為「蓴菜」。2長道，是大道。

【章旨】這章詩是說快樂的泮水旁邊，我將去采蓴菜，不料魯侯到了，在泮宮裡飲酒。既已飲了美酒，願他永遠不老，順著大道，屈服群眾。

【集傳】賦其事，以起興也。茆音卯。茆，鳧葵也。葉大如手，赤圓而滑，江南人謂之蓴菜者也。長道，猶大道也。屈，服。醜，眾也。○此章以下皆頌禱之辭也。

穆穆魯侯，敬明其德。
敬慎威儀，維民之則。
允文允武，昭[1]假[2]烈祖[3]。
靡有不孝[4]，自求伊祜。

魯侯爲人肅穆謹慎，恭敬修養著美好的德行。
他謹慎自身的威儀，是百姓們效法的榜樣。
他具有文采又有武勇，因此能夠感動先祖降臨。
他行事沒有不效法先祖的，所以能夠爲自身求得福祿。

【註釋】賦也。假，音「格」。祜，音「戶」。1昭，是明。2假同格。3烈祖，是周公。4靡有不孝，《經義述聞》作為「靡有不傚」，是說他無有一事不傚周公。

【章旨】這章詩是說靜穆的魯侯，他能恭敬以明德行，敬慎他的威儀，以為人民的法則。他信乎有文有武，昭明可以感格周公，無有一事不傚周公，自求他的福祿。

【集傳】賦也。昭，明也。假，與格同。烈祖，周公魯公也。

【箋註】牛運震曰：此章承上起下，「允文允武」四字為一篇樞紐。上三章言視學興教，允文也；下四章言克服淮夷，允武也。

**明明魯侯，克明其德。**
**既作泮宮，淮夷攸服。**
**矯矯1虎臣，在泮獻馘2。**
**淑問3如皋陶，在泮獻囚4。**

魯侯具有顯明的德行，更能勤勉增進自身美德。他修築泮宮，又征服淮夷。那些勇敢善戰的武將們，在泮宮將殺敵所割取的左耳敬獻魯侯。他就像是古代的皋陶一般擅長斷案，在泮宮審問受俘的敵囚。

【註釋】賦也。服，叶蒲北反。馘，音「虢」，叶況璧反。陶，叶夷周反。1矯矯，是武貌。2馘，是割耳。3淑問，是善訊。皋陶是舜王的獄官，最善訊刑的。4囚。是俘。

【章旨】這章詩是說顯明的魯侯，他能明昭德行，既已造了泮宮，又已征服了淮夷。他的勇武的虎臣，來在泮宮的獻馘，好像皋陶一般的善訊，在泮宮裡訊囚。

【集傳】賦也。矯矯，武貌。馘，所格者之左耳也。淑，善也。問，訊囚也。囚，所虜獲者。蓋古者出兵，受成於學，及其反也，釋奠於學，而以訊馘告。故詩人因魯侯在泮，而願其有是功也。

【箋註】孔穎達曰：所馘者是不服之人，須武臣之力，當殺其人而取其耳，而使武臣如虎者獻之；所囚者服罪之人，察獄之吏當受其辭而斷其罪，故使善聽獄如皋陶者獻之。

濟濟多士，克廣德心。
桓桓1于征，狄2彼東南3。
烝烝皇皇4，不吳不揚5。
不告于訩6，在泮獻功。

魯侯擁有衆多武士，能夠向外推廣他的善意。他們勇武的出征，將東南等地的淮夷都評定了。將士們立下了輝煌的戰果，然而凱旋歸來時卻毫不張揚浮躁。武將們並不爭功，而是來到泮宮向魯侯獻功。

【註釋】賦也。南，叶尼心反。吳，音「話」。1桓桓，是武貌。2狄，是遠。3東南，是指淮夷。4烝烝，是盛。皇皇，是美。5不吳，是不喧嘩。不揚。是不輕浮。6不告于訩，是說只有獻功的人，沒有爭功的人。

【章旨】這章詩是說眾多的武士，能夠推廣他的德行，威武的征伐，遠克了東南的淮齊，好不美盛呀。他奏凱回來，並不喧嘩浮躁，並不爭功，只在泮宮裡獻功。

【集傳】賦也。廣，推而大之也。德心，善意也。狄，猶逷也。東南，謂淮夷也。烝烝皇皇，盛也。不吳不揚，肅也。不告于訩，師克而和，不爭功也。

【箋註】牛運震曰：此章寫將士亦自雍容禮讓。

角弓其觩1，束矢2其搜3，
戎車孔博4，徒御無斁5。
既克淮夷，孔淑不逆6。
式固爾猶7，淮夷卒8獲。

魯侯使用的弓很強，他射出的箭速度極快，
他麾下的戰車很大，他的將士們和睦不爭。
魯軍平定了淮夷之後，淮夷便不敢再違抗。
這些都是因爲魯侯堅定執行策略，所以才能平服敵人。

**【註釋】**賦也。斁，弋灼反。逆，叶宜腳反。獲，叶黃郭反。1觩，是弓強貌。2束矢，是壹百枝箭。3搜，是疾快。4博是廣。5無斁，是和睦。6逆，是逆命。7猶，是謀。8卒，是終。

**【章旨】**這章詩是說魯侯的角弓很強，束矢很快，戎車很廣，徒御很是和睦，毫無厭惡。既已克服淮夷，淮夷從此很善，不再違命。這都是魯侯的智謀審固，沒有疏忽，所以終克了淮夷。

**【集傳】**賦也。觩，弓健貌。五十矢為束。或曰：「百矢也。」搜，矢疾聲也。博，廣大也。無斁，言競勸也。逆，違命也。蓋能審固其謀猶，則淮夷終無不獲矣。

翩彼飛鴞1，集于泮林。
食我桑黮2，懷我好音。
憬3彼淮夷，來獻其琛4，
元龜5象齒6，大賂7南金。

在天空中飛舞著的貓頭鷹啊，落在泮水邊的林子中。
牠們吃了我的桑葚，就會以好音回報我。
淮夷一旦醒悟，就來貢獻珍寶，
他們敬獻上大烏龜與象牙，還有南方產的金子。

【註釋】興也。鴞，音「梟」。黮，音「甚」。憬，音「耿」。琛，敕金反。1鴞，是惡聲的鳥。2黮，是桑果。3憬，是覺悟。4琛，是寶物。5元龜，是寶龜。6象齒，是象牙。7賂，是送。

【章旨】這章詩是說翻飛的鴞鳥，集在泮水的林中，食我的桑果，懷慕我的好音。如同淮夷，懷慕我的德音一樣，一朝覺悟了，來到我魯獻呈寶物，和元龜象齒，大送南方所產的金子。

【集傳】興也。鴞，惡聲之鳥也。黮，桑實也。憬，覺悟也。琛，寶也。元龜，尺二寸。賂，遺也。南金，荊上之金也。○此章前四句興後四句，如〈行葦〉首章之例也。

【箋註】牛運震曰：末章望淮夷之服化也。此干羽文德之旨，寫來更自舂容得體。

## 泮水八章，章八句

【箋註】牛運震曰：此魯侯修泮宮而莅幸燕飲以落之也。色笑伊教，飲酒稱壽，是本色點染。克服淮夷，來琛獻金，是餘情波瀾。妙在始終不脫泮宮，是老手得力處。淮夷之為魯患久矣，僖公未嘗有克服淮夷之事，詩人特假設而冀望之爾。朱氏以為頌禱之辭，得之。恬重和雅，魯頌四篇，推此第一。

# 閟宮

閟1宮2有侐3，實實4枚枚5。
赫赫姜嫄，其德不回。

深邃的宗廟極爲清靜，建築鞏固，結構緊密，工程很精細。
聲名顯赫的姜嫄，有美好純正的德行。
上天眷顧她，令她有孕，懷孕的過程平安無災，上帝是依6，無災無害。
彌7月不遲8，是生后稷。
降之百福，黍稷重9穋10，
稙11稺12菽麥。
奄有下國13，俾民稼穡。
有稷有黍，有稻有秬，
奄有下土，纘禹之緒。

懷胎十月便生下了后稷。
上天給予后稷各種福氣，黍稷等穀糧先後成熟，
緊接著又種植豆與麥。
他被封於邰國，於是教導人民務農之事。
他將稷黍稻粱等作物，
都傳揚散播到天下，繼承了大禹的功業。

**【註釋】**賦也。閟，音「秘」。侐，音「洫」。依，叶音隈。遲，叶陳回反。福，叶筆力反。穋，音「六」，叶六直反。麥，叶訖力反。國，叶于逼反。秬，音「巨」。緒，音「序」。1閟，是深閉。2宮，是廟。3侐，是清靜。4實實，是鞏固。5枚枚，是礱密。6依，是眷顧。7彌，是滿足十月。8遲，是留。9重，是遲稻。10穋，是早稻。11稙，是早穀。12稺，是遲穀。13下國，是邰國。

**【章旨】**這章詩是美僖公能新廟祀的。他說閟宮很是清靜，並且鞏固礱密，這是魯國的宗廟啊。顯赫的姜嫄，她的德音不邪，所以上帝眷顧她。自從履跡懷孕，滿足了十月，毫不遲留，生下后稷。為我人民降百福，種植五穀，生活人民，封於邰國。使教人民稼穡，有了稷黍稻粱，徧種在土地上，繼續禹王平治水土的基業。因禹王平了水土，后稷纔能播百穀。

【集傳】賦也。閟，深閉也。宮，廟也。侐，清靜也。實實，鞏固也。枚枚，礱密也。時蓋修之。故詩人歌詠其事，以為頌禱之辭，而推本后稷之生，而下及於僖公耳。回，邪也。依，猶眷顧也。說見〈生民〉篇，先種曰稙，後種曰穉。奄有下國，封於邰也。緒，業也。禹治洪水既平，后稷乃播種百穀。

【箋註】方玉潤曰：題本因宮作頌，故先總起二句，乃追溯祖德。

后稷之孫，實維大王。
居岐之陽，實始翦1商。
至于文武，纘大王之緒2。
致天之屆3，于牧之野。
「無貳無虞4，上帝臨女。」
敦5商之旅，克咸6厥功。
王曰：「叔父7，建爾元子8，
俾侯于魯。大啓9爾宇10，
為周室輔11。」

---

后稷的子孫，就是大王。
居住在岐山的南方，開始謀畫要削奪商朝。
到了文王與武王，繼承了大王的功業。
代替上天懲罰紂王，在牧野誓師舉兵。
誓言「彼此不懷有二心不互相猜忌，上天注視著我們」。
於是擊敗商朝的軍隊，成就統一天下的功業。
成王對周公說：「叔父！立你的長子，
封侯魯地。大力開拓疆域，
作爲王朝的幫手。」

【註釋】賦也。大，音「泰」。野，叶上與反。女，音「汝」。敦，音「堆」。功，叶居古反。子，叶子古反。1翦，是翦斷。2緒，是業。3屆，是極。4虞，是慮。5敦，是攻擊。6咸，當「同」字解。7叔父，是成王稱周公的。8元子，是周公兒子伯禽。9啟，是開。10宇，是居。11輔，是助。

【章旨】這章詩是說后稷的孫子大王。自豳遷居岐陽，實是開始翦斷商朝天下的。到了文王武王，又能承繼大王的基業，以致與天無極，陳兵在商朝的牧野，一個個沒有貳心、沒有憂慮，實是上帝佑臨于周，攻擊商朝的眾旅，所以終能同心同力的成功王業。周公有大功於天下，成王便封了周公的元子伯禽，為魯國的諸侯，教他大開居宇，好做周室的輔助。

【集傳】賦也。翦，斷也。大王自豳徙居岐陽，四方之民，咸歸往之。於是而王跡始著。蓋有翦商之漸矣。屆，極也。猶言窮極也。虞，慮也。無貳無虞，上帝臨女，猶大明云上帝臨女，無貳爾心也。敦，治之也。咸，同也。言輔佐之臣，同有其功，而周公亦與焉也。王，成王也。叔父，周公也。元子，魯公伯禽也。啟，開。宇，居也。

【箋註】方玉潤曰：歷敘諸系，落到分封，乃全詩總冒。

乃命魯公，俾侯于東。
錫之山川，土田附庸1。
周公之孫，莊公之子2。
龍旂承祀，六轡耳耳3。

於是命令魯公伯禽，成爲東方的諸侯；
賜給他山川、田地與附庸小國。
到了周公的孫子、莊公的兒子僖公時，
以龍旂奉作爲祭祀，駕馭的馬車六轡柔軟。
春天與秋天的祭祀都不敢懈怠，禮儀沒有絲毫過失。
祭祀天帝、祭祀皇祖后稷時，

春秋匪解，享祀不忒[4]。
皇皇[5]后帝，皇祖后稷，
享以騂犧。
是饗是宜，降福既多。
周公皇祖，亦其福女。

祭祀天帝、祭祀皇祖后稷時，
以赤色的牲品作爲祭品。
神靈都很滿意的前來受饗，降下很多福氣。
皇祖周公，也賜下許多福祉。

【註釋】賦也。子，叶獎里反。祀，叶養里反。解，音「懈」，叶訖力反。犧，叶虛宜反。宜，叶牛奇反。多，叶章宜反。女，音「汝」。1附庸，是附屬大國的小國。小國不能直達天子，所以附屬大國。2莊公的兒子，一個是閔公，一個是僖公。閔公在位不久，這詩當是頌僖公的。3耳耳，是柔和。4忒是差。5皇皇，是最大。成王因周公有大功，命魯公春季郊祀上帝，配以后稷，用騂牲為牲，賜以天子的禮樂。

【章旨】這章詩是說成王命魯公做了東國的諸侯，賜他的山川土田，以及附庸的小國。到了周公的孫子莊公，莊公的兒子僖公，備了龍旂，承奉祭祀。乘了馬車，六轡執在手裡，很是柔軟的。他能春秋祭祀不懈，享祀毫無差忒。春祭最大的上帝，配以皇祖后稷，享用騂牲，適如天子的禮儀。所以神明來饗，很是相宜，降福也是很多。始祖周公，也並賜福於你。

【集傳】賦也。附庸，猶屬城也。小國不能自達於天子，而附於大國也。上章既告周公以封伯禽之意，此乃言其命魯公而封之也。莊公之子，其一閔公，其一僖公。知此是僖公者。閔公在位不久，未有可頌。此必是僖公也。耳耳，柔從也。春秋，錯舉四時也。忒，過差也。成王以周公有大功於王室，故命魯公以夏正孟春，郊祀上帝，配以后稷，牲用騂牡。皇祖，謂群公。此章以後，皆言僖公致敬郊廟，而神降之福。國人稱願之如此也。

**【箋註】**方玉潤曰：又由受封之始，遞到僖公，乃是正位。魯用天子禮樂，得以郊天，故特題之。

秋而載嘗[1]，夏而楅衡[2]。
白牡騂剛[3]，犧尊[4]將將[5]。
毛炰[6]胾[7]羹[8]，籩豆大房[9]。
萬[10]舞洋洋，孝孫有慶。
俾爾熾[11]而昌，
俾爾壽而臧。
保彼東方，魯邦是常，
不虧不崩，不震不騰[12]，
三壽[13]作朋，如岡如陵。

到了秋天舉行嘗祭，所以在夏天時就預先將祭祀要用的牛角先裝上橫木，避免衝撞。
到了祭祀的時候，以白色和赤色的公牛分別敬獻，牛紋的酒器看起來很莊嚴。
將去毛後烤的燒肉、片肉與肉湯，都用竹編的祭器和牛角形的器皿裝盛起來。
跳起了盛大的萬舞，主祭的孝孫接受賜福。
祝福你興盛榮昌，
祝福你享有高壽又安康。
保護東方地區的安寧，使魯國常保安泰，
接受上天賜予的福氣，沒有日月虧蝕的異變，不發生山崩地震的災害，
魯國不受驚動，不為他人所凌駕。
祝福你的壽命如山如陵，永垂不朽。

**【註釋】**賦也。衡，叶戶郎反。將，音「搶」。炰，音「疱」。胾，音「恣」。羹，叶盧當反。慶，叶袪羊反。1嘗，是秋祭名。2楅衡，是施在牛角上，防止觸撞的物件。秋祭夏施楅衡，便是預先戒

備的意思。3剛同「犅」，犅便是牡。4犧尊是畫了牛紋的杯子，或作牛形的杯子。5將將，是杯的形狀。6毛炰，是去毛然後炰炙。7胾，是切肉。8羹，是大羹、鉶羹。大羹純是肉汁，胾羹，是和了菜的肉汁。9大房，是牛蹄俎，也是禮器。10萬，是舞名。11熾，是盛。12震、騰是驚動。13三壽，是祝君壽如岡陵，和岡陵合為三壽。

**【章旨】**這章詩是說秋季將祭。夏天預先備了楅衡，施在牛角上，待到祭的時候，用了白牡騂犅，將將的牛形杯，去毛炰炙肉胾和肉羹，用籩豆和大房盛起來。歌舞洋洋，主祭人受福。俾你的榮盛，俾你的壽康，保安東方的魯邦，常受天福，不致虧崩，不致驚動。祝你和高岡大陵一樣，永遠不朽，同為三壽。

**【集傳】**賦也。嘗，秋祭名。楅衡，施於牛角，所以止觸也。《周禮・封人》云：「凡祭飾其牛牲，設其楅衡是也。」秋將嘗，而夏楅衡其牛，言夙戒也。白牡，周公之牲也。騂剛，魯公之牲也。白牡，殷牲也。周公有王禮，故不敢與文武同，魯公則無所嫌，故用騂剛。犧尊，畫牛於尊腹也。或曰：「尊作牛形，鑿其背以受酒也。」毛炰，《周禮》，封人祭祀有毛炰之豚。注云：「爓去其毛，而炰之也。」胾，切肉也。羹，大羹鉶羹也。大羹，大古之羹。湆煮肉汁不和，盛之以登，貴其質也。鉶羹，肉汁之有菜和者也，盛之鉶器，故曰「鉶羹」。大房，半體之俎。足下有跗。如堂房也。萬，舞名。震騰，驚動也。三壽，未詳。鄭氏曰：「三卿也。」或曰：「願公壽與岡陵等而為三也。」

公車千乘，朱英1綠縢2，二矛3重弓4。

擁有千輛兵車，裝飾著紅綠二色的裝飾，每車還有雙矛與雙弓。

公徒三萬，貝冑[5]朱綅[6]。
烝徒增增[7]，戎狄是膺[8]，
荊[9]舒[10]是懲[11]，則莫我敢承[12]。
俾爾昌而熾，
俾爾壽而富，
黃髮台背，壽胥與試[13]。
俾爾昌而大，
俾爾耆而艾[14]，
萬有千歲，眉壽無有害。

步卒三萬人，個個穿戴貝飾的甲冑，繫著紅色的冑帶。
以這樣壯盛的兵力，攻擊戎狄等敵人，
懲罰楚國與其附庸舒國，沒有人膽敢抵抗。
祝福你興盛榮昌，
祝福你得享高壽又富貴，
能擁有與黃髮臺背老人一般的長命。
祝福你的昌盛宏大，
祝福你長壽無極，
享壽千萬歲，不但長命且無病無恙。

**【註釋】**賦也。乘，叶神陵反。縢，音「滕」。弓，叶姑弘反。綅，叶恩陵反。富，叶方未反。背，叶蒲寐反。大，叶特計反。艾，叶五計反。害，叶暇憩反。1朱英，是矛上的飾物。2綠縢，是束弓的繩子。3二矛，是夷矛酋矛。4重弓，是二弓，防備折壞的。5貝冑，是用貝飾的甲冑。6朱綅，是冑上的紅帶子。7增增，是眾。8膺，是擊。9荊，是楚國的別號。10舒，是楚的附國。11懲是治。12承，是禦。13壽胥與試，是說魯公的壽考和才能，相與試用。14耆、艾。是老。

**【章旨】**這章詩是說魯國的公車千乘，朱英飾著矛，綠縢束著弓，有二矛，有二弓。徒卒有三萬，有貝飾的甲冑，冑上繫著紅帶子，眾徒是很多的。去擊戎狄，去治荊舒，無人敢來抵擋，所以戎狄荊舒都服從了。使你昌大熾盛，使你壽考富貴，黃了頭髮背上起了鮐魚的縐紋，壽考和才能並用；又使你國家昌大，使你享壽到老，雖是萬歲千歲，只有高壽沒有損害。

**【集傳】**賦也。千乘，大國之賦也。成方十里，出革車一乘，甲士三人，左持弓，右持矛，中人御。步卒七十二人。將重車者二十五人。千乘之地，則三百十六里有奇也。朱英，所以飾矛，綠縢，所以約弓也。二矛，夷矛酋矛也。重弓，備折壞也。徒，步卒也。三萬，舉成數也。車千乘，法當用十萬人，而為步卒者七萬二千人。然大國之賦，適滿千乘，苟盡用之，是舉國而行也。故其用之大國，三軍而已。三軍，為車三百七十五乘，三萬七千五百人。其為步卒不過二萬七千人。舉其中而以成數言。故曰三萬也。貝冑，貝飾冑也。朱綅，所以綴也。增增，眾也。戎，西戎。狄，北狄。膺，當也。荊，楚之別號。舒，其與國也。懲，艾。承，禦也。○僖公嘗從齊桓公伐楚。故以此美之。而祝其昌大壽考也。壽胥與試之義，未詳。王氏曰：「壽考者，相與為公用也。」蘇氏曰：「願其壽而相與試其才力，以為用也。」

**【箋註】**方玉潤曰：此頌其征伐之勞，能以昌大，皆虛辭溢美，開後世辭賦家虛夸之漸。

**泰山[1]巖巖[2]，魯邦所詹[3]。**
**奄有龜蒙[4]，遂荒[5]大東[6]，**
**至于海邦[7]，淮夷來同[8]。**
**莫不率從，魯侯之功。**

泰山高聳，是我魯國人共同仰望的。
從龜山與蒙山，直到極東，
與海相鄰，都是魯國的版圖。
淮夷之人都遵從魯侯的號令，
沒有人不歸順於魯，這是魯侯的功勞。

【註釋】賦也。巖，叶魚咸反。邦，叶卜工反。1泰山，是魯國的名山。2巖巖，是高峻。3詹，是仰望。4龜蒙，是二山名。5荒，是廣。6大東，是極東。魯在周室的極東，所以稱為大東。7海邦，是近海的邦國。8同，是會同。

【章旨】這章詩是說高峻的泰山，是魯國人民仰望的。魯國的土地廣大，自泰山包荒龜蒙，以至極東的海邦。淮夷的國君來會同，淮夷的人民，無不循服，這都是魯侯的大功。

【集傳】賦也。泰山，魯之望也。詹，與瞻同。龜蒙，二山名。荒，奄也。大東，極東也。海邦，近海之國也。

【箋註】牛運震曰：灝然而來，氣勢自盤礴。
方玉潤曰：就魯地特起有勢。

**保有鳧繹[1]，遂荒徐宅[2]，**
**至于海邦。**
**淮夷蠻貊。及彼南夷，**
**莫不率從。**
**莫敢不諾[3]，魯侯是若[4]。**

從鳧、繹兩山，擴展到徐國，
直至臨海之處。
淮夷、蠻貊那些邊疆民族，至是南夷，
沒有人不歸於魯。
沒有人敢不應從魯國的號令，皆聽從魯侯的吩咐。

【註釋】賦也。繹，叶弋灼反。宅，叶達各反。貊，叶莫博反。1鳧繹，是二山名，都在魯國以內。2徐宅，是徐國。3諾，是應。4若，是順。

【章旨】這章詩是說魯國既已保有鳧、繹二山，包荒徐國，以至海邦，淮夷蠻貊，以及南夷，沒有哪個不服從，沒有哪個不應命，都是順從魯侯。

【集傳】賦也。鳧繹，二山名。宅，居也。謂徐國也。諾，應辭。若，順也。○泰山、龜、蒙、鳧、繹，魯之所有。其餘則國之東南，勢相連屬，可以服從之國也。

**天錫公純嘏，眉壽保魯，**
**居常與許1，復2周公之宇。**
**魯侯燕喜，令妻壽母，**
**宜大夫庶士。**
**邦國是有，既多受祉，**
**黃髮兒齒3。**

上天賜給魯侯鴻福，使之能夠長壽，以保魯國的安康，能夠將常地與許地兩處收復，恢復周公時的疆域。魯侯歡樂飲宴，他有賢慧的妻子與年老的母親，臣子們也都相處和宜。但願他能夠常有邦國，多受福祉，得享黃髮兒齒的高壽。

【註釋】賦也。嘏，叶果五反。母，叶滿委反。有，叶羽已反。1常、許，都是邑名，是魯的故地，為諸侯所侵。2復，是國人喜僖公恢復。3兒齒，是齒落更生的齒。

【章旨】這章詩是說天賜僖公的純福，使他壽考安保魯邦，住在魯國的故地。常、許二邑，恢復了周公的宇居。魯侯燕飲歡樂，喜他有令妻壽母，還有和宜的大夫庶士。願他常有邦國，既受多福，更有黃髮兒齒的高壽。

【集傳】賦也。常或作嘗。在薛之旁。許，許田也。魯朝宿之邑也。皆魯之故地。見侵於諸侯，而未復者。故魯人以是願僖公也。令妻，令善之妻，聲姜也。壽母，壽考之母，成風也。閔公八歲被弒，必是未娶，其母叔姜亦應未老。此言令妻壽母，又可見公為僖公無疑也。有，常有也。兒齒，齒落更生細者。亦壽徵也。

**徂來之松，新甫1之柏，是斷是度，是尋2是尺。**
**松桷3有舄4，路寢5孔碩。**
**新廟6奕奕7，奚斯8所作9。**
**孔曼10且碩11，萬民是若。**

把徂來山上的松樹，和新甫山上的柏樹，砍斷切割，丈量長度與高度。以松樹作爲屋角的斜枋，將正寢建築得很氣派。新建的宮室又高又大，是奚斯所打造的。宮室的建築既長且大，百姓們無不順從。

**【註釋】**賦也。柏，叶逋莫反。尺，叶尺約反。桷，音「角」。舄，叶七約反。碩，叶常約反。奕，叶弋灼反。1徂來、新甫，是二山名。2尋，是八尺的長尺。3桷，是方椽，或作屋角的斜枋。4舄，是大路。5寢是正寢。6新廟，是僖公所修的廟。7奕奕，是高大。8奚斯，是人名。9作，是作詩。〈兩都賦〉云：「奚斯頌魯。」孔氏穎達，以為奚斯主帥教令工匠，是奚斯為監造的人名。10曼，是長。11碩，是大。

**【章旨】**這章詩是說徂來山上的松樹，新甫山上的柏樹，都把它伐下來鋸斷了，用度測了長度，用大尺量了高度，拿松樹做屋角的大斜枋。正寢造得很大，修得很高。奚斯監督工人，規畫很是長大，很順民望。

【集傳】賦也。徂來新甫，二山名。八尺曰尋。舄，大貌。路寢，正寢也。新廟，僖公所修之廟。奚斯，公子魚也。作者，教護屬功課章程也。曼，長。碩，大也。萬民是若，順萬民之望也。

【箋註】牛運震曰：點作廟收結，與起手首尾相應，中間浩衍之辭，都有結構。

閟宮九章，五章章十七句，二章章八句，二章章十句。

魯頌四篇，二十四章，二百四十二句。

【集傳】內第四章脫一句。〇舊說，八章二章十七句，一章十二句，一章三十八句，二章章八句，二章章十句。多寡不均，雜亂無次，蓋不知第四章有脫句而然。今正其誤。

【箋註】姚際恆曰：此三百篇中最為長篇，然序事近冗而辭亦趨美熟一路，文章風氣洵有升降也。以語句多，不無複雜之病。

方玉潤曰：此詩褒美失實，制作又無關緊要，原不足存。其所以存者，以備體耳，蓋頌中變格，早開西漢揚、馬先聲。固知其非全無關係也。

# 商頌

商，是國名。契為舜帝的司徒，分封於商，傳到十四世湯王，始有天下。紂王無道，為武王所滅，把他的庶兄微子啟，封在宋國，修禮樂奉祀商後，地在禹貢的徐州泗濱，西及豫州的境界。後來政衰，商的禮樂日漸喪失。七世的戴公時代，大夫正考甫得商頌十二篇。至孔子編的時候，又缺亡七篇。〈殷武〉的第三章下面，又脫一句。《集傳》所謂多闕文疑義，便是對著這篇詩發言的。頌的體裁，本是起首於商，全盛於周，魯頌還在其末，但必須合集三體，其體方為完備。三百篇自來已定時，非是孔子編的。至於商頌所缺遺的七篇，是在什麼時候，實在無從根究。

# 那

猗[1]與那[2]與！
置[3]我鞉鼓，奏鼓簡簡[4]，
衎[5]我烈祖。
湯孫[6]奏假[7]，綏我思成[8]。
鞉鼓淵淵[9]，嘒嘒[10]管聲，
既和且平，依我磬聲[11]。
於赫湯孫，穆穆[12]厥聲。
庸[13]鼓有斁[14]，萬舞有奕[15]。
我有嘉客[16]，亦不夷懌[17]。
自古在昔，先民有作。
溫恭朝夕，執事有恪[18]。
顧予烝嘗，湯孫之將[19]。

---

眞是盛大啊！
將鞉鼓架起來，鼓聲相和音響亮，
以此娛樂我們偉大的祖先。
擔任主祭者的湯孫奏樂請神降臨，請神明降福給我們。
鞉鼓的聲音深遠，管樂聲悠揚清亮，
兩種聲音相和，與擊磬聲相配。
啊，偉大的湯孫啊，能夠奏出這樣和美的樂聲。
大鼓敲得威武響亮，萬舞跳得盛大昂揚。
來參與祭典的嘉賓們，沒有不歡樂的。
從古至今，祖先定下了祭祀的儀節。
而我們朝夕祭祀表現溫恭誠意，執掌祭典的過程態度恭敬。
希望祖先能享用秋烝冬嘗的祭祀，這是湯孫所奉獻的。

【註釋】賦也。猗，音「醫」。鞉，音「桃」。淵，叶於巾反。於，音「烏」。孫，叶思倫反。1猗，是歎辭。2那，是多。3置，是陳列。4簡簡，是和大。5衎，是樂。6湯孫，是湯王後裔，主祭的王者。7奏假，是奏樂以格神明。8思成，是思念祖宗，如見其神來成祭祀的意思。9淵淵是深遠。10嘒嘒，是清亮。11磬，是玉磬，不是石磬。12穆穆，是美。13庸，通「鏞」。鏞是大鐘。14有斁，是聲盛。15有奕，是有秩序。16嘉客，是先代的後裔。17亦不夷懌，是無不快樂。18恪，是敬。19將，是奉。

【章旨】這章詩是祀成湯的。他說祭祀多麼盛呀，陳列了鞉鼓，奏鼓的聲音和而且大，取樂我的烈祖。主祭的王者，奏樂以格神明。我的祖宗來成祭祀，綏安我的思念。鞉鼓的聲音深遠，管的聲音清亮，能夠和平中節，依合我的磬聲。顯威的湯孫，奉事祭祀，配合了這樣和美的樂聲。庸鼓的聲音，很是盛大；萬舞的形狀，很有秩序。所有的嘉客，沒哪個不快樂。祭祀的恭敬，是古人所行的，所以我朝夕溫恭，執事祭禮，惟有誠敬不厭。但願我的祖宗，來享秋冬的祭祀，安我奉祭的思誠。

【集傳】賦也。猗，歎辭。那，多。置，陳也。簡簡，和大也。衎，樂也。烈祖，湯也。記曰：商人尚聲，臭味未成。滌蕩其聲，樂三闋，然後出迎牲，即此是也。舊說，以此為祀成湯之樂也。○湯孫，主祀之時王也。假，與格同。言奏樂以格於祖考也。綏，安也。思成，未詳。鄭氏曰：「安我以所思而成之人。」謂神明來格也。《禮記》曰：「齊之日：思其居處，思其笑語，思其志意，思其所樂，思其所嗜。齊三日，乃見其所為齊者。祭之日：入室，僾然必有見乎其位。周旋出戶，肅然必有聞乎其容聲。出戶而聽，愾然必有聞乎其歎息之聲。」此之謂思成。蘇氏曰：其所見聞，本非有也。生於思耳。此二說近是。蓋齊而思之，祭而如有見聞，則成此人矣。鄭注，頗有脫誤。今正之。淵淵，深遠也。嘒嘒，清亮也。磬，玉磬也。堂上升歌之樂。非石磬也。穆穆，美也。○庸，鏞通。斁，斁然，盛也。奕，奕然，有次序也。蓋上文言，鞉鼓管籥作於堂下，其聲依堂上之玉磬，無相奪倫者，至於此。則九獻之後，鐘鼓交作，萬舞陳於庭，而祀事畢矣。嘉客，先代之後，來助祭者也。夷，悅也。亦不夷懌乎，言皆悅懌也。○恪，敬也。言恭敬之道，古人所行不可忘也。閔馬父曰：先聖王之傳恭，猶不敢專，稱曰自古。古曰在昔，昔曰先民。○將，奉也。言湯其尚顧我烝嘗哉，此湯孫之所奉者。致其丁寧之意，庶幾其顧之也。

## 那一章二十二句

【集傳】閔馬父曰：「正考甫校商之名頌，以〈那〉為首。其輯之亂曰云云，即此詩也。」

【箋註】牛運震曰：一篇之中詳寫聲樂，商人尚聲故也。亦是詩家偏格見奇處。詩中凡三言鼓，一言管，一言磬，而樂之條理已備，樂之妙處已充然矣。故知文字著手寫處，不在多也。末章喚醒叮嚀，通篇神情鼓動。恢語極廉，平語極奧，溫語極厲，竦肅深遠，詩中有冬氣。

方玉潤曰：詩雖祀湯而不言湯之功德，獨舉鞉鼓管磬庸鼓之聲與萬舞之奕者，設者謂商人尚聲，聲之盛是德之盛也。故審音以知樂，觀樂而知德。非湯盛德，孰克當此！故商頌以〈那〉為首者此爾。

# 烈祖

嗟嗟烈祖[1]！有秩[2]斯祜。
申[3]錫無疆，及爾[4]斯所[5]。
既載清酤[6]，賚[7]我思成[8]。

---

哎呀，功業盛大的烈祖啊！擁有無盡的鴻福與大祿。
您一再降賜無盡的福祿，給予主祭者。
我們準備了清酒供奉，求您賜予平安。
同時也準備了美味的羹湯，謹慎的調和了味道。
祭祀的過程安靜無聲，人人態度肅穆不爭不鬧。

亦有和羹9，既戒10既平11。
鬷12假無言13，時靡有爭14。
綏我眉壽，黃耇無疆。
約軧錯衡15，八鸞鶬鶬16。
以假以享，我受命溥將17。
自天降康，豐年穰穰18。
來假來饗，降福無疆。
顧予烝嘗，湯孫之將。

請保佑我長壽，壽命到老沒有盡頭。
參與祭典的賓客，駕著雕飾豐富文采華美的車子，馬轡上的鈴鐺叮噹和鳴，
來到宗廟獻上祭品，我受上天賜福宏大。
上天降下喜樂，豐年間收穫豐足。
祈禱神靈降臨，來饗祭品，賜給我們無窮盡的大福。
但願祖先能夠享用秋烝冬嘗的祭祀，這是商湯的子孫所奉獻。

**【註釋】**賦也。酤，叶侯五反。成，叶音「常」。羹，叶音「郎」。平，叶音「旁」。鬷，音「奏」。假，音「格」。言，叶音「昂」。爭，叶音「章」。軧，音「祈」。衡叶戶郎反。鶬音「搶」。假音「格」。饗叶虛良反。1烈祖，是成湯。2秩，是常。3申，是重。4爾，是指主祭的王者。5斯所，是此處。6酤，是酒。7賚，是與。8思成，是思念祖宗來成祭祀。9和羹，是食味調和。10戒，是夙戒。11平，是和。12鬷，通「奏」。13無言，是肅靜。14有爭，是齊一。15約軧錯衡，都是車上設備，詳見〈采芑〉篇。16鶬鶬，是鈴聲。17溥將，是廣大。18穰穰，是多。

**【章旨】**這章詩是祀成湯的。他說烈祖的成湯啊，你常常把福澤重賜不已的降到這裡。我今備了清酒，和我的思誠，誠敬的祭祀於你。還有調和的美菜，是早已戒備的，並且和平。我將奏樂格神，肅靜

如一，望你賜我平安，到老不盡。便是各國諸侯，也都乘了車馬，來享神明。我的受命既大，又是豐年收足，但願神明來饗，降福無有窮盡，這便是我秋冬奉祀的意思。

【集傳】賦也。烈祖，湯也。秩，常。申，重也。爾，主祭之君。蓋自歌者指之也。斯所，猶言此處也。○此亦祀成湯之樂。言嗟嗟烈祖，有秩秩無窮之福。可以申錫於無疆。是以及於爾今王之所，而修其祭祀，如下所云也。○酤，酒。賚，與也。思成義見上篇。和羹，味之調節也。戒，夙戒也。平，猶和也。儀禮於祭祀燕享之始，每言羹定。蓋以羹熟為節，然後行禮。定，即戒平之謂也。鬷，中庸作奏。正與上篇義同。蓋古聲奏族相近。族聲轉平，而為鬷耳。無言，無爭，肅敬而齊也。言其載清酤，而既與我以思成矣。及進和羹，而肅敬之至，則又安我以眉壽黃耇之福也。○約軝錯衡八鸞，見〈采芑〉篇。鶬，見〈載見〉篇。言助祭之諸侯，乘是車，以假以享於祖宗之廟也。溥，廣。將，大也。穰穰，多也。言我受命既廣大，而天降以豐年黍稷之多，使得以祭也。假之而祖考來假，享之而祖考來享，則降福無疆矣。

【箋註】牛運震曰：格意幽清，間有和大之筆，亦不失為簡質。古之稱商道者曰尚質，曰信鬼，曰駿厲嚴肅。讀其詩可想見其餘韻。

## 烈祖一章二十二句

【箋註】程俊英曰：關於這首詩的主題，向有二說：有人認為它是祭中宗的樂歌，有人認為它是祭成湯的詩。就詩論詩，似以後說比較有理。

# 玄鳥

天命玄鳥[1]，降而生商，
宅[2]殷[3]土芒芒[4]。
古帝[5]命武湯[6]，正[7]域[8]彼四方。
方命厥后[9]，奄有九有[10]。
商之先后，受命不殆，
在武丁[11]孫子[12]。
武丁孫子，武王[13]靡不勝。
龍旂[14]十乘，大糦[15]是承[16]。
邦畿千里，維民所止[17]，
肇[18]域彼四海。
四海來假，來假祁祁[19]。
景員維河[20]，殷受命咸宜，
百祿是何[21]。

---

上天派玄鳥遺卵，生下了商的始祖，定居在廣大的殷地。
上帝命令武德興旺的湯王，治理四方疆域。
命令遍達四方，諸侯紛紛聽命，於是擁有了九州天下。
商朝的祖先，得到天命之後不敢安逸放縱，而後傳到湯王的孫子武丁。
這位武丁，不管做什麼事情，沒有不能勝任的。
湯王的諸侯們建起了龍旂，帶著豐富的酒食前來參與皇家祭祀。
京城周圍君主直轄之地約有千里，人民居住安定，全國疆土達於四海。
四海的諸侯都來歸順，歸順之人衆多。
商朝定都景山，國土廣闊，黃河圍繞，所以殷商能夠完滿的承受天命，得到百種福祿。

**【註釋】** 賦也。有，叶羽已反。殆，叶養里反。子，叶獎里反。勝，音「升」。糦，音「熾」。假，音

「格」。宜，叶牛何反。何，音「荷」，叶何。1玄鳥，是燕子。春分的時候便來。2宅，是居。3殷，是地名。4芒芒，是大貌。5帝，是上帝。6武湯，是湯王，號武德。7正，是治。8域，是封境。9方命厥后，是四方隨命諸侯。10九有，是九州。11武丁，是高宗。12孫子，是指稱高宗的。13武王，是湯號。14龍旂，是諸侯所建的交龍旂。15大糦，是黍稷。16承，是奉。17止，是居。18肇，是開。19祈祈，是眾多貌。20景員維河，或以景為山名，是商都地。詳見〈殷武〉卒章。員，是周員。河，是大河。是說景山四周都是大河。21何同「荷」。

**【章旨】**這章詩是祀高宗的。他說上天降下玄鳥的時候，生了商朝始祖的契，住在芒芒的殷土上。到了成湯，上帝便命湯統治封邑，以達四方。四方諸侯，無不受命，所以大有九州，得了天下，這都是商朝的先后，受命不危殆。於今武丁孫子，才能受他的天福。高宗自從即了政位，繩繼祖武，無事不能勝任，四方的諸侯，都是建了龍旂，奉了黍稷來助祭祀。高宗的王畿，為民所住的，不過千里，但他的封域，已是遠極四海，四海人民都來歸附，歸附的日漸眾多。商朝的都城，是在景山，四面都有大河，所以殷家受命咸宜，所以能荷百祿。

**【集傳】**賦也。玄鳥，鳦也。春分玄鳥降。高辛氏之妃，有娀氏女簡狄，祈於郊禖，鳦遺卵。簡狄吞之而生契。其後世遂為有商氏，以有天下。事見史記。宅，居也。殷，地名。芒芒，大貌。古，猶昔也。帝，上帝也。武湯，以其有武德號之也。正，治也。域，封境也。○此亦祭祀宗廟之樂，而追敘商人之所由生，以及其有天下之初也。○方命厥後，四方諸侯無不受命也。九有，九州也。武丁，高宗也。言商之先后，受天命不危殆。故今武丁孫子，猶賴其福。○武王，湯號，而其後世亦以自稱也。龍旂，諸侯所建交龍之旂也。大糦，黍稷也。承，奉也。○言武丁孫子，今襲湯號者，其武無所不勝。於是諸侯無不奉黍稷，以來助祭也。○止，居。肇，開也。言王畿之內，民之所止，不過千里，而其封域，則極乎四海之廣也。○假，與格同。祈祈，眾多貌。景員維河之義，未詳。或曰：「景，山名。商所都也。」見〈殷武〉卒章。《春秋傳》亦曰：「商湯有景毫之命，是也。」員，與下篇幅隕義同。蓋言周也。河，大河也。言景山四周，皆大河也。何，任也。《春秋傳》作「荷」。

【箋註】姚際恆曰：「古帝命武湯，正域彼四方」，古人為文定不肯平淡，必借事以見異趣；不知者反以是誣古人。

牛運震曰：「景員維河」，寫盡山河形勝，確是殷都，那移不得。武湯正域，武丁肇域，皆居中制外規模。此作頌本旨也。詩格全以樸悍勝。恢拓雄駿，寫出中興氣概。

玄鳥一章二十二句

## 長發

濬1哲2維商，長發其祥。
洪水芒芒3，禹敷4下土方5。
外大國6是疆，幅隕既長7。
有娀8方將9，帝立子生商。

英明睿智的商族啊，發祥久遠。
當年天下洪患，大水茫茫，禹平治天下。
將首都之外的土地都列入封土，國土因此又寬又廣。
迎娶了娀氏之女，上帝讓她生下了兒子契，做爲商的始祖。

【註釋】賦也。隕，音「員」。娀，音「崧」。1濬是深。2哲，是知。3芒芒，是廣大。4敷，是布。5方，是四方。6外大國，是遠諸侯。7幅，是邊幅。隕當作「員」，員是周圍。又幅隕既長，《經義述聞》作為「福云既長」，以承上文的「長發其祥」，接下文的「有娀方將」。8有娀，是契的母家。9將，是大。

【章旨】這章詩是大禘的。他說商國代有明哲的君王，發祥很是長久。當禹治芒芒洪水的時候，布置中土和四方，便把外方做了大國疆界。幅員既已長遠，有娀方才廣大，所以上帝立命他的女子，生下商朝的始祖。

【集傳】賦也。濬，深。哲。知。長，久也。方，四方也。外大國，遠諸侯也。幅，猶言邊幅也。隕，讀作員。謂周也。有娀，契之母家也。將，大也。○言商世世有濬哲之君，其受命之祥，發見也久矣。方禹治洪水，以外大國為中國之境，而幅員廣大之時，有娀氏始大。故帝立其女之子，而造商室也。蓋契於是時，始為舜司徒，掌布五教於四方。而商之受命實基於此。

【箋註】牛運震曰：開端八字，籠罩通篇，全神灝然以長。

**玄王1桓2撥3，受小國是達，受大國是達。**
**率4履5不越6，遂視既發7。**
**相土8烈烈，海外有截9。**

玄王契勇猛又賢明，
他治理小國很通達，治理大國也很成功。
言行遵循禮法，不敢踰矩，看顧百姓，感發善心。
到了孫子相土時武功大盛，四方諸侯都聽命服從。

【註釋】賦也。撥，叶必烈反。達，叶他悅反。發，叶方月反。1玄王，是稱契。或以玄鳥降，故名玄王。2桓，是武。3撥，是治。4率是循。5履，是禮。6越是過。7遂視既發，是起視百姓，莫不感發了善心。8相土，是契的孫子。9截，是截然整齊。

【章旨】這章詩是說玄王契有威武治國的才略，無論受他大小的國政，他沒有不通達的。總是循著禮法，毫不踰越規矩，又能起視百姓，感發人的善心。到了相土的時候，已是烈烈威名，震聞海外，成了一個截然齊整的國家。

【集傳】賦也。玄王，契也。玄者，深微之稱。或曰：「以玄鳥降而生也，王者追尊之號。」桓，武。撥，治。達，通也。受小國大國，無所不達，言其無所不宜也。率，循。履，禮。越，過。發，應也。言契能循禮，不過越，遂視其民，則既發以應之矣。相土，契之孫也。截，整齊也。至是而商益大，四方諸侯歸之，截然整齊矣。其後湯以七十里起，豈嘗中衰也與。

【箋註】牛運震曰：元（玄）王文教之祖，卻言桓撥，看得深厚。「遂視既發」寫來氣色駿厲。

**帝命不違，至于湯齊[1]。**
**湯降[2]不遲，聖敬日躋[3]。**
**昭假遲遲[4]，上帝是祇[5]。**
**帝命式[6]于九圍[7]。**

上帝之命從不曾改變，到了湯王時終於大成。
湯王降生正逢其時，聖明敬謹的德行日增。
他美好的品德不敢懈怠，敬重天帝，
天帝因此命他成為九州的表率。

【註釋】賦也。躋，音「賫」。1湯齊，或作至湯王，方與天命齊合。2降，是生。3躋是升。4遲遲，是久。5祇是敬。6式是法。7九圍，是九州。

【章旨】這章詩是說帝命永不違背，傳到湯王，方和上命齊合，得了天下，從此聖德日進，昭明上格於天。敬事上帝，所以上帝命他法式九州。

【集傳】賦也。湯齊之義，未詳。蘇氏曰：「至湯而王業成，與天命會也。」降，猶生也。遲遲，久也。祇，敬。式，法也。九圍，九州也。○商之先祖，既有明德，天命未嘗去之，以至於湯。湯之生也，應期而降。適當其時其聖敬又日躋升，以至昭假于天，久而不息，惟上帝是敬。故帝命之，以為法於九州也。

**受小球大球1，**
**為下國綴2旒3。**
**何4天之休。**
**不競5不絿6，不剛不柔。**
**敷政優優7，百祿是遒8。**

湯王從天帝處承受小法與大法，
以身作則爲諸侯國的表率。
他接受上天的賜福，
不爭不搶，不過於剛強，不失之過柔。
他的施政方式從容寬裕，所以得到百種福祿。

**【註釋】**賦也。球，音「求」。綴，音「贅」。旒，音「流」。何，音「賀」。絿，音「求」。遒，音「囚」。1小球大球，或作贅圭。《經義述聞》作求為「捄」。捄是法。2綴，是繫。3旒是旒旂。4何，是受任。5競，是強。6絿，是緩。7優優，是寬裕。8遒，是聚。

**【章旨】**這章詩是說湯王受了大小的方法，好使下國有了繫屬。好像旗的縿，為旒所綴的樣子。他是受任上天的美意，不急不緩，不剛不柔，布治政治，很是寬裕，所以百福都來歸聚他。

**【集傳】**賦也。小球大球之義，未詳。或曰：「小國大國所贄之玉也。」鄭氏曰：「小球，鎮圭，尺有二寸。大球，大圭，三尺也。皆天子之所執也。」下國，諸侯也。綴，猶結也。旒，旗之垂者也。言為天子而為諸侯所係屬，如旗之縿為旒所綴著也。何，荷。競，強。絿，緩也。優優，寬裕之意。遒，聚也。

受小共大共[1]，為下國駿厖[2]。何天之龍[3]，敷奏其勇。不震不動，不戁[4]不竦[5]，百祿是總。

湯王從天帝處承受小法與大法，各諸侯國因此得受他的庇護。他被上天所寵愛，展現他的武功，不可震撼，不可動搖，人民不慌不懼，所以得到百種福祿。

**【註釋】**賦也。共，音「恭」，叶居庸反。厖，音「忙」，叶莫孔反。龍，叶丑勇反。動，叶德總反。戁，音「赧」。竦，音「聳」。1小共大共，蘇氏作「珙」，珙是玉。《經義述聞》作「拱」，拱是法。2駿厖，是石大貌。3龍，通「寵」。4戁，是恐。5竦，是懼。

**【章旨】**這章詩是說湯王又能受了大小的方法，好使下國依賴，如同磐石的安穩。受任上天的寵命，使他大奏武功，不震動，不恐怕，所以百福總歸他。

**【集傳】**賦也。小共大共駿厖之義，未詳。或曰：「小國大國所共之貢也。」鄭氏曰：「共，執也。猶小球大球也。」蘇氏曰：「共，珙通。合珙之玉也。」《傳》曰：「駿，大也。厖，厚也。」董氏曰：「齊詩作『駿駹』，謂馬也。」龍，寵也。敷奏其勇，猶言大進其武功也。戁，恐。竦，懼也。

武王[1]載旆，有虔[2]秉鉞[3]，如火烈烈，則莫我敢曷[4]。

湯王打起大旗號召起兵討伐夏桀，他手執鉞斧，彷彿烈火一樣的勇猛，沒有人膽敢阻擋他。夏有三個附庸國，都被商湯所剿滅，

**苞5有三蘗6，莫遂莫達，**
**九有有截。**
**韋顧既伐，昆吾夏桀。**

天下九州歸順統一。
韋、顧兩國被消滅，昆吾和夏桀也無法抗衡。

**【註釋】**賦也。鉞，音「越」。曷，音「遏」，叶何竭反。蘗，叶五竭反。達，叶他悅反。伐，叶房越反。1武王，是湯王。2虔，是敬。3鉞，是斧鉞。4曷通「遏」。5苞，是本。6蘗，是旁生的萌蘗。是說一本生了三蘗，本是夏桀，蘗是韋、顧，和昆吾，都是桀的惡黨。

**【章旨】**這章詩是說武王湯，既受天命，即便載了旂旆，執鉞斧，起兵征伐不義，好像烈火一般，沒有那個能抵擋的。所以一本所生的三蘗，夏桀和三個惡黨，都不能遂他的惡念。截止了九州的禍亂，征伐了韋、顧、昆吾，就是夏桀的三惡。

**【集傳】**賦也。武王，湯也。虔，敬也。言恭行天討也。曷，遏通。或曰：「曷，誰何也。」苞，本也。蘗，旁生萌蘗也。言一本生三蘗也。本則夏桀，蘗則韋也，顧也，昆吾也。皆桀之黨也。鄭氏曰：「韋，彭姓。顧昆吾，己姓。」〇言湯既受命，載旆秉鉞，以征不義。桀與三蘗，皆不能遂其惡，而天下截然歸商矣。初伐韋，次伐顧，次伐昆吾，乃伐夏桀。當時用師之序如此。

**【箋註】**牛運震曰：「有虔秉鉞」，所謂恭行天罰也，四字簡嚴可畏。

**昔在中葉1，有震2且業3。**
**允也天子，降予卿士4。**
**實維阿衡5，實左右商王。**

從前商王中葉，曾有過震動危急的時期。
因爲商湯是眞正的上天之子，上天才降下了賢人輔佐他。
那就是阿衡伊尹，輔佐商湯得天下。

【註釋】賦也。子，叶獎里反。衡，叶戶郎反。1葉，是世。2震，是懼。3業是危。4卿士，是指伊尹。5阿衡，伊尹的官號。

【章旨】這章詩是說往日在商的中世之王以前，也是很危險的，自從上天生了湯王，降下卿士伊尹，為商朝的阿衡，左右輔助，商王方得天下。

【集傳】賦也。葉，世。震，懼。業，危也。承上文而言。昔在，則前乎此矣。豈謂湯之前世中衰時與。允也天子，指湯也。降，言天賜之也。卿士，則伊尹也。言至於湯得伊尹，而有天下也。阿衡，伊尹官號也。

【箋註】牛運震曰：帶點阿衡便住，不更作收結，亦文筆樸老處。

**長發七章，一章八句，四章章七句，一章九句，一章六句。**

【集傳】《序》以此為大禘之詩。蓋祭其祖之所出，而以其祖配也。蘇氏曰：「大禘之祭，所及者遠。故其詩歷言商之先后，又及其卿士伊尹。蓋與祭於禘者也。」商書曰：「茲予大享于先王，爾祖其從與享之，是禮也。豈其起於商之世歟。今按大禘不及群廟之主。此宜為祫祭之詩，然經無明文。不可考也。」

【箋註】牛運震曰：遒勁精嚴，敘直處儉切不浮。

## 殷武

**撻1彼殷武2，奮伐荊楚。**

殷人的武力眞是勇猛神速，奮然而起討伐荊楚。

罙3入其阻，裒4荊之旅，
有截5其所，湯孫6之緒。

他深入險地，俘虜了荊楚的兵士，
截斷對方的地盤，這是商湯後人的功業。

**【註釋】**賦也。罙，面規反。裒，音「抔」。1撻，是神速。2殷武，是殷王用武。3罙，是冒。4裒，是聚俘。5截，是截平。6湯孫，是指高宗。

**【章旨】**這章詩是高宗廟成的。他說神速的殷王用武，奮然征伐荊楚，冒入他的險地，俘虜他的眾旅，截平了他的地方。這都是高宗的功業，繼承成湯的功緒。

**【集傳】**賦也。撻，疾貌。殷武，殷王之武也。罙，冒。裒，聚。湯孫，謂高宗。○舊說，以此為祀高宗之樂。蓋自盤庚沒，而殷道衰，楚人叛之。高宗撻然用武，以伐其國。入其險阻，以致其眾盡平其地，使截然齊一。皆高宗之功也。《易》曰：「高宗伐鬼方，三年克之。」蓋謂此歟。

維女荊楚，居國南鄉。
昔有成湯，自彼氐羌1，
莫敢不來享2，莫敢不來王3。
曰商是常。

你們荊楚，位居在我國的南方。
昔日湯王在位時，即使是偏遠的氐族和羌族，
也不敢不來上貢，也不敢不來朝見。
都來擁戴商朝。

**【註釋】**賦也。女，音「汝」。氐，音「提」。享，叶虛良反。1氐羌是夷狄國。2享，是獻。3王，是朝王。

**【章旨】**這章詩是對荊楚說道，你是居在大國南方的邦國，昔日成湯在位的時候，雖是氐羌的遠方，沒有

敢不來享，沒有敢不來朝，這是商朝的常禮。

【集傳】賦也。氐羌，夷狄國。在西方。享，獻也。世見曰王。○蘇氏曰：「既克之，則告之曰：『爾雖遠，亦居吾國之南耳。昔成湯之世，雖氐羌之遠，猶莫敢不來朝。曰此商之常禮也。況汝荊楚曷敢不至哉。』」

**天命多辟[1]，設都于禹之績。**
**歲事來辟[2]，勿予禍適[3]，**
**稼穡匪解。**

上天命令各諸侯國，在大禹治理的土地上建都。年年都來朝貢，請求我王不加罪，並表示努力農事，不敢懈怠。

【註釋】賦也。辟，音「壁」。適，音「謫」。解，音「懈」，叶訖力反。1多辟。是諸侯。2來辟。是來朝王。3適。通謫。

【章旨】這章詩是說天命諸侯，各建邦國，在大禹所治的土地。每歲必須來朝商王，以求我王不加罪責，對王說道，我並未怠惰穆穡。

【集傳】賦也。多辟，諸侯也。來辟，來王也。適，謫通。○言天命諸侯，各建都邑於禹所治之地，而皆以歲事來，至於商，以祈王之不譴曰：「我之稼穡不敢解也，庶可以免咎矣。」言荊楚既平，而諸侯畏服也。

**天命降監[1]，下民有嚴[2]。**
**不僭[3]不濫[4]，不敢怠遑[5]。**
**命于下國，封[6]建厥福。**

上天命令商王監管督促百姓，百姓們不敢安逸。商王治國不隨便濫賞，也不隨便加刑，勤勉努力不敢懈怠。上天的命令透過他下達於百姓，因此賜與他許多福祿。

【註釋】賦也。監，叶音濫。國，叶越逼反。福，叶筆力反。1監，是視。2嚴，是威。3僭是妄賞。4濫，是妄刑。5遑，是暇。6封，是大。

【章旨】這章詩是說上天命湯降監下民，下民很是威怕。他能不妄刑賞，不敢怠惰閒暇，命令下國，大建他的祐福。

【集傳】賦也。監，視。嚴，威也。僭，賞之差也。濫，刑之過也。遑，暇。封，大也。○言天命降監，不在乎他，皆在民之視聽，則下民亦有嚴矣。惟賞不僭，刑不濫，而不敢怠遑，則天命之以天下，而大建其福。此高宗所以受命而中興也。

**商邑1翼翼2，四方之極3。**
**赫赫4厥聲，濯濯5厥靈。**
**壽考且寧，以保我後生6。**

商國的都城很整齊，足以爲四方的表率。商王的名聲很顯赫，商王的威靈很光明。他享有高壽與平安，保佑我們的後嗣能夠興盛。

【註釋】賦也。生，叶桑經反。1商邑，是王都。2翼翼，是整敕。3極，是表率。4赫赫，是顯盛。5濯濯，是光明。6後生，是後嗣。

【章旨】這章詩是說高宗中興，王都整敕，足為四方的表率。他有顯威的聲名，他有光明的神靈，他又享高壽而且康寧，所以能保我的後生。

【集傳】賦也。商邑，王都也。翼翼，整敕貌。極，表也。赫赫，顯盛也。濯濯，光明也。○言高宗中興之盛如此。壽考且寧云者，蓋高宗之享國，五十有九年。我後生，謂後嗣子孫也。

陟彼景山，松柏丸丸1。
是斷是遷2，方斲是虔3。
松桷4有梴5，旅6楹有閑7。
寢8成孔安。

攀登上景山，山中生長的松樹柏樹高大而筆直，將松柏砍斷後搬運下山，將它從中劈開鋸斷，削成方形的椽子。長而挺直的松椽，豎立在廟前爲大柱，看起來非常壯觀。宗廟蓋成後，便能將神靈安放其中。

**【註釋】**賦也。山，叶所旃反。丸，叶胡員反。斲，音「卓」。梴，五連反。閑，叶胡田反。安，叶於蓮反。1丸丸，是直貌。2遷，是遷出。3虔，是截斷。4松桷，是屋角的斜枋。5梴，是長。6旅，是眾。7閑，是大。8寢，是寢廟。

**【章旨】**這章詩是說陟登景山，去伐梴直的松柏。把它砍斷了，遷出景山。把它雕斲截斷了，來造高宗的寢廟。廟角的斜枋很長，眾楹很大，所以寢廟告成，能安高宗的神靈。

**【集傳】**賦也。景，山名。商所都也。丸丸，直也。遷，徙也。方，正也。虔，亦截也。梴，長貌。旅，眾也。閑，閑然而大也。寢，廟中之寢也。安，所以安高宗之神也。此蓋特為百世不遷之廟。不在三昭三穆之數。既成始祔而祭之之詩也。然此章與〈閟宮〉之卒章，文意略同。未詳何謂。

**殷武六章，三章章六句，二章章七句，一章五句。**

**商頌五篇，十六章，一百五十四句。**

**【箋註】**姚際恆曰：較魯頌自簡古。

【附錄】

# 詩經主要參考書目


《毛詩註疏》〔漢〕毛亨傳、〔漢〕鄭玄箋、〔唐〕孔穎達疏、〔唐〕陸德明音釋　上海古籍出版社
《詩本義》〔宋〕歐陽脩　臺灣商務印書館
《詩義鉤沉》〔宋〕王安石　北京中華書局
《詩集傳》〔宋〕蘇轍　上海古籍出版社
《詩童子問》〔宋〕輔廣　臺灣商務印書館
《詩經集註》〔宋〕朱熹　萬卷樓
《詩緝》〔宋〕嚴粲著　廣文書局
《詩疑》〔宋〕王柏　樸社出版
《詩經世本古義》〔明〕何楷　臺灣商務印書館
《詩說解頤》〔明〕季本　臺灣商務印書館
《詩三家義集疏》〔清〕王先謙　北京中華書局
《讀風偶識》〔清〕崔述　學海出版社
《詩經通論》〔清〕姚際恆　廣文書局
《詩志》〔清〕牛運震　北京國家圖書館出版社
《詩切》〔清〕牟庭　齊魯書社
《毛詩傳箋通釋》〔清〕馬瑞辰　中華書局

《詩毛氏傳疏》〔清〕陳奐著　北京中華書局
《詩經原始》〔清〕方玉潤　中華書局
《詩經研究》聞一多　巴蜀書社
《詩經譯註》程俊英　上海古籍出版社
《詩經釋義》屈萬里　中國文化大學出版部
《詩經詮釋》屈萬里　聯經出版
《詩經今注》高亨　上海古籍出版社
《詩經欣賞與研究》糜文開、裴普賢著　三民書局
《詩經評註讀本》裴普賢著　三民書局
《詩經通釋》王靜芝　輔仁大學文學院
《詩經直解》陳子展　復旦大學出版社
《詩經正詁》余培林　三民書局
《詩經今註今譯》馬持盈　臺灣商務印書館
《詩經讀本》滕至賢註釋　三民書局
《詩經的世界》白川亮　東大圖書

國家圖書館出版品預行編目資料

詩經／〔宋〕朱熹集解；〔民國〕洪子良註釋；陳名珉白話語譯、箋註整理. -- 初版. -- 臺北市：商周, 城邦文化出版：家庭傳媒城邦分公司發行, 民105.11
面；　公分. --（中文可以更好；36）

ISBN 978-986-477-059-5（精裝）

1.詩經　2.註釋

831.12　　　105011223

中文可以更好36

# 詩經

集　　解／朱　熹
註　　釋／洪子良
白話語譯、箋註整理／陳名珉
責任編輯／陳名珉、林宏濤

版　　權／翁靜如
行銷業務／李衍逸、黃崇華
總 編 輯／楊如玉
總 經 理／彭之琬
發 行 人／何飛鵬
法律顧問／元禾法律事務所　王子文律師
出　　版／商周出版　城邦文化事業股份有限公司
臺北市中山區民生東路二段141號9樓
電話：(02)2500-7008　傳真：(02)2500-7759
E-mail：bwp.service@cite.com.tw
發　　行／英屬蓋曼群島商家庭傳媒股份有限公司城邦分公司
臺北市中山區民生東路二段141號2樓
書虫客服服務專線：(02)2500-7718・(02)2500-7719
24小時傳真服務：(02)2500-1990・(02)2500-1991
服務時間：週一至週五上午09:30-12:00・下午13:30-17:00
郵撥帳號：19863813　戶名：書虫股份有限公司
讀者服務信箱E-mail：service@readingclub.com.tw
歡迎光臨城邦讀書花園　網址：www.cite.com.tw
香港發行所／城邦（香港）出版集團有限公司
香港灣仔駱克道193號東超商業中心1樓　Email：hkcite@biznetvigator.com
電話：(852) 2508-6231　傳真：(852) 2578-9337
馬新發行所／城邦（馬新）出版集團 Cite (M) Sdn. Bhd.
41,Jalan Radin Anum,Bandar Baru Sri Petaling,
57000 Kuala Lumpur, Malaysia.　Email：cite@cite.com.my
電話：(603)9057-8822　傳真：(603) 9057-6622

封面設計／林翠之
版型設計／林家琪
排　　版／唯翔工作室
印　　刷／韋懋實業有限公司
經 銷 商／聯合發行股份有限公司
電話：(02) 2917-8022　傳真：(02) 2911-0053
地址：新北市231新店區寶橋路235巷6弄6號2樓

■2016年（民105）11月8日初版
■2023年（民112）9月12日初版3刷
ISBN　978-986-477-059-5

城邦讀書花園
www.cite.com.tw

定價／900元